U1069398

《湘东文化》杂志选辑文丛

XIANGDONG WENHUA JINGCUI

《湘东文化》精萃

第二册

主编　彭雪开

中南大学出版社
www.csupress.com.cn
长沙

编委会总顾问：

毛腾飞　阳卫国　唐未兵　谭益民

编委会顾问：（以姓氏笔划为序）

毛朝晖　李建华　陈邵桂　侯清麟

赵湘珍　贺夏盛　聂方红　黄诗燕

鲁立彬　谭可敏　谭件云

主　编：彭雪开

副主编：向宋文　骆晓会

编委会成员：（以姓氏笔划为序）

甘智钢　向宋文　朱义生　刘年喜

陈益元　陈卫华　易小斌　骆晓会

钟莹峰　黄声波　彭雪开

下册目录

第八编　湘东论坛

第九编　揽胜觅踪

第十编　工业文化

第十一编　民俗风情

第十二编　名校记忆

第十三编 史海钩沉

第十四编 故乡故事

第八编　湘东论坛

办好《湘东文化》　促进株洲发展

中共株洲市委常委、宣传部长　阳卫国

在春光明媚、花红叶茂的时节，《湘东文化》创刊号带着浓浓的乡土气息和芳香，正式编辑出版与读者见面了。这是湘东文化界的一件大喜事，是株洲人民精神文化生活的一件大喜事。我代表中共株洲市委、市人大、市政府、市政协表示热烈祝贺！对应邀出席今天首发式的各位领导、各位来宾表示热烈欢迎！对热情关心、鼎力支持本刊的各级领导、各位编委、各位专家学者、社会各界人士，以及为本刊倾注一腔心血、付出辛勤汗水的编辑工作人员表示诚挚谢意！

中华民族有着五千多年的文明史，积淀了灿烂的民族文化，是我们极其宝贵的财富。湘东是镶嵌在中华版图中部、湖南东部的一颗璀璨明珠，历史文化丰富多彩，文化底蕴非常深厚，是中华民族文化极其光耀的一个组成部分。株洲的历史文化最具特色的，其一是炎帝文化，其二是红色文化，其三是工业文化，四是民间文化。这些本土文化很有特色，而且内涵非常深刻，涉及的领域也很广泛。我们要传承文明，最基础的工作就是要做好本土文化的挖掘、整理、研究、推介、传播。我们的社会发展很快，有些东西正在消失，如果不去及时进行抢救性的挖掘，很可能就会淡出我们的视野，文化传承就会受到很大损害。《湘东文化》杂志应运而生，担负着挖掘、整理、研究、传承、繁荣、发展湘东文化的使命和职责，这是一件很重要、很有意义、很迫切需要做的工作，是落实市委、市政府“文化提升战略”的一项有力举措，是奏响株洲民间文化妙曲的一把号角，是引领湘东文化繁荣的一朵报春花，是建设株洲“两型社会”、实现科学跨越发展的一个助推器。办好这本刊物，任重而道远。

在《湘东文化》创刊号首发之际，我提几点建议和希望：

一、要坚持开放式办刊，扩大刊物影响

办刊视野一定要宽阔，无论是作者还是读者，主阵地在株洲，但不能局限于株洲。一方面要把株洲地区方方面面对本土文化有兴趣、有研究、有专长的人士召集在《湘东文化》这面旗帜下，吸纳他们参与，写文章，对编办刊物提意见献计策；另一方面又要把视角放到株洲以外，包括国内甚至国外关注和重视湘东文化

研究的专家、学者，要主动与他们联系，争取他们支持与合作，以提高刊物质量、水平，扩张刊物的辐射性和影响力。我们的刊物一方面要有相对稳定的队伍，相对固定的栏目，相对不变的办刊方式，但也不能墨守陈规，画地为牢。办刊的视野要宽阔，要开放，要不断创新思路，创新内容，创新风格，使《湘东文化》真正成为研究、传播湘东地区文化的重要阵地。

二、坚持普及与提高相结合，学术性与可读性相结合

《湘东文化》肯定要有学术性，她的作者队伍很多是专家学者，但也要注重大众性和可读性，因为她面向的并不完全是专业研究者，她所担负的更大责任是向大众读者、向我们株洲的人民群众以及株洲市以外的广大读者，来传播、普及湘东地区的文化。所以要考虑接受对象，不能从头到尾完完全全是专业性文章，只有专业人士才能看懂。办刊一定要想着大众，为了大众，面向大众，服务大众，这应该是本刊宗旨。当然一本刊物的内容也不能纯粹是一些故事、一些传奇，应该栏目多样，涉猎广泛，内涵深刻，既要体现刊物学术价值，又要有趣味性、欣赏性、可读性、适用性，能够让更多的群众和读者所接受和喜爱。

三、坚持众手办刊，争取各方支持

《湘东文化》是在一张白纸上创办起来的，没有固定的经费来源，困难很多。这些办刊人士全凭着一股热情、一种责任、一股创业精神，来做这件很有意义的事，有些是退下领导岗位和退了休的老同志，他们为了株洲文化的传承，不辞辛劳献余热尽义务，这使我深为感动和敬佩。市委、市人大、市政府、市政协的领导非常重视和支持本刊的创办，市委宣传部作为主管单位将全力支持。在今天创刊号首发式上，株洲海联实业有限公司董事长谭志宏先生发言，表现了作为一个企业家对株洲文化传承的高度重视，这是很可贵的。我希望有更多的企业更多的老总，希望本刊各编委单位和编委委员，希望社会各行各业各界人士，都给《湘东文化》更多的关注、关心、重视、支持；也希望新闻界和媒体记者同志多宣传、多扶持、多“鼓与呼”。我相信，在市委市政府重视下，在社会各界的支持下，《湘东文化》这棵幼苗一定会茁壮成长，一定能办成高水平、深受大众喜爱的、在湖湘文化中占有一席重要地位的刊物。

（根据阳卫国同志在《湘东文化》首发式上的讲话录音整理）

炎帝文化在构建民族精神家园中的地位和作用

朱建军　张　谦

“炎黄子孙，不忘始祖”，这是20世纪80年代，老一辈无产阶级革命家陈云同志专门为炎帝陵的珍贵题词。这不仅是一句简单的口号，更是一种可贵的民族精神信仰。古往今来，海内外无数炎黄子孙跨海漂洋，迢迢奔波相约炎帝圣陵，数典寻根，顶礼谒拜。尤其是改革开放以后，上至党和国家领导人、下至普通黎民百姓以及港澳台同胞、海外华人华侨甚至国际友人等打破地域、身份、地位、种族的界限，不约而同地聚集到老祖宗陵寝前，虔诚地敬香祈福，充分体现了一个民族对自己先祖的追念与崇敬之情，也反映了华夏儿女传承、弘扬始祖精神与文化传统，构建中华民族精神家园的共同心志与强烈愿望。站在新的历史起点上，重新探寻和审视作为中华文明之源的炎帝文化对于构建新时期中华民族精神家园的地位和作用，让古老的传统焕发出时代生机，自然有着不可忽视的历史与现实意义。

一、炎帝文化孕育和造就的博大精深、丰富灿烂的中华文化，是构建中华民族精神家园的重要基石

众所周知，在炎帝之前，人类还处于茹毛饮血、穴居渔猎的时代，先民们不知耕种，不知五谷是重要的食物，以采集渔猎为生。自炎帝神农始首战洪荒、初识五谷、教民稼穑、播种五谷、制作农具、遍尝百草、始作医药、制作衣裳等，带领先民告别了漫长的蛮荒生活，跨过了人类初始文明的门槛。他削桐为琴，练丝为弦，以通神明之德，合天地之和焉，不施威刑惩罚，以教化为先，刑律虚设，法律条文闲置，以仁德团结管理天下族民，等等，改变了先民们的原始生产生活方式，成为人类文明过渡的重要标志。他和先民们在长期的生活和实践中，创造了丰富的物质财富和精神财富，为中华民族精神的发轫和中华民族的形成准备了最初的物质、文化基础。他带领先民所开创的农耕文化、医药文化、市场文化、火文化和原始艺术等，成为炎帝文化的具体内容，富有强大的生命力和广泛的包容性，也是中华文化的直接源泉和重要组成部分，而中华民族精神则正是中华文化得以整合的自强、爱国、整体、重德、重民、务实、理性和应变的精神，是中华民

族得以凝聚、认同的精神以及得以图强自兴的核心价值目标和精神原动力。因此，在一定意义上讲，炎帝文化是我中华民族精神家园得以形成、发展的前提和基础。

二、炎帝文化对多元一体的中华民族的认同感、归宿感起着巨大的融汇作用，是连接中华民族精神家园的精神纽带

一个民族的生存、发展和强盛，需要有强大的传统文化作为支撑。保持和发扬自己的民族文化特点，是一个民族稳定和发展的基础。同样，民族文化对民族共有精神家园建设亦至关重要。因此，民族文化与民族精神是紧密相连、相辅相成的。炎帝除了创造上述各项原始功业，更重要的是为后代树立和留下了宝贵而丰富的民族精神，比如：不畏艰辛的艰苦创业精神，敢为人先的开拓创新精神，厚德载物的民族团结精神，为民造福的崇高奉献精神等等，其核心内容大致可概括为“自强不息，厚德载物”。无数事实证明，炎帝及其文化精神，在实现中华民族的伟大复兴和推动新时代的发展过历程中有着不可替代的作用。如炎帝时代完成了母系氏族社会向父系氏族社会形态过渡，逐步实现了由群婚制向一夫一妻制的文明转型；奉行德治教化，平等大同；始兴血缘而聚，台榭而居等等，开创了人类初始文明之先河。就是这样一种伟大的创新，推动着原始先民由愚昧走向文明，推动着原始文化由无序走向有序，由散乱走向融合。

任何一种文化和精神都是历史传承与时代创新相结合的产物，都是一脉相承的。历史积淀而成的民族文化和统一的核心价值取向是一个民族生存发展的方向标、平衡器和动力源，也是构建民族共有精神家园的精神内核。炎帝文化和精神对多元一体的中华民族认同感、归宿感起着巨大的精神纽带作用，是民族精神、民族凝聚的标志和象征。中华民族在5000多年文明发展史中，自秦朝统一神州，成为一个以汉族为主体的多民族国家开始，历经汉、晋、隋、唐、宋、元、明、清各个时期，统一时间远远超过分裂时间，而且越到后期，统一时间越长，民族之间的融合越紧密；即便在国家分裂时期，各民族之间的文化联系与交流始终没有中断。这说明始祖文脉已经成为中华民族的精神纽带，炎帝成为华夏大地统一的象征，在中国历史长期发展进程中，已经得到中华各个民族的认可。19世纪新疆、西藏各族人民与沙俄、英国侵略者进行了长期顽强的斗争，给予侵略者以沉重的打击，维护了国家领土完整；台湾高山族和汉族人民一起，同日本侵略者进行了半个世纪的斗争；东北各少数民族踊跃支援和参加东北抗日联军；土尔扈特部回归祖国的艰辛历程，这一系列生动鲜活的例子充分体现了炎帝文化中的厚德载物的民族团结精神和各民族回归中华民族大家庭的民族认同意识，证明了炎帝文化在中华民族精神家园的精神纽带作用。

三、炎帝时代所体现的自强不息、公平公正、友爱互助、以人为本的文化精髓，对建设中华民族精神家园具有重要的现实借鉴意义

在中国历史发展长河中，不断涌现出的伟大创举，如万里长城的修筑、发明浑天仪、两弹一星发射、载人航天等等所体现出的各种精神，追本溯源，我们不难发现它们都是对炎帝时代所体现的自强不息、公平公正、友爱互助、以人为本的文化精髓的继承和升华，这对于我们继承和发扬中华民族的优良传统，紧跟时代步伐，开拓创新，不断丰富和发展中华民族精神的内涵，建设中国现代化事业，特别是在现代化文明建设中具有重大的现实意义。

目前我国正处在社会转型时期，精神滑坡、道德沦丧、个人利益极端化等不良现象凸显。党的十七大指出，要加快推进以改善民生为重点的社会建设，扩大公共服务，促进社会公平正义，使学有所教、劳有所得、病有所医、老有所养，建设和谐社会。要解决社会转型时期存在的问题，重建社会伦理道德和良好的社会风尚，就必须加强传统美德的教育，从中华民族文化的源头——炎帝文化中去找答案，对炎帝文化进行充分研究和挖掘，结合时代要求，发扬炎帝文化"以人为本、厚德载物"思想精髓。以炎帝文化中不畏艰辛的艰苦创业精神，敢为人先的开拓创新精神，厚德载物的民族团结精神，为民造福的崇高奉献精神等为核心指导社会主义先进文化建设，重构社会主义核心价值体系，形成荣辱清晰、善恶分明 的价值判断和民主友爱、平等和睦的人际关系。要发扬炎帝文化的精神纽带作用，加强全球炎黄子孙的交流与合作，促进祖国早日和平统一。要用炎帝文化中的改革创新精神和公平公正、诚实守信理念，指导经济社会发展，加快推进现代化建设，争取早日由"中国制造"变成"中国创造"。要用炎帝文化中友爱互助、以人为本的文化精髓，通过对良好行为规范的宣传，使其在广大人民群众中得到落实，在全社会培养和形成良好的社会道德风尚。同时，要发挥炎帝陵作为炎帝文化载体的重要作用，解决好炎帝文化研究与文化产业项目开发相结合的问题，加大炎帝陵景区建设力度，以炎帝文化为依托，组织开展文化经济活动，不断提高炎帝陵的知名度和美誉度，把炎帝陵真正建设成为炎黄子孙共有的精神家园。

湘东界说

陈立人

关于“湘东”地域的说法大体有四种：一是湘江以东之湖南属地；二是按照我国传统的五行地域观念，指除湘北、湘南外的湘江以东之湖南属地；三是从历史沿革看，自三国时起，历史上的“湘东郡”（《晋书》：晋义熙十三年，省湘州，置长沙、衡阳、湘东、零陵、卲陵、营阳，还入荆州，硖流民立阴山令。阴山汉旧县而属桂阳，吴湘东郡有此阴山县，疑是吴所立）；四是按现在行政区划习惯上指的株洲市(株洲市芦淞区、荷塘区、石峰区、天元区、株洲县、醴陵市、攸县、茶陵县、炎陵县)。

以上对湘东地域的界定，大体分为两个角度：自然地理和行政区划。按自然地理或行政区划界定湘东地域都各有理由和价值，但从研究湘东文化的角度来看，纯粹用古代的或现代的行政区划都不够确切；同样，纯粹以自然地理条件划分也失之偏颇。因为地域文化的决定因素是经济区域的形成，经济区域是以劳动地域分工为基础而具备产业特色的地理区域。其形成是由自然环境(包括地形、土壤、气候和资源等)和人文环境(包括历史文化传统、劳动力的数量和质量、科学技术等)两大因素决定的。当然，经济文化区域的划分，除重要的自然生态条件外，行政区划、人文因素占有十分重要的地位。从空间上讲，地理上的完整性与自然——生态条件的一致性，使同一自然屏障范围内的文化易于交汇影响，加上民族活动对文化区域的变化也有着很大的作用，此地区社会文化与其毗邻地区会有显著的差异。从时间上讲，长期历史发展所导致的该地区内部经济联系的紧密与经济水平接近，也使该地区文化有其独特的历史渊源。学界以大河、大山等自然屏障来划分地区以及这一地区的文化，具有一种模糊的准确性，比用某一时代的行政设置来划分更加确切，也更加稳定。据此，则湘东包含之域，当为罗霄山西麓，湘江东岸地区，即以株洲地区为中心，包括长株潭、衡阳市之衡东、衡南、安仁、耒阳、常宁，岳阳之临湘、汨罗、平江。或可延伸至郴州市之桂东、汝城、资兴等。本界说的理由如次：

一、该地区具备相对独立的自然地理环境

一般来说，自然区的划分，是根据岩石、地貌、气候、水文、土壤、植被等自然地理要素相对一致性所划分的区域。在其外部应有天然屏障将它与毗邻地区分隔开来。湘东西界为湘江，东界为罗霄山脉。罗霄山脉是万洋山、诸广山和武功山的统称，武功山主要由上古生界及中生界地层和印支－燕山期岩浆岩所组成，呈北东向隆起，万洋山和诸广山主要由燕山期岩体及古生代地层组成南北向隆起带。罗霄山又特指醴陵－攸县和茶陵－永新及萍乡、莲花一线，长150多公里，宽30－45公里。位于中国湖南和江西的交界，是两省的自然界线，是湘江、赣江及北江部分水系的分水岭和发源地，也是保护湘东内地的天然屏障。

又湘东属同一水系。湘江东边，一有最南边的耒水，耒水发源于桂东屏水山（炎陵之南），流经桂东、汝城、资兴、郴县、永兴、耒阳、衡南、向西北汇入湘江；二有发源于桂东风流山（炎陵之北）之洣水，洣水汇斜濑水，罗浮江、云秋水、河漠水于双江口而成，经茶陵、攸县，在衡东入湘；三是耒、洣二水之间有永乐江、汇安仁、炎陵、茶陵、耒阳、衡山之水，左右穿插，西至衡山而汇入洣水。四是发源于江西萍乡赣西高山芦溪的渌江，在今株洲县城（渌口镇）西流入湘江；五是发源于罗霄山脉的大围山北麓，有大溪河和小溪河两个源流汇成的浏阳河，在长沙市的陈家屋场注入湘江；六是东源出江西省修水县境、西支出湖南平江县境内东北龙璋山的汨罗江，在平江县城西汇合以后，向西流到汨罗市磊石山注入洞庭湖。

发源于罗霄山的条条小河和道道山谷，成树枝状水文网，其间水旱之灾不重。山林茂密，交界之地有穿山峡谷，山谷平坦，是山区农业的良好耕地，也是山区之间的重要信道。先民之起始阶段，这里有洞穴和林木以居住；有土地以种禾稼；有山林可供狩猎。和平时，可通过湘江及其支流，通过山谷等众多信道，与域外进行广泛的交流，乃至进行属地的扩展。这是个进可攻，退可守的天府之域。湘东之地形、土壤、气候和资源大体一致，属“雁行式华夏向山地”，素有“平行山谷”之称。其山水形势，对于先民的自卫和生存均有利。从新石器时代直到战国秦汉时期，区域内的先民居住点和人口聚居的城邑，都是沿着罗霄西麓和湘江东岸诸水排列的。《禹贡锥指》云：“荆之东界准约略言之，盖自麻城、黄冈逾江而南为武昌县；又西南为通山、咸宁、崇阳、通城；又南为浏阳、醴陵、攸县、茶陵；又东南为兴宁、桂东、桂阳；又西南为宜章，皆分界处也。”《禹贡锥指》云：“又南为浏阳、醴陵、攸县、茶陵；又东南为兴宁、桂东、桂阳”等等，则东罗霄、西湘江、北汨罗、南屏水山，庶几为湘东之域。

二、该地区居民具备相对接近的生存方式

相对完整独到的自然地理要素，决定了该地区相对一致的生产、生活方式，即生产、民居、饮食、婚丧、礼俗、民间信仰等。湘东地区是山区、小河谷和小平原交叉，有利于农、林、牧、渔业协调发展。其耕种业包括稻谷、小麦、玉米、高粱、谷子、薯类(马铃薯、土豆、洋芋、甘薯、红薯、白薯、木薯)、豆类、油料、棉花、麻类、烟草、蔬菜、水果、茶、中药材；其畜牧业是猪、牛、羊、鸡、鸭、鹅家畜家禽的孵化和饲养；其渔业为内陆水域养殖和捕捞活动；其林业以杉、桑、梓、樟、竹的保护、种植和开采。湘东的农、林、牧、渔业能够基本满足本地自然经济时代的消费需要并外销。

湘东民居构架采用“三间四架”的形式。房屋的空间高大通敞，便于通风驱湿、青瓦白粉墙具有造型均衡简洁，色调素净明雅的特点。古代以夯土为墙或田泥作土砖砌墙，后以柴火清砖煤窑红砖。湘东饮食风味不同于湖区和湘西，以制作精细，用料广泛，品种繁多，油重色浓，讲求实惠，注重鲜香、酸辣、软嫩，尤以煨菜和腊菜著称。

该地域的礼俗、民间信仰也有不同于外者。例如收谷时女人不能坐稻桶歇力，大家收割时不能用镰刀敲稻桶以免惊动五谷神，去深山劳动，忌唱山歌、吹口哨，呼同伴姓名等等。尤其是对包括炎帝神农氏的崇拜，更明显地看带有农业文明色彩。史载汉代以前有帝陵，唐代奉祀以昌。宋代罗泌撰《路史》就记述得更具体：炎帝“崩葬长沙茶乡之尾，是曰茶陵。宋乾德五年(公元967年)，太祖诏命“建庙陵前，肖像而祀”，随之遣官诣陵致祭，并“三岁一举，率以为常”。开宝四年诏置守陵七户此后，元、明、清各代祭祀活动从未间断，明代达15次，清代达38次。“衡湘之间，其民至今犹念柱(即炎帝柱)，凡一境数里，共奉一柱，以春祈秋报焉，谓树者柱也。所在有神农祠、先农坛。”炎帝陵县古名酃县。湘东地区敬奉雷神、闻雷辍耕、“戊月忌动土”的习俗决不仅仅是个宗教信仰问题。在神话、传说和信史融汇的观念形态中，包含着深刻的文化意味。据《“酃”——雷电与神龙崇拜的文字记录》(《湖南师范大学学报(社科版)》2006年第3期)考究，酃之偏旁“靁”同雷、电、震、霆为同一个词族，“耒”是炎帝创制的工具，其读音同“雷”“靁”。这不是巧合，是积淀了源远流长农耕文化意味的精神形式。地名物名同时反映了先民对雷电由自然崇拜到龙之神灵崇拜的认识过程，是古人对雷电自然现象的文字记录，也是我国龙崇拜源于雷电崇拜的一个典型例证。2006年5月，炎帝陵祭典顺利入选第一批国家级非物质文化遗产名录。在漫长的历史进程中，“炎帝陵祭典”已成为一个涵盖音乐、舞蹈、文学等多个领域的综合性文化载体。

三、该地区具备比较稳定的行政区划历史

行政区划是统治者为加强地方统治所划分的区域范围。有时为发展经济、巩固统治，可以考虑自然地理要素；有时则为了加强中央政权的控制力，有意违反自然地理原则。这在中国历史上事例很多，如汉代的长沙国，元代的陕西、湖广、江西行省划分，明代的南京划分等等。

以“湘东”为名，设行政区始发于三国时期，吴末，分长沙郡东界，置湘东郡，领茶陵、新宁、攸、临蒸、重安、阴山5县。《元和郡县志》载茶陵、新宁、攸、临蒸、重安、阴山5县“晋以郡属湘州”。晋之湘州领长沙、桂阳、零陵、衡阳、营阳、湘东、邵陵、始兴诸郡。湘东郡依例领茶陵、新宁、攸、临蒸、重安、阴山5县。宋、齐、梁、陈仍如此。南北朝梁时，梁武帝以其子梁简文帝称皇太子时，封第七子萧绎（后来的梁元帝）为湘东王，这是梁武帝萧衍为了避免前代皇族间骨肉相残局面的重演，取消了宋、齐两代监视和限制皇族权力的典签制，给皇族以实权，出任方镇。萧绎是史册中唯一以湘东名王的。并任荆州刺史（略同晋之湘州），所辖地域包括两湖，兼督附近诸州军事。隋罢湘东郡而设衡州，改湘东郡治所临蒸为衡阳县，以衡州领常宁、攸、茶陵、衡阳县。以上之地域，五代属潭州，宋属衡州，汉之湘东郡治设于酃（今衡阳市江东岸），在洣耒二水之尾（入湘处）；宋设县于今之炎陵县，移废用的汉酃为名，则在洣耒二水源头，可证湘东郡地域的稳定性。湘东郡，元天属临路，明属长沙府，民国属湘江道。中华人民共和国成立，属衡阳专区；1952年改属湘潭专区（专区后来改称地区）。1983年7月，实行市管县的新体制，改属株洲市。原湘东郡之常宁和衡阳县今属衡阳市。

综上所述，湘东作为行政区划的历史是比较稳定的。这里要附带指出的是，株洲县、醴陵市、攸县、茶陵县、炎陵县1983年改隶属于株洲市，是国家为推进该地区工业化城市化进程的重大举措，这样行政区划更加贴近湘东的自然地理条件，其意义不可低估。

四、该地区的族群和方言具有同源性

族群和方言是地域文化之标识。湖南自称楚，其实楚主要是一个地域的称呼，事实上，直到战国时期，湖南作为楚国的附庸，仍是少数民族聚集地。湖南人口基本上移民而来。随着北人南迁，加上元明清的屠杀，除聚集在湘西的少数民族除外，其居民之族群分布：一是岳阳、常德、益阳湘北一带，其居民口音、生活习惯甚至民风、性格同湖北，似为湖北江汉平原的延伸。二是永州、郴州、湘南一带，和广东福建江西的客家人同属一宗。这也可以从语言和生活习惯上找出很多相同点。三是保包括长株潭、衡阳的湘东一带及邵阳、娄底、怀化，大部分是江西移民。

两宋以来，移民基本上来自江西中、北部，很少发现来自江西南部的。从有关的一些谱牒、史志、文物和地名来看，江西移民量以明末清初为最。由于江西的大量移民，这些地区程度不等地受到了赣语的侵蚀。湘南土话、粤北土话和湘语中都有一些赣语的特点。江西人穿过罗霄山脉入居湖南，以湘东最早最集中。湘东一带竟因此成为赣方言区。湖南的赣方言分布在临湘、醴陵、安仁、永兴、资兴、耒阳、常宁，平江、浏阳、攸县、茶陵、隆回、洞口、绥宁等市县，正是历史上江西的大量移民定居于湘东的佐证。湘东之为赣方言区，除了江西移民较为集中于此外，历史上，交通运输条件的限制，以及行政区的更迭也是重要的原因。族群和方言的特色，也是界定一个地域的佐证，更是湘东区域文化圈存在的依据。

对于特定区域和区域文化的界说，本来就是个见仁见智的话题，本文界定今长株潭全部，衡阳市、岳阳市、郴州市之局部为湘东地区，愿意，也只算是引玉之砖。

包容性强·本色厚重·源远流长

——湘东文化特点论说

骆晓会

地域性和民族性是文化的两个重要属性。中国地域辽阔，民族众多，历史上各地区各民族政治、经济、文化发展不平衡，加上民族融合杂居的情况错综复杂，沿海和内地，南方和北方，东部和西部及相邻省、市、县乃至乡镇之间，都有很大的差异，各地各民族的文化都有自己的特点。湘东自然也不例外，揭示和了解其特点，对我们深入研究湘东的历史文化，更好地传承和发扬地方文化传统与精神有重要的意义和作用。经初步探讨，笔者认为湘东文化主要有异质包容性强、文化本色厚重、传承源远流长三大特点。

一、异质包容性强

“湘东”自然不仅仅是一个单纯的地理概念，从古至今，在这个地域内人们的生态、民俗、传统、习惯等文明表现大体上逐渐自成体系，即形成了湘东文化。但它不是一个封闭的体系，而是一个开放的体系；也不是单要素的，而是多要素的，对异质文化因素的吸收或包容性很强。“湘东文化”本来是一个地域文化概念，也正是由于其包容性强，导致其地域色彩被弱化，许多时候甚至被人们淡忘了。“湘东文化”其实是一个比较笼统的地域文化概念，首先从湘东方言的形成与发展我们就可以看出这一特性，因为方言是地域文化的重要载体。稍具方言知识就知道，我国南方的方言，多是在几千年的居民迁徙及相互影响中逐渐形成的，湘东方言正是如此，它主要来自江西移民的影响。

湘东方言是方言专家非常关注的语言文化现象，他们很早就将湘东，即“湖南东部濒临江西的狭长地带，包括从临湘、岳阳南至汝城的十五县”的方言，划为“类赣语区”，是湖南四个方言片区之一。之所以有这种结果，是因为“江西移民自唐末五代始，及两宋元代已成浪潮，至明代而大盛”。到明清时期，又从江西、广东和福建迁入了大量的客家移民。有意思的是，直到近现代这种现象仍在延续。如红色根据地时期，中共湖南省委1930年8月决定重建湘东特委，就将现在的株洲市管辖的四区五县及浏阳和江西的万载、宜春、萍香、莲花等地的党组织划归湘东特委领导，并同时成立湘东工农兵苏维埃政府；今日江西萍乡市还有一个名叫“湘东区”的县（区）级行政区划，用百度搜“湘东”一词，往往就搜到江西这“湘东区”去了。

由于“当时的湘东本就地广人稀，移民又是批量聚居，他们的母语得以保存下来，湘东由北而南狭长地带的赣语区也就由此形成”。后来的客家方言与以往的湘东土语及早期的赣方言等杂处、融合，使湘东的方言更加混杂，导致有的居民不得不说两种乃至三种方言。即使操一种方言，也是你中有我，我中有你。

当然不仅仅只有语言，还有许多外来文化因素在这块共同的地域内流传，并被相互包容，共同拥有和对比参照。包容性其实也是一种移民文化的特征。当然，这方面最早也是最典型的还是神农和神农文化，因为神农或炎帝也是外来的移民。明清以降，一部湘东客家史，也是一部充满辛酸苦难的移民史。他们因各种天灾人祸而背井离乡，长途迁徙，但也能克服各种艰难险恶的环境，开荒拓土，随遇而安。这种移民具有的开拓精神，逐渐注入湘东这块古老大地的文化传统中，被人们世世代代无声无息地传承下来。到近现代，这种移民文化的风格和对异质文化的包容性也丝毫不减。不仅红色文化在这里扎营，与炎帝农耕文化完全异质的工业文化也在此蓬勃发展。例如株洲，就是一个典型的现代移民城市，又称“火车头拉来的城市”，所以近年政府和民间都赞成将所谓“株洲精神”表述为“火车头精神”。这种表述既有开拓创新的内涵，也有流动的意思，也就是都含有一种鲜明的移民文化的精神和气质。

在湘东这块古老的土地上，无论是上古还是当代，都有大量的移民流入。随着大量外来移民的到来，各种不同的饮食、娱乐、居住、出行等文化风俗习惯以及一般生活价值观也在这儿落地生根，例如客家饮食和过年习俗在湘东就很普遍。其实，到了现代，各地移民千百年来的杂居交融，许多习俗已很难分清到底是出自北方还是南方，是土著还是“客家”？不少习俗和价值观、审美观在不断地相互对比、参照和模仿中，或许早已改变了本色或模样，成为新的价值标准或被大家普遍接受的楷模。

二、文化本色厚重

“文化”一词是一个很宽泛的概念。广义的文化一般应包括精神文化、器物文化和制度文化；而狭义的文化主要就是指精神文化，也可以说是广义文化的核心或本色。精神文化包含文化教育、各种科学、人文、宗教、艺术等文化产品。被称作“文化”的事物，必然要有一定的历史积淀，所以“文化”通常是指历史文化。在历史上，书院文化和宗教文化无疑是中国传统精神文化中最主要、也是最重要的组成部分。在湘东这块土地上，虽然历史上难说有全国数一数二的书院、寺庙，但可以说是书院林立、寺庙密布，其密度或数量都相当可观。我们说湘东文化的本色厚重，有道是：儒家书院续千年学府，宗教寺庙现星罗棋布，茶陵诗派成一代风流。

湘东各地历史上曾建有多少书院，具体数字现在一般已经很难做出准确的统计了，但其数量之多、密度之大，在全省乃至全国是名列前茅的，因为湖南书院的名气和数量都领全国之先。茶陵县的书院比较有名，且前些年曾组织开展过对茶陵书院史的系统调查和研究，故这里谨以茶陵为例。据统计："茶陵历代兴建的书院，共达38所，其中29所续办至清末。就数量而言，茶陵书院之多，位居湖南各县(州)前列：宋代第三，元代第二，清代第一。"湘东在全国比较有名气的书院很多，如茶陵的洣江书院、东山书院、寻乐书院、明经书院(原名一经堂)，醴陵的绿江书院，攸县的凤山书院、光石山书院，株洲县的龙潭书院(原名主一书院)，炎陵的洣泉书院，浏阳的洞溪书院、围山书院，平江的天岳书院，安仁的宜溪书院、湘亭书院，等等。像光石山书院，经有的专家考证是现在所知的中国最早的书院，建于唐朝初年；被西方学者称为中国古代百科全书的《梦溪笔谈》，现存最早的版本——《古迂陈氏家藏梦溪笔谈》，就出在东山书院；渌江书院则有历史上的两位大人物——朱熹和左宗棠曾在这里讲过学和长期执教。

由于书院的兴盛，所谓"惟楚有才"在湘东的表现也尤为突出。如从唐代到清末的科举考试，茶陵考取进士127名，状元、榜眼、会元各2名，其中不乏以"四相文章冠两朝(明清)"著称的明清四大学士刘三吾、李东阳、张治、彭维新和民国政府主席谭延闿为代表的精英。

湘东历史上曾有过多少世界三大宗教和中国道教的寺庙和教堂，现在也没有很全面的和确切的调查统计，但我们从现在的比较精确的统计去对照历史上的模糊数据，也能给人多而密的印象。这里我们仅从湘东的主体部分，即株洲市来看，据统计，截至2008年底，株洲全市有正式登记的宗教活动场所536处，其中醴陵市和攸县占了约五分之四，分别为200个和241个。而据民国版的《醴陵县志》记载，其历代建有佛道寺观334处，基督教和天主教堂39处，其数量远多于现在。可见历史上肯定比当代更多更密。我们另以邻近的衡阳市(当然也有部分地域属湘东范畴)略作横向对比，因有南岳这样的中国宗教名胜的促进，其宗教场所数量在全国来说应该是不算少的，可是2008年全市也只有384处，远少于株洲市。

历史上湘东在全国影响较大的寺庙也不少，其中的佛教尤其是禅宗在全国的名气和地位不同一般。唐五代的时候，湘东禅风盛行，禅院林立，据统计有寺院达百余所，比较著名的有攸县的宝宁寺、大川寺，醴陵的云岩寺，茶陵的灵岩寺、皇雩寺，株洲县的空灵寺、资福寺，浏阳的石霜寺等。这些寺院吸引了大批禅宗名师来此开坛讲法，为禅宗五派中的四派即沩仰宗、曹洞宗、临济宗、云门宗(法眼宗除外)的形成、传衍和发展做出了重大贡献。如创建于唐天宝十年(751)，迄今保存完好的宝宁寺，就是曹洞宗在湘东的两个祖庭之一，在佛教界享有“北有少林，南有宝宁”之盛誉；尤其是其珍藏的大思想家王船山作序、1684 年成书的《宝宁寺志》，更是文化之稀世瑰宝。

产生于明代成化、正德年间的茶陵诗派，是中国古代文学史上的重要流派，因该派领袖李东阳为茶陵人而得名。李东阳官至吏部尚书兼文渊阁大学士，有《怀麓堂集》100 卷传世。他提出“轶宋窥唐”、诗学汉唐的复古主张，强调对法度声调的掌握，洗涤台阁体单缓冗沓的风气，以振兴诗坛。李东阳在朝数十年，苦心经营，推贤荐才，旗下网络了众多门生，诸如邵宝、顾清、石珤、罗玘、鲁铎、何孟春等，在当时及以后的文坛都赫然有名，从而终成中国文学史上的一宗或一派，也是当时的诗坛主流。以李东阳为代表的茶陵诗派，将故乡“茶陵”的名字，永远镌刻在了中国文学史册上。

三、传承源远流长

文化必然带有一定的历史积淀。湘东文化历史悠久，源远流长，基本上与中华文明共生存，其中最具代表性的就是炎帝文化。近几十年大量的考古发掘资料也证明，上古长江流域文明是构成中华古文明的两大流域文明之一，其文化与黄河流域文化有不同特点，两大流域间的文化接触、渗透、交融频繁深刻，最终形成了博大精深的中华文明。上古长江流域的稻作文化、龙文化、茶文化等颇具特色和代表性，而炎帝或神农文化几乎可以涵盖或包括这些特色文化。

稍微理性地辨析一下历史文献和几十年来考古学提供的大量资料就可以明白：所谓“神农”，其实不过是长江流域稻作文明的一种化身，而不是最初的创立者，它只有某种象征意义。因为炎帝时代，哪怕是像有的学者说的，炎帝神农氏不只一个人，而是有多代神农，是所谓“一个家族若干代人的共同符号”，但他们也不得不承认，神农时代距今的上限也只有 5230 – 5220 年，远离于考古学证实的稻作文明起源的年代。所以，确切地说，炎帝或神农文化应该是稻作文化乃至长江流域新石器时代文化的集大成者，炎帝时代已经是南方原始稻作农业和新石器时代文化的繁荣期——这样表述和定位，可能更符合历史真实，而且也没有贬低炎帝和炎帝文化的地位，实际上是在更高层次上的弘扬。这种表述和定位在湘东地域内直接的考古学背景或依据，是具有代表性的茶陵独岭坳文化遗址（距今 7000 – 6500 年，发现有栽培稻）和株洲县磨山早、晚期文化遗址（距今 6500 – 4000）。

正如西方历史哲学家克罗齐所说：“一切历史都是当代史”。炎帝文化的形成，就是人们将上古长江流域新石器时代的物质文明拟人化，并将其神话定型而逐渐转化为精神文明。事实上，这种转化从古至今一直未间断过，这也就是历史与文化的传承。其本身的真实与否已经无足轻重，因为它已经成为以农为本的国家和社会的某种精神寄托。这种传承最典型的是对炎帝的祭祀。据历史记载，官方和民间在炎帝陵的祭祀自古以来香火鼎盛、连绵不断。有记载的最早的官方祭典从宋乾德五年（公元967年）即已开始，盛大祭典在宋代“三岁一举”，明代不下15次，清代则有38次之多；而当代更不用说，据有关方面统计，炎帝陵自1986年修复以来共举办各种大型祭祀活动300多次，近几年平均每年举办大型公祭活动40次以上，每年清明、重阳的大型祭祖活动已成定例。为了纪念先哲圣贤，湘东许多地名及自然的和人工的景观、物产等，被古人和今人以炎帝或神农的名字命名，如“炎帝陵”“神农谷”（炎陵县万洋山）、“神农庙”（汝城）、“药王节”（安仁）、“神农井铁观音”（炎陵）、“炎陵县”及株洲市新建的号称拥有三千亩园林的“神农生态城”，等等。

总之，湘东文化绚丽多彩，内涵丰富，历史久远，特色鲜明。虽然近十多年来株洲市政协文史委、株洲市志办、中共株洲市委党史办以及株洲市历史文化研究会等官方和民间学术和非学术机构做了大量工作，有很不错的成绩，出了不少研究成果，但我们不可否认，对湘东文化的传播、普及和发掘还很不够；尤其是学术研究除了炎帝或神农文化之外，其他方面的研究还很不深入和系统化，尚有许多领域的研究还是空白。这些都与缺乏更多和较高层次的文人学者的参与是有关系的。在此，我们特吁请身在湘东的本土或移民的和在外地工作的湘东籍人文学者、作家，根据自己的专业和特长，选择适当的角度参与湘东文化的研究和普及工作，为地方文化的建设和发展做出自己应有的贡献。

株洲——历史文化深厚的城市

马立明

株洲，古称建宁，其实并不是人们常言的一座现代才建立起来的新兴城市，而是一座具有 1800 年历史的古城。

从现有史料可知，东汉建安十九年(公元214 年)孙权与刘备分荆州，以湘水为界划江而治，东吴在河东(今解放街)设“建宁县”，今日市内的建宁港、建宁闸、建宁街、建宁乡等均以此得名。河西，自然属于蜀国了。

建宁县存在时间达 400 年。按史算，株洲建城迄今已有 1798 年的历史了。到后年(2014 年)，株洲完全可以说建城 1800 年了。历史上西晋名士杜轸、南朝名士章华等都曾出任过建宁县令。

清光绪《湘潭县志》载：“据《水经注》建宁有新旧二城：旧城在槠洲，吴所立；其新城则朱亭、淦田间有古城基地是也。”后来形势发展，古建宁城又迁回株洲。株洲古建宁城址，就在今樟树坪、南湖塘一带。樟树坪小学旧时称“府台衙门”，就是县府办公之所。

从株洲定名看，古时株洲多槠树，因“槠、株”同音而更名株洲；南宋绍熙元年(1190 年)槠洲正式定名为株洲，至今也有 800 多年的历史。

从历史文化底蕴来看，在株洲河东市区南湖街尽头，有座距今1500 多年的古寺——资福寺，为梁武帝时期建造。该寺“为两进的院落群，从南至北有槽门、前院、正殿、后院、观音堂等。在正殿两侧设有斋舍和耳房。内墙壁镶有众多碑刻，内容大多为诗词曲赋和歌咏赞美之文。”(见《株洲文物名胜志》)。一千多年来，该寺香火旺盛。寺旁，后来又建了鲁班殿，该殿为木匠行业的人祭祀始祖鲁班而建。民国 7 年(1918 年)在南北战争中被毁，以后再重建。正中设有鲁班神位，在神位下设有戏台，一些地方戏剧团曾在此演出。现在，这两处“市级文物”已是破败不堪，墙头荒草萋萋，无人问津，令人痛惜。资福寺和鲁班殿产权，现归房产局管理。

据有关史料记载，就在建宁港这块风水宝地，当年还有座城隍庙，庙旁有座“分袂亭”，楼高三层，临江而立，这是纪念宋乾道三年(1167 年)，朱熹和张栻经湘水同游南岳，路经株洲歇宿于资福寺。两人惺惺相惜，彻夜长谈，朱熹对这次分别充满惆怅，并作诗唱和：“泥行复几程，今夕宿株洲，明当分背去，惆怅不得留……风雪南山，解袂株洲……”至元代，后人在此建亭以志朱、张。

据《湖南通志》载：宋代抗金名将刘锜在潭州任知府时到过株洲。他与岳飞、韩世忠、张俊同为南宋四大名将。在长沙任职期间曾到过资福寺。寺中和尚见他气度非凡，不知是何方名士，问其姓名，他没有作答，只是挥笔在墙上写下了这样的诗句：

迅扫妖氛六合清，
匣中宝剑气犹横。
夜观星斗鬼神泣，
昼会风云龙虎惊。
重整山河归北地，
两扶圣主到南京。
山僧不识英雄汉，
只管滔滔问姓名。

后来，有识之士将刘诗镌刻成石碑，镶嵌在资福寺正殿的内壁，呼为“太尉碣”，后人为之凭吊。

河东还有素以“贤孝”名扬天下的老莱子（春秋末年楚国人）墓，墓的不远处有座“古莱子祠”。据说老莱子当年隐居在良图塅（今荷塘区宋家桥），孔子曾多次登门向他求教，楚王也曾请他当楚国辅宰，唐高祖、唐太宗、明太祖曾诏示寻找其墓和故居。清康熙年间，人们在良图塅发现其墓和墓碑，现在仙庾庙里还有清同治年间修葺其墓的捐碑。遗憾的是，该墓1958年株洲车辆厂建厂时被毁。

此外，石峰区白马乡（原荷花乡）还有“秋瑾故居”（又称王家大屋）；近郊的渌口，东汉伏波将军马援曾在此屯兵；历代诗人除杜甫、朱熹和张栻外，还有张叔卿、刘长卿、文天祥、彭玉麟、王闿运、八指头陀等曾写下不少诗篇歌咏株洲。

株洲河西凿石浦，有座与古“分袂亭”遥遥相望的古庆霞寺，史载为唐太宗元年（627年）所建。庆霞寺旁，有纪念杜甫在此停留过的“杜甫草堂”和观音殿。史传唐太宗四年（769年）春，杜甫为避战乱而携家眷乘舟宿于凿石浦回塘旁的庆霞寺（今天元区栗雨办事处湖塘组），留下著名诗篇《宿凿石浦》《早行》等。其中《宿凿石浦》云：

早宿宾从劳，仲春江山丽。
飘风过无时，舟楫敢不系。
回塘澹暮色，日没众星嘒。
……

据《凿石浦志》记载：至宋代，有著名书画家米芾怀着对诗圣杜甫的敬仰之情，专程从洞庭湖溯湘江而上来到凿石浦，凭吊杜甫。他在拜谒了杜甫草堂之后，见山门前有一巨石直插湘江，十分欣喜，于是登临石上，远眺杜甫草堂，激情喷发，挥毫写下了“怀杜岩”三字。“怀杜岩”三字如今已收入在一些典籍中。遗憾的是，“怀杜岩”这一胜景在20世纪50年代大兴水利建设中，被人们炸石筑堤而毁。据当地老百姓介绍，“怀杜岩”巨石之“根”还在，我想，如果能在原址上重建这一胜景，重现这方镇市之宝的风采，那将是一处多么厚重的历史人文景观啊！

以上足以证明，株洲是座历史悠久、文化底蕴十分深厚的城市。

“动力文化”刍议

刘　强

在株洲所辖的醴陵市，有“世界杂交水稻之父”袁隆平院士的杂交水稻试验田，他利用“远缘杂交优势”，产出的水稻作物高产优质，世所钦羡。袁隆平先生打破世界性自花授粉作物育种禁区，为我国粮食生产和农业科学发展做出了杰出贡献。我想，可以用杂交优势的观点讨论文化。可以说，“动力文化”也是一种拥有“远缘杂交优势”的文化。

在株洲市第六次文代会上，市长王群先生作了一回别有生趣的讲话，他对于打造株洲文化城市，在硬件建设方面有很好的设计，他设想的“三部曲”很能鼓舞人、感染人。我听王群市长演讲次数有限，但赞赏他的雄辩，赞成他“动力株洲”的提法。株洲是一个工业动力城市，除了电力机车、航空、汽车工业等项工业，成为国民经济发展动力外，锌、铅合金、硬质合金工业等，也是动力工业所不可缺的。我在这里和市长做一个呼应：“动力株洲”的文化，也应是“动力文化”！株洲文化的特色，是以大工业“动力文化”为特色！它不仅同样成为国民经济发展和株洲“两型社会”建设的动力，就其文化而言，是火车驮来的“融文化”，汇聚全国优秀文化的“杂交”优势，乃炎帝文化、古潭州文化（在株洲则为“槠洲”文化）、老革命根据地“红色文化”和全国各地“舶来”文化即大工业“动力文化”的“杂交”——四项文化“远缘杂交”，以大工业“动力文化”为核心，是富有“远缘杂交”优势的新型文化。

每一种文化都是有根有蒂的，株洲文化的根在哪儿，蒂是什么？

株洲文化属于古潭州文化一支，最早有炎帝文化的文脉延续（三国时株洲为建宁郡，炎帝时即隶属于长沙，那时炎鄗称为长沙鹿原陂），后有屈原楚文化的熏陶（屈原乘船经由湘江至九嶷山：“济沅湘以南征兮，就重华而陈词”，并作《九歌》含《湘君》《湘夫人》等），至唐代得杜甫诗文化的哺育（大历四年（769）二月，杜甫溯湘水而上，过株洲共计三天，宿两晚，作诗《宿凿石浦》等多首），明代以后，直接受茶陵诗派李东阳“叹息苍生”诗文化（如《筑城怨》等）的涵养，文化渊源既深且长。

炎帝、屈原、杜甫、李东阳等，都是一个时代文化巨人，他们所缔结的古潭州——槠洲文化，便是株洲文化的“血缘”，成为株洲文化之根。

新中国成立以后，株洲由原来湘潭一个古镇，于1951年建成县级市，后来因为京广、浙黔两条铁路大动脉于此交汇，又有湘江纵贯北去洞庭、长江，拥有特别交通枢纽优势，国家“一·五计划”多个大型项目便落踞于此，很快升级为省直辖市。全国各地尤其是东北老工业基地不少企业，调集设备和人员，纷纷支援株洲建设新型工业城市，各地外来优秀文化纷纷在株洲汇聚和落户。于是，古潭州——槠洲文化和全国各地“舶来”文化，形成“结缘”，这种结缘是互动的、有机的，也是原创的。因此，株洲文化在本质意义上，便是一种大工业“动力文化”。

大工业“动力文化”颇富诗性。株洲文化，也是一种诗性文化。我认为，株洲大工业“动力文化”的文化精神，可以概括为20个字，即：怀抱理想，讲求科学，不断超越，合力创造，持续创新。其核心精神是“合力创造，持续创新”，含蕴着人类最高的人文关怀精神。只有坚持“合力创造，持续创新”的文化精神，株洲才能走向中国和世界文化的前列！

如果说，古潭州——槠洲文化是“根”，那么，全国各地“舶来”优秀文化，便是株洲文化的“蒂”，新的株洲文化可谓“根深蒂固”，富有文化互动力和亲和力。

站在中国《周易》文化的高度看，大自然的本质就是二元互动，即阴阳互动。阴阳交泰，诞生宇宙。大自然丰富多样，成为文化之后有其“返璞性”，即简化和升华了大自然的丰富多样性。古潭州——槠洲文化的简朴性即阴性，和各地“舶来”优秀文化的“可塑性”即阳性，形成阴阳交泰，成就株洲文化的开放性，而不是封闭性，这就有了株洲文化的种种“远缘杂交优势”。

如果单就古潭州——槠洲文化而言，它可能是“唯我独尊”，一山不容二虎。但是，全国各地“舶来”优秀文化的阳性渗透，打破它的“独尊性”，而它的“舶来”性是可塑的，富有可塑性，彼此黏合塑造了株洲文化的开放性，这是株洲文化的独到优势。一句话就说全了：“一山不容二虎，除非一公一母”，也就是“阴阳交泰，创造和谐”的意思，因而株洲文化深深地含蕴着“和谐”基因。这就是说，株洲文化成为一种“异类”文化，它的可塑性与和谐性是天然的。那就是，这种“异类”文化是新生的，突出地表现为一种新型工业文化，表现为“你、我、他”共存的和谐品质，又具有现代工业的创新精神，跳脱存在主义“他者即地狱”的思想局限。

所以，株洲的“动力文化”，得益于现代工业的和谐品质与创新精神。株洲文化的“心”（核心价值），是开放的，包容的，丰富多样的，可塑可形的。株洲的“动力文化”，包容了古潭州——槠洲文化和“舶来”优秀文化，从一元而至二元并存，并且努力走向多元化。株洲的“动力文化”，容忍他者与差异，少有排斥性或曰排他性，更有一种“在别的文化中发现我们自己”的优势。

株洲“动力文化”一个重要特征是，由于它的包容性和开放性，而呈现出一种整体性和整体观，形成一个活跃的网状式互动体系。株洲“动力文化”，也像“动力株洲”的整体性一样，不把疆界绝对化——如果它也有疆界的话，也是网状型疆界，它以古潭州——槠洲文化为“根”，可以接受各种“舶来”文化的影响和渗透，与之结“蒂”，彼此的影响和渗透也是互动的，以其互动性形成最大整体优势。这种相互间的渗透和影响，也是文化发展的动力，“愈是生动有力的文化，就愈要依靠杂交授粉使自己繁茂地成长”。因此，我们可以强调，株洲“动力文化”——“远缘杂交”文化，具有得天独厚的开放与和谐的优势。

我们从植物学、人种学观点看，同一文化即单一品种文化，偏执于地方性文化，是带有封闭色彩的，容易出现偏执，不利于和谐。“杂交优势”的对应是“近亲繁殖”——强烈地排斥他者。而“远缘杂交优势”，从情感到血缘，它就不只有一个“爸妈”，从精神到肉体，也不只是一个“种父”，这就有了天然的开放与和谐优势。

株洲文化，杂交——“动力文化”，没有自在的“中心主义”，它是庄子的“齐物论”，物物平等，各有尊严。这里，便要说到杂交——“动力文化”另一个特征：“宇宙意识”。株洲“动力文化”的视野广袤无垠，是一个活跳的宇宙“大观园”。

我曾经说过，株洲是一个翱翔的城市，那么，株洲“动力文化”——“远缘杂交”文化，也是一种翱翔文化，它展开双翼翱翔于宇宙！

弘扬茶陵历史文化 创建国家历史文化名城

向宋文

茶陵，历史文化底蕴深厚，历史文化光彩夺目，历史人文晶莹闪亮。茶陵是炎帝神农文化的发祥之地，是吴头楚尾的边陲之地，是茶陵诗派的繁衍之地，是红色政权的发源之地。茶陵因“炎帝崩葬于长沙茶乡之尾”而得名，炎帝在此开创了农耕文化，留下了许多活动遗迹和神奇传说，上古时期茶陵就有“神农故地”之称。1996年茶陵独岭坳大溪文化遗址的发现和遗址中稻谷粒遗存及全国唯一保存完整的“湖里湿地”发现的世界罕见的“茶陵野生稻”，充分证实了茶陵是我国乃至世界稻作文化的重要发源地之一，在远古农耕文化中占有一席之地。茶陵“人文鼎盛”，这里历代所建书院达38所之多，在湖南名列前茅，可谓湖湘文化的一颗明珠。宋末元初，著名教育家、著述家、刻字家陈仁子创建的东山书院为湖南三大刻书中心之－，其刊刻的《古迂陈氏家藏梦溪笔谈》，1965年周恩来总理要求文化部派专人从香港购回，现成了收藏在国家图书馆的“国宝”，被誉为“中国科学史上的坐标”，在中国出版史上占有一席之地。这里有127人举进士，出了2个状元，2个榜眼，2个会元和4大学士。以首辅大学士李东阳为领袖的“茶陵诗派”震撼京城文坛，在中国文学史上占有－席之地。茶陵又是井冈山革命根据地六县之一，毛泽东在这里创建了中国第一个县级红色政权。1927年11月28日建立的茶陵县工农兵政府，被美国记者斯诺在《西行漫记》中称之为中国第一个苏维埃，中央电视台制作的《井冈山》称：“井冈山根据地的红色政权，中央的红色政权乃至今天的中南海国务院都是从井冈山 米水之滨的小屋里走出来的”，这在中国共产党的建政史上也占有一席之地。新中国成立后茶陵有29位被授予共和国将军，有32位民国将军，有“将军之乡”的美誉。中华民族始祖炎帝神农氏和中华人民共和国的创始人毛泽东足迹踏遍茶陵。茶陵籍明朝宰相李东阳和国民政府主席谭延闿都曾名噪一时，江南唯一保存完好的宋代古城和千年铁犀、三大学士故里碑、岳飞“光泉”石刻、龙家牌坊、“云天一柱”古塔、列宁学校、红军村、红军标语和茶陵八景等一大批珍贵历史文物风景名胜，使茶陵光彩夺目。徐霞客在茶陵探险留下的“楚游日记”和宋孝宗、刘三吾、肖锦忠、黄庭坚、解缙等留下的诗句，使茶陵流光溢彩。南宋古城墙和茶陵县工农兵政府正在申报国家历史文物保护单位，茶陵铁牛等5处被列为省级文物保护单位，茶陵正在挖掘整理的历史文物有上百处之多。如“金线吊葫芦”的洣水环流和誉称小南岳的云阳山紫微叠翠唯茶独有，“好山千叠翠，流水一江清”和“一州形胜雄三楚，四相文章冠两朝”，把茶陵的山水和人文描绘得如图如画，可谓“巍巍云阳，滔滔洣水，代代英杰，赫赫茶陵”。茶陵确实不愧为一块人杰地灵、名胜秀美的宝地，这里具有创建国家历史文化名城的基础和条件，进一步发掘、整理、保护、提升茶陵历史文化，创建国家历史文化名城，历史地摆在茶陵人民面前。它对于打造茶陵闪亮名片，促进经济跨越发展，建设美好和谐社会，提高县民文化品位，激励后人奋发向上，具有十分重要的意义。我们要抢抓“文化大发展大繁荣”的重要机遇，切实落实市委市政府“文化提升”战略，努力挖掘、切实保护、不断完善、全面提升茶陵的历史文化，创建茶陵国家历史文化名城。

一、建设茶陵历史文化园

茶陵县名融合了神农文化。以中华民族始祖炎帝在茶陵“教民种五谷”为特征的神农文化，以明首辅大学士李东阳为领袖的“茶陵诗派”为特征的湖湘文化，以毛泽东在茶陵创建的中国第一个县级红色政权为特征的红色文化，博大精深，唯此独娇。是我们茶陵人必须认识、挖掘、提升、开发的三大品牌，潜藏着巨大的社会和经济价值，也是践行“文化大发展大繁荣”和“文化提升”的实际步骤。如何将这三个品牌集于一园，融为一体，打造高品位的历史人文，迫切需要建设茶陵历史文化园。在云阳山脚东阳大道西头选址，建设中华神农文化、湖湘进士文化、茶陵红色文化博物馆，建设南宋文化走廊，建设“名人馆”“茶陵诗派”碑林和茶陵八景名胜景点区、生态休闲城。开辟“名城概述”“文化遗存”“传统文化”“今日茶陵”等板块，发掘、展示茶陵历史文化精华。用现代理念、现代科技手段，配以大气磅礴的雕塑和建筑艺术风格，通过招商引资，用市场运作的方法，打造成茶陵一个文化亮点。开辟游园(历史文化园)、游水(洣江金线吊葫芦)、游山(云阳山)环城游，把历史文化园—状元坊—茶陵铁牛—南宋古城墙—茶陵工农兵政府—东门笔支塔和云阳山等几颗明珠串起来，形成一副耀眼的项链，使其成为炎帝陵拜祭和井冈山红色旅游的落脚点和休闲城，发展茶陵的旅游事业，扩大茶陵的知名度和影响力。

二、保护、完善、提升红色文化景点

特别要保护建设好茶陵县工农兵政府、列宁学校、烈士陵园、将军馆、红军村、毛泽东湖口力挽狂澜、高陇战斗遗址等。开辟茶陵县工农兵政府—炎陵水口建党—宁冈朱毛会师—井冈山黄洋界保卫战红色旅游线，并以此成为爱国主义教育基地，教育后代，珍惜历史，继往开来，使后人更好地认识茶陵，热爱茶陵，建设茶陵。

三、抓紧茶陵历史文化的挖掘、整理、弘扬、开发

重视和支持茶陵历史文化研究会工作，逐步实行研究与开发相结合，在历史文化研究会近期编辑出版的《茶陵州志（诠译本）》《李东阳评传》《李东阳研究》《毛泽东与茶陵》《茶陵历代书院》《茶陵文选》《茶陵民间文学集成》《三大学士故里》等基础上精编出版茶陵历史文化系列丛书，以展示茶陵历史文化精粹，凸现茶陵历史人文品位，彰显茶陵人的个性特征，讴歌茶陵这块热土，给茶陵人民奉献一份精湛的历史文化食粮和文化大餐，教育县民了解精典，传承精华，振奋精神，共建和谐。

四、启动创建国家历史文化名城工程

建议茶陵县委、县政府要把这项工作摆上重要议事日程，组织到湘西凤凰实地学习考察，确定1－2名县委、人大、政府、政协领导牵头组织，抽调相关职能部门和热心熟悉这项工作的同志，成立领导小组，下设办公室，组建精干的办事班子，负责项目论证、规划设计、政策拟定、招商引资、组织实施和创建申报事宜，千方百计争取省、市及国家城乡建设部、文化部、文物局等部门的支持，集中精力，全力以赴，用3年时间，使茶陵跻身国家历史文化名城行列，打造茶陵国家历史文化名城的闪亮名片。

株洲宗教文化旅游景观的开发及其意义

谭特立

当前兴起的旅游热，以文化旅游最为瞩目。宗教文化是文化旅游的重要内容，所谓"旅游之胜，半赖寺庙"，充分说明旅游与宗教的密切关系。挖掘整理宗教场所旅游景观，增加旅游项目，扩充旅游内容，有利于旅游者增长知识、扩大眼界、锻炼身心，对旅游事业的蓬勃发展将起到积极作用。

一、宗教场所蕴藏丰富的旅游资源

株洲是湖南省宗教大市之一，数以百计的宗教场所分布在市域名山胜水之间。其中建成于唐宋以前的佛教寺院和道教庙观有100余所，有道是"天下名山僧道占多"，古寺古观蕴藏丰富的旅游景观。

（一）优越的地理环境

古寺观所处位置优越，大都选址群山环绕之中，或山峰，或山坡，或依于高岩之下，江河之滨。佛教寺院中如攸县的宝宁寺，四面山环水绕，恰如明珠一颗，兜生其中；株洲市郊的金轮寺，立于山势逶迤的婆仙岭顶峰，东连罗霄，西仰武陵，南接衡山，北望洞庭，旧时为湘潭、善化、浏阳、醴陵四邑交界地，形势险要；醴陵云岩寺立于彩云环绕的高岩之下；市区的空灵寺立在涛声日夜的百里湘江之畔……道教庙观中如攸县天蓬岩处湘赣两省交界的甘棠山，以广寒大、小寨为背景，两相对峙，如天之柱，山中垂直四洞，如天之蓬；此外茶陵云阳仙、市区的仙庾岭、醴陵的丁仙观等位于峰峡环抱之中，是"可以避世，可以隐居"的神仙福地。

古寺古观所处位置各显神奇。在寺观周边，各有不同形势的景观，有古遗址、古建筑、奇峰、异石、古树、奇物，还有爱国主义教育基地等。如宝宁寺的"千年沉水樟"、山峰绝顶的"空王台"、叶大如伞、花开五指在蕊中惊现白衣观音像的"观音芋"；云岩寺的"老龙井""九峰五柏"；皇雩寺的七孔泉；灵岩寺的隐泉岩、石梁桥；云阳仙的"张良试剑石""五雷池""观音岩"及诸多溶洞。天蓬岩的"仙圳飞渡"水从岩壁横空而过、"方竹摇影"如筷子倒插的蔚为奇观；香山仙的"响铃山"，山有铃响，行人经过，能闻其声；据清光绪十六年《仙庾岭志》载，仙庾岭有：高阁翀霄、云岫冬梅、白茅霁雪等八景。

（二）精妙的殿宇建设

株洲市宗教场所殿宇建设，既与中国佛道建筑整体风格相符合，又有本地的殊胜之处。其一，因地制宜选择彰显宗教特色。阳升观殿宇背北靠三清峰，西南对画屏幕峰，大小莲花峰，作乾山坤向；东南倚凤凰峰，西北凭放光峰，群山环绕，艮巽相贯，含“先天八卦”之意，殿宇建筑在太极中心。体现“道法自然”的哲理；灵龟峰寺殿宇在灵龟山顶，耸然独立显现出“天上天下　唯我独尊”的主观精神；古金轮寺，仿佛教建筑模式，依山势而上，前山门，中大雄宝殿，后观音殿，在山顶峰建59米高万佛舍利塔，直指云天，大有“仙居至上，峰在最高”气势。更为奇巧的是，在山门梯层之间，依山峰婉转，开辟罗汉仙洞，内置神像，供人瞻仰，创造天地合一景象。

其二，建筑艺术与人文景观相结合。寺观建筑结构均保存驼峰、斗拱、重檐、顶坛、吻鳌、鸱尾、雀替、隔页、藻井、硬山顶封火墙建筑形式，雕塑有彩绘、泥塑、浮雕、镂空等，内容有道家八宝、佛家八宝、道教的八仙、佛教的十八罗汉以及各路神仙故事。道观壁头、檐下、屋脊、山墙垛面，到处都有雕塑艺术，十分华丽；而佛教寺院的雕塑简单朴素给人清淡之感。

（三）浓厚的文化氛围

市区的古寺庙，由高僧名道开创甚多，名人开创的寺观吸引历代众多的思想家、军事家、政治家和文人学者观光、游览，他们之中，在唐有宰相房玄龄、诗人杜甫、状元王储，五代时有楚国大学士徐仲雅，宋时有著名文学家黄庭坚、状元张孝祥、易祓以及同为南宋四大名将的岳飞、韩世忠、张浚、刘琦，元时状元李祁，明代状元罗洪先、旅行家徐霞客，清思想家王船山、状元萧锦忠、封疆大臣左宗棠、谭仲麟，民国时期国民政府主席谭延闿等。他们或赋诗吟唱，抒怀咏志，或访仙觅古，悟禅论道，给宗教场所留下令人叹为观止的文化胜迹。

匾额类：屏山寺有房玄龄写的“吴楚古刹”碑。宝宁寺有王船山题《花雨弥天》，“当官十三省、领兵五十万”的左宗棠题《共法真常》，萧锦忠题《性海灵源》，谭延闿题《妙庄严海》。阳升观有张孝祥题《天下第一山》、宋殿讲察院吴璲题《飞天法轮》、清谭仲麟题《灵感帝都》等。

楹联类：宝宁寺的“大千世界无双地，不二法门第一山”联，慈云寺的“唐大川千秋一色，宋慈云古今同揆”联；灵龟峰寺的“黄云紫雾天张盖，翠壁苍岩地拥屏”联；梦仙庵的“天外浮云都是梦，台前幻景岂非仙”联；聚龙仙的“龙之所聚，仙则常灵”联；天蓬岩的“天留此地传妙道，人从何处觅长生”联；屏山寺的“净瓶甘露洒满周天法界，玄妙金丹普渡社稷众生”联。

名人游览名寺观，留下的诗、词、赋，见于碑铭、记于史志、存于谱牒者数不胜数。如杜甫的《次空灵岸》诗；王储的《花发上林苑》诗；黄庭坚的《游云阳寺》

诗；刘锜刻在资福寺的“太尉碣”；萧锦忠的《白云精舍》诗；明兵部侍郎王伟《游阳升观》诗，他赞扬皇雩仙（即雩仙寺）的景色说：“古洞龙深龙化去，老松烟螟鹤飞归”；更有宋孝宗在《皇雩仙》诗中说：“藤老龙蟠疑护法，山深禽语似谈禅”……不同角度地反映宗教场所的幽雅景观，为宗教文化增添光辉。

（四）多彩的掌故传说

独特地理，在造就绮丽的自然风光的同时，也蕴含众多的神奇的掌故传说，皇雩仙关于七孔泉的故事；婆仙岭关于老太婆治病救人故事；仙庾岭传闻七仙女得道升仙故事，佛教禅师，来株洲地区传播禅法，他们入深山，住老林，坐岩洞，结茅棚，进行长期苦修，或与虎作伴，或和狐斗智，或与魔斗法，或度众生于劫难，衍生种种法化神话故事，有的写进历史，有的流传民间，给宗教旅游景观平添几分神秘色彩。

（五）独特的宗教风俗

云阳仙、仙庾岭、阳升观的庙会，富有地方特色，先后列入省市非物质文化遗产。道观风俗，既反映我国古代宗教祭祀制度的特点，又有株洲地区独特的仪注形式。

佛教寺院除例行的早晚课诵以及每个月的朔望日拜忏外，浴佛节、腊八节以及观音菩萨的出生日、出家日、成道日，各个寺院都举行祝圣法会，在宝宁寺、资福寺、上林寺举行的放生节、水陆大斋法会别具一格。

二、开发宗教文化旅游的意义

近年来，株洲市把旅游作为产业做强做大，开发宗教文化旅游资源，对推动全市旅游产业的发展，具有积极意义。

（一）有利于提高旅游档次，拓宽旅游市场

以自然风景为主要游览对象，对于不同人群不同兴趣爱好的旅游者来说，除了休闲、娱乐、度假之外，旅游内容显得格外单调。一个没有文化的旅游，便如没有音乐伴奏的舞蹈一样，缺乏气氛、节奏和韵味。时下的旅游热，以文化包装最为重要，而宗教文化的旅游景观，正顺应文化包装的需要。所谓“地以景传，景以文传”，宗教场所的景观，不单有诗、书、画、联以及文章的“文传”，更重要的有宗教文化和自然景观、寺庙建筑艺术、风俗相结合的人文景观。文人雅士对宗教场所周边景观的咏唱，给只供单纯欣赏的自然景观增添韵味；名人给宗教寺庙题写的匾额、对联、诗词，让旅行者在游览参观之中，发思古之幽情，得到最高级的精神享受；宗教场所各种具有民族特色的掌故传说、风俗民情，蕴藏着历史痕迹和时代信息，具有丰富的艺术魅力和思想价值，可丰富人们想象，升华大自然的美。因此开发宗教文化旅游有利于接纳更多的不同形式的旅游团队，提高旅游档次，把旅游业市场做得更大更强。

(二)有助于旅游者开阔眼界、长知识、锻炼身心

旅游是社会生活形式之一。满足社会不同人群旅游的需求，是开发旅游业的主要宗旨。宗教文化场所是集儒、释、道文化艺术之大成者，幽雅环境，足以游览；奇妙建筑，令人赞叹；名人题额，引发品鉴；法会庙会，诱人参与；轶闻传说，增添幻想……旅游者在游览中，既可获艺术享受，又可增长文化知识、历史知识和宗教知识以及对艺术的识别、鉴赏能力。

(三)促进旅游服务行业的发展

宗教场所旅游景观遍布全市各地。宗教旅游的开发，能推动与之相关的交通、旅馆、饮食业、娱乐、土特产制造、旅游纪念产品生产等行业的发展，有效推进地域经济的发展。

三、开发宗教文化旅游的建议与设想

(一)整顿宗教场所秩序，优化宗教环境。株洲市宗教寺观多，经过湖南省宗教局正式批准的宗教场所中绝大部分是历史上有传统的，但也有极少数是新建的。在近年来新建的寺庙中，有一些属于毫无根据甚至是为争香火斗气而建的。例如：已经批准的古某公庙，又在不足一华里路远处新建某公二庙；有古某观，又以其号立新观；有某地古观，又建某地新观；有在某佛寺内又建新道观；有在某道观内又建新佛寺；新旧同名，鱼目混珠……特别在道观中，除极少数不用弟子发神外，大都道观以发神作为搞活庙观经济的手段。上述情况与发展文化旅游极不相称，应大力加以整顿。

(二)各级政府在管理宗教场所的基础上，明确发展宗教文化旅游对旅游经济发展的重要性，切实帮助和规范宗教场所文化景观建设。一是保护好古建筑；二要收集整理历史文化资料；三要修复景观景点，帮助组织一些名寺名观的大型宗教活动，如佛教的放生节、水陆法会以及道教中的大型庙会和道教文化节，以迎接宗教文化旅游大高潮的到来。

(三)加强宗教文化艺术娱乐化宣传。可以考虑将宗教场所的传奇故事，编成戏剧，进行演出，以扩大影响。如攸县董公庙将董公董母故事搬上戏台，广为宣传，就收到了很好的效果。寺观周边景观的咏唱词，如婆仙岭的《屏风夕照》中“斜岷夕阳红，山色葱茏，坐看月魄好清风，尚有屏风来对照，画景相同”句；《牯岭丹霞》中“名山胜景多，柘岭岩窝，森森古树满山坡。此地尚有神仙迹，万古不磨”句，极富诗情画意，可歌可唱可舞，如能组织专人作曲编舞，在庙会法会中演出，增加旅游气氛，未尝不为乐事。

(四)发挥名寺名观的“名人效应”优势，扩大视野，建设佛禅文化旅游圈和道教太极文化旅游圈。笔者认为不妨开辟上林苑——资福寺——金轮寺——云岩寺——宝宁寺——灵龟峰——灵岩寺——皇雩寺——炎陵湘山寺的禅文化的旅游

线路；仙庾岭——婆仙岭——丁仙观——阳升观——云阳仙——霹雳仙——炎帝陵的道教文化旅游线路。株洲市区宗教场所“祖庭”较多，如佛教曹洞祖庭有宝宁寺、云岩寺，道教正一派祖庭有灵真观、云阳仙等，加强这方面宣传，也有利于宗教派系之间的礼祖、访祖活动的开展。

实施“旅游升温”战略
创建茶陵国家历史文化名城

向宋文

中共株洲市委、市人民政府把“旅游升温”列入全市三大战略重点，旨在发展株洲的旅游事业，造福全市人民。这是一件功在当代利在千秋的民心工程；也是一件顺乎大势，富民强市的民生工程。笔者深感决策者的高瞻远瞩和为民谋福的拳拳之心。为践行落实市委、市政府“旅游升温”决策，根据茶陵深厚的历史文化底蕴和丰富的自然人文资源，笔者带着“茶陵能不能创建国家(省级)历史文化名城?”“为什么要创建国家(省级)历史文化名城?”“怎样创建国家(省级)历史文化名城?”的问题专程赴湘西自治州的国家历史文化名城凤凰县考察。通过茶陵与凤凰两地的比较，笔者认为：“茶陵能够创建国家(省级)历史文化名城”；“茶陵有必要创建国家(省级)历史文化名城”；“茶陵可以启动创建国家(省级)历史文化名城”。茶陵的历史文化和自然人文资源与凤凰一样很有特色：茶陵是中国炎帝农耕稻作文化发源之地，是吴头楚尾兵家必争之地，是“茶陵诗派”领袖繁衍之地，是中国红色政权首创之地。全县申报全国重点文物保护单位有3处，已批准省级文物保护单位12处，省级非物质文物遗产一处，市级重点文物保护单位7处；正在申报和准备申报全国重点文物保护单位的有十多处。像中华民族始祖炎帝神农氏在茶陵活动的遗迹和故事传说、中国南方保存最完好的南宋古城、历千年不斑不锈的茶陵铁犀、中国第一个苏维埃——茶陵县工农兵政府、明清湖南最兴盛的洣江书院、秩堂三大学士故里、中宪大夫坊、岳飞“光泉”石刻、列宁学校等。历史人物方面有明朝三老之一文华殿大学士刘三吾，“茶陵诗派”领袖明首辅大学士李东阳和中华民国国民政府主席、行政院长、书法大家、湘菜大师谭延闿等。东山书院是湖南刻书中心之一，被誉为中国科学史上的坐标——《梦溪笔谈》的原刻本就出在这里。茶陵有“进士之乡”“将军之乡”的美誉，茶陵还有全国稀有的中国野生稻，县城洣水环流“金线吊葫芦”和融佛、道两教于一山的云阳山等富有特色的文化景观。只要我们认真挖掘、提升、保护，是足以达到国家(省级)历史文化名城的要求的。创建茶陵国家(省级)历史文化名城，是挖掘、保护、利用丰富的自然人文资源的需要；是转方式、调结构，建设资源节约型、环境友好型县城的需要；是践行“旅游升温”建设旅游强县的需要；是造福县民子孙、富民强县的需要。启动创建国家历史文化名城工程顺应了国家"文化大发展大繁荣"的大潮；符合省委省政府建设"文化强省"、市委市政府"文化提升""旅游升温"的决策；得到了市委副书记阳卫国、茶陵县委书记毛朝晖等领导的高度重视，也是茶陵县人民翘首以盼的民心工程，真是"天时、地利、人和"，天赐良机、时不我待。只要顺乎大势民心、抢抓良机、领导挂帅、政府主导、市场运作，通过三至五年努力，这个目标是可以达到的。

一、统一认识、果断决策

建议组织一次由县委书记、县长带队，县委、人大、政府、政协领导和有关部门骨干参与的，去凤凰县学习考察的活动，学习凤凰"制订创建总体规划和保护规划"，"挖掘、修复、开发、保护"和"书记县长亲自抓"的经验，解决茶陵能不能、要不要、怎么样创建国家(省级)历史文化名城的问题，以统一认识、果断决策，把创建茶陵国家(省级)历史文化名城摆上县委县政府重要议事日程，当作一件功在当代利在千秋的大事来抓；把创建国家(省级)历史文化名城与创建卫生城市、环保城市、优秀旅游城市结合起来，成立由书记县长挂帅，有1－2名县级领导专抓的强有力的领导小组，下设办公室，从发改、规划、建设、文化、文物、旅游、招商、国土等部门抽调有热心、有资质、负责肯干的专门人员，组成精干的创建班子，负责项目论证、规划设计、政策拟定、招商引资、协调实施、组织申报等，全面启动创建工作。

二、全县动员，摸清家底

广泛宣传发动，全面调查、挖掘、收集全县历史与文化遗迹、非物质文化遗产、自然人文景观和民风民俗等，搜集真迹、图片、声像资料等，由文化文物部门继续抓紧申报全省全国重点文物保护单位、非物质文化遗产和历史文化名镇、名村；由县历史与文化研究会整理编辑茶陵历史文化系列丛书；由县委宣传部、文化局和县历史与文化研究会编辑《茶陵风采》精装画册，图文并茂，言简意明，凸显茶陵璀璨的历史文化和今日辉煌，铸就创建国家(省级)历史文化名城软实力。

三、编制规划，组织评审

创建国家(省级)历史文化名城首先要制订"茶陵县创建国家(省级)历史文化名城总体规划"和"茶陵历史文化名城保护规划"，可以像凤凰县那样聘请国家住房和建设部的专家和上海同济大学规划研究院的资深专家负责，也可开展招标竞聘，广泛听取权威人士、广大群众和各级领导、有关部门意见后，组织有关专家评审确定。

四、政府主导，市场运作，公司化经营

整个创建工作必须实行政府主导，市场运作，公司化经营。政府负责加强领导，规划把关，制定政策，协调督促，检查验收，组织申报。县政府可在土地、税收、行政收费、项目审批和基础设施建设方面给予支持。必须采取市场运作，以广泛吸纳民间资本参与修复、开发、保护、利用文化资源。对重要基础设施建设和重要景观项目招商引资，通过竞标的办法选聘有资质、有实力、有信誉的公司（企业）进行开发建设，由其组建茶陵旅游集团，实行公司化经营，全程负责景点规划、修复开发，管理保护、投资经营、直至旅游产品生产、旅游餐宿接待、旅游导游培训、旅游休闲娱乐、旅游文化推介等，实行谁投资谁经营，自负盈亏。

五、突出重点，分步实施

整个创建工作要实行统一领导，统一规划，分别到位，分步实施。要在县创建领导小组的统一领导下开展工作，按创建整体规划细化实施。发改、规划、建设、文化、文物、旅游、国土、招商等职能部门，要明确各自任务，各负其责，限期到位。在步骤上可分两步实施：第一步 2011—2012 年创建省级历史文化名城，第二步 2013—2015 年创建国家历史文化名城。重点抓好 5 个项目：一是建设茶陵历史文化园。把茶陵的知名景点、重要人文、历史博览集于一园，融为一体，贯一配套。在云阳山脚东阳大道西头选址，科学规划，精心设计，把景点游览、精品展示、餐饮购物、观光休闲结合起来。建设刘三吾、李东阳、谭延闿等名人馆；建设茶陵历史与文化博物馆：开辟“名城概述”“历史朔沿”“炎帝故事”“文化遗存”“革命摇篮”“民俗风情”“今日茶陵”等板块，用现代理念、现代科技手段，配以大气磅礴的雕塑和建筑，展示茶陵历史文化精粹。二是修复建设南宋古城。修复建设古城墙和殿湖里护城河，在南宋古城内修旧如旧，建设南宋古街，展示茶陵南宋时期政治、经济、文化和县民生产、生活、交易等民俗风情。特别要把非物质文化遗产和富有茶陵特色的工艺如印染棉被、酿造水酒、潞水补锅和生产加工“茶陵三宝”等展示出来，打造南宋古城历史文化品牌。三是精心布展洣江书院，打造茶陵书院文化品牌。把阳卫国书记支持建设的洣江书院装修布置好，以展示茶陵浓厚的书院文化和“进士之乡”风采。四是充实完善提升茶陵县工农兵政府景点，打造茶陵红色旅游品牌。广泛征集革命文物、红军标语，重塑毛主席湖口挽澜、高陇战斗等景点，充实提升“将军馆”和“茶陵革命纪念馆”。五是建设茶陵洣水“金线吊葫芦”风光带。从茶陵一中直到曲江沿洣江修建一条风光带，把茶陵历史文化园——洣江书院——进士坊——茶陵古城——茶陵铁犀——茶陵县工农兵政府旧址——东门笔支塔——毛主席重上井冈山在茶住址——茶陵烈士陵园——云阳山等明珠串起来，形成一幅耀眼的项链。开辟茶陵游园（历史文化

园）、游水（洣江金线吊葫芦及沿岸景点）和游山（云阳山）环城游。拓展茶陵——炎帝陵——井冈山和茶陵——南岳以及茶陵——攸县酒埠江——醴陵红官窑——株洲神农城等旅游线路。让茶陵的旅游升温真正结出丰硕的果实，让茶陵成为炎帝陵、井冈山旅游的后花园，让茶陵国家（省级）历史文化名城真正变成旅游大县、旅游强县，推动实现富民强县。

目前“旅游升温”的春风吹拂株洲大地，只要我们紧紧盯住“创建全国历史文化名城”的目标，锲而不舍，狠抓三至五年，我们坚信在茶陵县委、县政府的领导下，一定能让文化成为茶陵的城市名片，一定能成功创建茶陵国家（省级）历史文化名城。

炎帝文化蕴含的官德思想及其时代价值

张雄飞

强调为政以德，重视官德建设，是中华传统伦理文化的重要内容。尽管强调为官之德见字于商周时期，但其萌芽与发端最早可上溯至原始社会时期。炎帝神农氏作为原始社会的部落首领，在率领部族先民改造客观世界和管理部族活动中，展现出了朴素的官德思想，为中华传统官德思想的形成与发展奠定了弥足珍贵的思想基础，对当代官德建设具有借鉴价值和启示意义。

一、“务实为民”的官德理念

炎帝神农氏在领导和管理部族活动的整个过程中，都务实为民。由于炎帝以民为本，以天下先的君子仁德，深受历代百姓爱戴，成为一种民族精神理念的符号象征。

从史籍记载的炎帝功绩看，无一不是务实为民的业绩。炎帝始作耒耜，教民耕种——为民食奋斗；遍尝百草，发明医药——为民疾(疗疾)奋斗；日中为市，首倡交易——为民通(互通有无)奋斗；治麻为布，制作衣裳——为民衣奋斗；弦木为弧，剡木为矢——为民防(防御)奋斗；作陶为器，冶制斤斧——为民器(利器)奋斗；削桐为琴，练丝为弦——为民乐(音乐)奋斗；建屋造房，台榭而居——为民居奋斗。一言以蔽之，炎帝的创造发明，是从解决衣、食、居、用等“民生”基本问题入手，目的均为改善原始先民的生存条件，与民生福祉息息相关。

从流传至今的炎帝传说故事看，大多是传颂炎帝“以民为本”的崇高思想风范的。我们祖先通过他们的认识、记忆、语言记录传递下来，历经千百年的口口相传、加工整理乃至创新重铸的炎帝传说故事，宣扬了炎帝可贵的民本思想。譬如:《神农盗谷》的传说，讲述了神农炎帝历经万难，跋山涉水，上天盗谷，终让人间吃上稻谷这一粮食的故事。尽管带有神话色彩，夸张口吻，却铭刻着后来者对炎帝神农的敬仰之情。《神农尝草》的传说，所述炎帝神农亲自嚼尝马鞭草的叶、茎、根，确认其有祛风、解毒、止痛的作用，由此开始尝百草，为民疗疾的故事，充分体现了始祖炎帝爱民之情。同时，《天降嘉禾》《万华岩》《神农犁》《王药断肠草》《日中为市》《木桩定时辰》《麻与布的故事》《神农琴》等有关炎帝的传说故事，都体现了炎帝一心为民的创造精神和奉献意识。

从炎帝崇祀及其文化看，内容常是颂扬炎帝为民造福的圣德殊功。纵观古代典籍记载和现代考古研究。自古以来，炎帝祭文，均离不开重颂炎帝功绩及精神，并诚表继承始祖精神、开创新局的拳拳之心。如：唐开元蜡祭神农氏祝文："……惟帝肇兴播植，粒此黎元。今时和岁稔，神功是赖……"明永乐初年成祖巩固帝位之后，祭文曰："……功被生民，百世永赖……"等等，不胜枚举。

二、"清信恕勤"的道德规范

神农炎帝时代作为母系氏族社会向父系氏族社会的过渡阶段，天然的秩序开始升华为一种真正属于人的社会新秩序，此时的朴素道德行为规范主要体现在"清、信、恕、勤"四个方面。

所谓清，即清廉。炎帝的清廉，透过炎帝丰功伟绩可见，炎帝作为神农部落的首领，他治理天下的唯一目的就是替部落百姓谋福祉，别的什么都没有。他是一个纯粹的公仆，是一位可亲、可敬、可佩的远古清廉始祖。同样贵为天子，炎帝与后来的帝王却有截然不同的装扮。历史上的帝王基本上都博冠峨带、威风凛凛的尊贵模样，炎帝却布衣赤足，或手捧稻穗肩背药篓，或手握农具躬身耕作，一副与民同作、事必躬亲的形象。《越绝书外传·枕中第十六》也记载他"不忘其报，不贪天下之财"，堪称清廉典范。

所谓信，即诚信。从纵向的中华历史坐标看，上古炎帝时代是诚信美德伊始孕育孵化的时代。古人为我们描绘了炎帝时代的"诚信"社会图景。《庄子·盗跖》载："神农之世，卧则居居，起则于于……耕而食，织而衣，无有相害之心"。《淮南子·主术训》说："昔者神农之治天下也，神不驰于胸中，智不出于四域，怀其仁诚之心。……养民以公，其民朴重端悫。不纷争而财足，不劳形而功成……是故威厉而不杀，刑错而不用，法省而不烦"。这都是在说炎帝神农治理天下，有仁爱诚义之心，以公心取信族民，所以族民质朴、稳重、诚信，没有什么忿争，没有什么检察牢狱之事。特别值得一提的是，炎帝以"日中为市"，开展原始贸易，取信于民。至今许多乡镇还保留着赶圩的习俗，相传就是从炎帝神农时代流传下来的。考古发掘证实，炎帝时代出现了榧螺、贝壳等原始交换信用媒介。

所谓恕，即宽恕。《帝王世纪》云："诸侯夙沙氏，叛不用命，炎帝退而修德，夙沙之民自攻其君，而归炎帝"。炎帝对不听从自己命令的氏族，并不是采取"诛"或"驱"等强暴办法，而是"教而不诛"，以"德"抱怨，宽恕服众，然后使其归顺。因炎帝采取的是"至德之隆"的理念，所以仁爱宽恕之德服四方，活动范围"南至交趾（今岭南一带），北至幽都（今河北北部），东至旸谷（今山东东部），西至三危（今甘肃敦煌一带），莫不服从其化"，达大半个中国。

所谓勤，即勤勉。可以想见，在当时鸿蒙初开的困难环境下，若不经历长期的勤勉拼搏，炎帝的伟大业绩，是决不可能实现的。古史传说对此有许多记载：炎帝为发明医药，“遍尝百草，一日而遇七十毒”，“百死百生”，仍不退缩。炎帝每天坚持“仰观法于天，俯观法于地”，才发明了原始历法。正如胡耀邦同志之言：“炎帝神农氏一生勤勤恳恳，克服许多艰难困苦，发明创造过很多东西，为后代的繁衍发展做了许多事情。”

三、“内外兼修”的官德修养方法

炎帝的内修，表现为：以奉献、自省、垂范为行为准则，加强部族首领的自身修养，甘于奉献。《越绝书》说：“昔者神农之治天下，务利之而已矣。不望其报，不贪天下之财，而天下共富之；不以其智能自贵于人，而天下共尊之。”说明炎帝作为一位部落首领，尽管“智能自贵于人”，却“不望其报”；面对剩余产品，却“不贪”。《增补资治纲鉴》载：“炎帝之世，诸侯夙沙氏煮海为盐。不从帝命，炎帝益修厥德，夙沙我之民自攻其君，而来归其地。”《商君书 ·更法篇》载“伏羲、神农教而不诛；黄帝、尧舜诛而不怒。以上记载表明炎帝神农氏十分注意自省，当遇到问题时首先想的是自己的道德是否足以服众。炎帝言传身教兼而有之，他在多方面给人以垂范：在工作上，《白虎通义 · 号》：炎帝“制耒耜，教民农作”。《帝王世纪》：“炎帝……始教天下耕种五谷而食之，以省杀生”。在建制上，据文献记载，炎帝对古代建典立制做出了贡献：“建官设制”。炎帝时代虽然国家还没有起源，但氏族和部落的管理制度已露端倪，有了专门的管理职务。《春秋命历序》：“神农始立州制形”。在分工上，据考古资料，在距今 7000 年左右，开始出现了较为明显的男女分工。男耕女织是几千年来中国农业社会的主要性别分工模式。从传说看，我国男女分工最早始于炎帝时代。

在加强自身修养的同时，炎帝注意对本部族先民的道德感化教育，以及处理与外部族的团结融合关系。史载炎帝“上观法于天，下取法于地。于是始削桐为琴，练丝为弦”。“神农琴”有规格和音调，“长三尺六寸六分，上分五弦，曰：宫、商、角、徵、羽”。炎帝制琴作乐的目的，不单纯是为了劳动之余的娱乐，更重要的是以乐匡正天下，和谐人心，教化民风。《杨子》云：“神农造琴以定神，禁淫僻，去邪欲”。

另一方面，根据陕西省编撰的《炎帝志》记载，炎帝族还与“四夷”（东夷、北狄、西戎、南蛮族团）有着千丝万缕的联系，为中华民族的融合、形成与发展做出了不朽的贡献。《逸周书 · 尝麦》《史记 · 五帝本纪》等书记载，炎帝、黄帝曾为争夺联盟领导权而在“阪泉（今河北涿鹿境内）之野”发生战争，黄帝“三战，而后得其志”。炎帝失利后，并未与黄帝为敌，而是“尊轩辕为天子”，加入到炎、黄、蚩三部族组成的华夏联盟集团，与黄帝、蚩尤族共同开创了华夏族历史新局面。在这场战争中，炎帝则表现出他宽厚仁慈的团结融合思想。

涵盖炎帝官德思想在内的中华传统官德思想，虽然摆脱不了历史局限性，但经过批判地继承，可以增强当代领导干部的官德文化修养，促进今天干部队伍的思想道德建设。

其一，对领导干部学习和了解历史有帮助作用。“中华文化不断丰富、创新的发展，正是由于有炎黄二帝为体表的远古文化为源头的始基；中华文化的许多精髓，是从炎黄时代起一脉相承的。”领导干部读一点历史，懂一些中华民族的发展史，理当包括上古史这一中华史发展的源头，这样有利于陶冶情操，开阔眼界，更好地服务人民，为民族和国家做贡献。

其二，对干部队伍建设有教育警示作用。炎帝面对万难，特别是自然环境和生存繁衍的严峻挑战，务实为民，胸怀天下，清信恕勤，奉献进取的一系列思想精神和美好品德，教育我们，在当今生活条件日益改善，生活面貌焕然一新的新时代，更加应该立足本职，开拓进取，为民谋利。为民生谋福祉，为民族做贡献，才能真正得到老百姓的拥护与爱戴。

其三，对干部队伍建设有道德资鉴作用。读史可以明志，知古方能鉴今。炎帝务实为民的官德理念，与我们党执政为民的理念是契合的。其官德思想有着鲜活的时代资鉴价值，我们从中发掘、整合加以批判地吸收，可以为我们党员领导干部更好地“常修为政之德，常思贪欲之害，常怀律己之心”，不断提升服务能力和管理水平。

刍议茶陵方志文化

王薛刚

“国有史，方有志，族有谱”，是中华传统文化之一。“方有志”的“方”指地方。“志”即“记”，故“方志是记载某一地方的地理、历史、风俗、教育、物产、人物等情况的书，如县志、府志等。也叫地方志。”

我国地方志起源很早，一般都以现存最早关于上古典章文献汇编的《尚书》中的《禹贡》作为雏形，因为它记载了战国以前的方域、物产、贡赋等。秦汉时期已正式出现记载国内风俗的地理书，如班固作《汉书》时就特辟《地理志》。现存最早的一部地方志是东晋常璩所作《华阳志》。“华阳”即今四川。该书详记这一地域政治沿革、风土人情和物产土俗等。但全国性修志始于重获大统一的隋唐。“隋唐时代，由于天下一统，为便于了解全国州郡情况，朝廷诏令编写全国性的地方志，从此开始了由中央政府编写地方志的传统。”尤其是“唐建中元年(780)，朝廷规定各州郡每三年编造一次图经报送中央，后又改为五年一次”。据《茶陵县志》(以下简称“县志”)记载：“唐代茶陵编有‘《茶陵图经》’，但‘书佚’。”所谓“图经”，是地图再加上文字说明，只限于记述自然地理方面的情况，是当时所行的一种方志体例，故名。“县志”这一记载是否可靠？可从明·嘉靖四年(1525)版《茶陵州志》(以下称“嘉靖志”)找到佐证。该志为续修，记述茶陵有座神奇莫测的云阳山：“有唐开国之初，曾(设想)封为南岳”，后“内史刘晏”告知“乃郡人奏曰”，该山极为险峻，即使大禹凿龙门也没那高，秦人开牛津也没那深，“切虑舟船美济，遂乃罢封”。还有陆羽写《茶经》，所说：“茶陵者，所谓陵谷生茶茗焉。”陆羽在书中记述了他考察的天下名泉、名茶，并未涉足茶陵，能知茶陵，也应与《茶陵图经》相关。

宋代地方志已“扩大到记述人文历史方面”，“大都体例完备，考证有据，记事审慎，说明地方志已经定型。”“县志”记茶陵“宋大中祥符年间(1008—1016)、乾道年间(1165—1175)‘续修’《茶陵图经》，但也‘书佚’。”从“嘉靖志”凡记宋代的人与事，都说引自“旧志”，如为陈汉文立“陈氏传”，说：“旧志作陈崇，非是”，即人名不对，“学校”中说：“学在州西二里许。旧志曰：宋宝佑(1253—1258)中在紫微。元至元丁丑(1293)知州吴思义修之。”“元代由于地域广大，深感修志重要”，方志编修已涉及“建置沿革、山川、古迹、形势、人物、风俗、土产等”。当时茶陵是否修志，“县志”与“嘉靖志”都未记述。“嘉靖志”只断言：“茶陵志，元以前无存刻也。正统(1436—1449)始刻之。”“嘉靖志”末尾有一未命名似后记性质的短文，署名“别宥”，说：“茶陵元以前无存刻，治(指编修“嘉靖志”的张治)于谭氏书簏中得旧志抄本数页，仅山川、人物二类。正统间县令徐亨(浙江人，正统元年，即1436年任茶陵县令，九年去职)始刻之。该志记载元以前的人或事也是引自旧志，如“元，列女，黄氏”，是“安仁黄叔元季女也。适州之谭拱辰。年二十六而寡……备尝百荼，以抚其子……泰定二年(1162)，旌其子文学孝行。旧志，学正蔡尚义诗……”若从时间上算，元代从正式建国号大元的1271年，至正统元年，相距165年，至嘉靖四年修志，长达254年，皆引自“旧志”，也不止于“数页”而已。张治修志除一般记载外，还有相当于后来志书中的“附录”或“录”一类文献，其中“学校篇”，录有两“学校记”，一为元李祁作，一为明李东阳作，但都无具体年份，也未注明出自何处。在为李祁立传中，记为“元统癸酉(1333)廷试，始参议张起岩、尚书宋诚夫、监丞揭曼硕，请祁。所对策拟甲。是科启缄，则南士也。遂改次李齐。”这是说茶陵李祁廷试本为状元，但开启密封，才发现他是“南人”，把状元给了李齐。因为蒙古政权，把全国人分成四等，南方人抗元坚持到最后，列为“南人”，最低，只能为殿元。另元已创行省制，且省制沿用至今，更便治理，故“于大德七年，完成《大元一统志》1300卷”，“成为我国历史上第一部规模巨大的全国统一志。”茶陵设置为州，元代湖南道监司赵天弼的《进士题名记典》(石刻)中云：“江南三省……湖南得才为最多，茶陵隶湖广，得才比各郡县为尤多。”这些记载均来自“旧志”，说明茶陵方志文化的发展没有中断。

“明代从中央到地方对编写地方志都非常重视，各地修志工作蔚然成风，所修方志质量也高。”茶陵也是如此，且续修8次，还出现了“社学师廖本祥，有私志”，“载官守、科贡、姓名、岁月”。其中质量高的首推茶陵四大学士张治所修“嘉靖志”。

“嘉靖志”上卷分郡谱、分野、城池、形胜、山川、风俗、食贷、公署、惠政、祀典、古迹；下卷分学校、武备、官守、选举、循良、人物、列女、艺文、寺观、传疑、杂志。以文字记述为主，辅之绘图列表，凡茶陵地理、人文，从远古记至修志时为止，“凡六万余言”。“县志”说：“后人称‘其文简，其事赅’，‘乃方志之宝’。此后至民国22年先后八次续修，3次重印，其框架、体例在明嘉靖四年版的基础上无大的变更，仅内容文字渐有增删，重复照录处颇多。”因此，张治之作可说是茶陵方志之范本。不过，由于种种原因，新中国成立后在省内未见藏本，至1982年，县农运史办、县史志办外出调查，在浙江省宁波市，慕名去以收藏天下明志为特色的天一阁，终于见其藏本。所以“县志”在简介历代茶陵方志中说：“现仅存孤本于浙江省宁波市天一阁，茶陵县有1983年依其手抄照片刻写的油印本”。

天一阁原系一私人藏书阁，现存明代地方志达270余种，1961年以来，已影印出版《天一阁藏明代方志选刊》107种。茶陵于2005年才重印“嘉靖志”。所以1965年毛主席重上井冈山，5月21日晚宿住县委常委楼，提出夜间要看地方志，茶陵提供的是清同治九年(1810)版《茶陵州志》(以下称“同治志”)，主席阅至凌晨三点才就寝，而今该志在《毛主席来茶住室》展示。

“清代是编修地方志的极盛时期，特别是乾隆、嘉庆之际，三修《大清一统志》，形成举国上下编修方志的高潮”。清代茶陵曾五修州志。“州同衔尹勋”，“尝以州志岁久未修，独镌一板，以费不赀”。这也是私人修志。最后的“同治志”颇带总结性，可谓集茶陵修志之长处与详事之大成之作，虽只24卷，但篇幅达237920字，几为“嘉靖志”的4倍，装订成8大本。仅收集自正统以来已刊刻的方志“序”就有15篇，除本志“序”外，统称“旧序”。这些序，对各次修正的长短处直言不讳。所以，“同治志”是通过“凡例”来说明如何取长补短的；从整体看这次续修已采纳了清代进入极盛阶段逐步形成的“方志学”的理论和见解，尤其是参考运用了乾嘉时期著名史学家章学诚的《修志十议》，做到了“三长”，即“识足以断凡例；明足以决去取；公足以断请托”。“修志‘三长’，实际上是根据修志实践把史家三长，即“史才、史学、史识(包括史德)”修订为对志家的要求，言简意赅，于今仍有参考价值。”志书框架仍依“嘉靖志”，但篇目有所改变，并改郡谱为沿革；从食贷篇中析出田赋，独立成篇，合形胜、山川为一篇，艺文分类析为四；多篇合为一卷，序、例、图、目为一卷，寺观、杂志、传疑合为一卷。内容亦增，如人物多达871人，其中列表419人，记其事迹452人。事迹又细分为宦绩(46人)、忠烈(10人)、儒林(41人)、懿行(15人)、义举(117人)、流寓(4人)、方技(13人)；列妇则分节妇(106人)、孝妇(12人)、烈妇(15人)、贞女(6人)、贤母(7人)。这些人不在官守、循良、选举之列，他们除宦绩者(茶陵人在外为官)外，都无什么政治地位，而仅仅是在人伦道德某方面或某一点突出，十分感人，着笔也不多，有的仅二三十个字，如上述尹勋修志属义举。编纂已完全区别于史，是述而不评。

茶陵方志文化能与全国同步发展，形成传统，继承和发扬这一传统，对了解与研究古代茶陵地方历史与文化有极其重要的价值。民国35年(1946)，县文献委员会议决定期编修，但未成行；20世纪50年代末着手按行业部门修志，1993年完成并出版了县志，与之同步，大多数部门(扩至科局级单位)志也已付梓，其比县志内容就更为详尽。据说这种“子母志”的同步撰修，在省内也不多。说明茶陵方志文化仍在扬弃中前进。

继承先烈遗志　振兴中华伟业

——纪念先祖谭嗣同烈士殉难 111 周年

谭志宏

今年是中华人民共和国成立 60 周年，也是中国近代著名的政治改革家和杰出的启蒙思想家谭嗣同殉难 111 周年。111 年前的今天，先祖嗣同公在北京菜市口英勇就义，用自己的鲜血在中国近代史上写下了悲壮的一页。今天，我们在祖国成立 60 周年之际，更加追思先烈的英雄事迹，深怀对先烈的敬仰和怀念之情。

111 年前，以康有为、梁启超、谭嗣同为代表的中国先进知识分子，为中华民族的救亡图存，发动了一场轰轰烈烈的变法维新运动。他们主张变法，提出废科举、建学堂、办新政，发展民族资本主义，实行具有资产阶级性质的政治改革。虽然这场运动最终以封建顽固派发动政变，先祖嗣同公等“六君子”的英勇就义而结束。但它有力地推动了中国近代化进程，对历史发展产生了极其深远的影响。特别是位列“六君子”之首的先祖嗣同公，虽然他一生如此短暂，却给我们留下了极其丰富和宝贵的精神遗产。嗣同公的一生，是爱国的一生，是壮烈的一生，他的精神、思想和实践，激励了一代又一代仁人志士为民族独立、国家富强而前赴后继，不屈不挠。

甲午战争中国战败之后，腐朽的清政府被迫签订了丧权辱国的《马关条约》，列强争相瓜分中国，民族危机空前严重。嗣同公悲愤填膺，奋笔写下了震撼人心的诗句：“世间无物抵春愁，合向苍冥一哭休。四万万人齐下泪，天涯何处是神州?”为了挽救祖国的危亡，嗣同公毅然投身维新变法运动，不顾个人安危，四处奔走，大声疾呼，以唤醒国人。在守旧势力的威胁面前，他以大无畏的姿态表示：“平日互相劝勉者，全在‘杀身来族’四字，岂临小小利害而变其初心乎?”成为维新运动中最坚决、最激进的一员。当戊戌变法失败，面临被捕之时，嗣同公谢绝了友人请其远走避难的劝告，决心用鲜血和生命去唤起民族的觉醒，实践自己为变法不惜“杀身灭族”的誓言，成为我国近代为变法流血的第一人。

“我自横刀仰天笑，去留肝胆两昆仑”，先祖的英雄气概和牺牲精神，继承和发扬了中华民族的爱国优良传统，成为后来无数仁人志士为振兴中华而奋斗的重要楷模，惊天地泣鬼神，名垂青史。

嗣同公从小遭受封建伦理的折磨，在痛苦中体会到生命的意义在于利人助人。他出身于封建士大夫家庭，是著名的“清末四公子”之一，却不忘贫苦民众，以救国救民为毕生志向。在漫游大江南北时，他注意观察和了解下层人民的苦难生活。寄予了无限的同情，1895 年秋，浏阳发生大旱，他立即协助老师欧阳中鹄进行赈灾救济。北游访学途中，他在天津城外见到遭受水灾难民的惨景，痛心不已，为解除人民的苦难而劳瘁弗辞，充分体现了嗣同公关心国事民瘼，以天下为己任的赤子之心。去年我国四川汶川遭受特大地震时，这种精神被再次发扬光大，一场全民族的为抗震救灾、重建家园的互助友爱行动感动了中国、感动了世界、折射出我们民族精神的强大的生命力和巨大凝聚力。

嗣同公是中国近代重要的启蒙思想家，他以“自由、平等、民权”思想为核心，择取了传统儒学、西学和佛学的有关内容，与维新变法运动的现实相结合，撰写《仁学》一书，创造了一个很有特色的哲学体系。《仁学》批判封建愚昧主义，号召“冲决网罗”，解放思想，对封建君主专制和封建伦理纲常进行了尖锐的批判。它所具有强烈启蒙精神，在中国近代思想史上放射出夺目的光彩，对后来一代又一代的仁人志士，产生了极其深远的影响。青年时代的毛泽东、蔡和森等非常敬仰谭嗣同，毛泽东曾说：“前之谭嗣同，今之陈独秀，魄力雄大，诚非今之俗学所可比拟。”《仁学》的思想，成为鼓舞人们奋斗的重要精神来源之一。

嗣同公是中国 19 世纪末期的改革家。他为追求祖国的独立富强，改变当时中国封闭落后状况，在政治、经济和文化上做出了许多努力和尝试。他注意从基层着手，由下而上地推动改革，“欲就一邑，为新中国之萌芽。”他与其他维新志士一起，先后设立了新团体、提倡科学，兴办实业，主张移风易俗。他还参与创办了新式报刊和学堂，积极宣传维新变法和启蒙思想，培养维新人才，使当时的湖南成为全国最富朝气的地区之一。梁启超曾经说：“谭浏阳志节学行思想，为我中国 20 世纪开幕第一人”。这些都有力地推动了时代的进步，为湖南和浏阳开拓了风气，培养了人才，使之出现了群英荟萃、人才辈出的局面。这是湖南和浏阳的骄傲，也是湖南和浏阳的优秀传统，需要我们去继承和发扬。

今天，当我们在纪念 111 年前戊戌变法运动的维新志士，缅怀他们在为促进祖国独立富强和人类进步事业中做出的杰出贡献的时候，我们可以告慰先烈的是，他们所全力追求的目标，正在中国共产党的正确领导之下成为现实。特别是今年，新中国成立 60 周年，中国的国际地位空前的提高，黎民百姓过上了真正的幸福生活。作为谭氏后裔，我们更应该继承和发扬先烈的爱国主义和为追求真理而勇于献身的精神，努力要求自己，教育子孙后代，为促进祖国统一、振兴中华伟业而共同努力奋斗！

株洲市历史文化研究会“株洲精神”研讨会纪要

黄声波

2009年9月22日下午，株洲历史文化研究会在湖南工业大学师院校区图书馆举行了“株洲精神”研讨会，旨在探究“株洲精神”的历史渊源，阐释“株洲精神”的科学内涵，思考锻造“株洲精神”的基本途径。株洲历史文化研究会正副会长、正副秘书长以及特邀专家、学者等十余人与会，株洲历史文化研究会会长彭雪开主持会议。

彭雪开（株洲市历史文化研究会会长、《湘东文化》杂志社社长、湖南工业大学湘东历史文化研究所所长、研究员、硕士生导师）指出，株洲市历史文化研究会作为本土的文化研究机构，与会同志作为本土的文化人，参与这次事关株洲社会发展的“株洲精神”大讨论责无旁贷。他告诉与会同志，株洲市委常委、宣传部长阳卫国同志对这次研讨会非常重视，寄予厚望。他真诚希望各位专家学者各抒己见，畅所欲言，建言献策。在长达三个多小时的研讨中，与会的专家学都围绕着“株洲精神”建构的历史渊源、“株洲精神”的科学内涵、“株洲精神”的语言表述等问题进行了认真的探讨。

刘建洲（株洲市社科联主席）强调打造城市精神应遵循以下原则：一是植根历史，基于现实，紧跟时代，引领未来；二是突出特色，注重个性；三是内外兼修，双重导向；四是简洁好记，朗朗上口。根据上述原则，株洲城市精神应体现湖湘文化特色、株洲城市特点和时代进步特征。他认为株洲精神具体可表达为：敢为人先，海纳百川。

向宋文（株洲市历史文化研究会副会长、《湘东文化》杂志社副社长、原株洲人民政府市长助理）对株洲精神概括与刘建洲代表异曲同工，他将其概括为“有容乃大，挑战第一”，以突出株洲的包容精神、挑战精神。他认为以此来概括株洲精神，既凸现了株洲的地域特色，又彰显了株洲的时代精神。与刘建洲、向宋文代表的概括比较一致的还有陈胜利（湖南工业大学教授），他认为株洲精神可表述为“奋勇争先，包容和谐”。奋勇争先，就是艰苦奋斗，勇于开拓，敢为人先；包容和谐，就是海纳百川，互相包容，和谐发展。

曹敬庄（原株洲市博物馆馆长、副研究员）把株洲与长沙、湘潭、岳阳等省内一些同类型城市进行了比较，认为株洲缺乏城市个性，要提炼有株洲特色的文化精神的确很困难。福建三明市用“开明、清明、文明”，重庆用“重山、重水、重情”这样极富地域特色和城市个性的语言来概括自己的城市精神，反响很好。他受此启发，认为可以用“创造、创新、创先”即“三创”这样一种比较个性化的语言来概括“株洲精神”。对此，熊罗生（株洲市历史文化研究会副会长、株洲市作协副主席）深表赞同，他认为曹先生的“三创”概括颇有创意，不过他觉得把其中的“创造”改为“创业”更合适些，因为不管“创造”还是“创新”“创先”都是以“创业”为基础的。基于自己对株洲历史和现状的考量，他认为可以用“融合共济、创世争先”来概括“株洲精神”。

一些与会同志特别强调要尊重历史发展的连续性。周祥新（株洲市历史文化研究会副会长、株洲市政协文史委主任）指出，城市精神是在城市的整个发展过程中自然形成的，具有一脉相承的连续性，贯穿于一个城市的过去、现在和未来。株洲精神只有植根历史，才能内涵丰富、根基深厚。他认为用“开拓奉献，创业争先，务实创新，开放和谐”表述株洲精神，既体现了株洲历史文化的内涵，又显示了株洲的特色。王祖元（株洲市历史文化研究会副会长、中共株洲市委党史办副主任）指出，早在20世纪90年代初，当时的株洲市委就提出了“开拓奉献，创业争先”的株洲精神，这种提法强调的是“敢为人先”的精神，这种概括现在看来仍不失其启示意义，不过，在“开拓奉献，创业争先”的基础上，还应该强调一下株洲作为移民城市的包容性。

另外一些代表则立足于自己的专业研究，突出强调了株洲精神应该具有的历史内涵和文化根基。刘俊男（株洲市历史文化研究会副会长、湖南工业大学教授）提出用“道法自然，意通乾坤”八个字来概括株洲精神。株洲工业化进程中出现的日益严峻的环境问题，警示我们爱护自然，尊重自然规律，即“道法自然”。“乾坤”中的“乾”即“龙”，代表了株洲人的敢为人先的奋斗精神；“坤”即“大地”，代表了移民城市有容乃大的包容精神，同时也有厚德载物，爱护自然之意。席道合（株洲市历史文化研究会副会长、株洲市文物管理局局长、株洲市博物馆馆长、研究员）提出用“七千年农耕史，两世纪工业魂”十个字来概括株洲的城市精神，这样既准确反映了株洲七千余年漫长悠久的农业文明历史，又生动展现了自十九世纪初株萍铁路建设开始，株洲从一个偏僻小镇发展成为一座现代化工业新城的辉煌历程。

对于如何去科学准确地概括一座城市或区域的文化精神，与会代表都认为这其实是一件非常困难的事情，精神本身是一个复杂的综合体，包含诸多因素，不能将其简单化。刘晓亚（株洲市历史文化研究会副会长、株洲市志办副主任）比较了目前一些认同度比较高的提法，认为即使是“敢为人先，海纳百川”这样的提法也未必就能真正概括株洲的城市精神，真正显示其城市个性。不过，他认为，通过讨论，把株洲的城市精神提炼为一个广为人知的响亮口号，还是能起到振奋人心，鼓舞士气的作用的。骆晓会（株洲市历史文化研究会副会长、《湘东文化》主编、湖南工业大学教授）则提出，株洲精神的概括应该围绕和强调株洲是移民城市这个核心概念。株洲作为一个高速发展的移民城市，从城市本土的角度看其精神特点是包容开放，从外来移民的角度看则是开拓进取，这两点是一个问题的两个方面。株洲精神的概括应该抓住这两个方面来做文章，这也是大部分人的共识，只不过有个用什么语言去表述的问题。

彭雪开会长对大家参与研讨的热情和展示的研讨成果给予了积极评价。他也提出了自己的看法，认为：概括应该体现株洲市各种资源的内涵，举其要者，包括历史沿革、历史发展、现实状况、地域特色、人文背景、价值蕴涵以及长远愿景等等。讨论株洲精神不能脱离体现其精神价值的三个关键词：包容、创先和奉献。这三个关键词作为株洲精神的不同侧面，在对株洲精神进行概括时都可以考虑进去，以体现株洲市各种资源的内涵。他认为，抓住这几个关键词，运用适当的语言表述，是能够比较准确地把株洲精神概括出来的。

对《秋瑾在株洲的革命战友》一文的几点质疑

罗章生

《株洲日报》2013 年 4 月 16 日“文化品读”专栏，用了整整一个版面，推介秋瑾在株洲的“革命战友”袁筱珊先生。全版文章有五篇：一是袁文赋的《袁筱珊与秋瑾二三事》，二是《“采访现场”往事并不如烟》，三是《“寻踪觅影”踏访“槐庭”》，四是《“记者手记”拾掇历史的碎片》，另是专栏的开头《核心提示》。这个提示大概有五即说袁(一)担任过秋瑾创办的《中国女报》的主编；(二)同秋瑾一起办过教育；(三)经秋瑾介绍加入“中国同盟会”；(四)当过秋瑾儿子王沅德的老师；(五)秋瑾遇害后，赴浙江为秋瑾处理后事。笔者对袁筱珊先生，鲜有耳闻。在株洲收集政协文史资料 20 余年，还没听说教育界的前辈和朋友提及秋瑾烈士在株洲有这么一个“革命战友”。我们不否认袁筱珊先生可能认识秋瑾烈士，也不否认袁筱珊先生在教书育人方面的卓著贡献。然而拜读这些文章之后，总觉得上面提到的那五条有种空泛的感觉，在关键点缺乏细节，无论如何都不能得出他是秋瑾烈士的“革命战友”的结论。

历史是严肃的。它决不是“任人打扮的小姑娘”，尽管时间的流逝会磨灭人们的记忆，但真的就是真的，假的就是假的。决不容能忍任何人任意涂抹。

一、关于“革命战友”之说

从现有史料来看，秋瑾在湖南，包括在株洲期间，虽然进行了一些活动，如结交唐群英、葛健豪、李闰等女界先觉，做了一些有关妇女放足、读书和男女平权方面的宣传工作，但总体上还只是一种革命意识的觉醒，谈不上革命思想的形成，更无明确的革命目标和革命实践活动。秋瑾自己都未投身革命，哪有什么“革命战友”？所谓“秋瑾在株洲的革命战友”之说，也就不攻自破，无法成立了。我们不能把认识秋瑾的人或者有交往的人，甚至只还是声称自己认识秋瑾及有过交往的人，都说成是秋瑾的革命战友。若如此，那不是太不成体统了吗？就事实看，袁筱珊先生作为一位教书育人的教师，在专栏的介绍中，好像从没有离开过湖南，没有到过日本，也没有到过上海和浙江绍兴。秋瑾的革命实践活动都是在上述地方进行的，袁先生既然没有到过这些地方，怎么会是秋瑾的“革命战友”呢?

现在我们再回过头来看袁筱珊先生自己是怎么说的吧。秋瑾牺牲以后，湘潭县曾召开过一次追悼秋瑾的大会(有史料说是牺牲一周年，笔者置疑。按理应是民国成立一周年)，很多文人学者争相撰写挽联、挽词。从专栏的介绍中，袁筱珊也撰写了一幅，联云:“生死不须论，叹革命无缘，壮志未酬君即去;亲疏同一哭，问招魂何处，长流易尽泪难干。”袁先生自己都承认“革命无缘”，而我们却把“革命战友”的称号廉价地封给他，岂不是天大的笑话!

二、关于“《中国女报》主编”之说

《中国女报》的主编兼发行人是秋瑾，100 多年来从未有人提出过异议。今天，袁文赋和专栏作者却说《中国女报》的主编是袁筱珊先生，这确实是个严峻的挑战。真相到底如何?请看事实:

《中国女报》是秋瑾在孙中山先生的启迪之下，创办的一份“以开通风气，提倡女学，联感情，结团体，并为他日创设中国妇人协会之基础为宗旨”的女权报纸。《中国女报》独立经营，经费自筹。秋瑾自己任总务、编辑兼发行人，邀陈伯平任主笔和编辑，徐双韵(即徐蕴华)负责校对。主要撰稿人有吕碧城、陈志群、黄公、钝夫、徐自华、徐蕴华、燕斌、会稽挽澜女士等。社址设上海北四川路厚德里 91 号，发行寄售处有上海、北京、武昌、绍兴等。就第一期来说，1907 年 1 月 14 日出刊，整个目录既没有袁筱珊的名字，也没有“击筑山人”的署名文章。这决不是历史故意埋没袁筱珊的功劳，而是袁筱珊根本没有参与过这份报纸的创办!第二期是 1907 年 3 月 4 日出版，这期的目录，笔者只见到部分篇目，也不知道还有没有“击筑山人”的文稿，但可以肯定的是，袁筱珊没有担任过主编或者编辑，也不是主要撰稿人。我们可以设想，在当时那种社会环境中，像袁筱珊这种“叹革命无缘”的书生，秋瑾怎么可能把“主编”这么一副重担委之于他呢?

至于袁文赋所说，袁筱珊“密藏的《中国女报》捐寄北京博物馆多本，自己留下的因先生辞世不慎流失”，也是令人质疑的。因为《中国女报》只出版了两期，第三期因经费不足及秋瑾忙于运动会党和准备武装起义而被迫停刊。不久秋瑾遇害，就更不会再出了。倘若袁筱珊先生有这份报纸，最多也只有两本，不可能有多本，更不可能捐了多本，还留下多本。

三、关于“介绍加入中国同盟会”之说

中国同盟会与秋瑾的相关历史事实十分清楚地说明了两个问题:(一)秋瑾在湖南和在株洲时期，甚至在赴日留学之前，还不是同盟会员。因此，她无从介绍别人加入同盟会;(二)秋瑾加入同盟会之后，就担任了她的老家浙江(省)分会的主盟人。这一职务决定了她只能介绍她所分管地域内的革命志士入盟，不可能到

湖南来介绍袁筱珊加入同盟会。如果她敢这么做，那她就违反了同盟会会章原则，也是同盟会湖南分会所不能接受的。

当然，同盟会湖南分会的一些负责人，如仇式匡（又名仇亮）、黄兴、刘揆一、易本羲、禹之谟、宁调元等人，秋瑾都非常熟悉，有的还是留日期间志同道合的战友。那么，秋瑾会不会以自己的关系托付他们邀请或者介绍袁筱珊加入同盟会呢？历史证明也不可能。因为那时候加入同盟会，不像现在我们一些单位入党入团、提干晋级，只要有关系就可以办到，那可真的是掉脑袋的事。不要说秋瑾不愿干，就是愿干也办不到！

笔者最近查了一下中国同盟会成立以后乙巳、丙午、丁未这三年入盟的湖南会员名录，共156人，根本就没有袁筱珊的名字。全省姓袁的有两人，一名袁公诚，一名袁演，都是邵阳人。这两个名字是不是袁筱珊的别名，笔者不敢肯定，所以列出来供大家识别。如果不是，那就证明袁筱珊当时没有加入同盟会。丁未年六月初六日，秋瑾于绍兴古轩亭口英勇就义，这以后自然更不能介绍袁筱珊入盟了。既然秋瑾不可能介绍袁筱珊加入同盟会，那么袁筱珊先生到底是何年何月在何地加入同盟会，就只好存疑了。

四、关于"与秋瑾一起办教育"之说

秋瑾在株洲没有办过教育，在湘潭、长沙也没有办过教育，甚至在北京，在赴日留学前，都不曾办过教育。这一点是不可置疑的。袁文赋说的秋瑾在"槐庭"居住期间，主要是"从事宣传革命思想和办教育"。这只能说明袁文赋无知，他根本不了解秋瑾，更不了解株洲的教育史。

秋瑾办教育，只在留日归国之后。她的第一个教育平台，就是上海的中国公学。第二个教育平台，即浙江湖州南浔浔溪女校。第三个教育平台，则为浙江绍兴大通学堂。

从以上三个教育平台看，袁筱珊先生是不可能与秋瑾一起办教育的。其一，中国公学起初只是安置留日归国学生，教员大多也是留日学生或革命党人，如于右任、马君武、陈伯平等。袁筱珊没有留日，当然也就不可能与秋瑾一起办了；其二，浔溪女校，秋瑾只是去任教，时间只有两个月，而且是通过别人介绍才去的，这样也就不可能介绍或者聘请袁筱珊去办学；其三，大通学堂完全是一所准军事学校，秋瑾接任后，虽然有权招聘教职员工，但像袁筱珊这样的书生，无法去绍兴，也无法受得了这种磨炼。笔者查过大通学堂的授课教师名单，共19人，没有袁筱珊的大名。

那么，我们的专栏文章所说"与秋瑾一起办过教育"，到底是怎么回事呢？本来百思不得其解，但经仔细揣摩，好像讲的是王沅德（字重民）捐大冲新屋"槐庭"办新群学校之事。倘若没猜错的话，那就不只是有违历史事实了。

新群学校乃是湘潭县湖南一师校友毛泽东、黄笃杰、王洪波、言志超、陶淑瑜、王星梅、刘继庄等7人共同发起所办。7人共出资一千银元，成为该校校董，择湘潭十四总绿竹街民房为校舍。一切准备工作就绪后，于1921年9月4日正式开学。一年后，学校搬入十八总福建会馆，后又迁至十二总后街陶公祠。陶公祠傍湖，学生出入不方便，1931年经与湘潭巨商龙汉侯商洽，以一万银洋半买半送购得莼香园为永久校址，并增办高小。1937年收买叶家围子之旧屋，改建校舍，增办初中。到抗日战争时期，新群已是初小、高小、初中具备，但校舍仍然不能满足学校发展之需。秋瑾之子王沅德见此，当即决定把株洲大冲新屋“槐庭”及附近田庄捐给新群办学。

这时，秋瑾已牺牲30多年，袁筱珊怎么可能还会与秋瑾一起办教育呢？就算是与王沅德一起办教育，也没见专栏文章提及他在新群当过校董或教过书。行文至此，笔者发现袁文赋和专栏文章在这里要了个“花枪”，说什么1937年“株洲战时中学”曾借用“槐庭”用作校舍，又说中华人民共和国成立后湘潭三完小迁来这里，改为“大冲完小”。是不是袁筱珊在这两所学校教过书，就说是在新群教过书呢？

在这一节结束之前，还有一个问题需要讲清一下。就是袁文赋的文章提到，说秋瑾“当年再三嘱托袁筱珊先生筹办一所好中学，她亲自取名‘竞雄女校’，后因种种原因，未能如愿以偿”。对这段话，不知是不是有人相信，笔者是绝对不会相信的。秋瑾作为资产阶级革命家，即使希望袁筱珊先生致力教育事业，也不会要他办教育时以自己的名、字、号为学校命名，生不会，死后更不会。他们那一代革命者是不计名利的，没有现代人的所谓“战略”眼光。秋瑾的遗言只有“埋骨西泠”，决没有“竞雄女校”之题。

那么，历史上有没有“竞雄女校”呢？有！那是在秋瑾牺牲之后的1912年，她的战友王金发、姚勇忱在烈士工作过的上海白克路(现凤阳路)创办的一所女子学校，这完全与袁筱珊无干。如果说袁筱珊先生真要继承秋瑾的遗志，他完全可以到上海去寻觅“竞雄女校”，做到如愿以偿。当然，事过境迁，我们不能太多地苛求袁先生了。

五、关于“赴浙江为秋瑾处理后事”之说

专栏文章所说的秋瑾就义后“当地人不敢收尸，秋瑾婆家派人到浙江，把秋瑾的尸体运到株洲安葬”的话，是罔顾事实而又不负责任的说法。秋瑾遇害，无论是秋家还是革命党人，大家的心情都很沉痛。在清廷的“白色恐怖”下，慑于清军的淫威，秋家及与秋瑾有交谊的人，确实不敢前往收尸，也无法去收尸。但是，这并不说明当地人都不敢去收尸。就具体事实看，秋瑾的遗体当天就由大通学堂洗衣妇王安友等人用草席裹殓，稍后又由同善堂(一作同善局，附设开元寺内)重

新收殓，藁葬于卧龙山（俗名府山）麓。这历史很清楚，在这里不必多说。

虽然后来有湖南王家的移榇返湘（戊申九月以后）。但是不是如袁文赋和专栏文章所说，是商请袁筱珊先生去的呢？是去“处理后事”“举办追悼会”，还是移榇返湘呢？根据现有资料，基本上可以断定，这次移榇之行，王家没有请袁筱珊去，也不是什么“处理后事”和“举办追悼会”。王家虽然没有留下文字依据，但袁文赋所说不合礼仪，矛盾百出，实不可信。好在秋家保存了足够的史证，秋瑾的弟弟秋宗章在《六六私乘补遗》中云：“姊婿王子芳因惊（指秋瑾遇害）致疾，不久下世，佳城既卜，乃于宣统元年（1909 年）八月，遣二佣人来绍，一楚姓，一王姓，将奉榇还湘合葬。”又云：“（二佣八月来绍迁葬时）议定，行有日矣。会先大兄病殁津沽旅次，予家骤丧家督，哀动不胜，料量丧务，无暇旁及。直至九月中旬，始遣之行。”这段话说得很明白，去绍兴的根本不是袁筱珊，而是两佣人；袁既不是主事者，也不是陪同人。不然的话，秋宗章怎么会没有记载呢？至于袁文赋所说的“携带三千两纹银”“举办了追悼会”云云，只能说明袁先生根本不懂中华民族“生、迁、死、葬”等传统礼仪矣！

六、关于“目睹官兵槐庭抓人”之说

袁文赋介绍说，他的养父袁筱珊给他讲过，目睹了清政府官兵到“槐庭”抓捕秋瑾。“当时官兵气焰嚣张，用枪托捶打大门，槐庭建筑结实，门板有几寸厚，短时间未能捶开，为秋瑾从后门出去赢得了时间。但未过多久，秋瑾还是没能躲过敌人的魔爪，在浙江被捕遇难。”真不知道这是袁先生在哪部电影、电视剧里看到的情节！

1904 年以前，秋瑾和王廷钧结婚后，在“槐庭”居住是自由的。她既是郴州知州秋寿南的女儿，又是湘潭富商王黻臣的儿媳，王廷钧捐官后，还是清廷诰命夫人，谁吃了豹子胆敢到“槐庭”来捶门封户抓人？1904 年，秋瑾东渡日本留学之后，“槐庭”只一佣人看守，近三年时间，秋瑾根本无暇到“槐庭”落脚，谁又吃多了要来找荐？此后，秋瑾基本上没回过槐庄。最后因起义失败，也不存在一个“逃”字，始终没离开过绍兴大通学堂，何来袁筱珊“目睹官兵槐庭抓人”？

七、关于“秋瑾的孙子王孝敏”之说

袁文赋的文章提到，在他的记忆里，“秋瑾的孙子王孝敏，也曾在此（指新群学校）就读”。秋瑾真的有孙子吗？从各方面的事实和资料看，结论是否定的。按照袁文赋这话的意思，好像他在新群读书的时候，就知道王孝敏是秋瑾的孙子。这显然是瞎说！那时候王沅德先生还健在，他自己不说，王孝敏也不敢说，其他局外人谁敢说？据株洲的老人回忆，从秋瑾遇难到 20 世纪 80 年代初，将近 80 年，从来没有人自称是秋瑾的孙子。

最早“闹腾”这个事情的正是王孝敏本人，因为他最有“资格”闹。但这事因篇幅问题我们这里就不展开了，事实是：现在不仅是秋瑾的小孙女王玉琳否认王孝敏是秋瑾的孙子，秋瑾的二孙女王家梁的后人也否认王孝敏是秋瑾的孙子。在神冲王家，王孝敏搞了一个《湘乡神冲王宝田公后裔系统图表》，企图以家谱形式，把他这个“秋瑾孙子”的身份固定下来，其后果肯定不是神冲王家的福气。王氏家族的“秋瑾孙子”之争，近段时间已经偃旗息鼓，袁文赋却在这个时候又旧事重提，用意何在，不得而知。是想激化王家的矛盾，还是想利用王孝敏的作假为自己的作假壮胆？只有待时间来验证了。

话犹未了，最后想啰嗦两句的是，对历史要存真求实，要实事求是。这是对烈士负责，对千秋后代负责。目前全国范围内，有关秋瑾故居的修复保护，秋瑾英雄事迹的陈列展出，主要为浙江、湖南两地，湖南又主要为双峰、湘潭、株洲三处。株洲作为新建单位，更应慎重认真，绝对不能把那些假货、次品充斥于陈列馆（室），闹出不应该有的笑话。秋瑾是全国人民的秋瑾，不是株洲一地的秋瑾。我们不必为株洲没有秋瑾战友非找一个不可。史料千万不能胡编乱造，文物绝对不能以假当真。这就是笔者的态度，也应该是秋瑾史迹陈列馆（室）的态度。

第九编　揽胜觅踪

秋瑾烈士故居——槐庭旧事

李佐堂

秋瑾(1875—1907)字璇卿，别号竞雄，自称鉴湖女侠，浙江绍兴人，辛亥革命时期杰出的女英雄、著名的民主主义革命家、伟大的爱国主义者、中国妇女解放运动的先驱，也是近代著名的诗人。1893 年，秋瑾 19 岁时，随父母来到了湖南。其父曾先后在长沙、常德和湘潭任职。1896 年，秋瑾嫁于湖南巨商王黻臣次子王廷钧，王家在大冲(今株洲市石峰区清水塘街道大冲村所在地)建有一所华丽的别墅式大屋，秋瑾婚后即居住于此，并取名“槐庭”。

“槐庭”是一所三重院落，第一进为槽门，门前栽有松柏，有一池塘，塘中有鱼，种有荷花，塘边栽有杨柳，门后有花园，种植着各种名花和树木。第二进为主楼，是由青砖砌的“三字垛”，具有江南建筑风格。主楼分前后两栋，前栋大门口有一副楹联：“恩被后代，泽荫槐庭”。每栋有两层楼房，楼上有苏楼，楼上楼下各有 5 间房子。主楼外侧两边有 20 多间谷仓、杂屋及管家住的平房。第三进为厨房、用屋。周围有围墙环绕。全屋面积约 50 亩。屋后有山，山有茂林修竹；屋前有许多稻田及一些塘，塘中有荷花，环境十分优美。

秋瑾将王家大屋命名为“槐庭”是有其典故的。据《周礼·秋官》记载“朝士掌建邦外朝之法面三槐，三公位焉。”注云：“槐之言怀也，怀来远人于此。欲与之谋。”又据《春秋纬玄命苞》记载：“树槐听讼其下”。注云：“槐之言归，情见归实也。”宋罗愿写的《尔雅翼》称：“槐者，虚星之精，其叶龙可玩，古者朝位树之。私家之朝皆植焉……董叔纺于范氏庭之槐。又齐景公有所爱槐，使人守之，皆植于庭之验也。”故槐颇为古人重视。

《宋史·王旦传》称王旦的父亲王祜“手植三槐于庭曰：‘吾之后世必有为三公者，此其所以志也。’”王旦自幼很聪颖。非常好学。王祜曰：“此儿当至公相”，尔后，王旦果至公相。宋苏轼写了《三槐堂铭》，记载了这件事情。所以后世姓王的多以三槐名其堂。因为槐有公相的象征，后人于庭院中植槐者甚多。从秋瑾把王家大屋命名为“槐庭”来看，她的学识是十分渊博的，其寓意亦深长。

“槐庭”有花园，栽有槐树、桃花树、李花树、梅花树、梧桐树、楝树等，秋瑾还亲自在园中栽了桂花树和白玉兰，至今犹存。秋瑾喜欢栽花，还写了许多咏花诗。她写了"余生有花癖，对此日徘徊"的诗句，表现了她爱花的兴趣与嗜好。从春天的兰花、水仙花、桃花、李花、杜鹃花到夏天的玫瑰、芍药、荷花、胭脂花到秋天的橘花、菊花、海棠直到冬天的梅花等等，一年四季的江南名花，都被她收入笔底。例如，她在《兰花》一诗中写到："九畹齐栽品独优……羞伍凡葩斗艳俦"；在《水仙花》一诗中写道："嫩白应欺雪，清香不让梅"；在《独对次清明韵》一诗中写道："浊流纵处身原洁，合把前生拟水芝"；在《白莲》一诗中写道："莫是仙娥坠玉珰，宵来幻出水云乡。朦胧池畔讶堆雪，淡泊风前有异香。国色由来夸素面，佳人原不藉浓妆。东皇为恐红尘涴，亲赐寒簧明月裳"。她用"堆雪"写白莲之美色，用"异香"写白莲之清香，用"国色""佳人"肯定了白莲的品位，用"素面""不藉浓妆"称赞了朴素无华的高洁品质。

秋瑾的咏花诗，表现了她对美好自然的热爱；同时又表露了对花的傲骨与高洁的品格的赞赏与认同，实际上也是秋瑾高洁品格的真实写照。后来她在《秋风曲》一诗写有"秋菊傲秋霜"的诗句，以秋菊自况，号召大家武装起来，去推翻满清王朝，痛饮黄龙自由酒。

秋瑾在"槐庭"居住时，喜欢骑马上山，打拳舞刀，吟诗唱歌，经常到农民家里去访问，劝妇女放脚、读书，争取自己的解放。她写了《喜雨漫赋》一诗，其诗云："渊龙酬唾谁驱起，飞向青天作怒波。四野农民皆欢乐，名亭直欲继东坡"。这里的名亭，是指株洲大冲的歇凉亭。这个亭很讲究，因苏东坡建有喜雨亭，故云："名亭直欲继东坡"。从这首诗里，我们可以看出她是与久旱逢甘雨的农民同欢乐的。

秋瑾在长沙、湘潭、株洲与谭嗣同、李润（谭嗣同夫人）、黄兴、宋教仁、陈天华、刘道一、王时泽等交往甚密，他们的革命思想对秋瑾有很大的影响。秋瑾与黄兴曾在株洲马家河学习过巫必达流传下来的著名的巫家拳。她曾随学湘乡曾广钧，诗风亦受其影响。

1899 年秋瑾随夫王廷钧第一次入北京。1900 年 8 月，八国联军进犯北京，是年冬秋瑾回株洲"槐庭"，写了《杞人忧》一诗："幽燕烽火几时休，闻道中原战未休，漆室空怀忧国恨，难将巾帼易兜鍪"。秋瑾知道中国军民和外国侵略者在北京交战，终日为国担忧，但迫于当时封建礼教和家庭的束缚，使她不能披甲戴盔上阵杀敌，因而深感遗憾和忧虑。她又写了《感事》一诗："竟有危巢燕，应怜故国驼。东侵忧未已，西望计如何？儒士思投笔，闺人欲负戈。谁为济时彦？相与挽颓波。"她对帝国主义的侵略感到深切的忧虑。担心祖国的命运危在旦夕，因此鼓励人们投笔从戎，拿起武器，共同挽救祖国的危亡。秋瑾深厚的爱国主义思想，以及强烈的武装救国的愿望，在这两首诗中已经表达得十分明白确切。这时秋瑾已经从忧世的伤感进而立志于走向革命的战场了。这种思想的发展，便是她日后毅然东渡，走向武装革命道路的思想渊源。

1940年，秋瑾烈士的儿子王源德，将“槐庭”及其部分田产，捐献给新群中学作校产。1941年新群中学由湘潭锦石迁入株洲大冲——“槐庭”，王源德任新群中学董事。该校培养了许多人才。中华人民共和国成立后不少新群中学校友，不远千里来到“槐庭”，瞻仰革命烈士秋瑾。

三寻吴猎

史铁良

2008年清明时节，我在学生陪同下，驱车前往醴陵市八步桥，为的是寻访、凭吊吴猎的坟茔。

吴猎何许人也？由于历史的久远，一代名臣竟然默默无闻和早已淡出人们的记忆，在我寻访的过程中，发现绝大多数人，包括他的同乡及后人，对他一无所知。他的思想、他的著述、他的功业、他的声名，如同他的躯体，已经消逝在荒烟蔓草之中。这是一种历史健忘症。

吴猎是湖南醴陵人，生活在风雨飘摇的南宋，生于1142年，死于1213年。15岁时随父迁居善化(今属长沙)，入岳麓书院求学，是著名理学家张栻和朱熹的高足，后被尊为“岳麓巨子”。他是学者，是湖湘学派的中坚。《宋史》本传称颂他说：“湖湘之学一出于正，猎实表率之。”他对“仁”——理学中的重要范畴——的研究，深受张栻赞赏。他任过岳麓书院堂长(实际上的山长)，可见其学求造诣之深。他是循吏，在地方任上，赈灾恤贫，革除敛民的陋规，减轻重赋，公正司法。由于他关心民瘼，为民请命，当他由四川解印东归至荆州时，荆州吏民迎拜，为他立像立祠，以纪念他当年的功德。不仅湖北，《宋史》本传也说：“蜀人思其政，画像祠之。”他是诤臣，立朝直言敢谏，遇事知无不言，言无不尽，甚至指责宋光宗“乱政”，告诫他“陛下毋谓天下为一人私有，而用舍之间为是轻易快意之举”，这使得“权倖侧目”。他是清官。他曾任户部员外郎，总领湖广、江西、京西财赋，湖北京西军马钱粮，过手钱粮何止千万，而“非己之所有，虽一毫而莫取”。与他同时的著名理学家魏了翁说他为官40年，凡有赏赐，即施于人。他的俸禄，除养家糊口外，也用以周济他人。自己遇到经济困难，能泰然处之，保持平常心。这样一位封疆大吏——省部级大员死时，竟然“槠无余资”，丧葬费用靠同僚供给。其清，如山间的流泉，如无瑕的白玉，值得后人顶礼膜拜。不过，有些人在这面历史的明镜前，怕要汗颜吧？他是良将，战略家。开僖初，他分析金兵南下必出荆、襄，于是在襄阳及荆、郢、安、信四郡广积钱粮，正是由于他的未雨绸缪，后来襄阳被围时，人心稳定，无后顾之忧。当金兵猖獗一时，纵横湖北时，他运筹帷幄，调兵遣将，解襄阳、竞陵、德安等地之围。在战争中他慧眼识荆，所提拔的将领中，有的后来成为名将。在积贫积弱的南宋，如吴猎这样的文韬武略兼备的人才，实不多见，清代著名学者全祖望称他有“宰相材”，感叹“惜乎！宋不能大受之，以极其施焉”。

身为醴陵人的笔者，为有这样的乡先贤而备感荣幸，早就希望能在他的墓前献上心香一瓣，而我们只知吴猎死后葬于八步桥石椁山。车到八步桥后，我们便打听此山的所在，但人们不仅不知石椁山，也不知吴猎其人，只知附近有座石笔山。难道是年代久远，石椁山讹为石笔山了？根据人们所指，我们来到石笔山下，在一农舍，我们又寻问户主，他对有关情况也不甚了了，只说山上原有古墓，后来毁了，墓上碑、石被用来修桥修路。我们请他带路，一探究竟。山不高，但很陡，登上山顶，只见巨石嶙峋，所谓古墓，已无任何痕迹可寻，虽然热心的户主在周围搜索了一遍。我们想，石椁山可能另有其地。虽然未能找到墓地，而山野间树木的新绿，杜鹃的红艳，不知名野花的洁白，染就了明媚的春色，但愿在大自然的勃勃生机中，英灵永在！天色已经不早，一时又无其他线索，我们只得遗憾地原路返回。

初寻吴猎，一无所获。陪同我的学生是傅君志高和黄君绍纯。

回来后，再查民国《醴陵县志》，得知石椁山在檑鼓桥。半年后，我又在学生陪同下直奔檑鼓桥。到达目的地后，遇一骑摩托车的中年农民，一问，是本地人，我们就向他打听吴猎墓的方位，他一无所知，也没听说过吴猎。他说，这种事要找有文化的老人，他八十多岁的父亲原与一已故教师关系很好，也许知道。说完就掉转车头，带我们去找他父亲，但他父亲同样不知吴猎。我们问老人附近有没有古墓，他说从前打猎时见过几座，都是用石块砌的，因事隔多年，记不清在哪里了。既然墓地的事情无着落，我就想另辟蹊径，于是问：“这里有没有姓吴的?”如果有，那极有可能是吴猎后人，找他们了解情况，可能不会像以前那样问道于盲了。中年农民说有，我们顿时有了柳暗花明有感觉，他又为我们引路，在一禾坪边，有两位年纪较大的农民在谈论着什么，中年农民介绍说，其中一位姓吴，另一位姓刘，姓吴的任过村干部。问起吴猎，他们一脸茫然，正所谓“不知有汉，无论魏晋”。我们不厌其烦地讲了吴猎的一些事迹，那位姓刘的农民问：“你们说的是不是文定公?”我一听，有戏，忙说：“正是他。文定是死后朝廷给他的谥号。”从他俩口中得知，吴猎墓确实就在附近的石椁山上，我们提出，能否带我们去看看，他俩都借故推托，老刘说家里有事，先走了。我问老吴：“吴氏有没有族谱?”他说：“有。就剩下一套了，其他的都当作‘四旧’烧了。我见过，里面还有文正公的像。”我问：“能不能借来看看?”我极想从中找到有关吴猎的新材料。老吴说，收藏族谱的人不在家，在家也不肯轻易拿出来的。看来今天是见不到《吴氏族谱》了，但墓地还是要瞻仰的，于是又去找老刘。途中，中年农民告诉我们，刚才那两位农民怀疑你们是盗墓的，所以不愿给你们带路。我们听了，真是哭笑不得。找到老刘后，首先声明我们不是盗墓贼，是来调查研究的，并介绍了各自的身份，以消除他的疑虑。老刘终于同意领我们上山，从他家到石椁山不过一里多地，很快就到了。山不太高，老刘在前面带路，我们紧随其后，说是带路，其实并没有路，也许以前有路，现在全被漫山的灌木掩蔽了。我们就在灌木、野草中艰难前行，不停地把挡道的茅草、枝条分开，手被划破也在所不顾，就算是“披荆斩棘，以启山林”吧。在山上穿来穿去，就是见不到古墓，我站在山顶，四顾苍茫，一看大半个身子没入野草树丛中的老刘，他正东张西望，一脸的无奈，似已不知何去何从。正当一筹莫展之际，上来一位村姑，她认识老刘，问我们在做什么，得知我们在找古墓后，她说：“你们跟我来。”大家很兴奋，套用旧小说中的话，叫作“踏破铁鞋无处觅，得来全不费功夫”。走不到百米，她指着一处树木少野草多的地方说：“就在这里。”粗看，这里与他处并无大异，仔细观察才发现草丛中有灰白色砖块，约 30 厘米长，10 厘米厚，比现代的红砖长且厚，还有一瓜瓣型的暗红色石块，近 1 米长，上窄下宽，当是用来封堆的。在野草掩盖下，有一隐隐约约的洞口，我的学生将野草、枝条扯开，一洞口赫然在目，约一米深，显然是个盗洞。一边有横洞，应是墓道，旁边还有同样的瓜瓣型石一块。村姑指着盗洞说：“这是八九年前挖的，以前深多了，后来周围的泥土塌下去才变浅的。发现这个洞后，有人下去过，里面什么也没有。”当时天色阴沉，秋风瑟瑟，带来阵阵寒意，行将枯萎的野草在风中摇曳，簌簌有声。面对这残破的景象，听着这凄凉的秋声，我不禁黯然神伤，一代英灵的墓冢被夷为平地，在蔓草杂木中，几乎了无痕迹。800 年后，首先来光顾这位功业彪炳的英雄的，竟然是盗墓贼！这时，我想起埃及金字塔中法老的咒语：“谁扰乱了这位法老的安宁，展翅的死神将降临到他的头上。”我希望它是灵验的，因为这可以使盗墓贼心有所忌，望而却步，毕竟生命是无价的。而我们中国没有这种咒语，但我知道，我国古时相关法律相当严厉，凡挖人祖坟，开棺见尸者，处以死刑，现代刑法在这方面有何规定，我不知情。我又想起闻一多先生的《也许——葬歌》：“也许你真是哭得太累，也许，也许你要睡一睡，那么叫苍鹭不要咳嗽，蛙不要号，蝙蝠不要飞；也许你听着蚯蚓翻泥，听那细草的根儿吸水，也许你听这般的音乐，比那咒骂的人声更美……我把黄土轻轻盖着你，我叫纸钱儿缓缓的飞。”诗中充满了生者对死者的思念、尊重和关爱，这是永远的人文关怀。人死后，万事皆空，唯一的便是享受诗中的那份安宁和静穆，而吴猎这一起码的权利都被剥夺了，那些盗墓贼可恶至极。

临走时，我们拜托那位中年农民，做好《吴氏族谱》主人的工作，下次我们会专程来看。归来后，书一绝《吊文定公》，以记其事：“欲挽狂澜数十年，残留冢石向荒烟。登临一吊悲秋色，岂有功名在墓田！”

二寻吴猎，有所收获。陪同我的学生是黄君绍纯和彭君贤堂。

一星期后，我又来到醴陵，晚上接学生电话，说联系人来电话了，主人同意看族谱，但必须付300元钱，因为他的族谱是复印的，用了290元钱。看来主人是将族谱当作可居的奇货了，所以要价甚高。我想，他的族谱既然是复印的，那么，一定还有原件，能找到原件，岂不更好？于是，我向在政府部门工作的另一位学生求助，他找来在擂鼓桥所属乡工作的一位朋友，一块陪我下乡。到擂鼓桥后，学生的朋友通过各种关系，辗转找了七八个人，终于得知《吴氏族谱》原件的下落。它收藏在另一村庄的一位吴氏后裔家中，该家家长是位教师，已经去世，他儿子年届不惑，因某种原因，至今单身。他最听族中一位长辈的话，我们没有直接找他，怕把事情弄僵，而是先找到那位“长辈”，其实他年纪并不很大，60岁左右，个子高高的，满脸笑容，一看就知道是一位通情达理的人。知道我们是来调查研究文定公的，他非常高兴，认为这是为他们吴氏家族树碑立传，光宗耀祖的好事，他要我们稍候。他先去找族谱收藏人，做好他的工作。不一会，高个老吴便回来了，说找到人了，当即带我们去他家，在一破旧的屋子里，我们见到了族谱主人，中等个子，话不多，他在几间房里找来找去，出来时仍两手空空，说找不到，不知放到哪里了。我一听，有点急了，别节外生枝啊。我望着老吴，老吴发话了：“再仔细找找，不会找不到的，前向还拿出来看过。”过了好一会，主人终于从楼上下来了，手里提着一个鼓鼓的编织袋，里面装着全套线装《吴氏族谱》，封面是红色的，当时我真有如获至宝的感觉。于是，迫不及待地翻开第一册，里面果真有文定公的画像，还有他墓地的全景图，可以看出当日是何等气派。摘抄内容是来不及了，乡间又无复印店，好在我是有备而来，取出相机，将有关内容拍摄下来。出得门来，一看手表，已是下午两点，这才感到饥肠辘辘，而心情是轻松愉快的。

三寻吴猎，功德圆满。陪同我的学生是谢君集红及其朋友朱江君。

曹洞宗的重要发祥地云岩寺

黄绍纯

醴陵西南贺家桥的明月峰脚下，有一座历史悠久，规模宏大，影响深远的古寺——云岩寺。

要说云岩寺，先说明月峰。明月峰为罗霄山脉九党荆山支脉，自攸县严仙岭来龙经芭蕉岭，过鹅公岭入醴陵，在攸县与醴陵交界处耸起一座笔架状高峰，左峰为大富岭，右为界牌岭，处于醴陵、攸县的要冲。

明月峰为南岳衡山七十二峰之一，其势与岳麓山衡岳相较也毫不逊色。有人说南岳是回雁峰为首，明月峰为腹，岳麓山为足，可见明月峰在整个湖南山川形胜中都处于极其重要的位置。

明月峰厅险雄秀，高峻峭拔，置身绝顶，仿佛上可摩天遏云，下可瞰彻九洲。

或许当年的昙晟大师也正是被这一方形胜所征服而与醴陵结下了不解之缘，进而成就了醴陵宗教史上最为辉煌的一页。

昙晟大师生于唐德宗建中三年(782)，俗姓王，钟陵建昌(今江西奉新)人。唐德宗贞元十一年(795)，昙晟13岁，便在百丈山随著名禅师慧海(720—814)出家。可是昙晟偏偏晚慧，事师20年，对于慧海的大机大用，无著无求的禅风就是不能契缘，待师父圆寂，昙晟便秉承师命，前往澧洲药山参谒惟俨(751—834)禅师，当他云游至醴陵贺家桥的明月峰脚下下的九峰麓时，一下子就被这里的佛境气氛所吸引了。只见此处重峦叠嶂，峭崖壁立，云蒸霞蔚，分明是一处不可多得的净土梵乡。于是暂时放弃了去药山参师的初衷，便向岩面壁参坐起禅来。

后来昙晟感觉先师遗命未了，便不得不暂时割舍心中对这片佛境的厚爱，来到药山参谒惟俨禅师。或许正是因为明月峰启发了昙晟的慧根，很快地他便在药山得到心印，成了石头希迁一系承前启后的关键人物。

随后的唐文宗大和(828—830)初年，昙晟再次来到了明月峰下的九峰山，在原来坐禅处建起一寺。寺因云绕山岩而得名，地因建寺而名寺冲。

昙晟从药山惟俨处接过石头希迁(700—790)的“即事而真”(参阅《参同契》)思想，标举出“宝镜三昧”(参阅《禅宗宝典》)法门，开宗明义倡导“偏正互回”(参阅《五位显诀》——《禅宗宝典》137—167页)的理论，使一直被人视为“石头路滑”的艰涩石头理论出现了柳暗花明、拨云见日的新境界，为曹洞宗的创立奠定了坚实的思想基础。一时间，云岩寺也随着昙晟的禅功大进而名扬天下。

曾经与昙晟共侍百丈夫慧海禅师的沩山灵佑禅师，便指示其弟子良价转参昙晟为师，后来良价便成为得昙晟大师衣钵真传的高足，是曹洞宗的创派人之一。

后来洞山良价又传法曹山本寂，良价对本寂特别强调从云岩寺昙晟处所学的《宝镜三昧歌》“如临宝镜，形影相睹，汝不是渠，渠正是汝。”使曹山本寂把石头派理论又推向一个更高层次。自此，曹洞宗便在中国宗教史上成为别开蹊径的一个门派，云岩寺成了曹洞宗的五大祖庭之一。它那绵密稳健、灵活细腻、极富哲学思辨意味的禅风，不仅对中国佛学产生极大的影响，还给中国思想学术界带来了重大的影响。譬如宋代的程朱理学，就随处可见曹洞宗“权开五位，道全君臣，偏正回互”思想的影子。

昙晟住持云岩寺时，收授法徒四人，抚洲洞山良价，琢洲杏山鉴洪，潭洲神山僧密及幽溪和尚。这些和尚在以后的宗教活动中都产生了重大影响，成为一代经卷有名的大师。

昙晟在其晚年，又返江西分宁云岩主持佛事，于唐会昌元年(841)十月圆寂，得舍利百余粒，醴陵云岩寺与江西分宁云岩寺平分舍利佛骨，各建塔供奉。现在醴陵云岩寺仍存当年“唐皇敕封云岩寺无住禅师昙晟舍利塔”。这大概是云岩寺中历史最悠久，也最有价值的宗教文物，更是该寺镇山之宝。

后至南宋理宗宝庆三年(1227)日本僧人永平道原来华学佛，曹洞宗便传入日本，至今仍然法脉不衰。日本国驹泽大学佛教史迹访华团曾于1971年、1983年、1991年三度专程来醴陵。云岩寺的影响还不仅限于中国，它还影响着世界宗教史的发展。

昙晟法师始建的云岩寺是一个草庵，由于它的名气和影响，后来规模越来越大。发展至鼎盛时期，庙产光田地就有两百多亩，如果把山林庵堂算在一起，占地就逾百公顷，住持僧尼逾千人。寺内的“千人锅”“万人床”“飞来钟”，不仅是文化古迹，也是昔日盛况的见证。

鼎盛时期的云岩寺的建筑有大雄宝殿、观音堂、罗汉殿、方丈室、僧尼客舍、斋堂、十祖祠等，占地百余亩。规模之大令人咋舌。

昔日的云岩寺，被参天古木簇拥，不仅寺前寺后浓荫蔽日，寺中的庭院也处处枝繁叶茂，幽雅多姿，引得群鸟以此作天堂，终日里都可闻百鸟各鸣，更使寺庙平添几分幽静。于今在古寺西南侧的山梁上，仍见数棵百年古松，这些松树棵棵蓊郁青葱，铜枝铁干，苍劲无比。尤其是其排列方式很有些奇特，后四前三，颇像北斗七星。它们给人不仅以形的美感，还给人以力的跃动。

寺中现存的古迹还有一座观音堂。这是清雍正朝留下的古建筑，一尊还未塑金的千手观音伫立其中。古色古香的装饰壁画与油漆斑驳项楼廊檐，似乎在证明它所历的岁月沧桑。还有庙中的一个老龙井，与后山的龙嘴相连，龙嘴里不仅流水潺潺，还时有团团水汽从中喷涌，人们说这是一个天然的矿泉水宝库。不过一到大雨天，井口便有大量水流滚涌溢漫，以致院中便成了一条地上溪流，水质也变得稍有一些浑浊。还有法冈禅师的墓塔也是寺中不可多得的古迹。

云岩寺左侧的石壁上曾刻石一方，写的是"古寺云岩，九峰名山，昙晟宝所，第一禅关"，可惜这传诵千古的历史见证都湮没在了历史的风云之中。

云岩寺作为千年古刹，它的兴废变迁，就是历史沧桑的见证，就是风雨摧残留下的伤疤。历朝历代的政治风雨，兵燹人祸使得云岩寺也几经灾殃。"文化大革命"中，云岩寺几乎遭受了毁灭性结局，曹洞祖庭，大雄宝殿等多处建筑被拆毁，数十块刻有云岩寺史迹资料的石碑用作盖五七林场礼堂的基石。不过经整理和征集现在古寺又寻回了三块碑记和几部珍贵的木刻版经卷。三块碑分别是禅关碑、祖师碑和座禅碑。

现在云岩寺又迎来一个复苏的春天。1986 年醴陵市政府拨款 4.5 万元对观音堂进行了第一次整修。近年来又在各方善士的支持下(包括醴陵的，湖南的，甚至全国各地的)，又陆续建起了放生池，僧尼宿舍和大雄宝殿。于 1997 年 8 月工资竣工的大雄宝殿，有 800 多平方米的建筑面积，17 米高的三层扮爪盖琉璃瓦顶，由 40 根主柱支撑，耗资 150 万之巨。云岩寺大雄宝殿的告竣，使云岩寺开始重现昔日盛景。气势恢宏的殿宇翘檐，映掩在绿树丛中，香烟缭绕于其上，梵音颂唱唱传其外，乍一置若罔闻身其中，还颇有几分禅风扑面的感觉。

更喜人的是云岩寺的建设已作了一个整体规划。市政府为重现古寺昔日风采，已发文划定了大片用地范围，五七林场将要从中搬迁，寺前的大片田地将用来建停车场和其他设施。后山包括九道禅关以及斋堂等一应宗教设施，也已绘好蓝图。如果这幅蓝图全能变成现实，那么醴陵云岩寺，至少可与南岳大庙相媲美。果能如此，醴陵幸甚，中国文化幸甚!

还值得赘述一句的不仅是云岩寺宗教文化的挖掘，还有其旅游经济的开发。这里不仅山色优美宜人，环境清幽怡人，而且水域也诱人，出云岩寺东北不足一华里便是一个浩瀚的寺冲水库，且醴陵南乡的人民又是格外的热情好客。山寺盛名如此，山水环境优越如此，民风淳朴如此，多理想的旅游胜地!

湘东名观——阳升观

谭特立

在攸县之东司空山的三清峰下，有一座唐宋以来封建帝王屡经敕旨官建的名观——阳升观，相传为纪念南齐时国之重臣司空张巴玉在此修道成仙而建。这里悠久的人文景观与优美的自然景观紧密结合，宫观艺术与社会环境浑然一体，致有“天下第一山”的美誉。

一、古庙尚存唐故事

阳升观始名朱阳观，始建于唐天宝七年(708)，是我国开创较早的名观之一。唐王乾佑撰《司空山实录》载，当年五月十三日夜半，唐玄宗夜梦一神人，身着红霞之衣，带领一侍者浮空而下，对皇帝说：“臣在楚南攸县司空山，其山曾是臣修行之地，今臣以证仙品，每念水土以为陛下护国安民。中有仙坛，荒废年深，陛下今为明君，幸与臣整个祠宇，选有德行道流住持，永作灵山，使绵延国祚，福庇万民。”

第二天，唐玄宗感梦中之言，遂命官吏检索郡国图籍，得知攸县于梁天鉴二年(503)八月十五日午时，有南齐张巴玉司空全家拔宅升天的史实，大为惊叹。遂下敕勘查，所属司空山内古迹仙坛，起立祠宇。不出数月，宫宇建成，录史张祐奏请玄宗皇帝赐名。因此山在南岳朱陵洞之南，古以山南为阳，于是皇帝赐批“朱阳观”之名。之后，朝廷又命地方官在观范围内开田150亩，并以皇上名义，选攸县洞灵观尹大初、升云观李子贞、严真观陈少留等道士为朱陵观住持。

唐末兵燹，朱阳观被毁，光启元年(886)，僖宗皇帝敕旨修复。乾宁三年(896)马殷据长沙为楚藩王，观内土地多被侵夺，马殷立命观主尹契真恢复前迹。朱陵观不断为皇上敕封复建，影响日益扩大。宋神宗熙宁元年(1068)，曾为攸县县令的枢密太尉吴居实与部使同游朱陵观，以县内外每遇旱涝灾疫，而臻祈祷立时显应，大为惊叹，留诗一首，称赞这里是“静中日月长，玉宇清风赊”的“灵山”。

二、断碑犹有宋文章

北宋徽宗热心道教，自称“道君皇帝”。政和三年(1113)春三月，“天子览图籍，异其事，惜其迹废”，命中奉大夫湖南路转使副使程元佐来攸县主持修复朱阳观，程元佐命秉蒙郎崔援总其役，由攸县县令古康国管后勤，供百物工徒之需。凡所费用，一切都由皇上供给。修复后的宫观，规模辉宏，据程元佐《阳升观记》载，光屋柱就达110根，其宫殿亭台，碧瓦朱楹，金碧辉煌，盛极三湘四水。宋徽宗为附会张司空白日飞升的神话，御笔改朱阳观为“阳升观”。同年七月十五日和八月二十五日，连下两敕，加封张司空为“太素真人”到“太素冲升真人”。九月下旬，宫观建筑落成时，皇帝又赐《太洞真经》一部，以为镇观之宝。诚如程元佐在《记》中所说，皇帝“诏易名阳升，以贲其祠；加号‘冲升’，以崇其道；赐太洞真经，以显其迹”。据说新观落成之日，“境内冠褐，大小官吏，与夫都邑之民，扶老携幼，争先恐后，填噎山谷，欢呼踊跃，瞻欢欣贺”，真个是盛况空前。

在阳升观内，有一块《重修阳升观三奇碑记》，由本县人士宋元祐进士、徽宗朝任太学博士的彭天益撰写。彭在碑记中，补记了程元佐在建观中未提及的三奇事。

其一：阳升观北面有卢琼夫妇祠，供奉卢琼夫妇偶像。程元佐建观前期，曾得一梦至一小祠宇，一女子（卢琼）出来告诉他说：“吾居此已久，请勿迁移”。程元佐非常奇怪。不久有掌管建庙者向程请示，拟将山北小祠中的塑像迁移于观内。程当即允诺，可是至卢氏祠中，见其像，与昨夜所梦者相同，于是决定不移像，而吩咐将祠庙修葺一新。

其二：当年八月十八日黄昏，工徒数百人亲见天降“星冠、绛衣、朱履”者升殿礼拜，焚香炉中。炉中始无火，而香烟芬馥，好一阵后，升真人祠，而失其人。

其三：宫观落成，举行7昼夜的醮典。选定九月二十九日始事，本是连日淫雨已历十天，至开醮日，忽然放晴，“诸山峰之间，云日五色，珍禽翔集，和声关关”。傍晚，星辉灿烂，松风阵阵，无不以为是真人鹤驾临庭，光临天子崇道奉真的盛典。

“三奇”故事至今为人们喜闻乐道。《阳升观记》碑和《重修阳升观三奇碑记》碑都列于观内，供人尝读，其碑文也各载于历修《攸县志》。

南宋时期，宋高宗绍兴二十四年（1154）考中状元的安徽人张孝祥，闻阳升观之名，授官中书舍人后，与秘书监易祓同来攸县游览，见阳升观山环水美，景色清秀，宫殿堂皇，香火旺盛，挥笔写下“阳升之观，真人之居，天下第一山”几个大字。而易祓亦不让贤，联袂写下“南齐张司空宅”“张司空石山书院”“张司空白马溪书院”几块匾额。

张孝祥和易祓联翩书法的佳话，载入《攸县志》，可惜年湮久远，宋徽宗皇帝瘦金体《阳升观》匾额和张、易书法真迹今不可见，但“阳升观天下第一山”的美名，从此远扬，至今不衰。

三、司空羽化名犹著

阳升观因司空而显，司空以阳升观而灵。人们为何对张司空如此情有独钟？话得从张司空弃官修道说起。

据梁时任彦昇《述异记》载，司空姓张，字巴玉，清河郡（今江苏淮安）人，亦说岭南封州封川县人，齐明帝时，官至司空（为三公之一，主管水土，营建工程），东昏侯萧宝卷嗣位后，政治腐败、恣意横行，害虐生民。张巴玉不满暴政，挂冠退隐。继而携全家访天下名山胜迹。初到南岳衡山，以不愿与世俗往来为由，闻攸县有麒麟山，乃汉时苏隐隐居得道，白日驾麟车升天之地，顿生仰慕之意。于是沿湘江，溯洣水，巡攸河，倾家南来，至麒麟山，见重峦叠翠，山峰奇特，泉清水冷，不胜景仰，遂称"此足以乐吾生矣！"遂命人在山中，构屋30余间，以安居全家80余口。又在今阳升观殿前筑坛朝斗，结庐修道，早晚诵《太洞真经》三十九章，得其妙旨，养神育气。又得葛洪子传授金液之诀、使成火鼎之功，采药炼丹，济世救人，其灵验可称点石成金。梁天鉴末年(519)八月初七日夜，有神人莅坛传讯，称张巴玉救济贫病达20年，天帝令他八月十五日沐浴俟命。至八月十五日，果有神将来迎，全家除留下侍女卢琼守坛外，80余口白日升举、冲天而去。麒麟山后来亦改为司空山。

张司空羽化登仙，自然不食人间烟火，但他出政为官清廉，入隐济贫救困的事迹，有口皆碑，历代的封建皇帝也十分重视。清咸丰年间，由于张司空"于冥冥中"保障地方安全和除蝗消灾有功，咸丰皇帝加封其为"保惠真人"。历经皇上三次加封，这在中国神仙中是独一无二的，如此使张司空名气更大，阳升观的影响也与日俱增。人民纪念他，崇拜他，在他升仙的地方建宫观侍奉他，每逢八月十五司空登仙日，阳升观举行盛大庙会，远近三省七县数以万计的香客，接踵而来朝拜。人们唱司空，赞司空，颂司空蔚然成风，瞻仰司空遗迹，弘扬司空精神，更是传延不衰。

四、野老登临兴甚长

"名山福地世应稀，楼观巍峨倚翠微，古洞云深龙化去，老松烟溟鹤归飞。"这是明时兵部侍郎王伟游阳升观后写下的著名诗句。

唐宋以后，历代对阳升观各有修复。《楚攸司空山志》载，明洪武元年(1368)、天启五年(1625)、清康熙八年(1669)、嘉庆九年(1804)、道光二十五年(1843)、咸丰十一年(1860)，都有不同程度的复建或扩建，我们现在见到的模式，是清光绪十九年(1893)增修的。这是湖南省境内保存较为完整的古道观之一。

整个宫观坐北朝南偏东15度。进入阳升观境内，两扇川门迎立，东额"道通天地”，西匾“法贯古今”，带着你进入道法世界。

由川门登阶而上，便是山门。31级半石阶的设计，独具匠心，据说与攸县当时建制为31都半(其中县城为半都)的地理暗合。门楣额书“阳升观”三字，字体刚劲有力。两边配门联一副：

继司寇为圣，弃司空为仙，道统千古，道貌千古；

同大悲救苦，持大素救难，南海一神，南水一神。

对联语句隽永，含义深刻，概括了张司空的历史地位和救苦救难的慈悲精神，令人读后唏嘘不止。

过山门登7级石阶(象征攸县周围7县)，进入前殿，只见护法神像威武雄壮，令人望而生畏。

从前殿至中殿又有3级石阶，象征湘、粤、赣三省，中殿供张司空神像，正中檐柱上的楹联为：

率全家八十余口白日升天，是明神，是活佛，独有乾坤存万古；

纳吾攸三十一都黎民在抱，亦名臣，亦理学，默添造化足千秋。

对联颂扬了张司空的业绩。

后殿为三清殿，殿前有司空飞升的土坛3级，供人瞻仰。据传，坛前曾有司空手植古杉3株，数百年后，杉枝皆发五色莲花，祥瑞异常。

阳升观建筑艺术堪称一绝，宫殿建筑为歇山式，古色古香，独成风格，其中雕塑更是引人注目。戏楼上彩凤，引颈欲飞；檐柱上奔鹿、展足欲腾。彩绘浮雕，多是鱼虫花草；顶棚板面，尽是人物故事，显现艺术建筑与自然环境相结合的韵味。瞻此图景，无不表示赞叹。

阳升观地处司空山之东，有司空山门户之称。司空山方圆数十里，山峰壁立，竹木葱茏，鸟语花香，是天然的旅游胜地。三十六峰、十八溪、十三涧、十一洞、十二石室等景观引人入胜。在阳升观周边，有三清峰、朝斗石、洗药池、温泉、凤凰涧、炼丹池等张司空采药、炼丹、修炼遗迹。这些遗迹经千百年，仍然纷采异呈。凤凰涧有凤鸟常鸣；朝斗石棋盘仍存；温泉水冬温夏凉，池内满生龙须菜，开千叶五色芙蓉花；洗药池水清如镜，中生荷花，每花五色相间；炼药岩岩中有臼，臼底微红，药气常香；司空池连接如“品”字，其中一池水冬温夏凉，一池冬夏常冷……好山，好水，好人缘，吸引着古今无数骚人墨客参观、游览、题咏。诚如宋时彭天益所说：

扶筇疑是上天台，云锁岩扃次第开。
未得路通游紫府，且随溪转上丹台。
藤萝映带皆天设，山水萦洄总地裁。
历历仙家遗迹在，清奇端不让蓬莱。

开利寺四绝

苏绍泉

株洲县太湖乡，海拔千米的九狮冲莲花山之巅，耸立着一座南朝古刹——“开利寺”。开利寺有四绝：寺古、佛奇、松寿、文粹。

一说寺古。据淦田唐氏宗祠宗谱考证，金碧辉煌的开利寺，是南朝梁代太湖人唐仁卿、唐华卿兄弟二人留给后世的一份巧夺天工的佛家建筑艺术杰作。

史传南朝梁武帝萧衍，曾以皇帝身份带头拜佛，尊佛教为国教。上行下效，由此形成了一股尊佛道之浓烈民风。在这种历史氛围下，家居太湖的唐氏兄弟立誓要建一座像样的庙宇供奉佛祖，以了平生之愿。兄弟二人倾其家产，聘请远近能工巧匠，大兴土木。一座占地二亩，巍峨壮丽的开利寺终于在天监七年(508)大功告成。开寺之日，在老方丈的主持之下，邀请地方官员、社会名流，远近高僧，率众居士信众，举行盛大开寺庆典。唐氏兄弟二人以普通施主之身，在大佛前伏地礼拜，长跪不起，久久不肯离去。

时至唐贞观之治，国运大昌，唐氏之后，唐卿寿趁国泰民安，对开利寺进行了一次全面修缮，完善了设施，扩大了庙产。尔后，唐开元元年(713)，岭南节度使唐佑，又接力对开利寺作了一次较大扩建，从此，开利寺香火更盛，佛音远播。元末，大庙遭兵燹之灾，偌大庙宇荡然无存，仅有千手千眼观音一尊逃过此劫。明初永乐三年(1405)唐氏族人唐则宽与高僧如空计议，联手修复残垣断壁，“重整楼阁绀容”，开利寺得以再现昔日风采。此后直到民国33年的700年中，大庙一直安然无恙。晨钟暮鼓、佛乐悠悠、香火缭绕，引来潭、攸、醴诸县游人香客、达官贵人、名人骚客，沿着森林古道进山朝拜观光。大庙每逢农历八月十五日，照例举行盛大佛家节日，白昼唱大戏，人山人海；夜晚灯火阑珊、爆竹冲天，把一个静山幽谷喧闹得热火朝天！

二说佛奇。开利寺供佛林林总总104尊，身躯均在2米之上，其中千手千眼观音坐莲像竟高达3丈3尺。莲花宝座正与莲花山花冠巧对，意为莲下有莲，真乃独具匠心！观音大士正襟危坐大殿中央，通体金光闪烁，确有顶天立地之势；但见她，眉如卧蚕、眼似丹凤，清逸超然，千手千眼象征“佛法无边，慈航普渡”。拜游者驻足仰瞻，无不叹为观止！光绪版湘潭县志曾用重墨勾勒大佛，称：“开利寺，创自梁天监年，唐仁卿所造，佛像高九尺，阁高一寻有半，度以今尺，像高五丈二尺，阁高六丈四尺，信可前代巨制矣!”

这样的“巨制”庞然大物，是怎样制出来的？据耄耋老人口传：先人用铁条、竹篾编扎大佛骨架，内外敷以麻筋石膏，造出雏形，再行精雕细部，尔后盖生漆刨光，最后一道工序是反复镀金，使之结成金壳，就这样，泥塑变成了价值连城的瑰宝!

三说松寿。开利寺的“六朝松”，闻名遐迩，三人合抱有余，1500个年轮佐证了它的“千古不磨”。躯干高达20米，树冠高耸入云端，生机勃勃，郁郁葱葱。树下置一只大石龟，是否意指“松龟同寿”“龟鹤延年”？“六朝松”本为“六朝古柏”，太湖人喜欢将松柏一体合称，故将六朝柏称作“六朝松”了。“六朝柏”是指栽植于我国六朝时代的古柏。吴、东晋、南朝的宋、齐、梁、陈，都曾建都于建康(金陵，今南京市)，史称“六朝”。六朝历时总共才350年，由于统治者荒淫腐朽，一个个迅速灭亡了！而“六朝松”却挺拔如故。唐代大诗人李商隐用一首《咏史》：“北湖南埭水漫漫，一片降旗百尺竿。三百年间同晓梦，锺山何处有龙盘?”为“六朝”作了总结。当年住“六朝松”下的和尚常喜欢吟诵这首诗篇。开利寺“六朝松”曾于1958年被列入国家重点文物保护名录。

四说文粹。大庙内有伞柱数十根，凡柱皆有楹联镌刻，十分精粹，富有深刻的文化内涵。现录6副于后：

其一：“救苦海苍生，岂一手之烈哉，身使臂，臂使指，打破拳头，处处左提右挈；为迷途赤子，有四顾不遑者，十而百，百而千，放开眼界，时时远瞩高瞻。”

其二：“化身在衡云湘雨之间，莲花千手，狮子九头，普陀洛伽山，此地直通南海；光迹溯赵宋李唐而上，古柏六朝，危楼百劫，阎浮末法世，有人重补西天。”

其三：“开不二法门，色即空，空即色，过去未来，惟菩萨直传心印；利大千世界，眼中手，手中眼，左提右顾，引众生同上慈航。”

其四：“开天开地开人，是一画二画三画得来，恍然大开悟也；利国利家利身，至百焉千焉万焉乃足，不言所利薄哉。”

其五：“开觉路于西天，仰世间玉镜高悬，朗映大千世界；利众生于南土，幸此日禅枝永茂，重新仗六法身。”

其六：“经八次重修，般巧倕奇，烟云缭绕新楼阁；阅五朝勿替，鲸铿螭奋，金碧摩挲旧鼎钟。”

天然修炼胜地——上金仙

谭特立

上金仙在酒仙湖湖边的昭村。

酒埠江水库上游10公里湖滨左岸，巍然耸立一座名叫猫头岭的大山，像从天而降的绿色屏障，把水波粼粼的湖面装点得更加青翠自然。山脚下幢幢白屋，是缀在天然屏障底边的小铃铛，映着湖色，清新美丽，这就是早先素有“粮仓”之称的昭村。上金仙就镶嵌在大屏障的中间，三丈三尺高的白色山门牌坊，耸立在万绿丛中，当游船进入三江汇合的官田湖面，就进入视野，光彩夺目，令人叫绝。

上金仙是一处天然的修炼胜地。从山麓至山寺，虽然修筑了简便的公路，但朝圣的人们为了显示虔诚之心，无不选择右边青杉林中那条古朴的石径。路面全用石块筑成，一级一级地依山势上升，大小石头有规律的排列，被雨水冲洗的石面光洁如新，偶有青苔，那是在不经意的侧面。行人可以随时坐下或躺卧在路面上，衣饰也一尘不染。树木参天，鸟鸣嘤嘤，而右边的小溪流叮叮咚咚，伴着行人的登山路程唱个不停，这样的清幽，你何尝不陶醉?

猫头岭悬崖陡壁，唯独上金仙这块地方，平整如田，水草并茂，人们称之为“天鹅晒靥”。这里的风景独特，站在寺门前，远眺水库如裙，系在山腰；近瞰山峦似龙，浮在脚边。游艇和白鹭齐飞，流云与山泉共鸣，登山揽胜，人们无不为“天下名山僧占多”而唏嘘。

上金仙原为佛门圣地。既是佛门，为何称金仙?《本行经》云：“忍辱修行三千三百劫，始证金仙号，曰：清净自然觉王如来教诸菩萨。”原来金仙仍佛号，忍辱行者看中这块清净自然场所，在此修行三千二百劫而成如来菩萨，此处若无清净自然环境，怎奈修行者长时间在此修炼? 既有金仙在此成佛，取名“金仙寺”也就不足为怪了。

如今的上金仙白屋青瓦，砖墙泥壁，面宽三间，进深二栋，仍保持清中期建筑模式。清代进士陈步周题写“上金仙”三字门额，庄重稳健，清晰可见。殿中供奉“朝天得道枢密有感枫仙一老真人”以及二、三老真人三尊圣像。这里原来也是道家潜修胜地。宋徽宗信仰道教，自称“道君皇帝”，时在枢密院(宰相府)任官的一、二、三圣人，有感于朝廷推崇道教，于是弃官归道，遍访名山，来到猫头岭大枫树下朝天修炼。徽宗皇帝知道后，仿官吏品阶，敕封三圣为枫仙真人。至今猫头岭仍有枫仙殿古称。在寺院右百米处，保存着一株千年古枫，树围5米，树高30米，古树虬干，枝叶浓密，每到秋天，枫叶红于万绿丛中，煞是壮观，被誉为璀璨明珠。古枫根部有六大浮爪，突出土面，光洁圆滑，为三圣人轮流打坐痕迹，传闻当年三圣就在此枫树下朝天得道的，因而引起众多人的朝拜。当地人称三圣常显灵为众生治病保平安，中华人民共和国成立前夕，国民党残部邓戈企图据此负隅顽抗，后因三圣显灵和地下党不断活动，使得邓戈以为此地"草木皆兵"而移据广寒寨，这里才避免了一场战争罹难。

最近，有关部门在上金仙附近发现道教全真道龙门派宋兵灵、袁晓廷、张明春、张至善的墓葬碑刻。龙门派是北七真之一的丘处机开创的。丘是王重阳的弟子，以出家为全真，潜修于龙门山（今山西河津县）形成龙门派，曾受到成吉思汗的召见，尊为"神仙""国师"，元世祖忽必烈赐赠"长春真人"称号。龙门派道士须出家，以"济贫拔苦，先人后己，与物无私"为"真行"，以"澄心定意，抱元守一，存神固气"为"真功"，功行俱全，故名全真。出家的全真道流行于北方，不出家的正一道流行于南方。龙门派羽化道士墓葬的发现，在湖南尚属首次，它说明了上金仙自清中期以来，为北方全真派道士所看中，成为道教修炼活动基地，填补了全真派不流传南方的空白。

与上金仙隔河相对的昭贤观，县志载始创于唐开元六年（718），是攸县最早道观之一，开创人黄均得，昭村人，属南天师道。相传曾在观后数十丈高悬崖下面壁10年得道成仙。常采后山的九节兰、七叶花、骨碎补、过山龙等药品为民治病。黄道士常与金仙菩萨交往，切磋技艺，从昭贤观至上金仙形成一条仙道，叫"金仙黄道"。

金仙黄道的山美，水美，地势美，古人尚且钟情这里的清幽，现代人何尝不如此？展开你的双足，去登山赏景，去领略一番古人修炼的滋味吧！

炎陵有座陈凤仙

李品珍 曾广东

在炎陵策源与下村两乡交界处，有座海拔1600多米，同湖南第一峰——神农峰遥遥相望的大山，山中有座道观，人称陈凤仙。道观建在山崖的石洞旁边，中厅是玉皇大帝的木雕神像，两旁分别是如来、观音及四大金刚和陈、刘、李三位奶娘的木雕神像。左侧是厨房，右侧为办事房，下面还有两间供游客休息的平房，占地80余平米，屋檐下有六块千年石料碑刻。

每每举行民间朝拜礼仪时，有来自江西大汾、遂川、七岭、宁冈和湖南桂东、炎陵等地的香客。香客最多的一次是2012年，竟有200余人，捐香资数万元。神灵保佑，陈凤仙数百年来从未发生过一次火灾和意外事故。

朝拜之日，这位老伯挑着一担米，那位大娘背着一袋菜，有刚过门的农家媳妇，提着两只鸡，有虔诚的庄稼汉子，挑着自家做的糯米馃，一路上说说笑笑，张家长李家短地谈论着庄稼的收成，相不相识的并不重要，只一个目的，一个心愿：祈祷平安吉祥如意，祷告风调雨顺收成好。

按民间的风水学来看，陈凤仙山的“龙脉”起源于名闻遐迩的井冈山红色革命根据地的罗霄山脉，为“统天武龙”之局。龙头舒展之时昂扬驰骋至黄洋界，连绵起伏至岗木岭，欲在双石马回首的间隙，却又一往情深地偎着湖南最高峰——神农峰，龙肚挺翘之处悄然屹立在高山之巅，至神农峰山脚下遂成支龙，东连江西七岭、遂川，南通湖南炎陵、桂东，西接宁冈北向莲花。到达陈凤仙山场时龙脉立足，前似观音坐莲之境，后犹九龙吐珠之象，左看俨然猛虎助威，右瞧恰似仙女捧杯。山后有万亩森林、草地，部分山场同我县七届政协副主席萧学菊先生最先发现的原始森林相连，其走向四通八达，同神农峰、百里杜鹃林、梨树洲、东坑瀑布俨然一体，相映成趣。完全可以开发成环城旅游景点的支线，拥有别具一格的休闲锻炼、踏青采风、民俗文化等旅游功能。

灵验的陈凤仙更有神奇的故事哩。

传说，陈凤仙最早的守仙人一个姓李，一个姓兰。最先在那一带居住的人只有刘、李、黎、兰、陈五姓氏，分布在梨树洲、辣菜塘、圆敦里、白石下等地，多有外地的年轻人在陈凤仙和神农峰山脚下一带种药材营生，常年住在山上的石屋里。据说，小伙子在山上种个三五年药材差不多就赚够了娶媳妇的钱，可以回老家讨老婆去了。曾有刘、李、陈同一个晚上做了同一个奇怪的梦：梦见某座山腰间有一龙珠闪闪发光，旁边有块巨石，石头下面有个水洞，洞里流淌着高山圣水。第二天三人根据梦中情形上山寻宝，竟不谋而合、相聚在山上。结果，真的发现一切情景如梦无异，只是石头太大，足足有20多个立方，无人能搬动，石洞口子太小，无人能进去，用数十米长的棍子也探不到边缘。三人遂对天发誓：谁也不能破坏石头、进洞寻宝，只能烧香供奉石头，佑我乡民安康、风调雨顺、百种百收。

数年过后，一少妇在奇石旁采摘猪草，见一留有香灰的粗碗时顿生一念：婆婆双目失明，自己一直腹疼，倘若洞里的圣水能治好我们的病，我一定会出劳、出资在这个地方建一个仙场，保证香火不断！这样想的时候，少妇竟不知不觉地倚着石头睡着了，并做了一个怪梦：梦里有位慈祥的老大娘指点少妇用石洞里的水就石洞里面的蝙蝠屎和蚊虫血可治好身上的病。少妇回家照办，三天后婆婆的腹痛病和眼病竟奇迹般地痊愈！于是，若干年后，当年的少妇为了还愿，终于在头发花白之时，在奇石旁建了一间简陋的瓦房，将此地当作仙场来供奉，便是最初的陈凤仙的敬香正厅。

若干年后，陈、刘、李三位农家姑娘从梨树洲路过奇石旁时，碰见一老娘哭哭啼啼，原来老人家背上长了几个大脓包，只有把脓包里面的脓血吸干净方可保命。三位善良的农家姑娘很同情老人家身上的疼痛，便轮流用嘴为老人家吸脓包。吸着吸着，三位姑娘感觉到老人身上脓包里流出来脓液竟然香甜可口。老人家谢过之后，让三位姑娘进石屋休息，陈氏抱起一块杉树桐子就坐下，林左李右陈居中，谁知这一坐，三位姑娘就再也起不来了：她们竟成了一座座雕像！

传说策源中洲一罗姓大爷带病来到仙场朝拜，遂起一愿：倘若好学上进的独子能考取状元，就在此重建菩萨神位，侍奉香灯。翌年，其子果然高中状元。为谢神灵之恩遂认陈、林、李三位菩萨为奶娘，并重新安排神像位置，让三位奶娘各捧一个孩子，加上送子观音的神位，又拟龙凤呈祥之意，三女为凤，立仙场为陈凤仙，并由罗状元首推官方祭祀仪式。上任之前，罗状元为陈凤仙作了副对联："陈仙始唐德宗贞元佛道儒，凤阁历朝谱教和谐平顺礼。"

传说原碑铭、对联和签文在"文革"时期被当作"四旧"给砸毁了。据其对联所叙述的"始唐""佛道儒""和谐"七字所延伸的含义，似乎可以将她列为炎陵十大名山之首！而事实上，炎陵县的相关记载里面根本找不到她的名字！震惊之余的唯一解释是比较勉强的：历史上下村的地理位置、人文环境、宗教礼仪的信息渠道的源头应是首从江西，因此江西无论是官方还是民间都有陈凤仙的相关传说与记载："湘赣融汇处荒蛮之巅高山毗邻，内有一仙曰：陈凤，遂灵……道通井冈、安仁，途多怪兽，精壮劳力安住石屋事药营生……"

从唐德宗贞元元年算起到现在，陈凤仙已有近1300年的历史了。何况在此之前早已存在，至少也有1400年了。

在我国，大多名山中的庙宇、仙观都具有浓烈的宗教色彩，或佛教或道教，而陈凤仙同时兼容“佛道儒”，三者合一，正好同以重德精神为核心的传统儒教文化一脉相承！而“和谐”一词出现在1400多年前的社会里，会是一种什么情形，又能带给我们怎样的想象空间?！“平顺礼”的“礼”字似乎告诉我们，当时的陈凤仙还得到过官方的祭祀，甚至是顶礼膜拜！

附今人题陈凤仙诗词二首：

其一

仙在三子口，步行一个钟，途中山上坳，路边景如画。
山长千年树，人活百岁老，住山真是好，遍地都是宝。
古树可研究，怪石有名堂，茶油蓼叶丰，杜仲厚朴肥。
天然蜂糖纯，香菇野物多，山牛野猪吼，生态和谐妙。
田鸡黄蝈子，娃娃鱼儿跳，山鸡石蝈游，竹头鼠儿闹。
白鹭伴相思，总有鸟儿欢，野菜药材靓，满山青蓝绿。
云锦杜鹃开，处处有花香，红豆杉儿壮，五角枫儿飘。
红米煮饭豆，蘑芋炒沙参，高粱包谷酒，糯米粽子香。
菜园不杀虫，蔬菜常淋水，腊肉火腿鲜，红壳笋儿脆。

其二

每每朝拜祭祀日，偏偏云蒸霞蔚天。佛道儒教皆有方，多是薄雾山洞藏。
四面八方香客会，总有画眉唱枝头。柴米油盐附近来，酒肉伙食安排全。
不卖香纸不卖签，茶水饭菜不谈钱。宾至如归不简单，实际道理很明了：
不贪不求图心静，欢聚一堂讲缘分，和谐社会盼平安，共同祷告祈吉祥。
仙场海拔一千六，坐东朝西绽芳华，十五神像坐中宫，千年古联述传奇。
左厨一间事熟炊，右厢一房放杂物，下有两间休息室，同时务实写榜忙。
奇观屋后大石洞，连盖中宫屋檐边，石洞绵延不见底，内中却有蝙蝠飞。
门前路下多古树，迎客松儿舞婆娑。相传树下龙吐珠，肉眼凡胎见孤石。
疑为观音吐龙珠，又似观音莲花座，请神开光上表后，文告武告有讲究。
不说易经玄学事，自然规则亦奥妙，敬畏宽容多感恩，天人合一为和谐。
公平正义常在身，人间正道是沧桑，求人求佛求神仙，害人害佛害神仙。
惩恶扬善保平安，修身养性自通泰，人求菩萨仙靠人，心静如水天地知！

观音岩三佛

饶泽民

名誉三湘的观音岩是株洲的一处佛教圣地。去参观游玩的客人不一定能看到那里的镇殿之宝：观音岩三佛像。这是因为它曾经被盗过，是文物干部与公安干警经过一番努力，才将其完璧归赵的。

三佛像总体沿袭唐代以来形成的汉传佛教风格，分别是：坐莲观音佛，通高36厘米，重8公斤；坐狮佛，通高35厘米，重6.6公斤；坐象佛，通高35厘米，重8公斤。人物形象典雅端庄、仪态雍容、和蔼慈祥、衣着肥大宽松、纹路自然优美，属于写实性表现手法。

观音岩三佛像因其工艺精美而具很强的观赏性。三佛像全部以铜铸造，通体鎏金，虽有部分地方金饰脱落，却更显古朴神韵。明代中期强调世俗情趣的塑像风气使得菩萨、天神、观音、罗汉等形象更容易被常人接受，在容颜刻画上更加平易可亲。因此那个时期的一些佛教造像具有甜美和善的“喜相”。这喜相不仅仅用于女性菩萨，连那本该威猛的天王门神也被塑成和蔼面相的“奶油武生”。与佛经中谈到的“怒相”“恶相”不尽相同。我们从观音岩三佛中大体可看到这种风格方面的变化。塑像的脸面呈鹅卵形，身形清秀，体态轻盈。所以，在为重建空灵岸而征集文物时，我将所发现佛像的年代定为明代。

观音岩三佛保存至今遭遇两次大难。第一难：“文化大革命”期间，造反派为破四旧曾要拆毁空灵岸。消息传到观音岩，主持和尚十分着急，深夜邀来农民廖云，请他连夜将三佛转移。廖云将三佛像藏在自家的墙壁里(距观音岩十多公里的山冲坳里)，沿口贴上毛主席画像。有“伟人”的保护，三佛躲过了这一难。第二难，12年前，某牢房二个犯人对话：矮个子说，明天我刑满释放，出去以后搞什么事呢？高个子说：搞什么都不来钱，要是你能偷得观音岩的3个菩萨，一辈子就够了。于是，矮个子选择了一个浊暗之夜潜入空灵岸，午夜时分盗走三佛，但凌晨4点，被响石岭派出所巡逻干警发现。古训讲得好：手莫伸，伸手即被捉。矮个子成了二进宫。

观音岩周围的老百姓都这么说：“菩萨怎么能偷呢？当然会遭报应的啰!”报应当是佛家语，矮个子的被捉，是咎由自取。

君子当自为一山

——君山寺见闻

苏西林

戊子年腊月的一天，阳光普照大地，格外暖和。我和友人乘车游览君山寺，所见所闻，感动至深。

君山寺，位于醴陵、株洲、攸县三县(市)交界处，地属醴陵市西部的均楚镇军山村，因地处君山而得名。

君山(一称君子山)海拔882米(为醴陵市第二高峰)，脉自南岳来，是弥陀、木鱼、香炉诸峰所构成的“五凤山”主峰。系南岳七十二峰之一。站在主峰上向四周观看，美景尽收眼底。远眺，君山与南岳衡山形似姊妹山；近观，湘江自南向北延伸，飘逸如帛，阳光映照，浮光跃金；山上，林木生姿，竹林摇曳，满眼秀丽，气候宜人。真武祠、拜水井皆在山上。寺庙周围，山峰隆起，奇崛神秀，充满灵气，碑文随处可见。君山风景奇秀，寺庙声名远扬，是历代文人墨客游览的胜地，也是信士、香客的祈拜圣地。数百年来，香火绵飏，朝拜者络绎不绝。

清代顺治三年(1646年，丙戌)元帝圣像乃元二世祖九智公(字华台)随父(尚元公)自福建汀州上杭入籍中湘。他生性乐游名山佳水，慷慨好施，乐行善事，后公自湘潭(今株洲县)淦田接徒君山，游览之余，将寺庙重装金碧，带头备钟鼓，倡置佛产，使寺庙面貌一新。每逢寺诞，举行祈拜。并于清代康熙五十九年(1720)偕锦侄瑞里再次登山游览，礼谒既毕，侄以庆祝命题，写下七言律(祝君山二首)的诗篇，以示纪念：

其一：

耸翠峰头一上方，
无边景仰帝恩皇。
金花直接青云气，
宝月高迎紫雾光。
犬吠松间声断续，
莺啼叶里韵悠扬。
登临岂是闲游览，

少长频来礼佛忙。

其二：

鼓振钟鸣帝诞辰，

慈光殿里庆多人。

清香缥缈炉中献，

彩烛辉煌架上陈。

大道几年成一旦，

幽灵百代祝三春。

侵毫久已储甘露，

特署银笺奉至神。

清代康熙十二年（1673）二月，醴陵县著名文人曹之璜从岳游归，舟至湘潭（今株洲县）淦田，徒步登山，专游君子山后，兴奋不已，挥笔写下了《游君子山记》雄文一篇，文中有“君子当自为一山”的美誉。原文首刊清代康熙二十四年（1685）《醴陵志》，后又续刊于乾隆八年（1743）、嘉庆二十四年（1819）、同治十年（1871）和中华民国37年（1948）的五部醴陵县志中，可见此文之佳。

君山寺历经630余年的风风雨雨，遭遇过多次战火的洗劫损毁，几度重修。但历届主持倡导的“培养忠良，倡行善事，弘扬佛法”的办寺宗旨没有改变，一直延续至今。

1999年10月，君山寺正式获得了湖南省人民政府宗教事务局颁发的《正式登记的宗教活动场所》许可证。2000年，在各界信士、香客、游人的热情关怀和大力支持下，在原址上建起了一座占地800平方米的新寺庙，并添置了佛产。主佛神像端庄地打坐在寺中央，左右小佛助势，威武肃穆；佛鼓神钞一应俱全；寺前香炉香火不断，氤氲弥漫，亦仙亦幻。

主寺建成后，近年又在山上建起了土地庙、龙王庙、关王庙，重建了拜水井；兴建了僧舍，斋堂、蓄水池等生活用房近600平方米，修通了南北两面长达11公里的登山公路，还架通了专用输电线路。

现在寺里的活动规范，秩序井然。常住寺里的主持、居士、僧人们，坚持学佛、生产、建设同步。学佛：每天上午、下午各做2个小时的功课，优雅的佛曲引领他们念、唱、叩谢非常认真；生产：种植蔬菜、打扫卫生、培养林木、保护环境做一些力所能及的劳动；建设：除已建好的项目外，目前正在想尽一切办法，积极筹资，将登山公路进一步加固和养护好，为硬化做准备。

主持、居士、僧人们生活过得清淡，人人情绪饱满。登山的游人、香客不断，寺庙香火旺盛，呈现着一派生机勃勃的新景象。

探访炎陵古道和客栈

文史　华山

听闻地处湘赣边界的罗霄山脉万洋山里有条“茶盐古道”，古道上有座明朝时期遗留下来的古客栈，4 月 27 日，我们一行数人，前往罗霄山脉的万洋山，去探访这条曾见证了湘赣两省民众数百年友好往来的神奇天路。

万洋山距县城 46 公里，境内现存大面积原始森林和约万亩野生云锦杜鹃林。我们从万洋山脚下的牛石坪村开始登山，见石块铺就的“茶盐古道”，在海拔 1500 多米以上的崇山峻岭间蜿蜒盘旋，身边一望无尽的原始次森林里绽放着杜鹃花海。放眼望去，红若云霞，粉若桃花，一丛丛，一簇簇，绵延数十个山头，漫山遍野变成了杜鹃花的海洋。其中“苍干如松柏，花姿若牡丹”的云锦杜鹃更是姹紫嫣红，一派生机盎然。低头看脚下，清苔石藓，依旧如昔，记载岁月的沧桑脚印。

随行的炎陵县政协文史委主任谢人斌介绍，这条明清古道，是为运输朝廷贡品茶而修建的。起点为炎陵县石洲乡青石村，经该县大院农场、大院江西坳（当地一小地名）以及湘赣交界处的赵公亭（一古庙），到江西井冈山遂川县大汾镇止，全程约 150 公里。当时，炎陵的百姓通过肩挑人扛，将当地的茶叶、石灰等土特产品经古道运到江西、广东贩卖；然后，又从广东运回食盐等物质，“茶盐古道”称呼也由此而来。

带我们上山的向导龚厚万告诉我们，古道修建之初为泥土路，后由当时大院的一名叫成启昌的富商捐资镶砌成了石板路。据说此人在 20 岁以前很穷，主要靠挑茶叶、石灰等物质到广东一带去卖，然后又从广东那边挑回食盐等物品谋生。随着财富的积累，他出巨资将石洲至大院江西坳和赵公亭的这段路全部用石板（块）镶砌好。惊叹之余我们低头俯视古道，确见古道全由石块铺就而成。石块或大或小，或方或长，取材皆为当地山石。石板虽少加工，但道路却十分平整，让人惊叹前人高超的铺路技艺。谢人斌说曾有人考证过，古道由近 1 亿块石板铺就。

当我们攀援到山顶时，终于见到了那个古客栈。谢人斌说此客栈建于明朝末年，原为湘赣两省过路官员歇脚的驿站，中华人民共和国成立后这里改为茶亭跟旅馆，几天前，年逾古稀的原省政协副主席王克英也攀爬到这里。龚厚万说他爷爷当年挑茶叶去江西贩卖时常在这里落脚，可惜文革破除四旧时被拆毁了，仅剩下门前古水池里的汩汩泉水，仍在诉说昔日的辉煌。龚厚万对这个古客栈情有独钟，当初，他就是在客栈前唱着“哎呀来……”的兴国山歌，跟那个叫翠花的遂川姑娘相识相爱并最终结为连理的。现在，他还常带着4岁的儿子光华，沿着这条古道翻越万洋山去拜会岳母娘。

古客栈的后山处就是湘赣两省的交界处，这里一条分道可以直接通往井冈山。当年红军就是在这里跟毛泽东上的井冈山。现在这里还存有三四处红军当年战斗过的土垒战壕。望着这些堑壕，我们忍不住放开嗓子，飚了首“哎呀来……”

秋游会真山

史铁良

古历七月的一天，我与黄君绍纯、丁君水生同游醴陵沈潭乡的会真山。该山位于湘赣边境，是罗霄山脉的支系。

车到沈潭后，水生指着前方说，那就是会真山。只见山峦起伏，连绵不绝，宛如一条苍龙，不见首尾，青翠的山色一直延向天际。天气虽然炎热，那莽莽苍苍的青翠所透出的凉意，却沁人心脾。我们在半山腰下车，如同置身于绿色的大海之中，仰望俯视，左顾右盼，无非深绿，只有些许白色的或红色的野花点缀其间。空气中散发着淡淡的幽香，那是山林特有的气息。我们徒步登山，山路较陡，因是水泥路面，便没有行路难的感觉。拐了几个弯后，便见到在绿树掩映之中露出的寺庙轮廓，那就是会真寺。它建在与主峰相邻的一座山头上。我们被它吸引，加快步伐，进得山门，那里正在兴土木，迎面是簇新的前殿，门联写的是"群仙赋高会，上古论天真"，据说是古会真寺流传下来的联语，也是一幅有道教色彩的楹联，作者将寺名嵌入联语中，"真"，指真人，道教指修炼得道的人，也就是仙人，又称仙真人。"会真"，与仙真人相会的意思。前殿的左门楣书"包公堂"，右门楣书"关帝殿"，而前殿中又供奉着观音、罗汉，佛、道二教的偶像共处一堂。在宗教史上，佛、道二教有过激烈的争斗，彼此攻乎异端，犹冰炭之不能同器。可谁也灭不了谁，于是和为贵，二教调和后，同一寺庙中出现既有菩萨，又有神仙的怪事，时间一久，也就见怪不怪了。其实这也是宗教越来越世俗化的产物。这未尝不是一件好事，至少可以使信众们各取所需，信佛的去拜释迦牟尼，信道的去制拜太上老君，寺庙因而左右逢源，香火旺盛。前殿后面是一座小殿，它即将被拆除，扩建为大雄宝殿，从后面平整的一块土地看，它会有相当的规模，寺的整个格局将会超过历史上的会真寺。会真寺始建于元统一中国后的第二年(1280 年)，后历经兴废，至"文革"时被彻底毁坏，现在的小殿是 20 世纪 90 年代初，由附近的善男信女们捐资所建。我猜测，始建之日，它的名字该叫会真观(宫)，"会真"二字是道教用语，而且元代是道教得统治者助力，大行其道的时代，在会真山建座道观，不是顺时而动吗?

参与修复工作的一位乡贤请我们在办公室喝茶，交谈中，他发现与绍纯是本家，这样，我们之间又多了一份亲近感。我们问他，修复的资金是否全由信众们捐助，他说，主要资金来自长沙一集团公司，他们出资800万元，不仅要修复会真寺，而且要把这一带建成旅游景区，过一段时间，你们再来的话，面貌会大不一样。他还向我们特别介绍了景点之一的水帘洞，说洞中流出的是天然矿泉水，可直接饮用，现在醴陵市区已有会真山矿泉水出售。我们对此颇感兴趣，自古以来，山、水相连，见山不见水，终究令人遗憾。中国人的山水情结既厚重，又源远流长，儒、释、道三家都把山水当作道的体现，从而迷恋山水，拥抱山水。孔子说过："智者乐水，仁者乐山。"由此形成了以山水比德的传统。庄子也乐在山林，他说："山林与，皋壤与，使我欣欣然而乐与。"禅宗有桩公案，青原惟信禅师说："老僧三十年前来参禅时，见山是山，见水是水；乃至后来亲见知识，有个入处，见山不是山，见水不是水；而今得个休歇处，依然见山是山，见水是水。"这一否定之否定，说的是他领悟佛理的三个阶段，全以山水作譬。有句俗话说："天下名山僧占多。"除了自然环境恶劣，我国哪一座名山没有佛寺？不仅佛教如此，道教也不甘落后，许多道观也建在名山之中，与佛寺相伴。唐、宋以来，传承儒家思想、文化的书院，也多建在风景如画的山林中，有名的白鹿洞书院在庐山，岳麓书院在岳麓山，嵩阳书院在嵩山，石鼓书院在回雁峰，茅山书院在三茅山。儒家、佛家、道教都在名山胜水中占有一席之地。我们也受过儒家思想的熏陶，对佛、道也略有所闻，在下意识中，有着对山水的嗜好，于是决定去探水帘洞。绍纯曾去过那里，且有文记其事，他领着我们出了寺庙后门，走了一两百米的平路，便寻找下山谷的路径，来回找了几次，才发现一条宽不足一尺的小径，乡间称为野鸡路，已被杂草覆盖，杂草多为芦苇，苇叶锋利如剑刃，山路不仅窄，而且陡峭，我们小心翼翼地抓着枝条，横身往下挪步，愈往下走，林木愈密，光线愈暗，透过密密的树叶漏下的日光，斑斑点点，稀稀落落。山中没有王维诗中的樵夫和人语响，只有山鸟的啁啁、秋虫的唧唧、树叶的沙沙，像咏叹调，像低吟，像吴侬软语。这山水的清音，引起人的审美愉悦，心就如经山泉洗过一般，明净，澄沏，令人机心顿息，不觉天人合一了，仿佛进入我即自然，自然即我的混沌之境。有如庄周梦蝶，不知是庄周做梦变成了蝴蝶，还是蝴蝶做梦变成了庄周。晋、宋间人为什么那样钟情山水？此时，我有了亲历后的领悟。

走累了，我们便在路旁的一块大石上席地而坐，那大石表面平整，暗红色，我用手一摸，竟一尘不染。这令我想起元代的诗人、画家倪瓒，此人有洁癖，他家园林中的竹木岩石，经常用水冲洗，可能是因为闹市多风尘吧。如果他家处于会真山这样的环境中，就不会多此一举了。休息了一会，我们继续下行，我俯视谷底，那里生长着大片竹林，颜色浅绿，竹林之上是层层树林，其色苍苍，苍苍者之上是蓝天，流着几朵白云。会真山有多少这样的诗情画意。快到谷底了，绍纯说："这不像是去水帘洞的路，洞不在谷底，离谷底有一二十米高。山深林密，这次怕是找不到了。”我们只好带着遗憾，循原路返回会真寺。那里的工作人员热情地请我们吃午饭，我们已饥肠辘辘，便不客气地入席了，负责人还特地叫厨工为我们加了一个菜，吃的无非肉、蛋、鸡之类。本来寺庙的食物有寺庙的特色，只是会真寺正在修复中，还没有出家人，也就没有斋食，这是暂时的美中不足。元代释氏清珙的《溪岩杂咏》之一记述过僧人的一次午餐，诗云：“山厨修午供，泉白似银浆。羹熟笋鞭烂，饭炊粳米香。油煎青顶蕈，醋煮紫芽姜。百味皆难及，何须说上方。”他们所吃均是山中出产，或僧人所种，或野生，经精心烹调，定是别有风味，享用之后，能不齿颊留香？可惜我们无此口福。

饭后，我们在办公室休息，我头枕椅背假寐，在似睡非睡，似醒非醒中，突然被隆隆雷声惊醒，一看，天色阴暗，大雨滂沱，狂风呼啸，掀起汹涌澎湃的林涛，万窍怒号，如奔驰的千军万马，撼人心魄。这便是庄子所说的地籁，亦即天籁。佛家有所谓声闻缘觉，说的是听到某种声响而顿悟佛理，杜甫诗说的“欲觉闻晨钟，令人必深省”便是。我辈无此慧根，不能因此而悟道。而大自然的黄钟大吕也会使一些志士仁人壮怀激烈，陆游就曾“夜阑卧听风吹雨，铁马冰河入梦来”。造化赐予诗人灵感，诗人的感情、理念与自然契合，于是，这千古绝唱便冲口而出了。我敬佩陆游这样的诗人，也敬畏自然的伟力。

一个多小时后，风停雨住，我们告别主人，离开了会真寺。一边下山，一边观赏雨后的山色，远山腾起一层轻纱般的薄雾，时聚时散，山色时隐时现，这就是欧阳修描述的“山色有无中”的朦胧境界。

主峰上有几棵参天大树，突出于林表，其中一棵的树梢斜向伸出，指向西天，我说：“这是在俯首朝拜呢。”绍纯说：“木秀于林，风必摧之。”我说的是想象，他说的是实情。东边不远处有两座山峰，峰项已被推平，土填入山谷中，快要合龙了，水生说：“这可能在建人工湖，作为旅游景点。”说得有理，到时候，在群山的环抱中，这里将出现一面绿色的明镜，蓝天、白云、绿树、红花倒映其中，峰回水转，这会是一幅多么美丽的山水长轴。人们乘船游湖，在饱览江山胜景之时，扣弦而歌，其乐陶陶，也将像古人一样，不知今夕何夕。

我们三人相约，待景区建成之后，重游会真山。

说朱亭

肖又铮

我一直迟迟不敢动笔写朱亭。因为朱亭古镇的靓丽风采、龙潭水库的绰约风姿、凤凰山岭的秀美风光、砖桥田园的诱人风景，在不少文人骚客的笔下已有了极为生动的描述。我唯恐以自己并不深厚的文学功力，难以写出朱亭的山水之美和历史文化底蕴之深，难以描绘出她最真切的灵性、最动人心脾的神韵。

或许会有人问：朱亭不就是指800多年前，一代理学大师朱熹和教育学家张栻讲学的湖南省株洲县朱亭镇吗？你怎么将龙凤、龙潭、砖桥三乡也一并来说呀？其实，这原因既简单又复杂。一是“三乡一镇”，原本同属一个行政区——朱亭区；二是这山水相连之地同样秀色可餐，令我梦绕魂牵；三是……无论是天之涯，还是海之角，那些将“大”说成“太”、将“往里走”说成“往透里走”、将“放肆跑”说成“启太棚”的人，谁不说他(她)们是朱亭人？至少可说是“泛朱亭”人吧！在同样亲切甜美的乡音里，哪里还管它何镇何乡？在这里，岁月的刀笔一样锋利而华美。锋利处，整齐地切出了一座座陡峭的山峰；华美处，划出了一条条潺潺的溪流、静静的小河。你看那十里长岭，文家坳上，凤凰林海，山多像一幅幅画，透过白云从蓝天落下来，飞白的是石，泼墨的是松；山是一首歌哟，风拂松，低沉雄浑，鸟嬉戏，清脆亮丽。你如果有幸泛舟与龙潭水库相连的近20公里水路，就更能饱览朱亭秀美山水的幽深，那无数港湾，恰似世外桃源的人间仙境！难怪中国民间文艺家协会会员、作家、我的学友曹敬庄朱亭观光后，在《心履》一文中这样写道：“我说不出你是多么美！朝霞难比你的光彩，月色难比你的皎洁，碧玉难比你的肌肤，水晶难比你的丽质，晨雾难比你的温柔，波光难比你的妩媚，大海难比你的丰满，蓝天难比你的高远……”

如此山水胜境，撩动了多少人的诗情画意！因而到过朱亭的人，常常百感交集。首先就因她的名字，人们不得不怀想朱熹老先生当年来此结亭讲学的情景。这在老朋友刘凯先生所编《朱亭沧桑》一书中，可看到翔实记载。我想，朱熹的理学曾统治了中国思想界800多年，可以说撑起了中国古代思想的半壁江山。外面许多有关他风流的流言，对我们已经不重要了。我们不要去理会他宣扬的那些糟粕东西，我们应去吸收他思想的精华之处。如今倘若立在朱亭镇为纪念朱张当年讲学而建的“朱张桥”“一苇亭”，吟咏朱老先生所作“问渠那得清如许，为有源头活水来”“等闲识得东风面，万紫千红总是春”等传唱久远的诗句，你有何感想？大千世界，能够在千年之后仍传有其名的人已经不多了，何况朱熹名气之大，能有几人能比？在朱亭，让人顿生感悟的地方还有很多。当你在龙潭乡铜鼓塘听到元末农民起义军，弹尽粮绝时，将催征战鼓滚到山下深塘的悲壮故事；当你在龙凤乡惊闻明朝末年，朱亭地区哥老会以凤凰山为根据地，被迫起义的英勇奋斗篇章，难道不觉得朱亭多么令人景仰？

不过，更让人感动的是朱亭人的热情和实诚，朱亭人的才智和勤奋。谁去朱亭作客，朱亭人都会恨不得敲锣打鼓迎接你，放着鞭炮迎接你。不管进了哪一家的门，都会看到满满的一屋子笑脸和满满一屋子温馨。一桌子的菜热气腾腾，鸡鸭鱼肉、腊味山珍、时新蔬菜，样样齐全。在城里的名贵酒楼和挂着“乡村土菜馆”招牌的饭店，无法吃到的菜食，这里可任由你挑选，它透着沁人心脾的清香。在朱亭人家吃完饭，主人不是让你看家家都有的电视，也不是邀你打扑克、麻将什么的，而是请你和他们一道拉二胡、唱花鼓调。他们热爱生活，生性乐观。过去的花鼓调多是悲情的苦音，现在多是幸福的小调。朱亭有许多灵泛角色，花鼓戏表演艺术受到众多行家称赞。他们酣畅淋漓的癫狂演唱、如入无人之地的尽情挥洒，常常唱得听众热血沸腾，泪流满面。天长日久，生长在朱亭而又饱蘸民间文化养料的一些文化人，无形中就有了一种特有的灵气。集画家、诗人于一身的吴楚龙先生就是其中的一位代表。他出生于朱亭镇黄龙村，自幼家贫，三番辍学，遂以樵、牧、农事为生。执教两载有余。25 岁入湖南师大始习丹青。自入画坛，颇具匠心。在国画领域潜心耕耘数十载，思古法，谋新意，走出了辽阔而深远的大境界，其作品在全国多家报刊发表，多次参加全市、全省、全国性展览并获奖。与此同时，先后出版的两本诗词选集《画余吟稿》，受到市诗词界高度评价。

我常常想，在“泛朱亭”有个叫太田营的地方。那儿里至今还流传着这样一个美丽的传说：唐朝末年，农民起义领袖黄巢率领起义军经过一年多征战，从江西一直打到了湖南。据说，有一天，浩浩荡荡的队伍路过朱亭时已近黄昏。当时秋收结束，几千亩田垅平平坦坦，且无半点水迹。先遣人员察看后，立即报告黄巢，经他准许，起义大军便在此安营扎寨。于是，绵延几十里的几万大军，停靠在从朱亭镇到砖桥乡如今太田村的大路旁。当夜，不少村民热情地给将士们送去鸡、鸭等菜肴表示慰问，可将士们怎么也听不懂当地方言，特别是表达大的意思时，总听到一片“太”的乡音。尽管这样，也未影响村民与他们的情感交流，很快与村民融洽在一起。黄巢对部下要求比较严，村民相送的实物，都一一付了钱。因此，起义大军驻扎的时间虽然很短，却给当地老百姓留下了很好的印象。次日，秋毫无犯的起义大军踏上新的征途，村民们表示由衷的敬佩，不少人燃起一串串鞭炮。为纪念黄巢，该地的原名“王家垅”改为现在的“太田营”。或许是黄巢起义大军将士特别眷恋这片热土，播下了情感的种子，因而给今日朱亭人带来了福祉，这里的土地格外丰饶，年年五谷丰登，乡亲们的日子过得越来越红火！

我觉得，如果将上述传说，聚到“朱亭”一并说来，能为“朱亭”增色的话，那么品读下列两首诗词，就更会感到即使“泛朱亭”，也处处闪耀“朱亭”的灵光。在砖桥乡马迹村与之相邻的太湖乡永丰村之间，有一座长约30米，宽约5米的砖石桥，谓之“马迹桥”。桥之北为“上马迹”，桥之南为“下马迹”。相传“马迹”乃一神仙骑马而过留下的足迹，而桥则是当地一秀才中举后出资砌成。这些情况有多种说法，本文不一一赘述，然而朱熹《过马迹桥》一诗却是千真万确的。诗曰：“下马驱车过野桥，桥西一路上云霄。我来自有平生志，不用移文远见招。”透过寥寥数语，人们不难看出朱熹当年壮志满怀的气概。因而湖湘学派代表、著名学者、岳麓书院创办者张南轩（亦为南宋著名理学家），作为朱熹的陪伴者，当即挥毫泼墨，写下《步朱熹原韵以和》：“便请行从马迹桥，何须乘鹤箧从霄。殷勤底事登临去，不为山僧苦见招。”这语意是劝慰还是什么？朱熹看到，应感慨万端吧！我读着，想着，不觉痴了。两位学者敏感的心思，敏捷的才情，敏锐的感受，得益于朱亭的别样的风情吧！他们多么像璀璨亮丽的星辰，在遥远的岁月里，熠熠闪光，给朱亭人文史册留下难得的瑰宝。

啊，朱亭，你的风姿，从古至今让多少文人学士文思泉涌！你的巨变，又让多少百姓享受盛世的荣光！

醴陵王仙行

史铁良

醴陵市东30里有个王仙镇，其得名与著名仙人王乔有关。自古传说，王乔在此修炼成仙。唐代大历(766—779)年间，有个叫护国的江南僧人云游到醴陵，写过一首《题醴陵王仙观歌》，开篇便说："王乔一去空仙观，白云至今凝不散。"可知此说由来已久，也许将王乔与王仙相连，护国是始作俑者。王乔又称王子乔，汉代的《古诗十九首》就写到"仙人王子乔"。《列仙传》说他是周灵王的太子，游于伊水、洛水之间，后上嵩山修炼30多年，得道成仙，曾出现在缑氏山之巅，人们为他在嵩山、缑氏山立庙。那么，王乔的活动地点应在河南一带，与湖南醴陵风马牛不相及。《后汉书·郡国志(四)》刘昭注"醴陵"引《荆州记》说："县东四十里有大山，山有三石室，室中有石床、石臼。父老相传，昔有道士学仙此室，即合金沙之臼。"《荆州记》是晋人著作，那时还没有王乔一说，《记》中的那位道士或许姓王，传说他羽化登仙了，后来人们附会到王乔身上，因为王乔名气大，除了渲染仙气之外，还未免有拉大旗作虎皮的意思。也有将丁令威拉到王仙的，更属无稽。传说丁是汉辽东人，他得道化鹤所唱歌很有名，内容无非为道教张目，事见《搜神后记》。

新年刚过，我来到王仙镇，陪同我的是王仙小学校长袁君巧生。我举目四望，发现这里的山峦与众不同，不少山头圆圆的，如同硕大无比的馒头。其中最出名的是狮形山，以其形如蹲踞的狮子而得名，又称王仙山、王乔山、太山，宋代《新定九域志》古迹部分将它列为潭州十六处古迹之一，更使它名播遐迩了。狮形山有三个岩洞，称三狮洞，二明一暗。这三个洞都不是溶洞，所以无奇形怪状的石钟乳。暗洞最低，在山脚，陡峭幽邃，深约二百米，中间空间甚大，直径约百米，如无照明，则漆黑一团。洞底有暗流，不知通向何方。当地部分乡民正合股开发该洞，有十多人在施工。以它的冬暖夏凉，它将会成为一个别具一格的休闲场所。夏天，这里游人如织，饭店应接不暇；冬天则少有游人，十分冷清。暗洞上方是最大的一个明洞，形如狮子大张口，可吞吐千人。洞中右边有一小殿，供奉着菩萨，扁题"三狮圣殿"，联语云："有意焚香何必远朝南岳，心诚敬神此处胜似衡山。"语意平平，却口气不小，竟敢挑战南岳。现在有个法号释耀法的僧人在此主事，他是广西柳州人，今年40岁，毕业于厦门佛学院，到这里才半年。他领我们在洞中转了一圈，洞的一侧有块石碑，碑文记载，民国13年，何斋公在此修炼，建有三尊大佛、观音、十八罗汉、二十四褚天，“文革”中被毁。何斋公其人不知所踪，一般人都说他已不在人世，但释耀法说，2006年他在峨眉山见过此人，今年应有125岁。他还得到何斋公的一帧照片，当地一位80多岁的老农认出照片上的人便是何斋公。我提出想看照片，他把我们带到卧室，从柜中拿出照片，照片上的老人穿黑色皮鞋，着白色长裤，淡红色T恤，秃顶，有几绺白色长髯、精神矍铄，看上去不过80多岁，像是一位老学者。耀法又说，何斋公现住昆仑山，已成为地仙，可以呼风唤雨，腾云驾雾，来去无踪。他原来在另一明洞中修炼，那个明洞在靠近山顶的另一面。我又提出能否带我们去看看，他欣然应允。同行的袁君有恐高症，只好留在山下。从山下到山腰全是陡峭的岩石，所幸有当年何斋公开出的一级级石磴。我小心翼翼地随着法师向上攀登，到了稍高处，不得不手脚并用，以防不测。爬到山腰，以上便是土路了，那是名副其实的羊肠小道，两旁挡路的杂草荆棘早已被耀法砍去，但也没有了可资攀援之物。路又陡又滑，我只好像动物那样向上爬，我的头似乎就顶着耀法的脚。终于到了山顶，只见一大片黑乎乎的灰烬，我问法师，这里起山火了？他说，他想把那些杂草杂木烧去，种上有价值的树木，没想到引起了山火，当时吓得直喊何斋公救命、何斋公救命，突然一阵风雨，浇灭了大火。又是一桩有关何斋公的离奇故事，在耀法，说得虔诚，充满敬意；在我，则姑妄听之。法师领我向下走了几十米，又到了一悬崖峭壁处，必须经过它，才能到达第二个明洞。绝壁上有何斋公开凿的一线小径，二、三十米长，几寸宽，可以放下一只脚。我探头向崖下看去，只见无边无际的雾海，什么也看不见，《长恨歌》中的“回头下望人寰处，不见长安见尘雾”，也不过如此吧。这茫茫的景象，更使人觉得它的神秘，它的深不可测。法师说，他先过去，又一再嘱咐我小心。只见他如履平地般地很快到了彼岸。我却心中忐忑，生怕掉下去粉身碎骨。还是不去了吧，我想。又觉得这样做太没面子，于是下定决心，过！我脸朝内，全身紧贴崖壁，张开双手，就像一个“大”字，扒在悬崖上。双手总想抓住点什么，但光光的峭壁上连个凹凸处也没有。我只能一点一点地向前挪，全神贯注地盯着狭窄的路面，可不敢往下看，腿有点发软，我告诫自己，绝对软不得，否则，更容易摔下去。这时，我才真正体会到什么是寸步难行。也不知过了多久，才捱到它的尽头，到了一块不大的平台上，我才长吁一口气。我的这次历险和韩愈的一次经历有点相似。据李肇《国史补》所记，韩愈好奇，曾与客登华山绝顶，可是下不来，害怕得恸哭流涕。一些士子不相信，认为这是厚诬古人。韩愈确实是个硬汉，苏轼评价他“文起八代之衰，而道济天下之溺。忠犯人主之怒，而勇夺三军之帅。”谏迎佛骨一事就足可证明，为此他差点身首异处，而在去贬所的途中，他仍写下“欲为圣明除弊事，肯将衰朽惜残年”这种掷地有声的文字，表现出为国家兴利除弊，虽九死犹未悔的凛然正气。而在华山绝顶困死或摔死，则是无谓的牺牲，轻于鸿毛，所以他才恸哭，那是对生命的珍爱。我相信李肇所记，我在悬崖上的惧怕心理与韩愈毫无二致，只是没有大放悲声而已，在平台上我还心有余悸呢。那平台上长着一些小竹木，虽然是经过修整的，一旁还堆放着一些砍下的小树干。平台后面便是第二个明洞，洞的两旁、上方以及平台下面全是悬崖。此洞与第一个明洞相比，小多了，但也有三四百平方米，洞的前半部分有一人多高，愈往时愈低。法师说，这就是当年何斋公修炼的场所。现在仍可看到何斋公在洞中开凿的痕迹，洞的两旁是长方形洼地，底部凿得很平整，比地面低一尺，中间是过道，右边洼地靠里面一端凿成沙发状，可能是何斋公入定的地方，或用来放佛像。洞中常年干燥，何斋公在此一住数十年，那份孤独与寂寞，不是常人所能忍受的。日日夜夜，岁岁年年，与他相伴的是日月星辰，雷电云雾，淅沥的春雨，低吟的夏虫，瑟瑟的秋风，皑皑的冬雪，除了飞鸟，野兽也到不了那里。我们常用“青灯黄卷”“暮鼓晨钟”来形容出家人寂寞、单调的生活，而洞中的何斋公或许只有青灯黄卷吧，暮鼓晨钟于他无用，因为那是寺庙中早晚用以报时的。耀法说，他想像何斋公那样，在洞中修炼，洞前的杂草杂木就是他砍去的，他经常往来于洞中、山下，看来，他已为此做准备了。这于何斋公而言，后继有人，可以说“吾道不孤”了。

离狮形山约二里，有个叫观口的地方，古时，那里建有著名的登真观，观口之名当源于它，当地人读“观口”之“观”为去声，可证。它本当是登真观的出入口。登真观之出名，主要在于它拥有唐玄宗、宋太宗所赐墨宝。一个远离京师处于偏僻之地的道观，竟能得到两个朝代、两位皇帝所赐墨宝，这在封建社会，实是一种殊荣，可谓皇恩浩荡了。玄宗为登真观题词并不奇怪，因为李唐王朝重道教，皇室为抬高身价，自称是老子后裔，老子姓李名耳，而道教又奉李耳为教主，即太上老君。玄宗更为推崇道教，以与佛教抗衡。有了这层关系，只要朝中有人，请玄宗为登真观题词就不是太难的事。而宋太宗主要是爱好书法，又有前朝皇帝赐书在先，他不过步后尘而已。欧阳修的《御书阁记》(见《居士集》卷39)记载了这段历史佳话。唐开元(713—741)年间，玄宗为登真观书六个大字，揭于观中，宋太宗好书法，听说此事，甚为好奇，于是取来京城，阅毕，归还时又赐御书飞白字。“飞白”是书法用语，指字的笔画中有墨色未到的空白处。后来，登真观大火，独飞白书存。康定元年(1040)，道士彭知一恢复登真观，又建一楼，以藏太宗所赐书，这便是御书阁。彭知一通过欧阳修才写下这篇《御书阁记》，没想到为地方史保存了一份珍贵资料。令人遗憾的是太宗飞白连同御书阁、登真观早已灰飞烟灭。民国《醴陵县志》所录有关它们的诗文，最晚是明代的。可能在明末清初，它们就已成劫灰。民国年间，邑人傅熊湘曾去观口寻访它们的遗迹，无功而返。两位皇帝赐书内容，已不可考，有人说玄宗所书六字为“王仙登真之观”，恐怕也只是猜测，并没有文献依据。

在《御书阁记》中，欧阳修感叹道教的“灵仙飞化之术，其事冥深，不可质究”。这说明他对得道成仙之说是持怀疑态度的。道教的修炼之求，采药炼丹，以求长生不老，影响颇大，不仅近世的何斋公，现在的释耀法受其影响，在封建统治阶级中尤为严重，他们“生年不满百，常怀千岁忧”。暴君如秦始皇，他派出数批方士，甚至数千童男童女，到海内海外遍寻仙人和不死药。他的修炼则是广建宫室，避不见人，最后落得个“嬴政梓棺费鲍鱼”的结局。雄才大略如汉武帝，英明如唐太宗，都曾为求长生而付出代价。吃长生药是因为怕死，在这方面又恰恰折射出他们的不惜一死，以至于前仆后继。唐太宗以后，唐宪宗、唐穆宗、唐敬宗、唐武宗都是吃长生药而一命呜呼的。其行愚不可及，令人不胜唏嘘。人之生老病死，本属人世常态，自然法则使然。范成大诗云：“纵得千年铁门槛，终须一个土馒头。”说得何等通达透彻，而那些希冀长生不老的人偏偏要“挟太山以超北海”，往往南辕北辙。早些年，社会上流行的这个“功”，那个“功”，就在一定程度上继承了这种衣钵。

我们对教徒们所追求的终极目标，虽然不能认同，但他们的执着精神是否可以引起我们的一些思索呢？那狮形山上的一级级石磴，悬崖上的小径，洞中的洼地，都是何斋公凭一人之力，一錾一錾地开凿出来的，那要付出多少时间，多大精力。长年累月地凿呀凿，那铁锤砸在錾子上的叮叮声，似乎还在山间回响，那山崖上的身影也仿佛出现在我眼前，令我联想起李贺笔下端州石工的形象：“踏天磨刀割紫云”。他就是那样地耐得寂寞，不畏风险，不避艰辛，坚韧不拔，锲而不舍，持之以恒。我们常人能以这种精神对待社会，对待人生，对待工作和学习，那么，必将有所作为，成就一番事业。其功主要不在个人，而在社会、在人民、在国家。这与只知追求个体生命之永恒者相比，其差距岂只在霄壤之间。

资福寺　资福寺

冯　峰

不是我欠你的，就一定是你欠我的。

这样就有了挂欠，有了契约，有了俗世的因果渊源。

知了因果，知了因缘，就一定要去溯源，要去许愿，要去还愿。

咫尺之内，有小我，有大我，有至善，存真佛。

佛不语。它在我们心里，是洞开的天窗，是浓郁得化不开的天籁之音，是尘埃落定的梵语，是穿越时间与空间的菩提。菩提树下，坐着的那个孩童，该是我了?!

我注定是俗世的。我行走在滚滚红尘中，承父母恩德，享绕膝之乐，沐晨风暮雨，存小恙，求真我。于是，间有迷惑与忧伤似偈语般穿隙而过，我却什么都还没有觉悟得到。或许，我什么都听到了，那些嚣嚣尘世，那些倾轧的凡音，正嘤语呢喃般穿越我空荡的心灵，让我无法迷失。然而，我却不是我了。

如果找不到“我”了，最好的方式就是去问佛。

也就沿着湘江河床，逆水而上，向南而去。

我们要去的地方，是一座名不见经传的寺庙，背山面水，山不显高，也无名。山虽无名，水却有性。东西夹着的这条湘江，亘古以来从南向北流去，滋养了这一片从荒蛮走向现代的文明，把一座现代的城市高高的托举。隐隐记得宋代诗人范石湖途经《槠洲道中》时，曾经这样赞誉株洲湘江两岸的美景：“烟凝山如影，云褰日射毫，桃间红树迴，麦里绿丛高……”这可谓是仁智皆有的福祉之地了。江流日夜，一任舒缓，不闻滔滔之声，尽得江南之毓秀。如此，寺临江而筑，恰到好处地诠释了江南人“后有靠，前有照”的建筑“风水”之说了。这样的庙宇实属别有洞天的福山福水了。因此，这寺庙就有了很好听的名字：资福寺。

资福寺始建于何时，又因何而得名，我无从知晓。或许是因为它的刚刚重建和修葺，我们踏访的还是一条阔绰却泥泞着的路，前来朝拜的人也不多，更显得此寺庙的清静。当我第一次一睹它的容颜时，并没有觉得它的幽古，相反，亭台楼阁，琉璃瓦榭，更多了一些现代建筑材料的装陈。这里的环境却是出奇的澄明静透，数步之遥，虽与喧嚣的城市相连，却少有染杂，可以静心。依序排列的庙宇从低至高，拾级而上，可以俯视，可以尽览远方和城市。如果你一定要幽古的话，读读“南朝四百八十寺，多少楼台烟雨中”这样的诗句，是再合适不过的了。

进得寺庙来的，当然就要烧香许愿。所见到的香客，多为祈求父母身体康健、平安；儿女尽孝道，家庭和睦；学子金榜题名，仕途者官运亨通。香客们潜心叩拜的时候，寺庙和尚的木鱼敲击声、击缶声由近而远，无限的弥散开去，声似洪钟，洞开天地。听着这声音，你的内心便一派的宁静与肃穆，因为这声音已经把你所要表达的心愿传递给了佛，而大慈大悲、无所不能的佛，都能法眼天下，一定会把更多的福祉赐予你。冥冥之中我听见和尚在说：“这资福寺的菩萨很灵验的呢！”

看着这些虔诚至极的信士和香客，我就在想，很多时候，人其实是很朴素而简单的，朴素得如素面朝天，本赤条条的来，又赤条条的去，什么都不曾带走，什么都带不走。人，更是简单的一张白纸，上面本没有一个字，你所看到的字，不过是贪婪过后的虚妄和臆想罢了。我们还能做什么？我们所能祈求和期盼的其实是内心世界与外部世界的一个平衡。因为，我们不管怎样的落魄和腾达，终究还要行走在芸芸众生之中，还要食人间的烟火，还要用一种精神的力量，去走路，去实践真实的理想。

豁然开朗之后，就觉得资福寺是无比好了的“静思”之地。在此，我也敬上一炷香，向端坐佛台之上的菩萨诉说心音，寻找一些在心灵本已蒙尘的困惑，寻求“得”与“失”的答案。我也终于觉得，佛所拥有的，正是我等所“欠缺”的，既然“欠”了，就一定要“还”上！如果我还有更多的祈求的话，那就是要求自己不以物喜，不以己悲；怀悲悯之心而存至善；以爱人之心，谅人，容人，悦人。如此，这该是有福之人了！资福寺，赐福寺。这是一定的！

资福寺，它并不远，就坐落在株洲市区的西岸向南之滨。可能的话，它就在你的心里！

悟道云阳山

胡栋华

曾对佛、道之徒颇有些排斥、有些厌恶、甚至有些鄙夷呢。

常常不解：为什么有那么多的人，从本已困顿的经济中，仍挤出一份虔诚的香火，默默地贡给这青观古寺？为什么有那么多的人，于本已寂寞的生活中，还育出一种更深的寂寥，幽幽地献于这青灯古佛？

常常不悟：这些总是缭绕于一片虚空之上的袅袅青烟，这些总是消失于一片虚无之中的钟磬之音，这些永远凝视着一片虚幻之境的泥木之身，为什么能吸引如此多的深情注视？为什么能吸引如许多的虔诚跪拜？

选了一个风和日丽的日子，坐着小车，顺着大道，我“登”上了那个伟大的行者徐霞客曾于冰封的日子里，用斧头开路，用双脚丈量过的古南岳——茶陵云阳山。

然而，我之登云阳，与其说是来寻芳探幽的，不如说是求释疑解惑的。

面对我的疑问，路上的香客多茫然不能作答，独一老者慨然而叹：世间之人忙忙碌碌，有几个能静下心来倾听你的烦恼，不如对这些慈祥的泥菩萨、安宁的木尊者诉说诉说；世上之事纷纷扰扰，有几件能说得清楚、道得明白，不如到这些清净的寺庙里、清幽的道观中宣泄宣泄。

听完我的疑惑，观里的道者皆笑而不语，有一居士娓娓而言：我每次上山，看着这里的雾、这里的云、这里的岩、这里的石、这里的树、这里的草、这里的池、这里的泉、这里的鸟、这里的鱼，身上的那些疲惫自然抖落下来；再看看这些飞檐耸壁，听听这些暮鼓晨钟，品品这些素粮净果，心中的那些泥沙自然荡涤干净。

哦，佛虽无言，那些人间的纷争却在这里尘埃落定！道虽不语，那些失落的心灵却在这里得到抚慰！这或许是佛因之不灭、道因之长存的原因吧。

哎，科学使人更快地抵达幸福，也使人更深地陷入痛苦。佛道之门，为被扭曲者燃一柱清香，为被欺凌者敲一声木鱼，为贪婪的人性留一处清净之地，这或许是这些年佛因之而兴、道因之而盛的因缘吧。

唔，佛道本无形，那一座座凝望着远处的山峦，那一处处缭绕着云雾的峰岫，又何尝不是为我们这些世间的迷者、茫者、狂者、妄者、狷者、诈者、虚者、伪者、痴者、愚者而呈现的一尊尊道、一座座佛呢！

呜呼，有人望峰而息心，有人登山而欲旺，亦人性之异，人命之殊，岂可强求哉！

下得山来，车已在喧闹的路上穿行，心却还在那山上徜徉，在那林间溜达，在那雾里徘徊，久久不愿下来。

然而无妨，我已经有了在云阳山上悟出的“道”呢！

香山仙游记

刘湘林

鸾山尽是山。大垅居中一山，曰鸾峰，伏卧如鸾起舞而得名。两条小河自东南高山峡谷之下奔来，夹鸾峰缓缓汇合流向酒仙湖，而四周的山峰挺拔相连似高高的城墙环绕四周。在鸾峰脚下陶坪集镇处遥望南边，墨绿的山峰重重叠叠。在与天相接的地方，一座大山巍然屹立在群峰之巅。两座舒缓隆起的山峰对称而卧，其状如凤凰展翅。大山名香山，两小山也各有其名，一为钟山，一为鼓山。两山相对的中部丫尖名曰“凤凰之冠”处有一古寺宇，是为香山仙。

香山仙久负盛名，我早就想登山拜谒。前不久回到鸾山镇，便邀家乡好友同登香山。本可驱车越盘山路前往，我却执意要体验先辈游香山的情趣去徒步攀登，友人无奈随行。

天高云淡，大地生机盎然。从陶坪出发，经东院达利洞，两村道路宽阔，田园整齐，房舍俨然，人来车往，鸡犬之声相闻，一派祥和景象。但是随着岁月的流逝和农村建设，旧貌换新颜，大垅中古道古迹已难寻觅。到得香山脚下，但见一条小道蜿蜒而上，这就是通往香山仙的古道。古道宽一米有余，由一块块大石块拼接而成。清嘉庆丁卯年间修成的道路至今已200余年，仍十分坚固。若赤脚踏上石板，凉爽沁入肺腑，畅快至极。这条古道起自鸾山东院大桥头，至利洞，往香山，到达莲塘坳乡下田村，总长十五华里，沿途建有沐惠亭、半山亭、谕官亭、晚风亭、望峰亭、白云坊等“五亭一坊”。古道连接攸城和江西莲花，是商贾、官家和各方人士往来必经之地，称之为“官道”。可以想象，青山、石路、亭坊、古寺连成一起，若衬之以骄阳与白云，有几多诗情画意！如今“五亭一坊”已不复存在，只有被人们踩得光溜溜的石头古道还静静地躺在青山之中，似乎在诉说着历史的沧桑。步入石头古道，我们一步步往山上前行。太阳已高高升起，照着山道两旁高高的茂密林梢，阳光又从林梢间洒落，为幽深的山道增添斑斓的色彩。喘着粗气，爬过一段山路，我回过头看看自己走过的路，没有见到始端，仿佛走了很久。再看看前头，山道蜿蜒，不见其终端。于是和友人坐于路边的石头和树木之上，边歇气，边聊起天来。二友人一住东院村，一住利洞村，聊起香山便滔滔不绝。他们说，香山原名香炉山，传说为上古女娲炼五色石补天时剩下一块石头掉入凡间，成为一山，状为香炉而得名。后来，人们口口相传，不知何年何月把香炉山叫作香山沿袭至今。

走走停停谈笑间，我们登上了香山巅峰。此时清风习习，疲劳顿消。此时，想起明朝天顺甲申进士洪性，十三岁时赴攸城求学，登香山时吟出的诗句：“西风匹马上香山，绝顶登临眼界宽，举手可攀红日近，浑身都在白云间。岩边有树千年老，洞口无风六月寒。莫道等闲经此地，凡人停辙叹艰难”的诗句。于是放眼四望，似步入仙境。但见“香山仙”红墙红瓦，雕梁画栋，巍峨屹立于青山怀抱之中。寺宇内飘出缕缕香烟，传出阵阵木鱼之声。左右钟、鼓二山，又似二龙戏珠。回头远眺，鸾山风光尽收眼底。香山仙四周茂林修竹，花木扶疏，鸟语花香，好一派禅门净地！近步细看，香山仙寺宇建筑，一条中轴，一进三幢。第一幢为山门，十分壮观，檐前排列四柱，中间两柱，各绕金龙。山门书“香山仙”三个苍劲大字，并书楹联：“佛地有尘风自扫，禅门无锁月长关。”山门内寺宇管理陈设井然有序。

穿过山门，就是第二幢“寿星宫”，内供彭祖仙师法像。进入此殿，首先列于两旁的是“四大天王”塑像，其法像高大威猛，各执法器，锐利的目光齐刷刷射来，似乎要看透访客的心。传说他们降妖除魔，神通广大。掠过四大天王举目望，就是中华寿星彭祖仙师。坐台之上，彭祖胡须垂胸，额头宽阔，天庭饱满，目光炯炯，神采奕奕，其神态坚韧不拔，慈祥安定。就是这位皇帝的后裔，受尧帝之命，创建大彭国，带领人民驱逐豺狼虎豹，修筑城墙，打井取水，首创导引术，教会人民锻炼身体，传授烹调术，把人类饮食由熟食推向味食。他活了八百八十岁，成为中华寿星并位列仙班。人们敬仰他，爱戴他，伟人毛泽东都高度评价他。现在全球彭祖文化热悄然兴起。传说香山一带留下了彭祖许多仙迹。“彭祖八百八，捡起石头当火炽”等动人故事在民间一直流传。人们在宋咸淳年间于香山之巅建庙，主供彭祖仙师，灵气渐渐播于四方而不衰，因而在明朝初年正式定名为香山仙。我暗自思忖，中国历史先贤如星汉灿烂，传说的仙人也不计其数，为何当地民众特别尊敬彭祖？宗族的缘由应该可以排除，因周围农民姓彭的很少，而彭祖原姓名为篯铿，因创建大彭国，其子孙皆以国为姓，彭祖乃为彭氏祖先。唯一可解答的是，一为彭祖确实在攸县东乡一带活动过，在香山留下了仙迹；二为彭祖开拓创业，为民选福精神特别受到人们的崇拜。人们祈盼借彭祖的寿星、福星之灵气来护佑一方百姓。

拜谒过彭祖仙师，进入第三幢殿宇——大雄宝殿。大殿上首释迦牟尼佛、阿弥陀佛、药师佛三尊佛像端坐莲花台上。三佛慈眉善目，注视芸芸众生，两边各列九尊罗汉共计十八罗汉，或坐或蹲，表情各异，各有神通，十分了得。大殿左边安放着观音莲花座佛像，大殿右边安放着包公坐像。观音慈悲之像与包公刚正之像分明。从这大雄宝殿以至整个香山仙供奉的法像看，体现着中西文化的融合。佛教由古印度即今日的尼泊尔传来,《西游记》中唐僧玄奘到西天取经,记述的就是他历经千难万险到达古印度取回佛教经典的神奇故事。越千年历史,佛教已被中国许多民众所接受,成为中华文明历史的一部分。联想今日的尼泊尔共产党(毛主义)的主张日益被尼泊尔人民所接受,反映出世界文明与进步思想新的传播和融合。由此可见,人类的文明是属于全世界的,人类的理念终将由人民自己选择,人类的幸福也终将由人民自己去创造。

不知不觉间,天穹已涂抹了一层胭脂般的晚霞。参天的古树,青翠的修竹,似猿欲攀的松柏,给香山古寺平添几分庄严。烂漫的山花,在山风中翩翩起舞,快乐的鸟儿,在林间轻轻吟唱,不远处的山涧也发出了叮叮咚咚的声响。夜幕悄悄降临,我和友人依依不舍地寻觅下山的路径。我在思考,明天的山岚、晨曦、太阳、森林、动物将会组成一幅怎样的大自然景观呢?人与自然地和谐相处,宗教与名山的融合交汇,形成了宗教文化的底蕴。

香山仙是个圣境,人仙怀着不同的心情到达这里,无论祈求、游览和考察,都会有不同的收获高兴而归。相信多数人士和我一样,有不虚此行的感觉。

初探镜花溪

何济泓

总也忘不了桃源洞的瀑布，尤其是那可望而不可即的东坑瀑布。

走进桃源洞的第二天一早，我们便迫不及待地从珠帘山庄出发，沿万阳河溯流而上，去探访镜花溪上的东坑瀑布。

相传遥远的蛮荒时代，炎帝神农氏曾到桃源洞采药，这里至今还留有神农脚印以及洗药潭、捣药臼、晒药台等不少千古胜迹。或许，这就是桃源洞森林公园更名为神农谷国家森林公园的缘故吧！再看看万阳河边的“试鞭石”，似乎在为那些神奇的传说作证。据说当年神农以赭鞭鞭草，辨其药性，“尝至此试鞭，鞭触石移，得虎耳草九株，除九州瘟疫。”

今天想来，如果虎耳草能除灭“非典”和“甲流”之类的疫情，该有多好！但“虎耳草”至今仍然是止咳祛痰的良药之一，我是体验过的。

不久就到了镜花溪与桃花溪的交汇处。名曰“桃花桥”的桥头石壁上镌刻的回环叠字诗吸引住不少偏爱文字游戏人的眼球：明明才七句七言，但是若从居中的“牛”字开始，按顺时针方向成螺旋状往外读，并将某些左右结构的字拆开来，竟然可以读出八句七言——成了蛮有韵味的一首七律。

接着是“石板滩”“竹影泉声”，一段崎岖而稍微平缓的小径。过了“竹影泉声”后，便穿行在一个藤的王国里。那儿的树有多高，藤就有多高；树有多密，藤就有多密。数不清的藤条，伸出温柔的长臂，把树拥在怀抱里。如果把森林比作一部长篇小说，那藤便是意识流，把一个意象牵向另一个意象；如果把森林比作一部电视连续剧，那藤便是蒙太奇，把一个镜头换成另一个镜头……

早就听说，镜花溪畔的动植物资源极为丰富，是一座不可多得的物种基因库。据说海峡那边近期隆重举办的“台北花博会”，历经 4 年精心筹备打造，被誉为台湾有史以来最重要的盛会之一，且享有“花卉界奥林匹克”之称。不仅抓住了宝岛人的眼球，而且激起大陆不少人赴台旅游的热情。有报道说，那儿展出的花卉也不过 3000 万株。而镜花溪畔的奇花异草实在是数不胜数：或红艳艳的、或黄灿灿的、或蓝汪汪的、或白亮亮的、或黑晶晶的……据科学家们调查，桃源洞里属于“国宝”级的须重点保护的野生植物就有 70 余种，野生动物近 30 种，其中不少物种已被列入《濒危野生物种国际保护贸易公约》。

过“白龙潭”了，记得路过“黑龙潭”时，探头依稀可见深涧峭壁上凿出偌大的“龙吟”两个字，颇有点“黑龙吟涧欲腾渊”的气势，让人禁不住有些心旌摇荡。而白龙潭的千仞峭壁下潭面浪花奔涌，峭壁上山石有些崩塌，几寸宽的羊肠小道上全是碎石，教人不敢落脚；更要命的是，悬崖下寸草不生，毫无遮拦，这几十公斤万一滚下去，即使壮烈了也算不上英雄哦！但见一个个帅哥美眉都小心翼翼地挪了过去，我踌躇再三也只好硬着头皮蹭了过去，只是至今想起来仍有些腿软脊冷。

离东坑瀑布越来越近了，只见一匹极长极长的白练从山腰飘下，确实有些“疑是银河落九天”的雄姿。

又到分路口了，往左还是往右呢？无奈山野杳无人烟，一行20多人便一致决定往左——似乎到瀑布的直线距离近一些，谁不想抄点儿近路哦！

眼看无路可走了，但挡不住的诱惑让人不假思索地钻进密林。也不晓得在密林里钻了多远，藤树交柯的缝隙小得只有小蚊虫才能钻过去了，大家只好停留在距瀑流几十米的溪流边，真真切切地聆听瀑流如雷霆万钧的奔流声。几个胆大的帅哥想从溪流中游过去，折腾了个多钟头也无功而返——溪流中不少巨石叫人难以逾越……事后才听说，过白龙潭后须绕道古桥才能到达东坑瀑布。

初探镜花溪，尽管一路如履蜀道而未能实现初衷，但险象不少景点也不少，让我们的每一个神经细胞都十分亢奋，也让我们再一次领略到了“欲速则不达”的哲理……

和谐仙庾岭

侯清麟

山峦因秀雅，流水因潺淙，煦风因古韵，胜景因和谐而成为美丽中的美丽。

地处工业新城荷塘区的仙庾岭，不仅山展秀靥，水绕农家，仙风摇曳，古刹流芳，孝道昭后，而且近年又整体规划，分步建设，溶于时代，常游常新，惹得喧嚣难耐的城里人向往宽泛恬静的意境，每每抽一丁点双休日时光，携一种愉悦的心情，去享受动中之静、“苦”中之乐，每有收获，心怡和谐，其乐融融！

这里有舒缓的丘陵山脉，密林遍野，青翠如黛；山峰高处有仙庾塔直插苍穹，亲吻白云；半山腰上供奉着专为妇女儿童治病保平安的仙女娘娘古风古刹，启迪众人心诚意虔为人做好事善事；山脚下农家山庄或依山或傍水，炊烟袅袅，常与岭岚相接；数百亩荷花，随风展姿，尽显朱自清先生《荷塘月色》的雅韵……

数十处景观，柔美和谐，鬼斧神工地镶嵌在方圆数十里中。山上，笑语阵阵，欢歌频频，花团锦簇；山下车水马龙，人流如织，热闹非凡。有诗赞曰：“江城秋欲老，故友遂相呼。初集名相识，同游意欢娱。空山藏‘古’庙，古塔瞰‘新荷’。两饭农家宴，换来滋味殊。”

仙庾岭美，美在风景秀丽，坡小岭连，一年四季到处苍翠欲滴。特别是与闹埠近在咫尺，犹如城郊公园。它离城区十来公里，公共汽车来来往往，自驾车不过十几分钟，非常方便。进入风景区，近千亩良田栽种逶迤数里荷花，绿野遍布，碧波万顷。在曲曲折折的荷田上，青荷撑开一把把翠绿的雨伞，“像亭亭舞女的裙”，又如少女刚刚沐浴而出，身披碧纱，令人遐想。叶蔓间，盛开着凝白、柔粉、艳红的荷花，微风吹来，袅娜可人、秀逸清晰、恬静典雅，缕缕清香，朵朵飞红，叶叶飘翠，如“茶之芳馨，果之初熟”的情愫，看着心怡，吸吮沁脾，想着情醉。当您忘却时间与空间，不知不觉地来到仙庾岭下，洞天别有：远远近近，高高低低的树和灌木丛，万木青葱，翠意盎然，花靥点缀其间，仿佛溶进了万紫千红的花园。仙庾岭上，轻逸的白云迈着惬意的步伐抚摸着岭脊，把静静的蓝天带动如少女轻移莲步，山野在画中游弋乐腾，人在景里嬉戏绽放胸臆。眺望远处，层峦叠嶂，“翡翠莹莹耀绿芒”，延绵天际。整个仙庾岭，让人披上山野的风，心挂江南胜景的画，“甜情难言，蜜意难诉”……

仙庾岭神秘，神秘在古韵。唐代刘禹锡云：“山不在高，有仙则名。”据介绍，仙庾岭主峰仅233米，风景区面积包括近期开发、已与其融为一体的荷田山景在内仅5.5平方公里，很难与险峻奇山、名壑大川相媲美，可就在这“弹丸”之地，有奇山妙水，有古塔神庙，更有古典趣闻环绕，无不显示出古韵之神奇。仙庾岭，又名仙女岭，相传唐玄宗李隆基之孙李豫之妻沈珍珠，乃“苏州美女，被封为广平王妃”，生子李适。公元755年发生“安史之乱”，李隆基出逃四川。沈身经百难，出走苏杭。李豫闻讯追劝，沈拒绝返朝，转辗江南，埋名隐姓，偕两女伴居住于此，带发修行，建“慈善堂”，施救苍生，祈祷太平，风调雨顺，被人们誉为“滋生黎庶、惠及苍生”的仙女娘娘。仙庾岭半山腰的仙女庙，就是供奉着她。

仙庾岭古朴俊雅，如今又添新姿。除近年建成的荷田外，峰巅文昌阁，特别是仙庾塔等古迹修葺一新。仙庾岭“临近古驿道，十数里之外可见主峰宝塔……”相传乾隆帝六下江南到过这里，有过“庾岭遇姣娥”，“春色醉人多”的经历。乾隆见此胜景后还即兴赋诗：“心随明月来江南，千山万水画中看；瑶台赏景闻天漏，仙女翩翩入梦来。”也为仙女庙题过“仙人赞化，庾岭回春”的门联，使仙庾岭更加古朴。近年在这里发掘出“老莱子修葺石碑”，该碑记载了历史上著名的孝子老莱子一生至孝，名闻千古的事迹，足昭千秋万代。由此，仙庾岭还是一座“孝”文化传播地，推崇“孝”道，同无私的父爱、母爱一样伟大，必将使这一受炎黄子孙称道与传诵的中华传统流芳万世。现正在“仙庾胜境”重修老莱子墓、修建老莱子文化广场，拟打造“孝道”文化名胜景观。还有十数处景观已经或正在修复：如“听鹤台”“大戏台”“天圣泉”“明珠亭”等等。一个集仙、孝、秀、雅、美的综合景观的仙庾岭将与日月同辉，雄踞天地间，必将如百花盛开，引来蜜蜂般的游人趋之若鹜！

通过加大自然风景与和谐景观人文的建设力度，在“拾遗补缺”中完善提高，努力数年，仙庾岭上将呈现“绿丝管弦、锣鼓铜钹”，“鸟随鸾凤飞自远，人伴贤良品自高”的“与民共其乐者，人必忧其忧；与民同其安者，人必拯其危”的盛景，这可是一切和谐的另一种含义呢！

磨山访古

颜桂平

悠悠渌水长流，流不尽穿梭日月。李白早有诗句形容：上有青冥之高天，下有渌水之波澜。沿县城渌口东行8公里，我们来到仙井乡黄霞村的甘家园，这里有一处磨山文化遗址，唤起我思古之情。

磨山，处于仙井乡政府的左前方，为大垄中一处高出约3米的大土包，因呈磨盘的形状，故名之为磨山。磨山的地名虽不出名，而“磨山遗址”则名闻遐迩，是新石器时代的又一处文化遗址。

村民介绍，磨山这个地方，他们世世代代在这里繁衍耕作，谁也没有想到这里会有如此久远的历史宝藏。1986年5月，曾在此当过知青的饶泽民抱着牛犊之勇，凭着以前当知青的印象，来到这里进行文物调查。他和同伴在菜土里仔细搜查，发现了几个尖状石器和印纹碎陶片。文物上交后，引起了考古界的很大震撼。

我曾听饶泽民等人说过，要有水的地方才会有文物古迹。磨山西边就有一条小溪由北向南流，流到2公里外的渌江，再经渌江进入湘江。有山有水之处适宜居住生活，这可能是先民的风水观念吧。

1987年8月，省市县考古工作者对磨山遗址进行了试掘。短短几个月里，发现龙山时期的26个墓葬，发掘大溪时期的一些房址，获取白、彩陶片数千件，修复出14件完整器具。出土文物上的精美纹饰，显示了先民的艺术创造才能。

磨山地下房址居室，有墙基、隔墙、居住基面、柱洞等痕迹，还有夯打着“凸”字形的烧土面和灰坑灰沟，这种连体房（套房）属湖南省内首次发现。出土的石器为石斧、石锛、石凿、石刀等，陶片的陶质有粗砂灰陶、红陶、白陶、夹炭陶，有印纹白陶、戳印、刻划、鼎足等，其中三足器的出土，除华容车轱山外，就要算磨山遗址了。

磨山遗址发掘，其面积约一万平方米，分布在山上以及山下的农田处，文化层为大溪、龙山、商周文化三层叠压，黏土为褐色，厚1－2米。专家研究测算，底层为6500－6000年前属于新石器时代早期的大溪文化遗址，叠压在其上的为4000多年前属于新石器时代晚期的龙山文化遗址。

查阅考古资料，大溪文化遗址位于湖北巫山县大溪河出口处，为距今6000多年的新石器时代早期，有红烧土的房屋，有石斧、石杵等生产工具，其彩陶文饰和戳印纹颇具特色，是我国长江中游地区母系社会的考古遗迹。龙山文化遗址位于山东章丘县龙山镇，为距今约4000年的新石器时代晚期，其制陶技术得到普遍采用，是我国黄河中下游的考古遗存。

从考古资料来看，我国远古可分为旧石器时代、新石器时代、青铜器时代和铁器时代。传说中的炎帝、黄帝、帝喾等部落就存在于新石器时代中期，而炎帝神农时代应为距今5230－5220年，它可是我国稻作文化和长江流域新石器时代文化的集大成者。

1987年7月茶陵县枣市乡的独岭坳，发现距今6800－6500年的大溪文化遗址，还发现距今约7000年的人工栽培稻谷遗存。磨山和独岭坳两处重要史前文化遗存的发现，将大溪文化的分布范围由洞庭湖向南推进了300多公里，填补了湘江中上游地区新石器时代早期人类活动的许多空白。

磨山，你的历史遗迹被埋藏在地下，而地下古遗址却镌刻着先民活动的业绩。六千多年前，这里居住着近百人的母系氏族人群，她们已经走出山洞，告别穴居，开始栉风沐雨的定居生活；她们一起劳动，石斧耕种、陶片剩装，共享着农耕、牧猎和渔采的成果。多少年后，他们生活的遗迹被埋入地下，渐渐被人们遗忘，成为今天的文化遗迹。

磨山，你的文物古迹如今已静静陈列在株洲博物馆里，你见证了新石器时代中期、新石器时代晚期、商代前期的前进历程。你犹如一个火把点燃了湘江流域子民生生不息的追求，你犹如一只大手把株洲历史前推到六千多年前，你犹如一块丰碑把自己写到中华文化、人类文明的考古前沿！

磨山，深沉的历史让你名声远播；磨山，你让渌湘人民为之骄傲。祝愿你的历史风采永放光芒。

丹陵刘氏宗祠

李放鸣

丹陵刘氏宗祠是攸北久负盛名的大宗祠。据《攸县志》(乾隆版)卷二十六·祠记载:“(丹陵刘氏祠),在今皇图岭丹陵,始建于清乾隆十二年(1768)。”距今已有244年的历史,并经历了“茶园老祠”“志亨公祠”及2006年重建三个辉煌的时期。

2006年重建的丹陵刘氏新祠,位于今皇图岭镇笔和村洋下组的金盆岭,其地理位置十分优越:东面是不足300米路远的车流穿梭般的106国道,南面是漫江碧透、江水滔滔的大沙河,西面是“沉沉一线穿南北”的湘东铁路,北面是近在咫尺的皇坪水泥公路。刘氏二十三世嗣孙刘玉骥撰文赞曰:“新建宗祠相伴我族原五世祖志亨公祠,面北而建。坐落于小金盆南侧,正处我族尖水坳主峰发脉之遗脉。后有沙水铁江环绕,前面视界坦荡开放。醴茶铁路,106国道,左拥右护,皇坪支线于祠前经过,攸北四乡学子由此而进入我族先祖初创之学府升造”。

重建的丹陵刘氏宗祠,东西宽59米,南北长54米,总面积为3180平方米。宗祠于2005年农历十月初五日动工,至2006年农历六月中旬基本结束,总投入约17.43万元。院子由围墙、前坪、宗祠、绿化区和生活区五大部分组成;宗祠由牌楼、厢房和“恭让堂”三大部分组成。

六月的阳光,无比灿烂。蓝天白云下,一座高耸云天的中国电信铁塔前,巍巍耸立的丹陵刘氏宗祠,被洁白的瓷砖围墙和成荫的一棵棵绿树护佑其中,显示出“好一派溢彩流金而又清风和畅的景象”。

牌楼是道五栋六间、二层楼高规模的建筑;三个碧绿色翘角的瓦当成品字形直接蓝天;牌坊左右两侧,各伸出一个阁楼;牌坊中上方由著名书法家、刘氏后裔刘道所书的“丹陵刘氏宗祠”六字显得隽秀、沉稳、有力;墙壁两厢引人注目处上书“敬亲”“和谐”四字,乃是古时伦理道德经典,更富今天时代气氛;左户牖上方,绘有抗日战争期间,我国军民一心、与侵华日寇生死搏斗的场景;右户墉上方,绘有汉高祖刘邦登基时“万臣俯状,唯朕独尊”的威武场面;牌坊前岸立着一对虽也张牙舞爪,威武庄严,可又嬉皮笑脸,逗人喜爱,且能辨人忠奸,貌似狮,形如虎的狴犴。

进大门过了前厅，赫然开朗。左右厢房屈陈在地，中间两棵新栽的苏铁，生机勃勃；经七级台阶，登室“恭让堂”，无不为之而肃然起敬。六根深红色的屋柱拔地而起，前后两根柱上书写着一副“历几许起落沧桑，先贤每到警觉关头，始终辨清正道；看今日升平盛世，后代宜须把握时机，理应超过前人”的金色魏碑体对联；中间两边柱上书写着“追溯源流功德，见仁见智，先辈确属非凡；驾驶当今新潮，敢作敢为，后代不失良机”的隶书体对联；左边神鼓，右边神钟，中间为拜堂，后面是丹陵刘氏始祖宝翁及分房房祖神主牌位和祔祭配享。

据《爱我丹陵》一书记载，丹陵基祖原籍江西安福密湖，属密湖刘氏十八派之一的月溪派。始祖宝翁任湖广宣教，曾受命巡行楚南，到达攸县。因见攸北水美田肥，于明洪武（1360—1398）年间，携子与异桂庭举家迁攸，定居在走马铺（今皇图岭镇丹搏村境内）。丹陵宗祠最早见于《初修族谱附记》，康熙壬子（1672）年，设春、秋二祭。康熙癸丑（1683）年，孙怀向、应秩、应瀚、应泗、歧鸣、文耀、文奎、文渊、文学、文柄、一斌等发起，建宗祠于今皇图岭镇丹搏村茶园。后于康熙丁酉（1697）年，嘉庆庚午（1810）年再对宗祠扩键，规模更大，标准更高，便形成了丹陵刘氏宗祠的第一个辉煌时期——“茶园老祠”。丹陵刘氏七修族谱，卷一将茶园老祠作了详细记述：“祠坐皇图乡茶园。在明属四十二三都；在清属天下都。位于丹陵桥之东，走马铺之东，北当沙江，铁江二水汇流处，溯厥源委，盖自县东广寒山蜿蜒百里，磅礴纡徐，蔚成盆地形，方家号称胜区也。祠之建置始于何时？历届谱书阅而未载。兹于祠宇壁间探讨故碑，得崖略，按载：清康熙十二年癸丑。嗣孙怀向、应铁、应瀚、应泗、歧鸣、文耀、文奎、文渊、文学、文柄、一斌鼎建于康熙五十六年丁酉，嗣孙应萱，应嵘、文林、文降、文资、一景、一衡、廷、观、江、宜、溟，向重修。嘉庆十五年庚午，嗣孙敞、升、传章、万宗、万景、世琳、世瑛、培葵、培芳重建。由此推考上下七八十年中已三修建，具今日规模。道、咸、同、光以来，则皆获高曾守成坠而已。祠基方广，前后十三丈，左右八丈、内四丈为二房玉完、赤完、爱亭、青完、斗明、魁明所捐。堂宇前后两进各五开间，正厅三间，庭柱比次，中悬‘恭让堂’额，出邑名宿陈兰庄先出手笔。龛设五座。中座奉始迁祖宝翁公以下六世神主。左右及两庑四龛，则系根照历届刊载配食名册，分昭穆制成总主，用资附食，中间天井植凤尾一株，老干峥嵘，象征家世子孙对物兴怀，无忘先辈厚植也。天井两旁为走廊以通上下，廊内披厢各有门通前后耳房。凡厨房、卧房、仓库备于此廊。庑左钟右鼓，中有屏风四扇，上镌传章公嘉庆间建祠告成诗章。大门乾首异趾，远瞩层峦，近挹江流。莲花寺点缀其中，汪洋大观也。门前院落周围，以围墙左右。坤艮有门，坤门之外瓦房数栋，佃户居之。盖环祠四周，平畴阡陌皆属祠租。尤想见祖先缔造者，煞费经营。莘莘华胄，视此庙貌。知当有感发兴起，光大世业于将来者，不胜拭目俟之。”

乾隆丙寅（1747）年经合族公议，定天下都金盆形（今皇图岭镇笔增村境内）

再建新祠。嘉庆四年（1799）新老宗祠俱供奉丹陵历代祖考妣神主。民国戊寅（1938）经合族再次议论，将神主一起并入茶园老祠供奉。将金盆形宗祠改为志亨公祠，为长房祠。其后公祠、享堂纷纷建立，如黄甲坊始祖宗祠、凤下始祖刘坦公祠、志亮公祠、南溪公祠、少江、洁宇、伟男、龙引、臣来等公祠，廷瑞享堂、宗寅享堂等，据《七修族谱》记载，计有38处之多，从而形成了以志亨公祠为标志的丹陵刘氏宗祠的第二个最为辉煌的历史时期。

丹陵刘氏宗族自刘宝翁迁攸定居，历宋、元、明、清、民国至今，植根攸沃土，已有600多年历史，人丁发展到2万多人，并创造了“强烈的开拓意识”“闪光的重教思想”“关心社会与乐于奉献的高贵品质”构成的优秀宗教文化。现在全县有百分之五十以上乡镇以及全国有近十个省市有丹陵刘氏子孙；还有一些后代，把自己的事业发展到了美国、加拿大、俄罗斯等国家。族人从以农耕为主开始，发展到从事工业、商业、金融业、建筑业等各行各业，还有不少子孙进入了政治、司法、教育、文化、科技等领域，预计目前族人中从政人员有近两千人。丹陵附近的许多修路、架桥、修建寺庙等社会公益活动，都是由丹陵刘氏牵头承担。丹陵刘氏族人中参加抗日战争和抗美援朝的就有几十人之多，有的立功受奖载誉而归，有的为国捐躯，牺牲在战场。特别是当1945年抗日战争胜利结束，1946年蒋介石为争夺抗战胜利果实，掀起国内全面内战，国民党各路新军阀乘机抢占地盘，搜刮民脂民膏，而时任国民党第二十七军军长和军政部军官总队长兼宝鸡警备司令与长沙警备司令的刘氏后裔刘进，却“出于淤泥而不染”，把军队拖出内战泥淖，把资金投向和平建国的伟大教育事业：那时，交通很不发达，没有运输车辆，刘军长就用人工推着土车，冒着“七月流火”，从株洲、醴陵将一袋袋沉重的银元运回家乡，开办攸北最大、攸县第二大学府丹陵中学，攸北子弟实行免费入学。如今，斯人已去，攸县二中60余年，“桃李满天下”，丹陵刘氏宗族无不分享无限荣光！

1958年，茶园老祠被拆除改建为畜牧场，志亨公祠被拆除扩建为攸县二中校园。2006年，经历了国家数十年的“革命运动”后，刘氏后裔重建“丹陵刘氏宗祠”。

第十编　工业文化

萍乡煤矿和株萍铁路

——湘东近、现代化的起点

陈立人

一、萍乡煤矿和株萍铁路之缘起

1890 年，时任湖广总督的张之洞上书光绪皇帝奏请开办湖北汉阳铁厂，并同时开采早在几年前就已勘测到的大冶铁矿。三年后，被寄予众望的汉阳铁厂终于正式炼钢投产。投产两年后，资金短缺和煤的严重不足使得铁厂亏银 560 万两。无奈之下，鄙视盛宣怀之为人的张之洞只好请李鸿藻斡旋，由盛宣怀接收汉阳铁厂、大冶铁矿，改"官办"为"官督商办"，并依从盛宣怀的条件，会同王文昭奏保盛宣怀为铁路总公司的总理。盛宣怀接手后，德国矿师勘探到邻近醴陵的萍乡地下煤炭储量丰富，并确认采用西方技术，"日可出煤三千吨，月可炼焦 1500 万吨"，除保证汉阳铁厂需要外，还可以远销到其他省份。但是水位并不是很高的萍水河承载不起如此大的运量。盛宣怀继而奏准朝廷，于 1898 年动工，1905 年建成株萍铁路，设株萍铁路总局于醴陵阳三石。

二、萍乡煤矿和株萍铁路是湘东地区通向现代工业文明的桥梁

说萍乡煤矿和株萍铁路是湘东地区通向现代工业文明的桥梁，主要原因是株萍铁路建成后的 1906 年 4 月，京汉铁路全线完工通车，1911 年粤汉铁路长沙至株洲段完成，1918 年 9 月武昌至长沙段完成。湘东（包括长沙）的北大门敞开。1929 年起由杭江铁路展筑至萍株铁路而成，湘东的东大门敞开。1916 年 6 月广州至韶关段开通，1936 年 4 月株洲至韶关段完成，湘东的南大门敞开。株萍铁路东联浙、赣、沪、杭，北通京汉，南连广武（今京广线），成为打开湖南东、南、北大门的桥头堡。

煤矿的开采和火车的开通是以煤炭等不可再生能源为动力的蒸汽机时代的标志。它使湘东传统的家庭和作坊手工业受到了冲击和改造。1905 年，熊希龄和湖南醴陵籍人士文俊铎从日本等工业发达国家考察回国，呈请清政府后，选在瓷业基础较好的醴陵窑准备创办有别于传统模式的公司制瓷业，从日本引进陶瓷器的

先进生产设备。熊希龄还从日本带回了先进的生产技术和制作工艺，又从日本和景德镇聘请名师，大力开发精细瓷器，醴陵瓷器开始由土瓷向精瓷转变，首创了釉下五彩瓷。他们还建立瓷业人才培训学校，从改良醴陵瓷业入手，着手建立中国现代的陶瓷工业体系。民国初年，孙中山在其“建国方略”中，把株洲定为“中国汽车城”的首选地。1939 年，南京永久大化学工业公司在株洲贺家土建厂（未果），1947 年，中华民国中央资源委员会决定在株洲办中央电工器材厂、中央化肥公司、华中钢铁厂、华中水泥厂、永利硫酸铔厂和炼焦厂，正是孙中山“建国方略”在湘东的实施。孙中山、熊希龄的规划得以实施，在很大程度上是因为株洲铁路交通的便利。

铁路运输的便利，保障了中华人民共和国成立后国家将苏联援建的 156 个重点项目中的四项即株洲硬质合金厂、南方动力机械公司、株洲电厂、株洲洗煤厂在株洲落户。随后，又兴建了株洲冶炼厂、株洲化工厂、株洲电力机车厂、株洲车辆厂等 20 多个中央、省属企业。以有色冶炼、铁路运输机车、汽车配件、摩托车、建筑材料、化工等为主体的重工业基地著称的株洲在湘东拔地而起。世界银行长株潭一体化发展研究报告把株洲定位为交通运输组团制造业基地和区域物流中心。铁路运输的便利也使原是文化和商业城市的长沙、湘潭在新中国的第一个五年计划期间的工业增长有了良好的起点。全省 2/3 的大中型骨干企业和 50% 以上的中高级科技人才都集中在这一地区。凡此，都反映出萍乡煤矿和株萍铁路对湘东经济和社会的影响。

目前，长沙、株洲、湘潭电厂扩建，株洲、长沙有色冶炼改造，湘潭电机、微型汽车、精细化工改造等一批重点项目的加快建设，增强了长株潭加快发展的优势。长株潭三市东临沿海开放带，南依广东发达地区，北靠长江经济增长圈，西接国家重点开发的中西部，地理位置十分优越。长株潭得天独厚的优势条件之一，即是铁路公路水路的便捷。上海到昆明的 320 国道、北京至广州的 106 国道、北京至珠海的京珠高速公路和上瑞公路都在株洲穿过，湖南的金三角——长株潭三市均有高速公路相连。长江最大的支流——湘江从长株潭三市内蜿蜒流过，千吨级船舶可常年直抵长江沿岸城市。空运方面，市区到黄花国际机场约 30 分钟车程。正在和即将建设的湘江航电枢纽、湘江生态经济带、长株潭现代物流中心、衡—茶—吉铁路以及铁道部正在组织规划设计的武广客运专线和株洲—长沙铁路枢纽、京广快速客运专线等等，都将极大地增强长株潭枢纽的聚集和辐射作用。

前不久，有专家提出长江中游城市群由湖北的武汉城市圈、湖南的长株潭城市群（长沙、株洲和湘潭）、江西的昌九景城市群（南昌、九江和景德镇）组建。汉长昌（即武汉—长沙—南昌）高速环路的建设，也会为长江中游城市群的形成提供难得的机遇。其重要理由之一就是以武汉为中心的长江中游地区，历史上有较多经济联系，汇通三省的“汉冶萍公司”就是 1908 年清政府批准由湖北汉阳铁厂、大冶铁矿和江西萍乡煤矿合并而成，为中国第一代新式钢铁联合企业，并且是中国近代工业的主要发源地之一。20 世纪通过“3 小时城市圈”，打造新“汉冶萍”。长江中游城市群的城镇体系可得到较大改善。

从汉冶萍煤铁矿有限公司，到孙中山在其“建国方略”拟把株洲定为“中国汽车城”的首选地，从新中国的第一个五年计划把株洲列为全国重点建设的 8 个工业城市之一到今天的“长株潭”两型社会建设及长江中游城市群的构想，记录了湘东工业文明艰难而又辉煌的百年沧桑，显示出汉冶萍公司所辖萍乡煤矿和株萍铁路为标志的工业文明对湘东及更大范围地域的影响。应当指出，汉冶萍公司作为中国唯一的钢铁煤焦联合实业，被列强挤压，受国内政府钳制，沦为单纯为其供给铁矿石的开采机构乃至于破产，是历史的悲剧，但对推动湘东乃至长江流域社会进步的深刻影响是不能抹杀的。

三、萍乡煤矿和株萍铁路——湘东地区社会生产关系变革和新兴阶级亮相的平台

囊括了安源煤矿、株萍铁路、汉阳铁厂、大冶铁矿，其资本总额为 2000 万元（旧币）的“汉冶萍煤铁矿有限公司”，是当时中国官僚买办资本中最大的工业企业。它不断冲破以自给自足的自然经济为基础、家族为本位、血缘关系为纽带的宗法等级伦理纲常，打破了古代的农业社会生产力、社会生产关系、社会制度、社会心理和社会意识形态这五个层面的藩篱。萍乡开办洋矿的消息一经传出，就引起当地一些小煤窑主的强烈阻挠和萍乡士绅的竭力反对，20 世纪初，湘、鄂、赣三省又纷纷争夺汉冶萍公司，都是这一社会矛盾的反映。

路矿的出现，成为湘东地区社会生产关系变革的引擎。阶级关系的巨大变动，使路矿所处的湘赣两省边境成为近代中国社会矛盾最尖锐的地区，是中国半殖民地半封建社会的一个突出典型。官僚资产阶级、民族资产阶级和无产阶级在此产生，萍乡煤矿和株萍铁路产业工人达 17000 余人，加上家属有 10 万之众。路矿工人所受的压迫和剥削，是中华民族受苦受难的典型缩影。矿工们每天工作 12 至 14 小时，有时甚至连续两个星期不能出井，他们所创造的价值每月约 70 块钱（旧币），而工资每月仅 3 块钱，最多不过 9 块钱。在极其艰苦的条件下，因事故、饥饿、疾病和被反动派残害夺去生命的矿工，从 1893 年建矿到 1937 年的 36 年间就达 8000 余人。

安源工人从建矿的那天起，就不断地为反抗压迫和剥削而进行斗争。从 1901 年到 1919 年，安源工人先后进行了 7 次大规模的反抗斗争，包括破坏机器、同工头清算工资、罢工、捣毁洋人住宅、痛打华洋监工、驱逐外国不法工程师和管理人员，直至参加 1906 年 12 月以孙中山先生为首的同盟会发动和领导的萍、浏、醴起义。毛泽东看到了萍乡煤矿和株萍铁路在 19 世纪末、20 世纪初湘鄂赣 3 省和长江中下游的社会经济政治中的极重要的地位，中共一大后回湖南任中共湖南

支部书记和中国劳动组合书记部湖南分部主任，就选择了萍乡煤矿作为工人运动的策源地。中共湘区委员会在这里创立了中国共产党在产业工人中的第一个支部(1922 年 2 月)、安源路矿工人俱乐部筹备委员会(1922 年 3 月 26 日)、社会主义青年团安源地方委员会(1922 年 6 月 20 日)、第一个工人消费合作社 (1922 年 7 月)。并于 1922 年 8 月参与发起成立湖南劳动立法同盟并掀起劳动立法运动。1923 年，安源路矿工人大罢工夺取胜利后，安源工人俱乐部同粤汉铁路工人联合成立的粤汉铁路总工会，促成了全国铁路总工会筹备委员会成立，大大推动了工人阶级的全国大联合；大批工人分赴湘鄂赣各地，在湘赣边境和湘粤大道的广大农村，开展农民运动和其他民众运动；1000 余名工人参加国民革命军，更多的工人大举协同国民革命军作战，从民运和军事两个方面有力地推动了革命统一战线的发展，准备和配合了北伐战争。

毛泽东在谈到中国的红色政权为什么能够存在的时候曾指出，中国红色政权首先发生和长期存在的地方，是在 1926 年和 1927 年两年大革命过程中工农兵士群众曾经大大地起来过，群众的组织和斗争有过广阔发展的地方。在那里，“准备好了红军的种子，准备好了红军的领导者即共产党，又准备好了参加过一次革命的群众”。毛泽东把秋收暴动定在萍乡和湘东地区，就是看中了这里既有工农群众基础，又有粤汉、株萍两条铁路线，以及由这三点两线联结着的一大片城镇农村。湘赣边界秋收暴动是在安源的张家湾策划的，是创建井冈山革命根据地的前奏和实际开端。这次暴动发生和发展的地点是安源、修水、铜鼓三个军事集结点和爆发点，而在这三点两线一大片中，安源是赖以进行暴动的军事准备的主要阵地，是中共湖南省委指挥暴动的军事中心，以 1300 多名安源工人为主体组成的第二团，是三个团中人数最多、战斗最激烈、战绩最大的一个团。秋暴以后，中国革命运动进入了创造工农武装割据的新时期，运动中心从安源转移到了井冈山。1930 年 9 月，毛泽东、朱德到安源扩充红军、组建工兵连和电话大队，吸收了 1000 余名工人参加中国工农红军。之后，安源工人在中国共产党的领导下，和全国人民一道，以各种形式坚持斗争，支持和配合井冈山根据地的革命。

路矿工人革命运动发生发展的地区范围，除横跨湘赣两省 3 县(醴陵县、湘潭县、萍乡县)的路矿之外，还涉及湘赣边境 5 个县(上述 3 个县加莲花县、宜春县)的广大城镇农村。中国第一块农村革命根据地能够在湘鄂赣 3 省革命发展的枢纽地带—湘赣边和湘粤大道建立并长期地存在和发展，重要原因之一就是该地区民众革命运动最为发达，而安源工运一直是其中的主要支柱。

总之，湘东地区之走进近代，中国工农革命的第一根据地的诞生，中国新民主主义理论和策略的创立，无不同汉冶萍出现后的新的物质文明和新的中国阶级变动有关。汉冶萍公司早已不复存在，但由此承载的近代工业文明和红色记忆，已融入湘东文化的血液之中。

百年沧桑话钨矿

周新发

从水口去下村，途中须翻过一座大山。汽车行至双山村，便开始在大山的肚皮上爬着“之”字。遇上晴朗天气，眺望时开时合的山际，可一睹那横空出世、酷似鹰隼的山顶。当地人将这座大山称之为鹰嘴岩。

鹰嘴岩海拔1713米，与海拔1933米的鹜峰遥遥相对。西鹰东鹜，年复一年，不知疲倦地守望着八都(下村乡旧称)，守护着一个关于财富的秘密。1918年，秘密终于被一位精明的富商揭开。长沙顺昌公司经理吴中杰在八都鹰嘴岩和曾祖坳发现钨矿，随即申请采矿。当年8月，酃县(今炎陵县)县长赵秉彝向省建设厅呈请立案开采，并转报国民政府实业部核准，由长沙顺昌钨矿公司、德昌钨矿公司分别设权开采。

此时，距化学家发现钨对钢性质的影响还不到70年，距巴黎博览会首次展出高速钢(含钨)仅18年，而以碳化钨为主要成分的硬质合金则刚刚问世。

钨，多以钨锰铁(俗称黑钨)或钨酸钙盐(俗称白钨)化合物构成。鹰嘴岩所产钨砂主要是黑钨。矿砂经过重选，达到65%以上的含钨量即为精矿。金属钨是生产优质钢、硬质钢、钨丝以及光学、化学仪器的重要材料，广泛用于军工、冶金及机械制造业。

顺昌公司经营的鹰嘴岩矿，位于鹰嘴岩腹地，面积1037亩，1925年产量达到31吨。因获利颇丰，引起地方劣绅垂涎，他们敲诈勒索，百般刁难。顺昌公司不堪打压，于1926年被迫将矿权转让张记宝华隆公司。

其时一战早已结束，钨砂市场疲软，张记宝华隆公司时开时辍，惨淡经营。至1930年，转由长沙钨业巨头吴肯孚收购，成立福湘公司，继续开采。该矿极盛时有矿工200余人，月产钨砂5吨，精矿品位达70.92%。

1937年抗日战争爆发，世界战云密布，国际钨砂市场升温，价格节节攀升，成为出口换汇的重要商品，国民政府对钨砂生产、销售进行严格控制。为维持矿山秩序，防止盗窃、走私，1938年在矿山修建碉堡，县政府奉命设矿警10人，实行武装护卫。为鼓励生产，1940年11月，国民政府驻湘有关部门将精矿收购价每吨调至3000元；开矿用白硝供应增至150担；钨矿职工缓役(服兵役)名额由

100 名增至 200 名。

1944 年，日寇攻陷茶陵，逼近酃县。福湘公司经理人自顾不暇，矿山被迫停产。抗战胜利后，公司拟议复工，但因资金窘迫，未能实现。延至 1947 年始集资若干，并招收数十名工人恢复生产。未几，因物价飞涨，钨砂价跌，经营亏损，加之矿工为躲避抓壮丁而纷纷逃离。至中华人民共和国成立前夕，公司已不复存在。

由德昌公司设权开采的曾祖坳钨矿，与鹰嘴岩相距 30 公里，矿区面积亦达 1748 亩。该矿地质复杂，开采难度大，效益不高，3 年后停业，改设至善公司接办。至 1936 年，至善公司因经营失利，加之矿区失火，于 7 月停工。翌年，重建工棚、修复道路，整理窟洞，复工开采。1938 年 7 月，国民政府军事委员会、资源委员会就至善公司恢复生产有关问题签发指令，责成地方政府予以支持。县政府奉命就该矿设立警察、工矿业奖助条例以及盗砂案、偷运案等议案付议，但公司积弊深重，事故迭出，终因内外交困，于日寇侵湘后停办。

钨矿采用资本主义经营管理方式。据《酃县工业志》载：经理人采矿申请批准获权后，由设权人租赁山场，委派驻矿经理、监工管理矿山。矿工 5 至 10 人为一棚，棚设棚头和采买。公司按人头预支伙食及工具、材料费，矿工以砂抵支。采矿方法原始，即于矿脉露头处开凿井口，井巷仅容一人行走；手工凿岩，以硝筑炮，油灯照明；无定向设计，沿矿脉掘进，见矿采矿，采富弃贫。有月采钨砂五六十斤者，亦有经月不见砂者。所产钨砂挑运至资兴东江，由水路运往长沙。

两次世界大战，成就了军火工业，刺激了特种钢生产，拉动了钨的需求，催生了钨矿业。傲然挺立的鹰岩鹫峰，既无力阻挡战争的车轮，也无法抗拒人们对财富的追求，只能冷面世界。

中华人民共和国成立后，钨作为特种金属材料，为建设和保卫国家服务；作为财富，为人民拥有。1951 年 3 月，成立酃县钨矿，恢复钨砂生产。随后由省市县各投入 1 亿元(旧币)合资办矿。1953 年，酃县钨矿划属湘东钨矿，同时设立鹰嘴岩、曾祖坳、梨树洲 3 个收购站。1957 年下放县管。1971 年将梨树洲、曾祖坳矿下放公社管理，鹰嘴岩矿区仍为县矿，有正式职工 118 人，合同工 463 人。1970 至 1974 年，生产钨砂 520 吨，成为外贸出口大户，县财政重要支柱。1978 年由国家投资，兴建“酃县铜钨矿采选厂”，后因资源枯竭而报停，经营模式改为“群众采矿，钨矿收购，集中选矿，外贸包销”。1970 至 1990 年，全县生产钨精矿 1756 吨，最高年份达 185 吨，为经济建设和地方财政做出了贡献。

1984 年，我在县经委工作。上任不久，便到钨矿作工业布局调整调查。稍后，按照调整方案，钨矿仅留十余人收购群采残矿和选矿，其他职工安排到萤石矿和水泥厂。

1988 年 8 月初，因主持枫头坳(钨矿所在地)稀土矿的提取中试，我到钨矿住了8天。白天做实验，晚上和工人们围着火炉，一边喝茶，一边聊天，听到许多有关钨矿的逸闻趣事。稍后，又主持编纂《鄗县工业志》，让我了解了早期民族工矿业所走的路有多么艰难。

一晃20多年过去了。2011年夏，有关单位邀我作工业遗址调查，我第一个想到的就是这座百年老矿。这时的矿区早已物是人非了，办公楼和生活区的房子似乎有人住着，但已破烂不堪。化验室曾是矿区最好的房子，是我做过实验的地方，也已部分坍塌。从矿部登山便是选矿区，厂房和库房尚在，但已外租用于活性炭生产。选矿用的破碎机、摇床、跳汰机早已拆除，设备基础的混凝土被敲，那些尚未剪除的钢筋张牙舞爪地伸在空中。

进入采矿区须穿过一条高2.3米、宽2.2米、长722.5米的隧洞(巷道)。沿矿区公路上行约2公里便来到洞口。隧洞平直，内壁没有防护。当初铺有轻轨，运输原矿的矿车可走轨道。洞中漆黑，凉风飕飕，我们踩着泥水摸索前行。洞顶不时有水滴掉下，尽管小心翼翼，时不时身子还会撞在洞壁上，于是我们将探地的拐杖兼作探壁，足足走了半个小时。

走出隧洞，如同另一个天地。这里峰峦叠翠，风景如画。

采矿区分南北场。南采场为一道山梁挡住，与北采场路相通却不相望。沿着洞右的崎岖山路我们先去北采场，一路上旧矿洞栉比鳞次，有的被乱石和茅草半掩，有的仍可深入数米。在一个三面避风，矿渣狼藉的山谷中，散落着几个一人多高、用石块垒砌的工棚。70年前修筑的碉堡，伫立在工棚对面的山岗上。被霜剥雪蚀、瘢痕累累的泥石墙，就像一幅幅浮雕，镌刻着矿山的兴衰荣辱。

去南采场须转回洞口，再行200余米。南采场比北采场大，植被也好得多。我们径直来到建在山谷的一个大工棚，里面食堂、住房、库房，水电等设施齐全。听做饭的工友说，这里的采矿权已批给某人，老板不在家。我们看了看新掘进的矿井，有一二十米深吧。离矿洞十几米远有个蓄水池，池水呈天然色，显然含硫酸铜，而铜就来自矿山。水池下有一小溪，溪面安装了摇床，有选过矿的痕迹。

离大工棚100余米，有几个小工棚。在这里见到了原钨矿退休工人老朱和他的老伴。两人常年住在采场，从废弃的矿渣中拣钨砂。老朱端详了半天，终于认出我是老经委的人，分外亲切，非要留住吃午饭，我们也就不客气了。我问他拣了多少钨砂，他指着放在门角的铁皮水桶说："消磨时间而已。"看看那不到小半桶的钨砂，有拇指大小的，也有绿豆大小的，是从千百块矿渣上敲下来的。我掂了掂桶子，有30来斤(钨砂比重7.1:7.5)，按一吨精矿10万元计算，值千多块钱呢。我没问他费了多少时间，让老人多一点成就感吧。

告别老朱后，我们从原路返回。在下山的路上，回眸那久违的雄鹰，它还是那么淡定、冷峻。也许它守护的关于财富的秘密还没有揭开呢！

茶陵铁矿开采的历史起源

谭天恩

历史上，茶陵曾经是湖南铁矿石的主要产地，茶陵的铁矿开采有着悠久的历史。那么，它究竟始于何时？1994 年湖南人民出版社出版的《湖南省志》第 9 卷“工业矿产志”中，认为湖南的铁矿开采，始于春秋战国时期，但对茶陵铁矿开采的历史却没有具体和明确的记述，仅提到：“清代末年，产铁县已有 27 个，主要为茶陵、新化、安化等县”（《湖南省志》1994 年，第 9 卷第 188 页）。另外，1962 年湖南人民出版社出版的《湖南省志》第 2 卷“地理志”中，也没有关于茶陵铁矿开采历史起源的记载，但提出：“据已有资料记载：本省铁矿于明末开始开采，距今已有 300 余年历史”（《湖南省志》1962 年，第 2 卷第 670 页）。上述两书中，对湖南铁矿开采的历史，有着不同的表述。对此，不由引起了我对 30 年前一件往事的回忆。

20 世纪 80 年代，我在湘东铁矿矿务局工作期间，参与了《湘东铁矿志》的编纂工作。当时，因为省志的权威性，我们对茶陵铁矿开采历史起源的说法，只能沿用 1962 年版的《湖南省志》第 2 卷的说法。既然湖南省的铁矿开采始于明末，那么，茶陵的铁矿开采，也只能“始于明末”了（1986 年 11 月湘东铁矿编印的《湘东铁矿志》第 2 页）。当时，我们对这一结论并无把握，但考虑到种种原因，也就没有作进一步的考证。后来，我虽调离了湘东铁矿，但当年编写《湘东铁矿志》关于茶陵铁矿开采历史起源的说法，一直放心不下，一种历史责任感虽时过境迁，但仍时常萦绕在心头。去年，我在查找资料时，偶然翻阅 1962 年出版的《湖南省志》第 2 卷，又看到了该书中关于湖南铁矿“开始于明末开采”的说法，不禁重新引起了我的思考：“据已有资料记载”，究竟是根据哪些资料？所谓“明末”，具体又是什么时期？

实际上，茶陵铁矿开采“始于明末”的说法是不正确的。

理由之一是，根据 1994 年出版的《湖南省志》第 9 卷“工业矿产志”的记载，湖南的铁矿开采起源于春秋战国时期。实际上，这就已经纠正了 1962 年《湖南省志》第 2 卷中关于始于明末开采的说法。既然湖南铁矿开采的历史上溯到春秋战国时期，那么，认定茶陵铁矿开发“始于明末”的结论的前提条件也就不存在了。

理由之二是，现已查阅到的历史资料表明，茶陵铁矿的官营开采，最迟也应该始于明初，而非明末，因为明初在茶陵设立铁冶所有史可查，而民间冶铁则可追溯到更早。

根据明嘉靖四年纂修的《茶陵州志》记载，茶陵的物产有："货之属：铁，葛布，苧布，棉布。"即是说，当时茶陵的货物产类中，铁居首位。嘉靖四年，即公元1525 年，应是明朝中期。也就是说，在明朝中期，茶陵就有铁矿开采。

人民出版社 1994 年出版的范文澜、蔡美彪等著的《中国通史》记载："明初的冶铁工业，规模较大。1373 年全国设置 13 个铁冶所，……以后又增设河南、四川及湖广茶陵铁冶所"（《中国通史》，1994 年，第 8 册，第 128 页）。1373 年即明洪武六年，应是明朝初年。那么，这个"以后"，又是什么时期呢？

根据《明史》记载："铁冶所，洪武六年置。江西进贤、新喻、分宜，湖广兴国、黄梅，山东莱芜，广东阳山，陕西巩昌，山西吉州二，太原、泽、潞各一，凡十三所，岁输铁七百四十六万余斤。河南、四川有铁冶。十二年益以茶陵"（《明史》，中华书局 1974 年版第 1973 页）。明洪武十二年，即公元 1379 年，应是明初。

这一时间，从《明史》卷八十一的记载，进一步得到了证实。《明史》卷八十一的"校勘记"说明："十二年益以茶陵。十二，原作'十四'，据《太祖实录》卷一二三洪武十二年三月辛巳条'置长沙府茶陵铁冶所'改"（《明史·七志》，第 1985 页）。

上述历史资料说明，早在明初洪武十二年即公元 1379 年，就设置了茶陵铁冶所，茶陵的铁矿就已开始开采，距今已有 600 多年的历史了。

茶陵铁矿开采的历史，上溯到明朝以前，尚未查找到相关的资料。但从湖南铁矿开发的历史来看，考古发现，远在公元前 5—6 世纪，楚人就已开始采冶和应用生铁了（黄展岳：《关于中国开始冶铁和使用铁器的问题》，见《文物》1976 年第 8 期；范文澜，蔡美彪：《中国通史》第 1 册第 202 页）。两汉时期，开始设置铁官，铁矿开采得到重视。隋唐时期，开采范围扩大，湖南境内多处发现有铁（《新唐书·地理志》）。宋元时期，矿业发达，准许民间自由采掘。明、清以来，铁矿开发更加兴盛。历史表明，湖南的铁矿业在不断发展。明朝初年，茶陵是湖南最早设置铁冶所的地方（《明史》）。这表明，在这之前，茶陵的铁矿已经开采，且有一定的规模了。同时，就湖南境内的铁矿石相比较而言，茶陵的赤铁矿储量丰富，含铁量较高，更具开采价值。应该说，茶陵在湖南铁矿开采的历史上，作过较大的贡献，占有重要的地位。因此，茶陵的铁矿开采历史，有可能上溯到明朝以前更早的时期，还有待我们对历史资料的继续查考和努力发掘。

编纂地方志，记载历史，是一件极为严肃的事情。我们当年编写《湘东铁矿志》时，在历史起源问题上，之所以轻率地下结论，除了条件限制，收集资料困难等原因外，囿于已有书本，不敢突破权威的结论，也是重要的原因。对于1962年版的《湖南省志》第2卷“地理志”中关于湖南铁矿开采历史的说法，不知道是根据什么资料下的结论。近半个世纪过去了，这个结论必须更正过来，以免以讹传讹。另外，翻阅1994年出版的《湖南省志》第9卷“工业矿产志”，深感作为一部新纂修的较为全面和具有专业性、权威性的地方志，对在省内占有重要地位的茶陵铁矿开发的历史几乎没有记载和考证，未免有些遗憾。

写下这篇文章，总算偿还了我的一桩夙愿。今天是历史的继续，历史是人民创造的。茶陵的铁矿开采，曾经有过辉煌的历史。追源溯流，也是对这种辉煌历史的肯定和赞颂。

茶陵铁矿开采史略(上)

谭天恩

茶陵的铁矿开采，有着悠久的历史，据资料记载，早在明朝初期，公元1379年，茶陵就设置了铁冶所，距今有600多年的历史。明嘉靖四年(公元1525年)重修的《茶陵州志》，也记载了当时茶陵的物产中，铁居首位。历史上，茶陵铁矿开采大致可以分为明、清到民国和新中国成立后两个发展时期。从明清到民国时期，以民间开采为主；新中国成立以后，则主要是国家进行开采。新中国成立后，从20世纪50年代至90年代末，又经历了利民铁厂和湘东铁矿两个阶段。随着社会的发展与科学技术的进步，茶陵铁矿的开采不断发展，创造了辉煌的历史。当然，其中的不足，也给后人留下了许多有益的启示。

明、清期间，主要是民间开采。由于历史资料记载不详，其采矿的方法及管理情况无法考证和详述。但从民国及中华人民共和国成立初期勘探情况看，矿区老窑、老井密布，矿渣遍地，呈现无序状态。老窑、老井的分布多系沿地表露头挖掘，兼用斜硐探寻矿体，沿走向拉开，边采边探。开采方式简单，开采规模小，主要是地表矿体开采。

民国以来，茶陵的铁矿开采逐步兴盛。先后有民国政府中央地质调查所、资源委员会矿产测勘处、湖南地质调查所等单位，对茶陵境内的矿产进行勘测。1933年和1934年，湖南地质调查所和中央地质调查所的程裕淇对茶陵潞水铁矿进行了调查。1936年10月至1937年4月，中央地质调查所与湖南地质调查所合作，从茶陵开始进行地质矿产调查。田奇山隽、王晓青等人编写了《湖南铁矿志》。1936年11月，以刘兴亚为队长组成的资源委员会矿产测勘处茶陵铁矿探勘队，对茶陵境内的帽子岭、芝麻垅、吴家山等地(茶陵县思聪乡境内)，实施了铁矿勘查。

茶陵的铁矿开采，从明、清至民国，或官或民，或沿或单，或兴或废，陆续进行，但无甚成效。唯谭家山、潞水等地的民间开采稍具规模。

谭家山，又名虎形山，即现今茶陵县思聪乡的雷垅里所在地。1936年以前系私人开采。由山主经营，收购当地农民所采矿砂，售与铁厂。采矿方法采用简易土法。所采矿砂，由山主以每1万斤售银洋7.5元的价格卖给铁厂。铁矿盛行时，在县城附近的新明江，有辉山唐姓铁厂，经营数十年，至中华人民共和国成立初期土炉尚存。该厂所用矿砂，均系谭家山所采。后来铁价跌落，销路停滞，唐姓铁厂因亏损停办。此外，距谭家山30多里的本县三益坪集生坊宝源铁厂（茶陵县平水乡境内），也多用此矿砂。铁商将生铁由洣江河船运至攸县，衡山等地销售。1936年，民国政府禁止谭家山铁矿民采，实行官办。资源委员会曾在此进行钻探和采矿，雇用当地农民开采，规模比民采稍大，采矿人数最多时达到400余人。后因抗日战争爆发，于1938年停办。

潞水境内的铁矿，明、清时期已有开采。1525年重修的《茶陵州志》载："露岭，在州北四十里，其上产铁"。由于地处偏僻，交通不便，均属民间小规模土法开采。民国时期，1933年夏和1934年10月，先后有湖南省地质调查所和中央地质调查所来此进行调查。其时，铁矿业兴盛，潞水、七地等地铁厂纷起，或复办或新建。主要有八团的周纪勋（当地绅士）开办的火田龙头铁厂。1937年后，先后出现了潞水的龙源铁厂、小泥坑铁厂、竹子山铁厂和火田的具水铁厂、芙江铁厂、锡夹山铁厂以及七地的溪江铁厂。这些铁厂系季节性生产，以木炭为燃料，手工操作，土炉炼铁，年产饼铁80至250吨，需用矿砂200至600吨不等。所用矿砂，均来源于潞水。

随着铁厂纷起，矿砂需要量增加。1940年，茶陵县盛和公司以周灿轩为首，连署呈请湖南省建设厅批准，开采溪水乡即现今的清、潞水的龙家冲、东背岭、月形坳、下王江、法云庵等区铁矿，开采面积不大，直至1949年全国解放。据资料记载，自1883年至1949年，潞水、清水等地共采铁矿石约13.17万吨。

新中国成立后，茶陵的铁矿开采历史掀开了崭新的一页。1952年底，国家地质部中南地质局组建了茶陵铁矿勘探队，开始对茶陵的清水、潞水等地进行地质勘探。1961年，湖南冶金214队对雷龙里进行了详细勘查。从1952年至1978年，包括上述两单位，还有冶金部地质局湖南分局232队、冶金部地质局湖南分局茶陵队等，先后对茶陵的清水、潞水、雷龙里、排前等地进行了地质勘探。并于1958年和1963年，提交了《湖南茶陵清水矿地质勘探总结报告》《湖南茶陵潞水矿地质勘探工作报告》和《湖南茶陵县雷龙里铁矿区中间性储量报告书》，为茶陵的铁矿开发奠定了良好基础。

1951年7月，茶陵县人民政府在辉山（茶陵县思聪乡境内）兴建了一座小型铁厂，即利民铁厂。同年8月，衡阳专署企业公司投资、派员，会同兴建。1952年6月，建成一座14 m^3的简易小高炉投产；并雇请当地农民在雷龙里进行手工采矿，供应本厂所需原料，产品销售衡山湘华铁厂，成为一个既采矿又炼铁的县办小型企业。1952年9月，利民铁厂改由湘潭行署工矿处管辖，1953年上半年划归湘华铁厂，同年7月又收归湖南省工业厅领导。随着生产扩大，1954年正式成立雷龙里采矿一工区；1957年7月，排前采矿二工区边手工开采边基建，1958年正式投入生产。1958 年 7 月，利民铁厂由省工业厅下放湘潭专署冶金局领导。1959 年 1 月，又下放茶陵县重工业局管理。1960 年 3 月，茶陵县委决定，将位于潞水境内的县办人民铁厂划归利民铁厂，为潞水分厂，其炼铁的矿石来源于本地。1962 年 8 月，利民铁厂仍归省冶金厅领导。

利民铁厂炼铁采用木炭掺块煤作燃料。矿山开采，依靠人工打眼放炮，锄挖箕挑，井下自然通风，油灯照明，索道、板车、轻轨道运输等手工土法采矿。1961 年 11 月至 1962 年 4 月，雷垅里曾使用过机械掘井。

20 世纪 50 年代，利民铁厂的发展速度极快。由 1951 年国家投资 3 万元，职工 20 多人的小厂，到 1963 年发展为具有 8 座小高炉，日产生铁 210 吨，年产生铁 4 万吨左右，固定资产达 322.15 万元规模的企业。14 年间，共产铁矿石 43 万余吨，生铁 12.6 万吨，土钢 618.3 吨。1960 年职工人数最多时达 3404 人。1952 年至 1957 年，6 年间共上缴利润 145.71 万元，超过铁厂全部投资的 61%，为国家工业建设做出了一定的贡献。

但是，1958 年以后，由于“大跃进”全民炼钢铁导致木炭资源紧缺，焦炭质低价贵，电力不足等困难因素，生铁成本由 1951 年每吨 111.6 元，至 1962 年增加到每吨 327.94 元。从 1958 年下半年开始，利民铁厂逐年亏损，至 1964 年共亏损 594.68 万元。60 年代初，由于经济困难时期，国家实行国民经济调整方针，利民铁厂潞水分厂于 1961 年 8 月停办。1963 年 8 月和 1964 年 5 月，雷龙里和排前工区相继停产。1964 年 5 月，湖南省委决定利民铁厂暂时停产，6 月 25 日，全厂正式停办。

利民铁厂停办后，一段时期内，茶陵的铁矿开采暂时处于低谷阶段。直到 60 年代末和 70 年代初，湖南省委决定兴建湘东铁矿，茶陵的铁矿开采又迎来了一个新的发展时期。

茶陵铁矿开采史略（下）

——湘东铁矿的建设

谭天恩

20世纪60年代，茶陵的铁矿开采在1964年6月利民铁厂停办后，经过5年的沉睡，又步入了新的发展时期。其标志是：湘东铁矿应运而生。

60年代初，由于实行经济调整政策，国家经济得到了恢复发展。钢铁工业更得到重视。湖南提出了十年建成工业省的目标。但是，湖南的钢铁工业，由于缺乏可靠的铁矿石原料基地，长期处于“无米之炊”的状态。为了尽快解决钢铁工业徘徊的局面，湖南省委决定兴建湘东铁矿。1969年6月，湖南省革命委员会做出了《关于湘东铁路、铁矿建设的决定》。1970年3月，根据省委关于尽快开发湘东地区铁矿资源的要求，确定在茶陵、攸县境内建设年产铁80万吨、钢80万吨的湘东钢铁厂，厂址拟设于攸县菜花坪紫仁桥，但很快发现清水、潞水、排前矿区矿石储量与实际不符，便改变计划为建设湘东铁矿，规模为年产铁矿石80万吨。1970年7月，成立了在省革命委员会直接领导下的湘东铁矿建设指挥部。10月1日，清水矿区破土施工。11月1日，潞水矿区动工。年末，湘东铁路也开始兴建。1971年5月和7月，先后铺开了排前和雷龙里矿区的建设。6月，清水机选厂也正式动工。

湘东铁矿的建设，是采取挖掘省冶金系统老企业的人力、物力和技术力量，组织大会战的形式开展的。参加大会战的有冶金矿山成建制的12个会战连队，省冶金设计院、所，冶金地质勘探，井巷、建筑安装公司等31个单位，共有干部、工人、技术人员3000多人，还有茶陵、攸县、醴陵三县共22个公社7400多名支钢民工。1970年冬，在极短的时间内，来自省内四面八方的会战队伍汇集在高山丛林中，鏖战湘东。会战初期，没有交通，连夜抢修简易公路，用蚂蚁搬家的办法，靠肩挑背扛，把数百吨器材运到工地；没有电，冒着雨雪架设线路，用竹筒油灯照明施工；没有住房，用茅草、楠竹、杉树皮盖临时工棚；设备不齐，土法上马，手工掘进。在斜井中，工人们一手抓绳，背朝上，头朝下打眼、出渣作业。会战工人以主人翁的大无畏气概，谱写出了一幅自力更生、艰苦奋斗，大打矿山之仗的壮丽画卷。1972年6月，湘东铁矿被评为全省工业学大庆先进单位。潞水矿二工区和清水矿二工区分别被评为1977年和1978年全国冶金工业学大庆先进集体。

湘东铁矿的建设得到了各级党委和政府的重视。湖南省委、省政府的领导多次到现场视察；当时国务院副总理李先念曾亲自作过指示；国家冶金部先后三次派人来了解情况，协助指挥。1973年12月15日，清、潞两矿第一期工程竣工，形成年生产能力65万吨。1974年1月，湘东铁矿正式投产。1973年7月，省革委会决定，撤销湘东铁矿建设指挥部，成立湘东铁矿矿务局。下设三矿一厂，设置相应的组织机构。矿务局设在原利民铁厂旧址。清、潞矿区坐落在茶陵县潞水乡境内，占地面积6.02平方公里。局矿相距20－25公里。局矿内部逐渐形成了较为庞大的生产、管理和社会服务体系。

湘东铁矿的生产以机械化为主。采矿方法根据矿体赋存条件和构造划分矿块，形成采场。矿房回采选用壁式陷落、横撑支柱或浅眼留矿法和低分段崩落采矿法，以横撑支柱采矿法为主。巷道顶板管理，采用木支护、锚喷支护、混凝土支护、混凝土预制支护、钢支护等多种支护结构。矿山通风以自然通风为主，机械通风为辅，生产矿段形成区域性独立通风系统。矿山开拓提升运输，清水矿采用斜坡、斜井、平峒联合开拓运输系统；潞水矿采用东、西两段斜坡、斜井——平峒联合运输系统；雷龙里矿采用平峒、溜井联合运输系统。露天开采采用自下而上的开拓方案，初期人工爆破，电耙加人工辅助出矿。后采用油铲、推土机、中深孔钻机、汽车运输等露天机械化作业。矿山选矿有年产80万吨能力的清潞矿选厂，和年产10万吨的雷龙里矿选厂。采用破碎筛分工艺流程，经两段开路破碎，洗矿手选抛围岩恢复地质品位。1979年后又建成粉矿梯跳选矿工程。矿山原矿品位46%，经选矿生产的成品矿品位50%。1974年至1990年间，矿山生产能力稳定在年产40万－50万吨的水平，1978年最高产量达51万吨。矿产品销售在1980年前，由省冶金局定产包销，1980年后开始以销定产，市场调节。矿石主要销售到涟钢、湘钢、武钢、冷水江铁厂、白地市钢铁厂、邵阳钢铁厂等30多个单位。

湘东铁矿从兴建到投产，历时3年，建成一座以机械化生产为主的中型矿山，也是全省规模最大的铁矿企业。1978年，又建成年产10万吨的雷龙里铁矿。至此，全局结束了基建时期。至1980年，经过十年的建设和发展，完成投资总额5866.8万元，拥有固定资产原值3836.57万元，设备1382台，房屋面积15.85万平方米，其中工业建筑4.57万平方米。全局职工总数3418人，其中工程技术人员118人。在管理体制上，分为局、矿（厂）、工区三级管理。财务采取三级管理，二级核算体制。1980年前，实行统收统支。1980年后，实行内部利润考核制和费用定额包干制。1978年以前，湘东铁矿属于计划亏损企业，1979年定为政策性亏损企业。

矿石资源是矿山存在的基本条件。进入 80 年代，资源枯竭问题逐步显现出来。为了使矿山资源消失后，企业能继续生存下去，湘东铁矿开始走“以矿为主，多种经营”的路子。利用自筹资金和省冶金企业集团的矿石价格补贴，先后投资 2000 多万元进行转产开发，在深圳建成南山和宝安长头岭石料场，在省内建金属制品厂、焊接材料厂、群利化工厂和冶金机械厂。企业先后完成科研成果 97 项，其中 6 项获得省科学技术进步奖。喷锚支护获 1977 年全国科学大会和冶金部科学大会奖。

进入 90 年代，由于矿山资源枯竭，矿石质量因含磷过高销售困难，价格过低，成本费用上升，企业亏损加剧。尽管省冶金总公司对湘东铁矿实行保护性开采，一是为了减少矿石由本省补贴，而流入外省使用；二是控制开采量，省内消化和利用湘东铁矿石，并由省冶金集团公司对湘东铁矿实行价格补贴。但是，企业不能从根本上解决问题，还是难以为继。1992 年雷龙里矿闭坑。1995 年清水矿闭坑。2000 年 3 月，生产能力最大的潞水矿闭坑。多种经营项目也因为技术、资金、市场等因素影响，未能达产达效，至 2001 年全部停产。从 1974 年至 2000 年，湘东铁矿 25 年累计生产铁矿石原矿 990 万吨，成品矿 760 万吨，上交税金 2465 万元。2004 年，企业账面资产总额 5133 万元，其中流动资产 2935 万元，固定投资 2066 万元，递延资产 127 万元；生产经营亏损 4247.9 万元，累计负债 9666 万元；全局职工人数 4542 人，其中离退休人员 1505 人，有各类专业技术人员 563 人。2003 年 11 月，湖南省政府决定由株洲市政府负责湘东铁矿的破产关闭工作。2004 年 8 月 16 日，茶陵县人民法院依法宣告湘东铁矿破产。随后，企业进入破产程序。

湘东铁矿的建设，是 20 世纪 70 年代湖南冶金工业建设的一件大事，其建设速度之快，在湖南冶金工业建设史上是无先例的。《湖南日报》曾多次组织大型报道，赞扬湘东铁矿“以大庆为榜样，多快好省地建设矿山。”同时，在省冶金系统内充分利用资源，挖掘内部潜力，调动各方面的积极性进行会战，在当时的历史条件下，对加快建设速度有其积极意义。其次，湘东铁矿的建设，为我们提供了一个发扬自力更生、艰苦奋斗精神的典范。湖南冶金工人那种“争光”“争气”的工人阶级本色和创业精神可圈可点，可歌可泣。再次，湘东铁矿作为 20 世纪 70 年代以来湖南最大的铁矿石生产基地，80 年代末，原矿产量占全省的 50% 以上，为湖南钢铁工业的发展，做出了自己的贡献。应该说，湘东铁矿在茶陵乃至湖南的铁矿开采史上，写下了浓墨重彩的一笔。

当然，湘东铁矿建设中出现的问题，也给了我们深刻的教训和有益启示：一是湘东铁矿是在特定的历史条件下，在“湖南十年建成工业省”的良好愿望和口号鼓舞下，采取“边勘探、边设计、边基建”的“三边”方针，在地质勘探程度较低，水文地质条件不清、产品方案不落实的情况下，没有按科学程序办事而仓促上马建设的。由于先天不足，造成基建投资效果差，一些工程项目报废，几易规模，被迫调整生产能力，给企业生产建设带来被动局面。排前矿区于1971年4月开始兴建，设计规模60万吨，1972年改为40万吨，由于矿石储量报告未获批准，影响设计，打乱了勘探、设计、施工的程序，1972年底工程建设中止。加上矿区水文地质复杂，排水工程大，成本费用高，1976年7月被迫停建。五年完成基建投资798.015万元，除101万元可转入固定资产和收转大临残余价值外，其余700万元工程费用全部报废。雷龙里矿也是在地质资料不清的情况下，采取“三边”做法开始基建的，建设过程中，设计方案三次变更，拖延建设时间8年之久，完成基建投资820.85万元，超过设计基建概算总值2.6倍，付出了很大的代价。所以，事实告诫我们，经济建设必须遵循客观规律，严格按照科学程序办事。二是经济建设和发展，必须依靠科学技术进步。湘东铁矿矿石属“宁乡式”鲕状赤铁矿，地层浅部以酸性矿为主，深部为自熔性矿，矿石结构复杂，属难选矿石类型。湘东铁矿当时以开采浅部酸性富矿为主，随着开采时间增加，保有储量逐年减少，加上历史上民间的滥采，酸性矿已近枯竭。自熔性矿为湘东铁矿的主要矿石类型，但是这种矿石含磷偏高，而当时国家去磷的工业技术尚未过关，以致不能大量开采。由此，也深刻揭示了科学技术是第一生产力的道理。据1984年编纂的《湘东铁矿志》记载，截止到1980年底，湘东铁矿清水、潞水、雷龙里三矿区地质储量（B+C1+C2）累计为5494.87万吨，其中酸性矿2544.42万吨，自熔性矿2950.45万吨；两种矿石类型的比例，清水自熔性矿储量占70.8%，雷龙里自熔性矿储量占72%。随着科学技术的进步，自熔性矿石的开采，或许是将来茶陵铁矿石开采的一个重大课题。

湘东铁矿在茶陵乃至湖南的铁矿开采史上，曾经占有重要地位。对它的建设，有肯定，也有否定。历史客观存在，我们没有理由埋怨历史。时代的局限往往只有在这个时代结束后，才能说明。当今的时代，资源争夺异常激烈。怎样开发矿山，进行资源企业的规划和建设，湘东铁矿的经验和教训，无疑具有重要的借鉴意义。

良好的开端

——记新中国第一台航空发动机的诞生

文代明

1954 年 8 月 26 日，湖南株洲一份“国营第三三一厂全体职工敬上”的电报飞向中南海——

敬爱的毛主席：

我们以万分兴奋的心情向您报告，我国有史以来未曾有过的 50 号航空发动机，已于 8 月 16 日在我厂按照国家计划提前 13 天试制成功了……

庆祝新中国第一台航空发动机(50 号，亦名爱姆 11 型)试制成功大会上，奇迹的创造者们激动地向毛泽东主席报告喜讯。

10 月 25 日，毛主席复信祝贺嘉勉：

……这在建立我国的飞机制造业和增强国防力量上都是一个良好的开端。

三三一厂是我国的第一家航空发动机工厂，现名中国南方航空动力机械公司。第一枚空空导弹、第一辆摩托车发动机……中国工业的五个“第一”，相继诞生在这里。

新中国才五岁时，炎黄子孙就圆了一个梦。奇迹，源于党中央。

英明的决策

在我们这个文明古国，早已有了飞机的雏形——木鸢。西汉时期，就发现了石油，有了飞机的燃料。本来，中国人有可能早就驾驶自己制造的飞机上天的。可是，由于种种的曲折，它只是炎黄子孙长久未圆的一个梦。

历史的车轮，驶进了 1949 年。共和国的盛大开国庆典中，矫健的银鹰，受到了毛泽东等中央领导人检阅。人们欢呼的同时，预感到中国自己造的飞机，为期不远将翱翔于蓝天。

次年暮夏，美国纠集的“联合国军”入侵朝鲜，战祸殃及神州。抗美援朝，亟待飞机。战火，催逼着新中国航空工业早日降生。

外患——抗美援朝战争的沉重负担；内扰——国民政府遗留的破烂摊子。凭借“洋火”“洋钉”……洋字满布的国力基础，筹建高新技术密集的航空工业，谈何容易！然而，党中央的决心，坚定不移，“当掉裤子也要办航空工业！”

周恩来总理主持大计的筹划，制订出适合国情的方针——先修理，后仿制，逐步走向自行设计制造。

国家毅然决定，首先投拨相当于60亿斤小米的资金，试制雅克18、米格15两种飞机及其发动机。

共和国成立2周年纪念那天，应毛泽东主席批示“照办”，首批兴建的六大航空工厂之一的三三一厂，在株洲南郊的一个山谷里奠基。

这里，一个老旧的炮弹厂，脱胎换骨的时机到了——一纸北京来的红头文件命令：炮弹生产线向某地搬迁，留选部分人员和设备，改建为航空发动机厂。

随缘于中央这一决策，几十年来鲜为人知的简陋厂子，嬗变为国家“一五”计划的重点项目，备受党和国家领导人的关注和全国的支援。大批干部和专业人才从祖国四面八方汇集到此。如有湖南省委选送的郭固邦、罗振坤等30名地县级干部；有苏宾等14名来自列宁故乡的专家；有国家计委挑选的朱传千、罗广源等142名大中专毕业生；有第二机械工业部从华东、西南、华北、中南等地选调的谢福森、胡秀夫等300名老师傅和技术员；还有中南二四八技校毕业的林一平、周建勋等700多名一、二期学生。人才投入最突出的是，江西省政府副主席牛荫冠，被遴选到这里担任厂长兼党委书记。

重点投入的结果，正如毛泽东同志所说的，“在共产党领导下，只要有了人，什么人间奇迹也可以造出来。”

条件与任务，形成极大反差。然而，这是一支特别能战斗的队伍，何畏。

艰难的起步

奇迹，在没有成为超常的事实之前，它的本身倒很奇怪。常言说，麻布袋上绣不得花，鸡窝里飞不出凤凰来，你敢想象，就这么个基础，能成为生产飞机“心脏”的基地吗！

这里，原先是国民政府从1936年起两次开办，两度“流产”的兵工厂。先遭过日寇飞机的轰炸，后受到它主人撤逃大陆前的洗劫。当人民政权来接管时，残缺不堪，满目萧然。

被誉为“中国的保尔·柯察金”的吴运铎，当了它中华人民共和国成立后的第一任厂长。华东的一支2000余人的军工队伍，来到这里安营扎寨。旋即，吴运铎擢升调离，牛荫冠接任，炮弹生产线未臻完善时，转产搞航空的命令来了。抗美援朝前线送修的发动机，当月进了厂子。

刚改行的老军工当飞机“心脏”的大夫，步履维艰。一则，隔行如隔山。二是，从新任的厂长到全体职工，无一不是航空发动机的“科盲”。而且，文化水平偏低，相当于高小程度以上的，只有19%。

好在这些受过抗日战争、解放战争洗礼的汉子，政治素质高，艰苦创业的能力强，克服困难的办法多，有信心将“鸡窝”变成“凤凰巢”。没有宿舍，他们租借农舍，或在工房栖身。学习文化技术，草棚里座无虚席。漏雨时，撑着伞听课。92台老式设备，8179平方米破旧的砖木结构厂房，是他们起家办航空最“雄厚”的物质基础。

装配发动机的场地，由车间主任范学明领着大家，手持砂轮，蹲在地面碾呀磨呀，将一间旧仓库改造而成。受命筹建热表处理车间的朱雪壮，带着几十名职工，以一个废弃的澡堂为基础，靠那本从旧书摊上买的《电镀法》启蒙，利用搪瓷痰盂作镀槽，试镀出第一个镀铜零件。为了攻克镀铬关键，他冒着皑皑白雪，远征哈尔滨，到苏联空军的“赴华修理列车”上取经。

逆差，构成奇迹的因素，奇迹，则是被人为的力量所改变了的逆差。

这些航空发动机的“科盲”，在苏联专家指导下，边学习，边基建，边生产，用时60余天，修复雅克18飞机的“心脏”54台，荣获部里的奖励。

备件，发动机修理中的“拦路虎”，国内无货可供，全部按每台的用量，以1：10至1：100的数额从苏联进口。不仅耗费大笔外汇，而且“远水难救近火”，它的实际消耗量，很难与预订数相吻合。因此，有的因短缺而造成停工，有的则过剩而形成积压。

实践——认识事物的舟船，使他们平稳地渡过了修理发动机的神秘海峡，勇气和能力也愈来愈大了。他们闯开了备件制造这个关隘，一批批零件、组件，接连地仿制出来。至1954年4月，第一台航空发动机试制的前夕，575台经过修复的爱姆11，从这里回归空军服役。该机的567种零件、组件中，有41%无须外购了。倘若，整机试制是座高山，他们则已爬到山腰，只有一半的行程攀顶峰了。爱姆11这只“凤凰”，即将从这个“鸡窝”里飞出，当然也不足为怪了。

民族感，使命感——强劲的动力，驱使着他们奋力拼搏，迅速获取了

丰硕的成果

1954年4月1日，电报传来了第二机械工业部赵尔陆部长签署的命令：“爱姆11试制任务，限于本年国庆节以前完成。”限期，第三次前推了，有效时间，却只有180天，他们能翻越这座海拔很高的山岳吗？

部里派来了油江副局长率领的工作组，驻厂“督战”；厂长牛荫冠，好谋而成，运筹帷幄……这位曾是清华园里电机系、经济系高才生的厂长，首先对工厂机制，高屋建瓴地进行调整。如建立总工程师领导下“四师一长”生产技术指挥中

心(四师，是总设计师、总工艺师、总冶金师、总检验师；一长，即生产长)；挑选大学毕业的知识分子，担任技术科室的负责人；科室人员处理生产上的问题，必须“大事不过天，小事不过点”，不能当时解决的事，及时给答复。他每天上班后的第一小时，不进办公室，先巡视生产现场，就地解决矛盾。

2 号厂房，能否在 5 月 1 日前交付使用，是维系试制任务的关键工程。省委书记周小舟，亲自来厂帮助解决难题。许多下了班的职工，主动到工地义务劳动，运输车辆不足，有的就用自己刚买的自行车拖砖。人心齐，泰山移，这幢 7442 平方米的现代厂房，历时 7 个半月，提前 15 天优质竣工。

器材方面的 100 项“缺口”，找遍国内，均无货源。苏联顾问莫洛斯托夫，主动挂电话到莫斯科，向苏联航空工业部供应局求援。不到 1 个月，这些器材如质如量到厂。

“咱们工人有力量……”“我们要和时间赛跑……”既是这里荡漾的豪迈歌声，也是全厂上下的行动写照。

凡是投试零件的施工卡上，都标着红旗。“红旗”所到之处，必须敞开“绿灯”，不许延误时间。可是，也有预料不到的事情，冒了出来作难。5 月 3 日下午，浇铸机匣头时，压力箱突然爆炸。在场的 14 人中，4 伤 2 死。副工长张胜和、八级铸工刘春发这两位共产党员，在为结束中国人不能制造航空发动机的历史，探索运用压力铸造的苏联新工艺中，献出了生命。

成功，它要你付出代价。他们，以出色的劳动，赢得了劳动模范的光环。

铁合金小组组长、共产党员马佑清，虚心向苏联专家请教，团结全组同志搞革新，7 次改进工具和操作方法，提高了铸件的质量和班产量。高周波炉的筑炉方法，经他几番改进，炉用次数由 30 来次上升到 77 次。青年团员吴荣保，是个车、钳、铣、钻、镗五项全能的多面手。生产干机闸后盖时找到窍门，班产量由 3 件蹦到 8 件，质量合格率全年 100%。年轻的副工长张茂荣，在分汽轴的工序上动脑筋，单件工时由半个小时缩短到 20 分钟，质量全优。分汽凸轮轴的外磨工序最棘手，副总顾问雅科文轲与机械加工专家，连续十多个昼夜盯守在机床旁，帮助中国工人突破了这个关键。关键阶段，油副局长、牛厂长一直坐镇现场，掌握全局进展，并通过北京与全国各有关方面，保持快捷的联系。

多少人夜以继日的拼搏，多少汗水与智慧的汇聚，填写出“与时间赛跑”的纪录：7 月 26 日，全部零件加工完毕；7 月 29 日，首批总装的三台发动机完工；8 月 12 日，检验试车结束；8 月 16 日，国家鉴定委员会发出《试车鉴定书》……连续运转 225 小时 45 分钟，未出现异常现象，工作正常，符合技术条件要求。8 月 26 日，隆重的庆祝大会在俱乐部召开。

主席台就座的，有党政军首长、国际友人、兄弟厂代表。有位女宾，是大家熟悉的全国人大代表、湖南省花鼓戏团的演员梁器之。常来输送精神食粮的艺术家，受请共享这丰收的喜悦。国家鉴定委员会主任杨春甫致辞祝贺，颁发奖金8亿元（旧币）。

9月1日，黄克诚签署中央人民政府革命军事委员会批示："同意50号发动机进入成批生产"。

10月25日，三三一厂职工最欣喜难忘的日子，这一天他们荣膺毛泽东主席贺信嘉勉。中国工业的一项空白，已经填补了。

在神州的航空工业史上，三三一厂职工写下了光辉灿烂的一页。

中国第一枚空空导弹总设计师朱传千

芳　储

1960年3月15日，我国第一枚空空导弹在三三一厂试制成功，开启了导弹工业的帷幕。喜讯传到中南海，中央为之高兴，贺龙副总理、邓小平总书记、杨尚昆主任和叶剑英元帅相继专程莅临视察。

中央军委副主席叶剑英听取汇报后，步入现场考察，倾听技术人员讲解，非常兴奋，频频颔首。这位军中儒帅，文思敏捷，诗兴勃发，欣然挥毫贺勉："远大前程，奋飞万里；迈上尖端，日进不已。"他对三三一厂卓著成绩的赞许，中国国防工业远大前程的展望，跃然纸上，言简意赅，令人鼓舞，催人奋发。

导弹，世界战争史上的新式武器。它装有弹头、动力装置，并能制导飞行，远距离打击目标，不需当面搏击，被称为进攻者的"安全杀手"。

当时这种高精尖的国防科技新成果，是严格保密的。由此，三三一厂的保密级别由二级升为一级。敏锐的新闻界，长期没有窥伺到这一重大信息，至于它的总设计师朱传千，更是鲜为人知。

大概是奇人必有奇才吧。这位身体颀长的朱总，体格清瘦，鼻梁上架副近视眼镜的跛足者，1954年厂里试制第一台航空发动机时的俄语翻译员，被慧眼识才的牛荫冠厂长安排当了总工程师的秘书，要他不以总工程师身份，行使总工程师职权。

不明底细的苏联专家，赏识这位二十多岁青年的才干，特意向牛厂长建议，将他作为总工程师的接替者。

1958年7月，已升任总检验师的朱传千，突然被一纸加急电报召唤到了西安。厂长郭固邦向国家争取来了试制空空导弹的任务，要他去协助接受资料和样弹，押运回厂。

这位非劳动人民家庭出身的知识分子，未曾想到，党对他如此信赖和器重，竟然能够与绝密的尖端技术结缘，并被任命为试制导弹的总设计师兼生产线的第一负责人。

朱传千面临这副重担，深为惊诧，如履薄冰。他虽然曾以期期优秀的成绩毕业于上海交通大学化学系，而在空空导弹面前，则是个地道的"科盲"。而且，手下这班被挑选来的人员，虽然政治、思想、业务和身体素质都好，可是谁也未曾见过导弹的模样。何况，厂房、设备、器材等等，都得从零开始创建。摆在他面前的困难，有如千岩万壑。然而，信任，令人披肝沥胆；理解，使人力拔千钧。朱传千暗下决心，绝不退却，不向党交白卷，毅然放弃了酷爱的文学和音乐，也与电影绝缘，甚至新婚蜜月期，也很少陪伴娇妻，几乎全身心地投放在导弹研究里。

进入神秘的导弹王国，没有捷径可走。朱传千坚持“从游泳中学会游泳”，通过刻苦钻研，很快改变了“门外汉”的态势，掌握了导弹所涉及的电子、自控、火箭、精密机械加工等多学科的综合尖端技术；同时靠扎实俄语根底缩短了与苏联资料的距离。

苏联专家赞赏这名聪慧的学生，职工们敬佩这位勤奋的领导人。大家看到，不论是下班后或节假日，只要办公室或车间里有人加班，总少不了朱传千的身影出现。而且又是他最后离开工房。甚至，厂房里空无一人时，他还在各个部位巡查。

身先士卒、率先垂范，是朱传千的一贯作风。作低温试验时，冷冻仓外是酷暑高温，仓内却是零下几十度。壮实的小伙子都很容易感冒，瘦弱的朱传千，几乎是次次率先入仓检查。

具有危险性的一种试验，选在茫茫月夜，到荒山冲里进行，条件简陋，安全系数小。我们的总设计师，却命令别人远离现场，自己留在前沿位置上，大家注视这位明显消瘦的跛子，谁不动情。

朱传千的决策形成后，不被异议动摇，也不顾忌被称为“朱霸天”，其习惯是事前“广纳群言”，召开“诸葛亮会”。

好将必然带出好兵。这支初出茅庐的导弹制造团队，在逐步从必然王国走向自由王国的途中，困难重重，压力千钧，许多时候使朱传千进退维谷，寝食难安。

1960年7月22日，一个灰色的日子，导弹载入飞机在西北国家靶场进行打靶试验，发射4枚都未命中目标。也就在这一关键时刻，苏联专家卡冈奉该国驻华大使馆通知，立刻从靶场撤离。成焉，败焉？难解的未知数。

朱传千根据郭固帮厂长的指示，和苏副总一道，备上礼品同往苏联大使馆，为卡冈送行，却被拒之门外。由于中苏两党两国关系的不断恶化，本应按协议派来4名导弹专家，却只有卡冈到职，并在合同期限未到、靶试受挫时撤走，导致刚起步的中国导弹工业几乎陷于绝境。而且，苏方还刁难我方的送行礼仪，不允许翻译之外的人员与卡冈相见。

机灵睿智的朱传千随即指着同行者，以纯熟的俄语介绍，“这是我们的厂领导，我是他的翻译官。”他巧妙地忽悠了对方。卡冈一见朱传千，肩膀一耸，对于这一变故，激动地表示：“我不知道这是为什么？”他知道朱传千此行的目的，将其迎进卧室，让其抄下他笔记本上的有关数据。

规定的会客时间已到，朱传千被送出使馆。卡冈拥抱着来宾，含泪说道：“今后不论两国的关系如何，我们之间的友谊是长久存在！”

中苏两国人民的友谊随日而存，中国第一枚导弹的命运却悬而未决。情急之下，空军、基地、院校的众多专家、学者云集三三一厂，群智群慧，悉心“会诊”，查来验去，没有从导弹本身找到毛病。

朱传千冥思苦想，脱靶原因是否出在基地或飞机方面？他的设问，获得认同。随即再进行打靶实验，结果四发四中。事实证明，导弹质量良好，其脱靶原因在于飞机上的雷达没有校准。

随后，以空军副司令员曹里怀为首的国家鉴定委员会签发了合格证书，国务院特种武器定型委员会批准定型，注册为“霹雳一号”，认可成批生产。在1964年的全国工业新产品展览会上，霹雳一号被评为一等奖。

朱传千没有满足于第一枚空空导弹试制成功。在20多个寒来暑往中，他相继为4个产品的开发和生产，屡屡废寝忘食，饱尝到创业的艰辛与事业的欣慰。对于导弹，感情笃深。

“文革”后重返领导岗位的朱传千，向中央军委罗瑞卿秘书长上书，洋洋四千余言，从科研与生产等方面，陈述他对发展我国导弹工业的设想与建议，却只字未提个人的功绩与屈辱。可是，就在这位“导弹迷”正准备大干一番之际，病魔却缠上了身，并最后在三三一厂第一副厂长兼总工程师岗位上倒下了。1979年10月2日，饕餮的癌魔，在上海冲破一位著名肿瘤专家设置的道道防线，吞噬了朱传千的生命。临终时，这位导弹专家幽幽呼唤：“我要回株洲……回工厂！”

53岁的朱传千不幸与导弹永别了！然而，他又永远和导弹联系在一起。在他谢世十年后，中国航空工业史编纂委员会，将他列为《航空工业人物》之传主。历史，铭记着朱传千。

“枪神”吴运铎　株洲留故事

文代明

随着五星红旗在株洲升起，董家塅里这座“两起两落”的旧兵工厂，步入了历史的拐点。1950 年 5 月，吴运铎刚从苏联治伤归来，尚须休养时，就被重工业部部长何长工派遣，到董家塅接替军管会，担任株洲兵工厂厂长。何部长特别解释说：“你是需要继续休养的，可是那些仇视共产主义的人，不让你有这个机会。他们要对中华人民共和国下毒手，企图将新生的红色政权扼杀在摇篮里！”吴运铎回答说：“部长同志，我完全懂了！”他对爱人陆平作番交代后，第二天就只身直奔株洲，履行他建设新中国的第一项职务。

警卫员开了枪，莫怪我哟

国民政府军政部兵工署，于 1936 年征购株洲董家塅 5.5 平方公里土地，建造了枪弹厂。由于日寇的狂轰滥炸，蒋家王朝崩溃前夕的清洗，这里哪儿还像工厂！军管会负责人王祥介绍道：“厂房是空壳壳，人员混杂乱糟糟。生产无法搞，人们拿了工薪发牢骚。”“山上有土匪朝厂里打枪，厂里贴有反动标语说共产党不如国民党”。暗藏的敌对势力，气焰很嚣张。

吴运铎下车伊始，就遇到了挑战。晚上，厂区有人打枪。甚至有人爬他的窗户门。第二天，吴厂长发出警告：“谁敢再爬，我警卫员开了枪，莫怪我呀！”

最使吴运铎愤慨的是，“那个国民党汉阳兵工厂合并来的工程师，煽动职工闹事，公开将矛头对准军管会的孟广贤同志。组织一部分人上街游行，扬言要解散工人护厂队。”“从广西柳州兵工厂合过来的一些人，也跟着起哄，参加闹事。”甚至在吴运铎召开的大会上，台下也有人高喊：“打倒孟广贤！”扰乱会场。

真是和平解放，并不和平。军管会办完移交后，人员就要撤离。吴运铎在中共湖南省委、中南重工业部派来干部的支援下，充实力量，整顿队伍，秩序才稳定下来。

喂！小工来帮我搬东西

不出毛主席党中央所分析预料的，当年6月25日，美帝国主义纠集17个国家，以两百万兵力进攻朝鲜人民民主共和国。相继出动1300架次飞机，对我东北边境地区，狂轰滥炸，战祸殃及神州。

战争时期，兵工厂是被敌方首选打击的重点对象。所以，设在徐州的新四军第三兵工厂，奉令连人带设备，迁入董家塅，以避免有可能来自朝鲜半岛的空中打击。这支两千来人的队伍乘着一列闷罐子火车厢日夜兼程到达这里时，已是当年的11月下旬。初冬之夜，稀薄的雪花已来报到。为了职工御寒，吴运铎从湖南省军区争取到一批部队退役的棉大衣发下去。大家好高兴，没花一分钱，身上挺暖和的。

当吴运铎带领大家来到厂里的铁路专线旁迎接徐州的战友时，场面非常热闹。车上塞得满满的，有人有设备和器材，有锅盆瓢碗、油盐酱醋，盖的穿的，连马桶、夜壶都带来了。路旁的人群一片草黄色，军不军民不民的，新来的人搞不清他们的身份。他们都热情地帮新同事卸车，搬运行李。

"喂！小工，来帮我搬东西。"一位中年女子呼唤着吴运铎。

"什么小工呐，他是我们的厂长！"吴运铎的警卫员厉声纠正着。

女子舌头一伸，愧感失言，得罪了厂长。吴运铎却不以为然，赶紧去帮她搬行李。笑着说，"我是小工头子，是大家的小工！"并且反问一句，"你们坐了几天的火车？很累吧！"望着这位不摆官架的厂长，女工脸上"阴天转晴"。

饭就免啦，银盾我收

吴运铎不摆官架子，也没有官模样。他不像蒋家王朝那些呷皇粮的：腹部圆滚滚的，头发油溜溜的；服装笔挺挺的，皮鞋亮锃锃的；张嘴酒熏熏的；对上腰弯弯的，对下气冲冲的；求他办事无时间，不送红包不理你。吴运铎的形象，不是压迫工人的官老爷，也不是欺诈工人的恶包头。在大家的心目中，吴运铎是干练的厂长，技高的师傅，可亲的同志，难得的朋友。

当他得知水运码头，任务重、条件差，工人很辛苦时，举起雨伞就往湘江河堤走。实地勘察，商量研究解决方案。厂里的物资出进，绝大部分靠水路运送。码头上的人员，长期在空旷的河堤上，风吹雨淋太阳晒。但很快，一幢能供他们休息、热饭、烧茶的工棚立了起来。他们的工资和防护用品也有增长和改善。

"真是大不一样了，毛主席手下的人员，把我们这些劳苦群众，当作亲人对待呀！"码头上的职工，心怀感激地叙说着。

有一天傍晚，吴运铎在职工住地散步。有群人在围观着一位老工人抽打着儿子。他刚近前，一个十六七岁男孩被捆绑着跪在地，“哎呀，好痛咧，吴厂长，救命啰！”

吴运铎问道：“老师傅，家里出了什么事啊！”老工人气乎乎地告诉厂长，“这个家伙太不听话！”原来他儿子在那天的大会上，使劲跟着别人起哄，高喊：“打倒孟广贤，解散护厂队！”

惊恐不安的老父亲，正巧遇上吴厂长，立即跪着相求：“我快40岁才生了这个崽，请您行行好吧，莫开除他呀！”“我已狠狠地打了他一顿，年轻不懂事的家伙，还没讨堂客哩。丢了‘饭碗’，哪个姑娘会嫁给他啰！”吴运铎扶起老师傅，听取了他的求诉。嘱咐道：“莫再打他了，我们会做调查，实事求是处理的。”

第二天下午，吴运铎派人向老工人传达了厂部的决定：“一是你儿子是受坏人唆使而犯了错误，可以宽恕；二是只要向他主任承认错误，接受批评教育，检举坏人，可以继续留厂工作。”

“我儿子的饭碗保住哪！”老工人噙着泪水，向老伴大喊一声，朝南一跪，高呼“共产党万岁！”

经受过严寒的人，更知道太阳的温暖。当职工们得知，吴厂长要升官，去武汉当副局长了。大家的心不平静，回想起这半年来工厂的变化，吴厂长的一言一行，归结为一句话——“旧社会里，哪有咯样好的厂长！”

怎么表达对吴运铎的佩服、感谢、留恋之情呢？几个代表一合计，大家自发交钱，在株洲街上选个饭店，开上几桌，为其饯行。到银铺订制一个“银盾”，送给他留作纪念。

吴运铎得悉后，就请来代表们开了个短会。说“你们都是国家的主人了，建设的任务很重，请你们带领大家多做贡献。”“感谢你们对我支持，谢谢你们的盛意，办饭的事就免了吧！银盾我领受，带在身边，记着你们！”大家报以响亮的掌声。滚热的眼泪，认同了厂长的建议，回应着他的恳切之言。

《枪神》——英雄吴运铎的故事，正在湖南经视台热播，笔者特撰此文，聊作契合，或曰补遗，兼为对老厂长的缅怀。

第十一编　民俗风情

老家风俗

侯清麟

世界之大，无奇不有。

各地有各地的风俗，奇俗皆全。许多风俗如不及时抢救保护，就可能像今日某些动植物种类因缺乏保护而逐渐消失。

我的老家在安仁县，风俗亦然。一个县到底有多少种风俗，很难说得清楚。就我所知，老家的诸如“山海席”“五海席”“开堂”等风俗已经遗失。为此，我欲就自己所知，说说老家风俗，权作拾遗补阙，为志在全面研究保护者提供点参考。

首先，说说节俗之异。这里通行的农家节日与外地比之不同的有：元宵节安仁人很少吃元宵，有不少的人家，用黏米掺些糯米臼成粉，加水搓成粉砣，然后凭着精巧的手艺捏成各式各样的小动物，如鸡、鸭、鹅、狗、猪、牛等，再点上红绿颜料点缀，蒸熟，既可以用小竹棒支起让小孩子玩耍，又可以吃，昭示来年五谷丰登。端午节除吃粽子和办好菜外，大人爱吃雄黄酒，不吃酒的小孩，大人就用雄黄涂在他们的额头、肚脐眼上。中秋节与其他地方无异，只是吃月饼有个传说，说是古代为号召全民杀妲己（纣王之妃），而将字条放进月饼里，蛊惑全民起来讨伐祸国殃民的“狐狸精”。过年是农家最大的节日，一般在除夕的前一晚，家家刨肉煮肉，肉汤煮米粉，又香又甜其味无穷；汤中捞出的肉再过热油锅，有条件的还用油炸些红薯干、米粉片等，浓香四溢。三十日早餐吃稀饭，中午或晚饭算正餐，除夕晚上一家人围着火坑守岁，且睡觉前火种封住，然后放鞭炮——关财门；初一很早又放鞭炮——开财门；初一不杀生，不动火，均吃除夕的剩菜；有条件的新年初二杀鸡煮酒祭拜神灵……

与城里有异的农家节日有：立春日，一个生产队派出德高望重的老农，牵牛套犁饰红，象征性地放鞭炮开犁，预示一年收成丰厚。插秧：生产队宰猪分肉。尝新：即第一顿新米饭，也是煮肉烹鸡，非常隆重。农历七月半曰鬼节，各家从十二日起就得餐餐敬饭，直至七月十五日放鞭炮，烧纸钱送已逝长辈回阴间。

待客风俗：有客人到家，例行三部曲，一是茶开水或水酒加瓜子、花生、红薯干等为迎客；二是一碗米粉，米粉中要么三个荷包蛋要么几块肉或几块鸡肉；三才是正儿八经地吃饭，吃饭时很少再吃酒。做客的风俗：吃饭时只能挟自己面前的菜，米粉中的蛋或肉也只能吃三分之一，否则就是不懂礼节。做客座位如果只一桌，则主宾即年龄或辈分最高的坐第一的位置，农村是四方桌，每桌坐八人，进右出左为第一；如两桌，则靠正中上方，进右出左为第一，另一桌的正中上方进左出右为第二，不可乱坐，否则会为不懂礼仪而受到责备。

过生日的风俗：小孩过生日，一般能吃上一个蛋就不错了。如做生日的话，也有男不做三十女不做四十；且一律做“一”即三十一岁、五十一岁，依此类推。做生日由嫁出去的女儿买鞭炮，如鞭炮放得多意味着女儿家境不错，为父母争了光。

红白喜事：红喜与城里相似，只是不坐小车而步行等。农村里把高寿老人西去誉为白喜，办丧事与城里有天壤之别。先说守灵：请些人用一面铜锣挂着挨着鼓敲着唱着，有自编的词也有固定的词带着哭腔“唱”，据说此俗来自两千多年的“庄子”，只可惜城里已不存在，农村因男劳力外出有些地方已近消失，那词的内容非常丰富，唱到悲处会引来守灵奔丧者泪如泉涌。上山安葬的先一天晚上整晚“开堂”（音如此），须请乐队，司仪折腾一宵；天不亮即将灵柩“偷”（悄悄地）抬出大门；抬棺的八个人要好酒好饭伺候着；故亡者“上山”后，一般每户来一人吃正席“包子饭”（音如此）……

对待“叫花子”：农家住得分散，有花子来，有稀给稀，有干给干，如是红白喜事，还要打发点；但“叫花子”进堂屋，不得超过第三根楼梁。

诸如此类的习俗也许还有很多，无奈笔者在老家只生活了二十来年，孩提时不懂事初中、高中读书在外，真正在农村待的时间不长，且只知道当地风俗，因而题目冠以“老家”似有不安。不过笔者意在抛砖引玉，寄望于各地务必在县志中写上风俗篇，让好的风俗，例如尽孝、恭友、敬老、爱幼等发扬光大，而对已遗失或即将灭绝的风俗作为非物质文化遗产保留，至少也不算是什么坏事！

《思情鬼歌》与醴陵方言和民俗

吴浩琼

《思情鬼歌》是一首醴陵人耳熟能详的本土民歌，充分表达了青年男女对爱情、对生活的追求和向往。20世纪50年代，该民歌在北京演出，获得国家领导人的高度赞赏。其旋律简单优美，深受群众喜爱，在民间广为传唱。《思情鬼歌》已经被列为湖南省非物质文化遗产，是醴陵本土文化的一种生动表达，它既体现了音乐与乡音之间的密切关系，也继承了深厚的醴陵民俗文化传统。

一、《思情鬼歌》的音乐和方言特色

1. 旋律

歌词简单明了，通俗易懂，通畅顺口，易学易记。曲调则活泼火热，情意绵绵，直抒心迹。

旋律一：（女）

旋律二：（男）

两段旋律除了第1小节和第5小节稍有变化之外，几乎一样。旋律简短，属于工整对称的8个小节形式，节拍为2/4和3/4混合拍子，节奏明快。每段歌词简短，都以衬字结束，如：呀、呐、哟、耶等，既符合语言上的押韵，又形成音乐上的一致，亦如《乐记》中“言之不足，故嗟叹之”，这种嗟叹就是带有感情色彩的衬字。《思情鬼歌》的旋律采用的是五声音阶：宫、商、角、徵、羽(即1、2、3、5、6)构成，这与醴陵纯正地道的方言的语调、声调以及韵律是相一致的。例如“我哩满哥哥鬼也”这一句歌词的旋律，也就是醴陵方言的旋律：

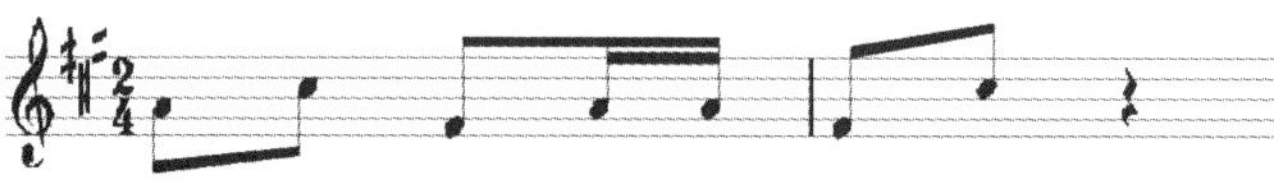

也就是醴陵方言的音调。所以，只要是醴陵当地人，懂得醴陵方言，即使不知道这首歌曲的旋律，也能够很快将这首歌曲学会。此外，还有“昨日搭个信”“害得我哩妹妹”“眼望穿”“哎呀我哩妹妹”“莫发个气”等等，都和醴陵方言的音调是一样的。

除了以上曲调与醴陵方言音调一致的旋律外，衬词(也、哦、呀、呐、哎呀哎子哟、耶等)在这首歌曲中起着相当重要的作用。衬词既是人们心中最直接的表达方式，也是整首歌曲中真正意义上的旋律。

由此可见，醴陵方言在这首民歌中既是旋律也是语言，显示出语言与音乐之间的一种共生关系。正因为歌曲旋律与该地区方言音调的一致性，符合当地老百姓的语言习惯，朗朗上口，所以，这首民歌一直受到当地人们的喜爱，在醴陵广为流传。

2. 演唱方式

在醴陵，《思情鬼歌》的演唱方式有三种。第一种是张口即来的清唱式，那便是人们在行走中，在劳动中，在房屋里，一时兴起，或亮嗓高歌，或轻唱低回；第二种是琴声悠扬的清闲式，这主要是在农作闲下来时，用二胡伴奏，可自拉自唱，也有闻琴声伴唱者；第三种是舞台演出式，一男一女进行对唱，边唱边舞，一招一式，眉目传情，火辣有味。

3.“鬼”字当头

醴陵市地处湖南省东部，罗霄山脉北段西沿，湘江支流渌水流域。东界江西省萍乡市，北连浏阳市，南接攸县。语言也受这几个地方方言的影响，形成了一种不同于株洲、长沙的独特语言。

醴陵人喜欢用“鬼”字。在汉语大字典上，“鬼”字有十几种意思，通常是指人死后的灵魂。但《诗·小雅·何人斯》：“为鬼为蜮，则不可得。有靦面目，视人罔极。”这里的“鬼”指的是万物的精灵。也有对人蔑视的意思，即唐张祜《感归》

诗："乡人笑我穷寒鬼，还似襄阳孟浩然"。同时也有表示狡黠、机灵的意思等等。而醴陵人却能把"鬼"字的意思运用得非常充分，不管是对人的昵称还是称赞人机灵、聪明，或是各种神秘莫测的事物等，都用"鬼"字来表达：称赞人用"鬼"，揶揄或埋怨也称"鬼"。随着语气的不同，一句话能读出两种相反的意思。如"各答鬼唷"：当人满脸笑容，快捷地直呼而出"各答鬼唷"，那是赞赏；而当人板起面孔，冷言冷语地说"各答鬼唷"时，那说话人的心中肯定透着不满。因此，"鬼"这个字在醴陵人的口中能够经常听到。《思情鬼歌》又被称为《满哥唧鬼》，此"鬼"字是一种赞赏和喜爱之意，也是对对方的一种昵称。此外，歌中的"鬼"字还是一种代称，指"情哥哥"或是"情妹妹"，即《思情鬼歌》歌词中的"哥哥鬼""妹妹鬼"。因为，当时男女之间不能够自由恋爱，而勇于突破封建婚姻的人们为追求自由恋爱，用这个"鬼"字来称呼自己的心上人，能够比较隐蔽地表达出相互的爱慕之情(民间也有叫《满哥哥鬼》的)，最初的歌名就叫《鬼歌》。

歌词中除了使用最多的"鬼"字之外，还有个、哩、个哒、呃、呀、月光(月亮)、坎坎子(窗户)、搭信、哪、讲等，都是十足的醴陵方言口音。

二、《思情鬼歌》与醴陵民俗

民俗与民间歌谣互为载体，民俗事象往往会留迹于民间歌谣，而民间歌谣也能真实反映一个地区的某些民俗事象。《思情鬼歌》也相当直观地表现了醴陵当地的民俗风情。

1. 婚姻

《醴陵县志》(十六卷·民国37年铅印本)记载："婚嫁，旧凭媒妁，择门户，合八字……"由此可以看出，当时男女之间的婚姻几乎都是父母之命、媒妁之言，而且必须是门当户对，那个时代的男女婚姻尚无多少自由可言。但新文化运动和"五四运动"以后，这种情况逐渐发生了一些变化。

醴陵民歌《思情鬼歌》的歌词，充分表明当时人们敢于突破封建婚姻制度及其对恋爱自由的向往。如歌曲第1段"害得你哩妹妹哎呀哎子哟，眼望穿呐你个哒鬼耶"，就表明了恋人之间的相思之情；第4段中"我哩满哥哥鬼也哦嗬呀，听得有人讲呐，你与别个及哎呀哎子哟，有交情呐你个哒鬼耶……"则表明妹妹因为"满哥哥"与"别个及"(别的女人)有交情而表现出来的责备情绪，并体现了一种男女平等意识。因为自古以来，中国妇女只能采用比较婉转的方式(如诗歌)来表达自己在封建婚姻中所遭受到的种种不公平待遇，不能当面责备丈夫。

"新打个镰刀鬼耶哦嗬呀，难打个弯呐，老来个盼呐唉呀唉子哟，难上难啊你个哒鬼耶"；"新打个香炉鬼耶哦嗬呀，难打个脚啦，后生个盼呐唉呀哎子哟，好快活啦你个哒鬼耶"。这两句歌词体现的是妹妹与"满哥哥"之间的相思之情，想光明正大见面是很难的。而这里的"难"运用了民间俗事"新打个镰刀……难打个弯”，以及“新打个香炉……难打个脚”来进行对比，说明要见面的话是难上加难。因为害怕被别人看见，歌词中“恐怕个门前哎呀哎子哟，人眼尖呐你个哒鬼耶”。即使见面很难，但是，他们之间还是能够秘密见面，即后面的歌词：“敲敲唧坎坎子鬼也哦嗬呀，妹妹给指引呐，轻轻唧脚步哎呀哎子哟，后门唧进呐你个哒鬼耶”。即“哥哥”轻轻敲击窗户，通过妹妹指引，从后门进来之后，两人秘密会面。

2. 服饰

“我哩满哥哥鬼也哦嗬呀，几时会下省呐？要与你滴妹妹哎呀哎子哟，买东西呀你个哒鬼耶”。此处为妹妹问“满哥哥”何时去省城。并叮嘱还要买礼物；而哥哥回答说：“哎呀我哩妹妹鬼也哦嗬呀，不久会下省呐，要买个东西哎呀哎子哟，我买哒回呀你个哒鬼耶”。“买一把唧梳啊，想送我滴满哥哥哎呀哎子哟，梳西装呐你个哒鬼耶”。此处的“买梳子”“梳西装”，体现了当时醴陵的服饰民俗。

20 世纪 40—50 年代，西装在醴陵已经开始流行。而且可以看出，歌中的“满哥哥”穿西装，西装为舶来品，这也能反映出“满哥哥”应该是受过新式教育或者是能够接受新事物的青年。此外，在古代，梳子是恋人之间的定情信物。歌词里面的“梳子……梳西装……”让字面上的理解的话，梳子梳西装，这似乎逻辑有问题，带着此问题，笔者请教了醴陵文化局现在演唱此曲的袁猛玲老师。经过袁老师的讲解才明白：歌词里面‘梳西装’的意思是‘梳西装头’，也就是当时人们除了穿上西装之外，还学习西方人理新式发型。

随着社会的发展，传统民歌也在发生着潜移默化的变化。现在人们唱《思情鬼歌》更多是侧重娱乐，而非歌曲的思想内容了。2010 年在上海举办的世界博览会湖南馆内，由株洲市艺术剧院歌舞剧团编排的歌舞《思情鬼歌》在馆中演出，使之更加名扬海内外，也为保护地方文化遗产做出了很大贡献。实际上，诸如此类的醴陵民歌还有很多，如《十月唧飘》等。对于这些本土民间歌曲我们应予以更多地关注。

潞水的端午节

段立新

潞水是茶陵县北部边陲的一个山间小镇。插艾叶，洒端阳水，吃豆，吃雄黄腌制的大蒜头，洗端阳澡，送端节是这里端午节的主要习俗，有些与众不同，彰显了浓厚的地方色彩。

农历五月初一一到，本地家家户户就开始在门楣、窗台、神龛、灶台上插艾叶。民间谚语说："过端阳不插艾，死了要得滚水濑"，意思是说，如果过端午节不插艾叶，人死后，鬼魂必定会受到被开水烫的处罚。同时，人们还开始准备过节用的雄黄、石灰、大蒜头。

从五月初四下午开始，人们就着手配制端阳水。它是用艾叶、柚子树枝、柏树枝、蔓菁树枝等带有芳香气味的植物泡制，并在露天放置一夜而成。五月初五早饭后，人们就开始洒端阳水：一手提桶，一手用艾叶蘸着端阳水围着房前屋后洒，一边洒，一边念念有词地说："打死旺毛子，打死旺毛子……"在潞水方言中，旺毛子指的是毛毛虫一类的虫子。洒过端阳水之后，人们还要在房前屋后撒石灰。也是一边撒，一边念念有词地说："打死旺毛子，打死旺毛子……"吃中餐的时候，餐桌上一定有两道菜：水煮豌豆、雄黄腌制的大蒜头。民间谚语说："端午节吃豌豆，吃一滴豌豆烧一灸火。"潞水方言把接受艾灸治疗叫作"烧火"。这个谚语的意思是：过端午节吃豌豆有防病、治病的功能，吃一颗豌豆就如同接受了一下艾灸治疗。至于雄黄腌制的大蒜头，老人们解释说，吃了雄黄腌制的大蒜头可以防虫叮蛇咬。

午饭后，家庭主妇们还要架起大锅炒蚕豆。炒好的蚕豆放在竹筛里，往往还冒着热气。主妇们用筛子盛着蚕豆在房中每一个角落筛来筛去，一边筛一边说："筛死旺毛子，筛死旺毛子……"等筛遍了所有的角落时，再分给大家吃。

下午，人们还要洗端阳澡，就是用端阳水洗澡。洒在地上的端阳水须在前一天晚上配制，并在屋外露天放置一个晚上；洗澡用的端阳水讲究的则是新鲜干净，要求即时配制。民间传说洗了端阳澡，夏天就不会生痱子。

旧时，潞水民间还有"送端节"的习俗：最初是女婿向岳家送端节，徒弟向师父家送端节。后来简化为已经确定婚姻关系，但尚未结婚的新女婿以及新近收受的徒弟第一年送端节。在诸般礼物中，扇子是必备的礼物，一般讲究扇子成双成对，至少有两个样式。

在我国传统术数理论中，历来有农历五月为“恶月”、五月初五为“恶日”的说法。《史记卷七十五·孟尝君列传第十五》记载了一个很有趣的故事：孟尝君田文生于农历五月初五，就因为这个，他的父亲田婴命令他母亲把他丢掉，原因是“五月子者，长与户齐，将不利其父母”。我国民间传承已久的择吉理论典籍《玉匣记·杨公忌》也记载了这个特殊的日期，原文是这样的：“杨公忌，百事忌，神仙留下十三日，举动须防多损伤……五月初五……月忌日，日事忌，初五十四二十三，年年月月在人间。从古至今有文字，日月相传不等闲……初五犯着家长死……”

可见，消灾避疫应当是五月初五端午节的双重主题。因为，一方面五月初五插艾叶，洗端阳澡，其目的应该是以艾叶等植物的芳香气味去杀菌灭毒，以达到防病治病的目的；而从另一方面来看，插艾叶的目的也可能是消灾驱邪。《荆楚岁时记》载：“（五月初五）采艾以为人，悬门户上，以禳毒气”，说的就是这个意思。又据《岁时广记》载：古时候，农历五月天气转热后，道士开始向人们送符以避邪气。这时，家家户户都要张贴“天师符”或“天师像”。如果道士送的是天师符而不是天师像，人们就自己动手制作张天师像，它“以艾为头，以蒜为拳，置门额上”。或者再削木为剑，以木为印放在他手上，好让张天师为人守门驱邪。

洗端阳澡的节俗最早可能来自古代的浴兰节。《大戴礼》载：“午日以兰汤沐浴”，即用兰草沐浴去污。至于洒端阳水、吃雄黄腌的大蒜头驱毒应该是驱除蝎、蛇、蜈蚣、壁虎、蟾蜍五种有毒的动物及蚂蚁、蚊子、苍蝇等害虫。明代沈榜的《宛署杂记》说：“五月女儿节，系端午索，戴艾叶、五毒灵符。”换一句话说，这两种习俗可能是古人戴五毒灵符的遗留。至于吃豆的节俗，则可能与某种祈祷仪式有关，即用豆来压虫害，压病气。至于送端节，则是古代节日姻亲交往礼俗的遗留。

陈丹书和茶陵过小年

段立新

我国汉民族有过小年的习俗，这是古代祭灶仪式的遗留。关于过小年的具体日期，古代有“官二十三，民二十四，船家二十五”的说法。而在茶陵，民间过小年有农历十二月二十三、二十四两个不同日期。据说，在康熙三十七年前，茶陵地区(包括现在的炎陵县)祭灶过小年的时间一直是腊月二十四日中午，从康熙三十七年开始，茶陵县大部分地区才改为二十三日夜晚，而虎踞、平水等与攸县邻近的乡镇过小年的时间仍然是二十四日中午。这样的变化和区别与康熙年间陈丹书起义有直接关系。

在民间传说中，陈丹书起义的故事颇有神话色彩。陈丹书，今茶陵上严塘会镇弯里人。据说他是一个屡试不第的读书人，常年隐居在灵岩读书习武。隐居期间，他得到过神灵的谕示：你陈丹书不能科场得意，却能造反称王，但有一个条件，这就是必须在一年之内应验鱼上树、人戴铁帽子、灶边生笋等三件奇事。陈丹书得到这样的神谕之后，非常高兴，他一边暗中准备，一边留心观察。可是，直到一切准备就绪，临近年关的时候，三件事情还没有应验一件。陈丹书很着急。一天，他在赶集的路上无意中看见一个买鱼的人把鱼挂在树上，一个买大铁锅的人把锅顶在头上，悟出这就是鱼上树、人戴铁帽子。他很高兴，以为第三件事情一定会很快应验，可是，第三件事情偏偏迟迟没有应验。他和几个人商量：时间不等人，就要过年了，怎么办？商量的结果是，三件事应验了两件，第三件事若不能应验，我们就自己来让它应验吧：挖几棵笋埋在灶边就可以了。就这样，陈丹书决定发动起义。

经过一番紧张的准备之后，陈丹书决定于十二月二十四日过小年这一天起兵，因为过节期间，官兵防范松懈，易于成功。果然，起义军一帆风顺，很快就攻克了茶陵、安仁，队伍一路北进，直逼衡阳江东。不幸的是，在攻打常宁时，起义军失败。据说，在起义前，为了照顾风俗习惯，陈丹书暗中通知大家提前于二十三日夜晚过小年。为了保密，人们不敢声张，入夜后才悄悄地过节。所以，从此以后，茶陵民间有“关起门来过小年”的说法。起义失败后，人们为了纪念这位英雄，就把过小年的时间改为二十三夜晚。这就是现在茶陵在部分地区二十三夜晚过小年的来历。

陈丹书起义最后失败被俘就义。传说陈丹书死后，阴魂大闹阎罗殿，阎王年没办法，只好给他封了一个官：“瘟王”。所以，在茶陵地区道教、佛教的神灵谱系中，至今还有瘟王这个名讳。

历史上的陈丹书起义与民间传说颇有出入。《茶陵古今纪事》载：康熙三十七年，生员陈丹书起兵反清，后为清将陈光国所俘，不屈而死。《茶陵县志》在叙述这个事件的时候，认为陈丹书发动起义的原因是对社会黑暗现实不满。

《清史稿·圣祖本纪二》载：“（康熙三十七年）八月……湖南山贼黄明犯靖州，陈丹书犯茶陵州，官兵讨平之。（康熙三十八年）闰七月……癸丑，先是，苗贼黄明屡报获报融会贯通，仍报犯事。至是，遣官按鞫，并其伙陈丹书、吴旦先等三十余人诛之。”那么，黄明又是一个什么样的人呢？据邓狂言《〈红楼梦〉释真》引《东华录》云：“康熙三十八年闰七月谕，查黄明此非《逆臣传》中之黄明，系叛逆吴三桂下伪将军，康熙十九年大兵取柳州时，遁入苗峒，后经查拏，苗子韦朝相假献首级，黄明因潜住苗峒多年，于康熙三十七年七月间纠结陈丹书、吴旦先等侵扰湖广茶几个州，攻围衡州府，俱被官兵杀败，黄明等一百三十四名先后拏获，俱应照一律，不分首从，斩立决云云。历十余年而此志不衰，可谓三桂之忠臣矣。”这就是说，陈丹书乃是吴三桂部将黄明起义的一部分，而黄明之所以要发动反清起义，目的可能是为吴三桂报仇。

炎陵县客家人的过年习俗

张观怀

一年一度的传统佳节——春节，客家人习惯称之为过年。为什么叫过年呢？

民间传说：很久很久以前，有位仙姑变成一只天鹅在凡间飞来飞去，被一个神箭手发现了，就拉弓搭箭把天鹅射伤了。这个仙姑捂着流血的伤口跑到玉皇大帝面前告了一状。玉皇大帝龙颜大怒，马上点了天兵天将要带队下到凡间去杀掉拥有弓箭的人家。一场浩劫马上就要发生了，这时观音菩萨乘玉帝点兵的时候，急忙变成一个游方道士下到凡间，但天机不可泄漏只好委婉告诉人们说，今晚有个叫“年”的妖精要进村吃人，要大家挂红灯笼、贴上红纸、还要敲锣打鼓放爆竹闹到天光，才能渡过这一关。人们一一照办。后来玉皇大帝带领天兵天将来了，在半天云中看见人间到处红光闪闪，还伴有噼里啪啦的响声，以为有哪路神仙抢先动了手，也就回天宫去了。碰巧这天正是一年的最后一天，这个习俗也就传了下来，同时也就有了过年的名称。后来读书人又在红纸上写上文字，于是又有了对联。

汉族人民过年的习俗大体上差不多，但各地各民族也有些不同的地方，炎陵客家人的过年习俗是：

一、祭灶神

农历十二月二十三晚上，客家人把厨房灶台洗刷得干干净净，然后在灶前烧香、燃烛，（在锅内也放置一支燃烛），在灶台上摆上糖果（最好是粘牙的谷芽糖）、酒肉。焚纸钱，放鞭炮，拜祭灶神。民间传说，这天是灶神上天向玉帝汇报一年来民间情况的日子，大家要礼送他，让他吃甜嘴巴，希望他上天言好事，下界保平安。

二、立年架

农历十二月二十四日，这一天既是过小年又是立年架。客家人认为从这天起就摆开了过年的架势，还说在这段时间内（至年三十）没有什么禁忌（各路神仙今天都上天去了，要到年三十晚上才下界来），可以放手打扫卫生，洗刷用具，对屋内的陈设甚至神龛都可以调整摆放。一句话，无所顾忌地放手开展过年的各项准备工作。

三、大年三十贴春联、留火种

贴春联，全国各族人民都同俗，但客家人略有不同。客家人过年只要有门的地方都会贴上春联，就是牛栏，猪圈也要贴上相应内容的春联或福字。有的人家甚至连窗户上也要贴上春联。还有的在米缸、水缸上也贴上红纸说是披红大吉。到处一片红彤彤，洋溢着佳节气氛。下午，大人小孩都要洗澡，穿上新衣服，然后在厅堂上摆开供桌香案，焚香点烛，奉上酒肉供品，烧纸鸣炮，然后依序向祖宗神位叩头跪拜，礼仪非常隆重。

年夜饭是一年中最丰盛的家庭盛宴，俗称团圆饭。全家老少围满一桌，喝酒吃肉，说说笑笑，其乐融融。客家人有守岁的习惯，所以大年夜大人不会催促小孩子早一点去睡觉，让他们尽情地玩耍。相传年轻人守岁要守到翌日的子时，这样才有利于家里老年人的健康长寿。当小孩子睡觉时，长辈们要给他们数额不等的压岁钱(红包)。

大年夜灶膛里的炭火不能铲掉，还要放一块干柴蔸，然后用炭火把柴蔸壅起来，这叫作留火种。新年初一早上，家庭主妇起来做早饭用火钳一扒开，整个灶膛就火红火红，象征新的一年会红红火火。同时也寓意家庭人丁兴旺，薪火相传。客家人对此非常注重，一般都是家庭主妇亲自操作，以免失误。

四、大年初一“吃现饭”“擦屁股”

大年初一，早晨开门要放炮，表示欢迎新年的第一天。家庭长辈洗漱之后马上安排好敬祀祖先的香烛酒肉、水果糕点等礼仪陈设，首先向先祖们拜年，祈祷祖宗福佑。家人起床后要向长辈拜年，长辈要发给他们红包，讲几句祝福的话。

客家人年初一的早餐是吃年三十晚上煮好的现(剩)饭，寓意岁有余粮，有现成的吃。同时也希冀新的一年五谷丰登，年年有余。大年初一早餐还有吃斋的习俗，为什么鸡鸭鱼肉都已准备，反而要吃斋呢？客家方言，斋与灾同音，吃斋就意味着把灾吃掉，新年第一餐就已把灾吃掉，可保新的一年无病无灾，顺顺利利。

大年初一至十五是拜年、走亲访友和开展文艺活动的时间，所以有句俗话说“初一崽初二郎，十五以前走忙忙”。客家村庄里如谁家来了新客(新姑爷)或来了远客、稀客，本村的客家人都会邀请客人到自己家里喝茶、吃饭。客家人用“上家请，下家迎”这种形式来交流感情，增进友谊。整个村庄呈现团结、融洽、和谐、友好的气氛。

年初一早晨，有的主妇会用干净的纸在调皮的孩子嘴巴上擦几下，叫“擦屁股”。假若这个孩子在大年初一讲了什么不吉利的话等于就是在“放屁”，百无禁忌，不必计较。倘若小孩子当着客人面前讲了不吉利的话，家庭长辈就会安慰客人说："早上给他擦了屁股，他是在讲屁话"。客人就会一笑了之。

五、正月初三"送穷鬼"

客家人初一、初二两天不许扫地，即使扫了，那垃圾只能扫在不显眼的角落里，不准往外倒。要等到初三这一天清早一起往外送。送垃圾时还要放鞭炮，主人还要喊："送穷鬼子，送穷鬼子"，表示把家里的穷鬼子"驱逐出境"，这样就可以摆脱贫穷的厄运。这天妇女也不回娘家，生怕把穷鬼带到娘家去了。

关于这个习俗相传还有个故事。说是在从前有个客家姑娘嫁给一富家子弟，谁知婚后这个人好赌成性，而且赌注越下越大，两年功夫就把家产输光了，最后竟把老婆卖掉来还赌债。这个人也就由富家子弟变成了一个讨吃的叫花子。有年端午节叫花子来到一户富人家讨饭，主妇出来一看，见讨吃的竟是她的前夫。她舀了饭菜给叫花子吃还告诉他下午再来拿米果。因为这客家妇女起了恻隐之心，念及"一日夫妻百日恩"决定再帮他一把。她背着丈夫随即包了50个包饺米果，并在每个包饺中塞了一两银子。下午将米果交给叫花子(前夫)手上，叮嘱他回去慢慢吃，吃饱后去不要去赌了，做点小生意糊口。谁知这叫花子带着包饺米果又去赌博，把50个包饺米果又输光了。转眼到了大年三十，这叫花子又到前妻家里讨饭吃。客家妇女问起他上次包饺米果中的银子用在什么地方去了，男的听了非常后悔并告诉她又赌输了。客家妇女气得大骂前夫是个该死的穷鬼。当晚叫花子因饥寒交迫死在这人家的灰屋里。第二天一早，主妇起床去解手发现此事，因为是大年初一，不便声张，便堆上柴草点火焚尸。到了年初三，主妇一早就把屋前屋后和灰屋里的柴灰打扫得干干净净用畚箕装了一担倒到河中。担走的时候主妇心里清楚，就要丈夫放了一挂鞭炮相送。邻居见客家妇女担了一担垃圾，还放了鞭炮，就问为什么？主妇答："送穷鬼！"因为她家是新发家的富裕户，大家都争相仿效，把两天来的垃圾当作穷鬼送走。于是，年初三送穷鬼的习俗也就流传下来。

六、正月初五接财神

相传正月初五是财神菩萨下界理事的日子，客家人认为一年的财运得靠财神恩赐，所以，在财神下界的这天早上，家家都烧香燃烛，摆上酒肉供品，鸣放鞭炮把财神接到家里来。认为把财神请进了家当年就会招财进宝，财运亨通。有的人家甚至在初四的晚上就提前开始接财神了。民间流传财神有好多个，有"正财神"赵公明(赵公元帅)，"文财神"财帛星君，"武财神"关圣帝君，甚至还有一群有着侠肝义胆的五兄弟合伙组成的"五路财神"。客家人究竟接的是哪路财神没有具体明确，可能是不敢得罪任何一路财神，广开财路嘛，所以只要是财神就可以接进来。

正月初五还是出年架的日子，就是说新年休息的时间过了，要开始做事了，圩场初六就开圩，农事活动也可以动手了。

七、正月十五的灯和“偷青”

正月十五元宵节，客家人除了参加灯会活动外对自己家里的灯也非常大方。这天傍晚就要把挂在大门口、门楼下、厅堂、走廊、卧室的灯笼点燃，整个房屋灯火通明，与红红的春联、彩色的年画交相辉映，显现一片祥和、喜庆的气氛。这天晚上的灯要点到深夜，有的点到拂晓。客家人一年当中对灯火特别注重的日子就是“年三十晚上的火，正月十五日的灯”。

正月十五的晚上，客家人还有个活动——“偷青”。因为参加元宵节晚上舞龙耍狮、玩灯看灯的亲戚很多要准备夜宵。一般都是把白菜、菠菜、大蒜、米果（粑粑）、兰花根等掺和到一起，煮一锅“大杂烩”给闹节的人吃。但这些蔬菜可以当晚到别人家的菜园里去“偷”，这就是客家人“偷青”的习俗。当晚出去“偷青”的人都是选择到平时最爱骂人的女人家菜园里去“偷”一点，目的是要惹起这家女人来骂街。如果这家女人骂得越多越厉害，“偷青”的人反而越高兴。据说，这一骂就把附在身上的“晦气”给骂跑了，可保一年平安无事。有少数地方还保留了这一古老的习俗。

攸县春节习俗

刘湘林

攸县传统节日形式多样，内容丰富，是历史文化长期积淀凝聚下来的。从这些流传至今的节日风俗里，还可以清晰地看到古代人民社会生活的精彩画面。春节是攸县最隆重、最热闹的节日，展示着多姿多彩的画面。

攸县民间历来对过春节十分讲究，有许多习俗。其主要习俗如下：

一、过“小年”

攸县过“小年”在腊月二十四日，源出灶王节。举行祭灶后，便正式拉开了过年的序幕，开始为迎接过年做准备。现在全县仍保留了“过小年”风俗。家家户户杀鸡摆酒设宴，在当日中午，放鞭炮，全家宴聚，共迎大年的即将来临。也有俗话说：“大人盼插田，小孩盼过年”。在小孩心目中，过年有好吃的，有新衣服穿，还可尽兴玩耍。这天，家家户户将灶台、案、锅碗瓢盆清洗打扫得干干净净。特别讲究的人家还在灶神（九天东厨司命）旁贴上对联：“上天言好事，下界保平安”，在灶前供上糖果，全家大小行礼许愿，希望灶神吃了以后，上天不说坏话。到了傍晚，人们焚香礼拜，恭恭敬敬把灶神送走。

二、辞旧迎新

过了“小年”，一直到腊月三十日除夕，为过春节的辞旧迎新阶段。

攸县人对年关有自己的说法。人们在日常生活中常有彼此借贷、赊欠等情况，但在民间有一条硬性规矩：必须在除夕日之前偿还清楚，即使还不起债务，也要立一字据作一间断。所以，年前是讨账还账的关键时刻，因为正月是不兴讨账还账的。在旧社会，穷人债务多，偿还能力差，有些债主带着地痞流氓频频上门催债，弄得欠债的穷人无处安身，所以穷人把过年比作“过关”，故有“年关”一说。年前须还清债务，把当年的事妥善结尾，这一规矩在民间延续至今。

自古以来，离乡游子，哪怕是千里迢迢，也得赶回家欢度春节，全家人在一起吃团圆饭（年饭）。攸县吃年饭一般在腊月三十日中午。食用年饭之前，一般要先敬神祭祖。古人以为本日上界诸神下降，故隆祭祀。通常简祭是鸡、肉、鱼三碗菜，三杯酒，三碗饭，三双筷子(古代“三”代表多)置于长条盘中。主人燃帛敬香后，在隆隆鞭炮声中齐眉举案(盘)在大门前敬天神地祇，然后置于神龛前敬祖，感谢眷顾并祈盼赐福来年。

三、开正接福

所谓“开正”也叫“开春”，又叫“出坛”或“出行”。因为每日有子、丑、寅、卯等 12 个时辰，据说上天有青龙、明堂、刑天、朱雀等 12 大神轮流值时，这 12 尊神中有 5 位吉神，7 位凶神。吉神为民办善事，凶神恶煞极不吉利。岁首日内，人们根据干支选择吉神值日之时开大门迎福。也叫开财门。一般由男主人主持，起床洗刷后，点明神烛，焚香燃帛，鸣放鞭炮烟花，叫作“开门炮仗”，燃放时由外入内。爆竹声后，碎红满地，灿若云锦，称为“满堂红”。如果择在子丑寅等时辰“出坛”，燃放鞭炮，天未亮，接神后，主人不可复床入睡(复床入睡暗示病痛缠身，不吉利)，须坐待天亮。这天禁扫地、汲水、动剪刀，忌说不吉利的话。有的人家怕孩子说错话，便在门上贴着“童妇之言，百无禁忌”的字条。天亮后，家人皆起床换上新衣，晚辈都要亲昵地叫声长辈，给长辈拜年，夫妻或同辈之间也会彼此亲昵地招呼：“新年好”“新年快乐”“恭喜发财”等吉利语。

初一的早餐是吃粑粑、面条、汤圆之类的素食。寓意团圆福寿绵长，表示对仙佛虔诚。用餐也是先日所留，寓“釜有陈粟”之意。早餐后，儿孙晚辈都要先到祖父母或父母等长辈处去拜年，然后再去兄弟家或左邻右舍相互拜年，彼此宾礼相待，十分客气。岁首日是一年中最快乐、最讲文明礼貌的日子，人们特别注意吉祥。严禁说不吉利之话，更不得骂人、吵架、殴打等，即使小孩不小心打破了杯、碗、盘等物，也不得责骂怪罪，而是说“这是如意之兆，打发打发有财发”，以此来禳解和自我安慰。一般人相见都会笑容满面互相亲切祝贺：“恭喜发财”“新年快乐”等。亲友子女来拜年时，主人一般要送“红包”，也就是给“压岁钱”。不过，如果是服丧人家(厅堂停有故人灵柩)，所有过年的行事均要取消，春联、年细皆不能贴，更不能来往拜年。其他人也尽量避免去丧家，即使有事要去办，也只能门外站着谈。

这一天，还要去祖坟前给祖宗“拜地年”，子子孙孙在坟前摆上酒、菜、饭，焚香燃帛揖拜鸣放鞭炮，祈求祖宗护佑家室吉祥昌盛。

岁首日还有诸多禁忌，譬如不能挑水，不能打扫卫生，不能倒扔垃圾，洗用过的脏水也不宜外泼，不能宰牲等等。传说垃圾、水等均代表“财气”，若倒扔或清扫了，含退财之意，地面果壳、炮屑等垃圾要待初二日才可清扫，开扫帚时要由外朝内扫，含意为进财，不退财。

四、雅祭

“雅祭”又称“牙祭”“起牙”，是指正月初二日早晨杀鸡敬神祖，杀鸡时明烛焚香燃帛放鞭炮。此时杀鸡还讲究多多：此鸡既不能是公鸡，也不能是母鸡（公鸡损主男，母鸡损主妇），必须是阉鸡。要在大门门坎处朝外杀（敬天神地祇）杀后朝室内随便扔。扔地之鸡有跳蹦为吉，最后停止跳动的鸡体姿势以鸡头朝上或朝左右为吉，朝外不吉。侧躺或卧姿为佳。若仰卧，头朝外为凶。早餐席面丰盛，但席面中凡脑不吃，意即不食（蚀）脑子（本钱）。

初二，可去井边挑水，多户共井的，有抢挑头担水的习惯，认为头担水是发财水，喝了安康无恙，不过，必须在井旁焚香燃帛放鞭炮，给龙王爷拜年。

五、拜年

正月上旬一般不务农事，因为这个时期属农闲时期，以娱乐、做客、亲朋好友和邻居间互相走往为主，祝贺新春，旧称“拜年”。

拜年一般在正月半（即初一至十五日）进行，但攸县民间亲戚朋友间在正月半未见上面，过了正月半相逢，也相互“拜年”。因为攸县有俗语“拜年拜到青草发，拜年拜到禾打花”（即拜年可以拜到青草生长和禾苗开花的季节）。在正月半，亲戚朋友之间互相宴请。宴席十分丰富，主人家把贮存最好的食品招待客人，过去宴客有用木制鱼上席者，一取其寓意有头有尾有吃有余；二取鱼无耳，说话百无禁忌之意。

六、过“元宵”

攸县人称过“元宵”为“散年”、圆年，表示过年到此结束。

元宵节，也叫元夕、元夜、“上元”（正月十五为上元，七月十五为中元，十月十五为下元，合称三元）。因为元宵夜是新年第一个月圆夜，历代这一节日有观灯习俗，故又称灯节。元宵节挂灯、观灯，最后烧灯。元宵舞灯最为繁华。灯，分龙灯、狮灯、太平灯、火笼灯等几种。无论舞弄什么灯都是鼓声、锣声、唢呐声，声声入耳；喜调、乐调、花鼓调，调调动听。舞灯，必须舞“上水灯”，禁忌“下水灯”（依当地水流方向由上而上逐户入庭）灯队入室，主人家鸣炮欢迎，并将“红包”与烟果置于厅堂桌上。若“红包”内钱款较丰厚，灯队已化装的小生与旦角在厅内对唱一曲喜庆戏曲。

吃元宵。正月十五吃元宵。“元宵”作为食品，在攸县也由来已久。宋代，民间即流行一种元宵节吃的新奇食品。这种食品，最早叫“浮元子”后称“元宵”，生意人还美其名曰“元宝”。元宵即“汤圆”，以白糖、玫瑰、芝麻、豆沙、黄桂、核桃仁、果仁、枣泥等为馅，用糯米粉包成圆形，可荤可素，风味各异。可汤煮、油炸、蒸食，有团圆美满之意。

燃放鞭炮烟花。元宵节晚上，家家户户在晚饭后，点上蜡烛、焚香燃帛，把留存的烟花鞭炮全部燃放，表示春节结束。沿河一带兴送花船。

开灯庆“老鼠嫁女”。元宵节晚上，家家户户在楼上、楼下、厨房、厕屋，到处点上蜡烛，把所有灯打开，彻夜灯火辉煌，这一晚传说是“老鼠嫁女”。满堂的灯火平添了喜气，给落幕的春节增添了几分滑稽的气氛。

炎陵客家人的丧葬习俗

张观怀

安葬习俗，各地有同有异。炎陵县客家人的丧葬习俗也富有特色。

送终 炎陵县客家人年过“花甲”，就着手准备防老用的棺材。棺材又叫寿木、千年屋，做好并油漆之后，两端贴上红纸，搁置在闲杂屋里。男人病重抢救无效，就要抬到厅堂里咽气，这叫作“寿终正寝”。女人则放在卧室里咽气，这叫作“寿终内寝”（穿戴寿衣后再移至厅堂）。不管男、女老人去世时都要放鞭炮，烧纸钱，子孙晚辈都要跪倒在地，这就是送终。

报丧，客家人称“报死”。老人去世后，死者的儿子胸前系上一缕苎麻，由一本族亲戚陪同到本族和娘舅家报丧。特别是母亲去世了，到娘舅（俗称“外氏”）那边去报丧，只要是娘舅那方面的人，都要下跪作礼。娘舅那边随即在第二或第三天组织几位女眷来瞻看遗容，客家人称为“看生”（即尚未入殓，还称之为生），实际上是来观察是否正常死亡。经族亲商量，确定好安葬（客家人称还山）时间后，贴出讣告，通知亲戚、朋友。

客家人还有写“辞帖”的个别现象。主要是因为这一家在近年内做了二三次酒席，不愿再烦扰亲戚朋友而诚心拱手谢客。但也有的因为连续做了几场好事，想请客又不便开口，便贴出“辞贴”。表面上是辞，实际上是以“辞”代“请”：或是这一家已准备迁徙外地定居，怕老家的亲朋人情顾不到而失礼。基于上述等原因，辞帖也就不论红白喜事均可使用，但现今已是罕见。

入殓——将穿戴好的遗体放入棺材。客家习俗男性遗体的头要顶到棺材上方，女性遗体的脚要踏在棺材下方，这叫作“男顶天，女立地”，有乾坤阴阳之别。棺材内有空隙的地方要用死者的衣服塞紧。有的还将死者生前喜好的物件，如烟斗、茶（酒）具、佛珠等放进棺材内。还有的用米粉做几个拇指大小的米果，蒸熟后用筷子串起放在死者手上（相传，在奈何桥头有很多恶狗，当恶狗吠叫时就把米果丢出去把狗引开，免得被恶狗追咬），待等到大殓时再拿出来，据说拿出丢到地下，狗还不会去吃呢。然后在棺材上架几块劈柴，再把盖子盖上，这叫小殓。这是准备给尚未回来的子女至戚，见一见死者遗容。直到向遗体告别仪式结束后（有的直到出殡前）才正式盖上盖子，再用大铁钉钉紧密封，这叫大殓。

生前养育多胎的女人死了，其女儿会在其母亲腰部系一条三指宽的红带子或系一条红肚兜。说是女人到阴间后要受罚坐血盆，如果系了红带子或系了红肚兜，那血盆里的血水只能齐腰深，否则血盆里的血水会漫到嘴巴边上，怪难受的。所以有的人家为了让母亲在阴间少受这份罪，除了系上红带子还会请和尚(道士)来念《血盆经》，超度亡灵。

扎灵堂。灵堂是进行悼念活动的重要场地，一般由前来帮忙的亲朋布置(也有雇请专职人员布置)。同时贴出执事名单，帮忙的亲朋按照安排各司其职。客家人对百岁老人的仙逝，会按红喜事的样式办理，贴红对联、不哭泣、吹奏喜庆乐曲等。对于在外面死亡再抬回来的尸体(特别是在外的非正常死亡)，客家人的习俗是不许把死人从大门抬进去，说是会影响这家后人的运气，只能在屋外面(院坪)扎灵堂停放。如果非要放在厅堂上的话，只能从屋后的围墙上面递过去或从后门抬进去。如果没有围墙和后门，就得在屋侧挖一墙洞抬进去，据说这样才能方保家庭平安。

灵堂布置好后，供桌上摆上酒肉供品，燃烛点香。在棺材当头点一长明灯。孝子人等轮流守灵，有人来吊唁，孝子孝孙必须跪在一侧谢礼。

接外氏。客家人在安葬母亲的丧礼中，娘舅(外氏，又称外家)那边的亲戚列为上宾。外氏会事先告知来不来布龙、狮子、锣鼓，外甥家族中也得安排对应的布龙、狮子、锣鼓迎接，否则视作失礼。娘舅那边来了布龙、狮子，外甥家族中也会安排相应礼节——杀拦门猪，迎接前来参加丧礼的外氏宾客。即孝子孝孙跪在大门一侧，大门口由多人按住一头肥猪。当外氏宾客的布龙、狮子到门口时，双方布龙、狮子对舞一会儿后，狮子则围着大肥猪打转转，并做各种动作，刀手则用牙齿咬住屠刀，两眼注视苍天，嘴里念念有词，然后作揖，最后将猪宰杀。这时外氏的布龙、狮头才进主人家里。布龙、狮子进屋时，不能踩门槛，必须跳过去。进屋后狮头要放(挂)在神龛上，布龙摆在神龛下。然后接待人员将外氏引进上宾休息的房间，热情接待。

负责陈设的人员(本家族男性成员)马上将外氏送来的挽幛悬挂在灵堂的正中最显眼的地方，铭旌则竖在供桌后面。铭旌一般用绛色布，六、七、九尺不等。民间礼仪中规定，铭旌上的字按小黄道“生老病死苦”，合“生”或“老”字为吉，若按大黄道“道远几时通达，路遥何日返乡”，就得合有“走”字旁的字为吉。所以一般是书写26或32个字。用纸规定，男用黄纸女用绿纸。但“铭旌”两字和落款一行必须用红纸书写，外边用黄或绿纸相托。铭旌送到墓地后扯掉落款一行，覆盖在棺材上一同安葬。

成服。民间有一套成服仪式，即在大门口平行摆两张八仙桌，中间稍微空开一点，上面再骑一张方桌。礼生就站在桌子边沿上行成服礼，叫高台成服。礼毕，请长辈(男人请家族长辈，女人就请外家长辈)授孝服。孝子头戴白巾，身穿麻(白)衣，腰束管带(即稻草索子)。旧时，孝子头上还要戴“愁笼”，手柱“哀杖”(俗称“孝筒棍”)。哀杖一般齐腰高，如有不孝子，其哀杖只有膝下高，让他深弯腰。路人一看就知道此人是个不孝之子，这是长辈对不孝子的惩罚。现在的丧“愁笼”和“哀杖”很少见。成服后，孝子的孝服一直要穿在身上。要等到整个丧礼结束后，长辈才为孝子脱下孝服，但真正除服古制还必须在一年或三年之后，现在一般是半个月，因为头七、二七孝子们还要身穿孝服去墓地祭祀。

点主。灵堂供桌中要立一块标明死者身份的灵牌，但灵牌是不能随便书写的。先把灵牌做好，待死者姓氏家族中的长辈到来之后由长辈书写。书写灵牌还要举行仪式，叫“点主礼”，有平台点主和高台点主两种形式。平台点主就在灵堂供桌右边书写，高台点主得在大门口，用五张八仙桌摆成一个高台，铺上毯子，放好座椅，点主官在高台上书写。两种礼仪形式略有异同，但灵牌的写法有统一体例。点主官若是外氏家族中的长辈或同辈可坐着书写，如是晚辈得站着书写，待写到最后一个“主”字时，晚辈才坐下书写。但要求将“主”字先写成“王”字，然后换笔沾上朱砂，在“王”字头上加一红点，点主官口念赞语：“王字本来就是王，万水千山呈吉祥，我今给你加一点，姑氏孺人有主张，英灵如在享祭祀，阴安阳盛万年长。”再用墨笔点在“王”字头上的上红点。写毕，点主官把两支毛笔合拢往身后递送，孝子双手接过毛笔，礼成。

开祭。开祭堂是治丧的重点活动。按古制，祭礼有单献礼，三献礼，六献礼，九献礼。现在一般是三献礼(也有的请道士做道场，也有用追悼会的形式寄托哀思)。祭礼中还有各种亲属关系人员的祭文。除了孝子祭父母亲的祭文，根据父母亲的人生经历和生平事迹临时撰写以外，其他的则按传承下来的范文照抄照套。

还山。还山的日子，是治丧的高潮。四面八方的乡亲赶到丧家“吃白好事酒”。各种祭奠礼仪结束后，随即将灵堂拆掉，力士们(又称金刚)在锣鼓、鞭炮、孝子们的哭号声中把灵柩从厅堂抬到大路上(不能落地，要用凳子架起)，叫出殡。孝子们就守在灵柩边，帮忙人员将对联撕掉，把垃圾扫掉，摆开桌凳准备开席。交情宽、亲戚多的人家，宾客达六七十桌，场面很壮观。席间，总管带领孝子们到餐厅向宾客行叩谢礼。用餐完毕，即抬柩还山。还山路线出榜告知，送葬队伍按顺序排列，走在最前面的是两位女眷，抬着用稻草扎的火把，一岁扎一圈，要直接送到墓地。接着是大钹、大锣开道，孝子们分别捧着灵牌、香炉、遗像走在前头。其中死者的人侄子则背一根楠竹，上面留几个枝叶，中间稍微剖开一下，民间叫杖期侄背“荡竹”(到达墓地后把楠竹掰开，放到墓穴两边做轨道，棺材放上去用力一推就进去了)。随后是力士们抬的棺材，棺材上铺条红色绒毯，棺顶上面放着一只大公鸡(说是有公鸡在上面，棺材不沉重)，然后才是包括花圈、挽幛、布龙、狮子、锣鼓、亲友等长长的送葬队伍。鞭炮安排在前中后三个部位，从出发到墓地一直要响个不停。送葬队伍如经过死者至亲或知心朋友门前，这户人家会放鞭炮相送。如遇转弯、上坡、过沟或道路不平的地方，孝子们要随地下跪叩礼。途中只安排一次路祭，然后一直抬柩到墓地。如墓地在山上，其他亲友送至山脚下即可返回，而孝子要一直送到墓地，跪在一旁，待安葬基本完成后，再逐一向帮忙人员跪谢。然后由一支唢呐，一面大锣陪送孝子返回，这叫“回灵”。

卜三晨和做七。安葬后的第三天早晨，子女亲属要穿上孝服到墓地祭祀，炎陵客家称“卜三晨”。有的在这天焚烧“灵屋”（篾骨、纸糊的房屋，屋中家庭用品一应俱全，烧化给死者在阴间安居）。烧“灵屋”有讲究，时间一般是选在还山当日、卜三晨、满七、清明节（否则死者找不到，住不进）。焚烧的时候还要垫上自家的草席或篾垫，说明地皮是自家的，不存在是非争议。有的还附上一纸“契约”“房产所有证明”等。总之是用生者的心态去安排阴间的事情。

炎陵客家习俗，安葬之日起7天为一七，每逢一个七，必须要祭祀。家里三顿饭，也得给死者留个席位，摆上筷子，盛上饭。生前喝酒的，也要摆上酒杯，筛上酒。吸烟的，饭后摆上一杯茶、一根烟。一共要延续七七四十九天。到第七个七，叫“满七”，丧事活动才告结束。

分手尾。丧事活动结束后，主人家把死者（限长辈老人）生前的衣物用品清理出来，质量较好或比较贵重的物件，分送给亲属，作“留念”，客家人称之为“分手尾”。分手尾也有规矩：衣裳，谁要谁拿。但裤子，只能分给子女。因为客家话的“裤”与“富”同音，意即只能“富子”，不能分给别人。这个习俗在20个世纪50年代以前还有，因为那时经济困难，物资贫乏，“手尾”还是值几个钱，进入80年代以后，此俗日渐式微。

炎陵独特的民间圩日集市

罗章生

炎陵县毗邻赣西粤北山区，地处僻远，交通不畅。自炎帝神农氏以来，人们日常所需和富余农副土产，都是靠就地交换，互通有无。因此，酃县(今炎陵县)一带的圩日集市，不仅历史悠久，而且民风淳朴。如果你有兴趣逛逛这里的圩日集市，那么一定会令你流连忘返，回味无穷。

《炎陵志·二研斋丛话》云："酃邑多圩，圩者虚也，商贾交易，朝实暮虚，殆日中为市遗风。"这话不假。酃县多圩，自古享有盛名。一乡一圩，十里一圩，甚至五里一圩，比比皆是。直到今天，炎陵县的许多地名都冠有"圩"字，如塘田圩、沔渡圩、十都圩、船形圩、中村圩、下村圩、水口圩、霍家圩、太平圩等等，那不带"圩"字的圩场就更多了。赶圩日期，中华人民共和国成立前是按农历计算，每圩每月或逢一四七，或逢二五八，或逢三六九日不等，三日一圩一月九次，约定俗成，届期赶集。相邻圩场，逢圩日期，一般相互错开，便于商贾交易，也便于农民自产农副土特产品的流通。中华人民共和国成立后有的地方曾规定以阳历日期为圩期，说按农历旧规，圩日太密，影响生产，于是新定五天一圩，每月逢五逢十，但农民不认账，难以推行，没过多久，多数地方又恢复以农历日期为圩期了。

炎陵县一带的圩场，虽然处在群山包围之中，但就某个圩场来说，又都是当地的政治经济文化中心，交通相对便利，物产相对丰富，所以每当圩日，农工士商云集，其繁华热闹并不亚于都市商埠。圩场无论大小，一般设有南货行、百货行、蔬菜行、肉行、蛋行、禽行、柴行、猪仔行、竹木器行、土特产行等，异彩纷呈，秩序井然。茶油、桐油、生姜、大蒜、木耳、香菇、茶叶、茶饼、笋干、药材、木材、木炭、竹器、木器等产品琳琅满目，颇具本地特色。许多传统产品还饮誉境外，成了招揽商客的"王牌"。如塘田圩的"天堂茶"，历代有名，清代曾作为"贡品"进献朝廷，深得康熙、乾隆皇帝的青睐。中村圩一带的香菇，有百年以上的生产历史，质地优良，纯香可口，一向受"广客"欢迎，曾出口东南亚等地。策源的玉兰片，产量高，质量好，现已成为外销的专项产品。还有石洲的白藤制品，沔渡的竹编制品，工艺精巧，经久耐用，也有几百年历史。

正因为这里的名优特产品种繁多，所以有的圩场还可以行销某一专项产品而声名远播。例如茶攸安酃边境的界首镇圩场，清代以来就以行销猪仔和家狗而闻名。圩场有整整一条街专为猪狗集市，摆的都是猪笼狗笼，等待出手的猪仔、狗仔、肉猪、家狗，不仅品种优良，而且价格低廉。每当圩日，湘东湘南等县客商都到这里大批收购，甚至广东、江西等省的客商也慕名前来长途贩运，以致成为湘粤赣三省的猪狗集市中心。

在炎陵县一带赶圩，是一种特殊的享受。这里的人们自古以来信奉“莫做亏心事，不赚冤枉钱”的道德观念，生意人大都讲究自己的名声，宁愿少赚钱，也要货物好。农家上市的蔬菜瓜果，一般是当天清早现摘现卖，洗尽污泥，剔除黄叶，将残破次果留给自己食用或喂猪喂鸡，选质地良好的挑上圩市出售。手艺工匠生产的竹编、藤编、铁器、木器制品，各家留有各自的“斧记”（相当于今天的“商标”），遇有质量问题，这个圩日买的，下个圩日还可包退包换。长途贩运客商运来的海盐、海带、南粉、布匹等，也都秉着“薄利多销”的原则，能脱手尽量早脱手，以便加快资金周转。过去搞长途贩运，是一种十分艰苦而又冒风险的事情。小时候，常听老辈人讲到广东乐昌挑盐的故事。那时候从茶陵、炎陵县到乐昌没有公路，仅有一条粤汉铁路通火车，但农民一般也坐不起，挑盐只能靠两条腿走路，两三百里路程，十来天一个来回，还要挑百斤担子，其艰苦是可想而知的。更为担心的是沿途多为山路，经常有打家劫舍之徒在途中拦路抢劫，轻则破财丢货，重则性命难保。所以，一般农民不是生活实在难过，是不去挑盐卖的。由此可见，在旧社会农民经商也很不容易，但贩来的货物仍然价格适宜，人们普遍乐于接受，不似个别奸商故意哄抬物价，坑害顾客。因此，你在这里买东西，根本不用讨价还价，只要你看准了，保证不会使你吃亏。

炎陵县人赶圩，虽已习以为常，但也颇有讲究。一般来说，赶圩的人不仅是为了购买商品，还有交流信息，联络感情的目的。所以每当圩日，通往圩场的路上，男女老少，三五成群，络绎不绝。除了肩挑手提各种货物之外，还互相探问生意如何，收成怎样，谁的母猪下了几个仔，谁的伢儿考上了大学等等。一路欢歌笑语，情趣盎然。对青年男女来说，逢圩赶集是他们最自由、最好表现自己的机会。他们或交朋友，或找对象，或会恋人，潇洒浪漫，各得其所。整整一个圩日，他们都有说不尽的知心话，道不完的离别情，不到红日西斜是不会分手的。下午三四点钟，人们该脱手的货物脱手了，该购置的东西也购齐了，圩场也就逐渐散场了，大家满载收获的喜悦而归。如果有人还有什么遗憾的话，也只有等到下一个圩日了。这就是炎陵县的圩日集市，这就是炎陵县古老淳朴的民风。唐诗有云：“青箬裹盐归峒客，绿荷包饭趁圩人”。这句古诗可以说是炎陵县赶圩习俗的生动写照。

说说朱亭地区"三礼"的习俗

肖又铮

我们中华民族素有礼仪之邦的美称。《论语》中可看到"非礼勿视，非礼勿听，非礼勿言，非礼勿动"的警句，《礼记》更提出："礼尚往来，往而不来，非礼也；来而不往，亦非礼也。""礼"，指礼仪、礼貌和礼节的规矩，即"礼仪之规"，又可说是文明秩序的规则化表达。笔者老家朱亭一带与湘东各地一样，办事很讲究礼节。本文说的就是婚礼、寿礼、丧礼方面的习俗，说得不准确，或有遗漏之处，敬请读者指正。

首先说请客的习俗，也就是举办"三礼"的主人主要要做的几件事及其约定俗成的做法。一是请客的方式。婚礼一般要郑重其事地采用送达"请柬"(书面)的形式恭请长辈；请平辈用书面或口头两种方式中的任意一种，书面称"先生""家兄""胞弟"均行。如果请全家人作客，叫请"合谭"；只请夫妻俩，叫请"中卫"。乡间有句俗语："生日无请，拜年无邀。"因此举行寿礼，一般不向亲友发邀请信，而一直以来，由乡村法师主导的传统丧礼，包括请法师、做法事、烧纸钱、放鞭炮、焚香烛、看风水、择日期、披麻戴孝、晚上守灵、敲锣打鼓、挖坑土葬等内容，必须由亲戚中的长者见证主人对亡者的尊重和孝敬，并让长者感受自己"百年"之后同样能够享受到"有清脆的锣鼓相送，有氤氲的香烟萦绕、有法师提供的安慰、有长明的烛光照亮自己归去之路"的礼遇。所以举办丧礼的主人请长辈，务必着孝服，亲自到长者跟前跪地禀报。二是宴席准备(本文不详述)。三是现场布置。婚礼现场要营造喜庆氛围。堂屋门楣上贴有红双喜字或有诸如"天作之合""吉日良辰""百年佳偶"等横批，以及"百年恩爱双心结，千里姻缘一线牵""迎春风双飞燕舞，向旭日并蒂花开"等对联；在新郎、新娘的洞房也有"灯下一双幸福侣，洞房两朵爱情花""意似鸳鸯飞比翼，情如鸾凤宿同林"等门联；横批多为"珠联璧合""琴瑟和谐""香溢芙蓉帐"。寿礼现场一般在堂屋正面贴有一个"寿"字，两侧为"福如东海，寿比南山"或"松苍柏翠，人寿年丰""生逢盛世福如东海，乐享高龄寿比南山"等对联。举办丧事的灵堂布置得庄严肃穆，白纸书写的挽联寄托着亡者亲友的无尽哀思，如"音容已杳，德泽犹存""灵魂驾鹤去，正气乘风来""难忘手泽，永忆天伦；继承遗志，克颂先芬(父亡用)"，"难忘淑德，永记慈恩，春晖未报，秋雨添愁(母亡用)”“美德堪称典礼，遗训长昭泣人，”“永垂千古”，“天人同悲”。四是迎客。婚礼之前，主家备齐礼物，三牲——公鸡和母鸡各一只，鲜鱼、猪肉若干等去新娘家“接亲”。举办“三礼”，客人到来之时，都要燃放鞭炮，热情相迎，随之奉上茶水，让来客很快就有宾至如归的感觉。五是举行礼仪。最注重三点：1. 婚礼程序的最后一项为参见长辈，长辈事先必备红包(内有数额不等的现金)送给新郎新娘，以示喜庆和厚爱。2. 拜寿是寿礼的一个环节：所有晚辈跪在“寿星”(被祝寿的人)面前，一一拱手行礼。3. 丧礼的程序较多，其实追忆亡者的生平事迹，弘扬其美德，才是活动的主旨。因而执事人员要特别用心写好非八股文式的悼词(或称祭文)，并情感真挚地诵读。六是设宴款待宾客。有三点是乡邻们特别注意的：1. 婚宴、寿宴必须设在室内，办丧事时的席位可设在室外。2. 婚宴时，要将陪同新娘到来的宾客，单设“高亲”席；凡是长辈则坐每一桌上方(八人一桌的主席)，当端上主菜(扣肉)、燃放鞭炮时，长辈要递上红包(叫挂厨钱)，以表达对厨师厨艺的奖赏。3. 亡者出殡前一天的晚餐，由孝子(亡者儿女)向所有宾客磕头三下表示谢意。此外，为了增加婚事喜庆气氛，朱亭一带一直有当夜闹洞房和当天吵(戏谑)“扒灰佬”(即新娘的“家爷”——公公)的习俗。为表示欢庆，有的地方举行婚礼、寿礼，还请人演唱花鼓戏和皮影戏，或放映电影，七是送客。为了对宾客礼金礼物相送的答谢，主人一方面从言语上表示由衷谢意，另一方面必定回赠礼物。婚礼以糖烟相赠者多，给“高亲”还送给衣服、鞋袜等日常用品。参加寿礼，大都回赠面条之类食品，有长寿之意。丧礼往常以香烟、毛巾为回赠礼物。

接着说说送礼的习俗。虽说“油多不坏菜，礼多事无碍”，但无论送何种礼，都须量力而行，并要入乡随俗。许久以来，朱亭一带送礼主要是送钱送物，也有送对联、匾额等精神层面的礼物。办婚事，男方给女方送彩礼(又称财礼、聘礼)，是婚礼的一个基本程序，这也是自古以来，缔结婚姻常有的习俗。包括聘金和聘礼的彩礼，随着时势(包括社会经济状况)的变化而变化。过去几百元、上千元就够了，目前已达数万元；过去仅有缝纫机、单车、手表即可，现在送辆小汽车也不稀奇。据我所知，谁家嫁女，一个生产队(居民组)范围的每户都是会要送“打法”的，也就是都会送现金或衣物等日常用品给出嫁的女孩。参加婚礼并赴婚宴的亲友，一般只送礼金，不送其他物品。出席寿礼而赴寿宴者，除礼金外，还有送来写着“福如东海，寿比南山”八个大字寿匾的，也有按不同年龄，送来寿联。如男寿联：60岁——“延龄人种神仙草，纪算新开甲子花”。“祝遐龄三千岁月，游化日六十春秋。”70岁：“三千朱履随南极，七十琼觞进北堂。”“从古称稀尊上寿，自今以始乐遐龄”。80岁：“耄年可入香山寿，硕德勘宏渭水滨。”再如女寿联：60岁——“六秩华筵新岁月，三千慈训大文章。”70岁：“七旬菊香秋后献，五云花洁日边来。”80岁：“八秩寿筵开萱草眉舒绿，千秋佳节到蟠桃面映红。”与婚礼寿礼完全不同的丧礼，称作礼物的除现金外，还有挽联和鞭炮、冥钞等祭祀用品。

光阴荏苒，岁月更新。然而，老家朱亭一带的许多习俗没有多少改变。现在作如上简要陈述，望与读者交流，以利弃其糟粕，发扬光大优秀的民间文化。

驱虫祛灾的“火龙会”

罗章生

在茶陵、安仁、炎陵县一带边远地区，不知从何时开始，每年农历六月十一日至十三日，早稻扬花时节，都要举行一次火龙会。其规模之大，盛况之隆，又数炎陵山附近农村为最。

火龙会即耍火龙，其目的主要是驱虫祛灾，通常夜晚举行。所谓火龙，实际上是用稻草编扎而成的。式样与正月十五各地玩的龙灯差不多，有龙头、龙尾、龙身。从龙头到龙尾用十几根约2米长的木棍将草龙固定，把木棒竖起来，就是一条栩栩如生的草龙。然后在草龙身上遍插点燃的“线香”，就成了地地道道的“火龙”了。

耍火龙一般以自然村为单位。每年火龙会前夕，各村老人就开始精心制作草龙。草龙的质量很重要，倘若质量不过关，舞不了一阵就会散架。舞龙任务大都由年轻力壮的小伙子担负，其他人配合协助。六月十一日夜幕一降临，各村的火龙就出发了，前面灯笼火把开道，后面锣鼓班子压阵。先在村内串家走户，每到一家都舞弄一阵。舞毕，户主便在火龙身上插上一把“线香”。越到后来，火龙身上的香火就插得越多，浑身火光闪烁。随着欢快的鼓点，舞龙人变换花样，火龙盘旋起伏，翻滚腾跃。在浓浓夜色中，更显得千姿百态，令人叹观为止。各家各户舞完之后，火龙便走向村外，围着村外的田垄周围舞一圈，边舞边喊“号子”，随行的男女老少也跟着吆喝。当每丘田垄都差不多转完以后，时间也差不多到二更天了，火龙才又回到村里。在舞火龙同时，村民还在田头地角竖起毛竹竿，竹竿顶端挑起装满松膏柴的铁罩子。在火龙出村时，所有的铁罩子都点燃起松膏柴，叫作“点天灯”。一时满田垄一片灯光火海，火龙就在这灿若繁星的火海中游弋，那壮观景象，就如置身在银河繁星之中。耍火龙的活动通常进行三个晚上，到六月十三日晚上舞完后，就把火龙引到村头烧掉，火龙会即宣告结果。

关于耍火龙的来历，炎陵山一带还流传着一个美丽动人的传说。

相传有一年，正当早稻扬花时节，炎陵县山区遇上了大旱，又发生了虫灾。那蝗虫铺天盖地而来，一夜工夫就吃掉一大片禾苗。村里男女老少全体出动到田里打虫子，但赶不尽，打不绝，只好求神灵保佑。经过几天几夜的劳累，村民们早已疲惫不堪。这天日落西山，就在村外松树林里昏昏沉沉地睡着了。

有位60多岁的唐老汉，是村里年纪最大的长辈。他和大家一样在田里打虫子，求神灵，也是几天几夜没合一下眼。他看到大家休息了，就趁势靠在一棵大松树底下闭目养神。忽然有一位满头红发，一脸红须，身披麻布，肩背药篓的长者，来到他身边，用龙头拐杖戳了他几下，说："快起来，到田里打虫子吧！"说完，将龙头拐杖往田垄上空一丢，眨眼就不见了。

唐老汉猛地醒来，原是南柯一梦。想起梦中的事，觉得很奇怪，难道真的碰上神仙了？他将信将疑地向田垄方向走去，刚出松树林，只见田垄上空一片红光。他以为是天亮了，可抬头一看，月亮还挂在半天空，分明是夜晚。那么这红光是哪里来的？是不是村里发生了火灾？于是他赶紧返回树林子把大家叫醒，准备回去救灾。大家急急忙忙往村里跑，谁知刚到田垄边，只见一条巨大的火龙在田垄上空盘旋飞舞，口中喷吐烟火，来回追杀蝗虫。火龙转了七七四十九圈，直到二更分，才朝村里点头三下，呼啸一声，往炎陵山方向腾空而去。这一奇观景象，使大家惊呆了，纷纷议论不休。唐老汉猛然想起刚才梦中的奇遇，便一五一十地告诉了大家。有的说，这一定是炎帝神农氏显灵。有的说，那条火龙肯定是炎帝神农氏的龙头拐杖变的。说着，大家便来到了田垄里，只见地上铺了一层烧焦了的死虫子，足有一寸多厚。这下子，全村男女老少都欢呼："我们有救了！禾苗有救了！"并纷纷朝炎帝陵方向叩首感谢。

第二天晚上一更时分，那条火龙又飞到了田垄上空，喷火烧虫，转了八八六十四圈，到二更许，又朝村里点头三下，腾空而去。第三天晚上，火龙又来了。这次转了九九八十一圈，最后长啸一声，朝炎陵山方向而去。紧接着，雷声隆隆，电光闪闪，大雨哗哗，一直下了一个时辰才停。开裂的田上灌满了雨水，干枯的禾苗复活了，山上的树木返青了。这一年秋后，炎陵山地区普遍获得了大丰收。

那年发生这一奇事的时间，正好是农历六月十一至十三日，所以后来每年到了这个时间，不管有虫灾还是没有虫灾，炎陵山附近农村都必定举行一次"火龙会"，以纪念炎帝神农氏的义举，不忘炎帝神农氏的功德。而且，这种做法传遍炎陵山方圆百里地方。以上这些传说，当然不可信。但今天我们以科学的观点来考察，喜恋火光是昆虫的一大特点，在田垄里里燃起松明火把，是可以起到诱杀虫害的目的。中华人民共和国成立后，曾有一段时间，农村里不是也有过煤油、电管诱蛾灯吗，就是同一个道理。不过，随着现代科学技术的发展，诱蛾灯已不多见，"火龙会"更是难得一见了。据说，炎陵县、茶陵个别大山冲里还有这种习俗，那也只不过是忙里偷闲的一种娱乐而已。

尝新：炎陵人的“感恩节”

叶常青

在炎陵县农村，老百姓有“尝新”的习俗。“尝新”，顾名思义，就是品尝新鲜。作为一种习俗，是指用特定方式或仪式第一次品尝用当年新粮风俗习惯。

炎陵人的“尝新”，没有统一的固定日期，一般由各家根据生产、生活的实际情况自行决定。在种植“双季稻”的地方，一般是在夏粮收割后“尝新”，秋粮收割后就不再“尝新”；同样，在种植“单季稻”的地方，理所当然就是在秋粮收割后“尝新”。也就是说，“尝新”，虽然时间因地因人而异，但是每年也只有一次，而且是局限于吃自己生产的新粮，如果是食用买来或借来的新粮，就不能称为“尝新”，也无须讲究“尝新”的种种规矩。

炎陵人“尝新”，历来有比较多的规矩，仪式也比较隆重，但是正常的生活、生产不会受到影响。过去，炎陵农村老百姓吃的是“捞米饭”。如今尽管有了电饭煲、压力锅，但是在炎陵农村也还有不少人吃“捞米饭”。这种饭，不是直接将米放在锅里蒸熟，而是先把米放在锅里煮得半熟，然后用捞箕滗干米汤，再用饭甑蒸熟。

“尝新”这天，煮完饭后，主人会用米汤，以及比较充足的新鲜稻草、青草喂牛，以表达对牛一年来辛勤劳动的感恩。饭菜做好后，还必须先敬天地，再敬灶君，三敬祖先。敬天地，简单点的话，就站在堂屋的大门前，将用碗盛好的饭、菜举过头顶，朝上天拜三拜；复杂点的话，就要摆上案几，备好香烛纸钱，将饭、菜、酒、果摆好，行跪拜之礼；敬灶君，把饭菜拜访在灶头上就行，当然也可点上香火、红蜡烛；敬完天地、灶君之后，就是敬先祖，将米饭和菜肴等供奉在神龛前供列祖列宗享用。敬天地、灶君的目的是表达对天地、神灵的护佑五谷丰登、风调雨顺的感恩、祈祷之情；敬祖宗，除了表达对祖先保佑家庭幸福、安康的感恩、祈祷之情外，还有缅怀先人、慎终追远的意思。

最有意思的是，完成敬天地、灶君、祖宗的仪式，一家人还不能动筷子吃饭，还得盛一碗新米饭，夹上一两块肉，端给看家护院的狗吃。为什么呢？传说，在风餐露宿、饮血茹毛的远古时代，炎帝神农氏为了解决子民食不果腹的问题，发现在天上长有可供食用的稻谷，但是，天上的稻谷被把守天门的神将看得很严。

看到炎帝神农氏一筹莫展，他身边的狮子狗便机智勇敢地将谷种从天上偷到人间。这样，人间便有了五谷，黎民也就有了饭吃。“尝新”的时候，人们就是用这种特殊的礼遇，来表达对狗的先祖盗谷之功的感恩。

喂完狗后，一家人才开始“尝新”(吃饭)，品着美酒佳肴，尽情地享受一年的新收成。但是，谁先动筷子吃也是有讲究的，必须先由长辈品尝。祖父母健在，由祖父母先尝，祖父母不在的话，就由父母亲先尝，晚辈一般是不准先动碗筷的。如果祖父母、父母与晚辈平时是分开吃住的，“尝新”这一天，子晚辈也会邀请他们前来“尝新”，一起来庆祝丰收，分享收获的喜悦和快乐，享受天伦之乐。

“尝新”，是炎陵人的一大习俗，尤其在客家人、瑶族和畲族人中盛行。较之我国一些少数民族的“尝新节”，炎陵人“尝新”，无论是内容，还是形式，都打上了炎陵地域文化的深深烙印。炎陵县，始于南宋嘉定四年(1211 年)，原名酃县，因“邑有圣陵”，1994 年，更名为“炎陵县”，是炎帝神农氏的安寝之地，蕴含着深厚的炎帝文化；同时，炎陵也是一个移民县，客家人占了全县人口的 70% 以上，该县的龙渣瑶族乡龙渣村、十都镇洋歧村，分别是瑶族、畲族同胞的聚居地。从我国的民族、民系衍生发展来看，客家人、瑶族、畲族在文化上具有血脉相连的密切关系，就大体而言，瑶族、畲族同胞是过“尝新节”的。炎陵人(包括县内的瑶族、畲族)，虽然不过“尝新节”，但是有着“尝新”的习俗，而在这一习俗中，又包含着“狮子狗盗谷种”这一炎帝神话传说的元素。因此，它体现炎帝文化、客家文化、瑶族文化、畲族文化的汇合交融。不仅如此，透过人们礼遇耕牛、狗，以及敬奉天地、灶君、祖宗等系列行为，可以看出炎陵“尝新”，体现了农耕文明中炎陵先民对自然、神灵、祖宗的敬畏和感恩。较之少数民族“尝新节”庆祝丰收的浓烈色彩，炎陵人“尝新”，更多的是敬畏、感恩。

炎陵人的“尝新”习俗，是具有浓郁炎陵文化内涵的“感恩节”。

神奇的"刀杆节"

李河清

炎陵县龙渣瑶族自治乡聚集着我国 10 多个少数民族，其中瑶族居多。在这些民族中流传了 500 多年的"刀杆节"，是他们祖祖辈辈特有的传统节日，十分隆重。

每年农历八月十五日天刚亮，龙渣乡的男女老少便穿上了艳丽的少数民族服装。小伙子背着三弦、佩刀，姑娘背着自己精心制作的绣花筒帕，敲锣打鼓从四面八方汇集到刀杆节活动场所，欢度自己的节日。

白天，男女老少跳起了传统的"龙摆舞"，整齐的舞步，悠扬的芦笙，表达了他们心里的喜悦，展示了淳朴而又令人陶醉的民族风情。接着，瑶族彝族妇女按少女、少妇、中年妇女、老年妇女和普通妇女穿着五种服饰分别作了表演。她们的精彩表演，独具特色，展现山乡风韵，使八方宾客叹为观止。随后，凡参加刀杆节活动的各族群众都在激越悠扬的芦笙和笛声中，携手挽臂，跳起了民族舞蹈——打跳。热情奔放的打跳，跳得山响，跳得人心醉。

夜幕降临时，刀杆场上烧起熊熊篝火，架起直立的刀杆，鼓声、铓锣声、鞭炮声响起，小伙、姑娘们欢乐地围着篝火"跳嘎"，并在悠扬的笛声伴奏下，表演"下火海"的奇技。他们头扎大红巾，手舞小红旗，赤着双脚，毫不畏惧地纵身跳进通红的"火海"，先是赤手从"火海"中拉出烧红的铁链绕在手上、身上，居然没被烫伤，这叫"拉火链"。接着依次单脚、双脚反复多次在通红的火塘中间跳跃，把炭火踢出一丈开外。起脚时，踢起一个火的瀑布，又迅速后仰，脊背落在烫火上，身上火星闪烁，五彩纸巾冒烟起火，这叫"打火流"。之后，表演者又捧起通红的火灰擦脸，居然也不会被烫伤，这叫"洗火脸"。有绝技的表演者还不时地吞烟火炭，一直要将火塘上的炭火跳到熄灭为止。这些高超的技艺，使人赞叹不已。其间，一道道火柱划破了沉静的夜空，观众的掌声、喝彩声响彻龙渣瑶族山寨。

"爬刀杆"更令人惊服。锋利雪亮的 36 把钢刀，刀口向上，刀背向下，被捆扎在 14 米高的两根木杆上，像一架锋利的"刀梯"，钢刀间距 36 厘米，杆间宽 34 厘米。三个丰满的女子和三个强悍的汉子，身着对襟衣，腰扎红布带，赤着双脚舞着大刀冲入院中。只见他们在刀杆前纵横腾挪，用锋利的钢刀划舌头，刺肚皮，没有一丝血迹。接着将刀一丢，箭步冲向刀杆，迎着锋利的刀口，赤脚踩蹬在六架刀杆的刀刃上，一级级地往上爬，一直爬到插满小红旗的刀梯顶上。接着又一级级地下到地上，脚底板不但没有一丝血迹，而且没有划破的痕迹。

关于"刀杆节"，在当地瑶族和彝族人民间还流传着一个生动感人的故事。传说在明朝正统年间，兵部尚书王骥戍边云南，在内地招兵买马，带领当地人民抵御外敌入侵，尚武强兵，深受民众拥戴。但皇帝听信了谗言，突然把王骥召回京城，并在农历八月十五日，用毒药害死他。

王骥被毒害致死的消息传到山寨，人们深感悲哀和愤恨。他们没有忘记王尚书的恩情，立誓要为他申冤。可是，在那个年代里，天高皇帝远，有冤无处说，只有王尚书的爱国精神永远留在人民心中。为了纪念王骥，并展现人民保卫边疆的决心，大家就把每年农历八月十五中秋佳节这天定为"刀杆节"，世代流传至今。

神奇的"刀杆节"每年都会吸引友邻村寨的人们和很多慕名而来的游客。

瑶胞的长鼓舞

李河清

前不久，老友张兵来舍下拜年。谈及朝鲜族的长鼓舞时，说他的家乡——炎陵县龙渣瑶族自治乡的村民也擅长表演长鼓舞，并绘声绘色地叙述了关于瑶族长鼓舞的故事。

传说瑶族的祖先盘王上山打猎，与一野羊搏斗时跌落悬崖，死在一棵树杈上。盘王的6个儿子和族民悲痛万分，纷纷上山，锯下桐子树，把树中间挖空，又剥羊皮蒙在两头，敲敲打打以示报仇。此后，瑶胞后代便选用此仪祭祀祖先，并成为一项重要的传统习俗。

瑶族的长鼓舞，又叫万寿舞、太古舞。起初是为祭奠盘王。衣装朴素，头饰简单，舞姿缓慢。后来，逐渐增加开荒种地、收割庄稼、砍柴建房、上山打猎和洗衣晒被等动作，用以表现生产、生活的内容，整个舞蹈有几十套之多，富有独特的民族气息。

长鼓舞有男女对舞和多男多女合舞两种主要的表现形式，技艺最高的能在方桌上进行表演。4人合舞时，男女错开，每人各占一方，女的持手帕，男的背长鼓。开始时背对着观众，背鼓者各击鼓一通，女的则玩手帕，然后面对观众正式表演。长鼓舞在风格上有“文打”“武打”之分，文的稳重，温和柔韧，节奏较慢，这种打法以平坡地带为多；“武打”活跃、激情，动作带有跳跃、狂欢，节奏较快，花样较多，这种打法以深山老林中的瑶胞为多。

长鼓舞是瑶族人民的艺术财富，千百年来不断丰富和发展，出现了芦笙长鼓舞、羊角短鼓舞、实鼓舞等多种形式，其表现内容和动作风格也随着时代的前进发生了许多变化。它以自娱自乐的艺术形式，反映了瑶族同胞的生活、生产劳动精神面貌和对未来美好生活的憧憬，展示了瑶族人民青春常在、面貌日新的画面。

攸县民俗——唱插话

龙应生

今年10月22日我观看了攸县攸洲公园首届广场文化节活动，其中有一个项目叫唱“插话”，又名插话会，是攸县民间传统文化项目之一。这使我想起儿时朱初开老人给我们讲的旧社会民间唱“插话”全过程，到现在我还记忆犹新。

举行插话的时间在每年正月十六日晚上，据说这一天是龙王老爷下水的日子。在这一天里村民不能到河边、圳边、江边、塘边、井水边等地方担水或玩水；因为这一天是龙王老爷下水的日子，鬼神多，惹了鬼神这一年百事不顺兆，样样不吉利。所以村民在这一天特别谨慎，家家户户傍晚就关大门，晚上不外出。这天晚上行路的人要敞开衣襟，抬头挺胸，显示点气魄。晚上走路不要往后看，越往后看看越害怕，即使听到自己的脚步声还以为是有人跟着。俗话说：“疑心生暗鬼”，如果真的遇到什么鬼神，只要脱掉裤子屙尿，鬼就会走开。老人说得十分认真，我们听得十分有意思。他又说，唱插话的地点定在庙宇内，因为庙宇有菩萨老爷，相传各种神灵都在庙宇里显神。菩萨老爷能眼见耳闻，借此机会助民间之威，显阴间之神。且有瑞气、吉祥之兆，可预测民间来年祸福灾害之事。

唱插话的形式是两人对唱。对唱的人是各地唱插话的能手，他代表一定的地域性和帮族。比喻朱家帮、涟滩帮、罗家帮、宏市帮等。唱时事前没有准备。看风挂牌，出口成章，立句成文，不拘一格，借题发挥。唱词有七言的、五言的、四言的。语句多用比喻，夸张，上下对偶，要押韵。唱起来流畅顺口。声调洪亮、清晰。

在插话会上各派人选出代表，代表这一派的人或赞颂，或对骂都可以。如果一方没骂赢另一方，据说不吉利。朱初开老人举了个例子。有一年在宏市老街关帝庙唱插话，我们涟滩有个龙古十四会唱插话，江背冲成十八唱插话是出了名的。龙古十四怕上场，认为在这样的场合下，不可失一方脸面，他推辞不上场，涟滩帮就鼓励他，龙古十四沉默不语，在默默盘算如何战胜他，想让对方先唱，看对方如何出言，确定如何对付他。

江背的成十八身材魁梧，显得高大。出场时他很自信，喜眉笑脸的，宏喉大嗓唱：

筒车打水轮之转，江河流水万万长。

涟滩有个龙十四，人不高来体不壮。

身穿布衣脚穿鞋，脸部黑色苦愁样。

今天打水今年用，明年打水无地方。

全家运气都不佳，涟滩一帮遭灾殃。

事事不昌百业废，年年月月不吉祥。

莫怪我十八说得出，只怪你涟滩赔时档(地方)。

涟滩帮的人听了十分气愤，但只好默默无声，企盼龙古十四出出气。龙古十四脸不红，心不慌，慢条斯理地站出来，接着唱：

江背有个成十八，糊言乱语说鬼话。

人不打紧心肠坏，一心只想发自家。

菩萨有眼发善人，就是不发成十八。

自家运气如山倒，江背运气败十家。

猪牛死伤无计数，连火带烧十八家。

不怪天来不怪地，只怪恶心成十八。

涟滩帮派心肠好，家家户户有财发。

财气运气事事顺，农业商业都发达。

涟滩这地是好地，子孙后代都发家。

事也凑巧，这一年江背冲真是赔时倒灶，养猪猪不兴，养牛牛不兴，养人人患病，非常不吉利。江背冲人说是成十八唱插话惹的事，都埋怨他。从此，成十八不参加插话会了。这事虽然带有点迷神色彩，但确是事实。现在看来，这是一种巧合了。从此唱插话时不准对骂，即使对骂只能相对骂不涉派族或地域，以互赞为主。但是，如何互赞老人没有讲下去，无法记录。乡村人爱好这种活动，每年正月十六晚都按时举行。参加听唱插话的人也多，多是老人和爱好这种活动的人，显示民间文化的活跃，中华人民共和国成立以后这种民间传统文化销踪灭迹了，因为没有历史记载就会失传。

炎陵山歌

李文峰　刘青崧

“莳秧莳了五条岗，郎莳田来妹提秧；妹子提秧打眼拐，阿哥牵边打杂行。”客家老倌起了个头，山歌对唱便开始了。山里妹佗这起歌喉：“四月天气日正红，妹今插秧在田中，妹插秧来哥也插，插来插去两相逢。”后生马上接唱：“四月插秧秧又黄，插个大行对小行，插个月亮对星子，插个小妹对小郎。”山里妹佗“不领情”，马上还以“颜色”：“四月插秧秧连秧，一对秧鸡来歇凉，秧鸡抬头望秧水，情妹抬头望情郎。”后生伢子唯恐落于下风，主动“进攻”：“四月插秧丘连丘，哥一丘来妹一丘，只盼老天落大水，冲垮田坎成一丘。”这是隆冬时节，记者在炎帝故里见到的炎陵客家山歌表演一幕。

一、传唱山歌2000余首

随行的炎陵县原文联副主席尹秉华向记者介绍，炎陵山歌起源于宋代，是随着客家人开始迁入炎陵而兴起的。这种用客家方言吟唱的山歌，不但继承了《诗经》中“国风”创作的优良传统，也受到了唐诗和竹枝词的重大影响，同时又汲取了南方各地民族的优秀成分，因而受到这里客家人的喜爱，得以广泛流传，久唱不衰。据统计，至今在炎陵山乡传唱的客家山歌有2000余首，成为当代中国民间音乐和客家民间艺术传承和发展的鲜活资源。值得一提的是，2006年5月，炎陵客家山歌正式入选第一批国家级非物质文化遗产名录。

炎陵客家山歌所用的客家方言，俗称客家话。现在，炎陵客家人占全县人口60%以上。据学者考证，客家话拥有最远古的语音，是源自黄河流域、中原地区的汉民族语言。《诗经》和唐诗、宋词中的用韵特征，许多都可以在客家话中找到对应的语音元素，因此客家话有着古代汉语“活化石”之称。而客家话之所以千古不变，是因为其子孙后代信守着“宁卖祖宗田，不丢祖宗言”的信条。炎陵客家人由于所处环境的关系，语言上“坚守”着传统痴心不改，终日劳作在山野之间，并且男女俱出，没有“男子事于外，女子事于内”的严格区别。这养成了他们勤俭朴素、吃苦耐劳的性格，也赋予了客家山歌的劳动色彩鲜明和俚俗之风。

二、直接取材生产生活

客家山歌直接取材于生产和生活，无论生产劳动、风土人情、风光景物、传统风俗、男女之恋等，都是“唱”的对象。因此，客家山歌可分为劳动歌、劝世歌、行业歌、情歌、耍歌、逞歌、虚玄歌、拉翻歌、谜语歌等种类。反映客家男女真挚爱情的情歌则更是峰回路转，荡气回肠。炎陵客家人以山歌求爱，以山歌传情，“唱”的内容涵盖了爱慕、试探、赞赏、条件、初恋、热恋、成亲、送别、思念、感叹等方方面面。这种情歌大都出于青年男女之口，质朴自然，情真意切。如：一对青年男女从初次相识到相互有了好感后，后生伢子就用山歌试探妹佗的心意：“十八老妹嘀嘀亲，浑水过河不晓深，丢个石子试深浅，唱支山歌试妹心。”妹佗出于慎重，同时因为娇羞，迟迟没有开口。后生伢子急了，再送上一首山歌，把妹佗的嘴巴比作铁打的荷包，盼望有一把利刃将其刺穿：“心想上天天 高，心想恋妹妹刁。铁打荷包难开口，石头破鱼唔似刀。”妹佗被“逼”终于开口了，婉转地道出了自己心中的喜悦和不敢贸然表白的心情：“刀子斫柴箍子箍，老妹有事藏心下。老妹唔曾同郎讲，好比杨梅暗开花。”意思是说，我虽然对“你”有意，但对你还不很了解，也就不好向你表明心迹。如果是此时主意已定，妹佗便会敞开心扉，用最美好的语言赞美情郎：“十八亲哥笑融融，肉色笑起石榴红；牙齿赛过高山雪，眉毛赛过两只龙。”接着便是互表心迹，后生伢子唱道：“郎有心来妹有心，唔怕山高水又深；山高自有人行路，水深自有摆渡人。”妹佗唱道：“六月食冰冷津津，老妹喊哥放下心；亲哥好比杨宗保，老妹好比穆桂英。”

三、形象生动旋律优美

炎陵客家山歌旋律优美，几乎所有曲调中都有颤章、滑音、倚音等装饰音，因而旋律回环曲折、委婉动听。根据曲调的区别，客家山歌大致可分为号子山歌、正板山歌、四句八节山歌、快板山歌、叠板山歌、五句板山歌等。炎陵客家山歌的歌词，常常运用比喻、双关、起兴、重叠、直叙、对比、排比、对偶、顶真、夸张、拆字等艺术表现手法，把“形而上”的思想情感转化为具体可见、生动感人的艺术形象。如“郎有心来妹有心，二人恰似线和针；银针唔曾离丝线，丝线何曾离银针?”这首山歌把男女恋情比作始终不曾分离过的针和线，通俗易懂，形象鲜明，情真意切，生动传神。

2006 年，炎陵县排演的一曲《客家人喜欢唱山歌》节目，以其清新风格和优美旋律在“盛世山歌唱和谐”泛珠三角优秀客家山歌邀请赛中一炮打响，荣获金奖。如今，跨越千年风雨沧桑的炎陵客家山歌，应合着时代的变化和民众审美需求的发展，也在不断地谱写着新的篇章。尹秉华于 2006 年编著出版了迄今为止全国收录客家山歌最多的民间音乐作品集《炎陵飞歌》，全书共收入情歌、劳动歌、革命山歌、儿歌、苦难歌、娱乐逗趣歌、叙事歌、酒歌等各个种类的炎陵客家山歌珍品 900 余首。

桃水三元宫庙会

彭雪开

三元宫新建成之后，最隆重的活动叫“斋醮”。斋，是道士在祭礼之前，要洁净身心，表示虔诚。醮，就是道士设坛祭祀。这是出自《颜氏家训·治家》里的说法，实际上古人是指祈祷之类的仪式。斋醮的整个活动，说得文雅一点，叫作章醮荐福，说得实在一点，叫作超度那些孤魂野鬼，祈求众生平安。谭老告诉我，斋醮又有例祭和届祭之分。

例祭每年 8 月 15 日举行，相传那天是司空真人（三元真人）的生日。届祭一年一届或隔年一届，香客称之为“唱章”。三元宫自 1993 年新建后，除 2000 年、2001 年未唱章外，其余每年一次。1997 年因是香港回归祖国，是一件大喜事，在当地龙铁汉先生的策划下，组织 88 位香主，请“儒释道”三教的儒生、和尚、道士，整整唱了 9 天，搞得热火朝天，整个攸县桃水集镇上，人山人海。县里的乡里的和村里的，一些领导和头面人物，都参与其中，请了 7 位儒教礼生、7 位南岳大师、7 位道士，祭拜天地后，吹打弹唱，丝竹管弘，念放生咒。400 多只信鸽放飞，直往攸城方向飞去，又重返三元宫，绕宫飞腾一阵后，又飞回攸城。之后是乐队、锣鼓队、龙灯队、狮子队、彩莲船、蚌壳队，香客和观众八九千人，随街游行，观者如潮，据说多时达万余人。同时，商客又多组织货源，天天逢墟赶集，谓之“庙会”。

庙会游行活动期间，多以舞狮、耍狮、“装故事”为主。10 支锣鼓队，皮鼓声、喇叭声、铜铙声、声声发威，声动十里。舞狮队的花样也多，有二龙戏珠、观音坐莲、仙人架桥、黄龙缠腰、蛟龙脱衣，种种样式，舞得眼花缭乱，人人喝彩。耍狮子的，一般由两个壮汉，装扮成一只雄狮，又有一个武士打扮的人物，挂彩球逗引，时而伸脖瞪目，作怒状，作喜状；时而抖动腰身，翘屁股，作卧伏跳跃状；时而前巅后巅，站立扑下作狂欢状；时而跳跃扑腾、翻滚，作极喜状……“装故事”是在庙会活动期间，选数十个俊男靓女，画着脸谱，饰以各种古装，色彩斑斓，装扮成《三国》《水浒》《西游记》中的人物，站在桌面台上，装着各种喜怒哀乐的样子，由几个青年壮汉抬着游行，引着儿童、妇女、老人追逐观看。这时又有舞蹈表演，有《灯舞》《祭祀舞》《劳动舞》等样式。其中《灯舞》最逗人欢喜：有龙灯、珠灯、香灯、花灯、牛灯、走马灯等。另有花鼓、腰鼓队、花轿、高脚舞等凑热闹。整个桃水集镇上，数天内人山人海，热闹喧天。有时，还组织篮球赛和门球赛。

你不要小看它，三元宫的祭祀和庙会活动，还真引发了庙会经济的繁荣。1995 年，镇政府首次扩建桃水大市场，南杂、百货、布匹针织、服装、鞋类、家用电器、通信器材、文具书店、电脑网吧、美容理发、歌厅茶座、特色小吃、化妆摄影、中草西药、针灸推拿等项目，各有区域。还有广式家具、建筑陶瓷、时鲜蔬菜、肉食蛋品、鸡鸭鱼类等，有 700 多个摊位。另有酒楼商铺 100 多号门面。什么谷米、茶油、花生、芝麻、辣椒、板栗、生姜、钢材、器皿、杂什等物，县城有的，这儿都有，生意红火，每年向国家贡献利税 30 多万元。

由此观之，三元宫里的一系列活动，大多是当地乡贤搞活经济的一种平台；其次，就是让乡民尽性娱乐，放松心情，欣赏一些所谓“下里巴人”的东西；再次，就是道士们要做的事了。

龙王庙

李美连

攸县城关西门下胡家底下，有一座闻名全县的龙王庙。《攸县志》同治版介绍其原名为水府庙，系西安片基地，后改为龙王庙。为啥取名龙王庙呢？这里有一个传说：很早以前胡家底下年年风调雨顺，岁岁五谷丰登。可是，忽然有一年，天上的玉皇新换了一个龙王到这里来治水。这个龙王非常懒，天天在龙宫里和宫女寻欢作乐，眼瞅着节气都到了芒种了，粪堆子还在地里堆着呢，还是没下雨，人们怨声载道，苦不堪言。有一天，龙王的三太子——小白龙出来游玩路过这里，看见不少男男女女赤着脚，光着背，脑瓜顶个柳条圈儿，排成一长溜跪在一座小庙跟前求雨呢。毒花花的太阳把不少人都晒倒了，却没有一个人肯离去。见此场景，小白龙很是感动，再也无心游逛了，马上返回龙宫，把这件事禀报给了龙王，并恳请龙王去给那地方下雨。谁知老龙王此时正玩得兴起，一下子给冲了兴致，心中特别恼恨，非但没去降雨，反把小白龙臭骂了一顿。小白龙一气之下，把老龙王的令牌盗出来了，要带着水族亲自前去行雨，帮助百姓摆脱干旱。谁知这事儿被巡海夜叉发现了，禀告了龙王。龙王盛怒，带领虾兵蟹将小白龙抓住后杀了。小白龙死后，尸体从天上掉下来，老百姓一见，知道小白龙是为救他们才遭杀身之祸的，大家非常难过，围着小白龙的尸体放声痛哭。后来，人们为纪念救苦救难的小白龙，在埋葬小白龙的地方修了一座庙，取名龙王庙。听说刚修那阵子，龙王庙可灵了，天旱时只要人们到那里上炷香，念叨念叨，不等你到家雨就下来了。

据《攸县志》同治版载，禹王宫建于元代英宗至治元年（1321）。至龙王庙的建造到至今也有七百多年的历史了。但是，胡家底下的人们为什么还是一如既往地坚持祭拜呢？说法有三：其一是，胡家底下一带历来都住着渔民，他们一年到头打鱼为业，与江河打交道，自然就想得到龙王的庇佑，理所当然要祭拜；其二是，胡家底下紧靠洣水江边，每年五月端午节前后都有划龙船的习俗，祈祷龙王保佑村里人畜平安、风调雨顺；其三是，据《史记・屈原贾生列传》记载，屈原，战国时期楚怀王的大臣，倡导举贤授能，富国强兵，力主联齐抗秦，遭到贵族子兰等人的强烈反对。屈原遭谗去职，被赶出都城，流放到沅、湘流域。他在流放中，写下了忧国忧民的《离骚》《天问》《九歌》等不朽诗篇，独具风貌，影响深远(因而，端午节也称诗人节)。传说在公元前278年，秦军攻破楚国京都，屈原眼看自己的祖国被侵略，心如刀割，但是始终不忍舍弃自己的祖国，于五月五日，在写下了绝笔作《怀沙》之后，抱石投汨罗江身死，以自己的生命谱写了一曲壮丽的爱国主义乐章。传说屈原死后，楚国百姓哀痛异常，纷纷涌到汨罗江边去凭吊屈原。渔夫们划起船只，在江上来回打捞他的真身。有位渔夫拿出为屈原准备的饭团、鸡蛋等食物，“扑通、扑通”地丢进江里，说是让鱼龙虾蟹吃饱了，就不会去咬屈大夫的身体了。人们见后纷纷仿效。一位老医师则拿来一坛雄黄酒倒进江里，说是要药晕蛟龙水兽，以免伤害屈大夫。后来为怕饭团为蛟龙所食，人们想出用楝树叶包饭，外缠彩丝，发展成粽子等。故攸县西门下胡家地下的人们为了纪念爱国诗人屈原，就在每年的五月初五日举行龙舟竞赛。

胡家底下的龙王庙有长殿一座，占地100平方米左右，能保存龙舟24只，平时锁着不用，每年五月或节日释用下水。龙王庙正中的大门前面摆着高大的龙王塑像。塑像两边是龙王的手下，其中有雷公、闪母雷公、闪母两旁边还有威武英俊的侍卫，以及水府老人和武功真人。殿两侧，王、马、殷、赵四大元帅分别站立着。各个怒目圆睁，手握法器，威严肃穆，受人敬仰。正殿对面便是戏台，每年的五月初五或节日时唱戏，观者如云。据当地《胡氏族》谱记载，每年五月二十日为龙王相会日，人们祈祷甚勤。这里还有个传说：东海老龙王子嗣众多，儿孙无数，其中也难免有些不肖之徒。为教育子孙，东海老龙王备下了一条施行家法的刑杖，就是这条龙杖。沙龙王本是老龙王的重孙，他不仅天生就会吞噬大地、喷吐沙石的邪术，而且性情顽劣、桀骜不驯，曾受到过老龙王的杖责。受过龙杖责打的沙龙王本应吸取教训，弃恶从善，谁知他领略了龙杖的威力之后，不但不思悔改，反生了占有龙杖的念头。于是，他开始私下寻觅龙杖的下落，千方百计要把这玩意儿弄到手。终于有一天，他趁老龙王不备，窃得了龙杖，并把龙杖藏到了只有他自己才知道的地方。谁知事不机密，他盗窃龙杖的事儿被人告发了。当老龙王让他交回龙杖时，他百般抵赖，拒不交出。老龙王一怒之下，将他逐出龙宫，扔进沙漠，并发誓：“永远不许他再登龙门。”不过身陷八百里旱海的他，因为握有龙杖，更加有恃无恐。不仅横行无忌，作威作福，还自封为“沙龙王”。然而，善恶到头终有报。恶贯满盈的沙龙王，终于受到了女神菊丽玛的严惩。就在他临死之前，菊丽玛逼他交出了龙杖。随后又派使者去东海龙宫，当面将龙杖交还给了老龙王。老龙王见龙杖失而复得，完璧归赵，欣喜之余许下诺言：“请转告菊丽玛女神，今后如有危难之处，本王定当相助，以报送还龙杖之恩。”事也凑巧，没过几年，遇到了少有的大旱。只见“树不抽枝，草不发芽，满目焦土，大批牛、羊干渴而死”，久旱不雨时，胡家底下的人们立即到龙王庙祭祀求雨，如龙王还没有显灵，则把它的神像抬出来，在烈日下暴晒，直到天降大雨为止。当时，古人认为，凡是有水的地方，无论江河湖海，都有龙王驻守。龙王能生风雨，兴雷电，职司一方水旱丰歉。因此龙王庙如土地庙一样随处可建。所以胡家底下的龙王庙就建造在攸县洣水河旁边。

由于历史悠久，信者众多，加上娱乐和祈祷融于一体，祈雨仪式给人们带来了无穷的乐趣。胡家底下的龙王庙，每逢初一、十五那一带的人们就到龙王庙里祭拜。特别是五月初前几天的时候，那庙里真是热闹非凡。村子里的人们家家户户到庙里主动捐款准备筹备五月初五活动用的东西。如：划龙舟赛的选手们吃的东西、穿的衣服及有关表演活动道中用的道具等。同时，有部分人准备排练节目准备表演；有部分人把龙舟下水，并打好水标，安排好龙舟赛的航线，每年的五月初五的时候活动多多，有拔河比赛、夫妻撑“春花伞”放河灯、妇女文体健身风采展示等。这些活动形式多样，内容丰富，为农民带来了乐趣，也为龙舟节添彩增光。

龙舟比赛这天，万人空巷，洣水河及龙王庙那个地方，人潮涌动，热闹非凡：吆喝声整齐而有节奏，呐喊声此起又彼伏。每条龙舟上22个健壮高大的男士，穿着统一的整齐的服装，佩戴着红色的救生衣，拿着长竹桨，拼命地划着。边划边高呼喊口号：“友谊第一，比赛第二”。可以说把吃奶的力气都使出来了。来自四面八方的观众，人来人往，摩肩接踵。有的人背着孩子呼喊着快划呀，有的干脆打赤脚站在洣水河边不停地使劲地挥舞着手加油，有的趴在栏杆上从人头的缝隙观看划龙船，有的拿着话筒拉开嗓门喊：“注意安全，加油啊！”当比赛快要分出胜负之时，观众仿佛也凝固了一般，屏住呼吸为他们捏着一把汗。一方胜出那一刻，欢呼声如火山般爆发，人们跳呀、闹呀，欢乐溢于言表。

龙舟节上夫妻撑春花伞接力赛也是趣味多多。一对夫妻三只脚不仅要跑，还必须撑着一把春花伞，那场面滑稽至极，不时伞掉了，不时夫妻节奏不一致走出各种怪象，逗得围观群众哈哈大笑。鼓乐声声的妇女腰鼓赛，也为龙舟节增添了不少的热闹。他们整齐的队形、训练有素的表演，吸引了在场群众的眼光，赢得了大家一阵阵掌声。

放河灯更有趣。河岸边，放河灯的摊子随处可见，旁边站着美丽的姑娘，她们一边点亮河灯，一边热情招揽过往行人。黛青色的河面上漂着一盏盏精美的荷花灯，那些在河里散漫开来的小小灯火，陶醉了夜空，陶醉了河岸，也陶醉了慕名而来的游客。

岁月如梭，龙王庙龙舟节上的那些热闹的场面时常还出现在我的脑海里，带给我甜蜜温馨的感受。

走进炎陵神秘的畲族村

周祥新

炎陵十都镇洋歧畲族村地处罗霄山脉中段，是到国家森林公园神农谷的必经之地。这里居住着畲族人口 487 人，是湖南省唯一的畲民聚集村。清澈的沔水从村中流过，风景秀丽怡人，是一个具有民族特色的旅游风景区。红色七月，我们走进这神秘的畲族村，探寻了解到许多畲族的民俗风情，其中其婚俗和三人龙表演最具特色。

迁徙与民俗风情

走进洋歧畲族村坳下组，映入眼帘的是一栋有着 132 历史的畲族祠堂蓝家老屋，老屋虽然破旧，但仍不失当年的华丽与气派。挨着蓝家老屋居住的是91 岁的畲族老人蓝立诚。

蓝立诚老人思维清晰，当我们问及十都镇畲族人是从何时迁到此地的？老人告诉我们："畲族蓝氏从清初开始，迁入炎陵县的后裔共 22 支。而十都镇畲族居民大部分是念一郎公派下葱公、菁公两房的后裔。除了念一郎公派下葱公、菁公迁徙到炎陵县外，念三郎、六郎、七郎都有后裔迁到此地，只不过并非都迁到十都镇。据族谱记载，念三郎后裔由广东迁到湖南郴州，再迁到炎陵县中村深渡"。

在蓝氏祠堂的一侧，居住着另一位畲族的传奇老人，他叫蓝生光，今年已经 82 岁了，记忆力却十分的惊人。他当年曾是当地有名的畲族歌手，还是畲族放排工的"把头"。蓝生光老人身板硬朗，非常健谈，说起畲族民俗文化兴趣盎然。畲族在婚俗方面有不少禁忌。他说：当地蓝姓的畲族姑娘和小伙，从不与本民族的蓝姓通婚。他孙女蓝海燕说：她家三姐妹就全部都嫁给了外姓的汉人。蓝生光老人以及弟弟蓝生歧娶的也是汉族姑娘。蓝海燕说：早先婚姻禁忌还有：女孩 18 岁禁出阁，男孩 20 岁禁娶亲；新娘出嫁忌回头张望，迎娶途中忌遇孕妇；婚日公婆忌见媳妇；婚后回娘家忌住单日等。不过蓝海燕也说，随着时代的发展，现在的年轻人已经不大相信这些禁忌了，像她和她的汉族丈夫从恋爱到结婚生育，她就没有这么多顾忌了。除了婚嫁有禁忌外，蓝生光老人还告诉我们：畲族的民族禁忌还有不少，如产忌、丧葬禁忌等五类。

蓝生光老人告诉我们，以前山里的木头主要靠门口这条万洋河运出去。畲族小伙喊着洣水号子撑起木排顺流直下。先漂到茶陵洣水，进入醴陵渌江，再到株洲湘江，顺流直下，一直漂到洞庭湖进入长江。时间快则 7 天，遇到风浪等其他情况则要半个月左右才能到达长沙。

洋岐畲族村现在还建了民族文化活动中心，开展畲族民俗风情展示，三人龙、布龙、火星龙表演和山歌对唱、漂流等活动。这种展示和表演既活跃了文化生活，又是对畲族文化艺术的传承发展。

唱着山歌觅知音

畲族人能歌善唱。畲族青年缔结姻缘主要是以“山歌为媒”。他们通过唱歌产生爱情，用对歌来表达爱情、选择对象。一旦双方情投意合，他们又通过对歌定亲。每逢农历四月的“分龙节”、六月一、七月七、八月十五、九月九等日子，畲族青年就会欢聚在一起对歌寻觅知音。

畲族人结婚前，要以歌会亲。男家必须在结婚前请“亲家伯”将彩礼送到女方家说亲。女方家会用别开生面的“刁难亲家伯”开场，迎接“亲家伯”。一进女方村寨，“亲家伯”就会遭到女家女友们百般刁难。进门后，会故意把歪脚板凳放于堂屋东首请他坐，“亲家伯”须谦让地把板凳移到西首坐稳，不然会受到姑娘们戏谑。饭后举行对歌，女方歌手起歌头，“亲家伯”得马上应战，如果“亲家伯”的歌唱得不美，便会受到她们以灶灰抹脸等奚落；如果“亲家伯”的歌唱得好，能力克群英，她们就会以重礼相待。

以歌完婚，是畲族婚礼主要特点。结婚这天，新郎与迎亲队伍步行到新娘家，受到盛情款待。不过招待新郎的桌上却空无一物，须由新郎一一指名而歌，想吃什么唱什么。如要筷子则唱《筷歌》，要酒则唱《酒歌》。宴毕，新郎还须再把桌上东西一件一件唱回去，厨子也唱着歌来收席。这些歌诙谐风趣，畲家人称之为“调新郎”。然后，新郎与新娘一唱一和，“一路歌声一路炮”，一直闹到男方家。晚上，男女双方又选派最佳歌手开始对歌，这是畲族婚礼最热闹的场面。几里外的畲族人都会赶来听歌助兴。很多畲族青年都把结婚对歌当作学唱新老对歌的好机会，会成群结伴而来。双方对歌一首接一首，精彩纷呈，十分开心。对歌会一直持续到天亮才结束。婚后，新娘在新郎陪伴下第一次回娘家时，还会被拦在路上对歌。对上了才让进村；对不上就要往他们脸上抹锅灰。晚上新女婿还要与岳家人对歌一夜。畲族婚俗中，对歌贯穿始终，不会唱歌恐怕不行。

非遗瑰宝三人龙

舞三人龙是畲族的重要文化习俗。畲族三人龙的传人蓝生光老人说："祖辈一直传说，上古时代，炎帝部落先民饱受野兽病虫侵害，炎帝就组织大家，夜间三五成群在田间举着艾草火把驱虫害。发展到后来的佳节吉庆、民间娱乐时，以此祈庄稼丰收、民安物阜。经过发展和创新，最后形成了炎陵独具畲族文化特色的，包括火星龙、布龙、香火龙、草药龙、竹筒龙、板凳龙等系列品种的'炎陵畲族三人龙'"。

"三人龙龙身小巧灵活，不受场地限制，表演和竞技形式多样，动作主要有腾、跳、挪、闪，十分适合在炎陵山区表演"。蓝生光老人接着告诉我们："炎陵畲族三人布龙较之其他龙舞，别具特色。套路上没有固定的模式，动作上讲究扭绕、穿梭、转翻、钻窜、闪转腾挪，玲珑敏捷。舞者为三人，舞动起来灵活方便，动作流畅，易于表现高难度动作。最为叫绝的是高台表演。在四张叠起来高达数米的八仙桌上，表演者如履平地，挥洒自如，飞龙劲舞，把豪情挥洒得淋漓尽致，舞动得气冲云霄。"三人布龙模仿龙的喜、怒、哀、乐各种情绪，表达了人们对美好生活的向往，展示了畲族人的勇敢、健康和团结。"三人布龙"已不仅仅在畲族同胞聚居的地方表演，炎陵各乡镇每逢元宵、端午、中秋等传统节日或大型庆典、婚嫁，都有"三人布龙"表演，以增添喜气，平添吉祥。并配以炎陵古乐《高山流水》，场面十分热闹，深得山区民众喜爱。炎陵畲族火星龙，亦是源于三人草龙，夜晚在田间起舞，飞蛾等昆虫见火就会飞过来，火龙正好诱杀成虫，达到消灭虫害之目的。如今，炎陵畲族三人龙的传承者用稻草扎成龙形，外裹红布或黄布，拴上铁丝网兜，内装炭球和辅助材料，夜间点燃后随风起舞，舞动之处焰火飞腾，繁星点点，煞是壮观，形成了独具特色的"炎陵畲族火星龙"。

20世纪80年代初，传承人李洪辉第一次组织"炎陵畲族三人龙"到怀化市参加舞龙比赛，就获得了优秀龙队称号。1995年，"炎陵畲族三人龙"参加在云南举办的全国少数民族传统体育运动会上，荣获一等奖。1997年，李洪辉和他的搭档在湖南电视台《聚艺堂》和《快乐大本营》栏目中展示了"炎陵畲族三人龙"的全套表演。2006年11月，炎陵畲族三人龙再次代表湖南参加了广东(江门)侨乡华人·嘉年华国际旅游节大型活动表演。作为全国唯一的三人龙龙舞，2007年"炎陵畲族三人龙"被列为"湖南省非物质文化遗产项目"。

走进炎陵畲族村，让我们深深感受到畲族民俗文化的丰富多彩，它是我们民族文化的瑰宝，同时也使我们看到了民族文化遗产保护和传承的重要与紧迫。

舲舫排工

彭雪开

中午时分，我离开了茶陵舲舫老街。天气晴朗，有点闷热，四周有些草木的气息，还有松脂的香味，夹着清凉的河风，徐徐吹来。我饥肠辘辘，只好沿着洣水河边一座石山的斜坡，慢慢往上走。这石山像只紫色的山桃，光不溜啾的。山顶上居然有一间小屋，小屋旁的石渣上，长着几株杂木，绿成一团，又有几蔸枯黄的冬茅草，在凉风里“索索”发声，一只山雀子，躲在那里“叽叽”叫几声，又拉开嗓子，独自孤鸣。

小屋的斜对面有栋独屋，一老人独自坐在门口，望着远处青山，叹息几声，紧皱眉头，又按按双膝。这就是陈益发老人，一个一辈子当排工的老人。他读书不多，但挺健谈。当我问到他当排工的生活时，他的话也就多了起来，好像他挺喜欢这种水上生活似的。那天中午，他领着我们走进一砂场食堂吃饭时，便一边喝茶，一边说着他家三代当排工的往事。

我爷爷吗，他叫陈运财。一辈子都想发财，实际上呢，他做了一辈子“皮箩客”。你问我什么叫“皮箩客”？这是我们当地的一种说法，就是指那些挑着箩筐游乡，贩卖一点七零八碎的小商品的人，也就是游乡的小商贩了。他当的“皮箩客”，不是陆上那种，而是专在水上做木材小生意的“皮箩客。”他长得挺精壮的，像个椴木，又长又瘦，年轻时他在陆地上做“皮箩客”，主要在舲舫村镇上及周围几个村，做点小卖生意。有一年洣水河发大水，停靠在舲舫村的木排工，断了供货渠道，就派人上岸采购柴、米、油、盐，我爷爷就瞅准这个机会，给他们联系上了。大水过后，停靠在这一带的放排工，就与我爷爷混熟了。渐渐地我爷爷就专门做河排工的小贩生意了，米呀、油呀、盐呀，还有其他的小生活用品，他做得很到位。

后来呢，他就放竹木排，跟着大户人家的竹木排，一路放下去，经茶陵、攸县、衡东(衡山)、衡阳、株洲、长沙等地。我爷爷放的自家竹木排，一次运量不多，就沿洣水河各竹木码头停靠，最多，也就是到衡山打止了。他的竹木排，停靠码头后，就地贩卖，来回一趟，最多一个星期，除了开销，也可赚七八块银元。那时(民国时期)一块银元，在茶陵可以购一担谷(约130斤)。

在我们这儿，我爷爷还算个小角色（指乡村能人）。

大概是受了我爷爷的影响，我父亲也做了水上“皮箩客”。不过，他没有爷爷能干，做了几年后，渐渐亏本了。之后，我父亲就在水上专做排工了。做排工的，也叫作水手，不允许在竹木排上做生意的，完全是帮老板做帮工。老板一般是有钱人，家有田产，大老板就专门聘请经理，经营竹木运输业。经理不跟木排行动，往往提前赶到提货的水运码头，就地租一房子，或租下集镇上的饭馆住下来，然后叫帮手与生意人周旋。生意谈妥了，等我们的竹木排一靠岸，生意人就按合同，一手提货，一手交钱，这批生意就算做完了。经理又提前赶在下一个码头，等待我们靠岸，如此反复，直到将我们运送的竹木，全部处理完毕，他才给我们发工钱。一般跑长沙是5块银元，跑株洲、湘潭3块银元。排工领到银元后，他就不负责了。这一趟水上竹木生意跑下来，老板赚足了，排工只能靠卖力气吃饭。不过，在运送竹木的过程中，老板还是管一天3餐饭的。伙食不好，凑合着吃。老板或经理一般要在这一趟竹木排上，安排一个领班的，路上食宿，全由他安排。领班也是个排工，技术上没得说的，又有活动能力，懂行规，威信较高。他深知放排工的辛苦，他不会克扣排工的伙食费的。这趟生意跑完后，他可以得到一点补助费，多的2块，少的1块银元，他算是我们排工中较好的。老板大方时，在发送竹木排之前，就请我们到他家吃一顿饭，然后水路上的生活，也嘱咐领班安排好一点。我们这些苦排工，也知趣。我们不能自己砸了自己的饭碗，全家就指望我们养家糊口呢！我们吃的住的，没什么要求。有哩，你也不敢提出来呀！

干我们这个行业的，也有些行规。比如在行业内，不管谁领头，接了活儿干，就不得排挤一块干活的排工，除非他有恶行劣迹。另外，水上运输有风险，一般人不愿干。我们互相传授一些看天气，看水势、水路，扎排、搭棚的技术。也有些忌讳的东西，比如排工忌说“散、滚、翻、拆”，也忌一些与此相关的动作。排工赶一趟水活，聚在一起吃第一餐饭，就以“伙计”相称。我们也拜“水神”和“天神”，就是在我们搭建的杉皮木棚里，靠顶头放一块木牌，上写“水神”“天神”的牌位，这两位神的样子，谁也没见过。领班人点燃香火，领着我们念几句口诀，大意祈求大神赐福，保佑我们平安之意，然后跪拜几下，瞌一下头，就算结束了。不过，到了茶陵下东（霞东）乡红石塘洣水大桥下，就焚香杀一只大红公鸡，烧一叠纸钱，放一挂鞭炮，算是祭了天神了。然后一路就不用祭拜什么了，几个伙计们在领班人的带领下，掌舵的掌舵，固排的固排（排查险情），做饭的做饭，各司其职，各负其责，一路浩浩，就一门心思要把竹木排送到目的地去了。

排工的生活，开始时还有不少新鲜感，久了，也乏味。我第一次放排时，就异常的兴奋。那时，我们这儿，就算排工见多识广，到过衡阳、株洲、湘潭、长沙，是算见了大世面的人。你想想看，10月的天气，金风送爽，天蓝得出奇，有时见不到一丝云彩，有时，又丹云密布。涞水河，像一匹绿绸，在山地深谷间，飘飘荡荡。水呀！那时清澈透明，像一面镜子，那些刀条鱼、梭子鱼，像梭子一样，在水里穿梭。鲶鱼呢，叉开两根长须，在斑驳的石块间，游一阵，急速地摇晃着尾巴，又待在那儿，半天不动，你用篙子想截它，它也不动。不过，你真的触动了它，它就快得像箭一样射出去，片刻就无踪迹可寻了。傍晚时，两岸青山隐隐，绿得能挤出水来，林子里，鸟声啼叫不绝。"叽……喳……"是山雀子的叫声，"咔……咔……"是大山鹊的叫声，"札……札……"是金雀的叫声，"哥咕……哥咕……"是布谷鸟的叫声。黄鹂呢，它们一年四季，是一副银铃般的嗓子，很动听。这时，河岸边的古枫呀、香樟树呀，还有那些水柳、水槐，全都绿成一团，托着长长的身影，在水面上晃晃荡荡。这时，我们就在这平青的水面上，缓缓飘动。有时一个后生伢子，就忍不住要喊叫几声，领班的就唱道：

站在高处不见坡，
站在低处只见窝（村落）；
双目难望十里地，
不到船前不见河。

我们的老家多红石岩，裸地多，寸草不长的地方也多。但我们祖居这儿，涞水河养育了我们的先民，这是一首家乡的民歌。领班人，原是乡下锣鼓班子的鼓手，演过小旦、花脸。他嗓门好，一唱出来，我们就想起了家乡的好处来，想起了父老乡亲，想起家里的妻儿子女。一听到这首民歌，我就有点心酸，有时泪花就在眼眶里打转转了啊！家乡虽苦寒之地，但谁又不爱自己的家乡喽！

初冬季节，涞水河流量少，我们放的是双层短竹木排，除了一些急流险滩外，大都水流平缓。天气是冷一些，冻得手足麻木，早上一起来，竹木排上，全是一层白霜，人一踏上去，就发出"札札"的声响。太阳刚出山，河谷里飘荡着浓雾，水面上浮游着轻纱似的水雾。一些水鸟，就在岸边的水滩上，张飞鸣叫，叫累了，又贴着水面，急飞一阵，"呷……呷……"飞进河对岸水泊里去了。那儿有一片芦苇，全枯黄了，几只白鹭，站在水泊里，伸长细细的颈脖，一阵乱叫，仿佛在欢迎飞来的过客呢。河水低浅，两岸就露出白森森的石骨，有几丈高，涞水河有多长，从舲舫300余里到湘江吧！这白石骨，有多长喽，说不准，不过，大部分河段是有的。有的河岸全是黄泥土，河水浅落下去后，就像缠了一条金色腰带了。大约到了霜降过后，一般只放一次排了，然后排工们就准备收摊，回去等待春天开排。第二年立春季节一到，我们这些排工，又聚在一起，等待老板们聘工发排了。

春天说来就来，转眼间，空气里有点暖意了，过不了多久，就下着疏疏软软的小雨。几场小雨过后，涞水河两岸，柳树叶一片嫩黄，桃花呀，也闹春了，红红白白的，艳丽夺目，李子树呢，梨花树呢，长着米粒大小的绿叶，枝头上就缀满雪白的骨朵花了，几天后，全都一片雪白。草绿了，树绿了，天呢，总是阴沉沉的，一出太阳，就见不到一丝云彩，天顶蓝得如同一块碧玉，用手一敲，仿佛就可以听到铮铮的声响。这时各种鸟儿，全都放开嗓子，在河边的树林里，长一声，短一声，兴奋地唱着歌。

春天放排，特别讲究扎排。我们用一根铁钩子，把一根根圆杉木的尾巴，聚集在水面上，用篾绳扎紧树尾，然后用砍削好的木楔子，插紧杉条尾之间，用大铁锤，一锤锤地砸进去，越紧越好。民国时期，扎排运木，小河嘛！有6—8绞的“小水排”，每绞2根杉木条；较大一点的江河，有3—5节(每节12—16绞)的“蓑衣排”；大河才有3—4路(6节为一路)的“人字排”。舲舫一带多是3—4路的人字排，一般可放杉木条500余根，也有一次放700—800根杉木条的。全部札紧杉木条后，上面再放一点小杉条，然后再用篾索子，固定杉木条。木排上搭建一个临时木棚，全用小木板做墙，不高，仅一人多高，上面盖杉皮，用竹钉固定在木梁上。小棚就成了6个排工的临时食宿之地了。夏天河面上凉快，可一到晚上，蚊子特多，又大又毒，我们就用艾叶草、辣蓼草，扎成长条，里面放些枫果球和锯木屑，一到傍晚就点着，弄得河面上一层烟雾，味道不好闻，可要驱赶蚊虫，也没什么更好的办法了。夏夜，河面有凉风，四周黑乎乎的看不清，水面幽暗，可天上的星星和月亮，在河里巴眨着眼睛，一闪一闪的，很好看。一只夜鸟，在河对岸的森林里，叫了几声，河面起雾的时候，它就张着双翅，从我们头顶上，不慌不忙地飞过去。我们有时就起哄，它反倒不急，飞得更慢了，然后停在河对岸的苇丛里，“哦……哦……”发出几声怪叫，破了这河谷里的静寂。好静哟！静得自己的心跳，都听得见哩。

陈益发老人，是个很健谈的人，记性也好。他说的茶陵话，我绝大部分能听懂，听不懂的地方，他就用枯瘦的左手指，蘸一点茶水，在古红色的杉木桌上，一笔一画地写给我看，直到我看懂为止。那个胖乎乎的厨娘呢，估摸有40多岁了，一脸笑意，待我们喝完了茶水，又给我们添满。然后，她就笑嘻嘻地对我说，这死老倌子，常到我这儿坐坐，一说起自己放木排的事，就没个完，我不知听了多少遍了，听得耳朵都起壳子了。陈老望了她一眼，眯着眼笑。他喝了一口浓茶，又给我说开了。

你问我沿途寂寞不，是有些寂寞呀！大水时节，放一次木排，来回要半个月，要是冬天就要20多天了。洣水河上放排木，主要集中在炎陵、茶陵、攸县3个县，各有行规。我们都是些山里人，没有多少文化，行规就那么十几条，我们都记得住。放排期间，不得喝酒，不得上岸赌博，更不准你去玩女人。到了一个码头，岸上是城镇哟，热闹得不得了，领班的见了经理或老板后，留下看守人，就领着我们住进老板租住的小屋里，老板安排人搞伙食给我们吃。住的地方，又黑又暗，就是有个栖身的地方罢了。不过，给周成耀大财主放木排，他倒安排得好些，我们吃住都还满意。这周成耀祖上有租谷几百担，是这一带有名的大财主，他本人又长年在长、株、潭等地做大木材生意，发了大财。周本人在衡阳中学毕业，本想投考军校，后不知为什么，就做木材生意了。他本人不坏，对当地穷人也不错，闹农会的那些年(1926—1927)，他还对穷人减租减息。毛泽东在井冈山建立革命根据地后，红军常在这一带活动，他有时还暗地里帮红军筹粮筹款，也暗地里捐献银元。红军长征后，茶陵籍红军首脑人物谭余保，做了湘赣临时省委的负责人，领着一支工农武装，在茶攸边界一带大山里，打游击。有一次战斗负伤后，通过地下党的关系，就躲在周家大宅子里养伤。周成耀与谭余保后来就成了朋友。1949 年 5 月份，谭余保就要周成耀，加入地下党组织，他加入了吗？不知道。又叫他到长沙一带做生意，赚了不少钱，就交给地下党了。周无恶迹，又是地下党相信的人，1950 年就安排在省木材公司工作，现在儿孙都在长沙工作住家。他有个儿子，与我同年，是我读小学时的同学，叫周铁生，我们俩一直有联系。

竹木排到达目的地后，全部处理完毕，才算结束。不过，我们排工一到达目的地，经理就高兴地请一次客，特意备点酒肉，让我们吃饱一顿。然后，发放工资给我们，就嘱我们各自注意安全，不管食宿，各自负责了。这时，排工们就各走各的，一般是走陆路回家。有的就到沿途的码头上，见见自己的相好，在她那儿住上一两天，给点钱给她。她们大都是一些风尘女子，后沦落尘世间，就在水陆码头旁，租一间屋子，物色一两个心爱的老实男人，而那些跑码头的放排木的，大都成了她们的猎物。那时，社会动荡不安，生活苦，沿水路找个伴侣，打发有点苦涩的日子，大家也不好说什么。1950 年以后，我们这些有点技术的放排工，大都入了社，有的还成了国家的职工，旧社会那些不良现象，也就渐渐地消失了。1952 年以后，我还是从事放排工作，直到 1976 年，我才上岸，组织上见我年纪大了，就把我调到储木场工作。我的工作，比较简单，就是搬运原木，丈量它们的体积，然后堆成垛，或者把它们加工成一段一段的木料，装车运走。年复一年，干了 8 年，我才退休回老家休息。我是干了一辈子放排工的，虽是苦活，但也有不少乐趣，一上岸，成了只“旱鸭子”，反倒不习惯了。唉！你说哩，人有时还真有点恋旧哟。

说完，陈益发老人，满满地喝了一口茶，望着我笑了，笑得像个婴儿那样甜。

美田桥：吴楚边村古韵悠悠

丁水生

美田桥，位于醴陵市沈潭镇最东南边陲，东和江西萍乡市犬牙交错接界，背靠武功山余脉入境处之会真山，是一个历史悠久的村级小镇，浸润着浓郁的荆楚田园风光。清道光年间白衣秀才杨白蔚，是一位著名的本土诗人，曾有《次美田桥》一诗，描摹极具情致：

自笑踪无定，飘蓬到美田。

土音萍醴杂，茅屋市村连。

十里山如画，中秋月渐圆。

饱看吾不厌，桥水淡清涟。

四处漂泊的诗人，仿佛是不经意间来到这里，信手挥洒成这么一幅水墨图画：十里田园青山（即会真山）如黛，桥映清溪在水一方；于是“土音萍醴杂，茅屋市村连”一联如山泉泻石自然流出，成为传世名句，至今犹是当地风光人情的典型描写。只是时代进步，土墙茅屋，改换成红砖盖瓦而已。而两省民居错杂相处，各操方语，各吐乡音，街墟贸易千头攒动，庙会聚演万众狂欢，一番熙熙攘攘、盛世和谐的景象。

美田桥村街长约一里，古老的麻石街道已换之以平坦的水泥路面，众多的铁匠铺、染布作坊也被五花八门的现代货摊商铺所取代。这里是远近十里闻名的土特产货物交易集散地。它的形成，主要得益于明代中叶始建的“万寿宫”及其祀神庙会，至今历史已近500年。

万寿宫又名“豫章会馆”，为江西赣帮集资创建的公益性建筑。民国县志载醴陵东南西北4乡及县城共建有17所，以县城西街规模为最大。惜多已不存，美田桥的这座“万寿宫”经修复大体还能保存原貌，可算得是弥足珍贵。

宫中所祀神像照例仍是传说中斩孽龙为民除害的许真君许逊，曾任四川旌阳县令又称“许旌阳”。明朝冯梦龙编辑的《警世通言》中曾有文详载其事迹。神话与真实扑朔迷离，被刻石刊碑悬于右壁钟鼓之畔，几百年来一直受人敬仰崇拜。殿宇为三进三开间式，位于市集中段。山门临街而立，入山门即为戏台，面向内殿；中为卵石铺就庭院地坪，两厢为双层观戏长廊；后殿正中为许真君造像，冕服捧圭，庄严神圣；两侧各立握剑将军神像一尊，高一丈余，威严赫赫。厅中是两根大石柱，镌刻长联右为：“万民蒙恩泽，治洪降孽除暴安良；凶涛骇浪咸就范。”左曰：“寿宇沐神庥，施药行医驱妖净氛；魑魅魍魉尽潜行。”真君头上悬匾曰：“圣恩万古”，殿檐悬额为“玉隆宫”，是万寿宫的又一别名。左右为配殿，附祀神像是包公和南岳老爷。其上也各有一横匾，分别镌刻“驱邪辅正”和“气冲斗牛”四个大字。侧墙又各有一圆拱形边门，左题“爽挹西山”，内祀“关圣帝君”；右题“春生南海”，内奉“观音大士”和18罗汉。

每年农历二月十八和八月十二，传说是真君老爷生日和得道升飞之日，也是附近周围十里六村迎神赛会、燃香祭拜的庙会节日。临期狮舞龙跃，鼓乐喧天；村街如市，水泄不通；戏台上扮演着惩恶劝善的“故事”，集市上吆喝着一方物产的富饶，热闹非凡，使人流连忘返。

戏台建筑别致。虽屡经拆建，保留的花岗石柱，仍能显示出当年壮观富丽的气势。石柱刻联上为：“楼台增胜景，悦见珠帘画栋飞南浦云。”下为“山水有清音，好将金钹玉箫唱西江月。”中悬横额“观照凡尘”四字，意味深长。戏台中央上方是一八角形藻井，彩绘着一些善善恶恶的故事。后壁高悬一块金字黑底的大匾，醒目地题刻着三个大字：“学好样”。款识为清道光年间举人陈钟山所题，1994年农历甲戌戏台复建时重刊。名人古训，与戏台的教化功能浑然一体，着实令人叫绝。

万寿宫左边入门叫“吉祥弟”，迎面一联叙说美田桥的景观：“五里九桥十陂联鸳鸯，一排二凤三江聚美市”。其中“陂”即“水坝”，“排”指美市地势建筑居高连片，“凤”意为会真山如彩凤居前。“三江”实为三条溪涧均是渌水的小支流。以今天风景去索求，“水坝筒车”虽已告别历史，渠道阡佰依然纵横于沃野平畴，会真古寺照旧掩映于丘岗远山。旧貌换新颜，古韵悠悠。

安仁风味食俗

侯清麟

山海席

我写下这个题目，是几个乡友神侃故乡食谱撩发的情愫。在城里生活久了，一旦谈起那久违了的家乡“山海”席，就让人顿有余香绕鼻、感怀难已之感！

说来惭愧，如此留恋“山海”席，却至今没弄清“山海”两个字怎么写，更不谙其含义。姑且用“菜堆如山、碗大若海”的“山海”（亦是乡音近声）记之。这并非我之错，因为那次议论此事时，向同乡请教，没想到他们亦茫然。

不晓得起自何年何月，也不知是什么规定，我们老家人有喜事，都办“山海”席。酒席上喝的酒可以是谷酿，亦可以是啤酒；吃的饭是将米在沸水里稍煮片刻，待米才“开口”就捞出放在甑里蒸，粒粒形状不变，互不相粘。从酒饭与平时待客并无大的区别来看，“山海”席只与菜谱有关。“山海”席每桌十碗，按顺序上，品种与烹饪法相同，主家富庶只可反映在菜的堆度高低或碗的大小上，再条件好也不可另外加道“红烧鱼”“鱼翅”什么。

“山海”席一般在鞭炮声中开始坐席。第一道菜是粉丝，随后是红薯粉条、油豆腐条、饭豆……几乎都是农家自产的。当又一阵爆竹声和锣鼓喧天后，则上第六碗正菜——特制猪肉。再往下是干笋、海带等。除汤外，所有能堆的菜顶部均有“罩子”——一种鸡杂、精肉等小炒而成盖在菜顶部起画龙点睛作用的精华菜。

别看“山海”席的菜都是一些普通家什，关键在做法。那种菜绝非吾等闲之辈所能为的，每每必须由专厨总揽。某家要做“山海”席，先得与厨师在一旬半月前商量好，定下桌数，以备干菜，因为得在逢墟时去买。正式办席时，厨师至少先一天到，在助手的帮助下，煎成品。待吃客席的客人到齐之前三个小时以上就得正式做菜。

首先做红薯粉条。我是认真看过的，因而略知皮毛。先把原料泡发，要炒时用滤箕滤干水，放入滚油中翻炒几下，加上大蒜等佐料，倒上能遮住粉条的肉汤，即出锅盛进砂罐里，再放在木炭火上慢慢炖。待到上它时，已是根根肥腴，又稠又滑，油光油亮，初看并无热气，稍不注意却烫嘴烫舌，特有味道。我分析该道菜特就特在用砂罐炖的工艺上，要不然同是红薯粉何以“山海”席上的那么好吃？其他的每道菜也都有独到的绝招，比如相似于城里的扣肉——“胖体肉”（方言）醇香色艳，肥而不腻，口感颇好，就是不吃肥者，也会忍不住吃上三坨，吃了还想吃。

上菜的速度也很讲究，桌子上只留两碗菜周转，要求按先后顺序吃，每碗菜都吃得差不多，很少有浪费的，待到十碗菜上齐，客人均已酒足饭饱，打着饱嗝，“喜从腮边笑脸生”，欢天喜地道别去！

唉，几年难得回一次家，再说偶尔回去待一两天，又碰不上这种筵席，还是乡友提醒，下次谁的家里有这种席时先约好，租辆车一起回去，猛吃一顿，解解馋。也有乡友说可以在城里搞，但却否定了，因为城里哪来那种感觉和氛围，对“山海席”来说，是“乡”与“香”同理啊！

米粉

山不在高，有仙则名；水不在深，有龙则灵。我的老家就因为处在既无仙山又无灵水的湘南一隅，从而竟使某些当地相当有名的传统食品，比如愚以为不亚于南京夫子庙的小吃和长沙火宫殿的臭豆腐的老家米粉，至今仍默默无闻，这可以说是人们饮食生活中的憾事！

不知是习惯成自然，还是约定俗成，我们老家也推崇“有朋自远方来，不亦乐乎”，虽然至今还不富庶的家乡人，待客却热情周到，一直沿用三部曲：客人上门，首先端来一盘瓜子花生红薯片，让亲朋品尝米粉；然后才是正餐——饭菜。即使是俗称只遮碗底的“点心”——晚餐，酒水和饭菜可省略，米粉是“雷打不动”的。所以在老家，有人可以不吃肉不沾腥，但米粉是人人都爱吃，个个百吃不厌，以致本人离家近二十载，每每经人提起，还顿觉馋涎欲滴！

家乡的米粉虽然也是大米加工而成，但它既不同于湘中一带手指宽的湿米粉，亦非衡邵地区加粉丝一样的小圆条。它的制作工艺和烹调程序，均有独到之处，譬如在选料上就特讲究，必须是米粒饱满质地上等的早稻籼米，浸泡三天，挑井水洗净，在麻石磨盘上细细研磨成米浆；将每小碗的量淌匀在一个楠竹青篾簸箕内，放在大铁锅里蒸熟，趁热取出，拿筷子在边缘划一圈，则薄如纸张透若蝉翼的粉块晾在了小竹竿上；待自然风吹至不沾手，再移到烘笼上以木炭火烘至七成干，卷成筒切成2至3毫米的条条，再造型晒干即可。收藏在干燥的地方，经年不变质。

尽管烹饪米粉的程序很简单，然而要不是前年回趟老家，也许至今还对其诀窍如迷在五里雾中。按理说，老家的原米加上城里人比较奢侈的鸡汤、肉末、香葱佐之，应该远比当年农村清汤寡水煮成的好吃十倍。然而恰恰相反，如此这般煮成的，既不香亦不软，老找不到记忆中老家米粉的影子。我一直怀疑是城里变更了我的品味，常常因老家米粉再不让我魂牵梦绕而惋惜。那天往老家赶，晚餐在路上断黑边才吃完，走到妹妹家已十点多。几年不见的小妹，无论如何要煮碗米粉做夜宵。我与妻子双双去厨房劝阻，可妹妹横竖不依，不一会煮了小半锅，盛情之下，把蛮吃了一小碗。然而不吃不知道，一吃情难了！不仅主动再要了一小碗，饱得凌晨还没办法入睡，而且让我一下子找回了近乎消去了的记忆。从乡下归来后，我兴致勃勃地下厨，满以为会像小妹烹煮出来的一样香软可口，但却大相径庭，连原味道的影子都没有。纳闷之余，夫妻俩反复回忆妹妹煮米粉的全过程，终于找到了差异所在，原来就缺了热油红锅炒大蒜一道工序……

老家米粉的感觉又回来了，当然喜不自胜。我将为家乡的这一名馔发扬光大而努力，然而在这失而复得的过程中，使我明白了一个道理：人的一生也像煮老家米粉一样关键的也只有几步，而这几步往往是人生最光辉的瞬间，自己必须好好掌握，要不然会失之毫厘、差之千里呢！

红薯干

去乡下老家度假的侄儿返城回家，带来了农家原汁原味的腊肉、活土鸡、干鱼条等。对这些农村人看起来比金子还贵重，凝聚着一片心意的土特产，没能让城里长大的妻子产生惊喜，相反，却对一袋红薯干兴趣盎然，自己吃个不停不算，还招来不少邻居，共同品尝，看那德性，一个颈地竟似不亚于山珍海味！

确实，红薯干是精选枫叶藤红皮白质的红薯，让风吹干一些水分后去掉表皮，煮熟捣成浆，揉透，切成规则的条块结构，晾干，再用茶油炸出，黄灿灿、香喷喷、油光滑亮，一仅外观让人生馋，而且几回引得我这离开农门多年，一听到红薯二字便可怕的“乡里人”怦然心动。唤起心底的记忆，那么苦涩！

老家处于湘南一个离县城百余里的山角落里，“动乱年代”人都被折腾得人非人，鬼非鬼，年均口粮不足半载，其中还有百分之三十是红薯折算而来。开春后，男劳力牵出瘦牛，娘们却要成群结队去借米过荒。

我家三口人，年老多病的父亲与年幼无知的妹妹，借米难度更大，在我的记忆里，从来就像没用米饭填饱过肚子，往往是早餐红薯或红薯稀饭，中午一半红薯一半米饭，那米夹在红薯里，已失去了本来面目，晚饭叫“点心”，一般没得吃，要有，也不外乎炒红薯或红薯叶稀饭。一年四季，犹如掉入了红薯筑就的深渊，永远无尽头地吃着，一天到晚，在红薯里头天昏地暗地挣扎着，似乎永远没完没了……

直到1976年，久阴的天空看到了太阳，生锈的水泵转了，“望天田”亦风调雨顺，生产队里的粮食翻了一番多，但饥荒的余悸促使着人们仍不敢放肆用米饭填肚皮，红薯做主粮的习惯尚未改变，不久，我进城了。虽然红薯的余味在脑海里与日俱减，但红薯的烙印却永远令我谈薯色变，心里发怵，发誓此生不愿再与红薯结缘！

尽管红薯干没带给我多少好感，但常可引发我对那可亲可敬的遥远山村风土人情的惦记，甚至它还让我永不“翻身忘本”，这些，都远远超过了红薯干本身的价值。

炎陵县客家饮食

张观怀

炎陵客家人长期居住在山区，生活条件比较艰苦，但客家人利用自家生产的五谷杂粮，做出种种味美可口的客家菜肴和小吃。这些菜肴和小吃都是不加任何色素、添加剂的真正的绿色保健食品。让你吃得可口，吃得放心。现列举一二：

一、酿豆腐

酿豆腐是客家人在春节、端午节常备的一道菜。但炎陵县客家人很少酿水豆腐，大多数是酿煎豆腐。先把豆腐切成三角形，放到油锅里去煎（炸），豆腐煎好后捞起来备用。再取新鲜猪肉剁成肉泥拌以佐料，和上稀释的糯米粉做成馅料。然后把煎豆腐尖角处剖开，用馅料把煎豆腐塞满，蒸熟后即可食用。酿豆腐外形类似饺子，故有人称之为“南方饺子”。根据酿豆腐的制作方法，有的家庭主妇还把馅料塞入不同的蔬菜中间，做成“酿辣椒”“酿苦瓜”等，另有一番风味。

二、米粿

米粿是客家人春节的必备食品。米粿用的是自制碱水，取带绿叶的黄叶柴或楠竹，劈成小段，放在干油茶壳上面烧成灰，待冷却后用布袋装好，放到沸水中浸煮，过滤后将水舀到桶里沉淀一夜，第二天滗出上面黄澄澄的碱水，然后把按比例搭配好的糯米、籼米浸泡在碱水里。浸上一夜，第二天就可以上磨盘磨浆。米浆磨好后用布袋装好，放到木架上沥干，再用磨盘压上一夜，第二天就可以做米粿了。客家米粿的做法有两种，一种是用木模板印，木模板印出来的米粿外形类似圆饼，表面上有图案。另一种是用手抟，用手抟出的米粿顶端尖尖的，好像斗笠顶。蒸米粿是用竹编的箅子，铺上新采摘的寮叶，再把米粿胚子摆放好。大火蒸熟后香气扑面而来，甜吃辣吃各取所需。米粿还有个用途就是在春节期间，妇女们回娘家走亲戚把米粿垫篮子底，再放上猪肉鸡鸭等大包小包各色礼品。满满一篮子既有分量又很体面。米粿还比较好贮藏，只要把米粿浸放在碱水中，三五天换一次水，贮存个把月没有问题。客家人春节前也还有做糍粑米粿和黄元米粿的。

三、包饺米粿

客家人在清明节或莳早稻的时候喜欢做包饺米粿作点心。其做法是先磨好米粉，把采摘归来的野生嫩艾叶，煮(搓)烂，再掺和到米粉里面，加点开水用手使劲搓糅，抟成薄皮，然后包进用腊肉，春笋炒成的馅料，包成弯月状(类似饺子)，放在竹箅上蒸熟便可食用。民间都知道艾草本身是一种暖胃补肾躯邪的草药，所以客家人老少都喜欢吃。中央二台“消费者”栏目还到炎陵县十都镇采访艾叶包饺的制作过程。

四、客家水酒

客家人有喝酒和酿酒的传统。每年秋收之后，各家各户都精选糯米张罗着蒸酒，准备过春节和来年办喜事招待客人，一般得蒸上10多坛酒备用。

蒸酒得先把糯米浸泡一夜，第二天沥干，装上饭甑大火蒸熟，再将蒸熟的糯米饭用冷水降温，再倒入酒坊，待糯米饭的温度降到20度左右再拌入酒饼(药)并要拌均匀，然后在中间挖一个小洞，称之为“井”，蒸酒的主妇用手在灶额上沾一手火烟煤(雅名百草霜)，在酒坊中的“井”周围像盖印似的盖上几个黑手印。再把酒坊抬进房里用旧棉絮包裹好。第三天打开查看，如果酒酿满了“井”，就可准备碾(双手挤压)酒。如果酒酿末满“井”，就得再沤一天。同时要用干净毛巾把酒坊壁上的“汗”(汽水珠)擦干净，否则酒会变味。第一次碾出的酒酿，倒进经过水蒸消毒的酒坛里，把酒糟倒回酒坊加点水又包裹起来。过两天再碾第二次，再把第二次碾出来的酒酿倒满酒坛，汇入第一次碾出的酒酿。酒糟则拿去喂猪。一个月以后查看，酒坛里面没有嘶嘶作响，也没有冒泡就可封坛，让其醇化。一直到春节或办喜事时才可开坛。冬季蒸的酒叫“冬酒”，如果再贮藏三、四年就称之为“老冬酒”。三月桃花盛开时蒸的酒叫“桃花酒”，八月桂花盛开时蒸的酒叫“桂花酒”，九月蒸的叫“重阳酒”。当然真正要蒸出一缸佳酿还是很不容易的，所以民间流传说，“蒸酒磨豆腐，称不得老师傅”。

客家水酒的酒精度一般为15－20度，入口绵甜醇厚，顺喉不打脑，但有后劲，稍不节制就会让你不知不觉就喝醉了。加上客家人好客，来了客人，主人总要劝你多喝一碗酒。特别是陪送嫁的新客和陪三朝回门的新姑爷，如果双方都有点酒量的话，那简直是在摆喝酒擂台，划拳行令，一顿饭下来没有一个多钟头的时间是不会撤席的。

五、浸盎

浸盎即酸酒浸。先把辣椒、刀豆、豆角、萝卜、大蒜等蔬菜晒痨后放到盎头(小坛子)里，再放点冷开水和自家的糯米酸酒(酸度自己掌握)，上面再撒点炒熟后冷却的食盐，然后盖上倒盖，在盎头口边沿倒上一点水保证密封效果，一个月后就可食用。酸酒浸食品酸甜可口，杀菌消炎，能增强食欲，特别是用酸酒浸炒腊鸭、魔芋为客家人喜爱的佐餐食品。

六、潘蒲糕

客家人将南瓜称之潘蒲、番瓜等。潘蒲糕即南瓜糕，是别有滋味、老少皆宜的绿色食品。其做法是：先把南瓜煮烂，拌上炒好的大蒜、辣椒粉（少许）和姜末，用白市布把南瓜糊包上，压成薄饼，再放到竹垫上，在饼面上再撒点芝麻，晒干即成。食用时用刀切成丝状，甜、香、辣俱全，很有嚼头，儿童尤为喜爱。祖国医学证明，南瓜有补中益气，消炎止痛，解毒杀虫等作用，是一种保健食品。客家人也还有用红薯按上述方法制成红薯糕的，口味也很别致。

七、豆拉子

豆拉子是客家人的茶点食品。饼薄香脆，大人小孩都喜欢吃，办喜事的茶点盘子上就少不了这项食品。几个老友相聚，常常也是一壶细茶，一盘酸酒浸，一盘南瓜糕，七八个豆拉子就开始聊天说地。豆拉子的制作较为简单，先是在磨好的籼米浆中和入用水浸发沥干的黄豆，把米浆黄豆舀到一圆形的铁皮模子上（铁勺），将米浆荡薄（1 至 2 毫米）荡匀，再撒点芝麻，然后放到烧热的油锅中煎（炸），煎到饼皮茶黄色时夹起来，冷却后即可食用。

八、米豆腐

米豆腐是用大米为原料制作而成，如豆腐一般细嫩的一种食品，制作方法是，将磨好的米浆倒入铁锅熬煮，放一点石灰水，熬成糊状后用勺子舀到脸盆或其他容器里，冷却后即与豆腐一个样。米豆腐可以煎着吃，外脆里嫩。也可以切成小丁点煮着吃，煮好后捞起，放到已放好油盐的汤碗里，面上再撒点葱末、姜末、辣椒粉、五香粉，吃起来香辣滑嫩。还有的将米豆腐放到油锅里炸一下，待表皮煎成褐黄色就起锅，吃起来外脆里嫩，别有一番滋味。

九、鸡肉炒酒

这是炎陵客家人的一种特殊食品，仅限妇女生小孩坐月子时食用。谁家儿媳妇怀孕了，婆婆（客家人喊作家娘）就会酿好酒，养好鸡。媳妇生下小孩后，第一天要吃个大雄鸡，说是破瘀除秽。第二天起就吃母鸡肉炒酒。烹饪方法是，将母鸡（最好还是没生蛋的鸡，客家人喊作鸡乱子）宰杀干净，除去头、脚、翅膀。再取生姜半斤去皮洗净，用刀拍扁，放到热油（一般用茶油）炸一、二分钟后，把鸡肉倒入锅中炒香，加水把鸡肉煮熟，起锅前加入糯米酒即烹制完成。相传，吃了鸡肉炒酒能祛风除湿，益气补血。直至现在，客家妇女生了小孩后仍坚持吃富有营养，有保健作用的鸡肉炒酒。

十、客家十碗荤

客家人红白喜事中的宴席因碗碗是肉，俗称“十碗荤”。主要材料是，三鱼、三肉、三养生(客家人称家禽为养生，即鸡鸭鹅，又称三鸟)。在出菜顺序上也有要求，第一碗菜俗称头碗，又名什样锦。有肉丸子、鸡蛋、香菇、木耳和杂烩。最后一碗是鱼。寓意是有食有余。也是主人与客人之间的互相祝福。客家十碗荤的烹饪特点是：油重、色浓、味辣、量足、主味突出，具有浓厚的客家风味。2009 年中央电视台四台“美食节”栏目还专程到沔渡镇采访客家“十碗荤”。

在山里的客家人平时的餐桌上还会有淮山、苦菜、蕨苗、椿树叶等山野菜以及山老鼠干、野兔子、冬茅老鼠(竹鼠)、野鸡、石蛙、林蛙(俗称黄蝈子)等小动物，不失为乡村特色的菜肴。

漫话攸县麻鸭

陈安国

麻鸭是攸县本土的一种动物珍禽。攸县属于丘陵地区，地势低平、气候湿润、江水纵横、河网密布，为养鸭业的发展创造了优良的条件。据同治版《攸县县志》记载："立夏日，民间食鸭蛋，并相餽饷，此俗他处绝少。惟《邺中记》云：'寒食日，皆画鸭子相饷。'"这种记载说明，由于攸县麻鸭饲养的历史久远，麻鸭蛋很早就成为攸县人餐桌上的食品之一。

攸县麻鸭与我国其他鸭种一样，也是从野鸭繁衍成家鸭的。现在栖息在江河湖泊的野鸭就是麻色的。现代家鸭品种的羽色有麻羽、白羽、黑羽、褐羽、花羽等，而以麻色家鸭居上品。我小时候看见家乡的一位猎人用鸟铳捕猎过野鸭，野公鸭的羽毛和今天的家鸭公羽毛几乎一样，那颈上部羽毛呈翠绿色，颈中部有白环，颈下部和前胸羽毛赤褐色；翼羽灰褐色；尾羽和性羽墨绿色。尤其是尾巴上那一撮翘卷起的略带墨绿色的羽毛几乎没有什么区别。由于攸县麻鸭与野鸭属于近亲族，所以它的肉质鲜嫩、沁甜，属于原生原态的"瘦肉型"的一类珍禽。动物遗传资源是人类生存和发展的基础，也是国家的战略性资源。千百年来，许多畜禽品种在特定环境中演变发展，成为人类生存不可缺少的肉食资源。不少消费者抱怨现在的鸡鸭猪羊等肉类的味道不如以前鲜美香嫩，虽然说精饲料中的添加剂、激素等有着直接影响，但其主要原因还是大量的地方良种利用不足或被忽视，导致品种退化。而攸县麻鸭至今还保留着野鸭的原生性，从这一点看，攸县麻鸭是一种还没有退化的优良品种，应该加以保护，并要很好地维持它的原生态性，让其发扬光大。

攸县麻鸭具有体型小、生长快、成熟早、产蛋多、适应能力强等特点，是一个适应于稻田放牧饲养的蛋鸭品种，在国内享有盛誉。1981 年 7 月，中央新闻电影制片厂拍摄了《攸县麻鸭》科教片。1984 年 2 月，攸县麻鸭被列入湖南省地方良种，载入《湖南省家禽品种志和品种图谱》。1988 年被载入《中国家禽品种志》。为了保护攸县麻鸭这一地方良种资源，提高品种纯度，攸县科委和畜牧、肉食、外贸等部门，自 1981 年起，就将新市、大同桥划为攸县麻鸭保护区，开展原种繁殖。1998—1999 年，湖南省畜牧局和攸县畜牧局共同开发攸县麻鸭规模养殖技术，其成果被授予株洲市科技进步三等奖。2006年6月，攸县麻鸭被确定为国家级畜禽遗传资源保护品种。2007年，攸县麻鸭、酃县白鹅入选国家种质资源基因库，开始享受“国保”待遇。据称，这两个良种家禽即日起将受到严格的挂牌保护。根据规划，对入选国家种质资源基因库的地方良种，农业部将给予充足的保种专项资金支持；株洲市这两个省级良种保种场将升格为国家种质资源基因库保种场，其出口将严格控制，以确保优势基因不流失；这两个品种的保护区不容外来品种“入侵”，严防纯种血源混乱。为保护这一地方良种资源，提高品种纯度，攸县县政府发文重申将网岭、鸭塘铺、丫江桥、大同桥、新市、高和、石羊塘、上云桥等乡镇划为“攸县麻鸭保护区”，开展原种繁殖，这应该说是保护地方良种禽类的科学之举。据有关资料记载，在饲养高峰期，攸县境内年存笼产蛋母鸭高达50万羽，年孵化鸭苗500万羽。近年来，由于加工业滞后，县内市场出现饱和，麻鸭养殖户减少，致使麻鸭生产跌入低谷，据有关数据匡算年饲养量仅30－40万羽。2010年9月，攸县麻鸭产业项目洽谈会在攸县畜牧水产局举行，攸县县政府与株洲市好棒美食品有限公司签订了发展攸县麻鸭长远规划。湖南农业大学食品科学院院长夏延斌从三个方面解读了好棒美公司选择发展攸县麻鸭项目的充足理由：其一，攸县养水禽有优势；其二，攸县麻鸭有品牌、有口碑；其三，攸县农民有养麻鸭的基础。同时他也认为株洲市好棒美公司有能力和实力做好攸县麻鸭项目。经过长期实践，攸县人在麻鸭选种、孵化和饲养等方面积累了丰富经验。

攸县麻鸭不仅会下蛋，还是攸县人饭桌酒宴上一宗地道的风味佳肴，著名的“攸县血鸭”就是用攸县仔麻鸭加工制作而成的一道美味佳肴。其制作方法的要诀是取生长期仅两个月左右的仔麻鸭，在宰杀时要很好地利用其鲜血。宰杀前要预先在碗中放适量清水和适量食盐，盐量一定要恰到好处。因为盐少了，鸭血难以黏稠。将鸭颈割破，倒提起麻鸭双脚，让其血流入碗内。其时，麻鸭血放尽后，马上就要搅和，达到水、盐、血三者交融，达到筷子可以挑起黏糊的鸭血为佳。血鸭的炒作主要靠的是鸭血。将仔麻鸭拔干净毛后，剖腹取出内脏，将其碎剁。取生茶油放入锅内烧熟，将麻鸭肉片和生姜、辣椒、桂枝（粉）一起放进锅内炒至六成熟，再放入热水再煮至九成熟。再将其鸭血糊入其中，看到鸭血由鲜红变成紫酱，这时候的鸭血就全部黏糊在鸭肉上面，血鸭就可以上口吃了。这种血鸭其味道甜沁、新鲜、脆嫩，无论是送酒，还是下饭，都是上乘佳品。改革开放以后，众多攸县人走向全国各地创业，深圳、广州、北京、上海等许多大都市都有攸县人，他们有的在城市里开酒店、饭店、宾馆，自然就把家乡的饮食也带到了那里。“攸县血鸭”这道菜也就传到全国各地。

每年插田（秧）时节的立夏日，攸县的农户都会煮上几个麻鸭蛋，称为“吃夏”。有一句俗话说：立夏吃鸭子（鸭蛋），芒椎打不死。到了端午节，家家户户都有吃盐鸭蛋的风俗。著名作家汪曾祺曾写过一篇《端午的鸭蛋》，文章引用袁枚一段话说:“腌蛋以高邮为佳,颜色细而油多,高文端公最喜食之。席间,先夹取以敬客,放盘中。总宜切开带壳,黄白兼用;不可存黄去白,使味不全,油亦走散。”攸县麻鸭下的鸭蛋腌制的盐蛋和皮蛋也是别有风味,现在攸县有好几家盐蛋和皮蛋加工企业,产品常被作为攸县特产赠送宾客,攸县皮蛋和盐蛋远销省内外。

每逢七月中元祭祖节,攸县农村几乎家家户户都会宰杀仔麻鸭作为牲品祭祀先祖,这已成为一种乡俗。攸县麻鸭饲养一年以后,就变成了麻老鸭。啤酒炖老鸭、当归炖麻老鸭、虫草炖老鸭是几道很有营养价值的菜,不仅甜沁可口,还有养胃温脾补肾之功效,现今攸县的各大宾馆、酒店都有这道菜供食客品尝。

“竹外桃花三两枝,春江水暖鸭先知。”这是苏轼《惠崇春江晚景》的诗句,其中“春江水暖鸭先知”是咏鸭的著名诗句。从现代科学的角度来看,动物的确能比人类更敏锐地觉察到自然界的细微变化。鸭子是喜水动物,也是喜欢野外活动的禽类动物,其肉属于温良温补类,而鸡肉属于燥物。从健康角度看,常食鸭肉比食鸡要好。今天,饲养麻鸭虽然有了更好的条件,很多养鸭专业户进行圈养,全是喂精饲料。而精饲料喂养出来的麻鸭肉质就有些异化。为了让攸县麻鸭“永葆青春”,建议还是让麻鸭走进水田,走进池塘,走进水圳,让它们自由自在地保持其原生原态的习性。

话说攸县豆腐

李美连

豆腐不仅是人们餐桌上的美味佳肴，营养丰富，而且具有医疗保健作用。豆腐及其制品所含的植物蛋白，有人体必需的 8 种氨基酸。常食用豆腐，可以降低血液中胆固醇的含量，减少动脉硬化。嫩豆腐中还含有大豆磷脂，是生命的重要组成部分，对人体细胞的正常活动和新陈代谢起着重要的作用。经常食用豆腐不仅对神经衰弱和体质虚弱的人有所裨益，而且对高血压、动脉硬化、冠心病等患者也有一定的辅助疗效。目前豆腐已经被全球公认为“国际性保健食品”。

攸县豆腐的制作历史源远流长。据《攸县志》记载，早在明时清期，“攸县豆腐”就小有名气了。民国时期攸县城乡流传这样一道顺口溜：“皇图岭的豆腐，东乡的原坛酒，新市的麻鸭，网岭的麻糖饼，尝过之后永不忘”。

这句广为流传的顺口溜概括了攸县的三种特色饮食产品——豆腐、麻鸭、麻糖饼。攸县豆腐能在三者之中居于首位，可以想象这种食物在攸县的受欢迎程度和普及程度。攸县人过年过节、家人团聚或宴请宾客时，不管丰俭程度如何，豆腐是一道必不可少的菜肴。

千百年来，攸县的老百姓根据自己喜好不断对豆腐进行创新加工，使豆腐的制作水平不断提高，豆腐制品种类逐步增多。在攸县较出名的有皇图岭的活豆腐（也称小豆腐）；丫江桥的油品腐；菜花坪的香干子豆腐；黄山桥、鸾山的酿豆腐；成芙地区的百叶豆腐等等，数不胜数。近年来，攸县的豆腐生产加工更是得到长足发展，产品品牌日渐响亮，全县目前共有大小生产厂家和加工点 500 多处，从业人员超过 8000 人，拥有注册商标 7 个，专利技术 1 个。2010 年的上海世博会上，“攸县香干”作为湘菜主打菜品成为各国游客的首选菜肴。今年 7 月，攸县豆腐更成功申报了国家地理标志商标。

攸县是湖南乃至全国的劳务经济大县，走南闯北的攸县人也把攸县的美食传播到全国各地。攸县豆腐的品尝者、评说者也大有人在。随着烹调工艺的不断提高，攸县豆腐的名气越来越大，受到中外食客的赞誉和推崇。特别是在新世纪的上海世博会和广东亚运会之后，更是美名在外，大江南北，中国的绝大部分湘菜馆都会有一道令攸县人为之骄傲的“攸县豆腐”。

“攸县豆腐”之所以闻名，原因有二：

一、水质好。攸河上游的酒埠江，汇合了漕泊禹王洞的天然矿泉水，皮佳洞过虑的阴河水和柏市的温泉水，富含有益于人体健康的矿物质和微量元素，造就了独一无二的、符合绿色环保要求的水质。

二、加工讲究。具体做方法如下：

1. 准备好食品原料：黄豆，水，熟石膏，卤水。

2. 制作方法：选择新鲜的黄豆，剔除杂质后洗净，用水浸泡数小时，让黄豆吃透水，之后磨成浆，滤去豆渣，适当加温后放置于容器内，与掺入的石膏水搅拌均匀，待豆浆将要凝固时，滤出水分，再用瓢将豆腐花舀出，人工用滤布将豆腐花的水分再次滤干，轻压定型，即成香干。每一道工序，都必须认真对待。

酒仙湖的神奇与传说

刘湘林

在湖南省攸县东部、湘江流域的攸水上游，有一个绿宝石般的湖泊“酒仙湖”。

这里不仅群山绵延，风光如画，而且历史悠久，流传着许多美丽动人的故事传说。

寒婆茶

话说很久以前，在攸河上游一个叫寒婆坳的地方，有一户人家，家境贫寒，但女主人倪二嫂的凉茶清凉解渴，远近闻名，过往行人无不赞叹二嫂贤惠美貌，凉茶地道，久而久之，人们把二嫂称作“寒婆”，把倪二嫂泡出的凉茶叫“寒婆茶”。

一天，酒仙铁拐李云游至此，时值暑天，口干舌燥，正想找点水喝。忽闻一股茶香，酒仙跳出云端，落到寒婆家门口。寒婆见有人来，急忙递茶待客，酒仙接茶就喝，顿时暑气全消。酒仙落座后定睛一看，眼前的寒婆眉清目秀，落落大方，细打听寒婆家靠丈夫和两个儿子上山打柴和下河捕鱼为生，为过往行人提供凉茶却从不收费，日子过得清贫。酒仙听后非常感动，就把自己修炼几千年的酿酒秘方传授给了寒婆。

此后，寒婆一边为过往行人提供凉茶，一边酿酒卖。由于酒醇味香，生意十分红火。寒婆自己富了，便将酿酒秘方毫无保留地传授给乡邻，一时寒婆坳户户酿酒，店连店，铺连铺，寒婆坳紧靠攸水河，于是就被称作“酒铺江”。后来酒铺江的酒名越传越远，长沙、湘潭、衡阳和江西省的客商都来酒铺江贩酒。于是，人们在酒铺江井设了专门的运酒码头。久而久之，酒铺江又称“酒埠江”。攸河流经酒埠江时，形成一个小湖泊，湖水湛蓝，酒香四溢，人们就称其为酒仙湖了。

挎竹舞

酒仙湖景区非物质文化遗产也为专家、学者进行历史研究提供了空间，“挎竹舞”就是重要方面。“挎竹舞”是一支集古老先民生活和艺术思想于一体的民间传统舞蹈，它取材于酒仙湖周边山区农民的生活。远古时期，该地区野兽众多，影响农业发展，为驱赶野兽，人们将楠竹砍断劈开，称之为“挎竹”，在山间行走时可以发出很大声响，用来相互壮胆；晚上人们带着火把和挎竹，守在各自的庄稼地里，打着挎竹，舞着火把，发出的呼喊声和挎竹声，此起彼伏，驱赶着野兽。随着时间的推移，挎竹这种原本用于驱赶野兽、传递信号的工具加入到乡聚祭祀和民间文化活动中，人们穿着新装、打着挎竹，跳起舞蹈，形成了“挎竹舞”，一直流传至今。现在，“挎竹舞”已列为株洲市非物质文化遗产。同时酒仙湖周边民间的“烧架香”祈天活动，也始之久远，流传至今。

龙旋鱼

酒仙湖景区地形、地貌复杂，湖水清澈碧透，四周树木茂密，植被保护良好，是野生动植物繁衍生息的天堂。境内珍稀保护动物较多，已发现陆生脊柱动物180种，有国家级保护动物21种，特别是山洞里游来的“龙旋鱼”，更具神奇色彩。

《攸县志》(乾隆版、同治版)载：“罗浮江，在东乡，其东一百四十里，自禹王洞石窦中发源。产罗浮鱼——又名龙旋鱼，半里许即入攸水。”又载：“酒埠江，县东七十五里。攸水自东来，兰村、鸾山之水同官田双江口注之。合流五里为酒埠江，水始益大。每岁春月，罗浮江鱼至此，五月初旬即返，龙旋鱼，故名。乡人伺鱼返，截流取之，岁以为常”。谚云：“罗浮鱼，不过酒埠江”。

龙旋鱼一年中大部分时间生活在禹王洞的洞中河流，也有的生活在鸾山皮佳洞中，主食石面上的苔藓，体长不超过十厘米，圆略扁，通体灰白色。龙旋鱼生命力特强，食之，有祛病强身功效，尤其是跌打损伤的人食之有奇效。现在，龙旋鱼仍然是每年春季进入酒仙湖，于五月初返回禹王洞或皮佳洞。

宝宁寺

或许神仙也留恋着人间美境，酒仙湖景区的宗教文化源远流长，传播深远。酒仙湖景区宗教文化的中心和基础是寺庙建筑与寺庙文化，又以佛教、道教、儒教相互影响、相互渗透、相互促进。各种宗教活动的传入、发展遍布酒仙湖景区四周，留下了有据可查的寺庙道观遗址有40多处，现存仍有宝宁寺、香山寺、云中寺、至乐庵、七郎庙、保民观等10多处。

坐落在酒仙湖之滨的千年古刹宝宁寺，开创于唐天宝十年(751)，是湖南最早的佛教禅院之一。开创人就是称呼“六祖慧能大师”为师祖的攸县人——旷长髭。宝宁寺为佛教禅宗曹洞宗祖庭，从唐五代至宋元期间，香火一直很盛，成为湖南名刹和佛教南岳、江西两系的交往中心。旷长髭及法嗣石室、法孙勇禅师都是得道高僧，他们的语录和行迹在佛教典籍《五灯会元》《景德传灯录》《指月亮》等书中均有记载。

宝宁寺中还有享誉中国佛教界的“三绝”和“三奇”。三绝：一是普同塔，二是祖师塔，三是《宝宁寺志》和王夫之(即王船山)的《宝宁寺志叙》。三奇：一是千年沉水樟，二是四季青绿的观音竿，三是常年不涸的千年古井。

鉴于宝宁寺在中国佛教史上的声誉和地位，中国佛教文化研究所所长、佛教泰斗吴立民大师为宝宁寺亲笔题写了“宝宁寺及旷长髭墓足称国宝”的盛誉墨宝。全国著名寺庙中编修志书的在北方只有“少林寺”，寺院修志本属罕见，宝宁寺修志、定稿、刊行早于少林寺，已开先河，而明末清初杰出的思想家、哲学家王船山为宝宁寺写志序，更是旷世之举。因此“北有少林，南有宝宁”之说盛极中国佛教界。一代佛学泰斗吴立民用“足称国宝”四字来评价宝宁寺，实是恰如其分。1983年，日本国曹洞宗徒来华访祖时将旷长髭列入祖师名册，他们专程来到宝宁寺，参拜佛教禅宗曹洞宗祖庭，一时在全球传为佳话。

祖庵家菜的特点和内涵

尹烈承

"祖庵家菜"之所以能登上国宴的桌台，而且近百年来一直为人们所欣赏，主要是其有着显著的特点和丰富的内涵。

"祖庵家菜"的特点

一是用料得当。"祖庵家菜"对原材料的选择讲究当地当时，肉品更是讲究动物的部位，比如猪肉的前腿肉、后腿肉、五花肉，分别适合做什么菜式都是有讲究的。鱼的做法、鱼的品种、哪个地方的鱼、哪个季节的鱼也是有讲究的。正是因为讲究，所用材料都是上档之料、珍品之料、时鲜之料。所以它具有独特、浓厚的特色。

二是刀工精妙。"祖庵家菜"的基本刀法有十多种，具体运用，演化参合，使菜肴千姿百态变化无穷。诸如"发丝百页"细如银发，"梳子百页"形似梳齿，"溜牛里脊"片同薄纸，"鳝丝蒜薹"细如火柴梗。其刀法奇异，形态逼真，巧夺天工。且刀工之妙，不仅着眼于造型的美观，还顾及烹调的需要，故能依味造型，型味兼备。如"红煨八宝鸡"，整鸡剥皮，盛水不漏，制出的菜肴，不但造型完整俊美，令人叹为观止，而且肉质鲜软酥润，吃得满口生香。

三是长于调味。"祖庵家菜"特别讲究原料的入味，注重主味的突出和内涵的精当。调味工艺随原料质地而异，如急火起味的"溜"，慢火浸味的"煨"，调味后的"烤"，边入味边烹制的"蒸"，等等。味感的调摄精细入微。而且所使用的调味品种类繁多，可烹制出酸、甜、咸、辣、苦等多种单纯和复合口味的菜肴。并尽可能配以一些特殊调料，如茶陵的生姜、大蒜、白芷、豆豉、豆豉油等，质优味浓，为该菜增色不少。

四是技法多样。"祖庵家菜"技法有羹、炙、脍、濯、熬、腊、濡、脯、菹等多种技艺，技艺更精湛的则是煨。煨在色泽变化上又分为"红煨""白煨"，在调味上则分为"清汤煨""浓汤煨"，"奶汤煨"等，都讲究小火慢焖，原汁原味。诸如"祖庵鱼翅"晶莹醇厚，"洞庭金龟"汁纯滋养等，均为"祖庵菜"中的佼佼者。

“祖庵家菜”的内涵

一是涵盖了名人价值效应。纵观有史以来享有盛名、且经久不衰的菜，大多都与名人有关。譬如，以大学士苏东坡命名的“东坡肉”，以清代名将、兵部尚书彭玉麟命名的“玉麟香腰”等等。不仅吸引了众多食客，价格亦高出平常菜，这其中就有着名人价值效应。“祖庵家菜”即以谭延闿字命名的。谭延闿既是高官又是大儒，还是美食家，在中国历史上的影响很大。去年湖南电视台金鹰纪实栏目，又以“湘菜鼻祖、聪明政客、书法大家”三个显赫的定位，宣传和推介了他的一生。因而，谭延闿将随着当代人对其人生价值和意义的认识，在当代中国的影响力必将更加强化；“祖庵家菜”也将随着“湘菜鼻祖”之声望，产生巨大的不可估量的社会效应和经济效应。

二是涵盖了食补养生常识。从“祖庵家菜”的基本特点中，人们可以看出这一家菜系列具有很高的品位，也正适合当代人的吃出品位的要求。所谓品位，无非就是“味觉、卫生、营养、科学”八个字。悉心研究一下“祖庵家菜”的 200 多个菜谱，就会知道它们都已被这八个字涵盖其中。一说味觉，味觉即辨别食物的感觉。《韩非子·外储说左下》云：“食不二味，坐不重席。”就是说各人有各人的味觉。但“祖庵家菜”兼具各地各家之长，适众人之口味，人人都可以吃，而且品种齐全，选择的余地很大。二说卫生，卫生即生活生产卫生之总称，俗言干净，犹言养生。“祖庵家菜”为做到饮食的干净卫生，从购买、保存、清洗、烹饪到食用等方面都严格把关，并在菜谱中提出了具体而严格的要求。至于说养生，金代名医张从正曾说“养生当论食补”。食补就是应用具有保健和防病治病作用的食物对身体进行一定调补，从而达到祛病健身、益寿延年的目的。因此，谭延闿曾说“安身之本，必资于食”，主张“药食同源”，并把传统中药里的“五性”，即温、热、凉、寒、平和食物归经论的辛、甘、酸、苦、咸“五味”结合起来，运用到菜肴之中，以应春夏秋冬四季、早中晚三餐。三说营养，营养即人体摄取、消化、吸收和利用食物养料的过程。这就有个人身体状况的问题，必须适体择食。至于食物中营养，食“祖庵家菜”则不必有虑，营养价值极高。四说科学，科学即关于自然、社会和思维的知识体系。就是要讲究食物食用的方法。谭延闿在这方面是很注重的，应该说，是吃得科学的。比如，他曾告诫别人的“霜前白菜，霜后萝卜”；“冬笋春芽，早韭晚菘”；“上床萝卜，下床姜”；“秋天的鸭子，冬天的鱼”就有着科学性。

三是涵盖了人文景观情趣。“人以食为天”是历史悠久的饮食原则，而食欲、食量却在于环境、格调和情趣。因此，“祖庵家菜”要求环境舒适，格调高雅、情趣盎然，能适应人的信仰、追求、事业、爱好、情操等等。其菜谱中，有按信仰分类的菜谱，有按不同体质的菜谱，有按不同年龄的菜谱，还有按不同季节、不同地域、不同功效的食谱。而且一般都冠以比较恰当或形象的名称。有以食物直接冠名的。比如，“枸杞莲子汤”，此汤有补中益气、补肾固精、养心安神之功效，适于气虚人食用。有带有浪漫情调的，例如，“百花齐效”“百鸟朝凤”“玫瑰情人汤”等，一看不知是什么，但有着一点情调，使人想知道是什么，从而激起一股食欲。于是，一道“百花齐放”，吃得人肝清目明；一道“百鸟朝凤”，吃得人满颊留香，其乐融融；一道“玫瑰情人汤”，吃得情侣们相依相偎，恩恩爱爱。有的含义深刻，意境缠绵。这样的菜较多，最典型的可算“全家福”。这道“全家福”，曾吃得多少人笑，多少人哭？又吃得多少父母思念在外游子，吃得多少浪迹天涯的游子眷恋故土乡亲？还有的寓意深刻而意境含糊，意境清晰而寓意却难测，十分耐人寻思。其典型的莫过于“子龙脱袍”和“霸王别姬”了。“子龙脱袍”据说是谭延闿推荐，并在长沙曲园吃出来的。本是将鳝鱼脱皮切丝爆炒而成的菜，可冠上这名称后，就不同凡响了。子龙指赵子龙，系三国时期的名将。有人就说一个将军脱了战袍还是什么将军？于是使人产生联想，说李宗仁 1949 年在南京的曲园大宴宾客，一道“子龙脱袍”吃过，也就注定他转眼便要流窜海外了。也有人以为，一个将军在沙场上奋力拼搏，英勇杀敌，打了胜仗凯旋，脱下战袍美美地吃上一顿美食，这又是何等的豪情、何等的威风、何等的惬意呢！谭延闿参与创制并经常食用，不是同样的当湘军总司令、国民革命军二军军长，以后还当上了国民政府主席、行政院长吗？即是李宗仁不是 1965 年又回到大陆得到我们党和国家的恩泽吗？“霸王别姬”，是谭延闿于 1920 年为“玉楼东”起名的一道菜。但一直有人吃得胆战心惊。霸王即项羽，姬则其妻。看到这名称，眼前即会浮现项羽与其妻于汉江离别之情境。所以，吃得心有余悸。其实大可不必。如果你将其菜当作一鸣警钟，在吃着这汤汁鲜美、肉烂醇香的团鱼炖鸡时，想到今天的美食来之不易，要想天天满颊留香，决不能贪恋美食女色，还须奋发图强。那又有何虑？生于忧患，死于安乐。这是千古不变的真理啊！

盐政、盐道与盐客

谭忠诚

“开门七件事，柴米油盐酱醋茶”，食盐是人们生活的必需品。现代人把食盐视为平常之物，然而在过去，食盐可来之不易。食盐作为国家的战略物资，又是朝廷税收的主要来源，所以历朝历代朝廷都非常重视盐政。早在春秋战国时期，管仲在齐国为相，为适应诸侯争霸需要，致力于富国强兵，于是兴盐铁之利，规定盐资源属国家所有，国家对食盐的生产买卖加以管理，开中国盐政之始。此后虽经朝代更迭，政策有些调整，但是对食盐的管理始终没有放松。

日本学者佐伯富对中国的近代盐政史进行过深入的研究，写下《清代盐政の研究》的著作。据他介绍，当时的行盐（即食盐的运输与销售）地分为长芦盐、河东盐、山东盐、淮北盐、淮南盐、四川盐、两广盐、两浙盐等多个区域。湖南、湖北、江西三省的大部分区域属于淮南行盐区。

湖南不产盐，历代朝廷规定湖南“例食淮盐”。只是对靠近广东省界的南部十余县，恩准从广东进盐。各地行盐渠道各异，朝廷有定规，地方史亦多有记载。《郴州府志（万历）》有这样一段描述：“天下产盐之地有三，为海为井为池。行盐之商有三，或舟或舆至肩挑背负，而利已未矣。郴属万山环集，与粤接者尽皆崇岗峻岭，舟车弗通。而郴宜永宁四州县地近粤之乐昌，遂食乐昌西河埠盐。桂东桂阳地近仁化，遂食仁化之城口埠盐，历来俱系楚民食盐，粤商销引，此定例也”。《酃县志（同治）》亦有食盐贩运的记述：“酃邑例食粤盐，来自广东韶州府仁化城口埠，以酃邑与桂东桂阳皆地近仁化也。舟楫不通，山径险峻，历系县民由城口肩挑回县零卖，并无商店，亦无包数”。茶陵县隶属长沙府，志书没有盐政的记载，察其当时广东担盐蔚然成风，应亦属粤盐的范畴。而至攸县，则是淮盐区无疑。《攸县志（同治）》记载：“盐之为利博矣。以蜀广浙诸处言之，均不及淮额，故两淮独当天下之半。攸邑属东南境，距真杨通泰等州亭户之区几四千里，而江商每岁行引，近江而上者，洞庭以南皆淮引所行，故攸邑食盐历系淮引至。攸距岭南乐昌仁化等处千里而近，粤盐由郴桂陆运与贩者，亦不敢越境。考诸宋史，如江西虔州（现赣州），官盐自淮运至，而虔人兼食岭南盐，然则地利之便，太平之世，固未尝过，为厉禁也”。文中字里行间流露出对舍近求远吃淮盐的不满与无奈，然而摄于盐法的威严，不得不遵规执行。

朝廷划定的销售区域并不一定合情合理，类似攸县的情况比比皆是。“诸州县偏远，两淮盐不至，强而行之，官商且交困”，故这种制度有时候也会受到冲击。淮盐路途遥远，常常供货不及时，官府为了牟取更多利益，也有掺杂使假的情况，“湘民亦恶之”。于是，除朝廷划定的“两广盐”(即粤盐)销售区外，其他地方亦有赴广东挑私盐入湘的现象，这样便有了湖南进入广东盐道的雏形。

自南宋至民国，湘南各县百姓纷纷南下广东连州、仁化等地挑盐，盐道遂成为常道。于是便有了拓整路面、修沟排水、置亭休憩的善举。永兴县的盐道上有一段经过江下洲，十分险要。当地一位寡妇的独生子曾经在此处跌入河中淹死，这位寡妇便倾家荡产要将这段路改造好。硬是在绝壁上凿了七个洞，把石条插入洞中，然后铺上木板。从此这里有了一条行走自如的栈道。

古盐道历经变化，到清代，由湖南通往广东的盐道主要有四条：第一条是骑田岭道，自郴州出发，跨过骑田岭，至宜章，到广东边镇坪石，再沿武水河达乐昌，茶陵县的盐客多走此道。第二条是南风坳道，从蓝山县进入广东连州，是永州至连州的重要通道。南风坳是这一通道上具有标志性的关卡。此道蜿蜒于山岭间，多处为青石板铺就，宽五六尺。自永州城至连阳粤盐总埠，全程550里，是湖南盐客行走最多的盐道。第三条是顺头岭道，自郴州到宜章，经梅田越两省交界的顺头岭，抵到连州星子镇，再往连州。第四条为风门坳道，此道由湖南桂阳县(现为汝城县)过风门坳，到达广东省韶州府所辖的仁化县县城城口。炎陵、桂东盐客多走此盐道。

湘粤盐道途经五岭，山高林密，人烟稀少。盐客成群结队，少则数人、数十人，多则成百上千，队伍浩浩荡荡。“贫民负者以为生者，近数万人，衡湘奔走”，既将湖南农特产品运往广东，又将岭南食盐转运至湖南腹地。1936年，粤汉铁路开通，不久湘桂公路修成通车，盐道戛然沉寂下来，热闹了几百年的湘粤间的盐道结束了历史使命，自然废除。如今，蓝山县、汝城县、宜章县分别仍存古盐道旧貌数段。

“一根扁担三尺长，走过桂东走桂阳。吃过几多冒菜饭，睡过几多老板娘”。这是炎陵县盐客们传唱的一首山歌，歌词中“吃冒菜饭”道的是实话，至于“睡老板娘”，似有吹牛之嫌，顶多是性幻想罢了。其实，“最难莫如担南盐”，挑运粤盐需要长途跋涉，来往一次，视路程远近，少则半个月，多则需要一个月的时间，沿途道路崎岖，十分艰辛。“为人莫担盐，半月当一年”，来回半个月，就当得一年的辛劳，可见其中的苦楚。

过去，无田可耕的的农民，到广东担盐亦是谋生的手段，即使有田可耕的农民，也会利用农闲时间赴广东担盐一、两回，赚点力资，以补贴家用。盐客去广东，并不是空手而去，而是事先收购部分广东市场需要的农副产品，如家禽、禽蛋、茶油、苎麻、药材等，到达目的地，先将这些产品销售，再换食盐挑回。为了节省开销，盐客的米、菜都得自己带上。晚上住宿下来，量米做饭，就着自带的剁辣椒、豆腐乳开餐。盐客的住宿非常简单，每两人一床被子，草垫子往地上一摊，就算是床铺了。夜里少不了蚊子、臭虫、跳蚤的侵袭，但是人走得太累，就管不了那么多了。第二天天不亮，又得做好早上和中午的饭，赶着上路。百把斤的担子压在身上，一天的行程都在六十里以上。

盐道上少不了关卡，有些是官家设立的，荷枪实弹，人枪二三十不等；有些则是地痞流氓所为，几杆枪、几把刀、几根梭镖，拦路要钱。一般每担盐索取一吊、两吊钱(当时的币制是五十个铜元为一吊，六吊抵光洋一元)。为了逃避关卡，盐客常筹钱请当地人带路“绕卡”，碰上私卡，有时也会以武力解决，闯关过卡。繁华的盐道上亦有“黄、赌、毒”，尤其是鸦片烟馆多。有些盐客走累了，到烟馆买棵鸦片泡吃，起初吃了力量倍增，人分外有精神，久食就会成瘾，也就种下了祸根。

清末民初，粤盐的价格为每百斤 50 至 60 个“小银毫”，40 多块光洋，每一担盐回家销售之后，会有两三块光洋的赚头，这对于贫苦的百姓来说，不啻一个天文数字。所以尽管要忍受超强负荷的劳累，冒土匪打劫、客死他乡的风险，许多迫于生计的农民还是勇往直前，抗起扁担南下。

广东担盐已经成为历史，这是先辈们用肩膀和脚板创造的人间神话。高高的南岭山中，还留存古盐道的遗迹，随着风雨的侵蚀已逐渐湮灭；多少悲壮、性酸的故事，也随着岁月慢慢流逝。时代在前进，社会在进步，然而，前人自强不息的精神却不会磨去，一代一代留了下来。它印刻在脑海里，流淌在血液中，给我们无穷无尽的力量。

云阳老冬酒

尹烈承

云阳老冬酒是茶陵民间的特酿，属于黄酒系，起源于云阳山，故名云阳老冬酒。这酒没有动听的名字，祖辈就这么称呼："老冬酒"。

所谓"老"，一是历史悠久。相传最古老的酒是用高粱酿造的。尧帝路过云阳山，人们以酒待他，他饮后连声称好。二是储藏时间长。一般储藏 3－4 年，有的达 10－20 年。储藏时间越长，酒越清纯醇厚，故称老酒。所谓"冬"，就是这酒的酿造有着较强的时效性：必须在立冬后、冬至前这段时间内配制，否则，难得酿出好酒。

这酒的原料就是糯米(也有用黏米的)、酒药和泉水。酿具就是铁锅、木甑、大盆、阔口缸和坛子。这些都很简单，茶陵城乡家家户户都能酿造。然而，要酿出好酒还真不容易，最起码要把好四关：

一是米质米量关。这种酒以糯米为佳，即使是黏米也要含有较强的糯性，而且米质要好，以晚稻糯或中稻糯为主，并要十分熟，没全熟的糯谷，含有夹心米，蒸出的饭"瘖"多，影响出酒率。同时，糯米要用砻子砻出来，以保留米皮。米量则以木甑的大小确定，一般每甑蒸 50 斤糯米，大的甑可蒸 80 斤。

二是水质关。酿造老冬酒的水必须是清纯泉水。云阳老冬酒之所以在历史上叫得响，迄今不绝，得益于云阳山泉，特别是五雷池的水酿造的酒，可谓浓郁纯正，清香诱人。现在人们都讲秩堂、高垅、火田、城关、下东等地的老冬酒味正甜醇，除酿造工艺和储藏方法得当外，重要的还是水。云阳山泉和皇霓山泉对于酿造老冬酒的确有着独到之外。其实茶陵还有赤松坛泉、铁甲山泉、险峰山泉和地下泉水等等，都是酿酒的上等泉水。千万不能用塘水、河水和库水。

三是酿造工艺关。老冬酒的酿造工艺并不复杂，技术要求亦不高。但要把握好"火候"还是有一定的难度。要掌握几个基本功：

第一，蒸饭。要说蒸饭人人都会，但用木甑蒸饭，而且米不汆水，就不一定个个都行。这里有几个环节需要认真把握：其一，下甑的米要分几次入甑，若是 50 斤米，一般要分三次。最要紧的是每次下米的"火候"，即等到先下的米冒出热气时再下第二、第三次米。其二，每下一次米之前，要向甑中匀称地洒一次水，水量一般是一提桶(即20－30斤)。先将甄从大锅里端出来，架在准备好的位置上，将一个大盆放到木甄的下面，然后洒水。第二次及以后洒水时，就用大盆中从甄里接下来的水。这种做法，主要是平衡甄中米的温度。其三，蒸出饭的软硬要适度。所谓适度就是米皮破裂而不烂，用手一捏饭顶好有点粘手而没有白粉。其四，锅里的水要适中，以淹着甄下弦边为宜，烧干了再加水。蒸饭一般都烧柴火，既要保持大火力，又要确保火力均衡。

第二，拌药发酵。米饭蒸出后，用大盘箕晾开，冷却后再拌入酒药，酒药要适量，50斤米一般就是7粒酒药(按现在市场上药的颗粒大小)。酒药必须拌匀，匀到每粒饭都沾上药。拌药后将米饭装回甄中盖好盖子，用板凳将甄架起，甄下面放一个大盆，再用稻草或破棉絮、棉袄等将甄包起来保暖发酵。三四天后，即有酒糊(酒娘)成线状流入盆中。

第三，造酒。发酵至一星期后，将甄中酒糟及盆中酒糊一并装入阔口酒缸中，然后按1∶1的比例(即一斤米兑一斤水)兑好水。十天或半个月后，用手捞起酒糟捏尽水酒，将糟拿开另行处理，将酒用坛子盛好，酿造流程即已完成。

第四，储藏。储藏的重要环节是要沥干酒中的水汽，水汽未沥干不要封坛口。沥干水汽的检验标准就是听不到坛子口边有“叽叽”“呲呲”的响声。水汽干了后再封坛口。过去都是先用砖或木板将坛口盖好，然后再用调糊的稀黄泥封上。现在人们都是先用薄膜封好坛口，用绳扎紧，再压上一块砖。若要长年储藏，可将酒坛藏入地窖或阴凉的房屋里，但每年都要揭开一次坛口，加入一些酒糊进去。这样才能酿出陈年好酒。

四是清洁卫生关。酿造老冬酒的整个流程都要保持干净整洁。锅、甄、盆、缸、坛都应在洗得干干净净后晾干。操作的人都要洗手净身，不能带汗携脏操作，否则，酒会变酸甚至发臭。

云阳老冬酒的最大特点是浓郁甘醇、味道纯正、香甜可口、易进口、后劲足。许多会喝烈性酒的人，往往就醉倒在这水酒上。但是这酒不伤人，既不伤头，也不伤身，即使醉倒了，睡上一觉就什么事都没有，只能增添人的酒量，舍得醉几次的人酒量会增得很大。

云阳老冬酒是豪爽之物，易品易喝，可谓雅俗共赏。无论清心寡欲还是豪情万丈，平平淡淡还是轰轰烈烈，都折射出博大的文化精神与精深的人生之道，延续着茶陵几千年的文化。

老冬酒易酿易品，凡夫俗子都能够，人人都会喝。所以茶陵人靠它添了一身虎胆，战天斗地，不屈不挠，尽显英雄本色。才高八斗的茶陵进士陈光问嗜酒如命，而其豪迈绮丽的想象，很大一部分是拜老冬酒所赐。著名革命烈士陈梅连，临刑前饮一坛老冬酒，醉躺刑台，显现英雄人无畏之态。清廷状元郎萧锦忠醉倒在云阳山，显现着文豪的桀骜之心。

老冬酒亦是灵性之物，闲暇时，静坐窗前品一盅老冬酒，看雁过留影，云卷云舒；忙碌时，亦饮一罈老冬酒，振奋精神，迎接挑战。这样，静如酒般淡雅，动如酒般浓烈。于是，茶陵人常说：人生啊，就求得这份真！

攸县油纸伞

李放鸣

一、历史悠久

中国是世界上最早发明雨伞的国家，据说最早的雨伞是春秋时期鲁班的妻子云氏发明的。相传，鲁班在野外劳作时经常被雨淋湿，云氏“劈竹为条，蒙以兽皮，收拢如棍，张开如盖”。于是就形成了最原始的雨伞。东汉时期，蔡伦发明造纸术之后，出现了在纸上刷桐油的油纸伞，文人雅士会在上油之前题词绘画。后世，凡是制作油纸伞的作坊，都会供奉鲁班的牌位，尊他为祖师爷。这种油与纸结合而成的雨伞叫油纸伞，至今已有2000年的历史。

昔日攸县雨伞的旺铺当数皇图岭镇的“张仪兴伞行”，它创建于清末民初，位于皇图岭镇下街。铺的规模约200平方米，分两层木楼，上为仓库，下为作坊，有来自攸县、醴陵、湘乡、湘潭的行家里手约20人，伞销往整个湘东地区，名传四方。世人评价说：“萍乡的豆豉，醴陵的花饼，皇图岭的油纸伞”。

1954年“张仪兴伞行”由攸县轻工业局接管，更名为“攸县皇图岭雨伞生产合作社”；1978年又更名为“攸县制伞厂”，转制油布伞、尼龙自动伞，它依托昔日旺铺的雄厚技术基础，又一度出现新的旺业局面：年产雨伞15万把，产品远销京、津、沪等大城市，成为全省18大重点生产厂家之一。

近30年来，作为传统的雨具的油纸伞，因受新型的折叠伞、尼龙钢条伞的冲击，渐渐淡出历史舞台。在皇图岭，从事油纸伞的人纷纷改行，其原来作坊（厂房）改为新型的商业街，传统的生产工具几乎全部遗失、散尽，油纸伞制作的老艺人留世极少，整个行业自然消失，但油纸伞的精湛制作工艺，成为一项极其宝贵的非物质文化遗产。

二、制作工艺

《天工开物·杀青篇》中提到：“凡糊纸伞与油扇，皆用小皮纸，桐油覆之”。而事实上，要做出一把油纸伞共需要380多道工序，民间谚语中也有“工序七十二道半，搬进搬出不肖算”来形容油纸伞的复杂工艺。

制作工具。制作油纸伞的工具有五大类。竹类工具有：锯子、打青刀、鲫鱼劈刀、披寸斜刀、手扯木钻(仅小墨水笔大)、凹刨、直针、弯针、钩针、头发绳、削骨人字架、刨骨机、竹马；木类工具有：木车葫芦、绞钻、土式脚踏刷牙盘、边刀、小凹刨、扯手钻眼；石类工具有：麻石、釉石；油类工具有：大牛三铁锅、方洋瓶、大油桶、碎药捣槽、批子棒(测试油色和纤力)、土灶、油苕子。贝伞工具有：大小棕刷、瓦钵、禾桶、水缸、案板、浸油纸、凉伞钩带、伞川、裁刀、压尺。

制作材料。制伞的材料皆来自于大自然。

据今年67岁、16岁进厂当了40年伞工的原皇图岭镇伞厂的钟自立先生介绍说，油纸伞所用的材料均可就地取材：其制作骨架的竹子，即是本地的楠竹，但要严格符合3年以上、竹节通直稀少、太阳出山那边的阳山竹。这种竹子的竹纹细腻、竹肉肥厚、柔韧性极强；伞杆则用空心的麻竹做成；伞杆内的开合机关的伞键，它是采用肉质肥厚、坚硬、紧致的苦楮树制成；油纸面使用的桐油，乡村到处有出售；伞面采用用竹子浸透、端帘成张的引皮纸。这种纸手感细腻，不仅适合国画创作，而且适合与桐油相互渗透，增强伞面的强度与韧性；铊生是种呈现金黄色的放光颜料；推干籽，采于坟边、用于干油；兰头漆，用于伞篾涂漆，以形成天蓝色伞骨；笔胶水，乡村皆有，它于处暑节采摘、用井水沉浸个月，形成红紫色的乳汁，以使伞纸牢固粘贴伞骨；水粉、药店常有，用于调漆。

伞的构造。伞的构造是由44根的1个槽、2个孔、2.4尺长的长骨；44根、6个孔、7.5寸长的短骨；44个牙盘、44个钻孔的上下伞键的木葫芦、能灵活弹进弹出的竹跳子，即开关，以及伞把、伞柄、伞木顶、能防水的伞套布等部件组成。

主件制作。伞的主要部件制作分为如下几种：

伞键(木葫芦或称上下坨)，将苦楮树锯成每2寸长一筒的树胚，用绞钻在树胚中间钻道直径为14毫米的钻孔，用竹篓盛装放入清水池中浸透(湿树2天，干树7天)后，用侧刀将其削至半成品，装于土制车床上抛光成型；用土锯刷成44瓣的小木槽，放于两膝中间处，运用腰间的钻花，右手拉动钻杆上的扯皮，使钻头按6瓣一钻、每钻对口、口口均匀、左右不偏、上下平线、以出水钻借孔钻孔、共钻8次而成。

伞骨(长骨子)，将阳山竹按长度为2.4市尺一节的标准截成短筒用水浸发一星期，捞上后用打青刀刨除竹上青皮，以凹刨旋除竹节，以尺精准量定腰眼，以斜刀刻划斜纹，以广东滕尺、按每八瓣一个座子规则分量竹筒，以侧边刀夹住扁篾进行“破竹”，以劈刀和木墩去掉二黄篾，以侧刀刷峰竹片。然后，将已刷竹片，而且它们必须为同一根竹子上的同一部位(即同节)、按“同筒同把”的要求，用篾箍紧放于木马架上，以削骨刀分上下两端、每筒伞骨削13刀为标准，削成上端为长扁形、下端为脊背形状，用铲刀将竹片底端(4寸长左右)削成后，以槽口机槽叉，用集竹板、木桶架按从矮到高之序排列后，以两根竹片平放于高凳之上，再将原已削好的每筒长伞骨放于它之上，又将伞骨从高凳上面拿到右脚膝头，然后用左手用力握紧。这时，又用右手将事先系于腰间的钻花放入长伞骨的上端，严格按照伞孔孔位三分靠青、七分靠黄的标准，以右手拉钻进行长伞骨上头孔的钻孔作业。钻完后，按每把44片，以竹先子穿于片孔内，又以每5片一次，直至将44片一把的长伞骨上孔穿完为止。然后，又将此伞骨的上下位置翻转，再按原来刻划的周尺线，以“倒三七法”（即七分青、三分黄）标准，对伞骨腰眼钻孔。完毕后，将全部长伞骨平放在木桶上，用刨刀进行二次伞骨修容。这样，通过以上冗长、烦琐的工序操作后，才算完成了对长伞骨的加工制造。

短伞骨的制造，其工序基本与长伞骨相同，而不同之处只在于：短伞骨上下只有4刀（长伞骨为13刀），需钻6个孔。

组装工序。组装伞骨：将一根长度为2.8尺、直径为12－13毫米的伞杆和伞键（葫芦）成品放于高凳之上；用头发绳先将44根短骨装于下牙盘；再以头发绳又将44根长骨装于上牙盘；又以头发绳将短骨编入长骨槽内，将头发绳打个死结；用双手来回搓动伞杆，使伞的长、短骨在槽内全部定位。然后，撑开伞进入第一次质量检查，看长、短骨的接口是否吻合，看跳槽、伞孔青黄位置，是否准确落位。尔后，又将伞放于木马架上，又用绕边竹塞子将伞架固定（装成）后，以手敲动每根伞骨落位，用竹筒套上棉纱绕10圈后，又换上洋纱头发混纺绳绕一圈，再以洋纱接上混纱绳续绕13圈到边，最后形成了24圈蛛网状的伞边。

接贝引皮纸：用笔胶水将引皮纸刷于3尺长、1.5尺宽的案板上，然后以棕刷子浸于笔胶水，将胶水洒落在引皮纸上开始贝纸，以贝伞刷挤掉引皮纸内的空气泡撑到楼下晾干（一般晴天时半天即可，雨天需要2－3天才晾干）。此后，收拢伞骨开始“扯伞”：左手握伞顶，右手紧捂伞筋往下平顺揉落后，上好上、中、下三川，将所现的凹凸不平的伞骨、伞面修平，使其外表美观。

整体美化：首先，上好头油、复油、光油三次油。上油时，取掉伞估，撑开放于竹马上，用刷子蘸上桐油在伞面分部下油，以洋刷帚在伞面各个部位揉动，由外及里，全面着油。其次，将全部油伞倚墙安稳排放晾干，再次收拢竖立，又逐一搓两次复油，晾干后上好爪估，若是雨天就要进入烤房烘干。最后，要撑开所有新伞进行售前的全面质量检查，发现问题及时返工修补；若无质量问题时，可上爪川揉上蓝头漆。漆干后，又松下爪川平放高凳上订钉安装伞顶，然后倒转伞把安装伞带。

三、伞的故事

常言道：熟中生巧，巧中生花，行行出状元。因此，有关伞的故事也让人津津乐道，四方流传。

精技拓业。民国时期，皇图岭张氏伞行为了以精品拓展伞铺发展空间，摸索和总结了数十年制作经验，采取将削好的竹条反复用石灰水煮沸后经烈日暴晒而新制成的纸伞骨架，更能使伞形端正坚固、严谨致密，纸伞开合自如，而又对一把油纸伞的小小把柄大做文章：通过采挖竹林地下的罗汉竹鞭而制成的油纸伞把柄，经烟熏、上油等工序后，呈现一种古朴雅致、浑然天成的效果，产品独一无二，身价倍增，似乎“名传冀北三千里，货压江南第一家”，从而奠定了张家百年伞行的厚实发展之基。

防雷驱邪。一把油纸伞绝不是只用一种竹子单纯制成，张家一改麻竹惯例，伞杆则用纤细而笔直的水竹和紫竹，这种新材料却是天然的、防雷电的绝缘竹木和防狗的神木。有一年坪阳庙乡的黄公村有一李姓的人自撑一把尼龙钢制洋伞，遇暴雨被雷电驱逐数丈远，而与他同行、打着紫竹把柄的老油纸伞的农民，都安然无恙。这件事发生后，老供销社的油纸伞被一抢而空。这种油纸伞另外还有一种特殊的用途：人若出门带上紫竹把柄的油纸伞，还能有效防止狂犬的追咬。

潞水补锅

段立新

在20世纪八九十年代之前，补锅手艺的盛行是潞水(这里特指潞水方言区，以下同)的地方特色之一。潞水人出门，外地人往往会说：“补锅的来了。”话说得亦庄亦谐，让人笑不得，也恼不得。

潞水是一个山区小镇，境内铁矿、煤矿蕴藏丰富，铁矿开采冶炼历史悠久。这个山区小镇，人口集中在上、下坊片两个狭小的盆地中，人多地少、水寒地薄，粮食历来难以自给。农闲时期，当家男人父子、师徒出门补锅乃是潞水人节省口粮、筹钱买粮的一种手段。

补锅有冷补、热补两大技术体系。用一种特制的金属长条塞进孔隙，然后在两端敲打，把孔隙填实，再敲打至紧密，牢固，平整，这是冷补。潞水补锅匠用的是热补技术，补锅所用的材料是铁水，有一个熔铁成水，再用铁水把孔隙补实，把铁块与铁块熔接在一起的过程。补锅手艺的传入，不知始于什么年代。补锅匠手艺父子相传，间或也师徒相授，基本上流传于本境之内。据老一辈补锅匠介绍，补锅手艺传自衡州府。衡州府的设立，始于洪武年间，据此推断，补锅手艺大概是明朝时期由衡阳一带传入的。据说，境内第一个会补锅的是一个叫花子。叫花子懒散惯了，有手艺却不行业。他的技术在不知不觉中被一个有心人用酒肉“套”去了。但是，这个人毕竟是一个“半拉子”，技术只在口上，手上功夫还不行，刚行业时遭遇了不少麻烦。刚开始，他的风箱拉得哗哗响却不见半点风，就去套叫花子。叫花子躺在床上，从枕头底下抽出一把鸡毛，懒懒地说：“去，把鸡毛镶进去就有风了。”这样，他就学会了做风箱。补锅的时候，他不知道该怎样固定鼎罐、锅子，就再去套叫花子，叫花子仍然躺在床上，指了指挂在墙上的竹筒，懒懒地说：“去，把长竹筒锯成短竹筒就要得了。”这样，他又学会了怎样把要补的东西固定下来。补好的鼎罐、锅子上，铁疙瘩高高低低，既不好看，又不能止漏，怎么办呢？他一想，还得去套叫花子。叫花子还是躺在床上，从破被子上撕下几根布条子，卷成一个布筒子递过去，懒懒地说：“去，用这个摁平铁水，再在镥疤上涂点泥巴不就好了吗。”这样，他就学会了补锅的全套手艺。后来，有的补锅匠说本行的祖师爷是红罗仙师，有的说是乌鸦太师，补锅匠用鸡毛镶风箱、用竹筒固定要补的东西，用稀泥糊镥疤，据说就是这样来的。

补锅匠一般是一老一少两个人结伴出行，前面这个人一头挑方框浅底长提梁的竹篮，里面是补锅的全套工具（风箱除外），一头挑由扁篾编织而成，六面密封，可以开合的竹器，俗称皮箩，里面放的是衣物细软，上面压一只风箱。这个人是补锅师傅，唱补锅戏的主角。后面的人不是他的儿子，就是他的徒弟，或者他雇来的帮工，习惯上称为扯炉的。扯炉的挑一担尖底、圆腹、深框的竹篮，潞水人称之为粪笼，里面装的是煤、铁块，是补锅匠必不可少的两样东西。扯炉的主要工作是拉风箱，也帮师傅照看担子、喊生意，甚至洗衣服做饭，似乎是一个无关紧要的角色，但行内的话却说"补锅的徒弟，扯炉的师傅"，意思是说风箱拉得好，补锅师傅才做得顺手。

这一老一少翻山越岭，走村串户，一见人烟村庄就大声吆喝，告知人们有补锅匠来了，行话称之为喊生意。一进村庄，他们就得挨家挨户去招揽生意，一件一件讲定价钱，这就是所谓的讲生意。接下来，他们就要做生意了，行话叫作起炉。只有做生意的时候才能坐下来，静下来：在屋檐下，大路旁，人家的堂屋里，一切可以架炉子，摆风箱的地方，扯炉的盯着炉子，一个劲儿把风箱拉得呼呼响，补锅师傅盯着破鼎罐烂锅子，敲敲打打，摁摁抹抹。他们都闷声不语，却是配合默契，一招一式，从容不迫，有条不紊，颇见一番沉静的功夫。倘若要预备饭食，他们就会在小炉子旁插上一根特制的小木桩，挂上一口小小的铁鼎：这就是补锅匠的炊具和炉灶。一趟生意做完，饭也熟了。补锅匠把工具收拾好，再蹲在炉子旁边炒菜，吃饭。吃过饭再走，再喊生意，再做生意。补锅匠的生活模式之中可能有一点儿浪漫成分吧？不，这只是我们按正常的演绎为他们设计出来的生活图景，实际情景远没有这样惬意。补锅匠行止不可规划，生意不可预定，食宿不可如时，一天之内，饿着肚子，走遍三村四庄，做不成一两桩生意的情况，对于他们来说是习以为常的事情。他们躺在屋檐下，堂屋里，寺庙中，甚至是大街上。他们总是一副笑脸，在别人眼里，却是低声下气，死乞白赖的样子。这样一群人，没完没了的向你找生意，找米，找菜，让你从口袋里为他们掏钱，让你给他们腾出睡觉的地方。这样一群人，头发凌乱，胡子拉碴，牙齿黑黄，衣服破旧，皱巴巴脏兮兮的发着臭味，他们今天去了，明天也许又会来，与乞丐没有差别。"镥锅的人造了孽，天光走到黑。别人都说你赚了钱，哪知道你镥锅真可怜。"这是一首潞水民间歌谣，说的就是补锅匠的生活。

补锅匠讲究"不起炉不吃饭"，同行之间不抢生意，一旦相遇，后到的自动走开，如果是合伙做生意，就要平分收入。这些都是行内默认的规矩。旧时，补锅行业内部曾经有"讲江湖"之说。讲江湖又叫盘江湖，就是按江湖规矩应答行事。这里所说的江湖，主要指行业内部订制的行事套数、礼仪礼节（包括行内历史、班辈等）、行规及行内统一的用语，也就是行话（类似于黑话的一种行话，与我前面所说的行话不同），意在规范行业秩序、解决行内纠纷。但有时它成了不轨者排挤、欺压和敲诈勒索同行的一个幌子。

据县志、乡志记载及补锅匠的讲述，民国 27 年，贺天申、胡克喜、贺朱仔、刘顺连等人经湖南省政府核准备案，在长沙成立“湖南省镥锅业职业工会”，向从业者发放铜制牌照，作为补锅匠入会及准予营业的依据。

潞水行业二题

段立新

潞水石灰

很久以来，人们把潞水(这里仅指潞水方言区，以下同)出产的石灰叫作“潞水石灰”。潞水石灰细腻白净，刷成的墙，墙面光滑油亮，有一种特殊的质感，故而很受客户欢迎。“潞水石灰”之名就这样传开了。

潞水人烧石灰、卖石灰是一件由来已久的事情。在潞水下坊片有一首民谣是这样唱的:“下坊陇里生得恶，大斗小秤甄皮箩，十户人家九锥锅，人呷(呷，潞水方言读音为 qia，就是“吃”的意思)石头虫呷禾。”所谓“人呷石头”，指的是潞水人以烧石灰、卖石灰为养家糊口的一门辅助职业。这大概是旧时潞水的一大地方特色吧。

民国年间，湖南省修编的《生机志》记载说:“五溪乡石灰石遍地皆是，限于交通阻塞，无处运销，致农民减少开采兴趣。”五溪乡成立于民国35年(1946年)，由原溪水乡扩大而成，大致包括今潞水镇的全部及今腰陂镇的下清、布庄、石陂等部分村组，在这里特指潞水方言区，也就是现在的潞水镇上坊片、下坊片。潞水属喀斯特地质分布区之一，石灰石储量大，分布广。大致说来，在上坊片，石灰石集中在天堂山、杨柳仙、龙山岭一线;在下坊片，石灰石集中在龙脑山、仙人晒掌岭一带。与其他地方不同，这里的石灰石埋藏浅，石质松脆，易于开采，在一些山头岭脑，甚至有石灰石直接裸露在地表。这种石灰石呈浅蓝色，材质纯净，出灰率很高，是烧炼石灰的好原料。

潞水石灰品质优良，特别适合于做建筑用的灰料，在农业基础差、农田水利设置不健全、农业生产技术落后的条件下，石灰主要用于改良土壤、防治农业病虫害。用途不同，石灰的加工方法也不同。人们在高低不同的地面至少挖出两个大小不同的水池，生石灰在最上端的水池里化开后，再打开水池口，流水带动已经熔化的石灰进入下面的水池，经沉淀过滤后就成了熟石灰。如此反复操作，熟石灰最后变成了精石灰，这才可以出售。这样加工而成的石灰往往供刷墙使用。

其余条件下使用的石灰，一般由生石灰自然风化分解而成。

溆水方言把石灰石叫作“焙子”（“焙”，读音如 pei，在方言词汇里，指的是把物体放在火上烘烤使其充分干燥）。这种叫法保留了溆水先民开采石灰石和烧炼石灰的痕迹。在今溆水镇大台村东南方向的龙山岭山麓，至今还能看到一大片裸露的石灰石，表面黝黑、裂痕如沟壑般纵横交错，稍稍用力，脚底下的石灰石就会碎裂。这是前人用煨烧的办法开采石灰石留下的遗迹。据小岗碑文载：溆水人早在清乾隆年间即开始烧石灰肥田。当时爆破技术十分落后，人们开采石灰石时，先在石灰石裸露的地方堆积柴草，然后，点火煨烧石体，石体开裂后，再用锤打钎撬使其碎开。碎开的石灰石经两昼夜接连不断的煨烧后，变成了生石灰。后来，溆水人又逐步学会了炼土硝爆破石灰石的技术，改用地炉烧炼石灰。这样的工艺较以前有了很大的进步，但是，石灰产量并不高。这种烧炼石灰的技术一直沿用到了 20 世纪 60 年代。据老人回忆，用这种技术烧炼石灰，最为关键的环节是装窑，就是把石灰石装入窑内。烧石灰的窑有两种，一种是封闭式的土夯式地窑，下面是烧火口，上面是精心挖成的窑炉。窑炉四壁开有落地式烟囱直通地面，一面开门，窑底通过一个圆孔与烧火口相连，窑顶用砖石夯土严密封闭着。另一种是半封闭平地式的立窑，在窑炉一面直接挖出烧火口，在窑炉上用砖围固加高，装进石灰石之后，再用湿泥封顶。装窑时，必须在石灰石间留下一个很大的圆锥体形的空心与烧火口相通，而且，这个空心要不易坍塌，这才能烧成石灰。这样烧炼石灰，一般一次装石灰石约 1 万斤，历时 3 昼夜。烧火用的柴草必须是南方地区盛产的一种野草，溆水方言称其为“冬茅”。烧一窑石灰约消耗冬茅 10 万斤。

20 世纪 60—70 年代以后，溆水补锅匠从攸县等地学来用煤炭烧炼石灰的技术。从此以后，溆水人开始改用煤炭烧炼石灰。用煤烧炼石灰，使用的是半封闭平地式立窑，它的烧火口又低又小，装窑时，先在底层铺一层柴草，上面再放煤炭，煤炭上直接装石灰石，然后，铺一层煤炭装一圈石灰石，可以一边装窑，一边烧火，窑装成了，一窑石灰也差不多烧成了。用这种技术烧炼石灰，时间短，产量高，产量和技术都有了很大的提升。80 年代以后，溆水人逐渐引进机械化作业技术烧炼石灰，从石灰石的破碎、装窑，到石灰的加工包装，都有很明显的现代科学元素。这是古老的烧石灰行业一个质的飞跃。

溆水淘金

在溆水地区发现金矿，纯属偶然。民国时期，元王炉前湾有一个补锅匠入赘醴陵，做了何姓人家的上门女婿。后来，这个补锅匠把他的妻子和岳父岳母带回老家，让他们在炉前湾定居。他的岳父叫何良金，是醴陵淘砂金的高手。溆溪从天堂山逶迤而来，经李家里、邓家里、龙家里、丝荷塘，到炉前湾一段，溪水穿村而过。一路而来，水路曲折，水势平缓。溪上潭涧花草，游鱼碎石，两岸绿树平畴，炊烟村庄，虽说是山村野景，却也别有一番情趣。何老先生闲来无事，便在岸边反复观察。凭行家的直觉，他觉得这潞溪很可能有金砂，不妨试着淘一淘看。想不到，何老先生这一试，竟然在民国 14 年(1925 年，一说民国 15 年)的某一天真的淘出了砂金！特别有意思的是，其中还有一块不小的“狗脑金”。潞水民间所说的狗脑金，其实就是一种天然形成的纯金，有的呈颗粒状，有的成块状，形状不规则。何老先生淘得的这块狗脑金夹在一块奇形怪状的石头里，与石头同时出水，这种情景实属少见，一时引得大家啧啧称奇。如此一来，这户人家便发家致富，买田置地，新中国成立以后置成了一个富农成分。陈家当时不忘天赐财富的恩德，把那块嵌有砂金的石头当作神物恭恭敬敬地供奉在神龛上。陈家淘得金子的消息传出以后，潞水人几乎是一夜之间突然找到了发财的新门径，人们纷纷前来向何老先生拜师学艺。从此以后，从上坊片到下访片，潞水人开始在潞溪淘金。潞水民间淘金就从这时开始了。

这个消息后来也引起了政府有关部门的重视。民国 27 年(1938)，国民政府中央采矿队派出一支地质勘查队来潞水实地勘察，探明金矿矿源在天堂山，矿区面积达 77.65 公顷，并计划大规模开采。民国 29 年(1940)，湖南省脉金砂金探测队开始在潞溪双石门至登龙桥路段(今下访片至农元龙家里一带)的溪水中试探淘金。后来，抗日战火再一次燃烧到湖南，这个计划便只好搁置在文件柜里面。

但是，在民间传说中，潞水人开采金矿的历史却远远早于民国时期。早在五代的后周显德三年(956)，天堂山建有一座佛教寺院，这就是小台寺。据说，小台寺的僧人早在民国之前就发现和开采了天堂山的金矿，所以，在天堂山，直到现在还能看到和尚们挖出的矿渣。但是，你只能看到矿渣，找不到矿洞。矿洞在哪里？假如这个传说属实的话，这似乎是一个除小台寺僧人之外无人知晓的秘密。

有意思的是，新中国成立以后，潞水人仍然没有忘记潞溪泥沙中的砂金。一有机会，就会拿出工具在沙里淘上一淘，希望能小有斩获。1975 年，潞水公社更是组成一个 65 人的淘金队，专事淘金。据说，这个淘金队也很幸运，20 天里就淘得砂金 36 克。为此，当时的湖南省省委书记张平化顺道前来视察，回去以后，还特意发来嘉奖电报。到 20 世纪 80 年代初，潞水又一度兴起了淘金热。此后，因为 1984 年的一场春汛，潞水河道或堰塞，或改道，再也难以找出此前的模样了。至此，潞水淘金也就在无声中悄然落下了它的帷幕。

湘东赣语的由来

蒋军凤

顾名思义，赣语是江西的方言。但湘东地区自北而南包括：临湘、岳阳（东部）、平江（大部分）、浏阳（大部分）、醴陵、攸县（大部分）、茶陵（大部分）、炎陵（西北部）、安仁、永兴、资兴、耒阳、常宁等地却形成了一狭长的赣语区。在湖南的湘东地区形成赣语区，这确实值得一探缘由。

形成方言的因素很多，有社会、历史、地理方面的因素，如人口的迁徙，山川地理的阻隔等，也有语言本身的因素，如语言发展的不平衡性，不同语言之间的相互接触，相互影响等。湘东赣语形成的主要因素应该是语言之间的相互接触和人口的迁徙。

湖南和江西不仅在地理上是相连的，而且自古以来就有密切的联系。司马迁《史记·食货记》中有记载："衡山、九江、江南、豫章、长沙，是南楚也。"而汉代的豫章包括了今天江西的大部分地区，也就是说，早在《史记》时代，江西和湖南就被人民视为同一区域，其语言自然会有密切的相互影响。

湖南古为蛮夷之地，为苗瑶之故乡，人们畏其多瘴，不敢前来定居。从汉朝至明末千余年间，湖南都是地广人稀，传统的农业未见完全开发。元末明初的连年战祸，以致"残毁瓦砾，荆榛千里，如一青燐，白骨所在皆然。""杀男妇数十万口"，如此惨烈兵祸，使湖南大部分地区田园荒芜，湖南人口由是大减，乃至于有"弥望千里，绝无人烟"之说。长沙县志亦谓："旷土漫衍，人星寥落。"醴陵"相传土著亦仅存十八户，余皆无复存在。"不得不招民垦种，吸收临近移民，使之渐渐繁衍。

五代以前，湖南的移民主要来自北方，结果是在湘北形成官话区。

五代以后，外省人移入湖南省，多来自东方，主要是江西省。据相关统计，外省人移入湖南者，五代至北宋，江西占十分之九；南宋至元代，江西占六分之五；明代为移民极盛时期，江西籍仍为主体。清同治《醴陵县志》："洪武初召集流亡，皆来自他省，而豫章人尤多"，据近人统计，醴陵县明代从江西迁入的有296族。《茶陵县志》："元至清代，境内人口迁徙频繁，据66部族谱记载，其间自赣、粤、闽、浙、皖等地入迁，衍为宗族的有30姓。"其中赣也是排在首位的。

父老相传的“江西填湖广”之说也算是一个证明吧。

江西人外求发展，是因为江西“人稠地狭”。邻近的湖南成为首选地之一，湘中腹地是湖南开发较早的地方，经济相对发达，人口密度较大，湘南湘西又过于偏远，往湖南方向迁移的江西人便选择了不用长途跋涉而又地广人稀的湘东地带居住下来。

江西籍移民也带来了他们的语言——赣语。因为江西移民主要集中在湖南东部，当时的湘东本就地广人稀，移民又是批量聚居，他们的母语得以保存下来，湘东由北而南狭长地带的赣语区也就由此形成。毕竟处于湖南境内，随着时间的推移，湘语已经在湘东赣语身上打下了深深的烙印，这又使得今日湘东赣语与江西境内赣语差异不小。

两个诨号折射攸人气质

刘富喜

大家都知道，诨号又称绰号、外号。当事人的这种称谓往往是他人取的，大致蕴涵当事者生理状况、性格嗜好、特殊经历的某个方面的特征，大多带有幽默、戏谑、嘲讽色彩。

大家也知道，世人赠攸县人两个诨号。老诨号叫“咯蟆崽”或“青背筋”，新诨号叫“攸牯佬”。当人们这样戏谑称呼之时，攸人往往一笑了之，不予深究。但是，这里面有文章，值得深思。

不胫而走几百年的“咯蟆崽”诨号，有时被换成“青背筋”称谓。民间流传的最初俚语是：“江西咯蟆崽，攸县青背筋”。反正是一路货色：青蛙！

究其来由，作者有如下推测：口传的元末明初战乱“血洗攸茶”之后，攸州“州民不满万，复改为县”（乾隆版《攸县志》第 41 页）。明初从江西大举移民，“四远新来户六千”（攸贡生彭友信洪武四年即 1371 年诗句），新迁徙而来的江西人竟然比攸县原居民多很多。可能大批移民占地争利之举让原居民反感，原居民讥讽新移民为“江西咯蟆崽”，其意大体是指，江西老表抛家离祖四处迁徙，像刚出世的咯蟆崽，到处蹦跳乱窜，没见过世面。新移民反过来讥讽原居民是“青背筋”，其意大体是指，原居民死板保守，是青蛙背有劣筋。那么，新来的“咯蟆崽”与原来的“青背筋”，彼此彼此，都是青蛙，是“泥鳅鳝鱼一类蛇”！于是，世人说攸人像青蛙，就成了古今戏谑话题。

分析青蛙的生理、行为特征，其突出的有：卵生繁育力强，贱生贱长；变态发育，水中卵孵化为蝌蚪，尾巴没了变青蛙上岸；眼球鼓鼓，视觉敏锐，四肢发达，弹跳力强，四处觅食，捕食敏捷；蛙声洪亮、远传，“呱呱”不停，往好说“歌唱家”，往坏说“烦死人”。

比比看，攸县人像青蛙，是贱生贱长会生存吗？是处世灵活善变通吗？是行动敏捷取实效吗？是敢为敢闯走天下吗？是能做能说声音洪亮吗……这些人文气质是否体现在攸县人身上？如是，体现得越多则越好，那就该以“攸县蛙人”自豪！

实际情况怎样？我们可以列举攸县的突出事实，佐证攸人确实具有“蛙人”气质。攸县老领导罗桂文曾对我们这些老部下述说新中国成立以来攸县的三个辉煌时期。一是20世纪50年代农业合作化，极大焕发攸人为生存而勤奋进取的精神，仅在兴修水利方面，群策群力建成酒埠江大型水库，黄沙桥中型水库，以及皮佳如(70年代扩建为中型)、老虎岩、土桥、消灾冲4个小一型水库以及40个小二型水库，这些水库至今仍然成为攸县乃至醴陵(引酒埠江水库之水灌溉农田20多万亩)的农业命脉，根治了攸县大部分地方的干旱。二是20世纪70年代，有作为的三届县委班子引领敢干实干的县民，在农业、工业、财政、农业机械化四个大方面获得全国的先进。三是改革开放以来，视野拓展，行动敏捷，像蛙一样成群结队，四处蹦跳，先后进军湘潭布市、北京菜市、长沙超市、深圳的士，被称为“攸县现象”。而科学发展使攸县再次列入全省综合经济实力5强。细品其中酸甜苦辣，原《攸县报》的前后任总编胡铁钢、刘大元不约而同地说：“攸县咯蟆”真有些闯劲、倔劲、韧劲和灵劲。

说了诨号的积极面以后，咱们还该回到诨号最初的讥讽面。

所谓“咯蟆”，即“咯咯”叫的蛤蟆。所谓“咯蟆崽”，即水中游的蝌蚪刚脱胎而成可上岸蹦跳的小青蛙。因刚出世而嫩得很，没见世面，没经风雨。外人说攸县“咯蟆崽”，似乎小瞧攸人，却直指攸人软肋：视野还没打开，看不远！

所谓“青背筋”，表面看青色的蛙背上有几条线，类似于“筋”。而世人将“筋”用于贬义时，就有“一根筋”认死理、性子倔的意思。“一根筋”而倔，不会全方位看，不会换位思维，仍然是攸人眼光局限累及性子太倔的软肋！

那么，世人说攸人“咯蟆崽”，其潜台词是：没见过大世面！世人说攸人“青背筋”，其潜台词是：倔得只认死理！

这样糟蹋攸人，攸人服气吗？自省反思，不能不服。为何？你说当年全国南方水稻现场会在攸县开，桃水比华西还有名，而华西后来眼光远得很、魄力大得很，干成中国第一村，可攸县连马后炮都没放响！你说攸人走南闯北遍中国，可有温州人世界眼光闯天下?！你说攸人像犹太人含辛茹苦敢打拼，可攸人有犹太人那样多的精英和人才吗？不比不知道，一比差远了！

“攸牯佬”的诨号是改革开放以后才有的。对此，咱们也略加分析。

20世纪80年代初期以来，大批的攸县乡下人纷纷进城，摆地摊、当菜贩、搞餐饮、开的士、办茶馆、设超市等等。他们占地盘，抢市场，能在局部地方局部行业称雄，搞得其他地方进城的乡下人乃至城里人不得安宁。为此，城里人特别赠送诨号：“攸牯佬”。其意是：这些人像牛牯有劲，是土包子、乡里牯牛，有美国佬的霸气。来自哪里？攸县！所以，叫“攸牯佬”。

当世人称呼“攸牯佬”的时候，可能蕴涵丁点儿褒义：这些人勤奋，有劲，舍得一身剐，不简单，不容易。所以，攸县人能接受，不见怪。

但更多的是贬义。用佬称呼成年男人，带有轻视之意。佬前面还加牯，牯是小雄牛，既有乡下土包子的含义，又有涉世不深见识浅的含义，还有好斗不会讲理的意味。

那么，世人说“攸古佬”，其潜台词是：土气霸气见识浅！同样击中攸人软肋。

看来，好好反思这两个诨号，攸县人可能得到一些可贵的启迪和自我教育。

老家俚语辑注

侯清麟

老家在湘东南安仁县南隅。原本想写安仁俚语，可琢磨起来——不妥，因二十余年处在农村，活动范围仅周边几个村，即使偶去外乡，因没有与其人相处与其地相依，在“十里不同俗，五里不同音”的环境里，能有什么条件总结点什么?!

况且前面是童年期——什么都不懂，稍大点又与黄牛群为伍近五载，虽也在隔壁公社中学弄了个高中毕业，可后不久即背井离乡，一别三十多年矣，故而也无胆量奢谈故乡俚语。随着自己的年纪增长，越来越觉得老家俚语中，不少非常有哲理，虽有些过于“下里巴人”，但说出了许多长篇大论都无法解决或解馋解渴的事，故而还是耐不住冲动，写下这个题目，然后凭着记忆，搜肠刮肚，整理出这些文字，定然挂一漏万，如读者中有安仁籍朋友认为如是，可在此基础上搜集整理，也不乏为老家文化发展积些功德呢！

根据内容雅俗不同，老家俚语大致可分为以下四个部分。

一、老家俚语有文雅的部分

这大约均来自古书如《增广贤文》《三字经》和其他书籍，这部分不少与外界相同，想不必做过多的说明，比如：

在家千日好，出外半事难。

人不为己，天诛地灭；人为财死，鸟为食亡。

一粒老鼠屎，打(弄)坏一锅汤。

人穷志短，马瘦毛长。

老虎咬瘸子——走不得也要走。

吃不穷，用不穷，没有打算一世穷。

人无横财不富，马无夜草不肥。

人无千日好，花无百日红。

人生不做亏心事，半夜不怕鬼敲门。

半斤对八两，彼此彼此。

在家靠父母，出外靠朋友。

人心不足蛇吞象。

吃着碗里的，看着锅里的。

子不嫌母丑，狗不嫌家贫。

人穷志不穷。

杀人偿命，欠债还钱——天经地义。

要想人不知，除非己莫为。

老人不讲古，子孙没有谱。

讨坏一场亲，搞坏三代种。

做坏生意是一回，娶错妻子是一世。

自己不知自事臭，田螺不晓得屁股扭。

宁要讨米的娘，不要做官的爷。

慈不掌兵，义不掌财。

打烂砂罐问到底，砂锅烂了还要问这砂罐能煮多少米。

当然，上述的“官方”俚语，大部分对教育人都是有积极意义的，但也有不少地方比较低俗，像“人为财死”，等等。

二、老家俚语中有些颇显“土”与“俗”，为便于理解，现罗列并作适当解释或翻译

“蒸出包子煮出面——做出人相见。”“做出人”是指做成功事业的意思。

“地上有捡——也要起床早。”与“天上不会掉馅饼”相类似，劝人应该一生勤奋才有所得所成。

“三十(大年除夕日)赚钱——迟了；初一(大年头一天)赚钱——早了。”劝人既不要“水过三丘”再努力，也不要“天天立志”，要借力用力，劳逸结合。

“拔出脓来，才是好膏药。”拔出脓来，说明膏药生效了。比喻能解决实际问题，有效果，才算是好的。

“稗子再好，也长不出稻米。”比喻谬论讲得再动听，也成不了真理；也可比喻肚子里没有真才实学的人，做不出什么成绩。

“绊三跤，方知天高地厚。”是指人经过多次挫折和失败的教训之后，才会知道自己的不足，明白为人要谦虚、谨慎的道理。

“爱火不爱柴，火从哪里来。”指孤立地追求结果，不从培植根本做起。

“薄饼从上揭。”指事情要按次序来办。

“儿时偷根针——长大是贼精。”

“三岁孩童定八十”(与三岁看老相似)。

“水里放个屁都能臭出来。”(意思是纸里包不住火)。

三、有些虽也属俚语，但蕴含着故事

“人心高，转转高(螺旋上升)，井水当酒喝，还嫌没有糟。”因老家鲜有白酒，喝酒都是米酒即米糟与酒酹的混合体。该俚语的意思就是说，人的欲望是无限的，“井水都成酒了”，却不知足，还嫌没有糟，说明人心贪婪。

“拉尿下在脚趾上”——意思是报复速度来得快。

“宁可口吃屎，不可墨吃纸。”——就是说，嘴巴讲的不一定算数，签字、盖章的事就是铁板上钉钉，不可更改，故而凡签字的事即已认可，也必须谨之又慎，与另有一说“口说无凭，立地存照”的意思相似。

“金窝银窝——不及自家的狗窝。”与“在家千日好，出外半事难”相类。

“一粒黄豆可以打死人。”一粒豆子怎么会打死人呢？这里有个小故事：两人在堂屋里玩剥豆子游戏，一人拿黄豆子炸另一个人并说：“我可不用瞄准就能打中。”另一个却说，“你的眼力没有那么好，离丈余能炸准我！”于是，游戏开始，被炸的人潜意识里往后退且已靠墙。当豆子飞来将近脸部，他往后一躲，却没有想到背后墙上有口大钉穿入颅内，人往下一沉使脑袋又加受一重创。乡里短医少药，终因流血过多——英年早逝。当然这本身有很大的偶然性，但说明任何偶然性中含有必然性，告诫人们时时处处谨慎小心，否则乐极生悲！

“黄狗吃(偷)肉，饿狗受揍。”前狗偷吃肉，本应挨棍，主人却不分青红皂白，将毫不相干的另一只既没偷也没吃上肉的狗揍一顿，说明主人在没弄清情况而张冠李戴，造成了不公正的后果。

“牛种田，马吃谷。”也比如不公平的社会现象。

“男子力大不发家。”教育人们遇事动脑子，不要蛮干傻干。

“回娘家——如射箭，回婆家——扯欠”(音，磨磨蹭蹭)，这是媳妇对娘家和婆家差异性和适应性的具体体现。

“人比人，比死人。”劝人们遵从宿命论观点，知足常乐，随遇而安。

“蛇钻到屁股里——没人扯”(没人帮忙)。蛇都钻进了屁股里，“别人不扯”是“事不关己，高高挂起”；且还有一层意思是当事人平时从不帮助别人，别人也“来而不往，非礼也”；更深一层意思是说明当事人太懒，蛇都钻进屁股了，自己也可以拖出来呀，可他不急不忙，懒得出奇，与“酱油瓶倒了——懒得扶”异曲同工。

“走短路。”意即寻短见。

“点心、点心——遮住碗心。”“点心”即晚餐的意思，农村把早、中餐作正餐，晚餐很随意，一般没晚餐吃，要有也是中餐之残羹剩饭一点点，量才够遮碗底。

“我正不怕斜，有理打得爷”(爹)。比较浅显易懂。

“三分钱一斤的盐——在南海。”说明资源重要，古时无交通，安仁人吃盐要到很远的地方去买来，路费远比其本身价高百倍。

“吃寡蛋——口臭；吃鱼子——认不得秤星。”这是惑悠小孩。孵不成小鸡的蛋很营养，大人想吃，不想给小孩吃，就找个理由欺骗小孩。鱼籽也一样，欺骗小孩说吃了鱼子会变得不认识秤而愚蠢。

“一分钱下得茅坑。”比如人小气为己不择手段。

“掉在屎坑底下——唱情歌。”说明某些人的乐观处事态度。

“走多了夜路——总会碰到鬼。”

“老鼠打架——为一粒米。”为小利不惜大动干戈。

四、关于天气现象的俚语，用以指导出行或农事

“星不见湿地”“月亮长毛”——有雨在今朝。下雨或续雨的前兆。

“春暖越晴，冬暖越雨。”

“小寒大寒——捏水成团。”说明天气太冷的时节。

“小雪大雪——煮饭不来。”大雪、小雪是农事节气，说明这个季节昼短夜长。

“冬至日后——多绣一根线。”即冬至白昼最短，而后以降，绣花的每天可多绣一根线。

“天狗吃月，灾害随后。”月食现象过去被认为是对人类有可能遭灾的警示。

……

以上啰哩啰嗦，也不知说得对不对，更不知遗漏有多少。作为一个土生土长的安仁人，总想在梳理整顿安仁文化方面做点工作，也不知有没作用，姑且作些整理，仁者见仁，智者见智，以飨看官的同时，企请雅正为谢！

渌田人的客套话

刘冬初

人们在日常生活的相互交往、相互走访中总不免使用一些礼貌客套话，例如“你好”“谢谢”之类。株洲县渌田人在日常相互交往相互走访中使用的一些常用客套话别具风味，且有丰富的文化内涵。

主客见面

客人到亲戚、朋友、熟人家走访，主客相见，彼此亲切、尊敬地称呼对方后，主人首先用客套话对客人打招呼：“你今天发得狠哪！”客人紧接着回应一句客套话：“喜欢走咯！”再接下来又是主人的一句客套话：“哪里，轻事不走！”

在主客见面中，主人首先用“你今天发得狠”这一客套话跟客人打招呼，这句话的含义极为丰富，主人将客人眼下走访自己夸奖为客人是在自身其他事务繁多的情况下，于百忙之中“狠心”抽出宝贵的时间来拜访自己，培养感情的；或者主人将客人的当天走访自己设想成客人原本在家过着安稳、舒坦的日子，只是为了密切与自己的交往才不避劳累（渌田人管某人能勤奋劳作叫“发得狠”）来自己家作客的。所以，主人使用的这一客套话极委婉、极含蓄地表达了主人对客人的钦敬感激之意。而客人在回应中所用的“喜欢走咯”这一客套话，其含义同样也是比较丰富的。这一客套语最为直接简单的理解是：客人是说自己平日到主人家和别人家走动太多而不知自我约束以致形成了一种“不良习性”；而如果对客人的这一客套语做进一步的理解则是：客人说自己是一个不知珍惜时光没有事做的闲人，待在家里待不住，有事没事不揣冒昧地出来打扰人家的正常生活。客人用这一含有自责之意的客套话显示着客人的明智与谦逊。再接下来主人又用了“哪里，轻事不走”这一客套语，这是主人对客人所讲的又一句恭维奉承话。主人使用这一客套语，旁人乍一听，好像是主人说客人平日来主人家做客的次数并不多，不但不多，而且很少很少。但稍加咀嚼，就会感觉出主人这一客套语还包含着这样的意思：主人说客人当天走访自己，不会是为小事或者无事、纯粹寻消遣式的、随随便便的轻率之举，而一定是为着重要事情，因而一定会是有着重要目的和意义的走访，所谓"无事不登三宝殿"者也。总之，主人所用的这一客套语虽然对客人可能有点虚美，但主要应该理解为主人很委婉、很含蓄地表达着自己对客人重友情、重人际关系的认可与赞赏。此外，关于主人使用"轻事不走"这一客套语，有时主人也说成"哪里，轻易不走。"对此，我们仍可这样看待："轻易不走"应该是"不轻易走"词序的调动或变动。"不轻易走"就是"不随便走"，因此，"轻易不走"与"轻事不走"基本上是一个意思。

主客用餐

客人来到主人家，有时经主人挽留会在主人家就餐。在主人陪客人用餐中，主人往往会用这样的客套话客气地招呼客人："冇菜……吃斑椒咯！"（当地方言将辣椒叫斑椒）此时，客人也会这样客气地回应主人："莫客气，我不晓得装文！"

在主人陪客人用餐中，主人招呼客人"吃斑椒"，这里面的内涵是：主人在备餐时烧了鱼肉之类的荤菜，在这荤菜中往往会用上比较多（比炒小菜多）的辣椒作佐料。主人招呼客人"吃斑椒咯"，一则以此代替直接招呼客人吃鱼肉之类的荤菜；二则意在表示荤菜里鱼肉分量不多，而辣椒之类的佐料占比太多（待客菜肴不丰实）。其实这些都是主人十分含蓄十分委婉地显示着自己的一种谦逊与客气。客人在回应中所使用的"我不晓得装文"，意思是说："我不会装斯文的，我会不受拘束地随便吃喝的。"

主客辞别

客人要离开主人家，在辞别时，最常见的是客人对主人说："吵闹啦！"主人则以"难为你哒，莫作辞，几时再来！"作回应语。

在客人辞别主人的客套语中，客人有时也用"吵烦啦"。客人无论是使用"吵闹啦"还是"吵烦啦"，都是客人一种含有自责意味、表示谦逊的客套话；主人回应"难为你哒"也是主人对客人此次走访自己再一次表示感激之情。

随着历史的推移，伴随社会其他各方面生活的改变，淦田人的这些传统客套用语虽然也在不同程度地被新的语言所取代，其活力在逐渐降低，但这些流传漫长岁月的传统客套用语仍十分顽强地存活在淦田人的生活中。你如果对它不能有所认识和了解，往后你到淦田作客将很有可能遇到极大的不便，甚或还会闹出些笑话来。朋友，通过浏览本文如果能为你以后到淦田作客提供些许帮助，这将是本人撰写本文最大的收获！

第十二编　名校记忆

中国第一书院——光石山书院寻访记

谭特立

书院，是藏书、校书、修书、著书、刻书、读书、教书等多种功能于一体的文化组织。史料记载，中国官方书院的开端，始于唐玄宗开元六年(718)，由朝廷创办的丽正书院(后改为集贤书院)。而民间创办的书院早于官办书院，湖南攸县的光石山书院和陕西蓝田的瀛洲书院、山东临朐的李公书院、河北满城的张说书院被称为中国历史上最早的书院(邓洪波《中国书院史》，东方出版中心2004年版，第4页)。

笔者查阅清顺治、康熙、乾隆、同治版湖南攸县的《攸县志》，发现在学校卷目中都有“石山书院：林奇撰记，今废”的记载，林奇所撰的《石山书院记》，县志没有收录，石山书院是否光石山书院，一时难以判定。因为光石山书院这个名字，仅在苏师道的《司空山记》中提及，即“司空宅在山之西……宅左有光石山书院，故基尚存”。司空山原名麒麟山，传说因南齐司空张巴玉在此修道成仙，遂更名为司空山。天宝十四年，潭州刺史苏师道来此祈雨抗旱，参观了司空山的仙踪遗迹后，作《司空山记》，刊载于清康熙、乾隆、同治《攸县志》。由于苏师道对光石山书院的情况语焉不详，史学界因此把和瀛洲、李公、张说3书院判定为唐初创建的最早书院。

笔者在湖南省图书馆文献室查阅了清咸丰十年(1860)编修的四修《楚攸司空山志》，志中《司空山实录》一文对光石山书院作了“司空书堂，即今大觉寺”的注释。“实录”中还载明张司空在“放光峰下结草舍三十余间居焉，全家斋戒，日诵大洞真经三十九章”，可见光石山书院为张司空全家升仙前特定个人家庭读书治学之所。张司空全家是梁天监二年(503)八月十五日白日升天的。光石山书院的创立最迟推断为南梁初期。比起唐学士李元建的瀛洲书院，李靖读书习兵法的李公书院，武周、唐中宗、玄宗三朝为相的张说的书院，要早150－200年，是为书院最早者，堪称中国第一书院。

张司空升仙后，光石山书院一直成为当地文人的读书场所。五代时，诗人陆蟾在光石山书院读书，曾作《司空山闻子规》收入《全五代诗》，光石山书院的存在，不但是士人读书治学之所，同时也是接纳朋友访客，谈诗论道的地方。由于司空山的闻名，历代文人士大夫来参观游览者不少。南宋淳熙状元官至礼部尚书的湖南宁乡人易祓，游司空山，参观光石山书院后，挥笔写下《张司空石山书院》匾额，此后的光石山书院就成了“石山书院”。

元明以来，石山书院被废。清康熙五十年(1711)，天目禅师在石山书院旧址改建为大觉禅寺，但当地文人仍在山寺读书成名者不少，诸如进士王纯鐀、举人廖梦麟、贡士陈国棠、廖懿庵、岁进士陈圭等。

2012 年 5 月中旬，笔者慕名赴司空山大觉寺游览。寺院是 20 世纪 80 年代改革开放修复的，大门对联是：“大梦谁先觉，唯张老真人功满升天，德传千秋；小寺看后修，然司空名山恩泽布地，福荫万代。”语句隽永，意在赞扬张司空在那个文化封闭的时代，竟先觉悟，创办了石山书院，使之成为中国古代书院的滥觞。修复后的大觉寺不大，但人们在院内建起了乡村大舞台，当时民间的很多文化活动在此举行。并在院子左边，开辟了一间农家书屋，屋内藏书甚多，农友们常来这里阅读，使之真正成草根化、个性化的民众书院。

在大觉寺，还意外地发现一块刻于清乾隆二十九年岁次壬申仲冬月的《江山并寿》石碑，为南水王氏所立，其中序文称：“洞庭以南名胜，自衡岳七十二峰外，司空山其舆相望，埒者也，旧传司空故宅。大觉寺系张公书院，为张司空常读书之所，年久失修。因其地属吾家旧业，又族中弟子员，列明经，举进士者，莫不肄业于是……”为石山书院后来的历史写下浓重一笔。笔者为此兴奋不已，提笔写下上面这些文字。

光石山书院考

陈安国

传统的观点认为，唐玄宗时代建于朝省的丽正、集贤书院是最早使用“书院”名称的机构。湖南大学岳麓书院教授、兼书院研究室主任、湖南省书院研究会副会长邓洪波先生认为，曾位于攸县莲塘坳镇阳升观村大觉寺左旁的光石山书院（本地文献有时只称“石山书院”）是中国民间最早的一所书院，早于丽正、集贤两所书院。查乾隆版《攸县志》和同治版《攸县志》都有“石山书院”的记载，只是记载不详。

2012年5月6日上午，笔者和门生蔡杰球驱车来到阳升观，考察了光石山书院的遗址。在阳升观1公里处的慧光寺见有一块古老的石碑，这是一块乾隆二十九年（1765）刻写的碑文，碑题是“慧光寺司空真人会碑文”，最顶端勒有“江山并寿”的题额。碑文上有“慧光寺系张公书院，为司空常读书之所”的刻文。碑文中还记载了先人捐资复建慧光寺的情况。

唐苏师道在《司空山记》云：张邑来到麒麟山（后更名司空山）后“复令家人四时应候以耕为事，将以给晨昏。山中筑坛瞻斗，旦夕诵太洞真经三十九章。”这块乾隆年间的碑文也记载了光石山书院是司空张邑读书之所。这是可信的。在光石山书院里，张邑不仅自己在此读书长达数十年，还传道授徒。据《司空山记》记载：“司空乃蹑足登云，全家八十余口白日冲天。后至陈天嘉初，有丹阳章、马二先生来此，语人曰：‘我二人乃司空弟子也。’同入此山精修道行，至四年二月十四日功满，亦跨鹤执节升仙矣。”

据《乾隆版·攸县志》记载，江西吉安刘渤，字巨溟，曾读书攸县石山书院，梦张真人执其手书“方兴”二字，且以心心相印语之曰：“后当记忆，取吾之温泉水服之。崇祯己卯年（1639），刘渤中江西乡试第一人，壬午年（1642），再北上，病笃不果行，又梦张真人为之嘘咈。三日使人自攸取得水饮之，果豁然起。其后越二年，巨溟亦不知所往。”这一记载，虽然也有些神奇意味，但是也可佐证，在明清时期，攸县光石山书院仍然有学子在此求学，不仅是本土学子，也有远道而来的外地学子，说明书院在教学和培养人才方面是很有吸引力的。

乾隆时期那块石碑上刻有“子员列明经举进士者莫不肄业于是”，也说明从司空升仙以后，光石山书院仍然成为当地人求学之所。唐朝天宝十三年(755)，苏师道担任潭州刺史，于第二年(756)十月来到攸县，并见光石山书院“故基尚存”。乾隆和同治年间所修治的两部《攸县志》都将光石山书院与其他13所书院并列，而将建于元元真二年(1297)的凤山书院排在第一，却将早于凤山书院的光石山书院排列在第五，且就简单一句“石山书院：林奇有记，今废。”这里我们可以做出这样的判断：当时(1871)编撰县志的先人知道光石山书院的存在，或许看到过林奇的“记”，不知是遗忘了，还是由于手头资料缺乏，就简单一笔带过了，却没能去寻找林奇的那篇“记”，将其附于志书中。

追溯光石山书院的创建历史，就要探究张邕这个人物。南齐永泰四年(498)，齐明帝撒手西去，东昏侯萧宝卷登基做了皇帝。但他“政尚烦苛，内不修礼制，外不听臣谏，纵恣秽行，害虐生民”，使得天怨民怒。回天无力的司空张邕，长叹“齐国将亡”，遂“挂冠东门”，退隐林泉，“闻有胜境，虽远千里，未尝不一寻访”，希望寻求一个山清水秀，环境幽静，能求长生不老的地方，以避乱世之灾。当他来到湖南省攸县麒麟山时，即醉心于其“云岫回合，松萝蓊郁，泉源清冷”的环境，于是“倾家南来”，“筑坛瞻斗，旦夕诵《古洞真经》三十九章”，潜心修炼起神仙之术来。尔后不久的一天，忽然有一位“貌古神清，披鹤衣，步松阴”，自称是葛洪的神人前来“升坛”指点，“授以金液之诀，俾成火鼎之功”。从此，司空张邕就能点石成金，“密济贫病”了。到梁武帝天监二年八月十五日(503年9月21日)，潜心“诵经修炼”的张邕，终于在“天钧铿尔，鸾鹤翔鸣”中，踏上一片从天而降的紫云，率领“全家八十余口，百日冲天”，成了神仙。由此，麒麟山改成司空山。

这个近似神话的故事，是发生近200年之后，由司空山年逾90岁的道士钟仙芝讲述，并由潭州刺史苏师道记录下来的。时在唐玄宗天宝十四年(755)冬季十月，距今有1240余年了。大唐皇帝姓李，远以老子李聃为始祖，奉道教为国教，对这种修道成仙之事自然信奉重视。就在苏师道到来的前7年的天宝七年五月十三日(748年6月13日)，唐玄宗“以司空全家升举异之”，下令建造规模宽敞的朱阳观作为供奉张邕的祠宇，并“度道士焚修”其中。据说，“每遇岁旱，居人祈祷，无不昭应”。于是，“十方归从，纷若云臻”，都将张司空奉为神灵。至今，攸县、茶陵、安仁、醴陵等地，仍然有“唱章(张)”的风俗——到司空山抬着张邕的神像到各地，举行隆重而又虔诚的祈祷、祭拜仪式。苏师道这次来攸县，就肩负着祈雨抗旱的任务。他怀着崇敬的心情，在德高望重的钟道士陪同下，参观了朱阳观及其附近的司空山仙迹遗踪，并将所见、所闻、所感写成了《司空山记》。其中记述道：“自(朱阳)观远近，司空山遗迹尚可寻访。东南嵎有秀峰十二耸翠卓立，其峰有画瓶、青牛、大莲花、小莲花、紫盖、瑞云、洞门、紫麟、猿吟、隐真、廻龙、白鹤，名称不一……司空宅在山之西，去观十一里。今殿宇有像，坛井基图，宛然在焉。宅左有石山书院，故基尚存。北一里有慧光寺，前有洗药池，池水冬温夏冷，异香袭人，掬饮可以愈疾。又十里有菩提寺，寺前有池，方广二十丈，其水亦如药池，岁旱不涸，传云司空昔常于此水沐浴，今谓之仙池。池又去三十五里有隐真岩，是司空炼药时栖止之地，故崖之左右平石之上有石臼，仅二尺许，臼底微红，犹有药气。旁有石池，广方一丈，水清如鉴，中有荷花，芳华甚异，每花开，五色相间，传云司空种荷之池也……呜呼，自司空发迹于兹，奇踪遗迹异址不鲜，若夫志学之士，栖心之人，寻访于兹，往往有遇焉。”

苏师道和钟道士所见的司空山遗迹确实充满仙灵之气，但又绝不是蓬莱仙阁，洗药池、仙池、种荷池，隐真岩皆不得视为子虚乌有，书院、道观、佛寺鼎立其中，都是真真切切的事实。因此，虽然我们不能也不必据以断定光石山书院建于南北朝时期，但玄宗时代的人称之为“故址”，其存在早于玄宗时代(713—755)，即早于朝廷的丽正、集贤书院则是完全可以确定的，也就是说在开元六年(718)朝省的书院还没有出现之前，作为民间书院的光石山书院就已经存在了。

唐朝诗人韩翃写过一首《题玉真观李泌书院》诗，诗云：“白云斜日影深松，玉宇瑶坛知几重。把酒题诗人散后，华阳洞里有疏钟。”诗中所言的“瑶坛”“疏钟”满是神道仙气，写的应是与光石山一类的书院之境了。诗中李泌实有其人，李泌自玄宗天宝年间(742—755)至代宗即位(762)这一阶段，曾两度隐居衡岳等地，我们虽不能断定这首诗写的就是光石山书院，但是其中的“白云”“斜日”“深松”——风景秀美幽胜，几乎就是司空山的实景记录。真是“古庙尚有唐故事，断碑犹有宋文章。”(明朝王伟诗句)清邑县令陈溥在《凤山书院记》说：“其在攸，司空山传于张岜，而鸾山凤岭则以彭天益之廷对传。”“则凤岭之名不且因张君而其传益永哉。故曰：凤岭弗及鸾山者余未敢信也。今张君诸令嗣，各以文章发名于时，荐贤书，登黄甲，一邑传为美谈。”我很赞同湖南大学岳麓书院教授邓洪波先生的看法：光石山书院确实是中国民间最早的一所书院。

古时光石山书院的功能主要是“设坛讲道”和“栖遁读书”，自然也还有游宴会友、吟诗作文、读书治学、学术交流等活动。张岜创办的光石山书院，对所招收的弟子，不仅传授以《道德经》为主要内容的老庄道义，同时也灌输儒家的道德伦理思想。因为张岜本身就是从儒家官场退隐泉林的，是政治的不明，帝王的昏庸，世道的不洁让他离开昏聩的仕途的。现在他自己开办了书院，怎能不凭借这个平台来释放自己的政治主张和人生感悟呢？至于“读书”的功能，这是自古以来郡县庠序必然的职责。

当时的光石山书院里的学子使用什么样的教材，读什么样的书？虽然没有具体的史料可鉴，但是可以揣断书院的教科书仍然是以儒家经典的四书五经为主，辅之以道家的《道德经》之类。因为，张岜创建书院的目的，一是自己读书，二是会友授徒。凡授徒者，就是培养人才。从传道授业这一点来看，不管是儒家，或是道家，都要读经文，读经典。张邕选择麒麟山（今司空山）“复令家人四时应候以耕为事，将以给晨昏。山中筑坛瞻斗，旦夕诵太洞真经三十九章。”在虚坛、丹炉间吟诗、攻文字，对神仙家的道气、丹术也会有一定程度的感知或体认。在这样一个环境幽静、风景秀丽、空气清新、无战乱之忧的世外桃源般的仙境读书会友，讲习传道，强身健体，是何等的惬意和舒泰。

光石山书院的经费来自民间的田租捐赠。当民间社会循着“聚书——读书——聚众读书”的路径，衍生出书院这一前所未有的士人文化组织之后，官府也于唐代中期，依沿汉魏以来的故事，因袭“聚藏群书”“校理经籍”的秘书省之责，在中书省推出了丽正、集贤书院这一全新的作为官府的学术文化教育机构。

值得欣慰的是，后唐皇帝李嗣源对当时的一所民间书院——匡山书院颁赐院额，并发布敕书，大加表彰。其称：“朕惟三代盛时，教化每由于学校；六经散后，斯文尤托于士儒。故凡闾巷之书声，实振国家之治体。前端明殿学士罗韬，积学渊源，莅官清谨，纳诲防几之鉴，允协朕心；赏廉革蠹之箴，顾存扆席……后学云从，馆起匡山之下；民风日益，俗成东鲁之区。朕既喜闻，可无嘉励，兹敕翰林学士赵凤大书‘匡山书院’四字为匾额。俾从游之士乐有瞻依，而风教之裨未必无小补焉”（《江西古代书院研究》31—32 页）。这是中国历史上第一个由皇帝发布的表彰书院的文告，标志着中央政府对民间书院的正式承认，书院从此具有了合法性，肯定了民间书院有托斯文、裨风教，“振国家之治体”的作用。这也促进了唐时书院的兴隆发展。

两宋时代是中国书院鼎兴时期，作为最早的民间书院——光石山书院其变化如何，因史料缺乏，难以悉知。但宋代有奉敕修阳升观之盛事。据宋程元佐《阳升观记》所云：“政和二年，天子览图籍，异其事，悯其风迹皆废，而晦匿于无闻，乃诏漕臣程元佐，相视弊陋，革而新之。于是鬻度僧之符以储金，因采山之民以市材，斩芜凿荒，补薄增卑。踞巨阜而临清流，飞观列峙，修庑环翼，有名者皆有祠，有籍者皆有祠。不费于公，不扰于民，不诿于有司，而宏敞奂丽，凡一百有十楹。经始于春三月，至秋九月而乐成。诏易名‘阳升’以賁其祠，加号‘冲升’以崇其道，赐太洞真经，以显其迹。”曾经得到过宋朝皇帝青睐，崇宁年间（1107—1106）做过太学博士的彭天益（攸县人）所写的《重修阳升观三奇碑记》也记述过这件事。大观（1107—1110）初年，彭天益因上疏言权奸蔡京误国，不为朝廷所纳，年五十致仕，退居司空山。彭天益在司空山是否也办过书院，史料不详，但他在司空山撰写过许多诗篇，积集为《瑞麟集》，从中可见他隐居司空山时，也从事过以诗会友的交游活动。

据《楚攸廖氏九修族谱》（以下简称《族谱》）记载，元仁宗延佑时廖元可（生于1314 年）自衡山迁往攸县阳升观，卜居麒麟山下，也就是今天的大觉寺旧址。其《廖氏三修序》曰：“此山旧缘紫麟游食得名，迄南齐真人张司空于此养素飞升后，遂易名司空。而麟山之名仍在山，有三十六峰，蜿蜒磅礴，亘数十里。而真人修炼之所，斗坛丹臼，实为今攸东廖氏族望堧区。”这段记载，说明原司空真人修炼和读书之处，至元代已经成为廖氏家族的住宅之地。而撰写这篇序言的张九钧，是赐进士出身诰授中宪大夫。张九钧因为来攸县黄家书院讲席，“有肄业廖生昌侯，英年绩学，文笔清矫，会课多冠其曹，余心器之。因得其详其家世。”“廖生于余有问字之雅，余于廖氏又深旧之欢，乃为审阅再四，知其谱系。”可见张九钧所作序言的内容是可信的。

《族谱》上还载有一篇康熙五十年(1651)八月初二日由廖旭瑞等人签订的《施建大觉寺约》说：“司空山道场基址一所，原系世稼先祖于崇正年间将山下仙基内，坟前土一块出卖与文姓，后转卖与彭。今彭将坟前土，请天目师(僧侣名)修建道场，因后山脚下有廖姓祖坟，恐建造后，以逼明堂，彼此不安，天目师敬诣族等，求迁此坟。以便建造，并求施屋场后山脚仙基坪二丈进身其上手坡上，以便栽培围禁，成就佛地。”这份契约说明，当年张巴读书的光石山书院，而今不再是一家廖氏之栖居，还有其他姓氏家族卜居于此。虽然廖氏族谱上没有关于“石山书院”的记载，但从《麒山祠堂图》上仅有的三处文字中，却有两个含有“石”的标志物，一处是“石山冠”，一处是“石公庙”，且两处标志物相距很近。《麒山祠堂图》下面有文字解释道：“所绘麒山廖氏大宗祠堂图，原仿初修谱开基时之老祠图，已存之本陇。”言此图系“开基”之图谱，不是后世绘制。可以推断，此时的光石山书院遗址很可能被建成了“石山冠”或“石公庙”了。根据《麒山廖氏家庙图》上可以明晓，此时独立的书院已经不再存在了，而是演变成祠堂私塾学校了。因为这幅图上的第二进房屋房檐上悬挂着“亚元”“进士”“文魁”等匾额，这是麒山廖氏的坐馆书堂了。应该说，廖氏栖居麒麟山，也受到光石山书院教化之遗风影响。据《族谱》中《邑文庠廖公成棠传》载：“邑东乡紫麒山昔为张仙修真冲举之所，生长斯土，类多奇特殊尤之质，文采风流，彬彬尔隽杰秀者，代不言乏，若茂才廖成棠先生岂非卓然最著者哉？先生英颖夙毓，岐嶷挺拔，自髫龄受书，姿记迥不犹人。年甫弱冠，即噪声黉序，本学问发为文章，洋洋乎黄钟大吕，朱弦疏越，有余音矣。望重儒林，咸以伟器”。

明代，廖氏人才辈出，有郧国公廖永安、德庆侯廖永志。清代有文学家廖燕，户部侍郎廖腾煃、工部尚书廖鸿荃、礼部尚书军机大臣廖寿恒等名人。《族谱》首页载有嘉庆七年十二月初九日的一幅《敕命》，敕命是嘉庆皇帝嘉奖廖翰扬之父母的。从《族谱》上嘉庆二十五年撰写的《映山先生传》可知，廖映山“勤勤恳恳以诗书为念，余乡荐掌后掌教震阳书院。”可以这样推断，在攸县，到明清时代，属于民间的书院，逐步被官方的书院替代了。随着政治经济文化集中在县城，原先在深山中的书院也渐渐移至了县城。明朝时期由陈思立建在县治对河黄家洲附近的紫麟书院，就是沿袭麒麟山之名，也可以说是古代地处麒麟山的光石山书院在明朝的衍生。

应该说，同治版《攸县志》上面所记载的凤山书院、金仙书院、峡山书院、紫麟书院、跃龙书院、光岭书院、凤鸣书院、玉兰书院、湘南书院、黄家书院，乃至后来的梅城书院和东山书院等十几所书院，都与光石山书院有着一脉相承的联系。

光石山书院不仅开创了中国民间书院的先河，也成为中国书院的滥觞源头。攸县县委、县政府准备在攸县文化园内兴建一所以“光石山书院”命名的书院，这是一件非常有意义的事情。倘若光石山书院能够申请非物质文化遗产，并成为一个地理坐标，那更是十分欣慰的盛事。

茶陵狮子口——千年学府之地

唐平生　王薛刚

湖南省示范性普通高中茶陵一中所在地，古称狮子口，位于国家森林公园云阳山麓，这是一方千年学府之地。

明嘉靖四年(1525)版的《茶陵州志》记述了茶陵历代办学史，其中载有大学士李东阳写的《学校记》。其开篇就说：“茶陵在宋元为州，州有学，毁于兵燹”，“考诸图籍，知宋元旧学在城西南二里，其地曰狮子口”。狮子口之学宫于元末兵灾中被烧毁后，移学于城南关。《明志》说：“丁巳(1479)，知州董豫来，作士之意比二子为勤”。也就是董豫任知州比前二任知州更为重视学子的科举取士。董上任后就观察了设学处，认为“山撼其胸，水啮其宫，是谓封索”(“封索”系风水用语，即指城南关之地很不吉利)。于是召集一批“耆老”询问：“兹地在宋元为文献之邦，人才甲湖南，何今汨没也?”意为茶陵在宋元两代是贤人辈出之地，人才在湖南第一，为什么到今天久久无闻呢？耆老们告知，学宫首先在狮子口，“故谚有狮子啣书万卷之语”。董豫知道后，亲自去狮子口并请巫觋占了卜，然后划拨土地，搬迁居民，复建了学宫。李东阳赞扬董公这次复建的学宫：“顾旧学堂殿皆狭隘，移其故材，拓而新之。规制闳敬，轮奂辉丽，盛于昔”。

明弘治十六年(1503)春，林廷玉任茶陵知州，为“敦厚地方民风士习”，倡建洣江书院，作为“州立”，征用狮子口学宫罗氏一族民土地，于次年(1504)九月动工兴建，历时7个月竣工。书院“前建大门，中建乡贤祠多三间，乡贤祠左右为规矩、准绳二门，最后建堂屋五巨楹，为师儒讲习场所；前后两旁建主敬、行恕、修德、凝道四排斋，共二十间，为士子藏修之所。周围缭以高垣。门外为八字墙二诸，皆精工制作，坚而洁。题写匾牌为：洣江书院，以其枕洣江之湄。”林延玉为了让士子弘扬茶陵“士勤于学”的风尚、撰写了《洣江书院记》《吸秀亭记》《东轩赋》《西轩赋》和“四斋铭”(座右铭)。其中《洣江书院记》，介绍了建那些房舍的用意，告诫学子要践行儒道。认为读书人要为自己求学，但首先要学会做人。林不仅倡建了书院，立言教育士子，而且兼任过山长和主讲。

至清乾隆年间，洣江书院因年久失修，移地过城内南关，乾隆十九年(1754)又将狮子口明伦堂和学正署改为书院，以后在嘉庆至咸丰年间，又经过多次改造和重修，使书院不仅规模更大、环境更优美，而且增捐了学田，“以裕山长束脩金”（院长的报酬）和学子“膏火金”（古代书院供给学生的津贴，含灯油费用）。

洣江书院的山长、师儒以茶陵名儒为主，也去长沙等地聘请教师。教授方式、方法上以学生个人读书钻研为主，教师多用论辩式教学方法启发学子思维。名儒们很敬业，如清同治版州志记述刘梦凰好学，“五更犹诵读不辍”。有一天深夜，知州戴保豫至书院想拜访他，见斋舍扃门紧闭，便绕窗前一看，只见刘端坐烛光下批改徒生课艺，深受感动，不忍打扰而乘轿回衙。洣江书院历代培养造就了多少人才虽无法考证，但已知茶陵有127位进士，而出身其中必有不少。普通高等教育十一五国家规划教材《中国文化地理概述（第二版）》统计古代全国状元有494位，湖南7位中茶陵占2位，其中萧锦忠状元就曾就读和主讲洣江书院。

清末，清政府施行“废科举，兴学堂”等新政。于是洣江书院改办为茶陵州立高等小学堂。民国元年（1912），国民政府公布《壬子学制》，茶陵又将学堂改为“小学校”。民国10年，茶陵议会决定分区办学，其中设在洣江书院的“小学校”改为茶陵县立第一高级小学堂，从而逐渐与近代教育接轨。

民国早期，茶陵新式教育发展很快，全县有初级小学127所，高级小学6所。但高小毕业后，学生要远去长沙等地就学，使多数贫家子弟无缘。

民国23年（1934），国民党第28军军长刘建绪率部驻茶陵。他认为沙濑（在洣江乡）刘姓宗族其先人发祥是茶陵，故倡义兴学，要求茶陵政府办一所简师；后又将其辖区茶陵、酃县、攸县、安仁四县的简师合并，联办“茶、攸、安、酃联立简易乡村师范”，以洣江书院为校舍，经费四县平均负担。此时茶陵已分乡镇设学，县城首善镇高小设于刘家祠。

“联师”招生，由各县教育局初考，加倍录取后再来校复试，淘汰一半，外省外县另录10名，每年秋季有300－400人云集茶陵参考。首任“联师”校长首先由刘建绪兼，但因军务忙、实只挂个名；另要军部上校参谋彭晋云主事，后任副校长，实际负责。由于办学有方，次年省政府又任命彭为茶陵县长。后刘率部离县，彭就以县长身份兼校长了。教师聘请四县名师。校训为：“好学、力行、知耻”，校纪严格，学生需统一着装，积极参加各项竞赛，尤其是“讲演赛”，以提高口才水平。“联师”鼎盛时期正值抗日，学校教唱抗战歌曲最多，也比赛抗日漫画、街头剧，每到寒暑假学生即回乡积极宣传抗日。1937年学校出现了“横展社”等进步团体，后来不少学生奔赴延安，如，共和国少将李改（下东乡小车村人）就是从“联师”走上革命道路的，故以后将自己全部藏书捐给县图书馆。后来“联师”并入省立二中，从而结束其办学使命。“联师”在洣江书院办学七载，共12个班毕业，为4县输送了近600名小学教师。

抗日战争进入相持阶段，湖南实行分10区抗战，也分10区设学，其中十个完全中学之一的省立二中于1941年迁洣江书院。省立二中时期的校舍仍以洣江书院为主体，外加征用的罗氏、刘氏、龙氏三座宗祠。学校的总体规模因战争而变化不大。校园、校舍和教学、生活设施大为改观并成为一所现代化学校是在茶陵一中时期。

茶陵狮子口，古人认定是士人习文和人才辈出的风水宝地，这方成才宝地将会有更多英才从此走出，服务于国家和人民。

林廷玉和《洣江书院记》

苏铁军

林廷玉(1454—1532),字粹夫,号南涧翁、烟霞病叟,福建侯官(今福建福州)人。明成化二十年(1484)举进士,授吏科给事中、工科都给事中。弘治十二年(1499),因科举考场弊案,贬任海州(约为今江苏连云港地区)判官。十五年(1502),迁知茶陵州。十八年(1505),再迁江西佥事,后官至都御史。“因御史董建中劾其拗执褊刻,乞归,家居二十年,著述自娱。”

“廷玉为人刚果敏达,在谏垣号敢言。弘治改元,虚己求谏,廷玉上‘筹边翊治’十事。转左给事中,又上‘保治十箴’。”上本奏“‘奸僧继晓罪恶贯盈,乃漏网逋诛,非所以昭典法,不鉴戒也。’上纳其言,命锦衣官械继晓至京,斩于市。”人谓之疾恶如仇,除恶务尽。

林廷玉因为“刚果敏达”,耿直敢言,颇得赞赏。不料,“宏治己未会试,滥充同考,不图科场大变。寻为论列其事,爰出判于淮之海州。”弘治十二年(1499),因涉唐寅考场弊案,被贬官海州。

林廷玉在海州,“修理学校及祠庙坛墠,正(政)声丕著。”三年后,弘治十五年(1502),迁知茶陵州。又三年,弘治十八年(1505),再迁江西佥事。

与在海州一样,林廷玉十分重视办学育人。履职茶陵,第二年便倾力倡办洣江书院。他身为知州,却聚生徒讲解儒家经典,风雨无阻,寒暑不辍:“日服深衣幅巾,集诸生讲解其中,寒暑不辍。喜吟咏,意之所到,掀髯长歌;与俊髦赓和,忘其身之为吏欤。”书院落成后,他又亲自撰写了《洣江书院记》《吸秀亭记》以及《四斋铭》等文赋,对自己的办学思想,人生志趣和处世信条,都做了颇为集中的剖白。其中,《洣江书院记》堪称一篇程朱理学思想和儒家精神的宣言。

《洣江书院记》首先充分昭示了林廷玉反对章寻句摘,倡导经世致用,匡正民风士习的办学主张。

文章一开篇,就大声疾呼:“民风之不淳,士习之不振者何?居道之不明不行故也。”继之痛陈:“后世科举之学兴,为士者章寻句摘,以应一时之求。故其词藻虽富,而大旨或略;雕琢虽工,而所谓向上一著者罔或深究。及登仕版,书遂置矣,况道乎!”与林廷玉同时代的明朝大儒、哲学家王阳明(1472—1529)说:

“自科举之业盛，士皆驰骛于记诵辞章，而功利得丧，分惑其心，于是师之所教，弟子之所学者，遂不复知有明伦之意矣。”而此时的科举之学，弊案层出不穷，早已积重难返：贿买钻营，怀挟倩代，割卷传递，顶名冒籍，弊端百出，不可穷究；大批士子无所往而不谋利，或买卖或举放，或取之官府或取之乡里；“视经书如土苴，而苞苴是求，弃仁义如敝屣”。面对这种世风陋习，有识之士怎不痛心疾首，忧心如焚呢？“书岂筌蹄，道岂刍狗哉？此实世教关系，固有识者之所深虑也。”林廷玉谆谆告诫：“圣贤之书，道之付托而阐明焉者也。郡之人士毋徒咀嚼糟粕，搔摩皮肤，必由言语文字之末，钩深索赜，以求精微奥妙之理。”直到篇末，他依然谆谆教诲：“山云水月，天然真乐，无往弗在，亦奚以功名为哉？吾见为臣皆忠，为子皆孝，民风士习必为丕变……若但呻吟占毕，图应取以徼利达，而于道漫不究心，固非圣贤著书教人之盛心，亦非书院创建之意也。”苦心孤诣，纵贯全篇。

同时，《洣江书院记》也充分展示了作者恪守道学信念，呼唤道学回归，张扬道学精神的人生信仰。

不言而喻，林廷玉不可能不知道“学而优则仕”；不可能不知道通过场屋之学跻身仕途之后，可以得到怎样的功名利禄，荣华富贵；同时，他也不可能不知道，在“率天下而为欲速成之童子，学问由此而衰，心术由此而坏”，“天下以货为贤，士风日陋”的现实中，他的主张和追求，实在无异于缘木求鱼，痴人说梦。然而，他之所以如此憎恶沽名钓誉，决科干位的世风陋习，之所以如此不遗余力地鼓吹崇贤奉道，力学笃行的主张，之所以知其不可为而为之，原因只有一个，那就是对道的顶礼膜拜。

作者在文中言必称道学。开篇提出“民风之不淳，士习之不振者何？居道之不明不行故也”，文中言之再三：“唐虞三代，斯道在天下，如日之中天。是故仁人君子比屋可封，固其所矣。”“书岂筌蹄，道岂刍狗哉？”“天之所以与我，我之所以得于天，以为人者，以道焉耳。”“郡之人士……知之必明，守之必固，行之必力，使道足于己而无待于外。吾命亨而达，则措诸事业，以裨天下国家；或蹇而穷也，则亦可以敦厚风化，以善一乡一邑。”以道为圭臬，明德新民；以修齐治平为准绳，“达则兼济天下，穷则独善其身”：作为通篇文字之旨归，也作为作者人生之信念，对道的皈依、恪守和呼唤，殷殷之情，溢于言表。

大名鼎鼎的南宋哲学家，集理学之大成者朱熹，在著名的《白鹿洞书院学规》中指出：“熹窃观古昔圣贤所以教人为学之意，莫非使之讲明义理，以修其身，然后推己及人。非徒欲其务记览为词章，以钓声名，取利禄而已也。今人之为学者，则既反是矣。”南宋乾淳之际（1165—1189）的岳麓书院主讲，与朱熹、吕祖谦并称南宋理学“东南三贤”的理学大儒张栻，在岳麓书院重修落成时撰写的《岳麓书院记》中，提出过一个著名论断：“岂特使子群居佚谈，但为决科利禄计乎？亦岂使子习为言语文辞之工而已乎？盖欲成就人才，以传道而济斯民也。”林廷玉和张栻、朱熹，《洣江书院记》和《岳麓书院记》《白鹿洞书院学规》，前后相隔300多年，但是，三者之间，竭力反对“徒工习于语言文字之末，以决科干位”，全力提倡明伦重道、经世致用、传道济民的办学主张和修齐治平的儒家精神却是如此惊人的相似，如出一辙，一脉相承。

人文荟萃，名闻遐迩的茶陵州立洣江书院，迄今已历500余年，《洣江书院记》至今依然光芒熠熠。

“龙潭书院”拾零

文辉蜀

本人出身书香世家，父亲初期从教，后期从政，家住朱亭正街五显祠。港街有老宅一处（租住）。我们兄弟五人，前四人均先后在龙潭书院读过书，所以笔者对她有些片段记忆和朴素的认识，今追述如后，以飨读者。

龙潭书院位于朱亭龙潭湾，依山傍水，最初为南宋宁宗年间朱熹弟子钟震（字主一）所建，叫主一书院，以纪念尊师朱熹来此讲学。当时书院规模较大，设有院门、讲堂、礼殿、藏书阁、怡养斋等。书院办学至明代，后毁于战乱。道光二十六年（1846），湘潭县丞刘友皋主持募银万余两，在原主一书院旧址上，又建有一座更大的书院，依地取名叫龙潭书院。清朝名臣左宗棠书写“龙潭书院”金匾，悬于进门正中。此后，书院再未扩建，至清光绪二十八年（1902）龙潭书院改名为湘潭县龙潭高等小学堂。后来龙潭书院终因生员减少，无以为继，房舍朽坏殆尽。现朱亭镇政府着手准备重修龙潭书院。

南宋大儒学家朱熹和张南轩在朱亭港街，对面的墟场结草为亭而讲学。后人为纪念朱、张这两位学者，在过小河的地方修有六孔 1.5 丈宽、16 丈长的大麻石桥，起名朱张桥。桥北头建有砖瓦结构能避风雨的凉亭，亭内备有凉茶供过路人纳凉解渴。宽大的桥面上，商贾人员经常晾晒烟叶、药材和南杂食品等。在中间的桥墩上，有上千斤重的铸铁水牛一头，昂首远眺滚滚的湘江；还有一条约 6 尺多长的铁蜈蚣，栩栩如生，紧紧地贴在另一桥墩上，意在镇守防洪，消灾灭疾。

从朱亭古镇过朱张桥，沿湘江河边弯弯曲曲小道，约一华里路程，便到了龙潭书院，所经之地均为渔民、菜农聚居地，活鱼蔬菜随时有买。值得一提的是当地的橘子，可能是得天独厚的污积泥土和湘江湿润空气所致，结出的蜜橘香甜可口，清馨肺腑，百吃不厌。

进书院门有不大的操坪，可打篮球、排球，供学生上体育课。整个书院依山势而建，下低上高成梯形，共三大进深，均为土木砖瓦结构，下面右侧为厨房食堂，左侧为浴室厕所。食堂宽大，可同时开二三十桌，学生每月交大米 30 斤，茶油 1 斤，菜金××元，吃围席，八个人一桌，一般二菜一汤，用两个人才能抬起的大木橧蒸饭，许多小学生因人矮还得请别的高学生盛饭。学校用水专门雇请了 5

个人，每天不停地爬500多级台阶从河里挑水上来，倒入两三个大木桶里备用。缺水时限制用水，洗脸一瓢，洗脚两瓢。由于伙食不好，学生肚子经常成饥饿状态。为了抗议食堂的伙食不好，我记得我们还采取过“打菜碗”“锯杉木”等过激行动以示抗议。后来为了搞好伙食，学委会还派了采买、监厨等人员参与食堂的管理。

中层是书院较大的一层，老师办公室、学生宿舍左右排列；中间有绿茵茵的花园，栽种了奇花怪木，有石凳和水池，是学生自学、休闲的好地方，在这里，朗朗的读书声此起彼伏。宽大的走廊边有一条三四尺长，原木刻制的木鱼，内空外光，专为起床、开饭、熄灯时敲打，其声粗吭洪亮，同学们经常驻足抚摸。

靠上面一层是四间教室，并列两排，共四个年级，每年级五六十个学生，教室前后左右均有玻璃窗户，光线充足，两排教室中间有大天井可采光，还有一空间做礼堂，作为做礼拜和院长老师讲话的场所。

历经千百年的办学树人，龙潭书院培养出无数贤能学子。我于1940年入学，记得当时的校长是韩先煦先生，训导主任是肖六池先生，语文老师是唐辉女士，韩校长走后由文雨生先生当校长(小花石人)。

至于当时的同学，大都失去了联系，或已作古，不在人世了。有印象的如金石书画家李立(原名李星职)，东北本溪市市长吴竹安，南京部队师级干部张铁牛，知名教授马松英、马英芳、冯晓龄、文政权、胡金堂、文大昆等。

当时，在书院大门左侧山坡上住有一老人，名字不详，大家都叫他“夹满老倌”，有老伴和两个女儿。老倌种菜为生，老伴叫“夹满婆婆”，平时靠为学校师生浆洗衣服挣点收入。全家住在一个用树枝、杂草、烂席、雨布等搭成的窝棚里，清平过日。有一天下午，小女孩做饭时不慎失火，火随风势，将窝棚烧个精光，一家人号啕大哭，悲惨之至。学生师友闻讯捐款捐物，记得我也捐款40文、旧脸盆一个。

育才济世的敦睦学校

周仁杰

敦睦乃亲厚和谐之意。才高八斗的曹子建曰："敦睦九族，有唐虞之象。"意为家族兴盛，有大家风范、儒雅气象。名闻遐迩的敦睦学校是托田周氏族学，为国家建设培养了大批优秀人才，在平江近代教育史上谱写了辉煌的篇章。

兴教办学——出手不凡气量大

敦睦学校正式创办后就出手不凡，冲破传统观念和家族偏见的束缚，实施了一系列适应时代发展的改革措施：由周氏开明人士组成校董会，实行民主管理的共和体制；将家族资产转入学校兴办教育，还倡导周家进步人士捐资助学；突破过去私塾只招周氏子弟入学的局限，面向周边所有外姓子弟招生，同时享受周氏子弟部分减免学杂费的优惠；首开女子职校，实行新式教育等现代文明风尚。

居住在有"蓝墨水上游"之称的汨罗江畔的托田周姓，是一个具有尊师重教优良传统的文明爱国家族。自清道光年间就以家族名义开办私塾，光绪十六年春，周歧峰捐出田租 631.2 石在托田莱子垅船形兴办义庄义学；民国 2 年，周光启经手创建敦睦堂事务所，新建校舍 32 间；是年冬将所捐田租及校舍移交族上管理。族上接管敦睦学堂后即成立了校董会，并制定了"敦睦学校事务管理章程"，按照孔子"志于道、据于德、依于仁、游于艺"的办学理念，实行"民主理财、集体决策"的科学管理制度，为持续办学创造了有利条件。

最难能可贵的是在当时封建思想禁锢十分严重的情况下，周氏开明人士（敦睦学校董事会）敢于冲破传统观念束缚，顺应时代发展，创办"私立敦睦女子职业学校"，首开女界职业学校教育之先河。招收女生一个班，除读书习字之外，学习缝纫、刺绣、绘画等专业。大革命时期，思想进步的启明女师第一班高才生廖坤愉（周述之的母亲）曾任托莲敦睦学校校长。受到当时民国政府的重视，于民国 24 年（公元 1935 年）获政府颁发的办学奖励金 195 块大洋。由于日寇侵略，时局变化，社会动荡不安，校舍遭受毁损。此后女子职校被迫停办，敦睦学校迁至托田"老三房"大屋旁周氏宗祠，改名为"私立敦睦初级小学"。

与时俱进——励精图治气象新

敦睦学校发展最为辉煌的时期，是在周勺泉先生（留学日、英、法、德、意等国并获得博士学位，北京大学生物学教授兼北大图书馆长，曾推荐毛泽东北大图书馆当图书管理员）出任校长期间。“七七”事变后日寇侵占了北京，具有爱国气节不愿当亡国奴的周勺泉教授，严词拒绝日寇长官要他出任北平市汉奸政府伪职的要求，为逃避日寇迫害回到平江，大家一致推举他担任了“私立敦睦学校校长”。他将满腔的爱国热情化成“教育救国”的激情，将西方先进教学方法和传统教学理念相结合，形成了敦睦学校的现代文明教育新气象。

一是引入西文先进的教学模式和教学方法，改变过去僵化落后的教育方式。废除过去体罚学生的打骂教育，实行尊师爱生的现代文明正规教育。学校制定校规，全体师生都必须共同遵守。培养学生的自治能力，由学生自己挑选优秀者成立学生自治会，设“学习股、文体股、卫生股、童子军……”等组织。开展多种形式的课外活动：每逢十月十日（双十节）和儿童节由学生自治会组织举行庆祝会，自己排演以抗日救国为主要内容的短小节目，到下坪水府庙、三眼桥关帝庙等地进行演出；每当获悉我国军民抗日取得胜利的喜讯，组织学生晚上提灯笼到周边地区宣传抗战活动；定期开展体育比赛活动，按照英、法等欧洲国家学校体育竞技方式，统一着装、列队、喊口令、升旗、唱抗战歌曲等规范程式进行，培养了学生的团队精神和竞争意识。民国县长齐耀荣身着戎装骑高头大马带一队马弁突然来校视察，见校风校纪良好，对敦睦学校师生大加赞赏。每年到县城（在景福坪）参加全县体育比赛都获得很好的名次，受到当时驻扎在平江的“受编不受调”的杨森将军的青睐。有一次因裁判不公，敦睦学校的一强势体育项目未获名次，杨森将军专为敦睦学校新增一个奖项，亲自授予敦睦学校“鹤立鸡群”的锦旗；时任民国县长张慕槎还到学生住地（南街毛家巷周文斋公馆提供敦睦学校参赛师生食宿）进行慰勉。

二是满足周边学子求学要求扩大招生，高薪聘请师范毕业高才生担任教师。由于敦睦学校是由家族出钱资助办学的，收费较低，又实行现代文明新式教育，具有很大的吸引力。为了满足周边地区（三市、肥田、宦田、白雨、渡头、天湖、安定、献钟、钟洞等）子弟强烈要求到敦睦学校入学的愿望，以周勺泉为首的校董会决定增加高小年级和增加班级扩大招生，同时高薪聘请长沙高级师范、湖南洞口高级师范、岳阳联中、平江启明师范毕业的高才生到校任教。年青教师中就有许多是从敦睦学校升入师范回校任教的周氏子弟，在当时都是品学兼优的一流教师。如湖南美术学院毕业的周令林（周令钊教授的胞兄）教美术，何宗玉教语文、周卫纯教音乐，周燕北教员还兼管校务；还破格聘请很多素质高的年青女教师

（周平、周旦华、周欢娥、周益白、周令琼、周令萍、毛士贞、童萍、何松玉、李禅清、余聪训等）在校任教，使敦睦学校成为浏阳、岳阳、修水等毗邻地区师资水平高教学质量最好的学校，每年考取一中的升学率名列前茅。当时李禅清老师教数学，还兼音乐、体育等课，用脚踏风琴伴奏教学生唱《义勇军进行曲》等抗战歌曲，她还负责组织歌咏队、舞蹈队、篮球队等开展各种文娱体育活动。

三是与时俱进革旧鼎新为爱国，同心协力砥砺耕耘苦撑持。基于共同的“教育爱国”理念，以周勺泉教授和周育真、周开璧、周丽彬等为代表的周氏族人，为维护敦睦学校运转做出了不懈的努力，特别是周勺泉教授不仅变卖自己的家产，而且大胆作主将周氏家族在钟洞、浏阳等地的田庄变卖，用于敦睦学校经费开支，他因此受到家族顽固派的处罚。

北大教授任小学校长是平江学子最大的幸运，同时也成就了“敦睦学校”的美名。学校办了图书馆、阅览室和校刊，还聘请武术教师教学生习武强身；在开设数学、生物、美术、音乐等新式课程的同时，周勺泉教授还注重伦理道德和时事政治教育；每周星期一他都要亲自主持纪念辛亥革命活动，全校师生庄严立地向孙中山先生画像三鞠躬，他用京腔官话（普通话）领读“余致力于国民革命……”的《总理遗嘱》，讲“三民主义”的革命思想，宣讲“革命尚未成功，同志仍须努力”的道理，勉励学生树立远大理想，学好本领报效祖国。

育才济世——弦歌不辍气息存

敦睦学校根植于传统文化沃土，凝聚着周氏族人重教育才的情怀，彰显着平江人自强不息的奋斗精神。自清朝晚期开办以来，国家处于危难多事之秋，周姓有识之士以育才救国为己任而兴教办学，为国家培养了一大批出类拔萃的优秀人才，如叱咤风云的共和国高级将领钟期光、欧阳文等，科技文化界精英周述之、周翰夫、周令邦、周开菊、周砥中、周建中、周明中、周治中、周令谟、周创生、周令基、周娟宜、周令本、周令虹、周令芳、周令辉、周俊良……这些人才的培养，确实称得上奇迹，值得赞颂与纪念。

一个周氏家族办的私立学校取得如此辉煌的成就，周氏家族尊师重教是前提，有两个最重要的因素值得关注：一是有一个难得的好校长周勺泉教授；二是迁到周氏宗祠办学，这里到处是激励学生奋发向上的牌匾（“仁义礼智信；志当存高远；少壮不努力，老大徒伤悲……”），具有浓郁的传统文化氛围。

民国32年（1943），校长周勺泉以“学农学圃，树木树人”为宗旨，在托莲湖塘大屋创办了“平江农业专科学校”，招收农业、林果两个班60名学生，聘任教师皆系优秀职业人才。因日寇再次侵占平江，到处烧杀抢掠，学校迁到金坪土垅铺。民国34年历经沧桑的周勺泉校长去世，“平江农业专科学校”停办，“敦睦小学”延办至中华人民共和国成立后，1952 年改名为“托田小学”。现根据生源变化情况，托田、寨上两村小学合二为一，新建校舍暂命为“新村小学”。

敦睦学校在人们心中留下了美好的记忆，在近代乡村教育史上写下了光辉的篇章；敦睦学校这个闪光的名字和她的辉煌历史，深涵着“亲爱、友好、真诚、和谐、美好、笃学、向上……”等现代文明要素，这是一项无法用金钱评估的无形资产，这是一段可歌可泣的动人乐章，这既是托田周氏人也是所有平江人一笔弥足珍贵的精神财富，这是历史留给我们办学的一个高贵品牌。当代著名美术家周令钊教授和湖南省文联彭见明主席都将亲笔为“敦睦学校”题词。恢复“敦睦学校”诗意般美好的校名，可谓是“乡土有福、学子有幸”的佳话，确实是众望所归意义深远！

省立二中在茶陵

王薛刚　唐平生

2011 年 6 月，是抗日战争时期改办的湖南省立第二中学（以下简称“省立二中”），确定以茶陵洣江书院为“永久校址”并迁茶陵办学 70 周年纪念。

抗日战争爆发后，日机时炸衡阳，为安全计，原按“双轨制”（引进美国的一种学制，既办师范科，又办普通中学班）办学的省立衡阳中学于 1938 年上期迁耒阳，借几个宗祠上课。12 月长沙告急，省政府迁耒阳，要占用上课房，令师范科、高中部搬常宁，借双遵书院、几所宗祠和江西会馆办学，称“本部”；初中部仍留耒阳，称“分部”。抗战进入相持阶段后，湖南实施分区抗战，也分区设学，“全省划定 10 个学区”，规定每区“设置省立中学、师范、职业学校各一所”。衡阳中学属省第二行政督察区，分区办学就将其一分为二，师范科改办省立二师，中学部改办省立二中，暂均留常宁，留耒阳的“分部”改称“省立二中一分校”。又将 1939 年从长沙迁酃县所办的“省立第一临时中学酃县炎陵分校”划归“省立二中”称“二分校”。二分校因房屋分散管理不便，拟请搬迁。1941 年 6 月 2 日，经“省教育厅约集省立二中二分校及茶攸安酃四县政府开会，商议解决办法”。后“二分校”主任彭晋云（1935 年曾任茶陵县长）与茶陵订立合约，将洣江书院及附近公地、民地拨与省立二中作“永久校址”，又“将联立师范学校核准停办，校舍、各项设施、学生均拨与省立二中，师范班办至毕业为止”（“联立师范”系 1935 年由茶攸安酃四县联合办的乡村简易师范，属四年制初师级）。合约订立后不久，二分校旋即迁洣江书院办学，原一分校改办省立第十一中学，在常宁的“本部”也于年末迁茶。1944 年 6 月，日寇犯茶，省立二中又先后迁蓝山、资兴办学，至抗战胜利，按“复员计划”修复校舍，购置校具，才于 1946 年 2 月搬回茶陵。1949 年 7 月茶陵和平解放，茶陵县人民政府接管省立二中，1952 年 11 月 8 日，省文教厅在完成对全省公立、私立中学初步改造和接管后，厅长朱凡签发通知，省立二中才与全省中学一道，以所在地冠其校名，称“湖南省茶陵县第一中学”。

省立二中在茶陵办学 11 个年头，共办初、高中班 70 个，学生 4216 人。从保存完整的教师名册和学生学籍册可见，师生半数以上来自祖国大江南北，也有少量华侨生（1949 年后省外的基本没有了）。它在困难当头坚持办学，既为师生提供了一个避难场所，又让一批学子未荒废学业。

“抗日的烽火使我们与省立二中结缘，老师的教导至今难忘”，是原朱镕基总理夫人劳安之哥劳特夫（兄妹均为校友）于茶陵一中 90 周年校庆后，相约北京、长沙、印尼几位同窗好友相聚于母校的题词，道出了当时海内外学子在生命都难保全的危难中结缘于省立二中的心声。但是，省立二中在全省又是以学生常闹“风波”与“学潮”而著称，以至教育厅的“视导报告”中常有“素极嚣张的二中学生”之语出现。所谓“风波”与“学潮”实际是自抗战以来学生要民主，要自由，发展到后来反饥饿，反内战的国统区的民主运动，有力地配合了解放区军民的作战。也正由于学生“嚣张”，省立二中才有时为“湖南北大”之称号。不过，省立二中也以严谨治学而著称。省立二中治学有“两严”，一是学生对教师要求高。因来自省外城市学生广见多闻，授课老师如果学生不满意可被“挂筒”。即找一竹筒置于进入教室门微开的门页上方，当老师推门进入正掉在头上，喻义打电话，已挂筒，免听。省教育厅因常难以委任校长、教师而伤透脑筋，故认为学生“嚣张”。教师有的长袍马褂，有的西装革履。按 82 岁校友王大管在回忆中所说：“都是学者气派”，“上课只带两支粉笔，口若悬河地阐述问题在我的脑海中始终是清晰的。”教员原本是逃亡后方的大学讲师、教授。二是学校对学生的要求也严，也要求教师严格要求学生学习。2005 年百年校庆，从上海来的校友、中国工程院院士周后元说：“我的刻苦勤奋就是在省立二中训练出来的”；笔者是年拜访海峡两岸知名学者、台大教授颜元叔（茶陵尧水人），问及学校的从严治学情况，他也说：“那时许多学生都是慕这个名而来的。”

攸县城关镇东北街小学的百年变迁

李美连

攸县城关镇东北街小学，坐落于县城北街新天符庙，其前身为1902年8月创办的攸县官立明达小学堂（设新天符庙内）。1909年改称为官立明达初等小学。1914年又改为攸县县立第二高等小学。1923年后，试行以学校所在行政地域名称命名，故改称为平平小学，校址在北街谭召基私宅——今望云宾馆处。1927年，因第一次国内革命战争烽火四起，学校停办。1928年与第一高小合并，称县立第一高级小学，校地仍设新天符庙。1933年从一高分出恢复第二高级小学。1940年改称为“梅城镇中心国民学校”。1944年日军侵犯攸县，学校停办，1945年秋，日军占败投降，学校复办，改称为中心镇中心国民学校。1949年10月1日中华人民共和国成立，1951年县内按10个行政区分设中心小学，改称为“城关第一中心校”，后来改称城关完小（初小部），当时的初小部由东、北街居委会管理，改称为“东北街小学”。

东北街小学中华人民共和国成立前的教育场所，是私塾和书院。私塾遍及城乡，分蒙馆和经馆两个等级。蒙馆采用的教材有《三字经》《百家姓》《千字文》《幼学琼林》等。经馆采用的教材有《四书》《五经》《左传》《古文观止》等。私塾的教学方法是个别授徒，也叫耳聆面授法。蒙馆先由教师点书教授，须熟读背诵，其次是按照描红、摹写、临帖三个步骤习字，要求严格。经馆以讲授儒家经典与学做诗文为主。经书特重朱（熹）注《四书》，作文以学八股文为主课。教师由私人延聘或族间推举，任期通常一年，期满再聘。

在学制方面，从课程内容到教学形式，都是吸收、移用或参照西方资本主义国家的教学特点。清末小学的学制，最初为“四·四制”，即初小4年，高小4年。宣统元年以后改为“四·三制”，即初小4年，高小3年。中华民国的小学学制，最初沿用“四·三制”，民国11年模仿美国学制改为“四·二制”，即初小4年，高小2年。此后一直沿袭下来。

清末年间在教学内容方面，废除“八股文”，开设国文，算术、修身、唱歌、图画、体操等课程。1948年设公民训练（高小），开设了音乐、体育、唱游、国语（说话、读书、写字、作文），算术、常识（高小历史、地理、自然）美术、劳作等课程。

教育的方式方法，实行班级上课，采取注入式教学方法，要求学生死记呆背；在训导上一般用责罚手段管理学生。中华人民共和国成立后，曾推行老解放区的教学方法，在转化“差生”方面也积有经验。其中有针对“差生”的“四不三勤”。“四不”：学生犯了错误不急躁，问题严重不嫌弃，出现反复不灰心，问题不解决不放手；“三勤”对学生思想上勤鼓励，生活上勤关心，学习上勤辅导。有“爱、帮、引”。“爱”，教师要像慈母一样爱学生，这是转化“差生”的前提；“帮”，教师要象严父一样要求学生，诚心帮助，这是转化“差生”的主要措施；“引”，以疏导为主。

教师的经济待遇蒙馆教师较低，经馆教师较高，而大多数教师生活清寒。1949 年下学期，仍沿用聘任制。当时，小学教师每学期薪金一般 40 – 50 元，伙食费在外。短期小学教师薪金 90 元(均为银元)，普通小学教师每学期薪金约 80 元。后来因通货膨胀，教师的薪金改发“俸谷”，初小教师每学期俸谷 8 – 16 担，高小教师每学期俸谷 20 担左右(伙食在外)。1949 年下学期和次年上学期，中、小学教师工资从县、乡教产田租收入中开支，每人每学期初小教师薪谷 400 – 600 公斤。1950 年小学实行乡筹乡办，数量不一，一般每人每月大米 70 公斤。

东北街小学在 1902 年的时候，称为“官立明达小学堂”，主办人系知县沈世敦、士绅刘泽荫，秀才何纬任校长。学堂内分为“生员班”和“童生班”，学生年龄不受限制。1914 年，学校改称为“县立第二高等小学”后，每年春秋季招生，秀才文耿光任校长，留日学生刘光华等任教员。招收学生年龄在 20 岁以下的少年入学。共有 3 个班，学生 150 多人，学习 3 年毕业后再续招。这是清末废科举后攸县创办的第一所正式小学。

清末民初，重男轻女的封建思想，束缚了女子受教育的机会，只有官府、商贾、土豪、乡绅的千金小姐，才有条件延师家教。抗战期间，因学生随家长疏散，生源有限，因此，男女生合并招生，就近入学。

1927 年因第一次国内革命战争，学校停办，在校内举办农民运动讲习所，省农运特派员周振汉任所长，余来、刘谭豪任教员，学员 83 人，学习一年后发毕业证书。1928—1939 年，县立第二级高级小学一毕业班学生 41 人，其中男生 27 人，女生 18 人，教师 1 人，校址迁回新天符庙。

1940—1949 年该校改称为“中心镇中心国民学校”，教师 11 人，学生 300 多人，学龄儿童入学率 40%。

1949 年，解放战争炮火连天。虽然终获和平解放，然而地方治安暂时混乱，加上学生来校情绪低落，有些教师自动离职，为此，学校处于停办状态，同年秋天，政局稍稳，但学校还未恢复正常。1950 年，小学实行乡筹乡办。1951 年，人民政府对小学采用包下来的政策，分区设中心完小，故城关第一中心校恢复上课。后来，对入学进行了整顿，调整学校的设点布局，整顿了教师队伍，建立了健全的学校规章制度。

东北街小学创办100多年来，曾两迁其址，九易校名。它由官立到私立再到公立，由初级小学变成完全小学，由贫穷到富裕，由庙宇危房到高楼大厦，由1个班到20多个班，由学生无活动场所到充足的活动场地，由1位教师教学到几十位教师，由十几个孩子读书到1000多个学生入学，由阴暗潮湿的窄小屋子到宽敞明亮的教室，由几张缺腿少角的破桌椅到崭新漂亮的课桌椅，由教师吹哨或摇玲上下课到电玲，由学制4年到6年……这一切说明了学校在100多年的历史长河中，星移斗转，沧桑巨变。

古往今来，学校饮攸河之甘液，吸罗霄之灵秀，为国家培养出一批批栋梁之材。伟大的无产阶级革命家谭震林幼年时期曾就读于此，中国共产党攸县地方执行委员会书记余来，佛学名师陈健民，中国人民解放军北京军区总医院主任、教授吴仪，北京一机部工具科学研究院、贵州第七砂轮厂高级工程师吴锡光等等，都是东北街小学骄之英才。

第十三编　史海钩沉

唐代诗人韩偓流寓醴陵的“避地”之作

丁水生

晚唐诗人韩偓(844—923)，字致尧，小名冬郎，自号玉山樵人，京兆万年(今陕西西安)人。他10岁就能诗，深得其姨父——著名诗人李商隐的赏识。李商隐曾以“丹山万里桐花路，雏凤清于老凤声”的诗句，赞赏推许他的才华。唐昭宗龙纪元年(889)，他考中进士，历任中书舍人、翰林学士承旨、兵部侍郎等职。他反对宦官，参预机密，很得唐昭宗的信任。昭宗屡次想任他为宰相。因触犯权臣朱温，被贬为濮州司马。天佑二年(905)，朝廷两次召他入朝复职，但他迫于朱温的威势不敢应召，举家入闽避难。两年后朱温取代唐王朝建立后梁，唐亡。他从此依附于当时割据福建的军阀王审知，卒于闽中。著有《翰林集》《香奁集》等。

韩偓在文学史上以艳体诗著名，以致“香奁体”之谓即源于其代表作《香奁集》。“香奁体”诗多写闺中艳情及女子的心情体态，艺术表现纤巧、辞藻华丽而思想空虚、风格轻靡，成为齐、梁宫体诗的余绪，社会意义一般不大。但晚年的韩偓仕途多挫折，并举家流寓他乡，诗风为之一变。诗集中有许多作品描写乱离，感伤身世，写得缠绵凄恻，哀婉动人，在一定程度上反映了当时的某些社会面貌，成为他一生中最有价值的作品。

唐天复四年甲子(904)，韩偓弃官南下入闽，开始了他近20年的流寓寄居生涯。是年五月，由长沙而至醴陵，在这里生活了一年多，留下诸多诗篇。其《玩水禽》诗云：

两两珍禽渺渺溪，翠衿红掌净无泥。
向阳眠处莎成毯，蹋水飞时浪作梯。
依倚雕栏轻社燕，抑扬金距笑晨鸡。
劝君细认渔翁意，莫遣绾罗误稳栖！

原诗题下有自注：“在古南醴陵县作。”醴陵古属楚地，而楚南为大诗人屈原放逐之乡，诗人所称“古南”意或指此。诗中前四句细致生动地描写了作为观赏者眼中的水禽在清溪嬉玩的形态动作。溪水清澈见底了无泥尘，水禽绿羽红掌色彩十分雍容华美。它们或飞或游，时而凌波踏浪滑过水面，时而卧伏沙滩向着早晨的阳光，显得是多么的自由自在！我们几乎就要被诗人一副与世无争的闲适心态欺蒙过去了。但接下两句意境猛地一转：依倚雕栏、抑扬金距；它们和农舍之家春来秋去的飞燕与报晓的晨鸡，构成了鲜明的对比。“距”意为鸡爪，所谓“金距”，应指京师富贵侯王之家宠爱的威风凛凛的斗鸡；而“依倚雕栏”一句，意境可追唐人刘禹锡的诗句“旧时王谢堂前燕，飞入寻常百姓家”。所以这里既有诗人对仕途的反思，也曲折流露出他不得不避祸辞官、流寓归隐的心灵隐痛。格调虽不高扬，抒写却是真实沉痛。所以诗人最后呼唤：君子先生们呀，你们可不要真把我认作那频频撒网的渔翁；千万不要去捕捉和惊动那双双两两可爱的水禽，让它们和我一样拥有这自由自在的一片天地吧！诗中“絚”的本义为粗索大绳，“絚罗”则可引申为捕禽之网。这样来读解诗人的隐逸心态，你就更会感觉到这首诗题《玩水禽》中，作者这个“玩”字下得真是意味深长。

韩偓流寓醴陵正是朱温逼死唐昭宗行将取代唐室之时。强盛一时的唐王朝，其覆亡的衰景却是十分凄凉。韩偓虽忠于朝廷，却又痛感自己回天无力，只能以诗叙史，感怀时世及本人流离的不幸命运。如其《净兴寺杜鹃》诗云：

一园红艳醉坡陀，自地连梢簇蒨萝。

蜀魄未归长滴血，只应偏滴此丛多。

诗题又写作《净兴寺杜鹃一枝繁艳无比》。该诗极写山野杜鹃簇簇盛开，红艳如血，一个“醉”字写得情景皆出，深刻地体现了末联“蜀魄未归长滴血，只应偏滴此丛多”的哀婉沉痛之深。相传古蜀望帝杜宇死后哀其失国，精魂化为啼血杜鹃。故李商隐有诗句云：“望帝春心托杜鹃。”韩偓此诗以写眼前繁盛的杜鹃花入手，非常自然地化用典故抒写出自己的亡国之思和背井离乡之痛。那一丛丛火红的杜鹃开放得愈是旺盛，反衬出诗人的悲哀也就愈加深重。千年以后我们读来，仍能感受到他写此诗时的一字一血，使人为之泣下。

韩偓流寓醴陵的十多首诗作，有一首题为《避地》，其中有句云：“偷生亦似符天意，未死深疑负国恩。”表达的也是未能杀身以报唐亡的哀痛自责。韩偓晚年这种诗风的改变，造就了他这一时期诗作的文学价值，也是他留在醴陵的诗篇能得以流传的主要原因。而上述解读的这两首诗，既是他“避地”醴陵的代表作，也是他对醴陵文化的独特贡献。其中《净兴寺杜鹃》的诗题和《避地》开头的诗句“西山爽气生襟袖”，更是唐朝时醴陵即有“西山”之名，并且又名“净兴山”的直接证据。其中所说的“净兴寺”，无疑应该就是后来为纪念唐初开国名将李靖而改名的“靖兴寺”。

范成大与刘克庄的渌水情怀

丁水生

范成大(1126—1193)，字致能，又号石湖居士，吴郡苏州人，宋高宗绍兴二十四年(1154)考中进士。诗与陆游、杨万里、尤袤齐名，号称南宋诗坛“中兴四大家”。其作品题材广泛，以爱国诗和田园诗成就最为突出。

宋孝宗乾道九年(1173)，范成大接受静江(今广西桂林)知府的任命，从江西走驿道入醴陵，写下《过醴陵驿》诗一首。范有笔记体著作《骖鸾录》详载其行程：“闰正月二十九日发萍乡，宿里田驿。卅日宿潭州醴陵县。数日行江西道中，林薄蔽塞，溪径欹侧。比登一小岭，忽出山，豁然弥望，平芜苍然，别是一境。出陆，盖已是湖南界矣！县前渌水桥下小江，本名漉水。比年新作桥，改今名。江色黛绿可爱，流而汇于潇湘。驿室最雄胜。”这段文字准确交代了渌江最初建桥的信息(时为浮桥)，以及行近潇湘，风光豁然平芜别是一景的惊喜，特别是点明渌水本名漉水，江色“黛绿可爱”。既反映了诗人观察的细致，也是今天我们了解古代醴陵不可多得的历史资料。这首诗题中“过”又作“咏”，全诗如下：

渌水桥边县，门前柳已黄。
人稀山木寿，土瘦水泉香。
乍脱泥中滑，还嗟堠子长。
槠州何日到，鼓枻入沧浪。

早春二月，嫩柳泛黄。从江西一程走来，人烟稀少古木参天，瘦山硬水唯有泉香。现在终于来到潇湘地面了，春雨泥泞的黄土滑路总算走到了头。但向驿站一打听，到槠州(即今株洲)还远着呢，真想此刻就能张帆鼓浪船入湘江！诗中“堠子”就是古驿道上的计程碑。短短八句诗，景物和心境移换流走自然，范成大不愧是摹写田园风光的高手。他还作有《过醴陵初见山花》七言诗一首，可和上面这首诗对照鉴赏：

三月晴泥尚没靴，
几时风雨过年华。
湘东二月春才到，
恰有山樱一树花。

刘克庄(1187—1269)，字潜夫，号后村居士，福建莆田人，是“江西诗派”的大作家，也是南宋后期独树一帜的重要词人。学诗初受“江西四灵”影响较大，后崇陆游，著有《后村大全集》196卷行世。其中一首《过醴陵》摹写宋时醴陵城颇有韵致：

县廓依稀隔渡头，
解鞍来倚店家楼。
已攀丹桂吟招隐，
因看梅花赋远游。
市上俚音皆楚语，
桥边碧色是湘流。
直南乡国三千里，
目断羁魂起暮愁。

刘克庄早年曾因写《落梅》一诗得罪执政，被诬为“讪谤”废置10年。宋理宗淳佑初(1241)，因皇帝赏识其“文名久著”才召还朝廷，赠以同进士出身，历任枢密院编修、中书舍人、兵部侍郎等职。因党争激烈，屡次为官都不久于位。这一首《过醴陵》，大约写在他正外游召回时。诗中所谓“招隐、远游”，正透露出诗人失意隐遁、悠游避世的苦闷，与他被废置削籍愤怒不平的心情是一体的。但却化感愤为轻淡，出之以“已攀丹桂”和“因看梅花”二语，颇有几分嘲谑，令人联想起唐人刘禹锡《再游玄都观》的诗句：“种桃道士归何处，前度刘郎今又来！”就在这淡淡的怅惘中，诗人对古代醴陵城的描写，至今仍值得我们称道。

在诗人笔下，正是暮色苍茫时分，隔着渡口，醴陵县城在河那边已依稀在望了。诗人牵马走过板桥，只见县衙前的酒楼上酒旗高扬，从店里跑出几个热情的店伙，七手八脚帮着解鞍卸置行李，嘴里不停地打招呼张罗着，和街市来来往往的行人，操着同一种浓浓乡土味的楚语。呀！这不是到了屈原夫子的家乡楚国么？这桥下清亮的渌水，就联结、汇合着潇湘碧流呀！可是，它离我的闽南家乡还有几千里呢！一缕乡愁，终于在这时淡淡涌上诗人心头……

这是一幅成功的白描图画，作者把关山远隔的羁旅乡愁，和旷达洒脱留意风光的描写浑然相融，为我们留下了一幅珍贵的“醴陵历史特写”。

历史人物二题

段立新

穆和隐居冷水井

沿潞溪逆流而上，穿过李家里，再往前走，不久就到冷水井。这是散布在天堂山山间低谷的几个小山村。其中一个地域狭小，四面高山环护，如深陷地底的水井，人们就把它叫作“冷水井”。不过，地域区划意义上的冷水井，指的是包括上大陇、半冲、冷水井、铜锣坪在内的地方。如果结合历史遗迹来考察它的地域范围的话，所谓的冷水井，应该还包括下大垅在内。民国24年实行保甲制度，这一带作为一个地方行政区划单位命名为里仁保，原因也就在这里。

冷水井地处深山老林，偏远闭塞，交通尤为不便。从1992年开始，这里的人开始陆续外迁。现在，冷水井、铜锣坪的住户已全部迁出，山村荒芜，行将为人遗忘。但在历史上，这里曾因为穆和隐居而闻名遐迩。

《茶陵州志・杂志》(明嘉靖版)记载：“潞水溪北有冷水井，陈文帝时，处士穆和为太常博士，及北隋继统，和隐居教学不倦。开皇三年，屡征不起，遂以熔铁锢其门。”《湖南省掌故备考录》说得稍微详细：“陈文帝庚辰年，处士穆和为大常博士。隋继统，和隐居潞水冷水井。隋文帝开皇三年，屡征不起，遂以熔铁锢其门，岁余犹闻朗读之声。唐武德二年，少詹事杜淹为著其事，勒碑志感。裴寂纠之，遂扑其碑。明初于灰尘蔓草中得之。”以上记载可以互为印证。穆和隐居冷水井的原因、经过以及他最后的去向，我们现在无从稽考，但以上述记载为主干的传说，却仍然在潞水民间流传，它的基本情节与上述记载一致。据考证，穆和隐居教学不仅是潞水地区的私人办学之始，也是至今为止见诸文字记载的茶陵私人办学之始。在民间传说中，穆和隐居冷水井的故事还有一个留证的实物，即潞溪上一座叫里仁桥的小石拱桥，传说这座桥是他在隐居期间修造的。这座桥在下大垅境内，至今保存完好。这里曾经是一条交通要道，经冷水井过攸县，可以北上长沙等地。在民间传说中，过往官员途经潞水，要“文官下轿，武官下马”，说这是风水宝地，不可干犯亵渎。实际上，这应该是文官武将过里仁桥时对穆和表示崇敬和怀念的一种自觉行为。

2009 年下半年，我去冷水井一带与当地老人闲聊，有人告诉我，穆和隐居的具体地点很可能是铜锣坪。这是一个因地形酷似铜锣而命名的山村，直到民国年间，这里还能看到青砖铺就的土坪、下马石、马厩等遗迹。20 世纪 80—90 年代，人们在这里建房子，在地下挖出了不少古旧的青砖。曾经是铜锣坪的居民则言之凿凿地说，穆和在这里某一个十分隐秘的地方埋了护庄宝物，铜锣坪遭难时宝物就会示警显灵……如此这般，不一而尽。看来，穆和可能真的隐居在这里了。

尹彦德兄弟犒劳岳家军

尹彦德兄弟犒劳岳家军，这是茶陵火田尹氏家族引以为荣的事情。《茶陵州志》、火田尹氏族谱、民间传说以及张治、李东阳等县内前贤的诗文都有记载和吟咏。《茶陵州志 · 义举》(各种版本的) 记载说：“宋岳飞讨曹成，道茶陵。彦德谒军门，以牛酒犒军三日。”到了明代，尹彦德的后裔尹时夫远赴临海做县令，张治作《一经堂歌送尹时夫令临海》相赠。诗的开头几句是：“昔闻忠武追曹成，提兵远驻云阳城。云阳山人尹彦德，走入辕门气超逸。搥牛釃酒饷三军，豪声鼓动旌旗色。”作者认为犒劳岳家军的是尹彦德一人。成化八年(1472 年)，李东阳回乡祭祖，应尹彦德的后裔尹汉琼之请为尹氏族谱作序，序中引用尹汉琼的叙述，也持这种说法：“岳武穆讨曹成时，彦德以牛酒犒师”。

而在尹氏族谱彦德小传中记载的却是尹彦德兄弟三人犒劳岳家军。文字如下：“九世祖彦德家巨富，好善乐施。时，岳武穆王奉命讨曹成，师次火田，公与弟彦尚、彦和以牛酒诣军门犒师，武穆称为长者，赠以诗云：‘富民高义重茶城，能犒行营十万兵。暂写一经光世业，凯旋飞奏请恩荣。’并赠古砚一方、‘一经堂’三字。后杨诚斋先生书以匾，其堂有记载。旧谱中州城旌忠庵镌岳夫子像，亦镌‘一经堂’三字德公。”

尹彦德兄弟犒劳岳家军的事情发生在绍兴二年(1132) 正月，当时，岳飞奉命率岳家军由江西入湖南追剿曹成。《茶陵州志》和民间传说在叙述这一事件时说，岳飞头一天晚上从江西永新石楼经毛竹坳进入今秩堂乡合户村，在当地私塾先生帮助下，夤夜起行，第二天早晨到达今火田镇五门村杉里园，接受尹彦德兄弟的犒劳。据火田《尹氏族谱》记载，尹彦德兄弟此番劳军的“详单”是这样的：每人每天一斤牛肉、一壶酒、两斤大米，另给每人一双鞋。除此而外，尹彦德还入军营宣讲，对岳家军将士作了一番“政治思想教育”工作。《茶陵州志 · 人物》载，尹氏兄弟的此番义举“令六师之气不战而先夺，其于成功之助盖多矣。”据明嘉靖版的《茶陵州志 · 人物第六》载，当时岳飞对尹彦德说：“君，长者也。富而无文，当一经教子，后必有显者。”并且还亲笔题写“一经堂”三字相赠，作为这个宗族的堂号。同时，应尹彦德之请，奏请朝廷选派国子监太学生掌教一经堂，教授尹氏宗族子弟。后来，宋高宗又为一经堂题写匾额。淳熙十六年，尹彦德之子尹士望在一经堂东侧筹建明经堂，宋高宗钦定明经堂为明经书院。这是茶陵最早的书院。杨万里、杨至、龚用卿、翁溥等人先后为书院题写名字、匾额并撰记。这些人题写的匾，撰写的记后来都散佚不存。一经堂、明经书院为这个家族引来了一股经久不衰的尊师重学风气和传统，也为它培养了尹伯正、尹仲正、尹申、尹襃然、尹天球、尹天凤、尹谦孙、尹瞉、尹岳、尹惟日等进士，使其成为茶陵仅次于谭氏家族的第二大科举名家。

岳飞赠送的古砚及诗的下落也是值得一提的事情。尹申、尹明瞻在《尹氏初修族谱序》(南宋时期)、《尹氏续修族谱序》(明永乐十六年春)中对此作了介绍："因以忠烈诗刻于里之湖亭，后以寇毁"。经过元末明初的战火之后，"家传武穆所赠古砚旧落陈氏，今漫不可得"。

兄弟三将军　公孙二驸马

谭定祥

在茶陵秩堂的沂江太傅村通往黄草村的大路左边，曾有一座宽敞、高大、宏伟、壮观的祠堂，名曰“三将军祠”。祠堂大门的楹联左为“山清水秀三将军”，右为“贯穿九州十八宏”。祠堂前、后两栋。在后栋厅堂的左右墙上，各镶嵌一块青石石板碑，石碑相当于住房房门之大小，左碑刻“兄弟三将军”，右碑上刻“公孙二驸马”。遗憾的是1958年修建太傅粮食仓库时，将祠堂拆毁，仅存的三将军之父及三将军的神主碑位尚保存在当地谭姓后代家中。

三将军忠孝两全，可歌可泣

“三将军”是茶陵谭氏鼻祖之一谭可奕之曾孙，守禄之孙，武兴之子进峰、进鸿、进颇三兄弟。家住茶陵饶溪十三都焦坑太平园(今尧水联星村塘头组)。

话说唐朝灭亡后，中原一带相继出现了梁、唐、晋、汉、周五个朝代，史代“五代”。同时，在南方和河东地区，先后有十个割据政权，分别是吴、南唐、吴越、楚、闽、南汉、前蜀、后蜀、荆南(南平)，北汉，史称“十国”。公元907年2月，朱全忠(后改名朱晃)称帝，建国号为梁，定都汴(今河南开封)，史称后梁。当时，天下分裂，各霸一方。马殷占据湖南，曾被唐朝封为武安节度使。907年被后梁朱晃封为楚王，史称“楚穆武王”。马殷为壮大自己，遣使四方征招良才壮士，以辅其军政。后梁乾化三年(913)四月有，楚王使者和郡首县奏，召见茶陵饶溪谭氏三兄弟面试之，果然文才武略，即令进峰司武库，进鸿为统领司马；进颇年仅14岁，身材高大魁梧，英姿超群，封为左殿将军。由于三兄弟为政勤谨，征战建功，进峰晋封为朝奉郎，进鸿为朝议郎，进颇为武功大夫、金吾左殿镇国上将军。大梁龙德元年(921)，由于武将军进峰“雅望清德，笃厚恭谨，嘉谟宏猷，入告无非，箴铭整派，出车不乱纪律”，晋为朝议大夫，封端诺公；司马进鸿“护国佑民，威令行于四境，深谋远虑，军容肃于八荒”，龙德二年特晋为统兵司马大夫；武功大夫进颇“晓畅军情，恩威著于师旅，艰难宏济，雄略见于貌休，有邓郭之功，洵军民之福”，特赠为金吾左殿镇国大将军。

后唐天成二年(927)七月，马殷建国，国号楚，以潭州为都城，改名长沙府。长兴元年(930)，马殷卒于长沙府。其子希声嗣位，史称“楚衡阳王”，长兴三年病死，其弟希范立，史称“楚文昭王”。希范在位期间奢侈无度，不理政事，赋税繁重，百姓怨声载道。处士戴偃写诗讽刺，被处死；部将议论马“器度不广”，被削职；进颇三兄弟为被贬之人上书求情，不仅无用，而且被指责。三兄弟知道国事日非，隐忧胸中。恰在此时，即后晋天福八年(943)三月，他们接到家书，报“父丧母病，速回治丧。”兄弟三次上书乞归，均未获允，进颇对二位兄长曰：“今若不归，父丧不能致其哀，母病不能致其养。异日何面见先人于地下乎!”独自一人浩然拂袖而归。希范知后，在其奸臣的唆使下，称其擅离军次谋反，率兵征讨。进峰、进鸿闻讯，连夜快骑回家报信，对进颇曰：“王师至矣，吾属立为齑粉，奈何!”进颇曰：“生以忠，死以孝，吾何憾焉!”立时咬破手指，滴血上书，说明只是为了尽孝，并无叛意，并劝说楚王以国事为重，然后拔剑自刎而亡。待楚王率部到达当时的县城——金州城(遗址在今思聪乡大兴村境内)时，见到被呈送来的血书，并听来人说进颇已自刎而亡。希范才感到后悔莫及，流着眼泪对将士们说：“丧我股肱矣!”于是遣使葬祭如礼，并诰封三代。兄弟三人有儿子十八人，称“谭氏十八宏”，子孙遍及茶陵及国内外。人们说：忠孝不能两全。然而进颇兄弟实现了“生以忠，死以孝”，忠孝两全，可歌可泣。

二驸马故事感人，口碑载道

话说“五代十国”时，楚国金吾左殿镇国大将军谭进颇有五个儿子，其中四子宏伸生二子：全仁、全忠。全忠位下的耳孙谭斗南、十三世嗣孙谭风应，两人都是宋朝的驸马，故称“公孙二驸马”。

谭斗南，字时征，号邃庵，茶陵秩堂乡沂江村人，上达公之仲子，家境宽裕。斗南读书时，聪颖过人。他手不释卷，并拜师学画、习武，看风水，触类旁通，因此，他不但识风水，擅作画，而且会武功。据传说，他“画物物有影，画人人有神，画山水有音韵”，他尤擅长画画。在一次全国性的绘画大赛中，斗南名列榜首，被玉迪公主看中，孝宗皇帝御赐状元恩典，招为驸马，称驸马都尉。并以佳联相赠，联曰“自古文武巨族，当代科第名家”。

有一年，华夏大地不少地方发生旱灾，茶陵灾害更为严重，百姓苦不堪言，此情传至京城，斗南闻知，怀念家乡亲人之情油然而生。他以到雩山为百姓祈雨为名，乞求皇上放他回故乡一次，皇帝准奏，因此，斗南奉旨偕公主回茶陵。路过晓塘城堡，夜宿梦见城隍沿途保护，斗南因此捐资改建城隍庙，后来庙宇生辉，香火不断。斗南归心似箭，在城堡只住一晚就回到沂江，受到父老乡亲们的热烈欢迎。由于旱情牵肠挂肚，第二天，就偕公主和乡亲们到雩山、雩寺祈雨。真有那么巧合，祈雨后第二天果然下雨。随后，他在家乡沂江建筑花园亭榭于山隈，凿东、西二湖，作莲舫，供人们游赏。还发挥其绘画的特长，将雩山风景绘制成《里居山水图》，附上传说故事，进呈皇上。孝宗览后，感慨异常，挥笔御题诗一首，诗曰“仙鹅飞去是何年，灵迹犹存古岭边。藤老龙蟠疑护法，山深禽语似谈禅。手攀古树身忘俗，口吸清泉骨欲仙。邻叟不知唐世远，犹言谢媪旧因缘。”此后，雩山、雩寺分别被称为“皇雩山”“皇雩仙”。明朝进士谭玉瑞在《皇雩仙重修记》中称“皇雩仙实吾茶陵第一仙也。”时至今日，仍为茶陵名胜之一。

谭凤应，是斗南的来孙辈，字汝翔，号梧冈。依其父文炳官为参政，读书浙江，后尚寿昌公主为驸马都慰，封靖海侯。

元末明初湘东地区兵燹考

罗　平

数百年来，湘东地区民间一直有元末明初“血洗茶陵、攸县，带杀醴陵、湘潭”的传说，而历修县志都不见记述，致使这一问题扑朔迷离，众说纷纭。近20年来，经相关县市方志界人士多方考证，这一历史悬案逐渐浮出水面。

一、元末明初湘东地区确实发生过大屠杀

“血洗”，是民间口语，其实就是指战争中对民众的大规模屠戮。元末明初，因战争动乱，湘东地区的茶陵、攸县、醴陵、湘潭确实发生过血腥屠杀。元元贞元年(1295)，攸县民户在3万户以上，由县升为中等州。经历元末明初兵祸后，攸县居民仅存18姓(见新市石桥傅氏族谱)。据《攸醴符氏六修族谱》载，康熙五十八年(1719)，聂应铨撰《扶竹大祠记》称：“明祖鼎定，攸遭友谅杀戮，符姓一人，匿居垅砦获免，其今之德馨公也。”当时符姓男女老幼人口150余人，“血洗”后仅剩1人，可见杀戮之惨。乾隆版《攸县志》载：“太祖吴元年(1364)，朱元璋自将伐伪汉陈理，克湖广，镇抚周兴率寨长王崇德以攸州附。时州民不满万，复改州为县。”笔者于2001年查阅县内77姓族谱，其中有44姓是洪武年间自江西迁入攸县。2003年出版的补纂《攸县志》统计，全县96个姓氏中，明初由江西迁入攸县的有74个姓氏。“血洗”后的攸县，田园荒芜，自江西迁攸的移民，可以“插标为记”，随意圈占田地。直至明万历四年(1576)，攸县人口才恢复到23 011人。元至元二十七年(1290)，茶陵境内有36 642户177 202人，而由县升州。元末明初，茶陵地处朱元璋与陈友谅对峙争战地区，人口锐减。明初翰林大学士、茶陵人刘三吾(1313—1400)在《坦斋文集·段氏族谱序》中描绘当时茶陵“州里化为山泽，宗族化为草木，人类且澌灭。”尽管明洪武年间，明朝廷极力推行“以江西填湖广”的移民政策，但直到明洪武二十四年(1391)，茶陵人口才恢复到56 563人。战乱前的醴陵，元元贞元年(1925)，人口增至4万户而升为中州。战乱后，醴陵仅存二三百户，土著老寨户尚存7姓478人。经过明初官府鼓励移民，明洪武二十四年(1391)，醴陵人口增至5 152户、31 061人。据民国33年(1944)《醴陵志》载，醴陵客籍移民后代占总人口的99%，其中元末至明代迁入醴陵的客

籍移民后代约占73%。元延祐二年(1315)，湘潭人口不下10万户。明洪武二年(1369)，朱元璋围剿陈友谅残部，在湘潭大肆杀戮，全县幸存4 653户、20 053人。对此明初汪辉在《湘潭脱险志》中如此描述："历朝鼎革，荼毒生灵，唯元明之际最惨。湘潭土著仅存数户，后之人多来自豫章。醴陵与湘潭接壤，故老相传，土著亦仅存十几户，余皆无复存在"。此后，县人多从江西迁入，经200余年休养生息，人口渐繁(据1995年版《湘潭县志》)。兵燹给湘东地区带来空前劫难。一是人口锐减。民众除被大量屠杀外，幸存者被迫举家外逃避难，湘东地区几成无人之境。二是田地荒芜，社会生产力急剧下降。由于人口大都被杀和外逃，田地大量荒废，赣籍移民来攸后，可以随意圈占土地。三是文化遭到大浩劫。由于房庐被毁，人口逃亡，湘东地区的文史资料损失殆尽，唐、宋元时期史料荡然无存。

二、杀戮何人所为

元末明初湘东地区的血腥杀戮，究竟何人所为，近十多年来，史志界人士一直争论不休，有的认为是朱元璋，有的认为是元朝统治者，有的认为是陈友谅，有的认为三者都参与了屠杀，只是程度不同而已。笔者认为，湘东地区元末明初的血腥屠杀，是元朝统治者、红巾军徐寿辉和陈友谅、朱元璋三股政治军事势力在该地区长期拉锯式战争的结果，而朱元璋是主要的血案制造者。理由如下：

(一)元末明初湘东地区是徐寿辉、陈友谅经营长达13年的根据地。元至正十一年，徐寿辉、彭莹玉南方农民起义的红巾军占据湘东地区。农民起义军进军醴陵、攸县、茶陵、湘潭，4县县志均有记载。二十年(1360)，陈友谅称汉帝，直至至正二十四年(1364)，朱元璋遣大将徐达攻占荆湘诸路止，时间长达13年。

(二)在陈、朱争夺战中，湘东地区民众支持了陈友谅。故老相传，陈友谅祖籍茶陵，其祖父和父亲做船水生意，往来于湘江之间，后定居湖北沔阳。起义后，陈友谅在红巾军中势力最大，后又称帝。由于乡土观念，得到茶陵、攸县两县民众支持，当时茶、攸二县运送粮草船只在湘江往来如织。至正二十三年(1363)，正当陈友谅与朱元璋在鄱阳湖决战之际，茶陵组织4万余石军粮支援陈友谅。结果陈兵败被杀，4万余石军粮全部被朱元璋截获。鄱阳兵败后，陈友谅部分家眷逃往茶陵，得茶陵人庇护。

(三)朱元璋在统一战争中，受到了湘东地区军民激烈抵抗。《醴陵市志》载：至正二十四年12月，朱元璋遣徐达攻占荆湘诸路，屯兵醴陵。醴陵迭遭刀兵，疠疫流行，人民外出谋生……醴陵作为陈友谅统军元帅指挥所，自然重兵驻守，双方战斗之激烈可想而知。湘潭的情况是："元末陈友谅部将饶鼎臣率败兵入境，陈之参将易华在境内乌石结寨抵抗朱元璋"，"明初常遇春遣部将饶鼎臣克湘潭，大肆屠杀，全县幸存20 053人"(据湘潭县志)。洪武二年(1369)，驻守在茶陵的陈友谅故将饶鼎臣再次反朱，遭到潭州指挥严广的重兵围剿。

湘东地区在朱、陈争夺战中具有非常特殊的意义，对于一统天下而政治报复心理极强，而又以诛杀功臣心狠手辣著称的朱元璋来说，是欲置之死地而后快的，于是遂有湘东地区大屠杀之惨案。对此，攸县石桥傅氏族谱有明确记载。傅氏攸县始祖是傅大轩，“大轩，字学兴，元皇庆元年(1312)生，顺宗甲戌(1334)授职官山东历越知县，后回籍，因湖北沔阳人陈友谅称帝，鄱阳兵败，谅之家人私逃茶乡。后大明洪武戊申(1368)嗣正统，亲引兵征，累及茶、攸、醴三县，大轩遂避乱隐居本邑池茶峰。迨洪武丙辰(1376)春三月，诏免湖广等省田祖，大轩公蒂峰十里，居住石桥而攸族转开。”此一记载，证明湘东地区的大屠杀是朱元璋所为。明洪武四年(1371)，傅大轩在《仙池赋》曰：“假令大明有道，兵刃不加，则平地可居，胡为乎居峰？耕田而食，凿井而饮，胡为乎池欤?”这段话进一步说明他隐居池茶峰的原因是因为大明无道，兵刃交加。攸县县东宝宁寺，是始建于唐代的千年古刹，元末明初毁于战火。对此，明崇祯年间广东岭南道按察司副使、县人洪云蒸在《攸邑圣寿山保宁禅林三祖遗考》称：宝宁寺，“元末，后宋韩林儿时兵燹，废殆尽”。韩林儿是北方红巾军领袖，在亳州(今安徽亳县)称帝，国号大宋。朱元璋曾臣服大宋，并在南京设御座尊供韩林儿，至正二十六年(1366)，朱元璋派人杀了韩林儿。洪此处的“韩林儿”，实指朱元璋。因为作为北方农民义军领袖的韩林儿，未到过湘广，而作为韩林儿的部属朱元璋所部，是唯一进入湖广地区的北方军事力量。朱元璋是明朝开国皇帝，作为当代臣子，洪云蒸不敢公开指责，只能用隐晦方法道出这一历史事实。茶陵作为陈友谅的祖籍地，又极力支持过陈友谅，朱元璋更是不愿放过，除了对茶陵人的大肆杀戮，即使是朱元璋巩固了大明政权后，在经济上也不放过茶陵。对此，《茶陵县志》记载：“茶陵自明代初年起，田赋特重，额定岁征大米46 862.9石，比元末加赋三分之一。主要原因是元末至正年间，朱元璋与陈友谅争雄。朱定鼎后，怨县民曾运米4万余石接济陈，于是每年按此额课征。”除了经济上的压榨，朱元璋还在茶陵设立军事机构茶陵卫，以军事手段严防茶陵及湘东地区民众的反抗。

血性茶陵

胡栋华

一

好几次想写茶陵，每每兴冲冲地提起笔来，又胆怯怯地不敢下笔，终惆怅怅地把笔放下。

面对这样一个走出了100多名进士、崛起了4位大学士的州府，面对这样一处躺下去十几万须眉、伫立起几十位将军的县邑，面对这样一片在中国民族史上曙光熠熠，在中国农耕史上茶稻飘香，在中国文学史上声名赫赫的土地，我辈又怎敢轻言？何敢呓语？岂敢造次！

茶陵，有如一位不避寒暑的老农——自从神农氏在这里教民耕织以来，就一直手不离耜，不辞劳苦地劳作着……

茶陵，犹如一位不舍昼夜的书生——自从陈光问在这里灵岩夜读以来，就一直手不释卷，不舍昼夜地笔耕着……

茶陵，更像一个不畏艰险的汉子——以他奔涌不息、腾沸不止的血性，打动着我，感染着我，震撼着我！

这是一片怎样的土地？让神龙氏盘桓于此！让朱元璋迁怒于此！让毛泽东流连于此！

这是一种怎样的血性？将一个穷乡僻壤打造成一个名冠三湘的刻书中心、书院群落、文化渊薮！将一个个穷酸小子打磨成一个个名动九州的能臣、名震五湖的悍将、名播四海的学人！

二

地处“吴头楚尾”的茶陵，颇有些偏僻，很有些蛮荒。勤耕是百姓们改善经济的唯一途径，苦读是士子们改变命运唯一出路。

唐朝，陈光问(唐天复元年进士)栖身灵岩石窟，借月光夜读，以69岁高龄中榜，授官秘书省正字，专司掌管校订典籍、刊正文字之职，为无数茶陵的莘莘学子点亮了第一盏明灯，为127位茶陵进士的鱼贯而出擎起了第一面旗帜。茶陵文脉由此而开，茶陵文风从此更烈。

南宋，欧海（南宋淳熙五年进士）拜杨万里为师，被认为“汝器识远矣，文者未也！”于是闭门苦读，废寝忘食，一年后，复见万里，被誉为“子非复吴下阿蒙矣！”

明朝，张治（明正德十六年进士）靠父母“为人佣绩、劬劳百荼”维持学业，借荒凉的旌忠庵发愤苦读，终于一举成名，高中会元，官至礼部尚书，名列文渊阁大学士。

清朝，萧锦忠（清道光二十五年状元）幼年家贫，无钱买书，借书抄录，装订成册，日夜苦诵，终于成就了茶陵历史上的第二位状元。

正是这种让明代大才子解缙都感到惊奇的“五更尤闻读书声”的浓郁读书之风，造就出茶陵历史上不仅进士成廊，而且兄弟同榜、父子蝉联、叔侄比肩的士林奇观，砥砺出茶陵大地上不仅书院成林，而且人文鼎盛、诗文昌盛、斯文兴盛的荒原奇迹！

三

在封建时代，面对帝国最高统治者的无上威权，有多少高傲的头颅低了下去，有多少坚硬的身躯弯了下去。然而，来自茶陵的一个个京官们，却上演了一出出在真理面前不让步、在人格面前不低头、在强权面前不弯腰，叫人直冒冷汗、令人倒抽冷气、让人直竖拇指的政治剧。

戏剧首先在北宋年间拉开序幕：兵部尚书谭仁京（北宋大中祥符五年进士）敢于触犯龙颜，被谪夔州潞泷都运判。

剧情在明朝推向高潮：73岁“以文学入朝”的刘三吾成为最让人敬佩的主角。在那个“以剥人皮始、以剥人皮终”的恐怖朝代里，这位来自茶陵的翰林学士仍然“为人慷慨，不设城府”；在那个一言之失就会凌迟处死、一语不当就要诛灭九族的如晦时代里，这位来自茶陵的“坦坦翁”依然不改其吐真言的本性，不改其说直话的本色；在那个让大臣们立于堂则胆战心惊、卧于床仍惶恐不安的暴君的血腥面前，这位来自茶陵的“三老”之一依然“至临大节，屹乎不可夺”；在立皇储这样关乎国家前途也关乎自己脑袋的大事上，这位来自茶陵的诤诤老臣面不改色地展示着他的血性，反复忠言直谏，终因“忤旨”降职；在“南北榜”这样关乎民族前途也关乎自己人格的大案中，这位来茶陵的耿耿老人一如既往地展示着他的本性，拒绝迎合帝意，终被发配戍边。

从大学士张治“权臣不可有，重臣不可无”这样切中时弊的“策论”，到大学士李东阳“棰人重者为能吏，杀人多者为好官”这样匡正时政的“言奏”，这种“茶陵牛”的血性继续演绎……

从光绪年间，两广总督谭钟麟（清咸丰六年进士）因慈禧太后将九龙、广州湾分别划入英法租界，遂告假闲居，不再赴任，到民国时期，“总统府”机要秘书尹铭绶（清光绪二十年殿试榜眼）因袁世凯“善后大借款”，挂冠而去，鬻字为生，这种茶陵人的血性仍在挥洒……

四

除了上面那些显赫的京官们，在更为宽广的地方政坛上，更多的茶陵籍官员展示了更丰富的茶陵牛性格。

北宋，潞水人谭世勣（北宋元符三年进士），面对把持朝政的权奸蔡京的威逼利诱，不仅始终不与为伍，还以“惜名器、省浮费”等六事上奏皇帝，抨击权奸，终被贬任婺州知州。张邦昌僭位后，也请他任职学士院，再次被他称疾拒绝。连高宗也称赞他“松柏有心，岁寒始见”。同样是北宋年间，另一位潞水人谭申（北宋政和五年进士），面对同一位奸臣张邦昌的高官厚禄的引诱，虽深处饥寒交迫之困境，却始终拒不到任，金兵掳捕钦、徽二帝后，他日夜号哭，至一目失明。

明朝，户科给事中罗鉴（明成化十四年进士）进言“隆辅养、保初政、广储积”三事，被皇帝采纳。任四川布政使，“均赋役、练戍政、抚孤独”，使“吏辑民安”。清查苏松漕粮，拒绝刘瑾索贿，被罢官；广西兵备副使龙大有（明正德十二年进士）因刚直得罪权贵，谪戍全州。浙江按察使廖希颜（明嘉靖十一年进士）犯颜直谏，奏请“停建行宫”。组织军民抗击倭寇，以劳累卒于任上，被人比作范仲淹。四川巡抚谭希思（明万历二年进士）以理学治蜀，诸弊剔除。任监察御史，冒杀头之祸，上《请改复祖制疏》，抨击权宦，得罪权贵，被贬。

清朝，大学士彭维新（清康熙四十五年进士）任地方官员时，恤民情、赈水灾、查积案、惩豪右，雷厉风行，不畏权势，任朝廷大员后，仍刚直不阿，不附权贵，几次遭诬陷，被革职甚至下狱，然复职后仍不改其性。山西道御史周焘（清乾隆四年进士）奉命稽查大同粮仓时，不畏权势，弹劾贪赃枉法者数十人，被贬。

这样的人物不少，不一一陈述。

五

在污浊不堪的封建官场上，有多少曾经心地纯洁的人最终选择把心一横、将眼一闭，加入到“为官一任，勒索一方”的行列里去。在无可奈何的时代流俗面前，有多少曾经志存高远的人把儒家教义往身后一扔，把道家规劝往脚下一踩，跻身于鱼肉百姓、声色犬马的宴席之列。然而，来自茶陵的一个个官员们却选择了“廉明仁恕”的沧桑正道。

仅以明朝为纲，其显著者即有：

洪武年间进士陈谦，任泸州知州，推行社仓法，以备灾荒，受到百姓拥戴。九载任满，州民再三请留，获准留任，终因操劳过度而死于上。清理遗物，仅青布袍一件、米数升、《大明律》一部。无钱移柩回乡，只好客葬泸州。

洪武二十一年进士刘伏隆，授攸县县令，在官无积蓄。

成化二年进士谭公望，为政精敏，以除奸宄、兴学校为先务，政绩显著，颇得民心。

嘉靖五年进士尹尚宾，受命管理被人视为肥缺的盐厂，不受贿赂，严惩奸商，其他官吏多受贿受惩，独尹尚宾一尘不染。

嘉靖三十五年进士刘应峰，任南昌知县，均粮赋，省徭役，安民心，广获好评，后历任吏部侍郎、江西参议、广西参议、云南提学副使，均有贤声。

万历二十三年进士周廷参，任海宁知县，平赋役、剖疑狱、杜私谒、缉大盗，深得民心，百姓专门为他立“去思碑”。

这样的故事太多，不一一罗列。

六

一代代的茶陵学子发奋苦学，本为改变命运，继而报效国家，造福苍生。然而，当时运不济，时局不明，时势不堪之际，一个个茶陵士子们，又能不留恋权势，不贪恋虚荣，不依恋名利，毅然下定归隐云阳之志，决然踏上回归故里之路。

这又是一个足以让我们默然而立、肃然而拜的名单：

南宋咸淳十年进士欧尹谦孙，拒绝为官，筑庐退隐，致力儒学，其诗被列为“诗宗”，其文被称为类“贾长沙”，其人被认为“以宋张心胸行韩柳笔墨”。

元朝元统元年进士李祁，隐居云阳，明洪武初，朝廷开礼乐馆，征聘宿儒，他坚辞不从，蛰居穷乡僻壤30年，吟咏不辍，著诗千余首，被誉元末明初湖湘诗人第一。

元朝至正十五年进士周崇德，任江西都昌县知县，率民垒石为营，以御劫掠，并护朱元璋下江南。大明定鼎后，授元帅不就，携子隐居山中。

明永乐十九年进士谭隆，曾官至户部郎中、吏部主事，后辞官归里，致力讲学，门生很多。

清乾隆四年进士周焘，厌恶官场的阿承曲迎，辞官归里，先后主讲长沙岳麓书院和常德朗江书院，湖广名士多出其门。

清道光二十五年状元萧锦忠，不愿与奸臣共朝，以赡养父母为由，辞官回乡，主讲洣江书院。后，太平天国将领萧朝贵请他出山，曾国藩也请他襄办湘军，都被他谢绝。

……

七

从茶陵走出去的人，似乎身上总带着一种侠气。不用说那些披坚执锐的勇士，更不用说那些威震一方的将军，就是那些儒气十足的书生，那些文气彬彬的秀才，关键时刻，也总会冒出一股子豪气，让人眼前一亮，叫人心里一震。

南宋咸淳元年进士颜雷焱，任潭州佥判，元兵围困，劝他投降，颜雷焱对来人说的是："敌至而不武，非勇也；临危而二，非贞也。"坚守七月，拒不投降，城陷之际，投水而死。

元朝至顺元年进士刘耕孙，任端州宁国路总官，乱兵围攻宁国城，刘耕孙在城门上写的是："身随士卒同甘苦，誓与高城共死生。"城陷而身亡。

元朝延祐二年进士陈泰，一个被鲁迅称为"第一个记载《水浒》故事的"文人，授龙南县尹，当敌军来犯，毫不犹豫，率兵迎战，杀敌至死，年仅 39 岁。

清朝顺治九年进士尹惟日，任广东和平县令，当地盗匪挟官扰民，历任地方官惧之如虎，尹惟日上任后，单骑入溪峒安抚，平息战事，后积劳成疾，卒于任上，年仅 27 岁。

清朝道光十八年进士陈源兖，任吉安知府，主持修筑文天祥墓，为这位民族英雄平反冤狱，大得民心。任池州知府，太平军攻城，陈奋不顾身，受伤落水。曾国藩为挽联曰："众口铄坚金，谁知烈士丹心苦。大江流日夜，长照忠臣白骨寒。"

……

八

徜徉于茶陵城墙，抚摸着茶陵铁牛，曾想：

这样一片并不富庶的土地，为什么在人才的培养上，取得了如此的丰收？

这样一个偏于一隅的所在，为什么在人格的培育上，收获了如此的骄傲？

当"世界最大面积寒武纪龟裂石""中国跨度最大天然石拱桥""湖南第一男根石"这样的景象一次次映入眼帘，当更多的岩峰、岩柱、岩窟、岩墙、岩沟和岩洞这样的地貌一次次闯入眼眶，我不禁恍然一悟：原来这片土地就是血脉贲张的，就是个性张扬的，就是桀骜不驯的！所以，它养育出来的民众是倔强的、是耿直的！所以，它涵育出来的民风是质朴的、是酣畅的！

从此，每次经过茶陵，我都祈愿：

当市场经济的洪流开始浸泡每一块洪荒的土地，愿这种倔强和耿直继续栉风沐雨，永立桥头！

当人的欲望以一种更张扬的姿态在大地上行走，愿这种质朴和酣畅仍然披星戴月，傲立枝头！

湘东才子袁名曜

袁楚湘

“惟楚有材，于斯为盛。”岳麓书院大门的这副对联，让无数湘人为之自豪！

可很多人并不知道，撰联者之一就是时任岳麓书院院长、株洲百井村才子、袁氏后裔袁名曜。

袁名曜（？—1835 年），字道南，号岘冈，株洲市芦淞区五里墩百井村人，后迁居宁乡。清嘉庆年间（1801）进士，曾任翰林院编修、侍讲和侍读，后因母亲去世回乡。嘉庆十七年（1812）任岳麓书院山长，主教 5 年，以擅长培养人才著称，当时诸多湖南名生多出其门下。他善于撰写文章，又长于议论，是当时湖南有名望的人物。他不但重视读书，还重视实际，每到一地，非常注意那里的地势是否险要，水利是否兴修，以及这个地区的地理沿革和变化等。这种重视实学的精神，对当时年仅 19 岁、后来成为清代启蒙思想家的魏源很有影响，对形成 19 世纪关心公共行政的风气也起过强烈的推动作用。

出任岳麓书院院长期间，门人请袁名曜撰写门联，袁便以“惟楚有材”嘱诸先生应对。大家正沉思未就，门生张中阶至，有人告以门联之事后，张即应声对曰：“于斯为盛”。众人皆赞好，这副名联就此撰成。

上联“惟楚有材”，典出《左传·襄公二十六年》：春秋时，楚国有个叫声子的人，因国内有乱，投奔郑国。一次，他回到楚国，楚国令尹子木问他晋国国情：“晋城大夫与楚孰贤？”声子说：“晋卿不如楚，其大夫则贤，皆卿材也。如杞梓、皮革，自楚往也。虽楚有材，晋实用之。”声子的意思是：晋国卿一级官吏水平不行，可是他们的大夫一级，全是可以做卿的人才。这就如同晋国上等的木材、皮革一样，全是从楚国弄去的，这些人才本是楚国的。虽然楚国有好的材质，但是，全给人家晋国用了。“材”指的是木材、皮革。声子是以木材、皮革比喻人才。后来，声子的话变成了成语“楚材晋用”。袁名曜出的“惟楚有材”，就是引自声子说的“虽楚有材”。下联“于斯为盛”出自《论语·泰伯》：“唐虞之际，于斯为盛。”全联的意思可理解为：楚国真是出人才的地方啊，岳麓书院更是英才齐聚之会所。

现在，只要提到湖南名人、湖湘文化，就必然引用岳麓书院大门的这副对联。

左宗棠的一篇佚文及其意义

史铁良

我曾写过《左宗棠与醴陵》一文，载于2007年第4期《株洲高等师范专科学校学报》。今年3月，醴陵市第一中学的漆则朋老师为我提供了左宗棠一篇墓表的抄件，并告知有关线索。据此，我在醴陵寻访到了这份抄件的来源，它刊载在《双富谭氏八修族谱》中。这是一部新修的族谱，字和标点错讹较多，其主人家住醴陵市区，是一位退休的公务员，谭氏后人。《左宗棠全集》中未载这篇墓表，它显然是一篇佚文。双富属湖南省攸县湖南坳乡，谭氏原籍江西吉州（今属井冈山市），后迁攸县之双富塘，十四世祖天成公始迁醴陵，遂为醴陵人。佚文名《大学谭君星潢先生墓表》（以下简称《墓表》），这是一篇具有桐城派文风的作品，写得质朴简练，据事直书，不说无根据的话，没有一般墓表的谀墓之词，这与左宗棠的地位、性格及尊奉的文风有关。《墓表》全文如下：

大学谭君星潢先生墓表

道光丙申，予主醴陵渌江书院讲席。大学谭君星潢先生遣其子重山来受业。君居距书院五十里，岁数至，与语甚洽。予在渌江两载，醴人士为言：君性刚介，敦内行重，孚乡望，里有纷难，居间评曲直，争立解；喜宾客，有学行，著闻者敬礼尤挚，以是知君贤。

咸丰初，予参骆文忠戎幕，旋督师江浙闽粤，便道过醴，而君足不出里巷，不复相见。同治甲子，重山举于乡。予以丁卯移节兰州，重山不远数千里，见予潼关，始知君前卒已七年，感旧叹逝为怅惋者久之，既重山以疾归，予亦督师新疆。光绪丁丑，重山长子之铎来肃州。明年重山乃以书乞予表君之墓。呜呼！予之及见君也，君年未五十，又二十五年而君卒。予曩闻君之贤，于醴人士既语焉而不详。而此二十五年中，乌知不更有进于曩所闻者。重山又朴甚，未一尔见述君之行事，以益予所闻。夫乐得师友一言以荣其亲，而又不敢自谀其亲以訾当代，谓非务本立诚之士能然乎？予故叹君之有子而益信君之贤。且可以大君之业者皆于重山，父子券之。因书此寄重山，泐之石，俾后有徵焉。

君讳士灿，字光应，号星潢，自高祖由攸徙醴，遂为醴陵人。以乾隆辛亥十二月二十日戌时生，咸丰辛酉正月初八日寅时卒。得年七十有一。以卒之岁，葬醴南黄甲陀宅右蝠山，枕庚趾甲。配刘氏，庞溪处士定怀公女。子六：长家孚，监生；次家基，同治甲子科举人，拣选知县；次家圻，卫千总衔；次家环，从九；次家垣，詹事府供事，议叙从九；家增，监生。女二，均适士族。孙十一人。之铎，诸生，寄籍大兴县学。

诰授光禄大夫、东阁大学士、太子太保、兵部尚书、都察院左都御史、督办新疆军务、陕甘总督、一等侯爵湘阴左宗棠记

《墓表》中所涉及的人物是谭氏一家三代，墓主谭星潢（1791—1861），名士灿，字光应，号星潢，曾在官学读书，所以称他“大学”，一生未仕。他与左宗棠是学生家长与老师的关系。平日足不出里巷，其住地在醴陵南乡，距书院50里，交通不便，但他每年数次造访左宗棠，这既是因为舐犊之情，对儿子学业、操守的关心，又包含着对左宗棠学识、为人的敬佩。从左氏的记载看，二人相谈非常融洽，左又一再称赞谭氏的贤明，足见左对他的敬重。现存左宗棠所写墓表一类的文字，只有十余篇，墓主非亲即故，或显贵，而谭星潢无功名，仅是一默默无闻的乡间布衣，其后人中也没有声名显赫者，几十年之后，贵为总督的左宗棠为什么会为他写墓表？这就关系到师生情分了。左宗棠一生从教十余年，与学生有特殊感情，当他于咸丰十年（1861）统兵途经醴陵时，县中文武官员匍匐郊迎，左只点头而已，而见到昔日渌江书院诸生时，他下车握手，一同步行十余里，一路上谈笑风生。任陕甘总督时，还函招昔日渌江书院诸生。《墓表》中所说的重山，就是左宗棠的学生之一，他是谭星潢的次子，名家基，又名铭慎，字晁环，重山是其号。生于嘉庆戊寅年（1818），殁于光绪辛巳年（1881），享年六十四。年十六补博士弟子员，同治甲子（1864）科举人，拣选知县，曾任澧州教谕。他仅比左宗棠小六岁，左与他是亦师亦友的关系。《墓表》对他称誉有加，说他“朴甚”，是“务本立诚之士”，“可以大君之业”，可见左宗棠对他的赏识和厚望。写《墓表》却赞美墓主之子，其用意在以子衬父，既然子肖其父，那么，从子之贤就可以推论出父之贤了，所以左宗棠说“父子劵之”，意思是说父子二人非常相像。这些都流露出左宗棠对这位学生的喜爱之情。明白了这层关系，就不难理解左宗棠为何会应谭重山之请，为其父撰写《墓表》了。

这篇佚文的发现，最主要的意义是为确定左宗棠主讲渌江书院的时间，提供了最为可靠的依据。以前，对这一问题有不同说法，最通行的说法是左宗棠于道光十七年（1837）主渌江书院讲席，见《左宗棠全集》附册《左宗棠年表》，戴逸等主编《清代人物传稿》下编节一卷、安静波《左宗棠》、庄练《中国近代史上的关键人物》等。就是说，左宗棠在渌江书院教授仅一年，此前一年仍在家耕读。此外，还有道光十六年（1836）说，见民国《醴陵县志·教育志·渌江书院山长表》；道光十七年至道光十八年（1837—1838）说，见1995年版《醴陵市志·教育志》；道光

十六年至道光十七年(1836—1837)说，见刘泱泱《左宗棠主讲渌江书院时间考正》，载1998年第4期《益阳师专学报》、史铁良《左宗棠与醴陵》，载2007年第4期《株洲师专学报》。《墓表》中，左宗棠明确地记下了他在醴陵渌江书院的时间，他说："道光丙申，予主渌江书院讲席。"道光丙申是道光十六年(1836)，又说："予在渌江两载。"那么，道光十六年(丙申)至道光十七年左宗棠主渌江书院讲席一说，可成铁案，其他说法，均应排除。

其次，《墓表》还可订正一些史实。民国《醴陵县志》(以下简称《县志》)载有谭重山传记，重点介绍了他与左宗棠的交往，称他肄业渌江书院，得左宗棠器重。光绪初，左用兵新疆，他"就公车，绕道往谒，以其子木伯随"，"左闻其至，喜甚，呼健儿鸣鼓角列队以迎，礼为上宾。凡所陈说，多采纳，居月余，告归。左谓之曰：'持玉尺以量才，吾子事也，戎行非所宜，请留长君为予辅。'铭慎诺之，遂独驱车南归，旋任澧州教谕有年"。《县志》所载出自《族谱》中的《外祖谭重山公家传》(以下简称《家传》)，与《墓表》相较，史实有出入，其一，谭重山再见左宗棠的时间，《墓表》说是"予以丁卯移节兰州，重山不远数千里，见予潼关"，丁卯(1867)初，请廷任命左宗棠督办陕甘军务，镇压捻军及回民暴动，左于六月抵达潼关，谭见左应是此时，而不是《家传》及《县志》所说的光绪初。这一年是乡试之年，不是会试之年，也无恩科，所以谭重山是专程去潼关见左宗棠，而不是"就公车，绕道往谒"。其二，左、谭的潼关相会，《墓表》中只提到谭重山一人，没说其子木伯随侍，这说明木伯没有同行。其时木伯刚满十七岁，可以说乳臭未干，左宗棠会说"请留长君为予辅"的话吗？但木伯确实投奔过左宗棠，那是十年之后，《墓表》说"光绪丁丑，重山长子之铎(即木伯——引者)来肃州"，肃州即今之甘肃酒泉，此时，左宗棠是钦差大臣，督办新疆军务，大本营就设在肃州。木伯前来，当是谋出身，所以留在左宗棠军营效力。如果谭重山陪同儿子一同到肃州，左宗棠文中不可能不提及他的这位高足，但只说第二年谭重山致信给他，请他为其父撰写墓表。丁丑虽然是会试之年，而谭重山已60岁，身体不是很好(四年后便去世了，十年前到潼关见左宗棠，就是因病南归的)，即使他"就公车"(举子上京会试)，事后想绕道往肃州，也因路途遥远，舟车劳顿，身体难支，已有心无力了。谭木伯有可能陪同父亲上京，照顾起居，会试结束后，谭重山南下回乡，而木伯中途西去肃州依左宗棠。如果这一年谭重山因老病没有参加会试，那么，木伯就是专程去肃州了。《家传》是谭重山殁后四十余年所写，另一当事人谭木伯，在其父逝世七年之后也随之而去。《家传》作者虽然是谭重山的亲外孙，但时间既久，传闻难免失实，将十年之内，父子二人在不同时间、不同地点分别见左宗棠，误为同一时间、同一地点一同见左宗棠，民国《醴陵县志》又仍《家传》之误，以讹传讹。《墓表》涉及的谭氏第三代谭木伯(1850—1888)，是谭重山长子，名之铎，字振初，木伯是其号，邑庠生。以随左宗棠克服新疆，积功得保，为浙江候补盐课大使。

醴陵古安城乡酿过贡酒——乌程酒?

梁枚　张志明

近年有醴陵人士撰文，说醴陵古安乡酿过北魏“贡酒”——“乌程酒”，而醴陵人士王泰诚撰《醴陵地名考》(下简称《考》文)，说：乌程酒“不是产自醴陵的安城乡”。孰是孰非?

近来，我特意查阅了大量的古代史志和古诗词文，得知乌程酒的产地有如下几说：“一说在豫章康乐县(今江西省万载县)，一说在吴兴郡湖州乌程县(今浙江湖州市)”(宋.窦苹《酒谱》)；西晋张协《七命》：“荆南乌程，豫北竹叶。”其下《昭明文选》疏注，援引了南朝盛宏之《荆州记》中如此语句[下简称《记》文(甲)]：“渌水豫章康乐县，其间乌程乡，有酒官，取水为酒，酒极醇美，与湘东酃湖酒，年常献之，世称酃渌酒。”豫章；郡名，汉置，郡治为江西南昌。康乐县：原晋人谢灵运承袭之封地，今为万载县。湘东；指衡阳县东的湘东郡，其郡乃三国时吴置，“晋因之”。酃湖；在湘东郡酃县，不是今酃县(炎陵县)，今酃县宋嘉定四年是从原茶陵县分析出来的，取古“酃县”名。酃湖酒：又叫“酃酒”“醽醁酒”“酃渌酒”。

醴陵有人士便根据《记》文(甲)和《七命》句等推断：醴陵古安城乡也酿过与湘东“酃酒”媲美的“国酒”——“乌程酒”(另说“酃渌酒”)。史志能如此铁证吗?史实胜于雄辩。

为了弄清上述问题，需首先明了《记》文(甲)的正误取舍和它的“荆南”的产名酒地的意向。先说“荆南”。《辞典》注：荆南，指荆州以南，泛指南方。所指范围广泛，“贡酒”产地指向难以明断：可谓含本文开头《酒谱》《网络》所言两说，或其中任一说，或其外的另一说、甚至多说。但按《酒谱》“乌程于九州属扬州”等句而言，似乎指在“湖州”一说为准。上古时代将中国分为九州，扬州是其中之一。它“包括长江下游的江苏、浙江、安徽等地”；若按唐方镇(至德元年，即公元757年)设置，其辖境“相当于湖北石首、江陵以西和四川垫江、丰都以东的长江流域，及湖南洞庭湖以西的澧、沅之水一带”(《辞海》)，可见不含醴陵的古城乡在内；“荆南乌程”，没有告诉我们醴陵的古城乡酿过什么“国酒”——“乌程酒”。

次谈《记》文(甲)的正误取舍，从而论断醴陵古安城乡酿过“乌程酒”(另说“酃渌酒”)与否。《考》文认为：《记》文(甲)是讲《荆州记》(卷三)有关桂阳郡郴县的内容，且之前还有一句话："桂阳郡，东界侠公山下渌溪，酒官常取此水为酒"。再是三国时已不知作者所撰的《水经》和南北朝时期北魏郦道元《水经注》《湖南通志》(下简称《经》文、《注》文和《通志》)都有类似记载：郴县渌水出自东侠(侯)公山，入耒水，谓"程乡溪"，郡治酒官，在山下酿成"程酒"，"献同酃也"。《考》文从而认为《记》文(甲)将醴陵"渌水"和郴县"渌水"相混了……可我近查《网络》："渌水出豫章康乐县，其间乌程县(本文笔者按：疑是"乡"字)，有井，官取水为酒，与湘东酃酒常献之[下简称《记》文(乙)]。这里言官取井水为酒，且无"世称酃渌酒"一句。《记》文(乙)前有"长沙郡有酃湖，取水为酒，极甘美"句，显然这里讲的是关于古酃县和醴陵的取渌水酿酒的事。酃湖位于湘东郡酃县，原属长沙郡，是三国时吴太平二年从长沙郡析出来的(将长沙郡分为衡阳、湘东两郡)，晋、刘宋、齐"因之"，只是郡治有变：初为"酃县"，宋为"承阳"(见《读史方舆纪要》)。醴陵县设于东汉(析临湘县的醴陵乡而设)，属"长沙郡"。醴陵渌水之南源(今有醴陵人士称"正源")的确出自豫章康乐县(今江西省万载县)。陈桥驿译注 王东补注《水经注》(下简称"陈注"中华书局 2010 年再版)："漉水今称渌水，湘江支流，发源于江西省万载县，北流入湖南省浏阳县境，至株洲市渌口注入湘江，全长仅 160 公里"。陈立耀主编《渌水流韵》所述渌水正源、流域大体如此，只是流程里数稍异(后者为 183.3 公里)。简而言之，《记》文(甲、乙)对醴陵渌水"南源"(或"正源")的叙述是正确无误的。但《记》文(乙)前后写的是湘东桂阳郡的事，又据其他缘由，"其间数句似乎有待推敲，宜作适当修改，归之于桂阳郡郴县'耒水'……"这一板块之中。至于醴陵渌水可按"陈注"行文，置于长沙郡内相应方位。下面详细补述理由：

一是"乌程酒"酿自"乌程县"(乡)。《太平寰宇记》《吴地理志》等相当多的古史(志)记载：浙江省吴兴郡(今浙江省湖州)产美酒——"乌程酒"。相传县之所以名"乌程"，是因为擅酿美酒的乌、程二姓(家)居此；另说北方程林避战乱，来到湖州"下菰"，利用雪溪水、夹岸的箭箬……酿成美酒献给始皇。始皇宠之。而程林只商不仕，头戴乌巾，故而其人命名之为"吴巾程林"，其酿的酒谓"乌程箬下酒"，"下菰"被命名为"乌程县"。此二说虽异，但都没有离开吴兴郡。所见史志和不少古诗词写及的"乌程酒"的产地大都指湖州(下面将详细谈及)。说江西万载县产"乌程酒"仅见于《酒谱》新注和当今网络。其注和网络首一说也许凭《记》文(甲)而言。"其间"康乐县或渌江流域有"乌程县(乡)"吗？若有，则酿成的美酒应该是"乌程酒"，而照《记》文(甲)……年常献之，世称酃渌酒来判断似乎是"乌程酒"以外的另一种酒——"渌酒"。取衡阳县东的属湘东郡酃县的"酃湖"水酿成的美酒叫"酃酒"(也叫"酃湖酒")，那么取发源于康乐县的"渌水"而酿成的美酒自然叫"渌酒"，因为"年常献之"，故而"世称酃渌酒"。在这里，"酃渌酒"似乎是两种酒的共称。由此联想：《记》文(甲)是否记录有误？衡阳东湘东郡酃湖酿的“酃酒”“醽醁酒”“醽渌酒”：用深八尺、湛然绿色的湖水酿成的酒，酒味极醇美，又是绿色酒，故以称之，其中“醁”含酒色绿和酒醇美之意。(见《湘中记》《清一统志》《湖南酒文化》)。《记》文(乙)无最末一句“世称酃渌酒”，是否网络 集录者同笔者我一样发现原《记》文(甲)有误？如果事实如《记》文(乙)，那末其美酒可称“乌程酒”，只是其酒是用井水酿成的，与一般所说用溪(渌)水酿酒不符。是有醴陵人士所说的另一种酒——“酃渌酒”吗？笔者已上述否定缘由，再是《考》文曰：“查《江西通志·食货志》记：《豫章志》云：‘今无佳酒’。《昭萍志略.食货志》物产中记：‘酒有二种，一曰烧酒……一曰水酒’”。醴陵古安城乡早已归属萍乡，由此引录可知醴陵安城乡未曾酿过“乌程酒”(或“酃渌酒”)；其乡属醴陵县时，名称一直未变，醴陵自东汉置县以来，虽然有“侯国”“县”“州”之变，但“醴陵”二字沿用无异。可见醴陵安城乡未曾酿过“乌程酒”。在这里顺便谈及：有醴陵人士说：“酃渌酒”，是醴陵美酒，其中“渌”字含有作者盛宏之深厚的渌水情怀。这话值得再三推敲：妥否？酒名，是酒家或酒家请人所命，《记》文(甲)所谓“酃渌酒”，是“世称”何来含述录者之深情乎？

二是与“酃酒”“年常献之”的美酒，笔者所见的史(志)，大都指的是“程酒”(“程乡酒”)。吴兴“乌程酒”秦时便成为“贡酒”。从清吴伟业《赠申下司农青门六十》诗句“扁舟百斛乌程酒，散发江湖只醉眠”来看，这酒延续到了清代，到和时依然是贡酒呢？笔者暂未见到有史料予以明确记载。从《记》文(甲)来看，至南朝似乎还是“国酒”。但如果《豫章志》“今无佳酒”句无误，那么与“酃酒”“年常献之”的事就谈不上了。“酃酒”，于三国时便著名，东晋咸安元年初荐于太庙，独领魏晋南北朝300年的国酒风骚，另说其酿酒历史达三千年。《晋书·简文帝传》、瞿元良《中国酒典》《湖南酒文化》；“程酒”，古代郴州贡酒，……可追溯到西汉，至今酿酒历史超过两千年；“程乡有千日醉，饮之，至家而醉，昔尝置官酝于山下，名曰‘程酒’，同酃渌酒献焉”(《酒谱》)。前文提及：郦道元《水经注》便记录了“程酒”和“酃酒”“献焉”的史实。“程酒”，用糯米，取程溪水酿成的酒，酒味醇美，是渌色酒(只有埋藏几十年后才成褐红色，滴酒成丝)，故与酃酒媲美(《兴宁县志》)。《湘中记》《九域志》、唐《元和郡县志》、西晋张载《酃酒赋》、唐太宗《赐魏征》“醽醁胜兰生”(指武帝百味旨酒)唐皮日休《春夕酒醒》“酃渌余香在翠炉”、宋杨亿《程乡酒》“程乡酒薄难成醉”等等诗文(句)都十分推崇“酃酒”和“程酒”。从而可以判断：《记》文(甲)中的“乌程乡”宜是“程乡”二字。如果这判断成立，那么《盛》文(甲)改为：“程水源出程乡七宝山麓，置官用糯米取程溪水为酒，酒极醇美，自名程酒，与湘东酃湖酒，年常献焉”(参见《兴宁县志》《九域志》)，置于“长沙郡……极甘美”句之后和桂阳郡“耒阳县北……”句以前，便组成了一个天衣无缝的板块。至于醴陵“渌水”有关内容可见前述。

盛宏之《荆州记》在唐宋间即已散佚，宋初《太平御览》虽然征引最详，清时有佚文，辑录和多种辑本，但难免在辗转辑录之中有误漏增删，“多有并非出自盛宏之《荆州记》者”。本拙文引述的《记》文(甲，乙)就有差异。在当时讯息、交通不发达的情况下盛宏之的所闻所述难免有误舛之处。如郦道元《水经注》，是一部令古今百科大家称道的奇书，其文章“绝妙古今”，郦道元，被明末史学家张岱称为古人记山水的“太上”者。但由于作者是北方人，对南方的一些水道未能亲察目睹，仅凭所闻或参考诸书所录，因而难免有失误之处。如《注》文卷 37 中《泿水》一篇，《经》文和《注》文都有许多错误，不难发现整篇是由许多资料拼凑起来的(“陈注”)；《酒谱》也有将“程酒”和“乌程酒”相混的注解，如：“程乡出产的美酒，叫‘程酒’，或称‘若下’，又以‘若下’为世人推重……(见 55 页)“若下酒”是“乌程酒”，产于吴兴郡乌程县，“程酒”产于兴宁县程乡。

三、有醴陵人士所援引的唐诗，不能证明醴陵古安城乡酿过“乌程酒”。唐·李贺和羊士谔的诗所涉及的乌程酒都产自浙江吴兴郡(今浙江湖州)。李贺《拂舞歌辞》第三、四句：“尊有乌程酒，劝君千万寿”。这首诗是讽刺宪宗求神仙服丹药的。“尊有”四句说：饮酒自娱比妄求神仙乱服丹药好多了。上录诗句下，《李贺诗集》(人民出版社)注疏者叶葱奇引用《郡国志》：“古有乌氏、程氏居此，能酿酒，故以名县”，说明吴兴郡乌程县命名之来由，再援引《吴地理志》推介“吴兴乌程县箬下有美酒”，然后引导读者参考李贺《追贺柳恽》诗注。柳恽，南朝梁时人，曾两次任吴兴太守，撰有远客思归的诗《江南曲》。诗中首联写到湖州的事物景象：“汀洲採白苹，日落江南春。”李贺的和诗首联同样写到湖州的事物：“汀洲白苹草”，然后描述柳恽骑马归来的美好欢乐的景象，接着用“酒杯箬下露”等四句说明柳恽到家，与家人团聚，实在仍很快乐。其中“箬叶露”，指的是用湖州城东南的连接汀洲的“箬叶露”，指的是用湖州城东南的连接汀洲的霅溪夹岸所生的箭箬和用下箬水酿成的“乌程酒”——俗称“箬下酒”。这里用“箬下露”，而不用“箬叶酒”，是古人对“清如水，味极浓烈”的蒸馏酒液的形象的称呼。《李贺诗选》注疏者在和诗的首、五句后注释有如下文字，不妨选录出来读一读。首句注：“唐·白居易《白苹洲五亭记》：‘湖州城东南二百步，抵霅溪，溪连汀洲’”(笔者按：步，古代长度单位，历来定制不一。周代以八尺为一步，秦代以六尺为一步。一尺约当今的 23.1 厘米)；第五句注：“《太平寰宇记》：‘箬溪在湖州长兴县南五十步’。南朝梁 陈·顾野王《舆地志》：‘夹岸悉生箭箬，南岸曰上箬，北岸曰下箬，二箬皆村名，村人取下箬水酿酒，醇美胜于云阳，俗称箬下酒。’”

唐·羊士谔《忆江南二首》。其二：“曲水三春弄彩笔，樟亭八月又观涛。全罍几醉乌程酒，鹤舫闲吟把蟹螯。”其“几醉”的“乌程酒”，还是指酿于浙江湖州的“乌程酒”，其写到的事也是发生在汇有源自吴兴的桐溪水的浙江(钱塘江)东流于鉴湖口上的事。“曲水三春弄彩笔”的句指的是：东晋永和九年(353 年)三月三日，由王羲之、谢安、谢万等全国名流 40 余人在山阴县兰亭举行所谓“兰亭修禊”，把酒吟诗，吟啸风流，所赋诗作，为《兰亭集》，王羲之即席书写了《兰亭集序》。王羲之手书的《兰亭序》在唐初特别是因唐太宗的爱好而身价突增，使王羲之在书法上处于“书圣”地位，使其诗序手稿成为历史上至高无上的书法珍品。所以唐·羊士谔在诗中突出地写着“修禊”的风流事。次句“樟亭八月又观涛”，则是写钱塘江八月观潮之盛事。周密《观潮》：“浙江之潮，天下之伟观。自既望以至十八日为最盛。”既望，指夏历十六日，这里指八月十六日。

李贺、羊士谔诗中所涉及的“乌程酒”之产地均指浙江湖州。其中不少诗词如苏轼《西太一见王荆公旧诗偶次其韵》之二，首联“但有尊中箬下，何须塞上西征”、元·张宪《白苧舞词》“急管繁弦莫苦催，真珠剩买乌程酒”，都是写的“箬下酒”，笔者至今还未见到有一首（阕）诗（词）是写豫章康乐县乌程乡和醴陵古安城乡什么“乌程酒”的。《湖南酒文化》记录了湘省如郴县、湘潭、汉寿、长沙、常德……不少县（市）的名酒的史志资料，也辑录了相当多的古代写及美酒的诗词，涉及了不少美酒，如：酃酒、程酒、松醪酒、洞庭春酒、常德崔氏酒……就是没有见到写醴陵、醴陵古安城乡所谓美（名）酒的一鳞半爪。

原因何在？一言之蔽之：根据至今所见史志诗文看来，醴陵、醴陵安城乡自古以来无名酒，更无可与“程酒”“酃酒”和“乌程酒”媲美的堪领一朝酒风骚的“贡酒”。

研究历史者应该安静、忠实地反映历史。

民国以前攸县的公益和慈善事业

罗泽贤

热心公益事业和慈善事业是我们中华民族的优良传统。所谓公益事业，通常是指公共利益设施如道路、津渡等建设；慈善事业则是扶贫济困、福利等机构建立和实行。这两者虽有区别但又有联系，譬如筑路修桥造福大众，自应属于公益事业。但民间很多人尤其佛教徒更把筑路修桥当作行善积德的举措，却也可以看作慈善事业。根据同治版《攸县志》所载，本文对民国以前攸县的公益和慈善事业作简单介绍。

一、设立社仓

古代史上，人们把积谷备荒的义仓称为社仓。其制据传始于隋朝。因为是乡社所设，故名社仓。后来也有设于州县而由官府主管的。其制代有不同（参看《隋书·食货志》）。清嘉庆四年上谕说："社仓原系本地殷实之家，好善乐输，以备借贷贫民之用。"可见清代社仓的基本贮粮（或称本谷）全系民间捐献，由民间自行经营管理。社仓有统一的规章制度，借谷也要付息，但较社会上借谷的利息要低得多。这少量的息谷用作添置工具、修仓、鼠耗等开销，是保持社仓正常运转所不可少的。管理人员则通过公推与协商产生。每年年底，将本谷若干、息谷若干出入贮欠数目造册结报地方官审核，侵蚀者必受惩处。为保护辖区内民户享有平等借谷权利，防止权势者多借强借，规定要按借谷人耕田及户口的多寡，限制其最高借额。这样，每到青黄不接之际或大荒之岁，缺粮户就可到社仓借到低息的社谷，既解决他们的一部分粮荒，又摆脱了社会上高利贷的压力，无疑是一项惠民的好举措。清同治《攸县志》载："国朝雍正二年议准社仓贮谷，公所寺院收存。是时，各省渐行社仓之法，湖广总督杨宗仁奉行尤力。于是攸邑五乡三十一都建仓共三十处"，到乾隆四十六年，增加到42处。县志还详列了这42个社仓所在的地址。社仓之法隋以后曾经中断过，清雍正年间又得以恢复，后因杨宗仁大力提倡，攸县31个都竟建立了42个社仓。一个面积2651平方公里的攸县，平均60多平方公里便有一处义仓，分布地也较均匀，在当时已很可观了。由于这个办法受到民众的普遍喜爱，所以得以保存，一直延续到民国年间，仅仅改了个更通俗的名称叫积谷仓。可以说它是我国历史上由民间经营，政府支持并加以保护而获得成功的兼有公益和慈善双重性质的事业。我是攸县人，离我家一里多路就有一处叫荆木团积谷仓的社仓。我小时曾目睹过许多贫民到这里借谷度荒的情景。虽然不一定解决了这些贫困户度荒的全部困难，但至少给他们助了一臂之力。1949 年后，人们忙于轰轰烈烈的社会改革，再也无人过问其事了，这个积谷仓连同运行了几百年的社仓之法，也就自行消失了。

二、建筑陂塘

农田灌溉，除自然雨水外，都依赖于江河的水。但有些河段水流很浅，农田处位高于江河，江水不能直接灌溉，于是人们横截江面，用土石筑成挡水的建筑物，使河水升高，引进渠道，再灌入农田，这种挡水的建筑物就叫陂。溪涧山谷流出的水就围筑成塘。清同治《攸县志》说："攸水自东发源，贯乎其中，延袤百余里，障水陂数十处。""围筑成塘著名者，亦不下数十。"这贯穿全境百多里长的攸水，沿江竟共筑了几十处水陂。大的水陂如横桥陂（在今网岭镇附近）可灌 32000 多亩农田。灌溉万亩、千亩以上的还有新陂（2 万余亩）、东陂（5000 亩）、艮石陂（3000 亩）等 11 座。这些陂塘少部分由政府官员主持修筑，大部分系民间损资自建，或按受益农田均摊所建费用，有的投入的资鑫还相当可观。旧县志载，东陂"费银二千余两，监生文承职、贡生文自竣、职员文承焕倡修"，可见攸县人有着良好的参与公益事业的习惯，因此县志得出结论："攸虽非饶余，然遇歉而济，盖有由矣。"正是因为有了这些水利设施，所以能够克服自然灾害带来的困难。

三、修筑桥梁

攸县算不得水乡，但境内有洣水、攸水、沙河、浊江等中小河流 102 条，山溪、汊流更是密如蛛网。不要说较大的河流两岸阻隔，无法通行，即使相邻的村庄由于一条水涧的横隔，也是近在眼前，宛若天涯，只有在水面上架桥方可通行。清嘉庆九年，邑令蒋绍宗在《九修大沧桥碑记》中说："《礼・月令》：'孟冬谨关梁，王政也'。然多建自通都大邑，官其地者主之。而于乡隅辟远之区，则听民自为，国制弗及焉……于阻水处，舟楫不能通，或设板桥，以利行旅。楚南因饶竹木，其成之也较易。若夫易木而甃以石，为费倍蓰，非真好善大有力者不能也。然亦必集众醵金而后从事"。这段话的大意是，《礼记》上说，入冬后，官家要对关隘桥梁等公交设施进行检查或维修，凡在交通要冲或大都会处的，自有地方政府主持，而在偏远地区的就只能让老百姓自己想办法了，国家没有能力管得这么远。攸县这地方竹木丰富，百姓架个木板桥还算容易。如果要换成石材结构，那就非特别热心公益而又有财力的人是担当不了的，只有动员大家筹集资金来从事这一工程了。从这段话看出，当时桥梁的建造也可以分为官建和民建两种形式，“通都大邑”处多为官方所建，“乡隅辟远之区”多为民间所建。历史上，攸县官、民一共修建了多少座桥梁？《攸县志》卷十二记载的共85座，其中标明为“知县某”“主簿某”建的是官建，只有3座；其余的82座都记载了建造人的姓名和简况，属民建。比较有名的民建桥有：公义桥，座北江乡，距城80里，宋崇宁三年陈源建；杨林桥，在县东，距城140里。乾隆十一年张、谭二姓公建；老君潭桥，在县西30里，康熙戊午生员余家驹建，乾隆戊午贡生余乔令纠首重修，壬戌水冲，进士余潮、贡生余泽倡建；永功桥，在北乡，距县100里，嘉庆壬申年丁照万、实能、学保、竹轩、士贵、时甫、罗奉宜、跃泉、呈瑞捐建，三石拱，有碑屋五间。

这些桥有的是一人独资捐建，有的是一人倡首众人集资合建，有的是两姓共建，有的是倒塌后合资复修。

从建桥的材料来看，可分为木板桥和砖石桥。砖石桥的成本较大，例如：“阳湖桥，坐国都东网岭下，距城四十里。道光甲午监生欧阳逢伦，同本都职员陈嘉贤监生易昌言，倡募众姓，用石筑造，费用数百金。有碑。”要花数百金才建起一座石桥，还真不容易，非集众资不可。其实县志所记的这些桥都属工程较大的名桥，而山溪河涧上的板桥是不计其数，俱不曾载入县志。如我们村（攸县网岭镇景新堂村）子里附近就有两座未入县志的木板桥，一座只有两块桥板，架在小江上，但它却有一个由村人捐献五担谷子作基金的桥会，负责管理这座小桥。另一座架在沙河上，有十块以上桥板。桥板一般用四、五根杉树拼合而成，长约3米，工匠用斧头稍事砍平，以利行走。每副桥墩有两根粗壮的树干，上端分别嵌入一块硬木两头的榫眼中，构成像一个人叉开八字形的两只脚模样，下端深深地插入沙河中。桥板就搭在桥墩上，两块桥板在同一桥墩上相接，10块桥板在9副桥墩上连起来，有二三十米长，确也蔚为大观。那时建造这样一座桥，在经济实力较弱的农村，花费也比较可观，所以也是集众资才建得起来。我小时候看过桥旁竖着一块石碑，记载了捐资人的姓名和资金数目，他们当然是些热心公益事业的人。可以想见，整个攸县诸如此未入县志的桥梁至少要以百位数来计算，那其中该有多少不知名姓的热心公益事业的人啊。

四、建设渡口

本来河上架桥可以连接交通，但有的河道水面宽而且深，甚至水流湍急，建桥的成本太高，或者当时还没有那样的造桥技术，用船载人过江成了最切实际的办法。这需要建渡口，购置渡船，还要准备一份渡工的生活费。在这件事上，前人同样采用两条腿走路的做法，既有官渡，又有民间建造的义渡。官渡费用全由政府负担，据《攸县志》载：“第一关津官渡，在西城外，额设船二只，渡夫六名。

每季给工食银二两五钱五分零。船久朽坏，雍正五年，知县陈文捐修。乾隆十一年，知县冯运栋捐俸重修。”官渡只此一处，其余的47处全系义渡，均由当地民众捐资所建。渡口的建设比桥梁建设需要的资金更多，因为它必须为渡工长年累月提供生活费用，因此参与捐献的人就更多些。

五、建造凉亭

古人外出经商或远游他乡多是步行，长途跋涉非常辛苦，经常发出“在家千日好，出门一时难”的感叹。如遇人烟稀少的绵长山路，连个歇脚的地方也找不到，就更觉艰难，于是就有人建造了凉亭，给远行人提供休息场地的需要，凉亭建成后，还要树立石碑为客人指点前路；有的还安放茶壶，提供茶水和清泉。故攸县民间过去有“十里一亭，五里一碑”的说法。中华人民共和国成立后，不少地方还保有这种凉亭和路碑，但文革中被人为毁坏不少，至今也许留存不多了。

六、设置育婴堂和养济院

育婴堂是收养无人抚养的婴儿的机构。县志说它在西城内，由知县奉上司之命捐建。嘉庆时，邑绅廖文瀚等捐修。关于养济院，据《攸县志》说：“在北城，明知县范志文建。乾隆二年，知县李澎文建房二进六间，给孤贫栖止。”

就以上几项事情可以看出，民国以前攸县在公益和慈善事业方面，就已经建立了相似于现代社会保障体系的雏形，虽然制度还不够完善，水平还比较低，但在生产力不够发达的农业时代已经很不容易。尤为可贵的是，参与这些事业的主力，不是当时的政府，而是民间人士。即县志所说的“殷实之家”“邑绅”“邑人”“野人”“僧众”“守贞不字之女”等各种不同社会地位不同职业的人。

人类社会原本就是一个由于共同物质条件相互联系起来的人群结合体，只有相互依存相互帮助才能进步。公益、慈善事业就属于这种互帮的形式。从在某种意义上说，公益、慈善事业发展的状况，最能反映出这个社会发展的文明程度。在20世纪60—70年代那个社会极端意识形态化时期，曾经有人将前人所做的公益、慈善事业，一概视为剥削阶级的假仁假义，这完全是对中华民族乐善好施的传统美德的亵渎和污蔑。热爱公益、慈善事业的人是社会精英，他们中有人创造并享有一定的财富，同时也具备强烈的社会责任感。在他们的身上，展现着人类相互关怀的崇高精神。今天，我们应继承和发扬这种精神，中华复兴不仅仅是物质文明的高度繁荣，而且还是中华优良传统的伟大复兴。

"飞虎队"坠机炎陵黄挪潭事件回忆

谭忠诚

1944 年，即民国 33 年，飞虎队 3 架战机从芷江起飞，拦截轰炸武汉的日军飞机，在湖南衡阳上空发生激战，一架飞虎队战机坠落在郴州桂东县境内，飞行员壮烈牺牲；同机组的另一架飞机坠落在炎陵县境内，飞行员则被当地村民救起。这个事件，《酃县志》上有简单的记述："民国三十三年，美国一架战斗机在与日军空战着火，坠黄挪潭；乘员降落，村民即行救护"。县志中的这段记载源于曾任镇定乡乡长钟子仙的档案，这份材料这样记述："民国三十三年，有美国驾驶员因驾飞机到衡阳与日本飞机打仗，受伤飞机着火，结果就随(坠)落在黄挪潭横塅里的石排里。这个美国人坐降落伞下来未死，飞机上的六根机关枪完全跌烂了，于是我派人将机枪收检放到乡公所去了，这些烂机枪以后移交给蓝子青去了"。为了了解更翔实的情况，2003 年，我们在飞机坠落地——黄挪潭(现炎陵县策源乡)走访了见证人，揭开了一段尘封多年的历史。

坠机

策源乡荣塘村主任江观云告诉我们，当年发生在策源乡的坠机事件，方圆几十里几乎无人不知，上了 70 岁的人大多数到现场看过，上横塅组、老毛冲组的村民至今还保留着许多飞机残骸。

来到飞水寨，只见一股清泉飞泻直下，落差 80 余米。飞水寨三面均是陡峭的石壁。江观云告诉我们，那个美国飞行员当时就降落在飞水寨上方的一棵松树上，离坠机的地方有 200 米远。据老一辈人讲，那个飞机头滚入飞水寨的深沟，至今还可能埋在砂石中。

横过飞水寨，我们又来到上横塅组，在江海庭家里，主人翻出了几块飞机残骸和几颗捡来的子弹。其中一件圆形的物品，字迹清晰可辨，上下均标明"ELEVATOR"(升降舵)字样。他还告诉我们，这里附近的人家都有一些飞机残骸，70 年代很多人把它当废材料卖给了供销社，有些加工做了工具。

72 岁的朱纯一介绍，当时飞机掉在石排里，一声巨响后，引起了山林大火。

因当时战事很紧，传说日本鬼子打到了矮基岭（茶陵通往酃县的要塞），村民们以为是日本兵来了，纷纷往山上躲。

救人

朱厚一老人告诉我们，出事那天大概是霜降节前后一天下午的四、五点钟样子，从太姑仙（山名，海拔1200米）方向飞来一架冒着黑烟的飞机，从机上弹出一个人影，飞机拖着浓烟俯冲至石排里的一处山林中爆炸，并引起山林大火，飞行员则扶着降落伞从半空中晃晃落至飞水寨上方一个叫铜锣湾的一株松树上。

也许是好奇，朱厚一赶忙往出事地点赶去，手里还拿着一根文明棍，这时候，那位飞行员已从树上下来，缓缓走过，看见朱厚一手上文明棍上的党徽，明白了这里是国统区，不是日统区。笑着拿出身上的证件，这个证件约有奖状大小，上面加盖了中国国防部大印，有两行字："来华助战洋人，军民一体救护"。这个飞行员身高有一米七八的样子，带有日常生活手册一本（有英汉对照），手枪一把，手上还有黑色戒指一枚。因为朱厚一在外面读书时，曾经见过美国人，一看就知道这个飞行员是来华助战的。当时天时已晚，怕出问题，一心想把他送到当时的镇定乡公所（现策源乡平湖村）。

下山的路上，碰到两个回五都（现龙溪乡）的谭姓村民，一看到外国人，操起扁担就要打，朱厚一劝阻他们："不要误会！不要误会！他是美国人，是帮助我们打日本鬼子的。"那二位村民才放手，这个美国飞行员这时也从手枪匣里掏出手枪，直到那二位村民过了山坳才将手枪收起。当走到上横塅朱纯一家门口时，走来了很多村民，他们纷纷说："管他是日本人，还是美国人，先关他一晚再说。"朱厚一又耐心跟他们作解释，反复宣传，美国人是帮助我们打日本的，我们不能青红不分。这样才又上了路。

从出事地点到乡公所有十来华里的路，到达时天色已晚了。在路上，与镇定乡公所组织的乡兵和平湖学校的学生相遇，这位飞行员手里拿着一支驳壳枪，示意乡兵们不得接近他。

接待

到乡公所后，飞行员看到了悬挂在房子上的国民党党旗，才将手里的枪收起。当时，镇定乡的乡长蓝子青、县议员钟子仙，也过来帮忙。那天晚上，飞行员就在乡公所过的夜。这个飞行员面部、手、脚都擦伤了，幸好他自己带了药。我们的受访者之一，当时在场的一个小孩钟乾生小心帮他涂上，但他至今还不知道是什么药，只是记得这种药鲜红鲜红的。

第二天，考虑到钟子仙毕业于湖南省第三师范学校，略懂一些英语，于是把飞行员接到钟子仙家里住下了。乡公所吩咐乡兵们到飞机坠毁的地方去收集跌落的枪弹和残骸，搜到了跌烂的机关枪4挺，子弹有三四担，都是一排一排的，一排就有20颗，大的飞机残骸也收了过来，这些东西都放在钟子仙的楼上，后来交到县里去了。记得那天中午，钟子仙还办了两桌酒席，把乡公所里的人都叫来吃了一餐饭。席间那位飞行员仅仅吃了两三口饭和3个带壳的鸡蛋，但热情地将他带来的饼干分给大家吃。现已80多岁的钟乾生还记得吃了一块，有点甜味，还有点膻腥味。

平湖村很小，只有三栋屋，那些天钟乾生陪着飞行员到上下屋去走动，这位飞行员似乎对所有的东西都很有兴趣。上屋有个神台，雕龙画凤，他看了又看，还拿出纸笔抄下了两边的对联。当看到车谷的风车后，他也反复摆弄。

飞行员随身带一个挎包和一支枪，挎包里还有些钱，他拿给钟子仙一把关金票子，约有一寸厚，都是一万、两万的。

送行

第四天，乡公所扎了轿子，要送飞行员过江西遂川。临行前，乡公所组织了学校的学生和乡兵列队欢送，向这位飞行员敬礼，这位飞行员也很有礼貌地向大家回了礼。送飞行员的人员有蓝子青、钟秀峰、黄芳藻等三人，飞行员先是坐着轿子，当行至雷打石时，飞行员翻身就下了轿，执意要步行。过遂川的路线是从梨树洲、洪水江（炎陵县境）、板桥、七岭、竹坑，再到遂川县城的。

蓝子青在送达飞行员后，到钟子仙家中来汇报。他还讲了到竹坑一个茶店喝茶的事，他说这个飞行员拿了一把票子给老板娘，那个老板娘讲从来没有碰到过这么大方的顾客。蓝子青把这位飞行员只送到遂川县政府，由他们负责送往位于遂川境内的余田机场。临别时，这位飞行员回送蓝子青大半里路，并将身上的一个军用水壶相赠。

由周世钊先生的一篇佚文谈相关的人和事

段立新

茶陵县潞水镇农元村上塘组刘氏家族保存了一套民国29年(1940年)编修的族谱(第六修),谱序中收有周世钊先生写的一篇序文,题目是《刘玉香先生序》,序文内容如下(标点符号为笔者所加):

古之所谓俊杰雄伟之士者,岂必司民社,树勋名,驰骋一世之上哉?所谓隐逸高洁之流者,岂必有麋鹿卧林泉以自鸣其高哉?盖亦曰持独善之操,怀兼济之志,得其时则驾,不得其时则蓬箩而行,以求申其志,适于义而已矣,故或身处垄亩之间而心存尧舜之世迹,寄魏阙之下而与在江湖之滨思,非出位也,志不可易耳。事非遗世也,情不可禁耳。夫岂故为夸大诡异以欺世盗名者乎?茶陵刘玉香先生庶几能申其志适于义者也。

先生出闾里之间,承箕裘之荫,幼而岐嶷,长实谨恂。方弱冠之年,尝慨然有四方之志,而时方俶扰,有愿未偿,乃寄其趣于耕稼矿冶之间,劳其筋骨心神而不倦,非所谓隐居以求申其志者乎?其后感世变之方殷,常痌瘝之在抱,忧乡民之颛蒙也,则倡建学校,而瀹以新知;忧凶年之荐臻也,则更立社仓而拯其羸饿;忧九族之疏薄也,则新祠宇以敦孝友之风;忧贫民之失所也,则营铁厂以容失业之众,其有功于乡族者甚大。已而红羊历劫,铜马称戈,毒焰煽飏,群甿骚动,先生乃谘诹绅耆,号召农牧,指囷作饷,斩木为兵,而一乡之良善赖以安,外县之萑符无由入,其有德于斯民者甚厚。呜呼!先生之所试者小,其施于人者已于此。设所试者大,其兼济天下为何如也?今先生臂力方刚,健强犹昔,苟奋其蓄求所欲为,则驰骤高衢,焜耀一世,固欲操左券拾遗芥耳。而先生退然自处,淡然自甘,乐云水而侣渔樵,却浮名而避盈利,似欲与巢许同其风焉,先生之所志又岂常人之所及哉!今岁八月晦日为先生揽揆之辰,朋好争欲为之称觞祝暇,而先生不愿也。余谓先生无民社之寄而有济物之功,无隐沦之名而有高士之行,其风流所披,必有以立懦廉顽而化乎一世者。故乐而为之书,亦藉以寿先生也。

中华民国二十八年己卯仲秋日

国立东南大学文学士世教弟沩西周世钊惇元氏顿首拜稿

序文的作者周世钊先生(1897—1976年)，字敦元，别号惇元、东园，湖南宁乡人，新民学会会员，教育家，新中国成立后，曾任湖南省副省长。周先生于1913年至1918年就读于湖南省立第一师范学校，与毛泽东同学数载，建立了深厚的友谊。毕业之后，周先生抱定“教育救国”的宗旨，婉拒毛泽东、蔡和森参与社会主义青年团组建工作的邀请，于1921年赴南京国立东南大学教育学院教育系学习，1922年转入该校文学院研究中国文学，1927年毕业并寓居长沙。毕业之后，周先生先后在长沙明德中学、稻田中学、长郡中学、周南女中、妙高峰中学任教。周先生毕业于国立东南大学文学院，故而在序文中自称“国立东南大学文学士”。

周先生的这篇序文是应长郡中学的学生刘劼刚之请而写的。刘劼刚，名英骐，号慧同，今茶陵县潞水镇农元村上塘组人，先后就学于湖南育群中学、长郡中学、湖南大学工学院矿冶系。民国28年(1939年)，刘劼刚在长沙求学，这一年的农历八月三十日是他父亲刘玉香先生的41岁寿诞，他便请老师周世钊先生写了这一篇序文。这是一篇为祝寿而写的序文，属于序文中的“寿序”。旧时，世代有交谊的人家的平辈子弟之间称“世教兄”“世教弟”。在这篇寿序中，周先生谦称“世教弟”，可能是出于自己和刘玉香先生年纪相仿的考虑，而并不是说周、刘两家有世代交谊之情。

在这篇序文里，周先生盛赞刘玉香先生，视其为品德高尚，兼有济世之心并为此身体力行的“俊杰雄伟之士”“隐逸高洁之流”。刘玉香(1899—1940年)，名肇玕，号国维，是民国时期潞水有名的乡绅之一。周先生为刘玉香列举了不少功绩和事迹，其中在当时的潞水乃至茶陵影响较大的有两个方面：

第一，创建“民生坊铁厂”。据民国14年(1925年)修订的《茶陵州志》记载，潞水的铁矿开采冶炼始于明末清初。清初，民间以木炭、风箱为原料和工具，掘地为窑炼铁，用这种方法炼成的铁，民间称为“狗脑铁”，多为民间自炼自用，并没有当商品来买卖。清朝末年，潞水开始出现了土炉炼铁。潞水地区以铁为商品而进行交易买卖的时代，就是从这个时期开始的。较之于土窑炼铁，土炉炼铁在工艺技术上有了明显的改进，因此，产量较高，日产生铁1吨以上。在清末至新中国成立的数十年之间，潞水大台竹子山、农园李家里，先后有李生年(平水人)、朱喜芳、朱卓球、刘玉香、张益生(江西人)、唐菊云、朱长英等人开办过铁厂。其中又以李生年在竹子山开办铁厂为潞水土炉炼铁之始，以朱卓球、唐菊云、朱长英开办的铁厂持续时间最长，而影响最大的则是刘玉香。

民国4年(1915年)，今大台村和顺组人朱喜芳在李家里和清水庙坪开炉炼铁。民国26年(1937年)，刘玉香继办李家里铁厂，并将铁厂命名为“民生坊铁厂”(至今还能看到残留的土炉)。民生坊铁厂和张益生开办的竹子山铁厂冶炼工艺比较先进，能将生铁加工炼成熟铁，然后，捶打成块状、圆饼状出卖，民间称这种铁为“土钢”。这两个铁厂年产量为80至250吨，茶陵县内生产农具所需的铁块基本上来源于这里。这种土钢很受用户欢迎，除在县内销售之外，还远销衡阳。当时，刘玉香开办铁厂的资金并不宽裕，便在乡内自行发行纸币。套用现在的话来说，这种纸币其实就是白纸条或者说购销凭证。刘玉香以个人名义担保它的信用价值，保证它可以在潞水范围内当货币流通使用。人们基于对这种纸币信用度的怀疑，纸币发行不久就遭遇了抵制，这样，在不到一年的时间内，这种纸币便被政府禁止了。为了打开产品的销路，刘玉香以“家门”的名义，与县城刘自祥铁匠铺建立了长期稳定的供销关系。两家的合作模式是一家提供原材料，一家加工成产品出卖，两家之间使用刘玉香自行发行的纸币。

第二，组建和领导“潞水铲共义勇队”。大约从1929年开始，潞水农民运动兴起。这一年的5月，清水片的豪绅谭新炳被农会和农民自卫队处决。此举对潞水的豪绅震动极大，潞水的豪绅便以地方自治为名，继“清水铲共义勇队”之后于1930年初成立“潞水铲共义勇队”。1931年5月，农民运动高涨，“潞水铲共义勇队”首任队长陈森被农民武装处决，朱英才继任队长，但依然不能扑灭农民运动的烈火。在活跃于茶陵、攸县一带的红军湘东独立团配合下，潞水的豪绅及其武装力量遭到了前所未有的沉重打击。这一年的8月2日，潞水铲共义勇队和豪绅纷纷逃窜到攸县白马洲。潞水的豪绅们于11月25日召开会议，对铲共义勇队进行了改编。改编后的潞水铲共义勇队设立了监察委员会，刘玉香是5个委员中的一个。此后，潞水铲共义勇队在国民党第63师师长兼湘东反共清剿纵队司令陈光中的支持和配合下，有恃无恐，活动猖獗，对共产党及其革命活动，还有乡民的生产生活造成了不小的危害，直到中华人民共和国成立初期，潞水铲共义勇队才最后瓦解。在组建和领导潞水铲共义勇队的过程中，刘玉香只是5个委员中的一个，起的作用似乎很有限，但是，从他的友人段觉晓在1934年为他的父亲刘必德写的寿序（题目是《刘公必德先生中外七秩寿序》）中，我们不难发现，实际上，刘玉香所起的作用非同一般。文章是这样叙述的：“今方地方萑符未靖，正有赖玉香兄之筹划而图匡救，一乡人资为保障。”

从民国外交官到誉满美国的湘菜王

——记爱国华侨钟武雄先生的传奇人生

周祥新

钟武雄先生1918年出生在湖南醴陵官庄乡桃花村，幼年丧父。他的祖父钟海间公是醴陵学界最早倡导创办新学的教育家。在祖父教导下，聪慧的武雄打下了深厚的国学基础，1934年以优异的成绩考入三湘名校长沙长郡中学，1938年又顺利考取了重庆中央大学。1938年12月初，他带着母亲从亲友处筹措的29块大洋离开家乡，怀着理想踏上去重庆中央大学的千里征途。

他到长沙，汽车票已涨到75块。在这进退两难之际，一个到四川梁山任职的年轻军官陈懋林热情相邀，搭木船往宜昌。途经沅江草尾已是午夜，遇上了湖匪。正在危急时刻，不想陈军官是湖匪头领的救命恩人，才有惊无险。但到达宜昌，却足足等了两个星期买不到票，心急如焚。当售票员黄世广得知他是赶往重庆中央大学读书的学生时，马上热情地把他带上了一艘运输军用物资的轮船。抵达重庆时，距离中央大学报到截止日期仅只一日，如果再延误一天，学籍将被取消，他的人生又是另一番模样。

钟武雄先生一生得益于中央大学的4年学习。在中大，他刻苦努力，成绩优秀，读满了两年英语专业又转入历史系学习，毕业论文是在著名史学家郭延纲指导下完成的《中外不平等条约的研究》。这篇论文主题因当时正处抗日战争相持阶段，而具有很强的时代意义。在中大，他还与学友长沙妹子黄德荣相识相恋并相守白头，传出一段爱情佳话。

1942年毕业后，钟武雄手持同乡、时任国民政府代理参谋总长程潜的亲笔举荐信到外交部情报司报到。程潜总长满怀期望地对他说："我亦觉得你适合外交工作。我们醴陵武将上百人，校官数不清，但能担当外交官的迄今无人，你去，一定行。我不是为谋私利，而是为国举才。"钟武雄果然不负厚望，踏进外交界不久，就顺利通过考试院举办的全国文官考试，成了一名正式的外交官。1945年7月，盟军总司令部设在日本东京，并且美、英、中、苏分别派军队进驻日本，外交部经严格挑选，钟武雄被选派为"中国军事代表团"团长朱世明的随行官出使日本。

1948 年 10 月，钟武雄被任命为中华民国驻美国休斯顿领事馆副领事，同年 12 月中旬，他携妻儿登上西北航空的班机，飞越太平洋，抵达了心中早已向往的美国。想一展外交才能的钟武雄来美国不到半年，因国内局势发生重大变化，国民党节节败退，朝不保夕，领事馆经费来源中断，领不到薪金，一家人顿时陷入困境。可喜钟夫人黄德荣女士果敢坚毅，审时度势，力劝丈夫下决心辞职，做一个自己主宰自己命运的人。

美国这个自由世界，以金钱来衡量个人的价值。钟武雄夫妇一路摸爬滚打，含辛茹苦，先后在休斯顿、旧金山开过冰淇淋店、汉堡包店、修鞋店、玩具店、洗衣店、咖啡饮食店，涉足一个又一个行业，一次又一次的尝试，积累了经验，为后来的发达打下了良好的基础。

20 世纪 60 年代初，台湾经济起飞，中华航空公司向海外拓展市场，筹建旧金山分公司。有中大学历，职业外交官身份，通晓英文，在美国生活了近 20 年，家又安在旧金山的钟武雄，成为理想人选，被力劝出山担任中华航空公司旧金山分公司的行政经理一职。上任后，他苦心经营，很快打开了公司在美国的局面，他赴美各地组建了新的分公司，做出了令人瞩目的重大贡献。但是，一次他向往已久而又具有神秘色彩的旅行，使钟武雄又不得不再次做出辞职的决定。

1976 年，大陆方面鉴于钟武雄先生的身份和任职情况，邀请他回乡省亲，夫妇俩以度假的名义飞往香港，在中央有关人士的安排下，转道澳门由拱北海关进入大陆，再经广州乘火车抵达日夜思念的故乡醴陵。钟武雄自 1948 年出使美国，28 年后母子相逢，百感交集。年近 80 高龄的老母亲，终于见到了日夜思念的儿子，不禁放声大哭。返回美国后，“通共”的阴影罩在夫妇俩的头上，为了不累及上司和同仁，也为了远离这不近人情的政治，钟武雄毅然辞去担任近 10 年的行政经理职务。在他年近花甲之年，失去了很多应享的权益，这一切与见到了亲爱的母亲相比，他认为值得。

70 年代初，美国总统尼克松访问中国，签署了中美《联合公报》，中美关系解冻，美国朝野和举国上下对华舆论渐趋友善，钟武雄看到了一种潜在的商机。他查阅了关于中国饮食文化的大量资料，根据在美国经营速食店和餐馆的经验，研究美国市场在饮食方面的习俗和习惯，确定了自己餐馆经营的三原则：新、特、快。所谓“新”就是推陈出新。他们将两双人格化的小红辣椒作为湖南餐馆的标志，让人一看招牌，就想到了“辣”。“特”自然是口味要有特点。招牌菜“湖南腊肉”，是钟武雄先生从祖母、母亲那学到的传统的熏制办法，自制而成，其味与市面其他店家的腊肉迥然不同。湖南餐馆突出地道的湖南口味，例如“冬笋腊肉”“剁辣椒蒸鲜鱼”“酸辣鸡丁”等菜式，对于美国食客而言，这些湖南菜他们闻所未闻，见所未见。“快”是指时间短，10 分钟内饭菜一定上桌。湖南餐馆地处旧金山闹市中心，公司众多，白领阶层时间紧，没有太多的时间细嚼慢咽。

口齿留香的湖南土菜，让美国食客开了眼界，一传十，十传百，钟武雄夫妇开的湖南餐馆声誉日隆。后来，他们先后在旧金山开了多家“湖南小吃”连锁店。1979 年 1 月，美国《时代》杂志介绍了两位中国人，一位是封面人物，中国现代化的总设计师邓小平先生，另一位就是钟武雄先生。这家世界权威刊物刊登了评价钟武雄先生的文章和工作照，文章标题是《湖南菜王——来自醴陵乡下的“原子弹”》。各种杂志和报刊也都相继向美国民众推介湖南菜，掀起了一股中国湖南菜热。

1981 年，由世界厨师联合会发起的评选世界名厨活动，经数月的竞技角逐，中国醴陵湘菜名厨、法国菜名厨、意大利菜名厨、美国白宫名厨，被评为四大名厨，钟武雄先生荣登榜首。这 4 位名厨的合影刊登在《旧金山》杂志的封面上，被媒体称之为“世界四大名厨”。

“湖南小吃”餐馆成立 3 周年之际，旧金山市政府要员专程前来祝贺，市长亲自签发了奖状，赞誉“湖南小吃”餐馆的创建为旧金山市的经济发展做出了贡献。钟武雄先生将十余年收集和整理的中国菜，用英文作了系统的介绍，再配上精美的图片，编辑出版，大力弘扬了中国的饮食文化。

钟武雄先生感谢家乡对他的养育之恩，他们夫妇多次返回故乡，多次在长沙和醴陵捐资助学，并为“水稻之父”袁隆平教授无偿捐赠 10 万美元。钟武雄先生历年来仅向醴陵捐资助教就达 300 万元人民币。

钟武雄先生年近 90 高龄，仍一如既往关心天下大事。他热爱祖国，主张民主政治，发展经济，两岸尽快实现“三通”，加快和平统一步伐。认为只有这样，中国才能走富强之路。当外交官的经历使他深刻意识到：弱国无外交的惨痛。

2003 年 4 月，钟夫人黄德荣女士患胰腺癌，不幸逝世。钟武雄先生从悲痛中振作起来，他回到了祖国，定居长沙。

日本侨民中村菊子在渌口

苏绍泉

湖南株洲县古镇渌口近郊南塘，中华人民共和国成立前几年，一栋名为“曲江草堂”的中式豪宅里，大门上的门联是“风尘三尺剑，天地一茅庐”，里面住着年龄相殊的寡妇三姐妹：大姐章香花、老二薛冬梅、老三中村菊子。此外，还有她们的一群孩子。三个女人有一个共同的亡夫，也就是这里的主人张翼鹏。张乃民国早中期湖南、重庆党政要人，官至上将，身后留下遗孀遗孤一大堆。第三夫人中村菊子，系东洋人。这位来自东瀛的太和女子，经历不凡，故事多多，鲜为人知。作者因工作关系曾与中村菊子见过一面，对这位印象中的日本美女，一直想提笔写下点文字于后人。

使女变夫人

故事还得从张翼鹏身上说起。

张氏生于1882年，1907年成为留日士官，在日参加同盟会。1923年后，历任孙中山大元帅府陆海军大本营高参、北伐“前总”参谋长。1927年任湖南土地、军事厅长、代省主席。因追随唐生智倒蒋败北，东渡日本，充任日陆军士官学校教官。1929年元月，应召回国。蒋氏将其打入冷宫“清淡馆”，先后委以军事参议院参谋上将、代院长、议长等虚职。

张氏在日充教官期间，拥有日政府提供的别墅一栋，自雇日籍使女一人，这使女便是中村菊子。中村乃九洲大分县别府市一穷皮匠之爱女，年方十七八，生相婀娜天姿，人品端庄，聪慧过人，1929年主人归国时被特意“续雇”。中村为了一口米饭，身带只能往返一次的“渡航书”，跟着主人懵懂冒险来到了中国。此刻，已有一妻一妾年届五十有三的张翼鹏，一到长沙就哄着小美人举行闪电式婚礼，程潜、唐生智等友好要人悉数应邀参加了婚礼。

婚后，张将军深知此刻还不能送中村回“曲江草堂”定居。他把她带到上海、南京等大都市轮番旅居，在京沪生了两个儿子，一名张上海、一名张金陵。

蜗居远郊东塘日

1937 年，中村进入南塘“曲江草堂”作小妾，排行老三。7 年后，即 1944 年 11 月，张翼鹏病故于重庆，身怀遗腹的中村尚被蒙在鼓里。老妻老妾乘机发难，分给中村几亩出租田后，便把她从“草堂”挤了出来。中村无奈，肚里怀一个，手中牵一双，移至远郊东塘几间破屋里蜗居，靠着每年30 担租谷过日子。是年日寇犯境，中村又携儿怀肚逃至深山老林，在险境中生下第三个儿子，孩子襁褓中传来迟到的父死噩耗。中村失去了顶梁柱，痛苦万分，遂将遗腹子取名古稀，以念亡夫年近古稀所遗。1947 年她送 15 岁长子张上海去南京就读“国民革命军遗族学校”，以减背负(张上海 1949 年随校赴台，曾在“中央”日报社工作，2008 年作古)。中村母子 3 人从此蜗居东塘十余年。

日本籍中国地主

1950 年冬，土改来了，南塘“曲江草堂”里的人全部划为地主，东塘的中村也难逃例外。由于她是敌国日本人，还被关押审查数月。但土改中中村一家还是分了几亩田，母子三人开始成为做田人。中村很快学会了织毛衣、做缝纫，成了吃百家饭的手艺人。

此时，中村来中国已有 20 个年头，从语言、服饰、生活习俗，都已完全中国化、渌口化了。她什么都改变了，只留下一个父亲取的日本名字。她学会了汉字书写，孩子读小学读初中，她用汉语汉文辅导，她从不教孩子们一句日语，不知底细的人还以为这一家子是中国人哩！

地主变外侨

1955 年左右，县一级公安机关对散居县内的外侨进行登记管理，发换护照。盛夏一日，县局政保股朱海棠把中村约到渌口公安派出所谈话，动员她办理“外登”。当年笔者担任派出所内勤，他们谈话时在座。中村反复诉说她“已是中国人了，身边两个孩子都已长大成人了，不愿回头再作日本人了”云云。老朱和我费了很多口舌向她解释：“你的原籍是日本这是无法改变的事实，仅凭这一点就得作为日侨登记”。又说：“发护照以后，余者外甥打灯笼照舅(旧)”。中村心里踏实了许多，便填写了一式两份表格，签上了几个粗壮的汉字：中村菊子。

取得侨民身份后，中村来到渌口镇上做上门功夫，她还没有缝纫机，凭着一口钢针维持生计，定居在半边街 82 号一所小木屋里。儿子金陵去煤矿当上了采煤工，后调汨罗市木材公司；古稀则去了株洲市建筑公司当了一名工人。

赴日探亲的日子

自“七七卢沟桥事变”以后，中村就同日本亲人失去了联系。1952年，解放军446部队驻渌口后勤医院，集中了留在各地部队中的日籍医师、护士及家属100余人，准备让他（她）们返回日本。中村闻讯后打算托信寻亲，未果。渌口镇政府曾动员中村随船回国，被中村婉言拒绝。直到1976年，中村才又萌发寻亲念头。她三次去信日本，打听亲人下落，均以“查无此人”而告终。她不得不求助于日本使馆，这一次很快得到了大姐粟林的回音。年迈的哥姐们急切希望她赴日团聚。是年冬，68岁的中村菊子乘机飞到九洲别府市，见到了阔别40多年的哥姐们。久别重逢，共诉衷肠，一天到晚总有说不完的话题，个中悲欢离合，辛酸苦辣，记录下来就是一本《中村家族传奇史话》。

粟林告诉菊子，她在日本的“户籍誊本”，中国叫户口本，至今未作注销，市政府工作人员希望她回国定居。此次赴日探亲，市府提供往返机票和一年的生活费、医疗费。

中村在日本还有一个意外发现，那就是亡夫张翼鹏当年在别府市居住的那个别墅还被保存着。中村望着那人去楼空的老房子，勾起了她对亡夫的思念和自己命运多舛的感伤。老头子连招呼都不打一个就走了，丢下孤儿寡母，长年肩负着连一般男人都难以挑起的担子，惨淡经营了几十年，所幸的是自己还能和孩子们活在这个世界上。她用一句“恶梦醒来是早晨”的警醒语，结束了她那久久的沉思……

爱日本更喜欢中国

中村在姐姐粟林家住了将近一年，她觉得已经足够了，打算回中国去。但亲人和市府的挽留，使她第一次遇到了两难选择。此刻的中村如同漂荡在太平洋上空的女神，朝下看，“东边是生我的日本，西边是养我的中国”。中国—日本—中国，两个镜头交替在她眼前晃动。何去何从，非此即彼，现实强迫她想了很久很多……

她想到：自己虽有任意选择的条件，但却无随意选择的权利。

她想到：日本虽有经济发达，居民生活水平较高的一面，但对一个早已丧失劳动力的68岁老太太，其吸引力毕竟是有限的。靠日本政府救济、靠年老的哥姐提供，那算是怎么回事呀？作为一个“日图三餐，夜图一宿”的老人，还能吃几碗饭，穿几件衣哩！

她想到：子孙问题更是一个叫人揪心的问题。自己一人留在日本，那就失去了人生最宝贵的天伦之乐；举家迁日，两个儿子都已到不惑和天命之年，7 个孙子女都未成年，一个这么大的家谁能撑得起，谁敢作经济担保？

她想到：除了老哥老姐外，自己在日本没有任何亲戚朋友，可以说举目无亲，连个说话的人都没有，孤独是最可怕最折人寿的！而在渌口几十年，结识了千百熟人朋友和亲戚，每天可以听到喊菊娭毑、菊嫂子、菊婆佬、菊亲家等亲切声音。走街串门子，喝茶聊天，人情味十足。那是丢不得的，人生不可或缺的。而日本在这方面就差远了，走亲朋好友，不事先打个电话张罗，即便坐在饭桌旁也硬是没有饭吃。平时人们也不串门，喜欢关在自家的房子里自娱自乐。

她还想到：在中国有个外侨身份，受到社区和政府尊重，在特殊情况下，还可以庇佑子孙，1968 年古稀在单位受到不公正对待，便是外事办帮助解决的。

当她想到这里的时候，中国—北京—长沙—株洲—渌口古镇的家，像电视特写镜头一样，一一在眼前光芒四射。脑子里的幻觉出现了，她听到了小孙女在喊："娭毑，您快回来咯！"中村不由自主地回答："孙嘞，奶奶这就来了！"

中村身上背负的"中国元素"实在太多了，她的一颗中国心时时刻刻在跳动。当她在日本得到了一切预期的满足，便辞别了那里难以割舍的亲人，登机返回了中国故乡。

中村的中国情结源于内心，源于长期的积淀。有一件事最使她刻骨铭心，那就是 20 世纪 60 年代，老百姓的日子过得紧巴巴的，而中村凭着一张侨民特供证，从来不缺吃少穿，没有过"苦日子"。为此，她经常怀念公安局那位姓朱的同志，感谢他"霸蛮"为自己办了外侨证件。

中村对人民政府也一直怀着好感，平时总是教育身边的两个儿子，要听毛主席的话，听共产党的话，遵纪守法。古稀在"文革"中参加湘江风雷青锋队造反，中村规定儿子两条，第一，不准荷枪实弹。第二，不准参加打砸抢抄抓等违法活动。金陵在汨罗市则压根儿就没有参加任何造反组织，忍当遭人白眼的"逍遥派"。

中村生于 1908 年 5 月 17 日，卒于 1980 年仲夏，享年 72 岁，葬于南塘。

第十四编　故乡故事

蔡仪的文学创作

陈安国

在中国文化名人中，蔡仪是以美学研究闻名于世的。其实，蔡仪的文学创作也不逊色。他 14 岁在攸县一高读书时，就开始了文学创作。他的第一篇小说《可怜的哥哥》，是根据自己的生活经历而创作的。当时学校里驻扎着张敬尧的军队，军营里有一个年龄很小的士兵，因为是被强行抓来当“壮丁”的，很想念家人，常常躲在角落里流泪哭泣。蔡仪发现后，就主动问他为什么哭。小士兵就把自己的遭遇告诉了蔡仪，小士兵讲述了自己在兵营里被欺辱、遭殴打的经历。小士兵在兵营里因为训练不合格，常常挨打被罚，轻罚是教官送他“腊鲫鱼”（打耳光）、“炖肘子”（踢脚），重的就是“埋墓碑”（光着膝盖跪在沙粒中），大家拿他开心。他挨打受罚，成了旁人的笑柄。学校的学生有时候也把他的受罚当作热闹来观看。小士兵经常会对蔡仪讲述这些兵营里的事，他还提出请蔡仪帮助他写家信。蔡仪帮助他写过好几封家信。从此，这个小士兵的遭遇就像影子一样跟随着蔡仪，让他的心灵不得安宁。《可怜的哥哥》中那个年纪幼小的“我”就有蔡仪自己的影子。这篇小说接近自述，晚年，蔡仪还向他的妻子乔象钟回忆起这个故事，说：“当时我 14 岁，小说中的‘我’是 13 岁，比我小了一岁。”小说中的“我”是个极富同情心而具有思考能力的孩子，他并没有听从那些大同学的意见跟他们一起去仇视、侮辱“木头菩萨”，他听了“木头菩萨”的悲惨遭遇后，还流下了同情的热泪。特别是“木头菩萨”开走了以后，“我”负罪地责骂自己：“我罪过，我要如何去忏悔。可怜的哥哥，这样的弟弟真是玷辱你了，我要纵身飞到你的面前，跪着去吻你的脚，向你忏悔我的罪过……”小说最后的一句话是：“那时就在我小小的心上，刻画了残酷、隔膜的人生之火印了。”

1925 年暑假，蔡仪在长沙长郡学校高中毕业，他和长郡的十几个同学来到北京考大学，只有 4 人被录取，蔡仪考取了北京大学的预科。北京大学是新文化运动的策源地，震撼全国的“五四运动”就在这里爆发。北大不仅拥有丰富的图书报刊资料，而且学习风气和文学气氛非常浓郁，这对一贯好学多思的蔡仪来说，真是如鱼得水。特别是鲁迅的白话文小说，更令蔡仪耳目一新：其思想内容的广泛深刻，反映社会现实生活的快捷灵活，艺术表现手法的精彩完美，以及通俗而又新颖的形式，对蔡仪产生了莫大的吸引力。蔡仪心灵为之一震：原来这就是新小说。他决定抛弃过去一度沉迷的旧诗词、旧小说，改弦更张，下功夫写新小说、新诗歌。

1926 年暑假，蔡仪没有回家，也没有住在学校，而是在南河沿街附近一条横街租了一间民房开始全心写起小说来了。这个暑假，蔡仪根据自己的生活经历写出了两篇小说，一篇就是《可怜的哥哥》，另一篇是《夜渔》。小说写好后，他拿给张凤举老师看，张先生称赞写得好，建议他去找《沉钟》社的一些同学看看。蔡仪就找到了陈炜谟和冯至，把《夜渔》交给了他们，把《可怜的哥哥》寄给了《莽原》。此后，蔡仪便和《沉钟》社有了一些交往。冯至在《文坛边缘随笔》里回忆说："我还记得我与陈炜谟到他（蔡仪）宿舍去找他时的情形，他沉默寡言，待人十分诚恳，我们把已经出版的几期《沉钟》半月刊赠送给他。"

1928 年—1930 年，由于北京的政治形势恶劣，蔡仪回到了湖南老家攸县。在家里，他只得读家里原有的一些旧书。这些书多是子书和诗文集。他对《韩非子》很感兴趣，觉得这个人思想细密、逻辑性强。《孤愤》《说难》两篇文章他读得很投入。《韩非子·和氏》中卞和的故事让他心潮澎湃，一种创作冲动在心中激荡，小说《先知》就这样开始酝酿产生了。

《韩非子·和氏》中的卞和两次献玉，两次受刖刑，两只脚都被砍掉了。但是他终于在第三次献玉成功。蔡仪创作的《先知》中的卞和的遭遇更悲惨，一直到死也没有看到自己的胜利，却经历了数十年抱残守缺的悲苦生活。小说是从卞和第二次被刖后向家中爬行时写起，到第三次准备再献的爬行中结束，主要写他的悲愤心情和执着的情操。在无人理解的逆境下，卞和变得愤世嫉俗，那块石头（荆山之玉）成了他生活的唯一寄托和希望，石头是他的理想之光，是他的生命之源，他就是为石头而活着的。小说最后描写卞和又爬上荆山的顶端，哭干了泪，眼睛里流出的是血，他向苍天哭泣："我不是为……刖脚呀，是为……一块宝玉……说是顽石……一个贞士，说是……诳人呀！"这篇小说的主题是突出卞和为真理而献身的殉道者精神。并通过卞和在精神上战胜一切诽谤和无知的故事，揭露并批判了愚昧无知和腐朽没落的社会制度。这篇小说明显有学习鲁迅《故事新编》的痕迹。蔡仪的夫人乔象钟认为这时期"他的小说是向鲁迅学习的。"当时，他还写了几篇历史小说，来表现自己内心的压抑与彷徨。

《先知》于 1931 年发表在上海的《东方杂志》第 2 期，是蔡仪文学作品中一篇广为人知的名作。中华人民共和国成立后，曾被选入上海文艺出版社出版的《中国历史小说选》，编者评价说：这"是一篇孤愤之作，小说通过一个先知者遭到残害以至毁灭的悲剧，愤怒地控诉了统治者的愚昧残暴，歌颂了先行者的坚持真理不惜牺牲的高贵品质……"

1931 年 4 月 3 日和 4 日，《华北日报》副刊连载了蔡仪的小说《重阳节》。这篇小说带有鲜明的时代色彩，反映的是大革命失败后国民党清乡队残杀农民的故事。大革命失败后，斗争异常激烈的湘赣边界，许多农民无辜地死在清乡队的屠刀下。那时候，几乎天天杀人。蔡仪这时在家乡攸县渌田，时常听到许多无辜的农民被杀害。小说刻画了一名叫胡教练的刽子手、兵痞，因为嗜好杀人，被下面的兵痞们看作"英雄"，一些兵痞们向他学习杀人的技巧。姓胡的就向兵痞们传授如何使用刀法，如何断骨，又如何可以一下断骨而留皮。这些兵痞学了姓胡的刀法，就开始草菅人命，胡乱杀人，许多农民在莫须有的罪名下就被他们草率地无辜地杀了。一次，胡教练外出，他们捉到了一个姓胡的瘦弱的过路人，就因为他系了一根红裤带，就断定他是一个侦探，在施行酷刑之后，逼他招供，然后，几个人争着要杀，争着拿刀，就胡乱地把他杀了。胡教练回来后，先听见杀人了，非常高兴。当询问了所杀之人的面容等情况后，忽然脸色大变，原来被杀的人是他的亲弟弟。胡教练当天夜里就离开了清乡队。这篇小说记述了当时一个真实的故事，更是一篇为那些无辜被杀害者鸣冤申诉的檄文。

1933 年，蔡仪创作了历史小说《绿翘之死》，《沉钟》刊物以蔡仪的名字登载。小说取材于唐代女诗人鱼玄机挞杀婢女绿翘的史实，题目是《绿翘之死》，描写的重点则是鱼玄机。绿翘之死史无记载，蔡仪试图用现代心理学来解释，生动细腻地塑造了鱼玄机这个多才而又狡黠、狠毒的女性形象，表现了一种女性爱情无法满足被迫走向另一种极端的畸形变态怪状。

继《绿翘之死》之后，蔡仪又创作并发表了描写日本大诗人松尾芭蕉的历史小说《旅人芭蕉》。这篇小说开篇点出时间："那是元禄二年四月四日的事呢。"元禄二年是 1688 年，是日本的江户盛世，日本文化出现了空前的繁荣，松尾芭蕉的《俳谐七部集》，就是那个时代的诗歌代表作。小说描绘了松尾芭蕉在行吟中与"妄念"做斗争的一个的片段。松尾芭蕉是一个四海为家的云游行脚僧，"旅途是他的家，而事实上，他自 29 岁到现在的十多年间，他差不多无日不在旅途中，这原来是他要借以断绝现世的一切妄念，完成他的僧人修业，同时也就是借以窥造物的隐微，得自然的密钥造真正的俳谐，去压倒当时流行的檀林风的俳人修业。"

这天，松尾芭蕉和高足河谷曾良正在欣赏春天雨后日本大地所呈现出的略带蒙蒙水气的田野景色，沉浸在对生命历程的回顾之中。两人默默地走着，有时读着彼此的诗句。松尾芭蕉的行脚戒条是俳谐之外，不谈别的话。松尾芭蕉在鉴赏大自然的美赐予时，慰藉之余竟感叹起自己的身世——他的心境是不平静的。在他们各自想着各自的心思的时候，从路边小坡后边的草堆里钻出两个小孩。前头那个七八岁的女孩子的面影，似曾相识，待松尾芭蕉仔细询问注视时，"他的衰老了的血液忽然由温热而沸腾似的在全身奔窜……他平日里努力而又努力地压抑着的所谓有碍俳谐修业的妄念，正是冬眠醒后的蛰虫样在蠕蠕地动起来了。""原来这女孩正像她呢！"蔡仪描写松尾芭蕉的这种心灵嬗变，主要表现的是一种空茫惆怅的“沉忧结心曲。”正如评论家杨义在《他在东京琢玉》一文所评价的，蔡仪试图抓住一个微妙的心理学的、也是诗学的契机，剔出一个真诚的老诗人从窥探自然界的玄妙到反观内心中失落的半分“自我”的心理波折，并把它消融在日本旷野的美妙风光之中，于情景交融处，颇浸染着一点印象派画的明丽、苍凉和空濛了。

这篇小说寄到北京后，很快就收到了主编陈翔鹤的来信，陈翔鹤称赞这是一篇优秀之作，是同仁们的骄傲。蔡仪的另一位朋友罗石君则说《旅人芭蕉》简直是一首优美的诗。小说中的心理描写很有力度，这昭示着蔡仪的文学创作非常注重人物心理刻画，这为他后来的文艺理论和美学研究奠定了基础。

蔡仪除创作小说之外，还写过不少现代诗歌。限于篇幅，此文不述。

蔡仪的小说他的同时代人的创作相比，水平无疑是上乘的，只是他后来转入了文艺理论和美学领域，倘若他一如既往能够坚持写下去，中国现代文学史上肯定会有他辉煌的一页。

湖大校长胡庶华的传奇人生

丁才安

胡庶华(1886—1968)，湖南攸县城关西街人，是清末秀才、民初博士、大学校长、冶金专家。他政治开明，热爱祖国，积极拥护孙中山的三民主义革命，支持抗日救亡，主张国共合作；他是早期的国民党员，曾在旧政机构任职多年，但又是遭遇蒋介石通缉的“叛逆者”，是公开通电反对内战，支持革命的爱国民主人士，但又是“文化大革命” 运动中的重点批斗对象。总而言之，他亲身经历了从清末到民国，直至新中国建立后的社会巨变的风云岁月，沐浴了改朝换代的战斗洗礼，辛亥革命后任过五所大学校长、两家大型企业厂长，并在国民政府和新中国中央部门从政多年的一位德高望重、学识渊博、忠贞爱国，坎坷一生，颇具传奇色彩，受人尊敬的长者。

学识渊博　学历丰富的攸邑才子

出生书香门第的胡庶华，从 6 岁开始入私塾蒙馆起，到 36 岁完成留学和出国考察回国时止，整整读了 30 年书！这 30 年中，在私塾攻读古籍 10 年，接受新学教育 10 年，出国留学深造十年，被誉为邑中一位学历最长、博古通今、学识渊博、才华出众、精通多国语言文字，有着较多专著，为人正直的高素质人才。

胡庶华 17 岁参加科举考试，在考中秀才的同时，又考入了湖南私立明德学校，1911 年在京师译学馆德文班肄业，1913 年考取公费留学德国，先后入柏林矿科和工科大学，1920 年获冶金学博士学位。接着胡庶华又在德、英、法等国考察，1922 年冬才回国，结束了他 30 年的读书生涯。

教育专家　五所大学的校长

胡庶华 1922 年回国后，历任湖南公立工业专门学校教授、事务主任，并在楚怡和明德学校兼课。1924 年任武昌大学教授兼总务长、代理校长。1929 年 6 月，由教育部长蒋梦麟推荐，任同济大学校长。1935 年 8 月至 1938 年 7 月，任重庆大学校长。1939年任西北联合大学校长。1932年、1940年、1946年前后三次出任湖南大学校长。胡庶华出任重庆大学校长和湖南大学校长时，亲自创作了这两所大学脍炙人口的校歌。1947年，在湖南大学的学潮中，组织和保护学生进行声势浩大的反内战、反迫害、反饥饿的大游行活动，达到了震惊中外的社会效果。他在20多年的校长任内，恪尽职守，严谨治校，为国家培育了数以万计的人才。

企业能人　名厂大矿的厂长局长

1926至1927年，胡庶华先后出任了上海钢铁厂和汉阳兵工厂厂长。1928年还兼任了国营烈山煤矿矿务局局长。当年应陈仪之约赴欧洲考察时，察觉到德国某钢厂一种关键设备，将有可能爆炸，听者不以为然。结果不隔几天，果然出事，令外国人赞叹不已。1927年胡庶华曾应唐生智之请，筹办汉阳铁厂。无论是当钢铁厂长还是兵工厂长或矿务局长，处处都充分展示了他学以致用，专家办厂，振兴民族工业的才能。并且出版了《铁冶金学》《冶金工程》《钢铁工业》等专著。据史料记载，早年还写了《株洲钢铁计划》的文稿。胡庶华为中国民族工业的发展，做出了举世瞩目的重大贡献！

从政务实　思想进步的司长、立委

由于胡庶华是一位德才兼备的学者型人才，同时具有出众的组织能力，素以廉洁的操守、热烈的心肠和干练的才学而著称。1925年由时任国民政府教育总长章士钊推荐，任江苏省教育厅厅长。1928年任农矿部技监兼农民司司长和农林司司长。1930年又任国民政府立法院第二届立法委员，第三、四届参政会参政员，国民党中央训练团教授委员，六届中央监委。1943年抗日战争时，出任三青团中央团部副书记长。任内思想激进，巧妙地利用合法身份，有理有节周旋于国民政府的政坛殿堂，宣传国共合作团结抗日的正确主张。

1949年6月，胡庶华赴香港后，积极联络上层民主人士，参与黄绍竑、龙云、贺耀祖等44人联名通电反蒋，表示拥护中国共产党的领导，为建设新中国而共同努力。因此，被蒋介石视为大逆不道，开除了他的国民党党籍，并遭通缉追捕。

热爱祖国　教子成才的楷模典范

胡庶华－生为人光明磊落，政治观点鲜明，从辛亥革命起，一直拥护孙中山的三民主义，是中国国民党的早期党员，1947年参加中共地下组织领导的湖南大学学生反内战游行。湖大学生在轰轰烈烈的学潮中，无一人被抓捕，也未发生血案，完全得益于胡校长的精心保护。

中华人民共和国成立后，胡庶华任北京钢铁学院教授兼图书馆馆长。也是全国政协第二至四届委员。他积极参政议政，在北京定居后，组织上多次安排他到外地参观、视察，他对祖国的繁荣富强，感到无限喜悦，曾有大量诗词抒发情感，热情赞颂中国共产党的英明伟大。

他教子有方，谆谆教导子女要为国出力。他有 3 个儿子，长子伯素，留学德国，曾任中山大学、湖南大学地质系教授。次子仲紫，教授，民盟会员，曾任全国人大代表、政协委员等职，南京中央大学农学系毕业，为我国的水稻生产改制、改种做出了不可磨灭的卓越贡献。三子淑元，留学法国，回国后任电机工程师。

“文革”蒙冤　盖棺定论的公正评价

对于一个经历了从清朝封建统治、民国黑暗岁月、新中国繁荣富强三个不同时代，处在复杂环境中的知识分子来说，是很难摆脱“文化大革命”劫难的。国民党的残渣余孽、国民政府的旧官僚、里通外国的反动学术权威、伪装积极的暗藏反革命分子等大帽子，铺天盖地往这位年过八旬的老人头上压来，“四人帮”对他进行着没完没了的无情打击和残酷批斗，终于使胡庶华这位文雅书生，于 1968 年 6 月 17 日，一个闷沉沉的黑夜，走完了他 82 岁的坎坷人生，为他的传奇一生，划上了句号。

粉碎“四人帮”后，中共北京钢铁学院委员会为他平反昭雪，恢复名誉，充分肯定了胡庶华教授热爱祖国，拥护中国共产党，积极为社会主义服务的博大胸怀，高度赞扬了他为人正派，勤劳俭朴，严谨治教的崇高品质。

攸之骄子胡庶华，去世将近半个世纪了，在纪念辛亥革命一百周年之际，我们深切怀念这位著名的教育家，拥护三民主义和社会主义的革命者！人已去矣，精神犹存。他为湖南大学所作的校歌，仍在响彻湖湘大地。其歌词曰：“麓山巍巍，湘水泱泱，宏开学府，济济沧沧，承朱张之绪，取欧美之长，华与实兮并茂，兰与芷兮齐芳，楚材蔚起，奋志安邦。振我民族，扬我国光，振我民族，扬我国光。”

周藩先生传略

张观怀

1973 年 3 月 2 日在北京人民大会堂一间会议室里，公安部的一位首长正在宣读由毛泽东主席签发的特赦令，对 25 名被关押的原国民党将官予以释放。在这 25 名将官中有两名湖南人，其中一名是炎陵县人。他就是原国民党 13 兵团第 9 军第 3 师少将师长周藩先生。

周藩，字传杰，号汉仙。1910 年 10 月 9 日出生在酃县康乐乡谙礼村周家屋场（今炎陵县三河镇新田村第一村民小组）一个农民家庭，其父周正湘，母亲刘兰英都是斗大的字认不出一箩的种田人。家中有兄弟姐妹九人，周藩排行第八，乡人开玩笑则称之为周老八。1925 年夏，周藩在炎陵高小毕业，想升中学可家里无钱交学费，报考收费较少的省立第三师范学校（即衡阳三师），又因数学分数不够，无缘入学，少年失学心里非常痛苦。

1926 年 4 月，黄埔军校第一期毕业生，时任国民革命军某部连长的霍揆章回酃县探家，其堂弟霍揆扬将这一消息告诉同学周藩，还说如果想去广东可以跟他堂兄一路去。周藩得信后立即邀了几个朋友跑到岭背霍揆扬家，托他去与其堂兄面商。4 月中旬，周藩等人随霍揆章到了广州，正巧该月底，黄埔军校特务营招收学兵，周藩与五个同学都被招进学兵队，分在机关枪连。就在该连当学兵期间，周藩加入了国民党。1926 年 5 月，国共第一次合作，广东国民政府在中国共产党的推动和苏联的援助下，决定出兵北伐。周藩所在的特务营扩编为总部特务团，随军北伐到了南京。

1927 年 12 月，周藩考入李宗仁在南京开办的中央军官学校，这时黄埔军校也到南京招生，蒋介石下令将中央军官学校招收的这批学员转入到黄埔军校第六期为正式学员，周藩安排到炮科学习。入校后周藩才发现在黄埔六期的学员中还有唐纵、刘国宪、周传经、张光衡、邓凯元、何文化、罗杏芳等 20 多个酃县老乡。1929 年 5 月，19 岁的周藩在黄埔六期炮科毕业，由于学业成绩较好被分配到陆军见习队当炮兵教官。同年 8 月因一桩嫌疑案的牵连被捕坐牢，1930 年 12 月在老乡们的帮助下他得以释放出狱。1931 年春，周藩在南京又考入中央宪警学校高级班，就在宪警高级班学习期间，经湖南老乡，曾在黄埔军校任过教育长，时任中央军事参议院参议的方鼎英（新化县人）撮合，与当时在南京读中学的唐建华女士结为伉俪（唐建华女士系酃县圹田人，其胞兄唐念祖时任国民政府实业部劳工司司长）。

1932 年 12 月周藩从中央宪警学校高级班毕业，本来是分配到南京警察厅工作，周藩却没有去报到，他认为在抗战期间对付日寇，炮兵的作用比警察的作用要大得多，于是要求重返炮兵部队，在陆军独立炮四团当了一名团副。1937 年山西阎锡山办了一所军官学校，派人到炮团要一名炮兵教官到他的军校去执教，于是周藩又被派到山西阎锡山的军校当了炮科教官。1937 年“七七”卢沟桥事变后，河北张荫梧指名要周藩给他当参谋，帮助他训练新军，准备与日寇展开游击战。与此同时有一位教授出身的共产党人率部也在太行山一带打游击，他就是冀西抗日游击队司令员兼政委杨秀峰。周藩带领的新军与杨部关系处理得很好，而且配合杨秀峰部袭击过多次日寇据点。杨秀峰曾当面向周藩提出要他留在杨部工作，周藩觉得有些为难，最后还是回到河北民军五团。1937 年冬，周藩因身体有恙，携妻室回到酃县老家养病。

抗战前线失败的消息不断传来：华北失陷，10 月日寇占领武汉，12 月占领南京。国家兴亡，匹夫有责，周藩在家也坐不住了。1939 年春节刚过，周藩便整顿行装返回部队。在第 5 军（军长杜聿明）荣誉一师（师长宋希濂）任上校参谋主任。1939 年 4 月荣誉一师奉命到衡山驻防，这时日寇一个师团由广西北海登陆，打到南宁，气势汹汹一直北犯。蒋介石命令一个机械化师阻击日寇北犯，在南宁附近与敌交火。机械化师的一个团被日寇击溃。战局危急，杜聿明急令荣誉一师上去增援。该战役打得相当激烈，宋希濂师长开始组织 9 个连队连续冲锋，结果全部为国捐躯。宋师长急调炮兵营，各种火炮齐向敌人炮击，然后陆军再上阵冲杀，终于阻住了日军的进攻。日军一个旅团长中村正雄就是在这次战役中被我军击毙的。周藩因作战勇敢，获得一枚军功章。1940 年 9 月周藩任荣誉一师参谋长，率部驻守江防。当时日军飞机从武汉起飞去轰炸重庆等地，都到宜春加油。周藩侦察到这一情报，决定偷袭宜春油库，结果战斗取得胜利，重庆方面还派人来为参战官兵摄影纪念。

1943 年 4 月荣誉一师配属何绍周第 8 军划归远征军第 20 集团军（司令官霍揆章）的战斗序列，奉命开赴云南保山集结。到达保山后，远征军司令长官卫立煌上将又将第 8 军调整为归属远征军第 11 集团军（司令官宋希濂），任务是由惠通桥攻击松山，然后直逼龙陵，歼灭日寇保卫滇缅公路的畅通。周藩率领的二团在滇西缅北的抗战中，打得很顽强。收复龙陵后，周藩所在的二团下辖 3 个营近 1000 人的兵力，这时只剩下兵员不足 100 人，其余官兵全部在战斗中牺牲。

抗日战争胜利后，周藩已是荣誉一师副师长兼 43 旅旅长。1948 年 4 月周藩被任命为国民党军第 13 兵团（司令李弥）第 9 军（军长黄淑）第 3 师少将师长。淮海战役后期，国民党军队败局已定，李弥怕被解放军活捉，便要周藩出面去和解放军洽降，自己乘机化装逃跑。周藩见大势已去，于 1949 年 1 月 9 日下午四时许，高举白旗走出防守阵地率部向解放军投降，但还是隐瞒了兵团司令李弥化装脱逃一事。此后，周藩在高墙里边度过了 25 个春秋。

1973 年 3 月周藩等人被释放后，叶剑英元帅代表毛泽东主席宴请了他们，并给每人发了津贴 100 元和四季衣服及日常用品，还组织他们参观韶山和北京部队的军事演习，后安排周藩到湖南省政协担任文史专员，周藩先生的人生之路进入一个新的里程。1983 年周藩又被选为湖南省政协委员、株洲市政协副主席。不久，笔者对周藩先生作了一次专访，周藩感慨地说；“我周藩这个名字是我在黄埔六期学习时取的，因为这个‘藩’字是由水、草、米、田几个字组成，本意是告诫自己当官以后不要忘记自己的祖宗，不要忘记自己是农民的后代，但因种种原因，在历史上做了很多蠢事。现在我已 70 多岁了，还安排我走上为人民服务的工作岗位，我衷心感谢共产党和人民群众对我的教育和信任，在有生之年努力工作，报答党和人民。”后来周藩为争取祖国统一和发展县域经济等工作中，奔走呼喊，献计献策。

1998 年 10 月 9 日，周藩先生在炎陵县老干部宿舍因病辞世，享年 88 岁高龄。政协炎陵县委员会、中共炎陵县委统战部主持召开了追悼会，中共湖南省委统战部、政协株洲市委员会献了花圈。有位乡人给周藩先生写了一副挽联：

一生惟命是从，广州、上海、河北、云南，东南西北曾闯荡，唯有抗战垂史册；

终身发奋求索，学生、军人、战犯、委员，冬秋夏春皆度过，恰逢晚年艳阳天。

这幅挽联虽不太工整，但也概括了周藩先生的人生历程，周藩先生在人世间的 88 年正好比打翻了的五味瓶，苦辣酸甜样样都有，其中滋味也只有周藩先生心里最清楚。

龙凤奇人邹云彪

颜桂平

我的家在株洲县南端的龙凤乡，龙和凤在国人眼里是吉祥之物，素有“龙凤呈祥”之说。站在乡政府前方300多米处的老石桥上一望，东边的山似龙一般滚滚而来，西边的山似凤凰翩翩起舞，桥边的溪流似“几”字般弯来向北方流去，凤凰山的神奇灵秀不愧是大自然鬼斧神工的造化。

桥上游的“几”字上头边还有一石拱桥，桥坡边有一大枫树，生得高大挺拔，要几个人才合抱得住。我在这里的乡中学读书时，曾在树下乘过凉，躲过雨，对这颗老枫树特有感情。回过头来说，龙凤这块土地地灵，同时还有人灵呢，这就是好山好水足灵性，灵性中出“灵泛人”。

“灵泛人”是乡里俗语，这枫树下边人家有我同学的曾公公叫邹云彪，这个人真是不简单，当过民国时的陆军上将，是真正的“灵泛人”。他只读过1年私塾，会作顺口溜，喜玩各种乡土乐器，逢年过节玩狮子时，他是“赞狮”主角，有“土秀才”之称。他臂力过人，能举100余斤石墩，会拳击，信守武德，待人和睦，甚得乡邻爱戴。

听乡人说，云彪学过机织，还有段出山的故事。一日，在大地主何宝璜家织布，恰主家请相命先生看相。闲杂时间，先生看他虎背熊腰，浓眉豹眼，容貌威严，说他是：大将军相，将得八台八座之官。众人闻言，噗嗤一笑。次年秋，他又到何财主家机织，正值何家大宴宾客，而他却吃剩饭剩菜，还受到奚落，他愤然离去。行至火烧坝时，望着急流之水，他想：我若有出头之日，机梭你就向上倒流。抛下机梭，机梭果然如此，于是便投了左宗棠部，赴闽从军。

要说云彪的走运，得自于他练兵途中，遇到了童颜鹤发的采药道人。这道人既懂医又擅长武功。云彪遂拜其为师，业余时间习武学医，休假之日随侍出诊，时三年尽得师传。他常深入营房为士兵治病医伤，亲如兄弟；他刚毅豪爽，广交友，好济贫，尤其讲诚信；他凡大小战斗必身先士卒，枪弹不避，故皆畏而爱之；他先后升为什长、哨长、队长，再任营长、标统，还两次到过日本会操，后任过闽西警备司令，晋升为陆军中将，临时政府追认为上将。

云彪确实是不凡之人，廉能卓著，深受百姓爱戴。征讨建扬五谷会叛乱时，他诛其匪首，胁从不究，政绩声震朝野，诰授为武功将军，赐封三代。他平顺昌、永安等县盗匪，将首犯正典，未妄杀一人，匪患闻之慑服。剿办宁化吴坡头匪，他以三炮毁匪指挥所，以人道使匪众贴服，晓以大义使逃兵诚服。他平匪屡建功勋，民众感其德，送百猪百羊及佳酿48 樽酒劳军，当中有38 樽全是金银，他生气地说：我为民事尽责，何能居功削刮民脂民膏？汝等害我于不义耶。

云彪颇识时务，拥护孙中山的主义。武昌起义后，他率部举义旗响应，为光复福建立下首功。其时曾多次与中山先生会晤合影留念，深受教诲，致力于革命之心更诚。他治军闽疆30 余年，极其尽责，所有公文都亲自过目，案无积牍。他的军队每驻一地，总以通俗布告安定民心，“有一纸胜过毛瑟枪十万”之称。他还收养了10 余名在战争中牺牲的战士遗孤，培养上学、婚配，视为己生。他著有《六德论》，阐扬兵法，集军学之大成。云彪一生倾心于国事、民事，爱护他人，唯独不惜自己，由于长期劳累，以致积疾于身。他虽字叫寿延，却只活56 岁，终以疾卒于官署。孙中山大总统闻之而震悼，乃颁令褒扬优予旌恤。当时汀州民众更是哭声震野，有数千人顶着敬献的“万民伞”，跋涉数千里护送其灵柩，回乡安葬。

更为神奇的是，他的坐骑“雪里飞”，亦通人性，竟咬断缰绳，冲出马厩，日夜追奔灵柩。待它追至其龙凤，恰灵柩入穴。“雪里飞”汗雨如注，跪于公之墓下长鸣哀号，接连四日不食不喝，活活死去，乡人将其伴葬于墓旁。

云彪的传说很多，可惜不能一一叙之。但我想，凤凰之水能日夜流矣，将军的英名将永久传颂。我还想，龙凤人杰地灵，尽显风流，愿如凤凰水般源远流长。

中村“邓氏三雄”

张观怀

炎陵县中村乡，地处县南偏僻山乡，但青山绿水，风光秀丽。自古就流传有“左边金鸡叫，右边凤凰啼，前有犀牛望明月，后有魁山把水口，村中龙潭通湘江，庭前狮子滚绣球”的美丽诗句，赞美其自然环境。该乡面积不大，却是全县唯一有汉、瑶、畲三个民族聚居的乡，而且在汉族中绝大多数又是客家人。这个人口不满万人的山乡，人杰地灵，名人辈出，涌现了何家三杰、邓氏三雄、周南英烈、钟姓…… 这里先给大家介绍“邓氏三雄”。

中村有一群山环抱的心田村，村中有一邓姓家族，家族先祖于清朝嘉庆年间由广东兴宁县辗转迁入。邓氏为客家人，但满口讲的是西南官话(也讲客家话)。既是客家人却为何持西南官话？据邓氏族人讲，其支派先祖，自幼父母双亡，家庭贫困，无奈靠外婆抚养长大，这一口西南官话就是在外婆家学到的。后来这位先祖又娶了一个讲西南官话的妻子，自然而然邓姓后人就将西南官话传承下来了。中村邓氏也是一大望族，当年家业颇丰，人丁兴旺，出了不少读书人，其中比较有名的就是被称为“邓氏三雄”的邓公玄、邓旭宾和邓澍霖。

名校教授、国民政府高官邓公玄

邓公玄，字光禹，别号太初，清光绪二十七年(1901)六月出生在中村心田。家有兄弟三人他为老满，其父是清末的秀才，一辈子以教蒙馆为生。邓公玄6岁进私塾启蒙，后就读于客家人办的梅岗书院，之后考入长沙岳云中学。邓公玄在高中阶段就非常崇拜孙中山的三民主义，所以在1921年考入国民东南大学时，就加入了中国国民党。1925年大学毕业获学士学位。1926年经时任国民政府交通部长孙科的推荐，到美国旧金山《华侨日报》工作。不久考上美国丹佛大学法学研究院读硕士研究生。此间，还兼任《少年中国晨报》总编辑，国民党赴美总支部常务委员。1929年学成回国，7月任国民政府铁道部秘书兼交通大学训育主任和中山大学、复旦大学法学教授。

1935年11月至1949年9月，邓公玄连任四届国民政府立法院立法委员，曾参与过宪法的起草工作。抗日战争时期先后担任国民党军事委员会政治设计委员、湖南战时设计委员、中央组织部设计委员、海外部主任秘书、国民党军委军训部办公室主任和桂林行营少将秘书长等职。邓公玄虽然被授予将军职级，但是个文职将军从未披挂上阵。

邓公玄在从政期间仍不断著书立说，出版了大量著作，其中影响比较大的有：《欧美政制史》《今日之欧洲》《政治艺术论》《国际法与国际关系》《人生价值论》等。他的政治主张是实行国际合作，维护世界和平；推行宪政，完成民主政治；改善经济制度，解决民生问题；树立法治思想，肃清官僚主义；发展地方工业，实行地方自治。可惜没有被当局采纳。

1948 年春，在国民政府“行宪国大”的选举活动中，邓公玄极力为孙科竞选副总统奔走呼号，效尽全力。可终因种种原因，孙科竞选失败。邓公玄从中对国民党内部的尔虞我诈有了更深刻的认识，也由此对国民党的政局更加失望。他改从实业，担任中国纺织品公司董事。新中国成立前夕，何去何从曾一度犹豫不决，后随友人去台，以律师为业兼任东吴大学教授，主编《问题与研究》月刊，并曾任“立法院党部改造委员”、“国防研究外交组副组长”、“中美文化经济协会理事长”等职。邓公玄深感民主、法治已成泡影，不久又迁居美国。1977 年 2 月 13 日仙逝异邦，享年 76 岁。

为纪念邓公玄致力于国际关系研究及教学，其家属曾捐献新台币 100 万元，以其利息所得，在台湾大学设置“邓公玄先生纪念奖学金”，以奖掖家境贫寒并有志进修国际关系的研究生。

毛泽东同班学友邓旭宾

邓公玄的长兄名旭宾，字光岳，早年随父亲在其任教的蒙馆读书，学习勤奋深得父亲钟爱。后就读于梅岗书院及岳云中学。初中毕业后，因脚下有两个弟弟，家庭负荷日重，作为长子的旭宾也想早些踏上社会，与父亲一样执鞭教学，减轻家庭负担，征得父亲同意报考了不用交费的湖南第一师范学校。录取入校后被安排到本科 8 班，正巧与日后成为中国共产党主要领导人的毛泽东、蔡和森等人为同班学友。第一师范毕业后，邓旭宾如愿回到家乡当了一名乡村教师，希望走教育救国的道路。在当时文化水平普遍落后的年代里，父与子同为教书先生被乡间一度传为美谈。

斗转星移，1928 年 3 月中旬，毛泽东率工农革命军从井冈山出发驰援酃县的“三月暴动”，然后命令部队和农民武装到中村集结。毛泽东利用短暂休整的时间，在中村上政治课，召开“军民诉苦大会”，对部队和群众进行思想政治教育；同时，在中村又亲自组建了“中共酃县县委”“酃县赤卫大队”和“中共中村区区委”，并派出工作队到中村道任发动群众，开展“插牌分田”运动，革命斗争如火如荼。

毛泽东在中村的革命活动不仅吓坏了国民党当局，同时也惊动了一位酃县人，这人就是时任县教育局局长、毛泽东一师8班的同班学友邓旭宾。邓旭宾从县城回到中村想去会晤11年前的老学友，又担心毛泽东不肯见他这个不同道的同学。他找到三师毕业生，且是农运骨干分子的何伯刚（又名健础，中华人民共和国成立后曾任中央民族学院办公室主任），将自己的想法告诉他。何健础决定陪同邓旭宾去会见毛泽东，并声称保证邓的安全。

军民诉苦大会那天，邓旭宾长袍马褂一副士绅打扮，和其他入场的群众一样，手里拿着一面三角小红旗，在何健础的引导下站在会场进口处一侧。不一会，远远看见毛泽东在一帮人的簇拥下往会场走来，何健础快步迎了上去，请示毛委员能否抽点时间会见一位一师的老同学。

毛泽东停下脚步，稍为思索了一下说，在一师的同学，酃县只有一个邓旭宾，难道是他来了？何健础回答：“正是他，正是他！”

毛泽东说：“见，一定要见，他现在哪里？”

“就在会场台边”，何健础回答。

毛泽东说：“走，你带我先去见见这位老同学。”

这样，就在军民诉苦大会会场的后台边，毛泽东与老同学邓旭宾见了面……

不久，邓旭宾以照顾家小回乡任教为由，辞去了县教育局长一职。据说邓回乡后还秘密加入了中国共产党，成为一位不公开的中村区委委员。

农民协会英烈邓澍霖

邓旭宾有个堂弟，名澍霖，是其叔邓秀卿之子，1906年9月6日出生，曾就读于酃县第二高等小学校（客家子弟学校）。1925年岳云中学毕业后考入湖南省甲种工业专科学校，同年经夏明瀚介绍加入中国共产党。1926年春，中共湖南省委派他到广州“中央政治讲习班”学习，学习结束后参加北伐军，任北伐军第二军某营政治指导员。1926年秋奉命参加武汉党的代表会议，会后留任汉口少共书记。因积劳成疾，1928年回乡治病。

在乡治病期间邓澍霖与地方党组织取得联系后，参与和领导农民协会，开展打土豪，分田地等革命斗争。但不久因本地劣绅告发，1928年冬被敌人逮捕。时任国民党政府县长肖骥怜惜邓澍霖英年有才，遂起恻隐之心，慢慢放宽其管束，还允许其妻到监室伺候和协助治病，后来甚至想将他送到外地去避难。但不幸被人上告，肖骥被冠以“通共”“容共”的罪名撤职调离。新来的县长曹修礼立即对邓澍霖实行严刑拷打，企图从他的嘴里扩大线索，达到把酃县的共产党组织一网打尽立个“大功”。但澍霖英勇不屈，视死如归。曹修礼无计可施就于 1930 年 9 月 12 月下令枪杀了邓澍霖。邓澍霖牺牲后，农会干部以其亲属为名，经多方“打点”，将其遗体运回心田村，安葬在松柏环绕的山头上。

邓旭宾对堂弟的被害，心里非常悲痛，他深知国民党反动派的残酷手段，如果不想个妥善的办法将来坟墓还会被人刨挖。左思右想后，则用暗喻的手法，采用模棱两可的双关语，写了一篇纪念邓澍霖的墓志文。然后以自己的声望恭请县内鼎鼎有名的县团防局局长、县议会议长、东乡客家人孙秉文手书，再请人镌刻在石碑上。这样，共产党烈士邓澍霖的墓庐和墓志碑，通过邓旭宾巧妙的手笔和借用酃县国民党要员孙秉文的“声威”，竟躲避了国民党反动派的“三光”政策，保存至今，可见当事人的良苦用心。你若想欣赏这篇墓志奇文，那就请到中村来！

攸县陈之丕的传奇故事

龙应生

陈之丕，攸县钟佳桥盘陂人，生于清朝康熙年间。出身寒舍，举命不财。喜读唐诗宋词，且过目不忘，能倒背如流。他曾经进京举考，中举人。因其性格固执、倔强，不愿与贪官同流合污，而被免职，乡归故里。由于他举才不佳，受才不顺，成了乡间“秀才”的浪子。让人敬而远之，爱而疏之。不过他的真才实学颇得众人赞赏。当年攸县著名佛教圣地灵龟峰庆典，县衙门召集县内文才百官齐聚一堂，征询灵龟峰门联的撰写。文才百官大展宏才，各抒已见，纷纷撰出各自的门联，唯有陈之丕撰写的门联受文才百官钦佩。他撰写的门联是：(上联)灵龟峰峰上生枫风吹枫动峰不动，(下联)白鹭洲洲边行舟水推舟行洲不行。这副门联贴于灵龟峰寺庙大门的两侧，成为当时历史的见证，可惜后来因灵龟寺重新装修毁掉了。

当时，盘陂有一所小学，这所小学有六位老师任教，并请了一位佣人做饭。有一年正月刚开学，当地一位财高势大的官爷想测试一下学校老师们的才华出一难题。他拿来一匹长一丈的白布，请学校老师在这白布上写一个字，而白布不能有剩余。六位老师冥思苦想，老半天想不出写什么字，为难之时他们想到了陈之丕，想请他来帮忙。但是谁也不愿亲自出去请他，就让佣人拿着这匹白布去请教陈之丕。陈之丕刚好起床，在洗脸、漱口。他得知来者之意后，莞尔一笑，曰：“这事有何难？很容易。真是‘一校六老师，一统七先生。’”他拿着笔砚，叫来者帮助磨浓墨水，挥笔在这一丈白布上写上一个“卜”字，这个字揽着整块白布的上下，没有一点剩余。大家看后，拍手叫绝：“妙！”直到现在“一校六老师，一统七先生”已成为人们的口头禅。讽刺那些不爱动脑筋的人的愚昧无知。

陈之丕年青时期也有远大理想。他想出人头地，升官发财，在家苦读诗书，准备进京赴考。有一年他赴京城会考，母亲爱惜他，特意用油泡了一只腊鱼，让他带去途中充饥。途经当地一个山坳处，见一只受伤的麂撞在树桩上而亡。他想，这是我赴考的一个好兆头，用手中的腊鱼换上一只可口的麂是举财之得，是胜考之喜，何乐而不为。他大为喜悦，就跪地而拜，感谢上天之赐。拜后他将腊鱼挂在一棵树上，自己提着麂去赴考，计划在途中馆舍饱吃一顿为胜考庆典。当他离开此地不久，有两位猎人追来，追到该地却不见受伤的鹿，大为震惊，左寻右找找不着，正在迷惑之时，见一棵树上挂着一条腊鱼，惊恐万状，当即跪拜在地，连叩几个响头，口里念念有词："神灵在上，请多多保佑，请多多保佑。"两人回去后将此事告诉乡亲们，大家听后闻虎色变，都认为是菩萨显灵，鬼邪归天，必有大祸降临，惶惶不可终日。大家商议，在此修建一座庙宇方可确保地方平安。不久，此庙落成，名曰"腊鱼庙"。

陈之丕举考回乡路过此地，忽见一庙名"腊鱼庙"。心中既喜又忧，喜的是这次赴京举考得了个举人，忧的是乡亲们如此信神不觉好笑。事后他在"腊鱼庙"门两侧贴了一副对联，上联是：攸县陈之丕腊鱼换只鹿，下联是：世上无邪鬼百事人做起。陈之丕一生不信神，他不信神的故事流传甚广，直至今日还被当地人津津乐道。

彭氏牌坊:彭三胡子的神秘传说

丁水生

彭氏牌坊又称袁氏牌坊，位于醴陵市东堡乡拓塘坪村，其北面紧邻原来的彭氏宗祠。建造于清乾隆二十八年(1763)，系邑绅彭之冕为纪念父亲彭明俊及母亲袁氏而建。

牌坊为花岗石仿木结构，三门四柱二层牌楼式，歇山顶，龙状鸱尾檐角飞翘。四柱为正方形，边长0.36米，柱下座兽为8个仰面小狮，坊上缕饰狮子滚绣球、二龙戏珠、麒麟和人物等浮雕，形象生动活泼，线条流畅富于变化，雕刻细腻，具有一定的艺术价值。

中门正面牌额阴刻楷书“奉直大夫彭明俊暨宜人袁氏之坊”，其上竖刻楷书“圣旨”二字，周围环以云龙浮雕，表明这是一座奉皇帝旨意批准建立的功德坊。左右门额分别横刻“敦伦”“乐毅”二字，字体雄健有力。其中“毅”本意为“义”，为同音假借字。

牌坊背面，左右分刻坊主家世铭文，竖排，6字一行，其中有句云：“述义渌桥石塔”。无疑是赞建坊者捐建渌江桥、江东书院及“院前石塔”的善举。正面“圣旨”之下，则载刻建坊题记，其中说：“三男之冕，字世才，辛巳叨生，六尺长髯，取用县丞，纪录两次……”

查拓塘坪《彭氏族谱》，彭明俊生三子，之冕排行第三，生于康熙四十年(1701)，正是辛巳年。则到此建坊之年，彭之冕已是62岁。因其一生热心公益善举，功德巍巍，为一县人所传颂敬仰，加上又生得一部好长胡，乡人都昵称其为“彭三胡子”或“彭髯”。清《嘉庆县志》曾为他立传，也说他是：“髯长六尺，豪爽不可一世。”

6尺长胡，按今尺算就是将近2米。胡子比人的身高还要长，简直不可思议！即使在男子成年普遍蓄留胡须的古代，也算少见的奇闻。加上彭三胡子这位善行义举行为独特的奇人，民间从此流传下来许多关于他的奇异传说，其中就有这长胡子的来历。

那是某一天傍晚，彭三胡子坐在自家庄前地坪上摇扇纳凉，忽然天上祥云翻滚涌动，金光万道冲空，竟是天帝为他打开了南天门！霞光中隐隐传来仙官谕旨："玉帝念尔素行善事，功德不浅。许你说出任何一个心愿，满足你的要求！"人生千古难遇开天门。彭三胡子却颇为踌躇：要什么呢？功成名就，衣食无忧，儿孙满堂。都不缺呀！便把手向下巴上的胡子捋个不停，沉吟半天没有出声。上天却错会了意，以为他只要胡子，便说："好！玉帝许你有6尺长胡！"这才使他的胡子后来生得有那么长。

传说是奇异的，更奇异是这6尺长胡竟还真有其事！不但见载于旧县志和《彭氏族谱》，就连这座雄伟古朴的彭氏牌坊上，也可以找到证明。牌坊是彭之冕上奏朝廷请求褒奖其父母而建。"奉直大夫"是赐其父彭明俊的封衔，"宜人"则是其母袁氏的"诰封"。自己的生年、行状，乃至6尺长髯，也都载刻在堂皇"圣旨"之下。如果不属实，在那个时代，可是要杀头的"欺君"大罪！

其实，传说虽以神话附会事物，只要人肯精心护养，6尺长胡也不是不可能。前些年某报刊就载过这么一条新闻：一女子站在凳上梳头犹"发长委地"。清同治年间，曾参与纂辑县志的张汝霖，有《过彭三髯祠偶题》诗二首，题下自注："按髯名之冕，号义庵，须长过身，任侠好义。祠在治东十里。"也证明此事不假。诗中所说祠堂即牌坊后的"彭氏宗祠"，今已大部拆除不存。

“汉癫子”趣闻

颜桂平

朱亭这个名字很有来历，大文学家朱熹和张栻曾结伴游南岳，受学生钟震邀请，在此结茅讲学，故叫朱停，又叫浦湾，后改为朱亭。

朱亭西边山，东边水，水为湘江水，山叫狮子山，可谓地灵人杰，要说谢姓人家多且很有名。这里曾有个惯以装癫、讥讽权贵、爱打抱不平的人，外号叫“汉癫子”，中华人民共和国成立前在朱亭一带很有影响。

“汉癫子”本名叫周汉生，1880 年出生于株洲县太湖乡的清塘坳。祖辈曾发达过，还当过县长，并有水田 500 余亩。到父辈家道衰落，其父仅为小生意人。其母谢氏朱亭人，外祖父谢蓝陔是清朝举子。

周汉生 5 岁时随外祖父习文、练武、学医，可说是天资聪颖，才思敏捷。他能诗善赋，吹打弹唱，琴棋书画，司仪行礼，样样都能。他能用鼻孔吹唢呐，乡间红白喜事，乐意去相帮。他酷爱吹弄短笛，能吹得婉转悠扬，荡气回肠，笛子也伴随他一生。他武术颇有功底，善拳、棍、凳术。

艺多不养人，文多生薄命。因其特殊家境和多才多艺，周汉生平日不修边幅，喜穿一件漂白色长袍。加之清高、超脱、放纵、轻薄的特殊性格，与酒结成了不解之缘。帮人写对联、作文章，没钱无所谓，有酒却是非醉不可。

他模仿《陋室铭》作的《凉亭》，将自己的性格表露无遗，其文曰：茶不在多，只求解渴。屋不在大，只求盘坐。斯是凉亭，惟吾安乐。红荷浮水面，绿竹绕屋角，明月入帘来，夕阳依山落。可以弹玉琴，吹玉笛。无炎威之酷吏，无乡原之交恶。武昌黄鹤楼，长沙天心阁。仙人云：风月无边。

周汉生常借酒装疯，撰联作画，尽其嘲讽之能事，泄胸中之积愤，藐视权贵。朱亭上行 40 里地的龙凤桥，有一大财主名叫何时雨，字藏书。他胸无点墨，却在天台乡自任教育户款经理，又以十五人团的权势作威作福，还为国大代表王洪波竞选天台乡长之职进行活动。老百姓对此恨之入骨，周汉生写联唾骂，联云：本来时雨值千金，叹连月滂沱，漫无天日凄群生，相率人人呼苦雨；莫道藏书多万卷，惜心无点墨，没有声名孚众望，不知孤蠹守残书。

1926 年初，周汉生凭学识，想为民做主，助弱除恶，担任了朱亭团防局局长。

时值湖南农民运动烽火遍地，周甚为高兴。五月间他干脆倒戈，带头成立朱亭农民协会，担任委员，湘潭东六区的天台乡闹得轰轰烈烈。1927 年大革命失败后，周只身外逃，流落江西、福建、湖北等地，以摆棚卖字、吹笛卖艺、行医维生。

1942 年周汉生回到朱亭，孤身一人，过着流荡不定的清苦生活，终日醉醉醺醺，疯疯癫癫，帮人写对联、挽联，越加不甚讲究，信口撰成，故得“轻薄才子”之称名。一天，他在杂货铺休息，有人指着尿壶和纸屋，要他作对子，他马上念出：泥做火烧，卵用；竹扎纸糊，鬼住。让人忍俊不禁，可谓形象生动，诙谐幽默。

一次，有人死了姑母，请汉先生写挽联，他同求联人一边谈话，一边磨墨。问“你这挽联多少钱买来?”，答曰：“八百钱”，他即一挥而就上联：八百钱，买挽联，包做包写。又问“到姑母家有多远路程?”，答曰：“二三里”。他又一挥写就下联：二三里，哭姑母，声短声长。

朱亭镇后的十里长岭路，是老百姓到朱亭赶集、挑货、搭火车的近路，因多方筹资修就了茶亭纳凉。茶亭落成之日，倡修首士请汉先生撰联。他欣然允诺，不假思索，张口即云：日已夕矣，君何往？鸡既鸣兮，我不留。写罢而走，问及横批，周汉生忙说：且从容，且从容。追了一二里，他还是说：且从容。原来横批就是：且从容。

1949 年，周汉生在乡人帮助下，定居于朱亭石圳村大塘冲，并分得土地，这位多才多艺的老人对新生活表示了极大欣慰。

1950 年原八斗乡军溪大土匪、杀人魔王贺石生的胞弟贺雪鸿我捕获枪毙。周汉生正在淦田，为揭露其丑恶本质，作联嘲讽，联云：雨落横山，仗贺乔之势，贪财、爱财、夺取民财，都是衡湘攸醴；鸟落江边，倚介石之雄，隐匪、藏匪、反来剿匪，谁知今日枪毙。

他因多年游荡，体弱得病，1953 年去世。死前，曾作联于墓门，联云：绿的水，青的山，红的花儿，把贤愚长短之骷髅同埋此处；雪无痕，云无迹，风无影子，合雨露雷霆之变态又在何方。

渌湘“联才”周汉生

肖又铮　刘　凯　何伏立

自古至今，湘东诗(联)坛，人才辈出，不但有明代茶陵文相李东阳那样赫赫有名的诗家，也有不少能说会讲，擅长对联的民间艺人。我要给大家介绍的这位周汉生——当时株洲县的一位落魄文人，就因为擅长撰写对联名噪一时，可谓是当时的渌湘“联才”。

周汉生，原名周季生，别名“汉癫子”，1895 年出生于株洲县淦田乡清塘村；1916 年流落朱亭镇，偶遇朱亭南杂店老板姚吉兴。汉癫子聪颖过人，深受姚老板宠爱，被挽留下来，从此落户朱亭镇。他终身未娶，后迁居杉桥村神泉湾，1959 年病逝，享年 64 岁。此公饱读诗书，怀才不遇，遂淡泊名利，浪迹民间。他生性耿直，才思敏捷，在朱亭地区留下不少奇闻轶事。

一日，朱亭街上一南杂商店开业，说好请“汉癫子”写一副门联。左等右等不见其踪影。直到中午，汉癫子才身穿破旧黑布长衫，手摇油纸扇，迈着八字步，一步三晃地走了进来。主人家立即摆好文房四宝，铺开大红宣纸，恭敬地请他题写对联。只见他衣袖一挽，毛笔一提，饱蘸浓墨，一挥而就。上联是七个“长”字，下联是七个“行”字，横批是“财运亨通”，笔走龙蛇，很有气势。写罢，他就矜持地坐在首席上。众人一看对联，大惑不解，这是什么意思呢？有的甚至嗤之以鼻。席间，有人恭请“汉癫子”指教。只见他左手端着酒杯，右手用折扇指着刚刚挂好的对联，朗声念道：“常(长)涨(长)常涨常常涨(长亦曰场)；行(行业)行(生意行即生意好)行行行行行。恭喜发财！”说罢，开怀大笑，重新入席饮酒。众人听后，齐声称“妙”，主人更是乐得合不拢嘴。

汉癫子能言善对，远近闻名；又乐于助人，为人吟诗写对，从不计较报酬。当然他撰写的对联不一定都那么对仗工整、平仄协调，但深获百姓喜爱。一日某人年迈姑母去世，求汉癫子写一挽联以表孝心。因其家贫寒，口袋里只有三个铜板，他先拿出两个，后自觉太少，又把口袋里最后一个铜板也拿了出来，放在汉癫子写字案头。汉癫子见状，二话没说，磨好墨，摊开纸，遒劲挥毫，须臾，一副挽联跃然纸上。但见上联是“二三钱，买挽联，包做包写”，下联是“四五里，哭姑母，声短声长”。此挽联一挂出，众人无不称赞这人孝心虔诚。

汉癫子一生虽穷困潦倒，但行善积德，扶贫济困，疾恶如仇。他曾任过育婴堂经理。农民送租，他备足酒饭，热情款待，从不虐待雇工，总以弟兄相称，对官匪恶霸却恨之入骨。中华人民共和国成立后，株洲县军山乡土匪匪首贺雪鸿被我人民军队捕获。在万人宣判会上，眼见昔日不可一世的匪首，今日被五花大绑，跪在台前，耷拉着脑袋，真是大快人心。有人知道汉癫子能诗善对，叫他以今日贺雪鸿为题作联一副。只见他右手摇着旧纸扇，左手拈着已经白了的胡须，缓缓踱步台前。不一会儿口诵对联一副。上联是："山横雨下，昔日霸道今何在"；下联是："鸟落江边，哪堪回首望军山"！巧妙地把"雪鸿"二字嵌在对联里。军山乃土匪巢穴，贺匪昔日威风何在，今日落得个身首异处的可悲下场。汉癫子这副对联生动地表达了广大群众对人民政府镇压匪首的拥戴之情。

马会轻是朱亭一带的地痞，横行霸道，老百姓无不痛恨。汉癫子早就思忖着给他整整砣子。一日，马会轻六旬大寿宴毕，宾朋各自归去。时近黄昏，汉癫子手持一长笛，吹着哀调，步入马府大堂，将其棚灯敲烂，一时磁砾满地，一团漆黑。马闻声赶到，只见汉癫子口若悬河，语无伦次地说着话："今日在姚家铺子多喝了两杯酒，神魂颠倒，失手打破了棚灯。"马会轻见是汉癫子所为，不敢发怒，连声说："没事，没事。"便将厨师请回，再办一桌丰盛酒席款待，只想在这良辰吉日，讨得汉癫子一副满意寿联。宴毕，便备纸磨墨铺桌，耐心等待。汉癫子心想，恶有恶报，时机已到，便挥毫疾书："先出台，后出台，一步一步望；轻一步，重一步，'乱'（谐音）吃'乱'（谐音）翘狂（击乐声）"。旨在讽刺马会轻一贯贪污受贿，敲诈勒索的丑行。写毕，汉癫子急催挂上，马会轻哭笑不得，只得从命。次日，待汉癫子一出门，马会轻一气之下，将对联撕得粉碎。百姓闻之，皆大欢喜，纷纷拍着汉癫子的肩膀夸他"给我们出了口气！"

20世纪40年代，朱亭民间封建迷信之风盛行。汉癫子认为，世上无神鬼，尽是人做成。一日，正逢刘氏公傩庙焚香点烛，众人跪拜，求老爷庇佑。汉癫子摇摇晃晃，侧目庙堂，被人发现，有人便请汉癫子为傩庙撰一庙联。汉癫子素来有求必应，且快得惊人："我敬神，钱纸信香凤尾爆；神佑我，嫖赌逍遥鸦片烟。"意在讽刺神灵并不能保佑百姓逢凶化吉、消灾解难、根除恶习。仔细咀嚼，众人欣然悔悟。

1945年，朱亭天皇庙修葺竣工，举行庆典，特意从湘潭请来一戏班唱戏。戏班为首者想一试朱亭才子水平高低，便出上联悬挂于台，声称对上下联方鸣锣唱戏。上联挂了两天，无人相对。当时，汉癫子住在杉桥神泉湾，已患病数日，饭不食，茶不饮，神志昏迷。得知此事，心想我朱亭人就这等无能？真是欺人太甚。他吩咐来人："你去，明天我做狗爬也爬来对上下联。"次日，他被人用土车推着送到20里外的朱亭镇，见上联是："白天看我，晚上想我，若要娶我，银子铜钱盖我。"他想，如何还击好色贪财之世俗恶习？思忖片刻，只见汉癫子铺开红纸，一挥而就:“白天戏子,晚上婊子,若要银子,我是两粒睾子。”班主看罢下联,顿觉受到戏弄,悔恨交加,但仍然无奈地佯装奉承,连夸朱亭确有才子,立即鸣锣开唱。

某年,龙凤乡有一大户人家到朱亭镇提亲。花轿上贴着一边对联,“龙凤二桥迎淑女。”其财大气粗,蓄意刁难女方,称对上了,新娘才上轿。汉癫子闻讯赶来,口里念念叨叨:“我们就这端遭人欺负?”一看上联,下联随口而出:“天狮双岭招新郎。”对方见“招郎”二字,尴尬不已,便匆匆催着新娘上轿,朱亭人无不扬眉吐气。

朱亭镇施茶亭建成后,汉癫子被请去撰联,他想茶亭乃百姓停步歇息之所,尚能挽留过客,岂不乐哉?一到茶亭,老板殷勤地递上一杯绿茶,闲聊一阵后,便催汉癫子撰写亭联。因为不到正午时分,老板未能奉上一杯美酒,急也罢,催也罢,汉癫子嘴里只是念念有词:“且从容,且从容。”汉癫子喝酒,至少三盅。也许是伺候不周,也许是酒不到位,也许是故弄玄虚,汉癫子写完亭联后,立马起身,迈着八字步,摇着破纸扇,优哉游哉地朝清廉茶亭走去,也不回头。众人目睹亭联,上联是:“为人忙,为己忙,忙里偷闲,权且喝杯茶去;下联是:“劳力苦,劳心苦,苦中作乐,快些提壶酒来。”横批呢?老板发现未写横批时,汉癫子已拐过几道弯,走得老远了。老板派了几个人去追,汉癫子还是不回头。待追者上前,汉癫子只是说:“且从容,且从容。”这可把追者急得满头大汗,一直追了几里路,才在清廉茶亭坐下来。追者只好向汉癫子连连赔礼,并向清廉茶亭老板要了一壶酒,连敬了三盅。汉癫子还是那句原话:“且从容,且从容”。追者眼看一壶酒饮完了,还是没有得到横批,一个个心急如焚,追问不止。干杯后,只见汉癫子双眼瞪着各位:“我说了无数遍,横批就是‘且从容’!”众人如梦初醒,无不称奇。

周汉生就是这样,时时、处处展示自己文思敏捷的才智。不少口占的地名联至今还在民间传诵。株洲县有个地方叫“车公坳”。他口占的对联是:“车马行人靠边走,公私过客且从容。”一次淦田乡有个叫“横头”的地方演唱花鼓戏,他看着看着,即席赋联一幅:“横直何须忙,为名忙,为利忙,忙到至今,名利安在;头尾都要看,看好角,看丑角,看完结局,好丑方知。”

民间金石雕刻家马叔嘉

颜桂平

沿京珠高速王十万收费站而下，直行3华里就是颜家村。这里青山翠绿，星星点点般的民居十分漂亮，路两旁的豆荚饱满，晚上路灯开启得闪亮，是一个有名的新农村示范点。

这里出了一大才子，名叫马叔嘉，号“湘中尺圆”，1899年出生，1968年去世，是汉代伏波将军马援的后代。他可是自学成才的农民金石家，曾官至陈明仁的180师军需处处长，晚年垦荒种药而致力于医药事业。他正直、风趣、品高、德厚，让乡人和社会盛赞。

马叔嘉少时家贫，只读过一年私塾，牧牛、砍柴、耕种是里手行家，打炒米、卖坛罐、肩挑货担曾游走四方。他勤奋好学，不管白天怎样劳累，晚上则油灯伴读到深夜。学习上遇有难题，则逐一摘录下来，次日肩挑生意时，虚心求师请教，总要到领悟为止。

叔嘉酷爱雕艺，每见奇棒、树蔸、竹脑，便要弄回来，精心雕琢，做成制品。或龙或凤，或狮或虎，或人或物，栩栩如生。老年人的拐杖，扁担上的尖勾，家具上的装饰，都是他雕刻的习作。他还喜爱画梅竹，写特大的福寿字，寿字走笔如龙腾虎跃。他还喜游名山胜地，见有名联、碑文、联对、挽词，均熟读背记或抄缮，对艺术追求孜孜不倦。

1932年北伐名将马良骧将军回乡探亲，见叔嘉智慧聪颖，是可堪造就之材，就将他带到军营。先任司务长，后保送到军需学校学习一年，再任军需主任、师军需处处长，1937年随180师驻防福建福州。他不嗜烟酒，深恶牌赌，更恶女色，始终守贫自洁；加之勤勤恳恳，不虚报，不拖欠，不克扣，在军中独树一帜。

在部队里，叔嘉遍访古今金石名人印集、古碑古刻，在金石雕刻上获得高深的技巧。驻福州时，他付印了《满江红》《孙文遗嘱》《正气歌》《二十四孝经》《太上感应篇》等大作，义赠福州军政界及社会人士。华侨金石家陈博公慕其作品，专程拜访，相互切磋，并将其在港澳和东南亚义卖，捐作抗战军需之用，由此获得了陈嘉庚先生的盛赞。他的金石作品“熟能生巧，智可通神”，以刀当笔，拿石即刻，锉石如土，时有“中国东南篆刻大师”之称。

抗战胜利后，因不满日趋腐败的政党，不满贪得无厌的官僚，1945 年 10 月叔嘉辞退军职，解甲归田。闲居乡里时，财物不多，挑夫担中，有 6 担是寿山石。1946 年冬，因内战灾民较多，民不聊生，他到长沙租居旅社，义卖金石篆刻之物，施稀粥于民众达 6 个月之久。中华人民共和国成立后，齐白石老人曾写信给叔嘉，邀请其赴京，他执意归于乡野，不愿去见时贤。

叔嘉感到务农是一种乐趣，常为此吟诗作赋。在月形山下，他向饥荒作战，留诗自乐："戎装脱下换农装，未解贫穷鬓已霜，奋臂挥锄今又起，更与饥寒斗一场。"春忙之时月，他在大门上贴上诗句："春回大地百般种，农到忙时手不闲，一刻值金千万贯，劝君珍惜喜人夸。"秋收后，喜人的劳动硕果，为七口家带来喜悦，他诗云："月形山下是吾家，栽罢红茹又种瓜，赢得秋收丰硕果，盈仓盈室喜人夸。"

1951 年修广西来镇铁路，他带领 20 多个乡亲上工地。2 年后，他定居良庆工地的思贤塘，利用荒地 10 余亩，种植药材 300 多种。同时，他遍集医疗偏方，历时 15 载，编著《百草通》6 大本，还有 3 大本未整理，尽事于中医和药材，可谓鞠躬尽瘁。正如其自励云："学李时珍，试种百草药；步米丘林(苏联人)，种植千株果。"

“怪”才十二爷

颜家连

罗霄山脉西麓湘东之南新市古镇有个柳家大屋，这里居住的几十户人家，大都是姓柳，只有少数几户是“杂”姓。

村上有位年逾古稀、瘦瘦的高个老人，这里不分男女老少都叫他十二爷，好像十二爷就是他的姓和名。其实，十二爷的大名叫柳才生。

十二爷很有才，而且是位“怪”才。提起他有趣的怪事，如同架上葡萄，一串一串的。我们就从十二爷众多的故事中挑选几个最精彩的以飨读者。

一只“祖机”

十二爷堂屋的祖宗神坛上，一年四季供奉着一只三角形的树杈，模样像英语大写字母的“A”字。这是柳家的镇家之宝——“祖机”。这只“祖机”深黄色且油光发亮，传到十二爷已经是第四代了。每月的初一、十五，或逢年过节，“祖机”与柳家祖宗的神位一样，享受着香火的熏陶。“祖机”平常不随意“下”神坛，只有在每年农历七月十五的“中元节”才被“请”下来，“走”进柳姓家家户户。

降“祖机”是湘东地区最流行的一种祭祀活动。然而，要说经久不衰，最显“灵念”的要算柳家大屋十二爷这只“机组”。这是因为他们的“机组”既分工明确又组织严密：十二爷和一名固定弟子专门降“祖机”；另有两人专抬一只盛着细沙的“盘箕”（用竹子编织成的大竹盘）；还有一人专职辨认“阴间”（鬼话）文字的；其他的是负责组织管理的……

请“机组”来家的一般是几世同堂，供奉一个列祖列宗神位的大家庭，求神灵解脱某家有患重病的、家庭不和睦的、间常闹“鬼”的……

邀请十二爷的“机组”很划算：一不要工资；二不要招待。他们只是到了主家随便喝口米酒，吃上几只糯米或高粱米粑粑就可以“工作”。

降“祖机”之前，先要烧三柱香和一把“黄钱”，然后由十二爷和该家年龄最大、辈分最高的长辈跪在神坛前拜三拜，口中念念有词，叫作“叩神”，即“请”来该家的列祖列宗先辈神灵“降临”。再然后就是十二爷和他的弟子们大显身手的时候。只见十二爷和他降“祖机”的助手，每人握住“A”字形“祖机”各一只机把，在神堂前的地上左七七四十九圈，右七七四十九圈……突然“祖机”“飞”了起来，拖起握住“祖机”的十二爷和他的助手，上跳下蹿，团团乱转。此时“祖机” 的 机头不听使唤地上下左右摇晃着，牵引着十二爷他们穿东家走西家。“祖机”一进屋便翻箱倒柜寻找些什么，折腾完后又回到堂屋的神坛前，在盛有细沙的“盘箕”里乱写乱画“阴间” 的字符。这时，识“阴间”字的人开始辨认，认对了机头就打勾(√)，认错了机头就打叉(×)。

这项祭祀活动主要是“惩‘恶’扬善、治病‘救’人”。如：久患重病不好的、不尊老爱幼的、婆媳不和的、好吃懒做的或有其他行为不轨的……在这个“中元节”里，特别是具有某些劣迹的人和事，大都惶惶恐恐的。然而，经过降“祖机” 祭祀活动，这类人和事一般都有了收敛或得到根治。如：柳家大屋曾有家儿媳对公婆不孝敬，公婆有病不给治；有好吃的公婆有指望；儿子又得了“妻管炎”。村里都感到十分棘手。有年“中元节”，她的家族请十二爷来降“祖机”。“祖机”前屋进门，她便从后门溜得无踪无影。“祖机” 降起之后，十二爷和他的弟子紧握着的“祖机”，牵引他们从谁也无法想到的公厕内把这个儿媳妇“勾”进了大堂神坛前逼其跪下。这时，“祖机”与识“阴间”字的人一问一答，列数其所做所为的一件件……据说件件都打了“对证”(证实)，吓得这个媳妇一把鼻涕一行眼泪地向祖宗保证，再也不敢虐待公婆了。说来也怪，从此，这位恶媳妇竟然成了好媳妇而名扬乡里。

1964 年农村社会主义教育运动期间，工作组把十二爷列为宣扬封建迷信典型，在全村批斗游街。当时他向全村村民公开承认：降“祖机” 是他和弟子们装神弄鬼愚弄大家闹着玩的。他痛心疾首地表示低头认罪，幡然改正。可是运动一过，照常有人请十二爷的“机组”。十二爷拗不过人们的好言相求，只好又重操“旧业”。有啥法子呢，老乡们信啊！

两根琴弦

十二爷有个业余爱好，喜欢拉二胡，而且到了“痴迷” 的程度。他的二胡与其说是胡琴，倒不如说是有点像打油的“勺”。

十二爷的这把二胡制作有些特别：专取屋前竹阴下的南竹一根，锯倒后要“阴干”个把月；然后在这只竹竿上取来一节碗口大，四五寸长的“竹筒”，在水里浸泡一个月后放在屋后“晾干”。他说这道“工序”很重要，是直接牵涉到二胡的音量和音色的关键。二胡是用蟒蛇皮在竹筒稍大点的一头绷紧固定的；用两根树麻搓成的绳经过松蜡打磨做琴弦；弄来一把棕替代“马尾” 做成拉弓；按照正规二胡的尺寸锯一根实竹(不是空心的)做琴杆，在其一头掏两个小洞按上两只弦扭……一把像模像样、声音悦耳动听的二胡就这样呈现在人们的眼前。

十二爷的弟子大都用的是他的“产品”。这种自制的二胡，一点也不逊色于商店里买的正宗二胡。

十二爷没有文化，也无法识谱。他是跟一个“唱章”的道士学的“公尺”谱。如：“四上四合公上公，尺五尺六合上合……”等。现在看来，这种“谱”简直像“天书”，比识“12345671”和五线谱还难！可是，十二爷就凭着自己的聪明才智，竟然学会了许多花鼓戏曲调，而且还会拉《东方红》《浏阳河》等十几首歌曲。有时农村的戏班子赶上红、白喜事需要演出“座板”戏时，十二爷还能顶个“缺”呢！

20 世纪 60 年代，农村业余文化生活太单调，农闲或晚间，不像现在有收音机、电视机、电脑等。那时，一年四季，县花鼓剧团能到一个大队(村)唱上一场戏，放上一、两场电影是十分稀罕的事。每当附近的哪个公社或哪个大队唱戏或放电影，年轻的走 20 到 30 里路赶去观看是常有的事。有时来个算命先生，只要其二胡一拉，不一会就围上一大圈人。一到了冬闲，不是打牌“画脸、封王”的，就是在一块说些黄段子消磨时光，好在那时没有赌博的。

柳家大屋与别的屋场不同，就是因为有十二爷这把二胡算是得天独厚的“高级享受”。每当夜幕降临的时候，就有三五个青年小伙子跟十二爷学拉二胡，也引来了不少男女老少围观。时间长了，十二爷的徒弟也多了起来。据说，在十二爷的启蒙下，有几个聪明好学的，演技不仅超过了十二爷，而且还被招进了县剧团，成了专业的二胡师呢。

三部评书

别看十二爷连自己的名字也不会写，可他有一个“绝活”——会演讲长篇章回小说。他那演讲神情的逼真性、故事情节的生动性、语言的诙谐幽默彰显强大的磁性，引来不少听众。村里一位有“海外”关系的民办教师，家里有台半导体收音机。他也是十二爷的热心听众。他赞扬十二爷的演讲水平，一点也不亚于收音机中演讲的评书家单田芳。

十二爷天生记性好，不管人家演讲多长的评书，只要他听上三两篇，就能几乎是一段不丢地给别人演讲，再加上他自己的加工和渲染，故事更是精彩绝了。

十二爷会演讲的长篇章回小说多着呢！有《水浒传》《三国演义》《西游记》《隋唐演义》《封神榜》和《三侠五义》等十几部。然而他最拿手的、听众点讲最多的要算是《粉妆楼》《薛刚反唐》《罗通扫北》这三部章回小说。对此，有人戏称为“老三部”。十二爷每到一地演讲，点讲最多的还是这“老三部”。

十二爷的师父是镇上一位叫皮赖子的先生。此人读过《四书》《五经》，能说会道，满腹经纶。在他众多的弟子中，最疼爱的就是十二爷。因此，十二爷尽得师父的“真传”。

那时人们的生活很困难。十二爷去皮师父处学艺，每次都是提上自家积攒下来的鸡、鸭蛋、带着一瓶自酿的谷烧酒和炒熟的南瓜子、花生和黄豆等孝敬他老人家。皮师父也不知用了什么魔法，把他肚里的“货”全都“倒”给了他。十二爷也不知使用了什么绝招，把师父所传的评书一篇篇地，一章不拉地像“录音机”似的全“复录”下来了。他不仅在师父的基础上有了新的发挥，而且演讲的感染力也超过了他的师父。有人戏逗皮赖子在教十二爷时没有“留一手”，如今“拐了场”，弄得徒弟“打”师父了。皮赖子总是哈哈一笑反问：“没有高师能出高徒吗?!”说的也是这个理。

十二爷名气大了，好说歹说、死缠烂磨着要他当学徒的也逐渐地多了起来。也不知是十二爷不愿“真教”，还是这些后生悟性差，竟然没有出落出一个像模像样的徒弟来。

十二爷脾气随和，很有人缘。因此，每当冬闲时，是十二爷最忙的时候。柳家大屋或附近的屋场(指居住人较集中的地方)，都排着队、挨着号请他来说书。

十二爷吃苦出身，很能体贴人。凡是请十二爷上门说书的，只要备上一些米酒，炒上一盆南瓜子或黄豆，围绕主家所点的书目，他一边嗑着瓜子或吃上几颗黄豆，一边喝口米酒，就能绘声绘色地为大家演讲三、四个小时的故事。

十二爷还会卖关子，吊胃口。每当他估摸着时间快到，正当讲到故事发展的精彩高潮瞬间，十二爷那沙哑的嗓音突然戛然而止。当听故事的人群翘首等其下文时，只见十二爷双眼闪烁着神秘的目光，捻着一把白胡须，拖着沙哑的长腔——“若知后节如何，且听下回分解!”这时，任凭听故事的人们怎么好说歹说请求再延长一点点时间，十二爷打着拱手说：“有得商量的余地，这是师父传下来的，莫怪！莫怪!”

十二爷所演说的《粉妆楼》《薛刚反唐》《罗通扫北》三部评书在柳家大屋家喻户晓，人人皆知。有的后生在上中学时，大家凑钱到镇上书店，买回了上述三部书。为了证实十二爷演说的故事是真是假，他们按照十二爷所讲的章节、段落，一一拿来对照，真是奇了怪：不仅章节没有错，人物没有张冠李戴，而且故事情节，像一个“模子”“刻”出来似的。有些故事情节经过十二爷这么“添油加醋”地渲染，简直把人物讲“活”了，故事说“精”了。难怪熟悉十二爷的人都评价他是个怪才呢!

四苑禾苗

20世纪六七十年代，那时还是“一大二公”的计划经济年月。人民公社政社合一的体制严重地制约了生产力的发展，尤其是在交通不便的偏远山区，有的甚至还过着刀耕火种似的原始生活。当时流传一首民谣：队长哨子(叫出工)天天吹，社员肚子咕咕叫(吃不饱)；辛辛苦苦累一年，月月年年有见票(钱)。

落后的生产工具，更是加大了农民的劳动强度。仅以每年的“双抢”(抢收早稻抢插晚禾)为例：为了赶季节，刚刚打完“滚子(碎泥机)”的水田、秧田、沼泽田水还是浑浊的，无法用“划行器”(一种横竖在水田里划成“井”字形的行规，人们在十字架上插秧，才能使秧苗插成横、竖、斜都成笔直的线)。为了不延误季节，因此就产生了一种技术活——“牵二”。

所谓“牵二”，就是先让一位插秧高手在水田长形的正中间，倒退插四行禾苗，其要求必需像划行器划出的格子一样，横、竖、斜都要成线笔直，不能有丁点儿弯曲或走样。然后大伙依次跟着“牵二”的“样板”，照葫芦画瓢地跟着插。这当中只要有一、两个人“走了样”，后面就会出现行距弯弯曲曲，人们戏称插成这个样子的禾名曰“龙上水”。若是这样，那就失去了“牵二”的真正意义了。

“牵二”师傅有个最优越的待遇，那就是每插一丘田，不管此田有多少亩，他“牵二”到岸后便可休息直待这丘田的禾全插完，而且工分比其他人高许多。这难免惹来了人们的羡慕和嫉妒。许多人也想学，但因技术含量太高，一般人是吃不了这碗“饭”的。

十二爷就是远近闻名的“牵二”能手。每逢“双抢”繁忙季节，他不仅要为柳家大屋“牵二”，有时还被附近外大队请去帮忙。

十二爷说：“在方方正正的田里‘牵二’不算是真本事，能在弯弯曲曲的田里也能插出四行笔直、行距格格一样、横、竖、斜‘不走样’的禾来，那才叫真功夫!”

十二爷“牵二”还 真牛！他在水田里先插四蔸“桩禾”，这四蔸桩禾又必须对准对岸田塍上的四只秧。然后将这四行禾插到对岸，每行都是不偏不歪地正好对准了岸上的四只秧，从来没有“拐”过一次“场”。

十二爷教徒弟时把绝招全都传给他们。他说：“背要对准对岸的四只秧；两眼死盯着前面的四蔸‘桩禾’；腰要伸直，与水田成平行；臀部要与水田中的水似挨似不挨；然后每插一行退一步，周而复始；中间不能歇气(休息)，以防放松了‘神经’而‘走样’。”可见，“牵二”这活儿的确是技术含金量高的“绝活”。

有一年全县在“百亩大丘”打擂台搞插秧比武。其要求难度很高：既不是通常的在“划行器”划好后插，也不是平常那种退着“牵二”，而是面朝对岸的四面小红旗插秧，要求不仅要按标准行距插直，且蔸蔸禾苗不深不浅要插稳，不能出现一颗“浮蔸”。当时由各公社选拔来的近百名参赛的插秧能手，在百亩大丘一字儿摆开，指挥者哨声一响，比赛者拌着田岸上鼓号的节奏，像鸡啄米似地朝对岸插去。

这年十二爷也参加了比赛。这种比赛法许多人没有练过，然而这正是十二爷的拿手功夫。比赛刚过十几分钟，十二爷就把其他参赛者远远地甩在了后头，这当中有不少人半途就退出了比赛。用了近3个小时的比拼，最后仅有5人插到了对岸，其余的都败下阵来。十二爷以又快又好的成绩夺得了第一名。县长亲自将印有“全县插秧标兵”的鲜红大字汗衫授给了他，县报头版头条还刊登了十二爷的大照片。

十二爷把汗衫、县报当宝贝似的一直珍藏至今，成为佳话。

攸县民间故事四则

颜家连

渌田凉亭

在乡村，偶尔碰到一座建筑别致的凉亭是不足为奇的，而在攸县渌田镇几乎每隔5华里便有一座凉亭，这就特别引人注目了。关于这些凉亭的建造，还有一个动人的传说。

相传远古时期，渌田这个地方连续59天未下过一滴雨，河干地裂，禾苗枯死，青蛙也免不了遭此一劫。有一财主的厨师眼看大批青蛙死亡，心里非常难过。于是，他每天晚上将厨房的泔水偷偷担出来，倒在干枯的田里让青蛙喝，救活了一批又一批的青蛙。这些被救的青蛙为了报答厨师的救命之恩，便送了他一只"聚宝盆"。说来也怪，只要厨师往盆里放上一个钱便可引来满满一盆钱。厨师用"聚宝盆"聚集来的许多钱，既没有为自己建造房屋，也没有用来吃喝玩乐，而是将这些钱积德行善，救济贫苦乡民。同时，他为了惠及子孙后代，将钱分送给乡民建亭造庵，修路架桥。于是，渌田这个地区便出现了"十里一庵寺，五里一凉亭"的亮丽风景。

这个美丽的传说，给渌田凉亭平添了一层神奇的色彩，也使渌田乡民世世代代积德行善，争做好事，形成了一种民俗。直到今天，许多乡民仍视修路架桥、建庵造亭为一项神圣的事业，并乐此不疲。比如，铁匠蔡仔即在1983年将自己省吃俭用积攒起来的1000元钱，在长岭坡上修了一座两路凉亭(两条路经过此亭)，供行人乘凉闲座；81岁的老人徐同文，坚持每天修路护亭，造福后人。渌田镇现在的许多凉亭，大都是中华人民共和国成立后人们自发修建的。以前的古亭，经过乡民的修缮，也焕发了诱人的新姿。

新市"打鼓堆"

湖南攸县新市镇打鼓堆村，是攸县人口最稠密的地方，但人平却只有3分田。

可是，居住在这里的人们仍然生活得很充实，很富足，自古至今，从来没有出现过一个到外要饭的。这都得益于打鼓堆是块神奇的土地。

“打鼓堆，神仙土，锅墨灰(肥沃)；作田又撒网，落霞唱歌归。”小孩唱的儿歌，生动地描绘了人们在这块土地上的快乐田园生活。

相传很久以前，这里三年两不收。由于地处低洼，每到雨季，汛期来临，新市河的水就像脱缰的野马，淹没着这里的房子和农田，哭声遍野，民不聊生。老百姓为了生存，抵御自然灾害，世世代代都在这条河上筑坝、疏渠泄洪。但是，当汛期一到，不知撒下了多少汗水，死伤了多少乡民，辛辛苦苦修成的防洪设施，全都付之东流。

老百姓百折不挠的壮举，感动了天廷的一位神仙。在一个电闪雷鸣的深夜，一位美丽的仙女从天而至，她一担一担地挑着泥沙为老百姓修补、筑牢被洪水摧毁的堤坝。就在工程快要结束的时候，突然，远处传来阵阵鼓声，仙女猛地一惊，误以为是天快亮时玉皇大帝上殿的鼓声。为了不耽误早朝，加之她又不想惊动早起的乡民，于是，便匆匆忙忙把挑在肩上的最后一担泥沙就地倒下，升天回宫去了。

其实，当时并非是天宫的鼓声，而是当地有户刘姓人家，三代皆是单传，恰逢此时喜得贵子。为了感谢神灵，便重锤敲起了神鼓(当地放在堂屋神堂左边的一种鼓，每当敬神时便敲此鼓)。

第二天一大早，当人们下地干活时，突然发现原来一马平川的田野上竟然“长”出了两个小山包，中间还修出一条大道来。再瞧河上的堤、坝，坚固得像铁闸一样，巍然屹立，左右两条泄洪渠畅通无阻。人们猜想这些奇迹出现，非凡人所能，定是神仙所为。于是就在两个“山包”的道旁建了一座神庙，天天香火不断。从此，这里的人们年年月月过着风调雨顺的幸福生活。

从那时起，这个小村就取名为“打鼓堆”，并且延续至今。

方竹的传说

朋友，你到过攸县黄丰桥镇的天宝岩吗？你见过那里遍地生长茂盛又颇具特色的方竹吗？

这里的方竹，上圆下方，犹如我们吃饭用的竹筷子，长得翠绿诱人。当微风拂过竹林的时候，不时飘来一阵阵幽香，那悦耳的响声似乎在向游人诉说着一个动人的故事。

传说很早很早以前，这山中住着一个后生和他年迈的母亲。后生诚实、勤劳，且又十分孝敬母亲。母子俩就在这秀色葱茏的山中过着简朴而又自在的平静生活。

有一年八月，后生的母亲不幸病倒在床，且病得愈来愈严重，老人家既不想喝水，也不想吃饭。她把儿子叫到床前，告知了自己的一块“心病”，啥也不想吃，只想尝尝新鲜的竹笋。天哪，这可难倒了孝顺的后生。竹笋一般都在春天才有，这炎热的八月到哪儿去找笋子呢？

“新鲜白嫩的竹笋啊，你快快地长出来吧，长出来吧！让我娘尝个鲜吧，了却为儿的一点心意吧！”从此以后，孝子后生天天默默地想着，想着……一天，后生不知不觉地把手中竹筷插进了泥土中。奇迹出现了，那筷子竟像变戏法一样，渐渐地长起来了。竹子长呀长，竹笋遍地生。后生终于了却了母亲的心愿。母亲逝世后，后生又将母亲葬在神奇的竹林边，悲伤的泪水打湿了那块墓地……

直到现在，天宝岩的方竹仍然是每年七八月间吐笋，鲜嫩的方竹杆子上还有泪斑呢！

樟枫连理

在攸县柏市镇凤岭村一条小石路左侧，有两棵古老的大树，它们像一对情人紧紧地拥抱在一起。大樟树居左，腰围2.65米，高约20米，上有4只粗大的树枝。其中一只在大树主干约6米高处与枫树主干相连。远处眺望，如同大拱桥一般，气势磅礴，宏伟壮观。枫树居右，腰围2.43米，高约15米，有10余只大树枝伸向四周空中，相互交叉，群枝竞秀，青翠挺拔，犹如一顶大阳伞，为儿女遮阴。

相传许久许久以前，江西萍乡有一张姓大户人家的公子爱上了一位名叫凤姑娘的丫鬟。这事被张公子的父亲知道后竟派人将其严加看管起来，并将凤姑娘驱出了家门。为了让儿子死了爱恋凤姑娘之心，张老爷托人四处说媒，准备为儿子择一门当户对的妻室。但这一切丝毫未能动摇张公子对凤姑娘的眷恋之情。在一个风雨交加之夜，张公子暗中约上凤姑娘私奔。由于逃时匆忙，身上未带分文，他俩只好讨饭度日。不久，张公子就病倒了。一天，凤姑娘扶着生病的张公子，翻过凤岭山，来到了湖南攸县柏市镇凤岭村的一条小石道旁，由于重病缠身加上饥寒交迫，张公子不幸与世长辞了。凤姑娘抱着张公子的尸体泣不成声，眼泪哭干了，气也哭断了。当地的好心人将他俩的尸体就地同穴而葬。后来，墓上就长出了这两棵紧抱相依的樟树和枫树了。这个美丽的传说一直延续至今……

湘东轶事三则

刘一支

王三娘

秋日融融，太阳就满脸醉红，在这一带乱转之后，它好像找不着方向了。黄老在自家门口晒太阳，见我是来考察鸭塘铺地名的，就讲起了他家奶奶的一些往事。

我爷爷年轻时从本乡黄家岭，迁居现在我住的地方。那时这儿叫上铺。其实呢，我爷爷迁居这儿时，这儿大路旁，就有几家伙铺，是专供运煤人和往来客商食宿的。“上铺”由此而得名。“上铺”是专门孵鸭仔的铺子，那些贩卖鸭仔的，有时就歇在老板的家里，有时又歇在上铺的伙铺里。宋末元初，这儿就有一两户人家开伙铺（饭店）了。到清光绪六年（1886），我爷爷 20 岁那年，迁到上铺时，这儿就有 10 余家伙铺了。那一年，我奶奶刚刚嫁给我爷爷，就一块迁到上铺开伙铺。

我爷爷读了几年私塾，我奶奶是读书人家的子女，她父亲是个私塾先生，在攸县西乡有些名气。我奶奶读的书，比我爷爷还多些。他俩就租一户人家的房子，开伙铺。我奶奶有一米六儿的个子，高瘦，瓜子脸，两只眼睛黑亮有神，她爱打扮，爱说笑。开店讲信誉，重诚信，精打细算，又讲究卫生，用重金聘用大厨师，饭菜做得好，价不贵。不到 10 年时间，我奶奶就开始雇请帮工了。她本人姓王，人称“王三娘”，因是当家掌店的人，我爷爷的名字，就渐渐被人淡忘了，攸县西乡一带只晓得有个“王三娘”了。那时呀，王三娘店门口，车马喧闹，人声嚷嚷，绝大部分客人，都愿住“王三娘店”了。其他一些伙铺，要么渐渐歇业，要么迁走他乡。我奶奶就用高价购买了他们的门面，到民国 30 年（1941），“王三娘店”，就有 5000 多平方米的占地面积了。自从我奶奶雇请帮工后，我爷爷就吸上了鸦片烟。民国 15 年（1926），不到 50 岁就病死了。爷爷死时，我父亲刚好 10 岁。他从小受了我爷爷的影响，读书不成，成天吸鸦片烟，不到 30 岁就死了。

我奶奶就将我抚养长大，6 岁就送我到学校念书。在攸县读完高小后，又送我到江西莲花县，读完高中毕业。我奶奶含辛茹苦，赚了点钱，就这样让我爷爷、爸爸，败得差不多了。到新中国成立前夕，我家就仅剩下一栋老屋和一块空坪了。1960 年，我奶奶病逝，享年 94 岁。说实在话，这鸭塘铺的开发，实在有我奶奶的一份功劳。

我父亲死后 2 年，我妈妈就出嫁了。我奶奶也不反对，还备了一份挺厚的嫁妆给她。我奶奶既当爸又当妈，把我拉扯大，让我受到良好教育，要不是当时的家庭关系，我早就考上大学，参加工作了。好在我奶奶对我的影响至深，她大方、勤劳、善良，又会联络人。她的声容笑貌，至今还在我头脑里，深深地镌刻着。有时夜深人静时，想起她的辛劳和疼爱，总是抹不尽的泪啊！我后来，之所以有那份敢闯敢干的胆量，能抓住机会，做点事，离不开我奶奶的抚育教养啊！

黄老说着说着，双目里含着泪花了。我只好岔开话题，说起他儿女们的一些事，他又开心地笑了。笑得很甜，以致他一次又一次地要留我们，在他家吃中饭。

捕蛇人

有一年开春不久，大概是惊蛰过后不久吧！有一个县城蛇贩子，领着几个捕蛇高手，住在小邓家里。十几天时间，这一带的各种蛇，全都被他们捉尽了。小邓认为捉蛇不费大力，却能赚大钱，就缠着一个师傅学捉蛇，小邓有点文化，人也灵泛，跟着师傅捉了几个月蛇，后来居然能单独开工了。

长冲乡自古多蛇，山村里有专门治蛇伤的蛇医。小邓有一副好蛇药，几乎药到病除。他为了得到这副蛇药方子，小心侍候了师傅几年。师傅是攸县大桥那边的草药郎中，见小邓为人诚实、厚道，临终时就把祖传的蛇药方子给了他。他用这副方子，治好了近百里被毒蛇咬伤的人。有一年一个城里蛇贩子，贩了几条草游蛇(俗称草上飞)，被一条大的草游蛇咬中了虎口。这可是要命的地方，不到一分钟，人就昏死过去。他的徒弟用尽了各种办法，还是治不好，蛇贩子已不能言语了，就用力写了几个字，叫徒弟去找长冲邓师傅。邓师傅连夜赶到出事地点，放血，打针，敷药，一阵忙完后，已是天亮了。他守了一日，到第二天晚上，蛇贩子终于苏醒过来，拣回了一条命。蛇贩子从此不敢再贩蛇为生了。

小邓告诉我，长冲一带有十几种蛇类，最多的还是黄链蛇、乌梢蛇、草游蛇，还有翠毒蛇、颈棱蛇、虎斑蛇。最毒的是烙铁头、眼镜王蛇、银环蛇。金环蛇也毒，但一般不会致人死命。还有五步蛇，相传此蛇行踪诡秘，专攻人的要害处，可以隔两丈多远，向人的眼睛嘴巴喷毒，一旦咬中，走不了五步远，就倒地而亡。小邓说他见过这种毒蛇，身材粗壮如一根捣衣棒，三角头，发怒时常飞起来攻击人畜。不逗惹它，它一般不会主动攻击人。被它咬伤后，就必须用绳带子扎紧伤口通向血管的部位，毫不犹豫地把伤口尽量弄大一些，尽快挤掉毒血，用干净水反复冲洗伤口。要尽力防止毒液通过血管，流入心脏。为防止伤口四周缺血坏死，要隔一阵就松开绳带子。然后再用干净水，反复冲洗伤口，并及时找蛇医医治。这样绝大部分是会治愈的。烙铁头呢，常常盘缠在小溪小江的树枝上，有花条纹，白尾巴，不小心，你还认为是一根长着青苔的树枝呢。它很懒，能几天不吃东西。不过，一旦发起攻击，就稳、准、狠，一招致命。山里人蛇伤治不好的，往往是烙铁头或五步蛇伤了要害的地方。这种烙铁头，大都藏在深山溪沟边，几乎人迹罕至的地方，很少见到。而田垅间，小道草丛里，多见草游蛇了。因它的味道鲜美，伤人难以致命，就成了捕蛇人最喜欢捕捉的对象了。

小邓也知道蛇类是保护动物，现在他几乎不干了。不过，小邓一到冬天就上山捕捉竹鼠。竹鼠全身圆滚，头如山鼠，猪嘴，全身乳黄色，嗅觉、听觉特别灵，力气比较大，专门吃植物甜的根块，最喜欢吃的是冬笋和春笋。这家伙喜欢打洞，洞口有进有出，不掩藏新土和洞口。你根据洞口堆积洞土的颜色，就可以判断里面是否有竹鼠。一般是竹公鼠挖洞叨笋，供全家人吃，母鼠则在离新洞口不远的地洞里，喂养孩子。有月亮的晚上，我不带猎狗，猎狗一叫，它藏在洞里的任何地方，都会闻声奔逃，猎狗发现了，也奈它不何。我呢，带一张尼龙网，固定在洞口，又寻到另一洞口挖一个坑，堆上准备好的干辣椒、硫磺、干鱼腥草，点燃后用扇子一阵猛煽。浓烟灌进洞里，竹鼠憋不住，急忙往外窜，出洞口一蹦跳，刚好落入尼龙网中了。一想到它破坏竹林的生长，心一横就将它捕捉回家了。你要晓得，捉到一只活竹鼠，市场上的价格，不论大小，起码得卖 200 多元钱。这对我这样的人家，就够一个月的生活费用喽。

小邓说完，憨厚地笑了，笑得挺甜。

渔夫与逃兵

据当地老人回忆，“渌田之役”打得挺苦。最终还是北伐军胜利。

据有关史料记载：民国 15 年(1926)3 月，为了结束地方军阀割据局面，国民革命军叶挺北伐先遣独立团，受命北伐。5 月 31 日抵永兴，倾向国民政府的唐生智告急，便急速驰援。6 月 2 日上午 11 时抵安仁，3 日晨曦，叶挺派独立团 3 营驰援攸县渌田。北伐军于半夜到达前沿，拂晓发起攻击。上午 7 时，赣军溃败。该役粤军仅一团副负伤。这就是著名的“渌田之役”。随后，叶挺率独立团，进驻渌田老街，布置战役。5 日下午，叶挺部进驻攸城，8 日上午在攸城老衙坪召开大会，宣讲北伐意义，并判处临阵脱逃一连长、一排长死刑。渌田之役，首战告捷，为北伐军北攻长沙，东征南昌，建立了前进基地。8 月 8 日，国民革命军各部队随后也过攸境，北上抗击军阀。

后来这一带流传罗渔夫抓逃兵的故事。这渔夫，老家不在渌田，不知何时，他在渌溪岸边，搭了个草棚，捕鱼为业。那时他是个单身汉，上无片瓦，下无寸地，父母早已去世，他跟着伯父在洣水河捕鱼，后不知为什么，就落户在渌田地界了。

那天晚上，猛烈的枪声响过之后，渌溪两岸，睡死了，闻不到一点声响。天空蓝得出奇，星星巴眨着疲乏的双眼，望着这死寂的大地。草棚四周，虫声唧唧，河里的凉风，一阵阵地吹来，罗渔夫抽了几口土烟，点上自制的草药蚊香，躺在破草席上，慢慢地睡下了。他想，这儿离渌田老街有2里多路，又在河溪的下游的芦苇丛里，他们打仗，管我何事，万一有事，又身无分文，家无他物，光棍一个，我怕它啥呢！他在一片蛙声中，迷迷糊糊地睡着了。

刚躺下不久，“嘭……嘭……”老街上又响起了剧烈的枪炮声，接着又一阵静寂。以后又传来一两声零零落落的枪声，不久急促的人语声、杂乱的脚步声，隐隐传来，好像越走越近，快到草棚跟前了。罗渔夫，一个鲤鱼翻身，蹦跳起来，他不敢点灯，借着星光，探头往外一瞧，又看不见什么，仔细一瞧，不远的地头边，有两棵树在那儿摇动。好像那儿有点“嘻嘻”的声音传来，擦擦双目一瞧，还是两棵苦楮树喽。这样想着的时候，刚要躺下睡觉，突然发觉脸面上，有一股杀气，像一把利刃向他袭来。罗渔夫觉得有人在偷袭他，便憋足气，往前一扭又一蹿，伸出一支腿，横扫过去，只听得“哎哟”一声，偷袭者便倒在他的身旁了。他跳将起来，来了个“蛤蟆蹲坑”，瞬间又来个“飞鹰抓小鸡”的姿势。然后用左肘一横，刹那间锁住对方的喉咙。那偷袭者，拼尽全力，想摆脱两只铁钳似的大手，无奈罗渔夫力气大得惊人，几经挣扎后，偷袭者只得乖乖就擒。罗渔夫将他用棕绳绑了双手双脚。然后，点燃绒绳一瞧，见是一个当官的，一追问，才知他是唐生智部队的一个少尉排长。

这排长本想在双方开战之前，逃出来，找一套老百姓服装，换下军服，乘夜色逃走，不料他遇到了强劲的对手，被对方绑了个结结实实。这排长苦苦哀求，好话说了一箩筐，又想用身上五块大洋，收买罗渔夫。罗渔夫便暗暗地骂着排长，不吭声，只是一支接一支地吸烟。等到天亮，一阵激烈的枪炮声响过之后，便把他和他的枪支、银元，交给一支叶挺巡逻队的士兵了。中午的时候，来了一个参谋，还有几个士兵，奖给他一些银元。待他们走后，他就把那些银元，藏在他自己知道的地方。两天之后，他得到了一块奖章。有人要他讲讲抓逃兵的事，他只是咧着大嘴说，那有什么好说的呢！他一时成了当地民间英雄，而那个临阵脱逃的排长，押到县城的公判大会上，枪毙了。消息传到渌溪岸边后，这个捕鱼人，就神秘地失踪了。

民间传说二则

何明德

王十万的传说

经过元末血洗湖南，岳州、长沙、潭州、衡州沿湘江及其湘江支流鱼米之乡的河谷地带，人口少之又少。明朝初年奖励农耕，朱元璋在这些地方吸引农民定居，不管是当地住民或是移民，以立标为界，造具田亩、山林、房屋方位、数量均可去县府换取关文，领取地契。当时一些外地人来这里占地创业。不久，这些地方，生产迅速发展，社会安定。

元末湖南永州因地区边远没有遭受元末一劫。明初时分，东安境内有一个零担盐商，叫王宝贵，常跑本县石期市贩运川盐在当地销售，积得些银两，只因这东安是临近广西的地域，打劫者常有发生，王宝贵累遭打劫，做盐生意虽有赚头，总是捏着一把汗，担心生命不保。当时打听得衡、潭一带社会清静，便与妻子贾氏商量变卖家产，迁往衡潭发展。贾氏虽管内务，呵护一对儿女，但一颗心总是吊起来，晨望丈夫出门，晚盼丈夫回归。经丈夫一提，拍手称好说："离开这个鬼地方好。"

王宝贵夫妻变卖家产，暗暗收拾细软，运到紫水边，租了一条小驳船，不张不扬地驶出大江口离开了东安山乡来到湘江。

王宝贵夫妇领着幼小的儿子王自立、女儿王倩坐在小驳船上，漂流在湘水中，安全感增加了许多，但脑子里时常出现未来安身立命发家致富的图景。湘水上游河窄水急，两三个日夜便到了湘水中游，顿时河面开阔，水势平缓。一日来到衡州府，独自上岸细察街貌、市容，打听生意买卖，晚上回船上休息。在这里停了三天，王宝贵仍然拿不定主意。第三天下午，下起了一场大雨，晚上王宝贵睡在船舱中，朦胧中似乎有人告诉他：你若遇上鱼儿上树，带铁帽子的人路过，马儿骑在人身上便是你要落脚生根之所。王宝贵想睁开眼睛看清说话人的模样，待他睁开了眼睛后，一看舱外一片漆黑，雨还在淅淅沥沥地下着，湘水似乎发出了漩涡声。王宝贵想着这个奇特的梦。他不全信这个梦，因为这三种现象走遍天下也难遇到，但他心里总是放不下这个梦。

王宝贵把梦讲给妻子贾氏听，贾氏沉思了一会说：“日有所思，夜有所梦，夫君不必当真。”听了妻子的话，王宝贵也就不往牛角尖里钻了，心平常了起来。

在衡州停了五天，湘江洪峰已过，水势平缓了一些，王宝贵请船主向潭州地界进发，只一日，船儿驶进潭州地境，发现江中有一小岛，当地人叫挽洲，船儿停靠在洲边，过了一夜。第二天，王宝贵一家人起个早，看这挽洲上树木葱茏，白鹭翔集。挽洲西岸山丘成弧形向河边延伸，成一喇叭口，直插湘江边，像要含住挽洲，村中稀落的村户炊烟袅袅。刚满八岁的儿子突然用小手指着河岸边一颗柳树，童声童气地向不满六岁的妹妹说：“你看，鱼儿上树啰。”王宝贵顺儿子的手看去，只见一渔翁清算鱼款，买鱼的人把鱼儿挂在柳树上。王宝贵一怔：“这不应了鱼上树的话吗?”这句话今天出在幼童之口，一种吉利的感觉涌上心头。

日出东方一竿子高，两个男子一前一后地在堤上走着，前面的人挑着木匠担子，后面的人肩上扛着一只木马，像是木工去主家赶早饭。王宝贵把看到的讲给贾氏听，贾氏拍着大腿说：“这不应了马儿骑在人身上的话吗?”王宝贵深信不疑。

真是无巧不成书，过了不到半个时辰，有一个青年男子，将一口铁锅罩在头上也从堤上经过，王宝贵看得清楚，自忖：这不是戴铁帽的人儿吗？他断定这里是他安身之处，立命之所，发达之地。早饭后，王宝贵让船主靠拢堤岸，自己上岸细细考察。

王宝贵爬上堤岸一看，只见远处丘峦起伏，主体从南向北延伸，支脉像一对蟹钳抱住一片大垅足有千亩之田，田中禾苗正绿，掀起层层稻浪，附近山上绿荫如盖，十分繁茂。王宝贵不禁赞道：“好一个肥沃之地。”

他进了几户人家，打听这处所的名称，有一位当地长者告诉他说：“这里属潭州府管辖，丘丛叠翠似荷瓣，挽洲嵌在其间像荷蕊，因地形独特，人们都自然而然地把这里称为荷苞洲。”王宝贵听了这话，不禁心动，心想：荷者，莲之精华，开花结实，高洁不污，更坚定了在荷苞洲落户的决心。

王宝贵租得一户主偏屋暂时住下，结算船资，打发船主走路。不久他测得一处大路要道花重金买下两亩山地，盖上五六间瓦房，一家四口住了进来，利用两间开了一个杂货铺子。

当时长潭衡岳，粮丰鱼茂，百业刚兴，王宝贵杂货店生意火爆，一年下来，利润很丰，次年王宝贵又增开了日用百货店。

王宝贵本是个做生意的料，深知刚来这里扎根不稳，特别热情待客，坚守诚信，一时间几十里之内慕名购物者众，附近村民，来店喝酒闲聊者不绝，王宝贵成了远近名人。

三五年之中王宝贵生意上赚了些钱，在扩大经营项目之后，将剩下的钱捡便宜的田土山岭买下了几处。王宝贵迅速成了当地富户。

正是王宝贵生意红火时，四川万县富商赵刚打算迁来湖南衡州与其弟赵毅合并把生意做大。

万县临三峡，这里出产桐油近省有名，赵刚收得几万斤桐油准备运到湖南销售，只因这次要与赵毅会合，便从钱庄中取出所有银两，暗暗装在24桶桐油之中，藏在货船底舱。带着妻子李氏和秀才不第的儿子赵明慧沿长江而下，进入洞庭，然后逆湘江而上。

天有不测风云，人有旦夕祸福。真是人意强不过天意，正当赵刚盘算着这桩买卖大赚八千两银子的时候，船入洞庭时他却得了禁口痢疾，三日之后断气船舱之中。这一天灾，吓死了李氏，哭着不进水食。船上货重，逆水行船慢，死人压船，谁也没有主张。船主船工怨声四起。

李氏虑儿子不成熟，只得自作主张，将“甩卖桐油”四字贴在船篷两侧。经岳州、长沙、潭州三地半卖半送将上舱桐油卖出。李氏加倍付钱请船工轮班划桨，日夜兼程，从潭州起程只一日一夜便到了挽洲下小华石地界。

屋漏又遭连夜雨，这日子真不好过。到了华石遇一场暴雨，湘水混浊流急，船儿靠边行驶，船工使劲划到挽洲，已到上灯时分，船工个个疲惫，船靠近荷苞洲堤边。李氏迈开圆规小脚，上岸觅到王富贵店中，见货柜整齐，物品丰盛，到底是做桐油生意的老板娘，一眼扫在桐油桶上，便与王宝贵搭讪道：“老板兼做桐油?”王宝贵迎上前答道：“零卖，零卖。”

李氏说河中船中有24桶桐油，打算便宜出手。王宝贵与李氏来到船舱底层，开了一桶桐油，用手拈了点放在手心中，感觉黏稠，用手指揉了一揉又觉润滑，油味香浓，是上好的桐油。他花了三分之一的市价收购了李氏底舱24桶桐油，着工人搬运入店，王宝贵办了一桌便饭送到船上。货出饭到，船工立马起锚开船。

店中员工对王宝贵说：“按理50斤一桶，提起来每桶在80斤开外。”王宝贵不信，抄起一桶掂了一掂，确属事实。虽有怀疑，因事后无补，只得将桐油桶堆码入库。

当地三伏热燥，农家油桶油盆，都到王宝贵店估桐油，王宝贵打开新进的桐油桶零卖。第一桶卖去多半，一掂油桶，觉得很重，随便拿来一根棒子往桐油桶底操了一操，这一操不打紧，只听得桶内发出“咔咔”之声。王宝贵挽起袖子伸手向里摸去，触到一些硬物，拿一个提起来一看，似是银锭。王宝贵确是机灵人，忙将“银锭”放入桐油桶，两手端着桐油桶回内室，关上房门，把桐油桶中银锭捞出装在盆内，用水冲洗，白白的银锭足有半盆，王宝贵好不惊喜！他清理了这桶桐油之后仍放回店中照卖不误。

王宝贵收好这些银锭，将情况告诉贾氏，贾氏说：“小心处理，不可声张。”

贾氏安排子女另睡一房，每到深夜夫妇遮窗关门，忙着换桐油桶，忙了个三五晚，王宝贵夫妇神不知鬼不觉地取出油桶中银锭和少许金条。自此，王宝贵房间随关随锁。

可怜赵刚生意一世，只因生意往来，家中收支从不告诉李氏，这个肥厚的馅饼从天上掉下来落入王宝贵之口。

以防万一，王宝贵请来远乡泥工建造夹墙，夹墙造好将金银藏于内。

时遇湘楚复兴初期，百业正兴。王宝贵一如往常热情待客，诚实守信，生意越做越开，加上近年购得一些田产租出，年获租谷百石，购得山产，收入茶油自给有余，收入桐油出售，加上利贷，年收入在千贯之外。

钱和势是相生不克的。王宝贵迁来荷苞洲五六年间成了富户，租田户找上门来，借贷的找上门来，购货的找上门来，就连当地绅士也互相攀缘。看来王富贵在这里扎上了根。

又过了五六年，王宝贵已经家大业盛。他请来当地相师，观风测水，除扩展铺店之外，准备造一所宅院，选定了风水宝地之后，花一年时间费两万两银子造了前有池塘，后有靠山的三进三厢四天井属潭州境内一流的豪宅，当地人称为王家大屋。

王家大屋造好之后，王宝贵把商店交给儿子王自立管理，自己住在王家大屋专管借贷、租赁、仓储、置产一大堆子事情。

王家大屋造好两三年之内，儿子王自立成亲，女儿嫁到潭州城一富商家。王宝贵嫌大屋人口少太清静，不让儿媳管家务，只管生育，两年后又为儿子纳妾生育，王自立妻妾在二十年内生了十二男四女，自从王自立有了儿女之后，王宝贵请奶娘，请老师培养调教。

王宝贵凭着本钱雄厚，农商兼顾，迁来三十年，荷苞州土地被他们收购了三分之二。王宝贵又在后十年中把整个荷苞洲全部收购在自己的户头之下。穿田十里不踏外姓土地。

王宝贵致富远近有名，人称腰缠万贯为富，人们估计王宝贵父子十万贯有余，不知不觉地人们把王宝贵父子称为王十万，渐渐地荷苞洲之地名就被王十万代替了。至今湖南株洲县有一个王十万行政乡。

王自立妻妾生育了十几子女，长大后外出为商为官者有之，传承守业者有之。到了第三代王系家族已在社会上盘根错节，各自发展。

王宝贵75岁时贾氏弃他而去。83岁生日，亲友拜寿之后，围席而谈，寿星王宝贵红光满面坐于上席，酒过三巡，只听王宝贵发话："王十万，好，哈哈……""咔"的一声往后一仰，一口气上不来。众人慌了手脚，儿孙厚葬王宝贵于后山，与其妻贾氏合墓。

王宝贵迁徙中得梦，创业中发横财，早已成为当地居民茶余饭后的故事。正所谓水流则洁，人流则富，机遇和挑战并存。

白兔潭的传说

从醴陵市城区出发，沿醴浏公路向东行二十多公里，有一个白兔潭镇，白兔潭镇与东边不甚远的浏阳大瑶镇同串在醴浏公路上，两镇交汇处山峦起伏，连绵不断，尽成秀色。渌水从浏阳文家市涓涓流到这里突然陡转回旋，或有滩水声哗哗入耳，或有绿水深潭可观。这多处潭中有一处深险莫测的白兔潭蕴含着一个美丽的传说。

相传天庭玉皇大帝宫中有一宫男叫小刚，供管花、管草一职，有一宫女叫小琼，侍玉帝茶水。只因他们职务不同，分工有别，多少年也难得见一次面。一日玉帝离宫远游，小琼闲着没事，便独自至宫中花园中走走。她到得园来，呈现在眼前的是绿草茵茵。其中花繁似锦，白花或如玉，或如琼，绿花或如碧，红花或似丹，或如火……小琼见此美景，刚叹道："此景只有天上有！"却听到有人应了一声："天上别处也难寻。"小琼寻声音看去，只见一颜如玉的男仙立在柳荫下，似看池中鱼儿戏水，显得特别悠闲。

小琼移动脚步走近男仙，见他容貌美丽端庄，声柔似磬，便问道："你是管园的?""其中一员。"男仙随口答道。回身看这仙女，只见美人头耸起的辫环上缀着两片红带。随微风吹起向身后飘去，酷似两绺飘带。玉面琼身，面颊上泛起的独有的红润。男仙眼睛停在仙女身上，久久不愿移开，把个女仙看得甜甜的不好意思起来。

仙男靠近仙女一步。两仙闲聊中互相道了名字。

《八仙》剧中歌词说："天上神仙人做成"，这话不假。小刚陪着小琼赏花品茗之后，两仙都有一种无名的冲动。自此他们一有时间，就相会在花圃间、天池旁，相爱得如胶似漆。

俗话说，若要人不知，除非己莫违。天宫两仙如此相爱，被其他仙人窥见了，仙中不乏有别管闲事者，倒也不声不响。犹如没发现一般；有妒忌者，便有了责骂，指责声；有不服者，把他们揭发出来，告到玉帝那里。

天宫中有此等男女偷情之事，那还了得。玉帝听后，勃然大怒，急召二小仙入堂，斥责之后，点化成一对玉兔，逐下凡界。

这对玉兔下到凡界，东寻西找，想觅得一个满意的栖身之所。一日来到醴陵东乡牛山。发现山下有一棵硕大的香樟树，荫蔽两亩有余，满树香樟花繁繁密密，酷似鱼子挂满枝头，清香入鼻，沁入心脾。树下有一洞穴，宽大深邃。他们决定在这里定居下来。

他们来到人间，为找居所辛苦了一时，自打牛山定居之后，两玉兔同出同进、形影不离。相亲相爱，脱离天庭戒律羁绊，有如鸟雀出笼自由得很啦。

王母娘娘在瑶池大摆宴席庆祝生日，需要众多仙童仙女忙这忙那。太白金星就此机会替小刚、小琼二仙求情，要召他们回天庭打杂侍宴，王母娘娘沉思后，似乎是看在太白金星老臣的面子上，同意召小琼（母玉兔）为筵席侍酒。

小琼十分不愿意离开小刚（公玉兔），小刚也舍不得小琼回天庭，只是天命难违。抱头痛哭一番，山盟海誓，依依不舍而别。

小琼为玉母娘娘生日宴席侍酒，心里觉得有什么压着，右手提着玉壶，在一席间筛酒完后转身时，手中提起的玉壶差点碰上一位仙人的头，小琼一时惊慌，手一松，啪的一声，玉壶掉在地上，摔得个粉碎。席间众仙，听碎爆声惊了一下，祝酒声止，都掉过头来望着无心无主呆若木鸡的小琼。

席间一个侍酒仙女，忙跑到王母娘娘席间，说小琼打碎了玉壶。正值王母高兴，众仙热闹，突然间响声起，席间静，王母娘娘倍觉扫兴，听报，火从心头起，命天兵天将将小琼关进天牢，严加看管。

小刚自小琼离开香樟洞穴，每日跑上牛山顶足遥望西天，天上一有彩云出现，好像重逢奇迹立马出现，当云走云散之后，便蹲在地上，像蔫了的菜苗，打不起精神，一日之中不知要兴奋多少次，颓废多少次。这样七天过去了，又七个七天过去了。

八个七天之后，小刚再不出穴了，在洞中哀号打滚，把个洞穴滚得又大又深，这样又过了七个七天七夜。

这事惊动了土地公公，土地公公是个关心别人，忠厚老实的老人，不忍心看见公玉兔的悲情，便使法把他点化成一只石兔，长眠在洞穴之中。

渌水中的鲤鱼王，自这对玉兔在河岸边落户之后，见他们十分仙气，特别喜欢他们，虽陆水分离，但有仙气相通，渐渐地成了莫逆之交。鲤鱼王欣慰他们结合的欢快，同情他们别离的苦楚，自公玉兔被土地公公点化成石兔长眠穴中之后，哀叹天理不公。

一日狂风大作，暴雨倾盆，鲤鱼王乘机跃上天庭，偷偷来到天牢找到小琼，把她离开后小刚的所作所为及被土地公公点为石兔的情形说了一遍。小琼听罢，裂肝撕肺似地悲痛不已，双眼泪水像涓涓溪流涌出，不断地流向牛山脚下渌水旁的香樟树，泪水顺树干流入洞穴，渐渐地把这个洞穴淹没了，溢水冲垮阻碍，与渌水连成一体，香樟洞穴成为渌水中的一处深潭。

不幸此事又被王母娘察觉了，拍桌打椅的震怒一番，下旨将替小琼传话的鲤鱼王点化成山，天兵天将接旨急出南天门，来到渌江，寻找鲤鱼王，鲤鱼王发现天兵天将至，急从渌水中跳出，打算往洞庭湖逃去，跃至半空之中，天兵天将赶到，将鲤鱼王镇在香樟树北，点化成一座山，山形似刚跃出水面直立的鲤鱼，离深潭数里，可望而不可即。

又传，因潭深莫测，潭势险峻人不敢近，舟筏不敢入。一年天旱无雨，潭水降至最低，有一大胆水师入潭，果真发现深潭底有石兔，洁白如玉，长五尺，高三尺，并有鲤鱼在旁边游。消息传出来之后，人们自然而然地把渌水中这处深潭叫作白兔潭，成为历史悠久的地名。

东富寺“富”字无点

何明德

醴陵市城东二十多华里有个东富乡，这地方曾是醴陵最穷的一个地方。一位云游墨客在为当地的“东富寺”题匾时故意写了个无点“富”字，并由此引发了一个世代相传的故事。

相传很早以前，东富方圆十里之内山不穷水不恶，老百姓也不死懒好吃，可是大部分人家却穷得响叮当，只有少数几个不事农耕的豪绅财主富得流油。可恶的是，这些豪绅财主们并不满足高利、高赁的盘剥，还总是想些歪主意给老百姓派款出粮，征集劳动力……

一年，当地豪绅财主，以建包公庙为名，拿着缘簿家进家出，有的人家只有一餐早饭米，也要捐出来，没有钱、粮的，就要派工。一时搞得东富的老百姓怨声载道，苦不堪言。

几年工夫，在东富显眼处修了个前后五进，一正两厢的大寺庙，寺庙雕梁画栋，金碧辉煌，正殿前面戏台硕大，主殿包公神像居中，各殿还有很多菩萨泥塑金表，金光灿灿。豪绅财主们把这包公庙定名为“东富寺”，意思是有包公庇护，自己更富。豪华气派的寺庙建成了，但不知耗费了东富老百姓多少锅中米、机头布……

主事的豪绅，在乡里乡邻文墨人中征集写匾写联的高人，可这些当地秀才都知道建寺苦了老百姓，富了豪绅财主，谁也不愿出场。一日，一位云游墨客到此，乡民们见他的翰墨不凡，推荐给了主事。主事便将他邀到东富寺，抬出匾联来，让他泼墨。云游墨客也不客气，先写一联曰“穷人自有出伸日，富老终临入化时”，正楷书写，骨力不凡，苍劲秀美。主事连连称赞。只见他写匾时，将笔吸足墨水，运足气力写成“东富寺”三字，只是“富”字无点，主事是个文盲，没有发现“富”字无点，便将匾挂在庙门之上，用红绸盖上。云游墨客写完联、匾，头也不回，分文不取，拂袖扬长而去。

庆祝之日，揭匾之后人们发现“富”字无点，便议论开来，豪绅财主十分不满意，请人在“富”字上补上一点。虽然补上的这一点，相形逊色，倒也满足了豪绅们的心愿。

不知怎么搞的，补的这一点第二天就消失了。东富的老百姓慢慢悟到云游墨客写无点“富”字的用意。但是人们追求发财致富愿望不会改变，他们议论说，日后有包老爷庇荫，百姓会富起来的。他们又请人在深夜偷偷地给“富”字补上一点，第二天走来一看，这一点又不见了，一些老百姓惊疑，灰心冷意地认为人意拗不过天意，命中只有八合米，走尽天下不满升。

乡中有个长者出了个主意，说：“大家齐心，推山代点，富有出头呢。”大家同意长者的倡议，老百姓择吉日开工，人多心齐力量大，挑土、抬石奋勇向前，不到一月，东富寺五进后面平地上垒上了一座小山，代替了富字这一点，满足了老百姓有出头的愿望。

无点“富”这一点似乎是在这里的老百姓齐心之下配上了。只是寺匾与小山相距远了点，并不和谐。长此以来东富的山上越来越光秃秃的，水土流失了，遇上天旱，田里收不到几颗粮食。豪绅财主们高利高赁日渐加威，加上官府的苛捐杂税，东富的老百姓食不裹腹，衣不蔽体，“东富寺”包公老爷庇荫不了他们，“东富寺”自建成以来，香火渐少，五进三厢大庙冷冷清清。

自云游墨客题无点富字庙匾之后，老百姓猜测很多。有的说是包丞相化身题写，说明这里不配“东富寺”之名；有的说是吕洞宾题的，说明东富这地方出伸有日，但要到入化的时候……传说本是这样的，各有所需，不过，东富的这一出头“点”是这里的百姓在改革开放的大潮中，用自己的智慧和勤劳补上的。

攸县的客家人

罗　平

在湘赣边界的攸县东乡山区，生活着“客家人”。由于语言独特，一些人误认为客家人是少数民族。其实，客家人的祖先是居住中原的正宗汉族人，因为战乱而南迁，先后迁徙到汀江、赣江、梅江流域以及南方各省的山区。他们在那里披荆斩棘，开山造田、落地生根。相对当地原居民，他们被称为客家人。攸县是湖南省七个客家人较多的县份之一。客家人主要分布在攸县鸾山、柏市、黄丰桥等三个乡镇，人数逾万。鸾山的南源、桃源、殷家坊、东冲、漕联、七里、三联等8个村20个组，就有曾、吴、梁、邱、张、李、翁、温、程、赖、高、刘、胡、钟、黄等姓氏客家人，人数为2000－3000人。

历史上，客家人曾经历五次大规模的迁徙。攸县的客家人，是清康熙中叶到乾嘉之际，即第四次大迁徙从闽粤迁至攸县的。现存的一些族谱资料印证了这一事实。桃源梁氏来攸始祖梁玉桥来自广东嘉应州松口堡，桃源张氏来攸始祖张贤发来自福建，三联张氏来攸始祖张韶光则来自福建汀州。据专家考证，客家人第四次大迁徙原因有二：一是满族入主中原的影响。清兵进至福建、广东时，客家节义之士起而号召群众举义反清，反抗失败后，被迫散居各地。有的随郑成功去台湾，有的向粤北、粤中、粤西迁移，有的则迁到广西、四川和湖南。二是客家内部人口膨胀所至。闽、赣、粤边区的客家人，经过两百多年的发展，人口大增，山多田少，耕殖所获不足供应。此时四川由于张献忠农民起义军的影响，人口锐减。于是清政府于康熙年间发起了“移湖广，填四川”的大规模移民，而部分闽粤客家人则迁到湖南。

攸县客家人有三个特点：一是居于山区最深处，如老漕、桃源、南源荷树下；二是聚居；三是内部交流用客家话，对外则操攸县方言。客家人对于攸县山区开发，促进经济发展有过很大的贡献。到了乾隆嘉庆年间，经过一百多年的休养生息，攸县的人口和经济有了较大的恢复和发展，平原和丘陵地区基本开发。此时迁居而来的客家人，由于缺乏资金，只能聚居到人烟稀少、开发程度较低的东部山区。他们结庐设棚，在群山峻岭中开荒生产，故又称之为“棚民”。“东乡多山，重岩复岭，延袤百余里，闽粤之民利其土美，垦种几遍。”《清同治版攸县志》清代邑人陈圭的《山行赋感》中记载："樵径人何密，连延岭上关。圣朝无旷土，生重遍深山。矮屋松杉下，高畦云雾间。语言半南粤，住久不知还。"

攸县种植辣椒始于清乾隆嘉庆年间，据2003年版《攸县志》记载：辣椒是由徙居东乡的客家人从沿海引进，这一舶来品很快受到攸县人的青睐，成为餐桌上不可缺少的菜肴，种植面积迅速扩大。攸县辣椒种植面积之多、产量之高、质量之好，历来均为全省之首。民国时期，《湖南土特产》书中称："辣椒全省均产，但以衡山、攸县、邵阳出产较多。"据1965年湖南农学院椒干生产调查报告记载："椒干生产省内各地皆有分布，以邵阳专区面积最大，湘潭地区的醴陵、攸县所产最佳，单产最高，其中攸县的面积、产量又均超过醴陵"。民国时期，攸县辣椒种植面积8000亩左右。新中国成立后，辣椒生产不断发展，到1985年，种植面积达到17200亩，总产量46900担，成为湖南省五个出口辣椒基地县之一。1952—1956年，全县共出口干椒511吨，占全省干椒出口量的五分之一，1985年出口干椒872吨，年创外汇80万美元，创汇率仅次于生猪，成为县内经济作物的拳头产品。客家人对攸县经济发展的另一贡献，就是引进和大面积栽种油茶。清之前，攸县没有大面积栽培油茶的习惯，食用油除了猪油，就是菜油了。客家人徙居东乡后，满山遍岭广栽油茶。嘉庆十五年(1810年)时任攸县县令裘任恕曾视察东乡，在他眼中，"杰宝人献各乡(攸县东部山区)，地处深山，山上……非种桐茶(油桐油茶)，即种苞谷"。

1990年版《攸县志》确认：清嘉庆年间，广东、福建大批移民在攸东山区垦荒营造油茶林，是攸县大面积造林的最早记录。据攸县人大常委会原农工委主任梁邓福回忆，童年时在漕泊仙人桥一带，曾见过一人合抱的老油茶树。由于油茶的比较经济效益优于当时广为栽植的油桐，因此，油茶这一经济作物迅速传入西、北、中部的皇图岭、坪阳庙、大桥、丫江桥、贾山、石羊塘、桃水等地，成为攸县一大特产。民国时期，攸县有成片纯油茶林近20万亩，年产油9200担。新中国成立后，油茶生产进一步发展。据1985年统计，全县有油茶林36.75万亩，投产面积30.87万亩，年产茶油2.2万担，是湖南省油茶基地县之一。2004年底，攸县被国家林业局命名为"中国油茶之乡"。此外，红薯这一种产量高、栽培方便的经济作物的种植推广，也与客家人有关。当时文献是这样记载的："番薯形似山药面短……攸邑客民，种以代粮，近则土著之民尽种之。"

客家人在攸县人民革命史册上也有着独特的地位。由于历史原因，客家人所遭受的经济剥削和政治压迫甚于土著之民，因此他们的革命愿望特别强烈。早在1929年初，漕泊客家人赖文德等十多位革命群众投奔到毗邻攸县的江西莲花县，在那里参加了共产党，受莲花党组织的委派，回到攸县成立了以赖文德为主席的攸县工农委员会，这是攸县在大革命失败后第一个县级革命政权。不久，攸县工农委员会与红十二军帮助组建的攸县革命委员会合并，成立攸县工农革命委员会。从此，攸县进入了轰轰烈烈的苏维埃运动的新时期，成为湘赣苏区的重要组成部分。第二次土地革命战争时期，仅漕泊地区的客家人为革命而牺牲的烈士达30多名，占漕泊地区的革命烈士32%。1934年8月，湘赣苏区第三次反“围剿”失利，湘赣红军主力被迫突围西征，留下部分干部和部队坚持斗争。在敌强我弱，革命处于低潮的严峻形势下，以省委书记陈洪时为首的一大批高级干部投敌叛变。此时，湘赣省苏维埃主席谭余保力挽狂澜，在湘赣边界的棋盘山召开了著名的“棋盘山会议”，成立了湘赣临时省委，重新组合了革命力量。弱小的红军游击队急需一块可以栖身的游击根据地。在中共茶攸莲中心县委书记吴金连的建议下，中共茶攸莲中心县委、湘赣临时省委机关和红军游击队司令部陆续驻扎在客家人聚居的鸾山金子岭周围。金子岭地理条件好，其四周崇山峻岭，林密树深，南有棋盘山、太阳山，西有凤仙殿，绵延百多里。金子岭位于这一带山脉的中心，东通茶陵，北通江西莲花，山势险峻，是理想的游击根据地。金子岭地区又有着良好的群众基础，金子岭山脚下的南源是客家人聚居地，早在1935年春，茶攸莲县委书记吴金莲利用其与南源荷树下客家籍吴氏是族亲的身份，在此开展工作，组建了中共三区区委。他们搜集情报，提供给养，组织群众参加红军。正是南源地区客家人的大力支持，湘赣红军游击队在该地区的活动一直坚持了三年之久，直至国共合作抗日民族统一战线的正式形成。

故乡的书院

苏洣云

我的故乡——枣市，有一所古老的书院。小时候人们都称“书院”。后来，我逐渐得知书院称为“寻乐书院”，是茶陵县规模最大的宗族书院。书院额以“寻乐”，意在愿学者寻理学之渊以为“乐道”。清嘉庆版《茶陵州志》载：“寻乐书院，在州西，四都苏姓建，积赀置田租，考课优奖，具有成画。”清同治版《茶陵州志》载：“苏联元，字佐朝，廪生。学问深邃，慷慨乐施，捐建寻乐书院，栽培士子，里人至今称颂。”从《苏氏族谱》得知，寻乐书院于清嘉庆十七年(1812 年)由苏联元捐建，道光十五年(1835 年)由苏国文首倡扩建。很可惜，这所历经百余年风雨沧桑的古老书院，被族人于1995 年将房舍全部拆除。现在，曾经拥有荣耀与辉煌的书院，只能成为人们美好的回忆了。

书院坐落在枣市镇枣子园与黄里树下交界的新塘垅里，坐西朝东，占地面积近十亩，屹立于平畴之中。书院背依武功山脉，山峦起伏，层峦叠嶂。它如巨人躺在舒适的椅子上。前面为宽广的禾垅，视野开阔，遥对罗霄山脉。秦人洞水源远流长。苏氏先人拦秦人洞水，筑龙虎坝，引水灌溉。一条小溪碧波荡漾，两岸杨柳依依。小溪经黄里树下，绕书院左侧经前坪盘旋曲折而过，像一条银带缠绕。一排排的白杨树、柳树、柏树、腊叶树、桃树、李树、枣子树环绕在书院四周。春季，白色的李花、粉红的桃花、青黄色的枣花盛开，蜜蜂嗡嗡地在花蕊上采蜜。蝴蝶张开翅膀在花瓣上翩翩起舞。白杨树、柳树吐出嫩黄色的叶芽，数天后，叶芽渐渐变青，逐渐由小到大。微风吹拂，桃花、李花阵阵花香飘来，沁人心脾。柳树枝条轻摆着，好像在向人们招手，欢迎人们的到来。夏秋季，黄色的李子，白里透红的桃子，又青又红的枣子熟了，果实累累，悬挂在枝头，行人看了不由得唾津潜溢。柏树四季常青，像卫士一样守护着书院；鸟雀儿不断地唱着欢乐的歌，这真是鸟语花香。远远望去，书院掩映在绿色丛中，如一幅水彩画。近看，书院气势雄伟、雕梁画栏、飞檐翘角、龙凤滚栋。

书院建筑规模为 3 个正栋，4 个横栋。正门上镶嵌着“寻乐书院”四个镀金大字。你若到大门口就仿佛听到了古人琅琅的读书声，他们摇头晃脑地从“人之初，性本善……”到“窈窕淑女，君子好逑……”熟读得能倒背如流。古人“头悬梁，锥刺股”“凿壁偷光”“隔窗听讲”等勤学的故事激励着一代又一代的学子们。他们忍受了“十年寒窗无人问”的寂寞与痛苦，到金榜题名时，又赢得了“一举成名天下知”的荣誉与称赞。“洞房花烛夜，金榜题名时。”是莘莘学子追求的目标和美好的愿望。“朝为田舍郎，暮登天子堂。”贫寒学子通过科举考试，踏入仕途，也不全是梦想。于是，书院师严于教、生勤于学，蔚然成风。往前看到的是长方形大门的门框，都是用整条的大理石砌成，高有丈余，宽一丈。进入第二重门，还是那么高大的大理石门框，门两侧还有大石礅。地上镶嵌着四方形的地板砖。地板砖平整光滑如镜，大小整齐如一，光可鉴人，坚硬无比。地板砖整整齐齐的，一行行一列列，一直铺往讲堂、拜厅圣殿、回廊。过了第二重大门就是宽大的内院，内院有一个很大的天井，两旁各栽了一棵柏树，柏树四季常青，青翠欲滴。内院左侧是两间厨房与一间大餐厅及一间客厅。餐厅有 4 根屋柱支撑，可放下 40 张方桌；客厅可放 10 多张方桌。内院右侧是礼堂，礼堂也由 4 根屋柱支撑，可容纳上千人，一端还有戏台。礼堂右侧有一侧门，进去是一个小天井，天井中间是花圃，花圃中有月季花、芙蓉花、夹竹桃等。这厢房楼上是藏书楼，楼下是阅览室，旁边有一间先生住房。内院正中间是一栋气势恢宏的两层楼的讲堂。正栋是敞开无大门的大厅，有 4 根屋柱，左右后边各是两间教室。前面走廊也由 4 根屋柱支撑。左右两边各有木板梯通往楼上，楼上互通，用做生徒的寝室。大厅右侧的板梯下悬吊着一口铁钟，每次上下课，悠扬的钟声响彻书院，越过田野，越过村庄，传向遥远的地方。正栋右侧的横栋是半敦斋，紧挨着是修业斋，檐下走廊互通。后排一栋系拜厅圣殿。拜厅圣殿前后两个大厅相通，圣殿塑有孔子像及牌位。每逢新生入学，初一、十五及孔子生日，师生们都要行三叩九拜礼祀拜孔子。再往前为屋檐回廊，这栋横屋是进德斋。沿着走廊往前走，紧接着的一栋是孝仪祠。再往前是鼓楼，鼓楼一侧门即通往大餐厅，往右就通往讲堂。

书院以讲堂为中心，围成一个很大的四合院，院院相通。天井一个连着一个。走廊回环，即使下雨天也不会沾湿鞋子。

书院有 36 个翘屋垛，意即 36 个天罡星；有 72 根屋柱，意即 72 个地煞星。寓意为共 108 单将。可见，苏氏先人当时建书院时用心良苦，希望子孙发达、成名成贤，以光宗耀祖。

书院得天地之灵气，吸引了不少的名师硕儒，也培养了不少的人才，是一处风水宝地。

我从有关历史文献中得知，天下书院以湖湘书院为盛，而湖湘书院中茶陵书院表现颇为突出。茶陵历代建书院 38 所，高中进士者 127 人，均遥居各州县之首。寻乐书院规模之大、学田之多、吸引的名师硕儒、培养的人才，在茶陵与其他宗族书院相比居首位。

寻乐书院占地面积有近 10 亩，是有近百间房屋的大型建筑群。书院学田有

1000 多亩，从枣子园墟至马江墟道路两旁尽为寻乐学田。每年收取租金以资束脩金、膏火金、奖学金和修缮费等。书院经济实力雄厚，有能力延请硕儒名师。如有状元萧锦忠，他在书院主讲多年；名儒谭滋甲也曾应邀掌教书院多年。书院培养的人才显赫，如清同治七年(1868)进士、户部主事苏大治，清光绪六年(1880)榜眼、翰林院编修曹诒孙，咸丰六年进士、官至两广总督的谭钟麟……尤其是，苏大治于1868 年高中进士，使苏姓跻身于名门望族，提高了苏姓在茶陵的社会地位。陈焕初、陈国初少年时，亦曾在寻乐书院求过学。

书院于1922 年改为县立第二高等小学校，也足见书院在茶陵学校中的位置和影响。只可惜这所历经百余年沧桑的书院，于1928 年4 月份，有苏氏族人苏托槐、苏奕保、苏相仔跟随由朱德率领的八一南昌起义部队余部途经枣市，因不满“寻乐会”养的一班“寄生虫”，而一把火将其烧毁。书院燃烧了两天两夜后，族人才将火扑灭，大火后只剩下三分之一的房子。

1945 年书院又遭受到日军的焚烧。日本投降后，苏氏族人对寻乐书院进行了修复。

20 世纪50 年代，书院改为枣市辅导区；1952 年，改为枣市中心完小；1975—1976 年改为枣市五七中学；1992 年改为枣市学校。1995 年书院房舍被全部拆除。至此，历经百余年风雨沧桑的寻乐书院走到了历史的终点。

直到现在，故乡人还将书院原址称为“书院”，足见书院在人们心目中的根深蒂固。书院曾经拥有的辉煌与荣耀，在历史长河中虽只是昙花一现，但其声名和人文精神将永远铭刻于家乡父老的心中。

梅城印记

彭雪开

题记：故乡于我，有一份浓浓的眷恋。那份乡情，如同老酒一样醇香，时时供我品尝。离别的那年，攸县县城，还是那种古朴模样：窄窄的街道，幽曲的小巷；红石阶，青石板；灰瓦白屋，红砖楼房；还有雨打苔基，将古旧的木板门楼，抹成一脸的沧桑。残墙、古井、桑园、菜地、池塘，总抹不掉旧时的记忆。现在呢，面目全变。这次受攸县县委宣传部、攸县文联之邀，回乡采风，所行之处，印象深刻，故记之。

一

洣江风光带上，有两堵白墙。这白墙，不高，也不宽，青石为基，白粉为墙，简单至极。墙头中间略高，两头略低，上盖仿制的青灰砖，像院落的照壁，又如徽式马头墙，但比它们更简洁明快，仿佛不曾修饰地扔在那儿。白墙的颜色，也简单。但简单中蕴含着复杂：粉白、蛋白、银白，好像兼而有之。若要细探它的底色，也难。仔细一瞧，哦，是一种叫人舒心展意的玉白，用手一触摸，还真有点温柔湿润透着一些凉意的感觉。白墙正中，嵌有对角方框，里头又端坐一方框，全漆成紫红色，很是入目，有点明清时江南水乡的韵味。

两堵白墙，相距不远，仅二三丈，若即若离，如同一对孪生姐妹，静静地立在洣水河边，笑看人生世态。它们中间，栽了一棵树。这树角角叉叉，翘望着蓝得出奇的天空。其时，几缕云彩，在西天的极处，来回扯动，越扯越细，终于掩藏在无声的余晖中了。洣水河呢，还是静静地流淌着，低声吟唱着一支支古老的童谣。抬头一望，洣水河岸，全是银灰色的石堤栏杆，还有一条宽直的滨江大道，它们中间夹着一条锦绣似的花木带。夕阳余晖，苍松灌丛，绿草红花，好一幅秀丽的风景图。像这样雅洁如诗的画面，在这 2 公里的风光带上，就有好几处。你一路走来，有一种在花园中行走的感觉。

洣江风光带，又叫滨江风景区，梅城人习惯叫它河边。我在攸县师范任教时，也常到河边走一走，散散心。那时，这一带地势低缓，有大片的河滩。河滩上有菜地、灌木，还有绿得眼痛的草墩。再就是漫滩的黄沙、池沼、水泊子，散落的垃圾、干枝、枯草。洣水河，像一条硕大的绿绸带，绕着古城日夜奔流。如今喽，这儿一切都发生了变化，以致世居河边的老居民，也不敢相认它了。这一带成了梅城一块美丽的名片。

这几年，攸县县城，实行“东提、西拓、南延、北扩”的战略，不经意就把它改变了面貌。那天，在大巴旅行车里，一脸秀气的讲解员，向我们介绍了一组数字：新辟的迎宾大道，长5公里，宽100米；内环路也是5公里，宽约50米；再就是攸县大道了，还是5公里长，宽约60米。数字是枯燥的，但梅城的秀丽画面，却是实实在在地摆在世人的眼前，供你时时欣赏。攸县大道，早已建成通车。街道平直宽敞整洁，混凝土沥青路面，大街两边，花木扶疏，高楼叠起。夜晚，整个大道，流光溢彩，如同天街。内环路，已基本形成。而迎宾大道，路基已拉通。我们参观时，工地的建设者们，正在架设攸水大桥哩。

想想看，这3条梅城的骨干大道，全线贯通后，将是何等的气势。若干年后，一个“两江四岸，一城四区”城市格局，就会形成，届时“40平方公里，40万人口”的中等城市，将在湘东腹地，拔地而起。工业、后工业社会的经济社会与城市的博弈之道，就会风起云涌，大潮叠起了。那时，秀气四溢的梅城，你赞它是“湘东明珠”也好，赞它为“湘东福地”也罢，都是攸县人的福分，我们这些外地游子，夫复何言！

二

灵龟峰，为攸邑名胜，素有“梅城第一峰”之誉。有人说它得名于灵龟寺。这好像有点不确切。灵龟寺原为庵，相传建于唐代。而现存的灵龟寺，史载建于明末，继修于清乾隆间（1786），时任攸县县令的张健书“梅城第一峰。”清嘉庆《重修灵龟峰记》：“灵龟峰者，攸邑亘古之胜迹也。”我多次游览后，始信之。

这是一座石山，深身圆滚，仿佛一只高粱馒头，不经意地扔在了洣水河边。上下一色，通体粉红。有人说它像一只悬游的神龟，故名灵龟峰。相传古时这座红石山，光不溜湫，不长草木。后来，经不住自然界这只无形巨手的拨弄，居然杂木茅草，茂盛纷披，有些妩媚了。韩愈为文，认为水土会生万物。在这里好像一切不按常规出牌。石峰上无溪无土，竟然遍生竹树。松呀，樟呀，槐呀，还有荷木、梓桑，浑身绿得透彻。竹杂蓬草，更是一片旺绿。这不奇么？临河的石壁上，仿如斧辟，一斧辟下去，留下了大片的光岩板。你仔细一探视，一棵古树伸出一根老枝，有如铜条，在清凉的河风里，发出微微的颤响，直硬刺上碧蓝色的天空，不言不语，惯看春夏秋冬。樟树梓树柞树，浓密交错，不透一丝风，绿得你双目发晕。世间无奇不有，灵龟峰就奇得有些特别，一些生命因奇而更显生机。东瞧瞧，西看看，它就给人这种印象。

大凡天下名山名峰，无不具备雄、奇、幽、秀、险等品性。灵龟峰，独居渌水之滨，海拔并不高，它的气势，不能与天下五岳相比，说它“雄”，有点勉强；说它“险”，好像也非恰当。渌水流经此处，有一小山，与它相依相伴，硬说它“险”，是学士强作豪雄，没有必要。然而，它确有独特的一面。评说天下名山名峰，没有固定的模式，也不要用一把尺子，去定量它们。与众不同，奇也好，秀也罢，就有几分魅力。相传灵龟峰下，整座山是空的，这难以确信。又传言它的峰底，有一石柱，将整个山峰像伞一样撑在渌水河边，这也没有考证。但据老渔民所传，灵龟峰下有石穴，这石穴有多大，也不好说。然而，亿万年来，它就危耸江边，任你风吹浪打，任你沧海桑田，任你战乱动乱，它岿然昂立，不改尊容，独守其节志，这需要很强的定力。它的西头有石牛头，迟行若行的样子，左右企盼，眨一下眼，它不动容，又眨一下眼，它还是不改其性。在万古的空濛中，坚守一份清冷，一份自持。难怪清初有人撰联曰：“灵龟峰，峰上生枫，风吹枫动峰不动；白茅洲，洲边泛舟，水推舟摇洲不摇。”这就是灵龟峰的一份定力，一种特有的奇。有道是“山不在高，有仙则灵”。有了这份定力，它何止成为名胜。

灵龟寺，建在它的峰顶，坐向朝东南，不大。前为山门，中为观音阁，右为大殿。封火山墙，面阔三间，占地 564 平方米。它居然独占灵龟峰顶。我原想沿着山寺，来回走一遭。住持老尼，双手合十，嘴里连唱“阿弥陀佛”，她淡淡一笑说：容不下你一双脚板喽。峰岩与古寺相嵌，竟容不下一人行走。这在天下名山名峰中，不多见。在我的印象中，好像只有武当山的金顶寺，也相嵌无间，但还有小路可供行走。山寺真个“威镇灵峰”了。常言道：天下名山僧道占。这灵龟峰算是最典型的一个。这也是一奇吧！

灵龟峰南边，渌水携攸水，相伴而来，浩浩荡荡，气象万千。历代文人多有吟咏：“最是桃花春涨好，惊涛吹作雪山来”。桃花盛开时节，白茅洲一带，水田漠漠，白鹭惊飞。绿荫丛里，散落一些白墙乌瓦。风声、涛声、船歌、人语，还有牛哞、犬吠、鸟歌、鸡啼，灵龟峰独揽这副山水田园风光。“梅城第一峰”，当之无愧矣！

三

云升山庄，有一高大的门楼，高是高矣，但并不惹眼。然而，你走进里面一瞧，全是浓绿的世界。四周有楼群、别墅、小屋、凉亭，中间是一座很大的花园。花园里有人工湖，有溪谷，你仿佛走进了一座偌大的森林。

在我的印象中，30 多年前，这儿还是郊野风光。106 国道线途经此地，爬上一道坡，又下一道长长的缓坡。砂石公路尘土飞扬；公路两旁的低岗上，全是猪血色的粉石红壤。“大跃进”时，这儿好像是上云桥石膏厂矿区，矿区废弃后，小岗上栽了不少柏树，到了20世纪70年代初，就长得团团簇簇，一片旺绿了。几条野道，穿过稀疏的柏树林，通向低岗下的冲垅，又远接小岗上的松林中。岗峦、田野、小溪，还有树林、灌丛、茅草，开着米白色的山茶花，总有着粉红色的梦。溪岸边，常常栖着几只白鹭，它们飞起来，盘旋一会，又轻轻地落下去，互相友好地鸣叫几声，在风雨里忙着生活。喜鹊、野雀、叫天子，在这儿凑着大合唱。这儿也没什么村庄，一两栋旧土砖瓦房，爬在长坡下的丁字路口。唯有一所农机学校，与它相邻为伴，守着这一带的清冷。

现在呢，高岸为谷，低谷为坪，一切都变了，变得你不敢认，又不得不认。那天，我们一路走来，有一种在森林里野游的感觉。那些香樟、荷树、桂花木，结成绿地毯，铺在楼房的空坪里。有的绿成一团，碧透得像山中的古岩，沾满了青苔；有的嫩绿如水，仿佛用手一捏，就有满掌的水汽；有的黛绿如玉，恰似天山碧玉，铺上无名野谷。而那些红桎木，如同一个个滚动的大火球。枝叶浓密中，缀着鲜红猩红紫红的颜色。叫你目不暇接，留连忘返。那6000平方米的景观湖，静静地躺在那儿。有文友惊叹道："这湖水怎么这么黑暗！"说它"黑"，是个含混的概括，大概人见到了新奇的事物后，一时惊疑语塞，就失去了准确的判断，只好叫它"黑"。

其实，仔细一瞧，这不是"黑"，而是深绿中透着几份黛绿的颜色，阳光一抚弄，一望过去，就有点像"黑"的颜色了。湖中有一音乐喷泉，我们去时正在喷珠唱歌，歌声美妙动听，粘贴在湿润的空气中，飘飘荡荡，渐飘渐远，以至于无。不知何时，湖面上渐起微波，有几条小鱼耐不住寂寞了，突然扯破绿的绸面，跳将起来，快速升腾又"扑通"一声，跌入水中，霎时湖面现出一圈圈涟漪，许久不曾停歇。我们看呆了，这才相信这湖水，原来是如此的纯清，纯清得失去了本真的颜色。居住在这里的人们，定会有一种静洁的境界。

导游小姐告诉我们，攸州大道建成通车后，云升山庄，就择址这一带了，经几年的规划建设，始成如今这个模样，它占地300多亩，住1000余户，4000余人，其中休闲广场就有60亩。这里的楼群、别墅，不算高，墙面也素雅耐看，是较为常见的那种。然而，它的建筑容积率，只有0.9%，建筑密度仅占28%，难怪给人空旷宽敞的感觉。这在寸土寸金的城区，一般人是很难做到的。如今这儿成了绿的世界了。我们常说："诗意的栖居"，在哪儿呢？大概就在这里吧！杜甫写诗道："安得广厦千万间，大庇天下寒士俱欢颜。"这里居住的多是一些成功人士，望着我们在公园里行走，一脸的喜气，他们是幸福的。

丹陵凤尾树

李放鸣

丹陵凤尾树，在县志上似乎找不到她的芳名和身影，后来在丹陵刘氏族谱上才知原来是攸县二中内花园的那株古老铁树。

丹陵凤尾树，坐落在省级园林式单位的攸县二中校园，自然环境不言而喻十分优美：这里绿茵绒绒，古樟参天，鸟语花香，歌声飘荡；一栋栋崭新的校舍隐身在绿树丛中。

丹陵凤尾树，现移植在由原内花园改建而成的办公楼大门前的左侧的一块绿草、花树组成的长方形园地中央。近看，只见一杆树径有大水桶般粗、树高近3米的大铁树，象铮铮铁汉拔地而起，头上生着4个花篮般的大树簇，在灿烂的阳光下显得勃勃生机。坚挺向上的青叶，似展翅待飞的神鸟凤凰尾巴的羽毛，直指蓝天；两盘似宝塔形的黄花竞相开放，它多像一只巨人的手臂，托起四根手指，翘首蓝天……

在这株凤尾树的茎杆上，挂着一块特别引人注目的蓝底白字的铝合金树牌，上面写着："古树名木，依法保护。编号0366。攸县人民政府"字样。据查，这株老铁树，是2001年登记挂牌的，树龄250年。据《丹陵刘氏族谱》(祠墓记)"茶园宗祠记"中记载："中间天井植凤尾一株，老干峥嵘，象征家世子孙对物兴怀，无忘先辈厚植也"。据说，刘氏子孙在乾隆丙寅年金盆形再建新祠时，分其蘖，植于志亨公祠天井内；1958年志亨公祠改建为攸县二中大礼堂，将这颗老铁树移植到教员住居的四合院——内花园；后来，当内花园改建为现在的办公楼时，又将此株古老的铁树移栽到办公楼左侧的花木园地里。

苏铁为我国南方古老、优良庭院观赏树种，寿命可达千年，多栽于公园、宾馆、大型建筑出口处或花坛中心，也用于盆栽。多头苏铁是盆景上品，叶形奇特，是编织花篮、花环和杆花的好材料。苏铁不常开花，铁树树体含有铁树素，具有抗癌活性，叶有止血止痛作用；根可作滋养强壮药，还可祛风活络，治肾虚、牙痛、跌打刀伤等。苏铁为常绿乔木，树干比直，圆柱形，坚硬如铁，极少分枝；叶羽状深裂，簇生茎顶，长0.5－1.5米；雌雄异株。浅根性；生长缓慢。性喜阳光，在温暖湿润、透气良好、含铁质的沙壤土中生长最佳。目前我国铁树有9种，即苏铁、攀枝花苏铁、四川苏铁、云南苏铁、篦齿苏铁、海南苏铁、华南苏铁、叉叶苏铁和台湾苏铁，其中以苏铁观赏价值和经济价值最高。

攸县二中和茶园宗祠的凤尾树，根植于攸北望族丹陵刘氏那古老的家园，她们是两个“举世无双”的“杰出母女”；她们是钢铁制成的身骨，文脉铸就的灵魂。看到她，人们就会围绕铁树，脑海里立刻翻动着许多关于它的美妙词儿的深刻含义，如：“铁树开花”，比喻事情极为罕见和极难实现；“铁腕人物”，意指强有力的统治，强有力的手段；“铁血”，则指具有刚强意志和富有牺牲精神的人……想到她，人们的心灵就会围绕着凤凰——那是古代传说中的一种神鸟，象征着吉祥，祥瑞。雄的为凤，雌的为凰，并相传是百鸟之王，禽类之长。而“龙凤呈祥”“攀龙附凤”“凤毛麟角”“百鸟朝凤”“丹凤朝阳”……许许多多这方面的成语，似二胡琴线上跳跃的优美音符，将人带入一个思绪遐飞的精神世界！

通过翻阅“丹陵刘氏族谱”那些业已发黄的书页，询问刘氏族史的许许多多事儿，倍感她们的人文景观要远比自然景观似乎更胜一筹。

1924 年的仲夏，志亨公祠的苏铁，同时盛开了极为罕见的三朵宝塔形黄色。这年，年仅 19 岁的丹陵刘氏子孙刘进，由长郡中学考入黄埔军官学校第一期步科。1926 年任攸县农民自卫队二中队队长，副总队长。后历任陆军教导师补充营长，第四师十二旅二十三团团长，十二旅旅长。参加过东征陈炯明战争、北伐战争。在安徽霍邱、江西浒湾诸战役中战绩卓著，军委会授予三级奖章。后任侍从室第二室主任，1937 年获陆军少将衔，次年任陆军第九十一军四十五师师长，在山西长子县（今长活县）抗日歼敌有方，国民党记大功一次；次年升任第二十七军军长和第二十四集团军中将副总司令。1945 年任军政部军官总队总队长兼宝鸡警备司令，1948 年任长沙总警备司令，1949 年参加长沙和平起义。于是，丹陵刘氏出了一位光耀族史的大将军。

1943 年仲夏，志亨公祠的苏铁树又黄花盛开。这一年，刘氏子孙大张旗鼓举办的丹陵中学，遭遇侵华日寇的铁蹄蹂躏，宝花预示他们：“黑暗即将过去，光明就在头顶”。1945 年 8 月日本宣布无条件投降，伟大的抗日战争胜利结束。1946 年 3 月，军长刘进鼎力相助，“湖南省私立丹陵初级中学”正式建成开学。于是，丹陵刘氏子孙建起了当时轰动湘东地区的、继攸县一中之后的攸县第二大学府。

1949 年仲夏，志亨公祠的铁树又宝花重放。这一年的 3 月，共产党员颜昌祺、尹辉在丹陵任教，与共产党员王简连、贺湘楚等组织“流恒读书会”，油印《日日新闻》，传播解放军胜利消息。古历 7 月解放皇图岭镇，丹陵中学成为攸县的第一个支前站。10 月 1 日新中国如一轮红日在东方的地平线上喷薄而出。在这里，贺湘楚、尹辉、王简连、刘德生等 10 多名攸北地下党员，在“千年的铁树开了花，万年的哑巴说了话”这首中华人民共和国成立初期 流行的歌声中，走向了省正厅级的领导岗位。

1986年仲夏，攸县二中内花园的铁树，又双花喜放。这一年，攸县二中4个高中毕业班240多名学生参加高考，168人上线。在全县划片招生的背景下，奇迹般地创造了：全县高考上线总人数第一；全县高考升学率第一；全县本科及重点本科上线总人数第一；谭志崇同学以556分总成绩荣获全县文科状元，被北京大学录取；全县语文单科成绩第一；全县数学单科成绩第一；全县外语单科成绩第一；全县物理单科成绩第一；全县历史单科成绩第一，全县地理单科成绩第一。这十个高考第一的成绩轰动整个攸县。

2006年仲夏，攸县二中的铁树，又罕见地三花齐放。这一年的金秋，攸县二中隆重举行60周年盛大校庆。那史无前例的喜庆场面，无不令人感动，真是“师恩浩荡，学友情深”。丹陵骄子、曾任株洲市常务副市长、市人大常委会主任，现任省人大常委的刘迪凯曾记述：“校园内，彩旗飘飘，鲜花绽放，古樟招手，清泉歌唱……校园里，欢声如潮，人头攒动，熙熙攘攘。祝贺的人们从四面八方涌来了，历届的校友们从不同的岗位回到当年聆听老师教诲、同学相互切磋的母校了。大家兴高采烈，谈笑风生、神采飞扬，寻找亲切而熟悉的面容，追忆求学求知的难忘岁月……”

丹陵刘氏茶园宗祠遗址的皇图岭镇丹塘村瑶前组，只见昔日铁江两畔的数千亩农田里，全是白色的果蔬大棚，足见这里农业产业的发展何等强劲！条条水泥道路上，人来车往；栋栋水泥瓷砖楼房，矗立在绿树丛中……好一派新农村的繁荣景象。当地的老百姓介绍说：“老刘家祠堂早在1958年被原湘潭地区来这里办点的陆明书记组织拆除，改建为畜牧场，现建成了农民新房”。在一个丈余见方、建有人高的瓷砖围墙里，刘氏族谱中记载的茶园宗祠天井中的那株凤尾树是当年这座古祠的唯一剩存物，它的树茎远比攸县二中的那株凤尾树要大得多，且弯成了似半月形的拱桥，沿树蔸萌发三盘蓬勃的新树，树身又长着五盘似花篮般的树簇，三朵宝塔形的黄花，开得正艳。围墙的门牌上刻着“恭让堂”三字，两边配有“丹桂荣百世，陵荫垂千秋”的对联，门内的大理石石碑上刻着2000年七月，由丹陵刘氏七修族谱编委会所撰写的一篇《凤尾（铁树）碑文》曰：

丹陵肇基，凤尾作证。基祖宝翁，原籍安福，湖广宣教，巡察楚南，钟情攸北，肥美田园，洪武初年，迁而家焉，兴我旺族，子孙绵延。三世以后，倡修家庙，康熙壬子，定址初建，正厅中台，栽植凤尾；康熙癸丑，再度修缮；嘉庆庚午，举族重建。几经复修，日臻完善。规模宏大，祭祀空前，圣木朝祖，三百余年。世代沧桑，星移斗转，凤尾高扬，铁骨犹健。兆我百代，昌盛千年。刊碑志之，永铭纪念。

就在这栋老楼里办公

谭九敏

茶陵地处湘东，这里是井冈山革命根据地六县之一，也是中国第一个县级红色政权的诞生地。当你来到这片红色的土地，有一个特别的县委大院。

这是一个有着深厚红色底蕴的古朴院子，建于中华人民共和国成立初期，面积约 6.9 万平方米。绿树成荫的院子里，四栋砖木结构的暗红色两层办公楼坐落有致，院子的正中央是一栋主楼，是县纪委、宣传部、政法委、统战部等六部门的办公驻地。主楼四周有高大雄伟的香樟、四季飘香的桂花树，还有葱茏庄重、肃穆伟岸的银杏树。屋檐上的木料明显老化，参差不齐的青色瓦片悬挂在椽木边上，仿佛快要掉落下来。红砖砌成的外墙在岁月的洗礼下暗无光泽，二楼阳台两侧墙上那极富时代内涵的“自己动手，丰衣足食”“毫不利己，专门利人”的毛体字样墙体标语一时难以辨析。走廊上，屋子里的红色油漆木地板，早已被行人匆匆的脚步踏磨出了丝丝木纹，一排排钉入在木地板上的方形铁钉钉头明光锃亮，墙角深处的木地板上偶尔存留些棕红色的油漆痕迹。每间不到 12 平方米的办公室里分别挨挨挤挤地摆放着两张或三套颜色式样陈旧的办公座椅、木柜子。春来秋去，数十年来，工作人员就挤聚在这朴实无华，连转身都困难的旧楼里办公。成一字型坐落在主楼东、西两侧的翼楼分别是县委组织部和县委办公室的工作场所，建筑风格、结构和条件现状与主楼一致。

沿着县委办公室楼右角方向那条不宽也不窄的绿荫浓浓的道路前行约 50 米，迎面就看见一座并不起眼的苏式建筑，这就是茶陵县委常委办公楼。这座兴建于 20 世纪 50 年代的苏式风格的 2 层小楼，墙体被粉刷上红色涂料，但斑驳之处仍可见红砖本色，屋顶的红瓦之间还长出了青青小草。就是这简陋、狭小的办公楼，成为这片红色热土上最靓丽的一道风景，人们称之为“湘东最美的办公楼”。平日里，老百姓在周围散步休闲、修身养性。外地游客纷纷慕名而来，游人络绎不绝，进楼参观游览、驻足留影。

历史岁月中，小小的红砖瓦房镌刻了一页红色记忆，它静静地向人们诉说当年一个真实的故事：1965 年 5 月 21 日，毛泽东主席千里来寻故地，在时任湖南省委书记张平化、国家公安部副部长汪东兴等人陪同下，重上井冈山。当天下午 4

时许，毛主席来到阔别38年的茶陵，并在县委常委办公楼留宿了一晚，准备次日由此经宁冈上井冈山。晚饭后，毛主席与张平化等人在县委大院散完步，又嘱人找来《茶陵州志》，已是古稀之年的主席一边阅读一边圈圈写写，房里微弱的灯光一直亮到次日凌晨三点多钟，主席才在办公室的木板床上休息。

1965年6月，茶陵县委决定将毛主席住过的两间房设为陈列室。毛主席下榻县委办公楼房间内物品相当简陋：一张两端高低不平的宽大木板床，两把旧椅子，一张油漆剥落的古董式写字台。伟人的艰苦朴素使得每一位来此参观的游客都静气屏声，步履轻缓，仿佛在细细地品读老人家的平凡与伟大。如今，这里已被井冈山干部管理学院列为“爱国主义教育基地”。

光阴荏苒，岁月飞逝。60年来，小楼只做过两次小小的修葺。房屋因年久陈旧不堪，椽木腐朽，瓦片挤缩，墙体多处龟裂，电源线路数处裸露，蜘蛛网般的线缆，暗红色的木窗油漆多处脱落，一楼梁木结构的地板严重下沉，有的地方下沉得让人害怕伸脚。尤其是雷声轰鸣、暴风骤雨强对流天气时，楼内枣红色的办公桌椅上常常会被天花板上震落的一层灰尘、沙土覆盖。经常有游客在参观毛主席在这里的住室后感叹，在生活日益富裕的今天，县委常委们怎么还蜗居在60年前的老办公楼里。

60年过去了，茶陵经济社会已经获得了巨大发展。2011年，茶陵跻身全省10个县域经济发展先进县市区，排名第三；2012年，财政收入9.06亿。有了钱之后，县委、县政府把钱用在促进经济发展、改善民生建设上。推进拓城兴旅，加快工业园建设，帮扶洮水水库移民户，进行小街小巷改造，给所有行政村通电、通水、通广播电视，硬化水泥路，加大义务教育投入和农村合作医疗投入等等。仅2012年，公共财政总支出20亿元，用于经济发展的基础设施建设3.16亿元，用于民生领域的支出达14.47亿元。其中，发展教育事业3.19亿元，改善社会保障与就业3.11亿元，医疗卫生2.36亿元，城乡社区事务1.26亿元，小街小巷改造0.72亿元，住房保障支出0.4亿元等等。一座座高楼大厦雨后春笋般拔地而起，一条条繁华的商业街接踵而至，一幢幢漂亮的小区居民楼映入眼帘，一个个繁华热闹的文化广场呈现眼前，有现代化的学校，有漂亮的医院，有舒适的老年公寓，有热闹的农贸市场。然而，1965年后的16任县委书记及历届县委领导都牢记着毛主席的教诲，传承着老人家那份艰苦朴素的品质，一直没有新建自己的办公楼，仍然蜗居在20世纪50年代兴建的老办公楼内办公。

八旬老人刘芝兰与她的“杜甫草堂”

李支国

1 月 27 日，湖湘文化志愿者协会一行第二次来到湖南省株洲县王十万乡花石村。会长彭水明将协会制作的荣誉证书双手递到 81 岁的刘芝兰老人手中。证书上写道：

守望湖湘文化，不辞劳苦。重建‘杜甫草堂’，功莫大焉。

接过证书，刘芝兰看了又看，欣慰地说：“这是对我的肯定，我高兴。今天是我一生最幸福的日子！”

一、“建立了杜甫的文化地标”

刘芝兰老人身材瘦小，耳聪目明健谈，脚步稳健。在我们的提议下，老人领着我们去看她的“杜甫草堂”。

距老人家里不过几百米，就是湘江，“杜甫草堂”依江而建。地名“花石戍”，是古时屯兵的地方，江冲要塞。

史料记载，唐大历四年(769 年)，诗圣杜甫经潭州往衡州府访故友，在此留宿。弃舟登岸，不见村中人家，柴扉芜没而农具尚牢，大为伤感，作五言诗《宿花石戍》。诗中“谁能扣君门，下令减征赋”之句，最体现其忧国忧民的不朽情怀。后人为纪念他，在此建有“杜甫草堂”。千百年来，朝圣的文人墨客、各界群众络绎不绝。

岁月悠悠，历史更迭，当年的“杜甫草堂”早已坍塌殆尽，但荒芜不了人们对文化的传承、对历史的敬仰。

“杜甫是爱国诗人，爱人民，我们要永远记住他！”2000 年，年近七旬的刘芝兰倾尽一生的积蓄，在原址重建“杜甫草堂”。花了近一年时间，“杜甫草堂”建成。十余年来，前来参观的学生、老师、群众、学者难以计数。

2011 年 10 月，人民文学出版社编审宋红、林东海专程朔湘江考录杜甫游踪，到花石戍参观“杜甫草堂”。时至今日，76 岁的林东海对刘芝兰修建“杜甫草堂”，仍赞不绝口。林东海说：“刘芝兰靠自己的个人力量，自发地保存珍贵的文化遗存，建立了杜甫的文化地标，对文化的传承和弘扬起到了很大示范作用，精神可嘉！”

二、“愿意做的事，不觉得苦和累”

拾级而上，门楼上著名金石书画家李立题写的“杜甫草堂”四个金色篆字，古朴厚重。

“杜甫草堂”建在江边山岩上，下有古洞，时有香火。岩上有废弃的圆形水塔，辟为草堂下层小房，挂有画家贺安成绘制、李立题字的杜甫画像。通道墙壁的黑板报上，还留有2000年出的第一期“湘江报”，用粉笔写有杜甫的《宿花石戍》《早发》等诗作，字迹依然清晰。“这是建草堂的时候，我侄子易银华写的。他当过语文老师，杜甫的事，我不懂就去问他。建这个‘杜甫草堂’，他出力最多。”刘芝兰老人一路走，一路介绍。

沿通道折上登顶，是八角形的“杜公亭”。里面有石桌、瓷凳、杜甫画像。置身厅中，俯瞰湘江浩荡，远眺青山隐隐，杜甫当年在此忧国的喟叹仿佛还在耳边。

“我是学机械的，不是学建筑的。建草堂我不要崽女出钱，我就因地制宜、就地取材、多快好省。”刘芝兰自豪地说。为了节约，做工的10余人的饭菜，荤菜5元钱对付一天。周边来亲戚邻居都来帮工，有的还带来小菜。

“前后花了多少钱？我没有数。别人算了一下，大概有30万。我只记得最后亏了600元，这钱就要儿子出了。”刘芝兰说。

全程参与建设“杜甫草堂”的易银华说，婶婶刘芝兰为建这座草堂，自己做规划，买建材，请工人，当指挥，搞饭菜。快70岁的人，工地、家里每天来回跑，忙前忙后，真的很不容易！后来才知道，她当时脚上还长了三个大鸡眼。

“愿意做的事，不觉得苦和累。”刘芝兰说。

三、“奶奶精神可嘉，行动更值得学习”

刘芝兰是花石村不远的堂市乡人，读了4年小学后因贫辍学，杜甫和草堂的故事打小听老人们说过。

1952年，位于武汉的一家军工技校面向全国招生，1000多人参加考试录取50人，20岁的刘芝兰在那学了两年车工，成为中华人民共和国成立初期国家培养的第一批军工技术人才。

“那时物价便宜，米一毛钱一斤，我们在学校吃、住都不要钱，每个月还给3元钱零花。有人计算过，国家培养我们一个学生要一万块钱呢。”刘芝兰回忆说。

1955年，刘芝兰毕业分配到山西太原的晋西机厂。工作6年后因丈夫致残，自愿领着几百块安家费回到老家。丈夫在公社信用社，自己在公社机械厂上班。夫妻俩就一直在家乡，带着三个子女成家立业。

“刘奶奶真是值得学习的大好人，平常就乐于助人。”提起刘芝兰，村民们充满着敬意。

有外地人走街串巷卖跌打损伤药，2 元一副的药，刘芝兰带头花 20 元买了。她说：“人家出门在外，不容易。”

村里有个年轻媳妇虐待老人，将婆婆打出家门。刘芝兰将婆婆接到自己家中，管吃管住 4 个月。她的行动，让打人的这位媳妇羞愧难当，重新改过自新，接回老人善待。

村里的路、桥需要补修，刘芝兰自己安排人，自己出钱。她还搜集一些偏方、草药免费送给需要的人们。

“国家培养我们花了很大代价，我们要对社会感恩。”刘芝兰教育子女，身教更重言传。

当初刘芝兰要重修“杜甫草堂”，想以这种方式感恩社会。儿孙们不太支持，不是怕花钱，因为考虑到毕竟年岁大，担心老人辛苦了却搞不好。“杜甫草堂”修好后，让儿孙们大为惊讶。

孙女康景瑕说：“奶奶不但精神可嘉，行动更值得我们学习！”受奶奶影响，康景瑕 2010 年加入湖湘文化志愿者协会，热情参加保护湖湘文化的志愿活动。美术学院毕业的她，还自愿免费为协会设计制作会旗、会牌、画册，并捐献 1000 元作会费。

如今，刘芝兰每天早晚要到“杜甫草堂”走两趟，搞搞卫生，看一看，坐一坐。这是她一辈子的心血付出啊。

“我老了，总有一天做不动了。希望有人接手，把它打理得更好，继续传承下去。做旅游景点开发，做文化遗产保留，都没关系，只要草堂不再湮灭就行。”这是老人最大的心愿。

草堂之下，湘江无声流淌，胜于千言。

责任唤醒沉睡的历史

——秋瑾株洲故居修复背后的故事

李支国

风景如画的株洲市石峰区九郎山，曾藏身一座深宅大院，人称“大冲别墅”，它另外还有一个充满诗意的名字——槐庭。这是著名近代民主革命志士、第一个为推翻数千年封建统治而流血牺牲的女英雄秋瑾位于株洲的故居。历经117年风雨洗礼，昔日“槐庭”已面目全非。

2013年11月8日，秋瑾烈士138周年诞辰纪念日，秋瑾株洲故居修复工程主体落成，昔日“槐庭”庭院深深的景象重现世人眼前。走进秋瑾故居，感受的不仅是一段历史，更有今人对历史的深深情感。

一、远去的秋瑾和“槐庭”

秋瑾生于1875年11月8日，原名秋闺瑾，字璇卿，号旦吾，乳名玉姑，东渡日本后改名瑾，自称“鉴湖女侠”。她积极投身革命，先后参加过三合会、光复会、同盟会等革命组织，联络会党计划响应萍浏醴起义未果。1907年，她与徐锡麟等组织光复军，拟于7月6日在浙江、安徽同时起义，事泄被捕。7月15日，从容就义于绍兴轩亭口。

史料记载，1896年，秋瑾与湘潭(今株洲市石峰区境内)富绅子弟王廷钧结婚，居住在今石峰区清水塘街道大冲村，并在此生下一子一女。王家在大冲拥有农田120亩、山地280亩。株洲秋瑾故居是王廷钧父亲给秋瑾和王廷钧置办的婚房，是两人生前的唯一房产，也是秋瑾所有故居中最大最豪华的。故居青砖青瓦，分三进，共有三进两层房屋13栋，大小房间共148间，另有天井10个，亭子3座。

1921年，毛泽东与省一师校友黄笃杰、王洪伦等集资1000银洋，在湘潭十四总莲花街创办了初级小学新群学校。至1937年，新群中学部成立。1941年，为避日军飞机轰炸，新群中学部迁往锦石，但该地教学条件极其简陋。秋瑾之子王重民为支持教育，将清水塘王家大屋即现株洲秋瑾故居赠给新群中学，随后新群中学迁至清水塘大冲。新群中学在此办学近10年，培养了著名金石书法家李立、前湖南农大校长康春林等大批人才。

“文革”期间，秋瑾故居不可避免成了破“四旧”的对象，房舍被毁坏殆尽，只剩下几处断垣残墙，见证着百年风雨、历史沧桑。

二、责任唤醒沉睡历史

20 世纪 90 年代起，湖南省政协文史专家就对秋瑾株洲故居的现状非常关注，但囿于资金等多方因素，修复工作未有实质性进展。年复一年，岁月更迭，秋瑾故居原址一分为四，分属荷花乡政府、郊区粮站、大冲小学、信用社。后来，一家具厂和一家辣椒厂租了部分地搞生产，因生意红火，辣椒生产厂准备将地皮买下来长期经营。

一边是文化遗迹，再不保护必将渐行渐远；一边是市场效益，放手经营肯定税收日丰。石峰区果断决策，收回土地，着手对秋瑾株洲故居进行修复。“某些地方为了经济效益，不惜牺牲现有的文化古迹，我们却恰恰相反，放弃现成的税收不要，还投入巨大的精力和资金来保护和恢复历史文化，这充分体现了区委、区政府高度的历史责任感和社会责任心。”石峰区委宣传部副部长胡应群这样解说政府的行为。

地方党委政府的决策，激发了政协委员们的参政议政热情，他们相继建言，呼吁社会更大的支持。2011 年，市政协委员、石峰区政协主席黄幼刚在株洲市“两会”期间提出《关于保护和修复秋瑾故居》的提案。次年，株洲市政协委员马立明提交《在“秋瑾故居”内设立“清末民(国)株洲纪念馆”》的提案，建议按照“修旧如旧”的原则，在故居内设立一个“清末民(国)株洲纪念馆”。“旨在还原株洲清末民(国)历史，让更多的人了解株洲，熟知株洲，从而提振株洲精神，激励人民奋发向上。”社会各方的关注与积极行动引起株洲市委市政府的高度重视，经充分调研论证，株洲市迅速启动秋瑾故居修复工程，市委副书记阳卫国任领导小组组长，亲自督办，石峰区组成专门工作班子具体承办。

2012 年 2 月 8 日，株洲秋瑾故居修复设计方案评审会召开。11 月，考古部门惊喜地发现：秋瑾故居老基础在现在地面 60 厘米以下，原基础保持完整，具有极高的文物价值。

秋瑾株洲故居修复由湖南大学建筑学院党委书记、著名古建修复设计专家柳肃担纲设计，在大量走访调查的基础上，形成复原效果图。“经过一百多年，秋瑾株洲故居仅剩下几堵青砖墙和她当年亲手种植的玉兰树，修复难度很大。”柳肃介绍，根据考古挖掘和 20 世纪 60 年代的 13 张老照片，并通过多次面向社会公开征求意见，邀请了解故居原貌的老人座谈，秋瑾株洲故居复原图最终于去年 5 月定型。2012 年 7 月，故居修复工程一期开工建设。

三、修旧如旧重现“槐庭”风貌

“重修不仅拒绝钢筋混凝土，连砖头也必须使用砖龄至少百年的古董青砖。”柳肃介绍，为真实再现故居原貌，整个修复工程使用的砖头，都是清朝年间所制的古青砖。为了搜集这些“古董”，项目部跑了不少地方，才搜齐修复工程所需的20多万块古砖。

故居所需要的木材，由于物料属性，就很难再找到年代相同的了。建筑专家们将杉木等木材进行了一系列处理，使之看上去就和百年前的木头一样。他们经过反复试验，将木材进行了一系列防腐、防白蚁等处理，将其古宅自然古朴的色调真实还原。从周边农家收集的故居的石墩、廊柱等也各就各位。

当年，喜好种树的秋瑾从外地引进树种，在“槐庭”内种植了玉兰树和桂花树。在秋瑾亲手种植的玉兰树和桂花树原址，株洲市园林局重新种上了玉兰树、桂花树，以及当年就有的槐树、桃树、李树和樱花树等。

修复后的秋瑾株洲故居，集当地民居与江浙徽派建筑风格于一体，总用地面积55.2亩，主体和门楼均为两层，总建筑面积4778平方米，投资约6000万元。按照石峰区九郎山风景区整体规划，秋瑾株洲故居位于核心区域内，分两期建设。下阶段，秋瑾株洲故居将加快完成内部装饰、园林景观等后续工程，筹划周边环境改造及开发的二期工程。工程二期为故居围墙外部分，将打造成清末民俗主题文化区、农耕文化体验区和生态餐饮区，以仿古建筑街区再现当时生活风貌。按照秋瑾故居修复工程计划，秋瑾株洲故居完整修复后将分三块进行展览：秋瑾的生平事迹陈列、故居复原陈列、新群中学及湘东非物质文化展示等辅助陈列。株洲市委副书记阳卫国说，株洲是一座工业城市，历史文化遗迹更值得珍惜和重视。秋瑾故居的修复建成，将成为爱国主义教育基地和全市“旅游升温”的新亮点，增强株洲历史文化底蕴。

株洲——一个美国人向往的幸福城市

口述/托德·戴维斯　整理/肖又铮

没来株洲之前，我就知道中国湖南第二大城市——株洲是我们美国德拉姆市的友好城市。过去，株洲只是我眼中的一个符号。从2008年开始，由于工作关系，我终于有机会来到了向往已久、阳光明媚的株洲。

株洲是一座美丽而充满活力的城市。现在最吸引人的是多彩多姿的神农城和令人神清气爽的湘江风光带。你看，广场、水幕、沙滩、露天电影院、剧院、酒吧街、白桦林、蝴蝶谷……无限风光的地方，简直数不尽。我虽然不能完全读懂株洲的“洲”字，但株洲是全国所有城市名称中唯一带“水”字的。株洲可以说是一座迷人的“水城”。这儿，不但有美丽的湘江穿城而过，而且有波光粼粼的神农湖、文化园、天鹅湖、栗雨湖、东湖镶嵌全城；更有像尚格名城、大江观邸、山水国际、美的城等风景宜人的高品质亲水住宅区。中国有句古话：上善若水。我深深感到，不管你是工作、学习，还是观光、游乐，在得水之灵的株洲，随时都能接受智者之水的洗礼！古人滨水而居筑城，今天城市因水而美、得水而兴。你看由于多年的努力，如今株洲，国家卫生城市、国家园林城市、科教兴市先进城市等国家级荣誉一个接一个。我觉得最诱人的要算“中国十大最具投资价值城市”这块闪光的金字招牌。一座建市才60年、如此美好的年轻城市，谁不喜欢？

株洲城市节奏快，处处朝气蓬勃，市民安居乐业。大街上的人群从早到晚川流不息。我在菜市场光顾过几回，每日早晨天刚微亮，菜场就有人影晃动，小贩们在固定的摊位前开始摆放从批发市场批来的蔬菜，街道也渐渐热闹起来，直到傍晚华灯初上，菜贩们散去，街道才安静下来。一天，我在荷叶塘买菜时，与做菜生意的一对小夫妻攀谈起来。谈话间，我感到他们对目前的生活状况十分满意。这些年，他们不顾春雨滴答、夏日炎炎、秋来霜重、冬雪飘飞，在株洲辛苦劳作，日子虽不十分富足，却已积攒了购买一套三居室新房的资金。2009年，我有幸观看了中国株洲(芦淞)炎帝服饰商务节盛大的开幕式。第二天，我在一个五彩缤纷的服装店，看到来自韩国、日本、法国、波兰、南非等国的朋友，我和他们一一拥抱，心情特别激动。我真切感到株洲快成国际化大都市了！实际上，商业发达、生活便利的株洲，现在交通十分快捷。不管从哪里来这儿，都很便利。不到半小时从株洲就可抵达长沙黄花机场，每天国际航班有好几趟；从那儿两小时，能到达广州。乘高铁去省会长沙，只需 11 分钟。更何况素有“被火车拖来的城市”之称的株洲，随时都有开往中国任何一座城市的列车；至于经过株洲的公路早就四通八达，密如蛛网。

株洲是一座富有人情味的城市，对此我有深切的感受。株洲人很温和，对外人不排挤，外来人员很容易融入这个城市。除了土生土长的株洲本地人对株洲有着深厚的认同感，那些在全中国各地来到株洲求学和工作的外地人，生活在此，也没有距离感。我见过几位在湖南工业大学任外教的欧美朋友。他们说，只要在这生活一段时间，你就会产生家的感觉。从我国来株洲任教英语的一位年轻人操着生硬的株洲话说：“待在株洲是一种福气！你要多享受一下口福，株洲的辣椒蛮好呷，越呷越上瘾！”我到株洲时间不算长，但已交了不少株洲朋友。他们很挂念我，有一回在株洲只是得了感冒，进医院打吊针，没一会就接到好几个问候电话。株洲也是个很懂得生活的城市，上班族采用各种方式打发休闲时光。每天早晚都有老年人在广场和空旷的地方高高兴兴地唱歌、跳舞。他们一上公共汽车，就有人热情地腾出座位。这更是一个文化品位极高的城市，随便走到哪里，都能看到有人捧着书本在阅读。中心广场附近的新华书店、书城，总有读者蜂拥而入。你只要看看本土作家出版的多种书籍，看看每天的《株洲日报》《株洲晚报》和株洲电视台的节目，逛逛湘江风光带的旧书摊，了解一下一年一度的读书活动月、房产博览会、汽车展销会等活动的情况，就会对株洲的文化品位深有感受。如果要讲吃喝玩乐，株洲也令人流连忘返。株洲的夜宵到处开花，贺家土的唆啰越唆越有味，徐家桥的鸭脖子辣得眼冒金花仍然想吃，向阳广场的水煮“麻拐”（青蛙）叫人夜夜相思。株洲的餐馆多，酒吧、茶馆也不少。如果有时间骑着租用的公共自行车，到石峰公园、神农公园，或者到城郊大京水库、仙庾岭去玩，那一定会赏心悦目，备感惬意！

株洲人很注重家庭感情纽带，逢年过节，每个家庭老老小小都要团聚在一起，其乐融融。在株洲，夫妻一般都能找到一份工作，即使当报纸发行员、卫生保洁员，每月也有 1500 元以上的收入。如果开出租车，一年收入至少会有 10 万元。这里的物价不算高，住房宽敞舒适，有漂亮小汽车的家庭越来越多。夫妻大都只生一个小孩，他们的孩子由父母带大。有一天我偶尔看到一对夫妻在马路边吵嘴，妻子显得很凶，但眨眼工夫两人又抱在一起。朋友告诉我，株洲“妻管严”很普遍。不过朋友说，这是家庭繁荣社会稳定的一个重要保证。我了解到，株洲的学校办得不错，这为孩子们的培育教育提供了比较好的条件。我觉得株洲人很坦率、很真诚，和株洲人聊天也是一件愉快的事。你可以和每个株洲人无所不谈。在株洲，经常能遇上有趣味的事情。一天下午，我和朋友在神龙公园见到一位打扮入时的老太太。我们坐在石凳上，不知怎的，很快兴趣相投地聊起天来。

聊着聊着，她说要我当她的女婿，并约定过两天带漂亮的女儿在神龙公园方与我相见。哪知过了两天，我再到那地方时，却不见老太太，更不见她女儿的踪影。我打电话问朋友，问他这是怎么一回事。他笑着说，不能把“过两天”太当真了，或许要过两个星期、两个月。现在我才明白，原来，在株洲的数量词有时不太准确，“过两天”大概就是“有空的时候”。如今我也会和株洲人开这样的玩笑了。几个月前，一位株洲朋友约我吃晚饭，我说“等会儿就来”。结果过了一个小时才去用餐的酒店，朋友见我一点也没抱怨我，反而夸我是真正的“株洲通”。

这就是我逐步认识的株洲，深深爱上的株洲。如果在全中国，甚至在全世界，将地球东半球的株洲评为“最具幸福感的城市”，我和我的同事都将毫不犹豫地投上赞成票。

后 记

本书选编自《湘东文化》杂志(季刊)2009年至2013年刊发的文章。

为了读者阅读的方便，也为了真实、完整地体现湘东历史文化各方面的面貌，我们对所选文章按照内容、时期进行了重新编排。编辑所选文章时，在保证文章内容不变的原则下，改正、增删了个别文字，调整了个别的句子、段落和格式，删去了部分插图和注释，这是要请原作者和读者谅解的。

《湘东文化》杂志编委会总顾问——中共株洲市委书记毛腾飞先生，中共株洲市委副书记、市长阳卫国先生，湖南工业大学党委书记唐未兵教授，湖南工业大学党委副书记、校长谭益民教授，中共株洲市委常委、宣传部部长聂方红教授——在百忙中给予了关心、支持、帮助，在此特别鸣谢！

《湘东文化》杂志社社委、编辑部的向宋文、骆晓会、易小斌、陈卫华、甘智钢、黄声波、朱义生、刘年喜诸君，参与了本书的选编工作。中南大学出版社的郑伟和易红卫编辑为本书的出版付出了大量的辛勤劳动。本书的出版得到了株洲市、湖南工业大学相关部门，以及各区、县、市有关部门的大力支持！在此一并谨致谢忱！

图书在版编目(CIP)数据

《湘东文化》精萃：全2册／彭雪开主编．—长沙：中南大学出版社，2020.5

ISBN 978-7-5487-3041-5

Ⅰ.①湘… Ⅱ.①彭… Ⅲ.①文化史—湘东 Ⅳ.①K295.63

中国版本图书馆CIP数据核字(2017)第257486号

《湘东文化》精萃

(全2册)

彭雪开 主编

□**责任编辑** 郑 伟
□**责任印制** 易红卫
□**出版发行** 中南大学出版社
社址：长沙市麓山南路 邮编：410083
发行科电话：0731-88876770 传真：0731-88710482
□**印 装** 长沙雅鑫印务有限公司

□**开 本** 710×1000 1/16 □**印张** 47 □**字数** 922千字
□**版 次** 2020年5月第1版 □2020年5月第1次印刷
□**书 号** ISBN 978-7-5487-3041-5
□**全套定价** 168.00元

图书出现印装问题，请与经销商调换

《湘东文化》杂志选辑文丛

XIANGDONG WENHUA JINGCUI

《湘东文化》精萃

第一册

主编　彭雪开

中南大學出版社
www.csupress.com.cn
长沙

编委会总顾问：

毛腾飞　阳卫国　唐未兵　谭益民

编委会顾问：（以姓氏笔划为序）

毛朝晖　李建华　陈邵桂　侯清麟

赵湘珍　贺夏盛　聂方红　黄诗燕

鲁立彬　谭可敏　谭件云

主　编：彭雪开

副主编：向宋文　骆晓会

编委会成员：（以姓氏笔划为序）

甘智钢　向宋文　朱义生　刘年喜

陈益元　陈卫华　易小斌　骆晓会

钟莹峰　黄声波　彭雪开

序 言

彭雪开

历史文化，是个凝重而充满活力的话题。在历史长河中，我们穷其一生，也难穷尽纤毫。在历史文化老人面前，我们永远是长不大的孩童。她以她的博大精深，引领着我们进入幽深的丛林腹地，最终我们会发现，这是一片多么迷人的风景！

地域历史文化，是指一定地域内独具特色的地理、环境、语言、民族、事件、人物、建筑、民俗、宗教、物产及生态等在文化上的综合体现，是可传承的优秀文化的重要组成部分，是地域文明的特定表现。她有深刻的地域烙印和独特的内质。对一方土地和人民来说，她是经济社会繁荣发展的根基与灵魂。

湘东地区的历史文化，是湖湘文化的重要分支。《湘东文化》杂志是研究湘东历史文化的重要载体。在《湘东文化》杂志的助推下，一批湘东的人文学者、专家与各市、县、区、企事业单位的地方文史专家、研究者一道，在发掘、整理、研究、弘扬湘东历史文化方面，取得了不菲的业绩。

湘东，是一块神奇的土地！生活在湘东这块古老土地上的先民，开创了悠久的历史，创造了灿烂的文化，留下了宝贵的历史文化遗产。仅从株洲市现辖地域来看，考古发现：株洲县三门镇六斗坡出土的打制石器，证明20万年前已有古人类在此生息繁衍；1983年在株洲县漂沙井磨山发现了7000－5300多年前的新石器大溪文化遗址，以及叠压在其上的4000多年前的新石器晚期龙山文化遗址；1987年，在茶陵独岭坳新石器时期大溪文化遗址中，发现了15粒距今约6500年的稻粒印痕；1987年，又在炎陵县城东乡坎坪村，发现了一处距今5000年的新石器时代龙山文化晚期遗址，采集到26种标本。这些均说明，当时湘东一带，已形成了较为发达的原始文明。湘东的近现代历史，更是引人注目：这里是太平天国的重要战场，是辛亥革命的策源地之一，是共产党的革命老区。从20世纪30年代开始，尤其是中华人民共和国建立后，这里逐渐崛起了一座新城——株洲。这是一个火车头拉来的城市，也是一个移民汇聚的、充满活力的城市，更是中国南方最大的交通枢纽和新兴的工业重镇，她创造了中国工业史上的上百个第一。

《湘东文化》杂志社秉承办刊宗旨，不忘初心。在学理上，特别关注进一步厘清历史与文化的界线，特别关注有关地域历史、文化题材的有特色的写作。这是《湘东文化》今后进一步的追求。

历史，是过去发生的事情留在人们头脑中可供回忆、传承、研究、作用的深刻记忆。历史传说、历史文献、历史考古(地下文物)、历史研究，都是她的表现形态。历史传说，并不完全是史实，但她总有不少历史的影子和片段。远古传说，有些可能就是历史。对待历史传说，全盘肯定或者全盘否定，都有可能使我们陷入历史虚无主义的泥淖之中，我们必须谨而慎之。随着先秦古籍，尤其是有价值上古史料的不断发现，以及地下文物考古成果的不断公布，有些远古传说就有可能被证实为史实。

历史文献，是以往各个民族自文字产生以来的记载。它会受到当时的经济、政治、文化、社会、环境，以及历史书写者个人史学观、知识经验、学养能力、人生阅历、社会背景等方面的影响。总体来看，历史本体(史实)是客观的，历史主体(文本)是真实的，她始终依托于史实来书写社会现象。然而，一切历史文献，都有扭曲、背离、摒弃史实的可能。意大利历史学家克罗齐(1866—1952)说："一切历史都是当代史。"这句话有深刻的寓意。但我们并不完全赞同他的观点。不过，任何历史文献，都注定摆脱不了人们理性与情感的双重纠缠。因此，研究历史、书写历史，以及如何向人们提供一个建立在史实基础上的、真实可靠的、被人们认同的历史文本，是值得历史研究者终身思考的问题。

历史考古，是《湘东文化》特别关注的。利用历史考古的史料，进行历史文化方面的研究，还有不少工作可做。首先，要甄别文物的真伪，防止假文物的干扰。这是文物专家要做的事。但文史专家亦有共同的责任。其次，要选择相关的文物和遗迹，进行史源、文源方面的考证、阐释，防止考释不到位或错位导致的不正确的结论。最后，要吸取各方面的精华，书写有感而发的历史文化文本。

历史研究，是历史科学应有之义。《湘东文化》杂志是历史文化文本的书写者，要有这方面的知识。重要的是掌握正确的史学观，掌握正确的治史方式、方法。历史与文化，经常混合在一起，二者互相联系，在一定条件下又互相转化。

然而，当历史、文化资源混合在一起时，对其中的历史问题，要始终采用治史的办法加以解决，还原历史的本来面貌，书写真实的文本。要弄清楚历史与文化的界线在哪里，慎防历史问题文化化、文化问题历史化，并干扰我们历史文化文本的写作。

“文化”，是一个最难界定而又最逗人兴趣的概念。当然，任何时候，都可以对其内涵、外延，做多视角的探讨与概括。而且，在经济全球化、信息网络化、大数据技术蓬勃发展的背景下，文化是当今最受追捧的一个词。言必称文化，是当今的一个特显现象。但是，我们不能因为被其靓丽的外表所炫目，而忽视了其难以理解又不得不理解的深刻内质，忽视对其本质的揭示。

广义的历史，并不完全与人类同步相随，但文化总伴随着人类的成长而不弃。人类超脱于动物界的第一声呼唤，是原始社会最初的壮丽诗篇。当今的“文化”鱼龙混杂，让人目不暇接。在信息网络时代，每个人都是独立的“创客”。然而，当下有价值的文化文本并不多见。之所以发生这种状况，从文化学角度看，主要是因为众多的“创客”违拗历史渊源和文化渊源的内在逻辑。有的文化文本，虽有历史、文化素材与元素，但写作时有的弃正就偏，有的避重就轻，有的过分渲染，有的论述杂芜，因而降低了文化文本的价值。有的甚至将历史的素材与元素化为虚无。这样的文化文本，只能是“时髦”的文化快餐，甚至是精神垃圾。

我们并不想给作者、读者规定什么。文化文本的写作，完全可以八仙过海，各显神通。我们只是提倡文化文本，要提供有依有据、有价值，让人接受的合理叙述和结构，让读者创造心灵顿悟的空间；而不是天马行空地胡乱编造，给读者带来不悦，甚至是心灵的损伤。现在的许多走进读者视野的大部头著作，之所以不能成为文化经典，就是因为在写作过程中缺乏历史文化上的渊源。

在中共株洲市委、株洲市人民政府、湖南工业大学主要领导及分管领导的支持关心下，在株洲市社会各界的细心呵护下，《湘东文化》杂志，走过了10年萌芽、成长的艰辛道路，由一棵幼嫩的小苗，逐渐长为一株生气勃然的大树。《湘东文化》杂志也得到了专家、学者，以及全国有关的学术研究、收藏机构的认同和肯定。《湘东文化》杂志被中国档案馆、中国图书馆列为永久性馆藏读物；国内各省、市及高校图书馆、档案馆，也将其列为馆藏和上架读物！

《湘东文化》杂志社逐渐形成了一支比较稳定和热心的编辑、写作骨干队伍。

这些综合素质高的编辑、作者，热爱祖国，挚爱故乡，思想纯正，文笔雅洁，能够洞悉时代，不少还是国内闻名的学者和省内的资深作家。他们勤奋写作，加上编辑们的努力和引导，一起形成了《湘东文化》杂志的特色。这是作者、编辑、读者共同努力的结晶！让我们与时俱进，奋发有为，用真、善、美的心灵，镀亮每一个文字，为共同办好《湘东文化》杂志，发挥一份光和热！

为了便于读者查阅，深度挖掘湘东地域的历史文化，助推株洲市经济社会发展，《湘东文化》杂志社从今年开始有计划地不断精选刊文，汇集成册，公开出版。于是就有了《〈湘东文化〉精萃》的问世。我们期望，湘东历史文化的研究和普及更上一层楼！

是为序！

2018年5月26日

于湖南工业大学芙蓉居

上册目录

第一编　溯源沿革

第二编　文物典籍

第三编　神农文化

第四编　地名文化

第五编　历史人物

第六编　红色记忆

第七编　往事如烟

第一编　溯源沿革

东山书院与《梦溪笔谈》

阳卫国

因为在茶陵工作过，我知道腰陂镇有一个东山村。在这个看上去再寻常不过的山村里，元朝时曾建过一个书院。书院的建筑历经数百年风雨飘摇，最终挣扎不起，20 世纪 70 年代的某个黄昏，其最后一截残墙在村民的一顿敲打之下，轰然倒地。数年前，我从历史文献中惊讶地得知，被誉为“中国科学史上的坐标”的《梦溪笔谈》现存的最早版本——《古迂陈氏家藏梦溪笔谈》竟出自这里。

东山书院是东山人陈仁子于元大德七年（1303 年）创办的，因陈仁子号古迂，故又称古迂书院。有资料称，这是当时整个湖南最大的一家私家书院。陈仁子在南宋景炎二年（1277 年）以漕举第一名而授登仕郎。南宋亡后，他绝意仕进，屡拒朝廷征召，隐居故里，在腰陂东山，罄其家产，修建了东山书院。据茶陵的地方志及陈氏族谱等史料记载，东山书院坐落在东山大塘界上，即今东山村第十四组东山墟上。书院坐北朝南，占地广阔，前后共有三进，中为讲堂，后为藏书楼，左右为书斋、膳房等。书院建成后，陈仁子亲笔书写了“东山书院”牌匾，并亲撰对联，上联是“万世纲常第”，下联为“六经道义门”。陈仁子购买了 360 亩良田作为书院学田，以敷聘请老师、奖励生徒及为生徒提供膏火之出。为鼓励书院的学生发奋读书，书院按生徒的学习成绩分上中下三等给予奖励，这与我们今天在大学里所实行的奖学金制度几乎毫无二致。东山书院培养了不少人才，比如陈仁子的子侄宪孔、宗孔、容孔三人，后来都成了饱学之士。陈仁子的外甥谭绍烈，经荐举入仕后，官至泉州巡察使。

陈仁子和东山书院最突出的贡献和成就，还是体现在刊刻书籍、传承文化方面。陈仁子耗费巨资，常年在东山书院雇用刻工数十人，刊印了包括陈仁子本人的著述在内的大量书籍。据历代书目所记及现存传本统计，东山书院先后刻印了《增补六臣注文选》六十卷、《梦溪笔谈》二十六卷、《文选补遗》四十卷、《续文选补遗》十二卷、《牧莱脞语》二十卷、《二稿》八卷、《尹文子》二卷、《说苑》二十卷、《迂褚燕说》三十卷、《韵史》三百卷、《唐史卮言》三十卷、《叶石林诗话》三卷、《考古图》十卷等。其中，《增补六臣注文选》《文选补遗》《牧莱脞语》《唐史卮言》诸书被收入清代的《四库全书》。东山书院刻印的图书用纸讲究，刻印精美，素被历代藏书家奉为珍品。东山书院的图书刻印不仅开一时之风气，并且对后世产生了深远影响。明、清两朝，茶陵刻印图书蔚然成风，茶陵与长沙、宝庆（今邵阳）并称湖南三大刻书中心。历经七百余年的风风雨雨，东山书院所刻印的书籍，因年代久远，许多已经亡佚，但还是有一部分幸运地留存到了今天。国家图书馆、北京大学图书馆和湖南、重庆、南京、浙江、河南等省图书馆均收藏有东山书院的原刻图书。

在东山书院的存世刻本中，《梦溪笔谈》是影响较大的一种。《梦溪笔谈》的最早刻本是南宋乾道二年（1166 年）的扬州州学刊本，至清代该版本已经失传，元代东山书院刻本便成为了现存的《梦溪笔谈》最早版本。现存国家图书馆的《古迂陈氏家藏梦溪笔谈》，首卷有“东宫书府”和“文渊阁”两方朱印，又有“万历三十三年查讫”及“杂部”两长方朱印，说明此书在元明两代为内阁藏书。清代该书散出宫廷，流入民间，成为汪士钟“艺芸精舍”的藏书。至民国时期，此书被著名藏书家陈清华（字澄中）得到。陈氏长期在金融界任要职，并痴迷于藏书。20 世纪 30 年代中期以后，陈清华藏书数量大增，质量益精，整个江南无出其右者，他与北方天津的著名藏书家周叔弢被并称为“南陈北周”。1949 年，陈清华夫妇携其藏书中最为珍贵者移居香港。两年后，陈清华欲将部分藏书出售，当时传言有日本人意图收购。时任文化部文物局局长的郑振铎闻讯后立即派人与陈氏接洽，于 1955 年以重金从陈氏手里购回一批善本。1963 年，陈清华有意售书的消息又传至北京。国务院总理周恩来对此十分重视，要求文化部派专人前往香港与陈氏家人协商，并拨出购书专款。经多方努力，于 1965 年 11 月再次从香港购回一批珍贵的陈氏藏书，其中就有《古迂陈氏家藏梦溪笔谈》。后来，日理万机的周总理还抽出时间对这批书籍一一过目，并对收藏和使用这批古籍做出了具体指示。

这部在周总理直接关怀下入藏北京图书馆的《古迂陈氏家藏梦溪笔谈》，虽有七百余年历史，但至今毫无污损，宛若新印，堪称奇迹。又据造纸专家鉴定，该书系用一种特殊的皮纸印刷，纸的表面有一层白色的石灰物质，有防潮防蠹之功效。这种海内孤本、国之珍宝，一般人难有见到的机会。为了给更多的读者提供研究的方便，1975 年文物出版社将《古迂陈氏家藏梦溪笔谈》改名为《元刊梦溪笔谈》，影印成平装一册出版。几年前我在茶陵工作时，得知县图书馆未能收藏此书，便设法从旧书店买了一册送给他们。后有热心记者将此事写成报道，居然说我向茶陵县图书馆捐了一册元代善本。少了“影印本”几个字，差别何止天壤！

据《茶陵县志》记载，东山书院在明代毁于战乱，在清代由乡人捐资重建。民国初年，东山书院改为三圣宫，成为乡绅及读书人的聚会场所。1950 年，三圣宫后栋倒塌，前栋在“土改”中被分给两家农户居住。1979 年，前栋亦被拆除。至此，东山书院终于走到了自己历史的终点，所有的痕迹彻底消失了。

前不久，腰陂镇党委书记刘晓伟带给我一张在东山村东山书院遗址所拍摄的照片。照片上，已经看不到任何房舍，只有一片正在阳光下茁壮生长的绿油油的水稻。数百年前，这里曾书声琅琅，而现在，只听见蛙声阵阵。历史风云变幻，沧海桑田，东山书院见证了这一切。刘晓伟告诉我，他们准备在这里立一块石碑，把东山书院的历史刻在上面，不仅要让今天的东山人记住自己曾经拥有的辉煌和荣耀，更重要的，要以此激励乡亲们走向更加光明灿烂的未来。

我当然赞同这个想法。这是一件多么有必要，同时又多么有意义的事啊！

（原载 2008 年 12 月 13 日《光明日报》）

湘东三县古县治地望考

彭雪开

一、攸县古县县治地望考

攸县，古名攸，攸舆，以攸水流贯全县而得名。何时置县，《汉书·地理志》载：西汉高祖五年（公元前202年）置攸县。这值得商榷。《后汉书·南蛮西夷列传》："吴起相悼王（注：公元前389年）南并南越，遂有洞庭、苍梧。"其时已置洞庭、苍梧二郡。《史记·秦本纪》："楚自汉中，南有巴、黔中……"约在楚宣王八年（公元前362年），楚乘秦、魏大战，择机经略巴蜀、汉中，旋以枳东（注：今重庆市涪陵一带），长江河谷，置巫郡，以长江之南盐泉区，置黔中郡。其时，湘东是否置县，史无记载。但据楚拓南疆，每灭一侯国（方国、族国）必置郡、县的先例，应已置攸舆县。当然，这要进一步考正。

不过，始皇二十六年（前221）秦置攸县，张家山汉简《奏谳书》中，有明确记载（参见：彭雪开《秦置攸县及时间考》）。《华阳国志·蜀志》："周慎王五年（前316年）……司马错等因取苴与巴焉。"八年后约在公元前308年秦司马错率秦军，攻取楚黔中郡，以商於之地暂置秦黔中郡。至顷襄王十九年（公元前280）乃"发陇西，因蜀攻楚"，终于攻取楚枳地长江之南楚黔中郡，第二年蜀守张若乃克取巫与江南地，置黔中郡，始为秦36郡之一。今考其郡治由今湖南省沅陵县城西，迁驻今常德市区。秦始皇二十六年（公元前221），秦攻略南越时灭楚国苍梧郡，置秦苍梧郡。将楚攸舆县改称攸县，划归秦苍梧郡管辖。这便是《秦谳书》中所称的攸县。从该书所记载的平叛事件及依法追罚攸县令的情况看，其时攸县令有行政、统兵之权，县城有相当大的经济、政治、军事实力。

秦置攸县后，属苍梧郡，县治首驻今攸县柏市镇攸溪南岸一带，可能性极大。一是古县治驻攸溪南岸，已成定论。《水经注》："攸水出东南安成郡安复县封侯山，西北流经其县（治）北。县（治）北带攸溪，盖即溪以名县也。"在此文中"攸水"是指流贯攸县全境的一条河流，显然《水经》中"攸水"，即指今攸水；而"攸溪"，则是指攸水的上游。"溪"，《玉篇·水部》："溪，溪涧。"张衡《东京赋》："濯龙芳林，九谷八溪。"这说明"溪"本义为山间的小河沟。攸水全长约123公里，上游源头处，宽数米，中下游宽 100－200 米，显然不能以“溪”称之。清同治《攸县志》认为：“此不易之说也。”这表明攸县是以攸水上游“攸溪”名县。二是攸溪得名，应源于“攸”。攸，在甲骨文中，字形象数条小溪，有曲行远逝之貌。段玉裁认为“水之安行为攸。”据初步考证，“攸”的得名与古越、楚人密切相关。约在“吴起变法”开拓南疆时，形成较为著名的地域地名——攸邑（极可能为战国末楚置黔中郡时，为楚设置攸舆县县治），为秦置苍梧郡（公元前 221 年）攸县县治。汉高祖五年（公元前 202 年），仍沿袭秦置“攸县”名（或以“攸溪名县”）。三是《史记·索隐》曰：（攸县）本名攸舆，例诸青有古名，当溯汉而上。这表明“攸舆”得名在先秦之前。清顺治《攸县志·序》：“攸在楚服之南，云迷九面，洄朔千折，河不容刀，涂难方轨，中原多故，士咸脱屣为凉士之依。”文中“河不容刀、涂难方轨”句，是说攸县境内有河流但容不下小船，有道路却不能两车并驱。这应是攸水上游攸溪一带地势，山川、交通、风物的缩写。清乾隆《攸县志·序》：“攸处长沙上游，山川辉映，中多奥境。”这也说明攸舆县得名，与今攸县东部“多奥境”相关。四是攸县柏市镇地下文物发掘，亦证明秦攸县县治，位在“攸溪”的地方。1985 年以来该镇内发现有大型汉墓群，有汉“五铢”圆形方孔钱模具，这是攸舆侯国铸钱的明证。有封侯山，有上岭街遗址。这表明汉代以前，这儿有较大聚落城邑。史载楚拓南疆，每灭一侯国，必置郡县；以及战国时，“城”与“县”不分的惯例。今柏市镇柏市村至中洲村一带，极有可能是楚国在楚悼王时设置的攸舆县县治驻地。秦置攸县后亦为县治驻地。五是攸舆侯国设置，亦可佐证秦置攸县，县治驻封侯山附近。《史记·卷二十一》明载：西汉元光六年（公元前 129 年）封长沙王子刘苍为安成侯，遂有封侯山之名。汉元朔四年（前 125）封长沙定王子刘则为攸舆侯。西汉太初元年（前 104）国除。其时，攸县复置，其县治仍治原址。东汉建武年间（25—55），攸县县治，极有可能迁至今攸县网岭镇罗家坪、杨家洲攸水岸边一带。宋《学林新编》认为：西汉封国之名与古县名同，原因是“古之封爵，多取县名。”这印证了约在战国末，确已设置攸舆县。为便于封国祭祀，西汉攸舆县侯国国治，应在封侯山附近，而攸舆侯国之封，极有可能是楚人“崇左尚赤拜东向，不忘宗祖之习”的遗存。秦置攸县，县治亦驻此。

由此观之，秦置攸县后，县治始驻攸水上游攸溪南岸一带。清顺治《攸县志》：“梁朝（531—555）始迁县（治）于攸江之上。”1984 年《攸县·县治》“旧志载：攸县古城在县东攸水南岸（确实地址待考），五代后梁（907—923）时迁至今址（今攸县梅城镇）。”2002 年《攸县·建置沿革》：“（南朝）陈（558—589）壬申，湘州刺史王琳袭据湘洲。辛巳（561）湘洲降，罢罗州，改攸县曰攸水，隶湘州。”这与清顺治《攸县志》攸县古县治始迁的记载，刚好吻合。故攸县县治，历经秦、西汉，驻原址。东汉、三国、魏晋，至南朝梁辛巳（561）年，可能已从今柏市镇攸溪南岸，迁至“攸江之上”。今考即今攸县网岭镇罗家坪村有“古城城址”。之后，攸县县治历南北朝、隋唐340余年，一直未迁。《大清一统志》记：五代梁(907—935)楚国迁攸县治于今址(今城关镇)，虽未言明从何处迁来，据以上记载及考古遗址判识，应从今攸县网岭镇罗家坪迁来无疑。

二、醴陵古县县治地望考

醴陵。得名与战国末楚灭越，一支越人乌程氏后裔，迁居今醴陵市渌水流域北源，原醴陵县东漉山，伐木架屋，垦荒种稻，取清澈漉水(渌水)酿糯酒，故曰醴(甜酒)。其后，人口渐繁，子裔便沿漉水中游依山陵傍漉(渌)水而居，故得名醴陵。西汉高后四年(公元前184年)，封长沙王相(刘)越为醴陵乡侯。醴陵地名，始入国籍。东汉建武元年(25)，分临湘县(今长沙县)东部，置醴陵县，以乡邑为县名，属长沙郡。自此后，县治迁移一次，县名不易。直至1985年醴陵由县改市，属株洲市。

醴陵县置县后，县治始驻今醴陵市转步乡古城村。经地下文物及有关史料考证，至今学术界已无疑议。然而，醴陵县治迁徙问题，自20世纪80年代以来，仍存三说。一说"醴陵迁治，当在东汉建安以前或建安初。"二说"唐武德四年(621)复县时……"三说"应在东汉置县后到汉末建安八年，公元37—203年之间。"

经实地考察及翻阅有关国史地方志，我初步认定在东汉延平元年(106)至东汉延光三年(124)之间，醴陵县治由古城村中三洲，迁驻今治。依据有以下五条：

一是汉光武帝立东汉政权后，实行休养生息的政策，政治较清明，社会较稳定，生产力有所发展，史称"光武中兴。"建武中元元年(56)"立夏，京师醴泉涌出，饮之者固疾皆愈，惟眇、蹇者不瘳。"又有赤草生于水崖，郡国频上"甘露。"郡臣建议"令太史撰集，以传来世。帝不纳。"在这种政情下，醴陵县治迁移，难以提上议事日程。

二是醴陵县治迁移，实与全国重大灾害相关。《后汉书》记：从东汉建武中元元年(56)至延光三年(124)，68年内全国重大灾害(3个郡国以上)频发，大地震20次；大雨灾15次；大风灾7次；大冰雹5次；蝗、旱灾5次；疫灾1次。《后汉书·孝安帝纪第五》：元初元年(119)"春二月己己，京师及郡国四十二地震。或拆裂，水泉涌出。"《该志》记：大风、大雨、地震不绝，朝廷对全国性重灾，施以惠政，效果明显。在这一时期，醴陵县治原驻今治约6公里渌水下游，这儿四向环山，渌水三面环绕，有台地不广，地势略平但局促，一遭大水易淹，加上地震，灾情可想而知，县治迁移，势所必然。

三是这一时期，社会较稳定，国家储备充足。如《后汉书》记延平元年(106)至永初七年(113)，全国性大雨灾、冰雹、地震、蝗灾频发，但朝臣仍调"零陵、桂阳、豫章、会稽租米，赈给南阳、广陵、下邳、彭城、山阳、庐江、九江饥民；又调滨水县谷输敖仓。”而桂阳、零陵刚好属荆州刺史部辖。说明其时荆州所辖郡、县，即使大灾年间，也储备充足。长沙郡也属荆州刺史部，是全国最富足之郡，为何未调租米，以赈全国别的郡、县？唯一的解释是这一时期，醴陵也遭受了重灾，要迁移县治，醴陵县属长沙郡，长沙郡便全力相助，拨大量租米供迁醴陵县治之用；

四是从东汉建武元年(25)至延光三年(124)，各地郡县上言呈献“甘露、醴泉、芝草、嘉禾、凤凰、麒麟、黄龙、白鹿”之类吉祥物，有的确有其事，但大多无中生有，目的是吹捧皇帝，以图升迁显庆。如《后汉书》记：延光三年(124)春，“济南上言，凤凰集台县霍收舍树上”，结果皇帝对台县县长及县丞、县尉、吏卒，大加封赐。大灾之后，皇帝不但不制止这一类滑稽迷信之现象，反而大加奖赐。其时，醴陵县治，已刚迁驻姜岭之南东麓平岗之上，前临漉水(渌水)，姜岭北西麓有山泉，泉水甘冽，可酿醇酒，于是有人便附和山陵下有“醴泉”，于是“因以名县”，造成自醴陵建县后，县治历驻此地的印象。

五是东汉永和五年(140)荆州刺史部(今湖南部分)官方地图册上，已明确标示。醴陵县治，已位于今治。1982年地理学家谭其骧教授主编《中国历史地图集·第二册·秦·西汉·东汉时期》地图册上，也作如此标志。这也佐证其时醴陵县治已从原治，迁驻今治。

以后，县域时有撤并，复置后县域略有变更，而县治始终未迁。

三、浏阳古县县治地望考

浏阳市。《三国志·卷五十四》：建安十四年(209)“权拜瑜偏将军，领南郡太守。以下隽(注：今湖北省通城县)、汉昌(今湖南省平江县)、刘阳(今浏阳市)、州陵(今湖北省洪湖市东)为奉邑，屯据江陵。”刘阳县名，始见于此。清光绪《浏阳乡土志》认为，置县“必始于是时。”以后《晋书》《南齐书》等史籍中，皆有刘阳县记载。直到南朝齐建武四年(497)，改刘阳县为浏阳县，属湘州长沙郡。浏水仍名之。在长达288年的时间内，皆名刘阳县。然而，《水经注》：“浏水出县东江州豫章县首禅山，导源西北流，经其县南，县凭溪以即名也。”因此之故，浏阳县是以浏水名县，还是以“刘”名县，值得进一步探讨。

我认为刘阳实为汉景帝时期，长沙定王刘发所置宗亲族邑。目前虽无明载，然而实有可能。一是《史记·五宗世家》注：“长沙定王发，其母为唐姬，原为程姬侍女，后因故及生子，因命曰发。以孝景前二年(公元前158)用皇子为长沙王，以其母微，无宠，故王卑湿贫国。”公元前154年，吴王刘濞为首发动“七国之乱”。这一年刘发便选取临湘县东向浏邑为军事据点，为朝廷平叛制造箭镞，以忠皇室。二是《集解》应劭曰：“景帝后二年，诸王来朝，有诏更前称寿歌舞(注：这应是庆贺朝廷平叛“七国之乱”之举)。定王但张袖小举手。左右笑其拙，上怪问之，对曰：‘臣国小地狭，不足回旋。’帝以武陵、零陵、桂阳属焉。”刘发由前四年的“失宠”封王，到四年后“得宠”添封三郡。实际上是汉景帝为奖励刘发平叛之功（制造箭镞），借故添封三郡。三是据《史记·汉兴以来诸侯王年表第五》等记载：孝景（前）二年，复置长沙国，封刘发为长沙国定王，改国号为定王发六年（公元前154）。之后，长沙定王刘发子裔，公元前129年刘苍封为安成侯，刘福为容陵侯（今湖南安仁县地及攸县小部分地）；公元前125年封刘则为攸舆侯，刘欣为荼（茶）陵侯（今茶陵县及炎陵县地）。唯独今浏阳市，既不置县，又未封侯，其主因可探讨。但最有可能是，刘邑为长沙定王族裔封地，位在诸侯之上，又属军事要地，故不记于史籍。刘发封族邑后，取“浏”之谐音，去三点水，以姓氏名地，故曰“刘阳”。三国吴孙权置始“浏阳县”，旋改“浏阳”为“刘阳”。取“浏”之谐音，以刘发族邑为名，表面上以示对刘氏宗室的尊重，实际上为拉拢刘氏皇亲势力，扩充自己谋取天下，这很有可能。

浏（刘）阳置县时，县治始驻何地，历有疑议。经查考实驻居仁镇（亦名居陵镇，今浏阳市官渡镇治）无疑。其一，数朝官方地图表（册）上，已标示县治驻居仁镇。三国吴永安五年（262），荆州刺史部地图表上，已标示刘阳县治，位于居仁镇。南朝齐建武四年（497），在荆州、郢州、湘州地图表上，也有同样标示。隋大业大年（612），江汉沅湘诸郡地图表上，浏阳（由刘阳改称）县治，驻居仁镇。其二，《旧唐书·卷四十》：“浏阳，吴分长沙置浏阳，隋废，景龙二年（708），于故城复置。”清同治《浏阳县志》：“唐景龙二年复析置浏阳于故城。”“故城”，当指居仁镇。直至唐开元二十九年（741），江南西道地图表上，才明标县治，已从旧治迁驻今治（今浏阳市老县城）。其三，清光绪《湖南通志·古城考》：“浏阳故城在今浏阳县东……隋大业初，省入长沙县而故城废；唐景龙初复置，即今治；元初迁居仁镇；明初复唐旧治。”文中除唐景龙初复置今治，与《旧唐书·卷四十》“于故城复置”，有出入外，余无疑可辩。其四，清嘉庆年间（1796—1820），今大围山镇治（左东门市），出土南宋古钟，上铸“大宋国潭州浏阳县流阳乡金溪北十二都金钟山，绍熙二年（1191）。”今考“流阳乡”当为“浏阳乡”，以谐音避同名而记。民国《上东义举志要续编》：“大溪北至金钟桥以西，接达浒，曰‘金钟’。”今仍有金钟、金钟山、金钟桥地名。旧《浏阳县志》也载：明代前全县有七乡，明初始为四乡。浏阳乡（流阳乡）应为七乡之一，明代四乡之一，地望应在浏阳市东乡，即浏阳河源大溪流域内。其五，经笔者实地查考，又据当地冯姓族谱记：冯姓先祖于南宋宝佑年间（1253—1258），从江西省迁居浏阳桥港（今官渡镇云山村），元末由再迁官渡老街经商。由此观之，今官渡镇治一带，古属浏阳乡无疑。

综上所述，浏（刘）阳置县后，县治始驻今官渡镇（居仁镇），可以成立。唐开元年间（712—741），浏阳县治从古治迁今治。元初又迁驻于古治（居仁镇），明初又迁回今治。迁今治后，是驻今老县城内，还是老县城原“东街口旧城隍庙一带。”仍可探讨。但已属同一驻治范围内，可视为同一古城扩展而已。

清末“株洲厅”考证

佘意明

厅是清朝的地方建制，民间传清末有个“株洲厅”，株洲芦淞区樟树坪曾有“府台衙门”之称。株洲因过去相当长的时间属湘潭县管辖，本地史料非常有限，而《清史稿》未收录“株洲厅”。笔者查阅相关史料，发现湖南巡抚岑春蓂上奏给朝廷的两道奏折，初步揭开了“株洲厅”的建制过程、辖区范围等。

一、清朝的“厅”

要了解“株洲厅”，必先对清朝的“厅”机构有一个简单的认知。

清朝实行分省建制，省是地方上的最大行政区域，下设府、厅、州、县，形成地方上的省、府、县三级基本行政机构。

“厅”在明朝和清初，尚不是固定的行政单位，多为派出机构。从康熙时期开始，“厅”基本成了固定的地方行政区划单位，多设置在新开发区或具有特殊地位的地区。

清朝的“厅”有直隶厅、散厅之别。直隶厅，直属于省，与“府”地位大致相同。清代湖南凤凰、乾州、永绥、晃州、南州五厅即属此列。散厅的地位，与县略同，属于知府统辖。古丈坪厅(今古丈县）、株洲厅二者即属此列，前者归永顺府管理，后者由长沙府管理。

“厅”的长官叫“同知”，正五品。“同知”本来是知府的副职，但到康熙以后，那些执掌一方行政大权的“厅”的“同知”，则如同知州、知县一样，不再是副职。厅又叫“抚民厅”，因此，厅长官也叫“抚民同知”，其办公的衙门称“抚民府”。

二、“株洲同知”的设置

光绪三十四年(1908)四月十一日，湖南巡抚岑春蓂给清廷上奏折《请在湘潭县株洲地方移设同知、巡检以资治理折》，要求在株洲设立“同知、巡检”，“伏讫皇太后、皇上圣鉴，敕部议复施行”。其时，慈禧、光绪尚在世，批了奏折。岑春蓂的奏折转到吏部。

《清实录》中的《光绪朝实录》记载：“光绪三十四年，湖南巡抚岑春蓂奏：湘潭县株洲地方，现当路矿之冲，请将长沙府督捕水利同知、湘潭县黄茅巡检移驻，以资治理。下部议。”

那么，岑春蓂的奏折批准了没有呢？《光绪朝东华录》中有定案。该书记载，光绪三十四年八月二十七日，吏部“得旨准奏”，“准以长沙府督捕水利同知移设株洲，改为株洲抚民同知，并将湘潭县黄茅驿巡检移驻，名为株洲巡检”。得到批准后，湖南巡抚岑春蓂开始选址，最后在樟树坪建造株洲抚民府衙署。

那么，清政府为什么要将“长沙府督捕水利同知、湘潭县黄茅巡检移驻”呢？主要原因是，清朝对吃皇粮的官员的编制控制极其严格，新设机构官员原则上只能由内部调配。

三、“株洲厅”的治理模式

岑春蓂上的第一道奏折详细记录了拟设的“株洲厅”管辖范围：湘潭县湘江以东全部地域，北接善化县(今天长沙南部)，南界醴陵。

岑春蓂还向朝廷报告了“株洲厅”的治理模式，即株洲抚民府要参照清代后期湘西的永顺府新设的“古丈坪厅”的模式管理，而钱粮、学校仍归湘潭县管辖。

株洲抚民府走马上任的第一任同知是长沙府同知谭祖昌，此人在任上只有几个月时间，宣统元年(1909)二月就去世了。

宣统元年三月十九日，岑春蓂上第二道奏折《奏新设株州同知改为冲繁要缺折》。“冲繁要缺”是什么意思呢？“冲繁”指交通重要、政务繁忙；“要缺”指的是重要官职。

岑春蓂奏折言明，株洲地方社会情况非常复杂，“诸务草创”，“断非部送初任之员所能胜任”。他在奏折中两次提到谭祖昌不能胜任“株洲抚民府同知”职位，到底是谭祖昌身体差还是工作能力差，没有说明。

谭祖昌死后，岑春蓂奏荐李见荃为株洲抚民府同知。李见荃，进士出身。此人能力很强，思想较保守，后升调湖南永顺知府，民国时期当过徐世昌的“总统府顾问”。

四、“株洲厅”的设置背景

清政府为什么要设置“株洲厅”呢？

湖南巡抚岑春蓂给朝廷的奏折中详尽描写了当时株洲社会情况之复杂，说株洲地处“路矿之冲”，“滨临大河，地当冲要，为由湘入江西孔道，五方杂处，良莠不齐……亟须因地制宜，移设厅员驻扎，以资治理”。路就是株萍铁路，矿指的是安源煤矿。

19 世纪末，张之洞调任湖广总督，大力发展重工业，将汉阳铁厂、大冶铁矿、安源煤矿的资源进行整合，组建了一个大型的公司。为运送煤炭方便，清政府后来修建了株洲至萍乡的铁路。

1906 年，湘赣边界爆发了震惊中外的萍浏醴大起义，清政府调集鄂、湘、赣、苏四省近 5 万兵力“围剿”。起义虽然失败，但株洲境内的会党活动并没有平息。于是，惊魂未定的湖南巡抚岑春蓂为了拱卫长沙，保护铁路运输安全，向朝廷递奏折，要求设立株洲同知、株洲巡检，加强对株洲的控制。

“株洲抚民府”位于芦淞区樟树坪。清朝灭亡后，1912 年，存在近 5 年的“株洲厅”建制被取消，再度被纳入湘潭县管辖。抗日战争期间，株洲“抚民府”遗址遭日机轰炸，被夷为平地。

总之，湖南巡抚岑春蓂奏折的发现具有重大的意义，一是弥补了《清史稿》一书的不足，株洲厅第一次有了正规文献的佐证；二是对研究清末湘潭、株洲的社会经济状况具有积极意义。

湘东地区封侯与置县沿革初考

——兼谈攸县立县始于秦代

席道合

湘东地区以今株洲市为主体，其封侯与置县的历史还涉及周边的长沙、湘潭、衡阳、郴州、萍乡等地。从历代的文献记载和近年来出土的考古材料分析，株洲市所辖9个县市区最早建置至迟始于秦代，其中，以被考古材料证明的秦代初年的攸县为标志。

一

秦灭楚后，在楚地设立洞庭郡、苍梧郡，主要管辖今湖南及相邻区域。其中，苍梧郡主要管辖今湘南、湘东及周边区域，今之攸县即在此范围之内。1983年，湖北江陵张家山出土的汉简中有一则秦王政二十七年(公元前220年)的案例，案例中记载了苍梧郡攸县令史率领征调的新黔首进剿利乡叛乱的过程。

其中攸县令陈述说(译文)："我开始审理此案时，苍梧县代理县令灶、尉徒唯向我说：'利乡乡民叛乱，(攸县)派往镇压的新黔首败逃。应该拘捕治罪的太多，都没有抓获。此案很难处理，恐怕要出差错'……狱史氏供述：'劾文书下达之后，与攸县代理县令媱、县丞魁共同审理此案。(攸县)令史肱和义征发新黔首前往侦察，看到叛乱的太多，便又征发了一批新黔首前往参战。令史义战死后，攸县现再一次征发了一批新黔前往缉捕叛乱者。这一次获得胜利。三次征发新黔首的名册，均由令史肱保管。"(见《张家山汉墓竹简奏谳书》，文物出版社，2001年)

从上述字里行间，可以得出以下两个结论：(1)攸县属苍梧郡所管辖，利乡也当为苍梧郡所辖某县的一个区域，且与攸县相距不远。(2)攸县令史名"义"，其受苍梧郡派遣，带领新黔首(即新征调的乡民)前往利乡平息叛乱，但前两次都失败了，且"义"在第二次平叛中战死。随后，攸县组织了第三次平叛，获得成功。

这一则史料说明至迟在秦代早年，攸县已经设立。此攸县即今之攸县，一是因为今之攸县在秦代确在苍梧郡所辖范围之内，且汉初，攸县、攸水地名已固定在此地，此前及此后均未见其他地域有云攸县、攸水者；二是汉初设县往往沿袭秦制，两朝“攸县”应为一脉相承。至于攸县最早的设立时间能否早到战国楚时期，则尚待新的地下考古材料出土。可以肯定地说，攸县是湖南地区最古老的县之一，迄今为止，其建县的历史至少已有2200多年，并非始于地方文献所说的西汉高祖五年(前202年)。

西汉早、中期，在今株洲市辖区内，封侯的有4个。高后四年(公元前184年)，醴陵侯越封于醴陵，故址可能为今醴陵市转步古城；汉武帝元朔二年(公元前127年)，刘欣封茶陵侯，故址在今茶陵县城东50里的火田乡一带；汉武帝元光六年(公元129年)长沙王子刘福封于容水(即今洣水支流永乐江)，是为容陵侯。此侯命运多舛，5年后的元鼎五年(前122年)即被废，遂后以侯国名而改县名，其中心区域位于洣水与其支流容水交汇处一带，故址在今攸县鸭塘铺桐坝村。汉武帝元朔四年(公元前125年)，封长沙王子刘则为攸舆侯，故址可能在攸县网岭一带，此地尚存大型汉墓封土堆。

两汉时期，在今株洲市境内立县的有5个，即攸县、茶陵、容陵、阴山、醴陵。

除了秦代已经设立的攸县以外，西汉高祖五年(公元前202年)立茶陵县，隶属长沙国。20世纪70年代，长沙出土的西汉墓中，有“茶陵”“攸丞”印章，墓主应是由长沙国派往茶陵、攸县为官，死后回葬国都长沙的官员。西汉武帝元鼎五年(前122年)废容陵侯而改设容陵县，东汉末年废。阴山县据传为秦代所设，但史料依据尚存纰漏，无定论。从两汉的正史记载来看，阴山县自西汉至东汉一直存在。从三国孙吴将容陵县并入阴山县一事分析，既然可将容陵县并入阴山县，说明两县必然相邻，其所处地域，大致情形应为，容陵县的主体范围在洣水之北，阴山县的主体范围在洣水之南。东汉初又划临湘县南部及醴陵侯封地设醴陵县。以上5县中，攸县、茶陵、醴陵沿袭至今。

二

三国至南北朝时期，株洲地区共有6个县，即醴陵、攸县、茶陵、阴山、建宁、湘西县。其中，前4县沿袭汉制。原汉容陵县东汉末年废而并入阴山县。另新设建宁、湘西县。建宁县，三国吴在湘江以东设立，故址在今株洲市老城区建宁港和株洲县淦田古城。湘西县，三国吴在湘江以西设立，管辖区域包括今株洲县西部、天元区，湘潭县东部、东南部及衡山县、衡东县的相邻地区。北部建宁、醴陵、攸县隶属于长沙郡，西部湘西县隶属于衡阳郡，南部阴山、茶陵县隶属湘东郡。除以上6县以外，三国南北朝时期，还有6人封侯于株洲。三国吴黄武四年(225 年)，封顾雍为醴陵侯。顾雍死，其子顾裕袭爵为醴陵侯。东晋元兴二年(403 年)，封桓蔚为醴陵侯。南朝梁天监元年(502 年)，封江淹为醴陵侯。江淹死，其子江焉袭封醴陵侯。南朝陈光大元年(507 年)，封淳于量为醴陵公。

这里先说一说建宁县设立的历史背景。东汉献帝建安十三年(208 年)赤壁之战后，刘备从孙权手中借得荆州，领有南郡、武陵、长沙、桂阳、零陵诸郡，并派诸葛亮督守长沙、桂阳、零陵三郡。公元 214 年，刘备西取蜀地，孙权派兵讨还荆州，经过吴、蜀间的斗智斗勇，最终形成孙吴取得江南东部长沙、江夏、桂阳三郡，刘蜀管理西部的零陵、武陵、南郡三郡的局面。在湘江中游，吴、蜀两国基本为划江而治。为了加强与刘蜀的对抗，孙吴旋即在湘江以东新设建宁县，县治在今株洲市城区建宁港一带，所辖范围东临醴陵，南接攸县，北邻临湘(长沙)，西界湘江。此时的湘江以西为刘蜀所辖的湘南县地，包括今湘潭县及衡山县、湘乡市、双峰县的一部分。但这样的对峙局面并没有维持多久，5 年后的建安二十四年(219 年)，孙吴大军乘关羽在襄阳大战曹军之时，袭占了整个荆州，并斩杀了关羽父子。从此，湖南整体纳入孙吴地盘。株洲的湘江两岸敌视对立的气氛也从此不再，又回到往日的平和时光。吴太平二年(257 年)，建宁县治由建宁港迁往今株洲县淦田，如今，淦田古城址还保留有残垣断壁。晋时建宁县城又从淦田迁回今株洲城区建宁港。此后，建宁县延续到隋代开皇九年(589 年)，并入湘潭县后废置。

再说说湘西县设立的情形。吴太平二年(257 年)孙吴在将建宁县城迁往淦田的同时，还做出了一个重大的举措，那就是在与淦田隔江相望的湘江西岸新设湘西县，故城在今株洲县堂市乡土城村。湘西县原属湘南县，是划出湘南县东部而设置的。2007 年，考古队在堂市乡土城村调查时发现了部分城墙遗迹，在古城周边还发现了具有相当规模的三国时期古墓群。古城与古墓群肯定是具有必然联系的。南朝齐代时，将湘南县并入湘西县。隋朝时，废湘西县并入衡山县。从湘西县建县之始，首治堂市土城是肯定的，后县名维持至隋代开皇九年(589 年)，并入衡山县废置，共历 332 年，其间县城是否异动已难细说。

阴山县作为两汉故县，在《汉书·地理志》《后汉书·郡国志》中均有记载，属汉之桂阳郡。三国吴沿用汉之阴山县，并将容陵县并入，属孙吴之湘东郡，北部与孙吴长沙郡建宁县相接。其县所辖范围除今攸县西部、南部以外，还包括今茶陵西部及衡东、衡南、安仁县的部分区域。汉之容陵县的治所及县域范围历来不存争议，但与之相邻且相关的阴山县的来龙去脉则异议甚多，有云汉时由阳山县改；有云三国时由容陵县改；有云阴山县自秦汉以来一直存在，无“改”一说。从三国孙吴大将吕岱建安二十年征伐湘东时的有关记载来看，岱攻湘东，安成、攸、永新、茶陵四县吏共入阴山城，合众拒岱，岱围攻，三郡克定。由此分析，可以得出三个结论：一是阴山县在孙吴吕岱攻克湘东以前即已存在，并非孙吴取湖南后所设，此后的孙吴之阴山县也就不是由容陵县更改而来，只能是沿用汉制。二是吕岱攻湘东导致四县吏共入阴山城联手拒岱，说明汉之阴山城应为近邻，应紧邻攸、茶两县之西，汉之容陵县之南。孙吴时期，阴山、容陵两县合一，则地跨洣水南北，两县合并后的阴山县管辖地域应大致包括今攸县西部和西南部、茶陵西部、安仁、衡东东部一带，隶属汉桂阳郡。南朝梁天监年间(502—519 年)，分阴山县西部置湘潭县，所辖区域主要在今衡东县境，与今湘潭县重合的区域甚少，治所也在今衡东县石湾，隶属湘东郡。三是“岱攻围，(长沙、庐陵、桂阳)三郡克定”的记载，说明攸、永新、茶陵、安成四县加上阴山县分别隶属三个郡，而攸、安成、茶陵本属于长沙郡，永新属庐陵郡，剩下的阴山县自然属于桂阳郡了，这与两汉正史记载亦相吻合。

三

隋代将攸县、阴山、茶陵、建宁四县并入湘潭县，将湘西县并入衡山县，均属衡阳郡。隋大业三年(607 年)废醴陵县，入长沙县。

唐代武德四年(621 年)，从长沙县复划出醴陵县旧地，重设醴陵县，属潭州。同年，又废湘潭县，置南云州，辖原攸(攸水)县分出的安乐、新兴县两县及阴山、建宁、茶陵县。唐贞观元年(627 年)废南云州，将上述五县合并为攸县，属衡阳郡。唐武后圣历元年(698 年)，分攸县所辖茶陵旧地复置茶陵县。

南宋嘉定四年(1211 年)析茶陵县南部置酃县即今炎陵县。

至宋代，今株洲市所辖地区的县级行政建置基本稳定，有醴陵、攸县、茶陵、酃县(今炎陵县)及湘潭县东部。

20 世纪 50 年代以来，先后析湘潭县东部、醴陵县西部、长沙县南部设置株洲市城区及株洲县，遂形成株洲市现在的行政格局。

清初湘东地区的客家移民潮

谭忠诚

沿湘赣边境蜿蜒的罗霄山脉北上，依次有桂阳（今汝城县）、桂东、酃县（今炎陵县）、茶陵、攸县、醴陵、浏阳、平江等县，这一广袤的区域到处是崇山峻岭、茂林修竹。明末，“棚民”活动其间，至清代初年，人数逐渐增加。他们以种植苎麻、蓝靛、药材为业。清朝宰相张廷玉在他的《请定安辑棚民之法疏》中说：“有曰棚民者……其间失业之徒，沿缘依附，什百成群，刈苎沤麻，倚为生计。其始无屋不栖，遂依崖傍麓，缚茅为棚以居，人咸目之曰棚民。”

张廷玉所称的“棚民”，其实就是客家人，客家民系是汉族八大民系之一。历史学家认为，在西晋五胡乱华和东晋永嘉之乱时，中原汉族南迁至粤赣闽三地交界处，与当地土著杂居，互通婚姻，经过上千年演化，到南宋时形成了相对稳定的客家民系。此后，客家人又以梅州、汀州、赣州等地为中心，外迁到各省，有的甚至漂洋过海，迁居到台湾、南洋和世界各地。客家文化研究学者通常将客家人的大规模迁徙分为5次，而大规模迁徙到湘东地区当属第4次，即“西进运动”。其时，客家人因人口繁衍，生产资料贫乏，遂向川、桂、湘、台等地迁徙。

据《酃县志》（1994年版）记载，客家人迁徙到该县始于宋、元时期，明末清初趋多，于康熙、乾隆时期形成高潮，一直延续到清末。其中“宋代迁入12支，元代迁入9支，明代迁入20支，清代迁入123支”。他们大多数从广东的梅县、兴宁、五华、乳源，或从福建的汀州、上杭、连成、武平等地迁入。同治年间统计，全县寄籍烟民10108户，占总户数的58.8%，寄籍人口91160人，占总人口的77%。这些所谓寄籍烟民，绝大多数是客家人。

无独有偶，据汝城县民国期间的统计，清以前氏族为97族，清前期从江西和广东迁入36族（其中广东30族、江西6族），清后期从广东迁入的仅仅只有2族。这里所说的“族”，与酃县的“支”同属一个概念，亦说明清前期移居的量比较大。在醴陵，有客家人迁居的间接记述，《醴陵市志》（1995版）的“大事记”载：“康熙十三年（1647），降清明将吴三桂反清，分兵住醴陵，建木城。由闽粤经江西来醴陵种麻棚民组织反清复明的麻棚军，配合吴三桂作战。”《攸县志》（同治版）记载：“迩来闽粤之民，侨居吴楚，自吉袁至楚南各邑县所在皆是。以为主户，而非土著，以为客户，则已无他涉。而其人又居山而不居泽，凿岗伐岭。”湘东北边一点的浏阳情况如何呢?《浏阳县志》(嘉庆版)载：“据嘉庆二十二年编查保甲册稿，土著烟民46374户，大小男妇200019丁口，寄藉烟民15960户，大小男妇67776丁口”。

这些记述清楚表明，当时的客家人涌入湘东地区已是普遍现象了。那为什么会在清朝的初期，在湘东地区掀起一股客家的移民潮呢?

首先是湘东地区具有独特的山地环境，适合客家人的耕种习惯，为客家人迁入提供了先决条件。所谓“逢山必住客、无客不住山”，从客家人的分布地域可知，客家人居住的地方一般是自然条件比较恶劣的山区。客家民系在闽粤赣三省的边境山区形成，受自然条件的限制，他们习惯于垦殖山地。具有同样生产条件的地方自然是他们迁往的首选之地。

其次是湘东地区长期的战乱，使得人口凋敝，为客家人迁入提供了空间。《酃县志》(同治版)记载：“(顺治)六年贼(指金声桓)踞王镇，屠戳(戮)过半。八年复被粤寇十三营烹杀几尽……十一年大师恢剿，知县傅继说召集哀鸿，历年仅得老幼一千二百人，逐无留余，以待缺额”；“粤寇十三营万余号红巾，贼陷城，知县徐鼎臣、于琨先后死之”。以万余兵力攻打一个山区小县，知县死之，平民死之，可见惨烈的程度。邻近的桂东县、桂阳县的情况大体与酃县类似，《桂东县志》(同治版)对桂东和桂阳两县有这样的描述：“顺治五年，江西南昌金声桓、王德仁猝变，自永宁入据酃县……余贼遁入桂阳、桂东，大肆杀掠。又有广东流贼王宗等聚众五千余人，裹红巾为号，入据桂阳县……饥贼杀人以食，屠割最惨，死亡过半。”茶陵县亦遭受“红巾军”铁蹄的践踏，只不过损失程度不及酃县、桂东而已。

醴陵“自崇祯十六年至顺治十一年，人民备受兵力、饥荒、厉疫诸劫，死亡过半，业荒无主”。康熙十三年(1674年)发生的“三藩之乱”，对浏阳、醴陵影响甚为严重。居住在浏阳的朱益吾率众多“棚民”与吴三桂军联合，以浏阳、醴陵、萍乡一带为中心，盘踞在此地达两年之久，直到康熙十六年(1677年)，吴三桂被清军打败。这场拉锯战带来毁灭性的打击，战乱造成满目疮痍、人丁凋零、田地荒芜。此时，“招民垦荒，以充国赋”自然是县衙的重中之重。这样的环境，为客家人的迁入提供了有利的条件。

平江县独善其身，明末清初的战火没有烧到这片土地上来。然而县境的东南有一大片没有利用的山地，土著对这些贫瘠的土地不屑一顾。于是，康熙四十二年(1703年)，“伍士琪招广东、福建民于东南山区开垦，立名广福兴，编在第二十里，雍正七年入籍”。像平江县这样有计划地招募、成建制屯垦、整体解决户籍，是湘东地区客家移民的一个特例。

最后是“摊丁入亩”“和平安置”一系列政策的实施，为客家人的迁入扫清了障碍。历朝历代均是按人头收取税赋，康熙晚年将丁银并入田赋征收，这是税赋制度的一次改革，废除人头税，放松了对底层农民的人身控制。对于客家移民来说，意味着取得当地的户口变为可能。这项制度在各地的实施时间尽管稍有差异，但基本在雍正年间执行完毕。醴陵是“(雍正)七年，以额征丁银九百八十七两九钱四厘零摊入田粮”的，攸县则于“雍正元年二年覆准各省地丁摊入地粮，至乾隆四年遂诏摊地丁银入田亩，永为列”。

明亡时客家人纠集勇壮，头裹红巾，响应郑成功、金声桓以图复明，从此便与朝廷结怨。康熙十三年，吴三桂据长沙，朱益吾与之勾结，率客家人揭竿而起，取萍乡，攻宜春，惹得康熙龙颜大怒。皇帝很生气，后果自然很严重，“棚民终康熙之世，不准编图立籍”，户口问题长期得不到解决，“至雍正、乾隆间，始弛其禁”。倒是雍正宽宏大量，对待湘赣棚民采取了“和平安置”的办法，即不问造反之罪，凡是棚民都给予合法居民身份。至此，客家人才算取得合法的居住权。

大量的闽粤赣客家人移入湘东地区，带来了另一种生产和生活方式，有力地促进了该地区经济的繁荣。客家人沿袭原来的生产习惯，带来苎麻、蓝靛、番薯、玉米、油茶、药材等作物的种子，推动了种植业和养殖业的发展。如红薯(番薯)的种植，“番薯出西洋，闽粤人来此耕山者，携其泛海所得苗种之，日渐繁多，色黄味甘，食之疗饥，可以备荒”。“剪茎插土，稍施肥料，自然繁殖。根肥当粮，藤叶饲猪”。中国几千年以来，一直为粮食的问题苦恼。红薯的推广，让千千万万的饥民得到实惠，这实在是一件大好事。油茶的引进与推广同样具有重大意义，据《攸县志》(同治版)记载：“南山茶葩萼大，倍中州所产，结实如梨，大如拳，中有数核，如肥皂，子大，疑此油茶也。今攸东棚民栽种成林，树枝叶皆类山茶，秋末开白花，冬结实，次年霜降后收子，谓之木子，亦作木籽爆裂压油，利较桐油更薄。”非常滑稽的是，志书将油茶归类于物产中的花属，排在山花之后，木芙蓉之前。一方面说明当时的史官们还没有认识这一植物的本来用途；另一方面也说明，在客家人迁徙到这里以前，土著居民并没有种植油茶的传统。

在大力发展农业的同时，客家人的迁徙也促进了工业的起步。比如“雍正七年(1729)，广东兴宁移民廖仲威在沩山(醴陵)发现瓷泥，租山开矿，招工传艺，创设瓷厂”。这是一个典型的例证。

“客家人”是一个充满颠沛流离、饱经风霜的苦难的代名词，客家人的迁徙过程充满血泪和辛酸。一个移民潮对于一个区域来说，所带来的是一次冲击。移民与土著的融合，又会带来理念的更新以及生产和生活方式的改变，许多传统被颠覆。无论站在哪个角度来评价清初湘东地区的客家移民潮，其意义无疑都是积极的。

醴陵古城迁徙时代小考

丁水生

醴陵，史载东汉始置县。县治因记载无考而说“自汉以来无城”。1987 年，湖南省博物馆专家来考察后认定：转步古城，正是醴陵建置以后的县城遗址，同时又是之前西汉所封“醴陵侯”的侯城故址，从而推翻醴陵历来无城之说。

醴陵古城遗址，位于今城西 10 公里外的原转步乡古城村（今属板杉乡）。这里地处渌江中游，渌江自东而来宛如飘带绕遗址东、南、西三面流过，形如半岛，当地人称之为中三洲。遗址坐北朝南，三面临水，北面依山，沿江三面都筑有城垣。1986 年文物普查时，城垣保存基本完好。

侯城位于县城遗址北面约 20 米处，与县城古垣一样，均系黄色黏土夯筑，层次分明，夯窝深 4 ~6 厘米，叠压在东汉县城故址下面。城垣内外，均有泥质麻纹陶片发现，表现出明显的东汉陶器特征，为同一时期的文化遗存，有力地印证了醴陵古城的建置和筑造时代，以及城市文明的形成发展脉络。此处现为醴陵市级文物保护单位。

据《汉书·高惠高后文功臣表》载：“（越）以卒从，汉二年起栎阳，为河内都尉，用长沙相。高后四年（前 184）四月丙申封醴陵侯，六百户。孝文帝四年（前 176 年）有罪免。”这位不曾在史籍标明姓氏的醴陵侯兼长沙国相的“越”，虽居位仅 8 年，却使“醴陵”作为一个地域名称第一次被写进历史，距今已有 2000 多年。

东汉光武帝建武十三年（37），长沙王刘兴因“宗室皆袭爵为王，不应经义”，降封为临湘侯，改长沙国为长沙郡，包括临湘在内共辖 13 县，其中就有同时从原属临湘管辖的醴陵地域划出设置的醴陵县。后又把湘南侯国邻近醴陵的今株洲县大部分地区划入醴陵辖境。则醴陵立县至今，也有将近 2000 年。

醴陵的第一个侯城及东汉县城，设置在原转步乡中三洲古城。在什么时候因什么原因，迁移到今城区位置？以前史籍并无记载。本文试从以下几个方面提出推断：

首先，清乾隆三十八年（1773），今醴陵城东营盘岭（民间习惯称云盘岭，系醴陵一中所在的青云山沿渌江河的余脉）发现“晋墓”一座，内有碑刻，镌“杨仪侯王之墓”六字，左侧有“永康二年吉日立”字样。但民国初年，有学者提出“永康”

虽为西晋惠帝年号，但无二年，而东汉桓帝，五胡十六国后燕、西秦也都用过这一年号，排除后燕、西秦二者不论，则此墓为汉为晋，尚不可定，从而提出“晋冢存疑”的论点。清末光绪年间，发现这座曾被封禁的古墓已被盗，遗弃物中有一种铭刻“阳遂富贵”四字的墓砖。县人文湜（字雪吟）曾考证此砖，认为“质粗而短，隶文甚古，阳字从阜，遂字逐上作三点，富字上面有二点”，属典型的汉魏古隶风格。“阳遂富贵”是吉利语，“犹大富贵宜侯王也”，和“杨仪侯王之墓”碑互为印证。

文湜的考证给我们的启示是：这一墓葬不止一墓！考三国史传，吴国丞相顾雍于黄武四年（225）封为“醴陵侯”。这时的醴陵早已立县。顾雍原来的封爵是建安二十五年（220），吴王孙权所封的“阳遂乡侯”，墓砖的发现证明此墓开始时葬的应是顾氏亲属；而永康二年（301）所立之碑，则是公元280年西晋灭吴短暂统一全国后，顾氏后人所立（顾雍亡故于243年）。所以此墓是否即为顾雍本人，虽不能确定，但说后来这一部分是“晋墓”，应该没有错。同时应该澄清前人一个小小的疏漏，即西晋惠帝永康纪年实际也有过二年，只不过是在这一年又改了一次元，叫“永宁”元年。一年中拥有两个以上的年号，在中国封建帝王的纪年中屡见不鲜。所以营盘岭古墓总体来讲是一座汉魏及晋的家族墓地，位于东门近城。从“阳遂乡侯”到“醴陵侯”这几十年间，醴陵县城已经迁移到今址，此处遂被顾氏族人看作“风水宝地”。

其次，近些年，屡有时代肯定的晋墓在以前属荒郊地带的烈士塔、醴陵一中青云山下、市出口花炮厂等处被发现并做抢救性发掘。火车站附近原叫第四塘，民国二十六年（1937）再次发现“阳遂富贵”类型墓砖，说明顾氏家族墓地不只营盘岭一处。这么多同时代的晋墓在城郊发现，从侧面证明醴陵县城当时人口较为繁密，符合古代人“慎终追远，安土重迁”的家族乡土观念。

最后，《后汉书·五行志三》载：“建安七八年（202—203）中，长沙醴陵县有大山，常响（吼）如牛声，积数年。”民国版《醴陵县志·大事记》亦记此事并指明“即今王仙山”。在《地理志·山水》中又引南朝刘宋盛宏之《荆州记》：“醴陵县东三十里有大山，山有三石室……昔有道士学仙于此。”此学仙人即传说中的王乔，故地名为王仙，距县城正好是三十里。北宋欧阳修撰《御书阁记》也说：“醴陵县东三十里有宫曰登真，其前有山，世传仙人王乔炼药于此。”两处记载一致，说明至少在东汉建安八年以前，醴陵县城已迁移到今城。

综上所述，醴陵县城迁徙的时间，应在东汉初置县到建安八年这160多年间，更具体的年代，有待于新的历史证据来证明。

迁徙原因，要从两处的地理位置、环境条件来加以考量。中三洲古城三面临水，堪称弹丸之地，逼仄，不利于拓展，已是不言而喻。而自醴陵以“乡、亭”升格为县，辖境大增，西至渌水下游渌，口（今属株洲县），东至上游发源处杨歧山附近(今属江西萍乡市)，恰处控扼“湘东门户”的枢纽位置，又是渌水中游的水运中心，地域远比中三洲广阔，城区拓展，有回旋余地。前人看中这块“风水宝地”，已被证明是很有历史眼光的。

茶陵建制沿革述略

苏铁军

茶陵历史悠久，自汉高祖五年（公元前202年）开始置县，迄于今，茶陵有行政建制的历史达2200余年。

两千余年的茶陵建制沿革，特别是建制设置、隶属关系，包括县名的繁复变化，是两千多年间中国封建社会的政治、经济、军事、社会、文化等各方面在茶陵的缩影。管窥蠡测，可见一斑。

一、汉武帝“推恩令”、王莽新政及隋文帝的“维新朝政”

公元前140年，汉武帝刘彻即位。为进一步打击地方势力，加强中央集权，汉武帝采纳中大夫主父偃的建议，颁布“推恩令”，通令各地实行“推恩”。“推恩令”规定：诸侯王除由嫡长子继承王位外，须将土地“推恩”，再分封给其他诸子，使之成为“侯国”；侯国隶属于郡，地位与县相当。“推恩”之后，王国封地日益缩小，势力日益削弱，最终名存实亡。

依照“推恩令”，汉武帝元朔四年（前125年），茶陵被封为长沙定王刘发之子刘欣的封邑，称侯国。“元鼎元年（前116年），（欣）薨。三年，子阳嗣。太初元年（前104年），阳薨，无后，国除。”遂复置县。

公元8年，大司马王莽篡夺西汉政权，自立为帝，建立“新”朝。他附会《周礼》，实行复古改制，推行一系列新政，意图有所作为。无奈他的新政不得要领，事与愿违，终至背道而驰，倒行逆施。社会矛盾的极度激化，致使新朝天怒人怨，倏尔灭亡，成为中国历史上最短命的一个王朝。

依照王莽新政，包括国号、年号、币制、官制、官名、宫室、郡县名称连同行政区划，都被屡次更改。土地改称“王田”，长安改称“常安”，匈奴改称“降奴”。始建国元年（公元9年），茶陵被改名为“声乡”县，隶属荆州。直到东汉建武六年（公元30年），才复名茶陵县，隶属长沙郡。

公元581年，隋文帝杨坚建立隋朝。为了稳定社会秩序，巩固新生政权，隋文帝在政治、经济、军事、文化各方面也推行了一系列改革措施，史称“维新朝政”。他的改革顺应潮流，深得民心，极大地调动了民众的积极性，促进了经济的迅速恢复和发展。隋文帝开皇年间(581—600)，社会安定，经济发展，民众富足，开创了“开皇之治”的繁荣局面。

为了加强中央集权，提高行政效率，隋文帝下令合并一些州县，将州、郡、县三级建制压缩为州县两级；精简机构，裁汰冗员，改善吏治。由此，开皇九年(589年)，茶陵被撤销建制，与攸县、阴山、建宁等县合并为湘潭县，隶属衡州。直到唐武德四年(621年)，才复立县并“复旧名，隶南云州”。因南云州州治设于茶陵故城茶王城(位于今茶陵火田镇境内)，故茶陵又称“云州”。

二、县、州和军

茶陵两千余年的建制，大体可以元至元十九年(1282年)升县为州为界，一分为二，前半段基本上是县，而后半段基本上是州的建制。

前半段的例外主要有四个时期：(一)隋文帝开皇九年(589年)至唐武德四年(621年)，茶陵被撤销建制，并入湘潭县；(二)唐贞观元年(627年)至(武则天)周圣历元年(698年)，被撤销建制，并入攸县；(三)唐玄宗开元二十一年(733年)至唐肃宗至德二年(757年)，被划归江南西道(今江西)，“治豫章(今南昌)，衡州郡属之，茶陵隶衡州郡”；(四)南宋绍兴九年(1139年)至嘉定四年(1211年)，茶陵升县为军。

后半段的例外主要有两个时期：(一)元世祖至元十九年(1282年)至三十一年(1294年)，升为直隶州，直隶湖南道；(二)明洪武五年(1372年)至成化十八年(1482年)，降州为县。

军是宋代地方行政区划名，始于五代。有两种：一与府、州同级，隶属于路；一与县同级，隶属于府、州。南宋绍兴九年(1139年)，茶陵升县为军，隶属荆湖南路(今湖南)。嘉定四年(1211年)，“黑风岗寇绎骚旁邑，(湖南安抚使曹彦约)讨平之。乃议以茶陵之康乐、霞阳、常平三乡置酃县(今炎陵)而控制之”。炎陵之置县自此始，时隶属茶陵军。

州也是地方行政区划名，但历代的设置和层级变更繁复。至宋，隶属于路。元属于路或府。明清或属于府，称属州；或属于省，称直隶州。属州与直隶州品秩相同，都是从五品地方行政机构。但前者视同为县，后者视同为府。茶陵基本为属州，大致相当于今天的县级市；自成化十八年(1482年)后，历明清至民国二年(1913年)，持续不变。

三、吴头楚尾

茶陵东衔江西，南倚广东，西、北拱湖南，“界三路(南宋时湖南、江西、广东三路)之间”，扼湘赣要冲，素有“吴头楚尾”之称。在烽火连天、兵荒马乱的年代，茶陵常常首当其冲，建制设置和隶属关系也因之数次变更。

三国时期，军阀相争，连年混战，生灵涂炭。茶陵所属的长沙郡及相邻的零陵郡成为孙权和刘备争夺的地盘，茶陵也因之成为战场。“建安(196—219 年)中，先主(刘备)南征长沙、零陵等四郡，长沙太守韩元以郡降。二十年(215 年)，吴遣吕岱等取长沙、零陵等三郡。”吕岱攻取长沙、衡州、零陵三郡后，将安成(今江西安福)、永新、茶陵、攸县并入阴山县，以其地属湘东郡。所以，茶陵“建安十九年(214 年)属蜀，二十年属吴湘东郡”。

唐末至五代十国时期，茶陵遭受的战乱更为严重。农民起义，军阀混战，战乱频仍，民不聊生。因地处十国中的吴、楚之间，茶陵成为名副其实的“吴头楚尾”。

吴和楚都是十国之一。吴为唐淮南节度使杨行密所立。唐天复二年(902 年)，杨行密被唐封为吴王，据有今江苏、安徽、江西和湖北一部分；南唐升元元年(937 年)，被南唐取代。楚为唐潭州刺史马殷所立。唐昭宗乾宁三年(896 年)，马殷拥兵据潭州(今长沙)，被唐封为潭州刺史；光化元年(898 年)，晋升为武安军节度使；后梁开平元年(907 年)，被封为楚王，据有潭衡七州(今湖南境)；南唐保大九年(951 年)，被南唐灭亡。“楚王萼(马希萼)称臣于南唐，唐主以王兄弟争国，迁王族于金陵，国除。”

茶陵属楚，吴楚争战，茶陵处于对峙前沿，首当其冲。马殷之孙马宏芳曾经拥兵据守于此。在邻近江西莲花、永新的边界处，筑有面积 2 万多平方米的城堡马王城(位于今茶陵高陇镇境内)，据以防守。

北宋乾德元年(963 年)，宋军直趋朗州(湖南常德)，擒武平节度使周保权，楚最终为宋所灭。“初，南唐遣边镐取衡。马殷将王进达、周行逢攻镐，镐败走。行逢降周，遂据湖南。至是，行逢子(周保权)降宋，地入宋。”据有湖南全境的“地大力完”的楚，最后归附宋时，人口不满十万户。统计表明，茶陵境内，后来再也找不到唐懿宗咸通(860—873)以前原居茶陵的宗族了；也就是说，唐懿宗咸通以前的茶陵居民十室十空，茶陵境内再也找不到他们的后裔了。不论人去了哪里，原因只有两个，或是天灾，或是人祸，或是兼而有之。呜呼！斯世何世，兵连祸结，一至于此。呜呼！“兴，百姓苦；亡，百姓苦。”

渌口古镇记

颜桂平

渌口，渌江出口之地，也是株洲县城关镇所在地。它的历史据查有三千多年，这里曾出土国家二级文物“西周铜簋”。东汉时伏波将军马援南征时在此驻军，三国时东吴和蜀汉以湘江划界而治，渌口属于东吴。三千多年来风雨洗礼，渌口早已名满湖湘乃至整个江南。

渌口，位于湘东地带，南有渌江缓缓西流，西有湘江向北奔腾。这里原为湘潭县的一个古镇，先在渌口设一总到八总，后才在湘潭城关设九总到十八总。民国时渌口为醴陵县的一个镇，醴陵县志载：“为本县之门户，水运出入之孔道，凡属县产货物，外来商品，鲜有不从此经过者。”湘东属富饶之地，水上有煤炭、瓷器、鞭炮、谷米、夏布、生猪、油茶、竹木等出入。

渌口最高的山当属白螺山，它因生小白石有螺纹而得名，山下有一甘泉清冽可口。其山远望像观音菩萨，20 世纪 50 年代因设水厂而改变了样子。从整体来看，白螺山更像汉字“山”的中间一岭，其北岭是三斗岭(现县文化局所在地)，南岭是伏波岭(现伏波公园所在地)，这山势就像笔架，笔架即放毛笔的小坨子，我想笔架山的寓意应该是这里文人辈出。

伏波岭，又是颇有历史意蕴的地方。从北门进入，前面有近百米高的土台子，据说是汉代伏波将军征伐南苗的练兵之台，古战场已去，却以地名永记历史。

伏波岭上的伏波庙，勾梁画栋，古色古香，面东而立，接纳东方的紫气，原来香火旺盛。1927 年 2 月 3 日，考察湖南农民运动的毛泽东曾在此住过一晚，其报告是这样叙述的：“渌口伏波岭庙内有许多菩萨，因为办国民党区党部房屋不够，把大小菩萨堆于一角，农民无异言……这事，因为是农会委员长孙小山倡首，当地的道士们颇恨孙小山。”

伏波岭山下是小石洑，石洑就是石山抱江水的意思。民国醴陵县志载：“庙前有石岩，壁立江干，锁钥水中，谓之小石洑，其下有潭，深绿如墨。”伏波岭景色雅致，宋代文人彭鹤宾的《登伏波岭》赞道：“一岭抱江头，群山四面收。波旋来去水，石镇古今秋。保障尊南望，雄关控北流。登临无限好，高处敞吟眸。”

渌口还有一大石洑，在小石洑下行约 8 里处(现华伦纸厂处)，其地貌与之酷相似，其水势更为湍急。从湘江边的菜码头处看，其山形像一睡仙，仙人头鼻清晰，发髻逼真，头部伸出江面，腹部也很形象，头腹另一侧叫黑角子湾，其山形山势很适合设置公园，有待进一步开发。

大小石汭的水路中间点叫关口，古称津口。站在关口一望，湘渌水交汇，春夏时淼淼奔来，秋冬日则波光粼粼，周围乔木参天，芳草萋萋，鱼跃鸟飞，有心旷神怡之感。以杜甫诗《过津口》为证："南岳自兹近，湘流东逝深。和风引桂楫，春日涨云岑。回首过津口，而多枫树林。白鱼困密网，黄鸟喧嘉音。物微限通塞，恻隐仁者心。瓮馀不尽酒，膝有无声琴。圣贤两寂寞，眇眇独开襟。"

关口往东，沿渌江北岸上行，有一条长五华里的路，原来用麻石铺就，两旁是鳞次栉比的木房子，一直延伸到一总的半边街。唐宋时期这里商业就很繁荣，明清更是醴陵瓷粮大宗出境之门户，有大小码头15处，船只130多条，水运可通过长江水系，直达武汉、南京乃至沿海各地，当时渌口有"小上海"之称。

据资料记载，民国三十二年(1943年)渌口有店铺529家，其中旅馆30家，银楼7家，木屐油鞋业10家，民间称"一总工，二总谷，三至六总红绿布，七八总瓷器铺"，商贾云集，生意兴隆。这里的庙宇也多，有东岳庙、伏波庙、香山寺、关圣殿、福主寺、李公庙、天后宫、鲁班殿、福祈庙、包公庙、城隍庙、万寿宫、神农殿、洞庭庙、关帝庙、樟腊竹大王庙、乡下东岳庙等，颇为壮观雄伟，这是生意人的寄托，也反映了当时渌口的繁华。此外还有育婴堂、救济所等遗迹，可惜后来被无辜地毁了。

最可恨的是，1944年6月17日日军占领渌口后，惨无人道的日本鬼子大肆掳抢，工商业者遭受蹂躏恶劫，商业设施损失惨重，经过两天三晚的纵火烧街，店铺被焚毁殆尽，几代累积起来的家当被扫荡一空，千年商业古镇毁于一旦。我们今天所看到的伏波庙和老街都是后来重修的。

渌口是早期大革命活动的模范之地。1927年初，95%的农民加入农会，1600多名工人全数加入工会，工农运动声势浩大。1927年5月29日，孙小山率农军几千人进攻长沙时，大战易家湾。1928年1月12日，醴陵北二区农会组织千余农军攻打渌口团防局，因准备不足而失败，牺牲32人，现留下"19人堆"(县一医院大门口斜对面)，供后人纪念。

渌口，从1965年设株洲县后就有了翻天覆地的变化，县城规模扩大了，渌水大桥通车了，渌江南岸的南洲新区正在开发，湘江西岸的连接大桥也在规划之中。渌口地区有10万人口，10平方公里面积，将会成为对接湖南"两型社会"的前沿阵地。

渌口规划中的"一区三镇"将打造成"小武汉三镇"，渌江的画舫将打造成"小南京秦淮河"，五华里的沿河街将打造成"渌口民俗风情一条街"。新一届县政府决心一搏，挖掘当地的地理和人文资源，做好水上和文化文章，渌口的未来将会更加辉煌，株洲县的明天也会更加美好。

攸县古城变迁考

谭特立

今之攸县县城在攸水和洣水交汇处的洣水北岸，古称梅城。自汉高祖五年(公元前202年)建置，到五代后梁期间，攸县故城设置地点，虽没有具体记载，但在不同时期的史志中有所体现。

第一，清同治《攸县志·县城图说》："攸县故城在县东，五代梁时徙今治"。

第二，清顺治《攸县志》县治沿革考载："梁朝(531—555年)始迁于攸江之上"。

第三，唐《元和志》对攸县古城做了较为确切的记录，清同治《攸县志·县城图说》转引说："然《元和志》云：攸县西南陆路至衡州三百四十五里，是唐代攸城尚在县东"。

第四，1984年编修的《攸县志》称："旧志载，攸县古城在县东攸水南岸(确实地址待考)，五代后梁(907—923年)时迁至今址。"

2003年，在补修清光绪至民国时期《攸县志》(以下简称"补志")时，依清顺治《攸县志》"县治于攸江之上"之说，经多方考证，将攸县古县治定位于今网岭罗家坪；并在补志的《大事记》中称："梁(531—555年)始迁县治于攸江之上，此为老县治之所在，即今网岭镇罗家坪村。"补志附录的《卷目提要》中的《关于古县治位置问题》称："编者依据有关记载，《荆州刺史部图》、古县治遗址中水井、里巷、义渡数量、附近墓葬群的规模，确定古县治在今网岭镇的罗家坪村，使民间的口头传说变成了真实的书面历史，使过去没有确认的历史真实今日得到确认。"又称"这是此次编纂县志所作的贡献之一"。

且不说依民间的罗家坪临江处有3处义渡、有48口枯井残址，有48条经纬里巷遗址，有汉墓群，还有种黄芽白的习惯等说法，证实早在两汉三国时期此地就已具备今攸县城所不及的规模，在考证方法上有什么弊端，光是以南梁时古县城在"攸江之上"一说作为定论就令人生疑。理由如下：

第一，旧郡邑志明明写着"梁时始迁于攸江之上"，并且补志在《大事记》中也照抄了这段文字，明知是"始迁"，为何认定"此为老县治之所在"，并且还肯定"即今网岭镇罗家坪村"呢？

第二，罗家坪地理位置在今攸县区划中心，并且位于攸水之北，与旧志所载

“攸县古城在县东攸水南岸”和“唐代故址尚在县东”不符。

第三，罗家坪现在的位置距衡州仅两百多里，与唐《元和志》所指“攸县西南距衡州三百四十五里”尚差百里。

梁时攸县始迁于攸江之上的古城址，在没有新的证据之前，笔者以为，即便罗家坪是古城址，也只是其中之一。有关南朝梁之前的古城遗址，还得从攸县的建制沿革说起。

攸县自汉高祖五年建县以来，与容陵等 11 县均属长沙国。《史记》载，汉武帝元朔四年（公元前 125 年）封长沙国定王子刘则为攸舆侯，攸县于是有“攸舆”之名，攸舆即为刘则的封国。按《西汉荆州刺史部》地图，当时攸舆的范围较大，东边含今江西安福（包莲花厅）大部分地带，北至今江西萍乡南部部分地区，南接茶陵，西南与当时存在的容陵侯国和阴山县相连。其经度为东经 113°40’—114°60’，而今攸县为东经 113°01’—113°51’，几乎比今攸县多了 0.7 度。其纬度为北纬 27°—27°60’，而今攸县为北纬 26°46’—27°26’，比今攸县往北提高 0.3 分。攸舆国的中心在今攸县柏市镇地区。

柏市镇古称“中洲”，在攸水和罗浮江交汇地带，三面环山，中间为小型冲积平原，地处吴楚交界处，易守难攻，形势非常险要，遗址较多。

1985 年，湖南省文物普查，在柏市地区发现下茶、虎形山、柏市三个商代、西周、西汉古居落遗址（见《株洲市文物胜迹志》），早在三四千年前，先人们就在中洲这块地方繁养生息，可见其历史文化底蕴深厚。

1986 年，株洲市文物考查组在柏市镇石桥村勤王台边的一片荒地（人称“上岭街”）的地下一米深处，发现了约一里（500 米）长的文化层，瓦砾、陶片比比皆是，墙址清晰，可能是梁唐以前的街道遗址，与上岭街之名相符。

柏市的库前村原名钱库，1975 年修公路时，挖得汉“五铢”圆形方孔钱模具一套（已上交县文物部门）。

近年经文物部门认定，在柏市镇凤塔村杨林组、柏市村胡家组有数处大型的汉墓群。

北魏郦道元《水经注》“攸水”条云：攸水“西南流入洣水，今以四正四隅核之，封侯山攸东界也，经山背入攸境，历石桥江、凤岭，而罗浮江、铁炉塘诸水会之”。

郦道元所指的攸东界封侯山，即在今柏市镇东边的石桥村，山高 801 米，山势蜿蜒，耸立在吴楚交界处。

除封侯山外，在与石桥毗连的富头村，谭氏大宗祠之北有座京城山，京城山南面有一座枫宸山（见《富头谭氏山水图》）。

攸舆侯为便于治理，将都城建立在版图中心是很自然的事，种种迹象表明，今日的柏市镇就是当年攸舆国的都城。

第一，石桥地区的封侯山可能是刘则封侯的象征。汉武帝元光六年（公元前129年）封长沙定王子刘福为容陵侯，在容陵侯国的中心，即今攸县渌田大洲亦有象征封侯的侯昙山，《水经注》云“攸水自封侯山出”，“容水从侯昙山下流”。这充分说明两个带“侯”字的山，均在侯国所辖的中心。柏市镇的封侯山，以及京城山、枫宸山（传闻王侯住处都植枫树），均与都城有关。第二，封侯山下有上岭街遗址，标志着建都后的繁华。第三，库前钱库的“五铢钱”模具出土，证明此处有有资格铸币的侯国。第四，大型汉墓群的发现，同样证明古中洲在汉时的繁荣。

将柏市镇地区认定为攸县古城，符合史志中对攸县古城的下列表述。

第一，“攸县古城在县东攸水南岸”说。

柏市镇地区在三国之前是攸舆的中心，三国吴宝鼎二年（267年）分长沙郡、庐陵郡、豫章郡部分地区置安成郡，原攸舆东部管辖的安成及莲花厅地区划归安成郡，古中洲的位置由中心变为攸舆东界，就是后来所指的“县东”。

《水经注》云：“攸水出东南安成郡安复县封侯山，西北流，迳其县北，北带攸溪……”古中洲处于攸溪与罗浮江交汇之南。

第二，“攸县（城）陆路至衡州三百四十里，故址尚在县东”说。

同治版《攸县志·县治》载，“县治在长沙府南三百六十里；西至衡山一百八十里；东南至人都凤岭分水岭（即今柏市镇区）一百四十里”。今之县城至衡州，加上县城至分水岭的距离恰好为三百二十里。

既然中洲是两汉时期的攸舆古城，为什么至南朝梁时“始迁于攸江之上”呢？主要原因有三：

第一，前面已经说过，攸舆划出安成莲花厅地区后，疆域缩小，中心南移，中洲作为东陲关隘，非常重要；但作为都城，位置偏东，满足不了日益发展的需要。

第二，县城迁于攸江之上，下流水量明显增大，交通更便利，且近中心，有利于经济发展。

第三，“梁兰陵萧该少封攸侯”，以中心地区为都城，这是萧侯所追求的。

县城迁于攸江之上后，20多年后的南朝陈即将攸舆改称“攸水”，前梁县城便一直延至后梁时期。

综上所述，置县两千多年的攸县县城，有古中洲、攸江之上、攸江和洣水交汇的梅城三个地点。笔者冒昧，请有关专家批评指正。

叩问千古之谜

——以诗证史解读骆宾王情怀及他与炎陵之渊源

刘时雨

骆宾王，浙江义乌人，以《吟鹅》和《讨武曌檄》名动其时，曾任长安主簿、临海丞；后辞去临海丞，于公元684年与李敬业、唐之奇、杜求仁、尹元贞等，起兵反武则天，被武则天大将李孝逸率部击败。骆宾王逃逸至衡州之酃邑，即今炎陵县，邑人尹朴在十都瓜寮帝母殿摩崖镌其诗记之（详见《酃县志》）。这里所镌刻的究竟是骆宾王的哪一首诗，他与炎陵又有哪些渊源呢？我们不妨从他的诗里去追寻吧。

一、解读《秋日送尹大赴京》，知诗人隐居炎陵

诗云："挂瓢余隐舜，负鼎尔干汤。竹叶离樽满，桃花别路长。低河耿秋色，落月抱寒光。素书如可嗣，幽谷伫宾行。"

尹大即尹朴之兄尹质，为骆宾王挚友，曾在衡州为官。这是讲述二人离别的一首诗。大，是时人对兄长的尊称，如同称兄，唐诗中广见，如"送元大"等。送尹大即送尹兄。唐以前尹氏族人即在湘赣广有分布，质、朴兄弟即为其中一支，尹氏一族在唐宋时支脉始盛，在京城与州郡握权者不少，故骆宾王托尹质致书信，安抚其亲人和朋友。"瓢"，为军中用具，可装饮水、醋，亦可为餐具，挂瓢指辞临海丞一事，亦引申为遁入空门；"余隐舜"，即我就隐居在这里。本诗大意为，隐居在你家，感谢好酒好肉的招待。"桃花"与折柳同，古人送别时可折桃枝。送别中的"素书"即骆宾王所托之书。为避武氏之难，骆宾王有细致的安排与断然的决定，他决定伫幽谷炎陵，嘱族人和好友不要找他。自此，湘地有骆氏、宾氏而无骆宾氏。显然，尹大未辱使命，完成了托书重任。本诗为骆宾王隐居炎陵的新证与明证之一。唐中宗复位后，曾下诏收集骆宾王的诗，正因有尹质、尹朴兄弟的帮助，诗人的诗才能从辽远的湘东南进入京城。

二、解读《咏怀》等诗，知诗人赴炎陵的大致经过

《咏怀》："少年识事浅，不知交道难。一言芬若桂，四海臭如兰。宝剑思存

楚，金锤思报韩。虚心徒有托，循迹谅无端。太息关山险，吁嗟岁月寒。忘机殊云俗，守拙异怀安。阮籍空长啸，刘琨独未欢。十步庭芳敛，三秋陇月圆，槐疏非尽意，松晚夜凌寒。悲调弦中急，穷愁醉里宽。莫将流水引，空向俗人弹。”

本诗的上半段意境相连，据《酃县志》载，明吉水司马陈玉谒帝母殿，观骆宾王摩崖“题诗石”，仅见不规则“小八方”字迹，由于岁月漫长，风剥雨蚀，尹朴所镌石刻至明代已面目全非，故究竟为何诗成为千古之谜。邑中高人曾认定是《漫兴》一首，《全唐诗》与《骆宾王诗集》无此诗，此诗亦与骆宾王诗风迥异。《咏怀》应为摩崖之诗，因为尹朴断不会镌刻与己无关之诗，此为其一。本诗蕴涵尹氏兄弟助骆宾王隐居瓜寮山之大意。炎陵战国时属楚，故有“宝剑思存楚”，尹朴镌本诗彰显了骆宾王与他家交情匪浅，亦合诗人之意，此为其二。本人主政十都时多次至瓜寮一带考察寻访，见大平村有蓝仙祠和尹家老宅。族中长老说：骆宾王曾居此地，尹氏为唐时当地豪强，尹氏后裔尹玉乔在民国年间亦为富绅，毛泽东之弟毛泽覃曾率部打了他的土豪云云。历史只剩雪泥鸿爪，我数次至瓜寮、大陇、黄洋界、茨坪一带考察，本邑有数条古道可通吉州，而且由长安至吉州经衡州和本邑是最为方便的捷径。吉州司马谒帝母殿摩崖亦为史实，其所见“小八方”实为“十步庭芳敛”之遗迹。古成语有七步芳草、十步芳草，尹质为朝廷干才，与诗人结识于朝堂，故骆宾王感怀良深，而赋本诗。

又证：《四月八日题七级》：

“化城分鸟蝶，香阁俯龙川。复栋侵黄道，重檐架紫烟。铭书非晋代，壁画是梁年。霸略今何在，王宫尚岿然。二帝曾游圣，三卿是偶贤。因兹游胜侣，超彼托良缘。我出有为界，君登非想天。悠悠青旷里，荡荡白云前。今日经行处，曲音号盖烟。”帝母殿小径以七级为一段，古时已有祭祀，据《隋书》《旧唐书》等记载，南朝梁武帝南征衡州一带，曾到此谒帝母，其孙梁宣帝亦曾至此，“二帝”即指这两位皇帝。“三卿”为跟随南征的尹氏三卿。本地人世传：“梁武帝南征时曾谒帝母殿，祈帝母庇佑其成就帝业，应验，故筑药王庙、谷神庙、观音庙配祀。”自此，帝母殿香火长盛不衰。骆宾王年轻时南北征战，亦受牵连入狱，然仕唐忠心不变，故高举义旗，反对武氏临朝，兵败，只得隐居草莽以避牢狱之灾。“七级”诗反映了他放下心中块垒，决意隐居本邑的心情与心境。前五句描述叙述了帝母殿可观之景及相关历史，赞扬尹氏三卿是可交的贤人；后又称尹朴为游历此地的好旅伴，再感激尹氏兄弟为其找到了可依靠的小妾。简言之，尹朴给予了诗人无微不至的关怀，以致骆宾王流连瓜寮，愿为帝母盖烟扫尘。“铭书非晋代，壁画是梁年”句，不仅反映了诗人有高深的学识，也为今人以诗证史提供了依据。

又证：《游灵公观》等诗。

诗云：“灵峰标胜境，神府枕通川。玉殿斜连汉，金堂迥架烟。断风疏晚竹，流水切危弦。别有青门外，空怀玄圃仙。”酃，唐时尚未置县建城，故需住道观内或附近旅舍歇息，唐时霞阳东二里坳上坪里建有灵公观，小地名简称“灵观”，后由音变读灵官与酃关，是祀上古灵侯的一处道观。灵峰，又名笔架峰，高耸入云为酃县八景之一。灵公即灵侯，是炎帝神农氏灵人的首领，广泛活动于衡山至罗霄山一带，据中国出土最早的“西汉马王堆地图”，长沙以南皆称酃邑。“神府”指炎帝神农氏安寝之地炎帝陵。这里一马平川，是县内最大的冲积扇平原。本诗以下诗句易懂，即不释。重点想对骆宾王进入本县的路径加以分析。其“渡瓜步江”云：“捧檄辞幽径，鸣榔下贵洲。惊涛疑跃马，积气似连牛。月迥寒沙净，风急夜江秋。不学浮云影，他乡空滞留。”“瓜”，即瓜洲，为进南京的渡口，他的逃亡之路自此开始，《久客临海有怀》中云：“草湿姑苏夕，叶下洞庭秋。欲知凄断意，江上涉安流。”继由洞庭溯湘江至衡州。古时衡州至霞阳可通船，但浪高流急，徒步最为安全，走陆路的捷径是经耒阳、安仁古道至本县。诗人正是由尹质派人陪伴引领，沿这条西周已有的古道从诗人诗作所述大致路线赴炎陵的。《朝发诸暨》：“征夫怀远路，夙架上危峦。薄烟横绝献，轻冻涩回湍。野雾连空暗，山风入曙寒。帝城临灞涘，禹穴枕江干。橘性行应化，蓬心去不安。独掩穷途泪，长歌行路难。”本诗为兵陷润州退却的第一站，不久，李敬业已遇难，援军曲阿令尹元贞赴援，亦捐躯，乱军乱战中骆宾王不知情，但已预感“穷途”。至瓜洲，有《渡瓜步江》诗可证，后又到洞庭又有“晚泊江镇”——“魂飞灞陵岸，泪尽洞庭流”以及“逃名谢蚁丘”之言可证。溯湘江而上到衡阳找到刎颈之交尹质遂向炎陵走来。有《北眺春陵》可证，春陵，在衡阳，史传为神农制舂之地；唐时衡辖本邑及湘南各地——据《旧唐书・尹正传》，尹正长子歆仕唐为御史大夫，女为唐高祖李渊的妃，生丰王元亨，王室与尹氏有很深的渊源，正是这些交织纵横的关系，骆宾王与在衡州任职的尹质相识相知，一步步向炎陵走来，尹质内心也忠于李唐王朝，不满武氏临朝，故有接纳和帮助诗人之举，在衡州，尹质很得体地处置了诗人的诸事，并派亲信护送所以才有后来的故事。

——诗人由安仁豪山进入鹿原、霞阳，抵瓜寮尹家，走入炎陵得到了重新洗礼，诗中故言“青门”与“玄圃”，心境与当初凄断意判若两人。

三、解读诗人情怀与在炎陵重要诗篇

骆宾王既为文豪又是气冲霄汉的将才。早年即投身平定边关的军旅之中，“平生一顾重，意气溢三军。野日分戈影，天星合剑文。弦弓抱汉月，弓足践胡尘。不求生入塞，唯当死报君。”(《从军行》)其忠勇之心由此可见一斑。其边塞诗佳句有：“不学燕丹客，空歌易水寒。此地别燕丹，壮士发冲冠。”军旅佳作有《在军登城楼》：“城上风威冷，江中水气寒。戎衣何日定，歌舞入长安。”与檄文中的豪迈之气英雄之气一脉相承。诗人品行高洁，性耿直亦淡然，有在炎作品《冬月宴》为证：“二三物外友，一百杖头钱。赏洽袁公地，情被乐令天。促席鸾觞满，当炉兽炭然。何须攀桂树，逢此自留连”是风趣之作。又如《初秋于窦六郎宅宴》：“千里风云契，一朝赏心同。意尽深交合，神灵俗累空。草带销寒翠，花枝发夜红。唯将澹若水，长揖古人风。”古朴淡雅。

笔者考证统计，骆宾王在炎陵诗作计有《送王明府参选赋得鹤字》《晚憩田家》《叙寄员半千》《帝京篇》《畴昔篇》《于紫云观赠道士》《望乡夕泛》《同辛簿简仰酬思玄上人林泉四首》《秋日饯陆道士陈文林》《咏怀古意上裴侍郎》《送吴七游蜀》《夏日夜忆张二》《秋日送别》《途中有怀》《秋日送尹大赴京》《秋日送侯四得弹字》《 游灵公观》《冬日宴》《送郑少府深得忧字》《 送刘少府游越州》《 赋得白云抱幽石》《赋得春云处处生》《乐大夫挽词五首》《丹阳刺史挽词二首》《冬日野望》《寒夜独坐游子多怀简知己》《四月八日题七级》《和孙长史秋日卧病》《 咏怀》《幽絷书情通简知己》等三十八首，其中帝京篇和畴昔篇是长篇诗作。帝京篇写得华丽豪壮，“秦室重关一百二，汉家离宫三十六”“且论三万六千是，宁知四十九年非”等十分工整对仗。畴昔篇则缠绵反侧华丽中见雄奇，雄奇中见刚毅，刚毅中见铁骨与柔情，佳句有：“挥戈出武帐，荷笔入文昌”“五丁卓荦多奇力，四士英灵富文艺”“穷途行泣玉，愤路未藏金”等。其中也透露大量有关信息：如“年来岁去成销铄，怀抱心期渐寥落”。“挂冠裂冕已辞荣，南亩东皋事耕凿”，“我住青门外，家临素浐滨。遥瞻丹凤阙，斜望黑龙津，荒衢通猎骑，穷巷抵樵轮，时有桃源客，来访竹林人”等。神龙元年唐中宗李旦复位后，曾启用一批武后排挤的人，丹阳刺史尹思贞入朝，被重用，曲阿令尹元贞战死亦受封，然而愤路未藏金的骆宾王没有得到封赏与重新任用，反而遭奸佞小人的攻讦，诗人也许深知自己那篇美文实在是太精彩落笔太重了，深深地刺痛了整个李唐王朝，故决然退隐事耕凿，乐做云游客。粗略算来自 684 年诗人 49 岁入炎陵至 716 年乃作诗挽故友，至少在炎陵隐居了三十二年。生活虽然清苦，但也多姿多彩，除时有桃源客来访竹林人以外还有诸多活动。

——吟诗弹琴，由《秋日送侯四得弹字》知：“惟有思归引，淒断为君弹”。此为诗人的主要活动与兴趣

——结交新朋旧友，由《秋日送别》骆宾王还会见了京城来的朋友，此诗中有：“共此伤年发，相看惜去留。别后能相忆，东陵有故侯”诗句，来访者有可能是年纪相仿，侯一级的老友。当然，迎来送往最多的还是“物外友”，毕竟京城十分遥远，再者诗人在《叙寄员半千》一诗也曾慎嘱：“寄言二三子，生死不来旋”。本诗也反映了自己爱护朋友的情怀，诗人生性耿直，一生直如弦，也怕累及朋友，当然更鄙视奸猾之辈，故诗人在畴昔中作总结：“舜译尧曦方有报，谗言巧佞党无穷”。——从写作时间看，畴昔篇有可能是诗人暮年垂老之作。又由《寒夜独坐游子多怀简知己》篇中可知诗人在十都瓜寮结庐，此诗中有“蜗庐未卜安”之句，长住尹家或帝母殿观均不方便。加之，“超彼托良缘”，在朋友帮助下有了新的妻

室，因上述诸多原因骆宾王在炎陵隐居三十多年。

由《咏怀古意上裴侍郎》等诗可得知诗人在世的准确时间。“三十二年余罢，鬓是潘安仁。四十九仍入，年非朱买臣。”骆宾王十七岁仕唐为道王帐下小吏，在唐王朝干了三十二年，四十九岁遁入空门，隐居炎陵。这表明他生于635年。716年仍写诗挽故友——丹阳刺史，故诗人活到81岁仍在世。诗人在炎作品最重要的是《帝京》和《畴昔》，时人俱称佳作。

岁月沧桑，很多事物消于无形，我们今人只能从诗人的诗中去破解一个个谜，其摩崖诗，结庐瓜寮，得到尹氏兄弟帮助，俱已明了在案，但诗人死后葬于何处，又是一个难解之谜。总之，谜一般的骆宾王总是让仰慕他的人着迷，不过笔者感到一切亦不重要，重要的是诗人的傲骨如帝母殿高峰那么伟岸，品行如神农谷的白云那般高洁。

罗泌和茶陵(一)

段立新

罗泌，字长源，号归愚，吉州庐陵田南(今江西省吉安县云楼镇田南村)人，生于绍兴元年(公元1131年，辛亥年)农历五月十八日，卒于淳熙十六年(公元1189年，己酉年)农历三月十二日，享年59岁。罗泌一生不事科举而钟情于史学研究，他有感于史籍对远古史实记之零散、记之甚少，实为史学一大不足，于是，潜心研究，广采《山海经》《竹书纪年》等多种典籍，乃至于道藏、谶纬之书亦不放过，集数十年之功，在乾道年间(1165年至1174年)撰成史学巨著《路史》。

根据《尔雅》的训诂，"路"就是"大"的意思，"路史"就是"博大的历史"。《路史》记上古三皇到两汉之间长达数千上万年的史事，共47卷，计《前纪》9卷，《后纪》14卷，《国名纪》8卷，《发挥》6卷，《余论》10卷。在史事之外，还涉及了地理、民俗、氏族、神话等方面的内容，堪称"博大的历史"。书成之后，罗泌的儿子罗苹还特意为该书作了注。罗苹的补注与罗泌的叙述互为映衬，配合得十分默契。《四库全书总目》是这样评价罗苹的补注的："核其词义，与泌书详略相补，似出一手，殆自注而嫁名于子欤?"正因为这个原因，我在这里据《路史》的记载来谈罗泌与茶陵的关系时，没有把罗泌父子在茶陵的考察活动及他们的记载和注解分开来叙述。

罗泌在撰写《路史》的过程中，曾经远赴茶陵(当时称"茶陵军")。当时的茶陵有西阳、睦亲(又写作"睦乡")、茶陵、衷鹄、康乐、霞阳、常平7个乡，行政区域包括现在的茶陵县和炎陵县。罗泌来到茶陵之后，在当时的睦乡潞水(当时写作"露水")、康乐乡鹿原陂(就是现在的炎陵县炎帝陵所在地)考察了炎帝陵及有关炎帝的史事，作了如下记载：

(炎帝神农氏)崩，葬长沙茶乡之尾，是曰茶陵，所谓天子墓者。所谓天子墓者，有唐尝奉祠焉。(见《路史》卷十二)

小帝少也，佚名，盖为政日浅。自庆甲徕(这里不好理解。徕，有的版本写作"来"。如果写成"来"，则中间缺一个"以"字)，俱兆("兆"，就是"垗"，就是坟墓、陵墓。这里活用作动词)茶陵。(见《路史》卷十三)

罗苹注解说："今陵山尚有二百余坟，盖妃后亲宗子属在焉。"

露(这里的“露”既指名为“露”的方国和地名，又指露、路、潞三个姓氏)参卢之封。茶陵露水乡有露水山，予访炎陵，稽其始封。字亦作“露”，盖商周间，衍于河东北尔。(见《路史》卷二十四)

罗苹注解说：(路) 亦作“露”。路，今茶陵军露水乡有露水山，高于衡山等，初封盖在此。《元和姓纂》云封榆罔支子(支子，支系，旁系)于露。

神农之垗，在于茶陵，而潞水之乡，潞水之山，若诸露之名，遍于茶陵、攸邑、衡潭之境，益以是知诸露之始有在于此，殷商之代，衍出上党之郊尔。书其爵土，又书其名氏，又别其种族，徒以见盛衰之不常，其重绝先王之世也。三五而来，未闻有贤狄也(狄，古代北方地区的一个少数民族。据罗泌考证，狄人与露氏、路氏、潞氏同出于炎帝后裔中的露氏一支)。(见《路史》卷二十四)

罗泌父子的上述记载考证了炎帝及其家族与古茶陵(包括现在的炎陵县，以下同)的关系，表述了以下信息：

第一，自庆甲以来，有数代炎帝及炎帝家族中的人安葬在古茶陵；古茶陵是炎帝氏族部落在南方地区的一个重要活动中心。

第二，南迁到古茶陵地区的炎帝及其家族和氏族部落是炎帝榆罔氏家族的一个支系，而分布在古茶陵地区的炎帝及其家族和氏族部落，最初集中在茶陵县潞水镇以露岭为中心的地带。这一系列的史事发生在商代至周代之间。关于这一点，我稍作展开叙述。按照班固的说法，末代炎帝榆罔氏名叫“参卢”。《路史》卷十三在介绍这位炎帝时说：炎帝氏族部落在涿鹿之战后，实力消耗殆尽，无力继续承担北方地区的天下共主，被迫四散迁徙，其中有一支迁徙到山西省潞城一带，当时，这里叫作“路”。这时，黄帝轩辕氏做了一个顺水人情，“乃封参卢于路，而崇炎之祀于陈。”在古代文献中，“路”“露”“潞”三个字一度是相通的。这受封的一支以路地为中心，建立了一个名为“路”的方国，这个方国在周代被封为子爵等级的小诸侯国，这个小诸侯国的最后一代国主叫“潞子婴儿”。同时，这受封的一支的族众又以“Lù”为氏，发展为“路”“露”“潞”三个氏。《元和姓纂》叙述路氏起源时，综合上述资料，作了如下叙述：“炎帝之后，黄帝封其支子于潞，春秋时潞子婴儿是也。今上党潞县，子孙以路为氏，望出阳平、襄城、陈留、东阳、河南。”从商代开始，炎帝榆罔氏的这一支和其他支系一样，先后受到了商人、周人的挤压，被迫继续四散迁徙。在这样的背景下，炎帝榆罔氏的这一支就迁徙到了茶陵县潞水镇以露岭为中心的地带，他们以故乡的名称作为迁入地的名称，于是，便把潞水镇住地的一座山也叫作“露岭”了。这就是罗苹所说的“初封盖在此”的原因(当然，这种说法是不妥当的)。

第三，“(炎帝神农氏)崩，葬长沙茶乡之尾，是曰茶陵，所谓天子墓者。”炎帝安葬在古茶陵地区，所以，这里得名为“茶陵”。换一种说法，罗泌解释了茶陵得名的原因。但是，这种解释是不妥当的，尽管在罗泌之后，有不少人在探讨茶陵得名的原因时采用了这种意见。关于这一点，有必要进一步论证。首先，唐代方志《茶陵图经》《元和郡县志》解释茶陵得名的原因，概括地说，即茶山产茶，以茶山为中心的村落因此而名为“茶陵”；位处茶山西麓，以茶陵这个村落为中心的区域因此而名为“茶陵”；最初的县治(或者政治、经济乃至军事中心)在“茶陵”这个区域，以这个区域为中心的县因此也叫“茶陵”。作为一个博学之士，罗泌对这两部方志并不是陌生的。罗泌有意识地回避这两部方志的记载，可能与赵宋朝廷有关，因为自北宋以来，赵宋朝廷就钦定炎陵县的炎帝陵为国家祭祀远古帝王炎帝神农氏的唯一合法场所。其次，从罗泌开始，“茶乡”成了“茶陵”的一个雅称，后人相沿成习，也以“茶乡”来指称茶陵。罗泌为什么要以“茶乡”来雅称“茶陵”呢？关于这个问题，我在拙文《茶乡和茶乡之尾》中作了推测，这里不再赘述。我现在要补充的一点是：如此雅称茶陵，显出了罗泌的一番苦心。其三，中华人民共和国之前的《茶陵州志》的编纂者在著录茶陵得名的原因时，并没有完全同意罗泌的意见。翻阅嘉靖版的《茶陵州志》，我们可以看到这样一段记载：“或谓《尔雅》：‘大阜曰陵。’以其地居茶山之阴，故曰‘茶陵’。”同治版的《茶陵州志》(见卷三之《沿革》)除了沿用这种说法之外，还增录了一种新的说法：“茶之称陵，或曰：《尔雅》：‘大阜曰陵’。以地居茶山之阴，故曰：‘茶陵。’然炎帝葬茶流传已久，自宋析置酃县，炎陵固在望也。”体会著录者的话中之话，我们不难看出作者的心理：茶陵得名的原因已经说清了，但是，既然有此一说，我们就姑且著录存疑吧。

如果单单是“就事论事”的话，我这里要说的应该已经全部说完了。但是，事情不应该如此结束，还得说一说一个话题：罗氏父子在考证炎帝及其家族与古茶陵的关系时“疏忽”了一个什么问题？为什么要“疏忽”这个问题？

前面已经说过，炎帝及其家族和氏族部落中的一支南迁到古茶陵之后，最初集中在以露岭为中心的地带，这个地带的潞水、腰陂、虎踞等乡镇成了茶陵县炎帝传说和活动遗迹比较集中的地区。在所有的传说和活动遗迹中，最为引人瞩目的是炎帝遗葬露岭，因为露岭地底多溶洞藏不住脉气而移葬鹿原坡的传说及传说中的炎帝墓穴，这就是潞水人所说的“天子坑”，至今还有一部分老人能大致说出它的位置。在1994年之前，炎陵县叫作“酃县”。《酃县志》(版本不明)记载说：“茶陵睦乡有潞水溪，相传炎帝卜葬于此，弗吉，乃归栖鹿原。”这个记载与上述民间传说是一致的，可以互为印证。这就涉及了炎陵县的炎帝陵与潞水的“天子坑”之间的关系了。在明代的《一统志》中有“古炎帝陵在县(这里的“县”指的是茶陵县最早的县治，即火田莲溪村的茶王城)西三十里”的记载，这里所说的“古炎帝陵”就是“天子坑”。罗泌父子似乎是“疏忽”了这个问题，这很可能也与赵宋朝廷钦定炎陵县的炎帝陵，为国家祭祀炎帝神农氏的唯一合法场所有关系：作为大宋治下的一介平民，是不能指认圣朝之误的。

罗泌和茶陵(二)

段立新

云阳山是茶陵境内一处名胜，李唐朝廷曾一度打算钦封它为南岳，故而云阳山有“小南岳”之称。至少从两晋时期开始，这里就因为道、佛两教的活跃而闻名遐迩；而在远古时期，这里曾经是古代帝王少昊氏在我国南方地区的一个主要活动中心。罗泌父子远赴茶陵，在考察炎帝陵及有关炎帝的史实时，还考察了云阳山及有关少昊氏的史实。经过考察，罗泌在《路史》中作了如下记载：

《遁甲经》云“沙土之福(‘福’，应该是‘浦’)，云阳氏之虚(‘虚’，即‘墟’，故地之意)也，可以长往，可以隐处。”云阳之山，在衡山之阳，只今茶陵之云阳山也。予游衡湘，道其麓，见山川之灵秀，土膏水沉，方皇不忍去，亦意尝有异人者。自之西首山阜，丽倚皆西面，而北上朝衡岭矣。然考之《皇甫纪》，实为少昊之封。云阳氏之踪固在甘泉，甘泉之山本曰云阳，以故黄帝以来，每大祀于甘泉。则长沙之地，其亦为始封乎？虽然，丹阳曲阿，亦秦世之云阳岭也。《吴地记》录曲阿，正秦代之云阳岭。太史时言东南有天子气在云阳间，秦人于是发赭徒三千，凿云阳之北岗，曲之，因曰‘曲阿’，则今之丹徒也。昔吴岑昏凿丹徒至云阳杜野小辛间，而陈勳屯田凿句容中道至云阳西城，则今之破岗渎也。故杜佑以丹阳为古云阳，而学道传谓是茅山，若绛北之阳石者。非其正矣。载言之流以为仙者，盖知其异也。(见《路史》卷三)

云阳，今茶陵有云阳山，有青阳氏坟，盖即青阳，今长沙皆是。(见《路史》卷二十五)

罗苹注解说：“(青阳氏坟)在今茶陵之露水乡，攸县界。”“云阳，今茶陵西南十里有云阳山，少昊亦居之。又在甘泉，亦曰云阳山在冯翊云阳县。”(见《路史》卷二十九)

综合《山海经》《逸周书》《左传》《世本》《孔子家语》《独断》《礼记》《纬书集成》《史记》《后汉书》《古史考》《帝王世纪》《晋书》《明一统志》《名胜志》《今本竹书纪年疏证》《帝王世纪续补》《史记志疑》《陕西通志卷七十一》《兖州府志》等古籍或方志的记载，不难看出，少昊氏是一个“集体名词”：首先，少昊指的是东夷部落中以鸟为图腾或部族标志的一支。其次，少昊又指少昊氏族部落的首领。换一种说法，少昊氏族部落及其首领都叫“少昊”。再次，少昊还指少昊氏族部落所在地及其统治者。少昊氏族部落一度迁徙到以山东曲阜为中心的地区，这里位处东乡，每天早晨，太阳从海域升起，到处阳光明媚。如此情景，在远古时期被描述为“青阳”，故而这里又叫“青阳”，它的首领也因此叫“青阳”，或“青阳氏”。后来，少昊氏族部落与炎帝氏族部落交融，这一个时期，它的首领叫蚩尤。再后来，这两个氏族部落之间爆发了涿鹿之战，战争的结果是两败俱伤，氏族成员被迫四散迁徙，青阳被黄帝轩辕氏族部落所占领。黄帝轩辕氏委派他的子孙统治这一区域及这个区域残存的原少昊氏族部落子民。作为占领者，黄帝轩辕氏后裔中的质（又写作“挚”）、清、玄嚣（或者“元嚣”）等人对外继续以“少昊”自称。故而在《吕氏春秋》《白虎通义》等古籍中，少昊被列为我国远古历史上的“五帝”之一。而战败的炎帝和原少昊氏族部落子民，则主要向西、南两个方向迁徙。其中，原少昊氏族部落中的一部分向西至少迁徙到了山西、四川等地区，向南至少迁徙到了湖南境内。第四，少昊又指少昊氏氏族部落子民的迁入地。在古代文献中，少昊氏部落子民的迁入地多是以“云阳”“青阳”这两个名字出现的。最后，大约到春秋战国时期，五行理论定型以后，人们根据五行对应五方、五方各有一天帝、五方天帝对应五方人帝的理论，称位处西方的天帝、人帝为“少昊金天氏”；“少昊金天氏”具有兼称天帝、人帝的双重含义。

上面讲的是“少昊”在古代文献中的含义，现在说一说古代文献中的“云阳”与少昊氏氏族部落之间的关系。《皇甫纪》（即皇甫谧的《帝王世纪》，但版本不明）记载：“云阳为少昊氏之封，在甘泉，长沙云阳殆其始封。”云阳是少昊氏最初的封地，原本在汉代长沙国所在地，后来迁入甘泉这个地方，就是以陕西省咸阳市淳化县城北的甘泉山南麓为中心的地带。《皇甫纪》上述记载后面附有一段注解：“少昊氏亦称云阳氏。”就是说，因为少昊氏的封地在云阳，所以，少昊氏又叫云阳氏。与此相关，这一地带在历史上一度也叫作“云阳”，就是秦国所置的云阳县。早在周显王三十五年，也就是楚威王六年（前 334 年），楚国曾经在越地设置云阳邑，到秦始皇二十六年（前 221 年），云阳邑改名为云阳县。《史记》等古籍记载的秦始皇凿断山岗以厌东南地区的天子气的故事就发生在这里，也是后来人们所说的丹徒曲阿县。除云阳县之外，在我国南北还有两座云阳山：山东省曲阜城东北寿丘云阳山，山上有少昊氏陵墓；而湖南省茶陵县的云阳山，山上也有少昊氏陵墓（清末，这座少昊氏陵墓被毁，民间祭祀少昊氏的习俗也不复存在）。

还要讲一讲“青阳”与少昊氏氏族部落之间的关系。苏林在对《汉书·邹阳传》中句子“越水长沙，还舟青阳”作注解时说：“青阳长沙也，又名云阳，在云梦之阳，故青阳氏又号云阳。”这里所说的“长沙”大致相当于汉代的长沙国所在地。《战国策》《史记》等古籍记载说秦始皇二十六年，战败的楚国把青阳以西的土地割让给秦国，这里的“青阳”所指的也大致是这个区域，这就是《皇甫纪》所说的

“长沙云阳殆其始封”。

罗泌的上述记载从以下几个方面考证了茶陵云阳山和少昊氏与茶陵云阳山之间的关系：第一，茶陵云阳山留有一代少昊氏的坟墓，是少昊氏族部落南迁湖南地区的一个活动中心。第二，在考证云阳与战国时代的青阳及秦代云阳县、秦朝云阳县之间的关系的基础上，厘清了茶陵云阳山与青阳、甘泉及秦国云阳县之间的关系，进一步确认了以茶陵云阳山为中心、几乎包括今湖南全境的广大区域为少昊氏部落南迁之地的事实。第三，罗泌的上述记载为后代《茶陵州志》编纂者所采用，成为后人追溯云阳山历史有据可查的文献资料来源之一（相关记载见同治版《茶陵州志》卷十二之《古迹》）。

但是，罗氏父子在这方面所做的考证仍然留有两个没有处理好的“尾子”。《路史》卷三记载了远古帝王“云阳氏”：“云阳氏是为阳帝。盖处于沙，亦著甘泉。以故黄帝以来，大祀于甘泉，云丹徒绛北者非也。”云阳氏就是阳帝，作为远古时期的一个帝王，他的封地在汉代的长沙国一带，也曾居住在甘泉。因为这个原因，从黄帝轩辕氏以来，人们就在甘泉举行祭祀云阳氏的大典。有一种说法是云阳氏的封地在丹徒县绛北地带，这种说法是错误的。罗泌的这个记载至少为同治版《茶陵州志》（见卷十二之《古迹》）编纂者所采用。但是，即使是在古籍里面，“阳帝”这个名字也是十分生僻的。罗泌用“阳帝”这个名字，大概有三个原因：第一，“阳帝”是道教神谱体系中的一个神灵，罗泌沿用道教经籍的记载，故而有“阳帝”之说。第二，罗泌写作《路史》，有逞才之嫌，表现之一是好用生僻的词语来叙述记载，致使一部分读者原本并不陌生的人名、地名、事物也让人感到陌生，“阳帝”就是其中一个例子。那么，阳帝是谁呢？依据五行理论推测，结合顾祖禹（见《读史方舆纪要》卷八十《湖广长沙府》）、陆廷灿（见《续茶经》）等人的记载，可以知道，阳帝就是炎帝。罗泌采用“阳帝”来指代“炎帝”，大概还有藏拙的考虑，目的是避免叙述上的矛盾（关于这一点，大家可以自己去体会。如果有机会的话，我想下一次再作讨论）。这是第三个原因。

罗氏父子在《路史》中没有处理好的第二个“尾子”是潞水境内到底有没有少昊氏的坟墓。根据罗苹的补注，少昊氏的坟墓坐落在露岭，这与潞水民间传说及《酃县志》的记载不符，也与《路史》的相关记载不符。露岭和云阳山前后相连，呈东北——西南走向，可以看作是一个山系中的两座山。罗苹之所以会在补注《路史》时出现这样的问题，可能是罗苹将两座山当一座山来对待的结果。关于这一点，大家可以参看同治版《茶陵州志》卷十二之《古迹》的相关记载。

罗泌对古茶陵地区炎帝陵、云阳山的考察，考证了远古时期的两代帝王炎帝、少昊及其氏族部落与古茶陵之间的关系，在客观上揭示了这个地区人口来源和文明、文化起源的相关史实，为我们考察和研究这个地区的经济、文化历史提供了可贵的文献资料。

攸县云阳罗氏家族的起源与繁衍

罗泽贤

“尊宗敬祖”是中国人的优良传统，任何时候我们都不会忘记祖宗的养育之恩，不会背弃祖宗的教导。每个家族都有自己的族谱(或称家乘、宗谱)，将家族的世系、有关事迹或族规等记载得非常详明，以便子孙有所遵循。这种族谱不在社会公开刊行，只供族人内部阅读，因此可说是我们汉民族特有的家教课本。据传，族谱早在周代就已开始纂修，这种做法一直延续到民国末年，然而新中国建立后，事情却发生了变化，由于族谱所载的内容与封建宗法制度有所牵涉，某些人或书刊就断定它是“维系封建宗法制度的一种手段”，以致国家虽未明令禁止，但几乎全都自行辍修。按照惯例，每隔30年(俗称一世)就要续修一次。这期间，老一辈人有的或已物故，新一代则相继降生，这种生齿消长的状况以及族中发生的某些大事，理应记录在谱，不然的话，世系继承关系的表述就会中断，生葬殁娶无可稽考，长幼失序，亲疏不分，裔孙不知先祖为谁，祖籍原在何处，族号表示什么意思。长此以往，“尊宗敬祖”岂不成了一句空话！先辈总结“同姓相婚，其生不蕃”的优生理论，也难以得到有效的落实。随着时间的推移，这些负面影响便日益凸现出来。世人咸以此为忧。改革开放以后，极左的意识形态终于失去了市场，人们以理性的态度对待族谱了。1984年底，国家档案局、教育部、文化部联合发出了“关于协助编好《中国家谱综合目录》的通知”，对族谱作了正面的肯定，指出它“是我国宝贵文化遗产中亟待发掘的一部分”，消息传到了民间，各姓氏纷纷开始续修中断了几十年的家谱，掀起了一股小小的热潮。就在此时，我受我们攸县云阳罗氏八修族谱编委会的委托，承担撰写八修族谱“谱序”的任务。“谱序”是一谱开篇之作，一般应将该族的起源、生息、繁衍、迁徙以及出现过对社会有较大影响的人物等有一个概括评介。作为云阳罗氏裔孙像我这样从事文化教育工作的人，实在没有理由可以推卸。可是族谱中辍的时间毕竟太久，解放那年，连我也还是个少年，从未接触过族谱，对于我们先祖的情况，脑海里基本上模糊不清，这下我必须对我们的族史有一个全面的了解，方能取得动笔的资格。我便以古籍与罗氏历届族谱为对象，开始细致地寻根问祖。

清代秦嘉谟辑补的《世本》说：“周大罗氏掌鸟兽，其后氏焉。”邵思的《姓解》

说："罗，按颛顼之末裔，受封于罗国，今房陵也，子孙以国为氏。"有了古籍这些记载尤其罗氏历届族谱，综合起来，我获得了罗姓先祖的许多信息。

罗姓的起源。远古的罗人是一个以编织罗网捕捉鸟雀为生的部落，后来就以"罗"字作了部落的族号。这，我们从罗字的构造也可以得到印证。罗是一个会意字，繁体字写成羅，由网的形状、织网的丝绳和一只短尾巴鸟组成，表示鸟被网扣住了。原始的人，以采集和狩猎为生，黄帝时的《弹歌》曰："断竹，续竹，飞土，逐肉。"说的是初民们砍下竹子做弓箭，拾起泥巴石块做武器去捕捉鸟兽，狩猎的手段非常简陋，效率自然很低。罗人想出了用树木纤维扭成的绳子编织成罗网，捕捉低空飞行的鸟雀，极大地丰富了食物的来源。这在当时无疑是一大发明创造，提高了生产力水平，发展了经济，且鸟兽属肉食品，营养丰富，吃了能增强体质，所以我们罗人祖先对汉民族身体的健康成长做出了重要的贡献，值得重重写上一笔。

罗姓的祖先是颛顼的后裔，周初受封为子爵，其封地房陵在今湖北荆山西北面的房县，位于大巴山神农架原始森林区附近，是候鸟南北迁徙中途麇聚处，与罗人的狩猎生活很是合拍。名为罗子国，其后人就以国为姓。无论说以国为姓或以族号为姓，都源自罗人谋生的技能，并不矛盾。周初大封亲戚、功臣，号称诸侯八百，由于各个诸侯实力相差很大，又各怀野心，到春秋时王室衰微，诸侯间展开了激烈的兼并战争。楚是南方一个强大的诸侯国，罗是一个小国，又与楚靠近，所以成了楚国首当其冲的兼并对象。公元前701年、前700年，楚武王派莫敖(楚国官名，即司马)屈瑕先后打败并鲸吞了贰、轸、郧、绞等四国，前699年，又派屈瑕攻打罗国，一连串的胜利，让屈瑕骄傲轻敌，但这次遇到了强劲的对手，罗国人民团结一致，奋勇抗楚，结果楚国一败涂地，损失惨重，赫赫有名的统帅屈瑕无法向楚王交代，只得在荒谷自缢而死(事见《左传·桓公十二年》)。小小的罗国打败了一个实力强大的楚国，确是一次辉煌的胜利，证明罗人有反抗侵略的勇气，又有抗敌的智慧和能力。但罗国毕竟太小了，不是实力雄厚的荆楚的对手，几年后还是被楚国吞并了。

罗姓族谱中对先祖世系的记载，一般都断自西汉罗珠公。因为这以后，世系的记载才条理分明，准确可靠。罗姓失国后，其遗民迁至长沙。秦时，罗氏后人罗君用为武陵令，督运官铁，不幸在洞庭湖溺死，君用的遗孤罗珠仕汉，拜相国，为大司农。惠帝(前194—前187)时，奉命守九江郡，与灌侯在郡人张交所献的土地上，筑起新城一座，在护城河边广植豫章(大樟树)，并命名这城叫豫章(今江西南昌市)城。罗珠公为巩固西汉新政权做出了出色的成绩，罗氏家族也定居于此，并逐渐发展为一世家大族，号豫章罗氏。其后，部分族人从这里向外迁移，多数到达湖南、湖北、广西等地，有的还融入泰、苗、瑶、彝、等少数民族中，还有一位远迁到婆罗洲，建立过一个叫兰芳的共和国。据中国社会科学院近年对我国常见的100个汉族姓氏人数的统计，罗姓名列第20位，分布于天下的都是珠公的后裔。

攸县云阳坪这一支罗姓也是从江西豫章迁徙过来的，云阳族谱上至今仍明白无误地写着“豫章堂罗氏”，一个家族或家庭的搬迁自有其客观原因。元末农民大起义，混战中攸县遭到了惨极人寰的大屠杀戮，人称“血洗茶陵、攸县，带杀醴陵、湘潭”。凶犯不外朱元璋、陈友谅及元统治者三股政治军事势力或其中一股势力。血洗者，就是人被杀光，鸡犬不留，真是“兴，百姓苦；亡，百姓苦。”攸县成了荒无人烟的不毛之地。没有了人丁，谁来耕种这些土地？谁来养活新朝的官吏？所以，明初当地郡守不得不向外招募移民，诱惑的条件是免收三年粮税。据《攸县志》(2002年版)《迁攸姓氏录》记载，当时入迁者达109个姓氏(不包括没能记录在表的)，而这109姓中有67姓来自江西，罗姓占三个，时间基本上在元末明初。当时有位避难在江西的攸县贡生彭友信，曾于元至正二十五年、明洪武四年两次回乡探亲，见到了迁攸“流民”的情况，作《流民叹》诗说“四远新来户六千。”可见迁徙规模之大。这些迁入者也并非每人都乐于背离自己的故土。彭诗又说：“传道攸县多荒田，开荒三年无科征。忍抛墙屋弃乡土，逐岁逐日逃此生。”实际上是在原地难以生活下去才走上这条路的。没有证据表明云阳坪罗氏始祖自强公也是不得已而搬迁的，但按中国人向来怀土思乡的事实，估计他的搬迁也不会是毫无隐衷的。洪武四年(1371)自强公从江西吉水携带5个儿子到达云阳坪，看到此地一望平坦，绿水萦绕，就按招募的规矩在荒地上插标为记，确定耕作的范围，落户下来。自此，筚路蓝缕奋发蹈厉，建设自己的新家园，建设遭兵燹严重破坏的攸县。其后，自强公这一族便永远定居在云阳坪一带，至今600多年，传28世，生齿则以数万计。

以上就是自强公一脉迁居云阳坪前后的概况，仅此简单的介绍，不难看出，我们云阳罗氏走过的道路多么崎岖不平。我为他们勇于开拓创新、勤奋劳作，敢与强敌拼搏的英雄行为所感动，深受教育，内心的敬意油然而生。正是有了古籍尤其是罗氏历届族谱的忠实记载，补充了正史所没有的内容，我才得以在短时间内知晓我们家族的生息、繁衍、婚姻、族规、家约等历史文化的全貌，一下拉近了我与祖先的距离。这记录一个家族生命史的族谱，实在是我们中华文化中的一枝奇葩，值得很好地保护，于是，我神情激动地提笔开始了“谱序”的撰写。

攸县姓氏漫谈

罗平

笔者就职县档案史志局期间，曾组织征集各种族谱。阅读族谱，对于了解攸县地方历史颇有裨益。现将辑录一些自认为有趣的内容，以飨读者。

人数最多的姓氏。根据1982年攸县人口普查统计报告，攸县境内共有309个姓氏。其中万人以上的姓氏有19个，其人数达437992人，占1982年全县总人数的66.68%，而人数最多的姓氏是刘姓，刘姓人口为83805人，占当时攸县人口的12.76%。攸县刘姓主要有如下支系：香山刘氏。元至正十一年(1351)，刘俊三夫妇自江西安福严塘徙攸，定居在鸾山大桥头，派分三房，主要聚居鸾山镇各村，其余散居全县24个乡镇。1995年有11600余人。丹陵刘氏。明洪武初年，任元湖广宣教之职的刘宝翁自江西莲花来攸，定居丹陵(今坪阳庙乡)其后裔分居在皇图岭、坪阳庙、高枧、湖南坳、市上坪、黄丰桥黄甲坊、柏市凤下、莲塘坳春塘等地，人数达11600人。穆塘刘氏。明洪武壬子年(1372)，刘文用由江西吉州南岭徙居攸县西乡穆塘(今桃水镇)，已传28世，后裔居桃水镇睦塘、盘塘、鸭塘铺乡邱家垅、石羊塘镇金坑、莲塘坳乡春塘、上云桥镇高岭等地，1999年人口为3573人。中洲刘氏。其开基祖刘瑞一，元末至正年间(1341—1368)自江西安福蜜湖初迁湖北潜江，再迁攸邑中洲(今柏市镇)，已历35世，繁衍为东、西、北三房十分，其后裔分居在中洲、高枧镇尧山、市上坪镇湖背等处，人数为2507人。万石刘氏。元末明初，刘文翁自江西永新田南迁攸新市，后裔派分三房，历经27世，主要聚居在新市打鼓堆、大桥头、桐梓、网岭、丫江桥乡灯笼桥、大同桥镇观木潭、上云桥镇七里坪、杨柳、鸭塘铺乡茅坪、牛头湖、兰村乡湾里、三台坊等地，人口约21000人。南云刘氏。明初，江西永新中村人刘绍宽以锦衣卫指挥使身份解职后徙居攸县南云巷(今城关东宝巷)，已传26世，人口约5000人，后裔居酒埠江镇普联、社田、桃水镇老君潭、鸭塘铺乡大余岭、丫江桥镇庙湾、贾山乡宝山、巷口、甘冲、湖沙垅、大沧、黄丰桥镇南溟桥、鸾山镇南源、兰村乡石联、莲塘坳等地。

较早来攸定居的姓氏。这里所讲的“早”是一个相对的概念。因为封建社会改朝换代频繁，导致兵祸连接，人口迁徙异常。唐以前攸县姓氏情况已失考，根据现有家谱资料，较早来攸定居的当为小车贺氏和大沧寨里文氏。小车贺氏。宋太祖建隆元年(960)，贺天贶自江西莲花良坊徙攸县四十八都小车。越十五世，贺壬九迁至南溟桥(今黄丰桥镇)，后裔主要聚居黄丰桥镇，散居兰村乡的石联、晓署、艳山、网岭镇西塘、柏市镇的中州、樟井、湖厂、宋家冲、早禾田、皇图岭镇的邓家坊、龙和、湖南坳乡楚田、排山、漕泊乡桃源、高枧镇的高龙、中田、坪阳庙乡桐岭、鸾山镇新口等地，人口为2885人。小车贺氏还派衍出车塘贺氏、怡潭贺氏、社田贺氏。宋庆历年间(1040—1048)，贺天贶十世孙贺垣自小车徙居筀塘塘冲(今湖南坳大瑞村)，其后人由塘冲转湖口，后定居东塘(今湖南坳乡车塘)，称车塘贺氏。后裔主要分布在湖南坳乡各村，散居贾山宝山湖、贺家湾、斗门前、大沧，莲塘坳乡巨田、酒埠江镇社田、柘桑、普安桥、网岭镇的北坪、菜花坪镇流塘等地，后人分居怡潭、社田、大坪，分称怡潭贺氏、社田贺氏、大坪贺氏。与小车贺氏同时期迁入攸县的还有大沧寨里文氏。宋初，江西永新固塘人文向离徙攸擢秀乡大沧桥寨里(今贾山乡大沧村)。其曾孙文元望、元美兄弟，于宋太平兴国年间(977—984)同榜进士，一时传为佳话，到了明永乐年间，又有文源逢进士。

以人名命名地名的姓氏。以人名命地名，古今有之。我们比较熟悉的有以八路军高级将领左权命名的山西左权县，以革命烈士谭思聪命名的茶陵县思聪乡。湖南岳阳著名的民俗村张谷英村，即是张氏后人为纪念开基祖张谷英而命名的。无独有偶，在攸县也有此种情况。元末，江西永新固塘人文明善、文时善、文止善相偕徙攸，分别为双江、沙陵陂、东冲(今网岭)文氏开基祖。双江文氏为纪念先人，将其居住地名为文明善，此地名历经数百年，一直沿用至今。双江文氏已历29代，后裔居新市镇文明、大同桥镇大岭、新虎塘，贾山乡株形岭、窑棚等地。

仍然“聚族而居”的姓氏。在姓氏分布上，早期普遍为“聚族而居”，这是由封闭性的自给自足的小农经济特性所决定的。以后随着经济和文化的发展，人口的流动性增大，人们的宗族观念也逐渐淡化，历史上“聚族而居”的现象已不常见。但量，攸县有些姓氏仍然保留了“聚族而居”的痕迹。褚姓396人，桃水镇即分布331人，占该姓总人数的83.6%，该镇的褚家桥村集中222人。符姓2154人，石羊塘镇的扶竹冲，八合冲两个村分布1440多人，占该姓总人口的70%。单姓4352人，渌田、高和两乡镇分布3457人，占该姓总人数的79.4%。

遇“塘”而居的姓氏。通览攸县吴氏通谱，发现一个十分有趣的现象，即大多数吴氏支系来攸开基祖均把定居地选在与“塘”有关的地方。是巧合，还是有意为之，还有待考证。攸县吴姓共有攸塘、麓塘、宝塘、瑶塘、石塘、皮塘、联璧塘、月塘、西城等九支。他们均源于同一地方，即江西省永新烟冈，只是徙攸时间不同而已。较早来攸的是皮塘吴氏和石塘吴氏。皮塘吴氏，开基祖为吴启宗，其先辈初迁到江西安福中村，南宋嘉熙庚子年(1240)，又从中村徙攸东石桥(今柏树下镇)，传至吴澈，澈出启宗，立基皮塘(今网岭荷叶塘村大户坪)，其后裔分居攸县网岭、酒埠江、湖南坳、皇图岭、高枧、市上坪和江西萍乡界头等地，人口逾千人。石塘吴氏。其开基祖吴启高，系攸东石桥吴氏之后，传至启高，迁攸北坪阳庙龙田旺之石塘，其后人分居坪阳庙、丫江桥、皇图岭、贾山、湖南坳、大桥、网岭等地，人口约 2600 人。同为明洪武五年(1372)徙居攸县的有宝塘吴氏、瑶塘吴氏、联璧塘吴氏和西城吴氏。宝塘吴氏开基祖为吴贤一，定居宝塘(今鸭塘铺乡宝塘村)已历 25 代，其后裔分布在鸭塘铺、贾山、丫江桥、坪阳庙、皇图岭、酒埠江等地，人口达 5450 人。瑶塘吴氏，奉吴童森为开基祖，定居瑶塘(今上云桥镇瑶塘村)，后裔约 1000 人，分布于上云桥镇瑶塘、高车头、宋家洲，鸭塘铺乡胡公庙，菜花坪镇东郊，城关镇联星，莲塘坳乡柘桑，联璧塘吴氏开基祖吴福一，来攸后定居联璧塘(今高和乡)。吴灵占来攸后定居县城西街，后裔称为西城吴氏，现分布在城关西街、鸭塘铺乡邱家垅、宝塘西村，约 200 人。明初来攸的还有麓塘吴氏。其开基祖吴启奉来攸后定居攸县长岭。后长子彰文择居高楼，次子彰用随父居藻田，三子彰宗定居烟竹坪，后裔约 4000 人。攸塘吴氏和月塘吴氏分别于明成化年间(1465—1487)和明正统年间徙攸。月塘吴氏是指居于今大同桥观东村的吴家垅、侯家垅、罗家铺等组和观南村吴九屋场的吴姓居民。攸塘吴氏开基祖由茶陵七地枧田迁攸，其后裔约 2200 人，散居在石羊塘、钟佳桥、新市、鸾山、银坑、沙陵陂、黄丰桥、酒埠江、网岭、大同桥、上云桥、凉江、莲塘坳和城关等地。

源自一门的姓氏。攸县境内人数较多的姓氏大多宗支林立，渊源不一，唯独蔡姓不然。攸县境内蔡姓居民绝大多数源于渌田蔡氏，所以民间一直有“攸县蔡无二家”之说。渌田蔡氏尊蔡吉为开基祖，蔡吉系河南上蔡县十五都竹林峰长坑人，宋钦宗时任潭州通判。靖康二年(1127)定居攸县渌田方田垅，后裔聚居南乡，散居全县各地，约 1.5 万人。

科举制度下的攸县人

谭特立

科举制度是封建社会选拔官吏的正途。始于隋，发展于唐、宋，盛于明清。历代攸县人通过郡县、国学校肄业参加童试、乡试、会试、廷试四级科举考试，出类拔萃者不胜其数。

一、童试

乡塾起蒙，无论年龄大小，均称儒童或童生。童生必须参加县试、府试、院试，三案合格者称“生员”，俗称“秀才”。县试由知县主考，府试由知府主考，院试由省学政主考，考试组织严密，录取名额有限，清雍正三年(1725年)以前，攸县录取生员的限额为15名。雍正三年，皇帝下诏令郡县学文风优势者，可增加若干名。于是攸县邑绅朱世荣，认为攸县学额可广，具呈省督，省督以为攸县名士佳构如林，于是给攸县增加5名，此后厘定攸县生员每届录取数为20人。清康熙年间，督学蒋慎斋来长沙主持郡试，得攸县陈之駓卷，惊叹为“鹰翮摩空，鸡彝在望”。陈之駓与攸县另一位生员单羽臣被拔为前列，有“十二城两秀才”之誉，攸县才子一时名动湖湘。取得“秀才”资格者，可在县学、府学或州学继续深造，无论入县、府、州学，均称“入泮”，入泮成绩最优者，享受公粮，称“廪生”；不享公粮者称“增生”；初入府、州、县学称“附生”。在府、州、县学的秀才必经科考(取得高级应考资格的预备考试)及格者，方可参加省会举行的乡试。清顺治丁酉(1657年)，入清以来第一次乡试中举者，攸县的邓永芳、龙起田，就是从廪膳生参考的。

二、乡试

明清两代每三年一次在省会(包括京城)举行的考试称乡试。乡试例在八月举行，故称“秋闱”，“闱”即考场。应试资格有府学、州学、县学生员科考及格者及其他送选者。逢子、午、卯、酉年开考的叫正科，遇庆典加科的称恩科。考试由礼部派员主持，考试后发正榜，凡取录者称“举人”。前五名称“五魁”，“五魁”第一名称“解元”，第二名称“亚元”。

宋元以上时期以举人，并举到解试之人，登科为官止。未及第为官者，则须再举。年龄在25岁以上者，乡党中称其为“孝第”，由朋友结状保举参加会试，会试后仍未及第者，仍须再举。攸县的文源逢，曾参加过4次乡举。宋元四百年间，攸县记录在案者举人28人（有举而未第者在外），最早中式为举人者，是北宋太平兴国七年（982年）的文元望、文元美。兄弟二人乡试、会试为同榜举人。此外，清雍正年间，柏树下地区张光国、光华、光甲同胞3兄弟，同时中举，一时传为美谈。

明清时期举人，一举而为一定之名，因此举人之数多，而未为官者也不少。举人有文科、武科之分。据清同治《攸县志》记载，明清以来攸县文科举人112人，加光绪年间谭西泉、龙际云、龙漳、龙溥霖、康刘煌、符劢相、易翔、龙绂年等8人，合为120人。

宋元明清以来，攸县文科举人共248人，其中乡试第一名（即解元）者有5人，他们是：元天历己巳科（1329年）谭圭；元元统癸酉科（1333年）陈毓；明洪武甲子科（1393年）贺守真；明永乐戊子科（1408年）李子春；明正德丙子科（1516年）罗星。

中乡试第二名（亚元）者有6人，他们是：明隆庆丁卯科（1567年）蔡思位；清顺治庚子科（1660年）蔡寿生；清康熙辛卯科（1711年）刘森；清雍正丙午科（1726年）张光甲；清乾隆庚寅科（1770年）张祖穆；清道光辛卯科（1831年）文舒敖。

明清时期，攸县武科中举者34人，其中为解元者有：清乾隆丙辰科（1736年）文承彩；乾隆戊午科（1738年）旷经邦；乾隆庚午科（1750年）陈兆兴等3人。

自元皇庆二年（1313年）恢复科举考试至清光绪废除为止的近600年间，湖南164场乡试中，每16场就有攸县一人夺魁，获解元称号，每24场考有攸县一人夺亚元称号。夺魁人数排在全省前列。

三、会试

每三年集各省举人在京城考试，称会试。会试由各省派公（官）车送举人进京，因此举人进京会试称“公车”。正科逢乡试第二年春在礼部贡院举行，因多在3月，故称“春闱”。第一名称“会元”，取录者称“贡士”，也称“试进士”。贡士参加由皇帝主持的殿试。攸县在会试考中“会元”者，有元至正甲申科（1344年）皮嵩，明正统年间刘定之，清顺治戊戌科（1658年）邓永芳等3人。

四、殿试

会试之后，旋即举行殿试，由皇帝在宫廷内亲自面试，也称廷试。殿试分一、二、三甲取录，取录者具称“进士”。一甲取3名，赐进士及第，第一名称“状元”，第二名“榜眼”，第三名称“探花”，一甲进士取录后立即授官。二甲、三甲分别取录若干名，赐“进士出身”“同进士出身”，分别授官。攸县自宋至清末成进士者82人，其中宋元22人，明29人，清31人。最早中进士者是北宋太平兴国八年(983年)癸未科的文元望、文元美兄弟；此外，渌田蔡家四兄弟蔡承植、蔡思穆、蔡永甲、蔡承向分别于明万历庚辰(1580年)至万历戊戌(1598年)连续4科四中进士。龙塘刘三策、刘蛟、刘俊3人分别于清康熙壬辰(1652年)庚辰(1700年)联捷进士，类此佳话不胜枚举。史载，攸县没有考中状元的，但查阅攸县《龙塘刘氏七修族谱》，据载“明正统壬戌(1442年)廷试，龙塘刘俨为状元及第，授翰林院掌院学士”；明景泰辛未(1451年)廷试，龙塘刘升为榜眼及第，授翰林院编修；明成化丙戌(1466年)廷试，龙塘刘定之为探花及第。龙塘刘氏于元末明初由江西永新炎村迁攸县高和，定居龙塘。始迁祖刘兴生，字石湖，号牛山学士，颇有远见，在白鹭山创白鹭书院，是攸县第二所学院，培育县里的学人成材。书院办得很有特色，明云南布政使何楚英、兵部右侍郎王伟等就是通过在白鹭书院学习后，中进士而踏入仕途的。后来王伟在题《龙塘八景》诗中，对白鹭书院特加赞许，称刘氏子孙(从龙塘白鹭书院)中试为官者不计其数，对此，龙塘刘氏族谱中记载的连中状元、榜眼、探花三及第，是可信的，是攸县科举史上顶峰。

攸县第一名探花，是元泰定甲子(1324年)廷试第三名的柏树下泉塘的张公大。张公大(1296—1385年)，别号罗浮居士，以性格憨直疏略，不为当事所许，探花及第后，授广西大和州判。当时的知州喜怒无常，张以廉平辅佐，获得当地儒士赞扬。后升杭州太守，时杭州民生凋敝，鄙而侈靡，张效白居易、苏轼以俭素为民，以身作则，使民日丰。旧县志以其诗词典雅富丽，推张公大为领袖。

攸县第二名探花，是元元统甲戌(1334年)廷试第三名的东门陈氏住春塘的陈毓，他在探花及第后，也只授新昌州判而已。

由进士而入翰林院者，攸县有10人。翰林院为文翰荟萃之地，始设于初唐，至宋称翰林学士院。为翰林学士供职之所。明代将修史、著作、图书等事务并归翰林院。清沿明制，状元授翰林院修撰；榜眼、探花授翰林编修；进士前列者受翰林院庶吉士。庶吉士在翰林院经过学习，成绩优异者，可升授翰林院编修，或为翰林院检讨。不能升者，分任主事、中书、行人、博士、推官、知州、知县等职。攸县入翰林院任掌院学士(翰林院长官)者，为正统年间的刘俨；为翰林院编修者有明景泰年间的刘升、明正统年间的刘定之、清同治年间的龙湛霖；为翰林院检讨者有明弘治年间的易舒诰、清乾隆年间的陈梦元、嘉庆年间的刘昌期、谭国仁；任翰林院庶吉士的有明正统年间的王伟、清道光年间的夏恒、同治年间的刘常德。最末进入翰林院任检讨的是清嘉庆已巳殿试中进士的谭国仁，谭善诗词，值皇帝诞辰，作《恭庆万寿呈七律十二首诗》，其中第四首云：“菲材何幸际昌隆，雨露分沾帝里中。竿执潘溪成皓首，葵依魏阙抱丹衷。随班雀跃恩光照，锡宠鸠扶礼数崇。敬缀芜词宣蹈咏，渌溪潋艳醉春风。”叙述他71岁中进士入翰林，对皇上的感恩之情，据称嘉庆皇帝看到所呈之诗，十分高兴，连下诏给他加升三级。他的诗载清同治《攸县志》。从谭国仁古稀之年入翰林一事，折射出封建社会读书人为求得一官半职在科举这条独木桥上付出几多艰辛和努力。

晓塘古城围

段立新

晓塘古城围是茶陵县六大古城遗址之一，坐落在秩堂乡晓塘村瓦子坵、大屋场交汇处一个叫“虎蛇鱼”的小山头，东面与江西莲花县田南村金家屋比邻，处在由湘入赣的交通要道当口。

在茶陵东区方言词汇中，作名词的“围”与“墙”是一对同义词，它们的区别在于“围”指环形的墙，“墙”指条状形的墙，两者合起来称为“围墙”。古城围，字面意思就是古城墙。这是当地人的一种叫法，在《茶陵县志》及其他一些方志文档中，又有晓塘古城、茶陵战国楚城等不同的叫法。

长期以来，有关这座古城的名字、修建年代及其他相关问题一直是一个困扰人的谜。1992年11月9日，我在一部编纂于民国年间的《茶陵昆塘谭氏族谱》(芳字号　原文无标点符号)上找到了一段有关这座古城的记载：“古城围为一大环形，其中有塘，广可百亩。四周皆山，南缺二口，东、北各缺口，想系古代城门。西面之山，似属天然，其高处曰‘寨里’，必立寨之所。东部之山有如半环，与西、北相连各合，实则为一长堤，显然城墙遗址。城外皆绕田，城堤是古之垫河间断成者，一见了然，但不知始自何时。《州志》无可稽考，惟塘内处处瓦片层积，皆白色而有纵纹，瓦片之下常见灰烬，又似被火灾而倒塌者，岂其昔日守斯城兵溃而被敌人纵火耶？村人掘土得一炮弹，其圆如球，重约斤许，至今尚存。又得铜镞两枝及铜官刀等件，惜未收存，已经散佚。又似秦汉以前物也。据《湖南通志·茶陵地图》所载有城塘关者适当其处，今以名义考之，此关无疑。盖城北有村曰塘下，非以城塘之下而为名耶？塘下有市曰‘雄关’，以关名，非此而谁？湘赣交界处曰‘吴楚雄关’，必指此关而言也，余此宁有它关耶？西南十里许有地名曰‘关头’，是关临近之谓也，无关安有此名？由是推之，古城围即城塘关明矣。然年烟代远，真相莫明，姑志以俟博于古者考证焉。”

作者所描述的古城遗址概貌相当准确，文中所说的“寨里”“塘下”“雄关”(又叫“界市雄关”)、“吴楚雄关”地名至今尚存。至于它是否与作者所说的那样叫“城塘关”以及它的始建年代等则依然是谜。在以后的调查中，我又收集了一些资料，似乎可以为考证此城提供一些信息：

1. 从现存的城墙遗址来看，这是一座夯土筑造的小土城，周长约 1000 米，面积约 60000 平方米，残墙最高处约 6 米，宽 2 – 3 米。城墙西南一侧偏大屋场一带有一段水凼，约为 100 ×5 米大小，当地人称之为“筑园塘”，挖土成坑，积水为塘的痕迹很明显，估计是取土筑城留下的遗迹，或者就是一段残存的护城河。

2. 古城围西北一侧与寨里相隔约 200 米远的山麓，有一个叫“将军庙”的地方，其标志是两棵百年古樟，与茶陵、安仁境内的坛官庙极其相似。在当地，这是一个极具神秘色彩、令人敬畏的地方。与将军庙相隔不远处，又有“号武冲”等冠以“武”字名称的山冲，谷深林密，隐秘性很强。据推测，这很可能是古人祭祀守城将士的庙宇及练兵、伏兵场所。

3. 20 世纪 70 年代，当地人在城内取土制砖、打井，挖得 7 把青铜剑、一小捆青铜箭镞等兵器及一只青铜鼎和大量绳纹瓦片。1987 年 7 月间，茶陵文物部门在这里普查，收集了两把青铜剑及豆、罐等陶器。据鉴定，上述青铜器件和陶器具有很明显的楚式器物特征，可以推定为战国时期的遗物。由此推测，这是一座始建于战国时期的古城。

据《史记》《四库全书 · 百越先贤志提要》等史籍记载，楚国最初以今湖北西部山区及江汉平原一带为中心，以后逐步扩张到河南、安徽、江西、山东、江苏、浙江、湖南及四川等地区，时间集中在春秋中、晚期至战国早期。在这一段时间里，楚、吴、越之间曾经在江苏、浙江及河南、安徽、江西、湖南进行过一系列争夺战。公元前 473 年吴国被越国战败而亡，越国吞并吴国后继续与楚国交战，一直持续到战国早期的楚威王时期，越王勾践六世孙无疆战败被杀，越国灭亡，越人臣服于楚国。《史记 · 越王勾践世家第十一》载：“……楚威王兴兵而伐之，大败越，杀王无疆，尽取故吴地至浙江……而越以此散，诸族子争立，或为王，或为君，滨于江南海上，服朝于楚。”《四库全书 · 百越先贤志提要》载：“自勾践六世孙无疆为楚所败，诸子散居海上……湘漓而南，故西越也。”这两段文字暗示：越人亡国后，越族和楚人之间仍然发生过小规模的战争。由此推论，晓塘古城围最初应该是楚国东面防御越国及其残余势力而修筑的一个军事据点。

4. 这座战国古城是否就是“城搪关”呢？到目前为止，我还没有找到确切的证据，因此无法确证。由此又引出了另外一个问题：这座古城是否就是“雄关”或“吴楚雄关”呢？

春秋战国时期，吴国地处长江下游地区，在江淮地区与楚国接壤，因此，这个时期的吴楚不可能在此置关交战。在历史上，茶陵又有地处吴头楚尾之说，这应当如何理解呢？我认为这里的吴、楚与“吴楚雄关”之吴、楚应该是五代十国时期的吴、楚。

在晓塘、金家屋交汇的山头，至今仍然可以看到一处长达数里、宽约 5 米的壕沟，1995 年江西省莲花县在此立有“吴楚雄关”石碑，确定为县级文物保护单位。这里叫作城隍界，在历史上曾经修筑过城隍界堡，堡头悬挂了“吴楚雄关”大匾。换句话说，城隍界堡就是吴楚雄关。与城隍界堡相呼应的还有九渡冲堡，地点在今高陇镇九渡冲。这里也是连接湘赣两省的交通要道。从九渡冲堡沿 S320 省道南下，经马渡、安全到高陇镇古城村一个叫“城背”的地方，它的对面有一座古城，这就是历史上的马王城。马王城系五代十国时期楚国国主马殷家族所筑，时间在天成、长兴年间。当时，马氏家族据湖南及广西部分地区建立楚国，杨行密据淮南、江西建立吴国。吴、楚两国在湘赣接壤，形成了长达 25 年左右的对峙局面。如果把城隍界堡、九渡冲堡、马王城画在同一张地图上，就能看到三者刚好连成一个可以彼此呼应、相互依恃的倒三角形。由此推断，城隍界堡和九渡冲堡应该是马氏楚国以马王城为中心的两处子堡。如此一来，也就能解释“吴楚雄关”的说法了。当然，我们说在这个时期，晓塘古城围被当作与城隍界堡配套的军事设施使用也并不是不可能的事情。

5.《茶陵昆塘谭氏族谱》记载说城内有炮弹出土，那么，这颗炮弹又是从何而来的呢？火药是我国的四大发明之一，火药、火器的发明和使用始于唐代，宋元时期才大规模应用于军事上。由此初步推断，这颗炮弹的使用时间最早应该在宋元时期。但是，联系宋元以来发生在境内的战争来判断，我们说宋、元、明时期在这里发生过激烈交战的可能性并不大，而最有可能的是清代咸丰年间。据《茶陵县志》等方志记载，咸丰初年，清军将领赵焕联与茶陵知州雷寿南为阻击太平天国军入境，修复了城隍界堡和九渡冲堡。在这样的背景下，晓塘古城围和城隍界堡被重新使用，城隍界堡命名为“吴楚雄关”，或者再用“吴楚雄关”这个名称，同时悬挂“吴楚雄关”大匾都是极有可能的事情。

综合上述意见，我认为晓塘古城围是一座始建于战国时期，嗣后，又在五代十国和清代咸丰年间修复使用过的小城堡。

不二法门第一山

谭特立

古宝宁禅寺的山门，刻有一幅“大千世界无双地，不二法门第一山”的对联。撰联者为近代的了悟大和尚。其中的“不二法门”句，体现古刹千余年来所弘扬的“平等不二，非一非异”，用以直接入道，不可言传的禅宗宗旨。

一、被尘封的曹洞祖庭

禅宗是释迦牟尼的心法与中国文化精神相结合的中国佛教。禅宗的初创是六祖慧能顿悟法盛行的中唐时期。开创于唐天宝十年（751）的宝宁寺（原名保宁寺），据史料记载，是中国最早的禅宗寺院之一。

开山祖师旷长髭（740—830），亦名长髭僧旷。地地道道的攸县人，五代时编修的《祖堂集》、历修的《攸县志》对此均作了记载。

旷长髭少年时随六祖慧能的法孙南岳石头希迁禅师学佛，三年后，受师指点，回攸县继续修炼。他溯攸水而上，来到东乡乌井冲靠河滨的一座无名大山，在山顶巨石之旁结茅而居。历经十多年的艰苦修炼后，经师父认可，在山麓募买地基，正式开辟宝宁道场，大弘佛法。

旷长髭艰苦修行的名声大振，《五灯会元》记载，从全国各地来攸县参学禅法的僧人居士的语录有九则。山西的李行婆、衡阳的庞蕴居士都是悟道很深的禅人，他们来攸县和长髭禅师交往。其中庞居士和长髭禅师关于“锥头尖凿头方”的辩论，影响深远，直至晚近，还被一些禅师引用为“话头”，成为禅门盛事。

但是，还有一位在宝宁寺随长髭禅师参学，后来“大弘法化”而不见长髭语录的禅师，他就是后来住醴陵云岩山的昙晟禅师。昙晟俗姓王，钟陵建昌人（今江西永修县），少年出家，在百丈山怀海名下学佛20年，后投湖南澧县药山的惟俨禅师。唐元和十年（815），昙晟受惟俨指示，来攸县依旷长髭学法，《祖堂集》《景德传灯录》等史籍都有“师（指昙晟）禀承药山，后止攸县，大弘法化”之语。所谓“后止攸县”，即后来依攸县旷长髭学法大悟，禅宗初创时，禅师多以住山或住地代名字，如：“药山”代惟俨，“长沙”代景岑，“赵州”代从谂……旷长髭是攸县人，又在攸县住山，当时长髭所住乌井冲后山尚未有名，所以“攸县”也成了长髭的代名词。

昙晟在攸县学法得法后，后住醴陵的云岩山，称名“云岩昙晟”，昙晟的弟子洞山良价，后来开创了曹洞宗。良价是曹洞宗鼻祖，云岩寺成为曹洞祖庭。而作为昙晟和洞山良价亲承旷长髭及其高徒石室善道法乳地的宝宁寺，却很少有人知道它是实际意义的曹洞祖庭之一。

直到 1983 年，日本国驹泽大学（曹洞宗）一批佛教学者和曹洞宗行者来湖南寻根礼祖，所带礼祖名单就有“长髭旷，潭州攸”的记载。因为县以上有关部门尚不了解宝宁寺就是一千多年前旷长髭开创的祖庭，日本友人只好抱憾而归。但长髭旷禅师作为曹洞师祖，远在日本曹洞宗的徒子徒孙均已认可，岂可在中国不予承认。寻找旷长髭当年在攸县的开茎地，成为迫在眉睫的事。

1985 年，攸县宝宁寺发现开山祖师旷长髭墓塔。省、市有关部门经过勘查，证实了宝宁寺就是旷长髭开辟的道场。原湖南省政协秘书长，中国佛教文化研究所所长吴立明先生立即题词：“宝宁寺及旷长髭墓足称国宝”。并宣称古宝宁禅寺为曹洞祖庭。

在此以前，当代著名学者南怀瑾先生，根据史料，将云岩昙晟列入旷长髭法嗣，纠正了《五灯会元》将云岩昙晟只列入药山门下的错漏。

至此，尘封一千余年的旷长髭禅师的法系以及宝宁寺为曹洞祖庭的问题得以大白。恢复历史真正面貌的宝宁寺将以更加庄严而又兴盛的状态，呈现在世人面前。

二、石室善道禅师的贡献

善道禅师（768—845），《攸县志》载“唐时本邑人”。10 岁时，抚为长髭子，取法名“善道”。18 岁在南岳般若寺受大戒，经师公石头希迁点化，于“用那头做什么”言下大悟。又受石头希迁指示，仍回攸县宝宁寺继续参学。

唐太和九年，善道因“甘露之变”被沙汰为行者，先后隐居于附近天蓬岩和漕泊献花岩，因以石岩为室，而号“石室”。当时，慕名来石室避难的有云岩昙晟、洞山良价、杏山鉴洪、仰山慧寂、道吾宗智、三圣慧然、长沙景岑等。他们相互酬唱，以“石室”为参禅交往的中心场所，形成当时的佛学研究会。

云岩与石室为师兄弟，他们的关系更加密切，除《五灯会元》略有记叙外，《醴陵县志》也有很好的记载：“道者（指善道），住攸县之石室，昙祖（指昙晟）住醴陵之云岩，云岩去石室，未及数十里，所言石室相连者……”至于昙晟门徒，开创曹洞宗的洞山良价和石室善道之间的亲近，《醴陵县志》还说：“当时，沩山指价祖（洞山良价）参昙祖，值板荡之际，所以昙祖不时避乱于石室，与道者相若，有机缘存焉”，相互关系如水乳交融。

石室善道是一位颇具影响的禅者，他继承长髭以斧喻道的禅法，发扬石头希迁“即事而真”的禅风，常以“展手”“握拳”接待学人，成为曹洞宗三路门风(鸟道、玄路、展手)之一。石室以婴儿喻学道之人，离分别取舍之心的禅论，也被洞山良价接受，后来在《宝镜三昧》中以“如世婴儿”加以引证。

云岩昙晟的另一高徒杏山鉴洪，也是常和石室善道亲近的僧人。一日，杏山见石室每日踏碓修行，便问：“这苦差事很难吃消，何不变易一下呢。”可是，石室不执着于事难与事易，便答道：“从开心碗子盛将来，合盘里合取，说什么难消易消?”杏山无话答对。后来，杏山出世住山，不几年却病寂了。主事者送哀书给洞山良价。洞山问来人：“杏和尚圆寂后怎么办?”来人说火化。洞山又问：“火化后怎么办?”来人告诉洞山：“拾得二万八千粒舍利子，以一万粒送官家，一万八千粒用于三处建舍利子塔。”来人称赞拾那么多舍利子，是有眼不曾见，有耳不曾闻的稀奇事。洞山听了来人诉说后大为惊叹，说：“哪怕你(杏山)和尚遍天下尽是舍利子，总不如当时识取石室和尚两句话!”

宁乡沩山密印寺的灵佑禅师和仰山慧寂禅师是开创沩仰宗的两位祖师。一日，为试探石室禅师道法，灵佑命高足仰山慧寂赴攸县宝宁寺造访石室禅师。见面后仰山便问：“如何是佛?”石室以手握拳相示。问“如何是道?”正疑惑时，只见石室又握拳，又拳手，便又问：“毕竟那个是呢?”只见石室双手摆摆，拨空三下，连连说道：“不是那么回事，不是那么回事!”仰山回到沩山，把和石室交往的过程向灵佑禅师做了汇报。灵佑听了之后，印可石室是位了不起的禅人，便下禅床，对着攸县方向，向宝宁寺的石室和尚合掌恭敬。

仰山后来成为开创沩仰宗的第二代师祖。2005年，沩山密印寺举行国际佛文化节法会，佛学界很多学者得知攸县宝宁寺石室禅师对开创沩仰宗的影响时，莫不表示惊讶!

三、楚王对勇禅师的赏赐

勇禅师是保宁寺的第三代法祖。唐元和三年(808)，年轻气盛的勇禅师将师公旷长髭开辟的道场创建为禅宗寺院，取名“保宁寺”。勇禅师因此亦号“保宁勇”。

保宁勇禅师致力于禅宗寺院的开创，唐元和四年(809)募基在今攸县大同桥枫仙岭开创了大圆禅寺。以后数十年间，在攸县创建资福、重兴、五奉、仁和、普利、黄莲、善兴、法轮、延寿、楚兴等禅宗寺院，一时名声大振。

唐乾宁三年(896)，马殷为湖南节度使，后封为楚藩王，希图建立以湖广为中心的霸业，欲借佛教笼络人心。闻攸县保宁勇禅师盛名，遂打发大学士徐仲雅来攸县迎清勇禅师赴长沙建开福寺。勇禅师寿高道重，在开福寺说法时，僧众常达千人。针对王室奢侈荒淫，又向马殷提出“戒奢僭，缓称王”的主张，促使马殷将湘春园、天册府部分宫室捐赠开福寺，使开福寺初具规模，成为楚国佛教传播中心。

后梁开平元年(907)马殷正式受封为楚王。时勇禅师年已120岁，马殷尊重勇禅师，封勇禅师为“国师”，赐“圣寿”号，并以攸县保宁寺一带山脉赐名“圣寿山”，作为永远香火，“以居勇师”。保宁勇此后亦称“圣寿勇”禅师。保宁寺规模、名声自此日渐扩大。即使五代之末，后周周世宗发起限佛运动，寺院仍然保持庄严、昌盛、兴隆的面貌。

四、曹洞宗云门系在保宁寺的辉煌

从中唐、五代乃至宋时禅宗发展繁荣时期，保宁寺一度成为禅宗南岳、江西两系交往活动中心。

元末，湖南兵战频繁，先是后宗龙凤末年(1366)，韩林儿率兵攸县，保宁寺一度被毁。之后，陈友谅和朱元璋斗争，攸县、茶陵被列为“血洗”之区，此间，保宁寺被毁为废墟。

明朝建立后，朱元璋与佛有夙缘，申明佛教，振作僧风。明洪武三十年(1397)，曹洞宗僧人无瑕禅师慕保宁寺之名，从北京来攸县，住持保宁寺，大力募化诸方，在废墟上重建保宁寺。明永乐十五年(1417)，江西永新人僧一峰，住持保宁寺，募化江西安福刘仁迪等铸千斤大钟一口，所铸钟文有“唐天宝十年，旷翁募善捐基开址，石室、圣寿勇相继建刹”字样，成为考证保宁寺沿革的重要依据。

明末清初，屡经战乱，保宁寺再度荒废，曹洞正宗第三十世万峰智韬禅师于清康熙三年(1664)住持宝宁寺，“历十八年，建成韦驮、大雄宝殿，藏经、弹指、护神阁，禅堂、斋堂、钟鼓楼”，复修了开山祖师旷长髭墓塔，依曹洞宗风，倡建了普同塔，建筑占地达14亩，使宝宁寺颇具规模，成为湖南名蓝，誉为“上湖第一山”。

为正本清源，万峰主持编纂寺志，邀请省内外90余名社会名流参与编辑。为与其他同名的“保宁寺”区别，改“保宁”为“宝宁”，而名《宝宁寺志》。由著名思想家王船山作序，邑侯余三奇也作了序言。

万峰是云门系开创者湛然圆澄的法曾孙，曹洞宗二十九世百丈泓法徒，他继承曹洞宗风在宝宁寺创建了“兼到亭”，修复了洞山从醴陵赴江西途径宝宁寺时见水中人影而大悟的“逢渠桥”。他的徒子徒孙分长晚两房轮流住持宝宁寺，保证了云门系自清初至民国，从30世至41世共传衍了12代，使宝宁寺成为曹洞宗后代活动中心，填补了中国佛教史关于曹洞宗云门系自清初“下落不明”的空白。

宝宁寺，默默地走过了将近1300年的历史，在中国的名山名寺中，它是被历史尘封的一员，然而它却是真正的以无有语言文字而入不二法门的一所名院，一尊真佛。无论过去、现在、将来，它都是一颗闪耀在佛禅太空中的明星。

第二编　文物典籍

株洲古代历史与文物考古概要

席道合

一、地理位置与自然环境

株洲市位于湖南省东部，地理位置介于湘江与罗霄山脉之间，呈南北狭长分布，面积11420平方公里，辖炎陵、茶陵、攸县、株洲县、醴陵市、芦淞、荷塘、石峰、天元区等九个区县市，人口380万。境内以山地丘陵地形为主，北部、中部、中南部为丘陵与盆地、平原犬牙交错，东部边境及南部为罗霄山脉的崇山峻岭。境内主干河流为南北方向的湘江，支流多发源于罗霄山脉西麓，自东向西注入湘江。主要支流有洣水、茶水、攸水、渌水。沿主干及支流两岸分布着众多河谷平原及山间盆地，尤以醴陵、攸县的开阔平原为多。

湘江自古以来就是连通南北的一条重要通道，除此以外，株洲还有两条沟通东西的走廊。一条是发源于江西萍乡的渌水，在湖南株洲县渌口注入湘江，自古以来，这条沟通湘赣两省的河流被称为“醴萍通道”，现在的浙赣铁路及320国道就是沿通道而建。另一条是发源于江西永新与湖南茶陵交界处的茶水，交界处被称为“吴楚雄关”。

二、建置简史

株洲市及所辖九个县市区最早建置始于西汉初期。

西汉早、中期，在今株洲市辖区内，封侯的有四个。高后四年（公元前184年），醴陵侯越封于醴陵，故址可能为今醴陵市转步古城；汉元朔二年（公元前127年），刘欣被封茶陵侯，故址在今茶陵县城东五十里的火田乡一带；汉武帝元光六年（公元129年）长沙王子刘福被封为容陵侯，故址在今攸县鸭塘铺乡桐坝村一带；汉武帝元朔四年（公元前125年），封长沙王子刘则为攸舆侯，故址可能在攸县网岭一带，此地尚存大型汉墓封土堆。

两汉时期，在今株洲市境内立县的有四个。西汉高祖五年（公元前202年）立茶陵县、攸县，隶属长沙国。20世纪70年代，长沙出土的西汉墓中，有“茶陵”“攸丞”印章。汉武帝年间立容陵县。东汉立醴陵县。以上四县中，茶陵、攸县、醴陵沿袭至今。

三国至南北朝时期，三国吴立建宁县，故址有今株洲市老城区和株洲县淦田古城两处，唐初废县，并入湘潭县。三国吴时还改容陵县为阴山县，南朝梁武帝时期废县。

宋代又从茶陵县分出酃县即今炎陵县。

至宋代，今株洲市所辖地区的县级行政建置基本稳定，有醴陵、攸县、茶陵、酃县(今炎陵县)及湘潭县东部。

20 世纪五六十年代以来，先后析湘潭县东部、醴陵县西部、长沙县南部设置株洲市城区及株洲县，遂形成株洲市现在的行政格局。

三、先秦考古概述

迄今为止，辖区内已发现各时期文物点 1100 余处。其中，先秦时期遗址 155 处，古窑址 50 余处。

(一)旧石器时代：发现遗址 1 处。1988 年发现。位于株洲县三门镇湘江左岸三级阶地的六斗坡，石器标本为石英砂岩质的刮削器一件，出土地层为江南典型的网纹红土层，地质年代约 20 万年，是湘江流域最早发现的一处旧石器点。

(二)新石器时代：正式发掘的遗址有 4 处，即湘江支流洣水中游的茶陵县独岭坳，渌水流域的株洲县磨山、醴陵下黄土坝，株洲城区的烟墩冲遗址。

距今 7000 ~ 6500 年，相当于洞庭湖区皂市下层晚期至汤家岗文化时期，以茶陵独岭坳第一期遗存为代表。该遗址于 1992 年、1996 年进行过两次发掘。遗址位于湘江支流洣水中游的茶陵县枣市乡与界首镇交界处。出土房子 5 座、墓葬 34 座、灰坑 15 个、祭祀坑 3 个。陶器为圜底器和圈足器，主要为圜底的釜、罐、盆及圈足的盘类。还发现了人工栽培水稻。文化面貌接近湘江下游和洞庭湖区，但又表现很强的地方特点。

距今 6500 ~ 6000 年，相当于洞庭湖区大溪文化时期。以磨山遗址第一期和独岭坳第二期遗存为代表。遗址位于湘江支流渌水下游的株洲县仙井乡。有房子、灰坑、灰沟等遗迹，陶器类型、纹饰与洞庭湖区大溪文化具有一致性，但鼎足的丰富多彩似乎与皖南及赣江地区同时期文化有一定联系。

距今 5500 ~ 5000 年，相当于江西地区樊城堆文化早期或长江中游屈家岭文化时期。以醴陵下黄土坝遗址为代表。有房子、灰坑、墓葬等遗迹，陶器有子母口浅盘瓦足鼎、锥形足鼎、釜、罐、豆形器等。文化面貌与江西樊城堆文化更为接近。

距今 4500 ~ 4000 年，相当于长江中游石家河文化时期。以磨山遗址晚期墓葬为代表。墓葬形制与随葬品与湘乡岱子坪同时期遗存一致，具有两湖地区新石器时代文化的典型特点。

总的来看，株洲地区新石器文化，从距今7000年至4000年的时间内，在皂市下层层文化、汤家岗文化、大溪文化、石家河文化时期，洞庭湖区文化占主导地位，但表现出较强的湘东地区的地方特点，是一种边缘地区的文化。在屈家岭文化时期，长江中游文化表现为向北退缩，此时，江西地区原始文化强势进入。

（三）商时期：20世纪80年代普查了一大批遗址，正式发掘的有洣水中游的茶陵独岭坳、攸水流域的攸县黄家坳、渌水流域的株洲县磨山、银子园等4处遗址。文化因素可分为三大类：

第一类为南方土著文化因素。商代前期以独岭坳晚期、黄家坳的灰坑、磨山晚期地层为代表。陶器以圜底器、圈足器为主，极少见三足器。器类多为盘口的釜、罐、圈足盘、喇叭口器座等，有一定数量的印纹硬陶。未见青铜器。陶器器类及器形特征与岭南地区的佛山河宕文化和江西地区同时期文化具有较强的一致性，与湘江下游和湘西北同时期文化迥然不同。商代后期，以攸县的一批遗址为代表。釜、罐仍是主要器形，但增加了大量的高领喇叭口罐。

第二类为北方商文化因素。青铜器以本地区北部的湘江及其支流渌水下游出土的象尊、"父乙"爵为代表，为典型的中原器。其中，与"父乙"爵同出的还有铜觚1件（被毁）和残破的陶片，该墓的陶器组合表现了中原商墓的埋葬习俗。时代为商代晚期。

第三类为混合型文化因素。青铜器以湘江台地上出土的齿纹铜铙为代表，时代为商代末期至西周初。北方青铜器纹饰不见三角状的齿纹，而在南方印纹硬陶文化中却是一种常见的陶器纹饰。遗址以株洲郊区的银子园为代表，石器有锛、斧、镞、铲、砾石、耘田器。其中，耘田器是一种宽刃有肩石器，柄部有一对钻小孔，是华南地区越文化特有的石质工具。陶器有釜、罐、盆、大口缸、尊等。大口缸、尊在本地商代早期遗址中未发现，应是商代后期自湘江下游沿江而上或通过"醴萍通道"自赣江流域向西传播而来的一种文化因素。这种外来文化因素在商时期只影响到本地区的北部，南部地区为单一的土著文化。

（四）西周时期：可分为三大类。第一类为本地印纹硬陶文化。遗址类以上世纪80年代调查的一批材料为代表。印纹硬陶占40%，器类仍以釜、罐为主，与本地商时期文化一脉相承。主要器类有盘口釜罐、喇叭口罐、高领罐。新出器形有大口尊。墓葬仅见1座，窄长方形土坑，随葬青铜器7件，为鼎一、戈一、锛二、矛一、刮刀一，器形较小，制作水平不高，时代为西周晚期，为典型的越人墓。此墓出土的青铜器为真正意义上的土著文化青铜器。

第二类为北来的文化因素。主要是青铜器。出土于株洲地区北部的湘江两岸及支流渌江下游地区。有兽面纹铜簋1件、云纹铜铙4件、虎纹铜铙1件。这一批铜器均为单件出土，其埋葬用意可能与宁乡黄材青铜器相似，应与祭祀有关。其来源可能与中原或江汉地区文化向南传播有关。

第三类为混合型文化因素。青铜器有兽面纹大铜鼎 1 件、鸟饰镈 1 件，时代均为西周晚期。应为土著越人学习外来青铜技术，融入了本地文化因素的作品。陶器中的大口尊的出现，也与北方文化向南传播有关。

（五）春秋战国时期：春秋时期已完成吸收外来文化的过程，青铜器制作已完全本土化，真正意义上的本地越民族文化已经形成。出土了一批具有浓郁越民族特色的青铜鼎、戈、削、矛、短剑等，陶器为典型的印纹硬陶文化，墓葬为狭长形土坑墓。

春秋晚期，楚人进入本地区。至迟在战国早期，楚人已成为本地区的主人。上世纪 80 年代在攸县网岭发掘的一批东周墓中，最早的楚墓到了春秋晚期。战国楚墓在株洲城区、株洲县、醴陵市、攸县、茶陵县及与邻近湖南的江西萍乡均有发现。作为楚占据本地区的又一证据是“茶水通道”东端的战国楚城的发现。该城址周长约 1000 米，面积约 6 万平方米，残墙最高处为 6 米，城外尚存护城河遗迹。20 世纪 70 年代，村民在城内曾挖出战国时期的 7 把铜剑、一小捆铜箭镞和一只铜鼎。城外即为江西进入湖南的隘口，又称“吴楚雄关”，此城应是楚人防御东面的吴越势力的一个军事据点。

综观夏商周时期，本地文化发展可以勾画出这样的轮廓：新石器时代末期，随着两湖平原石家河文化的衰落而向北退缩，岭南文化和赣鄱文化大规模进入本地，与本地的原居民共同创造了早期的越文化，成为本地区越民族的早期群体。商和西周时期，这一群体不断地吸收来自中原、江汉、洞庭湖以及鄱阳湖地区的文化，在西周晚期形成有自身特色的越民族青铜文化，至春秋时期达到成熟阶段。春秋晚期以后，楚人入主本地，但越人并非全部逃亡，而是和楚人一起共同创造了以楚文化为主体、融越文化因素于一体的本地文化。这一楚、越文化在本地共存的文化现象，在本地汉晋时期的墓葬中仍有延续。

四、汉以后的文物概述

（一）汉晋唐墓葬

调查发现的汉晋时期墓群有 300 余处。

已发掘的西汉至新莽时期墓葬 50 余座，均为中、小型土坑墓。值得一提的是攸县网岭杨家洲的古墓群，其中 3 座大型西汉墓，底径在 50 米以上。该墓群位于地方志书记载的西汉攸县城址附近。

已发掘的东汉六朝时期墓葬 100 余座，多为砖室墓，小者为单室，大者分前后左右四室。

已发掘的唐墓有 3 座，为小型狭长方形砖室墓，墓砖纪年为“元和元年”，为唐代后期的唐宪宗年号。

（二）汉以后的古城址

有明确记载的汉以后的古城址有11处。即西汉醴陵侯城、茶陵侯城、容陵侯城、攸县城、阴山县城，三国时期的株洲建宁县城、淦田建宁县城和堂市湘西县土城，五代时期的茶陵马王城，北宋时期的茶陵金州城和南宋以来的茶陵石头城。

考古调查已确认的有6处。即醴陵侯城、淦田建宁城、堂市土城、马王城、金州城、茶陵石头古城。其中，茶陵石头城是湖南地区现存最早、保存较完好的石头城。

（三）陶瓷考古

调查发现的古窑址50余处。可分为三类：

第一类为汉至宋代的陶窑。龙窑、园窑均有，烧制日用陶器。此类窑在各县市区均有分布。2004年7月，市文物局在株洲县洲坪乡荷花村发掘一处宋元时期的陶窑群，窑均为龙窑，沿湘江右岸的台地一字排开，延绵一公里。生产日用生活瓷器，以罐盘碗碟壶为主体。便利的湘江运输条件和庞大窑群印证了当年窑工制泥拉坯，窑厂烈焰升腾，江面货船云集的情形。

第二类为宋元时期的青瓷窑，以龙窑为主，烧制日用瓷器。在醴陵、攸县、茶陵均有发现，以醴陵黄獭嘴、枫林市，茶陵洣江发现的青瓷窑最为重要。

第三类为东汉和明代的砖窑。在醴陵市郊发现两处，为横焰式的馒头窑。东汉砖窑专门烧制墓砖，砖侧多饰几何纹。明代砖窑曾为明南京城、长沙城烧制城墙砖，如今的南京城墙上还可以看到长沙府醴陵县生产的城砖。早几年，长沙城内建房时，也发现了不少醴陵县产的城砖。

第四类为明清时期的青花瓷窑，尤以始于清雍正年间的醴陵窑影响最大。该窑址是一处庞大的窑址群，分布面积超过100平方公里，是我国清代至民国时期少见的瓷窑大遗址。该窑址还是中国釉下五彩瓷的发源地。

漫谈株洲史前考古学文化

席道合

20世纪50年代以来，株洲市文物考古界先后开展了三次文物普查，发现了30余处史前遗址，对其中一些重要遗址进行了考古发掘，出土了丰富的史前遗迹和遗物。经过近十年的研究，基本了解了本地区史前文化的发展脉络。

一、破石为器——旧石器时代文化

发现遗址点2处。其中，1988年发现于株洲县三门镇湘江左岸三级阶地的六斗坡旧石器点，石器标本为一件石英砂岩质的刮削器，出土地层为江南典型的网纹红土层，地质年代约20万年，文化年代相当于旧石器时代中期。

旧石器时代的标志是使用的工具主要为打制石器，通俗地讲，即破石为器。有的石器经过多次打击，但没有磨制工艺。刮削器是旧石器时代的一种主要工具，用于对狩猎获得的动物、捕获的鱼类、采集的植物进行去皮毛处理，还可以用于竹木器的加工。六斗坡旧石器地点是湘江流域最早发现的一处有明确地层的旧石器遗址。此后，长沙、湘潭等地陆续有过一些零星旧石器发现。

湖南湘资沅澧四水流域旧石器的地理埋藏有两种情况，一种是埋藏于河流阶地的红土层中，另一种是埋藏在宽敞、向阳的石灰岩溶洞中。以第一种埋藏形式最为普遍，说明了旧石器时代的人类已广泛活动在河流两岸的旷野上。六斗坡旧石器的发现，揭开了20万年前，株洲先民在湘江沿岸生息繁衍的历史。

我市的另一处旧石器点发现于天元区长江北路，采集打制石核一件。打制石核是用于制作石器的人工打击过的半成品。这件石核由于城市建设动土，已离开了原生地层，属于地表采集品。从其打击的石头破裂面的特征分析，所处地层可能属于一级阶地的网纹红土，时代可能为旧石器时代晚期。另外，2001年，株洲城区人民中路省变电二公司宿舍工地曾发现过5万年前的东方剑齿象化石。东方剑齿象是生活在森林草地的一种动物，从湖南各地发现的同时期动物化石来看，与之伴生的还有大熊猫、巨貘、红面猴、豪猪、犀牛等。

如果把六斗坡的刮削器、长江北路的石核与人民路的东方剑齿象化石联系起来，可以推测并复原旧石器时代晚期株洲的自然和人文景观。当时的株洲，蓝天白云下，漫山遍野古木参天、藤蔓密布，林间溪流潺潺、鸟奏和声，河边水草丰美、群鱼欢跳。红面猴攀着藤蔓在林间欢快地荡来荡去，一群群犀牛从河对面结伴缓缓游来，又缓缓游去。林间的空地上，围着一周简陋的窝棚，这便是当时的村庄了。夕阳西下时，晚霞透过树梢，洒在村庄的空坪上。男人们陆续归来了，抬着狩猎而来的豪猪，胜利的喜悦，美在心里，漾在脸上。女人们陆续归来了，挎着采集而来的野果，丰收的话语，挂在嘴上，响在耳边。光着身子的孩子们把大人围在中间，唱啊，跳啊……株洲的先民便在这种人与自然的和声中，从蒙昧走向文明，走向未来。

二、制陶为器——新石器时代文化

正式发掘的遗址有 4 处，即湘江支流洣水中游的茶陵县枣市乡独岭坳、渌水流域的株洲县仙井乡磨山、醴陵市八步桥乡下黄土坝和石峰区的仙庾岭镇烟墩冲遗址。

独岭坳一期文化：距今 7000—6500 年。

以茶陵独岭坳第一期遗存为代表。相当于洞庭湖区皂市下层文化晚期和汤家岗文化、北方的仰韶文化早期和长江下游的河姆渡文化。该遗址于 1992 年、1996 年进行过两次发掘。遗址位于茶陵县枣市乡与界首镇交界处一个叫独岭坳的小山丘上。出土房基 5 座、墓葬 34 座、灰坑 15 个、卵石堆积 1 个、祭祀坑 3 个，以及大量的陶、石、骨、木器和动植物遗存，是一处保存较好的史前聚落。

独岭坳一期文化发现了人工栽培水稻，可以称为“株洲第一稻”，说明株洲地区农耕文明的历史至少已有 7000 年。陶器烧制技术已较成熟。人们使用泥条盘筑法制作陶坯，多数陶胎中加进适量的砂子，以增强抗烧裂的强度，盛食器中也有一些为纯泥质的陶胎。另外，还有一定数量的白陶。陶器为圜底器和圈足器，主要有圜底的釜、罐、盆及圈足的盘和碗，像鼎这样的三足器还没有出现。这也正是它时代早的特征。人们使用丰富的花纹对陶器进行装饰，在陶胎上拍印的绳纹、刻印的斜线、网格、弦纹等。有极少量的彩陶。文化面貌接近湘江下游和洞庭湖区，属于长江中游大文化圈，但又表现很强的地方特点。

独岭坳一期文化的生产工具有石质与木质之分。石器以磨制者居多，有少量的打制石器。种类有石斧、凿、锛、刀、弹丸、网坠、打磨器和砾石。房子遗迹包括柱洞和灶坑，从地面掏挖灶坑的现象看，应为地面建筑。房子平面多呈方形，少量为圆形，面积在 10 至 20 平方米。墓葬有大坑与小坑、一次葬与二次葬之分。大坑墓长 2 米、宽 1 米左右，均为一次葬。小坑墓长 1 米、宽 0.5 米左右，多为二次葬，个别为小孩墓。一次葬墓随葬完整陶器和石器，二次葬墓随葬残破陶器陶片或根本不见随葬品。一次葬墓的葬式均为直肢葬。卵石堆积呈圆形，直径 70 厘米，上面覆盖 5 厘米厚的灰烬，明显不属于灶坑之类的遗迹，应与某种祭祀活动有关。

磨山早期文化：距今6500—6000年。

以株洲县磨山遗址第一期和独岭坳第二期遗存为代表。相当于长江中游的大溪文化、黄河流域的仰韶文化中期、辽河流域的红山文化时期。出土了房子、灰坑、灰沟等遗迹和大量的陶、石器。

磨山早期文化较独岭坳一期文化有很大的进步。房子出现了双间连房，可以称为套间。这也是独岭坳一期文化所不能相比的。套间房的出现，意味着家庭结构和婚姻状况的改变，一夫一妻制此时已经出现。

磨山早期文化的陶器种类更加丰富，最大的进步是出现了像鼎这样的三足器。制作精美、纹饰繁缛的白陶盘也是这一时期的精品。其他器类还有釜、罐、盘、碗、钵、杯等。彩陶在这一时期有一定数量的增加。陶器的制作在手制的同时，开始使用慢轮修整。陶器的文化面貌与洞庭湖区大溪文化具有一致性，属于长江中游大文化圈。但鼎的丰富多彩似乎与皖南及赣江地区同时期文化有一定联系。表明大溪文化时期，湘东地区已是长江下游浙赣地区与中游地区文化交流的纽带，醴萍通道作为文化与交通的走廊6000年前就已发挥了积极的作用。

下黄土坝文化：距今5500—5000年。

以醴陵下黄土坝遗址为代表。相当于长江中游屈家岭文化时期、黄河流域的仰韶文化晚期。有房子、灰坑、墓葬等遗迹。

下黄土坝文化的陶器一改以往两湖地区文化的风格，陶器的造型表现出与浙赣地区惊人地相似。器物的主要类型为鼎、釜、罐、豆。有子母口浅盘瓦足鼎、锥形足鼎、釜、罐、豆形器等。其中，最具特征的瓦足鼎、锥足鼎与江西樊城堆文化的同类器如出一辙。陶器的文化面貌与江西樊城堆遗址非常一致。这种现象在湘乡的岱子坪遗址下层文化中也有发现。这一时期湘东地区的考古学文化属于鄱阳湖大文化圈，西界可能在湘乡、湘潭至衡阳一线。由此可见，在距今5000至5500年之前，湘赣两地的原始文化在湘东地区曾发生过此起彼伏、此消彼长的拉锯战，这些不起眼的陶器原来也能揭开埋没久远的史前历史。

磨山晚期文化：距今4500—4000年。

以株洲县磨山遗址晚期墓葬为代表。相当于长江中游石家河文化、黄河流域龙山文化、长江下游良渚文化时期。出土24座墓葬和大量的陶、石器。

磨山晚期文化的陶器出现了一个崭新的器类——鬶，也是其突出的时代标志。这种器形是夏商时期重要的礼器青铜鬶的直接前身。其他陶器还有鼎、釜、罐、壶、豆、盘、杯。器物制作更加精良，轮制已普遍使用。冲天流的鬶、高竹节柄的豆是其精品。在陶器上拍印方格状的纹饰成为新的艺术风格。生产工具中的石器出现一种先进的有段、有肩的石斧和石锛，其段部、肩部可以安装木柄，既省力，又能提高生产效率。

磨山晚期文化的丧葬习俗与以前相比有很大的变化。墓坑多为狭窄的竖穴浅坑，流行二次葬。这种葬俗是在人死后，先将骨骸置于或埋于别处，然后从其他地方取来后二次埋葬。故墓坑的长度普遍只有 1 米左右。墓坑底部多遗留有灰烬和骨头残渣，应是在二次埋葬时举行了火祭或焚烧的某种仪式。墓葬形制与随葬品与洞庭湖区同时期遗存一致，具有两湖地区石家河文化的典型特点，说明此时环洞庭湖地区文化已强势向东南推进，将此前进入湘东的环鄱阳湖地区文化挤出了本地区。

揭开尘土掩埋的历史，我们能看到一个文化久远的株洲。20 万年前，古人类开始在这一片土地上生息繁衍。此后，在历史的演进中，本地文化不断地得到了革新、融合和提升，最迟在距今 7000 年左右，形成了以种植水稻为特征的农耕文化，其发展过程与华夏大地上其他史前文明同步。株洲地区的史前文化，尤其是新石器时代的农耕文化无疑是华夏古老文明的重要组成部分。

株洲市博物馆馆藏的几件文物

饶泽民

清代犀牛杯

早在二千多年前的汉代，古人便用犀牛角做成酒杯，装酒后让它存放一段时间再喝，目的是酒与犀牛杯壁产生一定化学作用后饮入肚中以祛病强身。

一个犀牛一个角，获得此角再由能工巧匠雕刻成工艺精品，因此这样异常贵重又来之不易的犀角艺术品千百年以来一直是尊卑的标志，且受到历代政府的控制。老百姓莫说有，看也看不到。

明清两代是犀角雕刻技术的高度发展期，史书上记载，鲍天成是明代犀角雕刻高手，尤通是清代犀角雕刻的一代宗师。自乾隆开始，犀角杯的造型扩展到鼎、炉、盅、洗等式样，附加纹饰有山水、人物、花叶、松枝以及仿青铜器等等。

攸县博物馆珍藏的这件清代犀角酒杯其雕琢之精令人惊叹。它通高 9.2、敞口长 15、宽 10.5 厘米，底呈长方形，长 4、宽 3 厘米，口缘内外饰雷纹一圈，外壁饰以云纹作底，主纹是兽纹，细腻流畅，形态生动。一厉虎攀在杯口炯炯有神。雕刻这件犀角杯的人是不是清代尤通我不得而知，但此杯被省市文物专家一致定为珍贵文物却是事实。

唐代铜镜

铜镜主要用于照容、整冠。照人的一面磨光发亮，背面侧多铸有镜钮和花纹。其花纹的构图设计精巧，反映了当时的习俗和工匠师的技艺水平，因而铜镜不但是日常生活用具，而且是一种具有欣赏价值的艺术品，是考古研究中最有价值的断代物。

在株洲市博物馆《青铜器馆》展厅里，有件与众不同的铜镜：该镜为龟形钮，荷叶纹钮座，下部饰流水，象征江河湖海，左侧为伯乐弹琴，上部饰云山，右侧饰鸾凤翩翩起舞。它便是距今千年的唐代“真子飞霜”镜。

唐镜制作兴盛的原因一是因瓷器的普遍使用使许多铜器生活用品由瓷器所代替。一般铜器生产已趋向衰落，金属工艺制作全集中到铜镜的制造上了。二是在每年的八月五日“千秋节”这天，人们将铜镜作为礼物相互馈赠。这就大大促进了铜镜制作的发展。更主要的一点是：皇室赏赐百官也多用铜镜。

以人物故事为题材铸在镜背是唐镜的特点之一，其图形结构是密不容针或宽可走马。密不容针的有花团繁簇似锦，宽可走马有鸟飞长空。该镜巧妙地将人物、高山、龟兽、鸟禽融合一体，而且自然生动，充分体现出中古时期的鼎盛时代—唐王朝经济文化欣欣向荣。

值得一提的是：该镜为市公安局刑侦大队在破一犯罪案件中获得，并随即移交文物部门保管。可以说，没有他们，也就没有了这件“真子飞霜”镜。

西周青铜鼎

株洲市博物馆青铜器展厅里，一件三足大鼎十分引人注目。口沿边的一块残缺是参观者议论的焦点：“可惜坏了，怎么不修好呢?”你知道吗，我们特意留下这处残缺，它是被锄头挖破的，也就是这重重的一锄，三千年前的地下珍宝才得以重见天日。

1988 年 4 月，我接到金田派出所打来的电话，告之该乡建宁水闸边挖出一个锅子。我随即前往调查，据当事人介绍，他家屋后一丘菜地今年打算改种棉花，特地配了一把新锄准备深挖菜地。也就这么一锄头下去，只听“当”的一声，锄头弹出了手，手掌的虎口震开，血也流了出来。倒霉，碰到了大石头。正自认晦气之时，他忽见锄头刃口在阳光下闪着灿灿的金光。哇！不会是挖到金矿了吧？他忘了手掌的疼痛，对地下硬物小心刨挖。一身大汗之后一个青铜器出土了。我对它进行了仔细的测量，它高 28 厘米，口径 29 厘米，腹深 20 厘米，其纹饰玲珑精致，造型大方庄重，三足柱型，双耳。口沿边一块残缺，全新痕迹，经勘验，正是那一锄头所致。这是一件不可多得的青铜大鼎，后经考证，是西周时的珍品。

我向他宣讲法规政策，在有人许诺千元购买的情况下，他将文物交给了我。这是一种多么淳朴的高尚情操啊。三天后，我将荣誉证书和奖金送到他的手中时，围观的群众中却有人说：“挖到宝不要，这个人有点宝”。而他说，“别人一辈子挖不出宝贝来，我一锄头就挖出来了政府的奖励，知足了。”

商爵

爵，是我国古代的饮酒用器，我们现在称之为酒杯，爵的形状是前面有喝酒用的流，后有尖状的尾，口沿上有左右对称的两柱，腹下有三足。

青铜爵流行于商代，秦汉之后极为少见。青铜爵也是青铜礼器中的重要器物，商代贵族墓葬中常有爵与觚成套陪葬。

株洲博物馆青铜珍品展览厅里的第一件展品便是青铜爵。遗憾的是：随爵一起出土的觚却永远的损坏了。

那是1990年9月间，株洲县南阳桥乡一姓杨的村民在田间挖土，发现了一个陶罐，内有爵觚两件酒器。听说挖出了东西，一下子围上许多人，大家都不知何物，你的手捏一下，他的手捏一下，历经地下三千年，本来就薄薄的一个酒觚就这样被众人捏没了，小杨挖出2件器物中有一件已成碎片，忙收起那件没坏的匆匆收工回家。随后，小杨将文物上交市博物馆。该爵圜底圆体短杯式，双柱成菌形，器腹上部饰一圈云雷纹，其中一柱上阴刻“戈”字。这种带族徽的爵在全省少见。

唐代模印贴花壶

在株洲博物馆工艺品陈列厅内，有件执壶特别引人注目，它便是唐代铜官窑产品：模印贴花壶。

铜官窑瓷器的纹饰十分丰富，而且对全国许多窑、许多装饰形式影响深远。其主要形式有：釉下彩绘、模印贴花、雕塑镂空等。其中模印贴花最具特色，这项工艺的第一步是用一小块瓷泥细心刻画出各种图形，包括亭阁、走兽飞禽、人物花卉。这种模印贴花装饰一般用在壶嘴和绳系的下方，视觉上有很好的艺术效果。

株洲博物馆收藏的这件文物，于八十年代中期在石峰区征集而来。壶身施米黄釉，贴花施褐色釉，壶嘴与左右系之下分别模印贴花同一武将——尉迟敬德。

尉迟敬德(585—658年)，山西朔县人，铁匠出身。他对李世民忠心不二。在“玄武门之变”前一天，建成、元吉知道敬德在李世民军中有举足轻重的地位，想以金银一车去收买他。敬德不为所动，最后还协助李世民伏兵于玄武门，射死建成、元吉夺得军权，为李世民执政奠定了坚实的基础。玄武门之变是有利于一个时代历史发展的政治行为，之所以出现盛唐，尉迟敬德功不可没。老百姓没有忘记他，在日用执壶上塑造他的形象就是以示纪念。

这件造型美观的执壶充分反映了唐代陶瓷工匠的高超技艺，是铜官模印贴花装饰的杰出代表，当时便已名誉海外。直至今日，陈列在展柜磨砂灯下的千年古壶，仍然放射出耀眼光辉！

磨山遗址

饶泽民

株洲县仙井乡有一个磨盘形状的大土包，当地农民世世代代在那里栽红薯、种庄稼。这个现代最密经纬地图上也找不到地名的地方，一九八六年，被一个曾在那里下放劳动过的知青、后来的文物工作者发现，在考古学的版图上给予了显著的标志。而破译这道远古谜底的钥匙，就是菜土中零星散落的几个尖状石器和印纹碎陶片。

六千多年前，这里居住着一个近百人的母系氏族人群。他们没有军队、警察，也没有劫匪、小偷。大家一起劳动，共享收获成果。多少年后，他们生活的遗迹被埋入地下，人们渐渐地把他们忘了……

这个地方叫“磨山”。是的，很多人不熟悉这个地名。但“磨山遗址”这个词，在考古界却颇有影响。

而非专业人士的角度看，古遗址很难感受到它的外在美。历史的遗迹被埋在地下。许多考古学家之所以痴迷于古遗址的研究，是因为在他们眼里，一座古遗址就是一本历史书，许多没解决的问题往往会在一个遗址中迎刃而解。

经报国家文物局批准，湖南省考古队于 1987 年对磨山进行了 96 平方米试掘，所获成果是丰硕的：磨山的房址居室有墙基、隔墙、居住基面、柱洞等痕迹。地下夯打着“凸”字形的烧土居住面，证明这里的人们已走出山洞、告别穴居，开始营造家园。发掘所获得陶片表明：磨山遗址的大溪文化遗存以印纹白陶、戳印、刻划等多种形式的鼎足为特征。碳 14 年代测定的数据显示，磨山遗址年代为距今 5300 – 7000 年前。这样一来，便把我国考古界定性的大溪文化分布领域——长江两岸地区的“疆界”由江汉平原向南推进了足足几百公里，直抵湘江流域。这个范围足以与仰韶文化相匹敌，使之成为长江流域文化亦为中华文化源流之一的不可争辩的有力证据。

磨山，你的地下镌刻着先民的业绩，有问号、有叹号、还有省略号，如今先民活动的密码正在慢慢解开。磨山，你犹如一块巨大的基石，把湘东的文明史推到了六千多年前，并把她推到了中华文化、人类文明的考古前沿。

南宋古城与“南宋古城墙”

王薛刚

茶陵现残存的南宋古城，2002 年被列入省级文物保护单位，誉为“湖南百景”之一；2013 年“茶陵古城墙”又被列入国家级文物保护单位。南宋古城是为南宋年间所定茶陵州治之地，并始筑其城，故名“南宋古城”。按《我国古代筑城技术》(《中国历史常识(专题部分)》(1980 年中国青年出版社出版)介绍，我国筑城技术开始筑的叫“夯土城”，俗称“土筑泥墙”或“夯土泥墙”，与山区农村至今仍有的“抖墙屋”的筑法是一样的。“用夯筑法筑城，在我国沿用了很久，直到宋代，用砖包砌城墙才逐步增多”；“不过用砖包砌墙，工费巨大，从它的开始出现到全面推广，经历了很长时间。明初修北京城时，也仅在城墙外侧包砖，到了正统年间才又在城墙内侧包砖。明中叶以后，砖城迅速增多。至清代，县级以上多用砖筑，只用夯土筑城的土围子则很少见了。”

南宋时茶陵筑城，明嘉靖四年(1525)版《茶陵州志》上载有“宋・刘用行”“绍定五年八月记”的“筑城记”，是为“夯土城”。从简要的文字所记即可知晓，其记曰：“乃农隙试事，众工云兴，万杵纷如，埏土攻石，竭蹶以趋。”刘用行记筑后的城墙：“周为九百三十有五，址广为尺三十，颠广损之，高为尺二十有五”。“趾广”，指城墙底脚之宽。

南宋古城之墙，由于是泥质必不能经久的风吹雨打，时常要加以修葺，故至清代不得不加以重修。清同治九年(1870)《茶陵州志》载有茶陵四大学士之一的彭维新为之而作的《重修州城记》，时在“乾隆三十一年”(1766)。在记述泥质城墙之损坏时为：“距今四百年矣。石泐甓敝，颓堕几尽，跛牂羸豕之所狎出入”。这里的“泐”(lè)，即“裂开”，“甓”(pì)，即砖。“砖”之来历，可能是两种情况，一指历年之维修，尤其到明，是为在已堕之处的“侧面包砖”；二指“在城墙顶筑起的女墙和雉堞。雉堞就是城垛口”。“垛口上，砌有名叫‘转射’的活动射孔……通过它用弓弩向城外发射或观察敌情”(见《我国古代筑城技术》)。这种技术早在《左传》上就有记载，宋筑城时应该有，只是刘用行未记述，故全文未出现“甓”字。也正因泥质城墙之损坏，才会有瘸腿的母羊和瘦弱的猪习以为常地出入了。而重修是“卜吉兴事，遴匠庀材，酌法授式，分地程实；伐石于山，必修且厚；

范土成甓，必致且坚，煅石作液，必胶且洽。造小艓，制轻轺，以运载；椎杵雷轰，畚锸云集”。这样筑成的城墙，就是今天仍能见到的“茶陵古城墙”。

1993 年《茶陵县志》记为：“城墙系红料石浆砌，夯土其中。原墙体高 8.4 米、厚 4.4 米，周长 2 513 米，设聚星、迎薰、通湘、紫微、朝天五门。城墙上有……垛堞 2 366 个”。若从今洣江石良一带的粉红石山来看，可推断，这种重约半吨左右的粉红条石，是取自石良处之山，经“轺”运至洣水河边，再用“小艓”运过河，才能至筑城之处。可见已制专用的小车和小船了。茶陵“重修”之筑城技术，也是与全国同步发展的。

“茶陵古城墙”能列入国家级文物保护单位，还在于它的城墙两侧都为石包，且在我国古代筑城技术常识中都不见介绍，有其独特之处；它饱经沧桑，存有 600 余米城墙至今天；还有一城门保存较完好，能见其城门名，并有护城河的入口一段 200 多米。“茶陵古城墙”之称，与“长城”或“万里长城”也是一致的。从长城史看，长城始筑于战国，秦统一后之筑是连接原先秦、赵、燕北面的城墙，并加以增筑，长度超过 1 万华里，所以也叫万里长城。那时也为“土筑泥墙”，所以“秦长城的遗迹，在甘肃临洮等还可以寻见……残墙断垣”。正因是土筑，也才有孟姜女哭长城的故事：“泪水飞溅，把长城也给冲塌一道 40 里长的缺口”。我们今天能见到的是明长城，全长 13000 多里，花了 200 多年时间才陆续修筑起来，也是“分别用土筑、石垒、木柱、木板或利用自然地形筑城，工程比较简单，毁坏严重，现在仅存一些遗迹”(《中国历史》第二册，“教学参考书”，人民教育出版社，1983 年版)。现在我们去北京参观所见长城是明后用青砖所砌而包。正因如此，“长城”或“万里长城”之前未加能说明时间的什么“战国”“秦”“明”来修饰限定。“茶陵古城墙”亦有“古”之泛称，隐含让人去深入了解，“古”到底为何时？如何去“打造历史名城”呢？它已明确定位为“历史名城”，待之以“做出某种评价”，也即分析并评之为“历史名城”而已，不宜将其定义为“南宋古城墙”或“茶陵南宋古城墙”。

恩格斯在《家庭、私有制和国家的起源》中说：“在新的设防城市的周围屹立着高峻的墙壁并非无故：它们的濠沟深陷为氏族制度的墓穴，而它们的城楼已经耸入文明时代了”。城，这种永久性的防御工程的出现，标志着人们已告别“茹毛饮血”的野蛮时期，步入了文明时代。“文明史，就是人类进步的历史”，已成为历史学界的共识。茶陵古之筑城，按明、清两代《茶陵州志》载，从汉的“茶王城”，到“南宋古城”共有 6 座，今能见到的“茶陵古城墙”就是茶陵人民一步步地推进人类文明的标志。而今迈入现代化，人们要走出一条独具中国特色社会主义城市化道路，正是对人类文明的传承和不断推进。

吴楚古刹碑质疑

漆则朋

吴楚古刹碑是株洲市醴陵王坊乡屏山寺里的一方石刻。它是20年前群众重建寺庙时，从坍塌了的寺基中挖出来的，人们多认为它是迄今为止醴陵市境内已发现的最古老的诗文碑刻。地处罗霄山脉北段的大屏山一带，是古代吴、楚两国接壤地段，扼湘赣往来咽喉，地势险要，历来为兵家必争之地。而高踞于山巅的屏山寺，据传已有一千五百余年的历史，堪称古刹多罗；石碑上镌刻的诗篇，据说是近年新出土的公元七世纪的佚散作品；作者和书丹手又是同一员历史名相：真是众美骈臻！于是其身价百倍，爱好者竞相传抄，几乎闹得洛阳纸贵！世纪之交前后，株洲市政协和醴陵市史志档案局先后出版了《古今诗人咏株洲》与《渌江古今诗词选》两册地域性作品集，都曾将古碑上这首诗弁于吟咏醴陵诸作品之首。编辑者还深怀眷顾乡土之情，特意给它加了注释，大意是说：屏山寺在大屏山麓（笔者按，寺宇实在峰顶），唐大将尉迟敬德出检巡案到达该山，见地势险峻，风景优美，即在此创建古寺，名曰“吴楚古刹”云云。几年前醴陵市一中搞校园文化建设，曾按该碑拓片依葫芦画瓢复制了一方，镶嵌在校园内瑞渌碑林里。如今，甚至连互联网上也能查到有人特意为它写一的介绍性文字。由此可见，古刹碑的社会影响，正日益扩大。

该碑高约125公分，宽约55公分，火成岩材质，正面刻一首22句四言诗，天头上自右至左列“吴楚古刹碑”横额，下款署“房玄龄题”及“大唐贞观十三年己亥冬立”。总计全碑刊字108个。兹将全诗抄录于下：

岩岩平山，积石峨峨。
远瞻昆仑，近缀衡庐。
南通闽广，北达荆吴。
维山之高，壁立千仞。
创建古寺，尉迟敬德。
鄜州都督，威振山河。
密金不受，公心如山。
百战瘢痍，实忠于王。

功臣图像，凌阁争光。
名胜古迹，风景悠扬。
名垂不朽，万古流芳。

无论是语言形式或思想内容，全诗都不算艰深。除了下文将释明的“密金不受”和“凌阁争光”两桩历史事件外，其他大都明白如话。全篇先写屏山多石、高峭、险峻，交通方便，再颂尉迟的功德和荣誉，最后祝愿名山胜迹和功臣德望共同流芳千古。

巍峨屏山的优美景观，历史名相的诗篇和书丹，李唐盛世开国重臣清廉忠义的品质和汗马战功，跨越千载的古老山寺和珍稀碑刻，交织成一道亮丽的风景线，实足以吸引游客，大饱观览者眼福。东汉置县以来的醴陵，似此古老文物，发现得还不是太多。这方碑刻的出土，应是醴陵文物史上的一大幸事。它将进一步丰富市境的文物典藏，有效地提高屏山的游观品位，作为故乡的群众，都理应为此而庆幸。

笔者曾满怀向往之情，兴高采烈地去攀爬海拔近600米的屏山巅峰，一心要参拜古老的佛寺，摩挲漫灭的古碑，吟哦宰相的诗作，并欣赏其书石的笔触，甚至还想伫立寺后，去端详那株据说已历千年的参天的古罗汉松。

登上屏山后，只见山门边的荒烟蔓草间，蹲着一个小土堆，上面斜搁着一小块断碣残碑，碑面字迹模糊，却仍依稀可辨。经仔细察认，方知这抔黄土竟然是朱元璋生母的墓葬！谁敢相信，大明王朝开国圣君的太后墓，居然沦落为孤坟野冢！在那“三纲、五常”封建伦理观念充斥天地的中国中世纪，竟然出现此等现象，体统何在？因此，尽管残碑上刻得振振有词，而游客们却个个口议腹诽，都认为是好事者在哗众取宠，蓄意编造，妄图蒙骗群众。有的游人还指责伪托者的中华文化底蕴浅薄，造假手段也不高明。于是，笔者无端突发类比联想，口里不住嘀咕，古刹碑该不至也沦落到与野冢同样的命运，犯上伪托的嫌疑吧？

游览归来，脑际殊不平静，反复思考，不断核查，发现当时的联想和猜疑，并非空穴来风，不是完全没有根据，至少麇集着以下疑团：

首先是碑刻的名称。“刹”是梵文“刹多罗”的音译简化，指佛寺。古刹当为古寺。吴楚并称，可以指东周时期的两个诸侯国，也可以指两国故土那片疆域，即长江中下游一带。这里似乎以理解作后者为宜。因为中国有佛始于东汉明帝永平年间，东周应无佛寺。据1948年编印的《醴陵（十修）县志》记载：大屏山寺距县治35里，唐代始建，民国12年（1923）李莘田、刘禹臣等倡修，傅泷记。（笔者按，清代同治间撰修的九修《醴陵县志》“屏”写作“平”）既然山寺始建于唐，可是初唐人房玄龄赋诗、刻碑，就把屏山寺称为“古刹”，事理上断然难以说通。除诗题和碑名外，在诗句中也有类似的自相矛盾的吟唱：“尉迟敬德，创建古寺”。从词义内涵考虑，所谓“创建”是说屏山峰巅原本无寺，寺庙是由尉迟敬德披荆斩棘首创营建起来的。那么，全新的建筑，油漆未干，正待剪彩，怎么就把它称作“古寺”呢？这“古”从何来？当然，也许有人会怀另类设想，疑是《醴陵县志》有误，认为屏山顶上在唐代以前就有佛寺或道观之类的古建筑。那么，寺观倒塌了，人们只能重建；寺观朽败了，大家可以去修建，怎么用得着尉迟再在此去“创建”呢？房玄龄身怀经国济世之才，荣居宰相显位，竟然对这样简单概念的内涵都模糊么？他那彪炳史册、备受史家赞誉的贞观之治这篇大块文章，难道是请人捉刀的么？笔者冥思苦想不得其解，只好妄自揣摩：莫不是唐以后的某人蓄意伪托，却又思维欠缜密，叙事时忘了换成古人的喉舌，故而不打自招，露了马脚么？自然这只不过是为了调和上述矛盾而擅自猜疑的一种妄说而已。

其次是书丹的字体问题。整碑从横额、诗句到题款全都用楷体，书艺风韵差近乎同期的虞世南、褚遂良诸家，看来技艺水平似乎比虞褚略逊一筹，令人感到全碑刚劲有余，润丽不足。据《唐书》本传记载，房氏工行草，按理，他该以行草来书丹，那可能更俏丽。可他没有这么做，背离了扬长避短的原则。

衣着打扮，讲究入时，民风尚瘦身，世上多饿人。大将对阵，钩锤剑戟，各逞所长。秦琼舞锏，尉迟挥鞭。这是取胜必由之路。可是，房氏在表达书写体式等多方面都未能考虑时代和自身条件，逆时而动，反其道而行，真令人费解。

最后，是诗作和碑刻的时间问题。前文提到两桩历史事件，分别是“密金不受”和“凌阁争光”，前者指尉迟敬德拒绝朱元吉行贿，在皇室萁豆相残的斗争中，坚持公正廉明的故事；后者指李世民即位后，为表彰众多开国功臣，特建群英纪念馆（凌烟阁），并将功臣们的画像供诸其上的事。这在《唐书·太宗纪》和《唐书·秦叔宝尉迟恭传》等篇中分别有记载。《唐书·太宗纪》中写道：“十七年一月，图功臣于凌烟阁。”这里的十七年，指的就是贞观十七年。因为李世民不像武后、高宗各朝，隔不一两年就更改纪元。他从登基到逊位，始终只用“贞观”一个年号。《唐书》成书较晚，也许有人担心它时间误记，事件语焉不详，那么可参看唐朝当代人刘肃写下的近乎《世说新语》的笔记《大唐新语》，那记得更详：“贞观十七年，太宗图长孙无忌……二十四人于凌烟阁，太宗亲为之《赞》。”两书互证，可以确认建阁，画像只能是贞观十七年，即公元643年。可是吴楚古刹碑却刻立于贞观十三年，即639年，这是诗碑题款中“白纸黑字”刊出来的。这就等于说，四年前赋诗刻碑，就写到并刻出了四年后建阁，画像的事！这究竟是怎么回事呢？如果说前头的那几点质疑，还可用特殊的偶然例外来解释，那么，这种时光倒流，即使用巧合也说不通了。

这应是最大的疑团。

王船山《宝宁寺志序》浅析

谭特立

开创于唐天宝十年(751)的攸县宝宁寺，是一所至今还保存完好的禅宗寺院。寺内文物古迹甚多，其中清康熙甲子(1684)年成书的《宝宁寺志》被誉为镇寺之宝。

寺志的主修者是被誉为中兴宝宁第四代法祖万峰智韬禅师。万峰系衡阳人，清康熙三年(1664)春应攸县儒释界人士再次邀请来宝宁寺任住持。为正本清源，使祖师灯录不致湮没，万峰聘请本县知县余三奇、教谕蓝应象、训导黄钟以及省内外儒学名流黎元宽、王船山、刘友光、陈之骏等90余人为编辑，花12年时间，成功编写这部寺院史志。全志约20万字，分山川殿宇、语录像赞、咏景、莲社诗、序文书疏、传记遗考六卷，王船山应老友万峰智韬热情邀请，为寺志撰写序言《叙》，其书法真迹，刻印在卷首。

寺院修志，本属罕见，而著作等身的王船山，为寺院志书写序仅此而已，全文541字，为便于阅读，分段标点于后。

叙

禅分五叶，其茎二出。南岳江西既两相峙立，抑互相印契交错以纬之。五茎二，二茎一也。禅无择人，况有择地？而必于此二茎之间敷而为叶，此亦有说。印度之支，东及沧海者，幼枝蔓垂。自岷山之南，南经牂柯，至盘江之夹，剖而为二：其北条濒沅溆之阴，东为耶姜之山，而北迤东南岳；其南条累累枚枚为五岭，至于始兴之峤，稍西而北，界章湘二水，而迄于匡阜。然则，印度本也，岷其本茎之际也，南岳江西其茎之畅遂而且为叶者也。此二茎之交，花雨弥天，香风匝地，讵不盛矣！

宝宁西南岳，东江西，二茎之所自。以精相灌，以息相呴，以阴相荫，以华相丽，阐缓凝停于其中，故长髭弥石头，祖青原，间于二楹为公室，辅与石霜云盖相拱揖，而映带乎二曜，以舒光于五灯。此实印度之云孙，岭南之嫡子。分茅胙土而主鬯者，禅之冢系，舍此其谁与归?

尟我万峰和尚之拊松东向，而拚除于榛莽之余，弗容已也。分条而各扬其采，不如合荫而交滋，其荣久矣。既唱宗风，遂修胜地，刹竿特建，妙旨斯宣，莲歌答响，灵钟发韵，辨其异同，判其昭曶，援紫云先生之明证，显宋仁勇师之化迹，疑似永祛，孤光长炳，自是以往之无穷，乳子依慈母之襟，久客就十浆之舍，合二茎为连理，翕五叶以承跗，不但得主于青原，克家于百丈已也。近者樵径分风，虹桥判雨。诤言盈室，蕉鹿难求，宝宁左顾而问寻恩之经，右盼而驾蹄踏之驹，汇其岐流，契其交领，良法界之大观矣。

太史儋曰:“秦与周离五百年而合，合百年而霸王兴焉。天之数也，地之纪也。然则破藩而游，溯源而一，以远笑拈花，近邀芦渡，吾知在旦暮之间也”。

（原载《攸县志》《宝宁寺志》）

可将《宝宁寺志序》分为四部分

第一部分“禅分五叶……讵不盛哉”。对中国禅宗由两系发展“五叶”的历史原因，以唯物观点作了客观论证。首先从“禅无择人”的人文方面指出，“禅分五叶其茎二也”，“南岳江西”两茎虽“两相峙立”，实际是“二茎一也”。因为禅宗从“两茎”之间敷而为“五叶”（即派分沩仰、临济、曹洞、云门、法眼五宗），只是从禅师接待学人的风格不同而已，而其传禅宗旨是相同的。其次，从“禅不择地”的地理环境来说明，印度禅教的东传，渡海而来到中国岷山之南，再经牂柯，至盘江时有南北二流；北流称牂柯水流入湖南湘西的沅、溆地区，再至湘中的耶姜山而到达南岳；南流称八达河，经五岭，而到达湘江赣水之间的江西地区。这是从地理上分析，到达南岳、江西的途径不同，但都是以印度为根本，以岷山为本茎之间，所以这就是两茎为什么通畅而发展茂盛的原因。

第二部分“宝宁西南岳东江向……舍此其谁与归”。阐明宝宁寺间于南岳、江西的优越地理位置，以及开山祖师旷长髭的师承关系。从人缘与地理位置结合分析，称赞宝宁寺是“禅之冢系”。

第三部分“尟我万峰和尚拊松东西……良法界之大观”。称赞万峰和尚来攸县宝宁寺后，拚除榛莽，倡宗风，修胜地，“合二茎为连理，翕五叶以承跗”的业绩。所谓“汇其岐流，契其交领”，从地理位置上指出这是“良法界之大观”。

第四部分“太史儋曰……吾知在旦暮之间”。既是对宝宁寺的肯定，又是对弘扬佛法的厚望。

全文的精辟醇妙的主旨，在于“破藩而游，溯源而一”一句，作为石头希迁法脉的旷长髭及其宝宁寺如何继承发扬石头希迁禅师回互、圆融，调和南北顿渐精神，使之成为世人瞩目的禅宗胜地，王氏寄托的厚望亦在于此。

宝宁寺原名保宁寺，开山祖师旷长髭是本攸县人，他师从石头希迁得法后，回攸县开山弘法。禅宗自中唐开创以来，禅师们开始没有独立的传教寺院，一般以住茅棚、岩洞或借住律宗寺院进行传法活动。直到唐元和年间，才开始有了禅宗寺院。宝宁寺是禅宗中开创最早的一所。由于禅宗不崇拜偶像，禅宗寺院中不立佛堂，只设法堂，并且禅宗的传教是以不立文字，明心见性的教外别传，所以任何禅宗寺院，留下来的传承史料，极为稀少。清康熙年间编纂的《宝宁寺志》被誉为禅宗寺院破天荒的大事，也是所有禅宗寺院史中之宝。

由著名思想家王船山为寺志撰写的序言，对禅宗由两系发展为“五叶”的历史原因，作了精辟的论证；对宝宁寺所处地理位置及其在南岳、江西两系交往所起的作用，以及清万峰大师住持宝宁寺后，“合二茎为连理，翕五叶以承跗”的积极意义作了精湛的评价，是一篇难得的论禅发展的杰作。千年古刹宝宁寺因有寺志而显，《宝宁寺志》因有王船山的志序这颗宝中明珠而更加光彩夺目。

茶陵铁犀探究

刘翔云

在茶陵老城墙外的洣江高堤上，雄踞着一尊独角铁牛，又称南浦铁犀。它坐西朝东，背城面江而卧，昂首扬角，双目圆睁，若呼啸状，形神兼备，栩栩如生。系于南宋绍定五年(公元1232年)，用亚共晶白口生铁分三次浇铸而成，卧高1.1米，长2.1米，宽0.8米，重约3.5吨。虽历经数百年风雨，仍不锈不斑，锃光乌亮，其高超的冶铁技术和铸造工艺令今人叹为观止。据考证，它是目前全国有史料记载铸造年代最早的镇水铁牛，1981年被列为湖南省省级重点保护文物。

一、关于该文物的名称

官方和民间的名称各不相同。清同治九年重修的《茶陵州志》有如下记载："卷四，城池。茶自宋迁今治，初未有城，绍定中(公元1228—1233年间)刘子迈知县事，湖南安抚余嵘命子迈城之，南东枕江水，冲荡不能城，子迈括铁数千斤铸为犀，置江岸以杀水势，列木石其下而土其上，城乃成。"又"卷十二，古迹，南浦犀亭。在州城南，宋县令刘子迈因江水荡决南城，铸铁犀重数千斤置岸侧压之，建亭其地，今犀存亭废。"沿袭至今，官方名称一直叫茶陵铁犀或南浦铁犀。由此，后人称茶陵城为"犀城"。

而在茶陵，无论是城区还是乡间，"茶陵铁牛"的称谓可以说是家喻户晓，妇孺皆知。本人在城区长大，从小听老人们讲"铁牛"的神话故事和传说，耳闻目睹，"铁牛"的名称及形象在我的脑海里打下了深深的烙印。直至有一天，细细捧读《茶陵州志》影印本才知"铁牛"还有"铁犀"这一名称。

可以推断，当年对此历史文物的命名，应该是煞费苦心和有深刻喻义的。现在，究竟是按官方史料称之为"铁犀"，还是按民间叫法称之为"铁牛"？或干脆按折中的办法称"铁犀牛"呢？这是一个值得认真探究和商榷的问题。

为何古人在史料中称为"铁犀"而不是"铁牛"呢？我认为，这源于古人对该铁牛一只角在认识上的误区，即"两只角的牛为牛，一只角的牛则为犀。"

第一，从构图外观上看，该文物的牛头、牛颈、牛身、牛尾、牛足、牛蹄样样俱全，与牛的形体特征十分逼真，有实物为证，这是毋庸置疑，不可否认的。

第二，从动物学分类上看，犀与牛属于差异很大的两种动物。其相同点：都属哺乳类食草动物，头上都长角。不同处：犀为奇蹄目(犀蹄三瓣)犀科动物，主要分布在热带地区的非洲和东南亚地区。体形粗大笨重，全身无毛或少毛，皮厚多皱褶似铠甲；耳呈卵圆形，头大而长，颈短粗，长唇延长伸出；鼻和额处长有1－2个角，其中产自非洲和亚洲苏门答腊岛的犀长有两只角，产自印度的犀仅长一只角，是陆地上仅次于大象的动物，但天生近视和胆小。

而牛为反刍类偶蹄目(牛蹄两瓣)牛科的动物，在地球上分布很广，种类很多，有黄牛、水牛、牦牛等等。全身多毛，体形小于犀，额顶上长有两只角。

因此，按照科学分类，犀与牛属非亲非故的两种完全不同的动物，只因犀之形状有些近似水牛，故从古至今我们称之为“犀牛”。

第三，从角的形状特征上看，犀和牛头部都长角，但犀角与牛角不仅在生长部位和形状上有很大差别，其使用价值上也大相径庭。犀角长在鼻子上，有单角和双角。双角成纵向排列，圆型或马蹄形锥体，质地坚韧通透有纵向丝纹，灼烧有香味。犀角是珍稀的中药材和高档工艺品材料，被誉为生物宝石。目前，在非洲非法盗猎犀牛角猖獗。据报道，一只犀牛角黑市交易价值高达50万美元以上。牛角长在头顶两侧，成横向排列，质地带涩不通透，上实下空有一圈圈年轮，水牛角底盘扁三角形，灼烧有臭味。牛角可做低档工艺品，如做印章、笔杆、梳子等的材料，在中药材性能上可替代犀角，价格相对低廉。

而茶陵铁牛的独角，其形状特征完全与水牛角相似。

第四，从对犀的认识上看，犀是一个外来物种、“舶来品”。中国人最早接触犀是东汉时期，《汉书·平帝纪》记载：“二年春，黄支国献犀牛。”唐代著名经史学家颜师古在其《汉书注》中记叙：“犀状如牛，头似猪，而四足类象，黑色，一角当额前，鼻上又有一小角。”据荷兰学者考证：“黄支国”即今天的东非国家埃塞俄比亚。当时，对于“犀”是稀罕物，仅有少数人有幸得见，而绝大多数人是无缘相见。

第五，从史料记载上看，南宋茶陵县令刘子迈主持铸造的镇水兽究竟称“铁犀”还是“铁牛”，目前，清以前尚无历史文献可考，同治九年重修《茶陵州志》，张治作《序》文中有：“茶陵志元以前无存刻也，正统始刻之”。由此推断，南宋绍定至明英宗正统200多年的这段历史无《州志》或《县志》这类历史资料遗存。况且，铁牛本身无铭文，基座上无原始碑刻。因此，“铁犀”之名是南宋铸造时的名称，还是明代或清代修志官员或文人臆想的名称，已无法考证。

有后人揣度，刘子迈在临河筑城，屡筑屡垮之后，按照梦中勇斗河妖的独角兽形象铸犀，因其未见过犀，而以牛形替代。为何不铸牛而铸犀，是因为牛非水中动物，而犀为水中动物能斗水妖。这也是一种谬误，实际上犀牛属陆上食草动物，喜昼伏夜出，并非主要生活在水中的动物。

在交通和信息欠发达的封建时代，绝大多数人无法看到“犀”的实物或图片，因此对“犀”的认识是模糊不清的。而后人立足于前人这种认识基础上的“史料”，以至于以讹传讹至今。

综上所述，我以为按照科学的、实事求是的态度，对该历史文物的名称，应该采用民间称呼“茶陵铁牛”或“独角神牛”为妥。

二、关于古人铸铁牛镇洪水的缘由

古代在修筑河堤时，铸铁牛或铜牛镇洪水是很有渊源和缘由的。

其一，相传大禹治水，曾用铁牛镇水。清乾隆年间，在修筑颐和园昆明湖东堤时，铸铜牛镇之。乾隆皇帝亲自撰写铭文：“夏禹治河，铁牛传颂，义重安澜，后人景从……”

其二，按古代五行学，有“金克木”之说。而木配东方，东方的神兽为龙，铁牛本身为金属制作，所以金属可克“蛟龙”。蛟龙喜欢兴风作浪，带来水患，而有“金”在可迫使其隐藏，避免水灾的发生。

其三，按《易经》八卦原理，牛在八卦中属坤，坤代表土，故成语中有“兵来将挡，水来土掩。”《贾子・胎教》中说：“牛者，中央之牲也。”中国古代的方位同五行相配，有“东木、南火、西金、北水、中土”之说，牛为中央之牲，当然属土，土能掩水。清康熙年间，于洪泽湖大堤铸九尊铁牛镇水，铁牛肩部铭文：“惟金克木蛟龙藏，惟土制水龟蛇降……”

而茶陵自古为铁之产地，具有成熟的冶炼铸造技术。刘子迈县令采用铁而非铜或其他金属铸牛，也是因地制宜，就地取材。

目前，已知全国比较有名的镇水铁牛有：(1)河南开封市黄河边铁牛，为明正统十一年(公元1446年)铸；(2)江西九江市长江边锁江楼旁的镇水铁牛，原为4只，现存2只，为明万历十三年(公元1585年)铸造；(3)江苏淮安市洪泽湖大堤镇水铁牛，原为9只，现存4只，铸于清康熙四十年(公元1701年)；(4)湖北荆州市长江大堤上的镇水铁牛，原为9只，现仅存2只，分别铸于清道光二十五年(公元1845年)和咸丰九年(公元1859年)。

与上述几处著名的镇水铁牛铸造年代相比，茶陵铁牛的历史更加久远，誉其为“华夏第一镇水铁牛”也实不为过。

三、关于刘子迈铸独角铁牛的喻义

独角牛，俗称独角兽，又称獬豸(xiè zhì)或廌(zhì)。考古发现，秦之前文物中的独角兽都是一只角羊的造型，东汉之后文物中的独角兽则都是一只角的牛形出现。相传它全身长着浓密黝黑的毛，双目明亮有神。它有很高的智慧，通人性知人言。它怒目圆睁，能辩是非曲直，能识善恶忠奸，能断讼解疑。发现奸佞的官员，就用角把他触倒，然后吃下肚子。当人们发生冲突和纠纷的时候，独角兽用角抵向无理的一方，甚至会将罪该万死的人用角抵死，令犯法者不寒而栗。

法的古体字“灋”即由此而来，“廌去”二字合为一体，取其公正不阿之意，从水旁，取法平如水之意，所以独角兽就成了中国法律的象征。

刘子迈是茶陵自汉高祖五年（公元前202年）建县以来，历史上功勋卓著的一位县令，不仅主持建造颇具规模的茶陵城，而且为官公正廉洁，治县有方，深得百姓喜爱。但是，刘子迈带领茶陵人民创造的辉煌成就，却被其上司在报往朝廷的奏折中窃为己有。宋绍定时任荆湖南路属郡臣刘用行在其《筑城记》一文中，将建造茶陵城的成就全部归结为时任湖南安抚余嵘的功绩。

传说，刘子迈铸铁牛，是其升迁知府之时，百姓舍不得其离开，为感其廉洁爱民，自发送来礼物。刘子迈为感谢百姓盛情，又不辱廉吏形象，遂将礼物兑换银两，加上自己的一些积蓄，购铁锭铸造了铁牛。

我认为，刘子迈作为一介文人、一任县令铸造独角铁牛，除了镇洪水之外，应该还有两方面的喻义。

一是赞其民。刘子迈在茶陵任县令期间，为百姓所拥戴。在他主持修筑城池、河堤、开挖护城河之时，茶陵人民捐钱捐物、出工出力，那种勤劳朴实，正直善良，无私无畏的精神，深深地震撼其心灵，故总想寻找一种恰当的方式，将茶陵人身上这种特有的品质固化下来。而传说中的独角牛之性格、形象正好符合茶陵人的秉性。因此，设计和铸造这尊标志性的瑞兽是最恰当的形式，且具有其鲜明的地方代表性。历史以来民间称茶陵人为“茶陵牛”，与此应有关联。

二是明其志。作为封建时代的县令，刘子迈深受中国传统道德思想的影响，忠君爱民，清正廉明，刚正不阿，执法如山，一直是其为官从政的理想和追求。独角牛是神示裁判时代的神兽，是公平正义的化身，刘子迈铸造独角神牛，旨在托物明志，借物喻人。

岁月无痕，江山无语。静卧洣水江岸上的茶陵铁牛，它不仅见证了历史上的一段传奇佳话，也为后来茶陵为官者树立了一尊不朽的精神丰碑。

氤氲文化气息的攸县古牌坊

谭特立

牌坊，为一种门洞式的纪念性建筑物。一般用木、砖、石等材料建成，上刻题字。用于庙宇、祠堂、衙署和园林前，与楼房相结合的称牌楼。用于街道路口的称牌坊。旧时用以宣扬封建礼教，标榜功德，如贞节坊、功德坊等。据旧县志载，清末民初，攸县县城街道有牌坊41座，乡村牌坊26座。宣扬功绩的，如“百粤保障”坊在县城十字街，为按察使洪云蒸立。标榜科第的，如“三登”坊，在县城十字街北跨街而建，为元进士张公大立。宣扬道德的，如“双旌”坊，在县城北门内，为孝子、文学欧阳再思，同妻孝妇谭氏建；“世受国恩”坊，在县城珍珠巷，为孝子刘仲昭、刘洪珠建；“纯孝”坊，在黄丰桥镇昭村，为庠生文德和建……

此外，在攸县城还有“三座牌坊不见天”之说，即在西街谭家老屋、北街今县建筑公司所在地和东门陈艾云住宅，各有牌坊一座，俱建屋内，牌坊顶端为屋所笼罩，不见天日。

牌坊，氤氲浓厚的文化信息。由地方申请，经朝廷批准，雕刻“圣旨”二字在坊顶端，由名人在正门上端题署牌坊名。有的正门两侧镌刻对联，一般为“品”字形式，下分三拱门；也有的中门为空门，左右两墙为实门(不通)。牌坊的门额、柱、梁都有艺术雕刻或彩绘。牌坊的基脚部较宽，呈梯形往上升。有的雕刻石狮或圆盘以靠住门柱基脚，增强整体艺术，给人安稳感觉。

风雨沧桑，时代变迁，古牌坊保存至今的寥若晨星，这些散落的形形色色的牌坊，成为坊间一道亮丽的文化风景。兹录几则，以见一斑。

银坑“旌表义士坊”

攸县人乐善好施，明清以来，受到皇上敕书旌表立坊的义士达十余人，诸如张泰春、陈寿乡、洪忠可、王翰、谢子龙、萧振、陈泗传等等，由于岁月沧桑，风侵雨袭，据查，唯一存在的仅“旌表义士陈兆昺之坊”一座。

陈兆昺之坊在今莲塘坳镇银坑村横铺组虎形山北麓。清道光二十二年(1842)由地方衙府攸县知县孔宪典奏请，道光皇帝敕书，为旌表陈兆昺义行而建。陈兆昺，银坑人，例贡生，诰封昭武都尉，重建大宗祠，捐资千串；建兴贤堂，捐租百石；助书院膏火300串；捐育婴堂租100石，对地方公益包括司空山建设多有捐赠。陈兆昺好善乐施坊坐西南朝东北，整体用青石构筑，4柱3门3层，葫芦顶，高10.8米，宽7.3米，周边设围栏，占地面积72平方米。正门第一层横额汉白玉石雕二龙戏珠，珠体透雕，左右二龙生动，上刻“旌表义士陈兆昺之坊”9字；第二层间坊雕八仙人物图，左右两柱坊雕人物故事，中间回字纹空心石雕，上端汉白玉石雕“好善乐施”4字；第三层横间坊石雕二凤戏球，中间竖汉白玉石雕“圣旨”二字，两旁竖“寿”字青石雕；顶端飞檐呈屋宇状石雕，上有宝鼎、龙凤图形。左右门第一层石柱间雕空心回状纹，间人物故事石板，第一层左右柱上端有飞檐雕刻，呈屋宇状，屋脊上竖飞龙。第二层立记事汉白玉石碑，柱上端同样有飞檐雕刻，呈屋宇状，屋脊上竖飞鱼。正门背面有“龙章宠锡”“圣旨”碑刻。正门和左右门石柱脚有背靠狮雕、脚踏圆球之轮之图。正门前另立石狮一对。整个牌坊保存完好，氤氲着浓厚的文化气息，具有较高的历史和艺术价值。2008年12月，株洲市人民政府公布为市级文物保护单位。

如今在旌表义士坊周围，建起了一栋栋小洋房，古牌坊依然斑驳顽强地屹立着，它似乎在告诉人们这块地方的脉搏、历史变迁和发展……

皮佳贞节坊

“贞”为坚定不移的意思。贞节，为坚贞的节操。旧时指女子不改嫁或不失身。封建社会推行“三从四德”的礼教，对于三贞九烈的贞贤达妇，予以立坊竖匾以资表彰。于是，在乡村、街坊，由朝廷旌表之坊林立。清同治《攸县志》载，题名“旌表”“旌节”“贞节”的牌坊，有16座之多。著名的有“双节”坊，为生员陈六礼及妻朱氏立，在钟佳桥牌楼前；“旌表”坊，为欧阳永景妻夏氏立，在学城内；“旌节”坊，为陈上简妻刘氏立，在杜口；“贞节”坊，为廪生文鼐妻贺氏立，在东乡昭村；为蔡伊妻谭氏立，在北城……随着时代变迁，贞节坊多被摧毁或倒塌。皮佳贞节坊是攸县目前保存最为完整的牌坊。

皮佳贞节坊，在今鸾山镇皮佳村，距县城55公里，砖面结构，中间正墙高6米，拱门宽1.7米，坊基宽8米，正墙上层呈倒梯形，中刻“贞节”二字，顶端成梯形，盖瓦。上层中墙为底宽二分之一。正墙两边为品墙，高4.5米，宽2.5米。牌坊厚1.33米。始建于清康熙五十年(1711)，为旌表刘某之妻皮氏而建。1932年，红军在鸾山皮佳一带建立革命根据地，开展游击战争，为纪念因战争而英勇献身的革命烈士，当时的少共书记唐尧将贞节坊改为革命死难烈士纪念坊，并题写坊名。1982年，攸县人民政府公布为县级文物保护单位。2002年，县政府拨款10万元进行维修。

满江百岁坊

《攸县志》清光绪至民国版载，明清至民国，年满百岁的寿星有6人，其中年岁最高者为清乾隆至咸丰年间的陈其焕，男性，享年106岁。6人中有5名百岁老人由朝廷旌表建坊。乡大宾，昭村谭泗本之妻(1599—1698)建“贞寿之门”坊；李成生之妻萧氏(1694—1794)建“贞寿之坊”；寿官陈其焕(1749—1854)授“升平人瑞”匾；职员罗先正妻任氏在长沙府学建“贞寿之门”坊；监生洪开适之妻皮氏(1774—1875)建“百寿坊”。5座百岁坊匾中，现仅存满江“百岁坊”。

“百岁坊”在今攸县黄丰桥镇兰村地区的满江村。县志载：百寿坊始建清光绪初，为旌表监生洪开适之妻皮氏而建。皮氏上事祖翁7年，祖姑15年，事姑翁40年，与丈夫洪开适夫妇齐眉74年。生子7人，膝下见孙38人，曾孙45人，玄孙2人。亲见7代，五世同堂。牌坊砖石结构，成品字形三墙。中间正墙高3.5丈，宽1.2丈，上端垂“圣旨”二字；中间署“百岁坊”三字，正门宽5尺，墙厚3尺；左右品墙高1.8丈，宽9尺，整个基宽3丈。碑身各刻绘花纹，巍峨壮观。2003年，洪氏子孙洪长青等集资修饰一新，可供参观。

沙陵陂贤德坊

贤德坊，在上云桥镇沙陵文家大屋境内。2008年，由乡人集资兴建。高13米，宽12米，四柱三门，中门横额书“贤德坊”三字，为湖南南华大学校长文格波题。两侧对联为“枕神岭，望仙峰，天宝蕴物华；襟雷塘，牵丽水，地灵出人杰。”概括了该地四面环山，一水穿流，人才辈出的美好形胜。

贤德坊选址在雷公山下，为沙陵地区中心点，文氏聚居的发祥地。这是一块风水宝地，古今仁人志士、爱国英雄、慈善人物、孝亲典型层出不穷。文氏后裔为表达对先贤的崇敬和深切怀念而建此坊。

贤德坊与新近建成于境内的“抗日志士纪念碑”可谓双星辉耀。是攸县改革开放后兴建众多牌坊的佼佼者。

闲话攸县的惜字塔炉

谭特立

惜字炉，又名化字炉，因其形似塔，故名惜字塔炉。惜字炉为尊崇仓颉，敬惜字纸而建。仓颉，旧传为皇帝的史官，汉字的创造者，也是古代整理文字的代表人物。“字，先圣精神所寄也。”以古造字法，如“仁”从人，“義”从我，中心为“忠”，如心为“恕”……流行传播于世间，人们因以仓颉为圣人建庙祭祀。攸县旧无仓圣庙，清道光十一年(1831)，儒学人士夏恒等相约惜字会，建仓圣庙于文昌祠之左。前后六楹，中设神座，廊前建惜字炉二座。夏恒在《仓圣庙记》说，“窃维字者，宣流万代，正名万物，随手应变，应心成言，其有书籍散逸，以洎墨翰遗弃；只词片言，宛然如见心画，其惜之也固宜。”又说，“吾同人作庙祀仓圣，进求先圣制字之意，操毫记事，染翰成文，其有涉于不仁不义不忠不恕文字，皆将违于心而棘于手焉。岂仅掇拾书籍之散逸，点检翰墨之遗弃而已耶？是将以求福田利益也。”惜字，既可以使写字之人慎重行事，又可致不乱丢弃造成污染，为求福田一大功德。科举时代以为能中式登第者，皆从惜字中来。于是，敬惜字纸之风，盛行城乡，据统计，攸县建造的惜字炉不下数十处，民间常设专人入村串户收集废弃字纸入炉焚化。在那个时代，亦成为民间文化的一道风景。现保存的惜字炉不多，今介绍几处：

土乐化字炉

在黄丰桥镇严塘村土落冲组，始建于清道光二十年(1840)，高 7 米，呈六角形，步步高尖顶，砖石结构，外观四层，中空。临大路面 1 米高处，有石拱门，内为炉膛，供焚烧字纸用，烟窗直通塔顶。拱石门两边刻对联：“火候到乘势变化；文光冲趁势飞腾。”预示所在地的兴旺气象。横额为“圣脉辉煌”，意为仓圣造字之脉，传衍至今天的辉煌文化，清末秀才李卓先即出于此，中华人民共和国成立前夕，地下工作者李孟球在此发展地下党员，组织中共土落党支部。中华人民共和国成立初期，该组曾有 3 名学子考入大学学习。

兰塘惜字炉

在皇图岭镇龙和村圳上组桥头铺。民国23年建，红砂岩构筑，塔式，六方五层葫芦顶，每层飞檐均有浮雕花草、蔬果、瑞兽，东侧二层开窗为炉品，炉口左右阴刻楷书对联一副："字迹重千斤，火候十分文光耀；石屏耸百仞，水汇双江瑞气来。"额书"惜字炉"。惜字炉建于兰塘桥边。桥南北向，单拱直肩，桥面呈梯形，单拱券砌，与惜字炉错落有致，浑然一体，具有十分珍贵的历史、文化、工艺价值。

巷口惜字炉

在皇图岭镇市上坪地区巷口。巷口为竹垅贺氏先祖贺隐伦、贺云霄迁居地。清廪贡生贺家升《巷口记》称："自长桥抵萍乡，山绵亘十余里，横跨不过数十步，左右之山洞者如门，立者如壁，昂者如栋突，卑者如檐落，俨若街市之排列，自上而下远视之，中与长巷无异，巷口适当其口，故名。"惜字炉始建于清光绪二十一年（1895），民国11年重修。高4米，二层四面飞檐翘角，葫芦顶，红石砌成。炉两边有"功宏锻炼文章府，势耸崇高宝贵基"的亭联。清乾隆三十八年（1773）建的贺云伦公祠就在惜字亭旁，即为惜字炉联的"富贵基"。祠门联："严湖峰嶂人文起，巷口溪回世泽长。"据老人称，惜字炉前原有一棵3人合抱的楠木树，形态挺拔，树荫常绿。民国元年被雷击，次年发新枝，更加郁葱。2003年被洪水冲倒，今又发3米高新枝。

银坑化字炉

在莲塘坳镇银坑村横铺组虎形山下。化字炉前刻嵌"银坑"二字对联："银钩铁画传柳体，坑儒梦书叹秦专。"化字炉高6米，呈六角形，青石板铺就，宝葫芦顶。与相隔200米的陈晁炳旌表义士坊并立，成为银坑地区一道文化风景，惜毁于20世纪70年代。

鹭峰朱家祠堂

叶常青

炎陵县下村乡鹭峰村的朱家祠堂，虽然没有气势雄伟的外观，但是有近200年的历史，而且比较完整地保存了我国古代的民俗文化。

朱家祠堂，坐东朝西，为土木砖瓦结构的单体建筑，占地200多平方米，建于道光壬午年间(1822年)。祠堂前坪，竖立着两对旗杆石，分别长0.3米、宽0.2米、高1.8米至2米，上面分别刻有“国学生朱咸章立”“道光十一年辛卯岁仲秋月彀旦”和“国学生朱祖祥立”等字样。在古代，旗杆石常见于宅第、祠堂前，是古代耕读传家传统文化思想的历史见证物，也是旧时一道奇特的文化景观。从功能来看，旗杆石是用来记录古代读书人科举功名的，主要目的是用以光宗耀祖、激励后人。当时朱氏家族文运的昌盛，以及对文化教育的重视，从中也可见一斑。

祠堂虽为单体结构，但八根大柱、一扇大门、两扇侧门，将整个祠堂分为左右对称的三个部分。踏上条石砌成的檐阶，来到大门前，可见一对“门当”与四对“户对”。“门当”为祠堂大门前左右相对而置的一对扁形石墩。每只高约80厘米，厚12厘米，雕刻有精美的狮子和白云图案。门楣两侧的梁柱上有精制木雕4对，“户对”采用镂雕手法，雕刻粗犷而威严，多为动物花鸟图案。“门当”与“户对”，不仅是镇宅的装饰之物，蕴含着古代建筑和谐的美学原理，而且其数量和所雕刻的图案，也是主人身份、地位的象征。

走进祠堂，20根大柱将整个室内分为四进、两厅，中间为天井，四周皆为条石砌成。站在天井前，抬头看，斗拱两侧的柱子上分别镂空雕刻的成对的麒麟、凤凰、灵芝草，线条流畅，栩栩如生。再往里走，藻井的彩绘，格外引人注目。藻井为正方形，由里及外图案呈八卦状布局，第一层为“龙凤呈祥”图，第二、三层为明暗“八仙”图，第四层为“蝙蝠”图，寓意家族幸福吉祥。祠堂主厅上方悬挂有一块清代道光皇帝所赐的“圣旨旌表”牌匾。“圣旨旌表”牌匾是古代统治者提倡封建德行的一种方式。自秦汉以来，历代王朝对所谓义夫、节妇、孝子、贤人、隐逸以及累世同居等大加推崇，往往由地方官申报朝廷，获准后则赐以匾额，或由官府为造石坊，以彰显其名声气节。当年朱氏宗族为什么获得这一块“圣旨旌表”

值得进一步考证。“圣旨旌表”两侧各有四个大字：左为“神恩广布”，右为“厚积流光”，体现了后人对先祖功绩、德行的缅怀和赞美。

走出祠堂，在外墙的两侧，还可以看到字迹依然清晰的红军标语，如“恢复和扩大酃县苏区”“进行土地革命”，署名为“酃县警卫营”。红军标语的遗存，为古老的祠堂增添了厚重的红色文化。在祠堂的后面，有一片以柞树、楠竹、银杏为主的蓊蓊郁郁的风水林。风水林与整个祠堂建筑浑然一体，无论远看，还是近观，建筑美与生态美交相辉映、相得益彰。据当地朱氏后人介绍，鹫峰村有一个传说，因村落地形特殊，导致风水不佳，难以出人才。朱咸章考上国学生后，于是请风水师择址修筑了这个祠堂，保佑后代人才辈出。

据下村的一位退休教师介绍，下村一带原为茫茫的原始森林，无人居住，多虎豹出没。明末清初，朱姓从广东首迁酃县（今炎陵县）水口，其中一支于康熙末年，迁入下村。水口朱家祠建于1880年，现为省级文物保护单位——红军第一军第一师第一团团部旧址。可以说，从水口朱家祠到下村朱家祠，就是一部炎陵朱姓的迁徙史，也是炎陵客家人的一部民俗史。

攸县名墓札记

谭特立

黄塘刘氏墓庐

攸县市上坪市先村黄塘组虎形山下，有一座前为庐舍后为墓冢的祠堂，墓主刘文忠，号楚魁，为攸县石虎岭刘氏迁攸开基祖。刘曾为儒学司提举，明初从江西永新浯塘迁入攸县北乡黄塘。明永乐十三年(1415)殁，葬黄塘住屋之后。明末清初，刘氏后裔将祖屋改建为祠堂，称“墓庐”。

刘氏墓庐面阔五间，前后两进，左边侧屋为杂屋。占地面积400平方米。厅内由12根石屋柱间构成进身二栋，两边现天井。每根石柱高4.5米，上架横梁。石柱边端有简单的线条花纹，中刻对联。进入大门后的第一对石柱，正面、侧面、背面都刻有联语。正面是：“堂构焕新猷，慎勿忘春露秋霜纸灰飞白；衣冠看继起，当切念王槐窦桂玉诰焚黄。”侧面是：“墓表鸾封，荷先人之德泽；庐成鹄峙，卜后代以发祥。”背面是：“相彼阴阳，溯先人开创之功，至今如在；尊其瞻视，立百世不迁之祧，亘古维昭。”联语阐述兴建墓庐的宗旨，寄厚望于后嗣的发祥。

随第一对石柱走道，见第二对石柱，在两侧天井前。正面对联是：“先墓长封，绿水青山是我祖钓游之地；吾庐当爱，丹楹刻桷亦前人弦诵旧堂。”联语抒发的是对祖宗的怀念。

过第二对石柱走道，祖堂前石柱映入眼帘，正面对联是：“天禄振家声，想祖德宗功，拖紫当年扬骏烈；地灵环人杰，喜文经武纬，焚黄指日庙牛椎。”颂扬祖宗开基的功德，展望刘氏子孙人才济济的昌盛。

整个墓庐，充满庄严肃穆气氛。石柱、石联，让人感受儒学礼教文化的浓厚。2007年，刘氏嗣孙捐款捐物，将墓庐修饰一新，改墓庐为“刘氏宗祠”。祠门前石柱联云：“宋纪中兴，先公确作擎天柱；明初肇造，烈祖宏开奕世基。”所谓“先公确作擎天柱”，是指刘文忠的先祖刘沆，历宋仁宗、神宗、徽宗三朝，被追封为兖、吴、秦、楚四国公，卒谥文安；浯塘始祖刘庭芳南宋末年响应文天祥勤王号召，率义兵抗元种种事迹。“列祖宏开奕世基”系指刘文忠后裔人丁兴旺。刘文忠生四子，三子刘旭彰入庠补廪，明洪武年间由黄塘迁县城石虎岭，后贡于乡试。刘旭彰名下派衍琨、璞、崇、瑀四大房，琨房又分梧、桐、植3系，其子孙繁衍，县内现有嗣孙7300余人，分布在市上坪、上云桥、丫江桥、大桥、凉江、高枧等地，有的迁居县外省外，有的迁居台湾、香港、澳门等地，有的侨居美国、加拿大、日本、澳大利亚等国。

县内外知名人士曾为黄塘祖堂(墓庐)题有匾额，明大仆寺卿蔡槐庭题“派衍隆山，一脉忠孝家声远；老分藜杖，百代诗书世泽长”联。

2008—2010年，全国第三次文物普查期间，文物部门发现保存完好的黄塘墓庐，列入“湖南省第三次全国文物普查重要新发现”，攸县人民政府公布黄塘墓庐为县级文物保护单位。

曹洞墓塔

明末清初以来，隅于江南部分地区的曹洞宗，独在攸县得到发展。现存曹洞宗禅师墓塔群有两处，即宝宁寺后山墓塔群、云峰寺磨镜台墓塔群。

塔，又称塔婆、浮屠，为梵语窣堵波的译音。塔为标志死者生存之德而建，埋以身骨、舍利或牙、发，以金、石、土、木筑造。塔有墓标，只限于佛乃至有德之比丘，碑有附于塔者，为塔志铭。

宝宁寺周边现存墓塔(含修复)16座，是南方寺院保存最多且世系最为完整的一处，因有“北有少林，南有宝宁”之称。宝宁寺墓塔群，有代表性的计有五六座。

曹洞宗师祖旷长髭墓塔。旷长髭圆寂约在公元808年前，为中唐时攸县人。塔在圣寿山麓宝宁寺大殿之左，寺院后古樟下。几经重修，现在看到的是清光绪二年(1876)由住持真常主持修复的模式。塔高2.1米，连宝鼎，7层次，为菩萨位。宝鼎下面由四块翘角石拼成，像一顶八角大檐帽戴在如笋的塔身上。主体竖石雕刻“回肠”“如意”“莲花”“鱼龙”等图案，正面墓标刻有“保宁开山祖师上长下髭旷老和尚之塔”字样。2003年扩建塔基时，发现有手掌大的佛手砖作周饰。今以衡山麻石装饰周围，上3个阶梯即到塔基。3个阶梯代表三千大千世界。以原塔为中心的塔基地，竖名“真禅窟”。正面牌坊仍立墓标。左边碑石额刻“风云”二字，正面刻长髭禅师简介碑文；右边碑石额刻“回互”二字，正面刻“长髭旷禅师像赞”碑文。墓塔和碑刻概括了宝宁寺开山缘起，誉为寺中一绝。

曹洞宗三十世万峰智韬禅师塔屋。塔在宝宁寺后山之左，占地面积40平方米。中心为万峰禅师墓塔，清康熙二十六年(1687)建，塔高1.8米，露盘5层，加宝鼎为7层，为菩萨位。基础鼓形六角，中为六方竖体，正面墓标刻“传洞山正宗第三十世中兴宝宁第四代法祖万峰韬和尚寿藏”两行25字。六方竖体上六角飞檐宝盖，宝鼎为圆柱体，朴素大方，庄严端正。为避风雨，建15平方米青砖白墙里瓦小屋一间，盖住墓塔，形似庙堂，额曰“万峰塔”。塔右竖《溯源流芳》塔志铭，高1.61米，宽0.8米，阴刻楷书。全碑702字，详细地记录了万峰智韬禅师出家前、出家后以及坐化的全过程，至今犹存。

曹洞宗三十二世嵩隐、三十三世西朗“一归”塔屋。塔在寺前右水口山之右，六角宝盖尖圆宝鼎，塔体为六角形，规模格式与万峰塔同。原有塔屋，今毁。墓标石刻“洞山正宗三十二世保宁上嵩下隐老和尚塔”字样。塔前竖《双鹤云归》塔志铭，为南湖居士谭金声撰文，介绍嵩隐老和尚和法嗣西朗新和尚合塔命名“一归”的经过及其数代传承弟子名单。

曹洞正宗三十四世宗能祥慧禅师塔。塔在寺后山之左。塔高2米，露盘连宝鼎5层，为罗汉位。主体为六方柱石，六翘角宝盖，两鼓体宝鼎，墓标石刻“传曹洞正宗第三十四宗能祥慧禅师之塔”，与墓标相对后石刻“皇清乾隆二十五年庚辰仲夏月吉旦”。六柱石左面刻嗣法门人澄珠、澄照、澄机等16人名，右面刻“徒本泽、本济、本洽，徒孙觉遇、觉逵、觉达、觉道，曾孙昌桂、昌棣、昌柏、昌棠、昌林，玄孙隆珠、隆盛、隆茂”，为曹洞宗师承关系提供了有力佐证。

曹洞宗三十九世启辉禅师塔。塔在石室禅师塔左下方，露盘5层，墓标为六方梯形石柱。前三面系清光绪年间攸县训导张部泽撰写的墓志铭，叙述由长沙开福寺住持致中禅师为师兄启辉禅师建塔经过。

普同塔。塔在宝宁寺后山文殊岩下，清康熙辛亥(1671)建，艮山坤向，仿衡山南台寺塔式。为避风雨，建亭于上覆盖，并在院中住僧，以供香火。亭颜曰：“普同”。整个塔分地下室、地面塔两部分。地下室深2.5米，宽3.2米，长3米，为普通僧人骨灰藏所。地下室顶板为泥土层，厚约0.4米；地面塔身立于泥土顶板正中央，底层直径2.5米，塔高6层，约3.5米，红石砌成，重15－20吨。地下室泥土顶板，为何能承载地面塔，历300余年至今而不塌，令人不可思议。在普同塔亭之右，竖立一块《普同塔碑》，为万峰禅师撰文，记述兴建普同塔的因缘，以及弟子杨冲寰同妻尹氏子祥玺独资建塔的经过。

清初，曹洞宗百愚净斯禅师将本宗亡僧遗骨藏入江苏宜兴善传寺临济宗乐庵禅师墓塔，引起临济宗人不满，玉琳禅师(受顺治帝封为国师的临济宗传人)在宜兴官僚的支持下，赶走了曹洞宗传人。万峰是百愚净斯的师侄，从两家争斗中得出教训，倡导“是法平等”“圣凡生死平等”。住持宝宁寺后，以重金购地一块修建普同塔，安放众僧遗骨。此后在柏市的云峰寺、漕泊仙人桥发现建有同类型的普同塔，可见万峰禅师的同体大悲思想在攸县的影响。

柏市镇云峰寺前的磨镜台，保存有曹洞宗三十四世琥禅师、三十五世云克禅师、三十六世心定禅师、梅芳禅师4座墓塔和普同塔一座，无地下室，露天而已。

文士昂墓

文士昂，字抑之，号台仙，黄丰桥昭村人，明万历乙酉(1585)四月十五日生，清顺治戊子(1648)八月二十七日靖节武昌。墓葬今黄丰桥镇严塘村山田冲柑子山猛虎跳墙形，卯酉向。

文士昂于明天启壬戌(1622)中进士后，授四川华阳县令。华阳地区干燥不耐旱，文士昂到任后，大兴水利，修筑陂塘，将攸县用筒车转水的办法教授给华阳农民，促使当地农业连年丰收，老百姓感恩建祠立像供奉他。不久，晋升工科给事中，后又擢升为云南布政使。在云南整肃兵备，清明政治，获各族人民拥戴。朝廷以其治边有功，转授太常寺正卿。崇祯十六年(1643)，张献忠攻破湖南，正在进京祝禧途中的文士昂，于贵州就近联合都御史陈苌、总督李若星提调土滇兵，由辰州常德一路攻打起义军，迫使起义军退出湖南败走荆州。文士昂旋即请假回攸。崇祯十七年(1644)五月，闻清兵攻陷北京，崇祯帝自缢，文士昂宿县城证果寺，每日与乡绅哭奠。明流亡政府迁都桂林，补授文士昂为云南方伯。正当文士昂欲联合云南土司抗清时，南都被破。文士昂向湖广总督何腾蛟、巡抚堵允锡建议，联合李自成余部抗清。同时与江西杨廷麟、万元吉等人会师吉安，抗击清军。清顺治四年(1647)，清军占领攸县，委官设治，文士昂率全家隐于凉江，拒绝与清朝驻攸当局合作，于是攸县县令于颖然商同守将陈一统将他围捕。文毅然说："破南都时已打将一计，今死得其所矣！"又说："事至此，惟一死了却平生。自国事坏，湖南食禄不为无人，谁肯靖难？我本信国同祖(信国指文天祥)，各忠其主，家训相传。湛持翁(明大学士文震孟)死于前，我死于后，九原好相见也。"后来文士昂被押解长沙，旋械送武昌，顺治五年八月二十七日午时，文士昂被杀害。当初，文士昂同榜进士王守履，曾劝其归顺清朝，文报以诗："螺川攸水汇渊源，事宋事明总是君。留得此身羞见祖，楼前黄鹤永为群。"王汗愧不复言。文士昂临刑前作就义诗"报君惟一死，寸磔亦何殇。留得纲常在，堪争日月光"，表达他忠君爱国的坚定意志。就义前二日，作书寄其妻儿："屈指旨下在即，不复见妻子面。没产所不能免，任之而已。善事母夫人。子孙仍读书守家训，余无多嘱。"

文士昂在武昌被害后，由同乡刘廷初收敛安葬。顺治庚寅(1650)，其孙文枚赴武昌迎归祖骸，见须眉生动，作《泣祖诗》曰："义所难辞气欲凌，频年谁复念苌弘。自甘颈断犹存齿，今见须留更股肱。哭国志图充厉鬼，报国唯嘱待人兴。祖孙相对如畴昔，泣到旁观亦未胜。"另一首云："大节已昭日月边，孰从没后计身全。每传马革前贤语，今设竹箱傍祖眠。似我浑同陌路客，逢人休道所生天。驾魂千里莫辞远，带血南归一杜鹃。"文枚将其祖父骨骸藏于竹箱中，负归葬于故土。清康熙元年(1622)季秋月，其妻谢氏与其合葬，其子应抡、应扬、应撰与众孙修筑坟墓。是年季冬，由大学士汉阳熊伯龙题写墓碑，铭曰："明进士通奉大夫工科给事中、云南左布政使、太常寺卿加二级赠礼部尚书谥忠肃公文公台仙，诰封文母谢氏太夫人之墓"。墓碑及周边罗首至今保存完好，可惜在近年间墓身被盗挖，仅留一空圹。其嗣孙已请示有关部门，不久将对此进行修复。

彭天益墓

彭天益(1067—1164)，攸县大坪人，系彭姓迁攸始祖彭澧通的长孙。据彭氏族谱记载，死后葬司空山西冲菱冲泥鳅形，终年98岁。

彭天益，出身世宦之家，祖父彭澧通系淮西提举，北宋真宗年间迁攸县大坪村定居，父亲彭洩承袭祖父封职。天益少时聪慧。宋哲宗元祐三年(1088)21岁时，乡荐进士。宋徽宗崇宁至大观(1102—1110)年间任太学博士，因此有了与皇帝直接接触的机会。一日上朝，徽宗问天益攸县风土如何，才思敏捷的彭天益立即以诗作答："鸾山对凤岭，金水绕银坑。金柑玉版笋，银杏水晶葱。更有十万户，俱称是故家。"时人传为美谈。

北宋末年，内忧外患，国事日非，彭因与权奸蔡京政见不合，被外调为湖广提举。大观初，彭密封奏事，力言蔡京等擅权误国的后果，未被采纳，知事不可为，辞官还乡，隐居司空山修行。作修行诗曰："怡养从来九转丹，玄机露透事无难。紫袍金带心何在？绿酒黄花我自欢。云雾洞中卿相卧，乾坤门户子孙关。洞庭风波层层恶，且下云帆倚峰看。"大有冷眼看权贵的气概。又作一诗，表达超然世俗寄情山水的情怀："山中别后一壶天，铜铁摩挲不记年。野兴每留浓雾润，幽情长伴白云眠。镂铿扶杖云烟里，铁笛梅花落照边。莫道荣华草芥淡，不如葵藿菜根甜。"

宋政和三年(1113)宋徽宗大兴道教，检阅天下郡籍图，得知攸县有司空山，遂令湖南路转运副使程元佐修复，改朱阳观为阳升观。其时，彭天益在家休养，隐居司空山鹤岭，他积极支持，并参与程元佐修复阳升观的全过程。曾撰写《重修阳升观三奇碑记》，着力宣扬修复阳升观殿宇时的三件奇事。第一件事是程元佐修复阳升观时，尝梦见到一小祠宇，有一女子出来告诉程元佐："我在这里居住已久，请不要迁移。"程大为惊异，与执事者来到山北卢氏庙，见其与梦中人相似，于是决定不迁移并将塑像粉饰一新。第二件事，即当年八月十五日黄昏时分，有数百民工见一星冠红衣朱履在大殿升殿以礼，香炉中当初无火，不久香烟袅袅，而不见其人。第三件事，阳升观竣工之日，程元佐召集道士成七日醮礼，本是淫雨绵绵之时，而于九月二十九日始事日，忽天开晴日，至傍晚时，星辉焕然，以此知张真人鹤驾临庭。彭天益以此亲历三奇事，作三奇记，用以昭信后世。又赋诗《司空山》，著有《瑞麟集》传世。宋孝宗隆兴二年(1164)六月二十日，彭天益病逝于司空山，乾道元年(1165)时任秘书阁修撰的朱熹闻讯后作追悼诗说：“先生高节抗浮云，自是长平好子孙。昭代勋名垂竹帛，清风明月对琴樽。传家谱在遗芳远，积庆堂高德泽存。赤石孤坟荒落日，为君洒酒赋招魂。”

旧《攸县志》载，“彭天益墓在大坪”。是以其祖始迁攸县大平村，而以为葬在大平村，有误。2012 年 9 月，在银坑南水村民彭天生的引导下，我们按谱载来到司空山菱冲，在荷花形看到彭天益妻墓已被人挖掘，荒草凄凉，荆棘满布。后来，又登西山至泥鳅形，见一墓用青石板和卵石三合土筑就，但近年为盗墓贼挖掘，墓碑也被敲碎，仅见“大平”二字，乡人指为彭天益墓。一代文宗在此长眠 800 多年，本应加以保护，树立典型，供后人吊祭，不料盗墓贼竟为区区微利猖獗盗挖，令人发指。

茶陵合户墨庄石刻有“五不合”现象

段立新

湖南省茶陵县秩堂乡合户村廷琪祖祠内（素称“中和堂”）有一块青石质地的岳飞墨庄题字石刻。石刻正中阴刻行楷“墨庄”二字，字高40厘米左右，字迹清晰完整，笔画中多处带有明显的干笔痕迹，“墨庄”两边有阴刻行书题款，上款是“绍兴丙辰良月”，下款是“征西将军岳飞書”；后面附有两枚图章，一枚是楷书“臣岳飞印”，一枚是篆书“保晋”。题字后还有文华殿吏部尚书朱轼写的跋，跋文有破损，文字如下：

粤北宋有刘几颜，其书至，写有‘墨庄’二字□后　忠穆王讨杨幺，道经茶陵茶乡陈姓处，闻书声琅□，心仪久之。至新□，驸马刘景晖饷帅三日。盖景晖与几□支也，忠穆王亲书‘墨庄’二字遗题。陈、刘二姓子孙勒诸家庙坊额，流传世代，悬之室□，敛魔且人争宝重。　武穆之勤王忠也，饷帅者仪也，以诗书世其业者又忠义所感发也。陈刘二姓也，守墨印刷遍行忠与义之□可磨灭也。如斯人。　文华殿吏部尚书朱轼□

关于这方石刻的来历和题写时间，《茶陵州志》及秩堂乡，尤其是彭家祠、田湖村胡家坊一带的民间传说记载如下：

1.《茶陵州志》的记载。绍兴二年（1132年），正月，岳飞奉命由江西入湖南追剿曹成。岳飞进入湖南，首先到达了今茶陵县秩堂乡境内的麦灶（一说麦庄，就是现在的合户村）。当时已是夜晚，岳家军就地安营扎寨，准备第二天再启程。在巡营时，岳飞遇到了一个晚归的当地私塾先生。私塾先生被请进营帐，在交谈之中知道眼前这位将军就是岳飞，顿生仰慕之情，主动要求给岳家军带路。岳家军在这位私塾先生带引下，连夜急行军，经今秩堂、高陇、火田南下至茶陵城。岳飞为了感谢私塾先生的盛情，于是，在灯下提笔书写“墨庄”二字相赠。

2.民间传说。这有两种不同的版本：

第一种版本是这样的：绍兴六年（1136年，丙辰年），岳飞追剿曹成，途径麦灶，在这里宿营。当天晚上，岳飞走村串户了解风土人情。夜深人静，当他来到私塾时，只见私塾里书声琅琅，不禁十分高兴。私塾先生发现岳飞之后，请岳飞到家里做客。私塾先生满腹诗书，岳飞文武双全，主客双方谈得十分尽兴。这情景让岳飞深感此地文风浓厚。有感于此，岳飞在私塾先生的恳请下，挥笔写下了“墨庄”二字，以作纪念。

第二种版本是这样的：当年，岳家军由永新石楼翻越毛竹坳进入合户。当时的合户叫“麦灶”，包括合户及田湖村的湖家坊，也就是号称“十里陈”的主体部分。这个地区与江西永新的石楼、梅花比邻。梅花的梅花洞有一群强盗，他们的女首领叫梅花。岳家军进驻秩堂以后，辎重遭到了这伙强盗的偷袭。岳飞十分恼火，决定剿平这伙强盗，于是，在今秩堂彭家祠附近一个山头安营扎寨。这场剿匪战的主战场在湖家坊与梅花交界的山区，岳飞的前沿指挥所在一个叫更鼓寨的山头。据说，女强盗梅花的本领十分了得，以致岳飞屡战不克。也许，梅花太得意忘形了，有一次，她的裹脚布松了，无法再战，她竟然把枪就地一插，跃上枪尖，翘起腿扎裹脚布。这情景让岳飞看在眼里，只见他突然出击，一枪就结束了梅花的性命。据说，岳飞的马飞奔而来，在地上留下了一行行深深的马蹄印，在梅花战死的地方更是踏地入泉，引来了一股山泉。当地百姓认为这是岳飞的马留下的印迹，后来就把这个山泉所在地叫作“马脚迹”。

秩堂彭家祠有一个叫“铁营盘”的小山头，传说这就是当年岳飞安营扎寨的地方。又传说，在此期间，岳飞与彭氏家族一个叫彭可安的读书人往来密切。可是，当岳飞剿平梅花回营的时候，彭可安却与世长辞了。岳飞十分惋惜，挥笔写下了一首七言绝句，以示哀悼。这首诗至今收藏在彭氏族谱中。

从目前掌握的资料来看，岳飞墨庄题字以石刻(包括摩崖石刻)、匾额(木质、石质的均有)、条幅的形式留存着，留存时间约 880 年，遍及湖南、江西、浙江、陕西、山西、安徽、江苏、河南、云南、四川、海南及上海等 12 个省市，至少有 19 处之多。茶陵合户墨庄石刻题字、题款、名号章及跋文具备，在这 19 处题字之中有相当的代表性。但是，考察这方石刻，我认为它有明显的“五不合”现象：

(1)衔与史不合。石刻下款“征西将军岳飞书”，名字与职衔并提，符合宋人题赠的习惯，但是，我们在《宋史》《系年要录》《鄂王行实编年》《金佗倅编》等文献中，找不到岳飞曾经担任过“征西将军”这样的记载。

清代王昶对墨庄石刻做过考证，他在他的《金石萃编》提出了这样疑问：“题字末行书：绍兴丙辰良月，即绍兴六年(1136 年)。时当国家忧难之秋而从容书此，恐亦未确。又是时忠武奉命宣抚河东、节制河北路，碑题征西将军，系衔与史不合，姑存以备考。”

(2)事与史不合。石刻上款“绍兴丙辰良月”揭示“墨庄”题字的题写时间是绍兴六年(1236 年)，而石刻上的跋文则揭示“墨庄”题字的题写时间是绍兴五年(1235 年)。综合《宋史》《系年要录》《鄂王行实编年》《金佗倅编》等文献的记载，我们找不到岳飞在这两年途径茶陵的线索。石刻上的跋文又揭示，合户“墨庄”石刻的题写时间与江西省永新县龙田乡龙田村刘氏宗祠内的“墨庄”石刻(也就是跋文中提到的岳飞给刘景晖题写的墨庄题字）的题写时间是一致的，而明万历版的《永新县志》则明确记载，龙田“墨庄”石刻的题写时间是绍兴三年（1233 年）。

（3）名号章与礼制不合。石刻下款的名号章“臣岳飞印”与封建社会的礼制不相符：岳飞也许有“臣岳飞印”这样的名号章，但只能加盖在上奏宋高宗的表奏上，而现在，岳飞是给平民题赠墨宝，断然不能加盖“臣岳飞印”这样的名号章。从题款的形制来看，“保晋”也应该是一枚名号章，但是，“保晋”是否是岳飞的字，或者号呢？或者只是一枚闲章呢？我们至今还找不到这方面的资料。

（4）书体风格与记载不合。上述“墨庄”题字均为行楷书体，与岳珂在《宝真斋法书赞》中所记载的岳飞书法书体风格明显不符。

岳飞的孙子岳珂在《宝真斋法书赞》中对岳飞书体风格作过介绍，他说：“先王夙景仰苏氏，笔法纵逸，大概祖其遗意”，“先王笔法源于苏（轼）”。一句话，岳飞习练苏体，字迹有明显的苏体风格。收集在《凤墅帖》续帖卷四中的《与通判学士书》等 3 种书法作品因此而被鉴定为岳飞的真迹。学者兼文物专家徐森玉先生根据岳珂的叙述，撰文明确指出“岳飞的笔迹是地道的苏东坡体”，而“其军营所发书简，必多由幕僚代笔”（见《文物》1961 年第 8 期）。

“苏门四学士”之一的黄庭坚对苏轼的书体风格有过评价。他说：“其（苏轼）书姿媚……至酒酣放浪，意忘工拙，字特瘦劲……至于笔圆而韵胜，挟以文章妙天下，忠义贯日月之气，本朝善书，自当推为第一。”“意忘工拙，字特瘦劲”应该是苏体的两个主要风格特色。后世还有人对苏体字在字形笔画及布局方面的特点作了归纳，认为苏体字是“气势欹倾而神气横溢”。联系字体风格特点来比对，我们不难发现苏体字与“墨庄”题字之间异多于同。

（5）文献记载与民间传说不合。关于这一点，我在前面已经介绍过，大家只要比对一下就可以发现其中的不同之处了。

岳飞号称“中兴四将”之一，但是，绍兴六年与韩世忠等并列为六大见节将军之前，岳飞的知名度并不高。绍兴十一年（1142 年）农历十二月，岳飞含冤去世，一直到绍兴三十二年（1162 年）十一月，宋孝宗继位之后才予以平反。在此期间，在南宋官方，岳飞还是“罪犯”之身，他的奏章、诗词等曾一度惨遭禁毁，人们将他的题字镌刻成碑的可能性并不大，作为当朝驸马的刘景晖及其龙田刘氏家族更是不可能在这样的敏感时期做一件冒险的事情。将岳飞的“墨庄”题字镌刻成碑，至少是绍兴三十二年之后的事情，很可能是南宋以后的事情。从这个意义上来说，岳飞的“墨庄”题字真迹能否一直为合户陈氏家族及江西永新龙田刘氏家族珍藏，这是值得怀疑的事情。

从已知被考定为岳飞真迹的文物资料来看，岳飞的传世墨迹并不多，而传世的岳飞墨迹有不少经考证是托名之作。存世书法作品《送紫岩张先生北伐》被认为是岳飞书的作品，但是，其中所述之事与史实不符、“紫岩张先生”的称谓与宋人的题赠习惯不符，因而被王昶考定为后人伪造。最为人所熟悉的所谓岳飞书法作品莫过于草书“还我河山”四字，但在杭州岳庙则被提示为“仿岳飞手书”，历史学家张政烺先生考证后认为，这四个字出1919年童世亨的《中国形势一览图》增修十四版，其刊刻时间不早于20世纪。

在历史上，岳飞之所以会受人敬仰，一是因为他卓越的军事才能及基于军事才能而建立的赫赫战功，二是因为他身为忠臣而惨遭迫害的悲情形象。比较起来，悲情形象的定位更是岳飞受人崇敬的主要原因。这就使岳飞在我国历史上有其特殊的形象意义：在危难时期，敢于反抗外族入侵维护国家主权完整和领土统一而不惜以身相许的象征。明朝清两代的中晚期，作为天朝大国的明王朝和清王朝一直面临着无法抗拒，也无力抗拒的外族外国骚扰入侵的外部忧患。在外患不止而国家抗御不力的特殊历史条件下，国内出现崇敬岳飞、渴慕像岳飞这样抵御外侮的名将的出现，曾经一度是一种普遍的社会情绪。在这样的特殊历史背景下，民间膜拜岳飞、增建岳飞庙宇、翻刻岳飞墨迹的热潮也就应运而生。这是明清两代岳飞庙宇数量大增的主要原因之一。在这个过程中，民间凭着一腔热情，不计名利，托名岳飞而伪造岳飞墨迹，应该是一种正常的现象。

联系上述背景，结合合户墨庄石刻上的“五不合”现象来看岳飞的墨庄题字，我认为岳飞的墨庄题字也有其托名之作的可能性。至少，石刻上的题款、跋文是后人的手笔。这可能是合户墨庄石刻上的“五不合”现象存在的主要原因。

茶陵铁牛的三次劫难

刘翔云

2013 年 3 月，茶陵铁牛（又名茶陵铁犀）被国务院正式确定为“全国重点保护文物”，这是继 1983 年确定为“湖南省重点保护文物”后历经 30 年又得到的新确认。近年来，茶陵铁牛的影响力逐渐增大，知名度也得到相应提高，其历史价值、文化价值和科学价值日渐彰显。扪心而问，我们对茶陵铁牛的研究过于肤浅，缺乏系统性，笔者曾撰文《茶陵铁犀探源》（载《湘东文化》2012 年第 3 期和《铁牛潭》2012 年第 2 期）对此进行了一些探索，但仍有许多未知的东西有待专家和学者去探究、发掘。目前，对该文物的保护也仅停留在粗放的层面，力度亟待加强。

在近百年的历史演变中，茶陵铁牛曾遭遇过三次劫难。

第一次劫难发生在民国 33 年（公元 1944 年）七月至民国 34 年元月。当时，日本鬼子侵占茶陵城，所到之处烧杀抢掠、无恶不作。在城郊芫上村，鬼子屠杀手无寸铁的老百姓，包括妇孺、儿童、老人达 897 人，制造了惨绝人寰的“芫上惨案”。为搜刮金银财宝，不仅盗取了东门塔（又名笔支塔）顶上的铜铃，而且对茶陵铁牛的金黄色眼睛也伸出了贪婪之手。一天，在一个日本军曹的带领下，几名日本兵围着铁牛绕了几圈，一阵叽里呱啦，认为铁牛的眼睛是“黄金”铸造的，遂将“三八大盖”步枪上的刺刀取了下来，轮流对着铁牛的眼睛使劲凿剜。但是，任凭其使出九牛二虎之力，也仅仅在眼眶两种金属结合部凿开了一点点缝隙，无法将黄色金属部分撬走，只好作罢。

第二次劫难发生在中华人民共和国成立初期的 1953 年（农历癸巳年）5 月。是年，茶陵发生了历史上罕见的大洪灾，汹涌的洪水越过防洪堤直灌淀河，整个老城及城郊都成了汪洋泽国，城区居民慌乱躲到了城墙上。洪水将铁牛旁的河堤冲塌了一个数丈宽的口子，漫过了铁牛的脖子。站在城墙上的人们对铁牛的安全非常担心，一旦河堤继续垮塌，铁牛将有沉入河底甚至有被洪水冲走的危险。好在冥冥之中，铁牛似有神仙护体，任凭洪水滚滚来，铁牛依然昂首挺立，纹丝不动。河堤塌方也在离其基座一米处停止了，铁牛躲过了一劫。洪灾过后，县人民政府拨出专款由县民政科组织工程队修复护城河堤，经数月施工至 1954 年初将塌陷的河堤修复，并对铁牛的基座进行了抬高和加固。

第三次劫难发生在1981年5月下旬，当时正是南方的多雨季节，家居洣江乡瑶里村的陈某南听老人们讲起河对岸的铁牛的眼睛是“风宝铜”做的，比黄金还贵，顿起贪婪之心。一天下午，他先渡河来到了城墙边，查看了铁牛的情况，当晚便约好本村陈某苟带上铁锤和锉刀，一起去“挖宝”。来到铁牛边，两个贼头贼脑的人对准铁牛的左眼猛凿了几下，锉刀卷刃无法再凿下去，两人商量另准备工具再来。次日晚上，正是夜深人静，雷雨交加的时机，两人携带一把四磅铁锤和四根钢钎再次潜到铁牛边，一人持手电筒照明，另一人用钢钎、铁锤凿剜铁牛的眼睛，两人轮番作业，共凿坏了四根钢钎，才将铁牛左眼的金黄色金属物凿下了约三分之一，使历史文物茶陵铁牛的左眼部位遭受了无法弥补的重创。

此案从现在来看，两犯构成破坏珍贵历史文物罪，是确凿无疑的。但是，在32年前的案件定性时，着实让政法机关有些为难。1979年颁布的《刑法》第174条规定：“故意破坏国家保护的珍贵文物、名胜古迹的，处七年以下有期徒刑或者拘役。”对茶陵铁牛究竟是珍贵文物还是名胜古迹，县检察院提取公诉时存在争论，因为茶陵铁牛尚未有哪级政府明确为重点保护文物（我国《文物保护法》是1982年11月19日才颁布的，此后各级政府才进行文物分级保护工作），因此，争论的结果是以破坏名胜古迹罪提起公诉。县法院在判决定罪时也感到难以定论，认为定破坏名胜古迹罪不妥，定破坏珍贵文物罪缺乏依据，最后采取含糊的办法，未明确罪名而是直接依据《刑法》174条对两案犯分别判处有期徒刑4年和3年。

从铸造工艺上来看，茶陵铁牛最形象、生动而又传神的部分在于它的头部，尤其是它的眼睛。将两种金属巧妙地、严丝合缝地熔铸在一起，历经700多年，仍目光炯炯、熠熠生辉、光彩夺目，对整个铸件的“点睛效果”十分明显，其工艺水平和科研价值令参观者发出由衷的赞叹，也令贪婪者垂涎三尺。

茶陵铁牛的眼睛究竟是什么材料做成的，是金？是风磨铜？还是黄铜？至今尚无定论。遗憾的是1981年茶陵公检法机关在办理“两陈”破坏铁牛案时，对捣毁下来的9.82克金属未做送检化验，检察机关随案移送法院后，目前证物已遭遗失。

我个人认为，茶陵铁牛的眼睛非金，非风磨铜而属黄铜合金。

其一，黄金价值昂贵，但偏软，大量使用易遭贪婪者毁损，不利于保护。况且，对于廉吏刘子迈来说，财力上也是难以承受。因此，虽然金属颜色上难以区分，但完全可以排除是黄金铸造的。

其二，风磨铜是明代宣德年间暹罗国（现泰国）朝贡来的。宣德三年，明朝皇宫的工匠用风磨铜铸造了一批非常精美的香炉，受到上至王公贵族，下至黎民百姓、文人雅士的一致追捧，由此名声大噪，甚至被传说得神乎其神。现存文物中无一宣德炉实物，都是后世仿造。

关于风磨铜的名称和现代的铜矿规范规定的通常叫法和学名都对不上号。其解释有两种：一种认为是利用风动力磨细矿石精选得到的铜，故叫风磨铜；另一种解释是：这种铜金合金古人多用于制造皇宫、佛教寺庙建筑。如：殿堂、塔刹，塔顶的莲座、宝瓶等，风越吹磨越明亮，故称之。

风磨铜的主要成分是红铜和黄金，呈紫红色，含金量越高，颜色越淡。而茶陵铁牛铸造年代是南宋绍定五年（公元1232年）早于明宣德三年（公元1428年）近200年。因此，从年代和颜色上可以排除是风磨铜。

黄铜一般为铜锌合金。“黄铜”一词最早见于西汉东方朔所撰《神异经・中荒经》“西北有宫，黄铜为墙，题曰地皇之宫”。《新唐书・食货志》又有“青铜”“黄铜”的称谓，分别指矿石和冶炼产品。据此推断，茶陵铁牛的眼睛为黄铜合金铸造。

茶陵铁牛是茶陵的地标和文化符号，是茶陵人民的精神图腾。在历史价值、工艺价值、科学和文化价值上具有唯一性，不可复制性。目前，茶陵铁牛的保护仍处于放任和低水平状态，其临河台基经洪水的冲刷已经部分悬空，铁牛旁的码头已经垮塌，没有安装电子监控设备……值此茶陵老城申报历史文化名城之际，笔者建议，应争取罗霄山脉集中连片扶贫开发项目，抓紧对洣江大桥至工农兵政府地段防洪堤的修复，加固茶陵铁牛的基座。同时，要加大对城墙修复力度，采取“修旧如旧”的方针，整修“大城门”，修复“聚星门”，以推进历史文化名城的建设和旅游事业的发展。

庆霞寺末次维修考

彭水明 鲁新民

庆霞寺，尽管它已消失在株洲河西湘江边的残垣废瓦之中，然而，翻开尘封的历史，一片碑拓、一段志书，便能展现它过去的辉煌。2013 年仲秋，湖湘文化志愿者几经辗转，在株洲市天元区栗雨街道办事处凿石社区发现了民国 30 年维修庆霞寺的“五修寺碑”。从而揭开了庆霞寺与民国的一段风情。

该碑全文 611 字，其中序言计 173 字，由王桂麓先生撰稿。碑文道：“粤稽我祖，肇建斯。招僧供佛，由来旧矣。”据中国南方唯一的村志《凿石浦志》载：“大唐太宗贞观元年(公元 627 年)，有一善士姓龚名克巳，立念建造茅庵，取名庆霞寺。”可见这庆霞寺当时已寿高 1314 岁，村民备感责任重大。其时“寺后进口佛殿将圮，族人会议修复。佥以后黑暗，实为朽蠹。”殿堂有的即将坍塌，有的虫蛀腐朽。所以，管理庆霞寺的王姓家族决定修复改建。

1941 年正是中华民族多灾多难的岁月，国难当头。那年的 8 月 3 日午后，日本飞机 27 架轰炸湘潭，炸毁房屋 100 余栋，死伤居民 300 余人。9 月 17 日，第二次长沙会战开始；12 月 24 日，第三次长沙会战打响。日军动用 7 万兵力进攻长沙。难怪碑文中感叹“值此非常时期，财力交困，虑难集事。”

不过，庆霞寺的维修改造不到两个月，总算成功。碑文欣喜欢呼“此中盖有神助云”。

民国 30 年(1941 年)是庆霞寺有明确记载的第五次规模化维修，也是最后一次改造修葺。由株洲(原湘潭县一都)凿石浦王鸿勋、王芝廷、王应存等 20 人发起。由王氏家族的木本房、新业房、长阀房、朝南房、三门房、峨雅堂房等六大分支捐谷资助而完成。

据“五修寺碑”披露：代表本房本支及个人的捐资人物有 55 人刻入碑录。其实，交纳捐资的家庭成员应有数百人以上。捐资以谷物为计量。旧制容积以十合为一升；十升为一斗；十斗为一石。一石稻谷约为 150 市斤，在碑文中“石”以“硕”替代。照此计算，庆霞寺第五次维修和“拟于殿之左右开天井”，共耗资稻谷 211 石 5 斗，折合为 15 662 公斤。按照 1941 年 7 月 13 日湖南省规定的稻谷价格为：一石新谷折合民国政府法币 15 元。那么，此次庆霞寺维修改造花费折合法币

3172元，相当32头出栏猪价值。

该碑距今不到百年，仅72年，却体现了时代变异的巨大差别：一是公益活动以家族为纽带，以家庭为基础，以捐资为形式进行。二是强调家族人员的辈分，辈分高的牵头认捐，或代表某房某支交纳捐谷，名下有“公”尊称。名下无“公”者，自然是晚辈。三是男尊女卑意识严重。碑上无妇女名姓，交纳捐谷都是男人扬名。

在“值此非常时期”，为什么凿石浦的村民还热衷修寺呢？除了寺庙历史悠久外，更主要的原因是杜工部曾经亲临视察，在庆霞寺留下了《宿凿石浦》《早行》两首诗篇。庆霞寺已经不是过去的一般寺庙，“杜宿浦诗”已经使庆霞寺的名气光彩夺目。

后来游人步圣韵脚，纷纷题诗怀杜。如“老抛剑外读书床，石浦维舟面野堂。”“当时兵器塞乾坤，乱世穷途那足论，生不锦城安旧宅，死甯凿石恋孤村。”再后来，庆霞寺的周边就有了杜甫草堂和米芾怀着对诗圣的敬仰之心，来到这里吊唁诗圣，在伸入湘江的巨石上挥毫写下了“怀杜岩。”

附：

五修寺碑文

粤稽我祖，肇建斯。招僧供佛，由来旧矣。然年逾数百，寺之修葺频，仍初未当。假借他口之力也。岁辛巳，寺后进口佛殿将圮，族人会议修复。佥以后黑暗，实为朽蠹。拟于殿之左右开天井，以通天光，举口寺。经理皋苓等经营之。族众输将踊跃，纠工庀材，不二月而大功告成。余初以为：值此非常时期，财力交困，虑难集事。不意成功，竟有如�之速，噫嘻。此中盖有神助云。桂麓谨序

发起人：鸿勋、芝廷、应存、松庭、耀生、者香、慎安、漱怀、远仕、瑞云、述初、仕廉、监文、秋元、继生、运华、敬之、致和、竹筠。

木本房：祖礼公捐谷贰拾贰硕五斗；用宇、宏宇、均安、臣俞、端凝各公谷叁硕；均宣三币；玉翠、纪山各公谷贰硕；司山、陆福各谷贰硕；鲍武公捐谷壹硕五斗；兴庸、均显、元生、沧海、廷章各公，晋臣、正友各壹硕；昌祥、於明、空州、光远各公，德浦、吟蛟各捐谷五斗。

新业房：轮邋公捐谷贰硕；师盛公谷壹硕；国佐公谷五硕；文第公谷陆硕；元甫公谷贰硕；正明公谷拾陆硕；泉皋公柒硕；汉南公五硕；旋右公叁硕；书思公肆硕；月林公贰硕；光桀公壹硕；瑞伯公伍硕；玉辉公壹硕；南村公壹硕；乩安伍斗。

长阈房：廷芳公派下各公，共捐谷肆拾硕零伍斗。

朝南房：近公折谷捌硕；琳公贰硕；东同公贰硕；仲斌房谷伍硕。

三门房：勉公捐谷捌硕；茂林公贰硕伍斗，三硕；泰孙公贰硕；禹书公贰硕；君卿公贰硕。

峨雅堂房：枸公捐谷伍硕；文达公折谷贰硕；文渊公谷陆硕。

中华民国叁拾年辛巳岁冬月谷旦石浦王氏阖族刊　筱谦敬书

第三编　神农文化

炎帝文化——中华文明的不竭源泉

刘青菘

炎帝和他所带领的原始氏族先民，在长期的生产和实践中，创造了丰富的物质财富和精神财富，为中华文明的发轫和中华民族的形成准备了最初的物质、文化基础。在炎帝神农氏时代形成的炎帝文化是中华民族文化的直接源泉和重要组成部分，富有强大的生命力和广泛的包容性。

炎帝神农氏“始作耒耜，教民耕种；遍尝百草，发明医药；日中为市，首辟市场；治麻为布，制作衣裳；削桐为琴，练丝为弦；弦木为弧，剡木为矢；耕而作陶，冶制斤斧；建屋造房，台榭而居”，他带领先民所开创的农耕文化、医药文化、手工业文化、市场文化、火文化和原始艺术等，是炎帝文化外延的具体内容，已成为中华民族的宝贵文化遗产。

农耕文化

在炎帝之前的时代，先民们不知耕种，不知米谷是重要的食物，只知采摘各种草木果实以果腹。是炎帝独具慧眼，首倡种谷，带领先民告别了漫长的蛮荒生活，跨过了通向文明时代的门槛。《管子·轻重戊》曰：“神农作，树五谷淇山之阳，九州之民乃知谷食。”《新语·道基》说，古时“民人食肉饮血”，炎帝神农“以为行虫走兽难以养民，乃求可食之物，尝百草之实，察酸苦之味，教民食五谷”。《周礼·天官·疾医》云：“五谷，麻、黍、稷、麦、豆也。”《风俗通义》载：“神农悉地力种谷疏。”《国语·鲁语上》载：“昔烈山氏之有天下也……能殖百谷百疏。”疏通蔬，即蔬菜，如白菜、苋菜等。《炎陵志》引《考古原始》云：神农之世，炎帝“作鉏耨，以垦草莱，教民种瓜蓏”，瓜即瓜菜，如冬瓜、南瓜、黄瓜等；蓏，是指植物果实，如桃、李、梨、桔、柚、枇等。这些都是炎帝神农氏教民耕种的生动史料记载。

炎帝神农氏在教民耕种的过程中发明了耕播工具。《周易·系辞下》载：“包牺氏没，神农氏作。斫木为耜，揉木为耒。耒耨之利，以教天下，盖取诸益。”《礼·含文嘉》云，神农氏“始作耒耜，教民耕种”，都讲到炎帝神农氏制作的耕播工具——耒耜。耒耜的创造和推广使用，极大地促进了农业生产的发展。

随着种植业的兴起，人们的食物逐渐有了剩余。于是，炎帝部落把野生的猪、狗、羊、鸟、牛、鸡等进行人工饲养，既作为人的肉食，又驯其畜力服务于人，由此又出现了畜力农耕。《论衡》(东汉·王充著)载述炎帝之世，神农氏“煮马屎以汁渍种者，令禾不虫”，便是当时畜牧饲养业的写照。

除文献记载外，炎帝神农氏时代的许多遗址遗物也为当时的农耕文明提供了确凿的例证。西安半坡遗址出土了当时的谷壳和蔬菜、瓜籽；长江中下游的河姆渡、万年仙人洞、圩墩、崧泽、马桥、梅堰遗址，以及黄河流域的裴李岗、磁山、北首岭遗址，都发现了那时的水牛、黄牛头骨。在黄河下游的寿光县城南孙家集镇古城堡遗址，还出土了那时的大量祭奠用的猪、狗骨架等。

炎帝首创的农耕农作，及其后来在华夏大地的普遍使用与发展，是炎帝神农氏对中华民族做出的最大贡献。

手工业文化

耒耜等耕播工具的发明创造直接促成了我国手工业的萌芽。手工制陶业、手工缝织业、手工冶炼业与建筑业等工业文明无不源自于炎帝部落。

冶陶，是人类利用火，改变天然材料的性质，创制全新材料的开始。最早的冶陶技术是由炎帝神农氏发明的。《周书》说，神农“耕而作陶”。《逸周书》说，神农“作陶冶斤斧，耒耜徂耨，以垦草莽”。炎帝部落在“刀耕火种”过程中，发现被烧过的土块很坚硬，于是将泥土做成刀斧形状，然后放在柴火中煅烧，待泥土烧得透红后停火冷却，制成陶质刀斧，用于锄草垦地。随着制陶技术的不断改进，先民们逐渐大量制作凿、锉、耜、纺轮等陶质生产工具和各种生活用具，陶业制作的规模越来越大，陶器的造型越来越多，并且有了红色或黑色彩陶和各种雕塑陶。炎帝时代，已经有了陶质鼎(鬲)、甑、釜、罐等炊具和钵、碗、盆、盘、杯等饮食器具，此外还有汲水用的小口尖底罐、盛储东西用的瓮、罐以及灶与釜连成一体的釜灶等。陶器的发明和使用，给原始先民的生产和生活带来巨大变革，也为原始的文化艺术提供了重要的载体。先民们在各种各样的器皿上，用拙朴的工具、质朴的色彩、淳朴的手法，描绘自然、记录生活、传递信息，孕育了最初的原始艺术。

手工缝织业是伴随制陶业产生的。《庄子·盗跖》云：“古者民不知衣服，夏多积薪，冬则炀之，故命之曰知生之民。”上古之民，最初是运用磨制的骨针、骨锥将树叶、树皮或兽皮缝成一块，遮身蔽体，既经不起长期风吹雨打，霜雪侵袭，又极不雅观。后来，炎帝从一群女子采集的长草中发现了柔软的麻，经过不断的摸索，他带领先民将麻织成布做成衣裳。先民们所用的最原始的缝织工具就是骨针、骨梭和陶制纺轮。《路史》说，神农"教之麻桑，以为布帛"；《礼记·礼运篇》说，炎帝神农"治其丝麻，以为布帛"；《庄子·盗跖》又云："神农之世……耕而食，织而衣。"这些都是炎帝神农氏开创纺织、制作衣裳的真实记载。

手工冶炼业和建筑业也都产生于炎帝部落。据《拾遗记·炎帝神农》记载，神农之世，"米镬之铜以为器"。当时的手工冶炼主要是铜的冶炼制造。我国迄今发掘最早的金属冶炼物，是在临潼姜寨发现的一块铜片，经化验，铜占65%，锌占25%，其余为少量的锡、铅、硫、铁等，属含铜、锌较多的黄铜。在山东胶县三里河也发掘出了原始手工铸造小型铜器，如刀、凿等。人类起源之初，为了躲避猛兽和风雨，或住在树上，或居于山洞。到了神农之世，随着农业的兴起，先民才由流动的树居、穴居而改为搭舍、筑室定居，原始建筑业也随之产生。《礼记·礼运篇》说，炎帝之时，断木"以为台榭、宫室、牖户"。《庄子》亦云："神农之世，卧则居居，起则于于。"河姆渡出土的大型"干栏式房屋"遗址及长达十余米的屋柱、榫印房屋构件，即是炎帝时代手工建筑业的实物遗存。

炎帝神农氏开创的原始工业文化大大地提高了上古先民的生产生活水平，和农耕文化一道，为古代社会经济的发展奠定了最为坚实的基础。

火文化

农耕文化、工业文化的起源和发展，都离不开火的应用。天然之火，自然界早已有之，人类初始，又有了人工造火。古籍《世本》载："燧人氏钻木取火，造火者燧人也。"据考古发现，在距今170万年前的元谋人化石地层里，发现有大量炭屑，其中还有烧骨，这是中国迄今发现的最早的人类造火遗迹。到了炎帝神农氏时代，氏族先民不断把火这一早已有之的"自在之物"转化为"为我之物"，转化成导民造福之物，在生产、生活中广泛地应用火。上古时代植被丰厚，炎帝放火烧山垦荒，既变荆棘为灰肥，又便于耕种，为开创农耕文明、发展农业生产奠定了基础，故后世称其为"火德王"，《左传》亦言："炎帝为火师，姜姓其后也。"

为了改善民众的生活，炎帝"修火之利"，"耕而作陶"（《礼记·礼运篇》），"作钻燧生火，以熟荤臊，民食之无兹胃之病，而天下化之"（《管子·轻重戊》）。炎帝用火使古人由生食动植物进入到熟食动植物，推动古代人类文明实现了一次划时代的重要进步。

医药文化

原始社会生产力水平低下，生产环境和生活条件恶劣，"疾病毒伤之害"成为先民生存的最大威胁。

上古先民长期采集、食用野生植物，他们发现食用某些植物，会发生呕吐、腹痛、腹泻、昏迷甚至死亡；而食用另一些植物，可以消除、减轻疼痛和不适，或解除中毒和昏迷现象。炎帝神农氏从中受到启发，决心利用植物为民治病。于是，他经常背着药篓，一手持石斧，一手持赭鞭，跋山涉水，去采集药用植物。高处采不到的，就将赭鞭甩上去，再扯下来；悬崖陡壁下不去的，就用赭鞭缠住岩石或树木，再抓着赭鞭下去。每采到一种植物，他都要辨别其气味，观察其颜色，嚼尝其滋味，感受其在体内的反应，判断其"平、毒、燥、寒"，确定其治病的作用和使用方法。他还根据植物的外形特点或功用起名字，以便记忆和传授给大家。《帝王世纪》载，炎帝神农氏"尝味草木，宣药疗疾，救夭伤人命"，"磨蜃鞭茇，察色腥，尝草木而正名，审其平毒，旌其燥寒，察其畏恶，辨其臣使，厘而三之，以养其性命而治病"。《史记・补三皇本纪》说，神农"以赭鞭鞭草木，始尝百草，始有医药"。《淮南子・修务训》说，神农"尝百草之滋味，水泉之甘苦"。这些记载，生动地描述了炎帝神农氏在与大自然和疾病做斗争的过程中，经过不断探索实践，逐渐总结出各种治病疗疾的医药知识的动人情景。

炎帝神农氏为了救民疾苦而舍生忘死，鞠躬尽瘁，尝"一日而遇七十毒"(《淮南子・修务训》)，终因误尝断肠草而"崩葬长沙茶乡之尾，是曰茶陵"(《路史》)。后人不忘炎帝神农氏在开创医药方面做出的杰出贡献和献身精神，将我国第一部药物学专著归功于神农氏，称为《神农本草经》，并尊炎帝为"先医"，即医药的创始人。

市场文化

耕播农业的兴起使原始社会实现了由攫取经济向生产经济的转变，社会生产力得以不断提高，社会生产行业日渐多样化，畜牧业和以制陶、纺织为主的手工业从农业中分离出来，成为专门的生产活动，实现了人类的第一次、第二次分工。随着社会生产力的发展和生产行业的分工，一些产品出现剩余，开始萌发以物易物、互通有无的交换活动。这种交换，首先是在部落内部进行，后来发展到部落与部落之间、产业与产业之间进行。

为了便于人们进行物品交换，炎帝想到了在部落的中心设立"墟场"，并约定在太阳照在头顶上的时候，让大家都到墟场上进行交换，这就是"日中为市"。对此，不少古籍都有记载。《易经・系辞》说，炎帝"日中为市，致天下之民，聚天下之货，交易而退，各得其所"。《汉书・食货志上》曰："洪范八政，一曰食，二曰货。食谓衣殖嘉谷可食之物，货谓布帛可衣及金刀龟具，所以分财布利通有无者也。二者，生民之本，兴自神农之世。"

随着可供交换的产品日益增多和产品品种的日益丰富，交易规模不断扩大，集市时间也不断增长，于是便有人在墟场上建造房屋，叫“列廛设市”，“墟”也就成为具有交易和聚居两个功能的场所了。

交易的产生，不仅满足了人们对生产资料和生活资料的需要，而且进一步刺激了生产分工和技术进步，有力地增进了人们相互交往和各种文化的交流与融汇。

原始音乐

炎帝部落种植谷物，连年获得丰收，先民因“耕桑得利，究年受福”，过着相对稳定的生活。人们有了衣穿，有了饭吃，可以进行教化了。于是炎帝发明了五弦琴，世称神农琴。《帝王世纪》云：“炎帝都于陈，作五弦琴”。《杨子》载：“昔者神农造琴以定神，禁淫僻，去邪欲，反其天真者也。”《新论》说，炎帝“上观法于天，下取法于地，于是始削桐为琴，练丝为弦，以通神明之德，合天地之和焉”。意思是说，炎帝造琴的目的是通过音乐用神明的德行和大自然的和谐来感化人们，协和人心，扶持风化。

神农琴的制作十分讲究。《广雅》载：“神农氏琴长三尺六寸六分，上有五弦，曰宫、商、角、徵、羽。”据传，它选择上等桐木作为材料，而且有尺寸规制要求。经过刮削、打磨、“练丝为弦”、组装和调音等多道工序才能完成。神农琴的发明，为民族乐器的发展打下了基础，后来周文王在五弦琴的基础上“增二弦，曰少宫、少商”，作七弦琴。

五弦琴制作出来之后，炎帝叫邢天“作扶犁之乐，制丰年之咏”(《路史》)。《孝经·援神契》曰：“神农乐名曰扶持，亦曰下谋”，是说那个时期的音乐创作取材于先民的耕播农事活动。

关于五弦琴的创制，至今流传着一个美丽的传说——那是炎帝部落才迁徙到陈(今河南淮阳县)这个地方的时候，部落大面积开垦土地，所有的荆棘、灌木丛都砍完了，最后剩下一棵高大的桐树挖不下来。炎帝找来麻绳，叫大家用绳子去拉。先是拴一根麻绳，用5个人去拉，桐树纹丝不动。后来用5根麻绳，25个人去拉，还是拉不动。炎帝发现，不是人少了拉不动，而是用力不协调。于是，炎帝叫邢天去指挥。邢天想，这么多人怎么指挥呀！急中生智，他想出“宫、商、角、徵、羽”5个口音，叫大家念熟，然后有节奏地哼一个音，用一次力。

这一着竟然很灵。只听得第一遍哼过，5根绷得紧紧的绳子一齐颤抖，发出悦耳的弦音。第二遍哼过，桐树颤抖起来，出现和谐的共鸣。待到哼过三遍，桐树中发出震耳欲聋的轰鸣，随着轰鸣戛然停止，绳子断了，桐树倒下，树干齐崭崭地折断，里面是一个空洞，长3尺6寸6分。炎帝以为这是天神的旨意，就将这节中空的桐木精心加工，制作了琴身，用5根精制的蚕丝作了琴弦，并按照

"宫、商、角、徵、羽"定下琴的5音。而邢天又根据5音"作扶犁之乐，制丰年之咏"。于是，在恬静的中原大地上，伴随着劳动号子和硬涩的歌喉，带着桐木的清香，诞生了原始的音乐。

“炎帝”名号探究

刘俊男

炎帝是众所周知的古帝名号，然而这个名号所指是神？是人？是一个人还是不同的人？这是炎黄子孙应该弄清的问题。本文拟将研究所得与读者交流。

一、炎帝最早是五天帝中的一帝

甲骨文是目前中国已知最早的成熟文字，其中已出现了五方帝卜辞，如：方帝（佚 236）（粹 431），贞方帝（库 574）（乙 5576），勿方帝（龟 1，11，1）（录 383）（甲 1157）……甲骨文中还有“帝五臣”，如：“王又岁于帝五臣，正，隹亡雨。辛亥卜，帝五臣囗”（《粹》13）：“癸酉，贞：帝五丰（臣），其三牢”（《后上》2615）。甲骨文还有著名的“求年于四方凤”的卜辞，四方凤，即四方帝，因为凤为“上帝使者”或“化身”。陈梦家说：“卜辞因祭四方之神而及于四方之凤（或作风，甲骨文此二字同），卜辞之凤为帝史，与此正相适应。”又云：“殷四方帝，四个方向之帝，配四个方向之凤，四方之帝名即四方之名。”（《殷墟卜辞综述》）。

胡厚宣在《殷商史》第 487 页说：“卜辞以方与社并祭，当即是五方之神。卜辞中有所谓五臣和帝五工臣，也许即是指这五方之神而言。”因此，自有明确的文字记载以来就有五方、五方天帝的观念。

这些方帝名称在《山海经》《尚书·尧典》等中国最早的文献里大体相同，与甲骨文一脉相承。胡厚宣在作了充分研究之后说：“《尧典》的宅某方曰某，是因袭甲骨文和《山海经》的某方曰某；厥民某，是因袭甲骨文和《山海经》的四方名；鸟兽某某，则由甲骨文的凤某讹变，并因袭其四方之风名，是甲骨文和《山海经》里的四方名和四方风名，也整套地保存在《尧典》里。”而在《山海经》里则出现：“南方祝融”（《海外南经》）、“西方蓐收”（《海外西经》）、“北方禺强”（《海外北经》）、“东方句芒”（《海外东经》）。除“禺强”一名外，这四方神名与秦汉以后的四方神名完全一致。

上古的所谓“五方”又指五个季节，“五方帝”当即东方（春季）太昊帝，南方（夏季）炎帝，西方（秋季）少昊帝，北方（冬季）颛顼帝。甲骨文中没有方位的帝，大概就是位于中央赫赫有名的黄帝（黄，古又通皇，也指中央之帝）。黄帝地位最高，“执绳而制四方”（《淮南子·天文训》）。五行中的五帝，亦即五方帝，是古人所指的阴阳二气消长的五种状态（五个季节）的主宰者，或者说是古代历法的术语。汉代班固《白虎通义》说：“太皞者，大起万物扰也。其神句芒，句芒者，物之始生，芒之为言萌也……炎帝者，太阳也，其神祝融，属续也……少皞者，少敛也，其神蓐收，蓐收者，缩也……颛顼者，寒缩也。其神玄冥，玄冥者入冥也”。由此可见，所谓五帝、五神全是古代历法学的学术术语，谈不上迷信。这五方其实是指五节，即春、夏、季夏、秋、冬，每节七十二天。在阴阳五行学术里，炎帝即太阳，颛顼即太阴，太昊即少阳，少昊即少阴，黄帝即中帝，“黄”有中和之色故为中帝居中央，不居部职。这是我国古代天文历法学术的一种重要理论。在《尚书·洪范》《礼记·月令》《管子·五行》《春秋繁露·循天之道》等古籍里讲得很清楚。然而疑古派认为这是汉人为“伪造”历史而编造的一套学术，影响至今。

因此，我们说炎帝最先是指五天帝中的一帝。

二、炎帝又是比附五天帝的五人帝中的一位人帝

甲骨文已经出现了以人王比附天帝的现象，这种现象表现在人王死后也称“帝”。殷人为了区别天帝与人帝，在天帝前加“上”字，即称上帝，在人帝前加个“王”字，即称王帝。如武丁时卜辞说：“上帝降”（南师 1.31；续存上 168）。祖庚、祖甲时（续存上 1594）及廪辛、康丁时卜辞（续 4.34.7；南诚 75；宁 1.515）则有“王帝”字样。

将人帝比附天帝的一套完整理论至晚可追溯至春秋时期的孔子。《艺文类聚》引《帝王世纪》曰：“孔子称天子之德，感天地，洞八方，是以化合神者称皇，德合天地者称帝，仁义合者称王”。孔子对五天帝与五人帝的问题有一个解释，《孔子家语·五帝》载：

“季康子问于孔子曰：旧闻五帝之名，而不知其实，请问何谓五帝？孔子曰：昔某也闻于老聃曰：天有五行，水、火、金、木、土，分时化育，以成万物，其神谓之五帝。古之王者，易代而改号，取法五行。五行更王，终始相生，亦象其义。故其生为明王者，而死配五行。是以太皞配木，炎帝配火，黄帝配土，少皞配金，颛顼配水。康子曰：太皞氏其始之木何如？孔子曰：五行用事，先起于木，木东方，万物之初皆出焉，是故王者则之。而首以木德王天下。其次则以所生之行，转相承也。康子曰：吾闻句芒为木正，祝融为火正，蓐收为金正，元冥为水正，后土为土正，此五行之主而不乱。称曰帝者何也？孔子曰：凡五正者五行之官名，五行佐成上帝而称五帝，太皞之属配焉，亦云帝，从其号。”

从“古之王者，易代而改号，取法五行”看，孔子认为的五人帝是前后相继的 5 位圣王（中间尚有不能比作五帝的平庸之王）；从“生为明王者，而死配五行，是以太皞配木，炎帝配火……”看，太皞、炎帝等五帝是五人帝；从“亦云帝，从其

号”看，先有太皞、炎帝等五天帝名，再有人帝“从其号”，即人间帝王从天帝之号，即人帝太皞（伏羲）、炎帝（神农）、黄帝（轩辕）、少皞（青阳）、颛顼（高阳）分别从天帝太皞、炎帝、黄帝、少皞、颛顼之号。王肃注曰：“黄帝之属故亦称帝，盖从天五帝之号”。说明先有炎帝等天帝号，再有人帝从其号。

五天帝的名号只用于5位特定的人帝。在《孔子家语》中，康子继续问：“陶唐、有虞、夏后、殷、周独不配五帝。意者德不及上古耶？将有限乎？孔子曰：古之平治水土及播殖百谷者众矣。唯句龙氏兼食于社而弃为稷神。易代奉之，无敢益者，明不可与等。”这说明孔子时，能比附“五天帝”名号的五人帝只能是伏羲、神农、轩辕、青阳、高阳等五人，别人不能使用这些天帝名号。以后的帝喾、帝尧、帝舜等不得使用太昊、炎帝、黄帝、少昊、颛顼五天帝之名号，只能在谥号前加个“帝”字，表明他们也可称为“帝”。在所有能称为“帝”的人王中，相互连接的5位圣君也可称为“五帝”，但这个合称的“五帝”，按董仲舒的解释是轮流坐庄的。董仲舒认为三皇五帝，原指“三正五行”，再指比附三正五行的8位人帝。古人将8位人帝比附三正五行也称“三王五帝”，当新一代名王死后，则往上推一位，最前的一位不再称帝，而改称“皇”，称为“九皇”，从下往上数第9位。九皇可以比附九人，如果再有名王去世，则九皇再往上改称为“民”，有“六十四民”。（详崔豹《古今注》卷中，问答释义第八、董仲舒《春秋繁露·三代改制质文》），因此，“三王五帝”（东汉以后混称为“三皇五帝”）是个变化的体系，是不固定的。所以司马迁说，要“通古今之变”。

《孔子家语》之言对五天帝与五人帝的关系可谓讲得很透彻，近来有人证明《孔子家语》非伪（详杨朝明：《读〈孔子家语〉札记》，《文史哲》，2006年第4期），其说当是有分量的。

三、炎帝又指南方君王

五天帝还配五方土。《孔子家语》中的“五方帝”“分时化育”，这个“五方”，最先是指一年的五个时段，每个时段72天，即春、夏、季夏、秋、冬五节。在古代中国，代表时间的“五方”又与代表地理方位的五方对应，代表时间的12地支，也可代表12个方位，就像钟表上的12格既指向12个方位，又表示12个小时。当北斗斗柄分别指向地上子丑寅卯等12个方位时，从时间上说就代表了一年的12个月，因此，地上的方位完全可与天时方位对应。古人没有精确的测量地理的工具，他们通过星宿来表达地理，现存的古星宿与地域的对应源于商末周初，而且这种对应直观地体现了经纬度对应的关系，是科学的，详拙文《上古星宿与地域对应之科学性考释》（《农业考古》2008年第1期）。

基于天时方位与地理方位对应的理论，因此，五方帝还分管五方土，即《淮南子·时则训》所谓“五位”：“……南方之极，自北户孙之外，贯颛顼之国，南至委火炎风之野，赤帝、祝融之所司者，万二千里……”此赤帝（炎帝又称赤帝，参见《逸周书·尝麦》等）明显为天帝，祝融等亦为天神，不得混于五人帝之史迹。《吕氏春秋》十二纪、《礼记·月令》等凡讲“天时”时出现的五帝皆指天帝。

古时“天人合一”思想盛行，古人还将五方地域的君主比附五天帝。如：银雀山汉墓竹简《孙子兵法》佚文《黄帝伐赤帝》残简记载：“孙子曰：[黄帝南伐赤帝]……东伐[青]帝，……北伐黑帝，……西伐白帝。……已胜四帝，大有天下。”这里的五方帝当指五方人帝。其中即有南方赤帝。

汉以后，活着的人也还要争当某方之帝。例如唐人黄巢在生时即有“他年我若为青帝，报与桃花一处开”的著名诗句，因为他是山东人便想当东方的青帝。

当今有些学者往往引天帝来证某人帝之生、葬地，需谨慎。司马迁以“究天人之际，通古今之变”为治史之座右铭，至今仍有现实意义。我们研究炎帝时，也要分清是什么地方的炎帝，什么时代的炎帝，应找到炎帝的真名真迹（如伊蓍，石年等等）。

人间的王被比作“炎帝”后，这个人帝炎帝就有了事迹，我们研究炎帝就是要研究人帝炎帝的事迹。因为有很多人被比做炎帝，因此，我们要分别研究。人帝炎帝被称为炎帝后，他们的子孙也袭用炎帝之号，因此炎帝还包括他们的子孙。

总之，上古五帝有天帝、人帝两套系统，其一是将前后不同时代的五圣君比附五天帝，其二是将地域上的五方君主比附五天帝，应区分清楚。由于天帝和人帝很庞杂，因此，当今中国到处都有“炎帝”传说也就不足怪了。

关于炎帝·神农氏称谓及其关系

张广核

远古时代，随着一位圣人的诞生，华夏大地的地平线上升起了初始文明的曙光，这位圣人就是炎帝神农氏，他被尊奉为华夏族的祖先之一，受到世代炎黄子孙的敬仰。炎帝文化是中华民族具有极其强大生命力和凝聚力的精神支柱，是文明进步力量的不竭源泉。因此，研究和总结中华民族优秀的传统文化，搞清楚炎帝、神农氏和炎帝神农氏三者之间的关系，探索和利用炎帝文化为经济建设服务，为建设株洲“两型社会”服务，为实施“文化提升”的战略服务，不仅具有深远的历史意义，而且具有重大的现实意义。

一、关于炎帝称谓

目前，国内史学界对炎帝称谓的含义，有多种观点：一是具体“历史人物”之说；二是“氏族”称谓之说；三是“时代”之说；四是“象征”之说等等。这些不同的说法，若从某一个角度来看，都有其合理性。但这种“非此即彼”的解释，我认为有点欠妥，不符合中国原始社会的实际情况。“炎帝”毕竟为传说时代的人物，其名其姓都是后世人们依据传说而来，不像有文字出现后的人物，有确定的文字记载。依据史料记载和原始部落社会的特征，我认为“炎帝”概念应该是“人物、氏族(部落)、时代”三位一体的综合概念。其理由有以下五点：一是“炎帝”具备了有姓有名有出生地的鲜活人物。《路史·后记》云：“炎帝长于姜水，成为姜姓”。二是炎帝有父母姓名和确定的文字记载。据《国语·晋语》云：“昔少典娶于有蛴氏……生炎帝。”由此可见，少典氏为炎帝的“父亲”，有虫乔 氏为炎帝的“母亲”。但也有少典为神农炎帝妃子之说(如湖南工业大学刘俊男教授据此并援引《汉书·古今人表》即持此说)。三是炎帝不仅有妻子，而且有世系，是一个真实而又具体的人。《山海经·海内经》云：“炎帝之妻，赤水之子听沃生炎居，炎居生节并，节并生戏器，戏器生祝融，祝融降处江水，生共工，共工生术器……”《帝王世纪》云：“炎帝……纳莽水氏女，曰听言友 ，生帝临魁，次帝承，次帝明，次帝直，次帝厘，次帝哀，次帝榆罔。凡八世，合五百三十年。”四是炎帝有逝世时间和具体的地点及陵墓。据《三皇本纪》记载：“炎帝……于一百二十年前，葬长沙。"《路史》云：炎帝"……崩葬于长沙茶尾之乡，是曰茶陵。"五是炎帝作为神农氏族第一代首领的称谓，具有承袭性，为神农氏部落代代首领所沿袭，是一个实实在在的历史人物交叠形成的伟大形象。因此，炎帝又是氏族部落的称谓。

二、关于神农氏称谓

据大多数史籍记载，神农氏应该是一个普遍概念。即"对社会形态的一个阶段的称呼，既不代表一个具体的氏族，更不是一个具体的人"。关于神农氏的含义问题，归纳起来有四：一是"时代"的称号。二是神农氏时代的主要特征是与"原始农耕文化"相关。三是从神农氏这个概念本身来看，也是一种泛指。即凡在原始农耕上做出贡献的，后人都加封为"神农"，不是专指某一人或氏族。四是从原始农业的产生和发展的历史过程来看，以纵的方面来说，从采集、渔猎、游牧到农耕定居，需要有一个相当长的历史时期，不是一代或是几代能完成的；从横的方面来说，也不是一个人或是一个几个氏族部落所能实现的，而需要众多氏族部落的共同努力才能完成。大量的历史资料证明：神农氏是代表伏羲之后，黄帝之前的一个原始农耕的历史时代。在社会进化的历史长河中，随着人群分化与融合，文化的交流与贯通，生产关系的不断演变，生产力水平的不断提升，社会上存在多个神农传说，完全是有可能的。这应该是能为多数人认同的深层次原因。神农时代在中国历史上的客观存在，可以从以下几个方面得到有力证明：一是有关神农氏生平的记载。《帝王世纪》云："炎帝神农氏，姜性也。母曰任姒，有蛴氏之女，名女登，为少典正妃。"《金楼子》载："炎帝神农氏，姜姓也。母曰女登，为少典正妃。游华阳，有神龙感女登，生炎帝。"《史记补三皇本纪》中也说："炎帝神农氏姜姓。母曰女登，有娲(蛴)氏之女，为少典妃。感神龙而生炎帝。"二是有关神农氏时代生活特征的记载。《礼记・礼运》记载："昔者，先王未有宫室。冬则居营窟，夏则居增巢，未有火化，食草木之食，鸟兽之肉，饮其血，茹其毛。未有丝麻。衣其羽衣。"《吴越春秋》载："古者人民朴质，饥食鸟兽，渴饮雾露，死则裹以白茅投于中野。孝子不忍见父母为禽兽所食，故作弹以守之。"《新语》云："民人食肉饮血，衣皮衣。至于神农以为行虫走兽难以养民，乃求可食之物，尝百草之实，察酸苦之味，教民食五谷。"《齐俗训》曰："神农之法曰，丈夫丁壮而不耕，天下有受其饥者；妇人当年而不织，天下有受其寒者。故身自耕，妻亲织，以为天下先其导。"三是有关神农氏时代生产力发展状况的记载。首先，有关神农氏发明原始农业的记载。《周易》云："包牺氏没，神农氏作。斫木为耜，揉木为耒，耒耨之利，以教天下。"《帝王本纪》载：神农"始教天下种谷，故人号曰神农氏。"《史记补三皇本纪》也说："斩木为耜，揉木为耒，耒耜之用，以教万人。始教耕，故号神农氏。"其次，是有关神农氏发明原始畜牧业的记载。据我国古代史书考证，有两处地方提到了这一点。一是在神农氏与狮子狗中提到了狗；二是在神农氏与神牛的故事中提到了牛。不过有了这两点也就足够证明神农氏时代已经有了畜牧业。因为在远古时代，狗和牛是首先被原始人类驯服过来的动物。再次，是有关神农氏与陶器的发明的记载。《文艺类聚》曰：“神农之时，天雨粟，神农耕而种之，作陶冶斤斧。”《资治通鉴外纪》云：“神农……作陶冶斤斧。”再次，是有关神农氏发明中医。《修务记》云：“古者民茹草饮水，采树木之实，食蠃虫龙 之肉，时多疾病毒伤之害”。

三、关于炎帝、神农氏、炎帝神农氏关系辨析

炎帝和神农氏都来源于史前的历史传说，如《国语》和《左传》上的记述，我们可视为原始资料，比较可靠。关于炎帝与神农氏之间的关系，学术界有两种不同观点：一种认为两者系两个不同的人物。如清朝史学家崔述著《上古考信录》，他以先秦史料为依据，认为神农与炎帝为两人，说：“庖牺氏之非太昊，神农氏之非炎帝，‘其为二人甚明’。”另一种观点则认为炎帝与神农氏是一个人。战国时期《易经·系词》关于神农时代在黄帝之前之说，对后世影响颇大。此外，其他史载也将炎帝传说在黄帝之前。故而从战国开始，便出现了有的学者把炎帝与神农氏合并成一个人了。战国以前，对炎帝的记载非常简单，而且几乎没有谈到具体的功德；而战国时诸子的著作里对神农的记载却皆以功德为主。由此可见，古人对史前的传说便把时代特征与氏族称谓、部落首领混合在一起了。那时，古人在文字的运用上力求简约，称“神农”就可以不必称“炎帝”了，有的甚至把炎帝神农的有关传说综合在一起，或以神农氏代之。既然在秦汉以后的史书中，炎帝与神农氏连为一体的说法颇多，就不能全盘否定两者之间的联系。其理由如下：第一，在传说史料中，炎帝与神农氏都排列于伏羲之后黄帝之前，具有时代的一致性；第二，神农时代原始先民的主要生产活动是农耕，而炎帝作为神农时代一个以农耕为主要生产活动的姜炎部族（亦称神农氏部落）的首领，他所代表的这一时期正是神农时代农耕生产最为发达、最为辉煌、也是最有代表性的时期。于是，人们提到炎帝就必然联系到神农氏，说到神农氏就自然地联系到炎帝。基于以上两个因素，人们便将二者乃至人物与时代合在一起了，概称谓“炎帝神农氏”或“神农氏炎帝”。此外，因炎帝奠定了中华民族以农业立国的基础，于是，后人便赐他一个“神农氏”的谥号。因此，要将炎帝、神农氏和炎帝神农氏三者之间的关系辨析结论完整准确地表述出来的话，应该分三层意思：一是炎帝是“人物、氏族（部落）、时代”三位一体的综合概念；二是神农氏的含义，是时代的称号，即“对社会形态的一个阶段”的称号。从历史次序论，神农氏是代表伏羲之后，黄帝之前人类进入原始农耕的历史时期；从部落说，则表示率先进入农耕的氏族部落；到了后世这种说法便演变成朝代称谓和历史人物。三是炎帝神农氏的含义是“炎帝是身号，神农氏是代号也”（战国《世本·帝系篇》），后人为简化称呼炎帝和神农氏，便将人物和时代的称谓合而为一，尊称第一代神农氏部落首领炎帝为“炎帝神农氏”，久而久之，习惯就成了自然之说。

炎陵县炎帝裔胄情况简述

张观怀

炎陵县是炎帝陵寝所在地，早在5000年前就已有先人居住，出土文物也说明新石器时期炎陵县域内的确有人类活动，这些先人才是炎陵县真正的本地人。但从目前县内各个姓氏调查情况来看，其居民基本上都是唐宋以后从外地迁徙到“茶乡之尾”定居的。后来在漫长的岁月中，由于战乱和灾荒又有大批先民陆续迁入域内，就这样县民就以移民族群为主流。而上古时期入境，散居在三河、船形、圹田、王家渡等地的先民，在漫长的岁月里已逐渐迁徙到外省外县去了。就这样来的来去的去，真正的本地人几乎没有了。但从这些移民的姓氏中，却又发现不少自称是炎帝神农氏族姓氏的，并在其族谱上郑重其事地详载说明。根据田野调查和有关资料，炎陵县大家比较认同属于炎帝氏族的姓氏主要有13个。

1. 姜姓。传说华夏始祖之一的炎帝神农氏，是其母梦见一条神龙入怀而生于烈山下的姜水旁，即以姜为姓，所以炎帝神农氏也就成为姜姓的鼻祖。后来从姜姓中又派衍出很多姓氏。历史上有名的姜姓人物有辅佐周文王伐纣灭商的姜尚（又称姜子牙，俗称姜太公），三国蜀之名将姜维，明代太常寺卿、诗人姜立纲。

2. 邱姓。姜尚因功受封于齐，立都营丘。太公三子穆公受封镇营丘，其子孙为纪念先祖丰功伟绩以封地为姓即丘氏。清雍正朝因避圣人孔丘名讳，右边加一耳旁遂成邱。顺治末年有一支邱姓从江西遂川迁三河龙伏，清末另一支邱姓则由广东梅县迁入三河河漠一带。历史名人有唐初名将官拜大将军的邱神绩，明代文渊阁太学士邱浚。

3. 崔姓。姜子牙因功封于齐国，嫡孙季子不愿继位，让位给弟弟，自己搬迁到崔邑（今山东省章丘县西北），人称崔季，其子孙以地为姓即崔姓。历史名人有唐代著名诗人崔颢、崔护，宋代画家崔白。

4. 许姓。炎帝15代伯夷的后人名文叔，在周时受封于许国，战国时被楚所灭，从此文叔的后代就以国为姓即许氏。清雍正年间有一支许姓从福建迁到十都青石岗障下，不久又迁沔渡仓背等地。上古时期以贤名扬于天下的隐士许由，备受历代文人推崇，其后人奉许由为许姓始祖。

5. 伍姓。炎帝神农氏之子名永，封于河垄，世为雍候，八世雍克始居安定，历夏商周。顷王时参公仕楚穆王因功封于伍，遂以伍为姓，伍参即为伍氏始祖。清雍正年间一支伍性由广东梅县迁入城东石玉。历史名人有春秋名将吴国相国伍子胥，明代兵部尚书伍文定。

6. 卢姓。姜太公第22世孙封食于卢，卢溪为首任卢子国君。后人以国为姓即卢姓。清康熙十七年，卢子辉因避旱灾率族人由广东始兴县迁入七都大圹。历史名人有唐代宰相卢杞，唐代著名诗人卢纶。

7. 吕姓。炎帝神农氏第15代孙伯夷，辅佐大禹治水有功受封于吕，后人以封地为姓，伯夷为吕姓始祖。民国33年吕姓族人吕小云由耒阳柑子园迁三河石潮。历史名人有秦始皇的相国吕不韦，宋代宰相吕夷简。

8. 方姓、雷姓。方雷氏曾是一个古老的复姓，是上古帝王榆罔的后人。当时蚩尤作乱，榆罔无力平定只好依附黄帝轩辕氏。榆罔的一个儿子名雷，受封于防山故名方雷氏。后裔以国为姓，即复姓方雷。后来又分为方、雷两姓。明末雷鸣孙从江西遂川迁入太院牛石坪，后裔散居三河、船形等地。方姓居住在石洲。历史名人有唐代著名大将雷万春，清代名医雷大升，宋代农民起义领袖方腊，元朝文学家方回。

9. 白姓。神农氏有个大臣叫白阜，是个专管治水的大臣，其后裔以名为姓即最早的白姓，域内白姓较少，大多是中华人民共和国成立后因工作调入。历史名人有秦朝大将白起，唐朝大诗人白居易。

10. 申姓、包姓。相传乃炎帝之后出自姜姓。黄帝封姜裔为申国侯，其后代子孙中一部分以国为姓即申姓。春秋时申包胥仕楚王，为大夫。申包胥之孙不以国为姓，而以祖之字为姓，即包姓。目前县域内的申、包两姓大多是中华人民共和国成立后因工作由外地调入。历史名人有战国时韩国相国申不害，明代医学家申相，宋代著名清官、龙图阁太学士包拯，明代书法家、画家包容。

11. 章姓。章氏为炎帝神农氏之后，姜尚有一支裔孙分封于鄣(今山东省章丘市)，春秋时亡于齐，子孙以原封地鄣去掉耳旁为姓即章姓。我县章姓多为中华人民共和国成立后因工作调进的。历史名人有秦末项羽大将章邯，清朝文渊阁太学士、太子太保章熙。

除以上外，还有一些姓氏与炎帝氏族似乎有关，但多存异议。初步统计大约有21姓，这些姓氏大体情况如下：

(1)从迁入时间上看。迁入时间最早的是雷姓，早在明朝末年(约1638—1643)迁入域内。其次是邱姓，他们在清朝顺治年间(约1656—1660)迁入。其他如许、伍、卢、蓝、赖、谢等姓氏则于清朝康熙、雍正、乾隆、道光时期迁入。只有吕姓和部分伍姓系民国时期迁入。而申、章、丁等姓氏多为中华人民共和国成立后因调动工作迁入。至于姜、崔、方、白、包、文、贺等姓氏迁入县内时间尚不清楚。(2)从居住地域上看。除雷、谢、邱三个姓氏中的一部分人居住在县西丘陵地区外，绝大多数都是散居在县东南的山区之中。(3)从方言看。除谢、雷、伍等姓氏中的一部分人持赣方言(本地话)和因工作调入我县的操外地口音外(湘方言居多)，其余的姓氏和雷、谢、伍三姓的大多数居民均持客家方言。(4)从人口数量上看。数量较多的是邱姓，全县有2600人左右；蓝姓1700人左右，谢姓1400人左右，雷姓在700人左右；再是崔、许、伍、卢、方五姓，各在300到500人左右；其余姓氏各在100人左右。

从以上情况我们可以看到：上述姓氏在炎陵县具有迁入时间短，人口较少，大多居住在山区，持客家方言等特征。

炎帝陵祭祀文化意义述考

朱建军

2006年3月，炎帝陵祭典公布为全国首批“非物质文化遗产”。这标志着古往今来源远流长的炎帝陵祭祀，作为中华民族传统文化中的一种特殊文化现象，越来越受到党和政府及社会各界的认同与重视。

千百年来，作为海内外华夏儿女慎终追远、寻根溯源的文化形式和载体，炎帝陵祭祀，随着中华民族新的复兴融合和祖国和平统一的呼声日益高涨，正以其穿越时空的文化张力成为全体炎黄子孙庄严而神圣的精神寄托和感情纽带，安奉在湖南株洲炎陵县的炎帝神农氏古陵自然也就成了全球华人崇敬向往的人文圣地与精神家园。作为华夏始祖炎帝的“守陵人”，以特殊的时空视角和切身体验，对炎帝陵祭祀的文化意义进行深入、系统地挖掘、整合和提炼，不仅是一种责无旁贷的使命和义务，更是传承祖国优秀文化传统，促进中国特色社会主义文化大发展、大繁荣的现实需要。

一、炎帝陵祭祀的历史源流

(一)炎帝和炎帝陵祭祀的历史沿袭

综观史料典籍记载及现代考古研究，炎帝祭祀的沿袭和发展的大致脉络基本上可以界定为：源于黄帝，沿于秦，始兴于汉唐，盛于宋，频频行于明清。值得注意的是，经过数千年来的历史传承，直至今天，这种古老而传统的文化形式，无论是规模、周期，还是形式、载体都越来越焕发出与时俱进的时代生机。

据史籍记载，炎帝因误食断肠草而“崩葬于长沙茶乡之尾，是日茶陵，所谓天子墓者(今湖南省炎陵县城西的鹿原陂之古墓)”。自那时起.人们就开始运用各种祭祀方式祭奠炎帝。其中最早记载炎帝祭祀的是司马迁的《史记》：秦灵公三年(公元前423年)在吴阳“作下畤，祭炎帝”，迄今已近2500年历史。最早祭祀炎帝的是黄帝，《路史·后记》曰：黄帝“崇炎帝之祀于陈”；《轩辕黄帝传》亦载：黄帝“作下畤，以祭炎帝”。

据史料记载，汉高祖五年，置“茶陵”建制，因此，对于炎帝陵祭祀，史学界推论，一般当始于汉代，甚至更早一些。据《唐会要》记载：至唐代，在国都设立了三皇庙。开创了帝王庙祭之先例。“天宝六岁(公元747年)正月十一日敕，三皇五帝。创物垂范，永言殷祀，宜有钦崇。三皇：伏羲，以勾芒配；神农，以祝融配；黄帝，以风后、力牧配……其择日及置庙地，量事营立。”以此算来，迄今已旷1200余载。

真正在湖南炎陵县所奉炎帝陵设殿祭典，并纳入皇朝定制的当为宋代。宋太祖赵匡胤通过兵变“黄袍加身”，为了给新王朝寻求“顺承天意”的合理依据，他遣使遍访天下帝王古陵，但就是没有找到炎帝陵墓。后来“太祖抚运，梦感见帝，于是驰节夐求。得诸南方”(《路史·后记》)，也就是我们今天所祀的炎陵县鹿原陂之“炎帝神农氏之墓”。乾德五年(967年)。宋太祖下诏建炎帝陵，禁止樵采。置守陵五户管理陵殿，并遣员外郎丁顾言诣潭州(古长沙郡)告祭。此后。炎帝陵寝之祀“三岁一举，率以为常”，形成定例。屈指算来，炎陵县鹿原陂的炎帝陵祭祀已有1041年的漫长历史，这也是迄今为止，关于炎帝陵祭祀最早、最直接、最翔实的史料记载。

自宋太祖创设炎帝陵朝廷御祭以来，炎帝陵便香火不断，炎帝陵祭祀也一直沿袭至今，经久不辍，尤以明清两朝创朝廷御祭之极盛。据学界统计，现有祭文可稽考的“御祭”，明代13次，清代达38次之多。且规格之高、场面之壮观、典礼之隆重为历史罕见。

及至近代以来，由于列强侵略，国力衰败，民生凋零，炎帝陵祭祀时有间断。目前，较为系统有案可考的大型祭祀当属1940年10月10日湖南省政府举行的大型公祭仪典，然民间祭祀炎帝陵活动却从未间断停止过。据史书、方志记载，每逢传说中的炎帝生辰(农历四月二十六日)、忌日(农历七月七日)和春节、清明、重阳、冬至等重大的传统节日，炎帝陵前都是香客如云，冥钱如山。

新中国成立后，特别改革开放以来，随着祖国的日益强盛，炎帝陵祭祀再度成为海内外炎黄子孙共同向往的盛典。据不完全统计，仅1986年陵殿修复以来，各级政府、企事业单位、民间社团、港、澳、台同胞、世界华人华侨等举办的大型公祭就达80多次，民间祭祀、游客祭祖谒陵更是时时不断，日日如常。

(二)炎帝陵祭祀方式的变迁

历史上的炎帝祭祀有峙祭、腊祭、郊祭、庙祭、陵祭、耕藉田祭、先医祭等等，方式多样、礼制不一。

自宋太祖创设炎帝陵祭祀以来，炎帝祭奠逐步进入“御制”规范体例。综观学界研究观点，陵祭方式大致可分为官方祭祀(又可叫御祭、大祭、公祭等等)、民间祭祀和神灵祈祀三大门类。

1. 官方祭祀。官方祭祀一直是炎帝陵祭祀的主要方式。在过去封建帝制时代，官祭是指朝廷御祭。凡遇国家大事都要举行祭祀典礼，如即位、立储、寿辰、晋徽、禳灾及军功等，由皇帝钦遣官员诣陵告祭。其形式和程序基本上以公元

967年宋太祖"建庙陵前，肖像而祀，随之遣官诣陵致祭"为范例，"三岁一举，率以为常"而世代沿袭。官方祭祀发展演变至今，主要有公祭和告祭两种，其中公祭一般由政府组织主办，政府的行政首长担任主祭人，各有关方面的主要代表陪祭，公众参与；告祭典礼一般由致祭单位、团体的领导人担任主祭，致祭单位、团体各有关方面的代表陪祭和参祭。现代公祭和告祭的仪程一般都比较规范和固定，通常由敬高香、敬花篮、敬供品、读祭文、开午门等仪程组成。

2. 民间祭祀。炎帝陵民间祭祀一般以告祭为主。祭祀时间多选在每月的月头（初一）、月半（十五）以及各种传统节令。也有的是本地、本单位、本家族逢重大庆典或特殊事件，择日结团诣陵告祭。民间祭祀的仪程和内容一般有墓前牲祭、上香敬供、跪拜祈福、许愿求应、还愿叩酬等等。民间祭祀中，伴随着悠久神奇的炎帝传说，千百年来，经久不衰，绵延不断，往往带有一种庄重的肃穆感和浓厚的神秘色彩，成为芸芸百姓挥抹不去的崇祀情结。

3. 神灵祈祀。祭祀源于上古时代的巫术。千百年来的文化传承与积淀，使人们对于神灵的祈祀，成为一种心理需要和追求。炎帝陵祭祀，在一定层面上，人们是把炎帝神农氏当作神灵来供奉和崇祀的，尤其是一些宗教信徒信众以及港、澳、台地区同胞、东南亚华人华侨等，他们对于炎帝"神"的崇祀情结往往超乎我们的想象，这样一种文化现象在文化形态和思想价值观念日趋多元化的现代社会，应该值得我们去关注和考究。

（三）炎帝陵祭祀的形式演绎

随着对炎帝陵祭祀文化价值认识的不断深化和祭祀内容的不断拓展，炎帝陵祭祀的形式自然也就不断丰富和翻新，富于鲜明的时代色彩。

迄今为止，炎帝陵祭祀仪式已由古代传统的进供、上香、焚冥钱等基本祭祀形式发展演绎成今天的集文祭、乐祭、龙祭、鼓祭、舞祭、药祭、神祭等传统和现代祭祀于一体的门类众多的祭祀形式，这些丰富多彩的祭祀形式尤以进入新世纪以来，湖南省各界和世界华人华侨公祭炎帝陵大典融汇演绎至极盛。在众多的祭祀形式中，文祭往往又是最重要、最常见的祭祀形式。文祭有祭文、颂文、碑文等。在民间祭祀中，大多数致祭者虽然没有文字帛书，但在祭奠过程中往往有口头告文或心理告语告祭和默诵。文祭一般多以对炎帝始祖的告禀、追念、颂扬、祈愿以及致祭者的心志表白等为主要内容。传统的祭告文字通常书写在黄色帛布上，由主祭人在陵前恭读，然后置于香炉焚化。相传致祭人的虔虔崇祀心愿会随着帛书焚烧升腾的青烟告慰炎帝始祖的在天之灵。

二、炎帝陵祭祀的时代价值探析

炎帝陵祭祀历经数千载，不仅未被历史的烟云所湮没，而且随着时代的发展，社会的文明进步，越来越彰显出旺盛的生命力，其间所蕴含的那种与时俱进的时代价值越来越被现代人，甚至不仅仅是华夏民族、炎黄子孙所认同和重视。

首先，炎帝陵祭祀体现了中华民族的一种血缘聚合和血脉认同。

从人类繁衍、进化、发展的角度来看，一个民族就是一个不断繁衍壮大的巨大血亲集团或血缘联盟。植根于人们心灵和骨髓中的血亲情结，往往会随着民族的不断壮大而得以强化。中华民族是目前世界上幅员最多、分布最广的血缘集团。“同一个祖先血浓于水，共一个中华情重于山”，通过一次又一次的炎帝陵前的祭典，能实现一次又一次的民族沟通与聚合。分布在全球各地的华夏儿女都在共同的老祖宗陵前寻找到了自己的根本和渊源，这在推进中华民族新的伟大复兴的历史进程中，必将产生和形成巨大的民族凝聚力与粘合力。2006 年的“丙戌重阳世界华人华侨公祭炎帝陵大典”，在炎陵鹿原陂这么一个边远偏僻的小山坡上，一天之内居然云集了来自全世界 60 多个国家和地区的华人领袖和华人华侨代表，这不能不说是中华民族发展史上一次团结融合的空前壮举和奇观！

其次，炎帝陵祭祀反映了中华民族共同的图腾崇拜和英雄敬仰

“一个没有根的民族是长不大的民族”，同样，“一个没有英雄的民族将是没落的民族”。炎帝神农“奠农工基础，开医药先河”，“首创八功”，是中华农耕文明的开创者和缔造者。千百年来，经过历朝历代的发掘、整合、提炼乃至重铸，炎帝是“圣帝”“明君”“农神”“药圣”……这一组组活生生的巨人形象演化成为世世代代炎黄子孙共同景仰的精神偶像和英雄化身，于是，一次次炎帝陵前的追念和凭吊，必将让中华民族心中的英雄崇拜情结不断得到强化和提升，由此，生化出共同推进民族复兴强盛的巨大精神动力。

第三，炎帝陵祭祀折射出人类的文化寻根意识与文化自觉精神

在炎帝文化研究中，有的学者认为，从人类学的角度看，炎帝神农氏是华夏民族的人文初祖，而从文化学的角度来看，炎帝神农又可看作是一种历史文化符号。炎帝陵作为人类“初始文明的时代地标、创新图强的精神丰碑、民族融合的情感纽带”，在长期的祭祀过程中，除了寻根谒祖的血脉认同之外，在更高更广的层面上反映人们的文化认同与文化寻根精神，这也就大大拓展和丰富了炎帝陵祭祀的历史意义和时代内涵。炎帝陵祭祀之所以千百年来延续不断，而且不断地丰富、发展和创新，也许其文化因素是重要的原因之一。

第四，炎帝陵祭祀能不断满足了人们的心理渴求给个体以精神抚慰

在现实生活中，面临种种生活压力，人们的精神世界里难免发生空虚、浮躁、焦虑抑或无奈和恐慌，常常渴求一种心理的解脱和精神的抚慰。祭祀，通过一种与先祖抑或神明的虚拟沟通和祈祀，在一定层面上满足了人们的这么一种精神需求，从而实现人的身心融合，这对于促进人类社会的和谐有着重要的现实积极意义。

此外，值得注意的是，在经济全球化的今天，炎帝陵祭祀除了文化层面的积

极意义外，它对于加强区域之间的沟通、交流与合作，推动和促进区域经济社会发展同样是具有不可忽略的现实意义。

三、炎帝陵祭祀中几个值得注意的问题

炎帝陵祭祀延续发展至今天，其内容和形式都日趋成熟和规范，其文化影响力也越来越受到党和政府及社会各界的关注和重视，但也不可否认，作为一种独特的民族传统文化形式，如何健康、有序地发展仍然有很多工作值得我们去做。

一是要注意整合文化资源，维护祭祀的严肃性，避免庸俗化。炎帝和炎帝陵祭祀应该是一件十分庄严而神圣的事，它关乎全体炎黄子孙的民族感情问题。但由于近年来区域经济利益及功利观念的影响，全国范围内的“始祖祭祀”都不同程度地出现了过频、过乱、过滥的“三过”现象，甚至发生到处“争祖宗”的现象。目前，这种倾向还有持续蔓延、泛滥的趋势，应该引起政府及各方面的注意和重视。

二是要进一步规范公祭的祭祀规格、祭祀形式和祭祀程序，逐步形成和维护公祭，尤其是政府主持的公祭典礼的权威性，发挥其积极、健康的引导和影响作用。譬如，近年来，政界和学界都相继提出了炎帝和黄帝同为中华民族始祖，其祭祀规格理应“同等礼遇”的问题；地方各级政府的公祭应有机整合的问题；非政府组织祭祀逐步实现市场化运作的问题等等，这些都应该逐步予以引导和解决，使公祭活动逐步进入健康、有序、规范的轨道。

三是应该进一步丰富、拓展和创新炎帝陵祭祀的形式和载体，逐步树立和形成炎帝陵祭祀的时代特色、地域特色和文化特色。当前尤其值得做的是充分利用炎帝陵的平台和媒介，加强与港、澳、台同胞和海外华人华侨的联络和聚合。同时，积极拓展宗教祭祖、网络祭祖等富于世界性、时代性的祭祀方式，扩大炎帝陵祭祀的文化辐射力与影响力，以此升华和强化炎帝陵祭祀在凝聚民族情感、促进祖国统一、构建和谐社会、推进中华复兴伟大事业中的文化功能与时代作用。

四是应进一步加强对炎帝陵祭祀的学术研究和理论探讨，更多地注重从文化的层面上把炎帝陵祭祀做精、做大、做强。文化性是炎帝陵祭祀的本质属性，缺乏与时俱进的文化内涵和理论支撑，单纯的祭祀形式和活动就会成无源之水、无本之木，因此，不断地挖掘、整合、丰富和创新炎帝陵祭祀的文化意蕴，应该成为传承和发展炎帝陵祭祀文化的一项重要工作。

南岳庙祭祀主神为炎帝神农氏考

谭伟平

湖南出版社1996年版《南岳志》记载，南岳庙是南岳之神享祀的主庙，坐落在南岳古镇北端，朱明峰麓，始建于隋代，原名司天王庙。南岳庙主祀的神曰："南岳圣帝"。"圣帝"是谁，典籍记载不一，民间传说纷纭。根据现存的各种资料分析，南岳圣帝极有可能就是炎帝神农氏，人们对南岳圣帝的敬仰崇拜寄托的就是对始祖炎帝的缅怀，这可以说是炎帝神农氏在南方的活动以及他开创的农耕文明对后世的重要影响，也进一步印证了炎帝文化对于开启中华文明（包括宗教文化）的重要功绩和重大影响。

一，炎帝神农氏在南岳衡山及其周边地区的农耕活动，是人们在南岳设庙祭奠的基础和前提。

炎帝神农氏的主要功绩体现"制作耒耜、教民耕种"等方面，根据史料典籍记载炎帝神农氏这些首创性活动的发生都与南岳衡山及其周边地区有一定的联系。人们为崇敬缅怀炎帝神农氏这些惠及万民的恩德之举而在南岳设庙祭祀，也就是理所当然之举了。

炎帝神农氏在南方特别是在南岳衡山及其周边"制作耒耜，教民耕种"，开创稻作农业文明的记载主要有：《易·系辞下》："包牺氏没，神农氏作，斫木为耜，揉木为耒，耒耨之利，以教天下。"《路史》载：帝"都于陈，宇于沙，即长沙也，帝始教稼穑，命子柱教耕于淇田之阳"；《管子·轻重戊》："神农作，树五谷淇山之阳，九州之民乃知谷食，而天下化之。"清代学者王万澍的《衡湘稽古》记载："桂阳北有淇江，其阳有嘉禾县。嘉禾故粮仓也。炎帝之世，天降嘉谷，神农拾之，以教耕作。于其地为禾仓。后以置县。循其实曰'嘉禾'"。"淇田，即骑田岭也，秦戍五岭此其第二岭，衡山之脉来自淇田。"《嘉禾县学记》曰："炎帝之世，天降嘉禾，神农拾之，教民耕作于淇田之阳"；"长沙地脉发于淇田之阳。桂阳北有淇江，其阳有嘉禾县。"这些史料的记载集中说明，炎帝神农之时以长沙为都，耒阳就是炎帝神农教民耒耜之地，嘉禾县就是神农教民耕作之地。

二，史料中有关炎帝神农氏为南方之帝、南岳衡山君的记载是后人设庙祭炎帝神农氏的直接依据。

中国人素有“慎终追远”“法祖敬宗”的传统，祖先崇拜是中国传统文化中的根本价值取向之一。而对炎帝神农的祭祀更是由来已久，自黄帝时起历朝历代对炎帝神农的祭祀就连绵不绝，祭祀形式也多种多样，其中设庙祭奠是非常隆重的一种形式，主要是为三皇五帝而设。《唐会要》载：“天宝六岁(747 年)正月十一日，敕三皇五帝，创物垂范，永言殷祀，宜有钦崇。三皇：伏羲，以勾芒配；神农，以祝融配；黄帝，以风后、力牧配……其择日及置庙地，量事营立。”在南岳衡山为炎帝神农设庙进行祭祀，首先是因为炎帝神农为三皇之一，其次因为炎帝神农为南方之帝，火德王、太阳神：《淮南子・天文训》说“南方火也。其帝炎帝。”《尔雅・释山》“霍山为南岳”；《白虎通》：“南方为霍，霍之为言护也，言太阳用事，护养万物也。”第三，也因为炎帝是衡山之君，清代学者王万澍的《衡湘稽古》记载：“炎帝为衡山君。”“衡山为炎帝游息之所，帝自曰‘朱’，有朱陵洞，死葬长沙。”《洞渊集》载：“衡山洞名朱陵太虚之天，即神农为赤帝治南岳者，昔上帝降玉册宝印赐注生真君。”第四，要为炎帝神农设庙祭祀，在南方，五岳之中只有南岳衡山。

三，南岳“僧道同居”的格局，充分说明了南岳之神高于儒佛道三教之宗，是广大民众共同敬仰的先祖、是炎帝神农。

南岳“僧道同居”，儒、佛、道三位为一体，不同的教派能够和谐共处、共同祭拜同一个主神，这是在其他任何地方不可能存在的。在南岳，不管是信佛、信道还是信儒，都无一例外敬仰崇拜祭祀南岳圣帝；同时，没有任何宗教信仰的民众也往往不远千里前来朝觐南岳圣帝，这也从一个方面说明，对南岳圣地的朝觐敬拜是高出其他宗教信仰范畴的，是对人类共同先祖的缅怀敬仰。而在南方能成为人类始祖得到人们普遍尊敬的只有炎帝神农氏。

四，历代帝王对南岳圣帝祀典的重视和隆重，说明南岳圣帝身份的特殊。

自隋代南岳建庙专祀岳神起，历代帝王就有专门的对南岳圣帝的祭祀，祭祀规格都按三公之礼，祭奠形式有定期祭祀和特殊临祭。其中特殊临祭主要在以下几种情况下进行：一是新皇帝登位、嗣承大统时，求佑帮家，永固皇基；二是皇帝或皇属诞生时，求神保佑，万寿无疆；三是皇帝皇属病重时，向神祈寿，早日康复；四是年少丰稔，答谢神恩；五是遇到水旱虫灾，求神消弭；六是兴兵作战，求神助威；七是胜利班兵，向神告捷；八是修葺庙宇，以安神享。从历代帝王特殊临祭的情形看，都是向三皇五帝之庙进行祭告的，由此我们也可推定南岳圣帝就是炎帝神农。

五，炎帝为帝、祝融为神，因此后人在南岳衡山设庙以祀炎帝神农，又将衡山最高峰名之为祝融峰以纪念祝融。

在南岳除了有南岳圣帝庙外，还有祝融峰、祝融祠。炎帝与祝融之间究竟是怎样的关系？据史料记载炎帝是南方之帝、以火德王，祝融为神，为火神。《淮南子·天文训》："南方火也。其帝炎帝。其佐朱明，执衡而治夏，其神为荧惑，其兽朱鸟，其音徵，其日丙丁。"（东汉高诱注：炎帝少典之子，以火德王，天下号曰神农，死托祀于南方之帝。）《礼记·月令》载："孟夏之月，日在毕，昏翼中，旦婺女中。其日丙丁，其帝炎帝，其神祝融。"《白虎通·五行》也说："时为夏，夏之言大也。位在南方，其色赤，其音徵。徵，止也。阳度极也。其帝炎帝者，太阳也；其神祝融，祝融者，属续，其精为鸟，离为鸾。"这些古籍告诉人们：炎帝是太阳神的化身，主要掌管南方广袤之地，辅佐他的神使是祝融，祝融的精魂是鸟，太阳（离）则是鸟中之尊的鸾凤。

因为炎帝与祝融之间存在的这种关系，所以在南岳衡山以南岳庙祭祀为主，规格最高、规模最大，但同时对祝融也有一定的祭祀，正如炎帝陵祭奠"以祝融配食"一样。据光绪《湖南通志》卷75，典礼志·祠庙（清光绪十一年重刊本）记载：湖南"衡州府酃县（原茶陵县）炎帝庙在县西炎帝陵旁，庙在陵侧，宋乾德五年建，六年以祝融配食……"因此在南岳，既有南岳大庙对炎帝神农的祭祀，同时又将南岳最高峰名之为祝融峰并设有祝融祠。

目前，对于南岳圣帝就是炎帝神农氏的观点，也出现在一些专家学者中的论断中：株洲市志办参与《中国炎帝陵志》编纂的张广核、段俭哲、胡泉波等就提出祝融、南岳圣帝、炎帝是"三位一体"说。该观点尽管提出的是"三位一体"之说，但至少肯定了南岳圣帝与炎帝神农之间是一体的关系。此外株洲市委党校、行政学院副教授曾昭山更明确指出"南岳之神以祀炎帝神农氏为主，祝融为辅。"（《神农、炎帝与湖南史前稻作农业的起源》，载《新时期炎黄文化研究的回顾与思考学术研讨会论文汇编》，组委会学术组编，2010年4月北京）。

正是出于对炎帝神农氏开创农耕文明的崇拜，才使得南岳衡山具有如此强大的感召力，这也是其后来成为宗教圣地的一个重要原因。今天，我们祭拜炎帝始祖，传承炎帝文化，也必将对凝聚民族情感，增强民族团结，促进祖国统一，建设和谐社会产生历久弥新、不可或缺的重要作用和影响。

茶陵是神农文化发祥地之一

王薛刚

“茶陵是神农文化发祥地之一”，是1994年茶陵县旅游开发领导小组办公室在编印《神农与茶陵》一书时，由时任株洲市市长的王汀明同志为该书作《序》时提出来的。该书主要以“炎帝遗踪”组成，除引证史典记述“炎帝神农在茶陵”外，有24个“传说探源”和4个“民俗拾零”。王市长这一命题是科学的，这些传说有一定的考古依据。

以前人们一直认为，华夏文明是从黄河流域兴起再传播到周边地区的。现在发现在大体相同的时间内有很多文明中心，如长江上游的宝墩文化、长江中游的石家河文化、长江下游的良渚文化等。从整体上来看，中华文明的起源和发展不是单元的、直线的，而是多元多线条的。在距今5000—4000年的炎黄尧舜禹时代，各地文化之间相互冲突、融合，中原地区发展起来，特别是夏朝建立后，慢慢形成了以夏商周文化为核心的文化系统，中华文明走向一体。因此中华文明是按照多元一体的轨迹发展起来的。

茶陵考古发掘较迟，发掘的研究也未得到应有的重视，1993年的县志也仅做出原始记载，学校历史教学又只教教科书，大家对神农及其后裔在茶陵传播农耕文化的传说一无所知。对茶陵传统文化的研究是阳卫国同志任县委书记期间，成立了“株洲市茶陵历史与文化研究会”后才有所进展，如今已出版“茶陵历史与文化丛书”十余种。

茶陵远古或先秦文化遗址的考古发掘开始于20世纪80年代初的文物普查，这一期间，先后发掘考证的有大溪文化、龙山文化和商周文化，这些文化自成系统，归属于长江流域原始文化系列。

据中国历史博物馆研究：“长江流域各地原始文化也有一定的差异，下游有河姆渡文化、青莲岗文化和良渚文化，中游主要是屈家岭文化，上游主要是大溪文化，这些文化之间都有较密切的联系”。所谓“大溪文化”是因1958年在四川巫山县大溪镇首先发现而得名，分布在长江三峡一带，反映的是新石器时代我国母系氏族公社的繁荣阶段。“我国新石器时代遗址星罗棋布，随处皆是，正是当时社会发展的反映”。茶陵大溪文化的发现还否定了考古学界某时段“大溪文化不过江(长江)”的论断。

茶陵独岭坳大溪文化遗址位于枣市乡与界首镇交界的独岭坳。经1986—1996年的发掘、考证，为距今7000—6500年的文化遗址。有房屋5座、墓葬34个、灰坑15个，祭祀坑3个，以及大量的陶、石、骨、木器和动植物遗存，是一处保存较好的史前聚落。特别是人工栽培水稻(已炭化的谷)的发现，有力地证明原始社会母系氏族公社阶段，远古人类在此已过着定居的农耕生活，野生稻已被驯化为人工栽培的水稻。后来这里古文明的发展进入龙山文化时代的耜耕农业，才是神农氏及其后裔在茶陵播种农耕文化的传说时代。龙山文化时代与炎黄时代距今4000年左右，考证的时间与传说时间相吻合。

龙山文化遗址在茶陵已发现3处：分别在腰陂东南村窑背组、洣江乡的五垄坪龙骨山和诸目村春华岭。龙山文化为新石器晚期人类遗址，有石斧、石簇及红、褐陶、夹泥陶等。所谓“龙山文化”是因1928年在山东历城(今章丘)龙山镇子崖首先发现而得名，分布在山东、河南、河北、陕西等省。“新石器时代有仰韶文化和龙山文化……耜耕技术推广、猪羊大量饲养……后来，中原的仰韶文化发展为河南龙山文化……河南龙山文化和继之而起的河南偃师二里头类型的年代，相当于历史上的夏代。这些遗址无论在地层、分布，还是文化特征方面，都与商周文化有直接继承关系”。龙山文化表明我国原始社会的氏族公社已进入父系氏族公社阶段。父系氏族公社晚期，私有制已产生，社会出现贫富分化，阶级已经出现，原始社会趋向瓦解。各级学校的历史教科书关于炎黄尧舜禹的传说都安排与父系氏族公社晚期文化同时叙述，以印证传说。

《神农与茶陵》一书，收集整理的24个民间传说除4个关于神农教民医药外，其他都与耜耕农业联系在一起，4个“民俗拾零”全都关系耜耕农业。所谓“传说探源”的“探源”与史典记载一脉相承。“古之人，皆食禽兽肉，至于神农，人民众多，禽兽不足，于是神农因天之时，地之利，制耒耜，教民农作，……”(《白虎通・号》)“神农氏作，斫木为耜，揉木为耒，耒耜之利，以教天下”(《易系辞》)。耒耜是有木柄的翻土工具，最初的耒耜是木质，中华人民共和国成立前西藏门巴族和珞巴族还使用这种农具。后来装上有石或骨质的耜冠，变成复合工具就进步了。耒耜的使用方法分两个动作；先是以手扶耜柄，足踏柄下侧的横木、推耜入土。《诗经・豳风・七月》：“三之日于耜，四之日举”。《毛传》：“于耜，修耒耜也”，“民不举足而耕地”。“举足”就是指用脚踏耜柄上横木刺入土的动作。然后向后扳压耜柄，利用杠杆原理，把土翻过来。传说故事中的制陶，正如《太平御览》引《用书》：“神农耕而作陶”。陶的发明和制作，是耜耕农业发展后，粮食作物成为主食，需要有炊具与食具，茶陵龙山文化遗址出土的陶正是这一农业进步的反映。人们考证茶陵县名，多引用唐代陆羽的《茶经》，其实，更早的《茶陵图经》始编于南北朝，“图经”即地图加上文字说明的一种方志体裁。隋唐统一，朝廷令地方修志上报。唐建中元年(780)，令各州郡三年编造一次，后改为五年一次。陆羽是从茶陵人编造的《茶陵图经》中知道神农崩于长沙茶乡之尾，是曰茶陵。神农“还亲尝百草，发明医药，最后因中毒烂肠而死”。宋《路史·后记》：“炎帝崩于长沙茶乡之尾，是曰茶陵”。炎帝于茶陵，“是宋太祖首先访到的古陵之一”,后才设户守陵。故现存的《茶陵州志》记：“按史炎帝崩于长沙之茶乡。宋析茶陵地置酃县令，炎陵属酃”，所以茶陵仍是炎帝故里。

神农在茶陵的传说，还包括他的后裔在茶陵的传说。龙山文化晚期中华文明已走向一体，即进入夏商周时代。夏仅为传说中的一个朝代，其统治中心在河南西部和山西一带，至商代才东到大海、西达陕西西部、东北到辽宁，南至长江流域。大学士张治修《茶陵州志》：“周，成王封熊绎于荆蛮，居丹阳。长沙曰熊湘属地。春秋，楚地；战国，楚地”，这个时候已是周朝的天下。神农后裔多在商周时代了，在茶陵创造了商周文化。商周文化遗址在茶陵已发掘和考证的达15处之多。其中马江乡5处、腰陂镇2处、界首镇3处、湖口镇2处、枣市、尧水乡和虎踞镇各1处。面积最大的为界首镇火星村八组坟边岭遗址，约一万平方米，文化堆积层0.2－0.4米。

综上所述，远古茶陵文化从大溪文化到龙山文化，再到商周文化的发展轨迹，充分说明茶陵是中华文明源头中“多元”中的一“元”。从茶陵周边已知的考古遗址来看，株洲县磨山、醴陵市八步桥乡下黄土坝、石峰区的仙瘐岭镇烟墩冲，也有大溪文化，炎帝县城东乡草坪村已发现龙山文化遗址，而磨山遗址的晚期文化经考证已发展到龙山文化时代。至于这些文化与茶陵文化的关系，笔者不敢妄言，但我们可以想象到，在中华文明形成期间，可能以茶陵为中心存在着一个哺育区。有些学者根据考古新发现认为中国稻作农业文化是由多个哺育区向周边扩散的，中学教科书以河姆渡为典型代表。茶陵湖里湿地至今生存着一种“野禾”，在世界上仅两个品种，其中一个在非洲。这些想象有待于考古的进一步发掘和专家的论证。古之茶陵“是略弹丸南服”的确是个神秘的地方。

茶祖神农与五千年茶文化

张观怀

世界公认的雄居三大无酒精饮料之冠的茶，已被越来越多的人所喜爱。据说全世界已有一半以上的人喜爱喝茶，茶已被举世公认为上品饮料和“绿色金子”。那么，茶叶是谁最先发现的，饮茶之风源于何时，茶文化又是怎样形成的呢？

一、神农发现茶，开创了茶文化

据《神农本草经》载：“神农尝百草，日遇七十二毒，得荼而解之。”《茶经》中说：“茶之为饮，发乎神农，闻名于鲁周公。”从上可知，茶叶是神农炎帝首先发现的，距今已有五千多年历史了，不愧是一代茶祖。据传，神农炎帝在山中采药时发现一种四季常青的灌木丛，他伸手摘了一匹嫩树叶吃下去，感觉它在肚子里上上下下，搽来搽去，遇毒而解之，这还像不断往来巡查的兵丁，故将其命名为“查”，后人见这种树叶是长在比草高点的矮树上，就把“查”改成“人在草木中”的“茶”。据古籍记载，茶在远古时还作为一味药材在民间推广使用。《神农本草经》亦将茶叶列为365味药之一。《神农食经》中说，茶叶利小便，去痰热，止渴，令人少睡。《广雅》也说：“饮茶可以醒酒，令人不眠”。《雷公炮制药性解》称：“茶入心、肝、脾、肺、肾五经。”显然，当年茶祖炎帝神农氏发现茶叶后是把茶叶作为一种“疗百病皆瘥”的一味药材传给后人的。

到西周，茶叶由药材转变为饮料，可见，作为饮料茶叶迄今也有3000多年的历史了。到了西汉，王褒《僮约》中已有“牵犬贩鹅，武阳买茶”，“脍鱼炮鳖，烹茶尽具”的句子，说明茶叶已成为商品跻身市场，饮茶也成为士大夫们的一种时尚。明朝以后饮茶成为国饮，在城镇集市，茶馆林立，民间植茶、制茶、饮茶及茶具已相当讲究。《世说新语》称，江南一带的敬茶已成为待客的礼俗，茶叶作为饮料走进了千家万户。

二、陆羽研究茶，提升了茶文化

唐玄宗年间，湖北天门诞生了一位被后人尊为茶圣的陆羽。陆羽是个弃儿，被寺庙中的和尚收养。他通过自学，有很高的文学素养，并且“性嗜茶”。他为了研究茶叶的品种、特征、烹制、茶具等而云游天下，遍尝各地名茶，收集、积累了大量有关茶术方面的资料。后来，他隐居在浙江吴兴专心著述，写出了第一部茶叶专著《茶经》。《茶经》分上、中、下三卷，7万余字，将茶的起源、性状、品质、产地、种植、采制、加工、烹饮方法及茶具等，分门别类，记述详尽。

《茶经》的问世，加快了茶叶知识的传播，对茶叶的生产、贸易都起到了很大的推动作用，使众多的家庭都把茶列为“早上开门七件事”之一，将茶与柴、米、油、盐等生活必需品相提并论。后来有一些文人在《茶经》的基础上又撰写了有关茶的著作达百余种。陆羽的《茶经》还被译成多国文字流传世界各国，大大地提升了中国茶文化的品位。

三、世人巧用茶，丰富了茶文化

茶为国饮，发乎神农，兴于唐，盛于宋，明清时已遍及中华。茶成为一种文化现象，并记于史册传于后世，与历代的文人墨客是分不开的。早在1700多年前的西晋，诗人张载就写出了我国文学史上第一首咏茶诗：“芳茶冠六清，滋味播九区，人生苟安乐，兹大聊阿娱。”到了唐代，凡文人几乎都与茶结下不解之缘，并写下了大量的咏茶佳作。南宋诗人陆游一生中写下与茶有关的诗作则达300余首。大文豪苏轼“何须魏帝一丸药，且尽卢仝七碗茶”的颂茶名句，至今仍为人们所吟诵。在中国文学史上涉及与茶有关的艺术作品不仅有诗作也有画作，可谓绚丽多彩，美不胜收。

在民间，茶文化还渗透在民歌和山歌之中，民俗中更是深深烙上茶的印记，以茶为礼仪的习俗在各民族中相当普遍。不论达官贵人还是平民百姓家中来了宾客，首先敬上一杯香茶。蒙古族敬“奶茶”，藏族敬“酥油茶”，畲族连敬“三杯茶”，回、撒拉等族敬的“汤茶”，江浙地区春节待客的是元宝茶，粤东、闽西、赣南的客家人待客的是擂茶，潮汕一带则兴功夫茶，洞庭湖区爱喝芝麻豆子茶，杭州农村立夏要喝“七家茶”，我国民间端午节还要制作午时茶，等等。有趣的是，许多地方民间男女从定亲到入洞房聘礼须用茶，称“三茶六礼”。“三茶”是指提亲、相亲、和入洞房前所沏的三道茶水。另外，每年新茶上市前，茶农要沏上三杯新茶祭祀茶祖、茶圣和茶神。

我国的茶叶向海外传播的历史也十分久远。据史料记载：早在西汉时，茶叶就是我国与南洋诸国通商的主要商品。南北朝时期，我国输出到土耳其等国家的三大商品就是茶叶、丝绸、瓷器。唐宋时，日本国曾多次派人到中国学习种茶、制茶，还首次将茶籽带回日本栽种。日本有位禅师，根据中国寺院的饮茶方法撰写了一本《吃茶养生记》，为日本第一本茶书。明代，随着郑和七次下西洋，中国茶叶已是香飘全世界，味布五大洲。清光绪十二年(1866)，我国出口茶叶达268万担，是我国古代历史上茶叶输出量最多的年份。

茶产自中国，走上世界，绵绵五千年，历史悠久，作为中华民族传统文化中的茶文化正在发扬光大。此时，我们更加缅怀一代茶祖炎帝神农氏！

唐代诗文所见炎帝形象及其现代意义

韩理洲 魏宏利 张 鹏

炎帝是中华民族的始祖之一，有关他的传说，历来说法不一。总的看来，他在历史上经过了从传说中的上古人物到一个文化符号的演变过程。在这一过程中，炎帝形象不断地被加入各种文化因素，体现出中国传统文化博大精深的内涵。这一形象深厚的文化意蕴，在中华民族发展史上有着重要作用。在他身上所体现出的精神与品质已经内化为中华民族民族精神的重要组成部分。这种精神不仅在历史上对中华民族的发展产生过重要影响，而且其中的某些因素对于今天中华民族的发展复兴仍然具有不可替代的重要价值。本文试图通过唐代诗文中描述的炎帝形象，一窥这种精神的特质以及其所具有的现代意义。

一、唐代诗文中的炎帝形象

唐人对于炎帝的认知，集中地保存在唐初编纂的类书《艺文类聚》中。在该书《帝王》部“神农氏”条，列举了如下内容：

《易》曰：“神农氏作，斫木为耜，揉木为耒，耒耨之利，以教天下。盖取诸《益》。日中为市，致天下之民，聚天下之货，交易而退，各得其所，盖取诸《噬嗑》。”

《周书》曰：“神农之时，天雨粟，神农耕而种之，作陶冶斤斧，为耜耨，以垦草莽，然后五谷兴，以助果蓏实。”

《春秋命历序》曰：“有神人，名石年，苍色大眉，戴玉理。”

《吕氏春秋》曰：“神农教曰：士有当年不耕者，则天下或受其饥矣，女有当年不绩者，则天下或受其寒矣，故夫亲耕妻亲绩。”

《贾谊书》曰：“神农以为走禽难以久养民，乃求可食之物，尝百草，察实咸苦之味，教民食谷。”

《帝王世纪》曰：“炎帝神农氏，姜姓也，人身牛首，长于姜水，有圣德，都陈，作五弦之琴，始教天下种谷，故号神农氏。诸侯夙沙氏，叛不用命，箕文谏而杀之。炎帝退而修德，夙沙之民，自攻其君而归炎帝。”

三国曹魏陈王曹植《神农赞》曰：“少典之胤，火德承木。造为耒耜，导民播谷。正为雅琴，以畅风俗。”

以上大致可以看出唐代前炎帝形象的基本内容。在唐代诗文中，炎帝的形象又被加入了一些新的因素。具体来说，唐人在前代基础之上所描绘的炎帝形象，可以分为以下五类：

（一）以炎帝作为古代贤王的代表，以其时代作为治世的典范

在传统儒家看来，传说中的上古时代，是人类社会最高尚、最合理的时代，是后代一切社会的理想典范。这种历史观，是和儒家“法先王”的政治观密切联系的。所以，在对于上古历史的描述中，炎帝成为“德治”的重要代表人物。

“故伏羲神农黄帝尧舜，自生人已来，君德之最神圣者，天下尊之美之，亦已至矣。”“斯皆德称乎位者为之，若伏羲、神农者也，若轩辕、颛顼者也，若尧、舜、禹、汤者也。”在儒家看来，只有道德极其高尚的人，才能成为贤能的君王，才能够名实相兼，德位相称。炎帝正是这样一位德能相兼的圣王。这一形象，在儒家的历史系统中占有崇高的地位。

基于这样的认识，对于炎帝的称颂，就代表了对一种理想政治的追求和渴望。“大道混混，或险夷兮，殷实荒德，莫业于主，人神疑兮，帝用克商。大运斯兮，天下争利。而独奔义，贞名垂兮。神农虞夏氏已没，曷所归兮？斫石千秋，闻风规兮。”这种以神农虞夏为所归的观念，正是儒家历史政治观的集中体现。炎帝的形象，在这里就是儒家德治精神的具体化。

（二）以炎帝为圣人，其通过发明创造，为广大民众带来了很大的利益

在儒家的历史观念中，除了以“法先王”为目的尊古的历史观念之外，英雄史观，也是其历史观念的重要内容。儒家的学者通过对上古以来流传的英雄神话的改造，指出历史上出现的一系列“圣人”是历史发展的动力。他们的个人作为，促进了历史的发展。“燧人氏”和“有巢氏”的例子即充分说明了这一点。而作为一代圣王的炎帝，同时也是一位集众多发明创造于一身的“圣人”。

1. 炎帝发明了各种农具，成为农业的发明者。前引《艺文类聚》中，所列《易》的内容，明确指出炎帝“斫木为耜，揉木为耒，耒耨之利，以教天下”。基于这样的认识，炎帝或神农氏往往成为农业的代名词。他重视农业这一历史事件则被反复强调。如：

浑仪草昧，象物纷拏。或甲而乙，或萌而芽。万殊成类，百宝攸嘉。故后稷播其种，神农尝其华。

帝犹怀神农之务穑，想伯禹之疆理，一之曰于是躬耕，二之曰于是举趾。秉金耦而禹若，驾铁骊而礼矣，将致美于粢盛，遂尽力于耘耔。望农祥之晨正，知土膏之脉起。所宝惟谷，故大饮以劳農；所贵惟人，故躬耕以悦使。

神农旧务，尝废于他年；后稷余风，复兴于此日。嘉夫戏或是戏，为胜不为。审殷阜之由此，知艰难之在斯。自昔庸君，多味三时之务；惟兹少主，能分五地

之宜。故得教化下敷，皇猷上建。人忘荷锸之苦，俗靡带牛之愿。因知翦桐叶以命封，未若耕斯田而天下劝。

这些文章反复表明：神农氏发明了农业，农业因此为圣人之教，所以后世帝王必须重视农业，亲自从事农业劳动。作者从“法先王”的政治高度，来论述农业是国家的头等大事，更以当时帝王藉田与神农氏发明稼穑之事与相类比，用以强调帝王必须实施重视农业、爱护生民的政治方针。

2. 炎帝遍尝百草，用以治疗疾病，是古代医学的发明者。《史记·三皇本纪》中说：“（神农氏）以赭鞭鞭草木，始尝百草，始有医药。”在《淮南子》中也记载说：神农“尝百草之滋味，水泉之甘苦，令民知所避就。当此之时，一日而遇七十毒”。为了发明医药，他一天要中七十次毒。在唐代诗文中，出现最多的便是以其为医药之神。如王勃在文章中说：“昔者万人疾疫，神农鞭草而救之；四维凋瘵，夏禹刊木以除之。岂非物外其性，则道功出；事愆其和，则任迹著？傍稽素篆，仰叩元扉。即时义而规大觉，因彝伦而伫真谛。”

唐初李峤在《藤》诗中，也提到神农氏尝百草的事：“吐叶依松磴，野苗长石台。神农尝药罢，质子寄书来。色映葡萄架，花分竹叶杯。金堤不见识，玉润几重开。”

由于炎帝有发明医药之功，所以流传下来了假借神农氏之名的《神农本草经》。这部书一般认为定型于公元二世纪，是我国第一部药学专著。在唐代诗歌中，常常以“神农书”“神农经”代指《神农百草经》，并把它作为医药、医术的代称。如韦应物《种药》：“好读神农书，多识药草名。持缣购山客，移莳罗众英。不改幽涧色，宛如此地生。汲井既蒙泽，插楥亦扶倾。”张籍的《卧疾》诗：“身病多思虑，亦读神农经。空堂留灯烛，四壁青荧荧。羁旅随人欢，贫贱还自轻。今来问良医，乃知病所生。”

在许多描写植物花卉的诗作中，这部书也被屡次提及，用以突出所吟之物的灵异非凡。如韩愈《和水部张员外宣政衙赐百官樱桃诗》：“汉家旧种明光殿，炎帝还书本草经。岂似满朝承雨露，共看传赐出青冥”。又如柳宗元《种白蘘荷》：“炎帝垂灵编，言此殊足珍。崎岖乃有得，托以全余身”。

3. 炎帝发明了琴等乐器，开创了后世礼乐社教的传统。炎帝被看作是琴的发明者。《史记·三皇本纪》中即记载神农氏造“五弦琴”。西晋的傅玄在他的《琴赋序》中就写道：“神农氏造琴，所以协和天下人性，为至和之主。齐桓有鸣琴曰号钟，楚王有琴曰绕梁，司马相如有绿绮。蔡邕有焦尾，皆名器也。”东汉著名经学家马融在他的《长笛赋》中也描写了神农氏对音乐的贡献，不过与历来的记载大同小异。他在赋中写道：“昔庖牺作琴，神农造瑟，女娲制簧，暴辛为埙。”认为琴是庖牺氏所作，神农氏所造为瑟。《隋书》中就写得更为具体：“丝之所属四。一曰琴，神农制为五弦，周文王加二弦，为七者也。”

音乐在古代社会中占有极为重要的地位。音乐的使用和社会等级有着极为密切的关系。这些说法把神农氏发明琴瑟和儒家所提倡的礼乐制度联系在一起，认为乐器的发明和音乐的演奏起到了“协和天下”的教化意义。李商隐的诗中也说“薰琴调大舜，宝瑟和神农。慷慨资元老，周旋值狡童”。即以琴瑟与舜和神农相配，表现出其礼乐教化的观念。

（三）炎帝在唐代被认为是一些姓氏的始祖

据《元和姓纂》，与炎帝有关的姓氏共有以下几种：

封。姜姓，炎帝之后。封巨为黄帝师，胙土命氏。夏封父侯国君也，今封邱是也。

齐。炎帝姜姓之后。太公望子牙封营邱，为齐国，因氏焉。

乌。姜姓。炎帝之后为侯国，因氏焉。

纪。姜姓。炎帝之后。封纪，为齐所灭，以国为姓。

许。姜姓。炎帝四岳之后。周武王封其裔孙文叔于许，后为楚所灭，子孙分散，以国为氏。

吕。炎帝姜姓之后，虞夏之际封吕，今南阳宛县西吕亭是也。至周失国，子孙氏焉。

宇文。出自辽东南单于之后。有普回，因猎得玉玺，以为天授鲜卑。俗呼天子为宇文，因号宇文氏。或云以远系炎帝，神农有尝草之功，俗呼草为俟汾，音转为宇文。

路。炎帝之后。黄帝封其支子于路。春秋时路子婴儿是也。

谢。姜姓。炎帝之胤。申伯以周宣王舅受封于谢，今汝南谢城是也。后失爵，以国为姓焉。

夙沙。《英贤传》：炎帝时侯国也，因氏焉。《左传》：齐宦者夙沙卫。

另外，在唐代墓志中，也提到一些与炎帝有关的姓氏来源，如权德舆《唐故江南西道都团练观察处置等使、中散大夫使持节都督洪州诸军事、守洪州刺史兼御史中丞骑都尉、赐紫金鱼袋、赠左散骑常侍崔公神道碑铭并序》：

博陵崔人讳某字某，仕至御史中丞洪州刺史江西都团练观察使。元和七年冬十一月某甲子，启手足于郡舍，享年五十五。……又明年，其孤促谟，篡其代德家法，命书愍册，请刻石系辞，且自本曰炎帝之后，秦夏里黄公廊，汉东莱侯伯基。

张说《唐故瀛州河间县丞崔君神道碑》亦云：

君讳漪，字某，博陵安平人。在唐为姜姓，炎帝之孙也；在周为崔氏，齐侯之胤也。

以上说法继承了《左传》中“炎帝为火师，姜姓氏其后也”的传说，为后世的许多姓氏找到了共同的祖先，扩大了以血缘关系为基础的宗族观念，增强了社会凝聚力。博陵崔氏为北朝至唐之大姓，其自称炎帝之后，从历史渊源上为其姓氏之高贵找到了依据。而其中最为典型的是对宇文氏族源出处的描述。宇文氏本为鲜卑一支，但到了唐代，在其姓氏来源中，却被加入了汉族的传统。这从一个侧面说明，在经过南北朝民族大融合之后，唐代已经形成了大汉族的观念；从姓氏的起源上，已经在统一的多民族国家内形成了同宗同祖的共识。炎帝作为民族远祖之一的地位得到了整个华夏民族的认同。

（四）由于道教追求成仙与服药有一定关系，所以唐代诗文中，炎帝有时也作为神仙形象出现

道教一开始便与方术、医药结合在一起，治疗疾病为其早期传播的重要形式之一。如东汉末年汉中地区的五斗米道。其后随着外丹术的发展，即通过服药达到长生不或成仙的目的，也使得道教与医学的关系更为密切。所以，炎帝作为医药始祖的身份，很容易为道教所利用。在唐代许多文人的眼中，医学与道教几乎是同一的。初唐王绩的《采药》诗即有这一倾向："腰镰戊己月，负锸庚辛日。时时断嶂遮，往往孤峰出。行披葛仙经，坐检神农帙。"在诗中，他以葛洪的《抱朴子》与《神农本草》并称，即体现出医、道并行的观念。

李白的《题随州紫阳先生壁》则说："神农好长生，风俗久已成。复闻紫阳客，早署丹台名。喘息餐妙气，步虚吟真声。道与古仙合，心将元化并。楼疑出蓬海，鹤似飞玉京。松雪窗外晓，池水阶下明。忽耽笙歌乐，颇失轩冕情。终愿惠金液，提携凌太清。"在李白眼里，炎帝已经完全成为追求长生的神仙形象了。

在一些文章中，炎帝还被作为古代成仙的圣王形象，被道教用来抬高自己的地位。如欧阳询的《大唐宗圣观记》：轩后之诣崆峒，神农之上石室，顺法行礼，异代同规。观主歧平定，精金格之书，究玉笈之文，知来藏管理方式，尽化穷神。豫鉴天休，赞宏景福。

这里将炎帝与黄帝登仙的传说联系在一起，通过上古先王成仙的经历，为道教神仙学说找到一些可以倚重的证据。

（五）以炎帝为司夏之神灵

《礼记·月令》中记载："孟夏之月……其日丙丁，其帝炎帝，其神祝融"。在古代的五行终始观念中，炎帝被认为火德王，如前引《艺文类聚》所列曹植《神农赞》。火同夏季联系起来，炎帝常常作为司夏季的神明。

李子卿《兴唐寺圣容瑞光赋》中说："炎帝司火，飞廉扇吹，九天下观，百神帝伺。声激射，气凭凌；殷尔而风雷怒，嚣然而云雾蒸。"这里，炎帝作为火神，与风神并称。

黎逢（一作张聿）的《夏首犹清和》诗中也说："早夏宜初景，和光起禁城。祝融将御节，炎帝启朱明。"朱明即夏季，在这里，炎帝和祝融一起被看作主夏的神灵。同样，韩愈的《苦寒》诗中，也有"炎帝持祝融，呵嘘不相炎"的句子，都是以

炎帝为司夏之神。

二、炎帝精神及其现代价值和意义

通过前面的梳理和分析，在唐代诗文中的炎帝形象，是一个集合了先王、圣人、祖先、神仙、神灵含义，具有极其丰富的文化内涵的统一体。他身上既体现了儒家重视社会伦理，强调德治的内圣外王的观念，被认为是圣人和圣王的统一，又体现了道教富贵不居，追求仙道的注重个体价值的因素。这一形象可以说是唐代儒道合流的社会思潮的具体体现。在今天提倡传统文化，实现民族复兴的时代背景下，作为中华民族共同先祖的炎帝形象所体现出来的文化精神，仍然具有重要的价值和意义，概括起来讲有下面几点。

首先是心怀天下的大公精神。作为远古氏族的首领，炎帝具有朴素的大公意识。他的所作所为，都是从人民的利益出发。《白虎通义》说："古之人民，皆食禽兽肉。至于神农，人民众多，禽兽不足，于是神农教民农作，神而化之，使民宜之，故谓之神农也。"他提出的"日中而市"，也是为了"致天下之民，聚天下之货。"而这种天下为公的精神在现代同样具有现实意义，特别是在目前个人利益至上的商品经济背景下，炎帝的这种心怀天下的精神就更显得弥足珍贵。

其次是勇于探索，敢于创新的原创精神。现代社会的本质从某种意义上说就是创新。一个社会如果失去了创新精神也就失去了继续前进的可能。炎帝的创新精神无疑是非常突出的。其中农具的发明，早期市场的建立，五弦琴的发明无不体现出这种精神。今天的中国社会想要实现民族复兴的伟大历史使命，想要在二十一世纪的激烈竞争中立于不败之地，就必须发扬这种精神。最后是不畏艰险，百折不挠的献身精神。这集中体现在神农尝百草的传说上。前引《淮南子》说："神农尝百草之滋味……一日而遇七十毒。"这也许有些夸大，但神农尝遍百草，历经艰险，九死一生，敢于牺牲的精神是值得继承发扬的。事业成功是现代人的一种追求，但是面临激烈的竞争，挫折和失败在所难免，而能否最终获得成功，所需要的正是这种不畏艰险，百折不挠的精神，而炎帝正是以亲身的实践为后人树立了一个榜样。

总之，炎帝的精神是中华民族精神的集中体现，是中华民族的一笔宝贵思想财富，值得我们在新的时代背景下不断发扬光大。

明太祖朱元璋告即位致祭炎帝陵及其祭文

罗泽贤

千百年来，我们的先辈用各种方式怀念始祖炎帝，历代封建王朝的最高统治者也通过祭祀的形式表达对他的崇敬。据有关史料记载，早在唐代，朝廷就开始了对他的祭祀，其后，宋太祖赵匡胤则于乾德五年(967)在其陵墓近旁建庙致祭，每3年一次，成为定例，自此历朝就没有间断过。然而，由于各种条件的限制，到目前为止，明以前历代官方祭祀炎陵的具体情况，均缺乏详细的文献记载，或有记载而没能留传下来，因而我们知之甚简，至于祭祀的祭文，也不曾留下片言只字，实在是一大憾事。

现今，我们所能看到官方最早的祭炎陵文，便是明太祖朱元璋告即位致祭的这一篇了。正因为如此，这篇祭文就显得非常珍贵。他在祭文中讲了些什么？对我们民族始祖采取了怎样的态度？是值得我们认真研讨一番的，此其一。再者，关于告即位致祭的时间问题。据后来明宣宗告即位的御祭使曾鹤龄说，“神农氏教民耕稼，蜡祭、医药、交易之事，开万世衣食相生相养之源，故凡有天下者皆祀之，而新接位者则告焉，示不忘本也。”(《炎陵记》明·曾鹤龄)曾氏指出，历朝新即位的皇帝都在即位时向始祖炎帝神农氏告祭。事实也的确如此，明、清两朝皇帝除明太祖外，其余的都在即位的当年就到炎帝陵告祭。我们知道，朱元璋是1367年(元至正二十七年)十二月正式即皇位的，按曾鹤龄说，则他就应在当年派御祭使到酃县(今炎陵县)去告祭，可事实却不是这样，朱元璋竟拖延了好些时间，直到1371年(明洪武四年)才得以进行。朱洪武告即位祭炎陵为何姗姗来迟？这绝不是偶然的疏忽，其中必有缘故，这也是一件具有探讨意义的事，此其二。

要弄清上两个问题，我以为只有从明朝建国时的政治历史背景中去考查，方能找到答案。

朱元璋为什么没在即位当年祭祀炎陵？这正是朱元璋不同于那些平庸皇帝之处。他不循旧章办事，不陶醉于眼前的风光。朱元璋认识到，一切要根据具体的情况来决定，告即位祭祀炎陵还不是他当下最迫切的任务。原来，新政权虽然建立了，但全国的统一还远没有实现，更谈不上巩固。其主要对手元统治者虽已基本打垮，但元顺帝仍在几支地主武装的支持下盘踞在元首都大都，尽管是在苟延残喘，只要他存在一天，就存在元朝反攻复辟的威胁；再者，各地的割据势力也没有完全削平，被朱元璋翦灭的多支大小不一的义军，也没有从内心里完全臣服。在这种情况下，他自然不应花精力去考虑祭祀炎陵一类事务，而是把力量继续用在剿除敌对的残余势力上。为此，他发动了一系列的军事进攻。洪武元年七月，攻占了大都，元顺帝逃往上都开平(今内蒙古正蓝旗东)；洪武二年四月，平定陕西，顺帝逃往漠北；洪武三年四月，顺帝死于应昌(今辽宁克什克腾旗西)。至此，主要的敌手终于彻底完蛋，一些残余的割据势力也被打败，新王朝初步站稳了脚跟(明王朝统一全国是洪武二十年平定辽东才最后实现的)。朱元璋认定，此时才是他告即位致祭始祖炎帝的时刻了。

尊宗敬祖本是中华民族的优良传统，普通百姓若遇什么重大事情尤其是喜事，都要告祭先祖在天之灵，感谢先祖培育之恩，请他们分享子孙获得的快乐。同时，人们认为先祖的灵魂是有神异的。告祭先祖也是寻求他们的护佑。帝王告祭始祖当然也包含了这两项意愿，但其更主要的目的则是通过祭祀确立自己是炎、黄事业合法继承人的地位，以利于政权的巩固。中国古代王朝的更替，有的是武力夺权、有的是宫廷政变……但不论采取何种手段，代之而起的后一个王朝都宣称自己是炎黄子孙，是“恭承天命”来“立纲陈纪”的。“国之大事，在祀与戎”，新朝的重要事情之一就是向宗祖神灵告祭。根据中国封建宗法制度，家庭、诸侯、皇帝的位置必须由嫡长子世袭。同样，也只有嫡长子才有主祭始祖的特权。谁主持了宗庙的祭祀，谁就是合法的、正统的继承人，也即家庭、诸侯、国家的最高统治者。这样，朱元璋在即皇位后的第 4 年即公元 1371 年才派了国史院编修雷燧为御祭使，从南京跋涉千里赶到了酃县鹿原陂向炎帝陵举行了追告的祭礼。

明太祖告即位祭炎陵文是一篇颇具特色的文字(祭文附后)。一开始他自报家门。朱元璋原本是皇觉寺里普普通通的一个僧人，最后竟登上皇帝的宝座，实在是一个奇迹。然而他并不像中国历史上某些开国皇帝那样故弄玄虚，编造诸如金童、佛勒下凡一类神话，自欺欺人，愚弄百姓，而能坦陈自己是出身于“草野”的“庶民”，表明其内心还有“庶民”的位置。接着禀告自己获得大位的经过。概述为“当有元失驭，天下纷纭，乃乘群雄大乱之秋，集从用武……遂平暴乱，以有天下。”读这节文字，想象元末明初群雄割据的局面，就能理解“集众用武”“遂平暴乱”的具体内容。争斗是那么激烈，天下得来不易，朱元璋经受了血与火的考验，不愧为开国之君。行文实事求是，没有特别炫耀，也没有过分的谦逊。再次，赞炎帝开创天下的功绩，表达对他的仰慕，情恳意切。末尾阐述自己当前所处的位置，前来告祭，祈求赐福。祭文不长，但都是有的放矢，比起后世一些帝王照章办事几句应景文章的告祭文不知要强多少倍。朱洪武通过告即位追祭，向普天下的人传递了一个信息：战乱已经结束，现在是偃武修文，建设我们始祖炎帝开创的世世子孙“生于斯、息于斯”的新家园的时候了。显然，刚刚赶走了一个实行民族压迫政策的封建统治者，朱元璋的告即位祭祀，对增强炎黄子孙的凝聚力、对巩固新王朝的统治都有着十分积极的意义。

附：明洪武四年(公元1371年)太祖朱元璋遣国史院编修雷燧告即位致祭炎陵文

朕生后世，为庶民于草野之间。当有元失驭，天下纷纭，乃乘群雄大乱之秋，集众用武，荷皇天后土眷祐，遂平暴乱，以有天下，主宰庶民，今四年矣。君生上古，继天立极，作蒸民主，神功圣德，垂泽于今。朕典百神之祀，考君陵墓在此，然相距历年久远。朕观经典所载，虽切慕于心，奈秉性之独愚，时有今古，明俗亦异。仰惟神圣，万能世所法，特遣官奠祀修陵，圣灵不昧，尚祈鉴纳。

第四编　地名文化

略谈地名及地名文化

彭雪开

地名，自古有之。实际上是人们对自然地理实体和人文地理实体的特有称谓。所谓自然地理实体，就是星球上(主要指地球)，可以命名的自然实体。它包括自然区名称、山文名称、水文名称、岛礁滩名称等。所谓人文地理实体，就是指星球上，尤其是地球上，经过人们加工、改造、变更原自然形态，并受到人类经济、政治、文化、社会活动影响的可以命名的人文实体。

地名始于原始社会原始人群的生产、生活与交往。发源于原始社会初期，刻记于原始社会部落形成之初，记录于文字草创初期。我在《株洲地名略考》中说：中国有文字可辩的地名，源于殷商甲骨文。先秦《禹贡》中，第一次以山、水命名地名。尔后《史记》《尔雅》《汉书·地理志》等地志中，多录政区山水命名的地名；不过，以地形地物命名的地名，亦已出现。两晋以后至南北朝地名著作中，如《博物记》《吴录地理志》《尔雅注》《宜都山川记》《湘中记》《襄阳记》《湘中记》《荆州记》《广州记》等地志名著中，多以山、水、人物、方位、治所、民族为名，以物产命名的亦有。直到郦道元《水经注》，人文地理实体类，约占1052个总量中的724个。其中以动植物命名的地名，分别占19个和33个。这是符合地名命名规律的。

任何一个地名，都有它的读音，谓之“音”；有它的字形，谓之“形”；有它的字义，谓之“义”；有它的地理位置，谓之“位”；有它的地理实体类型，谓之“类”。这就是地名的五要素之说。如“湘江”，它所指代的是位于中国湖南省，横贯南北的一条河流。它可以用标准汉语拼音读出来，用汉字或其他文字写出来；其地理实体位置是源于广西，东北流贯湖南东部入洞庭的河；其地理实体类型是河流。地名有它的内质规定，学术界称之特性、特征。目前并没有统一的认识，可以进一步展开讨论。

对地名进行系统的研究，称之为地名学。对地名进行有价值取向的综合性阐述及研究，就叫地名文化。它有自身的内在规定，并非所有的地名，都可以形成地名文化，当然广义上的地名学研究，也可以叫地名文化。文化是个多义词，至今已达200多条释义，还难以形成共识。但国内学术界有一点是认同的，即任何文化，都是社会实践的产物。无论是物态文化、制度文化、行为文化和心智（精神）文化，都蕴含着某种或多种价值取向。有价值的，并不一定是文化，但文化是一定有价值的。它实质上是人类主体对客体自然界、人类社会等内质一种作用的认同与表达。在地名文化中，如一些自然村落，能形成有特色的建筑和人文环境，对它进行有价值取向的系统研究与阐述，这就是一种地名文化。一些人文深厚的古村落、古集镇、古集市、古建筑、古桥梁等等的物态文化，之所以形成地名文化，就在于它蕴含着某种价值取向。如果有比较多的价值取向，就可以形成非物质文化遗产。

由此可见，对地名的由来、演变、转化、承载等研究；对地名特性的研究；对地名标准化、地名单一罗马化的研究；对地名信息系统的研究，从价值取向这个角度，进行系统的挖掘和整理，都可以形成摇曳多姿的地名文化。能否形成地名文化的关键，就在于研究中是否有价值的发现。这就是地名文化研究中，要着力解决的问题。至于你能否发现地名研究中的价值取向，那是另一个问题了。

地名，是客观事物在人们头脑中的一种反映。如果没有星球上（含地球）的自然地理实体和人文地理实体，没有人类实践活动，就不会产生地名，更不会有地名文化。它表现的内容，是客观的，而表现形式（语言符号），却是主观的。它是客观与主观的矛盾统一体。但不管怎样，地名的命名，是有规律可循的。在我国历史上，曾发生过两次违背地名命名规律，乱改地名的事。一是西汉末王莽政权，主张“改制”，首先从改变郡、县地名开始，有的郡、县，在短时间内连改5次，结果弄得主政官员，不明白自己的辖地，造成政令不通，交通中断，信息封闭的混乱局面，史称“王莽乱政”。结果在政局混乱中，各地义军突起，加速了西汉王朝的灭亡。二是共和国1958年“公社化”运动中，全国乱改乡镇地名，用一些如“东风”“红旗”“幸福”“八一”“友谊”等标语式的口号，替代行政区划老地名，结果造成大量邮件投不出；公差人员找不到目的地；公安人员侦察破案找不到事发点；当地人亦弄不清自己所处的地方，究竟叫什么，给人们的日常的生产、生活、工作、交往带来灾难性影响。好在这种混乱局面时间不长，就已扭转过来。这些违背地名命名的规律，乱改地名的严重教训，我们要永远记取。

现在一些大中城市的社区街、巷、里、弄、居民点、居民片的地名命名，问题较多，如喜欢将我国的名山大川，作为地名。如果国内有一个城市，首用“长江”“黄河”“泰山”“黄山”“衡山”等作为地名，这当然是有意义的。但同一地名，多次反复使用，其内含的人文价值，就被稀释了，你用他用我也用，就没有特色了，就不可能形成人文底蕴深厚的地名文化，这对一个城市文化内质的提升，是不利的，反而影响了一个城市的形象。因此，对移借地名，哪怕是最好的，也要慎之又慎。

一般说来，那些根据区域内的地形、地貌、地物和古建筑、名胜、古迹、名人等命名的地名，是有长久生命力的。人们喜欢那些读音上口、字形简略、字义丰富、词语文雅、指位明确、指类突出，具有地方特色蕴含人文因素的地名。这是各级政府命名地名时，应该认真考虑并实施的问题。总之，地名的命名，要遵循规律，认真对待。

株洲地名略考

彭雪开

地名，自古有之，是人们对自然地理实体和人文地理实体的特有名称。中国有文字可辩的地名，源于殷商甲骨文。战国时《禹贡》中，第一次出现了以山、水命名的地名。以后《史记》《尔雅》《汉书·地理志》等地籍专著中，多录政区山水命名的地名。以地形地物命名的地名，亦已出现。《尔雅》是我国最早的一部解释词义的著作，成书于东汉永康年间，释地、丘、山、水之名。如释“洲”：“水中可居曰洲……”两晋以后至南北朝地名学著作中，如《博物记》《吴录地理志》《尔雅注》《华阳国志》《宜都山川记》《襄阳记》《湘中记》《广州记》《荆州记》等名著中，地名绝大部分都以山、水、人物、方位、行政治所、民族为名，以物产命名的也有。直到郦道元《水经注》，人文地理实体的名称，才大量涌现，仅《水经注》中解释地名渊源1052处，其中人文地理类的约有724个。以动植物命名的地名，分别占19个和33个。

株洲，古名槠洲，又偶名朱洲。“槠”，木名，学名青椆，名苦槠，俗称栗珠子树，常绿乔木，实为坚果，味略苦。木质坚硬有弹力，可作家具、枕木、车轴、榨油之材。《山海经·中山经》《集韵·鱼韵》《本草纲目》等著作中，多有记载。由此可知，槠木实为人类最早认识并利用的植物。“洲”，古文中多指河流中由沙石、泥土淤积的陆地。后也引申为一块大陆及附近岛屿的总称。《诗经·周南》《尔雅》《说文》中具有记载。株洲这块地域内，古时岗地纵横，溪河遍布，地濒湘江多沙洲，故以地形、植物命名为槠洲。

槠洲得名于何时，至今难以稽考。不过，在距今七八千年前，槠洲地域内，现发掘东有烟墩冲(今株洲市荷塘区)新石器时代遗址，南距株洲市区6公里的白关(今株洲县白关镇)，有商代银子园村落遗址。上古时代，槠洲地域属古三苗之南境，多受古扬越文化影响；春秋战国时，多受楚文化影响。据此可以确定，今株洲市区，商代以前就散居古人类村落。古代这一带，岗峦、溪谷、河流遍布，依山傍水，森林茂密，可渔可猎可耕，最适宜人类居住。据地名命名的规律推测，约在《尔雅》成书之后的东汉永康至建宁年间(167—172)，这儿就形成以地形地物命名的村落名——槠洲。不过，其时的槠洲，作为古居民村落，并非大驿通衢，亦非县治洲治，古槠洲村落地名，多口传地名，抑或有民间书写地名。直到槠洲成为三国吴建宁县县治，才有可能为官方文献书写。清光绪《湘潭县志》，共和国《南区区志》确记建宁县县治，设在槠洲。如清光绪《湘潭县志·山水》记："西南流迳株洲而入于湘……地为建宁故城，吴侯孙权所立，以防蜀湘南之渡"。但至今无其他古文献印证，难以确认。然而实有可能。

槠洲之名，见诸文字记载的，有源可寻。最早记其地名的为南宋著名理学家朱熹。有关史料记：南宋乾道二年（1166），朱熹与岳麓书院主持张栻，在岳麓书院进行著名的"朱张会讲"后，同游南岳，一路以诗酒酬答应和，朱熹事后在《南岳游山后记略》中有"丙戌至槠洲"的记载。南宋丙戌年，即南宋乾道二年。南宋乾道九年（1173），著名诗人范成大，出任广西静江知府，赴任时途经今株洲境内，写有《题醴陵驿》诗，其中有云"槠洲何日到，鼓枻上沧浪"句，并作《槠洲道中》诗："烟凝山如影，云褰日射毫。桃间红树回，麦里绿丛高。客子叹游倦，田家甘作劳。乘除吾尚可，未拟赋离骚。"南宋开禧元年（1205），湖广总领权宣抚使项世安，过今株洲境，写有《槠洲路口小雨》诗："三十年前过此时，一双青鬓绾青丝。如今旧雨犹相记，只傍星星白吹处。"南宋嘉定元年（1208），荆湖南路、荆湖北路（今湖南境）官方绘制的地图册上，已明确标注："槠洲市"。这说明其时槠洲，已成为湘江边上一重镇，而知名郡县，通名全国了。南宋绍定年间（1228—1233），江湖派著名诗人戴复古（1167—？今浙江黄岩人），浪迹槠洲，作诗《九日槠洲舟中》："几年重九客他州，少泊槠田古渡头。人问饮中言我乐，谁知笑里是吾愁。黄华可忍抛三经，白发犹堪奈几秋。今日登高无所处，一樽携上枕江楼。"诗中"槠田"，即为"株田"。1995 年《湘潭县志》、旧《醴陵县志》皆有"株田铺"记载。经笔者实地考察，明清时，株田铺为醴陵县经白关、荷塘铺通往长沙的必经之道，亦为湘潭县通往醴陵重要铺递。1950 年仍属湘潭县株洲镇，有株田铺老街，即今株洲市芦淞区龙泉街道办事处龙泉居委会。

南宋咸淳九年（1273），文天祥任湖南提刑，居槠洲市区达半年之久。次年 2 月，奉旨赴江西抗击元军。其好友徐畋，从长沙赴槠洲送行，文天祥有《咸淳甲戌第二朔予道槠洲笔畋方谏自长沙来》诗："君为湘水燕，我作衡阳雁。雁去燕方留，白云迷草岸。"虽然诗作逊雅，但反映了作者对槠洲的深情依恋。

槠洲，何时依谐音简称株洲？目前至少有四说：其一，南宋建炎元年（1127），槠洲已名株洲。其二，2006 年《株洲市南区区志·大事记》称：南宋乾道九年（1173），已由"槠洲"改称"株洲"。其三，1992 年《中华人民共和国地名辞典·湖南省》称：南宋乾道间已有槠洲地名，后简作株洲。1993 年《湖南古今地名辞典·株洲市》亦持此说。其四，2009 年《湖南省地名志·株洲市》称："自南宋绍熙元年（1190）定名株洲。株洲之名沿用至今。"四说之中，究竟何说为准，至今难以定论。不过，现在一般认为南宋绍熙元年（1190），"槠洲"已定名"株洲"。

然而，南宋建炎元年(1127)，由槠洲定名为株洲，是有其历史依据的。有关史料记：自北宋设驿站后，槠洲渐以株田铺聚居为集市，至南宋初时，已成一方名镇了。至南宋建炎元年，由于境内酿酒业兴旺，株田铺一带，已酒肆林立，商贾穿梭于世，文人、骚客、宦者、游者，多栖宿此地。南宋隆兴元年(1163)，奏斩秦桧的名臣胡铨谪贬衡州(今衡阳)，回朝复职，饮于槠洲胡氏园，在诗赠歌妓黎倩中，可以想见当年槠洲繁华之景了。尔后戴复古的诗中，更是确证南宋初时槠洲繁华之状了。南宋建炎元年，朝廷任雍端为槠洲酒场官。至此，每年征酒税20万缗钱，俨然一县级都市酒税了。直到南宋绍熙元年(1190)，湖南转运判官陈傅良到株洲核减酒税。减负后，商业更趋繁兴。自南宋建炎元年(1127)，槠洲改名株洲后，历71年繁兴发展，至南宋嘉定元年(1208)，官方地图册上，已标为“槠洲市”。槠洲改名为株洲，可能一是因酒税业务繁忙，交往日多，经管人员少忙不过来，为图书写方便，故以谐音简写成“株洲”。起初，多民间口传、书写，后多出现在地方官方文书中，久而久之，约定俗成，渐渐为人们所接受。

自此后，官方文书多录今名，民间多录古名。有时古、今地名无论官方、民间，皆交替使用。但以后使用槠洲古名者，日渐减少，使用今名者，日益增多。不过，清光绪《湘潭县志》有时录为古名。清光绪三十一年(1905)，株萍铁路，历时7年建成通车，在今株洲设站，仍书写古名“槠洲”，直到清宣统二年(1910)，粤汉铁路株洲至长沙建成通车，才改称“株洲车站”。至此后，无论官方或民间，皆以“株洲”名之。此后，“槠洲”古名渐成历史记忆。

株洲境域，上古属三苗辖地，春秋战国时，属黔中郡。秦和西汉属长沙郡湘南县。东汉建安十九年(214)，孙权与刘备分湘江而治。湘江之东岸属醴陵县，湘江之西岸为湘南县。三国吴孙权在此设建宁县，取“建安宁边境”之意，故名“建宁”。抑或取东汉建宁纪年号为名。建宁设县，《三国志》涉及县级行政区划时，只言州郡，无县名记载。《晋书·地理志》《宋书》《南齐书》《隋书·地理志》《新唐书·地理志》中，都有建宁县名的记载。这足以证明三国初，建宁县确已设置，属长沙郡。

但何时设置，仍存三说。一是设置于东汉建安十九年(214)；二是设置于三国吴太平二年(257)；三是“晋泰始中立”(265—274)。笔者倾向于东汉建安十九年设建宁县。据《三国志·吴书·吴主传》记：“建安十九年五月(214)……刘备定蜀，权以备已得益州，令诸葛瑾从求荆州诸郡，备不许……”“权遂置南三郡长吏，关羽尽逐之”，“权大怒，乃遂吕蒙督鲜于丹、徐忠、孙规等兵二万取长沙、零陵、桂阳三郡，”逐尽得三郡将守。孙权又令孙皎、潘璋、鲁肃合兵并进，拒关羽于益阳。“未战，会曹公入汉中，备惧失益州，使使求和。权领诸葛瑾报，更寻盟好，遂分荆州、长沙、江夏、桂阳以东属权，南郡、零陵、武陵以西属备”。北宋《资治通鉴·六十七》中，亦有类似记载。这是国史记载东汉建安十九年(214)，孙权与刘备隔湘江而治的唯一依据。因“权遂置南三郡长吏。”于这一年设立建宁县，可能性极大。春秋战国时，楚国首创郡县制。秦始皇统一中国后，沿袭郡县制，并规定郡辖县，后成定制。自汉以下，郡辖县已成一统，未有立郡不立县之例。因此，东汉建安十九年(214)，吴立建宁县是有说服力的。建宁县县治设槠洲(今株洲市芦淞区建宁街道办事处解放路、南湖塘一带)。

隋开皇年九年(589)，隋灭陈废建宁县，境域属湘潭县。唐高祖武德四年(621)，复置建宁县，县治仍驻槠洲，属南云州。唐贞观元年(627)，建宁县并入湘潭县。此后，槠洲属湘潭县地。清乾隆九年(1744)设株洲塘汛于此，后为长沙府同知驻地。清光绪三十四年(1908)，设株洲抚民府，属长沙府台。

民国23年(1933)，湘潭县设株洲镇，属县第二区。民国末期(1946)，由镇改乡。1948年10月，中华人民共和国成立，株洲为湘潭县株洲区，区辖株洲乡、藕灵乡。株洲区所辖株洲集镇面积0.5平方公里，人口7264人。1950年6月，株洲乡升为区级镇，辖一至四街居委会、田心塅、董家塅、石子头3乡。1951年6月，株洲镇升格为株洲市(县级)，属长沙区专员公署。1953年4月，株洲市改为省辖市。1956年株洲市升格为地级市。1965年株洲市设辖株洲县，属湖南省直辖市。1966年设辖市郊区。1969年设辖东、南、北3区。1983年株洲市转辖醴陵、攸县、茶陵、酃县。1997年撤东、南、北、郊4区，设立荷塘、芦淞、石峰、天元4区。2008年，全市总面积11262平方公里，辖醴陵市、攸县、茶陵、炎陵及株洲县，以及荷塘、芦淞、石峰、天元和河西国家高新技术产业开发区。年末总人口381.2万人，其中市区人口79.5万，多属汉族。

境内罗霄山、武功山蜿蜒东部，万洋山绵亘东南。东部多山地，西部多丘陵。地势自东南向西北递降。渌江、洣水，由东而西，汇注湘江。市区依湘江傍岗地。属中亚热带季风湿润气候。年平均气温17.5℃，年降水量1412.6毫米。山地多松、杉、竹、杂。矿藏富有煤、铁、铀、黄金等。农业盛产稻谷，亦产棉花、甘薯、茶叶、生姜、烟草，茶陵大蒜、炎陵奈李、攸县麻鸭、醴陵辣椒，皆为名产，盛产油茶、柑橘、西瓜等。工业，市区拥有冶金、机械、燃料、玻璃、化工、建材、电力、电子仪表、纺织、机器制造、电力机车、机车车辆等产业，醴陵瓷业素有名声。交通，市区为南方重要交通枢纽，有京广、湘黔、浙赣、武广高速铁路线交汇，并穿境而过；天易高等级公路、上瑞高速公路、320国道、京珠高速公路经过市区；湘江全年通航。境内有高等院校8所，最大的一所湖南工业大学驻市区河西，其他教科、文卫、体育等设施齐全。

境内古迹名胜众多，人文荟萃。择其要者有炎帝陵、神农谷国家森林公园、酒埠江国家地质公园、云阳山国家森林公园。另有湘山寺、茶陵铁犀、渌江书院、光泉石刻、宝宁寺、先农坛、伏波庙、红拂墓、古桑洲、徐家桥、株田铺、龙渣瀑布、皮佳洞、朱亭古镇等。过境活动客籍此地载入国史的历史人物，有李靖、杜甫、刘长卿、岳飞、朱熹、张栻、徐霞客、毛泽东、刘少奇、彭德怀、侯德榜等。本籍载入国史、专史或《辞海》的历史人物，有冯子振、李东阳、谭延闿、李立三、何孟雄、罗学瓒、程潜、左权、谭震林、王震、耿飚、宋时轮、杨得志、汤飞凡、蔡仪、黎澍、袁昌英等。

鹿原与界首

彭雪开

（一）

为了解鹿原镇的情况，在王家渡集镇上，霍老陪同我找到了罗老师的家。

“罗老师！”霍老尖着嗓子，大声喊了一声，还是无人答应。屋里空落落的。霍老用力一推那门，“吱……呃……”一声，像一支箫声。半晌，里面走出一个老人，方脸，秃头，宽阔的前额上架着一副宽边眼镜，玳瑁架子，那鼻梁架上缠着几层白胶布。这么大的眼镜，恐怕是单独定做的吧。这副老花镜，戴在别人头上，是逗人笑的，戴在罗老师国字形的大脸上，还是挺好看的。

罗老师从门里踅出来，见到老朋友，“啊”了一声，伸出巍巍颤颤的大手，紧握霍老的双手，左看一下，右瞧一下，声音低缓地说：“霍老弟！你还是原样子呵！”又指指脑袋，声音低沉地说：“83 岁啦！耳朵不管事啰。脑子也糊涂了。”不过，从之后的交谈中可以看出，罗老师的思维还是清晰的。

据罗老师介绍：鹿原镇于 1996 年 12 月，由原王家渡镇、塘田乡和三河镇河光村，合为鹿原镇。1952 年王家渡乡成立，后改为河西乡，直到 1987 年，河西乡才改为鹿原镇。塘田乡是 1950 年成立的，直到 1996 年，才并入鹿原镇。在罗老师的记忆中，王家渡在清初叫五家渡。元末明初，这里很荒僻，只有罗、刘、张、王、谭五户人家居住，就叫“五家渡”。清乾隆之后，王姓人口渐多，势力渐大，就把“五家渡”改名为“王家渡”了。据说当时还打了官司，因王家有人在外地为官，官府就录此地名为王家渡了。清乾隆末年，又改名为甲南市，直到清末民初，又复称王家渡。王家渡或甲南市旧时都属康乐乡。清光绪《湖南通志》就已录“王家渡”地名。清道光五年(1825)，渡口改建石桥，渡口废置。

两位老人告诉我，据有关史料，远古时的炎帝神农氏，是原始社会渔猎时期过渡到农耕时期的氏族部落联盟首领，是中华民族远古传说中的代表人物，是中华民族的始祖之一。据《帝王世纪》《路史》等史书，炎帝神农氏姜姓，母曰任姒，又曰女登，为少典正妃。相传，一天她游华山之阳，有神龙首现于常羊(即烈山，今湖北随县)，任姒感而生炎帝。炎帝长于姜水流域(今陕西姜水)，由于功绩显赫，被尊为人皇；又因以火得号，故为炎帝，世号神农，建都山东曲阜。相传炎帝在位120年，“至榆罔八世，合五百三十年”。炎帝死后，葬长沙茶乡之尾(今湖南炎陵县鹿原坡)。罗老师说，鹿原坡又叫鹿原陂、炎陵山，古称白鹿原。相传古时这里山环水绕，森林茂密，常有野鹿于此深潭中嬉闹饮水，其间又多见白鹿，古人认为此地吉祥，称其为“白鹿原”。清乾隆年间，移民渐多，又在此处筑陂引水灌田，便称此地为“鹿原陂”。宋乾德五年(967)，官方认定炎帝逝后葬于此，建庙祀之，后经元、明、清三朝，两次修葺，多次奉祀。明清两代，炎帝陵、王家渡一带属康乐乡。民国二十三年始设炎帝乡、鹿原乡。1950年又置炎陵乡。之后炎陵乡域几经变更，直至1996年才改称“鹿原”镇，镇政府设王家渡镇。

罗老师说了一阵子，停下片刻，扶一下老花眼镜，接着喝一口茶，又声音低缓地说着炎帝陵祭祀的事。老人说官方祭陵是很讲究的，给人的印象是大官多、人多，很讲究古礼和祭祀仪式，有乐鼓队，有祭旗队，有歌舞队，还要念祭词，祭词或是四字句或是四六骈文句，文绉绉的，很多人听不懂，唯有几十响朝天铳的声响，给人深刻印象。中华人民共和国成立前，前来祭祀的多是一些中老年男人，也有领着小孩来的，全家来的很少，妇女、姑娘们极少见到。来者多是茶陵、安仁和本县的，江西附近几个县的也有。一般是清明节和冬至节来。来时先要献上活猪活鸡。前来祭祀的男人，腰间系着一个2尺多长1尺粗的篾篓子，里面装着一只小猪仔，十几斤大小，或装着一只公鸡。来到大殿前，要先取下小猪仔或公鸡杀死，然后将牲血洒在香火炉前，点燃香火、蜡烛，再抽签问卦。一拜，二拜，三拜，还不够，还要跪拜磕头，必须十分虔诚。1950年之后，就很少见到祭拜了。20世纪80年代后，这一传统又恢复了，仪式简单些，多是杀一只鸡来祭祀炎帝神农氏。

罗老师告诉我，他家世居此地，他小时跟着父亲祭过几次。后来参加工作，又是人民教师，想参加祭祀也不敢了。还是现在好，能够让人祭奠先祖了。现在我们已跨入盛世的门槛了，国家逐渐富强了，老百姓的生活也逐渐富裕了，个人的生活空间大大扩展了。这就好啊！可惜，年纪大了，活不了多少年了。10年，8年，说不定。还是年轻人赶上了新时代。罗老师说着说着，有点伤感的调子了。我忙转开话题，说他活过100岁不会有问题。霍老也笑哈哈地说：“过百岁生日那天，等着我来喝你的寿酒吧！”说完，我们仨人都笑开了怀。窗外，一棵香樟树上，突然有一只喜鹊“叽叽喳喳”地叫个不停。霍老笑笑说：“你家又有喜事了。”罗老师笑笑：“你们俩不就是贵客么！”我们仨人都乐了，发出的笑声仿佛三支山歌的合曲，在这狭小的空间里，久久不停歇。

（二）

北宋时，茶陵设驿道。据1993年《茶陵县志》记：明万历二十四年（1596）增设递铺。驿道分两路，西路从州城出发，经山口铺、文坊铺、寒婆铺、黄石铺、蓼塘铺、珠玑铺，至攸县城，有90里；南路经头铺、界桥铺、大乐铺、管塘铺、砻下铺、肖家铺（文章桥），至安仁县城，有95里。清光绪三十三年（1907），驿道废止，开办邮政。界首，古称肖家铺，明洪武二十年（1387），设界首坊，由此得名界首。

“铺”在湘东语言系统里，是个多义词，首先指驿站。这驿站是官方开办的邮政站点，不理民间邮政事务，专以马匹人力传递官方文书，十里一铺。实际上是一种可供官员、驿员替换马匹、人力和提供粮草、食宿的接待站。到了清末，驿站兼顾官民邮政。其次，在明清时，“铺”也指乡村的伙铺（饭店），这些伙铺大都开设在乡间要道和村镇、集市之上，多是人流物流和信息比较发达的地方。伙铺，多为商贾开设，提供食宿。再次，“铺”也指商店（门面、商铺、铺子），多在市井之间、街巷之中。界首的驿站，又称肖家铺。大约那时有肖姓在这里聚落为村，又在此村镇内设有递铺，故名。

肖家铺在县内很知名，我想看看它究竟是个什么模样。界首村张主任，长得壮实，说话实在。他告诉我，他只晓得关帝庙遗址、李家巷老街、肖家亭（翘角亭），肖家铺在何处，搞不清。之后，他叫我们喝茶，又拨通了罗老师的电话，叫他赶快过来，有急事找。片刻，罗老师就到了。这是个头发稀少、又黄又瘦的老人，个子不高，但很健谈，是《界首镇志》的主编，是个爱读书又善写作的乡间贤达。他告诉我，以上这些名胜古迹他一清二楚，想了解这些，他可以带路。之后，我们三人，就穿行在古韵依依的遗址之中了。

穿过一条大街，就见一个大坪，有几栋老屋，是1952年建的乡政府机关、供销社、肉食站。这些老房子，显得很破旧了，有些房子里面还住了人家。这些老房子1979年以后，都卖给居民了。从大坪拐进一狭窄的老街，两边有不少清代建筑，民国时期的也不少，都是清砖乌瓦木板楼房，大都住了人。这就是老街的一条小巷子了。据1993年《茶陵县志》：界首坊，建于明洪武二十年（1387）。明代之“坊”，又称坊场，唐代称之为街巷，唐末五代时，又泛称手工业作坊聚集之地为“坊”。到了明代，“坊”实际上成为村镇和集市的代称，清代又泛指“市”。这说明至少在明洪武年间，这里就有集镇、集市了。界首老街不宽，仅2米多宽，中间铺有厚青石板，两旁铺筑鹅卵石，街屋旁有用大青石板封盖的下水道，家家户户出了门就是街。到了界首老墟场（集市），街道突然列开，形成三角形口子，丁字路口上有一用小卵石砌成的小圆堆，据说是用桐油、石灰拌鸡蛋清筑成的

“墟胆”。这是镇墟之宝，里面有从马田墟的中心点弄来的一块泥土，以此来寻求市场兴旺。据界首村几位老人介绍，这马田墟是永兴县著名的古墟场，古名鸦鹊铺、泰来圩，明初建立，应早于界首墟场。从此后，这界首圩，渐渐以“墟胆”为中心，沿丁字路口，朝三个方向发展，上接肖家铺，下接李家巷，形成了清末民国时期的大集市。

现在的肖家铺呢，只剩下一排公家的老房子。老房子旁边有石板道，中间铺筑青石板，两旁筑有卵石通道，据罗老师介绍，这就是明清时的官方驿道了。从一排低矮的红砖房旁边拐进去，有一低缓的山丘，山丘之上较平整，约有 5 亩地大小，旁边有青石板筑的路巷，也有一些用砂子、糯米、石灰、桐油筑的地基，据说这就是当年递铺房子的地基了。如今这儿建有一栋民房，民房左侧有古驿道的遗迹。这个古驿站，选址还是有些讲究的，抬头一望，四周低缓，有宽大的山体，山体之下，就是一望无际的农田了。驿站官道有三个方向，东达江西，北上茶陵县城，南下安仁。这样的地方，古人谓之“交地”，是设置驿站理想的场地。从古驿站经肖家亭和一古石拱桥（现已改为平板水泥桥），可直达安仁。

左拐到丁字路口，直往里走，就是李家巷了。这里的房子多是清代建筑，民国和 1949 年以后建的也不少。清代建筑大都古旧腐朽得差不多了，封门落锁，无人居住，剩下一些雀鼠在这儿窠居。民国时建的楼房，大都住了人家，有几户已翻修一新，变成现代的小楼房了，只是街道不宽，全用麻石条、鹅卵石铺筑，比老街宽一点。据说是清同治年间扩建的街道，因李姓在此聚居，故名李家巷。李家巷显得很破旧了，老街麻石和房子全染成乌黑的颜色，加上朝向不佳，总有点阴沉沉的感觉。李家巷长 1 里余，出街口，就是通往茶陵的一条官道。

界首的肖家与李家，估计是元末明初从茶陵其他地方迁居此地的。肖家与李家在茶陵是旺族。他们迁居此地，是界首开发的首创者，其子孙大多聚居在界首周围。民国三十七年（1948），县政府统计，界首居民来自 8 省，24 县，鄂、闽、浙、赣、云、贵、川、粤都有，可谓八方汇聚，使这个茶（陵）安（仁）边陲集镇，充满了生机和活力。民国时期，这里成为湖南省八大古集市之一，名扬三省数县。

炎陵县地名源流考

彭雪开

炎陵县，原名酃县。《中国古今地名大词典·炎陵县》记：“1994年以境内有名胜炎帝陵更名炎陵县。”2009年《湖南地名志》及其他地志、史料，皆从此说。

酃县得名，历有三说：一说明嘉靖《衡州府志》谓“取古酃县(汉酃县)为名。”二说清乾隆《酃县志》谓：县城有酃泉，因而得名。三说因酃湖得名。三说之中，何者为准，至今难以定论。

然而，明嘉靖《衡州府志》的说法，是有依据的。共和国《酃县志·隶属》：“宋嘉定四年(1211)，湖南安抚使曹彦约平定黑风洞(今桂东县境)农民起义后，为加强对边远山区的控制，上奏朝廷，析茶陵军康乐、霞阳、常平三乡置酃县，以汉酃县(境域在今衡南县境和衡阳市东区一带)之名名之，仍隶茶陵军，县治设霞阳镇。”省、市有关地志，也多从此说。酃县为移借地名，可以肯定。

南宋酃县设置后，霞阳镇为县治。共和国《酃县志》记：城中有泉井，曰龙王井，又名酃醁泉(简称酃井)，位于县城东街，相传中村龙潭九条龙，乘洪水至县城，最小一条龙失群，为城东回龙山所阻，遂回头从地里奋力穿出至衡阳酃湖。于是便有这口与酃湖相通的水井。泉水清冽甘甜，冬温夏凉，酿酒、泡茶皆佳。这是后人依此传说，附和县以酃泉得名的依据。其实，龙王井的传说中，已寓意“龙王井”与汉酃县，有渊源关系。这恰恰证明，酃县是“取古酃县为名。”

至于以酃湖得县名，是采《水经注》之说。不过，这是汉酃县得名的依据，并非酃县得名依据。西汉高祖五年(公元前202)始置汉酃县，属长沙国。后属长沙郡。共和国《衡阳县志·沿革》：“汉献帝建安初(196—200)析蒸阳县、酃县的部分属地置临蒸县，属零陵郡。三国时，蒸阳、重安、临蒸属衡阳郡。东晋孝武帝太元二十年(396)，酃县(古酃县)并入临蒸县，属湘东郡；蒸阳县并入重安县，属衡阳郡。隋文帝开皇九年(589)并临蒸、重安、新城三县，始置衡阳县。”共和国《辞海》：古酃县“汉县名，其地在今湖南衡阳县。”这说明汉酃县置县，有598年的历史。郦道元(472—527)《水经注》言“酃县”，当指汉酃县无疑。

汉酃县，何以名之。《水经注·耒水》云：“县东有酃湖可酿酒，故名。”《后汉书·郡国志四》：“长沙郡酃县。”刘昭注：“《荆州记》云：‘有酃湖，周迴三里。取湖水为酒，酒极甘美。’”《六书古文·工事二》：“汉长沙郡有酃县，今为衡州衡阳县。有酃湖，其水为酒而美。”清洪吉亮《乾隆府厅州县图志·湖南布政使·长沙府》：“酃湖在县(酃县)东，水可酿酒名酃绿酒……今作零湖，与耒水通，可溉田百亩。”由此可见，酃湖产美酒。南朝郭仲产《湘州记》记“酃县东有酃湖，周二十里，深八尺，湛然绿色，土人取此水以酿酒，其味醇美，所谓酃酒。”西晋太康元年(280)，晋平吴，曾荐此酒于太庙。张载曾作《酃酒赋》由此得知，汉酃县以“酃湖”得名，并产酃酒。

酃湖，又何以名之。从语源学角度考正，可得真谛。酃，《说文》：“酃，长沙县，从邑，霝声。”段玉裁注：“酃，今湖南衡州府治衡阳县府东二十五里有故酃县城是也。”《汉书·地理志》：“(舂水)北至酃入湖。”《三国志·吴志·吕蒙传》：“近者破樊本屯，救酃。”很显然以上所言，当是指“酃”为县域行政地名。那么何谓“酃”？其实《说文》已从字的本义上，做了说明。循着这一思路，关键是破解“酃”和“邑”两字的本义了。

酃，字出甲骨文，字形从雨从三个口或两个口，字义指大雨点，会大雨之意。实为霖字本义。或象大冰雹之意，《说文》：“霖，雨三日已往。”因此，霝字本义为大雨，后也指冰雹。《左传》隐公九年：“大雨霖之以震。”即为大雨大雷之意。经传将霝字释为大雨之义，也释义为雨雷、冰雹之义。然而《说文》训霝为“雨零也。”这是值得商榷的。零，《说文》：“零，雨零也。从雨各声。”段玉裁注：“此下雨本字，今则落行而零废矣。”本义是落雨之意。《广雅·释诂二》：“零，堕也。”钱大昭疏义：“零者雨之堕。”《玉篇·雨部》：“零，雨零也。或从落。”由此可见，这些释义，皆受《说文》影响。

其实，雨从字形结构与音义角度看，本身就有下落之意。雨，在甲骨文中。字形象雨点自天而落之形，“一”表天，上部雨点渐与“一”连，而为雨点下落之状。《说文》：“雨，水从云下也。一象天。”这是对的，但又云：“象雲，水霝其间也。”则无据，因“一”象天，不象云状。由此看出《说文》对“零”字的释义，是同义反复。后人释诂者，也多将错就错矣。零，实为地名。甲骨文中有“在师零”(在军队驻地)的意思。这里零指的是地名。

霝，释为大雨之意，固然没错。但我认为更富有多重含义。一是含有大雨中有冰雹之意。雹，在甲骨文中从雨从三个菱形口字，字形象下雹子之状，与雨相连，其中三个菱形口字，含有夹锐撞击空间地面之意。甲骨文卜辞中记载的雹子与现代记载，大体差不多。如“丝雹唯灾”即是。二是含有雷电闪鸣之意。我们可以将霝字与靁字，作一比较。靁，《说文·雨部》：“靁，古文靁(雷)。”《玉篇·雨部》：靁，雷的古文。《广韵·灰韵》：“雷，《说文》作‘靁’云：‘阴阳薄动，靁雨生万物也。’这说明霝字与靁字，有渊源关系。前者是言落大雨时，有时有雷电闪耀之状，后者是专指在落雨时有巨大的炸裂声与闪电之状。古人对可闻可见的雷雨声，惊恐莫名，遂有崇拜。段玉裁引注《广韵》释霝雨为神雨、善雨。这说明霝字靁字，在一定状态下，可以相通，因"靁雨可生万物也"。说到雷字，高鸿晋《字例》认为："故古文雷字必因电字。"雷之为物可闻不可见，电之为物，可见而不可闻，见闻相生，雷电实一物之两种属性而已。实际上甲骨文中雷字复杂结构中，均作申，申即电，电相击而有雷声，故以电之闪光表示雷之特性，又以字形结构中的实点和小圆点表示雷声。金文中靁已作图雷之状。至小篆文中则变为靁。《说文》认为："从雨，象回转形。……回，靁声也。"《论衡·雷虚篇》："盛夏之时，雷电迅疾。"又云"图画之工，图雷之状，累累如连鼓之形。"因此，雷有炸裂之声，电有闪耀之形，雷电不可分。

从雷电二字释义中，可略得知，霝字可释义为大雨中有雷声滚动，"累累如连鼓之形"，有电光闪耀之意。并非只有"大雨释义"。有时亦指大雨中夹杂裹冰雹之意。其后人也多如此释义，如明赵弼《太白酒楼赋》："涛霝波雪，鼖注吕梁。"鼖，《说文》谓八尺两面的大军鼓，此喻雷声。说的就是今山西省吕梁山区一带，大雨大雪，雷电混合之状。

邑，在甲骨文中，字形之上口，象城郭之形。据考古挖掘，夏商故城遗址多呈方形，口字下面字形结构象人跪形。故甲骨文邑，象人聚居之所。金文邑字形，皆象人聚居在方形或方圆形的城堡中的意思。《说文》："邑，国也。从口从卩。"后人释其义，表示人所聚居之城邑，亦说为人名。凡都城皆可称邑。《说文》收邑部首字184个，绝大部分都与都城、城堡有关，或为乡邑，或为县邑，或为国邑(国都)。如"邦"字，即指村候的国都；"郝"字，为乡邑。"鄗"字，为县名亦为县邑；非此，亦指人口密切的聚落，实指村邑。

但卜辞中无都字，却有邑字，邑字中已有西邑、唐邑、二十邑等称谓。可见夏商时，都邑较多。段玉裁注："《左传》凡称人曰大国，凡自称曰敝邑。古国邑通称。"朱骏声通训定声："《书》'西邑夏'、'天邑商'、'大邑周'，皆谓国。"郭璞注："邑，国都也。"实际上郭只言其一，未言其二。上古人言邑者，有村、乡、县、国邑之称，非只言国邑。至秦汉时，有县侯国之封爵。郭璞注"邑"，也应包括这一类。夏商之国邑，是言侯国之都域。至周代邑多指无先君宗庙的都城。《左传·庄公二十八年》："凡邑，有宗庙先君之主曰都，无曰邑。"这时"都"与"邑"，才有区别了。《周礼·地官·里》："掌比其邑之众寡。"《辞名·释州国》："邑，犹俋也。邑人聚会之称也。"郑玄注："邑，犹里也。"贾公彦疏："邑是人所居之处。里又训为居，故云邑犹里也。"这说明周朝以后，凡有人聚居的地方，皆可称邑。实际上指的村(里)、乡邑之类。有时亦指方国的国都了。《国语·齐语》："三十家为邑，邑有司。"司即指地方掌管政事的官员。这是指乡村行政官员驻地为邑了。《管子·乘马》："五聚命之为某乡，四乡命之为方，官制也，官成而立邑。"这是指方国驻地为邑了。

综上所述，霝字可释义：一为大雨中有雷声滚动，电光闪耀之意；二为大雨中夹裹着冰雹，并伴随雷鸣闪电之意。邑字可释为有人聚居的村、乡、县、国之都城之意。靁与邑相合为酃字，即为《说文》所释义“酃，长沙县，从邑，靁声。”段玉裁注“酃”为酃县都城也。这是对的。

按《水经注》的说法，酃县以“酃湖”得名。湖，《说文》：“湖，大陂也。从水，胡声。”《广雅·释地》：“湖，池也。”《禹贡》：“震泽底定”孔傅：“震泽，吴南大湖名。”孔颖达疏：“大泽蓄水，南方名之，曰湖。”这是湖之本义。今释义为“四周是陆地的大片水域。”按《水经注》之说：“县东有酃湖可酿酒，故名。”因酃县都城旁有湖可酿酒，故名酃湖。因以名县，也是说得通的。

然而，酃湖最早应为自然村邑之名，后逐渐形成区域地名，最后才形成行政区划乡邑之名，得名当在秦代以前。至汉高祖五年（公元前 202 年），始置酃县，因县邑驻“酃”邑这个地方，故以此名县。从此酃县载入国史。《汉书·卷二十八上·地理志第八下》：“南平，耒阳，舂山，舂水所出，北至酃入湖，过郡二，行七百八十里。莽曰南平。”又云：“攸、酃、丞阳、湘南，《禹贡》衡山在东南，荆州山。”《资治通鉴·卷一六四》：“陆纳袭击衡州刺史丁道贵于渌口。”注：“衡州，治衡阳县。县东二十里有酃湖，其水湛然绿色，取以酿酒。甘美，谓之酃渌。渌口即酃湖口也。”以上文中酃与湖，并非联称，而是单指。说明酃县县城，离酃湖有一段距离。段玉裁注“酃，”亦持此说。《汉书·地理志》：“（舂水）北至酃入湖。”亦是此意。因此，酃县以酃湖得名，是值得进一步探讨的。

至于《水经注·耒水》：“酃县有酃湖，湖中有洲，洲上居民，彼人资以给酿酒甚美，谓之酃酒。岁常贡之”之说，与西汉酃县得名，无多大关联。因酃酒与醴酒（今醴陵市渌水流域）所产美酒，世称酃渌酒，产于晋统一中国之际。《晋书》：太康元年(280)五月丁卯，荐酃渌酒于太庙。《湘州记》：“衡阳县东有酃湖，酿酒醇美，所谓酃酒。晋平吴，始荐于酃酒于庙也。”《晋书》：太康元年(280)五月，其时发生了“晋平吴”大事件，其时醴陵县与衡阳县的官员们，分别进献酃酒与渌酒（醴酒），祀太庙，庆吉祥。这就是后世所称的“酃渌酒”。

汉（古）酃县，自汉高祖五年（公元前 202 年）始置县后，至东晋太元二十年(396)，并入临蒸县，自此后，汉酃县国史无载。直到南宋嘉定四年(1211)析茶陵县康乐、霞阳、常平三乡置酃县，属衡州。酃县又复载于国史，但已非昔日汉酃县，而是南宋另一县域，为移借地名。《大清一统志衡州府》：“宋嘉定四年析置酃县，属茶陵军。元属衡州路，明属衡州府，本朝因之。”这时的酃县已与汉酃县，不可同语。

酃县设置时，为何借古酃县为名？史无记载。我认为主要有三种原因：一是借“古酃县”美名是主因。两宋之交王观国《学林新编·扬》：“古人建立州县，或由山名，或因水名，或因事迹而为之名。非此三者，而以意创立，则取美名。”酃县是以酃邑（自然乡邑）得名，并非以酃湖产美酒而得名。但自《水经注》：“县东有酃湖可酿酒，故名。"之说产生后，成了不可置否的定论，加之"酃酒"尝贡太庙，由此可谓美名传遍天下。故酃县设置时，便以汉酃县为名，"则取美名。"二是平衡折中的产物。南宋茶陵县，属茶陵军。其时据宋《舆地纪胜・卷63》记载：茶陵军境划分为西阳、睦亲、茶陵、衷鹄、康乐、霞阳、常平7个乡和永安（今高陇）、茶陵（今城关）、霞阳（今酃县城关）、船场（未考）4镇。酃县设置后，取县名，应是茶陵军行政长官的第一件大事。因酃县是划"茶乡之尾"康乐、霞阳、常平三乡域为县，境内无名山名水，有炎帝陵又怕犯讳，取其中任何一乡为县名，都不妥，朝廷只好听从湖南安抚使曹彦约的建议："以汉酃县之名名之"。事实证明，这一选择是对的。致使酃县立县后，历经773年的历史未改县名。

1994年因境内有炎帝名胜，报请中华人民共和国国务院批准，将酃县更名为炎陵县，县治仍驻霞阳镇。发生更名的依据，不外是如下几种：一是炎帝陵墓在西汉时，就葬在县境内鹿原陂西侧（今鹿原镇鹿原陂），西汉末，战乱连绵，有人担心掘坟，曾一度将其填平。晋代陵墓恢复。晋皇甫谧《帝王世纪》有炎帝"葬长沙"的记载。宋罗泌《路史》，虽不为史家所重，但在著作中，却明指"炎帝神农氏都于陈，盖宇长沙，是为长沙（湖南），崩葬长沙茶乡之尾，是曰茶陵，所谓天子墓者。"二是历为国祭名胜。有关史料记：宋初，有人谏太祖奉炎帝为感生帝，遂于乾德五年（967）遣使遍访炎陵，终在鹿原陂觅得。当年修葺，置5户守陵，禁在坟山樵牧。自此后，历代王朝均在炎陵设户守视。历代无论官方或民间，多有人奉祀，遂为名胜。后晋时，朝廷派春官尚书欧阳林启赴炎帝陵领祭。宋代规定三岁一祀。元、明、清，都有朝廷大型祭祀。其中明代大祭，有史可查者15次；清代大祭，有史可查者38次。三是顺从民意。炎帝陵民间习称"天子坟"。历代民间多在除夕、清明节祭祀，有时也随时拜祭。据《史记》等典籍及有关史料记：炎帝神农氏对中华民族的起始发展，贡献巨大。相传一曰制耒耜，教民耕稼；二曰尝百草，开医药先河；三曰立市为集，首辟市场；四曰治麻为布，教民着衣帛；五曰作五弦琴，以乐百姓；六曰剡木为弓，以威天下；七是作陶器，改善生活等等。对于这样一位传说与黄帝并称的中华民族始祖人物，无论官方、民间皆极为崇拜。中华儿女为纪念始祖，早有人提议将酃县改称炎陵县，事实上民国26年（1937），酃县政府已设置炎陵乡，以炎帝陵为名。共和国中央政府顺从民意，便有改名之举。四是将始祖皇陵改为县名，已有先例。在封建专制时代，尽管皇陵显赫，然而清代以前，无一县因皇陵而名。《学林新编・名讳》："夏商无所讳，讳自周始，然而不酷讳也……秦汉以来始酷讳矣。"东汉应劭注《汉书》，就涉及避讳地名多处。辛亥革命后，帝制推翻，民国始立，西风东渐，地名命名，也无避忌了。民国33年（1944）4月，因轩辕帝黄帝陵所在，遂将汉为翟道县，后秦设置的中部县，改名为黄陵县。共和国1994年4月，因炎帝陵寝所在，遂将南宋嘉定四年（1211）设置的湖南酃县，改为炎陵县。这深得炎黄子孙的拥戴。

汉鄙县自汉高祖五年(公元前202前年)设置后,历598年并入临蒸县(今衡阳市衡阳县)而消失。直至南宋嘉定四年(1211)置鄙县,以古鄙县名之,为移借地名。后历773年又为炎陵县取代,至此才实现今炎陵县域地名,或因山名,或因水名,或因事迹而名,除此外则取美名的愿望。可见县域地名,随历史流变。历史上也多有先例。今炎陵县因境内有中华民族始祖炎帝陵而得名,必将永记于史籍。

酒文化和醴泉文化的结合

——也说醴陵地名由来

丁水生

清光绪时成书的《湖南通志·名胜志》说："县北有陵，陵下有井；涌泉如醴，因以名县"。民国刘谦主纂的《醴陵县志》沿采此说，以醴陵城北姜岭为"陵"；其下有古"渌江八景"之一"醴泉浸月"的醴泉古井为"醴"。醴陵由此而得名，似乎已被认同为定论。

但后来经考证认定：距今醴陵城西 10 公里的转步乡古城村(今属板杉乡)，为西汉初"醴陵侯"侯城和东汉初置"醴陵县"县城遗址，从而推翻了醴陵"历来无城"的旧说；又因上述解释，与中三洲古城地理位置不合，醴陵主要因"醴泉"而得名的说法也受到质疑，于是又有人提出"因酒名县"一说。

"醴"的本义有"甜酒"和"甘泉"等解释；"陵"则有土山丘阜之义。考究醴陵的得名，首先应不离开这两个范围，其次要看这一名称最早出现的历史时代。

"醴陵"之名，最早出于先秦典籍。就是说，在西汉封侯和东汉置县之前，其地名即已形成。所以上述"醴泉""姜岭"等等，只是后来的一种解释，而不是最早得名的组成。

西汉司马迁所著《史记·夏本纪》曾载："汶山道江，东别为沱，又东至于醴。过九江，至于东陵，东迤会于汇(指鄱阳湖)。东为中江，入于海"。其文源出于周秦古籍《禹贡》，是醴陵之"醴"，第一次见于史籍的证明。原文讲述大禹疏浚江河的业绩。其中"道"通"导"，意为疏浚；"沱"作支流解；"东陵"即巴陵，为今岳阳市的古称；"九江"则泛指湖南湘资沅澧等众多长江水系支流，而不是今江西省九江市。这段话大意是说：大禹在"汶山"(今四川成都北汶川一带)疏导岷江入于长江，下游支流众多。往东曾到达"醴"这个地方。湘资沅澧等九大支流，都在东陵附近汇入洞庭湖，而后再入长江和大海。这一段长江水系就是"中江"。

但"醴"为何义？历来注者说法不一。有说指山，有说指水。对此，东汉著名经学大师郑玄(127—200，字康成)，在注《禹贡》这一句时，有一段话很值得研究者重视："醴，陵名也。大阜曰陵。今长沙有醴陵县，其以陵名县乎"？这句话今天已被公认为对"又东至于醴"的权威诠释。它的核心是一个"陵"字，所以断句解读应以“醴”作山名：它是一座酒味醇香的大山；它是一片稻浪滚滚盛产美酒的肥沃土地！“醴陵”的得名，原来最早就这样和中国传统的农耕文化、酒文化紧密联系在一起。它是山与水（水自然包含了酒）的完美结合，是对这片淳朴土地上的金色丰收和欢乐和谐的生活，一种热情的礼赞和肯定。清末醴陵彭应魁（1827—1910年，字庾香），是一位执着于故土文化的学者，尤精地志之学，其《禹贡释水》《渌江源流考》等专著，颇受后人推崇。《渌江源流考》中有《又东至于醴辩》一节，旁征博引，议论精辟，反驳前人“醴”之为“澧”的推测，他特别敬服郑玄的见解结论，在文末情不自禁地说：“康成（即郑玄）醴为陵之说，诚精确不刊哉！”而当时醴陵远还没有封侯置县，这座以“醴”命名的大山自然不会是“姜岭”了。

古代醴陵辖境比今辽阔，往东曾达今江西萍乡杨岐山一带，其地古属“安成乡”。汉朝桑钦撰《水经》载云：“漉水出醴陵县东漉山，西过其县南”。其中“漉”是“渌”的同声通假字。故北魏郦道元撰《水经注》载云：“（醴陵）县南临渌水，水东出于安成乡翁陵山。余谓漉、渌声相近，后人即便以渌为称。虽翁陵名异，而即渌是同”。翁陵山即漉山，也就是今天我们所说的萍乡杨岐山，是武功山脉的一个分支。对此，清光绪《江西通志》解释说：“萍乡水，发源于杨岐山……又九十里入湖广醴陵县，出渌口入湘（即湘江）。……杨岐山当即翁陵山，古今异名尔！”

醴陵之“陵”为雄浑的杨岐山，是和这一片广阔而盛产美酒的地域相匹配的；而“醴”之为“酒”，同样可在古籍记载中得到证明。南朝刘宋时期，盛宏之所撰《荆州记》曾载：“渌水出豫章康乐县，其间乌程乡有酒官，取水为酒，酒极甘美，与湘东酃湖酒常年献之，世称酃渌酒”。按豫章郡为古代江西的代称，康乐即今江西万载县的古称，是南朝刘宋诗人谢灵运袭封为“康乐公”的食邑。所称渌水所出之源，就是今天我们所说的澄潭江，实为渌水较大的一条支流，源出于万载县金钟湖，也就是《民国县志》所称的“北源”。按“河源唯远”的原则我们已知，渌水正源只能是上文提到的发源于杨岐山的萍川水，位于萍乡与宜春交界处的水江乡，于沧下入萍乡境，在醴陵双河口合澄潭江，始称渌水。不同意以酒名县的论者，主要依据也就因为渌水正源不是澄潭江，进而否定康乐之“渌水”为醴陵渌水之“流”，而认为《荆州记》这条记载是指古代桂阳郡郴县另一条同名的“渌水”，故所产之酒在古郴县而不是醴陵。理由就是“渌水出豫章康乐县……”之前还有一句话：“（桂阳郡）东界侠公山下渌溪，酒官常取此水为酒。”认为此“渌溪”即下文之“渌水”。但仔细推敲则可看出，它们其实是不同的两条河流，相距至少有七八百里！

据古籍记载渌水确有两条。《水经注·耒水》条下云：“（郴县）有渌水出县东侠公山，西北流而南，屈注于耒（指流经耒阳县之耒水），谓之程乡溪。郡置酒官酝于山下，名曰程酒，献同酃也”。其后又有注：“酃县有酃湖，湖中有洲，洲上居民，彼人资以给酿酒甚美，岁常贡之”。所说“酃县”，不是今日改称为炎陵县的原名之“酃”，而是湖南衡阳最初置县时的古称，出产美酒称“酃酒”，也即《荆州记》“渌水出豫章康乐县”中所说的“湘东酃湖酒”，与渌水本地所产之“酃渌酒”并称名酒，“年常献之”。

综上所述就很明了：“程乡溪”别名也称渌水，即《荆州记》所说之“渌溪”，发源地都载明是“侠公山”，产酒名曰“程酒”。与“渌水出豫章康乐县”之酃渌酒，湘东酃县之“酃湖酒”，并为美酒，都有酒官监制并常年贡献朝廷。这种情景，为我们描绘出一幅荆楚湘东大地远古农耕发达，稻香千里处处美酒醇人的图画。以香甜的“醴酒”来为一处地域或山脉命名，不能不是酒文化发挥的极致！遥想醴陵古代先民，金秋时节载歌载舞；痛饮美酒欢庆丰收。仰视雄浑的杨岐大山，那是他们挚爱的母亲河渌水的发源地！醴陵乡、安成乡之名，就是这样孕育而形成，并才有以后的醴陵侯(乡侯)和置县之称。至于《荆州记》以流为“源”的误讹，由于古代交通信息和科技手段的限制，对河源的认识多有改变也毫不奇怪。例如古代典籍，长时期以“通天河”为长江之源，今天我们则已知，沱沱河才是长江正源。所以我们可以辨明澄潭江不是渌水正源，但不能否定它曾作为源头(或北源)写入史籍，进而抹杀其地曾产美酒的记载。所以“程酒”并不是“乌程酒”；则“乌程乡”不在醴陵之误，以当时一乡范围比今广阔的地理形势分析，当属“安成乡”之误。

至于后来以醴泉去解释得名，应当指出，在醴陵，“醴泉”本身，也是一种历史悠久的文化。它以一脉从石缝中吐出的甘冽清泉，形成古代醴陵著名的“渌江八景”之一，可与长沙府的“白沙古井”比美，历代文人学士歌咏赞唱史不绝书。东汉初年，“谶纬之学”盛行。光武帝刘秀为维护汉室的统治，力倡“符命瑞应”，标榜“受命于天”。醴陵在这个历史气氛中置县并筹划迁移县城。当时全国上报“醴泉”及“甘露”之类的“祥瑞”不少，醴陵受此风影响，指姜岭下之井池为“醴泉”，标榜醴陵即由此得名，也算能自圆其说。也证明东汉初年醴陵置县不久县城即已迁移。清康熙初，曾两次主持醴陵县志修辑的邑人曹之璜，写有一篇《新建醴泉亭记》，开头就说：“区寓泉名不一，独醴泉不少概见”。说的就是这个历史背景。文中描绘了醴泉优美的自然风光，其中佳句如“诧花异草，映带潆漩；玉镜晶盘，荡漾沉碧”，至今仍广被人们传诵。由于景物和地理方位都能照应，约定俗成，邑人对这一得名的认同，其实也就是对一种文化的认同，所以完全可以让它们宽容并存。只是和“酒文化”结合得名在先，其后才有和“醴泉文化”的结合得名罢了。

茶陵置县始于何时

谭定祥

20世纪80年代初，笔者参加了共和国时期茶陵首部县志的编纂工作，担任《茶陵县志》副主编。在收集了大量资料后，决定先编写《茶陵古今纪事》，本人负责中华人民共和国成立前部分的撰稿。撰稿时，遇到一些问题，其中茶陵置县始于何时就是问题之一。茶陵始置县的时间各种资料说法不一，归纳有以下几种：

一曰"汉置县"。如1979年缩印本《辞海》和1983年商务印书馆修订《辞源》都载茶陵县"汉置县"。二曰"汉武帝元封五年"置县。如1982年5月茶陵县人民政府编印的《湖南省茶陵县地名录》中的"茶陵概况"载："茶陵，西汉初期为侯国，元封五年始置县，隶长沙国"；1987年10月，茶陵县编制委员会《湖南茶陵县机构编制史资料送审稿》，也认为是"元封五年置县"。茶陵不少人的文章中均采用比种说法。三曰"东汉置县"。如清乾隆十二年《长沙府志》载：茶陵"周为熊湘地，秦属长沙郡，西汉属长沙国，东汉为县"。四曰"汉高祖五年"置县。《汉书·地理志》载："长沙国，高帝五年为国。县十三：临湘……茶陵……安城"；明嘉靖十二年《长沙府志》载："汉高帝五年，初置长沙国，置茶陵……十三县"；1986年，中共茶陵县委党史办编《茶陵党史丛书》中的"第一次国内革命战争史综述"一文载："汉高祖五年，茶陵置县。"以上几种说法，虽然时间不一，但都没有离开"汉朝"。当时，我们通过比较分析，采纳了明嘉靖十二年《长沙府志》等的记载，认定茶陵为汉高祖五年（前202）置县。《茶陵古今纪事》成书后，又将其改编为《茶陵大事记》，其中的"中华人民共和国成立前部分"还获得省级地方志类二等奖，这是省内"大事记"获奖最早的。对茶陵始置县时间，没听见有什么异议。

当首部《茶陵县志》即将成书时，笔者却发现茶陵在秦朝就设有"守令"的记载。有"令"就有县，因此笔者对茶陵在汉高祖五年置县产生怀疑。后又发现一些资料，于是在1988年2月撰写了一篇《茶陵置县考》的文章，打算在《茶陵修志通讯》上刊登。当时，《茶陵县志》主编朱汉兴曾看过此稿，并做了个别文字修改，开始也想在"通讯"上刊登（原稿本人尚保存）。但有人提出了异议，主要怕说我们出尔反尔，待今后史料更充实时再说，就这样，以后也没有再说了。

茶陵县第二次修志，我已退休多年了，但仍被聘参加修志。闲谈时，曾对同事们讲过茶陵置县不是汉朝，而是秦朝，最近，我在2013年第1期《茶陵人》刊物上看到一篇湖南工业大学研究员、株洲市作家协会副主席彭雪开先生《茶陵地名源流考(上)》的文章，其中“秦王政二十六年(前211年)，属长沙郡，是可信的，说明这一年，今茶陵县已设置茶陵县”这段话，与我十余年前的想法产生共鸣！“荼陵”县，实际上就是“茶陵县”。茶陵始置县不是汉高祖五年，这一年，“西汉高帝五年平定巴蜀，汉承秦制，实行郡县制”(1987年浦新善《中国历代行政区沿革》)，茶陵只不过已是县而已，而真正的始置县时间是在秦朝。理由如下：

一、文渊阁《四库全书·钦定历代官职表》载：秦时县一级的最高长官是“令长”“县令掌治其县，万户以上为令……减万户为长。”意为万户以上的大县其行政长官为“县令”，少于万户的小县，其行政长官称“县长”。民国19年5月《湖南地理志要——补志二·茶陵县》明确记载：“秦时置守令，汉属湘东郡”；清嘉庆二十一年《茶陵州志》卷一之《郡谱·沿革表》载“秦置守令，汉袭余风。”证明茶陵在秦朝时已是万户以上的大县，设有“守令”。

二、位于界首火星村的独岭坳大溪文化遗址，系距今6000－8000年前的村落遗址；炎帝是上古时代的部落领袖，在茶陵开辟农耕文化，卒后葬茶陵(酃县是南宋嘉定四年才由茶陵析康乐、霞阳、常平三乡置县的)。后来，茶陵因地居“茶山之阴”，炎帝神农崩葬于境内而得名。“茶陵”这个名称应该不是西汉才有的，据《湖南茶业》载：“大约认为，必在隋唐以前，六朝以后，则千四五百年前”。茶陵历史悠久，是农耕文化主要发源地之一，又有神农葬茶陵的名气，秦始皇建立郡县制度，既置长沙郡，郡下设县。据载，全国设1000余县，应该是有茶陵县的。

三、清嘉庆二十一年(1816)版《茶陵州志》载：茶陵这块地方，在“三皇”时尚处于“荒服”地区，炎帝在这里尝百草发现茶叶才称“茶乡”。炎帝葬茶乡后才改称“茶陵”，一直沿袭到春秋战国时期。秦始皇二十六年置郡县，茶陵县属长沙郡。这说明由茶乡而称茶陵，是在春秋战国时期之前，茶陵始置县是秦始皇二十六年(前221)，属长沙郡。

四、南朝宋·范晔(398—455)《后汉书·志第二十二·郡国四》：“长沙郡，秦置……临湘、攸、茶陵、安城……”明确记载秦朝已设茶陵县，属长沙郡。

秦朝，是我国社会由奴隶制发展为封建制的大变革时代，也是行政区划突破性变革时期，全面确定了体系完整、结构严密、层次分明(中央—郡—县—乡—亭)的行政区划，是行政区划史上一个重要的里程碑。其不仅充分考虑了自然地理因素，使行政区尽可能与自然地理单元相吻合，而且注意社会、经济发展情况及不平衡性。茶陵在秦朝始置县是完全可能的。

综上所述，茶陵始置县不是汉高帝五年(前202)，而是秦始皇嬴政二十六年(前221)，比汉高祖五年要早19年。

茶陵地名源流考(上)

彭雪开

茶陵与声乡

茶陵，自先秦置县后，历有荼陵、声乡，茶陵、茶乡之称谓。前三者，是今茶陵县区划地名。后者，是对今茶陵县域一种雅称，并非县名。下面就茶陵地名源流，作初步考释。

荼陵，为茶陵古名。上古属荆州地域。是否得名，实不可考。《尚书》列“九州”，始有荆州之名。但其时荆州，是以自然地理实体为界限的区域地名，并非区划地名。称之为“荆”，《释名》：“取名于荆山也。”

荼，《说文》：“荼，苦荼也。”源于《诗经·邶风》《诗经·豳风》。荼字，在古文中，历有苦荼、苦菜、茅草等之类的释义。注家常将《诗经》中的“荼”，释为“苦菜”或茅草。苦菜，在古文中多指杂草或稗草。如将《诗经·邶风·谷风》：“谁谓荼苦，其甘如荠”中的“荼”，释为杂草之意，这是说不通的。这里的“荼”，应是指苦荼。

苦荼为何物?《尔雅·释木》：“槚，苦荼。”晋·郭璞注：“树小如栀子，冬生叶，可煮作羹饮。今呼早采者为荼，晚取者为茗，一名荈，蜀人名之苦荼。”由此得之，槚、苦荼、荼、茗、荈，都是指茶的意思，是茶的不同名称而已。槚，《说文》：“槚，楸也。”《尔雅·释木》中，第一次将“槚”，假借为“苦荼”，这是为何?原来它的读音，在当时与民间“茶”的读音 cha 近似，假借它的音符，寄托茶义，又用“苦荼(cha)”两字来直训，即用同义词解释“槚”，就是“苦荼”。周靖民先生认为，古代字少，到战国秦汉时，“荼”字已被假借，引申有 10 多种释义、8 种读音，其中读茶、邪、蔡、阇等音，都是近似的。这时四川产茶，民间呼之为 cha，但没有造出这个字。于是假借已读茶音的“荼”字，作音符寄托茶义。

陵，《说文》：“陵，大阜也。”《尔雅·释地》：“大阜曰陵。”原指大土山。后又多引申为山、陵、丘、冈等。现在泛指土山。源出《诗经·小雅》《诗经·鲁颂》《诗经·陈风》等篇。亦指坟墓。《广雅·释邱》：“陵，冢也。”有时也引申为封建帝王的坟墓为“陵”。

地名，是随着人们生产、生活、交往、聚居，而发生的必然现象。以地得名，以名辩地，“名从实地、实物、实事、实人”等，是地名命名的一般规律。茶陵得名，亦不例外。最早应是一个聚落地名，以后才逐渐演变为地域地名，最后才形成区划地名。很有可能在春秋初中期，现在茶陵县境内，有一大的聚落，因它附近有一高大山脉，大土山上遍生苦茶，故得名茶陵。后演变为地域地名。

茶陵，何时以地域地名，形成区划地名，因史料缺乏，难以稽考。但也非无迹可寻。中国置县，清赵翼说：“置县本自周，盖系王畿千里内之制。”县字，原作寰。《谷梁传》：“寰内诸侯，非有天子之命，不得出会诸侯。”范宁注：“‘寰’即古‘县’字。”周王畿内置县，源于何时？《左传·僖公二十五年》记：当时(前635)，晋文公勤王有功，天子赐予原、温等县。这说明在此之前，已置县。春秋时楚国，也约在楚庄五十七年(前597)前置县。至于郡之置，当在春秋中期以后。最早见于《国语·晋语二》：“公子夷吾出见使者曰：‘……君实有郡县。’”此事发生在公子夷(晋惠公)即位的第一年，即公元前650年。晋定公十九年(公元前493年)，赵简子(鞅)率师伐郑，在誓词中说：“克敌者，上大夫受县，下大夫受郡。”说明这一时期，县的地位比郡高。

春秋中期，楚庄王(前613—前591)大败晋国，成为春秋五霸中第一强国后，才逐步向东向南拓展国土。史载楚国开拓南疆，每灭一侯国，必置郡县。其时置郡，因面积较大，地处边远，地广人稀，其地位反而比县低，造成了郡小于县的局面。至战国中后期，这一局面才改变，形成郡辖数县的格局。战国时，楚国置县已普及。《史记·张仪列传》：秦国为了赎回张仪，愿“将以上庸之地六县赂楚。”《史记·春申君列传》：“考烈王元年(前262)，以黄歇为相，封为春申君，赐淮北地十二县。”可见战国后期，楚国置县，已相当广泛密集。

茶陵，古属荆楚，历为楚国咽喉之地。战国中后期，是否在此境内置县，史无载。但其时置县，也非不可能。从春秋、战国时期现株洲市辖五县、市的地下文物古遗址看，今湖南境内，春秋初期，多属古扬越势力范围。春秋中期以后，楚文化才逐步在湖南一带，占住统治地位。但古扬越文化，亦占相当大的势力。到春秋末，古扬越文化才退出湖南境地。茶陵得名，应与楚文化密切相关。1986年于今茶陵县秩堂乡小塘村，发掘了小塘古城遗址，据文物专家初步认定，系战国初军事城池遗址。有关史料记：战国末，楚国以吴起(？—前381)为相，变法图强。结果变法一年多，就南收百越，北并陈、蔡，威震秦晋。约在这一时期，楚国经略湘江流域取胜后，在今茶陵秩堂乡吴楚要津，重筑军事城堡，以实施“南并蛮越”的目的。但吴起为相一年多，楚悼王一死，就遭楚国王公贵族的报复，乱箭而亡。从此，楚国也无力越过今茶陵地域，经略吴国扬越之地。

小塘古城遗址内，除出土楚国软陶类陶器文化器物外，还出土了汉代小方格纹陶罐、陶片等。这说明汉代城内，仍有人聚居生活。这一战国初楚国军事城堡，是否是荼陵置县的县治驻地，有待考证。不过，根据当时强楚开拓南疆，尽取其地后，建郡置县的惯例，有可能为楚国立县的县治。

荼陵，由聚落地名，成为县级区划地名，始于何时？因史料遗缺，难以确定，但也有迹可寻。东汉·班固(32—92)《汉书·卷二十八·地理志第八下》："长沙国，秦郡，高帝五年为国，莽曰填蛮(镇蛮)，属荆州。户四五三千四百七十，口二十三万五千八百二十五。县十三：临湘，莽曰抚睦。罗，连道，益阳，湘山在北。下隽，莽曰闰隽。攸、酃、烝阳、湘南。《禹贡》衡山在东南，荆州山。昭陵、荼陵。泥水西入湘，行七百里，莽曰声乡。容陵、安成。庐水东至庐陵，入湖汉。莽曰思成。"南朝宋·范晔(398—445)《后汉书·志第二十二·郡国四》："长沙郡，秦置。洛阳南二千八百里，十三城，户二十五万五千八百五十四，口百五万九千三百七十二。临湘、攸、荼陵、安城、酃、湘南(侯国。衡山在东南)、连道、昭陵、益阳、下隽、罗、醴陵、容陵。"以上《汉书》《后汉书》都明确记载：秦代已置长沙郡，郡辖县，其时应已设荼陵县。

荼陵，成为荼陵县名，究竟始于何时。《史记·秦始皇本纪》记载：秦始皇二十六年(前211年)，分天下为36郡。《汉书·地理志》也沿此说法。秦始皇三十三年，又攻击河南地、陆梁地，置九原、南海、桂林、象郡。至此时全国共置郡40郡。这是《晋书·地理志》的说法。后人又补入黔中、闽中、陶、河间4郡入数。又有学者加以考证，有46、48、49或51郡等说法。郡下设县，凡800余县。共和国《茶陵县志·沿革》："茶陵，古称茶乡。春秋战国时期属楚地。秦王政二十六年(前211年)，属长沙郡。"这里的"茶陵"应为"荼陵"，春秋中期以后，才逐步属楚地，春秋末至战国一代，楚国尽有其地。"秦王政二十六年(前211年)，属长沙郡"，是可信的。说明这一年，今茶陵县已设置为荼陵县。

20世纪50年代，长沙魏家堆第十九号墓出土一方石章，为"荼陵"石印，呈长方形，规格为2.5cm×1.8cm×1.9cm，鼻钮，为滑石材质雕刻，印面装饰感较强。据专家推测，该墓主应是荼陵地方官。这是我国第一方与荼(茶叶)有关的古印。地下考古文物，也印证了秦汉时，已设置荼陵县。宋·魏了翁《邛州先茶记》："茶之始，其字为荼。如《春秋》书齐荼，《汉志》书荼陵之类……"《史记·高祖功臣侯年表》："朱濞以都尉击籍、荼。"西汉高祖五年(公元前202年)置长沙国。西汉元朔四年(公元前125年)，封长沙定王子刘欣为荼陵侯。两宋之交的王观国《学林新编》：西汉"古之封爵，多取县名。"这也明证今茶陵县，秦时已称荼陵县名。县治驻何地，至今无考。

事实上，秦始皇二十六年(前211年)，分天下为36郡，大致有三种来源。一是因袭战国时代各国的故郡。二是秦灭列国后以其故都改置为郡。三是在并吞六国过程中新置郡。在秦始皇时，在楚故地置泗水、长沙、琅邪三郡。秦郡下辖县，其秦县数目，目前史学界仍有争论，一般说来有1000余个。而长沙郡的设置，是将当时设置的黔中郡的东南部名为“湘川”的大块地域划出，设置长沙郡。宋《历代地理指掌图》记载：这一地域包括古代的岳、潭、衡、郴、连、邵、永、道、桂阳等州，即今之岳阳、长沙、衡阳、湘潭、株洲、邵阳、娄底、郴州、永州等九市，以及广东的连县等地。郡治驻临湘，即今长沙市。2003年，在湖南龙山县里邪出土的十几万片秦简中，有“洞庭郡”的记载。洞庭郡何时而设，《后汉书·南蛮西夷列传第七十六》：“吴起相悼王，南并蛮越，遂有洞庭、苍梧。”可见“洞庭郡”实为楚悼王十三年（公元前397—前396年）前后设置。

荼陵，又名声乡。声乡之名，源于《汉书·卷二十八·地理志第八下》：“长沙国，秦郡，高帝五年为国，莽曰填蛮（镇蛮），属荆州……昭陵、荼陵。泥水西入湘，行七百里。莽曰声乡。”显然，王莽改制时，将荼陵县，改为“声乡”县了。

公元8年，王莽篡权称帝，国号“新”。“新”朝存16年。《汉书·王莽传中》记：王莽改制，因更改官制，首先从更改郡县地名开始，“岁复变更，一郡至五易名，而复还其故”。他乱改郡、县地名有如下几种：一是把原地名，改成带有“亭”字的地名。如改柴桑（今江西九江市）为“九江亭”等。“郡县以亭为名者三百六十，以应符命也。”所谓“符命”，即为“天命”，意为他做皇帝是天命，并非篡位。二是把原地名，改为带有治、安、宁、平、顺等字的地名，以求吉顺。这类改名，见之于记载有108例。三是取吉祥之名。其中以美、信、睦、昌字，用得最多。如将南昌改为宜善。这类改名有59例。四是用同义、同音字改地名。如改江陵为江陆。这类改名有40例。五是用反义字改地名，如改稠阳为固阴，改无锡为有锡。这类改名纯为文字游戏。六是使用对少数民族歧视、侮辱性的字眼。如改长沙郡为填（镇）蛮郡，广平县为平虏县。这类改郡名10例，县名26个。严重地影响了当时的民族团结。共和国1993年《茶陵县志》记：王莽“新”朝元年（9年）改长沙郡为填（镇）蛮郡，“荼（应为茶）陵县改名声乡”。改茶陵县为声乡县。

王莽不顾地名命名的规律，乱改地名，使“吏民不能记”，结果乱象丛生，以至于他本人下诏书时，凡碰到地名时，都要说明这个地名原来叫什么。

公元23年，绿林、赤眉起义，推翻了“新”朝，王莽被杀。之后，东汉王朝建立，又恢复西汉郡、县制，东汉建武六年，声乡县又恢复荼陵县名。“声”，《说文》：“声，音也。”后引申十几种意思，但大体皆与声音相关。“乡”，《周礼·地官·大司徒》：“五州为乡，使之相宾。”是指古代地方行政单位，所辖区域，历代不同。后有多种释义，但其本义一直作为一级行政单位使用。汉代县以下皆设乡。“十亭一乡”“声乡”，究竟何指，至今难考。（待续）

茶陵地名源流考(下)

彭雪开

茶陵与茶乡

茶陵之“荼”，即茶树，植物名，山茶科，常绿灌木，亦见乔木。有野生、栽培树种。叶含咖啡因、茶碱、鞣酸、挥发油等，有兴奋大脑和心脏的作用，除充作饮料外，也可为制茶碱、咖啡因之原料。根可药用。民间俗称茶叶。

茶，古名较多，见诸史籍者，有槚、荼、桡、梗、蔎、茶、茗、荈，又有苦荼、葭萌、椒酱、荈诧等名称。茶学界普遍认为，茶发荼于神农氏。秦汉时《神农本草经》：“神农尝百草，日遇七十二毒，得荼而解之。”《史记·三皇本纪》：“神农以赭鞭鞭草木，始尝百草，始有医药。”大约至周代，已逐步由药用转为饮料了，至战国中期，巴蜀一带，有“茗饮”之事。顾炎武《日知录》：“槚之苦荼，不见于《诗》《礼》。而王褒《僮约》云：‘武都(阳)买荼’；张载《登成都白菟楼诗》云：‘芳荼冠六清’；孙楚诗云：‘薑桂荼荈出蜀’；……是知秦人取蜀之后，始有茗饮之事。”文中“槚之苦荼，不见于《诗》《礼》。”这不是事实，相反《诗经》《周礼》中都有记载。但他说的“秦人取蜀之后，始有茗饮(即茶饮)之事”，还是大体符合实情的。秦人取蜀，是秦惠文王九年(前316年)。由此推算，“茗饮”之事，始于战国中期巴蜀国。事实上，秦取巴蜀之前很长时间，“茗饮”之事，已在巴蜀之间流行。秦取巴蜀，置蜀郡后，“茗饮”已大行其事。《华阳国志·蜀志》载：“蜀王别封其弟葭萌于汉中，号苴侯，蜀郡名。萌音芒，方言蜀人谓荼曰葭萌，盖以荼氏郡也。”后汉时广汉郡有葭萌县(今四川广元市西南)，以姓为地名。这说明其时，“茗饮”大行其道，葭萌(茶)已成了蜀国王室崇拜之物了。如果说先秦时楚国人以“荼”封县号，茶陵县成为中国第一个以茶为名的县，那么蜀国以“葭萌”封郡号，就成中国第一个以“荼氏”为名的郡。

茶字，源于何时何典？唐陆羽《茶经》：“其字，或从草，或从木，或从草木并。从草，当作‘荼’，其字出《开元文字音义》。”南宋魏了翁“唯自陆羽《茶经》、卢仝《茶歌》、赵赞‘茶禁’以后，则遂易荼为茶。”清代郝懿行(1755—1823)《义疏》："今'茶'字古作'荼'……至唐陆羽著《茶经》，始减一画作'茶'"。共和国《辞源》："《说文》作'荼'，即古'茶'字。唐以后者作'茶'"。

以上说"茶"字，源于唐代，值得商榷。"茶"字，最早见于《华阳国志·巴志》："周武王既克殷，以其宗姬于巴，爵之以子。……鱼盐铜铁、丹漆茶蜜……皆纳贡之。"东晋·常璩(生卒年不祥)，史载他家祖居蜀郡江原(今四川崇庆)，对蜀事见闻亲切，述蜀史较祥。这一关于'茶'字的记载，应是可信的。不过后人辑校时，"茶"有时又作为"荼"。汉末著名医学家张仲景(生卒年不详)《伤寒杂病论》："茶治便浓血甚效。"《三国志·吴·韦曜传》记吴史官韦曜不善饮酒，吴主孙皓餐宴，无不竞日，韦曜饮酒不过二升："常为裁减，或密赐茶荈以当酒，至于宠衰，更见偪强，辄以为罪。"由此得知，"茶"字，应源汉末，并非唐以后才将"荼"减一画，改作"茶"。

荼陵，作为县一级区域，何时改称茶陵?《三国志·卷六十》："建安二十年(215 年)，(孙权)督孙茂等十将从取长沙三郡。又安成、攸、永新、茶陵四县吏共入阴山城(作者注：阴山县城，在今攸县鸭塘铺乡阴山港村)。合众拒岱(吕岱)，岱攻围，即降，三郡克定。权(孙权)留岱镇长沙。"东汉建安二十年，即公元 215 年。由此得知，荼陵县改称为茶陵县，应在公元 215 年之前，即在东汉末年三国争雄之际。这是国史中最早出现茶陵县名的唯一记载。具体何年当考。

至此后，国史、地志等史籍，都载"茶陵"地名。《晋太康地志》："茶陵子相，汉旧县，属长沙……阴山乃是汉旧县，而属桂阳。吴湘东郡有此阴山县，疑是吴所立。"《晋书·卷一十五·地理下》："湘东郡吴立，故属长沙。统县七，户一万九千五百。酃(作者注：当时位在今衡阳市)、茶陵、临蒸、利阳、阴山、新平、新宁。"至此后，荼陵县名，不见于史籍。南北朝、隋、唐、五代十国，乃至宋、元、明、清以后，莫不如此。

综上所述，今茶陵县，原名荼陵县，秦始皇二十六年(前 211 年)始立县，以县治附近陵谷间产苦荼(茶)，而得名。抑或早在战国中期以后楚国开拓南疆时，早已置荼陵县而得名。汉高祖五年(前 20 年)，置长沙国，荼陵县尽归其地，仍名荼陵县。西汉元朔四年(前 125 年)，封长沙定王子刘欣为荼陵侯，筑茶王城，在今茶陵县火田乡莲溪村。荼陵县为其食邑。茶王城，亦为县治驻地。西汉太初元年(前 104 年)刘欣之子刘阳死，无后，废荼陵侯国，又复名荼陵县。东汉末，王莽"新"朝元年(9 年)，改荼陵县为声乡县。东汉建武六年(30 年)，刘秀政权又复名荼陵县。东汉建安二十年(215 年)，三国争雄时，孙权改取长沙三郡，设长沙郡，改荼陵县为茶陵县，"茶陵"始得其名。自此后，茶陵县几经撤并，未改其名。唐迁县治于今县城。荼陵县名，不复存在。

茶陵由荼陵改名之后，探索茶陵地名由来，史书不绝，今有四说。一说茶陵"因南临茶山，县以为名。"二说《路史》记：炎帝"崩葬长沙茶乡之尾，是曰茶陵"。

三说共和国《荼陵县志·总述》:“荼陵,因地居‘荼山之阴’,炎帝神农氏崩葬于境内而得名。”四说共和国《湖南地志》:“茶陵,因中华民族始祖炎帝神农氏‘崩葬于茶乡之尾’而得名。”以上四说之中,何者为准,至今颇有争议。

我认为第一种说法,比较接近史实。成书于唐元和八年(813 年)的《元和郡县志》谓荼陵“因南临荼山,县以为名。”很可能是引于唐建中元年(780 年)《荼陵·图经》:“荼陵者,所谓陵谷,生荼名焉。”说到荼陵之得名,前者是确指,后者是泛称。由此之故,明嘉靖《荼陵州志》云:“以地居荼山之阴,故曰荼。”明《名胜志》也云:“史记(非《史记》)炎帝葬于荼山之野。荼山,即景阳山,以林(作者注:为“陵”之误写)谷间多生荼茗,故名。”清嘉庆《荼陵州志》:“景阳山在州东,接江西吉安永新县界,一名荼山。”即在今荼陵县秩堂乡东首、小田乡小田、东坑、大和诸村境内。清同治《荼陵州志》:“以地居荼山之阴,故曰荼陵。”这就充分说明,荼陵是因荼山而得名。

当然,这一说法也不完全准确。因为东汉建安二十年(215 年)之前,“茶陵”县为“荼陵”县。虽然“荼”为“苦荼”,“苦荼”即为“茶”,字义是相同的,只是“荼”读作 tú,“茶”读作 chá,读音不同而已。

然而,从地名学角度看,又有些不妥。因为无论自然地名,还是区划地名,地名学界普遍认为有“四要素”之说。即任何地名,有“读音、字形(汉字拼写)、字义、指位”四要素。“荼”与“茶”义同音不同。因此读写上还是有区别的。再说在先秦时,“茶”字古字,有多种读写法,檟、荼、梌、梗、茗、荈、葭、椒等都泛指为茶。总不能将其中一字,都作茶陵县名。从这一意义上说,“荼陵”“茶陵”,至少在汉字读音与拼写上,是有区别的。因此,考察“荼陵”县名由来,应是“南临荼山,县以为名。”这荼山,即唐代指称的“荼山”,也即现在指称的景阳山;考察“茶陵”县名由来,应以唐《荼陵·图经》唯是。

第二种说法,即《路史》之说,是缺乏依据的。《路史》为宋·罗泌撰,历来不为史家所重。清《四库全书总目提要》说:“皇古之事,本为茫昧。泌(罗泌)多采纬书,已不足据。”原因是此书中“纪三皇至夏桀之事,依据纬书及道书,多不经之谈,喜出新意,好用僻辞古语。”这说得有些刻薄。但记载多失史实,倒是真的。如明郭子章《郡县释名·湖广卷上》:“枣阳县,……一本汉蔡阳县地,隋改枣阳县,以枣阳村名之。《路史》枣作棘。予过枣阳,遍地种枣。”郭子章亲历以证《路史》之误。不过,《路史》说到茶陵时,也不完全出错。《路史》:“炎帝神农氏都于陈,盖宇长沙,是为长沙(湖南),崩葬长沙茶乡之尾,是曰茶陵,所谓天子墓者。”在这里“是为长沙”,是引用晋·皇甫谧《帝王世纪》记炎帝神农氏“在位一百二十年而崩,葬长沙。”葬长沙何处,并未言及。《路史》则明确指出“崩葬茶乡之尾”,这是对的。但由此得出“是曰茶陵,所谓天子墓者。”则是大错。因为在这里,《路史》作者,显然将“茶陵”之“陵”,作为皇陵之“陵”看待。这种不顾先前史籍考证、确载之说，乱下结论，以致谬说流传。难怪典籍称作者“喜出新意”，不为枉。

“陵”，古文中有多种释义，其中也可释为坟墓。春秋《国语·齐语》：“参其国而任其鄙，定名之居，成民之事，陵为之终。”韦昭注：“以为葬地。”《论语》《孟子》中也有此类记载。张衡《西京赋》：“若历世而长存，何遽营乎陵墓。”后多指封建帝王的陵墓。《吕氏春秋·安葬篇》《七国考》《山海经》等史籍中，已有“墓设陵园”的记载。《水经注·渭水》：“秦名天子冢曰山，汉曰陵。”事实上，远在战国时，各国国君，都把自己的坟墓造得像山陵一样，故叫国君的坟墓为“陵”。已发掘的河南辉县魏墓和河北平山中山王墓。1 号墓的封土东西宽 92 米，南北长 110 米，高约 15 米，自下而上有三级台阶。显然这是后人称为“陵墓”的形制了。降为秦汉，积土成山，依山为陵，成了帝王一生之大事。据 1962 年实测，秦始皇陵墓为方形，边长各约 350 米，高 43 米(一说 76 米)。外垣南北长 2173 米，东西宽 974 米。陵园里外，有大量陪葬墓，刑徒墓及规模巨大的兵马俑坑。

在封建专制时代，尽管皇陵显赫，然而清代之前，没有一个县是因皇陵而命名。《学林新编·扬》：“古人建立州县，或由山名，或因水名，或因事迹而为之名。非此三者，而以意创立，则取美名。”为什么?《学林新编·名讳》：“夏商无所讳，讳自周始，然而不酷讳也……秦汉以来始酷讳矣。”东汉应劭注《汉书》，涉及“避讳地名”，就有东郡寿良县，应劭注：“世祖叔父名良，故曰寿良”(世祖指光武帝刘秀)；河内郡隆虑县，应劭注：“避殇帝名，改曰林虑也。”秦汉酷讳地名，由此可见一班，谁还敢以皇陵名县。

辛亥革命后，帝制推翻，民国始立，西风东渐，风气大开，地名命名也无避忌了。民国 33 年(1944)4 月，因轩辕黄帝陵寝所在，遂将汉为翟道县，后秦设置的中部县，改名为黄陵县。1994 年 4 月，因炎帝陵寝所在，遂将南宋嘉定四年(1211)设置的酃县，改为炎陵县。这都是为纪念中华民族炎黄始祖的义举，深得炎黄子孙的拥戴。全国除此两例外，无见他例。何谓《路史》炎帝神农氏“崩葬茶乡之尾，是曰茶陵”之说。

以我观之，茶陵地名由来，实为两说。其一是因荼(茶)山而得县名；其二是因茶乡炎帝陵而得名。其余皆源于这两说。前者是对的，后者是缺乏依据的，纯是“另立新意”。以至共和国所著的国史、地志，无不受其影响。共和国《茶陵县志》采以上“两说”，谓之第三种说法，貌似公允，实际上是将简单历史问题复杂化。而近十几年因旅游业大兴，各地纷纷从历史名胜、历史文化等资源中寻找最有价值的资源，助推经济社会发展。这本是件大好事，但有的置史实史料于不顾，任意曲解，造成不良社会影响。更有甚者，一些地志竟将《路史》无据之说，奉为圭臬，作为茶陵得名的依据，这是所谓第四种说法，这是不可取的。

茶乡，应是茶陵地域之雅称，非县名。源于《路史》：炎帝神农氏“崩葬茶乡之尾，是曰茶陵”。因荼陵、茶陵历产茶，因荼（茶）山得名，故雅称茶乡。《路史》称茶陵为茶乡，是有贡献的。至此，茶乡便成了茶陵的代名词。这也是迄今为止，“以茶名县”的唯一一个县。但就产茶的规模与质量上说，远逊于今湖南安化、新化等县。如何使茶乡名实相符，是值得思考的问题。好在这几年茶陵县有识之士，及为政者已看到了这一点，正在采取得力措施，改变这一状况。据报载：2011年该县已引进资金20亿，建“茶祖文化产业园”，目前中华茶祖印象主题公园，已在筹建之中。

在茶陵地名的源流探讨上，我主张还历史本来面目。特作“茶陵地名源流考”，抛一家之言，期待众家进一步探讨！

攸水地名源流考

彭雪开

攸县，以攸水流贯全境而得名。攸水，古名攸，又名伯水、攸溪、攸水、攸江，今习称攸水。北魏·郦道元《水经注》："攸水出东南安成郡安复县封侯山，西北流迳其县北。县北带攸溪，盖即溪以名县也。"清同治《攸县志》认为："此不易之说也。"

攸，何以得名？至今难考。但也有迹可寻。攸，在甲骨文中，字形象数条小溪，有曲行之貌，字义含有河流曲行远导之意。据初步考证：攸的得名，应与古扬越人有关。攸县境域，上古属三苗境地，春秋时多为越人境地，春秋中期后，楚国势力才逐渐沿沅湘而上，深入到湖南西南境。据今株洲市地下文物考古发掘证实，今湘东主体地域沿湘江，洣水、渌水（古漉水）、攸水等河流两岸，在夏代已出现少量越人的印纹硬陶文化，从商至东周早中期，印纹硬陶文化，已占主导地位。在今攸县攸水上游柏市镇，发掘了"下茶文化"和"柏市遗址"，这说明早在商代，这儿是越人的聚居地，是山越人还是扬越人，待考。

古越人有喜种糯稻，嗜鱼，逐水架木而居的习俗。越王勾践说越人"水行而山处"，为习水民族。更喜欢占据河源上游，取水酿"醴"（甜酒）。今醴陵市之"醴"，即以古越人（乌程氏后裔）择漉（渌）水源头而居，取漉水酿糯米酒而得名。今茶陵县高陇镇、秩堂乡一带，自古酿老"冬酒为最佳"。今炎陵县（原酃县）一些山区乡镇，也善酿糯米老冬酒。这些生活习俗，皆与古越人聚居此地密切相关。《楚辞·大招》有"吴醴白蘖，和楚沥只"句，这充分说明，在战国中后期，吴国酿的"醴"，已借助楚国的"沥"（过滤）技术（楚国立国后，就已掌握了向周朝进"贡茅"过滤酒糟的技术），共同酿造出窖藏数年后醇美清甜酒（即今湘东南数县的"老冬酒""元坛酒"）。今柏市镇的"元（原）坛酒"，驰名全县。这应是战国中后期，越人与楚人，共酿糯米酒，窖藏数年最佳的习俗遗存。其时，楚、越人共居今攸水上游溪流两岸，伐木架屋、烧荒垦田种稻（糯、粘），取清澈的溪流水，酿酒自饮，渐成习俗。因聚落傍溪流而居，山川悠远，流水曲长，故取名为"攸"。后形成著名的地域地名——攸邑。至战国末，才被官方文书刻写，形成攸地名。

伯水得名，应与刘则封为攸舆侯相关。《史记·建元以来王子侯者年表》记：

汉元朔四年（公元前125年），封长沙王子刘则为攸舆侯。西汉太初元年（公元前104年），刘则篡死罪，弃市，国除，恢复攸县名。封侯山得名之后，逐名攸溪为伯水，《礼记·王制》："王者之制禄爵：公、侯、伯、子、男、凡五等。"封方田"伯七十里。"《说文》："伯长也。"古今文中有多种释义，这里当指以上引义。因刘则为长沙定王子刘发长子，封侯较早，爵位较高（伯爵），封侯之地域较今攸县地域为大，地跨今湘、赣边界，又因攸溪（攸水）流贯侯国全境得名，故称攸溪为伯水。

攸溪作为地名，应晚于攸。攸源于攸之溪流，亦源于攸邑村落。攸为今攸县最早的自然村落地名之一。而攸溪应是水名。溪，本义为山间的小河沟。《玉篇·水部》："溪，溪涧。"《集韵·齐韵》："谿（溪之古字），《说文》：'山渎无所通也。'或从水。"文出张衡《东京赋》："濯龙芳林，九谷八溪。"这说明源于《战国策·秦策四》的"谿"字，到东汉中期，被新造出来的溪字取代。由此推测，攸溪得名，约在东汉中期，而攸之得名，要早得多。

事实上《水经注》中已称攸溪为攸水了。但又云："县（县治）北带攸溪，盖即溪以名县也。"即攸县以攸溪名县。事实上应是以古攸舆为名，简称攸县（参见拙文《攸县地名源流考》），而攸舆县，以攸邑名县，攸邑以攸（溪流）而得名。由此观之，攸溪是指县治驻地以上为攸溪，即上古之攸溪流，东汉中后期所称名之攸溪。这也证明，当时攸县县治，在今攸水中上游，即攸溪流经的地方。

攸水得名，当在南朝陈（558—589）之间。清顺治《攸县志》："梁朝（531—555）始迁县（治）于攸江之上"。1984年《攸县志·县治》："旧志载：攸县古城在县东攸水南岸（确实地址待考），五代后梁（907—923）时迁至今址（今攸县梅城镇）。"2005年《中国古今地名大词典·攸水县》："南朝梁、陈间以攸县改名，治今湖南攸县东北。"2002年《攸县志·建置沿革》："（南朝）陈（558—589）壬申"，湘州刺史王琳袭据湘州。辛巳（561）湘州降，罢罗州，改攸县曰攸水，隶湘州。2010年《中国地名大词典》："攸水县，古县名，南梁、陈间以攸县改名。"因攸溪流经此处，河床渐宽，水流渐丰，故改攸溪为攸水。从攸水经今攸县酒埠江镇旧时官田（今被酒埠江水库淹没），至今攸县大同桥镇界江村，自古称为攸水中游。因其时县治已设在罗家坪攸水中游北岸，故将攸县改称攸水县，以攸水名县。这也表明攸县县治，已从县境极东，迁置"攸江之上"了，攸江即指攸水。《元丰九域志》已称攸水。与清顺治《攸县志》："梁朝（531—555）始迁县（治）于攸江之上"，刚好吻合。

据以上史料推断，今攸县网岭罗家坪"古城遗址"，应是南朝陈设置的攸水县治无疑。之后分攸水县为安乐、新兴两县，至唐贞观元年（627），又复名攸县，县治仍驻原攸水县治。之后攸县县治历南北朝、隋唐340余年，一直未迁。直至五代后梁（907—935）之间，攸县县治，才从攸县网岭罗家坪，迁至今攸县城关镇（梅城）。《大清一统志》记：五代梁楚国迁攸县治于今址（今城关镇），虽未言明从何处迁来，据以上记载判识，应从今攸县网岭镇罗家坪迁来无疑。

攸水源头在何处？自《水经注》之后，清乾隆《长沙府志·山川志》、清光绪《湖南通志·水道一》、清同治《攸县志·山川》，以及其他国志、地志及省、市、县志书、地志等，皆引《水经注》之说，即“攸水出东南安成郡安复县封侯山，西北流……”共和国成立后，国、省、市县的志书及地志，皆言攸水源出江西省莲花县大背岭公德山，以上两说是值得商榷的。

攸水源头，并不在“封侯山”，亦不在大背岭公德山，而在今攸县鸾山镇漕泊村松林庵（原漕泊乡松林庵村）。郦道元《水经注》所指封侯山，经考在今攸县柏市镇之东的石桥村内，主峰海拔801米，山势延耸于吴楚交界处。攸水并非出自此处。今考攸水上游攸溪，古今主干有三源流：一是源于今攸县柏市镇境内泉康水；二是源于今江西省莲花县功德山（又名欧公山）大背岭水；三是源于今攸县原漕泊乡松林庵水。泉康水流至今柏市镇风塔村双江口，长约12公里；功德山大背岭水，流至凤塔村双江口，长约10公里；松林庵水流至凤塔村双江口，长约23公里。其中松林庵水流至今攸县鸾山镇漕泊村，入阴河至海棠洞出口，长约15公里，从海棠洞出口入今柏市镇富头村禹王洞（传说为古代夏禹治水，曾途经此地，故名。按《史记》载：夏禹治水未途经今湖南境内），出禹王洞天坑至山间罗浮江，又至凤塔村双江口约8公里。两源流合流后，经凤塔至柏市镇治南，始称攸溪。根据“河流唯远”原则判识，松林庵水为攸水源头。攸水全长约123公里。比共和国《攸县志》所记，近12公里；比共和国《中国古今地名大词典》所载，多出约8公里。

事实上，清乾隆《攸县志·江》中，已明指“罗浮江（即攸溪源头段）在东乡，去县（治）东一百四十里，自石窦中发源有罗浮鱼。”罗浮鱼，是产于地下阴河中的特种无鳞鱼，因产于罗浮江，故名。清同治《攸县志·图考》中，无论是《县境全图》《水道源流图》，还是《陂塘图》，都明确标注攸水源头，在罗浮江上游之漕溪，即今松林庵水。然而，因受《水经注》影响，在攸水源头的表述中，又都引《水经注》之说，造成图文前后矛盾的现象。2002年《攸县志·水系》认为：“上游，攸水古名攸溪，有南北二源。北源发于江西省莲花县功德山大背岭，南流10余里，经乌石岭入攸县柏市东部石桥，与发自封侯山的南源会合。”在此，“南源”应指源于漕泊松林庵水。结果文中仍受《水经注》影响，未承认攸水上游南源为攸水之源。但在文中也承认，有“源自漕泊松林庵的伏流30里的禹门洞、罗浮洞水。”2009年《湖南地名志》也受《水经注》影响，采共和国《攸县志》之说，但在该《志》第四章风景游览地表述中，也承认“左洞阴河流经天坑形成瀑布，注入右洞，再由此汇入山外的罗浮江，成为攸水源头之一。”一条江河，可以有多条源流，但源头只有一个，即源流远者为源头。经实地考察，结合古今《攸县志》及全国、省、市有关地志记载，我认为，今攸县鸾山镇（2005年漕泊乡并入）漕泊村松林庵水，应为攸水源头。

渌口地名源流考

彭雪开 伍姚

株洲县域，上古属三苗国。宋、元之交《文献通考》："三苗之国，左洞庭，右彭蠡。"杜佑《通典》："今岳州、潭州(今长沙)、衡州，皆古三苗国。"夏、商、周，属荆州，多属扬越势力范围。春秋中期以后，多属楚国势力范围。清同治《醴陵县志》称其境域属楚国南境。秦属长沙郡附郭县湘县(西汉初改为临湘县)。西汉析临湘县之南部湘江西岸置湘南县，湘江之东仍属临湘县。东汉初，析临湘县置醴陵县，县境内湘江东岸地域属醴陵县。三国后，今株洲县境，区划多变。唐天宝八年(749)析衡山县北部地域归湘潭县。今县境湘江之西和湘江之东朱亭、淦田镇及白关乡大部分为湘潭县地。自此后至共和国1965年4月，今株洲县境，分属湘潭，醴陵二县，其中渌口历属醴陵县。共和国《湖南古今地名辞典》："1965年4月，析株洲市置，县从市名。"县治驻渌口镇。

株洲县置县时间短，其地域内历史文化深厚，人文荟萃。渌口、淦田两镇，尤为突出。今特对渌口地名源流，作初步考释。

渌口，古名漉浦，又名津口。《水经·漉水》已称漉浦。唐大历四年春，诗人杜甫溯湘江去衡州(今衡阳市)投奔旧友，舟过渌口，作《过津口》一诗，有"回首过津口，而多枫树林"之句，津口即为渌口。渌口，缘于渌水，渌水即为漉水。渌水，又称渌江。清顾祖禹《读史方舆纪要·湖广天·长沙府》："渌江，在(醴陵)县城西南。本名漉水，出县东之漉山，西流经县南，又屈经县西，西北流而注于湘水，曰渌口。"可见渌口，即渌水与湘江交汇之处，故名。

漉浦，缘于漉水。漉水，何以得名，应与迁驻漉水源头吴国乌程氏有关。我在《醴陵地名源流考》一文中，有所论述。醴陵之"醴"，应是漉水(渌水)流域古扬越人的发明，而它的源头应是乌程酒。乌程，战国时楚国菰城地，秦并楚，置乌程县。东汉《越绝书·越绝外传·吴地传第三》："乌程、余杭、黝、歙、无(芜)湖、石城县以南，皆故大越徙民也。秦始皇帝刻石徙之。"这说明乌程县，为秦始皇三十七年(前210年)，南巡时置县。因县内原有乌、程二氏善酿酒而得名。又传为乌中、程林二氏所居，故名。汉属会稽郡，历代相因。清宣统三年(1911)，改称吴兴县，属浙江省。乌程酒，据《舆地志》记："乌程县内箬溪，夹溪生箬、沿溪”二箬皆村名。村人取下箬水酿酒，醇美胜于云阳，谓之下箬酒，酒味醇美。这就是后世称颂的“乌程酒”。由此观之，乌程人有取清澈溪水酿酒的习惯。

战国末，楚国以吴起(？—前381年)为相，变法图强，结果不到两年时间，就南收百越，北并陈、蔡，威震秦、晋诸强国，公元前334年，楚威王兴兵伐越，杀越国君无疆，灭其国，尽取其地。自此，越人散落江南各地，尤沿海为多。其中一支越人乌、程二氏后裔，从今江苏太湖流域南岸(今湖州市)，迫于战乱及杀戮，被迫迁入扬越人世居漉水北源源头(今醴陵市渌水北源头)，聚族而居，仍以善酿乌程酒而得名。

漉水得名，实与这一支越人乌、程二氏有关。漉，《说文·水部》：“漉，浚也。渌，漉或从录。”《孟子·万章上》：“使浚井。”含有疏浚、捞取之义。《广雅·释言》：“漉，渗也。”古文中也含有干枯、渗漏之意，后引申为水外溢之状。今释为：液体往下渗漏。又引申为清澈之意。《集韵·烛韵》：“渌，水清。”张衡《东京赋》：“于东则洪池清蘌，渌水澹澹。”即指“清澈”之意。

其实，“漉”为古越人常用语。晋代稽含《南方草木状》：“南人有女数岁，即大酿酒。即漉，侯冬陂池竭时，实酒罂中，密固其上，瘗陂中，至春潴水满，亦不复发矣。女将嫁，乃发陂取酒，以供贺客，谓之女酒，其味绝美。”文中“南人”，实指越人。唐《投荒杂录》，亦有同样记载。这就是今绍兴一带“女儿酒”(女酒)的由来。由此可见，“漉”为古越人语，特指一种民间嫁女酿酒饮酒习俗。

古越人乌、程二氏，迁居醴陵东漉山漉水源头之后，取清澈漉水酿酒，酒甚美，故曰“醴”，后漉水流域一支扬越人，将“醴”(糯米甜酒)与山陵结合，故得名醴陵。而取水酿“醴”之水，被乌、程二氏后裔，名之为“漉水”。汉代桑钦《水经》：漉水出醴陵东漉山，西过其县南，“屈从县西西北流至漉浦(渌口)注入于湘。”这说明东汉初，漉水，属醴陵县域，也证实东汉时醴陵县域已从今醴陵市转步乡古城村迁入今址。但《水经》成书，有说东汉初，有说东汉新莽时，有说记于新莽，成书于魏晋初。西晋太康元年(280)，漉水转名为渌水(渌江)。《晋书》记：太康元年(280)五月丁卯，荐酃渌酒于太庙。渌酒是渌水(漉水)流域产的醴酒；酃酒，即汉酃县产的酃酒。西晋太康元年，晋平吴，一统天下，醴陵县和汉酃县(今衡阳县)的县官们，分别进献渌酒和酃酒，祀太庙，庆吉祥。这就是后世所称颂的“酃渌酒。”南朝盛弘之《荆州记》：“渌水出豫章康乐县，其间乌程乡有酒官，取水为酒，极甘美。与湘东酃湖(酒)尝献之。世称酃渌酒”。这说明其时渌水北源源头“醴陵东漉山”，已成为豫章康乐县的辖地了。康乐县，于西晋太康元年(280)以阳乐县改名。而阳乐县为三国吴黄武中，析建城县，置阳乐县。这说明其时渌水北源东“漉山”，归醴陵县辖无疑。江西《昭萍志略》记：萍乡故域，在今县东四十里的泸溪镇古岗。这也佐证漉水源出“醴陵县东漉山。”

渌口得名源于渌水，渌水又称渌江，《水经》称漉水。《晋书》太康元年称渌水。《水经注·漉水》："（醴陵）县南临渌水，水东出安城乡翁陵山。余谓漉、渌声相近，后人藉便以渌为称。"这也说明漉水转名渌水，始于晋太康元年（280），而从《水经注》开始，则名扬全国，以后因袭相沿，皆称渌水。不过其时渌口，仍称之为漉浦。本来"小水汇入江海之处叫浦。"湘江为湖南境内"四水"（湘、资、沅、澧）之首，渌水为湘江一级支流，当然不能称之为"小水"（小河），故将渌水汇入湘江出口处，称之为"渌口"。《梁书》已称渌口。南梁中大同元年（596），荆州、郢州、湘州（今湖南部分）的官方地图册上，已标注渌口。唐置渌口戍。明崇祯《长沙府志》称渌口市，置巡检司，谓"居民颇多。"这表明渌口得名，在南梁年间。具体何年，当考。

漉水转名渌水，概由古漉水流域，森林茂密，河水清澈晶莹之故。共和国《醴陵县志》及有关史料记：明朝醴陵人口约为 3 万人，清初约 1.7 万人。清嘉庆二十一年（1816）人口近 30 万，民国时 50 万 -59 万。由于清初前人口稀少，渌水两岸多山地丘岗，日照充足，植被繁茂，生态环境较优，江水充盈，清澈易透。在醴陵方言中，"渌"含有"清纯"之意。经考察，渌水（渌江）在 20 世纪 70 年代初，醴陵县城居民，多直接饮用渌水，至 1980 年 12 月，才在县城郊三刀石建自来水厂。这说明渌水污染，始于 20 世纪 70 年代。沿渌水两岸旧时多地下泉水，仅县城阳三石—石门口，以及姜湾—源门铺一带，沿渌江两岸，富藏地下水。渌水自古至今"清澈易渗"，得到确证。因此，由漉水转称渌水，有实证依据。

漉水转称渌水，也另有其因。《水经注》经考证认为：渌水（漉水）有二源，而源头并非源自漉山，而是"水东出安成乡翁陵山。"漉山之源为渌水二源之一，但并非源头。这是对的。今考证，漉水源出"醴陵县东麓山"当然没错。因醴陵东汉建武十一年（35）置县，至三国吴黄武时期，近 200 年间，县东"漉山"，始终为醴陵辖地，故有此称。但这并非漉水源头，而是它的源流之一，称"渌水北源"，今称醴陵白兔潭河，又叫澄潭江。今考正"渌水北源"，发源于江西省万载县黄茅乡金钟湖，流经浏阳，在双江口入醴陵境，纳萍乡市湘东区栗江水，流经今醴陵市富里、南桥、白兔潭、浦口、王坊、黄沙等乡镇，在双河口汇入渌水，全长 111.3 公里，在醴陵境内 28.8 公里。而漉山即为今江西省万载县金钟湖附近之山。晋平吴（280）后，因湘赣两省边界区划调整后，原属醴陵县的漉水便归属康乐县（今万载县东北）。从此流经湘赣两省边界的漉水，就改称为渌水了。

《水经注·漉水》中的"安成乡"，实由安成县转名而来。《中国古今地名大词典》等史料有记。三国吴宝鼎二年（267），于今安福县平都镇，置安成郡，安成县从庐陵郡来属之。西晋太康元年（280），原长沙郡安成县，只剩安成乡名，归属萍乡县（267 年析宜春县域置县）辖。文中"翁陵山"，经考属今江西省萍乡市与宜春市交界处，属宜春市水江乡杨岐山千拉岭南麓大塘西北侧山坳。在沧下入萍乡市，西流经萍乡市湘东区与醴陵市交界处金鱼石，入醴陵境，经枧头洲乡至境内双河口，汇合澄潭江，始称渌水，全长 168.8 公里，在醴陵境内 63.73 公里。清《湖南全省舆图说》："渌水源出江西袁州府萍乡县安陵山。"清末《江西通志》："萍乡水，发源于杨岐山，东流转西四十里到县，又九十里入湖广醴陵县，出渌口入湘。"又云："杨岐山上，有渌水洞，杨岐山当即翁陵山，古今异名尔。"安、翁音近，安陵山即翁陵山，亦即杨岐山。

由此观之，《水经注》，不废《水经》之言、《荆州记》之说，并认定渌水（漉水）源头在萍乡县安成乡的翁陵山（安陵山、杨岐山）。事实证明，这是正确的。南梁时，源于漉水的"漉浦"，改称"渌口"，因地处渌水与湘江汇入处，历为醴陵、建宁县的水陆要津、重要聚落物质集散重镇，其名声日隆，不亚于县治之繁华。明清代已成醴陵县最大农村集镇、集市，商业繁盛，胜于各乡。1965 年，株洲县置县后，历为县治，今更显繁兴。2008 年渌口集镇区达 6.8 平方公里。由于地理位置优越，历史文化深厚，水陆交通便捷，为中原、两湖通往广东沿海之咽喉，历为湘东门户，又近距江南工业重镇株洲市城区中心仅 14 公里，今渌口开发区成为湖南省省级开发区，发展空间巨大，成为湘东重镇。现各项规划与株洲市相接，不久，有可能融入株洲市区。

炎陵县“沔渡”地名考

张观怀

沔渡，大家都知道是炎陵县东片的一个客家乡镇，但沔渡这个名字是怎么得来的，却鲜为人知，尤其是沔渡的沔字，总觉得有点弄不懂，那就让我来告诉你沔渡得名的由来。

沔渡位于湘东南边陲，距县城15公里，东与江西井冈山毗邻，地处“吴末楚尾”，北与茶陵县江口乡接壤，为县域通往江西的东大门。沔渡历来为兵家必争之地，南宋抗金名将岳飞奉旨征讨曹成率兵由江西入湘时，曾在此地驻扎。沔渡镇瑞口村有一擂鼓潭，传说就是当年岳家军路经此地时，山神命溪涧流水作擂鼓声音以示欢迎，故名传至今。瑞口村还有座岳王庙，也是当地先民为纪念岳飞而建。明成化二十二年(1486)衡州府拨军士50名驻守沔渡黄烟堡守关，顺治五年(1648)四月，据守南昌的降清明将金声祖易帜拥戴南明桂王，所部数万人马，自江西退入酃县，其中一路驻屯沔渡。清咸丰五年(1855)和六年，太平军两次兵临沔渡，而且与清朝官军进行浴血搏斗。

明朝末年始有人沿河起屋数栋，从事捕鱼、摆渡。后随着客家人张、曾、何、饶、王、朱等姓氏成批移入以及粤、赣、闽等省的客商陆续落脚沔渡，清初门店连绵建到兴隆巷。据同治版《酃县志》载：“清初，境内已有五墟，沔渡为五墟之首。”可见沔渡早在清初顺治年间就已开墟为市，逢墟日期定为三、六、九，取三阳开泰，六六大顺，久(九)久生财之义。当时除摆渡外还架设有简便浮桥(客家人称为登水桥)方便来往行人，到康熙四十七年(1708)始架设木桥，因木桥常被洪水冲垮，耗资较大，乾隆二十四年(1759)张君柏等人倡立“义济桥(船)会”，筹集民间资金维修桥、船，实行水涨撑船，水落架桥。县令沈道宽于道光七年(1827)题词“于物有济”，置匾额悬挂桥会正厅，盛赞此义举。清朝康熙、乾隆时期正是客家人迁徙入境的高潮阶段，外地的商贾也不断到沔渡开店创业，到乾隆三十五年(1770)沔渡墟已建公共建筑有：九祠、三宫、三庙、一馆、一寺、一庵，即张家祠、曾家祠、饶家祠、何家祠、王家祠、朱家祠、文昌祠、耀公祠、阴公祠和天后宫、万寿宫、南华宫；赵公庙、水府庙、福祝庙；豫章馆、龙泉寺、华益庵等建筑。有长约400米，宽约4米的一条直街，门面店铺70余间，西段为下街，东段为上街，较具墟市规模。

据说，当年设置墟场时为取地名，乡绅们各执一词议而不决。因为沔渡有个地理缺陷，别的地方是“一江春水向东流”，而沔渡却是一江春水由东南向西北流。北方属壬癸，壬癸主水，水主财运，开墟就是图发财，财气都流走了怎么行？一位堪舆先生建议，一是在沔渡西向五里处建一凉亭，亭内供财神赵公菩萨一尊（文像），俗称赵公亭；再在沔渡墟建一赵公庙，立财神菩萨赵公元帅（武像），含文招财武守财之意。二是要多架桥梁，拦住北流的财气。三是要取个好名字弥补地理缺陷，这样才能蓄积财气达到财源旺盛。究竟取个什么名字呢？乡绅们各执一词，议而不决。当时大家都面面相觑，只好提出个折中的办法，来个扶乩确定，听从天意。谁知摇一摇之后，沙盘上竟出现“沔渡”二字。渡字，乡人都能理解，但沔字，大都感到陌生。读书人就去翻阅书籍，追本查源，方知沔字即“水流盛满”之意。《诗经·小雅·沔水》云：“沔彼流水，朝宗于海。”意含沔渡有财可发，那流走的财是沔渡人盆满钵满装不完之后再溜（流）出去的。此外，在历史上有多处州县早就以沔为名。早在西魏废帝三年（554），改江州为沔州，辖今湖北省汉川、汉阳一带，汉水即为沔水。北周建德二年（573）废，南宋开禧三年（1207），将兴州改为沔州，辖今陕西省略阳等地，明洪武七年（1374）废。在陕西省西南部有一个沔县，境内有河流称“沔水”。东汉建武三年，大将岑彭兵渡沔水，大破秦军即此地此水。（沔县直到1964年才改名为勉县）。众人大喜随即按天赐之名上报县署。知县王庭杰（山西吉州人，丙戌科进士，顺治五年任酃县知县）批复同意，墟名定为沔渡。从此县东有个沔渡墟，穿镇而过的河流亦称沔水，就这样一直沿用到至今。

沔渡镇还有一页红色历史。1928年初，朱德、陈毅率领南昌起义保存下来的部队，在韶关犁头埠碰到毛泽东派来联络的何长工，得知毛泽东在湘赣边界创建了井冈山根据地，决定上山去找毛泽东。到达湘南后，在湘南特委的领导下，发动了著名的“湘南起义”。蒋介石闻讯，立即从湘粤两省抽调9个师的兵力围攻湘南。朱德吸取南昌起义的教训，在敌强我弱的形势下，为保存革命力量，避敌锋芒，决定向井冈山转移。朱德率南昌起义余部为前锋开路，陈毅率领湘南各县农军随后跟进。四月中旬，陆续到达酃县沔渡集结。跟随朱德部队到达沔渡集结的各路农军是：唐天际率领的安仁农军；萧克率领的宜章独立营；胡少海、毛科文率领的宜章农军三师；邓允庭、夏明震率领的郴县农七师；黄克诚率领的永兴赤色警卫团；邝庸、刘泰率领的耒阳农军四师；宋乔生、李玉荣率领的水口山工农游击队；李奇中、黄义藻率领的资兴独立团等12000余人。沔渡镇周围十几里的地方都驻扎了部队，到处是红旗招展，军号声声。

四月下旬，毛泽东率部完成阻击任务回师江西宁冈后，得知朱德率部到达沔渡的消息。第二天，便率一团三营一连赶往酃县。在沔渡，朱毛两军正式会合，当晚还举办了两军会合联欢晚会。月底部队开赴江西省宁冈县，五月四日召开了胜利会师大会。从此，井冈山革命根据地进入了鼎盛时期。

沔渡，这一边界客家小镇给很多老红军留下了深刻的印象。很多老红军在回忆录中留下了亲见、亲历的珍贵资料。1955 年被授予大将军衔的黄克诚在《永兴独立团上井冈山》一文中回忆说："我带领的永兴警卫团和县委 800 多人，从南门撤出至资兴三都，住了一晚后，于次日到达资兴彭公庙。尔后，再经酃县中村、水口，到达酃县城。在酃县，永兴警卫团改编为红军独立团，我任团长，李一鼎任党代表。独立团在酃县住了三四天，经沔渡，到达宁冈大陇。"中国人民解放军中将唐天际在《安仁农军上井冈山》一文中写道："由我率领安仁农军 200 多人经茶陵界首向井冈山靠拢，1928 年 4 月中旬到达酃县的沔渡。沔渡是个圩镇，圩镇的侧面有条河。朱德同志率领的部队驻在沔渡圩一带，在这里我们赶上了朱德同志率领的部队，又见到了朱德、陈毅同志、还有何长工同志……会师后我编到二十八团一营二连当党代表。"当年为毛泽东的警卫员，后为中国人民解放军少将的龙开富在《毛泽东同志在酃县的革命活动》一文中回忆道："酃城战斗后，回到砻市（1928 年 4 月下旬），听说朱德同志带领南昌起义的部分部队和湘南起义的农军都到了沔渡一带，毛泽东同志亲自带领我们到沔渡。毛泽东、朱德、陈毅同志会面后，一起到部队驻扎的地方去看望和慰问了部队官兵。毛委员说："有根据地就好办了，伤病员有休息的地方，老百姓又好，给部队送粮、抬担架，军民打成一片，就能战胜困难，打败一切敌人。"

沔渡镇是个客家人口占 90% 的乡镇，又地处县域东片客家人聚居地的中心地带，客家人的民俗风情十分浓厚，传统文化活动非常活跃，特别是舞龙耍狮，每逢民间节假日和农村的红白喜事都要组织队伍出去舞弄几下，1998 年湖南省文化厅授予沔渡镇狮龙艺术之乡。2004 年 3 月，沔渡镇举办首届农民文化艺术节。小型精干、诙谐有趣的乡土节目得到了群众的喜爱，领导的好评，湖南省文化厅再次授予沔渡镇龙狮文化之乡。2005 年 10 月，沔渡镇在镇区建设规划中，计划兴建客家文化风情一条街。2006 年元宵节，镇文化站牵头举办了沔渡首届客家民俗文化节，以舞龙耍狮客家风、客家山歌唱和谐、客家小吃传乡情、戏曲、灯火闹元宵等五大板块内容，这些客家人灿烂悠久的传统文化，吸引了湘赣边境及周边乡镇两万余人观看。湖南省《红网》等新闻媒体分别作了报道。以沔渡镇客家人为表演主体的三人龙，成功入选 2006 年度湖南省非物质文化遗产名录。三人火星龙成为央视五套《早安中国》栏目片头。由镇自编、自导、自演的《客家人喜欢唱山歌》作为湖南省唯一的代表队参加全国"泛珠三角地区优秀客家山歌邀请赛"并荣获金奖。11 月由镇组织的三人布龙等节目参加广东（江门）华人华侨嘉年华巡游大表演，获优秀表演奖。湖南省音乐家协会会员、炎陵县文联原副主席尹秉华（沔渡镇人）退休后，把数十年在民间采风收集的素材，整理编著的《炎陵飞歌》，由中国文艺出版社出版。这部充满着乡土风味的音乐作品集中，收录了大量的炎陵客家山歌。炎陵客家山歌已列入湖南省非物质文化遗产名录。2008 年月，沔渡镇罗姓客家姐妹和客家三人布龙为株洲市第一个登上央视三套“星光大道”，一展炎陵县客家人的艺术风采。2009 年 3 月 28 日，湖南省经济电视台“越策越开心”栏目开播七周年之际，特邀沔渡镇客家人的“三人布龙”客家山歌和吹树叶等节目到该栏目表演。

现在沔渡镇区面积已达 1.25 平方公里，106 国道贯穿沔渡镇直通江西，镇内村村组组通公路，东至神农谷，西到炎帝陵都很方便。目前，贯通全镇的炎(陵)睦(江西睦村)高速公路；衡(阳)、炎(陵)、吉(江西吉安)铁路，都正在建设之中。

渌　田

彭雪开

五峰山与渌溪

湘东十几个县市区，就地形地貌来说，都有各自的风貌，唯攸县又特别的不同。它如一块楔形石块，尖锐，渌田镇就是那尖锐之角了。历代县志、州府志上，有“一脚踏四县”之誉，称其为攸县的“南大门”。它东界茶陵县，南邻安仁县，西抵衡东县，北靠高和乡、菜花坪镇，距县城不足25公里。从菜花坪丁字路口，向安仁方向，拐了个大弯。实际上直线距离，大约19公里。

渌田之得名，与五峰山和渌溪有些关系。2004年《株洲地名志》记：相传古此地树木甚多，从五峰山发源之溪水，流经此地大垅，水清如镜，名为渌溪，素有治渌水灌良田之称，故名渌田。渌田得名于何时，我认为大致在元末明初，在一篇论文中，我列举了6条依据。（参见《攸县水系乡镇地名文化意蕴解读》）看来，渌田得名，与引渌溪水灌田，有很大关系，与渌溪桥则关系不大。渌溪桥建于宋宝佑年间（1253—1258年），桥成之后，攸县学长欧阳世作《渌溪桥记》，明万历年间，有文人引其文，其中有云：“渌田市之左有小溪”。这条“小溪”即指渌溪，说明其时“渌田”已得名。据2001年《渌田蔡氏九修族谱》记：渌田蔡氏家族，发源于济阳，分流于河南上蔡。宋靖康年间，上蔡人蔡吉南渡任洪州（今江西南昌、丰城）通判，后任潭州（今长沙、株洲等地）通判，定居攸县渌田，传14代而至朝端（蔡雪松）。后因兵寇，旧谱不存，故祖始朝端，提系为一世，至今25传（约600年）。蔡雪松，初任平阳尉，继授海北帅府都事。明初迁居安仁。明洪武六年（1373年），开始以乡举里选中明经科，为安仁训导13年。后又籍入攸县渌田市，死后葬渌田五峰山，至今有墓存。据传他与当时茶陵名士刘三吾、吉水名士解缙友善，有诗酬答。“渌田”得名，按此说法应在宋清康年间之前。具体何年，当考。

2007年10月5日上午，我在渌田镇八角居委会（社区）蔡国平先生的引领下，到五峰村考察，路遇蔡道华老师。对我的到来，蔡先生甚是欢喜，他陪我参观了渌田老街、渌溪桥、新市场。然后又陪我参观江塘村蔡槐庭故居，五星村桥头屋蔡仪先生的故居。每到一处，又招引有识之士，或干部、或教师、或乡老，助我座谈，不遗余力。据蔡道华老师(退休在家，现年74岁，与蔡先生为世交)介绍：五峰山有五个山峰相聚耸立，分别为丫尖山、苍山、架山、锅山、五峰楼(雷公山)，前面四个山峰并列，从东向南，一字排开，山高几乎平齐，唯五峰楼耸立在四个山峰之后，高出云表，望之巍峨挺拔。蔡老师世居此地，在高中时登过一次。在苍山半山腰，有个地方叫观音排，因地形似观音打坐而得名。山包之中有一巨岩，岩有洞，一泉流喷涌而出，日夜不歇，这就是渌溪的源流了。据2002年《攸县志》记：五峰山在县南陲渌田镇东部五峰村，处于攸县、安仁和茶陵三县交界处。峰顶雷公山，海拔622.8米，山腰有一庵，曰："碧云"。20世纪50年代犹在，"文化大革命"时(1966—1976年)遭毁。蔡老师告诉我说：观音牌前有碧云庵、庵前有池塘、有古井、有几亩山田，现四周茅草封长，杂木荫荫，无路可寻了。渌溪从五峰山涌出之后，激流奔泻，落拓有声，沿溪10里，有大小四座石拱青砖桥，分别叫杨木桥、新桥、贺家桥、龙合桥。现在都改为水泥平板桥了。五峰村内，靠龙合桥不远的一山岭下，原有一棵双生大古杉，相传为明代万历年间蔡氏所植，五个人合抱，还抱不过来，1970年突遭雷击，当时的公社干部，就派了几个木匠，加工成原木棺材，拖到市场上卖了。

那天，我执意要去五峰山看看。到了五峰村，天色昏朦，像下雨的样子。小车沿着一条坑坑洼洼的村道，开进去不远，就断路了。远望五峰山，如同雾里看花，模糊难辨。但仔细用望远镜一一搜寻，大体轮廓还是看得清楚的。山势突然平地发威，耸立如壁，五个山头紧挨在一起，像五个顽皮的山童，谁也别想分开它们。最高的后峰，像个巨人似地，将四个顽童拢在胸前。蔡国平先生告诉我说，那就是五峰楼了(雷公山)。其实，它们的两边各有大山延绵，有的甚至比五峰楼还要高耸。只不过山峰之间，相隔较远。而五峰山，就像人的五个手指，攒聚一起，叫它五峰山，还是有不少道理的。我们4人，在五峰村一大垅里，立在清凉的山风中，不断地张望五峰山。这就是渌溪的源头地嘛，县志、族志上都有明确记载，有何疑问。我正疑惑着，五峰山上，不知何故，突然风起云涌，雨色苍苍，接着疏疏落落的山雨，挑逗似地下着，一点两点三点，点点清凉。我们一合计，还是回去吧！其时，大垅里，一片苍翠的颜色，山脚下一排白屋，就如同童话中美丽了。一只公鸡"喔喔"啼叫，隐隐传来，破了这山野的静寂，颇有点禅味。我们返回到蔡老师的家里，喝了几杯山茶，又东拉西扯地说了一些村上的事，就告别蔡老师一家，坐车返回镇上去了。

回到家里，关于渌溪的源头问题，我翻了一些资料，感觉到五峰山肯定是渌溪的源流之一，但一定不是源头。渌溪，又称渌田水。渌溪为洣水支流永乐江一支流。渌溪在江口(渌溪汇入永乐江处)上游，至江塘处有两条源流，其一发源于五峰山，其二发源于安仁的龙沛乡旺冲村内的群山之中。从1991年《湖南省地图册》上看，发源于安仁龙市乡旺冲村的那条溪水，远比发源于五峰山的要长得多。根据“河流源头唯远”的原则判识，渌溪应发源于安仁县龙市乡旺冲村。实际上渌溪全长25公里，在攸县境内约11.8公里，其源头比攸县境内还多13余里。这也说明五峰山是渌溪之源流，而非源头。至于渌溪源头之形状，有待日后考察确认了。

渌田老街

我在渌田老街上，慢慢地游了一趟，还不够，又走了一回，这回还真有点感觉了。老街离渌田新街不远，约1里路程，从攸(县)安(仁)公路往右拐，沿一条下坡砂石公路，盘个大弯，就到了渌田老街了。

在我的印象中，渌田老街，是有些规模的。明代之初，设有集市，明洪武三十一年(1398年)，因地处茶陵、攸县、衡东、安仁四县边界，地形殊异，便设巡检署于此。这属于关隘要地了，专以管理州县治安、军事为责，属州县指挥，以仅次于县令的武官为之。其时，人口渐多，军民便开始在集市之处，扩建街道，至民国初年，街道长达1100米了。两旁店铺林立，到民国23年(1934年)，攸安公路通车后，更显繁华，成为湘东通往湘南之要津，攸邑南乡重镇，时有商业55户89人，手工业35户60人。据说当时楼台酒肆遍布，又多商店饭馆。每逢集市，人声鼎沸，多则上万人，平时也客商不断。我曾见过渌田老街的一张照片，是20世纪30年代的，那时街道两旁，多建二层青砖楼房，上面存货，下面开门面、住人，街道不算宽，仅2丈多一点。不过，街面全是清一色的花岗石铺就，也是够可观的。

如今喽，一切都变了。老街石板路，几乎见不着了，两旁的房子，大都被红砖楼房替代。剩下一两栋明清时的建筑，歪歪扭扭，快要倒塌的样子，门楼门板，乌黑锃亮，大门紧闭，抬头一望，楼上的晒楼的顶板上，有些燕子垒了泥窝，像金黄色的泥巴，粘在它的脸上，蛛网张结，不知有多少岁月了。蔡主任领着我，一一介绍指点，见我有些凝重的神色，就不大吱声了，有时就独自叹息一声。在他的眼中，渌田老街，老得不成样子了，正像一个饱经风霜的老人，他还健在，还在人生的旅途中，缓缓地行走。

渌田老街，街道有些弯曲，像个屈躺着的醉汉，就这么一躺，躺了600多年。我们走进老街，刚拐进去，只见几只鸡鸭，在街边的草丛里，摇摇摆摆地蹒跚而行。一只老鸭后面，跟着它的子孙，它只顾“嘎嘎”地叫着，不停地走，走一步，又侧一下头，看看天，又看看地。见我们走来，便急促地走到一块空坪里，领头排成一行，侧着头，警觉地望着我们，仿佛我们俩人，是天外来客。那些鸡呢，见了我们，就满街疯跑一阵，母鸡“咯咯”地惊叫，拍打翅膀，伸长颈脖，一下子钻在街边的草丛里，又沿着小巷子飞逃。一只枣红斑杂的大公鸡，倒是不慌不忙地跳上街边的墙垛。那墙垛土砖砌就，上面长着枯黄的茅草。大公鸡无事一般，也不望我们一眼，独自伸长颈脖，“喔……吭……”一遍又一遍地啼叫，清冷的大街上，顿时有了不少活气。

在“7”字形拐弯处，有一栋小房子，好像是20世纪建的土砖房，沿街有木板门，木板门上开了个窗口，比较宽，有一丈多，一个老人，在里面忙碌着。那些南杂百货，花花绿绿的一大片，堆在货柜上。门口站着几个老妇人，指指点点，说说笑笑。这是我们唯一见到的商店了。到了一大坪里，有一排20世纪80年代建的二层楼房，坐东朝西，大坪外有条老街的路，路边就是一口废弃的大池塘了。池塘几乎填平，种了不少蕹菜、辣椒、豆角、还有一蓬一蓬的扁豆，开着淡蓝色的花，正在做梦喽。那些丝瓜藤上，一朵又一朵的花，金黄鲜亮，开得浓艳，像美女头上的花结，在微微的秋阳里，逗人情思。几只蜜蜂，绕着它们，正兴致勃勃地跳舞呢。蔡主任悄悄地说，到了“渌田之役”的指挥部了。我们的心思一下子，沉淀在那烽火岁月里了。

民国15年(1926年)3月，为了结束地方军阀割据局面，国民革命军奉命从广东誓师北伐。其时湖南代省长唐生智，倾向国民政府，所部第39团驻攸。5月17日唐生智军与赣军唐福生部一个旅，战于攸县皇图岭，数小时后唐军溃退，该旅又联合粤军第一路军谢文炳所属陆学文旅，于29日占领攸城，唐部退守渌田。联军于6月3日下午7时，占渌田，进逼唐军。其时叶挺独立团，原属国民革命军第4军第12师第34团，后命名为北伐先遣独立团，受命北伐，5月31日抵永兴，闻唐生智告急，便急速驰援。6月2日上午11时抵安仁，3日晨曦，派独立团3营驰援渌田，团参谋长周士弟率侦察队、担架队后援。北伐军于半夜到达前沿，拂晓发起攻击。上午7时，赣军溃败。该役粤军第一旅一团中校团副刘光祖负伤。随后，叶挺率独立团，进驻渌田老街，将指挥部设在蔡氏宗祠里，布置战役。5日下午，叶挺部进驻攸城，过河后拆除西门下浮桥，以示誓死北伐不后退的决心。8日上午在攸城老衙坪召开大会，宣讲北伐意义，并判处唐军39团临阵脱逃一连长一排长死刑。叶挺独立团后在攸城、皇图岭镇，休整了4天，7月7日，向醴陵开拔，继续北伐。这就是著名的“渌田之役”。渌田之役，首战告捷，为北伐军北攻长沙，东征南昌，建立了前进基地。8月8日，国民革命军第一军何应钦军长，率部经攸县新市开往醴陵。13日，国民革命军程潜军长率部，在攸境休整2天北上。16日第二军军长谭延闿率部进驻攸县，保持对江西的警戒，卫其后路。第七军军长李宗仁，随后也过攸境北上抗击军阀。

据当地老人回忆，“渌田之役”打得挺苦，最终还是北伐军赢了。蔡老世居老街，他出生5岁时，这儿就打仗。他那时还小，不懂事，穿一件开裆裤，白天到处疯跑，晚上就早早地上床睡觉去了。他只记得那天晚上，他们全家躲在五峰村一亲戚家里，睡到半夜，枪声大作。全家和主人家，便慌惊地逃跑，往深山里跑。没有灯火，凭着月亮和星光，慌乱地躲在一间破庙里，3 天后才陆陆续续回到渌田老街，房子没烧着，但家里藏的贵重东西，早被赣军抢劫一空了。

渌溪桥

中秋时节，秋阳暖暖地照着，刚刚收割的田野，就铺了一层彩绘似的轻纱，现出青黄的颜色。大地像涂了一层胶漆，斑斓多彩。渌溪喽，一如既往地躺在大地的怀抱里，静如处女，不声不响地流淌着。渌溪从大山里，一路连奔带跑，过了渌田大垅，就弯了几弯，积水成湖。湖水墨绿，远望如同一匹深绿色的缎子，在暖阳里，轻微地抖动。一些河滩上，长着茂密的芦苇，河风轻吹，它们就像一群顽皮的孩子，嘁嘁细语一阵，又互相推揉，顿时传来温凉的水草气息，还有那枯草气味，裹着泥香，一并袭来，你心底就有些温软的感觉。湘东的秋天，什么时候，都是美丽的啊！

这渌溪桥，造得结实。我和蔡主任站在它的桥头，我用脚使劲地抖了几抖，它纹丝不动。蔡主任笑笑说，它硬扎着喽，经了七八百年时间，还是这样子，确实不容易。据攸县有关史料记载：渌溪桥，建于宋宝佑（1253—1258 年）年间，由当地大富蔡梦祥倡首，蔡、徐两姓合造，原为单拱石桥。宋初，这儿渐渐开发，又是湘东通往湘南的主要通道，渌溪到了渌田大垅里，河道不算宽，窄的地方四五丈，宽的地方也只七八丈，河水清纯，不急不缓。当时广东客商，多到湘东一带，贩运茶叶、茶油、白鹅、蚕丝、谷米等，途径渌溪木桥时，多有不便。木桥为临时架设，一遭大水，便冲得无影无踪。当地大户人家，首置临时义渡，春夏时用小船渡人货，秋冬水浅些，便架木桥为渡。宋宝佑年间，首造单孔石拱桥后，方便了往来客商和族人，以及两岸村民日常生活。宋时《渌溪桥记》有"……江浙商旅之赀货聚焉……"的记载，说明其时渌田已聚落成村镇了。大约在明洪武六年（1373 年），渌溪两岸村民便聚而为市，街道逐渐扩展，当地首富蔡氏为首，又在拱桥之东约 200 米处，另建 28 个石桥墩，搭了一座平板石桥，取名《搭水桥》。桥长约 90 米，桥宽约 4 米，用了 108 块一丈长一尺宽的青石板铺筑。此后渌溪单拱石桥废弃，后遭毁坏。搭水桥，就取而代之为"渌溪桥"了。据渌田老街老蔡介绍，1949 年前，渌溪桥还较完整。20 世纪 60—70 年代，农业学大寨，便将绝大部分浅滩上的平板石桥破坏了，在此开垦农田，沿旧桥址修了一条乡村大道，直通老街口。现在所剩六孔七搭平板石桥，长约 25 米，宽不到 3 米，成了这个模样。

渌溪桥桥头，有几株香樟树，浓绿得像把绸伞，另有几棵枫树、柞树，也是绿成一团，分不清你我了。那浓荫里，藏着一两户民居，白墙乌瓦红窗，一个上了年纪的老人，不停在那儿咳嗽着，一只黑狗守在老人旁，站一会，又坐一会，最后不无可奈何地躺着了。几只灰白母鸡，在门口的垃圾堆里刨食。它们快速地用爪子拨开垃圾，停下来“咯……咯……”唱着歌，显得慢悠悠的样子，啄一下，又啄一下，吞吃着果实。这当儿渌溪桥边的码头上，几个妇女聚在一起，叽叽喳喳地说笑着，将脸盆里花花绿绿的衣服，倒在码头的青石板上，不停地搓着，说笑着。她们见了蔡主任喊“老师!”蔡主任说，这些人，我都能喊出她们的名字来，是我的学生。那时还是小姑娘，看看，一晃就十几年过去了，她们都做妈妈了。蔡主任说后，轻微地叹息了一声。

其时，渌溪桥下游半里处，一芦苇荡里，突然钻出一只小渔船，仅丈多长，3尺宽，一头尖翘，一头低平。中舱里坐着一个40多岁的汉子。他用木桨，不停地击打水面，发出“嘭咵……嘭咵……”的声响，好吓人的，荡着的水圈，一波接一波地推拥着，直抵码头岸边，发出“咣当”的声响。蔡主任告诉我说，这是在赶鱼入网。原来那汉子，早就在渌溪里放了挂网。然后划着小船，悄悄地躲在芦苇里休息，大约半个小时后，就出来击打水面。那些游鱼，一次又一次地受了惊吓，一阵乱冲乱撞，一些冒失鬼，就撞在了张开的渔网上了。蔡主任说，这个小伙子，叫秋生，是个“水鬼精”，他一天能捕上三四十斤小鱼，别人忙一整天，还不到他一半呢！我们俩正说着话时，那汉子正在起网了。一些银光闪亮的小鱼条，不停地落入他的鱼舱里了。蔡主任说，渌溪河里20世纪60年代前，鱼多得不得了，中午，一个农妇用捞网，沿岸捕捞，要不了两个小时，就可以捞上二三斤鲜鱼。现在河里污染了，鱼越来越少了，有些名贵的鱼，大都绝迹了。村民又多用电打鱼，使河里野鱼生长环境，受到很大破坏。现在这一二十里水域内，以捕鱼为业的，就剩下那个“水鬼精”了。再过一二十年，还是这样弄下去，到那时，渌溪里就难以捕到鱼了。蔡主任说着说着，就长叹了一声。之后，我们就在暖暖的秋阳里，沿着河滩上的老路，在弥漫着苦艾的清香里，转回去了。

土城复活记

苏绍泉

地处株洲县西南部，现今堂市乡境内湘河边的一块原叫土城的地方，曾更名为堂市，今又复名为土城。

土城本是汉代湘南县的古城遗址，南朝齐时废县，县名湮没。老百姓因其“土木结构”，故约成俗成取名土城。1961年时，只留下一处不为世人所知的巴掌大的土城村作最后的纪念。据考证：堂市1951年已设乡，名堂市，以境内“吉氏祠堂”和“龙船港市”两地名，各取一字而得名。

40年后，公元2010年，有战略合作者湖南旺坤集团，踏破千山万水，慧眼相中了湘江河畔“土木之城”这块风水宝地，斥巨资8000万元把她打造成独一无二的“国际旅游、影视、婚庆、水陆度假村”。这个“株洲第一村”，占用陆地163亩。水面开拓更大，上可达朱亭浩瀚林海，下行可至三门航电与佛教圣地空灵岸，远可与市区联体。“村”上一条13.4公里的公路专线已与南北主干线联网；一座五星级酒店已拔地而起，村中楼宇厅堂风格各异，既有秦砖汉瓦工的明清四合院与竹篱茅庐，又有充满现代时尚的大小会议厅堂数处，现代得几乎可以举行微型达沃斯首脑会议。两栖度假村，择土城遗址临江而置，一堵数百米仿古“青砖城垣”，似历千古沧桑。又辟出百梯麻石码头，好生壮观。站在这样的古址上，怎不能使人发思古之幽情！今日的湘河上，早已无点点白帆，有的是高级游艇，快速水上摩托，穿梭如织，使人有临水上威尼斯之感。村中乔灌层林尽染，葡萄架滴绿，草莓淌红，瓜果飘香，唾手可得，一不小心，就如同当年刘姥姥误入了大观园。更具特色的是，村中婚庆博物馆已大量收集陈列了南方各地从古到今历代婚庆服饰、车马轿具等文物古董，可供情侣们举行仿古婚庆礼仪，汉唐式、明清式，任你选择。一俟正式“开村”，中国人将蜂拥“到此一游”。那些“洋人”也会捏着美元、英镑、马克、卢布，操着美语、俄音、德腔，把土城搞得熙熙攘攘、车水马龙，十分壮观。她向人们展示：土城复活了！

这个多功能基地，现在正式定名“土城”，既是忠于地名史，忠于先人的劳作，而且也很时尚。“洋”过头了，来点“土”的，倒是显得格外刺激。福建的土庐，吸引了全世界的眼球，就是一例。

土城，一处新投入8000万元的庞然大物，耸立于湘江之滨，“水韵湘渌”又添新景。我们文史工作者必须及时跟进，挖掘土城文化，追根溯源已是一件刻不容缓的大事。

今查《梁·本纪》《通鉴》《典略》，土城均作“空灵城”或作“空零城”。清光绪《湘潭县志》称：“今米粮悉萃三门，坝城北有城背冲（今堂市乡城背村）云昔湘南故城之背也”。《水经注》称：“（这个）湘南故城，前汉为县，后（汉）又为侯国，吴析为三，晋析为五，至南齐而县废。数百年间其主治已不必在一处”。（引文转自马焱明《土城古今说》）《水经注》这本古地理图书清楚地告诉我们：俗称的土城市，本为湘南县治。湘南县建于西汉时期（前206年），三国时期为吴所辖（222—280年），曾一分为三，到东晋（317—420年）又一分为五，这也说明其县治版图相当大。湘南县治最终废于南朝的齐国，479—502年版图并入湘西、湘乡、新康、衡山四邻诸县而终。文献证明，古湘南县县城“土城”历史上至少存在过五至七百年。自后沉寂了1500年，似乎从人们的历史记忆中消失了。时至今日，她被“三大战役”（园区攻坚、城镇提质、旅游升温）所激活，得以死而复生。

人们惊奇地发现，土城地理人文环境奇特独秀，她的对岸4公里处淦田镇，有吴立（公元257年）建宁县古城遗址与之遥对。已故的粟海棠先生考证，建宁县的部分版图割自湘江东岸土城之辖区，这说明湘南县域最初是跨越湘江两岸的（《古建宁考略》，载株洲县文史3）土城南临现存的淦田古镇，隔湘江东望古镇昭陵，证明古代这里竟是一个两岸河畔城镇集群——“一江串三镇”。土城自然景观奇特，上游有空灵峡，下游有空灵滩、空灵岸，加上她本身曾名空灵城，10公里水上水岸“空灵四联珠”，佛教空门气氛浓烈，乃圣地奇观也。最可贵的是土城至今还留有城基残垣，东西宽250米，南北长350米，具有很高的考古价值。

土城四周近景也颇为壮观。北有“古大庙前”（今庙前村），西有“城背”（今城背村），南有谭耶岭的谭公古刹，至今香火缭绕，香客不绝。东面是一河碧绿透蓝的悠悠湘水，所有地名皆为“古香古色”，千年不变，的确够古朴土美的了。

诗人马焱明临土城采风，以五言绝句一首，对土城的自然人文景观，作了复原式全景描绘：

三月春风里，波光点点明。
青山两岸走，绿水一弘生。
堤畔村姑乐，城中商贾盈。
耕夫忙种玉，祈望好收成。

至于土城文化，简直一锄头可挖出几个故事，这里只说两个。

一说谭耶的故事。

谭耶岭的取名，谭公庙的建造，均系先人纪念一位神话人物谭公而为。清光绪《湘潭县志》记载，康熙年间攸人谭耶，作客土城，成天饮酒甘寝。一日，主人命他去湘江河岸（“鱼陂”）数一数河里鱼群的数量（“漫问鱼数”），主人扎了一支“长竿横水面”作界线，“鱼群游过，令一一数之”，由于鱼群涌游，逐渐塞成一座堤坝，鱼群挤得动弹不得，响声不迭。谭耶用石块前去砸开一条鱼道，发现其中有“神迹”存在。站在岸上围观的人群，突然一阵骚动，谭耶见势不妙，便默默离开河边。“遇牧童于桥上，请其作术，握手掐肤，使成印文，亲取布裹之，嘱曰：‘解即雷雨’。其年夏旱，童忆其言，视之，肉印宛然，俄雨澍雨（大雨灌注），故建祠祀之。乡人相尊曰耶，每有祷请，呼仙公或时不应，呼耶应效，岭后恒有双鹤以为雨验”。（转引自马焱明《土城古今说》）这当然是一种传说。

古今凡事皆有巧合。1973年空灵滩（今昭陵滩）天旱水浅，市上见不到一条鱼。老百姓说谭耶拿长竹竿从洞庭湖赶来一个大鱼群来滩上筑鱼坝，当地渔民抛下围网，两天两晚，共捞起鳊鱼（学名武昌鱼）6万斤，每条多为3市斤左右，我碰巧在渌口买到三条，真是“日饮渌江水，夜食武昌鱼”美哉！美哉！

二说吴三桂屯兵土城空灵寺求签的故事。

吴三桂（1612—1678年）本是明朝镇守三海关的一员大将。明崇祯十七年（1644年），他见明王朝气数已尽，便洞开山海关迎清兵入关，被新主子封为平西王，充当急先锋直下云贵。顺治十五年（1658年）南明永历帝流亡缅甸，顺治十八年（1679年）吴三桂领兵入缅，捕回南明14岁的幼主朱由榔，第二年将其杀害。此后吴三桂在云南拥兵自重，成了强大的军事割据藩王，呈直接威胁朝廷之势。康熙十二年朝廷下令撤藩。吴举兵反，自称大元帅，率兵20万攻入湖南衡州，康熙十七年在衡称帝，国号大周，改元昭武，其势力范围沿湘江扩展至长沙岳州等地。据传他将20万兵力屯于湘江两岸，置帅帐于今株洲县雷打石镇境内霞石埠，土城自然成了其招兵买马屯兵战略要地。一日，吴三桂兴致勃勃，乘一艘快船登上空灵庙求签问“国运”。第一签曰：谋事在人，成事在天；凡事不可强求，顺天意者何须强求？吴不悦，又抽第二签：直木行舟，横者多险，竖者畅然，好自为之。吴恼怒，又抽第三签挽局：善者走一步看三步，万难不近其身；狂者直行不回头，当心掉入险岩中。三个下下签，弄得这个“大周皇帝”垂头丧气，不久暴病而死，其孙世璠继位，康熙二十年被清政府所剿灭。

据悉，吴兵船队夜间通过渌口时，竟将湘江两岸民房铺面点燃照明，火光冲天，江面如同白昼，千米河堤上的房舍被烧成灰烬，留下千古骂名！

马家河·马下河

何德明

马家河乡1960年以前由湘潭县管辖，以后并入株洲郊区和株洲县版图之内，2001年划归株洲市天元区。马家河乡紧靠湘江，这里粮丰鱼足，居交通要隘，远近闻名。

江南封建宗族的习俗，多以姓氏冠以地名，如：张家垅、赵家大屋、王家洲、李家围子，等等，一般以某姓命名的地方是因其地域之内某种姓氏居多。马家河则不然，因为这个乡辖区之内姓马的极少。为什么马家河乡比较特殊呢？在当地有一个很久远的传说。

相传楚国时期，这里住着一位乡绅叫赵敏，家有四子，分别叫守忠、守智、守仁、守勇。成人后守忠长留家中管业，守智在潭州开店，守仁在长沙开作坊，守勇从小习武，在楚王旗下做了一名骑士。

一年秋天，赵守勇骑着一匹马回家探亲，赵敏见了这匹朱鬃母马很是钟爱，常伴马儿嚼草料、饮水，有时用留着长指甲的手拂拂马鬃，梳理马毛，每到这时马儿眯缝着双眼……母马来到赵家，成为赵敏打发时间的一个伴儿。

赵守勇见父亲这样喜欢这匹母马，便把它留在家中，自个儿搭船上长沙赴任去了。

赵敏得了儿子的这份礼物，喜出望外，便为母马搭个瓦棚子，棚内设置横杠、马槽，安排一个小马倌照料，赵敏常来亲近它。

小马倌每逢晴日，便把马儿牵引到湘江边吃鲜嫩的肥草，雨天割回青草，放在栏内，让马儿慢慢嚼去。在小马倌精心照料下，把母马养得膘肥体壮，油光锃亮，也获得赵敏一片欢心。

母马肚儿渐渐大了，过了三五个月，母马在棚内产下一仔。母马生仔，赵敏喜出望外，好像家里添了丁口，给幼仔取名棕驹。棕驹幼时常依偎在母马身边，左右擦着母马的腿儿，用幼嫩的头顶着母马的肚皮儿，小嘴咬着母马的奶头，甜甜地吸吮着奶汁。每当这时母马眯着双眼，静静地站着。

光阴冉荏，小马倌成了大马倌。常常领母马到湘江边上吃那鲜嫩的草儿，仔马棕驹抢前拖后地伴行，独个啃食着草儿，早已不吸母马的奶了。不到两年棕驹长得与母马齐高齐大，常常离母马远远地嬉戏、吃草。为了防止顽皮的棕驹损坏庄稼，马倌给它套上绳索，当它靠近庄稼地时，马倌响起手中的马鞭，发出啪啪响声。

又过了一二年，棕驹高大英俊，威武极了。要是用在军队中，一定会成为日行千里的名驹呢。可惜埋没在这种无用乡间，每天只享受河边青草或由马倌提供的饲料饱食终日罢了。

马儿每年都有一两次发情期，一年秋天，母马又发情了，马“桃子”肿大了。一日，马倌引它们到湘江河边放牧，母马慢悠悠地嚼着草儿。棕驹发疯似的在草地上扑着，打着转儿，不时地瞅着母马，兴起，竟跑到母马身后竖起前腿，一下罩在母马背上，……母马停止了吃草的嘴，双眼眯缝着。母马有什么感觉，只有它才知道。过后，棕驹像犯过错误一般离母马远远地啃草去了。母马却再也没有吃草的兴趣了，只是在草地上慢吞吞地踱着步儿。马倌领它们回棚时，棕驹离母马远远地跟着。

第二天，马倌照常领母马、棕驹到湘江边放牧。只见母马寸草不尝，望着河中悠悠白水在阳光辐射下泛起金色的浪和鱼儿掀起的波圈涟漪向河岸推移开去。母马显出悲伤的样子。过了一个多时辰，母马慢步移到河边，又慢慢地走下河去。马倌以为母马要饮水，没有留心母马的异常举动，当母马游入湘江两三丈时，马倌起紧跑到河边，连衣服都来不及脱下，跳入湘江，游泳去牵回母马。可是河水急，母马到了中流漂然而下，漂了一里多路，沉入水中，再也见不到母马踪迹。马倌只得游回岸上，哭丧着脸，当着七八个围观的村民，诉说着发生在母马身边的故事。拍腿儿连连说：“我怎么向老爷交差呀？”

傍晚时分，马倌耷拉着脑袋，领着棕驹回家把它拴在马棚内，重重地抽响两鞭子，口里骂道：“你这个乱伦的家伙，害死了你的娘。”马倌哭丧着脸进了赵敏书房，把母马投江而死的经过诉说了一遍。赵敏听后，显得惊奇而悲伤，叹道：“连动物都为乱伦而耻辱，何况人呢！”赵敏没有责备马倌，相反，他自己带着不安的心，早早地睡在床上。

母马因棕驹乱伦而死，深深地触动了赵敏，他虽睡在床上，哪里睡得着呢。发生在人间的事，在他头脑里像天上的云滚滚不断，他从读过的古文中，看到王室家族中的乱伦，了解到社会上的乱伦，一一地在头脑中闪现。

赵敏想得更多的是自己。他58岁那年，相夫教子贤惠的妻子离他而去，儿子各自谋生有业，本有完好的夫妻俩，就像一对坛子一般打破了一只。他感到孤单，每日在书中翻些文章读一读外，常到村口看江水、眺远山、望垅田中操作的农民……

守仁在长沙开作坊，妻子守候在旁，只因守仁间或回家，便纳一个叫春芳的做妾留在老家。春芳是湘江一个埠岸人家的子女，长得清秀，也有些见识，爱收拾打扮自己，常用大红纸把口唇涂得红红的。来到赵家，不需劳作，清闲无事，常给赵敏送杯茶水什么的。

守仁讨回春芳，头两年每月归家住上三五天，与春芳喜乐一番，依依不舍地走了。后来回家少了，俗话说：“饭饱思淫欲，饥荒起盗心”。春芳常与公公接触，久而久之，两人间便有些戏语，赵敏睡梦中多次与春芳接触，后来成为事实。春芳怀孕，生下一个胖小子，样子像公公——赵敏，只因守仁像父亲，不知内情的人便也不会有什么怀疑，只是瞒不过家中人，并传到邻家耳中。

母马投河的事，不胫而走，就像奇特的新闻传遍本村，一传十，十传百地扩散开去。不久村中小孩到处唱着一首儿歌，歌云：“红鬃母马真可亲，羞煞当今乱伦人。大户家中出奇事，不要官司自理清。”儿歌传入赵敏耳内，他像割心一样疼痛难受。不出十天时间，赵敏检了一个包袱，背在肩上，叫来守忠说：“父出远门一趟。”并留下一帛条，上书：“马下河兮情已动，忠节守兮志不移。辞意远兮求无为，罪不谢兮不思归。”

父亲离去，守忠看了帛书，心里明白父亲心思，只是暗流泪水，哀叹而已。

十年后，春芳一家人去南岳进香，出庙门时，春芳发现一个道号为觉醒的白发苍苍的老头，俨然像公公赵敏。寻问、通报之后，觉醒抱住未成年的小孩，口里喃喃道：“归真矢志不移，读书立业为本，你们归吧！”说完两泪纵横，掩面而别。

马下河的故事远近传开，人们无不赞叹母马的守贞，大家提到马投江的十里湘江绿洲，忘记了以往的地名，自觉地叫它马下河了。那些不懂马下河的故事，或者淡忘了这个故事的人，随江南以姓氏冠以地名的习俗就把这里叫作马家河，年久日深，历史演进，马下河的故事淹没了，而马家河则因物产丰富、交通方便而延名至今。

赤冲的火焰

莫高耀

朱亭古镇东8公里许的砖桥乡有条神奇的小山谷，名叫赤冲，它的名字源自一个古老的传奇故事。

上古时期，约公元前26世纪初叶，姜族部落首领号烈山氏，即炎帝神农氏，与黄帝战于阪泉（今河北涿鹿东地），败退中原（今河南）后，跨长江，涉洞庭，逆湘江而上。他从蒲湾（今朱亭）上岸，朝酃县（今炎陵）方向奔去。当他来到这个无人烟山谷时，顿时被这人间仙境吸引住了。那形态各异的参天大树，多姿多彩的各色植物，与五彩斑斓的奇花异草争相斗艳，各显英姿。山间叮当的泉水声，林中呼啸的松涛声，还有哪叽叽喳喳的鸟语、蝉声和蝈蝈蛙声，汇成了一曲清脆、秀美的和谐生态交响乐。炎帝被眼前的美景陶醉了，顿觉心旷神怡。他望着西斜的红日，感慨地说："看来，天神和地王都在挽留我哦！"于是决意顺从天时地利，在此暂住下来。随从依照首领旨意，在一山坡的大树下，很快搭建了一个草棚。

夜幕渐临，炎帝部下拾来大量的干枯树枝，堆积在棚前平地上。黄昏时，他们用钻木取来的火种，点燃了篝火。随着夜晚时间的推进，篝火越烧越旺，午夜达到高峰。巨大的火焰，把小山谷的天和地照得通红通红。炎帝随行有的在加柴拨火，有的在烧烤猎物，有的唱歌，有的手舞足蹈起来，在这里渡过了一个欢快的不眠之夜。

炎帝燃烧的那划破天空的火焰，震动了周围数里外的人们。几天后，当人们赶到这里时，看到的只是未烧完的槁子和猎物残骨，弄不清到底发生了什么事。后来从茶陵、酃县等地不断传来炎帝活动的消息，人们这才得知，那晚的火焰是炎帝所燃。

为纪其事，当地人便将这无名山谷起名叫"赤冲"（在我国古老的篆书中，"炎"字是由"大""火"二字所组成），燃篝火的那个山坡，以残存的槁子为题，亦被称为"槁子坡"。赤冲、槁子坡名字一直沿用至今。

说来，这个故事还有另一个版本。说是盘古开天辟地时，在这里放了一把火。人们口中的盘古，其实就是炎帝。再说，从赤冲往攸县、茶陵至酃县，是一条天然的山谷走廊，它不仅路程短，而且无需跋山涉水。无独有偶，1945年8月

7 日至 8 日，王震、王首道率八路军南下抗日支队，连绵不断的万余人马，也是从朱亭经赤冲，沿着炎帝当年行程路线，赴安仁湘南地区，抗击侵华日军的。不久，侵华日军投降。有人说这是炎帝圣火相助，也许是吧。

炎帝当年燃烧的圣火，似乎以神奇的功力，在跨越漫长的时空后，仍在生热发光，放射出新的火焰。据《莫氏族谱》记载，清代嘉庆年间，敕封六品军功莫智德、登仕郎莫义德兄弟，深受儒家思想影响，以德为本，礼义为先，其行善积德，济贫帮困之事，深得周边民众和当地官府的赞赏。官方授有长丈二，高六尺金匾一幅，匾上写着“世德长春”4 个金光闪亮的大字，悬挂于大厅之上，以示对莫家道德典范的肯定。笔者曾亲见其物，可惜毁于 1981 年。当年官府授匾一事，曾在当地引起轰动，前往放鞭鸣爆祝贺者不断，小山谷一时红火起来，为“赤”字又添加了一层鲜红的色彩。

年复一年，辈复一辈，赤冲人在炎帝圣火的照耀下，家兴业旺，人才辈出。这个才十几户人家的村民小组，现有大学本科文化的 2 人，大学专科文化的 3 人；目前尚在攻读本科的 5 人。在行政单位工作的 6 人中，处级干部 1 人，科级干部 3 人；从教、从艺、从商者众。这得益于炎帝之火，更得益于盛世之功。

写到这里，笔者以五言绝句诗一首，作为本文的结束语：

地以神农胜，
名因圣火留。
于斯多盛事，
赤焰映千秋。

茶陵地名二题

段盛明

博采众家，还是独尊一家

西汉高帝五年（公元前202年），茶陵置县。两千多年来，人们对于茶陵地名来源进行不少的研究。让我们穿越千年时空迷雾，看看有关史志记载吧。

东汉班固在《汉书·艺文志》（简称《汉志》）中说：“茶陵以山谷产茶而名之。”《汉志》载有各类地名4000多个，并对部分地名的命名缘由和名称演变做了说明。

中唐时（758年左右），陆羽在世界上第一部茶叶专著《茶经》中说：“茶陵者，所谓谷生茶茗焉。”又说：茶陵“以陵谷间多生茶茗，故又名茶山。”

北宋太宗赵炅时乐史撰写的《太平寰宇记》中说：“茶陵者，所谓陵谷名焉。”认为“陵”源于“陵谷”之“陵”。《辞源》（1983年版）亦持此说。《太平寰宇记》写于宋太平兴国年间（976—983），因此而得名。它是宋代大型全国性区域志，卷帙浩繁，采摭繁富，考据精核，广泛引用了历史志书、地志、文籍、碑刻、诗赋等，保留了大量珍贵的史料，是一部现存较早较完整的地理总志，中国地理学史上的重要著作。

明嘉靖四年（1525）版《茶陵州志》沿采上述三说：“以地居茶山之阴，故曰茶陵。”这是茶陵县有史以来第一部方志。从明嘉靖四年（1525年）至清同治九年（1870年），其间345年，茶陵9次编修州志。主修者从明大学士张治（茶陵人，曾主持编修《明伦大典》和《长沙府志》等）到清两广总督谭钟麟（茶陵人），还有许多州志编纂者，追本溯源，援引发微，稽古勾玄，遍览有关茶陵历史、地理、文化史籍，才考证出茶陵地名的由来。它与上述东汉班固、中唐陆羽和北宋乐史关于茶陵地名的论断前后呼应，一脉相承。

与上述各家论断不同，南宋罗泌在《路史》中说：“炎帝葬于茶乡鹿原陂，茶陵故得名。”独此一家之说，发前人所未发，沉寂了800多年后，成为当今茶陵地名异议的滥觞。

1993 年,《茶陵县志》编撰出版。这是共和国成立后茶陵县第一部方志。该志兼收并蓄，合二为一，先承明清“《茶陵州志》说”，后收南宋罗泌“《路史》说”，开卷第一句：“茶陵，因地居茶山之阴，炎帝神农氏崩葬于境内而得名。”20 年来，在茶陵历史文化研究领域，有人对此只取所需：“茶陵，因炎帝神农氏崩葬于境内而得名。”此说流传甚广，引以为据者，如过江之鲫，一时似成定论。

宋罗泌的《路史》究竟是一部什么书？它成书于宋乾道年间(1165—1173)。学界认为:《路史》是一部关于古代神话传说的奇书，是神话历史集大成之作。它详述了上古时期的历史、地理、风俗、氏族等方面的传说，“多采谶纬伪书杂说，内容上难免穿凿附会。”“虽资料丰富，但取材芜杂，很多材料来自纬书和道藏，神话色彩强烈，故向来不为历史学家所采用。”《四库全书总目提要》说：“皇古之事，本为茫昧。泌多采纬书，已不足据。”

尽管如此，有人却将宋罗泌“路史说”奉为圭臬，将东汉至明清诸多史学家的论断弃如敝屣。这究竟为什么？事出有因。原来宋罗泌“路史说”与当代人们寻根问祖、怀念炎帝的心理一拍即合。但是，笔者要问：关于茶陵地名来源，我们是相信以严肃公正著称的诸多史志记载，还是相信以神话传说为内容的《路史》中的只言片语？是博采众家，还是独尊一家？

据传，炎帝带领人们种谷绩麻，做陶冶斤，建造房屋，开辟市场，后因口尝百草，不幸中毒身亡，崩葬于茶陵境内(今炎陵县鹿原镇)。这些描述，表现人们缅怀始祖、崇拜英雄和爱国爱乡的民族心理与感情，给茶陵、给湘东这块古老大地注入厚重的历史文化内涵。

但是，正如先哲所言：“太古之事灭矣，孰志之哉！三皇之事，若存若亡；五帝之事，若觉若梦；三王之事，或隐或显，亿不识一”。(《列子·杨朱》)的确，神话毕竟是神话，传说终究是传说。它们折射甚至幻化出远古的某些史迹，适度的模糊才是求实的态度，过度的明确反而会失真。《茶陵州志》(明嘉靖四年(1525)版)载：“炎帝葬茶流传已久。”这个“略存”表明：州志编纂者们没有忽视炎帝安葬于茶陵的传说。这是秉笔直书、启智育民、资治教化的一个范例。2004 年编辑出版的地方课程教科书《湖南地方文化常识》独立一篇“炎舜传说”，让青少年学生知晓感悟，敬祖爱国，厚实思想文化底蕴。这种做法值得我们借鉴。

土山之陵，还是陵墓之陵

怎样理解茶陵之陵，是探讨茶陵地名来历的关键。史志资料表明：自东汉班固至明清众多史学家均认为，茶陵之陵是土山丘阜，唯有南宋罗泌认为茶陵之陵是陵墓之陵，即炎帝陵。究竟孰是孰非？是土山之陵，还是陵墓之陵？让我们从浩如烟海的地名中选取若干来讨论吧。

先从茶陵二字的字义看。语文工具书告诉我们：茶，常绿植物，指茶叶、油茶。茶陵自古产茶，名闻遐迩，以茶名县成为中华唯一。陵，土山丘阜。“陵”字的初义“土山丘陵”常常用于地名，如：陕西的高陵，因县南有坚固而高阔的土山名奉正塬，塬即陵。《尔雅》：“大阜曰陵”，即“大土山称为陵”，故名。云南的龙陵，取龙川江之“龙”和高黎贡山南脉山峦陵岗绵亘之“陵”，故称。湖北的江陵，因“此地临江，近州无高山，所有皆陵阜”而得名。安徽的南陵，地处江南陵阜间，乐史《太平寰宇记》：“南陵县，缘山为名”。湖南的沅陵，以沅江及周边的高地（陵）而命名。湖南的醴陵，“县北有陵（姜岭），陵下有井，涌泉如醴（甜酒），因以名县。”“陵”字的引申义“陵墓”一般用于古代皇帝和历史名人的坟地，如孝陵、定陵、十三陵、中山陵等。

至于“黄陵”县名，其源不远。黄陵县位于陕西省中部偏北，东晋设中部县。隋代文帝开皇元年（581），因避文帝之父杨忠的名讳，改为内部县。唐复置中部县。1944 年 4 月，因轩辕黄帝陵寝所在，国民陕西省政府提案将中部县改为黄陵县，经国民政府批准，当年 7 月将中部县正式改为黄陵县，一直沿用至今，距今只有 60 多年时间。又如“炎陵”，1994 年，因炎帝陵寝所在，经国务院批准，将“酃县”改为炎陵县，只有十多年时间。仅此两例，时间较短，且都是现代人先提议，后经中央政府批准而易名。

再从语言避讳的角度看。自古以来，人们总是趋吉避凶，趋利避害，向善求良。出于吉凶、功利、荣辱等考虑，一方面，人们避免不吉利的词语用于地名，即使极个别地名开始使用不吉利词语，以后也会以吉利词语取而代之。唐时，人们把黄巢杀死了乜和尚的地方叫“砍脑墟”。后来，大家觉得这个地名不吉利，于是把它雅化为“浣溪”。这就是茶陵县“浣溪”之名的来历之一。浙江省义乌，原名乌伤。那时颜乌事亲至孝，父亲死了后，他负土筑坟。群乌见此受感动，也来衔土相助。它们的口吻都受了伤，故名乌伤。唐人以为字面不雅不祥，改称义乌。

另一方面，人们因语言避讳习惯，往往选用嘉词雅语，择取祥瑞平安之义做地名。其例不少：福建的政和，上海的嘉定，陕西的长安，甘肃的永昌，安徽的长丰，江西的吉安、永丰，湖南的宁乡、永兴、安仁等。以山引申出吉祥之意的有山东的泰安，在泰山之南；福建的武平，在武夷山之东。以水引申出吉祥之意的有陕西的延安，在延水之南；湖北的蕲春，在蕲水之东。

我国人民在旧社会制度压榨下，遭受重重灾难，渴望海不扬波世界太平，故近海地方多取吉祥平安之意为名。如青海的海晏，天津的静海，江苏的海安，浙江的定海、宁波等。

地名往往带有倡导、褒扬与时代色彩。辛亥革命后，青海省有共和县，河南省有民权县、博爱县，广东省有中山县。民国 37 年（1948 年），茶陵县城有民生路、亲爱路、建国街、和平巷等。共和国成立后，以红色象征革命，故湖北省黄安县改为红安县，辽宁省安东县改为丹东县。

所有这些都表明：地名是人类社会发展到一定阶段的产物，有指位性和社会性两个本质属性。广泛的社会性决定了它的命名、更名、发展、演变始终各种社会因素制约。地名，作为表称地点的文化符号，积淀了丰富的历史文化内容。地名的由来，或因山水物产，或因方位形状，或因人物故事，或因政治需要。无论自然地理实体地名，还是人文地理实体地名，都讲究用语避讳。古今中外，概莫能外。

事实上，语言避讳无所不在，无时不有。人们趋吉向利有所避讳的心理与语言习惯具有长期性与普遍性，是中华民族以及世界各民族的历史文化现象之一。20 世纪 80 年代初，茶陵有一条重要街道叫“陵园路”。2010 年 8 月，“陵园路”悄然变为“公园路”（政府行为）。除黄陵、炎陵之外，即使是科学昌明、破除迷信的现代人，谁也不愿意将“陵墓”之义用于地名，更何况科学缺位、迷信泛滥时的古人？显然，宋罗泌认为茶陵之陵是陵墓之陵，有违地名讲究语言避讳的习惯，有违中华民族地名文化传统。

由上可见，茶陵之陵当指土山丘阜，茶植陵上，因以名县，属于地形地物类地名。古代人们以其居住的自然环境的突出特征来命名地名，符合古代人们的认识水平和唯物主义认识论。茶陵地名，应是先民们根据茶陵古代的自然环境特征而逐步确认，约定俗成，流传后世。这于史于实皆为可信。如果闭眼不见茶山，置地名文化讲究语言避讳于不顾，一味迎合人们的崇祖心理，那么，今后有谁会去相信古今史志记载呢？兴师动众耗费巨资编撰地方史志，岂不是多此一举？

探讨茶陵地名由来，我们应当尊重史实，尊重地名文化传统，不宜罢黜众家，独尊一言。自然，宋罗泌“路史说”亦当聊备一格，作为“略存”，作为一家之言，以待人们进一步探讨。笔者学力肤浅，对茶陵历史文化尚窥其九牛一毛，文中不当之处，请方家雅正。

茶乡和茶乡之尾

段立新

"茶陵"作为一个县的名字，最初是由"茶陵"这个村落名称演化而来的。作为一个村落，"茶陵"指的是现在的秩堂乡（包括原小田乡）及高龙镇的光泉、龙集（当地人把"龙集"叫作"龙下"）两个村所在地。这个地区的五佛岭山系在古时候盛产野生茶，是茶陵县历史上的一个产茶区，故而曾经被称为"茶山"。明清时期，茶山又被人称为"景阳山"。这一带属典型的山区，多高山深谷。按古人的说法，"大阜曰陵"（见《尔雅》，意思是大土山就叫作"陵"）。这里出产茶叶而又多高山深谷，加之，从地理位置来看，这一个村落的主体基本上处在茶山的西侧，于是，人们就把这里叫作"茶陵"。所以，唐代建中年间所著的《茶陵图经》说："茶陵者，所谓陵谷生茶茗焉。"嘉靖版的《茶陵州志》记载说："或谓《尔雅》：'大阜曰陵。'以其地居茶山之阴，故曰'茶陵'。"

战国中后期，楚国与杨越（"杨越"又写作"扬越"）在茶陵接壤，为了便于驻军作战，楚国在现在的秩堂乡晓塘村境内修筑了一座土夯兵城，这就是秩堂人所说的晓塘古城围。晓塘古城围修筑之后，茶陵成了楚国边境的一个军事重地，由此带动了茶陵及其附近区域的农业生产和经济、移民等活动，茶陵的重要性及其在附近区域内的地位日益凸显。由此一来，这个地区也被人叫作"茶陵"，"茶陵"由一个村落名称演化成了一个区域名称。这个区域包括现在的秩堂乡、高陇镇（包括原湘东乡）、八团乡、火田乡、腰陂镇（包括原七地乡）、潞水镇。

汉武帝元朔四年（前 125 年），长沙定王刘发的儿子刘欣受封为茶陵节侯，在茶陵（包括现在的炎陵县。在 1211 年之前，炎陵县属茶陵军）称侯立国。这是一个县级规模的袖珍小国，它的国都在现在的火田乡莲溪村。刘欣把国都所在地的名字作为自己的王国的名字，于是，"茶陵"又由一个区域名字演化成了小王国的名字，也就是后来的茶陵县的名字。这就是唐代元和年间修编的《元和郡县志》说茶陵"因南临茶山，县以为名"的原因。

和茶陵这个村落一样，茶陵在历史上是一个有名的茶叶产地；出产茶叶成了茶陵县的一个地方特色。基于这样的认识，罗泌在《路史・卷十三・后记四・禅通纪・炎帝纪下》中说："（炎帝神农氏）崩，葬长沙茶乡之尾，是曰茶陵，所谓天子墓者。”在这里，罗泌所说的“茶乡”就是茶陵县，是对茶陵县的一种雅称。但是，很遗憾，罗泌并没有讲清楚“茶陵之尾”的具体位置，这给人们留下了一个谜案。

在罗泌之后，王象之等学者在记载炎帝神农氏的葬地时，也有炎帝神农氏葬“茶乡之尾”的记载，但是，他们所说的“茶乡”往往是作为茶陵县雅称的“茶陵”，而不是作为区域之名的“茶乡”，因此，也就忽略了在区域意义上的“茶乡”曾经有过的炎帝陵墓。这与历史上曾经有过的“茶乡”和“茶乡之尾”并不一致。

王象之在《舆地纪胜》中是这样说的：“（炎帝神农氏）葬于茶陵县南，茶乡之尾。”炎帝墓在茶陵县南一百里康乐乡白鹿原，这里就是古籍中所说的“茶乡之尾”。显然，这里所说的“茶乡”是作为茶陵县雅称的“茶陵”，而“炎帝墓”则是指炎陵县的炎帝陵。

在民国时期，茶陵下乡人（指后面所说的茶乡之外的茶陵县人）把腰陂镇、潞水镇、七地乡、火田乡、八团乡、高陇镇、湘东乡、秩堂乡所在的区域叫作茶乡。这个区域内除腰陂镇、潞水镇之外的地区，在中华人民共和国成立初期，一部分分属三区，一部分分属八区，合称“三八区”。在下乡人所说的茶乡区域内，直到现在，腰陂人和潞水人所说的茶乡则是指“三八区”这个区域，而在“三八区”内，人们所说的“茶乡”，则是指秩堂乡（包括原小田乡）及高龙镇的光泉、龙集两个村所在地。这样的称谓犹如两道历史光碟，刻录了“茶乡”之名在历史上由村落名称演化为区域名称的印迹。

1992 年，我在秩堂乡合户村一个叫“中和堂”的陈氏家庙里看岳飞的“墨庄”题字碑，碑文下面有文华殿吏部尚书朱轼写的跋，跋文中有这样的话：“忠武王讨杨幺，道经茶陵茶乡陈姓处……”跋文中所说的“茶陵茶乡陈姓处”，指的是秩堂乡合户村。这又从文献资料的角度印证了上述称谓。

翻阅同治版《茶陵州志卷之四・城池》《茶陵州志卷之七・户口》可以找到有关“茶陵乡”的记载，茶陵乡辖第十三都、第十四都、第十五都、第十六都、第十七都、第十八都，包括现在的三八区及腰陂镇的部分地区。这个区域与作为区域名称的茶乡所属区域是接近一致的。再翻阅《宋史・地理志》，又可以看到有关茶陵乡的记载：南宋宁宗嘉定四年（1211 年）之前，茶陵军隶属湖南制置使衡州衡阳郡，境内有西阳、睦亲、茶陵、衷鹄、康乐、霞阳、常平七个乡。由此看来，茶陵乡这个行政区划单位是由来已久的（但是，在民国之前，茶陵乡所辖区域及其行政区划名称并不是一成不变的，比方说，在晋代，秩堂乡及高龙镇的光泉、龙集两个村一带叫“茶江里”，而在明代，火田乡芙江及芙江以下属于睦乡）。

综合我所见所闻的上述资料，我们不妨做出下面的猜测，以便推测罗泌将茶陵县雅称为“茶乡”的理由：

其一，茶陵县有茶山，在历史上一度是出名的茶叶产地。由此推测，所谓“茶乡”就是“产茶之乡”。

其二，茶陵县之名源于“茶陵”这个村落和区域名称，这个区域所在地在当时属茶陵乡，简而称之，就是“茶乡”。古人以“茶陵”这个村落和区域名称作为茶陵县的名称，仿照这个做法，罗泌便用茶陵乡的简称之名作为当时的茶陵军的雅称之名。

讲完了“茶乡”之后，再来说一说“茶乡之尾”。

尾巴在动物身体的最末端。“茶乡之尾”借用了动物尾巴的这个特点，是一种比喻的说法，意思是茶乡的边缘地带（或者“边远地带”）。潞水属于区域意义上的茶乡，它西邻攸县，西南与思聪、虎踞两个区域意义上的茶乡之外的地方接壤，处于区域意义上的茶乡边缘地带（或者“边远地带”），说潞水是“茶乡之尾”并不是不合适的。

《酃县志》（版本不明）记载说：“茶陵睦乡有潞水溪，相传炎帝卜葬于此，弗吉，乃归栖鹿原。”在潞水，民间自古以来就有炎帝葬天堂山（潞水民间把它叫作“天子山”）不吉利而移葬酃县（在1994年之前，炎陵县名叫酃县）的传说，一部分老人还能说出传说中原本准备埋葬炎帝的墓坑的位置。《路史》及清代的《湖南通志》的有关记载则可以与上述记载及传说互为印证。

罗泌著《路史》的时候，曾经到当时的茶陵军实地考察过有关炎帝的史迹，他在《路史卷二十四·国名纪·炎帝后姜姓国》中记载“露”这个炎帝后裔所建立的国家（应该是“方国”）时说：“茶陵露水乡有露水山，予访炎陵，稽其始封，字亦作‘路’，盖商周间，衍于河东北尔。”罗泌在考察的过程中应该到过潞水。这一点，罗泌的儿子罗苹在注解《路史》时说得比较清楚：“（路）亦作‘露’。路，今茶陵军露水乡有露水山，高与衡山等，初封盖在此。”潞水位处区域内的“茶乡之尾”、炎帝遗言安葬在潞水天堂山的传说应该在这一对父子的采访记录之内。

这些记载和传说与潞水处于“茶乡之尾”的位置结合起来，又证明古籍中关于炎帝葬“茶乡之尾”的记载所言不虚。由此，我们可以这样说：

潞水地处区域意义上的茶乡边缘地带（或边远地带），是古籍中所说的“茶乡之尾”；古籍中说炎帝葬“茶乡之尾”，指的是炎帝遗言死后安葬在茶乡之尾的潞水天堂山。

茶陵中宪大夫坊

彭运南

越是熟悉的也许越陌生，人物皆然，比如茶陵中宪大夫坊，对我来说就是这样。其实，对于这个牌坊早有耳闻，虽近在咫尺，却从未见过，因为我一直有个意识：牌坊嘛，不过如此。今日陪株洲网几个文友到此一游，才知道还真是非同一般，心内有些震撼，继而疑窦丛生：何以在如此偏僻的山野有如此宏制的牌坊？何以在历经数百年风雨和人为破坏的境地中保存如此完好？因为心存疑惑，关注的兴趣也随之产生。

牌坊坐落于茶乡秩堂镇皇图村，距皇雩仙约 3 里地，为龙姓宗祠门前牌坊。村名“皇图”，源自皇雩仙同一个典故：南宋孝宗时驸马谭斗南回乡省亲绘《里居山水图》呈孝宗御览，博孝宗御笔题诗称赞，雩泉遂冠皇字，大沾皇恩，所绘之处涵盖了今日之皇图村范围，也据此易名皇图村。

在茶乡，宗祠算是民俗文化的瑰宝了，随处可见。不过，一般家族建宗祠并无太多讲究，唯有这皇图龙姓在宗祠前方加了一个牌坊。据龙姓族谱记载，该坊始建于明嘉靖年间，与龙家祠堂一起建成，之所以在前方加了这个牌坊是为旌表其六房基祖龙庆云。龙庆云，字际卿，号苔溪，明隆庆年间任苏州同知，后升任四川龙安知府。这在当时已经相当显赫了。后龙姓子嗣发达，明清曾有 4 人先后册封中宪大夫，他们是龙文明、龙汝芪、龙德忠、龙天鸾。龙文明是明朝万历年间进士，曾任莱州知府，山东按察使，海防兵备道察副使；龙汝芪也任过莱州知府，龙德忠则是清朝康熙年间进士，三人均册封为中宪大夫，龙天鸾则是因其子为进士而诰封的中宪大夫。由于出了这么多中宪大夫，族人在清嘉庆年间重修宗祠时便将牌坊易名为中宪大夫坊。据此可知，该坊初建为龙氏宗祠牌坊，重修时才易名中宪大夫坊。

牌坊总高 11 米，全部用石料砌成。坊座石质粗糙，坊额石质细腻，镂空雕刻精秀。五层级造型，庄重大方。坊额雕镂的图案均以三国故事为主，体现了“忠孝节义”主题。浮雕人物神态各异，形神备至，栩栩如生；整体图案布局疏密有致，极为精细，历经 500 多年风雨，完好无损，实属罕见。更为奇特的是：“文革”期间破四旧，年轻的造反派意欲推倒此牌坊，用麻绳拴住坊额用力拉，结果是绳断了，牌坊纹丝不动。族内有不想毁弃牌坊的老人，借机渲染有神灵看护，毁坊即为欺世灭祖，会遭天谴。年轻人半信半疑，不敢造次，停止了粗暴的破坏行为，终于使得牌坊保存下来，但为了表示破四旧的决心，便用石灰粉涂抹了“中宪大夫坊”这几个字。现在看到的牌坊是无名坊，其实只是石灰粉把字盖住了而已。

仔细查看坊额会发现，坊额石块垒砌并未使用黏合剂，而是采用了凹凸镶嵌的技术，借以石料的自重作用，时间越久，石块之间的吻合越紧密，形成了整体。石材不怕雨淋，镂空设计具有很好的通风效果，所以风吹雨打两不怕，这种结构的牢固性无与伦比，说明当时当地的牌坊设计建造已达到了相当高的水平。

中宪大夫坊不但在皇图村龙姓族人心目中是神圣的，而且其设计建造方式也引起了文物界专家的重视，2002 年 4 月，这座茶陵境内唯一的民间古坊被列入省级文物保护单位。

浣溪圩与乜和尚

彭雪开

那天，我在浣溪镇一个叫八旦的地方考察，临走时，问起浣溪地名由来，村支书老段笑笑说，这就有点复杂了，按镇上志书的记载，有一种说法；按《茶陵县志》上的记载，又是另一种说法了。我说您能否给我说说呢？老段摸了一下平头，就不紧不慢地说开了。

我们镇上有个退休老师，姓段，我们只叫他段老师。有一次段老师告诉我：浣溪圩，很早以前，叫“砍脑树”。相传我们这儿有个叫桑东庵的古庙，古庙里有个和尚姓乜，人称乜和尚，不知怎的，这乜和尚跟唐朝的一个叫黄巢的人，在逃难中结成了朋友。后来黄巢落难到这儿，找到桑东庵的乜和尚。黄巢躲了一段时间后，就对乜和尚说，3 天后他要宣布起义，开刀杀人，要乜和尚一块起义。乜和尚不主张杀生，不愿跟着黄巢起义。黄巢就说，你不愿起义，你就走吧。乜和尚就逃到浣溪圩(集市)上。宣布起义那天，起义队伍就封锁浣溪圩了，人喽只让进，不让出，乜和尚很害怕，就藏在洣水河岸一棵老槐树洞里。黄巢原想捉个和尚杀了祭旗，结果到了要祭旗的那天，宣布不要多杀人，祭义旗就砍一棵古树吧。之后，士兵报告说，河边有一古槐树，有几百年寿了。黄巢一听，就拔刀一挥说，砍倒它祭旗，结果呢，古槐砍倒了，乜和尚也砍去了脑袋，死了。黄巢为纪念这个乜和尚，就叫这地方叫“砍脑树”，也不知在何年，就演变成“浣溪圩”了。在我们茶陵土话中“砍脑树”的读音与“浣溪圩”，相差不多。浣溪圩的地名，就是这么得来的。

之后，我回到浣溪镇上，采访了几个老人，他们都听说过这个传说。不过，回到家一查资料，浣溪得名是这样的：唐末马殷据湖南而称马王，在他主政期间，提倡以丝绢代税，于是湘东各地，多种蚕桑，缫丝业逐渐在乡间村镇里风行起来。浣溪圩旁，有一小溪，水清如镜，就成了小镇上妇女浣纱漂洗丝绢的地方，后来当地乡贤，就称这无名小溪叫浣溪。浣溪水，在圩场(集市)不远的地方，汇入洣水了。这样看来，浣溪得名，当在唐末五代时。浣溪圩呢，比浣溪得名，稍迟一点，但最迟也应在宋代以前了。具体在何年，当考。

那么，浣溪圩得名的传说，是否也有点历史的影子呢？有，据有关历史文献记载：唐乾符六年(879)，黄巢起义军经过茶陵。那么这浣溪圩那个起义的黄巢，是否为一个人，还是两个人？谁也说不清楚了。这历史的谜团，就有待后人探求查考了。

那天傍晚，我独自在浣溪口那一带散步。其时，远山一片昏朦，青年水库那一带，电灯光闪烁不定，群山苍茫，远处深灰色的夜空里，有齿状形的山影，模糊难辨。洣水河呢，水浅石出，有的如屋，有的如桌，大如斗，小如碟，密密麻麻地铺满了河床。河床正中有一浅流，不宽，仅七八丈宽，河水泛着银亮的毫光，发出“哗啦啦”的声响。河对岸，有一条弯曲的河滩，约有 4 里路远，上面全是浓绿的香樟树，一眼望过去，一团浑绿。那些湖草、石头、旱土、木屋，全罩在一层绿油油的色彩里。山是绿得酽，水是绿得醺，人行其中，绿得像个醉汉。连鸟的叫声，牛的长鸣，也绿得醉浑浑的。与碧玉蓝天相比，它就是一块湿润的天山美玉了。

用熟悉的地名留住老株洲的记忆

彭水明

株洲市河西唯一的区级行政区区名——天元区，用人们熟悉的地名留住了新区的记忆。天元区区名，就是因境内有著名的天台岭（其山有美丽传说）和园艺场（元和园谐音）而得名。天台岭“移”走之后，又有了天台路和天台公园以纪之。

年初，我在跑株洲新区的历史地名时，好几位老株洲跟我谈起了这些趣事。说呀，株洲河东、河西各有一座这样的山，时不时就比赛长高！那还了得，照这样子，这两座山还不会长到天那么高?！于是就有了八仙之一张果老专程到此一说。当年张果老腾云驾雾来此，一屁股坐到了河西这山顶上，挥起棍子给河东那山敲了一棍子。神啦！两山服服帖帖的，不再比赛长高啦。从此，两山也有了如此美丽而相同的名字——天台岭。除此之外，河东、河西还各有两处以其形胜命名的同样美丽而同名的地名，它们分别是月塘和荷叶塘。

株洲有很多老地名，或树（河西的皂荚树河东的樟树坪）、或桥（河西的大石桥河东的湘天桥）、或塘（河西的神塘河东的月塘）皆成地名。它们承载着不朽的历史和厚重的文化。可惜在一轮又一轮的城市改扩建过程中，有些老地名逐渐消失或被人们遗忘了。愚以为，这些老地名，是老株洲的历史符号，完全可以将这些老地名融入株洲湘江风光带建设之中，以留住老株洲的记忆。

河东河西各有许多古交通遗迹成为了地名，如园艺场的老渡口、老码头，马家河的大石桥、青龙桥、万福桥等地名，远近闻名，并仍在使用当中。如，青龙桥，坐落在该镇高塘村境内。建桥，缘于当年一溪“挡”路，交通受阻。古溪南边的罗氏古祠堂里还办了启蒙学堂，溪北边的孩子来上学，需要涉水。明洪武三十五年（公元 1403 年）“先富起来”的当地财主罗嘉福，率先倡导在古溪盘龙坝上架桥，并带头捐稻谷 3000 担，请来能工巧匠，运来长沙县丁字湾的麻石，在盘龙坝上架了这座实如半月、虚如满月、形式优美、坚固耐用、至今还发挥着作用的青龙桥。青龙桥因旁有青龙咀而得名。后来地方官员，专门制匾褒扬了罗嘉福。

河东、河西各有几条逝去或将逝去的老街也成趣谈。

河西古老的街道有：凿石浦半边街和新市半边街（四水厂附近），均位于今天元区凿石村湘江边。凿石浦半边街因千年古寺庆霞寺而扬名甚广，其地名早于史称建宁的株洲。唐大诗人杜甫，于公元769年在赴衡阳途中，于古历二月初，抵达株洲凿石浦，更是千古传唱。据《凿石浦志》载：“子美由蜀南征，爱庆霞寺山水清雅，宿于寺，题有诗，后建草堂。”庆霞寺建于唐贞观年间，历史悠久，并保存到20世纪60年代，又是杜甫住过的寺院，遗址现今仍在。

马家河为合面街，为南北走向。据老辈人介绍，中华人民共和国成立前的马家河，街长不到300米，街道短且窄，麻石路面，久经车轮及木屐铁齿践踏摩擦，街道上留下很深的辙印。全街店家密集相对，出街口花岗岩石码梯到湘江边，大小帆船云集，运进煤、石灰、百货，运出米谷、家畜、水果等农产品。每当提及马家河，人们自然和农民运动联系得多一些，因为马家河之名，写入了《毛泽东选集》。

河东的古老街道有：白石港河街（半边街）、徐家桥及其解放街（合面街，也为南北走向）。据《徐家桥志》载：株洲，史称建宁，吴孙亮天平二年建县，唐太宗贞观元年并入湘潭，民国23年更名为株洲镇。其时，以建宁港为界，南北各有麻石小街一条，呈“丁”字状，港上架双孔石桥一座，相传为明代徐姓客所建。解放街，史称中正街。

原凿石浦的庆霞寺和解放街的资福寺及其附近，多有文人骚客青睐。

……

基于此，株洲湘江风光带建设宜增加这些元素。对这些或应取其精华，或包装放大，或压缩保存。做到应保尽保，让这些早已载入史册并为人们所熟悉的地名留住老株洲记忆。使人们漫步在株洲湘江风光带上或乘一叶舟游弋湘江时，饱览株洲丰厚遗存，增强这里的人和来这里的人的归属感和自豪感。

（1）留住能反映这里古代经济及风情特点的交通孔道。如河西的老渡口、老麻石路（官道）、河东的建宁码头、徐家桥等。

（2）留住能展示这里昔日辉煌的工业文明及文化遗产。株洲近现代工业可追溯到1936年，1953年，株洲被列为“一五”时期全国8个重点工业城市之一，我国第一台航空发动机、第一枚空对空导弹、第一台电力机车、第一块硬质合金等新中国100多个“全国第一”工业产品相继诞生于此。还可在河西原造船厂处耸立帆船模型，象征株洲新区顺势而发，奋勇向前。在河东织布厂对应的湘江风光带上耸立布匹模型，高扬芦淞女装标识。

（3）留住能诠释株洲独特之洲的“洲”字：上有空洲，中有潦洲，下有古桑洲，三点成三点水的“洲”。

（4）留住能记载株洲水文状况的港口位置，如河东的枫溪港、建宁港、白石港；河西的小麦港、东湖港、潲基港。

（5）留住能见证株洲人文荟萃之乡的马家河古镇。时下是否率先对城区古桥予以公示标记保护，并在新区启动古桑洲及南岸这一人文荟萃区域（马家河街——万福桥青龙桥大石桥——罗家大祠堂影壁——印洲知青点范围内）的历史文物古镇用地规划。

（6）留住能沐浴诗圣风采的工部草堂。恢复庆霞寺和草堂，建设一座大型碑林，收集古今产生在株洲的著名诗词，通过当代书法家书写，刻在碑林上，以丰富株洲诗词文化内涵。

（7）留住能突出“株洲会议”重要性的大型标志，在解放街对应的湘江旁恢复协丰长绸布店。再辅以鲁班殿、飞袂亭。

（8）留住能扩大炎帝文化影响的神农公园，河西湘江风光带上可屹立炎帝神农氏塑像及功绩碑匾。

河西湘江风光带上建议有湘江大道（路）地名。

附一：

（一）杜甫《宿凿石浦》和《早行》

宿凿石浦

早宿宾从劳，仲春江山丽。飘风过无时，舟楫敢不系。
回塘澹暮色，日没众星嘒。缺月殊未生，青灯死分翳。
穷途多俊异，乱世少恩惠。鄙夫亦放荡，草草频卒岁。
斯文忧患馀，圣哲垂彖系。

早行

歌哭俱在晓，行迈有期程。孤舟似昨日，闻见同一声。
飞鸟数求食，潜鱼亦独惊。前王作网罟，设法害生成。
碧藻非不茂，高帆终日征。干戈未揖让，崩迫开其情。

（二）文人骚客游此诗作（共50多首），如：

凿石铺工部祠

昔时杜陵老，此地一登临。涕泪乾坤眼，风尘天地心。
清湘遗迹古，岳色入秋深。怅望荒祠畔，山烟下暝禽。

舟过凿石谒工部草堂

一片荒凉石，千秋属杜陵。江山遗咏在，风雨几人登？
野岸维孤艇，空堂卧病僧。往来樯上燕，犹识旧崚嶒。

凿石怀古

凿石位于天元区马家河镇境内。始建于唐太宗元年的庆霞寺坐落于凿石临江石崖之上。据记载，杜甫曾宿于寺，题有《宿凿石浦》和《早行》两诗。后建杜甫草堂，宋代书法家米芾曾书“怀杜岩”，并刻于石崖之上。江水悠悠，白云悠悠。千百年来，文人墨客多会于此，或草堂怀古，或江畔踏歌，或在古寺楼头把酒临风、即兴唱和，其缅怀先贤的诗文佳作蔚为大观。据悉，我市拟在湘江风光带凿石处兴建“诗圣亭”。余闻之，心窃喜之，极目潇湘，疑见故帆徐徐驶来。

舟行凿石景清明，岸花禅意草迷津。庆霞古寺燃高烛，兰庭佛舍卧诗魂。
满垅蛙鼓敲春夜，夹江渔火伴青灯。回塘一段风雅事，犹见船头送履人。

（李拯平，诗见《潇湘疑见故帆来》）

附二：

彭水明：在新区，建一条杜甫大道如何

“恢复庆霞寺、杜甫草堂、怀杜岩等人文景观……”退休干部王扬生的这一建议，获得湘江风光带景观规划建议一等奖。或许，在天元区凿石浦重建古刹庆霞寺，与资福寺遥相呼应；与修复的庆霞寺毗连，重建杜甫草堂；在凿石浦鸡头岭上重造“怀杜岩”，与“诗圣亭”呼应的市民愿望，指日可待了。

笔者拜会王先生时，他给我讲了关于杜甫来庆霞寺后许多鲜为人知的事情。他说，祖籍在此的王震将军当年从北京写过信给家乡。信中，除了关注修长堡堤（1950 年至 1953 年当地长堡乡修的湘江防洪大堤）一事，就是询问庆霞寺、杜甫草堂名胜的保护情况。他说，王震将军当年还在庆霞寺左侧的四台祠（王氏宗祠）读过书呢。

1993 年，王扬生先生参与过由市政协组织的“关于我市庆霞寺遗址的考察”全过程。他家保存有市政协《关于我市庆霞寺遗址的考察报告》和《凿石浦志》等重要文献史料。

跟王先生接触，不由得使我心生这样一个建议：在天元区修建“杜甫大道或杜甫广场”，以永记之。愚以为在（湘江南）凿石浦——学堂组（凿石村）——工业大学新校区（新塘）——宰相屋场——学堂屋场（东湖）——莲花（湘江北）沿线，修建杜甫大道最合适。

第五编　历史人物

醴陵侯江淹

丁水生

江淹(444—505)，字文通，济阳考城(今河南兰考县)人，南朝齐、梁之际著名文学家。少年即刻苦好学，但不屑于经义训诂只穷究于章句之解，而喜好辞赋文章，十分仰慕前代作家司马相如、梁鸿的事迹为人。司马相如是西汉辞赋大家，虽家徒四壁而旷达洒脱，以抚琴挑动卓文君私奔归蜀留下佳话；东汉梁鸿家境孤贫但志趣高洁，弃众多富家女求聘不娶，却求婚于三十未嫁貌丑体胖之孟光，在隐遁逃亡途中犹得以举案齐眉。江淹也是早孤而贫，13 岁就丧父，只能靠砍柴养活老母亲。有一日在山中拾得一具古代官员所戴用的高冠，上插有雉翎，名曰“貂蝉冠”，要“侍中”一级的大官才可佩戴。本想拿去换盐换米，老母亲却激励他说：“这是好征兆啊！你有这样的才学品行，难道会总是这样贫贱吗？留着等你做了‘侍中’再戴吧!”母亲的鞭策勉励，使少年的江淹更加刻苦用功，很年轻就以文章著名，被人称作“江郎”。南朝刘宋宗室建平王刘景素赏识他的才华，一度将他延入慕府。后又因意见不合己意，将他贬为建安吴兴(今浙江湖州)县令。所以一直到中年 30 多岁，江淹仍郁郁不得志。

南朝换代频繁，江淹历仕宋、齐、梁三朝，到南齐终于开始发达。齐高帝萧道成辅政时，即重用他为相府记室参军，许多重要章表文告，皆出其手。公元479年，萧道成代宋为建元元年，次年即升江淹为中书侍郎；齐武帝永明三年(485)，江淹官兼尚书左丞，不久又升侍中，年才 41 岁，母亲当年的预言，果然成为现实。

公元 502 年，即梁武帝萧衍取代南齐建立梁朝的天监元年。江淹因拥戴之功初为散骑常侍、左卫将军，封临沮县伯；不久又进封为金紫光禄大夫、醴陵侯。官越做越大，成为食邑一方的朝廷显贵。

江淹这时虽富贵已极，也有一事不顺心：诗文再也不如以前，史称“晚节才思微退”。曾写出《恨赋》《别赋》等名篇，以《别赋》中“春草碧色，春水渌波。送君南浦，伤如之何”那样缠绵凄恻、一咏三叹的名句而驰名文坛的江淹，竟一时使人谓之“江郎才尽”，对江淹的文学事业不能不是一个悲剧。之所以如此，江淹自己则说是在宣城太守任上罢职归京，夜宿驿亭，梦一美丈夫自称是西晋诗赋名家郭璞，对他说："我有一支笔寄你这里多年，现在该还给我了！"他伸手向怀中一摸，果然掏出一支五色彩笔来，自己也觉得惊奇，赶忙双手奉还。从那以后，诗文再也难写出美句佳篇……

此梦当真？也许，这只不过是"江郎"自己一个解嘲式的交代。根本的原因应该还是中年以后高官厚禄，生活视野愈来愈狭窄，民生疾苦离他愈来愈远，进取之心也愈来愈淡薄的缘故。他自己就曾说："平生言止足之事，亦以备矣。人生行乐，须富贵何时？"死后留一部传世的文集，以他的封邑题名叫《江醴陵集》，翻遍全集竟找不到关于醴陵的篇章，可推断其足迹甚至没有来过这一片封地。这样养尊处优脱离生活之源，怎么会再有创作激情和灵感？如果醴陵澄渌纯净的山水，能陶冶一番这位侯爵诗人，荆楚湘东的古风民韵，一定能激发江淹写出新篇佳作。"江郎才尽"的历史典故，也许就要重新写过了。

骆宾王炎陵县题诗之真伪

史铁良

21 世纪初，某晚报头版头条以《炎陵农民偶遇残诗，解开千古文史一谜》为题报道：年初在炎陵县(原名酃县——引者)瓜寮山婆婆仙摩崖发现骆宾王题诗《漫成一首》，由于年久剥蚀，仅能辨认出三句："小家各西东。玉□□八月，□□荒野中。"又称，检清人陈熙晋《骆临海集笺注》，在该书卷5 找到了原诗，诗云："阿溪世业空，小家各西东。玉盘圆八月，雁落荒野中。从容效范蠡，路漫思屈公。孤蓬从此去，叶飘随秋风。"该报认为，这一发现，解决了文史千古一谜云云。

骆宾王的下落确实是个谜。据史书、杂记所载，关于骆氏结局主要有三种说法，第一，死于反武氏失败之时。第二，出家至灵隐。第三，兵败逃亡。唐郗云卿序《骆宾王文集》说："兵事既不捷，因致逃遁。"郗与骆为同时代人，《新唐书》本传极有可能采用郗说，谓："敬业败，宾王亡命，不知所之。"种种说法，使宾王的下落显得扑朔迷离，有的颇具传奇色彩。

笔者读了某晚报的报道后，立即查了《骆临海集笺注》，不仅卷 5 中无《漫成一首》，而且翻遍全书也未找到。又检《全唐诗》，以《漫成》为题的诗，只有杜甫的《漫成二首》，李商隐的《漫成三首》和《漫成五首》，内容均与骆诗无涉。那么，该诗是否有其他题目呢？于是查北京大学中文系所编《全唐诗电子检索系统》，仍然一无所获。后查 1994 年版《酃县志》，该《志》第 20 篇"文化、体育"中，《漫成一首》竟赫然在目。《志》云：瓜寮摩崖，位于十都乡瓜寮村婆婆仙。相传唐骆宾王避武氏之难来酃，赋诗《漫成一首》，诗云(略)，乡人尹朴将诗刻于婆婆仙棋盘石。字为阴刻楷书，约 10 ×8 厘米见方。因年久剥蚀，明末吉水司马陈玉过此，仅识"小""八""荒"三字。事情有点蹊跷，为寻根究底，笔者与同好一道赴炎陵县。在该县档案馆，我们查看了历代《酃县志》，县志始修于明嘉靖初，已毁于兵火，现存最早的是康熙九年所修，该书卷四"寺观"有如下记载："骆宾王，县东六十里瓜寮山，唐骆丞为□陵之难，潜身至此，赋诗其上，乡人尹朴为镌之石。历年既久，剥蚀殆尽。明末吉水李司马陈玉过此，犹识有'小''八''荒'三字。"以后的乾隆《志》、同治《志》也作了大体相同的记载。清人编《湖南通志》卷二百六十三"艺文"十九"金石"五"骆宾王诗碑"条所引为《酃县林志》(即乾隆《酃县志》，林俞藩修）。明末离现在四五百年，那时从瓜寮山摩崖仅能辨识“小”“八”“荒”三字，又加上几百年的风雨剥蚀，何以反而越来越清晰，竟能辨认出三句十一字？令人大惑不解。于是，我们便去海拔1400米的瓜寮山作实地考察。山路陡峭，斗折蛇行，但大部分铺有石块，显然是古人铺就，这可能是湘、赣间的古驿道。我们拾级而上，真要感谢祖先，使我们减少了多少攀登的艰辛。登上山顶，只见一股泉流喷涌而出，一直奔山下，泉流之上，巨石如累卵，不知经过了多少万年，依旧岿然屹立，不由人不惊叹大自然鬼斧神工之奇妙。在一巨石旁，搭有一小而简陋的帝姥殿，殿中石壁上刻有横排的“小”“八”“荒”三字，即新《酃县志》所说：“阴刻楷书，约10×8厘米见方”者，字凹进去较深，涂有石灰，痕迹清楚。这显然是现代好事者根据旧《酃县志》的有关记载所为，决非原刻。至于某晚报报道的能辨识的三句话，则遍寻不见，帝姥殿旁有一巨石，平整如桌面，很可能就是县志所说的棋盘石，经仔细观察，没有发现任何雕刻的痕迹，这些说明，所谓的三句话，纯属乌有先生言。

就我们所知，最早著录《漫成一首》全文的是酃县文化馆编辑的《湘山》（总第4期，1984年10月出版），该期杂志载有《骆宾王在酃县》一文，《漫成一首》就出现在该文中。文中说，兵败后，骆宾王逃往衡州知府李敬玄处，又应衡州记室尹枘之请，在去吉州的路上到他酃县老家小憩。在酃县又与尹枘之弟尹朴一见如故，临别，宾王赋《漫成一首》。骆走后，尹朴雇人将诗刻在巨石上。1994年版《酃县志》收入《漫成一首》，当是来源于《湘山》所载。为了进一步弄清这首诗的来历，我们走访了《骆宾王在酃县》一文的作者之一张先生。他说20世纪70年代，他在瓜寮山所在的十都乡工作，那里流传着有关骆宾王的一些传说（上述骆氏在酃县的情节就属传说的内容），并从当地老人口中记下了这首诗，他称之为“口碑”。对于这一说法，有三点值得怀疑：其一，既是口耳相传，到过瓜寮山，见到诗碑的明末司马李陈玉或千余年来的其他人为什么没有听到，也未见有人记录，而直到当代才突然出现？其二，民歌以其通俗易懂，可以长期口耳相传，而一般文人诗却难以这样，因为它的“文”，没有文化或文化水平较低的人难以读懂，谈何口耳相传。就以《漫成一首》首句“阿溪世业空”来说，它涉及扬州兵败的史实及历史地理，现在受过中等教育的人未必能理解，“阿溪”二字就足以使他们不知所云，何况古时没有掌握文化的农民。这样的诗歌能在农民口中流传一千多年，且一字不错，岂非天方夜谭？其三，初唐时，五言律诗的格律已趋严整，骆宾王的五律就已如此，而此诗多有不合格律处，不像骆氏所作。以上三点疑问不能解决的话，那么，《漫成一首》便是一首不清不白、来历不明的诗，与现在瓜寮山摩崖“小”“八”“荒”三字一样，该诗也当是现代好事者所为。如果是民间故事，尽管加工、改编，而作为历史和新闻，决不能这样，它必须真实。修地方志就是修史，对于一些无根之谈，即使它有轰动效应，也不可采用，否则它的真实性就会令人生疑，至少将为后人增添辨伪的麻烦。传统学术有一原则：无征不信。这一原则对于现代修史、研究，仍然是适用的。

方志对学术研究有重要价值，从方志中搜集资料是考证中常用的一种方法，我们撇开新版《酃县志》，旧《酃县志》等方志有关骆宾王的记载当不是空穴来风。我们知道，武则天依靠酷吏消灭政敌的手段极为残忍，徐敬业的漏网亲故为躲避武后的迫害，必然逃往荒远偏僻之地。据史书记载，徐氏亲属竟"窜迹胡越"，那么，骆宾王亡命过酃县就极有可能。该县地处井冈山一带，这种山高皇帝远的地方，正是捕逃薮。再说，骆氏与酃县本毫无瓜葛，他虽然是初唐四杰之一，在文学史上有一定地位，但并不是历史上鼎鼎大名的一流人物，即使从名人效应出发，也没有必要将他生拉硬拽到瓜寮山，捏造更大的名人至此赋诗，不是更具备名人效应吗？可是旧《酃县志》等却只有骆宾王至此赋诗的记载，合理的解释只能是他亡命中到过这里。况且记载此事的不仅是《酃县志》，还有其他地方志：1.《衡州府志》。酃县在元代隶衡州路，明、清均隶衡州府。乾隆《衡州府志》卷七谓："骆宾王碑在县东六十里瓜寮山。唐骆丞为庐陵之难，潜身至此，赋诗其上。乡人尹朴为镌之石。明末吉水李司马陈玉过此，犹见'小''八''荒'三字。"2.《吉水县志》。承一位中学教师抄示江西《吉水县志》有关此事的资料，现录于下："骆宾王避武氏之难，在酃县帝母婆婆殿赋诗《漫成一首》。乡人尹朴将诗刻于婆婆殿棋盘石壁上，字为楷书。明末吉水司马李陈玉过此，录于簿，颇以为珍贵。"3.《嘉庆通志》。该《志》引有关记载后，有如下按语："《新唐书·文艺传》：宾王为徐敬业传檄天下，斥武后罪，敬业败后，亡命不知所之。则其足迹或曾至楚，故有此诗。县志'瓜寮'下空一字，《衡州府志》作'瓜寮'。"4.《湖南通志》。已见上述。这几种方志关于骆氏诗碑的记载基本相同，因而笔者认为骆氏"潜身至此，赋诗其上"的说法，基本可信。遥想当年骆氏亡命瓜寮山，面对汹涌的泉流，奇异的巨石，自己暮年落魂江湖，前路茫茫，吉凶未卜，此情引此能不兴起身世之感？《漫成一首》当是其写照。

至于乡人尹朴为之镌石的时间，武后当政期间的可能性极小。那时，徐敬业的祖父开国元勋徐勣都被株连，追削官爵，剖坟斫棺，谁敢冒武氏之雌威，为一造反的重犯树碑？勒石时间当在武氏死后。中宗复辟后，如何对待扬州事件，颇费周折，一方是与之有着恩恩怨怨的亲母——则天大圣皇后，一方是拥护他继大统而起兵的旧臣。在进退维谷的情况下，他置徐敬业不论，为其祖父徐勣平反。唐代，谋反为十恶之首，犯此罪者，祖孙兄弟缘坐。徐敬业祖父既然能够平反，扬州事件不属谋反就在不言之中了。奉敕编集宾王文集的郗云卿在序中称之为"起义"，从中也可窥见当时官方对这一事件的看法。中宗又"降敕搜搜宾王诗笔，令云卿集焉"(《骆宾王文集序》)，这样做实际是为宾王恢复名誉。此事距扬州兵败约二十年之后，只有这时，才可在瓜寮山堂而皇之地为骆诗勒石。

在古今有关骆宾王的研究中，未见有引用上述方志者，我们剔去其中的一些不实之词，旧《酃县志》等有关骆宾王的记载有如下意义：一是可以肯定骆宾王在反武则天失败后，既未伏诛，也未投水，更不会有灵隐故事，而是亡命天涯，也就是说，证实了郗云卿和《新唐书》之说，其他二说均可否定。二是骆宾王去世时间的上限应推后一年。现在一般将他的死年定在684年，即扬州兵败的一年。扬州兵败是在嗣圣元年（684年），宾王随徐敬业自高邮奔扬州，“悉焚其图籍”，又至镇州，再至泰县，企图入海逃亡朝鲜，但为风所阻，徐为部将所杀。宾王或只身或携家人亡命，其时他已是五十岁以上的老人，一路躲躲藏藏，辗转来到湖南酃县境，其间至少穿越四个省，费时当在两个月以上，这说明公元685年2月他仍然在世。三是为考证骆宾王的下落提供了线索。他在逃亡过程中，途经湖南酃县，并在那里赋诗《漫成一首》。至于骆宾王之最后结局如何，因无可靠资料，难以确定。所以，这千古一谜，仍有待破解。

杜光庭《虬髯客传》中的红拂

张良修

红拂，只不过是唐宋传奇中所介绍的隋末司空杨素的宠妓。然而，历史上醴陵不少文人墨客为之作诗填词，现代则有一些企业经营者慷慨解囊，为其重修芳冢，树碑立像，建“惜红坊”，有关部门还颇费心神，举办了“红拂情”系列活动。一个传说，竟赢取了如此经久不衰的赞誉，一座千年孤坟引来如此多的发思古之幽情，这是什么原因？是庆幸“青山有幸埋艳骨”？

据《虬髯客传》记载，红拂“肌肤、仪状、言词、气性，真天人也”。这位“十八九佳丽”“素面画衣”，犹天仙般美丽，使“仪形器宇，真丈夫”的李靖“愈喜愈惊”，使虬髯客一见便“取枕欹卧”，如醉如痴。一个朴素倩丽的少女，人见人爱。只可惜红拂香消玉殒，今天仅留一芳冢于西山，供人遐思幻梦而已。

但红拂有胆有识，果敢机智，慧眼识英雄，还是令人敬佩的，后世将她与李靖、虬髯客并称为“风尘三侠”。

首说红拂有胆有识。司空杨素权重京师。“天下之权重望崇者，莫我若也”，但他“奢贵自奉”，“礼异人臣”，“倨见宾客”。“宾客上谒，令美人捧出，侍婢罗列，颇僭于上”，至“末年愈甚，无复知所负荷，有扶危持倾之心”。杨素骄奢淫逸，把自己推向了众叛亲离，趋于穷途末路的境地。

李靖“以布衣上谒”司空杨素，“献奇策”，奉劝杨素“天下方乱，英雄竞起”，作为“帝室重臣”“须以收罗豪杰为心”，使杨素“敛容而起，谢公，与语，大悦，收其策而退”。“立于前”的红拂女“独目公”，从“公之驰辩”，断然判定：李靖是位胸怀大志，大有作为的英雄人物，即“天下之人多矣，无如公者”。在李靖“驰辩之时”，红拂便暗自下定跟随李靖的决心，不久便临轩向吏询问“处士第几，住何处”，因而趁“夜五更初”时，奔向李靖所居“逆旅”，主动提出“丝萝”托于“乔木”。当李靖担心杨素“权重京师”，难遂心愿时，红拂立即指出杨素“尸居余气”的本质特征，介绍诸妓“去者众矣，彼亦不甚逐也”的实况，以及自己“计之详矣，幸无疑焉”的严妥安排。因而终于如愿以偿。

途中遇上虬髯客，虬髯客“取枕欹卧，看张梳头”，使“公怒甚”而“未决”之时，红拂暗示李靖“勿怒”，“熟视其面”，判断虬髯客不是常人后，便“急急梳头毕，敛衽前”，主动与虬髯客结为兄妹，紧张空气顿时化作和谐的氛围。经过交谈，从虬髯客的言行，红拂李靖得出共同认识：虬髯客“烈士不欺人也，固无畏”。从而有太原的又一践约……

后来李靖成为唐的开国大臣，虬髯客成为海外国王，对红拂初见其二人的判断，作了生动、有力的佐证。后世将她列为慧眼识英雄的典范，是令人信服的。

再说红拂果敢机智。红拂“夜五更初”，便“紫衣戴帽，杖揭一囊”，巧扮男装独奔李靖所居“逆旅”，主动托“丝萝”于“乔木”。为使杨素“无疑焉”，已“计之详矣”。即使“窥户者无停履”，亦安然无恙。待“数日”后，“追访之声，意亦非峻”的情况下，“雄服乘马，排闼而去”。以上种种举动，足见红拂之果敢、机智。在一个男人说了算的时代，面对权高位重者，一个十八九岁的柔弱佳丽能当机立断，安然无恙地摆脱一个“权重京师”的司空的束缚，实在不是一件轻而易举的事。而红拂竟事就功成，这就不能不令人赞叹其惊人的果敢和机智。

而红拂的精神气质，在与虬髯客的接触、交往中得到了鲜明体现。红拂随同李靖“行次灵石旅舍”，因“发长委地”而“立梳床前”时，虬髯客“乘蹇驴而来”，却“取枕欹卧，看张梳头”。举动似乎显得轻薄致使“公怒甚”。但在公“未决”之时，红拂却“一手握发，一手映身摇示公”“勿怒”。令李靖莫怒，又不愿被虬髯客看见，故而“一手映身”，同时“熟视其面”，冷静、机智地辨别、判断对方是君子还是小人，是英雄还是别的什么人。或者说，在冷静、神速地思考得体的应酬方式……接着，“急急梳头毕，敛衽前问其姓”，主动进攻，先发制人，以称兄道妹，遥呼“李郎且来见三兄”，顿时消除了一触即发的紧张气势，换来了亲密和谐的轻松气氛。至此，不能不令人感佩红拂的果敢、机智的同时，赞美其临机应变，得心应手处理问题的能力。

红拂不仅具“天人之姿”，而且“蕴不世之艺”，“非一妹不能识李郎”。这是豪义之侠虬髯客对红拂的评价。有一妹，才使李郎立马离杨素而去辅佐清主，位极人臣；才使李郎结识虬髯客，学到虬髯客的兵法，变“悬然如磬”为“豪家”，以助“文皇缔构之资，遂匡天下”。李郎“奇特之才”得以发挥，不能不说有红拂之功。当然也“非李郎不能荣一妹”，达“从夫之贵，以盛轩裳”。

然而令人遗憾的是：这位具“天人之姿，蕴不世之艺”的红拂，随同李靖征讨“岭南”，路过醴陵时染病而逝，将艳骨葬在异地他乡——醴陵西山，引人惋惜、凭吊，发千古之幽情。

朱熹与张栻在株洲地区的讲学和游历

李佐棠

朱熹和张栻是理学闽学派与湖湘学派的主要创始人。

乾道三年(1167年)十一月十三日，朱熹和张栻同游南岳，经株洲来到朱亭。朱亭原来叫蒲湾，朱熹、张栻应学生钟震的恳切要求在此停留住宿。人们在岸边用芦苇盖起了一座亭子，两位理学大师在此讲学。为此后人作了两首联云："车停朱子，榻下陈蕃，""昔人曾一宿，古镇历千秋"。又将港上朱张讲学经过的桥命名为"朱张桥"。在朱亭建立了"朱子祠"，在祠前建"朱子阁"，还在朱张桥畔边建一苇亭。为了纪念朱熹、张栻在此讲过学，还把蒲湾改名为朱停，后演化为朱亭。故《湘潭县志》称："朱亭昔遁翁(朱熹)经过讲学，因以名亭"。

为了纪念朱熹、张栻在朱亭讲学，他们的学生钟震在朱亭建立了"主一书院"，后人在此基础上建立了龙潭书院。主一书院是南宋湖南较有名的书院之一。

十一月中旬，朱熹与张栻离开朱亭，在南岳游览了七天，互相唱和、作诗149首，汇成《南岳唱酬集》。然后于十六日下山，离开南岳，再经朱亭于二十三日来到株洲，在资福寺(在株洲市南湖街资福里)住宿了一晚。资福寺为梁武帝时建造，是当时株洲的四大名胜之一，也是当时全国著名的禅宗佛寺之一。

二十四日朱熹与张栻告别，朱熹写道："丙戌(乾道三年)至槠州(今株洲市)，熹与伯崇、择之取道东归，而敬夫自此达长沙矣。自癸未至戊戌凡四日，自岳宫至槠州，凡百又八十里，其间山川林野，风烟景物，视向未所见，无非诗者"。后面这句话的意思是，从南岳至株洲，沿途秀丽的山川，林野和景物是他们很少见过的，无一不成为写诗的好素材。

张栻在株洲资福寺写了《诗送元晦尊兄》一诗，诗云："尽收湖海气，仰希洙泗游。不远关心阻，为我再月留。遗经得紬绎，心事雨绸缪。超然会太极，眼底全无牛"。

朱熹在资福寺也写了《二诗奉酬敬夫赠言并以为别》，其诗云："昔我抱冰炭，从君说乾坤。始知太极蕴，要眇难名论。谓有宁有迹，谓无复何存。惟应酬酢处，特达见本根。万化自此流，千圣同兹源"。以上几首诗是对朱张会讲的总结，既描述了朱张之间的深厚友谊，也记述了他们所讨论的中庸之义、太极之妙和乾坤动静等哲学问题。朱熹对此感受很深，收获很大，亲题并手书《二诗奉酬敬夫赠言并以为别》，被后人刻成四块碑，原碑拓本存湖南博物馆。

为了纪念朱熹与张栻在株洲的袂别，元朝的谢一鲁在株洲建宁港南岸城隍庙旁建立了“分袂亭”，欧阳元题了匾额。民国 7 年(1918 年)凌树臣捐资扩建分袂亭，湖南才子雷飞鹏书写了一副对联：“昔圣离别地，历代感萦怀”，表达了株洲人民对朱张这两位大学问家的歌颂与怀念。分袂亭原建在屈公祠旁，扩建后的分袂亭，比过去更为雄伟壮观。亭分三层，盘旋而上，重檐飞角，琉璃屋面，在阳光照射下，金碧辉煌。当时，分袂亭是株洲的最高建筑。

朱嘉与张栻在株洲分袂后，朱熹取道东归，途经醴陵，应学子和士子之请，在醴陵学宫进行讲学。绍熙四年(1193 年)十二月，南宋光宗任命朱熹为潭州荆湖南路安抚使，他于次年四月从福建启行途经醴陵，在此第二次讲学。并写有《自题肖像》一诗为证。其诗云：“苍颜已是十年前，把镜回看一自然。恰深履薄量无已，且将余日付残篇。”为纪念朱熹的讲学，人们在醴陵学宫建立了朱子祠，祠内嵌有朱熹画像碑。碑上方刻有朱子的《自题肖像》诗，下方则刻有朱子坐像：昂首盘坐于石台上，宽袍阔袖，神态安然。石台边花草丛生，相映成趣。

朱熹、张栻在株洲及湖南各地的讲学，促进了理学和书院及湖湘文化的发展，并为当地的教育事业做出了重大贡献。

岳飞和茶陵

段立新

据《宋史》《茶陵州志》、火田尹氏族谱、合户“墨庄”题碑的跋文及其他方志、诗文和民间传说记载，南宋初年，叛军曹成拥兵称雄，为害一方。绍兴二年（公元1132年），曹成“拥众十万，由江西历湖湘，据道、贺二州”（见《宋史·岳飞传》，除标示的之外，以下各相关引文均出于此）。这一年的正月，岳飞“权知潭州，兼权荆湖东路安抚都总管”，奉旨以8000人马追剿曹成。“成闻飞将至，惊曰：‘岳家军来矣。’即分道而遁。”退守广西境内。茶陵据“三路襟喉”，历来为兵家必争之地。在这一场平乱战争中，茶陵一度成为双方争夺激战的要冲。为了平定曹成，岳飞及其岳家军在茶陵境内待了3年，直到绍兴四年（公元1134年）才结束这场战争。岳飞在茶陵留下了许多故事和遗迹。

“墨庄”题字

据《茶陵州志》（各种版本的）记载，绍兴二年，岳飞率军从江西进驻茶陵，首先到达今秩堂乡合户村。当时，夜色已深，野外漆黑一团，部队无法继续前进，只好就地安营。恰好，有一个教夜书的私塾先生夜归，自愿为岳飞当向导，岳飞十分感动，当他得知眼前的私塾先生出身书香世家时，欣然提笔，以“墨庄”题字相赠，以示感谢。后来，墨庄题字被陈姓后人刻成石碑，至今珍藏在祖祠中和堂内。

在民间传说中，“墨庄”题字还附带了很多相关故事，与《茶陵州志》的记载稍有不同。

据传，此次岳家军由永新石楼翻越毛竹坳进入合户。那个时期的合户叫“麦灶”（一说“麦庄”），包括合户（上户、中户、下户）及田湖村的湖家坊，也就是号称“十里陈”的主体部分。这个地区与江西永新的石楼、梅花比邻。梅花的梅花洞有一群强盗，他们的女首领叫梅花。岳家军进驻秩堂以后，辎重遭到了这伙强盗的偷袭。岳飞十分恼火，决定剿平这伙强盗，于是，在今秩堂彭家祠附近一个山头安营扎寨。这场剿匪战的主战场在湖家坊与梅花交界的山区，岳飞的前沿指挥所在一个叫更鼓寨的山头。据说，女强盗梅花的本领十分了得，致使岳飞屡战不克。也许，梅花太得意忘形了，有一次，她的裹脚布松了，无法再战，竟然把枪就地一插，翘起腿扎裹脚布。这情景让岳飞看在眼里，只见他突然出击，一枪就结束梅花的性命。据说，岳飞的马飞奔而来，在地上留下了一行行深深的马蹄印，在梅花战死的地方更是踏地入泉，引来了一股山泉。当地百姓认为这是岳飞的马留下的印迹，后来就把这个山泉所在地叫作“马脚迹”。

秩堂彭家祠有一个叫“铁营盘”的小山头，传说这就是当年岳飞安营扎寨的地方，期间岳飞与彭氏家族一个叫彭可安的读书人往来密切。可是，当岳飞剿平梅花回营的时候，彭可安却与世长辞了。岳飞十分惋惜，挥笔写下了一首七言绝句，以示哀悼。这首诗至今收藏在彭氏族谱中。

至于“墨庄”题字的来历，据传是岳飞夜宿更鼓寨，夜深人静的时候，听见山下传来一阵阵琅琅的读书声，深感兵荒马乱士人秉烛苦读的不易，于是写下了“墨庄”两个字，以对士人的勤奋深表嘉许和鼓励。

光泉和一经堂

岳飞剿平梅花之后，趁夜拔营起寨，向南追剿曹成。夜行军让岳家军筋疲力尽，来到高陇境内时部队已是人困马饥了。恰好，石壁下有一股清泉，岳家军喝了个人跃马欢，精神十足。岳飞更是兴奋不已，乘兴以禾蔸代笔，在石壁上题下了“光泉”两个大字。此地后来更名为“光泉”。清朝末年，石垄一个被尊称为庄公的人依照这个故事，雇人在石壁上刻下了“光泉”两个 2 米见方的正楷大字，这就是光泉石刻。光泉石刻 1986 年被列为株洲市文物保护对象。

部队继续前进，跨过雩江，来到了一个两山交汇的小山亭边。这时，五更鼓尽，天色大亮，营中敲响了第二天的木柝声。后来，人们便把这里叫作“落更亭”。现在，人们又把落更亭雅化为“乐家亭”。

岳家军来到今火田镇五门村杉里园，已是吃早饭的时候了。在这里，岳家军受到以当地富户尹彦德为首的村民的犒劳。据明嘉靖二十二年的《茶陵州志》人物篇记载：尹彦德“给餈粮、扉履，犒师三日，士饱马腾”；并入营宣讲，鼓舞士气，使岳家军“六师之气不战而先夺，其于成功之助盖多矣。”岳飞在感激之余对尹彦德说：“君，长者也。富而无文，当以一经教子，后必有显者。”尹彦德的这一支尹氏族人后来以“一经堂”作为自己的宗祠堂号。一经堂兼有家族私塾的功能，是明经书院的前身。

据受经堂《尹氏族谱》载，当时岳飞还以砚相赠。此砚为尹氏族人世代珍藏，在元末明初的战火中不知下落。

旌忠祠和鄂王城

曹成的主力退守广西，他的小股部队还驻守攸县、安仁，妄图伺机夺回茶陵。当时，茶陵城所在地叫“茶陵关”。曹成的部队一度占领茶陵关，构筑战壕营垒，恃险与岳家军争战。岳家军久攻不下，便四面驻军，准备长期围困曹营。曹军被围日久，人马困顿，军粮告罄，不得已离关出战，在旗山（今城关镇农林村境内）与岳家军决战。这一战，岳家军取得胜利，但也付出了巨大的代价：阵亡将士300多人。岳家军把这些人的骨灰安葬在今茶陵县城西北郊的青云山。后人在青云山建祠祭祀岳飞，这就是旌忠祠。旌忠祠几经毁建和易名，到明代，刘应峰在其旧址上因庵堂办学，兴建了旌忠书院。

在今茶陵县城附近有一个叫“卸甲陇”的地方，据传说，旗山决战的时候，岳飞在这里更换了战袍铠甲。因为这个原因，这里后来得名为“卸甲陇”。

据《茶陵州志》记载，当年岳飞在二十五都（今湖口、浣溪等乡镇境内）筑有小城屯兵屯粮，以作追剿曹成的兵站。后人把这个小城称作鄂王城。鄂王城的具体位置现在已经无法考证了。岳飞依托茶陵，最后剿灭了曹成，这在《宋史》岳飞的传记里面作了比较精彩的描述。

岳飞与茶陵一经堂

彭运南

南宋岳飞精忠报国的崇高品德令后人万分敬仰，家喻户晓，而志未酬的悲惨遭遇也令世人唏嘘慨叹。千百年来，岳飞成为民族精神和英雄主义的象征……但是，他与我市的渊源，特别是对茶陵文化的贡献，知道的人就少了。

绍兴年间，南宋朝廷外有金人觊觎，内有农民暴动，严重威胁到朝廷安危。在攘外必先安内的思想主导下，南宋朝廷进行了大规模的平乱战争。岳飞就是在这场战争中与茶陵结下渊源，并对湘东文化的发展起到了重要的作用。

1132 年夏的一天，时任武昌安定侯的岳飞率部追剿叛军曹成，从江西入湖南，途径茶陵火田五门村时，因天色已晚，加之慕名茶王城，便在一矮山上屯兵休整 ——这座山也因这次屯兵取名营盘岭。岳家军素以军纪严明著称，所到之处秋毫无犯，深受百姓拥戴。数千官兵在营盘岭过了一夜，附近百姓竟然没有察觉。翌日，族长尹彦德感念岳飞威仪，献牛酒犒军，并陪同岳飞看了茶王城。营盘岭距离茶王城不足 500 米。将军没有骑马，只带了几个军校随从，片刻即到。其时，茶王城已经迁出 100 余年了，仅留下一些残垣断墙。见人去楼空，风雨飘摇，一派颓废凄凉之状，尹彦德不禁慨叹："秦时明月汉时关。千年王府如此冷落萧条，真是世事难料呀。"岳将军听着老者的话，似有所思，随口应道："茶王城的迁出应与战乱无关，您老莫要太悲观了。"岳将军举目四顾，但见北山高俊，连绵逶迤；南田开阔，细水长流；脉象地气的确很好，只是范围略显狭小，不够大气。于是对老者说："这地方毓秀钟灵，定会人才辈出，您老人家财有余而学不足，当以一经教子孙，可求百世其昌。"

不久，庐陵人杨万里听说了这事，亲书"一经堂"牌匾相赠。老者督其子尹士望建造了书院五间，并以"一经堂"冠名，这就是茶陵最早的书院。也就是从那时开始，茶乡文化在书院这种独特形式的催生下逐步繁盛起来，耕读两勤成为茶乡人千百年来一成不变的传统。历朝历代，茶乡出阁入相者大有人在，科举进士更是人数众多。

传说一经堂治学严格，至今流传一则宴师酒席上堂主出联为难先生的佳话：有年春天，一个江西人来一经堂应聘先生，宴师酒席上，堂主因丢骨入舂米坑引得家犬欲食不能而嗷嗷直叫，便出上联“骨入深坑，气死江西饿狗。”应聘先生沉思良久，无言以对，自愧才学疏浅，饭没吃完就离席回家，但他走到田畴处，看见一农人犁田，因为犁插进了田坎，任凭牛怎么使劲就是拉不动，他忽然有了灵感，返回书院对出了下联“犁插田坎，累坏茶陵蛮牛。”一经堂历经千年风雨，几经毁弃与重建，影响和推动了湘东茶乡文化的发展。如今虽遗址尚存，但旧迹难觅，而与武穆王岳飞的渊源更是鲜为人知了。

"一世之雄"冯子振攸县籍贯考

易小斌

冯子振，字海粟，自号怪怪道人、又号瀛州客，是元代湘籍最负盛名的文学家之一。为人博闻强记而才气横溢，以文章称雄天下，所作诗、词、曲、赋、文皆负名声。官集贤待制、承侍郎。所作《居庸赋》，首尾5000言，《十八公赋》，4000余言，传诵一时，世称杰作。扬州《汉寿亭侯祠碑记》，由苏昌龄起句，冯子振脱草，赵孟頫书写，后世誉为"三绝"。曾一时兴发，写就梅花诗百首，后收入《四库全书》，即著名的《梅花百咏》。贯云石序《阳春白雪》时，赞其词"豪辣灏烂，不断古今。"明初，宋濂称其"博学英词"，为"一世之雄"。然而，有关冯子振的生平史料却少得可怜，虽有学者进行过相关的考证，却往往递相因袭，甚至以讹传讹。其籍贯之辨，历代学者更是见仁见智，各执一词。因此，很有必要对其进行一番新的考证。

关于冯子振的籍贯，其实清代以前早有定论。明初宋濂主修的《元史》记载为攸州（今湖南省攸县）。《元史·儒学列传》陈孚名下有冯子振百余字小传，录之于下：

攸州冯子振，其豪俊与孚略同，孚极敬畏之，自以为不可及。子振于天下之书，无所不记。当其为文也，酒酣耳热，命侍史二三人，润笔以俟，子振据案疾书，随纸数多寡，顷刻辄尽。虽事料醲郁，美如簇锦，律之法度，未免乖剌，人亦以此少之。

这是关于冯子振籍贯最原始的材料，兹后的《新元史》《元史类编》《元书》《宏简录》《大明一统志》《万历湖广总志》《古今图书集成·氏族典》《宋元学案·补遗》《元诗选》《沅湘耆旧集》《四库全书总目提要》等书均因之称其为攸州人。各书中的冯子振小传，或承《元史》这一百余字，或略变换其词句。王行《半轩集》（明弘治刻本）也载冯为攸县人。据《半轩集》卷九"沈荣甫墓志铭"载：

初，荣父之先君子（富），游于故侍讲袁文清公（桷）之门，公每嘉其敦信义。时楚之长沙攸县人冯子振，方张声誉，号海粟，以文翰自矜许。来吴，必主之，深加爱厚，为大书积善二字，殆以表其志也。

嘉庆、同治《攸县志》均载有海粟传，认为其为攸县人。据二志载："国朝初年，攸西距县治四十里，村中有土人掘得一墓碑，上书‘冯学士某之墓’，字迹不甚漶漫，其为攸人确凿无疑。”同治《攸县志》更载“元集贤待制冯子振墓，在县西冯家口。”

宋濂、王行均为明代人，距元代之亡时间较近。尤其宋濂（1301—1381）为冯子振晚辈，且亲自写过《〈居庸赋〉跋》。跋云：“海粟冯公以博学英词名于时，当其酒酣气豪，横厉奋发，一挥万余言，少亦不下数千，真一世之雄哉。……余藏此卷者久，极为珍秘……”足见其对冯极为推崇。故宋濂主修之《元史》对冯子振籍贯的记载，不但是最原始的，也应是最可靠的。

清代以降，王夫之、龙章、顾海等很多学者认为冯子振为湘乡人。今人隋树森编《全元散曲》，徐征、张月中等编《全元曲》，王毅编《海粟集辑存》均称其为湘乡人，而致几成定论，更有学者撰文考证之，如王毅先生之《冯子振年谱》（载《中国文学研究》1990年第1期）、桂栖鹏先生之《冯子振生平三考》（载《浙江师大学报·社会科学版》2001年第4期）等。认为冯子振为湘乡人，主要证据有三：一为明嘉靖年间薛纲所编《湖广通志》；一为清光绪年间所修《山田冯氏续修族谱》；一为湘乡市洪塘山田村所谓冯子振墓及冯曾题写过“山田故居，岩下祖墓”之碑联。

《湖广通志》载明人吴瑛任湘乡知县，为湘乡的乡贤祠写过一篇记文，有云：“弘治庚戌秋，予奉命来典是邑。时有复于予曰：邑有三贤。三国时有曰蒋琬者……宋淳熙中有曰王容者……元大德中有曰冯子振者”。且不说吴瑛为文之据，本自道听途说。《湖广通志》是明嘉靖年间由薛纲纂修，吴廷举修订的一部地方志。嘉靖是明世宗朱厚熜年号，指1522年至1567年。此时距冯子振去世将近200年。为什么距冯子振去世仅30年的《元史》（成书于1369年）不可信，而距其近200年的《湖广通志》倒是可信了呢？而嘉靖间邵经邦著《宏简录》却载冯为攸县人。

至于清修《冯氏族谱》，其可信度尤其值得质疑。著名学者马积高先生提出，鉴别族谱可靠程度的标准有二“（1）考查其所记世系是否清楚，凡世系不清的部分，一般说是不可靠的；（2）以史实和其他资料（包括谱中人物的著作、诗文）与谱中的记载相参证，看其是否相合，如有不合，原因是什么？如其不合的情况很严重且难以找出致误的原因，则一般是不可靠的。”首先，《冯氏族谱》所载，冯子振生于宋理宗宝佑元年（1253年），事实上冯生于宝佑五年（1257年），谱载与实际相差4年。（关于冯之生年，另文将有详述。）其次，谱载冯于大德二年（1298年）进士及第，这与元代的科举制度不合。众所周知，元代前期一直没有科举考试，至元仁宗皇庆二年（1313年）才下诏恢复科举，1315年首届会试，此后每3年一次。谱载冯于大德二年进士及第，则大谬也。再次《冯氏族谱》称所收冯子振之作品，除“详载邑志”的《英济王碑记》等10篇作品外，“其余所存者均录入谱。”实际上《英济王碑记》却详载于谱，题为《显灵义勇武安英济王碑记》，而其极负盛名的《居庸赋》《梅花百咏》等则不收。在所收作品中，仅首尾5000言的一篇《十八公赋》，较之清代湘籍文献编纂学家邓显鹤编《沅湘耆旧集》，其脱衍讹误者近百处。邓显鹤为湖南新化人，嘉庆举人，官宁乡训导，以搜讨乡邦掌故为己任。他曾把冯子振的诗文及生平事迹采集成书，可惜已不传。其《沅湘耆旧集》中也称冯为攸州人。而《冯氏族谱》中之《冯子振传》载："公(指冯子振)名噪海内，其豪俊与孚略同，孚极敬畏之，自以为不可及。子振于天下之书，无所不记，善书法，为文当酒酣耳热，命侍史二三人，润笔以俟，子振据案疾书，随纸多寡，顷刻辄尽。"其文字明显因袭《元史》，却故意省略"攸州冯子振"5字。世人之修族谱，假托始祖、捏造谱牒、附之贵显、言过其实者屡见不鲜，族谱之史料价值常常被一些学者怀疑甚至否定。而清修《冯氏族谱》则更是漏洞百出，以其作为冯子振为湘乡人的证据是不可靠的。

《同治湘乡县志》和清修《冯氏族谱》均指冯子振葬于湘乡市洪塘山田村，并称有墓碑为证。考查冯子振墓碑，我们发现，现存冯子振墓碑刻于清光绪十年，有山田冯氏二十七派嗣孙冯运忠所撰《墓志铭》为证。《墓志铭》尚称："公(指冯子振)卒亦葬是山。由宋迄今，八百有余岁，风霜之剥蚀既久，碑字亦多模糊，每一至此，不胜怃然。今族众鸠工重修……"文中所提之"碑"，当指冯氏诸公墓碑，海粟公墓碑当在此之列。然而"碑字亦多模糊"，故清代之重刻墓碑不足为据。至于所谓冯子振亲笔题写过的"山田故居，岩下祖墓"之碑联，其真伪姑置不论，仅凭这八个字同样不足以证明湘乡洪塘山田即冯子振故居。冯子振为当时著名书法家，宋濂称其"遗墨之出，争以重货购之，或刻之乐石，或藏诸名山，往往有之，则为人之宝爱可知矣。"故山田冯氏，甚至当时的任何人向其索求墨宝都不足为怪。

冯子振大约是在最后一次离开大都，回到家乡后，写了《谷雨杂咏》。诗中有云："白发流年真去国，青春逐客更还乡。湘东门外园堪赏，荷锸相从学种瓜。"该诗可能化用了南朝颜延之《和谢灵运》诗"去国还故里，幽门树蓬藜。"颜延之也有中年贬谪始安，晚年告老还乡两次离京经历。冯于《谷雨杂咏》中已明示自己故乡为"湘东"。攸县西汉置县，三国孙吴太平三年(258)分长沙东部为湘东郡，自三国至南朝，攸县一直隶属湘东郡，元代以民万户升为州，称攸州。攸县历有"湘东"之称，而湘乡却地处湘中，从无"湘东"之称。故冯子振为攸县人应无疑义。

刘三吾与朱元璋

陈九二

刘三吾，字如孙，号坦斋。生于元皇庆三年(1313)，卒于明建文二年(1400)，湖南省茶陵县腰陂镇石陂村人。入朝后，深得明太祖朱元璋厚爱，被封为翰林大学士，尊“老阁老”，整理国家文史。

明洪武三十年(1377)春第九次会考，皇上钦定刘三吾主考，白信蹈为副主考，刘三吾和白信蹈按朝章制度优胜取了100名贡士。发榜时，从第一名的陈安，到最后一名的刘子信，全是江南考生，无一人是北方举子。就此，北方举子大闹来庭，砸皇榜，撕皇榜。当天朱元璋接到礼部的急奏，亲笔批文：“南人尽占皇榜。举子群情激动，应当火速查处。”他又召主考官刘三吾查问原委，刘三吾坦然地说：“北方在元朝的残酷统治下，历时数十载，民不聊生，学术文化受到极大摧残，故举子文章远不及南方。南北同考同榜，自然会出现南优北劣的局面。”朱元璋还是责怪道：“虽然如此，科场考试北方一人不取，民心难安啊！择优几人插入百人之中或补上几名，以平民愤！”但刘三吾毫不让步地说：“科举考试，考官历有以贿量取材，我分文不受，你可查个水落石出！”

朱元璋说：“刘阁老，我没说你受贿之意，我想平安无事！”刘三吾说：“科举制度，乃陛下所定，既已发榜，又要调换人，岂不是欺世盗名？”

朱元璋见刘三吾死守科举制，不肯退让，便把刘三吾、白信蹈隔离皇城，亲命翰林院侍讲张信立案查办。张信和20余个同僚查了20多天，阅尽考试卷，向朱元璋禀报说：“从文章上看，南方举子最差的，也比北方举子最好的要高出许多。”朱元璋又疑为是刘三吾与张信暗中勾结，更加恼火，便命刑部将刘三吾、白信蹈和张信查办。刑部在皇上旨意下，抓了三吾、白信蹈三家亲属九族600多人。在严刑逼供下，搞出了一个徇私舞弊的“供词”。朱元璋在“供词”上批道：“刘、白乃蓝堂，张信胡党。”将白信蹈、张信及他二十几个同僚处斩。刘三吾因整理国家文献有功，且年老体弱，发配边关。发榜百人全部作废，中榜第一名陈安以行贿处斩，株连不下千人。

五月初，朱元璋亲理这事，另选61名贡士，第一名是河北的韩克忠，最后一名是山东的任伯安，全是考试中下偏差的上榜，榜上无一南人。这一轰动全国上下的大冤案史称“南北榜”。不久，朱元璋死了，刘三吾官复原位，一年后辞官回家。

李东阳轶事

罗章生

李东阳作为明代茶陵三位文相(另两位即刘三吾、张治)之一，平生只回过茶陵一次，然其遗闻轶事，在茶陵人中颇有口碑，至今不衰。现择其一二记叙如下，以飨读者诸君。

一、神童才子

李东阳自幼天资聪颖，随父攻读，刻苦认真。4 岁时就能写得直径一尺见方的大字，四书五经也能背得一字不漏，且博闻强识，对答敏捷。时其父李淳初官翰林，常引以为自豪。一次一老翰林试其才，以其名之“阳”字组成联语，命其续对，并规定要用“两兼格”。出边是“李东阳气暖”，东阳沉思片刻即对之：“柳下惠风和”。对联“阳”“惠”二字都是两兼，且东阳对仗工整，风格超脱，老翰林拍掌叫好，连呼“神童！神童!”一时李东阳“神童才子”之誉传遍京师。

二、景帝召见

因李东阳有“神童”之誉，景帝朱祁钰慕名召见。这天早朝，其父李淳背着他进宫，入太和殿，过中和殿，至保和殿。按礼仪规定，臣民朝见皇帝，进保和殿要匍匐前进。可保和殿门栏很高，李东阳只有 4 岁，怎么也跨不过去，只好爬。景帝在殿上看到李东阳爬门栏就说“神童脚短”。李东阳很利索地爬过去说道：“天子门高。”景帝见李东阳答得这样迅速，对得这样好，非常高兴，立即下殿抱着李东阳上殿，放在怀中，赐给果钞。

东阳 6 岁时，景帝第二次召见，同时召见的还有神童王鏊。是时，景帝正准备吃螃蟹，见神童来了，立即赐坐。待他们坐定后，景帝揭开蝶盖，指着螃蟹说：“今天你们俩对副对子，联云：螃蟹浑身盔甲。”王鏊抢先答道：“凤凰遍体文章。”东阳沉着回答：“蜘蛛满腹经纶。”退朝时，景帝对王鏊说：“你将来是个文臣。”接着对东阳说：“你将来是个安邦经国的大臣。”后来果然应验了景帝的话，王鏊、东阳都官至明朝内阁大臣。只不过王鏊政绩平平，东阳却历事成化、弘治、正德三朝，公忠体国，审时度势，与阉党进行了殊死斗争，并设计诛杀刘瑾，功不可没。

三、幼有孝行

东阳父李淳，初官翰林，嗜酒如命，每每豪饮至深夜不归，家人屡劝不听，无计可施。此时东阳尚幼，说话更不起作用，只好每晚在书房坐等，待父夜归后才睡。春夏秋冬，四季如常。北京的冬天是十分寒冷的，深夜尤甚。一次，其父自外醉归，见东阳未睡，且冷得浑身发抖，则问："为何夜深不睡?"东阳答曰："父未归，儿如何能睡?"李淳大恸，紧抱东阳，发誓不再酗酒。

四、同国休戚

李东阳之女，嫁于山东曲阜孔闻韶。未嫁之前，其女以孔家园林狭小，花木稀少为词，稍有责难。孔家为此大兴土木，扩充屋宇，修葺亭台楼阁。孔闻韶乃孔子六十二世孙，于明弘治十六年(公元1503年)袭封衍圣公，"班超一品之阶"。同年孔府花园竣工，东阳之女亦于当年出嫁，封为一品夫人。可谓三喜临门。袭封后，东阳代衍圣公作谢恩表，并代作大门联。联云："与国戚休，安富尊荣公府第；偕天不老，文章礼乐圣人家。"此时东阳已是暮年，遣词造句，颂扬得体，忧国忧民，一片忠心。

陈论与《岳麓书院志》

陈安国

岳麓书院是我国古代"四大书院"之一，它自北宋创始，历宋、元、明、清各代，兴学不衰。其历史文化底蕴之深厚，引领全国书院教化训育之前卫，培养人才之众多，既得益于中华教育之优秀传统，也得益于各个时期书院山长（校长）的励精图治、开拓创新。在岳麓书院历任山长中，有一位攸县籍的人士值得一提，他就是明正德年间担任山长的陈论。

陈论（1468—1536），字恩鲁，号敬所，攸县东门（今城关镇）人。陈论之父陈廷璋，被朝廷授医学训科，从京师授职还至武昌，不幸病亡。此时，陈论尚在襁褓。陈论还有一个哥哥叫陈诰，母亲王氏没有出嫁，带着两个幼子"持己敬慎，勤俭克裕厥家"。后来陈诰继承父职，以顺恪称；陈论"强学慕古，（嘉靖岁）由县生贡入京师（北监），师湛甘泉先生，潜心理学极精，一时贤士大夫多与之游"。陈论的母亲被朝廷旌表为"节妇贤孝闻天下"。据陈嵦的《陈论传》记载，陈论"生平慕程朱濂洛之学，绅士多师礼之。有孤不能支族议代理田产，却之。母卒，悲号三年，岁时奠祭皆以礼。"在埋葬其母时，挖地有古冢，众人曰："去之，弗可。"又有人说："加棺上。"陈论哭泣说："吾母全节一生，若系妇人，则可；若男子，罪何可赎？"于是"别为窀穸（埋葬），秦都宪特加奖。"陈论后来在《题母守节上各当道大人诗一首》中写道："共姜我母欲为俦，我母何曾读柏舟。一点丹心随父死，百年残喘为孤留。啼多血泪云生眼。历尽冰霜雪上头，借重一言维万古，清孀不负老荒陬。"这首诗写出了其母如何孤身一人抚养他们兄弟的艰难情形，充满着伤感痛惜之情。陈论的母亲被朝廷表彰为节妇，并树了牌坊，得到了很高的荣誉，时任尚书的刘大夏在《题陈母王节妇》一诗中赞美云："慈节纷纷宇宙间，世称陶孟古今难。传闻阿母生犹死，成就孤儿苦亦安。楚地闺门流化美，陈家机杼断声寒。凤毛文采辉林下，老眼临风独爱看。"湖广道佥事赵璧也作《题陈母王节妇》赞誉："生在王门归在陈，所天一失死为邻。冰霜照得丹心旧，岁月催将白发新。半世苟存携幼子，九原无愧见良人。柏舟故事今重出，信史还应著此贞。"

陈论虽出身贫寒苦涩，可自幼懂得刻苦读书，潜心钻研理学，道德文章皆为楷模，深得省督学陈凤梧赏识，明正德三年（1508），40 岁的陈论被破格起用，担任岳麓书院山长(校长)。

陈论主持书院工作后，一反当时轻学术的风气，提倡研究王阳明的哲学思想，使书院重获生机。学习内容增加“习射”一科，倡导“文可载道，武可安邦”，用今天的教育术语评价，就是注重学生德智体全面发展，使学生心身健康成长，改变了读死书现象。陈论执掌岳麓书院山长期间生员逾千，“常有不远千里者慕名趋之”。在书院管理之余，陈论广征博采，率先于正德九年(1514)修成《岳麓书院志》，这是陈论对岳麓书院的另一方面的重要贡献。据《陈氏族谱·人物传》载：陈论“知行合一，日勤九省。錄御史朱箎移文郡邑，祀乡贤祠，并祀岳麓六君子堂。”

笔者在查阅《陈氏族谱·艺文》时，发现有两篇列传，分别是《岳麓书院志列传》和《岳麓书院山长列传》。

《岳麓书院志列传》云：“明正德间，学使陈凤梧有湖南道学渊源，《录书》佚，不传。攸人陈论纂《岳麓志》引真西山之言，而以道统派系次于书院之后。岂非以湘岳钟灵，道学斯盛而后之？游息其地者，学圣贤之学，当继先儒之志哉。西山之言曰：‘二程之学，龟山得之；而南传之豫章罗氏。罗传之延平李氏，李传之晦安朱氏，此一派也。上蔡传之武彝胡氏，胡传其子五峰，五峰传之南轩张氏，此又一派也。’宁按二程之学得之，濂溪道州人也，五峰南轩(张栻)授受亦在湖南，而考亭又讲学岳麓最久。他如龟山之知浏阳西山，了翁公燔知之判潭州，明张元忭王公乔之主讲岳麓，俱皆道学。名臣流芳南楚，然则湖南道统之说，讵不信哉？今采先儒列传编次书院之后，而凡山长六君子，以及迁谪三公，诸贤执事郡守，俱得附录。使见者闻者知所景仰；亦知《岳麓之志》有关道化，非漫无记载也。彼凤梧之书，虽不可见所谓道学渊源者，大略不具是哉。”这篇传文肯定了陈论首创的《岳麓书院志》溯清了岳麓书院是“湖南道学渊源”的脉络，具有承前启后的重要意义。继陈论之后，明代有过三次编撰岳麓书院志，即嘉靖七年(1528)，知府孙存撰《岳麓书院图志》一卷；万历十八年(1590)知府吴道行等编《岳麓书院志》；崇祯六年(1633)山长吴道行父子修《岳麓书院志》十卷。陈论首创的《岳麓书院志》为以后的编志奠定了坚实基础。

《岳麓书院山长列传》文字不多，是康熙二十六年修志官赵宁所撰，后面有一段附言值得重视：“按赵公宁重修《岳麓书院志》，内称岳麓之有志，创始于思鲁公(陈论)”。这句话也印证了陈论是《岳麓书院志》的首创者。

又据《陈氏族谱·艺文》(卷八上)载，陈凤梧于正德甲戌年(1514)七月十六日特意为陈论的《岳麓书院志》写了一篇《序》，其中介绍了陈论管理书院和首撰《岳麓书院志》的一些情况。

《序》文开头道：“逾洞庭而南，山益峻，水益驶。献秀争奇，地与景迴。山之雄拔者，为衡岳；水之清澈者，为湘江。若岳麓则仰接衡山之支，而俯瞰湘流之汇，实湖南一大形胜也。山川清淑之气，于是乎萃而书院建焉。”描写了湖湘山川之秀丽，岳麓书院纳山川之灵气而兴建。接着，叙述了岳麓书院的始建情况，“始创者宋潭守朱洞，继之者，建安刘珙。而晦庵、南轩二先生相与讲道于兹，岳麓之名遂以闻于天下。”此后的建筑“规模宏阔”，书院里的教化“条教详明，一时湖南道化至盛，之比邹鲁，所谓学徒千余人，食田五十顷。”这是叙述到宋朝的繁盛之情形。但后来因为朝代更替，“世变滋久，芥为坵墟，”明初书院有过百年沉寂的局面，直到明朝弘治间，“通判陈钢迺重建之，而同知杨茂元协力表彰，始复其旧。久之，忝议吴世忠按部长沙卫，正辟邪陋，规制弗称，议改建于旧址之左。时凤梧适奉命督学于其地，力赞成之。乃命攸生陈论领书院事及行各学，选取诸生有志于学者若千人，习静其中。”这就是陈凤梧聘请陈论担任岳麓书院山长的情况。

陈论担任岳麓书院山长期间，学生多达千人，可谓人才济济，书院办得很兴旺。陈凤梧在《序》言中叙述到陈论担任岳麓书院山长以后的书院面貌变化情况：“殿堂门观，焕然一新。两府斋舍，有未备者，乃发赎金付有司葺之，期于大成。”陈凤梧还讲到陈论撰写《岳麓书院志》的情形。为了将岳麓书院的建制沿革发展变化情况记载史册，陈论“学识端敏，乃以意授之，俾集次焉。”这时，陈凤梧“以内艰归矣”，回到了他的家乡休养。“今年(1514)秋，陈论徒步千里，谒予西郭草亭间，出《志》观之。”陈凤梧看了陈论的《岳麓书院志》，认为“考据周洽，益惬鄙意。”至于尚有需要补充的内容，“复相与较订。”陈论是陈凤梧推荐担任岳麓书院山长的，自己所写的《岳麓书院志》自然是要拜送陈凤梧审阅的，这是古代文人士子基本的为人为文原则。后来陈论带着《岳麓书院志》“持归长沙，付知府陆相指挥韩钦，捐俸鋟梓置书院中。”从陈凤梧的这篇《序》的写作时间推断，陈论至少在岳麓书院担任了6年以上的山长职务，甚至时间还更长一些。

陈论离开书院以后，就学于国子监，师事湛甘泉先生。湛甘泉，又名湛若水(1466—1560)，弘治十八年(1505)中进士，在北京与王守仁交，“共以倡明圣学为事”。历任南京礼部侍郎，以及吏、礼、兵三部尚书，除了为官之外，湛若水无日不在讲学，以其“道德尊崇，四方风动，虽远蛮夷，皆知向慕，相从士三千九百有余”(见《湛甘泉先生文集》卷32)。论虽然仅比湛若水小两岁，可虚心向他请教，精心钻研理学，造诣益深，道德文章更有长进。《陈氏族谱》载有陈论与湛若水的交流诗文。如：湛若水《题陈磐石书屋》：“攸县县前江可怜(爱)，家家流水绕门前。美人家住红云上，我欲移居过海垣。”陈论也写过《送湛甘泉先生诗》(之一)：“掘井功深志益坚，泥沙真欲见甘泉。尼山此脉非常见，奚只观烂五百年。”陈论这首诗将“甘泉”二字巧妙嵌入其中，一语双关，别有情味。湛若水还写过一篇《思鲁公像赞》短文：“古道古心，江湖性气，风月胸襟，此非敬所(陈论字号)陈子之真容乎？缄怀默默，执礼森森，宛若敬所优游观光之馆，璧水之阴。”可见两人相知甚深，情谊笃厚。

明嘉靖七年(1528)，长沙太守孙存有意推荐陈论于朝廷为官，陈论却无意功名，作诗一首，婉言谢绝。曰：“僻性从来礼法疏，不才深负荐贤书。黄粱梦破功名地，白首情多木石居。虞夏以前无显晦，烟霞之处少樵渔。吹嘘不倩河东凤，但愿躬耕归草庐。”陈论在《见族间田售他人》一诗中写道：“颍川田地类邮亭，转向君家莫认真。盖县豪华三五姓，十年兴废多少人。秦王已造千年策，胡亥那作二世君。勿谓儒生真腐儒，门前桃李几番春。”这些诗歌，反映了陈论对仕途功名已经看淡看破，心境已经非常平静淡定了。他不愿意为官，一是不谙官场“礼法”，二是“黄粱梦破功名地”，再就是“但愿躬耕归草庐”。这大概是古代诸多知识分子特有的隐退情结吧。

陈论晚年回乡，建“卓孔堂”书屋，除了设馆教授学生外，潜心著述，其作品主要有《知行合一》《日勤九省录》等。据陈嵦在《陈论传》所载，陈论回乡后“日静坐，手不释卷，朔望，命子弟诵训诫词。病，惟诵吴梦舍诗，吾家俎豆茆茨里不少黄金，只少心。”临终，他命子弟扶出正厅，披深衣绝笔一律：“浮生六十加三祈，往事警心一悚然。仁道尚违三月内，猎心曾动十年前。民胞物与虽殊分，孔思周情共一天。指点阶前盈尺地，草生青翠乐长年。”又曰：“祠谱未成遗憾也。”后面祖考，涕泣而逝世，享年 68 岁。

著述家陈仁子

陈九二

陈仁子，字同甫，号古迁，登仕郎生卒年代不详，宋末元初在世。茶陵县腰陂镇东山陈姓十世祖。祖父陈长者，登仕郎，好善乐施。父亲桂孙、字季云、漕举，登仕郎。九世祖，长兄正子，字德甫，登仕郎。次兄中子，南宋咸淳十年（甲戌1274年）漕试第一，任登仕郎。伯父兰孙，字季方，宋淳右十年（庚戌1250年）中进士，任户部左曹官。仁子子侄容孔、宗孔、宪孔均为饱学之士。

仁子是元初杰出的教育家、著述家和刻画家。宋景炎二年（1277）漕试第一，任登仕郎，二年后宋灭，入元不仕，隐居故里东山，终生从事教育、著述和刻画事业。他兴建东山书院，又称古迁书院，聚众授徒讲学，以规模之大、刻书印刷之精著称于世，居当时湖南第一家。

陈仁子在宋元易朝换代之际，隐居东山，于大德甲辰建东山书院，其书院门联是陈仁子亲笔所书。上联是"万世纲常第"，下联是"六经道义门"。书院落成之后，陈仁子慷慨解囊，购置良田360亩作为书院办学的固定资产，收入全部用于聘请教师、学生伙食和书院的奖学金开支。为了奖励学生发奋读书，陈仁子规定，按学生的成绩分上中下三等发给奖学金。陈仁子本人也在书院担负了一定的教学任务，但不取报酬。

陈仁子不但是个教育家，而且还是个著书家、刻书家。仁子自撰有《诸儒议论》1卷、《牧莱胜语》20卷、《二稿》2卷、《迁褚燕说》30卷、《唐史后言》30卷、《韵史》三百卷；整理出版《增补六臣注文选》60卷、《梦溪笔谈》26卷、《尹文子》2卷、《说苑》2卷、《文选补遗》40卷、《续文选补遗》12卷。传世和存目的计有13种之多，共计556卷。其中《牧莱胜语》《文选补遗》等著述均收《四库全书》，为丰富祖国文化宝库做出了巨大的贡献。

陈仁子刻书的主要助手是其外甥谭绍烈，湖口石井人，号古愚。当谭绍烈辞官归田时，陈仁子有诗相赠，其诗如下："忘却浮名归去早，石田毛屋自陶陶，唯于分内培三坎，不向私中取一毫，化日贻孙亲竹简，轻风欹枕听松涛，想因不是耽高隐，只为年来多二毛"。

明朝湖广布政使何方伯（景泰甲戌年进士）于成化十四年七月初三曾发过《向

方伯访求仁子公文集》的文谍，欲得原本，足见仁子著作之价值。

陈仁子所刻印的《文选补遗》40 卷、《续文选补遗》12 卷，仅台湾“国立中央”图书馆珍藏，北京、重庆、南京等图书馆只存明翻刻本；所刻的《牧莱胜语》20 卷、《梦溪笔谈》26 卷，流失到香港，1965 年，周恩来总理批准收买回国，藏于北京图书馆。刻书印刷精良，传世 700 余年，堪称印刷珍品。陈仁子高风亮节，竭尽精力办学，为我国文化教育事业做出了重大贡献。

茶陵古代三“神童”

谭定祥

“神童”，按照现代的说法，就是“智力超常儿童”。从中外心理学家对儿童智力普查结果来看，“智力超常儿童”确实有，但占同龄儿童的比例一般为1%至3%。国际上公认“智力超常儿童存在，但所占比例极小”。专家也明确指出“超常儿童”是无法用培养的方式获得的。

茶陵在古代曾出现过一些“超常儿童”即“神童”，现将比较著名的几位简述如下：

南宋时，谭昭宝，字珍卿，生于嘉定十五年(1222)，茶陵清水人。其父谭用式，景定元年(1260)状元及第，官至提举。昭宝从小聪明过人，在其父亲的影响下，5岁能读经书、善于文辞。绍定元年(1226)7岁时应童子式中上等，被称为“神童”。他当时上谢表于皇上曰：“七岁远离于膝下，九经流出于胸中。蓍挂兼大极之图，蓬矢效由基之射。童科虽异，文解则同。破云州千古之天荒，驾月殿丹梯之云路。”传至京城，理宗赵昀御览后，大加赞赏，授予学士，是茶陵古代年龄最小的学士。

宋朝还有一位“神童”名叫谭中立。小时候特别聪明，5岁时，有一老伯呼其名戏之曰：“既然潭中立，如何衣不湿”？中立应声曰：“今早向东行，太阳当面炙”，传为“神童”。后来致仕，官至吏部侍郎，文章治行，为世所推。

最著名的神童是明朝的李东阳。李东阳，字宾之，号西涯，祖籍茶陵砻溪中洲(今茶陵县高陇镇龙集村)，明英宗正统十二年(1447)元月初九日出生于北京。所以，他后来在《怀麓堂集·蜀山苏公祠堂》一文中说：“东阳楚人而燕产”。东阳的父亲李淳博贯经史，喜欢吟诗作赋，精通行楷书法，善于书写魁伟大字。东阳小时候聪明睿智，加上父亲的影响，因此刘大厦在《茶陵望德祠记》一文中说：“东阳成为天下众望所归的人，主要出于父教”。东阳三四岁时就成为属对行家，并能书写一尺长的大字。代宗朱祁钰听说，很想见识这位“神童”，于是召他进宫。他父亲跟在身后，一位太监见东阳小小年纪，急忙跑去搀扶他过门坎，并笑道：“神童脚短”，东阳一听，马上回了一句：“天子门高”。在场的官员一阵喝彩。进宫后，东阳按照代宗的旨意，当场书写了龙、凤、龟、麟等十个大字，代宗看后龙颜大悦，高兴地把东阳抱坐膝上，赏赐他果品和宫中珍物。当代宗看见李淳恭立旁边，即景生情，顺口出一上联曰："子坐父立，礼乎?"东阳一听，想到《孟子·离娄》中说的"嫂溺，援之以手着，权也。"立即回答："嫂溺叔援，权也"。在场文武官员赞不绝口。恰好在这时，一位直隶官员前来进贡螃蟹，代宗指着说："螃蟹周身盔甲"，东阳不慌不忙对道："蜘蛛满腹经纶"。代宗更为惊喜，连声道："这孩子他日定能做宰相"，并赐宴。宴中，代宗又出一上联曰："鹏翅高飞，压风云于万里"，东阳答对："龙颜端拱，位天地于两间"。代宗一听，又赐宫中宝物。东阳6岁、8岁时，又被代宗召见。8岁那次召见，东阳讲解《尚书·益稷篇》中的"唯荒度土功"一段。精彩的演讲又一次得到代宗的嘉奖，被破格送到顺天府学习。进入顺天府不久，一位翰林学士听说他是神童，就想试一试他，一次出一上联曰："黑为夜象，却从日下而生"，东阳不紧不慢对曰："花本木形，何自草头而化"。这位翰林学士听后夸奖"东阳真不愧为神童"。后来，考举人、举进士，进翰林院，官至礼部、户部、吏部尚书，文渊阁、谨身殿、华盖殿大学士，创立茶陵诗派，立朝50年，其中内阁首辅18年。正德十一年(1516)七月二十日病逝，赠太师，谥文正。

蔡槐庭善解民意建凉亭

龙应生

明嘉靖丁巳年(1557 年)二月初五，蔡槐庭出生在湖南省攸县渌田镇的一个科举世家，他是渌田蔡民第九世孙。在万历戊戌年(1598 年)任南京大仆司时，曾在皇上身边掌管宫廷重权。(可见蔡道华《蔡槐庭外传》)他为官数十年，素性淡泊，廉洁奉公，持身省约，爱民、惜民，为民办实事。过去攸县境内“十里一亭，五里一碑”的情形，就与蔡槐庭有关。

攸县东乡四乡镇(黄丰桥镇、柏市镇、漕泊乡、峦山镇)是高山峻岭的山区，盛产煤、铁矿、木材、楠竹“四宝”。当年身为大仆卿的蔡槐庭奉皇上意旨巡视南方四省回到了故土——攸县。回乡后去攸县东乡考察，时值盛夏，蔡槐庭带着两个随从与四个轿夫一路东行，渐渐入山。山间路窄而陡峭。轿夫汗流浃背地喘着粗气，抬着轿一步一个脚印，使劲往山上爬。蔡槐庭心不忍，只好下轿行走。中午时分，大家口渴、肚饥，筋疲力尽，山中又没有人家，蔡槐庭叫大家就地歇一歇。

蔡槐庭刚想坐下来与轿夫们攀谈，忽听得不远处传来歌谣：“高山流水响叮当，我挑煤炭下山岗，有朝一日亭中坐，茶水相伴好歇凉，不知何日神仙到，为我挑夫解闷良”。歌声落时，人正好与蔡槐庭相遇。蔡槐庭叫挑夫坐下歇歇。问：“何许人也”？答曰：“西乡人”。“挑煤几何”？“五年有余”。“此地叫什么地名”？答曰：“名叫悬崖坡，上十八里，下十八里无人家，山高路陡真难行啊，天热无地方找水喝，下雨无地方躲避，让人多难受”。挑煤人像谈家常一样不受拘束地攀谈起来。蔡槐庭问：“刚才的歌谣是你自己编的”？答曰：“顺口溜，心里是这么想就顺意溜出来了”。蔡槐庭笑笑。又问：“你盼望在此建个歇凉亭吗?”挑煤的答：“难啊，我们挑煤人命苦，除非神仙下凡”。蔡槐庭说：“地方官为民办实事，在此建个亭有何难？方便行人嘛?”

两个月以后，这个山岭上果然建了一座歇凉亭。亭内的墙壁上写了首诗，曰：“茫茫峻岭路延伸，重重山峦溪水鸣，脚肩相挨盘山路，直入云霄无踪影。峭壁悬崖雾锁巅，狼啼虎啸隐约闻。踏破黄丰又凤岭，峦山脚下又乘船，沿途美景不胜收，定叫槐庭再相闻。”这位挑夫看后，在墙壁上添了一句话：神仙就是蔡槐庭。

自此以后，在攸县境内，十里以内建个亭，五里以内竖块碑。这就是攸县流传民间的“十里一亭，五里一碑”的起源，中华人民共和国成立后攸县许多地方还保存着凉亭和路碑的痕迹。

试说王守仁咏醴诗作

史铁良

正德元年十二月，王守仁(1472—1528)得罪太监刘瑾，被下诏狱，廷仗四十，贬贵州龙场(在今修文县境)驿丞。第二年王守仁赴贬所，由浙江入江西，经萍乡至湖南醴陵，而长沙，溯沅水，经湘西入贵州，一路上他写了不少纪行诗，《王文成全书》载有55首。在醴期间，他寄寓城西的泗州寺，曾在泗州寺及靖兴寺讲学，并在此作诗四首。诗作反映了旅途环境的艰险和诗人寻求解脱的心理，也有对寺庙如画风光的描绘和淳朴的僧人的描写。

有关泗州寺的诗有二首，一为去时所作，一为回时所作。

第一首《醴陵道中风雨夜宿泗州寺次韵》：

风雨偏从险道当，
泥深没马陷车箱。
虚传鸟道通巴蜀，
岂必羊肠在太行。
远道渐看连暝色，
晚霞会喜见朝阳。
水南昏黑投僧寺，
还理羲篇坐夜长。

本诗为何人诗韵已不可考。诗题即已透出苦雨的情绪，首联紧扣诗题，描写了在风雨中长途跋涉，泥深当道，何等艰辛，这正象征着他人生旅途的坎坷不顺。被贬蛮荒之地是他人生的一大低谷，一路上还有更多艰难险阻。不仅自然环境恶劣，而且还有人为的祸害。他受廷仗被贬后，先到钱塘(今杭州市)，刘瑾派人暗中跟踪，想加害于他，他托言投江才躲过这一劫。一路上他能不提心吊胆？首联以融情于景的手法，抒忧心忡忡之情。颔联继续描写旅途的艰难，但带有议论的色彩。出句用李白《蜀道难》诗意，李诗中有“尔来四万八千岁，不与秦塞通人烟。西当太白有鸟道，可以横绝峨眉颠”之句，极写由秦入蜀难于上青天，王守仁却说这是“虚传”，意谓去龙场驿之路比蜀道还难。蜀道之上至少无人暗算。对句用曹操《苦寒行》诗意，该诗是曹操征袁绍外甥高干途中所作，首四句说“北上太行山，艰哉何巍巍。羊肠坂诘屈，车轮为之摧。”表现行军的艰苦。王诗是说途中的苦况与当日曹军翻越太行山一样，因为山路的陡峭曲折，曹军的车轮也为之摧折，王守仁的车厢则被泥水陷没，虽然处境不同，但旅途的艰苦一样，所以王守仁借用曹诗对行路难作进一步的描写，同样象征着人生旅途的不顺。王守仁去龙场驿要穿越浙江、江西、湖南、贵州四省，迢迢数千里，而醴陵属丘陵地带，他已深感行路难，后面的湘西、贵州到处是崇山峻岭，龙场驿就在万山丛中，是少数民族杂居之地，其行将更为艰苦。瞻望前途，诗人心中能不忧虑？这是诗中不言之意。颈联则一反前半首的凄苦情绪，诗人极目远方，只见暮色苍茫中现出一抹晚霞，这是天将放晴的征兆，诗人想象，明天一早便会红霞满天，久为风雨所困的诗人一扫心中的阴霾，着一“喜”字，高兴之情毕现。尾联作动态的描写，由萍乡到醴陵城要渡过渌水，诗人由渌水南岸涉江，投宿城西的泗州寺。泗州寺为唐时所建，后屡有兴废，今已荡然无存。诗人旅途劳顿，本当尽早歇息，可他却“还理羲篇坐夜长”，“羲编”，影印本民国《醴陵县志》作“义编”误，当是“羲”“義”二字形似，以“羲”为“義”，又简化为“义”。“羲编”指《羲经》，即《易经》，相传八卦为伏羲所作，故有这一称谓。理学家对《易经》都有研究，理学的开山人周敦颐的《太极图》与《易经》就有很深的渊源关系。作为理学中异军突起的心学大师，王守仁也经常研读《易经》，此前，他就写过《读易》诗 ，又在《杂诗三首》之三中说，“灯窗玩古《易》，欣然获我情”。此次旅途苦不堪言，投宿僧寺后仍深夜读《易》，这既有从《易》中寻求解脱，调整心态之意，也有像文王那样，在逆境中不灰心，发奋有为的含义。正德庚午(1510)他作《游瑞华》二首，其一说“身可益民宁论屈，志存经国未全灰，正愁不是中流柱，千尺狂澜岂易摧!”可见其人志存高远，意志坚定。不过，最后的“坐夜长”三字仍透出了一丝抹不去的愁思，正如陆游《临安春雨初霁》中所述“小楼一夜听春雨”，彻夜不眠，不就是因为心绪不佳吗?这首诗以写景为主，也有叙事，还稍涉议论，将复杂的思想感情溶化于其中。

第二首诗《泗州寺》：

渌水西头泗州寺，
今过转眼又三年。
老僧熟认直呼姓，
笑我清癯不似前。
每有客来看宿处，
诗留佛壁作灯传，
开轩扫榻还相慰，
惭愧维摩世外缘。

王守仁于正德五年(1510)初结束贬谪生活，离开贵州贬所，重经醴陵，仍投宿泗州寺，并作此诗。从首联的“转眼”二字看，龙场驿的三年很快就过去了，但这是痛定之后的感觉。其实，处于困境中的人，往往会觉得度日如年，这是人们的普遍心态。贵州的三年，王守仁艰苦备尝，不说环境的荒僻，以及政治上的挫折，就连温饱也成问题。刚到那里时，他住的是高不及肩的茅草棚，见其《初至龙场无所止，结草庵居之》诗，他还住过洞穴，有“洞居颇不恶”之句。生活中多次断粮，在《谪居粮绝，请学于农，将田南山，永言寄怀》诗中叹息说“谪居屡在陈”。用孔子在陈绝粮的典故，从“屡”字看，他比孔子更狼狈。他不得不采蕨、采薪、种地，在这种境遇下，会觉得日子飞快地过去吗？只有事后回想，才会感到那是过眼云烟，语调才会显得轻松。三、四句在叙事中带有诙谐，所以更显轻快。“熟认”这一细节描绘老僧感到似曾相识而仔细辨认的神态，非常逼真。一旦认出，就像老朋友一样，冲口而出，直呼其姓，又笑他不像三年前那么胖，通过一连串的细节，写出僧俗二人的不拘形迹。王守仁赴贬所，经过醴陵，只能盘桓数日，讲讲学，看看当地的风景名胜。三年后老僧仍能认出他，说明三年前，二人便有了交情，老僧不因王的被贬而轻慢他。第四句中的“不似前”，《王文成全书》作“只似前”，应以前者为是，“不似前”说明有变化，这才会笑，也可看出三年磨难在诗人形体上留下的痕迹。五、六句涉及第一首诗，那首诗当是题于泗州寺壁，王守仁离开后，每有投宿者，那位老僧就向客人介绍此诗，竟如佛教中的“传灯”(即传法)一样，可见老僧对身处逆境的王守仁仍心怀敬重，他没有世俗中人情冷暖的势利。佛法主张众生平等，反对分别心，老僧都做到了。神秀偈云：“身是菩提树，心如明镜台，时时勤拂拭，勿使惹尘埃”。老僧的心理就颇有此风。不过泗州寺也有过势利和尚，与王守仁同时的郴州人何孟春(《明史》卷191有传)，在泗州寺也留下了题壁诗，诗云：“我昔过此人不识，解装借宿寺门侧。而今来过顿殊前，阇黎出候走欲颠。”诗人因而感叹：“吁嗟世态应如是，不意山僧犹复尔。”诗人两次投宿泗州寺，前后身份不同，接待则迥然有别，如同苏秦发迹前后，家人对他的不同态度一样。老僧的可贵，就在于他心中已无此尘俗。第七句回到眼前，写老僧一面忙着为他整理宿处，一面安慰他。离开龙场本是王守仁否极泰来的转机，不久便有庐陵县尹之任，老僧当然不知这些，以为他仍运交华盖，所以好言相慰，进一步刻画出老僧的善良真诚。面对这位心地如此纯粹的老僧，诗人感叹“惭愧维摩世外缘”，“缘”，民国《醴陵县志》作“传”误，与第六句“诗留佛壁作灯传”的韵脚犯重，这是律诗之忌。维摩，佛名，即维摩诘，与释迦同时，他讲说的大乘教义称维摩经。诗中维摩指佛，“维摩世外缘”即佛缘。王守仁来回经过醴陵时，投宿的是同一佛寺，接待他的是同一善良厚道的老僧，二者本是萍水关系，却在三年内两次相遇，并结下友情，他觉得这是一种佛缘。之所以感到惭愧，是由于刘瑾还未倒台，自己仍处于困境之中，前途未卜，虽然心存大志，却不能有所作为。这首诗主要刻画一位老僧的形象，他真挚和善，具有慈悲心怀，与山僧相较，他是佛门正传，佛已在他心中。与第一首诗相比，本诗基调有明显变化，一扫以前的沉重灰暗，色彩明朗。

清代及民国《醴陵县志》都载有王守仁另两首寓醴诗，统称《过靖兴寺》，而《王文成全书》未收。

其一：

隔水不见寺，
但闻清磬来。
已指峰头路，
始瞻云外台。
洞天藏日月，
潭窟隐风雷。
欲询兴废迹，
荒碣满蒿莱。

靖兴寺在醴陵西山，唐时所建。传说李靖曾驻兵于此，后建靖兴寺以纪念他，石壁上有李靖画像，今已不存。西山高七百市尺，隔江与县城相对，风景宜人。王守仁欲访靖兴寺，尚未过江，即听到靖兴寺传来的钟磬清音，那是僧人们在做功课，环境何等幽静，气氛又多么肃穆，诗的开头就写出了寺庙的特色。这是所闻。三、四句写所见，远望山路，看到了高出云表的台阁，那就是高耸天际的靖兴寺。诗人笔下的靖兴寺有如仙境，在此基础上展开想象。神仙家认为神仙喜居洞壑，其地称为洞天，道家就有三十六洞天之说。第五句“洞天藏日月”，意谓靖兴寺如神仙洞府，别有天地。第六句既写实，又有虚拟，西山脚下有一临江巨石，可坐数十人，其下有一深潭，诗人想象风雷深隐其中，足见潭之深不可测。这与曹操《步出夏门行》的构思相似，曹操为了表现沧海的广阔，想象“日月之行，若出其中；星汉灿烂，若出其里。”王守仁笔下潭窟则可吞吐风雷。这一联渲染靖兴寺及其周围的仙家气象，也是对西山风光的赞美。前六句所写包含了王守仁对美好世界的向往，但他做不了方外之士，所以尾联回到现实。孟浩然诗说：“人事有代谢，往来成古今。江山留胜迹，我辈复登临。……羊公碑尚在，读罢泪沾巾。”凡风景胜地，多有碑刻，所记为国家或地方的重要人事，这些碑刻成了历史的见证。封建士子在面对江山胜迹时，往往缅怀历史，借以一吐心中块垒，上述唐诗就有代表性。王守仁在靖兴寺也发思古之幽情，于是在四周寻访碑刻，但满目蒿莱，石碑已废弃在野草中。景象凄凉，抒发的是吊古伤怀之情。本诗运用了强烈对比的手法，以前六句的美好，反衬后二句的伤情，更显诗人心情的悲凉。

其二：

老树千年惟鹤住，
深潭百尺有龙蟠。
僧居却在云深处，

别作人间境界看。

这是一首写景诗。靖兴寺前古木参天，至今仍有几人合抱的古樟，据当地林业部门鉴定，其树龄约有1500年。这可能是臆测，其依据或许就是这首诗，王诗既说“老树千年”，而王阳明生活的年代距今约五百年，二者相加，便成了老树的树龄了。其实，对于诗中的数字是不可拘泥的。“惟鹤住”是说只有鹤才有资格栖居其上，因为鹤在古人眼中是高洁之物，是仙禽。鹤这一意象在王诗中多有出现，如《化城寺》(六之一)有“月明猿听偈，风静鹤参禅”之句，鹤也参禅，当然是仙鹤了。鹤又是神仙坐骑，王子乔就骑白鹤，费文祎乘黄鹤登仙，所谓“昔人已乘黄鹤去”说的就是他；有的干脆化鹤，丁令威学道成仙化鹤归去。第二句中的龙与鹤一样，称为神龙，传说中神奇之物，也是仙人所乘。龙隐深潭，令人想起《易经·乾》所说，“潜龙勿用”，意谓小人得势，贤才居下位，隐而不用。王阳明才堪重用，却被弃之荒野，作一小吏。对此，读者只能发一浩叹。诗中所写树之老，潭之深，物之奇，共同勾勒出靖兴寺的不同凡响。三、四句写人，“僧居却在云深处”当出于杜牧《山行》“白云生处有人家”，二者意境相似。这一句既写出靖兴寺的高峻，又点染出它的仙气，还显示出它与自然的和谐。最后，诗人由衷的赞美靖兴寺别有天地，是人间仙境。这首诗虽然是一首写景诗，没有涉及社会现实，但当时王守仁处境艰危，他描绘的人间仙境，风光无限，和谐宁静，没有世事纷争，没有人心险诈，这就曲折地表现了现实社会与理想社会的矛盾，流露出避世之想，虽然不是很强烈。江西安福人邹守益，曾任祭酒，是王守仁的学生，在王守仁离开醴陵赴谪所之后，步乃师后尘，来到醴陵，也写了一首《靖兴寺》，全诗如下：“凤阙一鸣成远斥，龙场千里且深蟠。题诗留得行程记，老树深潭不忍看。”这是步王守仁诗诗韵之作，“凤阙”句与韩文公《左迁至蓝关示侄孙湘》“一封朝奏九重天，夕贬潮州路八千”相似，韩、王二人都因忠而被斥，非罪远谪。邹诗运用王诗中的意象，为老师作不平之鸣。从最后一句看，他对王守仁这首诗的象外之旨，理解是深刻的，可以说，师生之间心心相印。

这四首诗的内容有一共同点，都与佛教有关。如对佛家清静之地的喜爱，对心地纯洁的僧人的敬重。这与王守仁的经历、思想有关。他有过遁世的念头，因而潜心佛道，向往道者的养生之说，在绍兴阳明洞中学神仙导引之术，经常出入佛寺，后来虽然跳出佛、道，但佛、道思想已渗入他的血液中，使他的哲学具有佛、道的因素。在如何对待朱熹和陆九渊二家学说的问题上，是朱非陆是主流，而王守仁表面上对二者采取和光同尘的态度，实际上为陆学左袒，他继承了陆九渊的心学传统。朱熹曾批评陆学中有许多禅，王学何尝不是这样。在中国思想史上，儒、释、道三家虽然党同伐异，却又互相渗透，各自既保留本来面目，又你中有我，我中有你。所以，王学中有禅并不奇怪。他在《答人问良知》二之二中说：“饥来吃饭倦来眠，只此修行玄更玄。说与世人浑不信，却从身外觅神仙。”不仅思想受禅宗影响，连话头都是禅宗的。禅宗认为，我心即佛，不假外求。慧能说：“我心自有佛，自佛是真佛。自若无佛心，向何处求佛?”王守仁则认为良知就在自己心中，舍却本心是寻找不到的，与禅宗的说法正相仿佛，只是将“佛”换成“良知”二字而已。禅宗有个公案记载唐代慧海答源律师问修行说“饥来吃饭，困来即眠”。唐代还有个叫懒瓒的和尚，他所作《乐道歌》也说“饥来即吃饭，睡来即卧瞑”。禅师们多有以吃饭睡觉启人开悟的。王守仁借用这两句禅语来说明良知就如佛那么平常，它就在每个人的心里。由此可见，王守仁与佛禅的密切关系，这就是他的寓醴诗全与佛寺相关的主要原因。

“湘中七子”之首鄢正笏

丁水生

鄢正笏，字方廷，清乾隆、嘉庆年间人，具体生卒年代不详。因居宅在醴陵城南马背岭“起元塔”下陈家村（现玉屏山村境内），又名“有画村”，故自号“画村”，是乾隆时的一个副贡。所谓“副贡”，是指乡试未中举但被录为副榜，可以通过一定途径谋取官职。然而鄢正笏一生就此以“布衣”而终。其仕途虽不顺利，却以诗文著名一时。乾隆三十九年（1774年），醴陵青云山学宫前“瑞渌池”重新得到修葺并再建“朱子亭”，鄢曾作《瑞渌池记》一文纪其事，其友邑人丁宗懋则写有《重建朱子亭记》，后都被录入清朝县志“艺文”。乾隆时渌江书院有几任著名山长，如长沙的余延灿，湘阴的周锡溥等，与鄢关系十分亲密，并对他都很推崇。这两人都是乾隆朝的进士和著名学者，由此可知鄢正笏的学识为人。周锡溥又号“半帆”，与其弟周默耕以及新化孙石溪、长沙杨道园和周槐堂、永绥（花垣）胡朴园，都与鄢极相友善，并结诗社切磋文章学问，被人称为“湘中七子”。鄢正笏被尊为七子之首，人称“鄢五丈”。他治学及其严谨，不轻易为文，给自己定的原则是动笔必求能够传世。清末隐居于佛子岭的诗人彭显荣，所居施家村与鄢宅相距不远，对这位前辈十分仰慕，曾有《题梅花泉》诗三首咏其故居：

方竹园中凤尾齐，冷香亭外柳烟迷。当年风景归何处？空有梅花落井泥。

怪道争传陆地仙，一村如画晚凉天。方廷去后无人管，抛却云山二百年。

七子骚坛旧主持，岸花腾笑唱新词。风流久已随云散，漂泊人间赖有诗。

诗中所说方竹园、冷香亭、梅花泉等，都曾为当时风光胜迹，而现在已是景物萧条，面目全非。彭诗实为凭吊之作，流露出对前贤风流云散的惆怅叹惋之情。结尾一首，更是直接为宅园主人的一段不幸际遇，发出了不平之鸣。

原来鄢氏虽慎于为文，但一生作品并不少，有《澮园诗文集》行世，又称《澮云亭集》。其中有“诗集”二卷，已非全帙，乾隆四十五年（1780年）刊刻印行时，题集名曰《岸花腾笑草》。本是由旧作追忆辑录而成，彭诗却说成是“新词”，正是一句令人心酸的反话！其中委曲，尽在诗集前之“自叙”中道出，其略云：“十余年前，有诗二卷，邮寄潼关杨玉谷使君折衷，遂成洪乔之书。今年春，乘兴越游，追忆什一，题曰《岸花腾笑草》”。

杨玉谷即陕西潼关进士杨鸾，乾隆十九年（1754 年）曾来醴陵任知县，与鄢正笏有过诗文交流。解任回乡后，鄢将其诗集二卷手稿寄给他请求指教，“使君”是古人对县令的尊称，“折衷”是请予改正赐教之意。“洪乔之书”则有一段典故：晋朝殷羡字洪乔，曾出任豫章太守，京城人士托他带去的书信有上百封之多。殷出城没走多远，即把书信全投入水中，并说：“沉者自沉，浮者自浮。我怎能为你们作邮差!”后人遂把书信遗失说成是“洪乔之误”。也就是说鄢正笏的心血之作寄给杨鸾后，从此泥牛入海没有下文。鄢正笏对其作品遭遇此劫，自有难言之痛，追忆所记，仅存十分之一，后有 28 首被编入邓显鹤所辑《沅湘耆旧集》。这就是诗集又名为《岸花腾笑草》的由来，彭显荣的诗写此事，自然不无愤慨。最后“漂泊人间赖有诗”一句，则是庆幸作者幸好还有作品留世，则虽含恨九泉，也还略感安慰。

这桩公案，许多人当时就洞若观火，并不断在后来给以披露和谴责。如清末醴陵籍“南社”诗人卜世藩，曾辑《醴陵清诗节本》，在其“自序”中就说：“鄢正笏为醴陵健者……其《澹云亭诗》竟为潼关杨鸾所篡夺……”历史终究是公正的，真相不可能永远被掩盖。

平民状元萧锦忠

刘振祥

萧锦忠(？—1854)大魁天下，高中状元时，格外风光。北京湖南同乡会宴请戏班，唱了几天戏，旅居京城的湖南乡亲，则家家张灯结彩放鞭炮，以示庆贺。可是，按例钦受翰林院编修，翌年回乡省亲后，他却再也没有返京赴任，也不为朝廷所征用，在家乡过着普通人的生活，默默无闻，直至老死乡里。

萧锦忠"衣锦还乡"省亲时，家中连遭变故，两个弟弟相继去世，花了一大笔安葬费。从此，赡养父母、教养子侄都要他一人承担。加上父母的安葬、子侄婚配等连年婚丧喜事，搞得他焦头烂额。他家本来不宽裕，几经折腾后，更显生活拮据。好在他诗书词赋造诣很高，又有状元"金招牌"，人们以得到他的诗文墨迹为荣，所以生活倒不成问题。茶陵、酃县、攸县、安仁、永新等地的一些宗族、富户慕名而来，请他题署、题诗、作文、作对。"文化大革命"前，在这些地方仍可以看到他当年题写的匾额、楹联、诗文和为族谱撰写的序、记、赞之类。他为人随和，无论贵贱贫富，来者不拒，有求必应。如今茶陵还流传这样的说法："萧状元的字是宝，就是笔太贱"。不过，多数求诗文、墨宝的，给他的润笔费很丰厚，因此过得自在安闲，他也乐于随遇而安。《闲居即兴》就是他的生活写照：

依山傍水房数间，
行也安然，坐也安然。
布衣得暖胜丝锦，
长也可穿，短也可穿。
稀粥淡饭饱三餐，
早也可餐，晚也可餐。
无事闲游村市栈，
棋也玩玩，牌也玩玩。
雨过于晴上小船，
今也谈谈，古也谈谈。
夜归儿女笑灯前，
饭在一边，菜在一边。

不是神仙，胜似神仙。

可见其怡然自得的神态和宁静的平常心态跃然纸上。诗中描摹的乡村生活、平民的生活情趣、近乎村谣俚歌的质朴风格，从中几乎找不到状元的影子了。

在他的不少诗作中，都可以看到淡泊名利、和光同尘的内心表白。《白云精舍》诗中就流露出这样的思想："燕台梁馆寻常事，慵向山僧问古今"。燕台是燕昭王拜将台，又称黄金台，是武将享受最高殊荣的象征；梁馆是梁孝王礼聘贤士的地方，著名文学家司马相如、枚乘曾被梁孝王请到梁馆，受到最优厚的礼遇，所以"燕台""梁馆就成为后来文人受到宠荣的象征。但在萧状元的眼中，这不过是"寻常事"。自己有过大魁天下，受到皇帝青睐的礼遇，如今不也成了"村野草民"？自然用不着向山僧讨论古今荣辱沉浮的玄机了。

根据他的诗作流露出的随遇而安、淡泊名利的处世态度，后人一般认为他是无意仕途，乐意归隐山林的。但《萧姓族谱》则说他是为孝养父母才没有去当官。然而，从另外一些诗作流露的思想来看，却均非如此。如《春山柬友》：

百余年寺绿苔侵，
赢得春光物外临。
风咽梵钟僧履杳，
烟昏樵径佛龛深。
松花竹叶仍天地，
流水高山自古今。
黄鸟一声丛树里，
携柑同听孰知音？

这首诗是写给曾国藩的。萧锦忠回乡探亲居家7年，朝廷无人过问，倒是太平天国西王萧朝贵率部攻占茶城时，曾礼聘他出山。他虽然避而不见，但萧朝贵这样一个烧木炭出身的"草莽"英雄并没有因此为难他，而朝廷却一直遗忘了这位状元。清咸丰三年(1853年)，曾国藩、左宗棠为镇压太平天国起义，在湖南操办湘军，请萧锦忠出山襄办其事，欲借"状元"旗号，增加号召力。这次曾国藩来请，勾引出他积郁心中的怨愤亦在情理之中。他委婉地用破败百年古寺的萧条暗喻他被朝廷遗忘、冷落的处境和心境；用俞伯牙、钟子期互为知音的典故，礼貌得体地谢绝友人的盛情，隐隐流露出某种伤感和怨愤。特别是尾联"黄鸟一声丛树里，携柑同听孰知音"中提到的"黄鸟"典故，尤其耐人寻味。

"黄鸟"典出《诗经》。《诗经》中有两首题为《黄鸟》的诗。一是《诗·秦风》中的《黄鸟》，此诗是国人哀悼"良人"童息、仲行、缄虎，流露对秦王不满的诗；二是《诗·小雅》中的《黄鸟》，这首诗是一首"怨妇诗"，描述一个远嫁异乡遭轻侮的女子的思归之情。两首诗都是"怨诗"。

其中怨情是萧锦忠谢绝友人曾国藩邀请的理由，也是他不到朝廷做官的原因。看来，他并非因“事亲至孝”而不愿当官，更不是因“淡泊名利”而自甘归隐林泉的，被朝廷“遗忘”才是真正的原因。事实也是如此，当时清廷腐败，内乱外患不已，加之卖官鬻爵成风，卖出许多空衔，一个职位，数十人“候补”。很可能是掌权者不想为这个穷酸状元无偿安排一个职位，而无论他才高八斗，也只好知难而退，老死乡里了。

左宗棠任教渌江的时间及经济状况

史铁良

左宗棠(1812—1885年)是中国近代史上叱咤风云的人物，在其显赫的一生中，曾任醴陵渌江书院山长(宋以来掌书院者称山长，乾隆时通令改称院长，但习惯上仍称山长)。关于左氏在渌江书院的时间，说法多种：(1)道光十六年，(2)道光十七年(丁酉)，(3)道光十七年至十八年(1837—1838年)，(4)道光十六年至十七年(见《益阳师专学报》1998年第4期所载刘泱泱《左宗棠主讲渌江书院的时间考证》)；(5)道光十六年至十八年。

以上诸说中，第二种为传统观点，即通行的说法，而笔者认为第四说更符合实际。刘文从吴荣光主湘，吴炳任醴陵知县，陶澍过醴陵晤左宗棠，武冈蓝正樽起事等的时间做出推论，论据充分，推理周密，无懈可击。现就这一问题再作一点补充。刘文已论到蓝正樽造反事发生在道光十六年二月初六日。而左宗棠在复妻弟周汝光信中也谈到了此事，他说："武冈事，兄在此间于十二、三日即得的耗。"这说明蓝正樽起事后一星期左宗棠即得到确实消息。根据信中所说学校规模，初时授课情况，同来读书的周汝充的近况，"此间"指醴陵无疑。信中又说"兄与大弟到此间已近一月"，那么，左宗棠是在什么时候到达醴陵的？先姑且不论年份，正月十四日，左有致另一妻弟周汝充(即"大弟")信，称"渌江书院关聘已到，上学之期当在上元后数日，吾弟定以同去读书为是"。"上元后数日"应是正月二十日以后。在与周汝充的另一信中有"临江送别，握手依依……舟行五日，始到馆舍"等语，自家至醴陵有五日水程，所以到达醴陵应是正月下旬。二月初开学，作为山长的左宗棠于正月下旬抵达，用数日时间作准备是必需的。左又在上岳母信中说："宗棠与大弟在此间两月有余"。"此间"仍指醴陵，此信写于四月初六日，左于正月下旬抵醴，至写此信正好"两月有余"。这些都说明左宗棠到醴陵的时间应是正月下旬，或许已近月末。由此推断，上述致周汝光信当是二月下旬所写。信中既讲到近日蓝正樽造反事，则可以肯定该信写于道光十六年二月下旬，可证左宗棠于该年正月下旬已至醴陵。左氏又有答苏抚吴子健信，信中有"回思四十年前课徒自给"的话，此信写于光绪二年，"四十年前"正是道光十六年，是左宗棠从教的第一年，其教书生涯始于渌江书院，这也可证实左氏于道光十六年已在醴陵任教。如刘文所说，左氏于道光十七年仍在醴陵。根据还有上贺蔗农书，信中说，“宗棠于本月中旬自渌上归，即拟来长沙奉谒”，“自渌上归”，并非“解馆”，而是度假。该信还有“尔念年余课文谈艺，方舆旧学，半就荒废”等语。“课文谈艺”是指在渌江书院教授诸生，既有“年余”，那说明道光十七年他仍在渌上执教。又据《清史稿·选举志》，清代科举志规定，以子午卯酉年乡试，辰戌丑未年会试。左宗棠于渌上解馆之后即于次年正月北上会试，如果他仅在醴陵任教一年的话，那么北上应在道光十七年，而十七年是丁酉年，是乡试之年，非会试之年，这一年也无恩科。十八年是戊戌年，正是会试之年。书院一学年一般在十月末结束，学年结束之后，左宗棠还有两个月的时间做准备，然后从容北上。他于十八年二月初十日抵京，五月三日复周汝充信，说：“回忆去年今日，与吾弟同居渌上，读书说事，乐意至多”，这显然是回忆十七年在渌江书院时事。左宗棠有初八日与周汝充信，信中谈到决心辞去教职，信中还谈及北上的打算，又有“秋虫喧杂”的话，可见十七年秋天他仍在渌江书院。左宗棠是一位责任心很强的人，做事不会半途而废，而书院一聘一年，他在致周汝光信中说过：“受人子弟之托，不得草草言归。”他当是在十七年学年结束辞职的。诸多证据证实，左宗棠于道光十六年至十七年在醴陵渌江书院主讲两年。

左宗棠在渌上两学年即解馆归去，主要原因有二。临近解馆之日，随他读书的内弟周汝充已先行离开书院，左内心甚感孤独，虽然斯人已去，他在下意识中却“辄相呼唤”。在致周汝充信中，他形容馆舍环境“荒草凄凉，秋虫喧杂”，以至于觉得“独居寂寂，如坐牢狱，至无以堪”。其实书院四周古木参天，上有泉流潺潺，下有渌水映带，风景宜人，环境清幽，而左氏却别有一番感受，实是独身处馆而倍觉凄凉的心理反映。与来时的踌躇满志，“乐而忘疲”（见复周汝光信），“颇有教学相长之乐”（与周夫人信）相比，已判若两人。孤独感是他离开渌江书院的一个原因。左宗棠是一个心怀大志的人，并不甘止于塾师，他在《二十九岁自题小像八首》（其一）中说：“犹作儿童句读师，生平至此乍堪思。”虽然这是他离开醴陵四年后所写，但这种思想是一贯的。他冬天离开醴陵，不久即北上会试，即使“匏系长安，客囊如洗”而一住便近一年，无他，向往仕途耳。从中也可看出其生平心迹，这是他离开醴陵最重要的原因。

对左宗棠在醴陵任山长的收入，有些著述存在误会。书院山长的收入与书院的经济状况密切相关，当时渌江书院的经费来源有以下几项：（1）书院所有的膏火田、修脯田，每年可收租谷600多石，除完粮等之外，可供书院支配的只有五百多石，这是主要收入，用于山长的束修薪水、诸生的津贴及纸笔之需。（2）社会人士的捐赠及知县逐年所捐养廉。（3）道光十五年醴陵贤达建兴贤堂，有租近万担，其中一项支出为津贴山长束修。

由于经济来源的限制，所以渌江书院山长的束修不高，以致无人问津。《渌江书院志》所载《募捐择聘公禀》对此有明白记载："学校虽设，经费未充，膏火无多"；"掌教届一年之长馆金惟两百之数"，"士之情或裹足不前，或起馆而旋去，讲席空悬"。在这种情况下，增加长馆金势在必行，上述《公禀》提出，"酌增俸钱百四十串"，以后又加 140 串，达 480 串。《公禀》未署时间，但后有邑侯张的批语，张指张玉森，此人于同治二年至同治三年署醴陵知县。所以这两次增俸都是在左宗棠离开醴陵之后，也就是说他在渌江书院的长馆金一年惟 200 串。一串千文，按官方比价，每千文折银 1 两，左氏的长馆金可折银 200 两。当时醴陵知县的俸银年 31 两 5 钱 1 分 3 厘，养廉 700 两，合计 700 多两，左的俸银只有他的四分之一强。而县的巡检、典史的俸银 29 两多，养廉 60 两，合计均不超过 90 两，左的俸银则是他们的 2 倍多。在县里的公职人员中，左宗棠的经济状况应属中等，比上不足，比下有余。与醴陵相邻的攸县东山书院，据同治《攸县志》卷十五的记载，其馆师(山长)每年束修银 120 两，折钱 120 串，薪水每月银 5 两，折钱 4 串，以 10 个月计，共 40 串，聘金 4 串，起馆贽仪 3 串零 200 文，三节节仪 4 串零八百文，合计 172 串，低于左宗棠任山长的收入。与一般塾师相比，左氏的山长收入则遥遥领先，他在复郭嵩焘、吴敏树的信中讲到湘中人士时说："老生宿儒，耐寒饿而厌声称，岁得馆谷数十石，即为称意。"

这是左宗棠的肺腑之言，他的祖父、父亲都是塾师，他在《自题小像八首》(其四)"研田"句下自注说："父授徒长沙，先后廿余年，非修脯无从得食。"一介塾师岁得馆谷数十石即可维持一家人的生活，因而心满意足，而左宗棠在渌江书院的收入绝对不止数十石。醴陵是产粮区，除自给外，还有出口。当时谷价 600 多文一石，左氏任山长的年收入可买谷约 300 石(1 石约 80 公斤)。其时他有一妻一妾，4 个女儿，用这份收入养活七口之家是绰绰有余的。可是为什么一些人对这二百之数不屑一顾呢？能任山长者，都是学有专长，且有一定名望的知识分子，这种人属于孔夫子所说的"沽之哉，沽之哉，我待贾者也"(《论语・子罕》)。在他们眼中，200 串不过区区小数，自然裹足不前了，清后期岳麓书院山长的年俸就达银 516 两。而左宗棠出任渌江书院山长时，年方 24 岁，此前在家耕读著述，生活仅能自给而已，200 串对于一个初出茅庐且不富裕的年轻人来说，还是值得青眼一顾的。

李岳瑞的《春冰室野乘》："陶文毅识左文襄"条认为左宗棠在渌江书院"修脯至菲，几无以给朝夕"。所谓菲薄与丰厚，都是相对而言的，从以上的分析看，左宗棠在渌上的收入不低于中等水平，难以说"至菲"。至于说"几无以结朝夕"则更不符合事实，试想，一个年收入 200 串，约可买谷 300 石的人，一日三餐竟无以为继，可能吗？在研究左宗棠的论著中，常有人引用李岳瑞的这句话，这种现象说明，对于笔记小说一类，"博考而慎取"(清四库馆臣评《明皇杂录》语)的态度多么重要。《春冰室野乘》是笔记类书，所记不少是传闻。该书跋称，"多记诸名公逸闻”，“后半多录同时人诗词”，“间及谐趣”。这种书的内容，不能一概当作信史。就在上引的同一条中，还有两处误记，一是陶澍过醴陵，“县令特假书院为行馆”，其实行馆设在城内的育婴堂，而不是对河的书院。一是陶澍在醴陵激赏左宗棠所作楹联，“立延入幕府，礼以上宾”，并为其子向左氏求婚，而事实是第二年左上京会试失败，南归时枉道南京谒陶澍，应陶请求，订儿女婚约。一条之中，时、地、事之误便有三处。该书作者可能是见到左宗棠书信中“出纸裹中物还盐米小债”的话，做出“几无以给朝夕”结论的，这纯属误解。《左宗棠》一书认为左宗棠在醴陵的“收入很微薄”，根据除《春冰室野乘》所说“几无以给朝夕”（该书误“无”为“元”，或许是印刷之误）之外，还有光绪二年左氏荅苏抚吴子健的信，信中有言：“回思四十年前课徒自给，每遇岁阑解馆，出纸裹中物还盐米小债”，“四十年前”，正是左主渌江书院讲席之时，但这句话并不能说明左氏“收入很微薄”，旧时商店对于长期顾客购物常采用记账的方式，半年数月一结，这既是商家促销的手段，又可省却不少麻烦，并非说左宗棠平日穷得无钱买米盐，更不会涉及他的收入问题。

概而言之，左宗棠在醴陵的讲席收入，对维持一家人的小康局面当毋庸置疑。

清末湖南省新派领袖龙湛霖

龙新田

龙湛霖(1839—1905)，字琼华，号芝生，攸县槚山人，梅城龙氏十六世孙友夔(音葵)之三子。长兄汝霖，次兄溥霖，均为清末举人，在清廷为官。

清咸丰二年(1852 年)，太平军进军湖南，长沙震动，年幼的湛霖随父及全家回攸县槚山祖居避兵。初住老屋堂伯远耀家，其父认为“子弟能文不能武，非处乱世之法”，乃延拳师命湛霖习武。后闻朝廷仍补开科举，其父又改变主意，举家迁居槚山长塘弦，设馆于龙德中家，命湛霖、溥霖及馆东之子龙锡光为同窗就学。学馆前有长塘一口，大可数亩，中有小岛，岛上筑一茅亭，乃看鱼之场所，有小舟可通。每当夕阳西下，三学子“争先荡桨为乐，临流濯足，有沧浪之思。”

咸丰七年(1857 年)，湛霖与锡光同赴乡试。榜发，两人皆中举人。喜报传来，两家鞭炮齐鸣，皆大欢喜。龙友夔门下“一科双及第”，当时传为佳话。

同治元年(1862 年)，友夔举家迁回长沙居住。湛霖赴会试，一举中进士，选翰林院庶吉士，授编修。旋以父丧，丁忧归。

光绪元年(1875 年)，湛霖任顺天乡试同考官。次年，任云南乡试正考官，任詹事府右春坊，右中元转左中元。光绪六年丁母忧归。

光绪九年，以原官兼日讲起居注，后累迁至皇上侍读学士。3 年后，出为江西提督学政，迁詹事府詹事。又 3 年，入为内阁学士。后充福建乡试正考官，擢刑部右侍郎。次年复出为江苏提督学政，兼刑部右侍郎。

湛霖初为侍讲官时，因光绪左右侍从皆为宦官，不利于学习，疏请选择宗室贵戚近至中，绩学笃行之士，用本官给事殿陛。因此以知本和敢言著称。

光绪十年(1884 年)，中法战争爆发。其多次上疏，极力主战，反复陈述和战之利害，反对“老谋持重”之说，并提出进兵策略，被采纳。其他如疏论郑州河决增筑北岸堤防、抚苗议等事，皆能切中机要。

光绪二十四年(1898 年)，戊戌变法后，其以病乞养归长沙，居西园私邸。次年即患痹症，卧床不起，但对乡里兴学办矿等义举提挈赞助，1903 年奏准设埠湘公司，开采矿藏。同年，其侄龙璋等创办明德学堂，受到旧派攻讦，处境艰难，湛霖挺身出任学堂总理，以为掩护。

清代末年，湖南缙绅分成新旧两派，旧派以王先谦为首，顽固守旧，维护封建礼教；新派则以龙湛霖为首，主张创办新学，振兴实业，锐意改革。两派斗争激烈。旧党曾以“明德倡言革命”向当局告密，赖湛霖之威望挡住了旧派的攻击。

1905年，龙湛霖病逝于长沙私邸。他一生重视教育，奖掖后进。任各省主考官和提督学政时，在端正学风、琢育人才、选拔人才方面，做出了很大的贡献。督学江西时，延请名儒皮锡瑞主讲经训书院，其弟子后多闻名于世。在江苏学政任内，引入格致新学(清代末年，统称声光化电自然科学部门为格致)，购置译书仪器，并分科订立规程，使各书院培养出一批兼通西学之人才。去官以后，1902年犹资助杨毓麟留学日本，后来杨成为激进的革命党人。

他生前洞悉世界潮流，体察民生疾苦，因而倾向进步，倾向革命。其侄龙璋倾巨资赞助革命，其子绂瑞掩护黄兴等革命党人进行革命活动，他都默许，无异议。当时他的长沙西园寓所，成了革命党人秘密聚会之所。诚如章士钊所云：“西园冠盖之地，不啻狐鸣篝火之原(借用陈涉起义故事)。”其后，龙氏一门积极参与辛亥革命运动。长沙光复之时，在被革命军杀死的长沙知府的皮靴中，搜出一张清单，妄图捕杀革命党人，名单中有龙氏子弟数人。

龙湛霖在故乡攸县的生活时间虽不长，但对故乡有深厚的感情。光绪乙未年(1895年)，攸县大旱，五谷无收，灾情严重，全县惶然。他奏准朝廷，开皇仓赈灾荒，使全县荒情有所缓解。如举办县内公益，资助乡邻戚友，他莫不热心以赴。

秋瑾在湘东

罗泽贤

辛亥革命推翻了在中国延续两千多年的封建君主专制制度，让国人开始获得了一些自由和民主的权利，实在是功不可没。值此革命100周年纪念之际，人们自然会想起那些为革命而牺牲的先烈来，其中杰出的女革命家秋瑾尤为我们湖南湘潭、株洲人所怀念。因为她和这块热土有过一段浓厚的历史渊源。

1877年，秋瑾出生在浙江绍兴。1890年，13岁就远离故土跟随当厘金总办的父亲秋信侯来到了湖南常德。4年后（1894年），随调任督销总办的父亲到长沙，又2年（1896年），随父到达湘潭，并于当年嫁予湘潭巨商之子王廷钧为妻。王家原籍湘乡，乃曾国藩的亲戚，是湘潭四大富户之一，仅在今株洲市荷花乡大冲一地就拥有庄田200多亩、广厦1栋。王家将大冲产业的一半分给了廷钧、秋瑾夫妇。这两口子平日住在湘潭城十八总由义巷义源当铺住所。但秋瑾喜欢到乡下察访民情，去时就将大冲别墅当作自己的休憩地。1902年，王廷钧宦游北京，秋瑾陪从前往，此后她突破封建家庭的束缚，东渡日本留学，投身民主革命运动，出生入死，直到1907年壮烈牺牲。这样算来，在秋瑾短暂的30岁青春年华里，有13年生活在祖籍绍兴，近13年，在我们湖南，最末5年则是以湘籍人妻的身份在北京、日本、浙江等地为民主革命而奔波。她在湖南的13年其中就有7年是在湘潭、株洲度过的。秋瑾在湘潭、株洲等地活动的资料，保存下来的非常少。尽管如此，我们今天还是可以听到她在这里一些感人至深的传闻和轶事。

秋瑾自幼聪敏好学，又喜使枪弄棒，她以故乡的鉴湖为号，自称鉴湖女侠。每遇不平之事就要拔刀干预，曾作诗曰：“谁言女子非英物，夜夜龙泉壁上鸣。”俨然燕赵慷慨之士。

据说，有一年，她与家人到昭山春游，看见一个穿黑短衫的大汉，领着20来个打扮妖冶的女子来昭阳寺拜佛。走在最后的一个十四、五岁的姑娘，满脸泪痕，表情悲伤。秋瑾感到十分蹊跷，她偷偷询问才知道少女叫谢春红，因父母染病双亡，被拐卖到湘潭杨家园妓院为娼。春红拒绝沦为烟花女子，遭到百般折磨。秋瑾听了很是气愤，又非常同情，当即决定花钱为春红赎身，但妓院老鸨将赎价提得很高，竟要800两银子。秋瑾气得怒喝一声，转身拂袖而去。当天晚上，她化装成一个阔少来到妓院，用手指在纸窗上戳出一个小洞，往里一瞧，只见屋梁上悬下一根绳索，把春红吊起双脚离地，在老鸨指挥下拿鞭子狠抽，逼她接客，春红哀哀惨叫。秋瑾再也忍不住这口恶气了。她右手一挥，甩出一支雪亮的匕首，只见一道白光破窗而入，立马将绳索斩断，春红跌落在地。正当老鸨迟疑不定时，又一道白光闪过眼前，嗖的一声，另一支锋利的匕首直插在屋内桌面正中。下附一张字条，警告老鸨："若要保住性命，立即释放春红，明日上午10时，昭山庙前接人"。署名是"鉴湖女侠"。老鸨吓得要死，一打听，知道王家媳妇敢说敢为。生意人保命要紧，只得老老实实放出春红。此后，秋瑾将春红带在身边，习文练武，情同手足。春红长到18岁时，又将她许配给易家湾纸张文具店一刘姓青年为妻。每逢春暖花开，春红常寄书给秋瑾，约她一块儿到昭山踏青。秋瑾有七绝四首纪其事，其一曰："女邻寄到踏青书，明日晴明定不虚。妆物隔宵齐打点，凤头鞋子绣罗襦。"诗中提到的女邻即指春红。秋瑾牺牲后，谢春红夫妇还为临时安厝在昭山附近石坝子小山上的秋瑾的灵柩守护过一年多时间。通过帮助春红脱离青楼火坑的事，女侠秋瑾仗义勇为的英名便不胫而走，传遍了湘潭。

株洲大冲既有她家的庄屋，秋瑾每次来此，一住就是半个来月。和往常一样，随处都表现出她率真的天性，不是打拳舞剑，就是吟诗颂歌。她还经常到农家串访，劝妇女们放脚、读书，谋求自立。她有一首《满江红》词道："肮脏尘寰，问几个男儿英哲！算只有蛾眉队里，时闻豪杰。良玉勋名襟上泪，云英事业心头血，醉摩挲长剑作龙吟，声悲咽。自由香，常思爇，家国恨，何时雪。劝吾侪今日，各宜努力，振拔须思安种类，繁华莫但夸衣玦。算弓鞋三寸太无为，宜改革。"秋瑾对曾驰骋于沙场的女中豪杰秦良玉、沈云英特别崇敬，对自由特别向往，公开提出了放足的主张。20世纪50—60年代，当地听过秋瑾宣讲的老妇，一谈到此事仍称赞不已。

1994年笔者曾随市政协文史办的同志到大冲探访过，据接待我们的荷花乡老乡长介绍，秋瑾的故居原来前后三重院落，两厢有厅堂仓库，周围有几米高的围墙。屋前清池，屋后茂林，气势雄伟，环境优雅。抗战时期曾在此办过一所中学，名叫新群，秋瑾的后人将房舍无偿捐献给了学校。其后，世事沧桑，旧房年久失修，70年代部分自行倒塌，后来当地乡政府在旧址上另筑了新屋，除一堵残垣断壁外，还能见到的遗迹就只有旧院子里的两棵大树：一株是桂树、一株是白玉兰。据说是1906年秋瑾为革命事业筹款回故居时亲手所栽。两株树都长得枝叶葱茏，尤其是那株白玉兰，树干有小水桶那么粗壮，高近20米，耸入云天。这两种树都属比较名贵的树，桂花树八月开花，秋也；白玉兰，花白如玉，瑾也，玉之一种，也许是秋瑾在栽树时有意将它们作为自己的象征？听说这两株百有余年的古树，由于无人护理，现在都已枯死，闻之不禁怅然。

秋瑾出身于官宦人家，饱读诗书，姿容秀丽。当她随父来到长沙时，王廷钧正在岳麓书院求学。其人品貌都还不错。秋信侯为爱女择婿，选中了大户人家的王廷钧，按旧时的观念应该说是门当户对，两小夫妻最初的关系也可说和谐，并先后育有一子一女。但随着时间的推移，两人的志趣不同，感情有了裂痕。秋瑾曾说："人生处世，当匡济艰危，以吐抱负，宁能米盐琐屑终其身乎？"足见其志非燕雀可及。这里再引她的两首诗为例，其一《杞人忧》："幽燕烽火几时收，闻道中洋战未休。漆室空怀忧国恨，难将巾帼易兜鍪。"其二《感事》："竟有危巢燕，应怜故国驼。东侵忧未已，西望计如何？儒士思投笔，闺人欲负戈。谁为济时彦，相与挽颓波？"这两首诗都是婚后若干年在湖南所作。诗中写祖国大好山河被列强蹂躏，自己无力尽到应有的责任，内心感到非常痛苦，爱国之情跃然纸上。她想到的是国家民族的命运，希望有志同道合才华出众的人物来与之共挽时艰。反观王廷钧，虽然没有什么特别令人憎厌的恶行，但苟且偷安胸无大志，却是富家子弟的通病。像秋瑾这样忧国忧民志存高远的女性，与王廷钧逐渐参商是势所难免的。王家的后辈有人想要掩盖其事，其实完全没有必要，秋瑾所写的诗歌就毫不隐讳地讲明了这些。她在《咏琴》中写道："可怜谢道韫，不嫁鲍参军。"《咏菊》中说："铁骨霜姿有傲衷，不逢彭泽志徒雄。"以谢道韫自许的秋瑾，觉得王廷钧太世俗，不属鲍照、陶渊明一类人物。她与王廷钧的分道扬镳绝非儿女私情的纠葛，也非财产的争执，在生活上王家对她一直优礼相待。1906 年秋瑾回国到湘潭筹集革命资金时，王家一次就给了她 300 银元。她与王廷也钧始终没有在法礼上办过什么分离手续，王家也一直认定秋瑾是他们家的媳妇，甚至王廷钧死后，埋在白马垅的墓冢上还刻上了秋瑾的名字，算是夫妻合葬，只是内中没有秋瑾的遗骸罢了。

秋瑾于 1904 年留学日本，次年加入同盟会，任评议部评议员、同盟会浙江负责人。1906 年回国，在上海创办《中国女报》，提倡女权，宣传革命。1907 年回绍兴主持大通学堂，与徐锡麟分头准备发动浙皖两地起义，推翻清帝。后因事失败被捕。她在敌人面前威武不屈、英勇就义，演出了民主革命运动中惊天地、泣鬼神的一幕。像秋瑾这样出自官宦人家、长期生活在封建专制制度下的大家闺秀，竟能接受民主革命思想并做出如此惊人之举，世上确是少见！

一言以蔽之，是湖南湘潭、株洲这方水土滋润了一代杰出女革命家秋瑾的成长，是湖南蓬勃发展的民主革命思想坚定了秋瑾钢铁般的革命意志。

秋瑾与武术

李佐棠

秋瑾是中国历史上第一个为创建共和流血献身的女革命家，中国妇女解放运动的先驱，中国近代伟大的爱国诗人，亦是一位武术高强的女侠。早在1891年，秋瑾就跟母亲到了萧山外婆家，她的四表哥单宗勋武艺精湛，其功夫足以使十几个歹徒不敢近前。秋瑾就是跟他学习了两套拳术和一套剑法，并学会了骑马。

1893年，秋瑾的父亲至湖南任职，她跟随父母来到湖南，先后在长沙、常德、湘潭、株洲等地居住。她在株洲大冲槐庭居住时也努力学练武术，两旁的威武架上，插满了各种武器，新旧俱备。

在湘潭、株洲期间，与黄兴一样，秋瑾积极学练巫家拳。巫家拳是中华人民共和国成立前湖南四大名拳之一，属南拳类，是巫必达创造的。巫必达字有能，福建汀洲府连城人，生于清乾隆十六年(1751)年，在福建始习少林拳(福建称连城拳)，以后走南闯北，寻师学武，终于创造出“避实就虚，避强攻弱，借力攻击，围绕奇袭”等拳法。巫家拳因人而异，其有高桩、矮桩之分。高桩讲究方园偏侧，矮桩讲究挺胸收腹，擒、挪、封、闭均重拳和肘法。巫家拳主要套路有：梅花拳、太子金拳、探力心意拳、麒麟六肘、四字六肘、正平六时、摆门六肘、单吊六肘、七星六肘、十字六肘、三桩六肘等十二套。另有掐吊六肘。六肘依次为金、木、水、火、土神拳。其中梅花拳、正平六肘、探桩心意拳已失传。巫家器械有单刀、青龙双锏、七步连针棍、四门凳、六合钯等。巫家拳的名师十分重视武德，告诫门徒尚武不尚力，提出“狂妄之徒不教，轻浮之徒不教，忘恩负义之徒不教”的戒律。

乾隆六十年(1795年)巫必达来到湖南株洲六石围李家湾李六魁家，收其子李维潭为徒，后到株洲马家河收冯南山、冯连山为徒。李家以精耙术著称，冯家以精棍术闻名。巫必达于嘉庆十七年(1812年)病逝于马家河冯南山家，葬于湘潭十里冲火车站附近。以后此拳在李、冯两家繁衍，李家后代李浴师还健在。他是巫家拳的传人，巫家拳至今已传七代，门徒逾以万计，遍及全国，如长沙、湘潭、株洲等地，尤其是马家河及株洲县的渌口镇、三门、朱亭、淦田、白关、姚家坝、鸿仙、漂沙井等地至今仍流行巫家拳。

秋瑾擅长舞剑，她的故乡是以出产干将莫邪而闻名天下的古越国，她自己随身所带的剑就是出自故乡的龙泉宝剑。1903 年，她在北京期间就写了《宝剑歌》一诗。其诗云：“炎帝世系伤中绝，茫茫国恨何时雪；世无平权只强权，话到兴亡眦欲裂。千金市得宝剑来，公理不恃恃赤铁，死生一世付鸿毛，人生到此方英杰……除却干将与莫邪，世界伊谁开暗黑？斩尽妖魔百鬼藏，澄清天下本天职，他年成败利钝不计较，但恃铁血主义报祖国。”在这首诗中，秋瑾不但以沉痛的语句表达了对国家和民族所处的险恶境地的严重忧虑，对清朝政府卖国罪行的强烈憎恨；并初步认识到“世无平权只强权”，“公理不恃恃赤铁”的国际政治现实。因此，她努力练习武术，为革命做好准备。秋瑾还写了《宝剑诗》《剑歌》《宝刀歌》等。她在《宝刀歌》中写道：“北上联军八国众，把我江山又赠送，白鬼西来做警钟，汉人惊破奴才梦。主人赠我金错刀，我今得此心雄豪，赤铁主义当今日，百万头颅等一毛，沐日浴月百宝光，轻生七尺何昴藏？誓将死里求生路，世界和平赖武装……宝刀之歌壮肝胆，死国灵魂唤起多，宝刀侠骨孰与俦？平生了了旧恩仇。英嫌尺铁非英物，救国奇功赖尔收”。

1904 年 6 月，秋瑾赴日本留学期间，到东京神乐坂武术会投名师练习射击、拳术、舞剑、跳高、跳远等。日本铃木文学士赠给她一柄日安纲冶于载成川铸的宝刀，秋瑾因故写了英姿侠气豪壮恣肆的《日本铃木文学士宝刀歌》。在日本留学期间她还跟黄兴学习射击，并学习了制作炸药的方法。1905 年 3 月，秋瑾从日本回国，曾在明道女校任体育教习，教学生习拳和舞剑等。在绍兴她帮助徐锡麟创办第二个“体育会”，并带领学员学习武术。

1905 年 7 月秋瑾第二次到达东京，1909 年 12 月与醴陵的宁太一、杨卓霖等回到上海。秋瑾从日本回国后，于 1906 年 1 月拜著名武术大师蔡桂勤为师。蔡桂勤是华拳名将蔡泰、蔡刚、蔡么盛的后裔，他与师兄李瑞云、脆弟蔡桂俭在上海创立了西庆镖局，被称为“枪王”“拳魔”。蔡桂勤曾教过孙中山、李宗仁等人武术，是元帅府里的座上客。蔡桂勤教秋瑾练习武术，掌握“华拳绝技”“迎面三腿”“勾挂连环”“樵夫担柴”等。在交往中，蔡桂勤深为秋瑾爱国思想所感动，因此，也向往革命。

1907 年 3 月，秋瑾担任大通师范学堂督办（校长）并兼任体育课练习。她教学生打拳击剑，一丝不苟，先后组织了 100 名会党青年骨干到绍兴体育会和大通师范学堂附设的体育专科进行军事训练，并亲自任教练，培养了一大批文武双全的人才，为武装推翻清政府的统治积蓄了力量。

醴陵三刘与“南社”

熊罗生

1909年秋天，苏州巍巍高耸的虎丘塔下红叶满眼，柳亚子、陈去病、黄滨虹、朱少屏等人秘密聚会于此，随之宣告与中国同盟会相犄角的革命文学团体南社成立。由南社过渡到新南社，再到南社纪念会，这一团体在近代中国延续了40年，汇集了当时海内外众多著名的文人学士和军政名流，形成了一个“人人握灵蛇之珠，家家抱荆山之玉”和“云蒸霞蔚”的盛况。它控制了当时全国近百家新闻报刊作为其阵地，从而开创了中国近代史上“武有黄埔，文有南社”的时代，掀起了一场颇具规模的思想文化解放运动。

虎丘塔下的振臂一呼，在湖湘大地激起了巨大反响，杨笃生、宋教仁、黄兴等湘籍要人均成了南社的中坚分子。1924年南社湘集在长沙宣告成立，并出版了《南社湘集》的社刊。在群贤毕至，鸿儒荟萃的南社队伍中，湖南醴陵籍社员是其中重要的一支。宁调元、傅熊湘、文湘芷、王芃生、文斐、刘师陶等均来自醴陵。据统计，南社醴陵籍成员有26位，南社湘集醴陵籍成员有42位。这一数字在同期全国其他县份中是不曾有的。除宁调元、傅熊湘外，醴陵“刘氏三贤”——刘泽湘、刘谦、刘鹏年与南社的关系也非同一般。

三刘同出一门，系兄弟、父子、叔侄关系且又同隶南社，为南社社员中罕见。他们与南社渊源深厚，南社、新南社、南社纪念会、南社湘集的名册均留有三刘的名字。当代中国著名教育学家、曾任上海华东师范大学校长的刘佛年，幼年时即随父刘谦参加过南社的雅集活动，成为南社中的一段佳话。

醴陵是我国最早冲破封建主义藩篱的县份之一，在近代涌现了一大批名闻遐迩的风云人物。那里乡民劲直尚气，刚健质朴，由于大多为闽赣移民，较有开拓创世激情，加之兴学之风至清末时甚盛，新学亦随之得以风行于里巷市井。三刘稍长后，都得以在醴陵渌江书院就读。时左宗棠、陈增玉、秦炳直、刘揆一等一大批名人曾先后出任书院山长，对醴陵人文竞进、人才勃兴均起了很大作用。作为湖湘文化的一部分，渌江书院与岳麓书院一同合奏着“惟楚有才，于斯为盛”的旋律。在这样一种人文环境中，三刘度过了各自的童年和少年，为后来各自的文学和政治活动打下了坚实的基础，这也是一门同出三贤的根本所在。

刘泽湘，1906年参加中国同盟会。1907年东渡日本，入弘文学院，得以与革命巨擘黄兴、宋教仁等人一同切磋探求救国救民之策。1910年从日本返回国内，他与同盟会会员龙璋一道，密组了同盟会湘支部，在湖湘大地开展革命斗争。同年，他与谭延闿等人一道为囚禁于狱达3年之久的同乡革命志士宁调元具结，使其释出。“二次革命”爆发，他佐程潜护国军入湘，被授予五等嘉禾勋章。张勋复辟，他又随护法军自粤入湘，参赞军机。他是南社中最早的会员之一，与柳亚子、陈去病、宁调元等人过从甚密，并常有信札往来和互和唱酬之作。在南社中，刘泽湘其诗名与革命者齐称。他与南社中的著名革命活动家宁调元、周仲穆、周实等人一样，堪称南社精英。

刘谦，在南社中以豪侠仁义、乐于助人著称。1907—1909年，宁调元在长沙被囚3年，锐志不坠，仍不辍读书著述，所阅书籍凡2000余种，均由刘谦提供。为此他常常往返于醴陵、长沙之间，在朋友中多方求索、四处搜罗，以满足宁调元的读书需求。“二次革命”失败，宁调元在武汉就义，他闻耗火速从长沙赶往武昌，并亲自护其柩归葬于醴陵西山，其间花费全由刘谦个人承担。后来他又多方搜集宁调元烈士著作，并与柳亚子多次商讨烈士著作编辑体例和询告烈士著述下落。最后与柳亚子一道捐资刊印了《太一遗书》，使宁调元烈士著述得以留传后世。为了让更多的人知晓宁调元烈士的革命事迹，他又多方搜集资料，并写下了《宁调元革命纪略》一文，以翔实史料和8000余言的篇幅，展示了烈士的丰功伟绩，此文至今仍为研究宁调元以及南社的珍贵史料。社员傅熊湘客死皖中，刘谦亦从长沙赴皖，护柩返湘，并出资厚葬。尔后他又解囊编辑了傅熊湘的《钝安遗集》，凡六巨册。此外，他还多次邀约同社的胡朴安、蔡孑民、于右任等名流来醴陵等地讲学，对乡梓人文和学风起了很大推进作用。南社湘集成立，他是主要发起者之一，并积极参加和资助社事活动，使南社湘集活动开展得有声有色。

刘鹏年，1941年（年方18岁）经社长柳亚子亲自介绍加入南社，后在文坛中迅速崛起，日渐成为新一代南社成员的杰出代表。1924年南社湘集成立，傅熊湘被推为社长，但社中的实际工作却由刘鹏年担任。傅熊湘辞世，他继任社长，并主持了《南社湘集》后8期的编辑发行工作。后由于抗日战争爆发，《湘集》的发行工作遂中断。新南社成立，刘鹏年亦到会参加，作为南社湘集的代表，在新南社中占有重要的席位。

“三刘”志趣相同，但在为人和创作上却各有特点和擅长。

在文学创作上，刘泽湘长于七言诗行，其识见广博，典故入诗贴切。诗词清丽不俗。其所作《过西山展辟友（即宁调元）墓》和《题醴陵兵灾图》等，笔锋犀利，揭露暴政，鼓舞士气，句句铿锵。他的《小端溪砚铭》，诗云“端溪之砚傲且坚，以之耕田屡丰年。子孙耕之传万代，永无沧桑之变迁”，亦是他勤于笔耕，以吟诗述作为乐为生的真实写照。

与刘泽湘相比，刘谦为文较多，下笔放言，动辄千言而若江河倾泻，无所滞碍。他为文严谨，述言叙事均恰如其分。他的诗词多系感时之作，无拘无束。“死生勘破十年前，后死安归却见怜。愿共友情拼一笑，声声声震梵五天”——这是他《哭宁太一诗并序》长诗的末句，诗中对烈士勘破生死关的豪迈气概多有颂赞，也表明了自己为烈士未竟之志而要“声震梵五天”的决心。他一生除吟诵述作之外，主要从事教育工作，晚年又为湖南和平起义穿针引线，功劳卓著。

刘鹏年文学天赋甚高，诗词歌赋均佳，精于国学且才思敏捷，其五言诗更是出手不凡，其诗句“红树爱冬晴”广为时人传诵，并从此在诗坛有“红冬晴”之誉。他一生勤勉努力，好学深思，感时抚事，创作颇多，先后著有《涉江集》《清凉山游记》《峨眉游记》等。诗词清新隽永、自成体系，在南社诗词活动中，占有重要之地。

醴陵“三刘”虽不是近代文坛中一流作家，但留下了许多伤时感世，记叙现实的平实之作，从中观照出那个时代的知识分子追索探求，苦闷彷徨，挺身奋起的人生轨迹，让人读后获益良多。值得欣喜的是，三刘遗著已由刘谦之子刘佛年先生多方搜集，并在其逝世之前终得付梓，芳泽后世。

第六编　红色记忆

红军标语背后的故事

张观怀

一、拆屋迎宾

乍一看这个标题真令人费解，怎么会有这种奇异的迎宾仪式呢？

1951 年 8 月 19 日，谷子元率中央人民政府南方老革命根据地访问团到湘东南各县开展慰问活动。慰问团成员刘乐扬、孟庆德率酃县慰问小分队走访石洲、大院、策源、十都等地，为期 12 天。消息传到策源乡良桥村黄花垅一个叫刘山春老人的耳朵里，他随即找来村里几个后生帮他拆屋。有人问他，好好的一间屋拆掉干什么？他说有件“礼物”藏在里面，现在要亮出来让中央慰问团的亲人看一看。

大家七手八脚把刘山春老人的舍屋拆掉了，只见屋的侧墙上有箩筐大的 6 个字“工农红军万岁”，赫然呈现在人们的面前。再近前一看，落款是“酃县赤卫大队”。刘山春老人上前用颤抖的双手抚摸着墙壁，两行泪水潸然而下，那难忘的岁月又闪现在他的眼前……

为了打退敌人对井冈山的第三次“会剿”，1929 年 1 月 4 日召开的柏露会议决定，毛泽东、朱德率红 4 军主力出击赣南，实行“围魏救赵”的战术，留下彭德怀红 5 军、红 4 军王佐 32 团和井冈山根据地所属各县赤卫大队坚守井冈山。酃县赤卫大队奉命协守双马石哨口，上山前夕赤卫大队在他家的侧墙上写下了这幅标语。

敌人在宁冈收买了一个地痞，从人迹罕至的绝壁上爬上黄洋界后侧，攻占了井冈山。红军守山失利，彭德怀率部突围，酃县赤卫大队负责断后。任务完成后，遭敌追击，当退到圹田澎溪时，赤卫大队仅剩 2 人回到黄挪潭三区赤卫队。刘山春老人的族叔和堂弟就是在这次战斗中牺牲的。

紧接着就是一片白色恐怖，刘山春老人为了保护好这幅红军标语就请人挨墙砌了一间舍屋，把红军标语遮盖得严严实实。这次若不是刘山春老人主动拆掉舍屋，谁也不知道这里还保存如此完好的一幅 1929 年留下的红军标语。

二、穿上白褂子

在石洲乡板下楼有一个叫黄海古的房屋墙壁上，留下了两副标语。大门屋檐下左边是红7军书写的“拥护苏维埃政府！”，右边是酃县苏维埃政府书写的“推翻国民党统治。”为什么一面屋墙却有两个单位书写了标语呢？原来在1931年2月，张云逸军长率领红7军58团和军直属队一路奔波从广东乐昌进入湘南，正好在春节期间到达酃县苏区，受到酃县县委，酃县苏维埃政府以及苏区军民的热情接待。此后红7军为保卫酃县苏区与敌人进行了多次战斗，上述两条标语就是红7军与县苏维埃政府当年并肩战斗时书写的。

1934年10月，红军北上之后，白色恐怖笼罩整个苏区。黄海古的家就在大路旁边，两条红军标语的字大而显眼。地方团总告诉他，限六天内把标语刮掉，否则拆屋。黄海古左右为难，不刮吧，白军肯定会来拆屋；刮掉吧，他心里又不愿意。乍办呢？

这时他妻子拿来一件褂子要他穿上，免得着凉。黄海古接过褂子，抬头望了望红军标语心想，我何不给红军标语也穿上一件褂子呢！主意一定，马上备料请来帮工，不到6天时间他就把房屋的前墙刷了个雪白。红军标语不见了，也保住了自己的房子。

风风雨雨又熬过了15年，终于迎来了全国革命的大胜利。1951年春节，已是农村干部的黄海古准备张贴春联时，突然想起被石灰层掩盖了的红军标语。于是他搬来梯子，从墙边上用刀子撬开石灰层，然后一块一块像掰豆饼一样，剥脱了石灰层，两幅完好无损的红军标语又重见天日。原来黄海古当年在粉刷墙壁时留了一手，即把在粉墙的石灰适当筛粗了一点，而且在粉刷前没给老墙喷水，所以石灰层与老墙结合不紧，正好似穿上了一件白褂子，从而起到了很好的保护作用。

三、换柱偷柱

成语偷梁换柱是比喻暗中使用手法，用假的代替真的，而我讲的却是“换柱偷柱”——在十都墟有个刘木匠用换柱偷柱的手法保护了红军当年书写的一副楹联。

十都墟的东侧有个旧式建筑叫邓家祠，祠堂正厅前面有2个木桶粗的顶梁柱，甚为壮观。因为十都与江西大垅毗邻，大革命时期红军队伍经常在这一带开展革命活动。邓家祠堂很大，平时没人住，所以红军一到十都便有队伍驻扎于此。1927年10月，住在邓家祠的红军刨掉柱子上面的油漆，写上了革命标语。红军撤走后，邓氏祠堂管事人怕引起事端，与族人商量后，请人刨掉红军标语重新刷上油漆。可是，下次红军来了又刮掉油漆写上红军标语。但红军撤走后，邓家祠再找人刨掉标语，重新油漆……就这样写了刨，刨了又写，反反复复经历十余次，到 1934 年，2 个桶粗的柱子竟刨成木盆大小了。邓家祠管事人见状，那木盆大的柱子，怎能支撑起祠堂正厅呢？如不换柱子，祠堂将会倒塌。于是管事人就请了一个木匠刘师傅来换柱子。

刘师傅动手那天，见柱子上写有一副对联：上联是“想当年剥削劳苦工农利中生利好是好”；下联是“看今日斩杀土豪劣绅刀上加刀痛不痛”。落款是：“红独四团政制”。

刘师傅笑了笑，便开工了。后来刘师傅把换下来的写有红军对联的两根柱子，要徒弟乘傍晚收工时扛回他家里藏了起来。管事人曾追问换下来的柱子放在哪里，刘师傅搪塞说是劈成柴火烧开水了。

1953 年，人民政府决定将邓家祠改造成国家粮食仓库，正巧请的又是刘老师傅为头的那套木工班子，刘老师傅这才想起藏在他家的老柱子。于是他带着徒弟抬着写有红军标语的老柱子送到了乡政府。

井冈风云：列宁学校的红色纪事

华 山 周祥新

在峰峦起伏的罗霄山脉深处，坐落着一所以列宁名字命名的学校——茶陵县立列宁小学。在井冈山烽火硝烟的岁月里，列宁小学成了诞生红军将士的摇篮，先后为红军培养了数百名优秀官兵，现在列宁小学已被列为省、市文物保护单位和爱国主义教育基地。

1924 年 1 月 21 日，伟大的革命导师列宁永远地闭上了他那睿智的双目，在他去世后，成千上万个红孩子仍在追随他的信仰前进……1930 年春天，在遥远的东方中国，一所以他名字命名的学校在茶陵雩江书院诞生。刚建立起井冈山革命根据地的毛泽东为了发展根据地文化，培养红军力量，指示茶陵苏维埃政府于 7 月 23 日创办了全国第一所列宁学校。最初茶陵列宁学校设在秩堂乡小田村，首任校长是陈国清，茶陵团县委副书记邓永耀为副校长。由于白匪军的不断骚扰和进攻，为了师生的安全，学校于 1931 年 12 月 7 日迁到毗塘村雩江书院。此后，各革命根据地又陆续建了 132 所列宁学校……

雩江书院是明崇祯十七年(1664)，由茶乡十七、十八都公建的，因被雩江环绕，故名。清康熙四十五年(1706)，曾在雩江书院求学的彭维新考中进士，后官至内阁协办大学士、兵部尚书，雩江书院因此得以扩建、完善，成为茶陵的著名书院。列宁小学迁至这里后，学校以“教育为工农和革命战争服务”为宗旨，凡符合条件的工农子弟一律免费上学。学生最大的 23 岁，最小的 11 岁，集体住校开餐。当时在列宁小学汇集了大量有觉悟的红孩子，为日后向红军队伍输送知识青年打下了基础。

列宁小学当时有自编教材，还创作了《列宁小学校歌》。学校围绕革命斗争的需要设有国文、算术、革命常识、俄国革命史略及音乐、劳动等课程。课程的革命性和阶级性化很强，如国文里就有“春种一粒粟，秋收万颗籽，四海无闲田，农夫犹饿死”的五言绝句。音乐课教唱则大多是当时的革命歌曲，如《少年先锋队歌》《暴动歌》，也教一些苏联革命歌曲。毛泽东对红孩子的学习十分关心，先后派遣陈毅、萧克、谭余保、刘道生等红军将领来列宁小学为红孩子们授课。

在教学方法上，学校让红孩子们跳出“读死书”的圈子，使其深入到革命斗争中去锻炼。当时红孩子们常参加县区乡举行的各种活动。每逢红军打了胜仗，红孩子们就深入到各乡村、屋场进行宣传。如1930年12月30日龙岗大捷，红军活捉国民党“剿匪”总指挥张辉瓒后，红孩子们便将胜利消息写成号外散发，还将毛泽东为纪念这次战斗作的诗词编成山歌到处传唱：“万木霜天红烂漫，天兵怒气冲霄汉。雾满龙冈千嶂暗，齐声唤，前头捉了张辉瓒。二十万军重入赣，风烟滚滚来天半。唤起工农千百万，同心干，不周山下红旗乱。”

当时每周六红孩子们还参加“共产主义劳动日”，如挑粮、砍柴、种菜等。其中数挑粮最繁重，要跑到二三十里外的集圩上将粮担回。此外，红孩子们还为附近的红军家属耕种土地。1933年末，由于第五次反围剿失败，红军被迫长征，开办了近4年的列宁小学也被迫关闭，学校许多设施与红军兵工厂一起疏散掩埋到山里。学校停办以后，许多年龄大一点的红孩子都去当红军了，有的红孩子还冒着杀头的危险，将学校的课本保存到中华人民共和国成立后。

在81年的岁月长河中，列宁学校有4位校长先后为革命捐躯，还有许多红孩子随同老师慷慨赴义。首任校长陈国清在土地革命中英勇牺牲；第二任校长贺碧如当时还兼任茶陵县委书记，他与第四任校长刘生汗均牺牲在长征途中，而第三任校长邓永耀则牺牲在烽火连天的抗日前线。

在列宁小学后山有处坟丘，这里埋藏着一个为保护校牌而死的红孩子。孩子名叫谭春平，俗称春伢子，原本是个放牛娃。当初学校被迫关闭转移时，那块青石磨制的学校牌匾被14岁的春伢子和15岁的陈和平悄悄埋在了山里。由于被人出卖，春伢子被国民党军吊在树上，一个白军用缠着纱布的手操起皮鞭狠命拷打，威逼他交出校牌。可春伢子死也不肯说出校牌所藏地点。最后敌人架起火堆烧他，躲在树丛里的陈和平牙都咬烂了，也只能眼睁睁地看着在烈火中被烧得缩成一团的春伢子……

白军走后陈和平冲上去将春伢子放下来，可春伢子已说不出话，两只渐渐黯淡的眼睛无神地望着天空……其实春伢子并不懂多少革命道理，他只知道是红军来了才让他有饭吃有书读，只知道保住校牌就是保住了学校，也保住了像他一样的穷孩子今后有书读。这个红孩子至死也没想通，自己只是想读书，白军为何竟要他的命？

岁月蹉跎，踏着纷飞战火的列宁小学盼到了新中国诞生。停办了19年的列宁小学于1952年重新恢复上课，地址仍设在原址。初时学校称毗塘中心小学，以后几经易名分合。1956年5月5日上午9时，时任团中央书记的胡耀邦重上井冈山时专程来到该校，并挥毫题写了“列宁学校”的校名。随后茶陵县委根据胡耀邦的指示，在1958年将学校恢复为“列宁学校”校名。“文革”期间列宁学校受到冲击，之后学校又是几经易名分合。“文革”结束后，学校的教学秩序走上了正轨。1987年，学校与苏联列宁格勒中学建立友好学校后，列宁中央博物馆还向该校赠送了列宁的照片及列宁文选和数十万字的资料。

2004 年 5 月 11 日，时任株洲市副市长的张雄和时任茶陵县委书记的阳卫国来校考察。

2005 年金秋，被新华社记者称为“文化考古队长”的阳卫国再次来校考察，他提议将胡耀邦题写的“列宁学校”校牌挂出来。他认为，正式恢复“列宁学校”校名，除了有助于提高学校知名度外，还能带动当地的红色旅游升温。因为一脚踏两省的“列宁学校”与井冈山革命根据地的莲花县紧邻，全国红色旅游精品线第八线路正从校门前穿过。在茶陵县委的全力推动下，当年 10 月 9 日上午 10 时，学校终于再次更名为“列宁学校”。现在全校师生有 1300 多名，新盖的教学楼在阳光下耸立。为方便山区孩子上学，列宁小学在秩堂乡各村建立了 9 个教学点，以方便年幼的孩子就近上学。

昨天，红孩子就读过的列宁小学，明天，它将会以崭新的面貌向世人证明红孩子的生命力。

苏区时期的酃县红军医院

谭忠诚

自 1927 年至 1938 年，酃县(炎陵县)人民在中国共产党的领导下，进行了长达 11 年艰苦卓绝的斗争，经历了井冈山苏区时期、湘赣苏区时期和三年南方游击战争时期。期间，为了及时治疗红军以及地方武装人员的伤病，酃县曾经创办过红军医院。在那段艰苦岁月里，医护人员克服了许多不可想象的困难，救死扶伤，保证了红军战士的健康，对巩固红色根据地，发挥了至关重要的作用。

1927 年 10 月，秋收起义部队走上井冈山，建立了第一个农村革命根据地，根据地的各县人民迅速行动起来，拿起武器与反动势力做斗争，开展了轰轰烈烈的土地革命。起初，因为没有医院，战斗中负伤的战士只能分散在老百姓家中医治，效果很不理想。湘赣边界第一次党代会下达了“工会组织要积极担负军民伤病治疗和卫生防疫宣传的任务”。不久，毛泽东将红军医院的建设作为巩固大小五井和九陇山两个军事根据地的保障措施提了出来，他认为“修筑完备的工事、准备充足的粮食和建设较好的红军医院，把这三件事切实做好，是边界党应该努力的”。在这个背景下，各地纷纷办起了红军医院。

1928 年 7 月，酃县工农兵政府成立于大院的大坝，当时县赤卫队员就有 150 多个，由于战斗频繁，时有伤病员需要医治。8 月，县委和县工农兵政府把一些当地的中草药郎中组织起来，在大坝里成立了红军休养所。廖德佑、李坤光为医师，由廖德佑兼任所长。医护人员除医治伤病员外，还给当地群众治病和宣传卫生防疫知识。有份当时的卫生宣传资料这样写道：人民身体强弱，事关革命大业。当此土地革命，更属千钧一发。打土豪、分田地，责在劳苦工农。保持强健体魄，首重讲究卫生。勤换衣勤洗澡，消灭臭虫虱蛋。禁止喝生冷水，搞好民众卫生。建立鸡舍、猪栏，打扫清洁为宗。茅房、住屋干净，务使空气流通，疏通天井沟渠，免得臭气熏蒸。反对缠足盘发，提倡民主自由。蛮详细也蛮亲切地陈述了当时战争条件下的一些卫生医学常识。

1929 年元月，井冈山失守，红五军撤出井冈山，酃县县委和县苏政府遭受破坏，红军休养所不得不停办。同年 3 月，彭德怀重回井冈山，县级党政机关恢复，红军修养所在大院西坑重办，并改名为酃县红军医院。廖德佑为院长，除原有医生外，还从各乡妇委会抽调了5名妇女到医院工作，由共产党员、平湖乡妇委会主任黄桂莲担任组长。他们一边护理伤病员，一边拜师学医。

红军医院的药品主要通过地下交通站到江西吉安购买.另外通过战斗也能缴获一部分。后来，苏区受到国民党严密的经济封锁，外购药品几乎不可能，只能自己动手采挖和种植中草药来为伤病员医治疾患了。他们自采、自制、自配中草药，要开刀动手术，取出伤兵的弹头、弹片，没有麻醉药，只好让伤员适量服点用生乌头、野魔芋、七叶一枝花、红叶细辛，生半夏、地鳖虫加工泡制的药酒，这样既可作麻醉药用，减轻伤病员手术过程的痛苦，又可起到医治刀枪伤的作用。

由于敌人的疯狂“围剿”，酃县的红军医院不得不多次搬家，先后在大院西坑、十都桃源洞焦石、藤棚山、石洲青石冈、策源上洞苦菜冲、上湾廖家祠、倒窝里、石禾坪老厂里等十多处地方落过脚。

1932年10月，蒋介石对根据地发动第四次“围剿”，敌粤军余汉谋部攻入江西上犹、崇义，上崇苏区失陷。河西道委迁往遂川县的上七、酃县划入河西道委管辖。1933年6月，蒋介石集中百万军队“围剿”中央苏区和湘赣苏区。根据中共湘赣省委指示，中共酃县县委和中共江西遂川县委合并成立中共酃遂中心县委。这样，酃县与邻近的遂川县有了医疗方面的合作。这年秋天，先是酃县红军医院将30余名伤病员移送到遂川县红军医院医治，不久，遂川县亦面临“围剿”的危险，遂川县红军医院不得不迁到酃县桃源洞，再迁到上洞石禾坪，与酃县红军医院合并成立酃遂红军医院。

红军医院位于深山的腹地，山高林密，只有一条伴随洪水江沿溪流而上的羊肠小道。医院设两个分院，一条小溪从中间流过。东面为一分院，收的是重伤员，西面是二分院，收轻伤员。除原来的人员外，又增加了从遂川过来的医护人员，总数为16人，廖德佑继续担任院长。说是医院，其实仅仅是密林中一块开阔地而已。四周简单地用石块堆砌了石坎，房子全都是竹子、杉木盖的草棚，吃的是竹笋和稀饭，有时候就连稀饭都喝不上。因为此时的战斗更加频繁，加之红军主力部队常常到酃县作战，伤病员剧增，最多时达200余人。但是大家互相协作，并肩战斗，共同经历极端艰苦的日子。

1934年8月，主力红军北上之后，国民党纠集了江西李云杰的二十三师，李抱泳的五十二师，罗霖的十八师，湖南陈光中的六十三师，王东原的十五师，陶广的六十二师，加上两个省的保安团以及周边各县的反动地方武装十几万人，杀气腾腾地向茶陵、酃县、宁冈、遂川、永新五个县的苏区扑来。

1934年的岁末，天寒地冻。敌人攻到了上洞的石禾坪，此时在酃遂红军医院一医院的事务长吴二林叛变，供出了通往红军医院的那条隐秘的路径。在这危急关头，医院党支部决定留下两个医护人员照看不能行动的重伤员，其余所有医护人员和伤病员，趁晚上天黑之际，分三路强行突围。结果在突围中大部分伤员壮烈牺牲，13 个医务人员也只有八个冲出了敌人的包围。不能行动待在医院的几十名手无寸铁的重伤员和两位医护人员，均惨遭敌人杀害，鲜血染红了山下的溪水，洪水江变成了红水江。

至此，曾经有七个年头历史的红军医院结束了。然而，革命的火种是扑不灭的。许多病友从血泊中爬起，继续坚持革命。他们从红军医院突围后，几经辗转，终于找到了主力红军或者游击队，有些还参加了二万五千里长征。

峦山皮水地下交通站

龙应生

1935 年，我主力红军长征以后，在湘赣边区活跃着一支红军游击队。在临时省委书记谭余保的领导下，利用罗霄山脉山势险要的地理条件，积极开展对敌斗争。国民党反动派为消灭这支游击队，不但在峦山皮水修筑了碉堡，而且严格封锁了对山区的物资供应。使游击队的物资供应非常困难，缺盐少油是经常现象。鉴于这种情况，临时省委研究决定在峦山皮水建立地下交通站，一则掌握敌人活动情况，二则为红军游击队物资供应提供有利条件。

1936 年 5 月中旬的一天，皮水地下交通站以杂货店为名开业了。杂货店主营烟、酒、盐、油、火柴等生活用品。开业以后生意十分红火，不仅附近的村民来店做生意，而且碉堡里的敌人也常来店里打酒、买烟，有时还在店里吃吃喝喝，与店里的老板娘打闹得十分火热。老板娘王茶秀三十开外，性情随和，待人热情，深得大家喜欢。这一天，丈夫曾国盛清早就去东塘进货，老板娘在家里守店。晌午时分，王茶秀在店内擦桌抹椅，碉堡里的刘队长来店，她急忙放下手中事，笑哈哈地打招呼："哎哟，刘队长真是稀客。今天有空到我店来就多待会儿。在我家喝几杯酒，俺家的酒有的是，烧酒、糯米酒、谷酒、老圆罐酒，应有尽有，够你喝个痛快。"一边说一边就忙开了。

刘队长高个儿，四十出头，喜欢喝酒。他志向颇高，调到这深山老林，生活艰苦，离家又远，多少有些怨气，常用酒来消愁。平常是勤务兵来店帮他打酒、买烟，今天他亲自登门，王茶秀抓住良机热情款待。说起酒味，闻到酒香，刘队长垂涎三尺，笑着说："俺在这山区吃就没吃的，玩就没玩的，闷得慌。这几天搓麻将又没运气，钱输光了，今天喝酒还得打个赊账，等我发了月薪再还给你"。她笑着说："刘队长光临我店是我的福气，别说你喝一回，就是天天来店喝酒俺王茶秀也不会要你的钱。俺这店还得靠你们当长官的照应照应。现在店里的货源不足，有些货你们又不准进山，我这买卖也难做了。"她一边为刘队长斟酒一边诉苦。刘队长说："你店的货源都控制进山，我们吃什么？明天我给你开个路条，在县内都可通行。"王茶秀笑嘻嘻地说："刘队长能帮这个忙，俺王茶秀真是感激不尽。"

两人正在说话间，勤务兵进店向刘队长行礼："报告队长，县联防总队长打电话，说在酒埠江东塘抓了个挑货进山的人，姓什么曾，曾国什么的，我听不清。说此人是皮水杂货店的。"王茶秀听了忙接话说："是我男人曾国盛，今天早晨去进货，现在就被他们抓了，这如何是好？"刘队长听了，气愤地说："真是大水冲了龙王庙，自己人害自己人。小李，回他们的话，叫他们放人！"当天傍晚，丈夫曾国盛安全回到了家，王茶秀心中像掉了一块大石头。曾国盛此次去酒埠江东塘是受地下组织派遣，去当地了解国民党是否有驻军，为红军游击队夜袭官田敌人小分队探路。

过去的官田是东乡山区一个小小的商业街，街面不宽，但十分繁华。街上有个商业大户叫陈泰益，他五十开外的年纪，个子不高，为人忠诚老实，处世胆小怕事，整日提心吊胆过日子。他有个会经商的闺女叫马甲小姐，端庄秀气，且有一种豪迈气质。以前请媒人说媒她这个不要，那个不如意，挑三拣四，后来连说媒的人都没有了；现在二十七八还没婚配。陈泰益整天为此事愁眉不展。

一天，陈泰益在店门口悠闲地吸着烟，忽见前面来了两个人，一个年轻的挑着箩筐，一个年老的是算命的，他忙招呼他们进屋，烟茶上桌，热情款待。然后说："俺有个独生女，视为掌上明珠，只是还未婚配。请先生为俺闺女测个八字，看婚配何方，何人为最佳配偶。"他说完后就将女儿的生庚时辰通报了算命先生。算命先生屈指推算。算后只是摇头晃脑地一言不发，做出难开口的样子。陈泰益不知何故，急切地问："先生有何难言？请你尽管说来。"算命的慢条斯理地说："此命为富贵命，命大财大。"说到这里他停顿了一下，陈泰益脸带笑意倾心听着。算命先生又故作难言之状把话题一转，说："可是你女儿这个'八字'犯上了'八败'，'八败、八败'，祖宗家业都要卖。否则要天灾人祸来抵灾。你女儿的命不守财"。

陈泰益听后面如紫色，半天才开腔："先生有何办法来弥补？如能做到，重金酬谢"。算命先生脸展笑意，回言："这件事说难也难，说易也易。只要陈家小姐能依我说，保你万无一失。"陈泰益回话说："我们一定照办，决不推辞。"算命先生呷了口茶，左手伸上头，理了理头发，不紧不慢地说："马甲小姐尚未婚配，若配上一个'八字'上也带'八败'的男人，是半斤配八两，铁扫帚配上石禾坪，扫也扫不出，败也败不成。这样既可婚配，又可保财，一举两得，十全十美的好事。陈老板意下如何？"陈泰益欣喜地回答："既然如此，请先生为俺闺女物色一个对象如何？"算命先生趁热打铁回话："俺算命走五湖四海，这种男人早就算过了，就是要配上一个这样的女人。前世姻缘天注定，没有乱违。只怕你父女俩不肯依同。""先生何出此言，俺陈泰益坚决依同。"算命先生接着说："那好，一锤定音。半个月后由我侄儿（指挑箩筐的）带人来与你女儿婚配。"

其实这位算命先生是位小学教师，地下党员，是组织派他配合曾国盛打通陈泰益商业门路的。事后经过曾国盛的推荐，上级领导审察，与马甲小姐婚配的对象叫刘梦仔。刘梦仔年方28。因父母早亡，家庭贫困，近几年在表哥曾国盛家做挑山工。他为人忠厚老实，言词不多，但心地机灵，身体高大，人也长得标致。马甲小姐一见人，十分喜悦，不谋而合，陈泰益更是高兴得合不拢嘴。

就在马甲小姐与刘梦仔成婚不到一个月，陈泰益收到一封匿名信。信上说："我店需要一批货物(清单另付)，请照单发货，不得外扬。如有失信，小心你的人头。"署名：游击队长曾成隆。信上还指明了交货地点、时间和接货暗语。陈泰益看信后吓得胆战心惊，半天说不出话来。还是马甲小姐有心计，对爹说："爹，这是一件好事，我们既销了货又赚了钱，还与他们搞好了关系。如今社会叫东行东，叫西行西，两杯开水都喝下去。明天就叫刘梦仔把货送过去。"从此以后湘赣边区红军游击队的物资供应又多了一条门路。

红土地上孕育的红色民歌

——概说井冈山革命斗争时期的炎陵革命民歌

尹学毅

湖南炎陵县宋代置县，原名酃县，因中华农耕始祖“炎帝神农氏”的陵墓于此，1994年经国务院批准更名为炎陵县。炎陵县位于井冈山西麓的湘赣交界处，是井冈山红色革命根据地的重要组成部分。炎陵县是山区，山高路陡，道路崎岖，传递信息通常是“打喊”（即大声吆喝），就像唱山歌一样。炎陵山歌、小调与劳动号子极具特色，构成了丰富的民歌基础，为炎陵革命民歌的产生提供了良好的环境。

井冈山革命斗争时期，毛泽东与朱德于1928年4月在炎陵十都第一次握手。还有陈毅、彭德怀、罗荣桓、任弼时、王震等老一辈无产阶级革命家，他们先后十余次来到炎陵县，走遍了炎陵的山山水水，开展了连队建党、军队政治训练、土地革命、建立地方武装政权等一系列革命活动。由于革命斗争的需要，从而在炎陵县这片红土地上孕育了大量的革命民歌。

1927年9月，秋收起义后，毛泽东率领起义部队向井冈山挺进，9月底来到三湾进行了著名的“三湾改编”，10月初，起义部队经江西的古城进入炎陵，并在炎陵的十都、沔渡、石洲、龙溪、策源、水口、下村等7个乡镇迂回20余天，10月底到达井冈山茨坪。红军在炎陵的水口圩驻扎6天，毛泽东同志在叶家祠亲自主持了连队建党工作，首次在士兵中发展了6名党员。至今，在水口还流传着这么一个故事：房东大娘见毛泽东同志工作到深夜，就送来一碗红薯给他吃。可是在第二天早晨，房东大娘起来一看，铺面门板全部上好，并捆好了垫睡的稻草，房子打扫得干干净净，毛泽东同志已率领部队往炎陵的下村方向上了井冈山，那碗红薯却丝毫未动地放在办公桌上。毛泽东同志模范执行红军纪律，给红军战士起到了榜样作用。也就在这时，反映红军纪律的歌曲《三大纪律六项注意歌》诞生了。

在炎陵石洲、十都、策源、水口传唱的《三大纪律六项注意歌》，又名《红军纪律歌》，这是中国最早的红军歌曲。

根据《三大纪律六项注意歌》歌曲采集人尹秉华同志的回忆，1967年他从演唱者炎陵县策源乡的范品柱、廖德佑两位老人口中得知，他们都是在1927年炎陵开始闹革命的时候学会唱《三大纪律六项注意歌》这首歌的。

炎陵县史志局资料记载：1927年的“三大纪律”是：“说话要和气；爱护老百姓；保护小商人”。“六项注意”是：“借物要归还；损坏要赔银；解手进厕所；洗澡避女人；买卖要公平；上门板，捆稻草，房子扫干净”。1928年元月初，红军去江西遂川打土豪时又提出了新的“三大纪律”，即：“行动听指挥；打土豪要归公；不拿工农一点东西；”1928年4月，毛泽东同志在湖南桂东县的沙田宣布的“三大纪律六项注意”与在遂川宣布的是一致的。因此，1927年在炎陵传唱的《三大纪律六项注意》比1928年在江西遂川和湖南桂东宣布的“三大纪律六项注意”要早一年。由此可见，在炎陵采集的歌曲《三大纪律六项注意》是我国最早的红军歌曲。

根据炎陵县史志记载：随着革命斗争的深入开展，1928年3月，在炎陵县的中村乡开展了根据地的第一次土改试点工作。为了使土改工作能够顺利进行，在中村圩头召开了千人军民诉苦大会，掀起了土改宣传的高潮。当时，打到土豪分田地的宣传标语和歌谣布满了墙头，《插牌分田歌》就是当时最流行的一首，这是根据西欧儿歌《两只老虎》填词而成的（与大革命时期的《北伐军歌》是同一首曲）。《插牌分田歌》唱出的“打倒土豪分田地”，反映了广大劳苦人民的心声。在革命根据地炎陵中村的第一次土改试点中传唱的《插牌分田歌》，是红色根据地最早的革命民歌。

炎陵是一片红色的沃土。这里山清水秀，人民勤劳质朴，他们心向红军，心向共产党，他们用歌声表达自己的爱与恨。在根据地斗争发展中，炎陵县相继产生了许多革命民歌。

在炎陵，有揭露地主、土豪、军阀反动派罪行的革命民歌。如《十恨心》《工农兵痛苦歌》《五条苦情》等，这些革命民歌的传唱，起到了唤醒劳苦人民起来支持、参加革命的作用。

为了瓦解军阀反动派，炎陵人民用革命民歌对敌军士兵开展了攻心术，从而削弱敌军的战斗力。如《十劝士兵》《白军士兵说你听》《劝白军当红军》《蒋介石最怕毛泽东》等。

为了表达对建立苏维埃政权的喜悦，炎陵人民唱出了《拥护苏维埃》《暴动歌》《妇女革命歌》《红区建立苏维埃》《胜利属于工农兵》等革命民歌。

1928年4月后，炎陵县的革命斗争如火如荼，涌现了父送子，妻送夫，妹送哥参加工农红军的动人事迹，一首首支援红军革命的民歌也在炎陵人民口中传唱。如：《送郎当红军》《劝郎当红军》《当兵就要当红军》《慰问红军歌》《红军百姓一家人》《送郎调》等。

炎陵革命民歌是中国民歌海洋中的一朵小小的浪花。由于炎陵并不在井冈山革命根据地的中心，地处偏远，交通不便，很少有大家、名家来此采风，其民歌也很少为音乐人所知。然而，炎陵革命民歌中却诞生了中国最早的红军歌曲和红色根据地最早的革命民歌。炎陵红色民歌从侧面反映了炎陵人民对土豪劣绅与军阀反动派的仇恨，反映了炎陵人民对红军的热爱和对革命的向往。炎陵，这片红土地上孕育的革命民歌应该让国人有所了解。

第七编　往事如烟

我与刘佛年先生

熊罗生

我与同乡先贤刘佛年、巫雪鳌两位老先生的通信源于醴陵三刘（刘泽湘、刘谦、刘鹏年）和佛年老与南社的关系。刘泽湘、刘谦、刘鹏年均是南社时期的风云人物，诗画俱佳且同出一门。刘泽湘早年留学日本，与革命巨擘孙中山、黄兴等过从甚密，后来回湘创立了同盟会湘支部，亦是南社的发起人之一。刘谦晚年编辑了《醴陵县志》，出版过《无诤诗稿》。刘鹏年则主持南社湘集社事长达八年。佛年老在 17 岁时即参加过南社雅集的活动，是南社中当时尚健在的为数不多的老社员。醴陵刘氏兄弟、叔侄、父子同隶南社，和南社创始人柳亚子、柳无忌父子同为社员如出一辙，也算是近代文坛的一段佳话。

佛年老是刘谦的哲嗣，1914 年出生于湖南醴陵，1935 年毕业于武汉大学哲学教育系，随后留学英国、法国、德国，回国后任教于西北大学、湖南国立师范学院、暨南大学、复旦大学诸院校。1961 年受命主编统编教材《教育学》，他和编写组的一批学者历经三年的辛勤劳动，完成全书讨论稿后在教学中试用。1979 年为应急需，稍作修订后由人民教育出版社正式出版，印行甚广，影响甚大。他还是全国人大代表、国务院学位委员会教育学科评议组召集人，可谓当代中国教育学的开山之祖。他从华东师范大学校长任上退下来后，即抽出时间从事其父伯兄文集的搜集整理工作。由于年轻和“文革”时结下的渊源，佛年老把年过七旬的巫雪老从醴陵接到上海。两位白发苍苍的老人晨夕相勉，查实资料，摘录文稿，撰写回忆，倾注了对乡邦文献的无限关爱和痴迷。

记得佛年老给我的第一封信写得很长，也许是与早年长期留学生活的影响有关，他的字迹轻巧颇有洋文落笔的意味；信封是旧的翻过来重新使用，可见他平日生活的节俭。大概是一位深感来日无多的长者太想把他所闻见的史料掌故告之于晚辈知音的缘故吧！他的每封信都写得很长且常有几处需要补充和注释的文字。后来我才知道那时他正受到老年性智能衰弱的折磨，而且愈来愈严重，但在他年迈多病的身躯里依然跳荡着一颗文化和学术的心，我可以想象得到当时他给我的每一个字的艰难和分量。

毕竟佛年老病魔缠身且还有其他的事务要忙，此后与我通信的大多是巫雪老。他们把在上海搜集的有关三刘的资料蒐集成册，并特意誊抄一份与我。根据这一资料，我撰写了《醴陵三刘与南社》一文发表在香港出版的《国际南社学刊》和《湖南统一战线》杂志上。对此，佛年老十分高兴，信中的奖掖之辞也大方得让人肉跳心惊。

俟三刘的资料搜齐后，巫雪老回到了醴陵。由于年事已高而又长时间的劳作奔波，回家不久即病倒了。获知消息后，我翻出了那个月留下来的全部工资，采买了一大堆适合病人使用的什物，专程前往醴陵看望了他一次。当时他病得很重，我们之间的语言交流也很困难。回家后我即将他的情况告之于上海的佛年老。意想不到的是，几个月后，巫雪老再也没能走出医院，而是独自撑着一叶生命的孤舟永远泊靠于另一世界的港湾。

说句实在话，巫雪老并不是我来往书信中有很高学术造诣和学术成就的人。他早年参加地下党，后来长期在一个文化氛围淡薄的城市从事行政工作，却喜好读书，吞下了一肚子的古文。他最值得景仰的是人品。佛年老后来告诉我，“文革”期间，他和著名史学家黎澍（醴陵人）都受到冲击，调查组找到曾和他们共过事的巫雪老，要他整出有用的材料，软硬兼施，连哄带骗，巫雪老为此吃尽了苦头，但调查组最后却是一无所获。这在当年人人难以自保、个个都要过关，不得不逆师悖友、落井下石的险恶政治环境里，巫雪老要承受的巨大压力是当今于普遍失信、物欲横流的环境里疯长成人的无知者们不可想象的。良知泯灭，哪还有人性的光辉？真诚和人品在利益的驱驰下变得一文不值。良知本身不是学术，但没了良知的呵护，学术就成了肤浅的政治诠释，在无尽的倾轧和相互蔑视中腐烂成一堆垃圾。因此我们要感谢巫雪老这位精瘦得很平常的老头，他没有成名成家，但他用一个平常人的伟大，避免了给中国当时最优秀的教育学家、心理学家的刘佛年和史学家的黎澍带去新的更大的伤害和灾难。

到了1993年初，佛年老先生打发他的学生来看我，顺便嘱我为他的学生在湖南介绍一份工作，虽然这一嘱托于我一介书生不免过重过难，但还是硬着头皮勉强完成任务，可算是不辱先生的信赖和器重了。出一部醴陵三刘的文集一直是他和巫雪老晚年的迫切心愿，当初是准备在沪上公开出版的，但至今仍未确实该书付梓的消息。2001年佛年老先生走完了一位学术巨人漫长而又成就卓著的一生，而他那封嘱我为他的学生找工作的短笺也就成了先生于我的绝笔，而在当年学术文集出书难的大情势下，三刘的文集终于在佛年老逝世之前得以付梓，实乃一件幸事。

回首当年情景，佛年老和巫雪老是要我来承担三刘文集的整理出版工作的，只是我碍于能力和精力而迟迟未与允应，他们也就没再强求。但由此也成了我挥之不去的心病，每当一接触到他们的书信和寄赠的资料，总免不了生出几分愧疚和不安。

百岁"院士"周定一

张观怀

2013年大年初四日下午，电话铃声响了，我拿起听筒就听见对方说，福州师范大学的李明德向你拜年！哦，是李教授。我立即询问李教授现在的位置是在哪里？李教授告诉我，他已经从老家水口返回到了炎陵县城，正准备到我家里来看看。李教授已是年逾八旬的德高望重的长者，我一个后辈岂敢让他亲自登门来看望我呢！于是，我当即劝李教授不必如此拘礼，我马上赶到位于神农大道的新亚湾宾馆去拜访他老人家。

我坐上"的士"赶到新亚湾宾馆时，李教授已在2楼门口迎接我。两个人紧紧地握手，相拥着来到李教授落脚的房间。我记得李教授上次回乡省亲是在2000年的10月，一晃又过去了12年。当年李教授的副教授女儿，现在也已是教授了，加上李教授夫人和从海外留学回国多年的儿子等教授级亲属，我笑着对李教授说，你们家就是一个名副其实的教授之家啦……

交谈中，当我问到住在北京中国社科院语言研究所的老乡、学者周定一时，李教授立即用缓慢低沉的声调告诉我，周老就在单位举办祝贺他百岁寿诞后的不久倏然仙逝！由于事情突发再加上临近春节，丧事从简，我们都是事后从他的家人的电话中得知的。但欣慰的是中国社科院语言研究所编辑的《周定一文集》已经出版发行，也算是对百岁学者周定一老先生的一个永恒的纪念吧！

百岁学者周老先生与我们永别了，我寻思着要写点文字，也算是代表炎陵老乡对百岁学者周定一老先生的一片缅怀之情！

读书·求知

周定一老先生1913年11月出生在炎陵县龙溪乡古圹村(旧称酃县五都小古圹)一个客家人家庭。幼年在当地读私塾，后到县城入县立第二高级小学(前身为梅岗书院)读书，1925年随在铁路局任工程师的父亲周树吾到长沙继续读高小。1926年因病休学，1927年回到县城第二高级小学毕业。初中三年在留日归来的酃县人士何炳麟执教的长沙岳云中学就读直至毕业。1931年考进上海浦东中学读高中，因“一二・八”淞沪抗日战争在即，随之转学到南京中央大学实验学校就读直至毕业。1935 年因成绩优秀被北京大学录取，就读中国语言文学系。1937 年抗日战争爆发，“北大”“清华”“南开”被迫南迁，在长沙合并组成“长沙临时大学”。半年后，抗日战争局势不断恶化，临时大学又迁到云南昆明，更名为“西南联合大学”。周老先生随学校一再搬迁，在动荡中坚持读书求知，1939 年在西南联大毕业。大学毕业后在中学任教多年，后应聘回西南联大中文系任教。

觉悟・革命

周定一老先生在县立“二高”读书的那几年正值第一次大革命时期，酃县(今炎陵县)的农民运动在中共酃县特别支部的领导下迅猛地开展起来。还是高小学生的周定一就参加了一些力所能及的宣传教育和集会游行等革命活动。他曾参加在洣泉书院操场上召开的群众大会，亲耳听过省农运特派员、县农协会主席朱子和慷慨激昂的演讲。曾接受中共酃县特别支部书记李却非的指派，与几位同学组成宣传队到县城大街上和十都、沔渡一带乡村开展“打倒土豪劣绅”的革命宣传活动。还追随押着土豪劣绅的农协队伍上街游行示威，高呼革命口号。在长沙读初中时他与在另一所中学读书的酃县老乡刘乐扬相识，在刘的住处开始阅读一些秘密散发的铅印的小张革命文艺等读物。事后好几年周定一才得知，刘乐扬早在那个时候就已靠拢了共产党组织，走上了革命道路。

1931 年“九・一八”事件发生后，全国抗日呼声日高。周定一当时正是一名高中学生，曾多次参加上海学生去南京向国民政府请求抗日的请愿活动，并负责领喊请愿口号。在第二次请愿活动中学生们遭到南京军警的血腥镇压，周定一在军警的追赶中落水，幸有群众相助，才免遭不测。那几年，接连不断的举行游行示威呼吁抗日救亡活动，周定一每次都积极参加，和同学们一起热血沸腾投身到抗日救国活动之中。

1945 年，周定一在昆明参加了西南联大师生为争取民主举行了一次示威游行，周定一手里拿着写有“要民主，要自由”的小旗子高喊着口号和同学们在大街上行进着，突然有个人把他请到一边，周定一正感到愕然时，那人摘掉鸭舌帽，取下眼镜低声说，我是刘乐扬！在西南春城竟能见到酃县老乡，周定一非常高兴。刘乐扬指着身后的报馆说，我在这里供职，有时间到这里来找我，我现在的名字叫张兆麟。在后来的交往中周定一才知道，刘乐扬当时化名张兆麟，是地下活动的需要。这次他是在民主党派团体“民盟”主办的《民主周刊》担任记者，经常采写抨击国民党反动派种种劣迹的稿件在《民主周刊》和昆明的其他报刊发表，结果引起了特务们的注意。有一次，敌人追捕刘乐扬，情况十分危急，他正巧碰到周定一。情急之中，周定一把刘乐扬带到他在校外兼职任教的南菁学校宿舍里，这才躲开了特务们的追捕。

1949 年 10 月，有民主倾向的省政府主席龙云被蒋介石武力挟持去了重庆，云南政局进一步恶化，社会各界反对内战、争取民主的运动日渐高涨。国民党反动派恼羞成怒出手弹压，制造了震惊世人的“一二・一”惨案。西南联大联合昆明市 40 多所大中学校师生开展示威游行罢课抗议，要求严惩凶手，得到了社会各阶层的声援。周定一这个时候已经是西南联大的老师，与闻一多教授是中文系的同事，他仍然与学生们一道积极投身到反内战要民主的革命活动之中。蒋介石为了缓和气氛，假惺惺地将直接制造惨案的云南省警备司令关某“撤职查办”，另派二十集团军总司令霍揆章继任云南省警备司令。霍揆章上任后急于平息事态，通过身边的酃县人找到老乡周定一，邀请他去游说西南联大师生停止活动尽快复课。周定一拒绝了霍揆章的“邀请”。后经师生代表与当局有条件地谈判才恢复上课。

语言学研究

抗战胜利后，北大、清华、南开都返回旧址办校，西南联大解散。周定一受北京大学聘请仍在中文系任教，后在北大文科研究所从事研究工作。1950 年，中国科学院成立语言研究所（后归属中国社会科学院）周定一就从北大调入语言研究所，从此，周定一就一直在研究所工作，甚至退休之后仍然坚持语言研究。从成立研究所的 1950 年算起至 2012 年止，周定一到语言研究所工作和生活了 62 年，可以说周老的一生都贡献在中国语言学研究的事业上。

周定一教授在语言研究所主要研究方向是汉语词汇问题，重点是近代汉语词汇。他担任中国语言学界的中心刊物《中国语文》的编辑多年，1955—1960 年任常务编委。国家指令 编纂《现代汉语词典》的任务下达后，周定一担任编审委员，并亲自参与编纂工作。他还是近代汉语研究室主任、语言研究所研究员，获得了中国社科院的最高学术称号——终身荣誉学部委员。据说获得这项相当于中国科学院、中国工程院院士荣誉称号的学者，株洲市目前仅周老一人。1991 年起享受他国务院特殊津贴。

周定一教授在社会团体中曾担任中国语言学会理事、中国训诂学研究会理事、北京市语言学会副会长等职务。周老还是中国民主促进会成员，并选为民进中央学习委员会委员。

在学术研究上，周定一教授著述甚丰，他先后用周因梦、因梦、许令芳、尹梦华等笔名发表了数十篇（本）学术论文和著作，他的代表作有：《扬雄和他的“方言”》《音译词和意译词的消长》《所字别义》《红楼梦里的词尾“儿”与“子”》《关于红楼梦里的“掌不住”》《红楼梦词汇中的标音问题》《酃县客家话研究》《酃县客家话特殊词汇例释》《酃县客家话语法》《红楼梦语言词典》《红楼梦词义演变一例》

《词汇的新陈代谢》《论文艺作品中的方言土语》《谈汉语规范化》等。周定一教授撰写的《语言研究与应用》专著和由他担任主编的拥有250多万字的巨著《红楼梦语言词典》均由商务印书馆出版发行。

周定一教授早年撰写的《所字别义》一文，受到了我国现代语言学奠基人之一、杰出的语言学家王力先生的推崇。王力先生在为“文革”后的第一批汉语史研究生讲课时就高度评点周定一的这篇文章，称赞“写得很深入”，并号召研究生“就是要写这种文章”。

周定一在大学期间，师从中国语言学界“三巨头”之一的罗常培教授学习现代语言学，获益不少，之后又在罗常培的领导下工作，缔结了深厚的师生情谊。1958年12月罗常培去世后，周定一悲痛之余承担了《罗常培语言学论文选集》的编辑工作，文集于1963年出版，他用这特殊的方式回报对导师罗常培的栽培之情。

周定一教授还全力协同谭全基修订原由郑奠、谭全基编的《古汉语修辞学资料汇编》一书，交商务印书馆再版发行。周定一在该书修订中做了大量的工作但谢绝在该书署名，只写了一个简短的“后记”，体现了一个严谨、正派学者的高风亮节。

1978年，周教授在《中国语文》发表一篇《承前启后，继续前进》的专论，文章从促进汉字改革，推广普通话，实现汉语规范化等方面概述了建国近三十年来在完成语文工作三大任务方面取得的显著成绩，同时对我国的语言工作如何继往开来提出了他自己的意见。

桑梓情深

周定一是炎陵客家人，其父亲周树吾是炎陵一中的创办人之一；周定一夫人何显华(湖南大学毕业)在炎陵一中任教员和教导主任多年。周定一夫妇对炎陵县和炎陵一中非常惦念。

周定一以浓厚的桑梓情谊，写了不少怀念故乡的诗词和散文，特别是他站在语言学研究的角度撰写了《酃县客家话研究》《酃县客家话特殊词汇例释》《酃县客家话语法》等论文，据说这是有史以来最早的也是为数不多的关于炎陵县客家话的研究文章。

政协炎陵县委员会1987年正式编印《酃县文史资料》，恭请周定一教授为该书题写书名。周定一教授欣然命笔，题写了书名。现在，斯人已逝，周老的亲笔墨宝已成了永恒的留念。

年逾古稀的周定一教授夫妇1989年10月由北京回故乡探亲，专程走访炎陵一中，受到一中师生和县教育局负责人的热情接待，周定一教授夫妇倍感家乡的温暖。

1993 年炎陵一中举办 50 周年校庆活动，周定一教授偕夫人何显华向一中赠送新中国成立后国家最大的文化出版工程成果——《中国大百科全书》(全套 74 卷 12.6 亿字，书价 4000 余元)。炎陵一中数百名师生高举彩旗载歌载舞迎接周定一教授的赠书，县长何龙彪、副县长周新发出席了赠书仪式。周定一教授得知这一盛况非常感动。

笔者曾于 1997 年 10 月到北京市车公庄路中国社科院 20 楼 804 号宿舍拜访周定一教授，正好周教授在包头铁路局退休的胞妹周我行也在座。在交谈中，时年 84 岁的老教授与年逾古稀的妹妹不由深情地回忆家乡的民俗和小吃，津津乐道地说起家乡的霉豆腐、烫皮和水酒，还兴致勃勃地追忆家乡人用牙钵磨红薯粉以及刨红薯丝、晒红薯片等陈年往事，两位老人的浓浓乡情深深感染了我们刚从家乡进京的后辈。

2002 年 6 月，我接受县客联会写一篇关于炎陵县客家人概况的任务，准备在“世界客家人代表首次祭祀炎帝陵”活动中交流。9 日，杨耀荣同志将打印稿快递给周定一教授审阅。周定一教授认真审阅后并很快地做了回复。他在 5000 多字的稿件上批写了 10 处，近 500 字的意见。2005 年 11 月，92 岁高龄的周教授还再次给我来信，又谈及了其父周树吾的历史情况。一位社科院“院士”竟与家乡的一个普通文员亲笔书写信件交流沟通，令我非常感动。

2012 年 11 月，中国社科院语言研究所领导和同仁举办茶会祝贺周定一老先生寿高期颐，并将中国社科院老学者文库丛书，中国社科出版社出版的《周定一文集》赠送给周老，作为百岁寿诞的一份贺礼，恭祝他身体健康、寿比南山，周老非常欣喜。

天有不测之风云，2013 年元月 14 日，周老教授骑鹤西去，享年 100 岁。周老，天堂路上您老走好啊！你的品格，你的风范，你的精神财富，炎陵的乡亲们是不会忘记的。

株洲史话

聂鑫森

一座火车拉来的城市

在祖国气势恢宏的版图上，位于湖南中心地带的株洲，如一道绚丽的彩虹，如一颗璨灿的明珠，令多少人瞩目，令多少人梦绕魂牵！

我从青春年少，乘火车从湘潭来到这里，弹指一挥间，40多年过去了，双鬓间有了星星白发。而她却在岁月的更替中，变得越来越朝气蓬勃，越来越壮美多姿。她是一座具有最佳人居环境的园林城市，山环水绕，花树飞红泻翠，高楼、工厂、社区……掩映在梦幻般的色彩和线条之中。她是一座工业重镇，航空、铁道、机械、冶金、化工、建材、交通、电力、生物制药……为新中国的腾飞，源源不断地输送着强大的动力和如火的激情。她是一个管领风云的交通枢纽，南北东西的铁路线。京广、浙赣、湘黔、枝柳无不经过此地，新近开通的武广高速列车，也在此作缱绻的驻停。她是长沙、湘潭、株洲"金三角"中的重要一"角"，携手共造三地的繁荣与辉煌。

南来北往的文友来到株洲，我总是自矜地告诉他们：这是一座真正意义上的，由火车拉来的城市！

株洲，在远古不过是一片肥沃的江洲，洲上生长着葱郁茂密的槠树。"槠"与"株"通音通义，于是有了"株洲"之名。湘水日夜流淌于洲边，渐渐的，槠树间有了村落，有了炊烟。

在旅行者的眼中，她是走南访北不可回避的一站。在兵家的作战图上，她是殊死必争的咽喉要道。在商家的账目本上，她是万千物资的集散之地。但她地广人稀，在解放前夕，除稀稀落落的农家之外，只有一个七千人的小镇，委屈地隶属于湘潭。

但历史却一直注目于她。

清光绪二十九年，也就是公元1903年，株洲开始修建铁路。三年后的1906年12月，江西萍乡安源至株洲，铺上了亮铮铮的钢轨，响起了蒸汽机车的轰鸣。

全线长 90 公路出头，虽晚于中国铁路史上所称的唐(山)胥(各庄)铁路，却是长江以南最早的营运铁路。萍乡安源的煤运到株洲，再卸下装船，沉重地运往汉口。

1909 年 8 月，粤汉铁路的株(洲)长(沙)段开始修建，两年后贯通。时势艰危，经济困顿，直至 1936 年 4 月，广州至武汉的铁路，才最终绵延而成，全长千余公里。1938 年 9 月，湘桂铁路衡阳至桂林的铁路修成告捷，此路与黔桂、川黔、贵昆等线衔接。而在 1935 年 8 月，萍乡至南昌再至杭州的铁路全线通车，株洲也就可乘火车直达西子湖畔了，

株洲真正建市是 1951 年，在建设新中国的宏伟规划图上，她的重要性牵动着党中央的心。1954 年动工，1972 年竣工的湘黔铁路，让株洲真正地与大西南连成一片！

繁忙的铁路客运和货运，使株洲有了与之配套的部门和单位，车站、货房、调车场、车辆段、机务段、水电段、建筑段、铁路医院、铁路小学和中学、铁路机械学校……还有了好几家与铁路工业有关的大厂：田心机车厂、株洲车辆厂、株洲桥梁厂……铁路员工总人数在十万以上，在株洲“文革”前城市人口不过三十万之数中，占有相当可观的比例，故称之为“铁老大”。

那时“铁老大”出差，随身带着可以代替火车票的乘车证。我多次与铁路上的文友到外地采风和学习，他们总是骄傲地对我说：“这玩意，只有铁路职工有！”令我艳羡不已。

在新中国澎湃的建设热潮中，特别是第一个五年计划吹响震天的号角，株洲因是一块丘陵起伏的山林之地，除现处芦淞区的地带有一个镇子外，广阔的空间足以容纳龙腾虎跃的宏大场面。中央企业、省属企业、市办和街道企业，在崭新的蓝图上一一标出位置。从全国各地而来的专家、技术工人、民工，以及建筑材料、机械设备，由一列列火车夜以继日的运载，齐刷刷汇集于株洲。

在 20 世纪 50 年代，中苏关系还温暖如春，有不少的苏联专家被遣派到株洲来。我的一位老友、诗人罗子英，年长我近十岁。那时，他还是个小伙子，是化工厂的新工人，因有中学文化，在勘探厂址时，给一位苏联专家打下手，沐风浴雨于露天，至今说起犹豪情满怀。

一位年过七旬的铁路货场老师傅，曾告诉我：“火车来了一列又一列，卸下的货物成山成岭。那时没有什么起重设备，全是肩挑人扛，号子喊得震天价响。每夜货场的灯火亮如白昼，我们是干了白班又干夜班，不知道什么叫累。”

我是 1965 年来到株洲的，后来又供职于报社，走访过许多厂子。这些厂子的人员结构很繁杂，没有几个是本地土著，都是当年坐火车从外省外地来的，口音各异，称得上是“南腔北调”。我曾工作过的株洲木材厂，近两千人，领导干部多是北方人，工人中有少数来自上海、长沙等地的森工企业，更多的是来自本省的

林区，湘西、邵阳、怀化、衡阳……而且带家属的极少，故该厂的单人宿舍极多，一到春节前夕，都呼啦啦坐火车回乡探亲去了。

“331”，现名“南方航空工业公司”，是一个制造飞机发动机和某些尖端武器的万人大厂。因北方人多，所以男女老少都说普通话。我的一位老友张哨，长在北地，自小爱好北方的曲艺，能说相声，特别擅长于天津快板书，快板打得好，嘴皮子利，在株洲的职工文艺汇演中，获誉甚多。

株洲，一座火车拉来的城市，从一个只有七千人的小镇，变成了今天百万人口的大市；从只有作坊似的工业印痕，到今天具有现代大工业的格局；从寥寥可数的平房小屋，到今天充满大都市风韵的形象。在这部雄壮昂扬的交响乐中，铁路线正如清晰的五线谱，成为一个不可缺少的组成部分。

火车，还将不断地拉来一城的富足、一城的繁荣、一城的幸福。拉往全国各地的，是株洲人的深情厚谊，是株洲人的自信和骄傲！

一家孕生火车头的工厂

株洲人说的“铁路工厂”，含意十分丰富，一是指铁路部门所管辖的工厂，二是指生产、修配与铁路有关产品的工厂，三是指颇具规模的有“款”有“派”的工厂。田心机车厂，自然当之无愧。

该厂最早是修理蒸汽火车头的。威武而体量庞大，呼呼地喷吐蒸汽的老玩意，现在只能在电影、电视中看到了，《铁道游击队》《大押解》，用的就是这种“道具”，那是逝去岁月最有力的佐证。到20世纪70年代末，厂里开始生产一种新型的大功率电力火车头，于是改名为：株洲电力机车厂。从韶山一型到韶山八型，科技含量与日而增，联翩结队驰出厂门，奔向神州大地，也闯入国际市场，网上称她为：南车集团株洲电力机车总公司。但株洲人，当然也包括我，还是习惯地称之为田心机车厂。

这个厂位于株洲的东北角，地名叫田心。在几十年前，那里是大片的田垅、菜地，属于郊外。1935年兴建，到新中国曙光初照，也就是几个车间而已。在中华人民共和国成立后的漫长岁月中，她的厂区不断地扩展，员工不断地增添，设备和技术不断地更新，家属村不断地凸立。到今天，她的员工和家属，应不少于5万之众。

机车厂成了城中之城。除了占地面积阔大的厂区，一圈围墙围着一幢幢雄伟的车间、办公楼、研究所之外，宽阔的街道两边，是家属社区、商店、银行、学校、俱乐部、运动场，人如织，车如流，比一个大镇，甚至比一个县城还要热闹和气派。机车厂如一块磁铁，吸引来众多与之服务的厂家、商家，人气也就越来越旺了。

机车厂有自己的电视台，有自己的报纸，也就有了专职的记者和编辑。在“文革”前，还有半专业性质的篮球队、文艺演出队；现在则是逢有赛事、庆典活动，从各部门抽调、集中，完成任务后，又潇洒地穿上心爱的工装。

机车厂的员工大多出自各种中专技校及高等学府，加之铁路系统所赋予的大视野、大胸怀，他们在工作上肯钻肯干，不甘落人之后；在业余生活中，则具有各种高雅的情趣，读书、打篮球、踢足球、操琴、练歌、画画、写作、种花、下棋……此外，即便在穿着上，尤其是年轻人，洋气而时尚。所以，株洲人常说：“田心人”穿什么，就知道中国的大都市眼下时兴什么！

青年男女找对象，一般来说，除了与机车厂匹配的株洲大厂员工可作考虑外，更多的是在本厂选择，这叫门当户对。

机车厂经常举行各种讲座，邀请各方面的专家、学者前来侃侃而谈，每出海报，便是听众蜂拥而至。以写历史长篇小说声震文坛的老作家唐浩明，就来此开过关于“湘军”及曾国藩的讲座。

外地到株洲驻停的文化人，都喜欢到机车厂来参观访问。

去年冬，《诗刊》组织的第25届“青春诗会”在株洲召开，参观这个厂便成为诗人们的呼声。当他们走进高大、宽敞、明亮的车间，当他们在即将出口的大功率电力机车前照相留影，当他们和身着洁净工装的工人师傅交谈时，欢呼、惊叹、羡慕，真正感受到高科技现代大工业的气派和奇瑰。厂区绿树成荫，车间干净宁和，宣传栏图文并茂，员工谈吐文雅，这一切令他们诗思勃生。

时任副总经理的周军军，高大、结实，原本就是个青年诗人。他在设宴款待大家时，因互相通报姓名，居然遇到了不少网上的诗友，于是与这些缘悭一面的老熟人谈诗论文，其乐融融。

今年初，周军军已提升为南车集团电机公司的党委书记了。

新中国成立后，株洲在湖南的文艺创作中，占有重要一席；而田心机厂，在株洲又是一个闪光的焦点。如年过八旬的女诗人郑玲，就曾在此工作过。还有年过七旬的作家、书法篆刻家、编辑家弘征，也是从这里走出去的，担任过湖南文艺出版社的总编辑，现为湖南作协的荣誉主席。除文学之外，美术、音乐、戏剧、曲艺、摄影，都有各领风骚的人物，如摄影家刘根亮、版画家洪涛、作曲家陈关键，都有很多名作为人熟知。

记得20世纪80年代，厂里成立了“成才文学社”，聚集着一大群作家、诗人，我曾应邀担任文学顾问。在星移斗转中，他们在本职岗位上兢兢业业，在业余创作上亦收获丰盈。现任株洲市市长的王群，就是当时文学社的成员，至今还在创作歌词、新诗、旧体诗；还有刚上任不久的市文联主席黄勇，是一个久享名声的小说家，当年也供职于此厂。

田心机车厂，不但孕生着现代化工业文明的繁花似锦，同时，书香氤氲，文气绵延，营造出一道瑰丽的文化景观。现任南车集团株洲电力机车总公司的董事长兼经理徐宗祥，40 多岁，不但在工作中敢于开拓创新，而且痴情于散文和诗歌创作，在去年市文联的换届选举中，当选为兼职副主席。他鼓励员工读书为乐，自己也身体力行。我们偶或见面，他说："假如每个人都远离牌桌，亲近书桌，厂子不兴旺才怪。"

株洲的本地人，没有特殊的地方话，因为这是个典型的移民城市。但在田心机车厂，却有一种称之为"田心话"的语言系统。朋友告诉我，这个厂最早的人员结构，一部分来自武汉汉阳的机车制造厂，一部分来自北方各省的铁道工厂，还有一部分是本省各地招工来的新工人。北方口音、湖北口音、湘音，长期在一起交融、碰撞、影响、产生了一种独特的"田心话"。似普通话，但又有湖北话的音韵、湖南话的节律，刚中寓柔，柔中显刚。特别是女孩子说起来，齿舌留香，更是动听……

这里，常有高级别的剧团，到俱乐部的大剧院演出，交响乐、歌剧、话剧……人们的购票热情，一如喧腾的大都市。

这里，常有员工的书画展、摄影展，在俱乐部展览厅拉开序幕，祝贺的花篮都是工友、邻居所赠……

田心机车厂，机车动力之城，文化动力之城！

云阳山下别样红

——茶陵经济开发区创建追忆

向宋文

1992年春，邓小平同志南行讲话的春风吹拂祖国大江南北，各地的开发区像雨后春笋。中共茶陵县委、县人民政府审时度势，决定成立茶陵县云阳经济开发区，并设立管理委员会，为副县级单位，隶属县人民政府领导，代表县政府行使云阳经济开发区(以下简称开发区)行政管理职能。时之今日，开发区走过了20个春秋，抚今追昔，追忆开发区1992年夏至1995年创建起始阶段那段历史，无疑是一件很有意义的事情。

一、改革开放，新区新办

改革开放是开发区建设的一面旗帜，作为一个新区，茶陵云阳经济开发区到底应该建设一个什么样的开发区？走出一条什么样的建设路子？在县委、县政府领导下，开发区一班人集思广益，精心谋划，决定在“新”上做文章：首先，树立新观念，理清建设思路。起草了《茶陵县云阳经济开发区总体方案》，阐述了建设开发区的意义目的，勾画了开发区的思路蓝图，明确了开发区的发展步骤，制订了开发区的政策措施。力争将开发区建成全县改革开放的窗口，建成县城拓城扩容提质的新区，建成高新技术支撑的工业基地，建成国有、集体、股份制、个体、外资等多种经济成分并存的经济板块，建成人文厚重、环境优美、生活宜居的旅游胜地。县委、县政府以茶发[1992]18号文件批转了《茶陵县云阳经济开发区总体方案》，吹响了开发区建设的进军号角。其次，制定新规划，坚持科学布局。制订了《茶陵县云阳经济开发区建设规划》，绘画了开发区总体示意图，对东起汽车站广场，南至“三公里”工业园，西至云阳山麓，北抵曲江村洣水河，共10平方公里进行科学布局。规划了两条主干道，即从县汽车站广场至云阳山脚的云阳路，从“三公里”工业园经东山坝、十八丘大垅直至曲江的106国道改道(现为犀城路)，规划了5个小区，即云阳路的商贸区，106国道改道的行政文化区，“三公里”的工业区，云阳山的旅游区和生活方便的宜居区。规划了一批基础设施项目和由工业品市场、农产品市场、水果市场、木材市场、运输市场组成的市场群。再次，建立新机制，激发内在活力。为了建立一个精干、高效的开发建设班子，开发区破天荒实行聘用制，除四个正副主任由县委任命外，其他工作人员全部面向社会公开选聘，逐个签订聘用合同，做到能进能去，打破“铁饭碗”。工资与绩效挂钩，去掉“大锅饭”。除此之外，开发区还创造了多个“第一”：第一次印发投资指南，制定优惠政策，对外招商引资，引进外资企业入驻；第一次提出鼓励农民进城进区投资兴业，购买蓝印户口，筹措建设资金；第一次采用市场运作的方法，建设工业品市场；第一次设立项目部和旅游科，抓项目入区，抓云阳山旅游开发。

二、特事特做，科学发展

云阳开发区作为茶陵的“小特区”，县委、县政府给予了一系列的特殊政策，出台了《中共茶陵县委、县人民政府关于茶陵县云阳经济开发区若干优惠政策暂行规定》等10多个文件，印发了《茶陵县云阳经济开发区投资指南》。这些特殊政策的实施，突破了计划经济的框框，极大地激发了投资者的投资热忱。广州天河毛纺厂率先进驻开发区，兴办了华陵针织厂，2006年又在金星工业园建成了耗资上千万、具有国际水平的粤港纺织基地，安排就业上千人，产品外销国内外市场。为了提高办事效率，实行职能单位代表制，一站式一条龙服务和联合办公制度。有关职能单位明确一名副职为代表，专事办理涉及开发区的有关事宜，每个礼拜职能单位代表到开发区集中办公一次，简化手续，办理不过周。从根本上解决了“门难进，脸难看，事难办”和“踢皮球”等问题，极大地提高了办事效率。为了筹措开发区的建设资金，开发区和县公安部门商量打破常规采用蓝印户口的办法，鼓励投资者进区投资兴业，购买蓝印户口，仅10天时间就办理了2000多人进区落户，筹措了1300多万元的建设资金。云阳工业品市场也是茶陵首次采用市场运作的办法建成，在当时可以说是市场运作的典型之作。通过统一规划、统一建设、统一招商，县财政和开发区没有花一分钱，建成了上万平方的市场，带动了800多家个体户入区经商，使以工业品市场为主体的云阳路成为繁华的商贸走廊。科学发展是云阳开发区建设的宗旨。开发区建设初始，我们没有什么经验可以借鉴，也没有现成的东西可以照搬，完全是凭着对党和人民事业的高度责任感，求实创新，科学决策。比如在要不要建设云阳大桥的问题上，当时有的同志主张不建大桥，筑个土路，我们经过反复研究科学测算，觉得建设云阳大桥有利于向省里争取建设资金，批设收费站；有利于免拆县氮肥厂、电石厂、造纸厂三个厂的水泵房，避免三个骨干企业停产半年；有利于确保质量造福子孙。最后决定建设一座高19.7米，长192米，宽20米四拱等跨钢筋混凝土双曲拱桥。大桥建设共完成土石方9200立方米，浇筑片石混凝土1.7万立方，累计投资328.2万元，在时任省委常委、副省长周伯华同志的支持帮助下，我们向省里争取资金150万元，省交通厅批设收费站5年收费500万元（实际收费了10年），在经济上等于赚了两座桥。而云阳路的建设，可以改变西门进城路窄、坡陡、弯多的现状，拉直拓宽县城西门出入通道；可以建设一条商贸走廊繁荣市场；可以切实解决城区一度交通瓶颈，方便县民出行和生活，进而规划为茶陵当时最宽40米路面，2.83公里长，直达云阳山下，并削平最大坡度达到2.17%的陡坡。1994年云阳路建成通车后，1995年株洲市高考文理状元都出在茶陵一中，株洲市委、市政府奖励20万元。大家都说云阳路的拉通，铺平了茶陵进市、进省、进京的坦途，为茶陵人的阔步前行铺平了道路。

三、快开快发，真抓实干

在深圳特区“时间就是金钱，效率就是生命”的感召下，开发区力求快节奏、高效率，摒弃“干与不干一个样”，“干多干少一个样”，“干好干坏一个样”。建设者们以满腔的热情，冲天的干劲，加班加点日夜奋战，靠着一种拼搏精神，刷新了多个“茶陵速度”：从成立开发区，5个昼夜拿出了《总体方案》；一周内从200多名应聘者中，按程序选聘21名工作人员全部到岗到位；10天内，印制了《茶陵云阳开发区投资指南》，拍摄了《春驻云阳》宣传片；半年多时间建成了建筑面积上万平方的云阳工业品市场；云阳大桥从设计到竣工通车不到一年半，1994年11月28日举行了云阳路、云阳大桥、云阳自来水厂通路、通桥、通水“三通”典礼，周副省长发来了贺电。从1992年夏到1995年，云阳系列项目如云阳路、云阳大桥、云阳工业品市场、云阳自来水厂、云阳开发大厦、云阳农副产品市场、云阳山紫云仙、云阳省级森林公园、云阳省级开发区等都先后建成和挂牌。云阳变电站也于1995年12月31日竣工送电，从此茶陵结束了有电送不进，经常缺电、停电的历史。一批项目也入驻工业园区，年产10万吨的金星水泥厂，当年奠基当年竣工当年投产。真抓实干是云阳开发区建设的一种精神。云阳开发区从无到有，从小到大，哪一个工程，哪一个项目都是干出来的。建设者们可以说是战严寒，斗酷暑，迎风沙，炸顽石，挖基坑，悬高空，风餐露宿，风雨无阻。1993年8月，由省政府组织的93’炎黄杯世界华侨华人炎帝圣火车队，需通过开发区地段，此时正值劈山炸石阶段，为了让车队顺利通过，开发区的建设者们连续一个月实行三班倒，昼夜不停地施工。有一次正值风雨交加的深夜，我们去检查，只见时任副主任的陈外生同志全身湿透，和民工们鏖战在工地；在云阳大桥浇筑桥拱的关键时刻，时任副主任的苏忠选和建设科长刘大成等同志，几乎是吃住在工地，和严塘镇建桥班子奋战与共，把好质量关；在工业品市场的建设中，时任常务副县长的杨宋虎同志经常坐镇协调，及时解决一个个矛盾和难题；在云阳路水泥路面浇筑会战现场，时任副县长李伟文同志和政府办副主任黄跃进同志始终冒着烈日炎炎坚守工地……

四、节约成本，廉洁高效

廉洁高效是贯穿开发区创建阶段的一条红线。建设者们对开发区的一分钱、一颗钉、一斤水泥和钢筋都精打细算，既不浪费也不据为己有，真正做到低成本高效益。开发区没有伸手要县财政一笔钱，也没有损失过一笔钱。特别是在当时沿海刮起炒地皮、炒房热，不少开发区丢到沿海几百万、上千万，而茶陵开发区却固若金汤分文无损。开发区凭借1300多万的起本资金，在短短两三年时间里征地130多亩，拆迁房屋3.6万平方米，完成土石方30多万立方米，浇筑10多万立方的钢筋混凝土，完成了3平方公里的三通一平，建成了一批云阳系列工程，把造价压到了最低限度，像劈山的石方只合4元多一立方，这在当时是少有的。且行政成本也低，就连去省争取资金的几包应酬香烟还是我们自己口袋里掏的。开发区一方面靠自己的创收、融资，最大限度的筹措盘活建设资金，另一方面千方百计节支，建桥建路等项目都实行公开招标，节约建设成本和行政成本，基本保障了项目建设，还借出了一笔钱支持金星水泥厂等工程建设。

茶陵开发区创建起始阶段，建设者们意气风发，闯出了一条建设新路，刷新了多个茶陵第一；它搬掉了一座21.7米高10万立方的石山，完成了二十万立方的土方填压，填平了沟壑小垅，拉直、扩宽、铺平了茶陵县城西向出入的坦途，引领勾勒了茶陵县城向云阳山麓发展的方向；它争取到的省级云阳开发区和省级云阳森林公园的牌子，为后来金星工业园的加快发展和晋升国家级森林公园创造了先机；它为工业园区的兴起、商贸的繁荣、云阳山旅游的开发、开发区基础设施的逐步完善和老百姓的宜居打下了一定的基础。随着时间的变迁，2007年茶陵云阳经济开发区，恢复了创建阶段的副县级建制，并更名为湖南茶陵经济开发区，迎来了开发区的新一轮建设高潮，进入快速发展阶段，呈现出良好的发展态势。开发区的建设，拓展了县城的扩容提质，加快了茶陵城市化进程，使茶陵县城扩容近10平方公里，特别是随着河东新区和火车南站新区的拓展，几乎造了一座新城；它扩大了工业园区的规模，2008、2011年实施二园区、三园区建设，使开发区达到近20平方公里，聚集了一大批大项目入区入园，成为茶陵工业的高地洼地，加快了茶陵工业化进程，助推了茶陵的经济发展；它使茶陵的旅游事业升温突起，随着国家级云阳森林公园的晋升，云阳山四A景区和茶陵工农兵政府旧址三A景点、洣江书院、东阳湖的建成，来茶旅游络绎不绝，使旅游逐步成为茶陵经济的又一个新型产业。株洲市委、市政府“城市提质、园区攻坚、旅游升温”在这里得到最好的诠释。喜看今日的开发区，在紫微叠翠的映照下，这里可谓是开发硕果沉甸甸，云阳山下别样红。

战地黄花分外香

——追忆茶陵东坑水库复修工程竣工 30 周年

向宋文

1983 年春，东坑水库复修工程工地红旗招展，人山人海，炮声隆隆，车轮滚滚，工地广播响彻山冲，好一派壮观景象，满陇的油菜花黄橙橙的，显得分外香艳。整个工地到处洋溢着一片欣欣向荣的气象，真可谓是“战地黄花分外香”，大家说这是受复修工程建设者精神感动的结果。建设者们搬走了养在深闺的皇雩仙旁一座座石山，筑造了一座昂然屹立的石坝；他们风餐露宿，冰雪无阻，刮风当电扇，下雨当流汗，表现的是一种战天斗地艰苦奋斗的精神；他们“官兵”一致，同吃、同住、同劳动；这里似春风化雨，没有奢靡浪费、贪污腐化，没有行贿受贿、损公肥私。整个复修工程放了 8 万多炮，耗药 82 吨，完成石方 17.66 万方，相当于从茶陵沿公路铺一个立方到株洲；挑走了 23 万立方滑坡土，填土 21.99 万立方，相当于从茶陵沿公路铺一个立方到长沙。在复修工程之前的过去 5 年中，大坝曾经内外两次滑坡；复修之后的 30 年里没有发生过一起崩滑事故。整个工程优质、安全、高速、低耗，成为茶陵水利建设史上的又一个骄傲。

一、抢险救灾——复修工程的责任使命

东坑水库因坐落在茶陵东坑村而得名，因 1973 年兴建时是以民兵为主体，成营、连建制组织修建的，所以又叫东坑民兵水库。它是一座以灌溉为主兼营发电的中型水库，库容 1120 万立方，设计灌溉面积 4.27 万亩农田。由于地质复杂等原因，1978 年大坝内坡大面积滑坡。1982 年 6 月在山洪暴发中大坝外坡又一次大面积滑坡，滑动 1.1397 万平方，滑动体达 23 万立方米，险些彻底垮塌。下游约十万人民和几万亩农田受到严重威胁，被列为省、市、县抢险救灾重点工程。抢险救灾修复东坑水毁大坝，关系到灌区人民生命财产安全和灌区几万亩农田的农业丰收。如何决策，历史性地摆在了茶陵县委、县政府面前。由于当时正处在包干到户时期，它不能像“大跃进”时期修水利靠“一平二调”，也不能像农业学大寨时期可以调工分回队分配，因此修坝人员怎么组织，这是复修工程的特点之一，成了摆在大家面前的一个难题。县委、县政府本着对下游人民负责，对灌区工程负责，把抢险救灾复修大坝摆在头等位置，勇于担当，果断决策，举全县之

力，修复大坝。通过复修工程工地"定额包干就地分配"的办法，动员全县以民兵为主体的5千名修坝大军，以乡镇为单位，成营连建制，于1982年11月15日开赴东坑，打响了复修工程总体战。

二、质量第一——复修工程的关键所在

复修工程的特点之二是由于这个工程曾两次滑坡，地质复杂，且受到地质、技术、资金、物资、时间等客观条件的限制，对质量要求特别高。如何确保复修质量，如何确保不再出现大坝滑坡直至垮坝，这是复修工程的关键所在核心所在。指挥部坚持质量第一，首先思想上高度重视。从指挥长到每个参战民兵都树立"百年大计，质量第一"的思想，始终把质量摆在第一位。其次制订制度确保质量，指挥部为此颁布了确保质量的"十个保证"和质量规范。再次是加强检查监督，建立质量监督体系，从指挥部到营连排都配备质量检验员。赋予工程股很大的权利和责任，由他们全权把好质量关。工程股有权"一票否决"，有权责令停工、返工、罚工、调工。施工中备料中讲究一个"好"字，干砌中讲究一个"实"字，做实验中讲究一个"重"字。从开工到结束，堆石体做试验点412个，合格的360个，占87.4%，平均干容重1.9吨；做填土试验点113个，干容重1.5吨以上的106个，合格率占93.7%，都超过设计标准。对于不合格的要求及时返工直至全部达到设计要求。在填筑心墙中，特别注意坝体与左岸山头的衔接，在山头新凿开一个槽子使心墙嵌入山中。当凿进一米多长时，发现左岸岩石结构松脆，呈裂缝和碎石状。在这种情况下，没有盲目追求进度，直到省、市水电部门专家和县主要领导一起到工地现场拍板后，才按要求做了防渗加筑混凝土处理，根除了隐患。

三、确保安全——复修工程的重中之重

复修工程的特点之三是该大坝前两次施工中都发生了放炮、挖神仙土、械斗打死人的恶性事故。工地施工场地窄，高空作业多，爆破量大，危险性大。十几个营部署在两条不到两公里的狭皮沟内，每天要放几百、上千炮，点炮的人上百个，更有施工人员在上百米的高山上，腰系绳索打炮眼，破冰攀藤凿松石，稍有闪失，后果不堪设想。为此指挥部制订了安全施工"七禁止两防范"的安全规范和制度，层层配备安全员，建立严格的责任制，逐月开展安全评比。由于措施得力，整个工程放了8万多炮，没有发生一起重大事故。1983年上坝的9300个民兵奋战一年，无一致死致残，刷新了茶陵工程建设安全上的纪录。

四、艰苦奋斗——复修工程的精神支柱

复修工程的特点之四是任务重、条件差、资金缺、生活苦、机械化程度低，施

工基本上是靠锄头挖，扁担挑。施工队伍雨雪无阻，昼夜不停，晴天一身灰，雨天一身泥，顶着凛冽寒风，脚踏刺骨泥土，平均一人一天挑土近两百担，行程上百里，硬是用土箕挑走了23万立方的滑坡土。大家靠的是一不怕苦、二不怕死的拼搏精神，靠的是艰苦奋斗的顽强意志。1983年9月，正值天气好、场地宽、农事闲，指挥部发出了“奋战一个月，拿下127”的号召，在突击127高程中，民兵们干劲冲天，三餐送饭上工地，肩挑、土车、汽车一起上。大家开展竞赛，争当尖兵，创造一个月完成石方3万余，土方2万方的高工效。最高的日进度，砌石1100多方，填土过千方。在11月抢筑心墙的战斗中，为了抢住当时干冬的好天气，完成大坝核心的心墙填筑，施工队伍连续奋战50多个日夜“三班倒”。尽管当时正值县机构改革的关键时期，但所有干部一直坚守工地，置个人的进、退、去、留而不顾，没有一个人离开大坝，没有人向县委、向市机构改革工作组提过一个要求，终于在12月9日完成了大坝心墙填筑任务。也正是由于“抢心墙”抢在冬季雨雪交加一个多月的前几天完成施工，才使大坝主体工程提前一个多月胜利竣工，避免了雨雪交加无法施工造成的巨大损失。“抢心墙”抢在县里机构改革宣布县委新的领导班子前一天胜利竣工，为大坝复修工程打了一个圆满的句号，为次年的度汛蓄水创造了条件，也为来年几万亩农田的灌溉和丰收做出了贡献。

五、科学施工——复修工程的锐利武器

科学施工就是以毛主席的哲学思想作指导，处理好工程建设中的各种矛盾，遵循自然规律，按经济规律办事，把奋力拼搏和科学态度结合起来，把苦干与巧干结合起来。根据天气状况，指挥部根据农事季节和工地实际情况部署力量，把整个工程分作“抢基础”“抢高程”“抢心墙”三个阶段，组织了“吃掉滑坡体，挖出坝基坑”“攻坚116”“力克127”“强占136”和“抢筑心墙”5个歼灭仗。同时，正确处理机械作业与人力作业的关系，正确处理取石、运石和砌石的关系。指挥部购进了5台翻斗车和一台170马力的推压机，请湘东钨矿和县直机关支援了20多台汽车，招标株洲市23冶二公司机械化填压土方任务，大大加快了工程进度。同时组织开展技术革新和劳动竞赛，组织土车队、胶轮车队、汽车队进行会战。创造并普遍推广“中型葫芦炮”，提高炸石效率3倍以上，每立方块石耗药量控制在2.5公斤以下。

六、加强领导——复修工程的根本保证

县委、县政府的坚强领导和全县人民的全力支持是复修工程胜利竣工的根本保证。指挥部坚持前方后方一起抓，工程建设与思想工作一起抓，自身建设与营、连班子建设一起抓，特别注意建设过硬的班子和敢打硬仗的队伍。指挥部制定了“政治工作条例”“民兵手册”，举办“东坑战报”和“工地广播”，坚持文明施

工“五有五无”和定额包干的分配办法。由于当时正值实行包产到户责任制，村、组都不再像过去一样调工分配，因而人员很难组织上坝。时任县委书记的龙秋生同志横下一条心，把抢险救灾放在压倒一切的位置，要求坚定不移打好复修仗。从各乡镇抽调精兵健将，组织近万人次的民兵奔赴抢修工地，切实解决复修工程中的重大问题。各级领导坚持与民兵“三同”，基本上每天工作达十几个小时。当时生活特别艰苦，即使是冰冻天气，有时也只能是盐水汤送饭。分管后勤的副指挥长陈龙云，面对半小碗蕹菜杆，曾风趣地说：“捞到肚子里就是营养。”副指挥长苏忠选敢打恶仗，一直战斗在爆破工区，长期住在矮小、潮湿、虫叮蚊咬的工棚里指挥爆破，连一台电扇都没有。副指挥长屈志伟两袖清风，负责物资保障，一根铁丝一颗铅钉都不据为己有。汽车队长谭传文率领车队日夜奔驰在灰龙阵中，把30多万吨石头（含碎石）从两公里多的山冲运到大坝，晚上加班连个夜宵都没有；汽车队每运一吨石头的油料消耗控制在0.4公斤以下，为复修工程的高速与低耗做出了贡献。工程股长邱孟凡和副股长钟秋连起早摸黑，每天上堤最早回来最迟，对技术问题一个疑问都不放过，每次做干容重试验从不马虎。各营的营长、教导员们也是身先士卒带头苦干，一级做给一级看，一级带着一级干，在复修工地蔚然成风。“为民修坝，为党争光”，“讲奉献，比贡献”比比皆是。大家不为名利，不虑进退，没有发生过一起经济案件。在县里机构改革调整班子之时，指挥部没有一人因为自身的利益离开过工地。就连指挥部主要负责人也为抢修大坝奉献了“两子”，即1983年12月21日上午复修工程举行竣工典礼的当天下午在县机构改革大会上宣布因唯文凭一刀切不再担任县委常委，丢掉了常委“帽子”，改去党校学习补文凭；同时还累病了“身子”，由于工地高度紧张和过度劳累，头发也白了一半。在一次与屈付指挥去湘东钨矿联系工作时，到了矿部楼下，突发头昏，下不得车，被送进了县人民医院诊治，直到次年在党校学习时还被迫离校住院两个多月。

东坑复修工程实现了“优质、安全，高速、低耗”的预期目标。干容重试验超过了设计要求，质量被上级主管部门验收合格；安全上杜绝了重大事故；进度比原计划提前一个多月胜利竣工；投资比原计划略有节余，投劳节余工日十万多个。东坑复修工程的胜利竣工，杜绝了再次滑坡垮坝的危险，根除了压在灌区人民心中的安全隐患，确保了下游广大人民的生命财产安全。它是县委、县政府坚强领导与全县人民全力支持谱写的赞歌，是广大民兵艰苦奋斗奋力拼搏结出的硕果，是茶陵人民在灾害面前敢于担当的茶陵精神的真实写照。值此大坝复修竣工30周年之际，作为一个复修工程的亲历者，深深感到复修后赢得30年来东坑水库大坝的安然无恙来之不易。复修民兵的奉献精神更是可歌可泣。

我们也是最可爱的人

——参加过越南战争的炎陵老兵的回忆

华　山　叶瑞祥　周祥新

在我军的战争史上，继抗美援朝之后还有一段震撼世界却鲜为人知的对美国空军的秘密战争。20 世纪 60 年代，我军派出防空、工程、铁道及后勤保障部队共计 32 个支队 32 万 2 千余人支援越南抗美。其中高炮部队 7 个师辖 26 个团零 8 个独立营及配属的雷达连等总计 15 万人先后赴越南参战，主要担负越南首都河内等地区的对美防空作战任务。部队从 1965 年 9 月入越，到 1972 年 8 月班师回国，前后历经 7 年，以落后的高射火器与先进的美机进行了艰苦激烈的斗争。在击落敌机 1707 架、击伤 1608 架、俘虏美军飞行员 42 名的同时，也付出了鲜血和生命：1442 名烈士留在了越南国土上……

这段不寻常的抗美援越历程虽已过去 46 年，但那些惊天地泣鬼神的往事，仍常浮现于参战老兵钟坤发的眼前，满头银发的他常想起那战火纷飞的岁月：出国作战的艰苦环境，惨烈的战斗实况，活捉美军王牌飞行员，英勇牺牲的炊事员，被称为最可爱的人……但由于种种原因，抗美援越没能像抗美援朝那样公开报道。为缅怀这段血与火的历史和仍长眠于异国他乡的众多英烈，今年 9 月是抗美援越出兵 46 周年纪念日，我们在文史专家叶瑞祥的陪同下，赴炎陵拜访了这位腰板依然挺直的老兵。

秘密出兵

应胡志明主席的请求，从 1965 年 9 月份起，我军高炮部队等 32 万援越部队身着越南人民军的绿色帆布军装，头戴盔形帽，脚蹬用轮胎剪就的斜插两条胶带的“抗战鞋”，分批秘密进入越南。时任高炮部队 70 师 641 团 2 营 4 连连长的钟坤发和张揆育等 18 个株洲籍战友也在其中。当时钟坤发他们师进驻越南“钢都”太原市，担负太原钢铁厂和发电厂的防空任务，这是太原人民首次看到中国军队来到身边。为了保密，上级要求不得通电话、通信，无论对谁都守口如瓶。还给每个人印发了一本小册子，里面有 100 多条越语单词及汉语译文对照表。如：

“缴枪不杀”“我们优待俘虏”“同志你好”“请抽烟”等等。

部队从凭祥出水口关时，钟坤发和战士们见凤凰花正盛开，广袤的原野上缀满一片片茂密葱郁的荔枝林，一株株被压弯了枝头的香蕉林从炮车两旁缓缓逝过。路边常见越南村民向中国官兵招手，喊着“早懂及”(你好)。偶尔看到赤着双脚，穿着土红色无领上衣和黑色衣裤的农人在田野里劳作，感觉山水景色其实与炎陵也相差无几。坐在炮车上的钟坤发他们眼含热泪回望关内。为鼓舞斗志，部队学唱了一首歌唱中越友谊的歌曲：“越南　中国，山连山　江连江……”

越南地处热带，过了中午时分，热浪阵阵袭来，帐篷、公路、山石被太阳烤得冒出耀眼的紫光，整个大地简直就像一个大蒸笼，窝棚里的温度竟达到60摄氏度以上。虽说气温高，可雨水也不少，住的窝棚没搭好前，夜间只好裹着雨衣睡在新挖的壕沟里，早晨起来头发、被子全是湿漉漉的。除了炎热，蚊虫蛇蚁也特别多，时常发生战士被蛇咬伤的事故。有一次钟坤发去打饭时与一条挡在路中央的眼镜王蛇狭路相逢，它近2米长的身体圈成一个圆形，头高高的竖起，口中不断伸缩着血红的信子，发出呼呼的响声。钟坤发他们只好在窝棚周边撒石灰防蛇虫侵入。当时我军用的是40年代老旧的85毫米和37毫米高炮与14.5毫米高射机枪，可敌人投下的是先进的气浪弹、子母弹、重磅炸弹、凝固汽油弹和导弹。在这样残酷的条件下，战士们仍哼着“头顶二千磅，脚踩子母弹，喝足绿豆汤，死了也就算”的儿歌去迎接明天。

英勇的地对空之战

越南山高林密，美空军攻击志愿军地面目标时多采用偷袭战术，隐蔽飞行，利用山头、云块、阳光低空进入，小角度下滑攻击地面目标。攻击时主攻机和佯攻机任务层次分明，佯攻机一般是F-4担任，采取双机或四机编队，一般不作航向、高度的机动，以此来吸引我雷达和高炮火力。

1968年5月18日，美军出动了50余架飞机对我防区攻击，在中空投下重磅炸弹和燃烧弹。我军以猛烈密集的炮火射向敌机，只见亮光一闪，两架敌机瞬间当空起火爆炸，腾起两团巨大的火球，粉碎的机身从半空中噼里啪啦地坠落下来；另一架F—105战斗机拖着浓烟，摇摇晃晃坠于密林中。飞行员跳伞后被越南女民兵俘获，还是个中校王牌飞行员。

由于钟坤发所在的高炮部队阵地选在无树林的山顶上，许多战士赤膊上阵，炮管打得发红，滚烫的高射机枪弹壳四处飞溅，身上被弹壳烫伤也全然不顾。随着一阵尖利的长啸后敌机开始俯冲，大量的气浪弹和燃烧弹雨点般落在阵地上，一时间火光冲天，弹片横飞，树枝在烈火中燃烧，我们的火炮、弹药箱和伪装也燃起了熊熊烈火，阵地上一片火海，硝烟遮蔽了半边天，子母弹乱飞，整个阵地被硝烟大火吞没。指挥仪电缆被炸断，不能输送出射击诸元，有的地段被炸成了一尺多厚的粉末……二排火炮被菠萝弹炸翻，二排长当场牺牲，两个战士肚子被打穿，肠子流出来，塞进裤腰带里仍坚持战斗；还有个战士腿被炸断，咬紧牙关，在战壕里爬着运送炮弹；战士刘庆凡中弹牺牲时拼着全身力气报出最后一个诸元，牺牲后右手还紧握指挥旗；新战士宋成林直到牺牲，眼睛仍盯着他的瞄准镜，一只手还紧紧地握着转轮；一班四炮手洪武典、三班五炮手柯贤默中弹后，硬是自己把弹片抠掉，继续战斗。五班二炮手肖其华，身负重伤，脚还死死地踩在离合器上，时刻准备发射；三班炮手黄世恭见班里伤亡大，就一个人顶几个，先当五炮手压弹连弹，再当六炮手搬炮弹；老兵张其全次日就要到后方养伤，战斗打响后他从包扎点直奔炮台，在背及双腿都负重伤的情况下，手转动着火炮手轮坚持战斗，战友们来抢救时他却说："快去救其他战友"，最后自己死在炮盘上，血流了一地……

此次激战，共击落敌机 16 架（其中顶空爆炸 6 架、起火堕落 25 公里左右处 10 架），击伤 10 架。可也付出了沉重的代价：仅钟坤发连就有 43 人牺牲，56 名战士受伤，能打仗的只剩下 36 人了。第二天，伤员们要到后方野战医院养伤，伙房里加了几个菜欢送，可他们一口也没吃，号啕着离开了生死与共的战友，离开了洒满烈士鲜血的阵地……

在越南过中秋节

1967 年的中秋节，钟坤发和战士们是在阵地上过的，没有月饼，连队就包饺子过节。抬出一个铺板，铺上报纸，大家就一起动手包饺子。包完后，就到炊事班挨号下饺子，三四个人抬着一铺板的饺子簇拥着下山煮水饺，一个班一个班地下，那情景，就像《西游记》电视剧里的一群小妖。

下水饺的地方自然是热火朝天的，等轮到钟坤发他们煮时已是下午一点多钟，一锅油乎乎的稠汤本来就煮不好饺子，刚下不到两分钟，警报响了！炊事员一盆水就把灶火给泼灭了，将半生不熟的水饺快速倒入铁桶里，拎着马上进入战斗岗位。仗打完后再一看饺子，本来就不熟，又这么一泡，整个两桶面糊了，每人来一碗，咳，一股生腥味！中秋夜里，钟坤发的肚子胀得咕噜咕噜直放屁，这节过的让他至今难忘。

次日中午，美机突袭，一颗重磅炸弹击中炊事班，正煮饭的 13 名炊事员全部牺牲。

我们也是最可爱的人

周恩来总理曾说“过去我们常说抗美援朝，保家卫国，现在抗美援越也是保家卫国”。

中国志愿军进入越南不久，魏巍随同东方红歌舞团来钟坤发所在阵地上进行慰问，慰问品是“红宝书”和毛主席像章，每人还有一斤糖块，一件海军汗衫，一双小清河牌塑料凉鞋。魏巍以一篇《谁是最可爱的人》而成名天下，最可爱的人同时成为志愿军的专用名词。那天在阵地上，魏巍对钟坤发他们说；“祖国人民没有忘记你们，你们也是‘最可爱的人’”。

在异国他乡的战场上，一听到这“祖国”二字，特别是听到说：“你们也是最可爱的人”，钟坤发和战友们心里都热乎乎的。虽然也知道魏巍到越南来是不会为他们这些人写报道的，因为他们的行动是保密的，但是当时大家很期待能有这样一篇文章。

前些年战友聚会时，钟坤发在凭祥遇见一个女孩子，她父亲跟钟坤发是一个团的，战死了，她出生时父亲在越南战斗，从未见过父亲的面，所以见到钟坤发这些老兵就像见到自己的爹一样。她不知道父亲是怎样死的，也无从查起，直到听了钟坤发这些叔伯们的讲述，她才知道父亲的英雄壮举。她为父亲骄傲，但也为多年后才得知而略感遗憾。她说到动情处时情不自禁，泪流满面。

往事如烟，重叙旧事，钟坤发仍动情不已。他说时任昆明军区司令员的杨得志将军曾对官兵们说：“你们为了越南人民的解放事业奔赴硝烟弥漫的战场，以自己的汗水和鲜血，谱写了一曲中越友谊之歌!”而越共总书记黎笋也曾对周恩来总理：“中国对我们援助是最大最充分的。要是没有你们的援助，我们根本不可能取得胜利!”岁月悠悠，当年硝烟迷漫的战场已离我们远去，当年豪气万千的士兵都已成了70岁以上的白发老翁，部队的37高射炮也已换成地对空导弹了。但牺牲战友一个个鲜活的脸孔恍若就在昨天，同赴越南的株洲籍战友仅剩钟坤发和张揆育等4人了……当年班师时最难舍的是长眠在越南的家乡子弟兵，钟坤发他们一起来却无法一起回……“明儿又到中秋了，我先敬他们一杯”，钟坤发颤抖着，将一杯水酒轻轻洒下……

情牵朱亭山水

肖又铮

在朱亭人眼里，“朱亭”二字不只是指朱亭镇，而是包括龙凤乡、龙潭乡、砖桥乡在内的“大朱亭”（事实上三乡一镇曾为株洲县行政区划上的“朱亭区”）。说到朱亭，我这一辈子注定与她有缘，这缘是我与朱亭的山山水水结下的；这缘更是与淳朴的朱亭人结下的。

早在20世纪60年代末期，朱亭人为绿化荒山秃岭，就卷上铺盖、带上锅碗瓢盆，在一个个山窝窝里搭上茅棚，长年累月驻扎下来，不管风霜雨雪，也不管炎天酷暑，挥舞银锄，垦复硬土，放上肥料，然后插上树苗，为一坡坡贫瘠的土地，披上了绿装。当年参加工作不久的我，为宣传家乡人民改造荒山、造福人类的精神，撰写林业通讯，跑遍原黄龙乡（朱亭镇前称）的每一个山头。或许有人问：朱亭人植树造林，称得上“造福人类”吗？回答完全是肯定的！因为他们用科学办法，促进杉木林速生快长的经验，被联合国粮林组织认可，联合国派遣官员来这里作过多次考察；《人民时报》刊登过专题长篇报道；30多个国家和地区的林业专家，也曾到此考察取经。20世纪70年代，十里长岭万亩杉木林基地成为名扬四海的人工造林范本。想到这些，我怎不为朱亭的山林而骄傲。

如果你再走进龙潭乡的凤凰山、木鱼岭和蓬源仙山等苍翠的山峰，走进地处龙凤乡的凤凰山林场秀美的林区，你还会看到葱葱郁郁、青翠欲滴的古树，奇形怪状、应接不暇的奇石，纵横交错、欢快奔流的山溪，清澈见底、碧绿如蓝的山塘，以山林为家、繁衍多年的飞禽走兽，听到那历经沧桑、洗尽铅华的山歌……就是这些山的精灵，构成了朱亭山林最美的图画。

如果你走进又一见证人类战胜自然的人工湖——龙潭水库、跃进坝、砖桥河、朱亭水闸，且泛舟来回近20公里的龙潭乡水路，观赏弯弯曲曲、碧水盈盈的砖桥河道，一定会感受朱亭水的灵性。她与山一道，共同滋润着朱亭的万物。那山中的野猪、山鸡、野兔，那水中的鱼虾、螃蟹，为山山水水更增添了无穷的乐趣。20世纪80年代的一个暑假，我和湖南师大毕业不久的曹仁礼老师，共同担任朱亭区教师培训班教师。那培训班就设在绿树掩映的龙潭乡中学。课余。我们常与学员到山水间嬉戏，或比攀岩之快，或比抓鱼虾之多，青春焕发的每一个人就那样生机勃勃地醉情于出神入化的俊美世界！

当然，忘情于山水的我，怎么也不会忘记忠厚质朴的朱亭人，一辈子也忘不了家乡人民的养育之恩！

乡村匠人

袁楚湘

我的老家在湘东名山婆仙岭下的山冲冲里，一个大屋场，七八户人家，以种田为生。田是山田，路是山路，隔山过坳才有另一个屋场。村里来往的外人不多，记忆最深的就是匠人。

来村最多的是剃头匠，每隔10天来一次。他，40多岁，提着个小木箱，挨家挨户给男人和小孩剃头。箱里工具很简单：剪子、剃刀、挖耳勺、耳刷，还有一块剃头布。看见他来，大人们在田里做事也会往家赶，拿张条凳放在阶基上，坐着就剃。他技术好、手脚轻，剃完还帮挖耳朵。我觉得有趣，有次也要挖。师傅说："小孩子不挖。"我又哭又闹，师傅哄我说："好，好，挖，挖。"他用毛茸茸的耳刷在我耳朵里转转，直捣得我怪痒痒的，格格地笑了。他做的是包工夫，工钱不多，一年才几块钱，或几升米。到年终，他就上门结账了。

我最想的是请裁缝匠。快过年了，家里要做过年新衣，裁缝师傅忙得很，要预约。父亲想出怪招：先打听裁缝做事的那家几天可做完，届时跑去拿回一两件裁缝工具，这样，裁缝师傅第二天准会到我家来。缝纫工具并不多：一竹尺，一剪刀，一烫斗，一熨斗，还有一个针包。线由主家自己买，裁缝匠一般是不带的。烫斗是一块不大的三角铁，插在炭火里烤热，烤衣服的边用的。熨斗像一只空心铁靴，腹中装炭火，师傅含口水喷在衣服上，用它熨一熨，妥妥帖帖。那时没有缝纫机，做衣服全靠手工。师傅裁缝手艺好，裁剪合体，做工精巧，方圆几十里是闻了名的。尤其是他用布条缠绕的扣子，圆滚结实，钉在缝制的对襟衫上，人穿着显得格外精神。

最感残忍的是劁猪匠、阉鸡匠。每年三四月，正是鸡鸭猪羊疯长的时候，劁猪匠、阉鸡匠就游走到村里来了。他们背着个小布包，里面裹着劁阉工具，谁家有猪、鸡要阉，就请他们上门。劁猪阉鸡都不打麻药，也没有止血棉，看了真有点毛骨悚然。阉鸡似乎好一点，工具小巧，就是一个类似掏耳勺的东西。匠人把要阉的小鸡摆放在膝腿上，扯去点鸡毛，用小刀划个口子，用小勺子掏出睾丸，抹一抹伤口，就完事了。鸡倒听话，一声不吭，我看它伏在地上，半天没回过神来。相对而言，劁猪就显得更残酷。劁猪匠将猪放倒后，几个人将猪按住，便拿出明晃晃的三角刀锥拉开猪腹，用手在猪腹中乱掏，把“考子”（村里人都这么说）一抠，顿时，健全的猪就变成“太监”了。从此，它不会再发情，开始长膘，等到膘肥肉壮，就成了人们的美食了。

最实惠的是杀猪匠。寒冬腊月，多数家里要请杀猪匠，杀年猪。杀猪是村人盛事，买肉的、看热闹的都来了。杀猪匠抓着两只猪耳朵，帮忙的抓的抓脚，抓的抓尾巴，一起抬着往屠凳上放。杀猪匠迅速拿起杀猪刀，向猪颈部一刀捅去，猪血喷薄而出，涌入屠凳下盛血的大盆。杀猪匠在猪后脚上开个口子，将铁挺棍插进去，在皮下通几个部位，然后用嘴对着口子吹气，把猪吹得鼓鼓的，再用棒子猛槌几下，让气走匀。之后就去毛剔足，开膛剖腹，卸下内脏，砍肉成块。杀完猪，主家请吃杀猪饭，菜肴丰盛，小炒肉、溜猪肝、猪血豆腐、爆炒肚尖、红烧猪脚等等，简直就是个猪全席！杀猪匠除获取工钱外，主人还要送两斤肉，有时还送点“下脚”什么的；买肉也有优先，想要哪，就砍哪，肠肚心肺尽你挑。年前半个月，杀猪匠特别忙，有时一天要杀几头猪，因而获得的报酬也相当丰厚。

来村里的还有铁匠、补锅匠、织布匠、雕花匠……这些“历史匠人”，如今成了我心中永远的怀念。

“笙塘铺赶场，冇得乱人”的趣话

罗泽贤

集市是农村定期买卖货物的场所，有的地区叫它做“墟”，有的地区称之为“场”，旧中国的农村，许许多多的地方都辟有这种“墟场”。每当逢“场”之日，附近的农民便会前去出卖自己的农副产品或购买所需要的货物，叫作“赶场”。“赶”有加快行动、不误时间的意思，农民以耕作为业，时间金贵，只能在百忙的农事中抽出工夫到集市买点东西，因此“赶场”这种说法可谓准确而形象。

我的老家攸县笙塘铺也有一个小型墟场，始建于清代，2002 年新版《攸县志》，在“笙塘铺集市”词条下作了这样的注释：“坐北江乡华都，今网岭笙塘村。赶集的人为周边的农户，最多时不过四、五十人。故有‘笙塘铺赶场，冇得乱人’的说法。”这则简短的注释，特别强调了笙塘铺集市规模之小，语气里颇含嘲讽的意味。县志所记的这句话，在我们笙塘铺本地也早已是尽人皆晓的了，但比县志上多了层关于其源出的迷信色彩。据传，在建集市修造摊位时，招待泥水匠的饭菜比较寒酸，师傅有些不快，偏偏收工时又不见了砖刀。泥水匠丢失了砖刀犹如木匠丢失了斧头，拿什么工具去干活？于是翻石掀土，到处寻找，可工地上无影无踪，真是火上添油，引得师傅大发脾气，怒呵道：“砖刀哪去了？笙塘铺场上，冇得乱人！”言下之意，不是笙塘铺人拿走，还会有谁！笙塘铺人听了也不太高兴，觉得这师傅太不厚道。按规矩，手艺人切忌讲些犯讳的话。场上冇得乱人，这个墟场怎么会繁荣兴旺？后来正式开市，赶场的人不多，大家便责怪起这位泥水匠师傅来，认为正是他的谶语定下了不吉利的兆头，所以招来这样的后果。接着，人们又以讹传讹，将师傅说的“笙塘铺场上”变成了“笙塘铺赶场”，连县志也记了下来。笙塘铺是个小地方，原本不为人知，自此倒反闻名全县了。我中学时在攸城读书，人家问我家在哪里，我说笙塘铺。问话人立即回应道：“噢！就是那赶场冇得乱人的笙塘铺啰”！完全是一种轻蔑的腔调。在这位问话人的脑子里，大概笙塘铺已成为尚未开化、落后的代名词。据我所知，和我一样，许多笙塘铺人也因“笙塘铺赶场，冇得乱人”这句话而遭受过类似的揶揄。其实，把赶场的人不多归咎于泥水匠的谶语，肯定是荒谬不经的；将集市规模的小和偏远看作落后的象征，则是对集市这一贸易形式的出现及其运行特点缺乏正确理解的缘故。

集市是伴随小农经济体制而产生的。中国原本是农业国，个体的农民靠自己种植粮食吃饭，种植棉花制衣，饲养禽畜提供肉食品，即使没有外界其他物资的帮助，生活也基本可以解决，这就是自给自足的自然经济。当然其水平是比较低的，但社会在不断向前发展。随着生产力水平的提高。农产品有了剩余，人们对生活品质的要求也相应提高。有人把剩余产品拿到外界去换取自己没能生产的物资，以改善生活，于是就出现了古籍所说“日中为市”“以物易物”的交换行为，这样就有了原始的集市。集市一经出现就显现了无限的生命力，其发展之快数量之多，像植物的种子被风刮到各处一样，很快就在货物需要进行交换的地方自然形成起来，星罗棋布般散落在农村。且交换的方式也一天天进步，后来就使用了货币作为交换的媒介，并且经受住了时间的考验。集市自诞生以来，始终在不停地运行着，直到中华人民共和国成立前夕，包括像笙塘这样小小的集市在内，仍然对当地农民的经济生活起着重要的调节作用。

再者，关于某个具体集市地址的选择、规模大小的确立，自然不能根据人们的主观愿望，而要由客观条件来决定。这些条件包括交通、人口、货源、商业基础等等。笙塘铺地处攸县北乡，早年陆路交通不便，明清时，官方为解决传递公文的困难特设了铺递(即驿站)，十里一铺，从县治到笙塘历经八铺，再过两铺就到达与醴陵相交的县界了，所以有一条古驿道通过此地，相对来讲，交通还算方便。由于是铺递所在地，故又有一条半边街，几家商店在街道的右边一字儿排开，计有中药店两家、豆腐作坊一处、理发店一家，另有两家农户兼营客栈，接待少量路经此地的商旅。笙塘属丘陵地区，高山不多，耕地不少，农人秉性勤劳，经济发展中上。根据上述情况，完全可以开辟一个集市。但那时笙塘铺所处的攸县北乡，经过多年的发展，集市之多几乎达到了饱和的程度。县志说，到民国31年，全县共有新老集市38处，以人口计，平均8000人拥有一个集市。我又按全县土地总面积2664.07平方公里计，则平均70平方公里就有一个集市。实际的集市地址当然不是按这样的平均数分布的，多山的东西部地区，人烟较稀，集市分布也相对较稀，但土地相对平坦、人口密度较稠的北乡集市的密度就较大。如以笙塘铺为中心点，以15华里为半径划一个圆圈，则圈内的集市记载在县志上的就有四五处之多。其中网岭墟场，赶场的人一般在几千到近一万，尤其是皇图岭墟场，它始建于道光元年(1821)，历史悠久，规模宏大，为湖南五大墟场之一。每月的一、五、九为该集市逢墟之日，一个月共9个逢墟的日子。淡季时赶场的人也有一万，旺季则达到三四万人。除本县农民、商贩外，还有江西、湖北、河南、广东及本县邻近各县的客商。正是这样的集市地理环境，制约了笙塘铺这一集市的发展规模，它只能是一个小型集市。如果有大宗货物需要进行交换，人们自然到皇图岭、网岭等集市去了，因为那里买卖双方都有较大的选择余地。

笙塘铺墟场就设在笙塘铺街边的泥土坪里，它实在是小，小到什么程度呢?

整个墟场只有50－60平方米的样子。逢场之日，摆摊子的商贩只有一两个贩卖杂货(百货)的、一个卖盐油食品的、一个肉案，此外就是附近农民携来自己生产的菜蔬，三、五个农民用篾篓子装着前一天从小溪小圳里抓来的泥鳅、黄鳝等鱼虾，他们连个摊位也没有，就蹲在地上，把货物放在跟前，等待顾客来买，买卖双方大都互相认识，“冒得乱人”，真是说得最中肯不过了。令人费解的是，既然小到这种程度，为什么没遭到淘汰？就我所知，小也有小的优势，前已提到，一般的个体农户只有进行少量物资交换的需求，大宗货物的买卖是专业商人的事。小而近的墟场，倒是方便了周边的农户，他们少量的农副产品，用不着花时间专程跋涉到十几二十里外的市集去出卖，买货的人也不必到远处的集市就可以买到适合自己的新鲜农副产品。尤其是民国19年(1930)攸醴公路通车后，外地的工业产品通过公路运抵攸县，聪明的杂货小贩，迅速将这些商品带到集市出卖，记得我小时第一次穿的那双球鞋就是父亲给我在笙塘铺杂货摊子上买的，那式样的美观，穿着的舒适，让我高兴了好多天。现代化交通运输的发展，给古老闭塞的农村送来了文明的信息，也给我们笙塘铺这类小集市注入了新的生命。笙塘铺集市虽小，但笙塘铺人喜欢它，所以能运行到中华人民共和国成立前夕。我想，县志的编者如果知道这些情况，对那句揶揄气味十足的俚语多半会作些解释的。

20世纪50年代公社化时期，没有了个体的农户，个人没有剩余的农产品，农村的集市也基本停业了。实行联产责任制后，农村集市又得到了恢复，其前景怎样，那必然要由国家的有关农业政策来左右了。

“笙塘铺赶场，冒得乱人”，初听起来，确实有点令人发笑，但仔细剖析它的内涵，让我们知道，原来墟场是旧中国个体农业经济制度的一种产物，是历史不可分割的一部分，集市的或大或小，并不改变它对农村经济生活起调节作用的性质。